博士论文
出版项目

民国侦探小说史论
（1912—1949）

On the History of Detective Novels in the Republic of China

(1912—1949)

上册

战玉冰　著

中国社会科学出版社

图书在版编目(CIP)数据

民国侦探小说史论：1912-1949：全二册 / 战玉冰著 . —北京：中国社会科学出版社，2023.7

ISBN 978-7-5227-2255-9

Ⅰ. ①民… Ⅱ. ①战… Ⅲ. ①侦探小说—小说史—研究—中国—1912-1949 Ⅳ. ①I207.42

中国国家版本馆 CIP 数据核字(2023)第 126832 号

出 版 人　赵剑英
责任编辑　慈明亮
特约编辑　华斯比
责任校对　郝阳洋
责任印制　戴　宽

出　　版　中国社会科学出版社
社　　址　北京鼓楼西大街甲 158 号
邮　　编　100720
网　　址　http：//www. csspw. cn
发 行 部　010-84083685
门 市 部　010-84029450
经　　销　新华书店及其他书店

印　　刷　北京君升印刷有限公司
装　　订　廊坊市广阳区广增装订厂
版　　次　2023 年 7 月第 1 版
印　　次　2023 年 7 月第 1 次印刷

开　　本　710×1000　1/16
印　　张　71
字　　数　996 千字
定　　价　199.00 元（全二册）

凡购买中国社会科学出版社图书，如有质量问题请与本社营销中心联系调换
电话：010-84083683

出 版 说 明

为进一步加大对哲学社会科学领域青年人才扶持力度，促进优秀青年学者更快更好成长，国家社科基金 2019 年起设立博士论文出版项目，重点资助学术基础扎实、具有创新意识和发展潜力的青年学者。每年评选一次。2021 年经组织申报、专家评审、社会公示，评选出第三批博士论文项目。按照“统一标识、统一封面、统一版式、统一标准”的总体要求，现予出版，以飨读者。

全国哲学社会科学工作办公室

2022 年

摘　要

本书以民国时期（1912—1949）的侦探小说翻译及创作为主要研究对象，以当时报纸杂志刊载及单行本出版的侦探小说作品为立论基础，以民国时期的侦探小说发展史为研究重心，兼及对于晚清、民国侦探小说的都市起源、公案传统、域外译介、代表性作家作品、形式特征（含叙事模式）及思想价值等方面的考察。在研究方法上，本书在对大量民国侦探小说作品搜集、整理、阅读、分析的基础之上，一方面，努力梳理出民国侦探小说的类型演变轨迹与文学史发展框架，即为“史”的描述与搭建，另一方面，则尝试在其中提炼出民国侦探小说的现代价值内涵与自身形式规定性，即为“论”的概括与阐释，以史带论、史论结合。意在探求民国侦探小说作为一种类型文学自身的发展状况与规律，同时想要努力澄清一直以来被视为“通俗”“不登大雅之堂”，甚至“不入流”的民国侦探小说其本质上是一种颇具有现代性意义和价值的小说类型。

具体而言，本书试图以“现代”和“类型”作为理解民国侦探小说的两大切入视角：即以民国侦探小说中的“现代性”考察打破传统研究中关于“通俗文学”“消闲文学”与“市民文学”的一般框架，而以“类型文学”来统领并描摹出民国侦探小说的发展脉络和内在规律。本书认为民国侦探小说作为一种类型小说，一方面意味着其与世界侦探小说共享着一套大致相同的类型创作规律与基本叙事语法，即“民国侦探小说”之为“侦探小说”的部分；另一方面，民国侦探小说也有着自身本土化、“在地化”的创作特征，并对中国现代文学、文化与社会历史发展进程，乃至整个现代中国主体性的形成都起到一定的推动作用，即“民国侦探小说”之为“中国现代小说”的部分。这两者结合起来，就决定了民国侦探小说自身独有的类型特点和现代价值。

关于民国侦探小说的现代性意义，本书主要从以下四个方面进行论述：一是民国侦探小说是诞生于现代都市中的小说类型，与现代都市人感知经验与感觉结构的形成及变化密切相关；二是民国侦探小说蕴含着一种科学理性的运思方式与精神内涵，理性精神既是侦探小说作家创作过程中的“有意为之”，贯穿在民国侦探小说从宏观创作动机、文类认识到具体细节排布的每一处角落，又如克拉考尔所言，理性根本就是内生于侦探小说文类结构之中的，甚至是构成了侦探小说的核心要素；三是民国侦探小说承载着现代中国人对于社会正义的想象，而这种“正义观”中其实又混杂了“司法正义”“诗学正义”“传统侠义”与“民族大义”等多重概念的内涵与外延；四是民国侦探小说的生产、传播、流通与接受过程又与近代以来的文学翻译、报刊发行、书籍出版、稿酬制度、版权观念、影戏改编，以及大众读者市场的形成等皆有密切关系，而这些物质载体、生产方式与文学制度同时也保证了民国侦探小说的生产机制、传播媒介与消费方式等都是现代的。

关于民国侦探小说的类型特征，本书也将从叙事模式、形式演变、审美风格和“子类型”形成及发展等几个角度切入，将民国侦探小说放置在世界侦探小说的发展脉络中进行理解和认知。而在对于小说类型的关注范围上，除了对民国侦探小说进行分析，本书还会在历史时间上前后辐射至晚清与“十七年”时期的公案、侦探、间谍与反特等相关小说类型，在地理空间上会涉及爱伦·坡、柯南·道尔、莫里斯·勒伯朗、阿加莎·克里斯蒂、埃勒里·奎因及美国“硬汉派”等西方侦探小说作家作品，在艺术形式上则会尝试跨越侦探小说与“侦探长片”“黑色电影”“犯罪新闻”与“实事侦探案”之间的界限来进行综合讨论。而在具体分析的过程中，本书不仅关注这些不同历史时段、地域国别与艺术形式的文本之间“实在”的相互影响与前后继承关系，更试图将其纳入“侦探类型”这一视野统摄之下来进行整体性考察，分析其中普遍存在的类型特征、彼此相似的“类型问题”与某些得以相互共通和借鉴的应对策略。

总而言之，本书基于对民国侦探小说的文学起源、文学史发展和几个核心概念关键词进行详细梳理与分析之后所得出的基本结论是：民国侦探小说作为一种类型小说，有着一套自身独特的类型文学创作规律、审美要求与形式特征；与此同时，民国侦探小说作为中国现代文学的一部分，其从内容到形式，从生产方式到传播、接受全过程中都体现出强烈的现代性特质和意义。

关键词：民国侦探小说；公案小说；文学翻译；现代都市；类型文学；理性精神；正义伦理；叙事模式

Abstract

This book is based on the detective novels carried in newspapers and magazines, and published in separate editions in the period of the Republic of China (1912—1949), focusing on the development history of detective novels at that time, as well as the urban origin, public-case novel tradition, foreign translation, representative writers'works, formal characteristics (including narrative mode) and ideological value of detective novels in the late Qing Dynasty and the Republic of China.

In terms ofthe research methods, this book is based on the collection, sorting, reading and analysis of a large number of detective novels of the Republic of China. On one hand, it tries to sort out the evolution track of genre literature and the development framework of literary history about detective novels of the Republic of China, which as the description of "history". On the other hand, it attempts to extract the modern value connotation and its own formal stipulation of detective novels in the Republic of China, that is, the generalization and interpretation of "theory". Generally speaking, the goal of this book is a combination of history with theory and historical theory. It is intended to explore the development status and law of detective novels of the Republic of China as a type of literature, and try to clarify that detective novels of the Republic of China, which have always been regarded as "popular", "not elegant", or even "no inflow", are essentially a novel type with modern significance and value.

Specifically, this book attempts to take "Modernity" and "literary genre" as two perspectives to understand the detective novels of the Republic of China. It not only means to break the general framework of "popular literature", "leisure literature" and "citizen literature" in traditional research by investigating the "Modernity" in the detective novels of the Republic of China. But also guides and describes the development venation and internal law of detective novels in the Republic of China with the "literary genre". This book holds the opinion that the detective novels of the Republic of China, as a type of novels, on the one hand means that they share a set of roughly the same type creation rules and basic narrative grammar with the other countries'detective novels, that is, the "detective novels of the Republic of China" is the part of "detective novels". On the other hand, the detective novels of the Republic of China also have their own creative characteristics of localization, and play a certain role in promoting the development process of modern Chinese literature, culture and social history, even the formation of the subjectivity of modern China, that is, the "detective novels of the Republic of China" is a part of "modern Chinese novels". The combination of the two aspects determines the unique type characteristics and modern value of detective novels in the Republic of China, which also establishes its historical status.

This book mainly discusses the Modernity Significance of detective novels of the Republic of China from the following four aspects. First of all, detective novels of the Republic of China are novel types born in modern cities, which are closely related to the formation and change of modern urbanites'perceptual experience and sensory structure; The second, the detective novels of the Republic of China contain a scientific and rational way of thinking and spiritual connotation. The rational spirit runs through every corner of the detective novels of the Republic of China from the macro creative motivation, the text recognition, to the arrangement of specific details; Besides, the detective novels of the Republic of China carry the imagination of modern Chinese people for social justice, and this "concept of justice" is actually mixed with the connotation and extension of multiple concepts such as "judicial justice", "poetic justice", "traditional chivalry" and "national righteousness"; Last but not least, The production, dissemination, circulation and acceptance of detective novels in the Republic of China are closely related to literary translation, newspaper distribution, book publishing, remuneration system, copyright concept, film adaptation, and the formation of mass reader market since modern times. These material carriers, production methods and literary systems also ensure the production mechanism, the media and consumption patterns of detective novels in the Republic of China are modern.

As for the type characteristics, this book will alsofocus on and analyze the detective novels of the Republic of China in the background of the other countries'detective novels, from the perspectives of narrative mode, form evolution, aesthetic style, the development of "sub types" and so on. In addition to the analysis of detective novels of the Republic of China, this book will also radiate to the types of public - case, detective, spy and anti-spy novels from the late Qing Dynasty to the New China period; And will involve the works of western detective fiction writers such as Ellen Poe, Conan Doyle, Maurice Leblanc, Agatha Christie, Ellery Queen, even the American hard - boiled detective fiction; And will try to cross the boundary between detective novels and the "detective film", "Film Noir", "crime news" and "Non-Fiction Detective Case" in different artistic forms. In the process of specific analysis, this book not only pays attention to the interaction and inheritance of "reality" between the texts of these different historical periods, regions, countries and art forms, but also tries to integrate them into the perspective of "detective type" for an overall investigation and analysis.

All in all, based on the detailed analysis of the literary origin, literary history development and several key concepts of detective novels in the Republic of China. The main conclusion of this book is that, as a type of novel, detective novels in the Republic of China have their own unique law of genre literature creation, aesthetic requirements and formal characteristics. At the same time, as a part of modern Chinese literature, detective novels of the Republic of China reflect obvious characteristics of Modernity in the whole process, from content to form, from mode of production to dissemination and acceptance.

Key words: detective novel in the Republic of China, public-case novel, literary translation, modern city, genre literature, rational spirit, justice ethics, narrative mode

总 目 录

（上　册）

（下　册）

下编　民国侦探小说关键词

Contents

Volume Ⅰ

Volume Ⅱ

Part Ⅲ Key Words of Detective Novels in the Republic of China

目　　录

（上　册）

Content

Volume Ⅰ

绪　　论

第一节　选题缘由

从1896年（清光绪二十二年）上海《时务报》上首次刊出张坤德翻译的“歇洛克·呵尔唔斯笔记”至今，侦探小说（后更名为“推理小说”[①]）在中国已经发展了百余年的历史。但不得不说，从实际创作与理论研究两个方面来看，中国本土侦探小说的发展还都处在一种相当贫弱的状态。究其原因，有学者将其归咎于文学生产体制和文艺政策导向，有学者提出侦探小说这种“舶来品”在中国国土上存在着某种天然性的“水土不服”，也有学者认为侦探小说不

① 中国晚清民国时期“侦探小说”的名称直接翻译自英文“detective fiction”，日本当时将其译作“探偵小说”。1946年日本推行“当用汉字表”，一度取消了“亻”为部首的汉字（后来又恢复了“偵”字），但日本的“探偵小说”却借机改名为“推理小说”，成立于1947年的“日本侦探作家俱乐部”也于1955年更名为“日本推理作家协会”。到了20世纪80年代之后，随着江户川乱步、松本清张、森村诚一等日本该类型小说作家作品译介进入中国，中国出版界和大众媒体才开始将这一小说类型改称为“推理小说”。本书考虑到民国时期的历史社会状况及当时对“侦探小说”的命名方式和使用习惯，并为了统一论述，故除引用原文或借用一些约定俗成的概念表述之外，一律称该类型小说为“侦探小说”，而不具体区分“侦探小说”与“推理小说”作为文类概念在不同历史时期、意义重心和关注指向上的不同，特此说明。

过是消闲娱乐的“通俗读物”，“不登大雅之堂”①，不具备深入讨论和研究的价值等。但这些解释都无法真正揭示出侦探小说作为类型文学的存在意义和自身规律，侦探小说中所蕴含的丰富的现代性因素和积极价值，以及侦探小说百年来在中国发展状况不尽如人意背后更为复杂且深刻的社会历史原因。笼统地将一切归咎于外部制度、社会环境或国民性偏好，甚至贬低侦探小说自身的文学品格等相关观点和论断都不免缺乏足够的解释力和说服力，难以令人完全满意和信服。

在创作方面，西方侦探小说自美国作家爱伦·坡 1841 年创作《莫格街凶杀案》以降，开创侦探小说这一文学类型，经柯南·道尔的《福尔摩斯探案集》风靡世界，再到侦探小说“黄金时代”三大家（埃勒里·奎因、约翰·狄克森·卡尔和阿加莎·克里斯蒂）走向创作高峰，之后又在英国、美国、法国、日本各国不断发展流变，出现了“硬汉派”侦探小说、间谍小说、日本社会派推理小说、玄学侦探小说、警察程序小说、法庭推理小说、新本格推理小说等新的类型文学“变体”及“子类型”，形成了现如今全世界侦探小说作者人数众多、流派类型丰富、作品数量庞大、读者反响热烈、影视改编不断的繁荣场景和蔚然局面。而中国侦探小说则从整体创作水平到经典性作品确立，以及相关理论研究等方面无疑都还远不能与国外同类型优秀小说创作及研究成果比肩。甚至进入 20 世纪 80

① 按照姚苏凤在 20 世纪 40 年代的说法：“说起侦探小说，在我们的‘壁垒森严’的新文坛上仿佛毫无位置的。一般新文学家既不注意它们的教育作用，亦无视它们的广泛的力量，往往一笔抹杀，以为这只是‘不登大雅之堂’的小玩意儿，于是‘宗匠’们既不屑一顾，而新进者们亦无不菲薄着它们的存在。”（参见姚苏凤《霍桑探案序》，《新侦探》创刊号，1946 年 1 月 10 日）。著名学者金克木在表达自己爱读侦探小说的同时，也提到侦探小说是“不登大雅之堂”的文学，这一定程度上代表了国内知识界的某种普遍看法：“我有个毛病是好猜谜，好看侦探小说或推理小说。这都是不登大雅之堂的，我却并不讳言。宇宙、社会、人生都是些大谜语，其中有日出不穷的大小案件；如果没有猜谜和破案的兴趣，缺乏好奇心，那就一切索然无味了。”（参见金克木《“书读完了”》，载金克木著，黄德海编《书读完了》，上海文艺出版社 2017 年版，第 13 页）

年代之后，新时期中国侦探小说作者们的创作与以程小青、孙了红等人为代表的民国侦探小说创作之间，更是存在着某种巨大的断裂与鸿沟。这种断裂与鸿沟不仅体现在对这一类型小说的命名上（侦探小说/推理小说），更体现在20世纪80年代以后的中国侦探小说作者对于民国侦探小说“前辈”们在创作上所取得的成就、遭遇的困境和存在的不足缺乏基本了解，中国侦探小说作为使用同一种语言文字所创作的同一种类型文学，严重缺乏历时性的前后继承与事实上的影响借鉴。与此同时，当代中国推理小说作者们的创作仍在很大程度上重复着民国侦探小说创作的某些“老路”，也没有避免第二次踏入前人曾经遭遇过的“陷阱”——两代作者都师法于当时最流行和畅销的外国侦探小说作家作品，而在一定程度上缺乏自身的独立创新。只不过程小青、孙了红时代主要师法的是柯南·道尔和莫里斯·勒伯朗，当代中国推理小说作者们学习的更多是阿加莎·克里斯蒂、埃勒里·奎因、岛田庄司、绫辻行人和东野圭吾等。至于如何将从外国学习到的类型文学情节模式、创作技法与书写规律等更好地融入中国本土文化与自身再创造过程之中，形成真正意义上具有自身民族特色和较高创作水准的“中国侦探小说”，是百年以来中国侦探小说作者们都没能彻底解决好的重要问题。甚至在某种程度上看来，这一问题才是导致本书开篇所述百年来中国侦探小说创作与研究贫弱局面产生的根本原因之一。

由此，我们便会延伸提出如下一系列问题：中国侦探小说这种贫弱的创作局面背后究竟是何种原因？侦探小说/推理小说这种类型文学在中国百余年的发展过程中所出现的巨大断裂又是如何形成的？相比于几乎与中国同时代（甚至有可能是略晚于中国）译介并接受了西方侦探小说的邻国日本，从本格到“变格”，再到社会派推理、新本格推理等“子类型”一路发展至今，其类型文学内部前后继承与演变发展的轨迹清晰可见，其创作实绩与文学影响力更是相当可观（名家名作辈出），那么中国侦探小说在百年演变的过程中究竟存在哪些病症和不足？这些不足又是如何具体地制约了中国本土侦探小说在创作上取得更大的进步和发展的？……这些问题其实都没有得到过很好的梳理和研究。

在具体研究方面，关于中国当代侦探小说的研究成果可谓相当羸弱且完全不成体系：到底有哪些代表性的作家、作品？它们是富有原创性的作品还是对国外同类型作品有所学习和继承，抑或根本就是在欧美日侦探小说作家作品背后亦步亦趋？民国时期的侦探小说与20世纪50—70年代的惊险、反特小说，以及新时期的悬疑、推理小说之间存在着怎样的联系或者它们彼此之间是否存在联系？此外，如叶永烈在“文革”刚刚结束后创作的“科学福尔摩斯”系列小说，余华20世纪80年代创作的短篇犯罪题材小说，王朔的“单立人”侦探小说系列，海岩的“警察爱情故事”，麦家、龙一的间谍小说，须一瓜、双雪涛的犯罪小说，小白、虹影的民国谍战小说，蔡骏、那多的惊悚悬疑小说，马伯庸包装在三国和唐朝等历史外衣下的悬疑谍战小说，以及大量网络悬疑推理小说等应该如何被纳入或者是否应该被纳入一般侦探/推理小说的类型发展脉络和研究范畴之中？在从《潜伏》《黎明之前》到《白夜追凶》《无证之罪》再到《长安十二时辰》《隐秘的角落》等影视剧作品相继创下“收视神话”并收获观众不俗口碑的今天，侦探小说的文学创作与影视剧作品改编之间究竟存在着怎样的一种互动关系与转化可能？这些问题都没有得到深入的、系统性的整理和研究。甚至可以毫不夸张地说，在中国当代侦探小说研究方面，直到现在还没有完成最基本也最为重要的几项工作，即对中国当代侦探小说的概念澄清、范围划定、史料整理、作品钩沉、经典化提炼与文学史框架搭建等。

相较而言，中国近、现代侦探小说的研究则要成熟很多。在报纸杂志刊载与单行本作品梳理、代表性文本钩沉、作家作品经典化提炼和基本文学史框架描述等方面，苏州大学范伯群教授、汤哲声教授及其带领的学术研究团队做了大量的奠基性工作，成绩斐然。北京大学陈平原教授也将晚清时期的侦探小说放置于中国小说叙事模式演变和类型文学发展的脉络中予以分析，进一步凸显了这一类型小说在叙事模式方面的独特性和创新性。北京师范大学任翔教授更是与其团队共同编定了《中国侦探小说理论资料（1902—2011）》，并在该书中初步整理了晚清民国时期的侦探小说创作与翻译作品年表……关于这些前辈学者的研究成果，本书会在“文献综述”部分进行更为详细的梳理和介绍，此处不赘言。但与此同时，本书认为对于晚清、民国时期的中国侦探小说研究仍存在以下几个根本性的问题。

第一，仍没有摆脱将民国侦探小说放在传统的通俗文学研究框架中予以考察的立足点和观察视角。这一传统研究视角的主要“洞见”在于其的确有效揭示出侦探小说与现代印刷出版、市民文化趣味、大众读者市场之间不可分割的紧密联系。但其理论框架上的“不见”之处在于这一视角本质上仍是在“五四”新文学的话语背景和潜在文学标准之下来审视和研究侦探小说的，即其实际上是在努力挖掘侦探小说等“通俗小说”中的“新文学”因素，而在一定程度上忽略了侦探小说自身所具有的现代性价值和类型文学特征。此外，将侦探小说与武侠小说、言情小说、历史小说等有着各自不同的书写规范和读者受众的小说类型并而论之，也不能充分展现出侦探小说自身的文学类型特点。而在本书看来，侦探小说在消闲娱乐、提供阅读快感、满足大众读者的业余精神生活需求之外，还具备了大量现代文学所要求的必要文学特质，即其中充满了理性、科学、法制、正义、现代小说结构、现代都市人“感觉结构”等现代性因素和现代都市文化因子，这些都是传统通俗文学的研究框架所不能完全包含的（同时这也正是本书想要重点论述的部分）。

侦探小说之所以能在西方流行开来或许和读者需要一份通俗娱乐的文化消闲产品密不可分，但其从西方经由翻译介绍到中国以后，却自觉/不自觉地承载起了另外一层现代性意义内涵和追求。台湾中兴大学的陈国伟教授在论及日本以及中国台湾等地对于西方侦探小说译介和引进时曾说：“由于推理小说原生于西方，本身具有高度的异（国）文化特质，因此台湾的推理创作实践，其实是在翻译的脉络下，思索在地译写的可能。因为不论是台湾或日本，在推理小说传入前，不仅没有现代形态的警察系统编制，也没有侦探这样的角色存在于实际的社会中，更遑论支撑推理小说最重要的理性逻辑与科学精神，其实都是标准的西方现代性产物。所以对于推理小说的译写，不仅是文学叙事形式层面的挪移，更是将原本存在于西方的社会制度、法律正义、科学理性、殖民现代性、文化脉络给‘翻译’进来。”① 虽然陈国伟教授在这里主要论述的是关于日本以及中国台湾的侦探小说翻译与创作，但这段话其实也完全适用于晚清民国时期的中国大陆。在欧美或许还有几分通俗娱乐色彩与大众休闲文化消费产品属性的侦探小说在进入中国之后，其背后所包含的一整套西方现代性思维方式与价值体系也随之一并涌来。这对于当时的中国侦探小说译者、作者与读者而言，无疑是非常新鲜且充满了启蒙魅力的。而这种现代性因素也正是晚清、民国时期的侦探小说翻译与创作对于现代中国发展与现代民族国家主体想象所提供的最重要的价值和意义之一。

第二，缺乏运用类型文学的理论视角和思考方式来分析民国侦探小说。参照法国学者让-玛丽·谢弗的说法，“类型关系始终是某一特定文本与先前的某些作为模式或规范的文本的复制和（或）变异的关系，在这种程度上，类型关系才可能在超文本关系的领域中构成”②。而侦探小说无疑是极为符合这一“类型”定义的类型小说典型代表。但从实际的研究成果来看，对于民国侦探小说的相关研究中，“类型作为一种方法”仍然没有被充分强调和贯彻，而这一视角缺陷所引发的问题在于相关研究很难真正揭示出侦探小说自身发

---

① 陈国伟：《越境与译径：当代台湾推理小说的身体翻译与跨国生成》，台北：联合文学2013年版，第91—92页。

② ［法］让-玛丽·谢弗：《文学类型与文本类型性》，王晓路译，载［美］拉尔夫·科恩主编《文学理论的未来》，中国社会科学出版社1993年版，第431页。

展的内部规律和变化轨迹。一方面，国内现有的类型文学研究虽然在西方类型文学理论译介和引进上已取得不少成绩，但在如何将西方类型文学理论中可以吸收转化的“有机”成分与中国本土侦探小说（或其他类型小说）等具体小说类型创作和研究有机结合，进而描述出中国侦探小说（或其他类型小说）作为“小说类型”的演变轨迹和发展规律等方面，成功的研究案例仍并不多见（其中，陈平原教授的《千古文人侠客梦》在这方面可称得上是具有典范性意义且雅俗共赏的国内代表性研究著作）。而关于民国侦探小说与武侠小说、滑稽小说、言情小说、科幻小说、“影戏小说”、案件新闻、“实事侦探案”，甚至“侦探连环画”“侦探电影”与“黑色电影”等跨类型、跨文体、跨媒介的艺术形式之间出现彼此融合、相互渗透的“兼类”与“跨类”等现象，具备一定解释力的类型文学与文化研究成果则更是凤毛麟角。

另一方面，现在已有的许多相关研究成果只是将民国侦探小说简单描绘成为“从公案到侦探”“从翻译到创作”“从程小青到孙了红”“从侦探到反侦探”的发展粗线条，而一谈及俞天愤、陆澹盦、张无净（天翼）、张碧梧、朱戬、王天恨、赵苕狂、徐卓呆、姚赓夔（苏风）、吴克洲等其他同一时期民国侦探小说作家和他们的代表性系列作品时，就只能以并置罗列的方式予以简单呈现，而没有以类型文学的角度深入挖掘这些中国侦探小说作家、作品之间的内在有机联系和聚类化创作特征，从而形成一部结构化、体系化的“民国侦探小说史”。至于像朱秋镜、柳村任、郑狄克、郑小平、长川、位育、艾珑、汪剑鸣等民国侦探小说作家则已经近乎从文学史中彻底消失，但他们在侦探小说领域的创作实绩和各自特色却是不容忽视的。

此外，现如今一提到类型文学研究就容易陷入“结构主义—符号学”的迷宫与“公式”之中，似乎大有将类型文学研究变成一道道“数学题目”或“符号矩阵”的趋势，而这类研究又往往容易忽略类型小说文本得以产生的具体语境和其在类型语法之外的个性化美学特征。其实，在具体的类型文学研究中，类型、文本与文学作品所承载的思想价值之间的关系非常密切且复杂。简单来说，文本承载具体思想价值，而类型就是文本和其所承载的思想价值经过规律化、普遍化“提纯”后“铭刻”（德勒兹语）在小说内容与形式深层的不可磨灭的痕迹。学者葛红兵曾提出“建构类型小说批评范式应该走内容和形式兼顾、审美和文化研究并举的道路”①。其实，从事某一种具体的类型文学或某一段具体的类型文学史研究更是应该如此。即要努力做到内容与形式、具体与抽象、审美与文化、历史语境与普遍规律的“并举”，积极探求类型背后的价值和意义，追求类型结构与具体文本的统一。而将其进一步具体到民国侦探小说的相关研究中，这一时期侦探小说类型背后最为重要的价值与意义之一就是其中所包含的现代性因素与想象。

第三，在一般论述晚清、民国时期侦探小说的研究性文章或著作中，总跳不出“西方起源—译介引入—学习模仿—本土化创作”的陈旧思维定式。而这一思路本质上仍是费正清在解释中国近代史时所提出的“冲击—反应”模式的某种简单变形。即使个别研究者在相关研究过程中试图在这一固定旧有框架下引入新的切入点和观察角度——如苏州大学朱全定的博士学位论文《中国侦探小说的叙事视角与媒介传播》中就试图引入“叙述视角”和“媒介传播”两个切入要素，同时总结出了中国侦探小说的几种基本模式，对传统论述框架有所创新——但创新部分仍相对有限，并没有从根本上打破传统有关于中国侦探小说的研究格局。跳出这一思维定式来看，西方侦探小说的类型发展情况当然是我们研究中国侦探小说时不可或缺的一个重要参考维度，甚至可以说其具有某种总体性背景语境的地位。本书也认为中国侦探小说发展史上的很多问题只有放在世界侦探小说发展的大背景之下才能获得更为清晰的理解与阐释。但这不应该是单向度的影响与反应关系，而应该上升到中国侦探小说

① 葛红兵：《小说类型学的基本理论问题》，上海大学出版社2012年版，第28页。

中的“世界性因素”① 这一层面来予以认识并展开研究。

与此同时，关于中国传统文化、新兴市民文化、晚清司法转型、抗战及战后社会环境等对于晚清、民国时期侦探小说翻译、创作、传播与接受的影响；中国现代都市空间与侦探小说文本之间所存在的互文性关系；理性、科学、法制、正义等现代性议题在中国侦探小说文本内外的呈现、“误读”和“变异”；报刊、图像、电影等新兴传播媒介与艺术形式对于中国侦探小说创作手法的影响与“反哺”；武侠小说、言情小说、滑稽小说等小说类型与侦探小说的“兼类”和“融合”等问题的思考和梳理，都有助于我们打开民国侦探小说研究背后更为广阔的解释空间并寻找到更为深刻且复杂的意义指向与可能。由此，中国侦探小说中的“世界性因素”就不再是抽象的、唯一的影响因素，相关研究也不应仅仅限于外来与本土的二元结构框架之中，而是应该进入具体的历史语境，仔细考察作为一种“舶来品”的侦探小说如何在不同的社会与文化力量的推动或阻碍下一路发展，或者“发育不良”。

第四，在论及从晚清到民国，从民国到新中国的时代转折时，一般的文学史论述总是将中国侦探小说的发展轨迹描述为一种“突变”或“断裂”——借用学者宋明炜关于中国科幻小说史研究中的一个说法，即“中国科幻文学史从来都不是绵延持续的，而是充满断层”②，似乎我们也可以将现在主流学界对于中国侦探小说发展史概括为其“不是绵延持续的，而是充满断层”——比如认为清末民初时舶来的西方侦探小说取代了传统公案小说；到了 1949 年以后则是侦探小说被划入资产阶级文学的阵营之中，进而被彻底清扫干净；而在进入 20 世纪 80 年代后，曾经高度政治化的反特小说又全面让

---

① 可参见陈思和《中国文学中的世界性因素》，复旦大学出版社 2011 年版。

② *The Reincarnated Giant*: *An Anthology of Twenty-First-Century Chinese Science Fiction*, Eds. Mingwei Song and Theodore Huters, Trans. Xueni Jin（金雪妮）, Columbia University Press, 2018.

位于“去政治化”的悬疑与推理小说。如果说文学史发展本身的“突变”与“断裂”多少仍有一点历史事实上的依据，那么更为致命的问题在于研究方面的割裂，即中国近、现代侦探小说和小说史的研究工作一旦跨入当代（20世纪50—70年代的惊险、反特小说和新时期的悬疑、推理小说）之后，就常常陷入一种前文中所提到过的由于类型文学发展过程中出现的断裂及中国现、当代文学学科划分本身的限制所带来的研究上的断裂和言说上的困境。

一方面，本书虽然同意中国侦探小说在百年发展过程中缺乏必要的代际传承和前后延续，但放在世界侦探小说发展的大背景之下，我们又能明显看出中国侦探小说所依循的发展路径与世界侦探小说主流发展脉络之间的一致性，或者起码的相关联性。比如程小青之于柯南·道尔，孙了红之于莫里斯·勒伯朗，位育、仇章之于“二战”时期世界性的间谍小说创作热潮，20世纪50—70年代的中国反特惊险小说之于全球冷战格局下的间谍想象与苏联同类型小说，新时期中国悬疑推理小说之于阿加莎·克里斯蒂、丹·布朗、岛田庄司与东野圭吾等人的创作等。另一方面，当我们将侦探小说从一种类型小说进一步抽象、“提纯”为更加灵活和基本的类型情节模式、文学元素和创作手法之后，就不难发现，侦探小说在百年中国文学发展史中其实从未消亡，它只是以不同的形态及名称存在于不同年代文学史的“隐秘的角落”之中，甚至有时会以“民间隐形结构”① 等隐蔽面貌和曲折形式渗透在各类文艺作品里面。具体针对清末民初与1949年两个最经常被言说为中国侦探小说发展史的“断裂”节点来看，一方面，传统公案小说从未真正消亡，其混合着清官/侠义/武侠/鬼神等小说因素一直持续不断地影响着中国侦探小说中的侦探形象（人物）、破案手法（情节）、叙事模式（形式）、作品审美趣味（风格）和中国文人对于侦探小说这一类型文学的基本

---

① 关于“民间隐形结构”的概念，参见陈思和《中国新文学整体观》，上海文艺出版社2001年版，第131—145页。

认识（文学观念）等诸多层面；另一方面，1949 年以后的惊险、反特小说也并非和民国侦探小说彻底地泾渭分明。如前文中所述，当我们把中国侦探小说的发展轨迹放置于世界侦探文学的发展大潮之中来予以考察，就不难发现，在“二战”后开始日趋流行，并渐渐发展至蔚为大观的世界间谍小说创作热潮的参照之下，民国侦探小说、间谍小说和 20 世纪 50—70 年代惊险、反特小说之间其实有着更为深层的文本继承关系和内在演变路径，甚至这种关系与路径还体现在相关类型和题材的话剧与电影作品之中。进一步来说，这种继承与演变也不仅停留在文学形式与小说类型层面，其背后更是有着从个人主义到民族主义，再到人民政治等不同政治话语的延伸、冲突与迭代。关于这一点，本书会有专门的章节进行详细分析（第五章第二节），此处不赘言。

当然，想要彻底厘清中国侦探小说/推理小说在纵跨中国近、现、当代百年文学史中的发展脉络，及其受欧美日各国侦探小说的影响过程与结果，甚至想要完成一部“百年中国侦探小说发展史”的工程量都过于浩大，非笔者一部博士学位论文所能涵盖和完成。而本书之所以将主要研究重点集中在晚清与民国时期，主要原因有四。

第一，从作家作品层面来说，无论是现代侦探小说作者还是当代推理小说作者，其“文本产量”往往都非常惊人。尤其是 21 世纪以来悬疑推理小说和网络文学获得某种形式的“联姻”后，更是出现了不少动辄数百万字的超长篇系列推理小说（其中多半是以多个故事连缀的形式构成，囿于该类型小说对悬疑性和紧张感塑造的追求，单篇推理小说一般鲜有 20 万字以上的作品）。而对于一名勤奋且高产的推理小说作者而言，拥有十几部甚至几十部著作也并不是什么稀有和罕见的现象。因此，目前更有针对性地选择对晚清、民国时期的侦探小说进行研究，从实际操作层面来说更具备可行性。

第二，从不同历史时期的文学史相关程度来看，晚清公案及侦探小说与民国侦探小说之间的关系显然更为密切，也更适合将其作为一个整体来进行研究。而在具体的研究展开过程中，本书倾向于将晚清看作是中国侦探小说值得追溯和探源的起点，而将民国侦探小说视为独立的文学史研究对象，其主要考虑到晚清时期的中国侦探小说是翻译远大于创作，且创作中大量混杂了公案与谴责小说的成分，而民国侦探小说则是创作与翻译并重，且民国侦探小说创作更加具有独立的类型文学意义和考察价值。

第三，从现有研究状况来看，苏州大学范伯群教授、汤哲声教授及其所带领的学术研究团队，以及北京师范大学任翔教授等关于晚清、民国时期侦探小说期刊、单行本、作家、作品的相关整理与研究工作为后续研究者打下了非常坚实的基础，“后来者”具体操作起来也更为便捷且基本上能够“有迹可循”。相较而言，当代中国惊险、反特小说与悬疑、推理小说的研究则仍处于较为粗浅且混乱的局面之中，现有作家作品整体情况的不明朗、“类型文学地图”全貌的不清楚，以及尚未完成的作品经典化沉淀和提炼等研究现状，都使得关于中国当代侦探小说史的研究工作变得更为困难重重。

第四，如前文所述，中国当代推理小说与近现代侦探小说之间彼此关联度并不高，二者更多的是以某种相似的轨迹在师法国外优秀作家作品，因而单独研究前一文学史阶段并不影响其研究逻辑体系的完整性。而从时序先后与因果逻辑上来说，想要研究中国侦探小说这一文学类型，从侦探小说进入中国的源头阶段开始进行梳理也是势必先行的一项工作。与此同时，对于中国近、现代侦探小说的充分研究也会对未来研究中国当代推理小说提供某些可以借鉴、参考的模式、思路和方法，为以后研究工作的进一步展开和延续打好基础。中国侦探小说的研究任重而道远，本书只是在这条研究探索的道路上所走出的一小步。

第二节 文献综述

与晚清、民国时期侦探小说翻译、创作相关的材料、著作和论文数量众多且内容庞杂。本节将具体的相关文献和参考书目、论文分为如下八类，并对其按类别逐一进行文献梳理和评述：第一，晚清、民国时期刊载侦探小说创作、翻译的报纸、杂志与出版的单行本等原始资料；第二，有关于晚清、民国时期的侦探小说创作、翻译情况的小说目录、资料汇编、文学史著作与相关作家专题研究及学术传记；第三，关于侦探小说翻译的研究著作与论文；第四，关于传统公案小说的研究著作与论文；第五，关于侦探小说类型理论、结构主义、叙事学、符号学等方面的文学理论著述及相关具体理论应用研究成果；第六、关于现代都市空间与现代性的理论著述及相关具体理论应用研究成果；第七，关于世界各国侦探小说及侦探小说发展史的研究和介绍类著作；第八，其他相关研究论著、论文与作品等。

第一，晚清、民国时期刊载侦探小说创作、翻译的报纸、杂志与出版的单行本等原始资料。

本书所援引的晚清、民国时期的报纸、杂志原刊和图书单行本等原始资料，主要通过上海图书馆、复旦大学图书馆、复旦大学中文系资料室、台湾师范大学图书馆等处所馆藏的原始报刊及图书单行本资料；“孔夫子”旧书网（https：//www. kongfz. com）和“杂书馆”官网（http：//www. zashuguan. cn）等所呈现的相关资料照片信息；以及“全国报刊索引”数据库（http：//www. cnbksy. cn）、“瀚文民国书库”数据库（http：//hwshu. com/front/index/toindex. do）、“汉珍知识网”数据库（https：//www. tbmc. com. tw）、“爱如生”《申报》数据库（http：//dh. ersjk. com/spring/front/read）、“大学数字图书馆”（https：//cadal. edu. cn/index/home）、“抗日战争与近代中日关系文献数据平台”（https：//www. modernhistory. org. cn）、“读秀”学术搜索引擎（http：//www. duxiu. com）等相关电子文献数据库中涉及晚清、民国时期侦探小说的原始报刊及单行本出版物的原文件、影印文件的扫描版本与照片翻拍等电子文档。

这些原始材料大致可以分为两类。

一是报刊类：本书写作过程中一共搜集到专门性的或主要刊载侦探小说创作及翻译的报刊十三种（其中部分杂志以刊登侦探小说为主，兼及刊登武侠小说、冒险小说、惊悚恐怖小说等），其分别是《侦探世界》（共二十四期，1923 年 6 月—1924 年 5 月）、《侦探》（共五十七期，1938 年 9 月—1941 年 8 月）、《世界大侦探》（仅见第二期，1939 年 3 月—1939 年 4 月）、《每月侦探》（仅见第一期，1940 年 2 月）、《侦探半周刊》（共六期，1940 年 7 月）、《新侦探》（共十七期，1946 年 1 月—1947 年 6 月）、《大侦探》（共三十六期，1946 年 4 月—1949 年 5 月）、《小侦探》（仅见第一期，1946 年 4 月）、《侦探》（仅见第一期，1946 年 8 月）、《蓝皮书》（共二十六期，1946 年 7 月—1949 年 5 月）、《红皮书》（共四期，1949 年 1 月—1949 年 4 月）、《神秘书》（仅见第一期，1949 年 4 月 9 日）、《侦探世界（吼声书局）》（仅见前两期，出版时间不详）。

同时还有一些杂志的“侦探小说专号”共六期，其分别是《半月》第一卷第六期“侦探小说号”（1921 年 11 月 29 日）、《半月》第三卷第六期“侦探小说号”（1923 年 12 月 8 日）、《快活》第二十三期“侦探号”（1922 年）、《游戏世界》第二十期“侦探小说号”（1923 年 1 月）、《小说世界》“侦探专号”（1924 年 12 月）、《紫罗兰》第三卷第二十四期“侦探小说号”（1929 年 3 月 11 日）。

以上各侦探类杂志及“侦探小说专号”，两类相加，共计 183 期。关于这方面资料的详细信息汇总、整理及统计情况，详见本书“附录二：民国时期十三种侦探小说杂志及六种杂志的‘侦探小说号’文章发表情况统计汇总（1912—1949）”。该附录中具体列出了本书所见上述侦探小说杂志及“专号”上的文章篇名、作者译者、所在期数、发表年代、文章类型及补充注释等相关内容，可供研究者参考查阅。

此外，晚清、民国时期还有众多的并非专门侦探类的报纸、杂志上也大量刊载了侦探小说创作、翻译、评论文章及相关资料信息

（甚至这些非专门侦探类的报纸杂志上的侦探小说资料还要远比上述侦探小说专门性杂志及“专号”上的内容多得多），如《时务报》《新小说》《绣像小说》《月月小说》《小说林》《小说海》《小说月报》《小说时报》《中华小说界》《礼拜六》《小说世界》《小说大观》《小说丛报》《半月》《紫罗兰》《红杂志》《红玫瑰》《兰友》《星期》《快活》《珊瑚》《游戏世界》《小朋友》《旅行杂志》《万象》《大众》《春秋》《时报》《申报》《新闻报》《金刚钻》《最小》《小日报》《小小日报》《袖珍报》《力报》《东方日报》《正报》《现代家庭》《小说日报》《大风报》《沪西》《新上海》《中美周报》《大世界报》《麒麟》《台湾日日新报》等。从晚清四大小说期刊（《小说林》）到民国时期的通俗文学杂志（《半月》《红玫瑰》）再到20世纪40年代的综合性杂志（《万象》），从最主流的新闻大报（《申报》）到各类小报（《金刚钻》）及游戏场报（《大世界报》）再到社团同人报刊（《兰友》），从家庭休闲类杂志（《现代家庭》）到旅行资讯刊物（《旅行杂志》）再到儿童读物（《小朋友》），从上海（绝大多数）到北京（《小小日报》）再到苏州（《消闲月刊》）、无锡（《人报》）、广州（《粤江日报》）、长春（《麒麟》）、台北（《台湾日日新报》），其经历时间之久、跨越地域之广、报刊种类之多、刊载情况之繁杂，本书很难对其予以完整呈现。其中部分资料信息将在本书“附录一：民国时期二十八位侦探小说作家的侦探小说创作、评论及翻译文章在报纸杂志上发表情况，以及其作品单行本出版情况的统计与整理（1912—1949）”中予以呈现，其他部分资料则在正文论述过程中具体涉及时，个别予以提及，难免挂一漏万。

二是单行本类：相较于本书所列举出的晚清、民国时期的侦探小说报纸、杂志刊载情况统计与整理结果总体上来说还较为丰富，同一时期的侦探小说单行本出版情况在寻找、查阅、搜集和整理方面的难度则要大得多。在本书写作过程中，笔者共搜集到晚清、民国时期的侦探小说翻译、创作单行本近四百种（其中部分单行本仅见到封面、版权页、目录和部分章节的扫描页，未见全本，还有一些仅见于后来学人所整理的小说存目之中），主要集中于小说林社、商务印书馆、中华书局、文明书局、有正书局、广智书局、时还书局、大东书局、世界书局、上海交通图书馆、春明书店、中央书店、春江书局、日新出版社、有才书局、正气书局、三星书局、文华美术图书印刷公司、武林书店、大众书局、广益书局、大地出版社等出版机构负责相关出版、印刷和发行工作。考虑到大多数晚清、民国时期的侦探小说翻译与创作，尤其是民国侦探小说创作，往往是先在报纸、杂志上发表或连载之后才集结单行本出版发行，二者在作品篇目和文本内容上彼此重复的情况相当普遍，所以本书写作过程中所采取的基本策略是通过对报纸、杂志上相关资料的尽力搜集来弥补单行本“见识”上的缺失和不足。而具体到本书所涉及的晚清、民国时期出版发行的侦探小说单行本信息，则部分集中呈现于“附录一”中的“单行本出版的原创侦探小说或侦探小说集”和“单行本出版的翻译侦探小说或侦探小说集”两个相关条目之下，其他相关侦探小说单行本信息（主要是侦探小说翻译单行本）则在正文论述过程中具体涉及时，个别予以提及，而不再对其进行系统整理和呈现。

第二，有关于晚清、民国时期的侦探小说创作、翻译情况的小说目录、资料汇编、文学史著作与相关作家专题研究及学术传记。

虽然本书在写作过程中更倾向于依靠晚清、民国时期的侦探小说创作、翻译最初刊载的报纸、杂志与出版的单行本等原始资料，但后来学人所整理和编写的相关资料与研究性著作仍然不可或缺，且为本书中研究工作的开展提供了相当多的助益和参考。其中大致可分为如下几个层次：小说目录与资料汇编类似于最基本的研究“地图”，为后人呈现出当时文学刊载与出版状况的基础性面貌；文学史著作意味着将这份“原始地图”转换为系统的、逻辑的论说体系和历史脉络；相关作家专题研究及学术传记则相当于进一步针对这份地图的局部展开更为详细的“旅游导览”。其中这几方面材料与文献的基本情况大致如下。

首先，后来学人所编写的相关小说目录与资料汇编仍是相当基础且重要的参考工具和索引指南。正是在这些书目、汇编和“工具书”的帮助之下，本书在写作过程中才能更为有的放矢地“按图索骥”，从而形成了一张相对较为完整且清晰的“晚清、民国侦探小说地图”。此类关于晚清、民国时期的书目和期刊资料汇编，以阿英的《晚清戏曲小说目》[①] 为始，其后有魏绍昌、吴承惠编的《鸳鸯蝴蝶派研究资料》，魏绍昌主编的《民国通俗小说书目资料汇编》（共三册），芮和师、范伯群等人联合编纂的《鸳鸯蝴蝶派文学资料》（上、下册），贾植芳、俞元桂主编的《中国现代文学总书目》，唐沅主编的《中国现代文学期刊目录汇编》（上、下册），刘永文编著的《晚清小说目录》和《民国小说目录》，北京图书馆编纂的《民国时期总书目（1911—1949）：文学理论·世界文学·中国文学》，甘振虎等人编纂的《中国现代文学总书目·小说卷》，等等，这些不同资料汇编与书目整理之间虽多有重复，且也不少相互矛盾与抵牾之处，但总体上几份资料彼此叠加，可以说还是能够形成一个相对完整的晚清、民国侦探小说作品清单。同时，郑逸梅的《民国旧派文艺期刊丛话》和魏绍昌的《我看鸳鸯蝴蝶派》也可作为这方面的重要补充材料。

相较而言，李力夫的《民国杂书识小录》，习斌的《晚清稀见小说经眼录》与《晚清稀见小说鉴藏录》，张泽贤的《中国现代文学小说版本闻见录（1909—1933）》《中国现代文学小说版本闻见录（1934—1949）》与《中国现代文学小说版本闻见录续集（1906—1949）》，以及付建舟的《清末民初小说版本经眼录》《清末民初小说版本经眼录二集》《清末民初小说版本经眼录三集》《清

---

① 本部分论述中所提到的所有资料汇编、专著、学位论文与期刊论文的相关出版及刊载情况，皆列于本书“参考书目及文献”中。此处提及，为了论述与阅读上的便利，只引书名或文章名，而不再重复标注相关出版与刊载信息。

末民初小说版本经眼录（清末小说卷）》与《清末民初小说版本经眼录（民初小说卷）》等“经眼录”类书籍，以编者所见书目为主要内容，其完备程度显然不能和前述小说书目与资料汇编类著作相比，但也能偶见个别珍稀作品或罕见版次，亦不能完全错过。

在这些作品条目整理的相关著作中，有两种对于本书写作与研究来说最为重要，一是日本学者樽本照雄所编写的《清末民初小说目录》，该书所收录小说条目截至20世纪20年代以前，初为纸质印刷出版，后因资料不断增补完善，而改为电子版发行，截至本书写作时，所参考的版本已经是第十三版，共计6000多页，资料的丰富程度远超其他同类书目。而该书的另一特点在于，对于同一作品条目，集中汇总各家不同版本的相关信息，如遇彼此矛盾之处，也予以并列呈现，其好处在于可以给查阅者以尽可能完整的现阶段资料情况及各家不同说法，但进一步的考辨工作则需要查阅者自己来判断和完成。另一本则是任翔、高媛主编的《中国侦探小说理论资料（1902—2011）》，相比于上述诸种对晚清、民国时期的各类小说目录的汇编整理，《中国侦探小说理论资料（1902—2011）》中的“附录二 翻译侦探小说目录（1896—1949）”与“附录三 原创侦探小说目录（1901—1949）”是相当难得的关于侦探小说的专门性资料成果，其采取编年方式，具体针对晚清、民国侦探小说这一历史时段与小说类型进行了较为系统而全面的整理，虽然该书相关整理内容中仍有一些讹误和错漏，但瑕不掩瑜，依然为本书的写作，特别是本书“附录一”与“附录二”的整理提供了重要的参考价值。

此外，李亚娟所著《晚清小说与政治之关系研究（1902—1911）》一书中的“附录6：侦探小说单行本（光绪二十五年至宣统三年）”中对于晚清时期侦探小说单行本出版发行情况的统计；陈平原、夏晓虹所编《二十世纪中国小说理论资料：第一卷（1897—1916）》对清末民初小说理论相关资料的呈现；孟兆臣主编《中国近代小报小说研究》（共二册）中对于民国小报上的侦探小说连载情况的相关汇总；姜维枫所著《近现代侦探小说作家程小青研究》

一书的相关附录中对于程小青侦探小说创作与翻译情况的编年“再整理”；姚涵的博士学位论文《从“半侬”到“半农”——刘半农对中国现代文学的贡献》（复旦大学，2009 年 4 月）附录中对于刘半农早期侦探小说创作及翻译情况的梳理；房莹的博士学位论文《陆澹盦及其小说研究》（华东师范大学，2010 年 4 月）附录中对于陆澹盦侦探小说创作及翻译，特别是其侦探影戏小说翻译情况的整理；以及鲍晶编纂的《刘半农研究资料》，徐瑞岳编著的《刘半农研究》与《刘半农年谱》，毛策的《包天笑著译年表》，凌佳的《民国城市小说家徐卓呆研究（1910—1940）》中的相关附录资料，徐斯年的《论王度庐的早期小说》，陈罡的《“门角里福尔摩斯”：赵苕狂和他的〈胡闲探案〉》，包中华、杨洪承的《新见早期侦探小说评论资料的理论价值——以〈中国侦探小说理论资料（1902—2011）〉十二条未收资料为中心》，曹波、万兵的《刘半农小说著译学术年谱（1913—1920）》，翟猛的《〈青年进步〉刊程小青汉译小说考论》，班柏的《民国期间的侦探小说期刊群》和《民国期间的侦探小说出版》等著述或论文中，也都相应提供了相关史料搜集与整理成果，为本书的搜集资料和具体写作提供了非常有益的参考和指导。

其次，还有一些当代出版的关于晚清、民国时期侦探小说的作品选编，也是很有意义的参考资料。这类“作品选集”虽不像上述“书目汇编”一样追求对于当时侦探小说发表、出版情况有一个较为全面而完整的认识，但也在相当程度上保存下来了一些重要文本的内容和信息，以供后来人阅读、查找和研究使用。比如萧金林主编的《中国现代通俗小说选评 · 侦探卷》，刘祥安等人编校的《中国侦探小说宗匠——程小青（附俞天愤、陆澹安、张碧梧评传及其代表作）》，于润琦主编的《清末民初小说书系：侦探卷》，徐俊西、栾梅健编选的《海上文学百家文库：陆士谔、徐卓呆卷》和《海上文学百家文库：范烟桥、程小青卷》，任翔主编的《百年中国侦探小说精选（1908—2011）· 江南燕》《百年中国侦探小说精选（1908—

2011）·雀语》与《百年中国侦探小说精选（1908—2011）·雪狮》，以及华斯比整理、主编的《中国侦探：罗师福》《刘半农侦探小说集》《李飞探案集》《胡闲探案》《糊涂侦探案》《叶黄夫妇探案集》《双雄斗智记》和《中国侦探在旧金山》等皆属于这一类晚清、民国侦探小说作品选编类著作。

实际上，在整个晚清、民国时期的侦探小说创作中，能集结成单行本出版发行的作家作品本来就占当时整个侦探小说创作总量中的少数。1949年以后，人们又长期普遍不重视对民国侦探小说创作的保存、整理、出版和研究工作，导致新中国（主要集中在20世纪80年代以后）出版的民国侦探小说集或小说选数目寥寥，且分布极为不均衡。大体上来说，可能只有程小青和孙了红两位“最具影响力”的民国侦探小说作家的侦探小说集和小说选在新时期以后不断出版（甚至是重复出版）。此外，大概也只有前文所列出的寥寥几种民国侦探小说作品选集，包括华斯比主持的“中国近现代侦探小说拾遗”丛书，有着重要的资料价值。

其中，程小青在20世纪80年代以后出版的侦探小说作品集包括：《霍桑探案集》（共13册，群众出版社1986—1988年版）、《程小青文集：霍桑探案选》（共4册，中国文联出版公司1986年版）、《晚清民国小说研究丛书：霍桑探案集》（共10册，吉林文史出版社1987—1991年版）、《霍桑探案选》（共3册，漓江出版社1987年版）、《霍桑惊险探案》（共4册，中国国际广播出版社2002年版）等几套侦探小说选集，甚至中国台湾地区也出版过一本由范伯群编选的《民初都市通俗小说3：侦探泰斗——程小青》（台北：业强出版社1993年版，该书其实和江苏文艺出版社出版的“鸳鸯蝴蝶—礼拜六派经典小说文库”中的程小青分册为同一种）。总的来看，程小青侦探小说出版规模和版本数量为其他民国侦探小说作者所不能相比。相应地，程小青在当代中国读者心目中的认知程度也最高，甚至很多当代侦探小说读者一提到民国侦探小说只知程小青与“霍桑探案”，程小青也通常被认为是“中国侦探小说之父”。这既和程小青本人在侦探小说创作上所取得的相应实绩，及其为中国侦探小说事业发展所作出的巨大贡献密切相关，也相当程度上得益于其作品在新时期以来的不断结集、再版。

除程小青之外，另一位在新时期被不断再版的民国侦探小说作家就是孙了红。仅笔者所见，孙了红新时期以来的侦探小说作品选有《血纸人》（上海文化出版社 2008 年版），《蓝色响尾蛇》《血纸人》与《鬼手》共三种（中国国际广播出版社 2013 年版），《血纸人》《鬼手》二种（岳麓书社 2014、2016 年版），范伯群编选的《民初都市通俗小说 7：侠盗文怪——孙了红》（台北：业强出版社 1993 年版，该书其实和江苏文艺出版社出版的“鸳鸯蝴蝶—礼拜六派经典小说文库”中的孙了红分册为同一种），以及《博物院的秘密》《紫色游泳衣》《玫瑰之影》《蓝色响尾蛇》和《木偶的戏剧》共五种（中国文史出版社 2021 年版）等。相比于程小青的侦探小说集多为多卷本、大规模、集中性出版，这些新时期，特别是 21 世纪以来出版的孙了红的侦探小说集，其作品收录情况远称不上齐全。比如中国国际广播出版社推出的孙了红三本侦探小说集《蓝色响尾蛇》《血纸人》《鬼手》，共收录孙了红中、短篇小说 12 篇，基本上涵盖了孙了红于 20 世纪 40 年代在《万象》《春秋》《大侦探》等杂志上发表的其创作成就最高的一批代表性作品。但这其中的遗漏情况也是非常明显的，比如孙了红后来在《蓝皮书》《红皮书》《神秘书》等杂志上发表的《复兴公园之鹰》《祖国之魂》等重要作品则从未被任何一本选集收录其中。与此同时，上海文化出版社的《血纸人》和岳麓书社的《鬼手》虽然也都是孙了红中、短篇侦探小说选集，但其中涉及的作品范围都没有超越中国国际广播出版社所选编和收录的篇目内容。这也就意味着孙了红的某些“著名”篇目在短时期内被多次重复出版，而他的其他作品则遭受冷遇，甚至被完全忽略。而关于这一点，通过本节所列举的几种 21 世纪以来出版的孙了红侦探小说作品选本在书名上的重复程度也可见一斑。

再次，如果说“书目汇编”与“作品选集”所呈现的还只是比较原始和相对基本的“线索”，那么相关的文学史著作则提供了一种更加结构化、理论化、系统化的“认知加工”方式和深入思考路径。就好比“书目汇编”只是告诉我们此处有山川河流、森林湖泊，而相关文学史著述则可以进一步指出这些地形地貌彼此之间的内在关系以及其背后的形成原因。与晚清、民国侦探小说相关的文学史著作最早可以追溯至阿英的《晚清小说史》，书中对于晚清侦探小说总体数量、翻译占比、畅销程度的概括性描述都为后来者了解当时侦探小说的出版情况与阅读市场提供了宝贵材料。而其对于谴责小说、侦探小说、黑幕小说之间关系的分析，在今天看来，虽然可能存在不小的偏颇和“误解”，但仍旧不乏一定的启发意义。

在所有这些有关于民国侦探小说的文学史著作里，苏州大学范伯群教授的《中国近现代通俗文学史》（上、下册）、《中国现代通俗文学史（插图本）》与北京大学陈平原教授的《中国小说叙事模式的转变》《中国现代小说的起点：清末民初小说研究》《小说史：理论与实践》等无疑是其中最为重要的几本力作。范伯群教授所领衔编写的两种“中国现代通俗文学史”将侦探小说置于中国通俗文学研究的宏观框架之下，并进一步将其纳入到“通俗文学”与“五四”新文学“一体两翼”的中国现代文学史研究格局之中，为后来者继续从事民国侦探小说及中国现代通俗文学中其他类型小说的研究提供了一个非常有益的思考起点和讨论平台。与此同时，范伯群教授还具体指明了通俗文学史在写法上与“五四”新文学史的不同之处，即“我们认为近现代通俗文学史的编纂，应以‘板块式’为宜”①，其中的“板块式”在概念的内涵和外延方面已经粗具“类型文学”的意义指向。全书中由汤哲声教授负责撰写的《中国近现代通俗文学史·侦探推理编》（全书第737—900页）更是为晚清、民国时期中国侦探小说的翻译和创作情况绘制了一张比较完整的认知

① 范伯群、汤哲声：《中国近现代通俗文学史·绪论》，江苏教育出版社1999年版，第33页。

地图，其对于侦探小说在晚清时期译介进入中国具体情况的描述、对于民国侦探小说经典作家作品的钩沉、对于侦探小说报刊与出版情况的整理、对于 20 世纪 20 年代中国侦探小说发展面貌的勾勒等都是本书中相关研究得以展开的重要基础，其中很多学术判断更是为本书所直接继承。相较而言，陈平原教授的几种著书则更多是从小说叙事模式、类型特征、清末民初小说整体特点与文学史转型等方面入手来讨论中国侦探小说。其中《中国小说叙事模式的转变》一书主要谈及侦探小说作为一种“舶来”的文学类型，在中国小说叙事模式古今演变的过程中所起到的重要意义和深远影响（其影响远超侦探小说这一文学类型自身之外）；《中国现代小说的起点：清末民初小说研究》则将中国侦探小说放置在清末民初这个特殊的时代背景之下来进行整体性考察，并指出侦探小说在其中作为构成中国现代小说起点重要组成部分之一的积极意义；《小说史：理论与实践》更是进一步尝试运用类型文学的研究思路和方法来理解侦探小说自身所具有的独特的小说结构特点和文学史价值。陈平原教授的三种著作层层深入，从小说叙事模式到文学史转型与中国现代小说的起点，再到类型文学理论与类型文学史建构。其虽然都不是将侦探小说作为主要论述对象，但却为后来者研究清末民初转型时期的侦探小说——尤其在如何分析叙事模式、形式特征、历史语境等方面——提供了相当重要的方法论指导和研究范式参考价值。

此外，学者魏艳的新作《福尔摩斯来中国：侦探小说在中国的跨文化传播》也是近年来国内少见的主要针对晚清、民国时期侦探小说所写的研究性专著，是基于作者博士学位论文 *The Rise and Development of Chinese Detective Fiction*：*1900—1949* 的翻译、修改和完善。魏艳在书中以李欧梵教授所提出的晚清由文学翻译所带来的文化交流、上海的都市现代性和民国时期上海的“世界主义”等概念为理论基点，着力探讨晚清、民国时期侦探小说翻译和创作过程中所体现出来的“新旧知识观/世界观的协商”（Epistemological negotiation）、“现代性的情感结构”（Structure of feeling of modernities）和

“跨文化传译”（Transcultration）等内容，大体上是在比较文学与文化及跨文化传播等思路范围内讨论这一历史时期的中国侦探小说，该书理论视野宏阔，对小说文本的解读也多别有洞见。而日本学者池田智惠的『近代中国における探偵小説の誕生と変遷』一书，相比于汤哲声“通俗文学史”中的相关章节和魏艳新近专著的方法与视野而言，最大的突破在于指出了20世纪40年代后期作为民国侦探小说发展史的又一次高峰。极为粗略地概括来说，在三种有关于晚清、民国侦探小说史的研究专著中：如果说魏艳跨文化传播的研究视角更加凸显了晚清时期的重要意义；范伯群、汤哲声的通俗文学史研究体系充分呈现出了20世纪20年代民国侦探小说在杂志刊载与单行本出版方面所形成的第一次热潮；那么池田智惠则初步揭示出了20世纪40年代后期，民国侦探小说发展至尾声阶段的第二次勃兴；而在这一晚清、民国侦探小说史的不同建构与叙述过程中，陈平原教授所强调的叙事模式与类型特征则始终是我们必须要关注的重要问题。

除了以上几种著述之外，汤哲声的《中国现代通俗小说流变史》《中国现代通俗小说思辨录》，武润婷的《中国近代小说演变史》，张华的《中国现代通俗小说流变》，孔庆东的《超越雅俗》，司新丽的《中国现代消遣小说研究》等多少带有一些文学史性质的研究著作也都有相关章节对晚清、民国侦探小说的发展演变进行了阐述和讨论。其中值得特别一提的是武润婷的《中国近代小说演变史》，该书用较大篇幅对公案小说自身发展轨迹，及其后来转型为侦探小说的过程进行了描述和分析，不仅在勾勒侠义公案小说的发展脉络方面提出了颇具原创性的观察视角，也能帮助我们更好地理解“包拯”是如何一步步演变成为“福尔摩斯”的。而孔庆东的《超越雅俗》在讨论20世纪40年代侦探小说创作格局及侦探小说与武侠小说、言情小说、滑稽小说等不同小说类型相互融合的文学发展趋势与现象时，都能给人以很多启发。相比于大多数学者更关注于清末民初时期侦探小说的翻译和创作，学界对于20世纪40年代民国侦探小说创作的相关研究，可谓冷寂，孔庆东的著作在这一点上，具有一定的开创意义和补白价值。

在学位论文方面，李世新的博士学位论文《中国侦探小说及其比较研究》将中国侦探小说的发展历程分为传统公案小说、晚清民国时期的侦探小说、20 世纪 50—70 年代的反特惊险小说、新时期的侦探小说四部分。这是国内较早地以侦探小说作为博士学位论文研究对象，并予以其较为系统、详尽分析的一篇研究专论。该论文在中国侦探小说文学史断代、发展脉络梳理、受传统公案小说与域外侦探小说二元影响等方面的论述都为后来的研究者提供了一些基本的参考和借鉴。相比于李世新论文中对“二元影响”并举的论述结构与研究框架，左明的硕士学位论文《论中国现代侦探小说的民族特征》则更集中笔墨分析了中国传统文化观念及叙事方式对于中国现代侦探小说的影响。如果说左明的这篇硕士学位论文所要探讨的主要问题是中国侦探小说的“中国性”之所在，那么荆华的硕士学位论文《新文学侦探小说（1914—1949）叙事模式研究》则可以与左明的论文互为补充，该论文所讨论的核心问题正是中国侦探小说不同于中国传统文学的地方，其中作者尤其关注到中国现代侦探小说与中国传统小说在叙事模式上的差异，大概可以视为从米列娜《从传统到现代：19 至 20 世纪转折时期的中国小说》到陈平原《中国小说叙事模式的转变》相关研究思路在中国侦探小说领域的延伸与一则个案分析。

和李世新相类似，朱全定的博士学位论文《中国侦探小说的叙事视角与媒介传播》所面对的也是整个中国侦探小说发展史，其论述对象甚至从神话起源一直到蔡骏、那多及互联网时代的中国侦探小说作家们，而其对于民国时期侦探小说的论述主要集中于对程小青和孙了红二人的个例分析，在文学史意义上并未突破范伯群、汤哲声所提供的学术研究框架。但朱全定引入了“叙事视角”与“媒介传播”两个研究视角，进而将中国侦探小说研究与西方原型理论、叙事学理论、故事形态学理论以及大众文化等相关理论进行横向关联研究，这一点正是该论文的创新之处所在，也是其最富有启发性的地方。同样，美国学者 Jeffrey Kinkley（金介甫）的 *Chinese Justice, the Fiction: Law and Literature in Modern China* 一书的关注对象也是整个中国公案与侦探小说，并特别强调其中的法制观念与正义想象。

此外，周洁的博士学位论文《清末民国侦探小说研究》、张燕的硕士学位论文《晚清侦探小说研究——以“四大小说杂志”为中心》、折宝莉的硕士学位论文《中国原创侦探小说的发生（清末至民初）》、杨春华的硕士学位论文《清末民初现代化过程中的侦探小说研究》、李艳葳的硕士学位论文《晚清域外侦探小说对中国现代文学时间叙事模式的影响》等多关注晚清民国时期文学转型过程中侦探小说在叙事模式与类型文学上的意义，大概可以视为前述陈平原相关研究思路的具体实践。而任翔的论文《中国侦探小说的发生及其意义》与《侦探小说研究与文化现代性》、周楠的硕士学位论文《近代侦探小说中的都市元素研究》、谢小萍的硕士学位论文《中国侦探小说研究：以1896—1949年上海为例》，以及陈丽君的论文《晚清（A. D. 1895—1911）传奇、小说的现代性追求——以公案、侦探为中心》等则多着眼于侦探小说与现代化都市及市民文化之间的关系研究，并借此来阐释出侦探小说不同侧面——如翻译传播、都市环境、叙事结构、生产过程与市民读者等方面——所具有的现代性特质。

最后，还有不少针对晚清、民国时期具体某一侦探小说作家或侦探小说期刊的专题性研究成果。其中姜维枫的《近现代侦探小说作家程小青研究》是国内较早的一本关于程小青的研究专著，该书采用了人物传记研究、类型文学研究、文本细读法、“结构主义—叙事学”等多种研究方法对程小青的生平及作品进行了梳理和分析。和新时期以来民国侦探小说作品出版情况相类似，在研究领域，相对于其他民国侦探小说作家而言，程小青被关注和研究的次数也最多，比如马玉芬的硕士学位论文《论〈福尔摩斯探案全集〉对中国近代侦探小说创作的影响——以程小青的〈霍桑探案全集〉为例》、黄晓娜的硕士学位论文《〈福尔摩斯探案全集〉与〈霍桑探案集〉的比较研究》、罗雪艳的硕士学位论文《程小青侦探小说创作心理初探》、吴梦雅的硕士学位论文《程小青与〈霍桑探案集〉》、李惠兰的硕士学位论文《〈霍桑探案集〉人物形象研究》、程海燕的硕士学位论文《论程小青侦探小说的本土化》、蒋杨的硕士学位论文《程小青〈霍桑探案〉的现代性追求》、戴金玲的硕士学位论文《侦探之王程小青电影观念研究》，禹玲的论文《程小青翻译对其创作活动的影响》，以及 Annabella Weisl 基于硕士学位论文修订出版的 *Cheng Xiaoqing（1893—1976）and His Detective Stories in Modern Shanghai* 等皆“扎堆”在程小青一人身上，从比较文学视角、创作心理分析、现代性与本土性研究，到小说人物研究，甚至电影研究等方方面面都有所涉及，但这些研究普遍深度不足，彼此间重复的内容也不少。

以程小青为中心，卢润祥的《神秘的侦探世界——程小青、孙了红小说艺术谈》则梳理了程小青、孙了红这两位民国时期最为重要的侦探小说作家的创作生平，并对其作品进行了比较分析，尤其是书中对于孙了红 1949 年以后的生平经历所进行的实地采访考察，在孙了红传记研究方面具有重要的补白价值。而刘祥安编校的《中国侦探小说宗匠——程小青》一书中，不仅有对于程小青的作家研究与作品分析，还附有俞天愤、陆澹盦、张碧梧三位民国侦探小说作家的研究评传，该书可视为范伯群《中国近现代通俗文学史》中关于民国侦探小说相关章节的某种延伸与补充。而于敏的硕士学位论文《论孙了红及其反侦探小说创作》、姚涵的博士学位论文《从“半侬”到“半农”——刘半农对中国现代文学的贡献》、房莹的博士学位论文《陆澹盦及其小说研究》、陈华的硕士学位论文《论叶圣陶、刘半农、张天翼的早期通俗文学创作》、张承志的硕士学位论文《刘半农小说研究》、刘梦盼的硕士学位论文《陆澹安及其侦探小说研究》、吴培华的论文《通俗文坛上的严肃作家俞天愤》与汤哲声的论文《张碧梧及其文学创作》等虽然不完全是以上述作家的侦探小说创作为主要研究对象，但论文中也多少涉及了张天翼、刘半农、陆澹盦、孙了红、俞天愤、张碧梧等作家的生平经历和侦探小说创作。其中值得特别一提的是姚涵的《从“半侬”到“半农”——刘半农对中国现代文学的贡献》和陈华的《论叶圣陶、刘半农、张天翼的早期通俗文学创作》，这两篇论文都是将目光聚焦于曾经深度参与过侦探小说写作、翻译、出版等相关工作，后来又转投“五四”新文学阵营的张天翼和刘半农。通过这两位作家文学事业追求上的变化轨迹（体现在笔名上即是从“张无诤”到“张天翼”，从“刘半侬”到“刘半农”），即可以从一个侦探小说“出走者”的全新角度来反观中国侦探小说自身的特点、存在的不足，以及在当时文坛所处的地位变化等问题。

此外，牛倩的硕士学位论文《〈侦探世界〉杂志研究》、俞依璐的硕士学位论文《赵苕狂的〈侦探世界〉》、谢宁的硕士学位论文《〈大侦探〉期刊研究》、陶春军的论文《〈侦探世界〉中侦探小说的叙事艺术》等都是围绕一本侦探小说杂志所进行的历史性考察或者针对其编辑思想来展开讨论；吕淳钰的硕士学位论文《日治时期台湾侦探叙事的发生与形成：一个通俗文学新文类的考察》、王品涵的硕士学位论文《跨国文本脉络下的台湾汉文犯罪小说研究（1895—1945）》、林承樸的硕士学位论文《是谁之过欤——魏清德犯罪小说研究》，以及黄美娥的论文《台湾文学的新视野：日治时代汉文通俗小说概述》主要梳理日据时期中国台湾侦探小说、犯罪小说与其中代表性作家魏清德的创作情况；而张巍的《鸳鸯蝴蝶派文学与早期中国电影的创作》、徐红的《西文东渐与中国早期电影的跨文化改编（1913—1931）》、张华的《姚苏凤和1930年代中国影坛》及邵栋的《纸上银幕：民初的影戏小说》等相关著作，与蒋林倩的硕士学位论文《中国早期侦探片研究（1920—1949）》、胡文谦的《中国早期侦探片与好莱坞之影响》、陈建华的《“影”与“戏”的协商——管海峰〈红粉骷髅〉与中国早期电影观念》、周仲谋的《王次龙与早期类型片的多样化美学探索》、徐红的《论中国早期侦探片的类型探索与意识批评（1920—1949）》以及容世诚的《从侦探杂志到武打电影——“环球出版社”与“女飞贼黄莺”（1946—1962）》等论文则关注到侦探小说与电影之关系、影戏侦探小说的翻译与改编，及早期侦探电影等相关问题，对本文的写作也提供了很多值得借鉴和学习的地方。

第三，关于侦探小说翻译的研究著作与论文。

在众多涉及晚清、民国时期侦探小说的研究专著和论文中，关于侦探小说翻译的研究数量格外多，且自成体系。这一方面或许是因为侦探小说本来就是一种文学“舶来品”，文学翻译正是带着侦探小说漂洋过海来到中国的“一叶扁舟”，二者有着天然的密不可分的切实关联；另一方面，侦探小说翻译在清末民初的小说翻译总量中占有很大比例，阿英在《晚清小说史》中就曾说过：“先有一两种的试译，得到了读者，于是便风起云涌互应起来，造就了后期的侦探翻译世界。与吴趼人合作的周桂笙（新庵），是这一类译作能手，而当时译家，与侦探小说不发生关系的，到后来简直可以说是没有。如果说当时翻译小说有千种，翻译侦探要占五百部上。”[①] 因此，关于侦探小说的翻译也相应地获得了很多专门从事小说翻译研究的学者们的注意，这也是情理之中的事。

在这些涉及晚清、民国时期侦探小说翻译的相关专著及论文中，郭延礼的《中国近代翻译文学概论》为其中较早的一部学术著作，该书上编以史论和文论为纲，下编以译者为核心的编写体例总体上来说比较清晰，其中上编第六章《中国近代翻译侦探小说》（第139—166页）和下编第五章《周桂笙、奚若及其他》（第345—370页）都涉及了清末民初时期侦探小说翻译的相关内容。而书中对于周桂笙翻译贡献的评价、对于侦探小说《毒蛇圈》的翻译对后来吴趼人创作《九命奇冤》的影响（武润婷的《中国近代小说演变史》一书中就直接继承了这一观点）、对于福尔摩斯这一文学形象进

---

① 阿英：《晚清小说史》，东方出版社1996年版，第217页。

入中国的过程及影响等相关问题的探讨及译本梳理，都是侦探小说翻译研究中一些必不可少的学术奠基性工作。

与《中国近代翻译文学概论》体例相近，众多关于晚清、民国时期文学翻译的研究著作中也常常多少会有一两个章节涉及侦探小说的翻译问题。比如孔慧怡《翻译·文学·文化》一书中的《以通俗小说为教化工具：福尔摩斯在中国》（第19—30页），王宏志《重释“信、达、雅”——20世纪中国翻译研究》一书中的《“暴力的行为”——晚清翻译外国小说的行为及模式》（第159—196页），张彩霞等编著的《自由派翻译传统研究》一书中的第三章第四节《侦探小说的翻译》（第107—116页），连燕堂《二十世纪中国翻译文学史·近代卷》一书中的第四章第二节《政治小说、虚无党小说和侦探小说翻译》（第97—108页），黄永林《中西通俗小说叙事：比较与阐释》一书中的第五章《公案小说与侦探小说》（第218—264页），赵稀方《翻译现代性：晚清到五四的翻译研究》一书中的第四章第二节《〈毒蛇圈〉与侦探小说》（第113—135页），张治编著的《中西因缘：近现代文学视野中的西方“经典”》一书中的第三章《福尔摩斯的东方传人：侦探小说在中国》（第43—61页），张璘《文学传统与文学翻译的互动》一书第五章中的《新体裁的引介：侦探小说》和《叙事模式的入侵》（第163—178页）等相关内容，或者意在描述侦探小说进入中国时的演变过程与接受情况，或者以具体的翻译文本为研究个案（其中多集中于《福尔摩斯探案》《毒蛇圈》或《玉虫缘》几种），或者努力阐发在侦探小说翻译过程中所引申出来的现代性问题与有关于叙事结构方面的思考等。其中班柏的《福尔摩斯探案小说汉译研究》是新近出版的一本关于侦探小说翻译研究的专著，书中对于晚清、民国时期福尔摩斯探案小说不同译本及“伪翻译”的研究和考证工作对本书写作别有启发。

相较而言，李欧梵的《福尔摩斯在中国》、孔慧怡的《还以背景，还以公道：论清末民初英语侦探小说中译》与蔡祝青的《接受与转化：试论侦探小说在清末民初（1896—1916）中国的译介与创作》几篇论文在侦探小说翻译研究的单篇论文写作中具有典范意义；魏艳的论文《晚清时期侦探小说的翻译》《论狄公案故事的东西互动》，及其在王德威主编的“哈佛版”《新编中国现代文学史》（*A New Literary History of Modern China*）一书中负责撰写的相关章节 *Sherlock Holmes Comes to China*（pp. 178－183）等也都颇有学术见地和创新视野；郑怡庭的《“归化”还是“异化”？——*The Hound of the Baskervilles* 三部清末民初中译本研究》对于侦探小说《巴斯克维尔猎犬》在清末民初三种译本的比较与细读，同时引入“归化”“异化”等理论关照，也颇具有启发性；陈硕文的《“这奇异的旅程”：周瘦鹃的亚森罗苹小说翻译与民初上海》与《译者现身的跨国行旅：从〈疤面玛歌〉（Margot la Balafrée）到〈毒蛇圈〉》则分别是关于“亚森罗苹小说翻译”和小说《毒蛇圈》汉译的个案研究；而陈国伟的研究专著《越境与译径：当代台湾推理小说的身体翻译与跨国生成》则“另辟蹊径”，从德勒兹的“身体”理论出发来解读侦探小说的类型规律和现代意义，可谓别开生面。而中村忠行的《清末侦探小说史稿——以翻译为中心》与姜颖的硕士学位论文《清末民初域外侦探小说译作研究——以福尔摩斯汉译本为中心》中有不少基础性的梳理和论述；李奕青的硕士学位论文《包青天遇见福尔摩斯：〈中国侦探案〉故事之创新与承继》聚焦吴趼人的《中国侦探案》，借这一本小说集来辐射出侦探小说在当时所涉及的中西古今文学融合与演变等大问题；余玟欣的硕士学位论文《遇见福尔摩斯：以中国晚清时期与日本明治时期福尔摩斯探案翻译为例》则将中国译介、引进侦探小说的过程和同一时期的日本进行平行比较，这是需要多种语言能力支撑（起码中文、英文、日文三种语言）才能完成的学术工作。此外，还有刘小刚的《正义的乌托邦——清末民初福尔摩斯形象研究》、刘嘉的《福尔摩斯侦探小说在晚清至五四规范流变中的求生之道》、邵海伦的《文化危急时刻的侦探形象再造——以晚清小说中的“福尔摩斯”为中心》、石娟的

《从“剧贼”、“侠盗”到“义侠”——亚森罗苹在中国的接受》等研究论文也都颇值一读。

第四，关于传统公案小说的研究著作与论文。

研究晚清、民国侦探小说必定绕不开中国传统的公案小说，公案小说与侦探小说一方面都与刑事或民事犯罪的文学书写密切相关，有着题材上的共通性；但在另一方面，公案小说与侦探小说无论是在内容、形式，还是创作意图上又都存在着根本性的不同。当时文人普遍称赞侦探小说而故意忽视或贬低公案小说，侦探小说翻译名家周桂笙就曾说：“吾国视泰西，风俗既殊，嗜好亦别。故小说家之趋向，迥不相侔。尤以侦探小说，为吾国所绝乏，不能不让彼独步。盖吾国刑律讼狱，大异泰西各国，侦探之说，实未尝梦见。”① 对于西方侦探小说的类似观点在当时无疑是主流声音，但在这其中也掺杂了一些异质性的意见，比如吴趼人就身体力行地写了一本《中国侦探案》，想借此与西方侦探小说一决高下，但最后写出来的结果却是：“惟是所记者，皆官长之事，非役人之事，第其迹近于侦探也。然则，谓此书为中国侦探也可；谓此书为中国能吏传也，亦无不可。”② 在公案小说与侦探小说的交锋中，侦探小说似乎取得了彻底性的胜利，甚至清末民初常常被后来的学者描绘成一个由公案小说过渡到侦探小说的历史转型期，其中较为形象化的说法即是“从包拯到福尔摩斯”。但这其中的历史真实情况是相当复杂的，本书对此会有专门章节进行详细论述（第二章），而对公案小说的必要了解和研究对于研究晚清、民国侦探小说来说也是必不可少的“探源”工作之一。

在关于中国公案小说的相关研究中，最有代表性，且充分体现了简洁、有力、准确等学术特点的奠基性著作当然首推鲁迅的《中国小说史略》，书中《清之侠义小说及公案》一文清晰地勾勒出了

① 周桂笙：《歇洛克复生侦探案弁言》，《新民丛报》第三卷第七期，1904年。

② 吴趼人：《中国侦探案·弁言》，上海广智书局1906年版。

中国古代公案小说到侠义公案小说再到其逐步走向衰微的发展历程，短短十来页的篇幅却大体上奠定了后来学人概括和研究这段文学史的基本论述框架，功力之深，非他人可比。

后来，刘世德《中国古代小说研究》一书中的相关章节、苗怀明的《中国古代公案小说史论》、黄岩柏的《公案小说史话》、曹亦冰的《侠义公案小说简史》等都更为详尽且清晰地梳理了公案小说这一小说类型的文学发展进程和历史演变轨迹；李保均主编的《明清小说比较研究》一书中的第七章《明清公案侠义小说比较研究》（第 311—364 页）既分析了公案小说在明清两朝的发展脉络，又将侠义公案小说与西方侦探小说、骑士小说进行了横向比较研究；付建舟、黄念然、刘再华合著的《近现代中国文论的转型》一书中的第六章第三节《从公案小说理论到侦探小说理论》（第 297—302 页）则侧重从文学理论的角度剖析了从公案小说到侦探小说的文类演化过程；竺洪波的论文《公案小说与法制意识——对公案小说的文化思考》着重考察公案小说背后的法制意识；董亚惠的论文《人物类型、叙事逻辑与功能在中国近代小说的推演——从〈九命奇冤〉到〈霍桑探案〉》尝试从人物类型与叙事逻辑的角度勾勒公案小说到侦探小说的文类转型；武润婷的《试论侠义公案小说的形成和演变》与苗怀明的《从公案到侦探：论晚清公案小说的终结与近代侦探小说的生成》两篇论文则更为提纲挈领地专门针对公案小说到侦探小说的文类转型分别展开论述。

在有关于中国公案小说的相关研究成果中，杨绪容的《明清小说的生成与衍化》与王德威的《被压抑的现代性：晚清小说新论》两部著作中的相关部分章节皆可谓颇富学术原创性，且都给本书写作以相当大的启发和助益。杨著下编《公案侦探》（第 213—341 页）中对于陈景韩、包天笑和吴趼人的案例对比分析，为我们理解公案小说到侦探小说文类转型过程中的曲折性和复杂性提供了全新的思考角度和观察视野，而杨绪容在这一研究脉络下的单篇论文还有《“公案”辨体》《从公案到侦探：对近代小说过渡形态的考察》《吴趼人与清末侦探小说的民族化》《中国侦探小说之父陈景韩》等。而王著则撷取晚清小说中的四个文类——狎邪、侠义公案、丑怪谴责与科幻奇谭——作为欲望、正义、价值、真理四种相互交错的话语，进而揭示出晚清小说中被压抑的现代性因素，书中阐释侠义公案小说与正义、科幻奇谭与真理之间关系的相关论述，对本书的写作更是颇具有示范性意义。

第五，关于侦探小说类型理论、结构主义、叙事学、符号学等方面的文学理论著述及相关具体理论应用研究成果。

在小说形式与结构方面，侦探小说对于中国现代小说最大的影响之一在于其叙事模式。具体言之，即侦探小说大多是采用第一、第三人称的限制性叙事视角，同时普遍采用倒叙结构，这对于讲求全知视角和顺叙结构的中国传统小说而言是一个不折不扣的“外来异类”。比如侠人就认为：“唯侦探一门，为西洋小说家专长，中国叙此等事，往往凿空不近人情，且亦无此层出不穷境界，真瞠乎其后矣。”① 侦探小说作为一种类型小说有着其自身独特的类型规律和形式要求，而抓住侦探小说的叙事结构正是研究作为类型文学的侦探小说的一个重要切入口。在众多相关的理论著述中，最切近要害的当属法国学者茨维坦·托多罗夫的《侦探小说类型学》一文。而张璐的论文《论托多罗夫的〈侦探小说类型学〉》则是专门针对这篇理论文献的分析和解读。

西方相关的结构主义理论、符号学理论、叙事学理论、故事形态学理论、类型文学理论等都能够多少为我们解剖侦探小说提供有效的分析工具和思考角度。比如法国学者 A. J. 格雷马斯的《结构语义学》，俄国学者普罗普的《故事形态学》及《神奇故事的历史根源》，法国学者茨维坦·托多洛夫编选的《俄苏形式主义文论选》，法国学者热拉尔·热奈特的《叙事话语·新叙事话语》及《热奈特论文集》，赵毅衡的《苦恼的叙述者》与唐伟胜的《文本、语境、

① 侠人：《小说丛话》，《新小说》第十三期，1905 年。

读者：当代美国叙事理论研究》等，都是我们可以借用来分析和理解侦探小说相关形式结构与叙事模式的有效理论工具。当然，对于侦探小说的形式分析与结构研究不能完全封闭于小说文本与类型内部，而应该与文本之外的社会历史语境相联系，在这个意义上，美国学者拉尔夫·科恩的《文学理论的未来》，詹姆逊的《晚期资本主义的文化逻辑》与《政治无意识》等著述都颇具启发性，而本书对于这些理论的理解和借用，将在“绪论”中的“研究方法与意义”部分作为本书的核心方法论详细展开说明，此处不赘言。

关于理论阅读的另外一个关键问题在于，如何将这些文学理论与晚清、民国时期侦探小说的具体发展历史和文学文本相结合，这其中存在的“鸿沟”还是相当明显。简言之，即晚清、民国侦探小说普遍过于单薄的文本内容，经常无法承载过度的理论分析。在这方面，上海大学葛红兵教授和他的学术团队做了系统而有益的尝试。具体而言，有三本书值得一谈，分别是葛红兵的《小说类型学的基本理论问题》、张永禄的《类型学视野下的中国现代小说研究》和谢彩的《中国侦探小说类型论》。这三本书有梯度、有层次地分别探讨了类型文学研究中的文学理论工具，中国类型文学研究的历史、现状与未来可行性，以及如何运用类型文学理论来研究侦探小说这一具体文学类型等重要问题，由理论到实践，由整体到个别，逻辑清晰，层次井然。虽然该系列丛书并没有最终完成将类型文学相关理论与中国晚清、民国时期侦探小说的具体历史和文本相衔接的工作，尤其是其中对于侦探小说的研究结果也不尽如人意，但其对于相关文学理论的梳理与总结，以及其整体研究思路与框架设计上，还是颇有一些值得参考和学习的地方。

相比之下，在国内类型文学研究方面，反而是两本和侦探小说“关系不大”的学术著作为本书的思考和写作提供了可供参考的方法取径和较为成功的实践范例。其分别是陈平原的《千古文人侠客梦：武侠小说类型研究》和许子东的《为了忘却的集体记忆：解读50篇文革小说》。其中，《千古文人侠客梦》是从类型文学的视角出发来解读武侠小说，陈平原在序言中称该书为“史论”，而其具体论述结构也的确做到了“有史有论”“前史后论”“以史带论”等特点。而该书“史论结合”的书写方式及其针对具体某一种类型小说的架构体例都给本书写作以很多借鉴和启迪。《为了忘却的集体记忆》则选取了50篇关于“文革”的小说进行文本分析和归类，是将普罗普的民间故事理论运用到中国具体小说研究中的一次有益尝试，也为本书在分析浩如烟海的晚清、民国时期侦探小说作品时提供了方法上的某种启发，不过该书的问题可能在于，如何平衡彼此间差异过大的长、短篇小说，以及将“文革”小说降格为“民间故事”的研究方法是否合适，都还有待商榷。

第六，关于现代都市空间与现代性的理论著述及相关具体理论应用研究成果。

从侦探小说的起源来看，这是一种诞生于现代都市之中的小说类型。无论是从世界早期侦探小说的普遍书写题材与文学空间，还是内置于侦探小说深层文本肌理之中的现代都市感觉结构而言，我们都可以说侦探小说既是都市的，更是现代的。在众多研究侦探小说与现代都市之间关系及侦探小说中现代性因素的相关论著中，德国学者本雅明的《波德莱尔：发达资本主义时代的抒情诗人》和齐美尔的《大城市与精神生活》对本书的写作启发最大。尤其是《波德莱尔：发达资本主义时代的抒情诗人》一书将小说中的侦探形象与现代都市及现代都市中的“闲逛者”形象联系在一起，也启发本书进一步去思考和阐释侦探小说中的文本世界与现实都市世界之间的互文性关系，以及其中的深层感觉联结。此外，克拉考尔的《侦探小说：哲学论文》一书将侦探小说中的侦探视为理性的代言人，而理性正是启蒙运动之后新的“上帝”的化身，克拉考尔由此将侦探小说放置于更为宏大的历史时代背景和话语转型过程之中进行考察，并视侦探小说这一小说类型为贯彻理性观念最纯粹的文学形式之一。“理性”也是本书理解侦探小说时的一个重要关键词，只是相比于克拉考尔所论述的形而上的“理性”观念，本书更着重关注和分析理性概念中具体的各实践层面与历史语境，尤其是理性在晚清、民国侦探小说文本内部的呈现、意义、“误读”和新的“理性之魅”的产生。在此基础上，李政亮的《福尔摩斯 VS 亚森·罗宾》一文大有将本雅明与克拉考尔的侦探小说相关研究进行盘点和整合的意味，颇具借鉴意义。

谈到现代都市和侦探小说中现代性元素之间的具体关联，诸如现代时间、都市空间、都市人“感觉结构”、报纸、摄影术、电影、电话、电报、广播、现代邮政系统、现代消防系统、现代城市街道与交通（火车、马车、汽车与自行车）、现代商业保险制度、舞厅、舞女等，都是研究中国侦探小说与现代都市形成“互文性”关系的重要连接点，也是都市现代性因素在侦探小说文本中的物质沉淀和文学想象。抓住这些文学内容与形式要素，展开文本内外的互文性分析，正是本书尝试打开侦探小说研究的一个重要切入口。在这个意义上，德国学者本雅明的《单行道》和《机械复制时代的艺术作品》，英国学者迈克·克朗的《文化地理学》，加拿大学者麦克卢汉的《理解媒介：论人的延伸》，美国学者苏珊·桑塔格的《疾病的隐喻》和《论摄影》，法国学者罗兰·巴特的《流行体系：符号学与服饰符码》和《明室：摄影札记》，英国学者约翰·伯格的《理解一张照片：约翰·伯格论摄影》，德国学者沃尔夫冈·希弗尔布施的《铁道之旅：19 世纪空间与时间的工业化》，美国学者汤姆·甘宁的《描摹身体：摄影，侦探与早期电影》，法国学者 Luc Boltanski 的 *Mysteries and Conspiracies*：*Detective Stories*，*Spy Novels and the Making of Modern Societies*，李欧梵的《上海摩登：一种新都市文化在中国（1930—1945）》，史书美的《现代的诱惑：书写半殖民地中国的现代主义（1917—1937）》以及陈建华的《文以载车：民国火车小传》等相关研究都为本书认识和理解现代都市中的物质文化因素及其背后的哲学内涵与文学想象提供了非常重要的理论指引，而其中所涉及的物质文化研究、文学地理学、符号学、图像研究和后殖民研究等方法也直接构成本书写作核心方法论的重要组成部分。

其中，值得特别一提的是李欧梵教授的《上海摩登》，该书虽未正面谈及侦探小说，但书中将穆时英、刘呐鸥等上海新感觉派作家的文学作品与以“摩登女郎”为代表的都市欲望符号和以舞厅为代表的现代都市空间进行相互关联的研究方法对于本书的写作有很大启发。甚至该书中将20世纪30年代上海最具特色的都市空间地景予以逐一分析，其中很多上海都市空间也正是本书在讨论晚清、民国侦探小说时需要进一步关注和研究的对象。

此外，付景川的《城市、媒体与“异托邦”——爱伦·坡侦探小说的空间叙事研究》、陈晓兰的《侦探小说与城市的控制——以柯南·道尔侦探小说为例》、方芳的硕士学位论文《欧美侦探小说兴盛的外部原因研究》、詹丽的《东北沦陷区侦探小说的空间构置与文学想象》、崔龙的《希望之城与魔性之都：民国时期中日侦探小说中的“两个”上海》，以及柴红梅的《日本侦探小说与大连关系研究》等研究论文或专著也都从各自不同的实际案例出发，为研究具体某一侦探小说（如爱伦·坡、柯南·道尔的侦探小说创作，或者“伪满”时期的侦探小说等）与都市文化之间的关系进行了积极的实践和探索。而张登林的《上海市民文化与现代通俗小说》、任翔的《侦探小说研究与文化现代性》，以及周楠的《近代侦探小说中的都市元素研究》等相关著述则是更为具体地将晚清、民国侦探小说与上海这座城市的现代都市空间及市民文化之间进行了各有侧重的关联和讨论，鉴于前文中对此已经有所提及，此处不再重复。

第七，关于世界各国侦探小说及侦探小说发展史的研究和介绍类著作。

本书认为，想要真正讨论和研究晚清、民国侦探小说的发展脉络及其背后产生的深层原因，就必须对世界侦探小说的发展走向和演变格局有一定了解，比如侦探小说诞生的原因、间谍小说的出现与演变、“黄金时代”侦探小说与早期侦探小说的区别、美国“硬汉派”侦探小说的形成、日本社会派推理的产生及影响、侦探小说与侦探电影之间的互动关系等。这些世界各国侦探小说的发展轨迹和其背后成因在我们解释中国侦探小说的变化路径时有很大的参考价值和借鉴意义，其不仅可以作为理解当时中国侦探小说发展变化的某种“参照系”和“背景板”，更是我们研究晚清、民国侦探小说不可忽略的“世界语境”，或者说其中很多就是构成晚清、民国侦探小说发展本身的“世界性因素”。而这些著作涉及面广、内容驳杂，大致可以分为以下几类来分别梳理和介绍。

一是世界侦探小说发展史或发展简史。该类译著以英国侦探小说作者及研究者朱利安·西蒙斯的《血腥的谋杀——西方侦探小说史》为代表，该书为我们提供了一个西方侦探小说发展史的整体性脉络与认识格局，且其中对很多侦探小说作家作品的点评都颇为精准、到位。而国内同类著作则形成了一个彼此相关的发展序列，具体而言，其以曹正文的《世界侦探小说史略》为基础框架，以黄泽新、宋安娜的《侦探小说学》为理论参考，其论述在任翔的《文学的另一道风景：侦探小说史论》一书中获得了系统化的提升。后来于洪笙的《重新审视侦探小说》、褚盟的《谋杀的魅影：世界推理小说简史》、常大利的《世界侦探小说漫谈》、梁瀚文的《世界侦探小说发展史话：西方卷》、彭宏的《当代侦探小说的文类流变》等都是对此前几种世界侦探小说简史性质的著作从不同角度进行的资料补充和延伸介绍。总体上来看，该类图书的介绍性大于研究性、普及性大于学术性，但面对浩如烟海的世界侦探小说作家作品时，基本的介绍也是入门的前提和必需。

在阅读上述世界侦探小说发展史一类的论著和图书时，也要相应地广泛涉猎其中所提到的作家、作品，尤其是对晚清、民国侦探小说创作有重要影响的西方侦探小说作家及作品，比如埃德加·爱伦·坡（Edgar Allan Poe）、阿瑟·柯南·道尔（Arthur Conan Doyle）、莫理斯·勒布朗（M. Leblanc，民国时期通常译作“勒伯朗”）、埃米尔·加博里奥（Emile Gaboriau，民国时期通常译作“茄薄烈”）、埃勒里·奎因（Ellery Queen，民国时期通常译作“奎宁”）、阿加莎·克里斯蒂（Agatha Christie，民国时期通常译作“葛丽师丹”“葛丽斯丹”或“克丽斯丹”)、莱斯利·查特里斯(Leslie Charteris,民国时期通常译作“杞德烈斯”)、厄尔·比格斯(Earl Derr Biggers)、范·达因(S. S. Van Dine,民国时期通常译作“范达痕”或者“范大然”①),以及可以引为参照的达希尔·哈米特(Dashiell Hammett)、雷蒙德·钱德勒(Raymond Thornton Chandler)、约翰·勒卡雷(John le Carre)、江户川乱步、横沟正史、松本清张等。这其中很多作家作品不仅可以构成和晚清、民国侦探小说的比较和参照,甚至直接影响到晚清、民国侦探小说中某些作家的创作与作品的产生,或者其在晚清、民国时期曾经被翻译进入国内。关于这些比较与影响,以及当时的翻译、流传和底本考证情况,本书将在相关章节和附录中予以具体说明,此处不一一列举。

二是中国台湾地区学者所写的侦探小说书评、介绍与分析类著作或文章。在中国台湾地区,有一批热爱阅读西方侦探小说的媒体知识分子、作家和出版人,他们素以阅读面广而著称,也写过大量侦探小说评述类文章,并多结集出版。而其对于西方侦探小说的涉猎范围则以詹宏志编选、远流出版的“谋杀专门店”系列为主,共收录欧美侦探小说 101 种。这些侦探小说“爱好者”的相关著述包括詹宏志的《詹宏志私房谋杀》和《侦探研究》、唐诺的《八百万零一种死法》和《那时没有王,各人任意而行》、杨照的《推理之门由此进:推理的四门必修课》等。该类著作的共通点与优点在于,其常常可以通过对一个西方侦探小说文本别具匠心的细致解读,勾连起对整个西方侦探小说发展史的理解。而这些可能并不成系统且看似与中国晚清、民国时期侦探小说研究关系不大的“理解碎片”与“他者解读”,对于本书在理解和分析民国时期某个具体的侦探小说文本时还是颇有裨益的,其中更多是思考角度层面的启发。比如詹宏志从某一个核心诡计出发来展开对一批包含并使用了同类诡计

---

① 参见灏《侦探小说作家应知道的二十条》,《红玫瑰》第六卷第二十期,1930 年。

的侦探小说的相关论述就很富有启发性，也是归纳、整合和理解侦探小说作品时的一个很有意思的切入口；唐诺通过约翰·勒卡雷来探讨类型小说与严肃文学之间关系的某些论述，也启发本书写作时在将侦探小说视为一种类型小说的基本论述前提下，是否还应该更多关注类型“溢出”的部分及其成因；而唐诺对于侦探小说与间谍小说之间关系的分析，也直接促成了本书将间谍小说视为侦探小说“子类型”这一观点的形成。

三是关于某一国别、时代、流派侦探小说的发展史或关于国外某一侦探小说作家的专门性介绍或研究。该类著作包括朱利安·西蒙斯的《文坛怪杰：爱伦·坡传》、E. J. 瓦格纳的《夏洛克·福尔摩斯的科学》、马丁·爱德华兹的《“谋杀”的黄金时代：英国侦探俱乐部之谜》、劳拉·汤普森的《英伦之谜：阿加莎·克里斯蒂传》、凯瑟琳·哈卡帕的《阿加莎的毒药》、维尔纳·格雷夫的《詹姆斯·邦德：时代精神的特工》、任翔的《文化危机时代的文学抉择：爱伦·坡与侦探小说研究》、刘臻编著的《真实的幻境：解码福尔摩斯》、黄巍的《推理之外：阿加莎·克里斯蒂的小说艺术》、王安忆的《华丽家族：阿加莎·克里斯蒂的世界》，以及苏加宁的博士学位论文《社会转型与空间叙事——美国早期哥特式小说研究》和楼宇的博士学位论文《里卡多·皮格利亚侦探小说研究》等。这其中有些研究对象可能与晚清、民国时期的中国侦探小说并无多少“实在”关联（比如美国早期哥特小说或者里卡多·皮格利亚），但研究者在进行相关论述时所采用的视角与方法仍是本书写作时可以横向参考和借鉴的。

四是其他关于侦探小说的研究论著。比如美国学者托·英奇编写的《美国通俗文化简史》一书将美国侦探小说放在其通俗文化的背景下予以考察，与范伯群、汤哲声教授的相关研究论著可互为参照和补充，特别是书中所收录的拉里·N. 蓝德勒姆的《侦探和神秘小说》一文（第77—87页），更是直接比较研究了侦探小说和神秘小说两种小说类型；苏联侦探小说作家阿·阿达莫夫的《侦探文学和我》一书中所提到的苏联社会主义新政权对于被视为资本主义小说类型的侦探小说所采取的文艺政策和批判态度等相关内容，则可以帮助我们理解 1949 年以后侦探小说在中国大陆地区变化与“衰落”的原因；美国作者雪莉・艾利斯与劳丽・拉姆森合著的《开始写吧！——推理小说创作》则从创作者与创意写作的角度为我们揭示出侦探小说的基本类型规律和创作技巧，关于侦探小说的创意写作是一般文学史论著和研究著作常常忽略的切入视角，却也给本书写作带来许多新奇且有价值的发现；此外，P. D. 詹姆丝的《推理小说这样读》，颜剑飞的《推理小说技巧散论》，刘伟民的《侦探小说评析》，袁洪庚、魏晓旭、冯立丽编写的《侦探小说：作品与评论》，黄哲真的《推理小说概论》等著作也都各有特点，限于文章篇幅，这里就不对其进行逐一介绍了。

第八，其他相关研究论著、论文与作品等。

关于这些内容的文献综述，相对而言，更加复杂、散乱且难以概括，此处只能略举几例来作为简单说明。

一是与侦探小说研究并无直接关系，但却为本书写作提供范式参考意义的研究著作，比如前文中提到的陈平原的《千古文人侠客梦：武侠小说类型研究》、王德威的《被压抑的现代性：晚清小说新论》、李欧梵的《上海摩登：一种新都市文化在中国（1930—1945）》等。

二是关于犯罪学、犯罪心理学、犯罪行为学的研究著作，如意大利学者加罗法洛的《犯罪学》、意大利学者切萨雷・龙勃罗梭的《犯罪人论》、英国学者 Ronald Blackburn 的《犯罪行为心理学：理论、研究与实践》、美国学者布伦特・E. 特维的《犯罪心理画像：行为证据分析入门》等，这类著作虽然和中国侦探小说并不直接发生关系，却可以帮助本文更好地理解侦探小说中关于犯罪动机、查案手段、审判流程等情节设计和细节描写是否真实合理及其背后成因等问题。尤其是鉴于民国侦探小说作家程小青“1924 年，受无锡的《锡报》之聘为副刊编辑，同时，通过函授学习美国一所大学的

‘犯罪心理学’‘侦察学’等课程”[1] 等亲身经历和知识来源。而民国时期相当重要的侦探小说杂志《大侦探》上则出现过很多“实事侦探案”的报道，书写方式与侦探小说几乎无异（此类文章一般都会有特别标注，若是本土案件，往往注明“上海实事探案”或“广州带来的新闻”，若是海外奇闻，则注明“海外新闻”或“美国联合情报局局长某某亲述”等）。这些材料与信息在不断提醒着我们，对犯罪学、犯罪心理学等相关理论知识有一定涉猎会有助于加强对上述作家、作品的理解和研究展开的深化。

三是关于晚清、民国时期一些社会案件与犯罪行为的历史研究。比如美国学者魏斐德的系列相关论著：《上海警察（1927—1937）》《上海歹土：战时恐怖活动与城市犯罪（1937—1941）》《红星照耀上海城：共产党对市政警察的改造（1942—1952）》与《间谍王：戴笠与中国特工》等，为我们回到民国上海的历史现场，了解当时的警察系统、都市犯罪与地下情报网等相关情况，有很大帮助。

四是一些作家专论、研究论文集，或部分并非专门关于侦探小说的文学史著作等也会有助于本书加强对侦探小说在某一阶段的整体文学史发展背景的了解和认识。比如关于作家张天翼的几本研究著作或论文集：黄侯兴的《张天翼的文学道路》，沈承宽、吴福辉、张大明、黄侯兴编纂的《张天翼论》，以及沈承宽、黄侯兴、吴福辉编纂的《中国文学史资料全编·现代卷·张天翼研究资料》等。虽然这些研究主要是针对张天翼后来的讽刺小说与童话创作，但对于我们从整体上认识张天翼的文学创作历程，进而回过头来重新理解并阐释其早年以“张无净”或“无净”为笔名所创作的“徐常云探案”系列侦探小说也是必不可少的参考资料。又如徐瑞岳编著的《刘半农研究》、刘小蕙的《父亲刘半农》，以及郭长海的《刘半农前期研究》等相关人物传记和研究著作，也为我们从整体上理解和

---

① 任翔：《文学的另一道风景：侦探小说史论》，中国青年出版社 2001 年版，第 165 页。

把握刘半农起到了类似的积极作用。

而关于抗战时期东北沦陷区、上海沦陷区文学，及《万象》杂志的几本学术著作，如詹丽的《伪满洲国通俗小说研究》，徐迺翔、黄万华合著的《中国抗战时期沦陷区文学史》，王军的《上海沦陷时期〈万象〉杂志研究》，李相银的《上海沦陷时期文学期刊研究》，以及韩国学者申东顺的《在“说”与“不说”之间：上海沦陷区杂志〈万象〉研究》等。从全书的文字篇幅比例来看，这些研究著作中提及侦探小说的部分可谓寥寥，却为本书试图描述当时东北与上海地区侦探小说创作、发表、出版与阅读的大的时代环境与历史背景提供了相当多的依据支持和整体感受。

最后，还有一些并非严格意义上的侦探小说作品也对本书的思考和写作有一定帮助，比如茅盾的长篇小说《腐蚀》，徐訏的长篇小说《风萧萧》，陈铨的剧本《无情女》《野玫瑰》，刘以鬯的中篇小说《露薏莎》等作品最初都是出版于 20 世纪 40 年代，它们虽然都不是侦探小说，却又都无一例外地出现了“女间谍”或者“地下工作者”这一类人物形象。而将其与程小青、孙了红在同一历史时期所创作、翻译的侦探小说相比较，再结合当时世界间谍小说创作热潮的出现，本书才敢于大胆设想并逐步梳理出 20 世纪 40 年代中国侦探小说创作发展过程中有一股朝向间谍小说转化的趋势，而这一趋势后来则直接沟通了 20 世纪 50—70 年代的惊险、反特小说，从而为研究一直被描绘为中国侦探小说史发展“断裂”的 1949 年提供了一种新的理解思路和阐释可能。

第三节 研究方法与意义

在本书的具体研究过程中，主要采取以下五种研究方法：一是基础报刊史料的搜集和整理；二是文本阅读与分析；三是运用类型文学视角来解释民国侦探小说的自身特点；四是对民国侦探小说与现代都市元素进行互文性考察；五是借鉴比较文学的研究方法，将民国侦探小说放置于世界侦探小说发展史的整体脉络中进行理解，视民国侦探小说为世界侦探小说的一个有机组成部分。具体分别论述如下。

第一，基础报刊史料的搜集和整理。

正如学者陈平原在研究晚清新小说时所指出："或许，从小说杂志而不是文学社团的角度，更能描述新小说家群体的形成。也就是说，新小说并非先有了大致相同的文学主张和艺术趣味，然后组织文学社团，再由文学社团创办杂志作为发表阵地；而是以小说杂志为中心，不断吸引同道，也不断寻求自己独立的文学道路。"① 其实，研究晚清、民国时期的侦探小说也存在同样的情况，即当时更多的侦探小说作家是因为报纸杂志而聚集在一起。他们在同样的媒介平台上发表侦探小说创作或翻译，"以小说杂志为中心，不断吸引同道"，而通过这些报纸杂志，我们更能够清楚地"描述民国侦探小说作家群体的形成"。因此，本书在论述过程中主要以报刊登载的侦探小说作品为基础，涉及相关翻译、评论、简介与广告类文字，再辐射至单行本作品结集出版，以及作家、社团、流派、"作品系列"、报社书局、时代背景、图像互动、电影改编等侦探小说史相关内容，这也是本书中各章节进入民国侦探小说文学现场的一般思路和主要方法。

与此同时，本书在搜集和整理具体文献与作品的过程中发现，晚清、民国时期的中国侦探小说发表与出版情况非常复杂且混乱。大多数侦探小说创作都是仅在报纸、杂志上刊载或连载，而没有单行本出版发行，只有少数名家的作品才有机会结集成单行本出版（其中又以程小青的侦探小说单行本种类最多，且多次以"丛书"面目大规模、集中出版和再版）。而在这些侦探小说的报刊登载与单

① 陈平原：《中国现代小说的起点：清末民初小说研究》，北京大学出版社2010年版，第16页。

行本出版过程中，也存在很多容易令人混淆的复杂情况。

首先，比如很多民国侦探小说作家经常使用不同的笔名创作或翻译侦探小说，如程小青曾用笔名“茧翁”“曾经沧海室主”“紫竹”等创作、翻译侦探小说，或写相关侦探轶闻类文章。赵苕狂也有不少和侦探小说密切相关的笔名，如“门角里福尔摩斯”“老调”“华生”“黄华生”等。汪剑鸣的常用笔名为“红绡”，而其还另有笔名“汪景星”“鲁恨生”“夏风”等。类似的，余茜蒂的常用笔名是“艾珑”，同时其也另有笔名“路德曼”。而这两位作者，也不乏用原名发表侦探小说的情况。更不用说，“‘赛福尔摩斯’鲁克”系列的作者王霄羽其实就是王度庐，“夏华侦探案”的作者位育就是有着国民党“三青团”地下工作背景的刘中和。以及“大头侦探探案”系列的作者郑狄克和“女飞贼黄莺”系列的作者郑小平很可能是同一个人的两个不同笔名（容世诚考证，详见附录一），20 世纪 20 年代曾创作过“东方亚森罗苹奇案”和“卫灵探案”的何朴斋与 1937 年前后选辑过大量福尔摩斯作品集的何可人也极有可能是同一个人（华斯比考证，详见附录一）。甚至似乎并不涉及太多笔名考证问题的陆澹盦，其作品署名也有“澹庵”“澹安”“澹菴”“淡菴”“淡庵”等让人“眼花缭乱”的多种写法，其中既有作者自己的变换，也有他人的“伪托”……这些都是在相关作家作品梳理与资料考证时需要格外注意的现象与“陷阱”。

其次，还有很多民国侦探小说在报刊连载与单行本出版时名称不同，甚至很常见保留故事底本与情节主干，而对小说内容重新加以扩充、完善，甚至“重写”并“改名”的情况，比如程小青在 1946 年由世界书局陆续出版的《霍桑探案全集袖珍丛刊》系列单行本中所收录的《血匕首》《沾泥花》《毋宁死》《裹棉刀》《霍桑的童年》《别墅之怪》《古钢表》《嗣子之死》《魔力》《楼头人面》《黑脸鬼》《鹦鹉声》《险婚姻》《幻术家的暗示》《反抗者》《五福党》《一个绅士》《犬吠声》《血手印》《项圈的变幻》《怪电话》《怪房客》《海船客》《蜜中酸》《请君入瓮》《黑地牢》《官迷》

《舞宫魔影》《逃犯》《酒后》等篇目，在20世纪20—30年代杂志首发时的小说题目就分别是《倭刀记》《长春妓》《自由女子》《?》《东方福尔摩斯的儿童时代》《怪别墅》《霍桑的小友》《一个嗣子》《孽镜》《冰人》《黑鬼》《鹦鹉》《我的婚姻》《不可思议》《异途同归》《毛狮子》《假绅士》《吠声》《半块碎砖》《幻术家的厄运》《玉兰花》《楼上客》《海盗》《旅邸之夜》《我的功劳》《霍桑失踪记》《错误的头脑》《舞女生涯》《弹之线路》《灯影枪声》，几乎篇篇改名。这还不包括程小青的很多侦探小说创作除了“初刊本”与“袖珍丛刊本”之外还另有第三个名字，比如《断指党》（初刊本）与《断指团》（袖珍丛刊本）就还有另外一个名字《社会之敌》，《精神病》（初刊本）与《催眠术》（袖珍丛刊本）也有另外一个版本的小说名称《良医与良媒》，《怨海波》（初刊本）与《青春之火》（袖珍丛刊本）也曾名为《毒与刀》，《爱之波折》（初刊本）与《双殉》（袖珍丛刊本）也曾名为《畸零女》等，情况相当复杂。

当然，民国侦探小说作品“改写”与“改名”的情况在当时绝不止发生在程小青一人身上（但程小青的类似情况最多且复杂），和其并称为“一青一红”的孙了红也曾不断重写自己的小说作品，比如其《傀儡剧》之于后来的《木偶的戏剧》与《匹诺丘的戏剧》，《白熊》之于后来的《博物院的秘密》和《夜猎记》，《古木寒鸦》之于后来的《鸦鸣声》与《航空邮件》，《冷热手》之于后来的《鬼手》，《燕尾须》之于后来的《囤鱼肝油者》，《蛇誓》之于后来的《蛇的恐怖》，《劫心记》之于后来的《紫色游泳衣》，等等。而这“普遍”的“改写”与“改名”现象背后的原因也是较为复杂的，可能是出于商业上的考虑，也可能是因为身为作家对自己曾经作品精益求精的创作态度。比如程小青1917年曾用文言连载过“仿亚森·罗苹大战福尔摩斯”的小说《角智记》，而他在20世纪40年代又着手和女儿程育真合作用白话文重写了这部小说，并将其改名为《龙虎斗》，便属于后一种作家自己严格要求、“不满少作”的结果。

而如果仔细比较阅读孙了红改写后的《囤鱼肝油者》《博物院的秘密》《木偶的戏剧》和小说最初刊载版本《燕尾须》《白熊》《傀儡剧》，也不难看出小说细节上的丰富与写法上的精进。

此外，在民国侦探小说单行本出版方面，还偶尔能见到不同小说单行本使用同一个书名（但具体内容却并不相同）的情况。比如孙了红名为《侠盗鲁平奇案》的侦探小说集，在当时就起码有上海万象书屋1943年10月初版，之后多次再版，以及春秋杂志社1945年10月1日出版，同年11月10日二版这两个完全不同的版本序列。“万象书屋”版收录《鬼手》《窃齿记》《血纸人》《三十三号屋》四篇侦探小说，而“春秋杂志社”版则收录《木偶的戏剧》《囤鱼肝油者》《劫心记》三篇侦探小说，彼此之间全无交集。

况且上述这些都还只是民国侦探小说在创作方面的一些情况，而在晚清、民国侦探小说的翻译作品中，类似的情况就更为混乱了。一方面由于当时侦探小说翻译数量远多于创作，另一方面也因为侦探小说译作的原作题目、作者姓名、小说中主要人物姓名在具体译法上的不统一，且大多数侦探小说译作版权意识淡薄——常常都不标明小说原作名称与作者姓名，甚至“译”“作”不分，“译”“述”并存的现象都很普遍，最终导致出现了很多“重复翻译”“一书多名”“版本混乱”，甚至根本难以判断一篇作品是否为“翻译”的情况。而这其中还混杂了使用文言文、白话文等不同语言方式所进行的翻译，以及作者“误将”外国作者的“伪书”当作“正典”翻译进来，或者直接就是国内作者“伪托”翻译之名所进行的自我创作等诸多情况。

与此同时，因为侦探小说翻译的市场销量一直很好，晚清时期吴趼人就曾经描述过侦探小说翻译作品在市场上“供不应求”的热闹情况，所谓：“近日所译侦探案，不知凡几，充塞坊间，而犹有不足以应购求者之虑”①。而为了获得更大的商业利润，不同出版社之

① 吴趼人：《中国侦探案·弁言》，上海广智书局1906年版。

间竞相翻译、出版各种外国侦探小说，甚至对于同一部作品进行频繁不断的重复翻译和出版，大有一种互相打擂台、抢夺市场的竞争架势。

仅以柯南·道尔的“福尔摩斯探案”系列小说为例来看，其中一书多译、一书多名、对书名与原作者译名保持“各自为政”的混乱情况以清末民初这一时期为最盛。在短短几年内就接连出现了对于同一篇小说的不同译本，比如将《血字的研究》（*A Study in Scarlet*）分别译为《大复仇》（1904）、《恩仇血》（1904）、《血手印》（1904）、《歇洛克奇案开场》（1908）、《血书》（1916）等五种名称；对作者阿瑟·柯南·道尔（Arthur Conan Doyle）名字的不同译法则有“爱考难陶列”“屠哀尔士”“顾能”“陶高能”“考南道一”“高能陶尔”“科南达里”“柯南达理”“科南达利”“亚柯能多尔”“柯南道尔”等；此外，还有对小说主人公福尔摩斯和华生名字的不同译法，如将夏洛克·福尔摩斯（Sherlock Holmes）翻译成“歇洛克呵尔唔斯”“歇洛克·福尔摩斯”“休洛克福而摩司”“施乐庵”“夏洛克·福尔摩斯”等，华生医生（Dr. Watson）也有如“滑震医生”“华生医生”等不同译名；到后来甚至还出现一些冒名“伪作”的现象，如1948年华华书报社曾出版过一本《福尔摩斯复活》，书中注明“亚瑟·科南道尔爵士著，姚苏凤译”，内收《隐身客》与《九十二支蜡烛——华生讲述的“福尔摩斯放火奇谭”》两篇作品。按照书中的说法，这两篇作品是柯南·道尔死后二十年，遗留的手稿被重新发现、出版，但背后真相很有可能是西方某作者的冒名伪作，中国译者有意/无意把它当成真的“福尔摩斯探案”故事给翻译了进来（根据该书译者姚苏凤对西方侦探小说的阅读数量与熟悉程度推测，这本书很可能是译者的“明知故译”）。

正是在这一极为混乱的翻译背景之下（晚清时期，混乱尤甚），翻译家周桂笙才会大力主张成立“译书交通公会”，并且在《译书交通公会试办简章·序》中针对“坊间所售之书，异名而同物也，若此者不一而足，不特徒耗精神，无补于事，而购书之人，且倍付其值，仅得一书之用，而于书贾亦大不利焉。夷考其故，则译书家声气不通，不相为谋，实尸其咎”① 这一现象，提出了小说翻译者需将原著书名和作者名用原文与中文两种语言文字并列呈现，提前向译书公会报备登记，然后由译书公会代为向社会发布，作为统一标准的译本和译法，以免他人重译等一系列理想主张。可惜周桂笙的这一想法并没有得到有效执行，甚至连译书公会也在半年后宣告解散。当然，从后见之明的角度来看，周桂笙这一努力的失败在当时有着其时代必然性，后文（第三章第一节）中会对其进行具体分析，此处不赘言。

周桂笙的译书公会失败后，这种翻译混乱的状态则一直持续了下去。直到经历了1916年5月由中华书局陆续出版发行的《福尔摩斯侦探案全集》（程小青、周瘦鹃、刘半农等人译，文言文翻译，汇成12册，收录44篇作品）、1925年大东书局出版的《福尔摩斯新探案全集》（周瘦鹃、张舍我等人译，白话文翻译，汇成4册，收录9篇作品），以及1926年10月由世界书局出版发行的《福尔摩斯探案大全集》（程小青等人译，白话文翻译，共13册）等几次由实力雄厚的出版社在短短几年内先后发起组织的大规模集体统一翻译，形成相对较为通行的“定本”之后，情况才略有好转②。但与此同时，那些没有经过大规模集体翻译，以确定版本和译法的侦探小说各种译本仍旧花样繁多、重译不断。比如阿加莎·克里斯蒂的小说《克里特岛神牛》（*The Cretan Bull*）仅在1947年就分别在《新侦探》和《蓝皮书》杂志上被译成《遗传病》和《疯情人》两个版本，此类情况，不胜枚举。

发表、再发表、修改后再发表、“改换标题”、转载，结集出版、重新再版、修改后再版、盗版、翻译、“一书多译”、文言文翻译、

① 周桂笙：《译书交通公会试办简章·序》，《月月小说》第一卷第一期，1906年。

② 关于“福尔摩斯探案”系列小说的中文翻译情况，详见本书第三章第一节中的相关内容。

白话文翻译、“伪翻译”……晚清、民国时期的侦探小说创作与翻译情况之复杂，使得研究者想要真正对其进行较为全面、细致且准确的了解，并能够在一定程度上剔除谬误、考辨源流、确认版本，仅凭一些目录汇编类丛书或文学史研究性质的著作很难真正厘清其中的混乱与多变之处。而后人的整理、回忆、编目、图书过眼录等各类著作中也的确存在不少含混、讹误的地方，甚至经常会出现同一错误被相互传抄、转引，以讹传讹的情况。所以本书在撰写过程中，尽可能地坚持依据第一手原始材料，即晚清、民国时期的报纸、杂志原刊和小说旧版本，以确保资料的可靠性和准确性。至于目录汇编类丛书、文学史著作，以及其他一些能够提供相关参考价值的图书、论文中所整理的附录年表或仅在文中提及的作品发表与出版情况等，则主要用来作为“按图索骥”的线索指引和“事后查验”的核对工具。

具体到本书写作过程中，相关原始史料搜集和整理的基础性工作主要可分为总计 183 期的侦探小说杂志（其中包括十三种侦探小说专门性杂志与六期杂志的“侦探小说专号”）和近四百种侦探小说单行本（包括创作和翻译），以及大量刊载于民国其他通俗文学杂志、新闻报纸副刊和小报、游戏场报（详见前文）上的侦探小说创作或翻译，涉及的晚清、民国侦探小说创作近一千部（篇），这还不包括数量几乎同等甚至更多的翻译和译述类作品。在这些作品中，有近五百部（篇）晚清、民国侦探小说创作或翻译作品被本书纳入讨论范围之中，而据笔者所见，其中有将近三分之二的作品从未被当代研究者讨论甚至提及过。同时还有大量侦探小说评论、介绍、影讯、书籍广告、知识科普一类的文章，以及海内外和侦探小说相关的轶事奇闻与真实案件等。

在上述这些原始材料中，本书更重视在报纸、杂志上刊载的侦探小说及相关内容。正如前文所述，本书主要关注的对象和内容还是民国侦探小说创作，“晚清时期”和“翻译作品”次之。因此，一方面考虑到晚清、民国时期中国本土的侦探小说创作能获得结集出版机会的作家作品其实并不多，本书所搜集到的晚清、民国侦探小说单行本中，仍是翻译作品占了绝大多数。相比之下，只有程小青、孙了红等少数民国侦探小说作家才能够不断有单行本侦探小说问世出版，其余大多数中国侦探小说作家的相关作品，还都只能散落在当时报纸、杂志的各个角落之中。因此，着重考察侦探小说的报纸、杂志刊载情况，同时辅之以单行本出版的相关内容，更有助于全面把握晚清、民国时期侦探小说创作的整体面貌。另一方面，即使是那些已经出版的侦探小说单行本，其中所收录的大多数作品也都是原先在报纸、杂志上发表或连载过，然后才结集出版的，两者所涵盖的作品内容多有交叠和重复。所以侧重报纸、杂志，也能最大程度上避免重复劳动；而同时不忽略单行本，则可以弥补报纸、杂志上作品资料的遗漏、书报媒介形式的不同，以及同一篇作品在当时的收录与流传情况等。而报纸、杂志作为大多数晚清、民国侦探小说"面世"的第一平台，更能够如实反映出一部侦探小说诞生之初的文学现场和历史原貌。因此，本书将采取报纸、杂志为主，单行本为辅的材料搜集与整理策略。

此外，在研究刊载于报纸、杂志上的晚清、民国侦探小说时，不能忽视另外两类文章：一类是侦探小说作者的创作谈、"小说话"或评论文（程小青、朱羰、姚苏凤等人都发表过很多这类文章）。相比于美国侦探小说杂志《埃勒里·奎因神秘杂志》（*Ellery Queen's Mystery Magazine*）上刊发了大量关于侦探小说的理论和评论文章；日本侦探小说家江户川乱步出版过侦探小说论集《幻影城》和《续·幻影城》；另一位日本侦探小说家岛田庄司先后发表过对当代侦探小说创作影响颇大的《本格推理宣言》（1989）、《本格MYSTERY宣言Ⅱ》（1995）和《21世纪本格宣言》（2003）等，表明自己的"本格"或"新本格"立场……晚清、民国时期侦探小说的相关理论成果和评论文章比起创作成果可能更为内容惨淡且不成系统。但也正因为如此，目前仅见的一些晚清、民国侦探小说作家们的评论性与介绍性文字就更值得我们注意和珍视，这是我们了解当时作者、编者和译者对于侦探小说认识方式和理解程度的重要渠道。

另一类是当时报纸、杂志上的一些互动类栏目，这也是报纸、杂志较之单行本图书更具历史现场感的优势所在。比如通过《半月》杂志上的“读者来信”栏目，我们大致可以了解当时中国的侦探小说读者对于侦探小说的阅读情况和关注重点；又如通过《万象》杂志上的“编辑室”栏目，我们则可以完整地勾勒出孙了红患咯血症前后的病情恶化过程以及杂志社为其“众筹”治病的事实线索与前因后果，这对于我们反过来理解作家孙了红在这一阶段发表于《万象》杂志上的“侠盗鲁平奇案”系列小说可以说大有裨益；再如《大侦探》《蓝皮书》《红皮书》《神秘书》等杂志上，也有大量与读者互动的“侦探猜谜”或“看图猜谜”类栏目，这其中的故事或谜题虽然还不能视为严格意义上的侦探小说，但也是一个颇为有趣的报刊文体类型，其将“设迷”与“解谜”分开来的设计思路，或许可以看作是欧美古典推理小说中“倒数第二章挑战读者”这一情节模式在报刊媒介形式下的一种特殊延伸与变形。

最后，需要特别强调的是，本书所主要论述的对象和内容虽然是“民国侦探小说史（1912—1949）”，但作为理解这段类型文学史的“前史”，晚清时期的侦探小说翻译、创作、发表、出版情况，以及公案小说等相关内容也将会在书中多处有所涉及，甚至占有一定的论述比例，以便更好地了解和探寻民国侦探小说的“来龙”。而1949年以后，尤其是对20世纪50—70年代惊险、反特小说，以及同一时期香港通俗文学市场繁荣的相关考察，则是为了帮助追踪和解释民国侦探小说的“去脉”。

第二，文本阅读与分析。

不得不承认，由于晚清、民国时期侦探小说的创作质量普遍不是很高，绝大多数作品都不具备文本细读（Close Reading）的价值与个别深入内部分析的可能。因而以侦探小说作家为研究对象，以系列探案故事为考察线索（如“霍桑探案”“李飞探案”“胡闲探案”“侠盗鲁平奇案”等），以同一情节模式下的侦探小说创作为聚合关系，以侦探小说报纸、杂志、单行本为基础史料的批量文本“泛读”，或弗兰科·莫莱蒂所提出的“远读”（Distant Reading）思路，兼及与之相匹配的同类小说情节或细节比较、归纳、整合与文学史发展线索梳理等具体操作手段，可能是面对晚清、民国时期侦探小说时更为切实可行的一种阅读策略与研究方法。具体而言，正如陈平原教授在撰写《中国现代小说的起点：清末民初小说研究》一书时所总结的研究心得和方法所言：“我论述的重点不在哪一个作家哪一部作品的功过得失，而是整个小说史的发展线索；给这一段小说‘定位’，描述其前后左右联系，确定其在整个小说发展史上的地位和作用。这就要求突破过去小说史写作的框架，不再是‘儒林传’‘文苑传’的变种，不再只是‘梁山泊英雄排座次’；而是注重进程，突出演变的脉络。在描述小说发展线索时兼及具体作家作品，但不为某一作家作品设专章专节。”① 据此，陈平原教授自言：“给自己写作中的小说史定了十六个字：‘承上启下，中西合璧，注重进程，消解大家’。”② 在一定程度上，这“十六字箴言”也可视为本书所进行文学史框架搭建与具体叙述时所依循的基本原则。只不过陈平原教授在写作《中国现代小说的起点：清末民初小说研究》一书时着重强调了“消解大家”，即“‘消解大家’不是不考虑作家的特征和贡献，而是在文学进程中把握作家创作，不再列专章专节论述”③。而本书基于民国侦探小说史发展的实际情况，仍试图凸显诸如程小青、孙了红等民国侦探小说大家，以及俞天愤、张无诤、陆澹盦、长川、郑狄克、位育等各具特色与创作实绩的民国侦探小说

---

① 《〈二十世纪中国小说史〉讨论纪要》，载陈平原《中国现代小说的起点：清末民初小说研究》，北京大学出版社2010年版，第294页。

② 陈平原：《中国现代小说的起点：清末民初小说研究》，北京大学出版社2010年版，第338页。

③ 陈平原：《中国现代小说的起点：清末民初小说研究》，北京大学出版社2010年版，第338页。

作家，并对其进行专章、专节，以及专门性介绍和分析。而对于一些可以“合并”处理的作家，如同在“东方亚森罗苹”创作脉络下的张碧梧、吴克洲、何朴斋、柳村任、何海鸣等人的部分作品，以及同属“滑稽侦探”创作序列的徐卓呆、朱秋镜、赵苕狂等，则采取“聚类”分析的方式和“消解大家”的策略，参照陈平原教授的研究思路，在侦探小说整体的发展进程中对其进行把握和理解。而这本质上其实是一种类型文学的研究思路与方法。

第三，运用类型文学视角来解释民国侦探小说自身的特点。

关于“小说类型”与“类型小说”的定义，可以参考葛红兵教授的相关说法：“小说类型是一组具有一定历史、形成一定规模，通常呈现出较为独特的审美风貌并能够产生某种相对稳定的阅读期待和审美反应的小说集合体；在一定小说系统中，它一方面包含了对自身某种传统的认同，也包含了对其他作品集合体相异性的确认。通常我们可以把小说类型中那些具备相当的历史时段，具有稳定的形式或者内涵样貌，具有一系列典范性作品，同时又在读者心目中能引起比较固定的阅读期待的小说样式叫做‘类型小说’。”① 在这样一个定义中，有两方面因素值得重视，一是类型小说必须有其内在独特的形式规定性，即所谓类型小说的“类型模式”，二是类型小说需要满足读者一定的“类型期待”，即类型小说通常是通俗小说这一文学事实，而这两者又是相互产生、彼此促进的缠绕关系。进一步来说，小说类型需要从形式与内容两个层面来进行探讨和界定，并具有相当的社会结构根源，即：“文学类型，是由一系列作品在内容和形式两个方面出现相当稳定的共性而产生的现象，而这种现象是建立在社会总体性结构特征的基础上的。”②

---

① 葛红兵：《小说类型学的基本理论问题》，上海大学出版社 2012 年版，第 31—32 页。

② 葛红兵：《小说类型学的基本理论问题》，上海大学出版社 2012 年版，第 47—48 页。

作为类型小说之一种，侦探小说之所以为“侦探小说”（而非其他类型小说），是有着其自身独特的“侦探类型特征”和内在形式规定。而这种所谓的“侦探类型特征”，从形式结构上说主要在于侦探小说独特的情节结构和叙事模式，从思想内容上说主要在于其所承载的理性、正义、科学、法制等现代思想观念与情感结构（当然这只是对于晚清、民国侦探小说而言）。本书第七、八、九章主要就是围绕晚清、民国侦探小说作为一种类型文学自身的类型规律与特征这一角度对其展开考察和解读。而从类型文学的视角出发来研究晚清、民国侦探小说的好处在于，它既可以探索侦探小说自身的特点，即侦探小说的自足性（侦探小说何以为侦探小说），也可以发掘侦探小说自身的优点，这既包括其文学审美价值、思想文化价值与大众流行原因，也内含了晚清、民国侦探小说在社会历史进程中对现代中国主体性的建构意义。即如詹姆逊所洞见到的：“文类概念的战略价值显然在于一种文类概念的中介作用，它使单个文本固有的形式分析可以与那种形式历史和社会生活进化的孪生的共时观协调起来。”① 或者如陈平原教授在《千古文人侠客梦》一书中所指出的：“小说类型本就是一种假定性理论，是批评家为了更好地把握错综复杂的文学现象而设计的，并非先天存在或不证自明的。”② “类型研究绝非仅是分类贴标签，为每部作品寻到其所属的‘家族’。在某种意义上说，分类的结果并不十分重要，要紧的是分类的‘过程’——在将某一部作品置于某一类型背景下进行考察时，你可能对作品的创作个性有更充分的体验和了解。所谓类型，不外是指一套文学创作中常规手法的体系，以及与此相连的读者的期待视野（horizon of expectation）。类型研究可使你了解到这种‘预设’多大

---

① ［美］弗雷德里克·詹姆逊：《政治无意识：作为社会象征行为的叙事》，王逢振、陈永国译，中国社会科学出版社 1999 年版，第 92 页。

② 陈平原：《千古文人侠客梦：武侠小说类型研究》，人民文学出版社 1992 年版，第 216 页。

程度（并通过什么途径）得到实现，有什么失落或创造性发挥。”① 如果说詹姆逊的说法更具有他自己所说的研究上的“战略价值”，那么陈平原的这段话则有着具体而微的研究实践指导意义。运用“类型文学”的观察思路和研究方法来理解和把握纷繁复杂的晚清、民国侦探小说，的确可以帮助本书抓住其中的一些基本规律和主要线索，先取主干，再论其余。

第四，对民国侦探小说与现代都市元素进行互文性考察。

侦探小说作为一种现代的小说类型，从其诞生之初就和现代都市文明之间有着密不可分的关联。现代化都市的发展滋生出了更为多样且复杂的犯罪动机与手法，现代警察系统与私家侦探等行业也正是在这一背景下逐步产生的。在世界各国早期的侦探小说创作中，从爱伦·坡笔下的侦探杜邦被安排在巴黎生活居住、昼伏夜出；到柯南·道尔所塑造出的福尔摩斯活跃于伦敦的大街小巷，甚至被视为伦敦这座城市里“正义的灯塔”；再到程小青、孙了红、陆澹盦小说中的霍桑、鲁平、李飞等侦探和侠盗们所面对和解决的大部分案件都发生在上海，现代都市毫无疑问是侦探们生活和行动的主要地域空间。

一方面，伴随着现代都市产生而出现的一系列现代化物质生活设施和元素，如都市街道/城市空间、舞厅、旅馆、电影院、游泳馆、警察局、侦探事务所、报纸、摄影术、电话、电报、广播、现代邮政系统、现代市内交通（人力车、自行车、有轨电车、小汽车）、现代精神疾病、现代化财产观念与商业保险制度等都在世界早期侦探小说的相关文本中频繁出现，甚至对小说情节发展起到关键性的推动作用，有时还会成为组织和结构小说文本的核心因素和主要力量。另一方面，生活于现代都市空间中的侦探们也会采取一些特定的、在现代都市中才会出现的行为方式和破案手段，比如观

① 陈平原：《千古文人侠客梦：武侠小说类型研究》，人民文学出版社 1992 年版，第 216—217 页。

察、追踪、易容、窃听、通过报纸征集线索或发布寻人启事、借助电话电报彼此联系并获得有关情报等。此外，从更为深入的层面来看，我们可以说侦探小说中所透露出来的文学气息，正是现代都市人生活的感觉与经验所赋予的。或者换句话说，现代都市生活的感觉与经验透过侦探小说这一小说类型而具体得以表征，侦探小说捕捉到了现代都市人生活的某种“感觉结构”。

而对晚清、民国侦探小说与现代都市元素进行互文性考察，则有助于我们进一步打通侦探小说“内部研究”与“外部研究”之间的界限和隔膜，将侦探小说文本中的内部世界与外部客观世界相互勾连、叠加，将小说文本解读充分“物质化”，从而更好地理解侦探小说作为一种现代小说类型，其自身所包含和孕育的现代性因素及特点。同时也可以借此将晚清、民国侦探小说的发展放置于中国近现代历史，特别是上海城市发展与现代化进程的脉络中来进行更为历史化、语境化的分析和研究。

第五，借鉴比较文学的研究方法，将民国侦探小说放置于世界侦探小说发展史的整体脉络中进行理解，视民国侦探小说为世界侦探小说的一个有机组成部分。

侦探小说作为一门产生于西方，在19世纪末搭乘着翻译的“一叶扁舟”来到中国的文学“舶来品”。虽然其后来逐渐在中国本土“生根发芽”，但和整个西方侦探小说发展潮流之间仍时刻存在着某种“剪不断、理还乱”的复杂联系与同步趋势。尤其当我们试图解释晚清、民国侦探小说诞生之初的主要原因时，清末民初中国文人对于“福尔摩斯探案”系列小说的译介和模仿是不容忽视的最重要因素之一，甚至我们可以说，没有这些文学翻译，便没有中国的侦探小说。

当然，我们在关注晚清、民国侦探小说与世界侦探小说之间的具体关系时，也不能局限于过于单一和狭隘的“影响—接受”“冲击—反应”研究视角和理解模式，而应该将当时的中国侦探小说视为世界侦探小说的有机组成部分之一，并着重考察晚清、民国侦探小说中的“世界性因素”与中外侦探小说之间的互动性关联。这种关联显然是远比单向度的“影响—接受”关系要复杂得多。比如清末民初包天笑、陈冷血、刘半农等人对于福尔摩斯系列小说的在地化“改写”，而1923年台湾作家馀生也写出了以“福尔摩斯来台湾”为题材的小说《智斗》；又如陆澹盦曾经将大量西方侦探电影翻译、改编为侦探影戏小说，并取得了不俗的销售成绩，在侦探题材的跨语言与跨媒介文化转译过程中打开了新的实践维度；再如日本《新青年》杂志上曾刊载过四篇晚清、民国侦探小说翻译，分别是吕侠的《白玉环》与《血帕》、张庆霖的《无名飞盗》和何海鸣的《赌场母女》[①]，即当时中国侦探小说不仅有“译入”（当然“译入”是主流），还有一些对外“译出”的个别现象；而在侦探人物形象方面，还有美国小说作家厄尔·德尔·比格斯笔下虚构的华人警探陈查理，好莱坞对该系列小说的电影改编，以及程小青对相关小说作品的中文翻译，余茜蒂创作的“中国版”陈查礼侦探案系列，徐欣夫导演的“陈查礼回国探案”系列电影这一组非常复杂且有趣的中外侦探小说与电影互动现象。

此外，将中国晚清、民国时期侦探小说的发展与演变放置于世界侦探小说发展史的整体脉络和宏观背景下进行理解，也有助于我们回答一些长久以来在民国侦探小说研究领域中难以说清楚的问题。比如，为何相比于几乎和中国同时引进西方侦探小说的邻国日本（中日两国“首译”福尔摩斯系列小说的时间基本相同，且日本“侦探小说之父”江户川乱步的侦探小说处女作《二钱铜币》发表于1923年，比“中国侦探小说之父”程小青的侦探小说处女作要晚七年，详见第三章及附录一），日本本土侦探小说后来发展得如此欣

① 具体来说，根据日本研究者松川良宏先生考证，日本《新青年》杂志刊载四篇晚清、民国侦探小说日译情况如下：武进吕侠的《白玉环》，即《中国女侦探》中的《白玉环》，刊于1930年夏季增刊号；张庆霖的《无名飞盗》，刊于1931年新春增刊号；幸福斋的《赌场母女》，即求幸福斋主（何海鸣）的《赌场母女》，刊于1933年夏季增刊号；吕侠的《绝命血书》，即《中国女侦探》中的《血帕》，刊于1935年夏季增刊号。

欣向荣，而民国侦探小说创作则始终处于一种“颓势”状态，这需要对两国侦探小说发展史进行横向比较、互为参照方可得出结论。又如，在1949年之后，侦探小说在中国大陆真的是彻底消失了吗？如果仅仅从中国侦探小说发展的自身情况来看，这个答案似乎是显而易见且理所当然的。但如果我们将目光投射到20世纪40年代世界普遍流行开来的间谍小说创作发展趋势之中，再参考程小青翻译的小说《间谍之恋》、孙了红创作的小说《蓝色响尾蛇》与《祖国之魂》、茅盾的《腐蚀》、徐訏的《风萧萧》、陈铨的《无情女》与《野玫瑰》、刘以鬯的《露薏莎》等一批产生于20世纪40年代的中国间谍小说或间谍题材小说及剧本，我们就可以为中国侦探小说的发展史梳理出一条“侦探小说—间谍小说—惊险、反特小说”的延续和演变脉络，这一脉络也反映出世界从“二战”到“冷战”国际关系与意识形态转型过程中的文学想象与具体投射。由此，我们便可以获得民国侦探小说“转型论”这一新的观察视角与认知可能，而非以简单的“消亡论”来作为民国侦探小说发展的“终章”。

第四节 全书结构概述

本书题为《民国侦探小说史论（1912—1949）》，即以民国侦探小说为主要研究对象。具体而言，本书将围绕民国侦探小说的起源、演变和几个核心关键词来展开。其中，“类型”与“现代”是本书解读民国侦探小说最为重要的概念切入和论述“抓手”。在具体论述展开过程中，本书主要以民国时期报纸、杂志刊载的侦探小说创作、翻译、评论及知识性文章为主要研究对象，同时会适当涉及一些同时期出版发行的单行本小说内容作为映照或补充。此外，对于中国古代公案小说理论与创作、世界侦探小说理论与创作、晚清时期中国侦探小说翻译与创作、20世纪50—70年代中国惊险、反特小说创作等内容的相关考察也在本书的观照视阈之内，以作为民国侦探小说研究的外在参照或历史因果。

本书名为“史论”，全书结构设计上分为上、中、下三编，上编追溯“起源”，中编梳理“演变”过程，下编以“关键词”统领类型分析。具体来说，上编主要针对侦探小说（此处指世界早期侦探小说）的现代都市起源、中国侦探小说与公案小说之关系，以及文学翻译对于中国侦探小说的影响三个方面，试图从“起源”的角度来厘清民国侦探小说的三大源头——都市空间、传统公案和域外译介。中编意在描述民国侦探小说的发展与演变过程，尝试将民国侦探小说的发展脉络结构为两次创作发展波段（分别为1922—1927年与1946—1949年），并在这一历史进程中着重关注程小青、孙了红、俞天愤、张无诤、陆澹盦、长川、郑狄克、位育等代表性作家及其作品。下编则试图提炼出“理性精神”“正义伦理”与“类型叙事”三个关键词，作为进一步深入解读民国侦探小说内在肌理的“入口”，这些“关键词”同时也是把握民国侦探小说自身形式特征、价值内涵与其在现代中国主体性建构过程中所起到积极作用的“钥匙”。

具体而言，本书由绪论，上、中、下三编，以及两个附录共六部分组成。

绪论部分主要包括四节，分别是“选题缘由”“文献综述”“研究方法与意义”及“全书结构概述”。主要谈及本书之所选择“民国侦探小说”作为研究对象的缘由、意义和价值，现有相关研究成果及其不足之处，本书研究的重点及创新点之所在，本书写作过程中所参考和借鉴的思想学术资源，本书所采用的主要研究方法及其意义，本书的主要结构安排与各章节论述内容侧重等基本问题。对本书写作过程中所涉及的研究对象界定、论述框架设计、立论基础搭建、所采用研究方法及材料来源等情况作出整体性论述。

上编“民国侦探小说的起源”。本编将分为“现代都市与侦探小说的兴起：以巴黎、伦敦和上海为例”“从清官到私人侦探：公案小说与侦探小说之区别与‘合流’”“翻译、模仿与改写：‘福尔摩斯来中国’” 三章进行论述。

首先，侦探小说作为一种产生于现代都市之中并集中描写发生在现代都市空间中某一类故事题材的特殊文学类型，与现代都市之间有着密不可分的联系。本雅明在《波德莱尔：发达资本主义时代的抒情诗人》中所提出的都市里的“闲逛者”形象即存在着转化为侦探小说中侦探形象的可能性。在侦探小说的起源阶段与发展初期——主要以爱伦·坡、柯南·道尔、刘半农、俞天愤、程小青等人的系列小说为代表——都市街道/都市空间、钟表/现代化计时方式、警察局、侦探事务所、报纸、摄影术、电话、电报、广播、舞厅、旅馆、电影院、游泳馆、现代精神疾病、现代市内交通、现代邮政系统、都市管理制度等现代都市元素都频繁地出现在这些世界早期侦探小说的文本之中，并且经常对小说情节发展起到关键性推动作用。此外，小说中侦探在破案过程中所采用的观察、追踪、窃听、易容、通过报纸发布寻人启事、通过电话交流情报信息等侦破手段也都离不开现代都市这一空间环境和其中所孕育的物质媒介载体。甚至进一步来说，侦探小说的产生与流行，本质上正是源于现代都市人所具有的某种对陌生人的紧张感和对快节奏生活的焦虑感的“感觉结构”，侦探小说成功捕捉到了这种现代都市感觉结构，并将其呈现为自身最显著的类型特征。所以，厘清侦探小说产生的都市根源与其发展初期所带有的都市性元素特点，阐明侦探小说是一种发源、发生、发展于现代化都市之中的文学类型，因而先天便带有与现代都市相伴生的某种都市精神气质和现代文学品格，是本书进一步论述侦探小说是一种现代的文学类型的重要起点，也是为更好地理解侦探小说诞生之初的文化氛围与社会环境所做的一种类似于“物质文化史”研究的书写尝试。

其次，侦探小说作为一种文学“舶来品”，其一方面和中国传统公案小说共享着某些题材上的共通性，另一方面二者之间又存在着很多根本性的不同。本书将分别从内容（清官与侦探）、形式（叙事方式的不同）与创作意图（教化读者与娱乐大众）三个方面来厘清两类小说之间的差别。以传统公案小说为镜鉴，某种程度上更能够体现出晚清、民国侦探小说的独特之处和现代品质。同时本书又以 1896 年首篇侦探小说汉译作品出现为界，着力探讨清末民初时期公案小说与侦探小说在不同历史阶段的“合流”。对这一部分文学史的梳理工作意在说明晚清、民国侦探小说除了显在地横向移植了西方侦探小说的创作经验与类型规律，深受域外影响之外，又潜在地纵向继承了中国传统公案小说的部分因素。换句话说，在现代中国“侦探”身上，流淌着包拯与福尔摩斯两种血液。当然，在晚清、民国侦探小说的影响溯源上，“横的移植”的意义与影响要远远大于“纵的继承”。但这并不是说“纵的继承”可以被忽略不计，恰恰相反，正是由于这种对传统的继承或受到传统的影响，才使得中国侦探小说具备了其与众不同（不同于西方侦探小说）的文学特色与在地价值。具体而言，传统公案小说对于民国侦探小说创作的影响主要体现在以下三个方面：一是清末民初时期侦探小说译者、作者、评论者对于侦探小说社会意义的过分强调和对于教化读者的极端重视，这种“实用主义”文学观在一定程度上是受到传统公案小说中文学教化观念的影响所致。只不过这种传统的“文学教化观”，后来又经过不断变形并借助梁启超的“小说界革命”及后来的“小说工具论”，甚至“为人生”或者“为生活”等文学观念，才进入到了晚清、民国侦探小说之中。二是侦探小说与传统武侠小说的融合，这一融合从晚清侠义公案小说开始，一直发展到“侠客”与“侦探”两种类型小说主人公文化性格方面的相互渗透，而以 20 世纪 40 年代后期孙了红笔下的“侠盗鲁平”形象的出现为标志而走向成熟。在战争动荡、治安混乱、民族矛盾激化、阶级矛盾尖锐的社会背景之下，侦探“法制”代言人的身份一定程度上让渡于中国古代惩强扶弱、打抱不平的“侠客”身份，这可视为特殊时代背景下传统公案小说的一次“影响的回归”。三是侦探小说作为一种类型小说，有着自身一套独特的叙事模式特点，比如倒叙结构、限制性叙述视角等。但在晚清、民国侦探小说创作中，却经常能看到作者“半路跳出来”进行发言或展开议论，甚至不惜这一做法对小说整体情节所造成的破坏；或者以类似“太史氏曰”或“异史氏曰”等形式结尾的民国侦探小说也是屡见不鲜。而这些对于一般侦探小说叙事模式的“打破”或“偏离”，相当程度上正是因为中国古代小说中“史传”与“说书人”传统在晚清、民国侦探小说中的“复现”。其中第一点将在本书第二章进行集中阐释和说明，后两点则将分别在第五章第三节及第六章第二节中予以详细展开。总而言之，从文学类型的发展与交替主线来看，似乎的确是侦探小说全面取代了公案小说，但公案小说的“魅影”却从未消失，且一直在后来中国侦探小说的发展历史中“鬼影幢幢”。

再次，本书将以柯南·道尔笔下“福尔摩斯探案”系列小说及“福尔摩斯”这一人物形象为核心，考察其在清末民初译介进入中国时的基本情况。在“福尔摩斯来中国”的过程中，翻译的迅速、出版的热潮、译本的混乱、颠覆式改写等文学实践行为共同构成了这一时期侦探小说翻译的“热闹生态”与繁荣局面。此外，对于作为“福尔摩斯的对手”——亚森·罗苹系列小说的翻译热潮也可视为福尔摩斯系列小说翻译的又一次“余热”再现。而后来的以阿加莎·克里斯蒂为代表的欧美“黄金时期”侦探小说作品在 20 世纪 40 年代中国的“遇冷”，则和福尔摩斯系列小说翻译过于流行以至形成阅读市场和读者印象上的垄断有关。甚至这一“垄断”一定程度上造成了后来外国侦探小说作家、作品、流派及创作手法在译介、引进和学习上的某种“阻碍”。本章主要采取“史”的写法，通过对各种西方侦探小说翻译史的详细梳理来试图还原晚清、民国侦探小说所受域外影响的基本历史情况。

中编“民国侦探小说的演变（1912—1949）”。本编将分为“民国侦探小说创作发展的第一波段（1922—1927）”“民国侦探小说创作发展的第二波段（1946—1949）”“民国侦探小说创作的高峰：程小青与《霍桑探案》”三个章节来进行论述。

本书基于对民国时期报纸、杂志刊载和单行本出版发行的侦探小说创作情况所进行的详细的历史性考察、整理和统计，发现围绕1923年和1946年前后分别形成了一个民国侦探小说创作的高潮年份。而由这两个创作高潮年份前后延续辐射，则分别形成了1922—1927年和1946—1949年两个民国侦探小说创作数量和质量都较为可观的发展波段。具体来说，民国侦探小说创作发展的第一波段以《侦探世界》杂志1923年6月在上海创刊为中心，这是中国第一本真正意义上的侦探小说专门性杂志。与此同时，我们现在所知的中国"名侦探"系列小说也大多在这一历史时段集中出现且形成创作高峰，比如程小青的"霍桑探案"、张无净的"徐常云探案"、陆澹盦的"李飞探案"、张碧梧的"家庭侦探宋悟奇探案"、王天恨的"康卜森新探案"、朱戬的"杨芷芳新探案"、姚赓夔的"鲍尔文新探案"、朱秋镜的"糊涂侦探案"、何朴斋的"东方亚森罗苹奇案"和"卫灵探案"、徐卓呆的滑稽侦探小说等。甚至孙了红的"侠盗鲁平奇案"中最早的一篇《傀儡剧》，也是出现在1923年。

而在侦探小说翻译出版方面，1922—1927年也形成了中国侦探小说翻译出版发展历程中的一个高峰，比如1925年大东书局出版的《福尔摩斯新探案全集》（汇成4册，收录9篇作品）和《亚森罗苹案全集》（共收录28案，其中长篇10种，短篇18种），以及1926年10月世界书局出版的《福尔摩斯探案大全集》（白话文翻译，共13册）等，这基本上标志着民国时期两大最有影响力的域外侦探小说系列（"福尔摩斯探案"系列与"侠盗亚森罗苹案"系列）翻译工作的完成——其中，"福尔摩斯探案"系列中的最后一个故事《肖斯科姆别墅》（*The Adventure of Schoscombe Old Place*）的中文译本出版时间是在1934年11月，但"福尔摩斯探案"系列小说的绝大多数内容在世界书局版"大全集"初版本中都已经得到译介。同时这也是自1916年5月由中华书局陆续出版发行《福尔摩斯侦探案全集》之后，民国侦探小说翻译界最为重要的几项"翻译工程"。

民国侦探小说创作发展的第二波段以1946年4月1日创刊于上海的《大侦探》杂志和1946年10月创刊于上海的《新侦探》杂志

为代表，此外还有1946年4月15日创刊于上海的《小侦探》杂志、1946年7月25日创刊于上海的《蓝皮书》杂志、1946年8月创刊于上海的《侦探》杂志、1949年1月创刊于上海的《红皮书》杂志，以及1949年4月9日创刊于上海的《神秘书》杂志等。相比于民国侦探小说的专门性杂志在20世纪20年代的创作发展波段中还只有《侦探世界》“一枝独秀”，到了20世纪40年代后期的民国侦探小说专门性杂志可谓一时间如泉涌般出现。这和抗战胜利后国民党政府接收上海所导致的全沪杂志创办“回暖”密不可分，而上述这些20世纪40年代后期集中出现的侦探小说专门性杂志也无一例外地从属于该时期上海杂志（特别是通俗文学杂志）的创办热潮之中。在具体作家、作品方面，除了程小青的“霍桑探案”依旧长盛不衰且集中出版之外，孙了红的“侠盗鲁平奇案”也在这一时段达到了其自身的创作高峰。此外，还有长川的“叶黄夫妇探案”、郑狄克的“大头侦探探案”、位育的“夏华侦探案”、艾珑的“罗丝探案”、郑小平的“女飞贼黄莺”系列等，并且这一时段的民国侦探小说创作中，已然初步呈现出了福尔摩斯与亚森·罗萍系列小说影响之外的新的“素质”，比如欧美“黄金时代”侦探小说、美国“硬汉派”侦探小说，以及西方间谍小说等当时世界侦探小说发展的最新创作手法与“子类型”，都能在20世纪40年代后期的民国侦探小说创作中多少看到一点痕迹和影响。而赵苕狂的“胡闲探案”系列则分别在20世纪20年代和40年代出现了比较集中的作品发表与出版情况，而且其在不同时段呈现出完全不同的创作特色，颇值得注意。

在民国侦探小说单行本出版领域，如果说20世纪20年代仍是侦探小说翻译出版的高峰，那么40年代则可以说是侦探小说创作出版的高峰。其中以程小青的“霍桑探案”系列侦探小说出版为例，1941—1945年由世界书局陆续出版的《霍桑探案全集袖珍丛刊》可以视为民国侦探小说发展史上的一个标志性事件。这套侦探小说丛书于1946年全部出齐，共计三十种，收录七十三篇小说，书末附程小青《论侦探小说》一文，全书共计约二百八十万字，其规模当之无愧地为民国侦探小说创作出版之最。此外，孙了红也有至少六种侦探小说单行本于1943—1948年相继出版（详见本书附录一），后来文学史家们所津津乐道的"一青一红"并列于中国侦探小说文坛的局面正是在这一时期借助侦探小说创作出版之繁荣而最终形成的。

此外，针对以往研究界关于1949年之后中国侦探小说"消亡"与中国侦探小说发展史"断裂"的相关论调，本书的反驳立足点主要在于将20世纪40年代中国侦探小说放置于世界侦探小说与间谍小说发展的热潮之下来予以考察，努力梳理出中国侦探小说发展史在20世纪40—70年代所存在的一条"侦探小说—间谍小说—惊险、反特小说"的发展轨迹，并将这一"转型"过程与从"二战"到"冷战"的世界政治经济格局转变相关联，试图以"转型论"打破"消亡论"，以"继承说"代替"断裂说"，进而为中国侦探小说在这一历史时段出现的"新变"寻求更为客观、合理，且基于类型文学自身规律的历时性解释。同时也兼顾共时性分析，并采取跨媒介研究的思路，考察同一历史时期间谍话剧、间谍电影、黑色电影及后来的反特电影、反特连环画与不同历史时段的侦探、间谍及惊险、反特小说创作之间的互文性关联。

最后，关于民国时期最具影响力的侦探小说作家程小青，本书试图打破以往研究将其拘泥于侦探小说作者与译者的身份局限，而将程小青放置于侦探小说作者、译者、杂志编辑/主编/顾问、评论者、研究者、文学史家、电影编剧、创意写作教育者，以及犯罪学与侦探学研究者的多元身份视野之下进行重新解读，进而试图更加凸显出程小青对于民国侦探小说发展的全方位重要意义和其不可替代的关键地位。尤其是在本书所涉及的所有民国侦探小说史上的大事件中（如两次"福尔摩斯探案"全集的翻译，《侦探世界》《大侦探》《新侦探》等杂志的创办与编辑，《霍桑探案全集袖珍丛刊》的出版等），程小青都深度参与其中，甚至很多时候就是该事件的策划人与核心人物。

而具体到对于程小青“霍桑探案”系列小说作品的分析，本书借鉴了李欧梵教授在《上海摩登》一书中对于穆时英、刘呐鸥等“新感觉派”作家作品中“摩登女郎”和“舞厅与都市”等现代性主体及空间环境的分析，并高度赞同李欧梵书中将文学作品中所描写、想象的都市现代性因素与现实生活中上海的都市现代性因素采取互文研究的整体思路。试图以程小青和他的“霍桑探案”系列小说中的“舞厅与舞女”书写为主要观照对象，借此阐发民国侦探小说文本与现代都市空间之间的内在关系，并进一步指出民国侦探小说自身的现代性特点及其中所透露出的相对保守性面向。概言之，程小青的侦探小说创作是站在了传统与现代的交叉口上。

下编“民国侦探小说关键词”。本编将分为“理性发现：侦探小说的核心价值”“正义担当：侦探小说的社会意义”“‘类型’叙事：民国侦探小说的叙事模式”三个章节进行论述。试图提取出“理性精神”“正义伦理”和“类型叙事”作为本书进一步深入理解民国侦探小说的关键词。

首先，正如克拉考尔在《侦探小说：哲学论文》一书中所指出：“在启蒙运动以后，理性代替上帝主宰了人们的心灵，而侦探小说中那些充满智慧的侦探形象无疑是作为这种‘新上帝’理性的化身而被读者接受和喜爱的。”① 本书以此来作为侦探小说和理性相关章节的立论起点，并进一步将其阐发为：侦探小说是一种承载着理性观念的现代文学类型。这不仅表现在侦探小说中侦探形象的塑造，其本质是现代社会对一个具备理性、科学、正义等现代品格，且拥有很强理性运思能力与行动能力的“现代理性人”的典型代表和美好想象。与此同时，侦探小说中的“理性精神”还体现在其对世界可知的自信（无论小说中案件与情节如何悬疑，侦探最后总能以理性的阳光驱散悬疑的迷雾）、对客观秩序的想象（将犯罪分子绳之以

① 参见［德］西格弗里德·克拉考尔《侦探小说：哲学论文》，黎静译，北京大学出版社 2017 年版。

法）、对理性运思/逻辑的运用（如福尔摩斯的“逻辑思考”与“演绎法”）、对知识占有的欲望，以及对科学技术手段的依赖五个层面来具体展开。

进一步落实到晚清、民国侦探小说的具体社会与历史语境中，其中的理性精神则主要体现为以无神论世界观反迷信、以逻辑性书写启蒙/“示范”读者、以小说中的科技手段描写来进行科普教育等三个方面。与此同时，晚清、民国侦探小说之所以最终呈现出发展“不足”的状况和事实，除了国民性偏好、读者教育水平、民众审美趣味、战乱影响图书市场等接受层面和外在环境的因素，当时的中国侦探小说作者普遍存在对侦探小说中理性精神的误读、曲解或矮化，也是不容忽视的重要原因之一。此外，在晚清、民国侦探小说中过度的“实用主义”文学倾向也使得这种理性的追求最终容易沦为“理性的迷思”，原本是以理性“祛魅”的侦探小说最后往往走向了自己的反面——理性本身成为新的“赋魅”对象。

其次，“正义”是侦探小说中的另一项核心价值。无论是如福柯所说的侦探小说的诞生与西方世界对“惩罚”犯罪的知识化、过程化重心转移趋势相一致，还是侦探小说中“侦探正义”与“诗学正义”作为“司法正义”与“现实正义”的补充和修正而存在等各个层面来看，“正义”这一价值之于侦探小说的重要性都是不言而喻的。而具体到晚清、民国侦探小说，这一时期的侦探小说翻译恰好产生于中国社会正义普遍缺失的大背景之下。如果说面对传统中国社会的正义缺失，人们还可以寄希望于“清官”，那么晚清时期封建王权体制及其官僚系统的完全崩溃则使得人们在遭遇不公时无处安放其受伤的灵魂。在这个意义上，中国的武侠小说和西方的侦探小说提供了两种精神寄托的路径与想象正义的方式。西方侦探和中国侠客虽然在处理问题的具体方式上有所不同，但其在社会正义的承担方面却又有着某种深层的一致性。正是这种一致性，为两种人物类型后来的融合提供了可能。如果我们对侦探与侠客的“融合”进行一些追根溯源的历史性考察，甚至可以一路上溯至晚清小说《老残游记》①，小说里老残在处理玉贤、刚弼等人造成的冤案时就几乎是集路见不平、仗义相助的侠客与以智求真、推理查案的侦探两种角色于一身。而民国武侠小说作家向恺然、郑证因、顾明道、王度庐、汪剑鸣等人纷纷“试水”写起侦探故事或具有侦探意味的武侠小说，也是一组值得回溯和借鉴的类型文学书写经验。更不用说 20 世纪 40 年代孙了红的“侠盗鲁平”与郑小平的“女飞贼黄莺”系列小说分别塑造了亦盗、亦侠、亦侦探的传奇人物形象——鲁平与黄莺，并风靡了 20 世纪 40 年代的整个上海滩。此外，当我们对民国侦探小说中的正义观念进行更为深入的剖析时不难发现，其中又混杂了诸如中国“传统侠义”与特殊时代背景（如抗日战争）下所产生的“民族大义”等一系列复杂观念。而张碧梧、何朴斋、吴克洲、柳村任、何海鸣、孙了红等人先后创作的“东方亚森罗苹”系列小说则是我们考察这些不同的“正义观念”彼此间渗透、影响、互动关系的最佳文学范本。

再次，本书将进一步总结并澄清侦探小说的一般叙事模式，并试图探索这种叙事模式背后所承载的时代信息与文化意义。比如在叙事视角上，侦探小说普遍采取限制性视角，这和现代都市中个体身份的多元性与可变性，人与人之间逐渐形成了一种片面的、破碎的认知关系等问题密切相关。又如，侦探小说中的叙事时间和故事时间之间的“错位”与“倒置”关系也和现代人的时间观念和记忆感受有着某种深层次上的同构性。与此同时，本章也将着重讨论西方侦探小说叙事模式的传入对晚清、民国侦探小说及其他小说类型创作所造成的影响。其中清代安和先生所著的《警富新书》（又名

---

① 刘鹗的《老残游记》依照鲁迅在《中国小说史略》一书中的看法，被归类为“谴责小说”，后世文学史论著也往往依据这一说法。但本书对此的意见是：《老残游记》完全可以按照侦探小说的读法来进行理解，学者陈辽也曾提出过《老残游记》为“现代侦破小说的开端”的说法（陈辽：《现代侦破小说的开端》，《东岳论丛》1993 年第 1 期）。甚至本书试图进一步提倡不要将《老残游记》拘泥于某一种具体的文学类型，而应该将其看作晚清时期多种文学类型的交杂和融合。具体分析内容详见本书第二章。

《七尸八命》）、周桂笙翻译的西方侦探小说《毒蛇圈》和吴趼人创作的小说《九命奇冤》之间的复杂影响关系和文本流变便是一个很好的综合性案例。此外，本书也试图指明，晚清、民国侦探小说和西方侦探小说在叙事模式上的不同之处，即中国古代小说中“史传”与“说书人”传统在现代侦探小说中的不断“复现”，在某种程度上决定了晚清、民国侦探小说的本土性特征。而这一小节（第九章第二节）内容也可以视为对本书第二章“从清官到私人侦探：公案小说与侦探小说之区别与‘合流’”中的一个“子问题”，即对“民国侦探小说在叙事模式上的本土性特点”的进一步分析和延伸性回答。

最后，本书将以赵苕狂的“胡闲探案”系列小说、徐卓呆的滑稽侦探小说、朱秋镜的“糊涂侦探”系列小说等作品为例，讨论晚清、民国时期滑稽小说与侦探小说的类型“融合”，及其中出现的一批“糊涂的”“失败的”侦探形象，并分析两种类型文学的具体结合对于传统侦探小说创作的积极意义和其创作实绩方面的不足。而这一“滑稽侦探”的创作传统，更早甚至可以追溯至包天笑、陈冷血、刘半农等人创作的“福尔摩斯来中国”系列“同人”小说之中。

一方面，这些“滑稽侦探”小说中出现的“糊涂的”“失败的”侦探形象是对于传统侦探小说中作为理性典范的侦探形象的一种戏拟和反讽，其主要体现在对于侦探的神秘且伟岸的形象、对于紧张和充满悬疑的情节、对于科学理性的绝对信赖、对于正义必然战胜邪恶的光明结局四个方面的颠覆。另一方面，这些“滑稽”与“失败”的侦探故事也由内容层面逐步触及形式层面（最简单来说，滑稽小说与侦探小说的结合在文本叙事节奏方面的确可以在一定程度上做到张弛有度的互补和调剂），进而造成了侦探小说叙事模式上的某种“偏移”，以及侦探小说读者对于这一文学类型固有阅读期待上的某种“打破”和“落空”，最终造成了侦探小说在固定叙事模式与类型规律之外产生出某种新的类型“变体”的可能性。当然，我们也必须看到，晚清、民国时期的这些“滑稽侦探”小说中的反讽和颠覆仍不免相对简单和幼稚，有时甚至沦为简单的“讲笑话”或“小段子”，以至于最终并没有发展出足够经典和具有代表性的滑稽侦探小说力作，而只是产生了一批“游戏之作”罢了。

“附录一：民国时期二十八位侦探小说作家的侦探小说创作、评论及翻译文章在报纸杂志上发表情况，以及其作品单行本出版情况的统计与整理（1912—1949）。”这一部分附录内容主要针对民国时期最具代表性的二十八位侦探小说作家，以其在报纸、杂志上刊载的作品为主要对象进行侦探小说创作及翻译的年表整理，其中包括：包天笑（及陈冷血）、刘半农（刘半侬）、张天翼（张无诤）、俞天愤、陆澹盦、张碧梧、程小青、赵苕狂、朱秋镜、朱戬、徐卓呆、王天恨、姚苏凤（姚赓夔）、吕伯攸（及吴克勤）、何朴斋（及俞慕古）、吴克洲、何海鸣（求幸福斋主）、柳村任（柳雨生）、汪剑鸣（红绡）、孙了红、长川、余茜蒂（艾珑）、郑狄克、郑小平、刘中和（位育）、王度庐（王霄羽）、李冉、魏清德。

本附录之所以选择这二十八位民国侦探小说作家，主要是考虑到其侦探小说创作数量、成就和作品影响力，以及其是否有“系列侦探案”创作等几个方面，难免挂一漏万。比如张舍我、胡寄尘、唐忍庵、范菊高、张庆霖等人的侦探小说创作其实也都有一定的研究价值，只是限于本书篇幅和论述结构，难以面面俱到。此外，本书名为“民国侦探小说史论”，但限于目前手边资料和认知范围，所关注的作家、作品其实主要还是集中于江浙沪一带，而对京津、粤港、伪满、台湾，及广大内陆地区的民国侦探小说作家、作品关注较少。因此，本附录中专门补充列举了王度庐（北京）、李冉（伪满）、魏清德（台湾）和郑小平（后来延伸至香港）等几位作家的侦探小说创作和翻译年表，权且作为论述内容方面不足的某种资料补充，同时这也是我下一步即将着手展开研究的起点。而该附录中之所以以报纸、杂志上刊载的侦探小说为主要考察和整理对象，而以单行本出版内容作为辅助和补充，前文已有详细说明，此处不再赘述。

“附录二：民国时期十三种侦探小说杂志及六种杂志的‘侦探小说号’文章发表情况统计汇总（1912—1949）。”该附录主要包含十三种侦探小说专门性杂志，分别是《侦探世界》（1923年6月—1924年5月）、《侦探》（1938年9月—1941年8月）、《世界大侦探》（1939年3月—1939年4月）、《每月侦探》（1940年2月）、《侦探半周刊》（1940年7月）、《新侦探》（1946年1月—1947年6月）、《大侦探》（1946年4月—1949年5月）、《小侦探》（1946年4月）、《侦探》（1946年8月）、《蓝皮书》（1946年7月—1949年5月）、《红皮书》（1949年1月—1949年4月）、《神秘书》（1949年4月9日）、《侦探世界（吼声书局）》（出版时间不详），以及六种杂志的“侦探小说号”，分别是《半月》第一卷第六期“侦探小说号”（1921年11月29日）、《半月》第三卷第六期“侦探小说号”（1923年12月8日）、《快活》第二十三期“侦探号”（1922年）、《游戏世界》第二十期“侦探小说号”（1923年1月）、《小说世界》“侦探专号”（1924年12月）、《紫罗兰》第三卷第二十四期“侦探小说号”（1929年3月11日）。

本附录主要是针对民国时期侦探小说相关杂志刊载情况所做的某种“地毯式”梳理和总结。除此之外，如前文所述，还有很多晚清、民国侦探小说创作、翻译、评论和知识性文章散落于其他各类报纸、杂志之中，数量众多，来源广泛，本附录并没有一一收录，也难以穷尽其详，而只是在正文引用到相关资料时予以个别提及，特此说明。

最后，本书所整理的两个附录，之所以分别以侦探小说作家和侦探小说杂志及专号为关注范围和搜集标准，是考虑到在具体论述上千部晚清、民国侦探小说作品文本与跨度五十余年的晚清、民国侦探小说史时，“作家”与“杂志”是其中最为重要的两个中介。其中不同作家可以关联起不同聚类的作品，特别是附录一中所收录的作家往往都有自己的名侦探系列小说创作；而对不同侦探杂志的历史性考察则可以为本书初步勾勒出民国侦探小说史的脉络与骨架。因此，可以说在本书的核心思路与理论设计层面，“类型”与“现代”是最为重要的理论切入口，而在具体章节的写作过程中，勾连起作品文本与历史进程的“抓手”则是“作家”与“杂志”，这也正是本书设计这两个附录时的主要考量和动机。

上　编
民国侦探小说的起源

侦探小说最早诞生于现代都市之中，无论是爱伦·坡笔下的法国巴黎，还是福尔摩斯居住生活的“雾都”伦敦，抑或是霍桑、鲁平、李飞等人出没游荡的20世纪20—40年代的中国上海，都是典型的现代化大都市。与这些都市密切相关的侦探小说，也因此天然地具有了都市的“物质性”气质和现代性特点[①]：从“匿名性”的都市身份与破碎化的都市生活，到人潮涌动、让人感到“惊颤”不已的十字街头；从联结或打破都市物理空间的现代市内交通、报纸、电话、电报、广播、邮政系统与摄影术，到作为现代时间表征的钟表技术、工厂制作息与火车时刻表，甚至现代都市日常管理制度、人际关系、财产观念，和因之应运而生的新型犯罪方式与手段……我们可以说，侦探小说在其诞生之初，就是一种属于都市的现代文学类型。从表面上看，世界早期侦探小说多是以都市人群日常生活中的恐惧、罪恶与真相为基本书写题材。而在更为本质意义的层面上来说，侦探小说则可以说是捕捉到了匿名性、碎片化与焦虑感等现代都市人群的深层“情感结构”，并以一种类型化叙事和理性乐观

---

① 本书在这里所说的与现代都市密切相关的侦探小说主要是指欧美作家爱伦·坡、柯南·道尔等人所创作的世界早期侦探小说作品和中国20世纪20—40年代以上海或其他现代都市为背景的侦探小说。至于后来的侦探小说随着时代和文类的发展则呈现出更加复杂且多元的面貌。比如阿加莎·克里斯蒂的侦探小说就常常将案件放置于乡村庄园，或者相对封闭的游轮与跨国列车之上，在空间选择上与早期侦探小说创作有一定区别。但从另一个角度来看，阿加莎·克里斯蒂那些并非发生于现代都市中的侦探小说也经常会带有一些类似于现代都市性和都市“感觉结构”的特点，比如有学者即提出“《东方快车谋杀案》的快车即是一个‘拟都市’特性的奇妙空间”，“各色的人等，不同阶级、不同国籍、不同年龄。三天的旅程将这些互不认识的人聚在一起。在一个列车上同吃同睡，谁也逃不开谁。三天过后，彼此分手各奔前程，也许一辈子再也见不到了”。的确，《东方快车谋杀案》中的人物关系设定与小说最后真相揭秘都和本书所讲的现代都市的“匿名性”有着一定程度的相似性。此外，陈建华教授在分析张恨水的小说《平沪通车》中的“女骗子”柳系春这一人物形象时，也认为：“从文学观点看这是个少见的‘恶妇’形象，是火车叙事中最为迷人的陌生人，也是个都市隐身人，罪恶与秘密的永恒象征。”即将火车车厢内视为一个类似于现代都市的陌生人空间（参见陈建华《文以载车：民国火车小传》，商务印书馆2017年版，第209页），而周蕾、李思逸等学者对这部小说的解读也有着相近的切入点，皆可引为参考。

的态度将其表达了出来。

具体到中国的侦探小说，在其发生发展之初，明清以来的公案小说与侠义公案小说构成了对其产生重要影响的本土性文学文化资源和另一发展源头。从公案小说自身来看，其和侦探小说共享着类似的书写题材与对象，有着某种先天的“亲缘性”，即二者都属于广义上的“犯罪文学”；至于侠义小说中作为主人公的“侠客”，则承担着和侦探小说中的“侦探”相近的社会正义想象，且二者都作为小说中解决事件的叙事功能性人物。虽然在与“舶来”的西方侦探小说的角力过程中，中国公案小说最终“落败”，但其仍以一些曲折、隐蔽的方式，不断影响着晚清、民国以来中国人对侦探小说的创作理念和阅读期待，使之产生了不同于西方侦探小说、独具特色的在地化审美特征。

此外，自从 1896 年张坤德在《时务报》上首译“福尔摩斯探案”系列侦探小说以来，中国人对福尔摩斯系列探案故事的译介与译述，报纸、杂志刊载，单行本出版，阅读与讨论，模仿或戏仿，在地化改写与“同人创作”等活动就从未停止过。我们可以说，“福尔摩斯探案”广泛波及并深刻影响了整个晚清、民国侦探小说的译者、作者、报刊编辑、出版人、评论者、研究者与广大读者们。尤其是晚清、民国侦探小说作者们，几乎没有人不曾读过福尔摩斯，也几乎没有人不曾模仿过“福尔摩斯探案”中的一些技巧或桥段。在当时很多中国人的心目中，福尔摩斯大概可以被视为侦探或者侦探小说的同义词，甚至如陈冷血所说，“中国则先有福尔摩斯之名而后有侦探”①。“福尔摩斯来中国”也因此颇具象征意味地构成了西方侦探小说进入中国的起点、过程与结果的典型代表。从上述意义来说，对“福尔摩斯探案”系列小说的翻译不仅是清末民初中国侦探小说界的一件大事，更在相当程度上奠定了后来三十余年民国侦探小说的书写范式和基本成规。

---

① 陈冷血：《福尔摩斯侦探案全集 · 冷序》，上海：中华书局 1916 年 5 月版。本书为保存文献信息起见，对 1949 年以前出版的部分书籍标注出版地及出版月份。

第一章

现代都市与侦探小说的兴起：以巴黎、伦敦和上海为例

侦探小说尽管有冷静的推算，但它也参与制造了巴黎生活的幻觉。

——［德］瓦尔特·本雅明：《波德莱尔：发达资本主义时代的抒情诗人》，王涌译，译林出版社2014年版，第50页。

至于我的伙伴（按：指福尔摩斯），无论是乡村还是海滨，都很难引起他的兴趣。他喜欢住在五百万人口的正中心，眼观六路，耳听八方，对每一个悬而未决的小小传闻或猜疑都作出反应。

——［英］阿瑟·柯南·道尔：《福尔摩斯探案全集·回忆录·住院的病人》，王逢振、许德金译，中央编译出版社2013年版，第299—300页。

清末的都市文化开始兴起之后——特别是上海在世纪之交已开始发展成一个“声光化电”的现代物质文明的都市，在此江湖游侠和包青天型的英雄豪杰皆无施展之地，势必要创造出一些新英雄人物出来。

——李欧梵：《福尔摩斯在中国》，《当代作家评论》2004

年第 2 期。

第一节 现代都市的匿名性与破碎性

一 现代都市生活的“匿名性”

19 世纪中期，随着欧美各国第二次工业革命的进行和新一轮城市化发展的浪潮，大型现代都市纷纷出现，其中最具标志性的城市当属伦敦和巴黎。半个世纪以后，崛起中的中国上海则被称为“东方巴黎”与“远东之都”。在人口数量庞大、人员流动频繁、职业分工细密、生活节奏加快的现代都市中，人们身份的多重性导致了人与人之间彼此了解的片面性与认知的破碎性。人们极可能完全不了解与自己同乘一辆公共汽车①或电梯②的乘客，也可能并不认识同在一个酒吧里喝酒的临时伙伴③，甚至也不了解与自己一起工作的同事，因为他们只有在工作的八小时当中才相互间成为同事，而其下班后的生活与所扮演的角色并不一定为人所知，更遑论每日在街头涌动的人潮中彼此擦肩而过的无数路人。人们的出身、来历和过往

---

① 徐卓呆在侦探小说《电车中之侦探术》中就曾表示：“我喜欢乘电车，更喜欢乘三等电车。因为在三等电车中可以接近许多在别处不容易接近的各种社会之人，大可以供我观察社会、研究人生的材料。”（参见徐卓呆《电车中之侦探术》，《快活》第二十三期“侦探号”，1922 年）

② 在程小青的侦探小说《舞后的归宿》中，包朗与嫌疑人余甘棠连续两次同乘一部电梯，包朗时刻为自己盯梢可能被发现而内心感到惴惴不安，但余甘棠根本丝毫未注意到包朗。这一小说细节很好地表现出了现代都市中人与人之间物理空间的接近及其反衬出来的心理空间的陌生与遥远（参见程小青《舞后的归宿》，载《程小青文集 3——霍桑探案选》，中国文联出版公司 1986 年版，第 150 页）。

③ 孙了红“侠盗鲁平奇案”中的《窃齿记》一篇里，鲁平和他的助手就在丽都舞厅的吧台旁，在完全匿名的情况下诈取了李凤云和周必康一笔财富（参见孙了红《窃齿记》，《万象》第一卷第三期，1941 年）。

似乎都可以隐藏许多“不为人所知”与“不可告人”的秘密，这与费孝通在《乡土中国》一书中所描述的传统中国彼此知根知底的“熟人社会”大不相同，或者我们可以借用“熟人社会”的命名，将其称之为“陌生人社会”。这里所谈到的“陌生人社会”主要特点有二：一是个体过往经历的匿名性，二是个体当下身份的多重、片面与破碎，二者互为表里。在现代大都市的“陌生人社会”——克拉考尔将其形容为“酒店大堂”，即“散落于大堂的人们则不具疑问地接受东道主的隐匿身份（Inkognito）”[①]——中，人们很难真正完整地去了解一个人，更难以彻底把握一件事情背后的最终真相与来龙去脉。一切人与一切事件都在一定程度上呈现出某种匿名性与破碎性，而这种匿名性与破碎性既是滋生犯罪的温床，也是侦探得以诞生且发挥其功能的场域。包天笑在《上海春秋》开篇便说道：“都市者，文明之渊而罪恶之薮也。觇一国之文化者必于都市，而种种穷奇梼杌变幻魍魉之事，亦惟潜伏横行于都市。”[②] 正是在这个意义上，恰如程小青笔下的侦探霍桑和助手包朗对上海所形成的认识一样：“但像上海这般地方，人家都尊称为‘罪恶制造所’的。”[③] 所以霍桑才最终决意从苏州搬到上海：“我说他既然决意从事侦探事业，上海自然比苏州容易发展。他应许了，才在爱文路七十七号里，设立了私家侦探的办事处，实地从事侦探职务。”[④] 由此，我们或许可以更好地理解英国作家 G. K. 切斯特顿（Gilbert Keith Chesterton）为何会称侦探小说是“城市的犯罪诗篇”[⑤]。

这方面颇具代表性的例子便是爱伦·坡的《玛丽·罗杰疑案》。在这篇小说里，侦探杜邦在反驳《商业报》所认为的“像这样一位

---

① ［德］西格弗里德·克拉考尔：《侦探小说：哲学论文》，黎静译，北京大学出版社 2017 年版，第 60 页。

② 包天笑：《上海春秋·赘言》，上海古籍出版社 1991 年版，第 3 页。

③ 程小青：《堕落女子》，载《魔力》，上海文华美术图书公司 1933 年版。

④ 程小青：《堕落女子》，载《魔力》，上海文华美术图书公司 1933 年版。

⑤ 转引自詹宏志《詹宏志私房谋杀》，复旦大学出版社 2012 年版，第 168 页。

受到好几千人注意的年轻妇女走过三个街区竟没有一个人看见，是不可能的”[①] 这一观点时，就明确指出：“就我而言，我倒是觉得，玛丽在任何时候从自己住处去姨妈家，无论在众多的路里选了哪一条，一个熟人也没有遇见的可能性不但是有的，而且非常大。在充分地、恰当地分析了这个问题之后，我们必须在心里坚持一条：即使是巴黎最知名的人士，他的熟人数目与巴黎的整个人口相比也都微乎其微。”[②] 即道出了现代大都市的人口体量绝非一般个人交际圈所能比拟和想象。类似的，在陆澹盦的“李飞探案”中，侦探李飞在判断出夏尔康仍然躲在上海之后，也只能感叹：“偌大的上海城，要找一个人倒也很不容易。”[③] 而柯南·道尔在《血字的研究》中写华生偶遇小斯坦佛的一段话也可作为杜邦和李飞上述观点的另一角度的佐证：“当我站在克莱蒂里安酒吧门口时，有人忽然拍了拍我的肩膀，我回头一看，竟是小斯坦佛，我在巴茨时的助手，对一个孤独的人来说，在人海茫茫的伦敦能碰到一个熟人，无疑是天大的快事。”[④]

此外，“福尔摩斯探案”系列中的《证券经纪人的书记员》一篇中，小说里一名书记员应聘到了一个银行的职位，但因为他是通过材料审核而被录取，所以并没有一个银行里的工作人员真的见过他本人。于是犯罪分子便利用这个机会，谎称有更优渥的薪酬与工作，骗这名书记员不去上班，而犯罪分子则趁机派人冒名顶替并在其中展开犯罪。在这个故事里，犯罪分子正是利用了“同事”之间

---

① ［美］埃德加·爱伦·坡：《玛丽·罗杰疑案》，孙法理译，载《爱伦·坡短篇小说集》，译林出版社 2008 年版，第 158 页。

② ［美］埃德加·爱伦·坡：《玛丽·罗杰疑案》，孙法理译，载《爱伦·坡短篇小说集》，译林出版社 2008 年版，第 171 页。

③ 陆澹盦：《密码字典》，《红杂志》第二十八期至第二十九期，1923 年 2 月至 1923 年 3 月。

④ ［英］阿瑟·柯南·道尔：《福尔摩斯探案全集·血字的研究》，王逢振、许德金译，中央编译出版社 2013 年版，第 1 页。

素未谋面的“陌生”与彼此认知的“片面”和“破碎”，从而制造出犯罪的机会，而这在人与人之间彼此熟悉的中国传统社会中，则是难以想象的。类似的，在张碧梧的“家庭侦探宋悟奇新探案”系列中的《鸿飞冥冥》一篇当中，邮差周阿福每周送挂号信到吴家，还需收信人在回单上盖章留证，但即使如此的“定期见面”，周阿福其实“只晓得把信交给人家，自然不注意人家的面貌”[①]，因而让犯罪者从中钻了空子。作为在都市中送信的邮差，虽然每天都在和人打交道，但他们从来不曾真正注意究竟是谁收了这些信。他们看似与这些收信人打过交道，实际上却是彼此陌生的。甚至在程小青的《怪房客》中，房东、二房东、邻居都对与自己朝夕生活在一幢小楼里的叶姓租客的身份、职业、来历和为人一无所知[②]。

更加将“匿名性”这一都市人际关系特点凸显到极致的案件当属张无净的侦探小说《X》[③]：故事一方面紧紧围绕一个不知道自己姓名和来历而自称为X的人展开，并且不断追寻他身份之谜的真相。另一方面，X的身份之谜也引起了媒体的兴趣与趋之若鹜的跟踪报道，这又被犯罪分子利用作为彼此联络和传递消息的手段，并在小说结尾处引发了多次情节上的“反转”。这篇小说中的主角X是对现代都市个体身份“匿名性”的隐喻式展现，没有人知道他的名字，一切悬疑、犯罪与情节铺排都是围绕他的名字/身份而产生并被不断推向高潮。而这篇小说本身也可以被视为民国侦探小说在表现“匿名性”意义上的一篇“元小说”，即一切侦探小说本质上都是在追寻一个关于X身份的真相，X的身份既是所有悬疑产生的源头，也是诸位侦探得以存在的前提和原因。

都市生活的匿名性是隐匿行踪与滋生犯罪的沃土，恩格斯在

---

① 张碧梧：《鸿飞冥冥》，《半月》第三卷第六期“侦探小说号”，1923年12月8日。

② 程小青：《怪房客》，载《中国现代文学百家·程小青代表作》，华夏出版社1999年版，第233—250页。

③ 张无净：《X》，《半月》第三卷第六期“侦探小说号”，1923年12月8日。

《英国工人阶级状况》一文中曾对当时伦敦这座现代化都市的发展与其中所产生的诸多社会问题进行了如下描述：

> 像伦敦这样的城市，就是逛上几个钟头也看不到它的尽头，而且也遇不到表明快接近开阔的田野的些许征象，——这样的城市是一个非常特别的东西。这种大规模的集中，250万人这样聚集在一个地方，使这250万人的力量增加了100倍；他们把伦敦变成了全世界的商业首都，建造了巨大的船坞，并聚集了经常布满太晤士河的成千的船只。从海面向伦敦桥溯流而上时看到的太晤士河的景色，是再动人不过的了。在两边，特别是在乌里治以上的这许多房屋、造船厂，沿着两岸停泊的无数船只，这些船只愈来愈密集，最后只在河当中留下一条狭窄的空间，成百的轮船就在这条狭窄的空间中不断地来来去去，——这一切是这样雄伟，这样壮丽，以至于使人沉醉在里面，使人还在踏上英国的土地以前就不能不对英国的伟大感到惊奇。
>
> 但是，为这一切付出了多大的代价，这只有在以后才看得清楚。只有在大街上挤了几天，费力地穿过人群，穿过没有尽头的络绎不绝的车辆，只有到过这个世界城市的“贫民窟”，才会开始觉察到，伦敦人为了创造充满他们的城市的一切文明奇迹，不得不牺牲他们的人类本性的优良特点；才会开始觉察到，潜伏在他们每一个人身上的几百种力量都没有使用出来，而且是被压制着，为的是让这些力量中的一小部分获得充分的发展，并能够和别人的力量相结合而加倍扩大起来。在这种街头的拥挤中已经包含着某种丑恶的违反人性的东西。难道这些群集在街头的、代表着各个阶级和各个等级的成千上万的人，不都是具有同样的特质和能力、同样渴求幸福的人吗？难道他们不应当通过同样的方法和途径去寻求自己的幸福吗？可是他们彼此从身旁匆匆地走过，好像他们之间没有任何共同的地方，好像

他们彼此毫不相干，只在一点上建立了一种默契，就是行人必须在人行道上靠右边走，以免阻碍迎面走过来的人；同时，谁对谁连看一眼也没有想到。所有这些人愈是聚集在一个小小的空间里，每一个人在追逐私人利益时的这种可怕的冷淡、这种不近人情的孤僻就愈是使人难堪，愈是可恨。①

恩格斯这里所说的“冷淡”与“孤僻”被齐美尔称之为“矜持”，“是一种拘谨和排斥”②。在齐美尔看来，这种大城市中个体的“矜持”态度和表现具有某种精神反应上的必然性，即“他们要面对大城市进行自卫，这就要求他们表现出社会性的消极行为。大城市人相互之间的这种心理状态一般可以叫作矜持。在小城市里人人都几乎认识他所遇到的每一个人，而且跟每一个人都有积极的关系。在大城市里，如果跟如此众多的人的不断表面接触中都要像小城市里的人那样作出内心反应，那么他除非要会分身术，否则将陷于完全不可设想的心理状态”③。但无论如何，伦敦的快速发展、人口激增与都市中人们态度冷漠和彼此隔绝同时发生，共同形成了现代化进程中的一组有趣吊诡。恰如任翔所说：“城市，既聚集着人类的文明、财富、智慧，又夹杂着犯罪、贪欲、色情。”④ 而这种人与人之间的冷漠与隔绝，正是在现代都市这个“陌生人社会”中才更有可能出现并且走向极端。对此，本雅明也曾援引一名巴黎秘密警察的话并对其加以引申：“1798 年，一位巴黎秘密警察写道：‘在一个人口稠密而又彼此不相识，因而不会在他人面前脸红的地方，要保持

① ［德］恩格斯：《大城市》，载恩格斯《英国工人阶级状况》，人民出版社 1956 年版，第 58—59 页。

② ［德］齐美尔：《大城市与精神生活》，载《桥与门——齐美尔随笔集》，涯鸿、宇声等译，上海三联书店 1991 年版，第 267 页。

③ ［德］齐美尔：《大城市与精神生活》，载《桥与门——齐美尔随笔集》，涯鸿、宇声等译，上海三联书店 1991 年版，第 266—267 页。

④ 任翔：《中国侦探小说的发生及其意义》，《中国社会科学》2011 年第 4 期。

品行端正几乎是不可能的。’在这里，大众仿佛是避难所，使得那些反社会分子得以免遭追逐，在大众的各种令人不安的方面，最先显现的便是这一点，这也是侦探小说得以兴起的原因所在。”① 进而本雅明认为“侦探小说最初的社会内涵是使个人踪迹在大都市人群中变得模糊。”② 也正是从这一理解出发，本雅明才会对爱伦·坡的小说《人群中的人》（*The Man of the Crowd*）予以高度评价，后世很多侦探小说研究者也将这篇小说看成是侦探小说的“雏形”之作。类似的，博尔赫斯也赞同并援引过爱伦·坡与本雅明的观点：“据爱伦·坡说，只有一个沉睡的大城市才有这样的夜空；同时感受人潮涌动和寂寞孤独，这能激发人的思想灵感。”③

关于清末民初时期中国人对于现代性的感受，正如李怡教授所说：“现代中国的‘现代’意识既是一种时间观念，又是一种空间体验，在更主要的意义上则可以说是一种空间体验。对于现代中国的思想形态是如此，对于文学创作就更是如此。”④ 比如刘半农的小说《女侦探》开篇对于女主角出场的描写就确实带有一种爱伦·坡“人群中的人”的意味：“滨江，关外之热闹市场也。地当交通之点，人物凑杂，旅馆如云，日既暮，电光灿烂，旅客咸出游，纸醉金迷，几忘天涯浪迹，车龙马水，宛若海上繁华。有革命党中某少年者，着革履，服西装，口含雪茄，徐步街上。至一杂货店门首，有少女出，目注少年良久，少年忽现惊讶色。已而再行，女随其后，少年频频回顾，女亦目送之。行过半里许，过一空马车，少年跃登

---

① ［德］瓦尔特·本雅明：《波德莱尔：发达资本主义时代的抒情诗人》，王涌译，译林出版社 2014 年版，第 48—49 页。

② ［德］瓦尔特·本雅明：《波德莱尔：发达资本主义时代的抒情诗人》，王涌译，译林出版社 2014 年版，第 53—54 页。

③ ［阿根廷］博尔赫斯：《侦探小说》，载《博尔赫斯口述》，王永年、屠孟超、黄志良译，浙江文艺出版社 2008 年版，第 169 页。

④ 李怡主编：《词语的历史与思想的嬗变——追问中国现代文学的批评概念》，巴蜀书社 2013 年版，第 15 页。

车上，叱车夫曰：‘速往某戏园。’意若欲使此声浪传入女耳鼓。俾女知其去向者。女殊不顾，竟向前疾行，殆少年回首时，已不见矣。”[①] 刘半农的这篇以“侦探”为名的小说本质上并非严格意义上的侦探小说，而更近似于当时流行的虚无党小说，但其开场这一段对于女主角“神龙见首不见尾”的描写，却恰好体现出了侦探小说的某些都市与匿名的特点。[②]

二　隐藏在都市中的未知的罪恶与恐惧

隐匿在都市中的“人群中的人”某种程度上代表了未知、悬疑、恐怖与罪恶，而在公认的世界第一篇侦探小说，美国作家爱伦·坡于1841年5月发表在《格雷姆杂志》上的《莫格路凶杀案》中，便将这种徘徊于都市与人群之中的罪恶与恐惧感成功具象化了。在《莫格路凶杀案》里，一间门窗紧闭的房间、一对死状惨烈的母女、一群好像听见凶手讲着不同国家外语却终究莫衷一是的邻居证人……爱伦·坡在这篇世界侦探小说的开山之作中集合了密室、血腥、死亡、诡异、悬疑与恐怖等诸多元素，尚能看出他早期哥特小说的一些影子。而更为出人意料的是，侦探杜邦（Auguste Dupin）推断出的杀人凶手竟然是一只红毛大猩猩，并最终将其绳之以法。我们可以说，作为世界第一篇侦探小说，《莫格路凶杀案》从侦探小说所表现出的现代都市感受这一角度来看，完全可以视为侦探小说这一小说类型中的一篇“典范性”作品，爱伦·坡也由此被

---

① 刘半农：《女侦探》，《小说海》第三卷第一期，1917年1月5日。

② 其实在清末民初时期，“虚无党小说”和“侦探小说”之间的界限并非那么泾渭分明。陈平原教授就曾指出：“虚无党小说既有政治小说之理想高尚，又有侦探小说的情节紧张有趣——实际上其时好多人把虚无党小说和侦探小说混为一谈。”“如题为‘虚无党小说’的《美人手》实为侦探小说；至于《虚无党真相》则又标为‘侦探小说’。”（参见陈平原《中国现代小说的起点：清末民初小说研究》，北京大学出版社2010年版，第198页）除此之外，奚若翻译的一篇名为《虚无党案》的小说其实就是“福尔摩斯探案”系列中的《金边夹鼻眼镜》（*The Adventure of the Golden Pince-Nez*），是典型的侦探小说。

认为是世界侦探小说的鼻祖和创始人，这里的“创始人”不仅指时间意义上的“最早”，同时也是类型模式上的“典型”①。

关于《莫格路凶杀案》，研究者们一方面认为这是爱伦·坡过去哥特小说与神秘小说的某种继承和发展，比如苏加宁就提出：“在哥特式天才爱伦·坡的笔下，现代资本主义运行逻辑之下的都市就是一座体量更大、更加阴森压抑、充满邪恶与神秘的城堡，而充满猎奇意味的悬疑命案，尽管最终都能获得科学的解释，却不过是用人心的恶念取代了鬼怪的可怖。”② 另一方面，学者们又将爱伦·坡的侦探小说和资本主义都市发展所产生的现代化体验联系到了一起。本雅明称这种现代化体验为“惊颤体验”（Chock-Erfahrung），在一个由几百万陌生人组成的现代都市社会中，人们在街道上每天都要面对大量快速涌动、奔走的陌生人群，并会由此产生一种“惊颤体验”（类似的，齐美尔将这种体验形容为“表面和内心印象的接连不断地迅速变化而引起的精神生活的紧张”③ ）。在本雅明看来：“置身街上的人群，会不断面对一些不期而遇的情景。但是，簇拥的

---

① 关于爱伦·坡被认为是世界侦探小说鼻祖，不仅因为其最早开始写侦探小说，更在于其为数不多的几篇侦探小说创作为后来这一文学类型的发展提供了典范性和奠基意义。正如付景川、苏加宁所言：“虽然侦探小说仅占其文学创作的一小部分，但在这些作品中，爱伦·坡已经建立起日后这一题材，特别是所谓‘业余侦探小说’（Amateur Sleuth）所必需的一切架构———凶杀、悬念、无能的警察与故弄玄虚的侦探、丝丝入扣的回溯推理、出人意料的结局，以及内聚焦的特别是以‘旁观者’为特征的叙述视角。如果说《金甲虫》（*The Gold-Bug*，1843）更接近于探险传奇，《就是你》（*Thou art the man*，1844）尚未建立起足够典型的侦探形象，那么以法国绅士杜宾为主角的三篇小说则分别创造‘密室杀人’、‘失踪之人’、‘失踪之物’等架构，确立日后侦探小说最为经典的三大情节模式，无论是柯南·道尔、阿加莎·克里斯蒂，还是雷蒙·钱德勒，都大体上遵循爱伦·坡的典范。”（参见付景川、苏加宁《城市、媒体与“异托邦”——爱伦·坡侦探小说的空间叙事研究》，《北方论丛》2016年第4期）

② 苏加宁：《社会转型与空间叙事——美国早期哥特式小说研究》，博士学位论文，吉林大学，2017年5月。

③ ［德］齐美尔：《大城市与精神生活》，载《桥与门——齐美尔随笔集》，涯鸿、宇声等译，上海三联书店1991年版，第259页。

人流，不断变换的情景又让你无暇细嚼它们，于是出现惊颤，在一个惊颤还没有平息之时，下一个又接踵出现。久而久之，人身上就发出一种快速反应机制，面对不断出现的新景象，尽可能快速地作出反应，以至人离开这样的人群，离开这样的都市反而会出现不适。于是，出现了闲逛者，特意置身人流，只为身上的快速反应机制能得到满足，只为身历现代都市中特有的惊颤体验，这是现代都市给人带来的深刻变化：不求甚解，快速反应。也就是说，对象是谁并不重要，重要的是应对。"① 由此，这种都市生活中所带来或形成的"惊颤体验"就从一种"感觉"累积、固化成为一种"感觉结构"②。本雅明甚至引用波德莱尔的诗句来描述这种"惊颤体验"所带来的具体感受："与文明世界每天出现的惊颤和冲突相比，森林和草原的危险还算得了什么？"③ 小说《莫格路凶杀案》里面那只神出鬼没且惨烈杀人的红毛大猩猩就是这种"惊颤体验"的具象和代表。结合苏加宁所说的爱伦·坡侦探小说之于其哥特、神秘、恐怖小说的延续，和本雅明提出的爱伦·坡侦探小说与现代都市之间的内在关联，我们似乎可以更好地理解为什么美国作家爱伦·坡会将其笔下侦探故事的发生场域设置在巴黎——一座既遥远且神秘的欧洲之

---

① 王涌：《译者前言》，载［德］瓦尔特·本雅明《波德莱尔：发达资本主义时代的抒情诗人》，王涌译，译林出版社 2014 年版，第 4—5 页。

② 这里所说的"感觉结构"一词是借鉴雷蒙·威廉斯的相关概念。在雷蒙·威廉斯看来，"感觉结构"是"一种特殊的生活感觉，一种无需表达的特殊的共同经验"（参见［英］雷蒙·威廉斯《马克思主义与文学》，王尔勃、周莉译，河南大学出版社 2008 年版，第 141 页）。雷蒙·威廉斯的"感觉结构"相比于弗洛姆所说的"社会性格"，更为内在于人的感觉之中，具有某种联结外在客观世界与人内心主观世界的"中介性"。而它和我们一般所说的"感觉"之间的区别则在于，"感觉"是对象直接在主体身上所产生的结果，而"感觉结构"则是感觉的累积与固化，甚至最终形成某种主体的第二本能。而在本雅明看来："在漫长的历史长河中，人类的感性认识方式是随着人类群体的整个生活方式的改变而改变的。"（［德］瓦尔特·本雅明：《机械复制时代的艺术作品》，王才勇译，中国城市出版社 2002 年版，第 12 页）

③ ［德］瓦尔特·本雅明：《波德莱尔：发达资本主义时代的抒情诗人》，王涌译，译林出版社 2014 年版，第 47 页。

都，又是全球现代都市发展的典型代表①。在这两层意义上，正如本雅明所说："侦探小说尽管有冷静的推算，但它也参与制造了巴黎生活的幻觉。"②

回头再来看爱伦·坡《莫格路凶杀案》中的杀人凶手，那只穿梭在巴黎的红毛大猩猩，它绝非是一般意义上的奇闻怪谈，而是更为隐喻性地表达了在陌生都市里穿行的"惊颤体验"和死亡恐惧。红毛猩猩在某种程度上正是现代都市中人的兽性、欲望与暴力的象征物，是都市人们对于都市生活恐惧感的投射与集合体。付景川和苏加宁更进一步指出："'黑猩猩进入家宅'这一事件恰恰隐喻了极端异己性入侵私人空间的可能，而它非理性的杀戮本身，更可以看作现代都市空间焦虑的浪漫化表达。"③ 此外，值得注意的是，小说里所有人（邻居/现场证人）都好像听见了它的声音，但所有人又都不知道它究竟说的是哪国语言（他们分别指认凶手说的是法语、西班牙语、意大利语、英语、德语和俄语），大家各执一词，却又都莫衷一是，这一巴别塔与罗生门式的证词其实是现代都市中人与人之间极度陌生化的体现与虚妄的世界性想象——巴黎虽然被想象成为资本主义的世界之都，但都市内人与人之间又根本无法真正交流。爱伦·坡的第一篇侦探小说似乎想借助在巴黎游荡且杀人的一只红

---

① 当然，关于爱伦·坡之所以选择法国巴黎作为其侦探小说的发生场域，学界还有很多其他角度的讨论和看法，此处仅举一例，如阿根廷学者罗贝托·阿利法诺（Roberto Alifano）所提出的："爱伦·坡身处美国……却把侦探安排在遥远的巴黎，罪案都发生在那个遥远的国度。毋庸置疑，爱伦·坡非常清楚，如果他把纽约作为小说发生的背景，那么读者便会去探寻事件是否真的发生。然而，一旦将背景置于另一个城市，就会使这一切看起来既遥远又不真实。因此，我认为侦探小说是幻想文学的一种类型。"（Alifano Roberto，*Conversaciones con Borges*，Madrid Debate，1986，pp. 14—15）诸如这一角度的观察和说法，也有其自身的合理性成分。

② ［德］瓦尔特·本雅明：《波德莱尔：发达资本主义时代的抒情诗人》，王涌译，译林出版社 2014 年版，第 50 页。

③ 付景川、苏加宁：《城市、媒体与"异托邦"——爱伦·坡侦探小说的空间叙事研究》，《北方论丛》2016 年第 4 期。

毛猩猩告诉读者：侦探小说在其诞生之初就是属于现代都市的小说类型，同时小说里侦探所要面对和解决的问题正是现代都市中潜伏于人群之中的、人们内心所隐藏的兽性、暴力、犯罪与恶。此外，值得注意的地方还在于，《莫格街凶杀案》中的杀人猩猩是水手在印度婆罗洲发现、捉住并带回巴黎的，而这种把“杀人怪物”的产地安排在“来自远方”的设定和想象也同样出现在福尔摩斯探案小说中的《斑点带子案》和《戴面纱的房客》中——这两部小说里“杀人”的动物分别是印度最毒的沼地蝰蛇和名叫“撒哈拉王”的北非狮子。而这种对杀人动物产地的“异域”设定也显然带有欧洲老牌殖民国家的“东方主义”偏见和神秘化想象。

和巴黎一样令人感到难以捉摸的现代化大都市当然还有伦敦，弥漫于伦敦街头的大雾就往往被小说家用来作为这座都市神秘性与犯罪温床的象征之物：“1895 年 11 月的第三个星期，黄色的浓雾笼罩着英国，从周一到周四，我怀疑能否从我们位于贝克街的窗户看到对面那若隐若现的房子。”① 在这里，伦敦的“大雾”在某种意义上和巴黎街头的“人群”有着相类似的作用，它们共同为犯罪者隐匿行踪提供了便利与可能。福尔摩斯就曾说：“你看窗外，华生，人若隐若现，又融入浓雾之中。这样的天气，盗贼和杀人犯可以在伦敦随意游逛，就像老虎在丛林里一样，谁也看不见，除非他向受害者猛扑过去，当然只有受害人才能看清楚。”② 同样，在小说《四签名》中，华生也被这伦敦浓雾笼罩之下匆匆逝过的行人面孔弄得紧张不安：“这是一个九月的傍晚。尽管还不到七点钟，天气却已阴沉下来，一场浓雾低低地罩在城市的上空。泥泞的街道上空飘浮着乌云，吊着的路灯变成了一个个模糊的小点，发出的淡淡的光照在潮

① ［英］阿瑟·柯南·道尔：《福尔摩斯探案全集·最后致意·布鲁斯-帕廷顿计划》，王逢振、许德金译，中央编译出版社 2013 年版，第 650 页。

② ［英］阿瑟·柯南·道尔：《福尔摩斯探案全集·最后致意·布鲁斯-帕廷顿计划》，王逢振、许德金译，中央编译出版社 2013 年版，第 650 页。

湿泥泞的人行道上。从商店窗户里射出来的黄光，透过层层雾气照到了拥挤的大道上。连绵不断的行人的面孔有悲伤的、憔悴的，也有高兴的。每一张脸就像人类的历史一样，从黑暗转到光明，又从光明转到黑暗。我不是一个多愁善感的人，但是在这样一个阴暗沉重的夜晚，加上我们担负的奇怪的任务，使我变得紧张不安起来。”① 和爱伦·坡笔下“人群中的人”与红毛猩猩异曲同工，柯南·道尔利用伦敦浓雾使得人与人之间彼此看不清楚的这一客观天气现象，作为现代都市“惊颤体验”与不安感受的另一具象化表征。当然，我们还可以进一步对其展开一点“过度”解读式的尝试，即无论是现代都市中涌动的人群、浓厚的大雾，还是频发的暴力与罪恶，都是资本主义现代都市的伴生物与发展结果。而这种弥漫于巴黎、伦敦等西方都市的罪恶同样存在于东方的现代都市之中，只不过其通过相反的隐喻方式来得以表达，正如孙了红在小说中所说：“太阳在东半球的办公时间将毕。慈悲的夜之神，不忍见这大都市的种种罪恶，她在整理着广大的暗幕，准备把一切丑恶，完全遮掩起来。”②

三　“匿名性”与侦探的登场

犯罪分子在现代都市“陌生人社会”中的匿名性呼唤着侦探的出现，甚至我们可以把侦探小说的情节模式视为发生在罪犯与侦探之间，一场关于试图隐藏身份与努力追查身份的角逐和较量。从这个意义上，我们再来回头重新看小说中福尔摩斯与华生的首次相遇，则会有一番更加深入的理解：福尔摩斯在《血字的研究》中初次见到华生医生的时候就推断出他曾经在阿富汗当过军医，其理由就是

① ［英］阿瑟·柯南·道尔：《福尔摩斯探案全集·四签名》，王逢振、许德金译，中央编译出版社 2013 年版，第 63 页。

② 孙了红：《航空邮件》，《大侦探》第十六期至第十七期，1947 年 12 月 20 日至 1948 年 2 月 1 日。

根据华生身上的种种细节特点（气质硬朗、肤色黝黑、受过外伤、行动不便等），经过观察、发现、推理所得出的结论。如果说现代都市中人的身份具有某种“匿名性”，那么侦探的功能就是借助当下所能观察到的诸多细节揭示出其过往的种种隐匿的经历，换句话说，即将当下有限空间中所观察到的内容转换为对观察对象过往时间中经历的推测；如果说现代都市中人的认知是片段、破碎且模糊的，那么侦探的特殊本领就是将这些片段、破碎与模糊的信息重新整合并形成完整认知链条的能力。早期侦探小说中侦探经常通过种种蛛丝马迹（足印、烟灰、血迹、泥点、毛发、伤口、服饰、眼镜、鞋子、神态等）来推断出凶手的特点与身份，为最终破案提供关键性线索或方向指引的例子，实在是不胜枚举，从绝大多数“福尔摩斯探案”故事，到中国的“霍桑探案”“徐常云探案”等，都经常不厌其烦地对侦探的这一特殊能力展开过细致的铺陈和描写。因此，弗莱指出侦探小说“非常注重细节，常使日常生活中最单调、最易被忽略的琐事突如其来获得了生死攸关的神秘意义”[①]。而侦探们这种对细节观察、整合与推演的能力，正是基于现代都市这个“陌生人社会”中人们身份上普遍存在的“匿名性”与“破碎性”特点而产生的。将破碎的认知还原成完整的因果逻辑，揭示出匿名凶手背后的真实身份，这就是所有早期侦探小说中侦探们所努力完成的工作和目标。

当然，我们也不得不承认，存在于现代都市中的“人潮”或“大雾”对犯罪分子所起到的遮蔽效果，有时也会令侦探们感到为难和无能为力。比如福尔摩斯时时警惕自己的追查行动被犯罪分子发现，因为一旦犯罪分子有所警觉，潜入都市人群之中，则将使案情查办变得格外困难，甚至无从下手：“只要凶手没觉得有人发现线索，我就有机会捉住他。但是，要是他稍有怀疑，他就会隐姓埋名，

---

① ［加拿大］诺思罗普·弗莱：《批评的解剖》，陈慧、袁宪军、吴伟仁译，百花文艺出版社2006年版，第68页。

立即消失在这个大都市里，想想看，四百万居民，到哪里去找?”[①] 又如福尔摩斯曾对他的委托人表示过：“我有充足的证据表明，您在伦敦被人跟踪。在这百万人口的大城市里，很难发现这些人是谁或者他们的目的是什么。如果他们的目的是邪恶的，他们可能会伤害您。我们没有能力阻止。您不知道，默蒂医生，今天早晨你们从我家出来，就被人跟踪了。”[②] 都市人口众多与人流密集对案件查办与保护当事人所带来的困难由此可见一斑。

四　匿名性的传奇化想象——“易容术”

将现代都市生活中的“匿名性”特点发展到极致便产生了侦探小说里的“易容术”，“易容术”无疑可以看作侦探小说里关于隐藏身份（匿名）的浪漫化想象。无论是柯南·道尔笔下的福尔摩斯，还是莫里斯·勒伯朗笔下的亚森·罗苹，抑或是其在中国的后继者——程小青笔下的侦探霍桑与孙了红笔下的侠盗鲁平，都是此一方面的个中好手。福尔摩斯自己就曾多次乔装易容成为老人（《四签名》）、牧师（《波希米亚丑闻》）、流浪者（《歪嘴男人》）、病人（《临终的侦探》），甚至用留声机录下并播放自己拉小提琴的声音，以使得犯罪分子误以为他仍在房间内[③]（《王冠宝石案》）。而福尔摩斯的对手们也经常通过易容来达到自己的目的，比如《血字的研究》中的马车夫和依循失物招领前来领取戒指的“老太太”、《波西米亚丑闻》中的艾琳·艾德勒小姐、《身份案》中邪恶的继父等。在勒伯朗笔下，亚森·罗苹更是经常通过神乎其神的“易容术”把福尔摩斯、华生和警察们骗得团团转。当然，这和勒伯朗本人曾经做过舞台化妆师，对化妆术颇为熟悉有关，而其小说中的人物亚

① ［英］阿瑟·柯南·道尔：《福尔摩斯探案全集·血字的研究》，王逢振、许德金译，中央编译出版社2013年版，第27页。

② ［英］阿瑟·柯南·道尔：《福尔摩斯探案全集·巴斯克维尔猎犬》，王逢振、许德金译，中央编译出版社2013年版，第487页。

③ 这可以视为某种对声音的伪装与“易容”。

森·罗苹则被设定为曾在皮肤科实习，因而学会了一套换脸的技术。

在中国的侦探小说中，“易容术”也经常被使用和渲染。程小青就曾在《案中案》一篇中专门强调过霍桑易容手法的熟练与迅速：“霍桑有一种特技，在紧急的关头，举动的敏捷会出于人们的意想之外。有一次我见他卸去西装，换上一身苦力装来，又用颜料涂染了脸部，前后不过两分另六秒钟。”[①] 此外，侠盗鲁平也非常擅长易容术，在小说《眼镜会》中作者孙了红便借小说人物杨国栋之口说道：“总之鲁平的化妆术是神出鬼没的，任是他假充着我们的父母兄弟，也许要被他瞒过咧。”[②] 甚至在《鬼手》和《鸦鸣声》中，鲁平还曾经假扮霍桑，进而以调查案件为由深入私宅，以寻求盗宝的机会。当然，“易容术”在科学和实际运用层面是否真的能如此“随心所欲”和“惟妙惟肖”还有待进一步探究。其实早在1927年，就已经有人对侦探小说里过度依仗和滥用“易容术”提出了质疑和批评：“用化妆术的侦探小说固属无赖的作品，就是用催眠术和其他似是而非的科学侦探也是不对的。因为出于侦探化妆或使用他种手段不过描写人智幼稚底反照，并不算是名家。所以列宁说侦探须以平常手段使人惊讶，不许用奇异手段使人转疑其作伪。现代科学普及，人人皆有侦探底可能性，若一涉神奇和幻术，在幼稚社会中，或有人肯信，而移在科学昌明的地方，就没有人过问了。”[③] 本书在此处也并非将“易容术”作为侦探小说的科学手段之一来进行考察，而是将其视为侦探小说所呈现出的都市“匿名性”的一种象征性表达和浪漫化想象来予以理解：在现代都市之中，每个人都主动或被动地借助陌生人潮而成为“匿名者”，而“匿名”的极致便是“易容”——改变容貌，进而隐藏身份，把自己装扮作他者，使自己更

---

① 程小青：《案中案》，载程小青著，范伯群编《民初都市通俗小说3：侦探泰斗——程小青》，台北：业强出版社1993年版，第55页。

② 孙了红：《眼镜会》，《半月》第三卷第十八期，1924年6月2日。

③ 陈景新：《小说学》，上海泰东图书局1927年6月第2版，第127—128页。

容易混迹在人潮之中。

第二节 现代都市空间："闲逛者"、现代市内交通、电话电报与摄影术

现代都市空间聚集了大量的人口，如"福尔摩斯探案"系列小说中就多次提到伦敦拥有"四百万居民"（《血字的研究》）、"五百万人口"（《住院的病人》《硬纸盒子》），或者是"百万人口的大城市"（《巴斯克维尔猎犬》）。而根据相关人口统计结果显示："就上海全市人口而言，1914 至 1915 年间有近 200 万人，1930 年超过了 300 万人，到 1936 年达到 380 余万人。"[①] 城市人口数量、密度和增长速度都十分惊人。关于现代化大都市商业区的人口密度和生活于其中的个体感受，柯南·道尔曾在小说《红发会》中予以如下描述："在我们面前是从伦敦市区通向伦敦西北的一条交通主干道，繁华而现代。虽然街道要宽敞许多，但还是被熙来攘往的生意人填的满满当当了；人们向各自不同的目的地涌动着，就连人行道也已经被蜂拥的无数行人踩得发黑。而街边林立的便是一排装修豪华的商店以及各种富丽堂皇的商务用楼。"[②] 爱伦·坡笔下的侦探杜邦也对巴黎近郊人流密集多有感慨："多少知道点巴黎近郊情况的人都明白，除非到远离郊外的地区，要想隔绝是极为困难的。希望在森林或树丛里找到什么未经开辟甚至人迹罕至的地方，简直是难以设想的。"[③] 如果巴黎近郊尚且如此，就更不必说巴黎市中心了。

现代都市除了空间巨大、人口众多、人流密集之外，还时时呈

---

① 陈国灿编：《江南城镇通史·民国卷》，上海人民出版社 2017 年版，第 180 页。

② ［英］阿瑟·柯南·道尔：《福尔摩斯探案全集·历险记·红发会》，王逢振、许德金译，中央编译出版社 2013 年版，第 122 页。

③ ［美］埃德加·爱伦·坡：《玛丽·罗杰疑案》，载《爱伦·坡短篇小说集》，孙法理译，译林出版社 2008 年版，第 179 页。

现出对城市周边空间不断蚕食的扩张性特点。民国文人孙恩霖在《我的故乡在哪里》一文中就曾感慨道："大上海一天一天地向外扩展，我心目中的故乡却一天一天地在缩小。最使我抱憾的，人家提起'故乡'两字时，总连带着涌现出青的山绿的水，或是使人常常称道着一种或几种好吃的东西，和一些认为珍贵的土产。上海除了油腻黄污的黄浦，足以确切代表江山的'江'字之外，要找别的故乡的'灵魂'，那就非常困难了。"① 与之相类似，程小青在小说《紫信笺》中，也曾借着上海这座现代大都市和其周遭江湾镇之间的关系对此进行了一番生动的呈现："江湾镇的地位距离上海虽有十多里路，但国人们在上海建立的工商实业，既然在飞跃地进展，大概不出几年，这地方势必也要变做上海的一部分。现在这地方因着交通的便利，那物质文明的潜力，早已攻破了这个幽静而充满着自然美的境界。在附镇的四村，虽还瞧得见竹林荫蔽中的茅屋，和听得到弓形似的板桥下的流水。但那茅屋中真率朴素的人物早已惊破了闲静的甜梦，罩上了紧张的面具。板桥底下的河流也变换了黄浊的颜色；潮来时奔涌可怕，既不见清澈见底的景象，更没有琤琤的雅乐可听。总而言之，那以往的静趣，真象海滩上的一小堆沙碛，物质的狂潮一冲到，除了全部的倾陷以外，委实没有第二条出路。"② 面积巨大、人口众多且不断处于向四周扩张的状态，恰好构成了现代都市空间的几个主要特点和形象隐喻——所谓无比巨大且不断膨胀的"都市巨兽"。

一　从"闲逛者"到侦探

从大量都市人口在都市中自由闲逛的这一角度出发，侦探与都市之间的关系还可以借助本雅明所提出的"闲逛者"这一概念来

---

① 孙恩霖：《我的故乡在哪里》，《旅行杂志》第十二卷第一期，1938 年。

② 程小青：《紫信笺》，载《程小青文集 1——霍桑探案选》，中国文联出版社公司 1986 年版，第 272 页。

展开进一步理解。本雅明在对巴黎拱廊街这一公共空间设计与街头大量陌生人群涌动的相关研究基础上提炼出了“闲逛者”这一都市中的典型人群形象：他们每日闲逛于街头，享受着观看街边行走、涌动的人流与百货商店橱窗的乐趣。在本雅明提炼出的“闲逛者”这一概念中，更多指的是游手好闲的波希米亚人以及密谋家①们，他们是整个都市社会不安定的因素。在本雅明的表述逻辑中，“波德莱尔生活的世界恰是这样一个走向现代的都市，巴黎拱廊街里的人群是他都市体验的核心，也是本雅明现代性经验的焦点所在。那是前现代（农业时代）社会没有的：许多人，彼此并不相识的人，密集地共处在一个空间，但却不打招呼、不攀谈，每个人只顾着自己如何顺利地前行。人在空间上是如此的近，但没有交流，彼此不了解，心理上又是如此的远。都市生活的意象：冷漠。这是本雅明在波德莱尔诗篇中首先读出的生活感受，人群中的人丝毫不关心他人，只顾自己前行。即使有碰撞，也首先考虑不让前行受影响。唯我、效率成了最重要的。‘不关心他人’又使得人群中的人具有了农业时代没有的匿名性，每个人都将自己藏身于人群中，这样的人群又成了坏心、恶行的温床。人群聚集的都市令人不安，那里不仅有冷漠，也使品行不端者能够藏身。由此，波德莱尔的都市体验和本雅明的现代性经验中又出现了一

---

① 本雅明所提出的“密谋家”某种程度上直接继承了马克思与恩格斯关于“密谋家”的相关说法，如：“马克思和恩格斯首先送给了谢努、德拉奥德和科西迪耶尔们一个响亮的名字——‘密谋家’（comspirateur）——他们由于无法在社会上找到固定的职业，缺少稳定的收入，故而整日流连于酒馆和咖啡馆之间，在那里聚谈政治、预谋造反；在私人领域，他们又是一些藐视和挑战资产阶级道德规范的人。动荡不安的生活和精神状态导致‘他们沦为巴黎人所说的浪荡汉（la bohême）’，这个为数不少的‘波西米亚人’群体中既有出身于无产阶级的‘民主浪荡汉’，也有出身于资产阶级的‘民主浪荡汉’（详见《全集》2.10：332）。他们在风平浪静之际放浪形骸、饮宴享乐，以哄骗利诱的方式招募同党并密谋起义或者暴动；在街垒战到来时又不惜冒死充当勇猛的指挥官。”（参见梁展《反叛的幽灵——马克思、本雅明与1848年法国革命中的小资产阶级知识分子》，《外国文学评论》2017年第3期）

个意象：波西米亚人的游荡。也就是说，密谋，做坏事。本雅明在波德莱尔的诗篇中读出了他对都市生活的厌恶，抵触，从而演示了对现代生活的鞭挞。那是冷漠，滋养恶行的人流。"[①] 而这其实是通过另一种隐喻化的方式，将本书前文所述的现代都市人群的内心焦虑与恐惧感受再度具象化了。

在"福尔摩斯探案"系列中的《波西米亚丑闻》一篇里，艾琳·艾德勒小姐就曾凭借高超的乔装打扮技术，隐藏在人群之中，闲逛于贝克街街头。一方面，她显然是本书前文所述的"易容术"之高手，另一方面，她也被认为是一个典型的本雅明所说的"密谋家"，她通过掌握权贵甚至皇室的丑闻来进行"威胁"：

> 这时我们已经走到贝克街，在他家门口停了下来。正在他从口袋里掏钥匙的时候，有人路过这里，并打了个招呼：
>
> "晚安，福尔摩斯先生。"
>
> 这时的人行道上有好几个人。可是这句问候好像是一个身材瘦长、身穿长外套的年轻人匆匆走过时说的。
>
> "我以前听见过那声音，"福尔摩斯凝视着昏暗的街道喃喃道，"我现在真想知道那家伙到底是谁。"[②]

与此同时，在本雅明的论述中，"闲逛者"与侦探之间又有着某些可以相通的特质："在闲逛街者身上，看的乐趣得到了尽情的满足，他们可以专心致志于观看，其结果便是业余侦探。他们在观看时惊异得目瞪口呆。"[③] 甚至"如果闲逛者因此不由自主地变成了一

---

① 王涌：《译者前言》，载［德］瓦尔特·本雅明《波德莱尔：发达资本主义时代的抒情诗人》，王涌译，译林出版社 2014 年版，第 3 页。

② ［英］阿瑟·柯南·道尔：《福尔摩斯探案全集·历险记·波西米亚丑闻》，王逢振、许德金译，中央编译出版社 2013 年版，第 113 页。

③ ［德］瓦尔特·本雅明：《波德莱尔：发达资本主义时代的抒情诗人》，王涌译，译林出版社 2014 年版，第 91 页。

个侦探，这就使他在社会上获得了许多好处。因为这使他的闲逛得到人们的认可。他只是看起来无所事事，但这无所事事的背后，其实潜藏着不放过坏人的警觉。因此，这样的侦探能监视很大一片区域，它拥有着与大城市节奏相一致的各种反应方式，他能捕捉稍纵即逝的东西。这使得他将自己幻想成一名类似艺术家的人，每个人都会赞叹速写画家运笔的神速，巴尔扎克就将艺术家的能耐视为快速领悟的能力”①。由此，“闲逛者”又可以转化为侦探，人潮快速涌动所带来的“惊颤体验”则可以转化为侦探善于利用和捕捉的敏锐和警觉感受。

在爱伦·坡的小说《莫格街凶杀案》中，叙述者“我”与侦探杜邦则是一对典型的在夜晚出来漫步和游荡的“闲逛者”/侦探：“外界的人要是知道了我们在那里的日常生活，是会把我们当作疯子看的——虽然也许是无害的疯子。我们完全与世隔绝，不见客人，事实上我把隐居地对我往日的熟人全都小心地保了密，而杜邦在巴黎已经多年没有人认识，也不认识人了。我们只孤独地过着自己的生活。”“直到钟声通知我们真正的黑暗降临。那时我们就手挽着手冲上街头，继续白天的谈话，或是作汗漫之游，直到深夜，在那人口众多的城市的光与影里寻求宁静的观察所能提供的无穷的精神刺激。”②

而在王天恨的“康卜森探案”系列中，侦探康卜森即具有一种本雅明所说的“这无所事事的背后，其实潜藏着不放过坏人的警觉”。在小说《园尸》里，康卜森与助手纪克参加完友人的寿宴后散步回家，康卜森在一边走路，一边听好友“絮絮滔滔”讲故事的同时，仍能对身边的每一处细节做到高度警觉和细密留心：

---

① ［德］瓦尔特·本雅明：《波德莱尔：发达资本主义时代的抒情诗人》，王涌译，译林出版社 2014 年版，第 49 页。

② ［美］埃德加·爱伦·坡：《莫格路凶杀案》，载《爱伦·坡短篇小说集》，孙法理译，译林出版社 2008 年版，第 120—121 页。

> 这时我们一壁闲谈，一壁观看两旁的商店，胸襟很畅。我寻不到谈话的资料，只得把康卜森所探的案子一件一件的旧事重提，比较难易。康卜森一路唯唯着，似乎并不注意我的说话，约莫离寓所二百步光景时，忽而康卜森立下来，现着惊诧的神色道："啊！"我见他突然惊诧，不知为了何故，忙道："你看见了什么？"康卜森道："方才不是有一辆马车由我们身旁走过去么？"我道："不错，马路上车辆很多，有谁去注意。"康卜森道："不，我因为听见车子上有两个人说话，一个人问我们的寓址究竟在那里，怎么还没有到，一个说已经不远，几分钟内就可到了。这一定又出了什么乱子，要委托我们咧。"我道："怎么我没有听见？"康卜森道："你一路上尽管絮絮滔滔的和我讲故事，那里顾及车子上人说话。"我一听不禁哑然，心想：我只管把那些以往的陈迹来和他絮聒，我的听觉早已失了效用，他却除了和我酬答外还时时注意旁的事，可见他的用心细密了。①

借助于本雅明关于"闲逛者"与侦探之间关系的讨论，回头再来看"福尔摩斯探案"系列小说一开场，华生对自己在伦敦生活的状态与对这座城市的印象所进行的一番描述："我在英国无亲无故，像空气一样自由，每天有十一便士六先令的收入，倒也逍遥自在。在这种情况下，自然而然地我就掉进了伦敦这个大染缸里——大英帝国的游荡子全都汇集在这里。"② 结合后来华生遇到福尔摩斯，并且成为其助手和伙伴的种种经历，我们完全可以将华生的这一转变过程归纳为本雅明所说的由"闲逛者"转变为侦探的又一例证。由此，侦探不断地在都市与人流中闲逛，享受着观看的乐趣，但同时

---

① 王天恨：《园尸》，《侦探世界》第十二期，1923 年。

② ［英］阿瑟·柯南·道尔：《福尔摩斯探案全集·血字的研究》，王逢振、许德金译，中央编译出版社 2013 年版，第 1 页。

也不放弃神经的警觉，眼观六路、耳听八方。侦探在闲逛时不断搜寻着各种信息碎片，随时准备捕捉哪怕一丝一毫的犯罪气息。

进一步来看，正如前文所述，这些密集的城市人口为犯罪者的犯罪和藏匿提供了最好的遮掩。除此之外，都市空间本身也是一个巨大的人造的犯罪场域，其间错综复杂、交织环绕的城市内道路宛如迷宫般地令追踪犯人的侦探赶到“头晕目眩”①。或者我们可以说，都市道路的复杂性即是犯罪案件复杂性的空间性外显与物质化寄托，而侦探们则正是在这迷宫般的都市街道中追寻真凶，就如同他们面对同样复杂的案件而进行抽丝剥茧，追查真相一样。

> 开始我还能认清马车行驶的方向，但很快，随着速度逐渐加快，外面的大雾，还有我对伦敦道路的不熟悉，我的脑子里就一团迷糊，只知道这段旅程很长。福尔摩斯却没有迷失方向，车子经过广场或是曲折的街道时，他还能小声地说出地名来。
>
> 他道：“罗切斯特路，现在是文森特广场。我们现在到了沃克斯豪尔桥路，马车好像正在驶往萨利区。我想我是对的，现在我们到了桥上，你们还可以看到河水。”
>
> 泰晤士河被路灯照着的宽阔、平静的河面在我们眼前很快地一闪而过。但是马车还是在继续行驶，很快就消失在桥对岸迷宫一样的街道中。②

小说在这里对于城市道路的描写并非仅仅是单纯地在渲染一种

---

① 单纯从物理空间的角度来讲，都市内的道路与建筑迷宫对罪犯施行犯罪行为而言本身也构成一个挑战，比如在《血字的研究》中，从美国而来的凶手在伦敦城里追踪被害人，被捕后就表示：“最困难的事情是记不清道路，在所有的道路复杂的城市中，我觉得伦敦城的街道是最复杂难认的了，我就随身带上一张地图，后来我熟悉了一些大的旅馆和几个主要车站，工作慢慢开始顺利了。”

② ［英］阿瑟·柯南·道尔：《福尔摩斯探案全集·四签名》，王逢振、许德金译，中央编译出版社 2013 年版，第 63 页。

悬疑与紧张的气氛，更是对整个案件复杂与惊险的空间隐喻。“对伦敦道路的不熟悉”“脑子里就一团迷糊”的华生对后来扑朔迷离的案情也同样是一头雾水。而“没有迷失方向”，甚至“还能小声地说出地名来”的福尔摩斯则始终保持着警惕、敏锐和正确的查案方向。从这一点看来，对城市内复杂道路的了然于胸，在某种程度上来说就是对于复杂案情的清楚把握。如果我们从整个“福尔摩斯探案”系列故事中来看伦敦街道的迷宫隐喻，甚至可以寻找到其与福尔摩斯最具标志性地仔细观察案发现场这一行为之间的深层关联：福尔摩斯在查案时往往要对案发现场进行一番非常精细的观察和搜索，而他对整个伦敦街道地图的熟稔于心或许就可以看作他对于这个犯罪欲望的集合之地与幻象之城精细观察后的结果。从另一个角度来看，侦探以理性的目光掌控城市，他们查清案情真相的同时意味着城市从局部的混乱到秩序的恢复，侦探角色的成功更象征着都市是可以被掌控与秩序化的，而这种秩序的前提即是侦探对城市内部每一条街道路线的了若指掌。毕竟，对于福尔摩斯来说，“他喜欢住在五百万人口的正中心，眼观六路，耳听八方，对每一个悬而未决的小小传闻或猜疑都作出反应”①。此外，这种对城市内街道的了解也需要侦探不断地探寻、游走、熟悉和记忆，这就又回到了本雅明所说的侦探身上的“闲逛者”属性，福尔摩斯就经常告诫华生：“所以说，我的朋友。了解你所居住的城市是多么的重要！”②

当然，了解一座城市也需要侦探做出专门的留心和仔细的观察，在这个意义上，我们可以将侦探进一步视为是一座城市的“阅读者”。在小说《红发会》中，福尔摩斯在了解到“红发会”的奇怪事件之后，就亲自动身赴现场进行考察，开始了对当地几个街区的

① ［英］阿瑟·柯南·道尔：《福尔摩斯探案全集·回忆录·住院的病人》，王逢振、许德金译，中央编译出版社 2013 年版，第 299—300 页。

② ［英］阿瑟·柯南·道尔：《福尔摩斯探案全集·历险记·波西米亚丑闻》，王逢振、许德金译，中央编译出版社 2013 年版，第 127 页。

“阅读”：

“我的亲爱的华生，请原谅我现在并不是和你悠闲地散步聊天，在我留心观察环境的时候是不能同时回答你这么多问题的。而且，我想你应该知道，这是在敌人领土里进行的侦查活动。好的，广场这里的情况基本了解了，我们绕到后面去吧。”

……

福尔摩斯避让着行人，刚好停在拐角处顺着一排店铺望去，说：“现在我要做的是记住这些店铺的顺序。嗯，让我想想看。华生，你知道，我一直希望能准确无误地了解伦敦的一草一木。莫蒂然烟草店！恩，那边是一家报亭！后面呢？哦，市区银行的科伯格分行、素食饭店、麦克法兰马车制造厂，没有其他店铺了吧，那已经是另外一个街区了。”①

正是基于侦探的仔细“阅读”，甚至需要记住“店铺的顺序”，福尔摩斯才能够最终真正做到“准确无误地了解伦敦的一草一木”。得益于有这样一分苦功的积累，才会有前文所引述的小说《四签名》中所呈现出来的侦探对于整座城市的熟稔于心，以及对案情的最终破获。

二　现代城内交通与城际交通工具——马车与火车

侦探在面积巨大且道路复杂的都市中穿行，需要借助于现代化的交通工具。在“福尔摩斯探案”系列故事中，福尔摩斯也是频频借助各种当时最为便捷的市内交通工具或城际交通工具来赶赴案发现场或追寻凶手的行踪。总体上来说，福尔摩斯最经常搭乘的交通工具是马车和火车，而且一般情况下，福尔摩斯在选择交通工具时，

---

① ［英］阿瑟·柯南·道尔：《福尔摩斯探案全集·历险记·红发会》，王逢振、许德金译，中央编译出版社2013年版，第122页。

伦敦市内交通一般以马车代步为主，城际交通则以火车为主。比如在《血字的研究》中，福尔摩斯与华生居住在贝克街221b，凶杀案件则发生在布瑞克斯路进口的劳瑞斯顿花园街3号，二人从家里赶往案发现场、再从案发现场赶赴知情警察的家中、福尔摩斯追踪前来认领戒指的人，以及众人最终将凶手扭送警察局等过程中，全都是乘坐马车。此外，在《四签名》《博斯科姆比溪水谷的秘案》等案件中，福尔摩斯与华生在伦敦市内穿梭也都是乘坐马车，只不过有时是单人马车，有时则是双人马车。

相比于福尔摩斯生活的伦敦街头每天都有马车来来往往，清末民初的中国城市里则更多是依靠人力车作为主要的城市内部交通工具，关于这一点，我们不仅可以从胡适的《人力车夫》、鲁迅的《一件小事》、郁达夫的《薄奠》，或者老舍的《骆驼祥子》《黑白李》等作品中得到对当时城市交通的阅读经验和文学想象，在同一时期的中国侦探小说中同样可以获得相应的城市生活经验认知。比如刘半农的侦探小说《假发》[①] 中，便强调了当时侦探出门是坐东洋车/黄包车的。而在陆澹盦“李飞探案”系列中的《古塔孤囚》[②] 一篇中，甚至表现出了杭州这座城市内部交通的时代发展轨迹——从黄包车到小汽车的变化。侦探李飞和王韫玉夫妇到杭州休养，从西湖附近的旅馆到灵隐寺游玩本来是想“雇辆藤轿”[③]，当地的朋友“听说我们要雇轿上灵隐天竺”，“便摇手说道：‘现在从新市场到灵隐已经有汽车可通，不必雇藤轿了。’”[④] 后来李飞一行人等去灵隐寺、去医院、去纶华纺织厂、华利染织厂和大中华机器厂

---

① 刘半农：《假发》，《小说月报》第四卷第四期，1913年8月25日。

② 陆澹盦：《古塔孤囚》，《红杂志》第二卷第十四期至第二卷第十六期，1923年11月。

③ 陆澹盦：《古塔孤囚》，《红杂志》第二卷第十四期至第二卷第十六期，1923年11月。

④ 陆澹盦：《古塔孤囚》，《红杂志》第二卷第十四期至第二卷第十六期，1923年11月。

查案都是乘坐四人座的小汽车，“汽车开得极快，风驰电掣”[①]。考虑到小说《古塔孤囚》的创作时间为1923年，可见当时杭州市内交通正在发生着的某些新的变化。而在同一时期的上海，包朗出门则是有专门的汽车接送，甚至还有专门的汽车夫阿土[②]。但当时更普遍的上海市内交通实际情况仍是黄包车和汽车并用，报纸上还时常会出现汽车撞人事故的新闻报道[③]。在此之后，随着城市内部交通的进一步发展，侦探们所搭成的市内交通工具也逐步升级换代，20世纪40年代孙了红笔下的侠盗鲁平和他的对手们更多是搭乘小汽车游荡在上海的街头巷尾，此时的小汽车已经是比较常见的市内交通工具[④]（如《三十三号屋》《蓝色响尾蛇》《鸦鸣声》等作品）。而在《劫心记》一篇中，鲁平甚至扮作“郭公馆的车夫阿达”[⑤]，“绰号吃角子老虎”，以汽车司机的身份帮助女主人排忧解难，更表现出侦探本身已经拥有了相当不错的驾驶技术，侦探与现代都市交通工具结合得愈发紧密了。

除了马车，自行车也是后期“福尔摩斯探案”小说中常用的助行工具，比如《孤身骑车人》《修道院公学》等小说中，都出现了自行车。而在《恐怖谷》中，自行车则被认为是“逃犯出逃的首要工具”。在《失踪的中卫》中，福尔摩斯与犯罪嫌疑人之间甚至展开了一段自行车追逐马车的情节：“紧挨着我们的旅店有一家自行车铺，我赶快进了自行车铺，租了一辆自行车，幸好马车还没有走远，

---

① 陆澹盦：《古塔孤囚》，《红杂志》第二卷第十四期至第二卷第十六期，1923年11月。

② 程小青：《酒后》，《小说世界》第一卷第四期，1923年1月26日。

③ 在陆澹盦的小说《隔窗人面》中，李飞从家里赶赴案发现场坐的是黄包车，回家则乘坐的是汽车；而凶手最后则是被汽车撞死在上海街头（参见陆澹盦《隔窗人面》，《侦探世界》第一期至第二期，1923年6月至1923年7月）。

④ 其实在柯南·道尔创作“福尔摩斯探案”系列小说时，以内燃机驱动的汽车已经发明（1887年德国人卡尔·本茨发明），但其在城市中使用与普及则要相对更迟一些。

⑤ 孙了红：《劫心记》，《春秋》第一卷第七期至第一卷第八期，1944年4月15日至1944年5月15日，署名“孙了红口述、柴本达笔录”。

我拼命用力骑，赶上了马车，始终和它保持着约一百码的距离。”[①] 自行车作为一种日常性交通工具，不仅有其代步的便利性，在其诞生之初还有着廉价和快速等诸多优点：“自行车是第一种让普通大众自己控制方向和速度的交通工具。自行车比马匹更便宜，而速度几乎与火车（19 世纪晚期）一样快。当然，它还要比步行更快更方便。在世界上许多地区，自行车仍旧是城市交通的主要工具。”[②] 也正是由于此，发明于 1885 年的自行车在其产生仅仅十多年[③]之后，就已经多次出现在柯南·道尔的侦探小说中，足可见其流行速度之快与普及程度之高。而在 20 世纪初期，自行车也已经出现在中国的侦探小说创作之中[④]，比如俞天愤的《白巾祸》中的“自由车”就是一例，小说里“我”在追捕犯人的过程中，从路边抢了一辆自行车：“返身折回原路，拔步飞跑，到球场那里，却见一个青年弄一架自由车，正在休息着。我那时也顾不到道德方面去了，猛可的赶上去，踏上车就走。那青年出乎意料之外，不住地喊：谁！谁！停着，停着！”[⑤] 而这一场景后来也成为好莱坞动作电影最为常见的追逐情节之一，只不过在电影里自行车经常被替换为未及时上锁或拔出车钥匙的摩托车或者小汽车罢了。

相比于传统的马车、人力车与自行车，更具现代性的新型交通

---

① ［英］阿瑟·柯南·道尔：《福尔摩斯探案全集·归来记·失踪的中卫》，王逢振、许德金译，中央编译出版社 2013 年版，第 444 页。

② ［美］肯德尔·亥文：《改变世界的发明》，徐莉娜、李玉良、黄彦红、李洋、李颖、孔迁迁译，青岛出版社 2014 年版，第 172 页。

③ 《孤身骑车人》《修道院公学》《失踪的中卫》三篇皆首次发表于 1904 年，《恐怖谷》则首次连载于 1914—1915 年。

④ 据相关资料介绍，1920 年的北京旅游指南中就已经列出了“有 24 家店面可以出租自行车”，可见这种交通工具在当时北京这座城市的普及程度。（参见徐珂《实用北京指南》第五章，上海：商务印书馆 1920 年版，第 1—36 页，转引自董玥著，何大齐插图《民国北京城：历史与怀旧》，生活·读书·新知三联书店 2018 年版，第 38 页）

⑤ 俞天愤：《白巾祸》，《红玫瑰》第二卷第二十九期至第二卷第三十一期，1926 年 5 月 10 日至 1926 年 5 月 24 日。

工具是火车。按照恩格斯在1844—1845年关于英国铁路发展状况的描述："铁路只是在最近才修筑起来的。第一条大铁路是从利物浦通到曼彻斯特的铁路（1830年通车）。从那时起，一切大城市彼此都用铁路联系起来了。伦敦和南安普顿、布莱顿、杜弗、科尔彻斯特、剑桥、埃克塞特（经过布利斯托尔）以及北明翰之间有铁路相通；北明翰和格罗斯特、利物浦、郎卡斯特（一线经过牛顿和威根，一线经过曼彻斯特和波尔顿）以及利兹（一线经过曼彻斯特、哈里法克斯，一线经过莱斯特、得比及设菲尔德）之间有铁路相通；利兹和赫尔以及新堡（经过约克）之间也有铁路相通。此外还有许多正在建设和设计中的支线，因此，不久以后从爱丁堡坐火车到伦敦只要一天的时间便够了。"① 当时英国的铁路交通网已然是非常发达且完备。而在柯南·道尔的小说里，一旦离开伦敦去英国其他郡县或乡村查案，火车也就成为福尔摩斯首选的城际交通工具。比如在《博斯科姆比溪水谷的秘案》《银色马》《黄面人》《证券经纪人的书记员》《金边夹鼻眼镜》《巴斯克维尔猎犬》等案件中，福尔摩斯与华生都是搭乘火车赴外地查案。甚至还有细心的研究者总结出了福尔摩斯出行目的地与选择乘车站点之间的一般规律："福尔摩斯和华生在许多故事里乘火车旅行时，根据不同的目的地选择车站：帕丁顿车站是通往西部车站的连接点，尤斯顿和金克洛斯车站通常是去北方旅行的起点，滑铁卢站则通往南部和西部许多站点。"② 小说里的这些细节，也正是与当时伦敦各火车站点的实际发车情况基本相一致的。而在中国作家笔下的侦探小说中，火车也是经常出现的交通工具，比如在俞天愤的小说《车窗一瞥》中，侦探醒庵虽生活在江南乡镇之间，但也是"卜居白下，而行役于锡山，心驰两地，频频往还，匝月之间，仆仆长途者，恒七八次，必以火车代步履之劳，

① ［德］恩格斯：《英国工人阶级状况》，人民出版社1956年版，第49页。

② ［美］迪克·瑞利、帕姆·麦克阿里斯特：《侦探福尔摩斯》，刘军平等译，暨南大学出版社2005年版，第13—14页。

俾速达也”。[①] 可见即使是在当时的江南二三线市镇之间也已经有火车交通相连，并且小说中整个案件的最终解决也全靠醒庵“于火车中瞥见”[②] 了一起失窃案的真相。当然，能够于火车中看清车外发生的案件也反过来说明了当时火车速度的有限。

其实，关于火车、罪案与侦探小说之间的关系还可以继续深入讨论下去。火车与侦探小说都是晚清时期“舶来”到中国的新事物。1876 年（光绪二年）吴淞铁路正式通车，一时间“观者摩肩夹道，欲买票登车者，麇集云屯，拥挤不开”[③]，吴淞铁路也通常被认为是中国的第一条铁路（关于中国的第一条铁路，另有 1865 年北京宣武门外的“模型铁路”和 1881 年唐胥铁路两种说法）。二十年后（1896，光绪二十二年），上海《时务报》上首次刊出张坤德翻译的“歇洛克·呵尔唔斯笔记”（即福尔摩斯探案小说）。此后，西方侦探小说便进入中国，并在中国掀起了一波翻译和创作侦探小说的热潮。火车与罪案及侦探小说之间似乎存在着某种天然的联系，火车也是中外侦探小说作家们格外偏爱的罪案发生空间。比如阿加莎·克里斯蒂著名的《东方快车谋杀案》、西村京太郎的“铁路旅情”系列侦探小说，以及希区柯克的犯罪悬疑电影《火车怪客》等，都是其中的典型代表。可能是由于漫长的火车旅途实在太过无聊，于是这些侦探小说作家们便开始展开各自的文学书写，想象着一桩又一桩和火车有关的谋杀案。

从这个意义上来说，程小青的《轮下血》则可以视为无聊的火车旅途与刺激的谋杀案件之间关系的某种隐喻。在小说里，作为侦探助手的包朗就不断感叹火车旅途的寂寞无聊，“虽然只有数小时的途程，却还不免要发生烦躁不耐的感觉”，似乎总要发生点什么“新

---

① 俞天愤：《车窗一瞥》（又名“绿圈”），《小说丛报》第九期，1915 年 3 月 25 日，署名：“俞天愤属草，吴双热润辞”。

② 俞天愤：《车窗一瞥》（又名“绿圈”），《小说丛报》第九期，1915 年 3 月 25 日，署名：“俞天愤属草，吴双热润辞”。

③ 陈定山：《春申旧闻》，海豚出版社 2015 年版，第 62 页。

鲜的刺激可以来调剂一下"[①]，才能打破这种火车上的沉闷。果然，小说里几分钟后就出现了一起火车轧死人的案件，而侦探霍桑则敏锐地注意到死者生前曾购买过人寿保险，并由此联想到了死者家属通过伪造火车交通事故来进行杀人骗保的犯罪可能性，最终竟至破获了一个专门制造"杀夫骗保"连环事件的"十姊妹党"犯罪团伙。

除了打发旅途中的无聊时间外，火车与侦探小说之间更深层次的内在关联，还在于作为现代文明器物的火车给前现代人所带来的冲击与恐惧之感，而这种恐惧感往往内化为某种心理焦虑，并通过文学罪案想象的方式来予以表达。前现代人对于火车最为直观的恐惧感受首先是其速度、浓烟与轰鸣声所带来的不安，即沃尔夫冈·希弗尔布施在《铁道之旅》中所说的"对于熟悉的自然被一种自身拥有内在力量源的、喷着火焰的机器所取代的恐惧"[②]。

在清末民初，传统中国人对于作为新事物的火车也有着类似的焦虑和不适感受，陈建华在《文以载车：民国火车小传》中对此有过如下一番描绘："眼睁睁看着黑压压庞然大物一往无前阻我者亡地在神州大地上横冲直撞，心头就不大好受，而震耳欲聋的呼啸，飞驰而过的速度，对于一向崇奉牧歌美学的中国人来说，神经真的受不了。"[③] 再加之当时中国人对于破坏风水的担忧，以及火车所普遍隐喻的西方殖民之手对中国广大铁路沿线地区的深入和掠夺，火车对清末民初的中国人而言，其所带来的现代威胁感受可谓有着切肤之痛，且又一言难尽。相应地，晚清时期的报纸及画报上出现了不少关于《毙于车下》《火车伤人》的图像或文字新闻。在相关图像新闻中，火车或者是以其巨大的车头插入画面之中，和画中人物身

① 程小青：《霍桑探案集 1·轮下血》，群众出版社 1987 年版，第 135—136 页。

② ［德］沃尔夫冈·希弗尔布施：《铁道之旅：19 世纪空间与时间的工业化》，金毅译，上海人民出版社 2018 年版，第 2 页。

③ 陈建华：《文以载车：民国火车小传》，商务印书馆 2017 年版，第 18 页。

体的大小比例颇不协调，进而构成一种“巨兽”般的突兀惊恐与视觉冲击；或者是以横亘的车身直接将整幅画面一切为二，似乎暗示着其对原本画面整体感、和谐感的撕裂与破坏。而在相关文字新闻中，也不乏“火车从人身上滚过，当即碾为四段”，“碾伤之皮肉已如齑粉，腰间肚肠均皆流出”等相当恐怖的记录。这些图像与文字或可以作为当时社会新闻与真实事件来看待，同时也更象征性地表达出了火车作为现代性力量所“引起的暴力和潜在的破坏感”①。

火车速度不仅为身处火车之外的路人带来了巨大的心理焦虑，也给车厢内的乘客以紧张和眩晕的感受。特别随着火车速度的不断提升，“看向”窗外这个动作本身就会引起一种“眩晕”与“休克”的效果。对于这种现代“眩晕”感受，西方学者有着相当丰富且精彩的研究，比如希弗尔布施指出铁道旅行连通了出发地与目的地，同时也消灭了作为中间物的“旅行空间”，更使得慢慢欣赏沿途风景变得不再可能。也正是在这个意义上，斯特劳斯视铁路为将“景观空间”转变为“地理空间”的关键性动力。铁路直接并置起点与终点而跳过中间过程所带来的视觉及心理感受，又和电影中的“蒙太奇”手法具有了某种同构性，因此“都市人流”“电影画面”与“火车视景”共同成为本雅明所说的形成现代“惊颤体验”（Chock-Erfahrung）的典型代表。这种火车速度对乘客所引发的“眩晕效果”往往会导向另一种小说类型的产生，即哥特小说或悬疑、恐怖小说。比如施蛰存在谈到自己小说《夜叉》的灵感来源时曾明确指出：“一天，在从松江到上海的火车上，偶然探首出车窗外，看见后面一节列车中，有一个女人的头伸出着。她迎着风，张着嘴，俨然像一个正在被扼死的女人。这使我忽然在种种的联想中构成了一个 plot，这就是《夜叉》。”②

---

① ［德］沃尔夫冈·希弗尔布施：《铁道之旅：19 世纪空间与时间的工业化》，金毅译，上海人民出版社 2018 年版，第 190 页。

② 施蛰存：《〈梅雨之夕〉自跋》，载陈子善、徐如麒编选《施蛰存七十年文选》，上海文艺出版社 1996 年版，第 806—807 页。

与这种望向车窗之外所引发的“眩晕感”一体两面的是身处于车厢内的孤独、警惕与紧张。较长时间与一群陌生人共处在同一个封闭、狭小的空间内，“陌生的他者”所具备的“匿名性”又构成了现代性焦虑的又一重要表征——我们不知道同车旅客的真实身份，却又要被迫与其长期、近距离相处，而随着火车到站大家又会各自分散，甚至永不再见。这其中所包含的现代性体验与前文中引述的齐美尔在《大城市与精神生活》中所指出的都市中人与人之间“矜持”，“是一种拘谨和排斥”的关系和感受高度一致。也正是从这一理解出发，本雅明才会将侦探小说讲述为一个寻找“人群中的人”的故事。在这里，我们完全可以将“火车上的人”视为“人群中的人”的另一种“变形”或者“典型”。对此，民国侦探小说作者们也已经有了初步的认识，在张庆霖的侦探小说《无名飞盗》（1924）开篇就描绘了一个火车进站时的混乱场面，“火车渐渐走得慢了，嘈杂的声音从窗口送将进来，闹得人头脑发昏”[①]。朋友曙生还特别提醒“我”小心窃贼浑水摸鱼、趁乱作案，即暗示了在嘈杂的车站人群之中可能隐藏着作为“人群中的人”的犯罪分子。而李冉的《车厢惨案》（1942）则进一步设计了一段车厢内意外熄灯、歹徒趁黑行窃、乘客戒指被盗的情节[②]，小说中熄灯所引发的黑暗正是对火车上陌生人身份的又一层掩盖或者说强化。

此外，在当时的一些非侦探小说中，也有不少对火车车厢内罪案题材的书写，可与同一时期的侦探小说并置观之。比如张恨水的小说《平沪通车》（1935）就着力刻画了一起发生在铁路旅行中的艳遇与骗局，银行家胡子云在火车上偶遇摩登女郎柳絮春，他一方面难掩内心的欲望，另一方面又时时警惕着这个陌生女人。但最终胡子云仍然不幸“中招”，他忍不住将柳絮春请到自己的头等包厢中休息，而柳絮春中途在苏州悄悄下车，顺便偷走了胡子云皮箱里的十二万巨款。对

① 张庆霖：《无名飞盗》，《小说世界》“侦探专号”，1924 年 12 月。

② 参见李冉《车厢惨案》，《麒麟》第二卷第六期“创刊周年纪念”，1942 年 6 月。

于这篇小说，学者陈建华、周蕾与李思逸等皆有过相当精彩的论述，比如对小说现实故事原型的考察、对神秘且危险的女性他者的解读，以及对现代社会陌生人信任的建立与困难的分析等。相比之下，施蛰存的《魔道》（1933）则更加在象征的层面上表达出了火车上的“陌生人焦虑”。小说写“我”从上海出发乘火车到朋友郊外的别墅中度周末，在车厢里看见了一个老妇人，开篇即是“我是正在车厢里怀疑着一个对座的老妇人。——说是怀疑，还不如说恐怖较为适当些”[①]。由此，“一个老妇人的黑影”就一直如影随形，不仅引发了“我”对各种黑色事物的恐怖联想，更是如鬼魅般附着在“我”的心头和梦境之中。以往对这篇小说的解读通常偏向于从现代都市人心理焦虑及施蛰存小说中受显克微支与爱伦·坡影响等角度出发，但我们也需要注意到，小说里“我”遇到老妇人的具体空间是在火车车厢内，从某种意义上来说，正是这种火车车厢所带来的现代紧张感受才构成了“我”后来一系列无法摆脱的梦魇的源头之一。

总而言之，铁路无疑是一个现代以来的科技产物与文学意象。参考《铁道之旅：19 世纪空间与时间的工业化》一书中的精辟概括：“在 19 世纪，除了铁路之外，再没有什么东西能作为现代性更生动、更引人注目的标志了。”一方面，铁路与火车被视为一种现代性的表征，“科学家和政客与资本家们携起手来，推动机车成为‘进步’的引擎，作为对一种即将来临之乌托邦的许诺”；另一方面，该书作者希弗尔布施也明确指出，“事实上从一开始，铁路就未能免于威胁之论调与恐惧之潜流”[②]。可以说，铁路本身就内蕴了现代性进步与危机并存的一体两面。具体到火车与侦探小说之间的关系来说，二者作为现代性的产物与表征，共同形塑了现代社会人群的心理体验和

---

① 施蛰存：《魔道》，载孔范今主编《中国现代文学补遗书系·小说卷 2》，明天出版社 1990 年版，第 701 页。

② ［德］沃尔夫冈·希弗尔布施：《铁道之旅：19 世纪空间与时间的工业化》，金毅译，上海人民出版社 2018 年版，第 2 页。

感觉结构。火车作为“速度怪兽”所引发的恐惧感同时也是人们面对现代生活如洪水猛兽般袭来时在内心所产生的惊恐和焦虑；而火车所形成的车窗外“视景”的“惊颤体验”与车厢内的“陌生人空间”，也和侦探小说产生所依赖的现代都市感受具有高度同构性。由此，我们或许可以更好地理解为什么许多侦探小说作家都偏爱火车罪案题材，其中固然有封闭空间、有限人群所带来的情节展开上的便利，但更为根本的心理根源或许在于，火车所包含的现代性危机感受，正是作为一种现代小说类型的侦探小说在本质上所意图捕捉或表达的深层内容。

在陆地上主要依靠马车、火车、自行车与人力车，到了水里则需要依靠汽船或者远洋客轮。在小说《四签名》中，福尔摩斯就和犯罪凶手上演了一出在泰晤士河上用汽船相互追逐的精彩好戏！俞天愤的小说《白巾祸》中金蝶飞从上海到苏州查案，也是从汽船公司租了一辆名为吉福的汽油船——“蝶飞就为此事，坐了汽油船到苏州去的，明天准定回来。汽油船叫吉福，你可到汽船公司去问的……”① 而在陈冷血、包天笑、刘半农与中国台湾作家徐生所创作或改写的福尔摩斯远渡重洋来中国大陆/台湾查案的“同人小说”② 中，远洋客轮则成为其漂洋过海所必不可少的交通工具。关

---

① 俞天愤：《白巾祸》，《红玫瑰》第二卷第二十九期至第二卷第三十一期，1926年5月10日至1926年5月24日。

② 比如陈景韩《歇洛克来游上海第一案》（《时报》1904年12月18日，光绪三十年十一月十二日）、《歇洛克来华第三案》（又名《吗啡案》，《时报》1906年12月30日，光绪三十二年十一月十五日），包天笑《歇洛克初到上海第二案》（《时报》1905年2月12日，光绪三十一年正月初十日）、《歇洛克来华第四案》（又名《藏枪案》，《时报》1907年1月25日，光绪三十三年十二月十二日）、《福尔摩斯再到上海》（《游戏世界》第二十期“侦探小说号”，1923年），刘半农《福尔摩斯大失败第一、二、三案》（《中华小说界》第二卷第二期，1915年2月1日）、《福尔摩斯大失败第四案》（《中华小说界》第三卷第四期，1916年4月1日）、《福尔摩斯大失败第五案》（《中华小说界》第三卷第五期，1916年5月1日），徐生《智斗》（《台南新报》第7753号至第7770号，1923年9月26日至1923年10月13日），等等。

于这些小说，本书后文第三章第二节将作出详细分析，此处不赘言。如果说泰晤士河上的汽船追逐是现代都市内水上交通的速度表征与工业化力量的显现，那么联通各大洲与大洋的远洋客轮则更多体现出侦探小说作者们关于一幅世界性图景的生动想象。

三　现代通信工具——电报、电话与现代邮政系统

相比于马车、火车、自行车、小汽车等现代交通工具在时间意义上缩短了城内与城际之间的空间距离[①]（提高移动速度），现代通信工具电话与电报则可以说是进一步打破了物理空间的桎梏，更深刻地体现出都市空间的现代性特征。即如麦克卢汉所说，“电话是时间和空间难以抵抗的入侵者”[②]。在《血字的研究》中，福尔摩斯多次使用电报和华生、警方互通消息，他甚至还曾经通过英美两国之间往来的洲际电报来了解案件的背景：“福尔摩斯说：‘案情的发展越来越清楚了，我今天发往美国的电报，已经收到了回电，证明我对这个案子的推论是正确的。’”[③] 跨洲通信技术的出现意味着侦探获取信息能力的大大增强。在福尔摩斯频繁使用电报与委托人、警察局和华生保持联系，或取得罪犯的关键信息的同时，电话在“福尔摩斯探案”故事中则极少出现。而到了更为晚近的程小青的“霍桑探案”系列中，侦探霍桑则是频繁使用电话与警方或助手包朗保持联络，小说里描写包朗焦急地坐在房间内等待霍桑电话通知的段落更是不胜枚举。根据《中国近代广告》一书所提供的资料：“1920 至 1930 年代，中国的电话用户持续增长，上海是世界上最早

---

① 另外一项缩短都市内空间距离的现代设备是电梯，孙了红的小说《木偶的戏剧》（《春秋》第一卷第一期至第一卷第四期，1943 年 8 月 15 日至 1943 年 11 月 15 日）中对于电梯缩短都市之内的垂直空间距离有过很精彩的表现。

② ［加拿大］马歇尔·麦克卢汉：《理解媒介：论人的延伸》，何道宽译，商务印书馆 2000 年版，第 335 页。

③ ［英］阿瑟·柯南·道尔：《福尔摩斯探案全集·血字的研究》，王逢振、许德金译，中央编译出版社 2013 年版，第 18 页。

拥有电话和放映有声电影的城市之一。1878 年 7 月 8 日贝尔电话公司通过天成洋行，首次在中国上海刊登电话广告。三年后，上海电话交换所在外滩开始通话营业。而到了 1930 年，上海电话实装用户已有二万六千多户。"[①] 而这正是程小青小说中大量出现电话这一现代媒介的现实依据与物质基础。

如果说程小青的"霍桑探案"是从正面大量展示了电话作为新兴媒介如何在侦探查案过程中发挥自己的联结作用，那么刘半农翻译的犯罪小说《局骗》[②] 则从反面说明了如果缺失了现代交通手段（摩托车与马匹）和现代通信手段（电话），那么制止犯罪将会变得相当困难与不便。小说中老管家撒特哀想设局骗取少主人爱德华的遗产，就先借着伦敦流行瘟疫的借口把他骗到乡下去，然后破坏他房间的电话，并骑走他的摩托车。而爱德华所住的乡下，唯一的电话被破坏，更没有摩托车和可以骑行用的马匹（有的只是耕地拉车的马），所以他没有办法与伦敦市内及时沟通，也不能当晚赶回到伦敦。这样撒特哀就通过切断爱德华都市现代生活（主要是交通与通信）的便利，从而完成了对其财产的盗取，而爱德华也只能望"城"兴叹，却又无可奈何。

电话的现代特征之一正如洪芳怡所指出的，是对原有物理空间的一种"打破"，甚至电话创造出了一个新的专属于电话线两端二人的私密空间："电话以开天辟地之势，打破了物理距离。声音一变为传递者与内容物，在通话的同一个当下拉拢听筒两端，在听觉之中为两方开拓了一共有的、非眼可见的空间。"[③] 而在这个新的"非眼可见"的空间中，信息传递会获得前所未有的便捷。在孙了红的《蓝色响尾蛇》中，鲁平就是把电话作为了解对手信息的关键性媒

---

① 黄志伟、黄莹编著：《中国近代广告》，学林出版社 2004 年版，第 117—120 页。

② 刘半农译：《局骗》，《小说月报》第四卷第六期，1913 年 10 月 25 日。

③ 洪芳怡：《上海流行音乐（1927—49）：杂种文化美学与听觉现代性的建立》，台北：政大出版社 2015 年版，第 187 页。

介："他在期待着壁上的电话铃，他渴望着那部上海百科全书，能把他所需要的消息，赶快些翻出来。"① 实际上，小说后来鲁平也正是通过几通电话就大概摸清了女间谍黎亚男的基本情况，之后又通过电话即时呼叫到了"黑鸟"等一批手下到场，最终才没有吃亏。在这一篇小说里，电话不仅可以更为便捷的获取信息，更能将现实中的人即时叫到现场，以信息空间的重组改变现实空间中人的行动。

而在穆时英颇具间谍小说意味的《某夫人》中，电话则成为打破原有色诱场景、实时下达行动指令、制造情节突转与紧张气氛的关键性道具。电话使得接电话者（日本特务机关调查科科长山本忠贞少佐）眼前所见之人因为耳畔随电话所传来的声音和信息而产生了根本性的"变化"：

> "你昨天不是猎获了一个新夫人么？"
>
> "你怎么已经知道了。"
>
> "你跟她一同在长春下车，我是不能不知道的。"
>
> "好家伙！"
>
> "可是朝鲜人，讲话带一点汉城口音的，身材很苗条，鼻子旁边有一颗美人痣，笑起来很迷人，走路时带一点媚态，腰肢非常细的？"
>
> "你认识她不成？"山本惊异起来了。
>
> "现在还在你房里吗？"
>
> "你想来看看她么？"
>
> "你现在马上拿手枪指住她，别让她走一步。"
>
> "拿手枪指住她？"
>
> "你还不知道她就是有名的女间谍 Madam X 么？"

---

① 孙了红：《蓝色响尾蛇》，《大侦探》第八期至第十五期，1947 年 1 月 1 日至 1947 年 10 月 31 日。

电话挂断了。①

小说中电话挂断之后山本少佐对待眼前女士的行为举动完全可以想见，即如电话里所指示的“现在马上拿手枪指住她，别让她走一步”。一通突然插入的电话，使得原本正在亲密调情的男女立马转为生死相搏的敌人，让成功伪装多时的女间谍在最后一刻功亏一篑。

除了打破原有物理空间桎梏，制造出新的空间关系，使得信息获取和交流变得更为便捷，电话有时候也表现为一种对原有空间关系的干扰和破坏，在日本学者吉见俊哉看来：“工业革命，而且特别是十九世纪后半期发明、普及的电气化声音复制技术，扼杀了沉默（即声音的闇），如推土机将地表起伏铲平般，将耳朵的远近感平面化”，“无论何时、何地，因为无所不在的声音记号泛滥，让原本属于听觉世界之物的空白被湮没。这犹如在视觉世界里，电气照明葬送黑暗；从相片到电影、电视等影像技术，把图像=印象从事件抽离后无限复制，而变得普遍化，两者完全是同时并进的过程。广播是其代表选手，留声机与电话则是候补。”②

在程小青的小说《案中案》中，霍桑和包朗正在讨论案情，“玲玲玲的一串电话铃声忽然把我的问句阻住了，电话是汪银林打来的……”③ 无独有偶，《猫儿眼》中，也是霍桑和包朗正在说话的同时，“玲玲玲……电话机上的铃声突然地震耳”④。在这里，电话通过电话铃声造成了对现代生活的某种“突入”和干扰，或者是保

① 穆时英：《某夫人》，载《上海的狐步舞》，经济日报出版社2002年版，第218—219页。

② ［日］吉见俊哉：《“声”的资本主义——电话、RADIO、留声机的社会史》，李尚霖译，台北：群学出版有限公司2013年版，第12页。

③ 程小青：《案中案》，载程小青著，范伯群编《民初都市通俗小说3：侦探泰斗——程小青》，台北：业强出版社1993年版，第59页。

④ 程小青：《猫儿眼》，载程小青著，范伯群编《民初都市通俗小说3：侦探泰斗——程小青》，台北：业强出版社1993年版，第178页。

罗·莱文森在《数字麦克卢汉》一书中所说的电话导致家庭与外界界限模糊，甚至内外颠倒，使得原本是私人空间的家庭最终沦为办公场所——小说里侦探霍桑的私人住宅与侦探事务所办公室就是合二为一的。而在施蛰存的《薄暮的舞女》这篇非侦探小说中，舞女素雯的私人住宅空间与其所向往的美好生活则因为几通电话而被摧毁殆尽。当然，我们必须说明，这种对于电话铃声强行插入日常生活之中，打断原有物理空间内的人物对话与空间关系等情节设计在程小青等人的侦探小说中更多是起到情节层面的阻断或转折的作用，为的是故意营造出一种“急停”与悬疑的效果，在读者即将听到案情真相的时候打断侦探的讲述，以便在后文中形成更大的好奇心理与阅读期待，而并非作者有意识地对电话这种现代新媒介进行更深层意义上的反思与批判。那种反思，将在多年以后保罗·奥斯特（Paul Auster）《纽约三部曲》等“玄学侦探小说”中得到更为深刻和彻底地表达。

在俞天愤的小说《白巾祸》中，“我”正在满心焦虑地思索“只不知蝶飞这一趟苏州，究竟得手不曾”之时，“铃铃铃”汇通旅舍账房的一通电话便打断了“我”的思绪，引入了新的线索，将小说由静态的思考转为动态的破案行为，推动了故事的进一步展开[①]。而在小说《芙蓉壁》一开头，就是一通电话引出了整个故事：“某日之夕，余将就寝矣，忽闻铃声锵然，就筒听之，则曰：某处发现重要事，君速来。余曰：人命耶？盗窃耶？久之寂然，余乃投筒而起，持帽披外衣，并携用物，忽忽出门去。”[②] 足可见民国侦探小说作者们在借助电话这一现代装置打断或推进故事情节方面，已经运用得非常熟练自如了。此外，还颇值得一提的是，小说《芙蓉壁》中，侦探在查案过程中甚至还借助了“公共电话”来进行即时的信

---

① 俞天愤：《白巾祸》，《红玫瑰》第二卷第二十九期至第二卷第三十一期，1926年5月10日至1926年5月24日。

② 俞天愤：《芙蓉壁》，《小说丛报》周年增刊，1915年6月28日。

息交流和情报传递，也可以视为对当时电话业发展情况的一处注脚，只不过同类例证在当时的中国侦探小说中尚不多见。而学者吉见俊哉所提到的另一个作为声音现代性标志的“广播”媒介，在郑狄克的侦探小说《弹词皇后的呼声》一篇中也有所体现，小学教师孙洁云在收听广播节目时听到了广播另一头“弹词家”范惜阴的惊呼，并“远程”见证了其死亡。小说最后破解整个案件也是通过广播听众发现范惜阴唱腔与平时有所不同来完成的。[①] 在这个意义上，广播为案件发生、目击、见证与破解的过程得以跨越空间来进行提供了某种可能，是现代媒介打破传统地理空间束缚的又一次文学书写实践。

除了电报、电话与广播之外，都市中的现代邮政系统也是人们彼此沟通的又一重要依靠和保障。而在一些民国侦探小说中，熟悉现代邮政系统运作规则且目光敏锐的侦探们除了通过写信来接受委托、获取信息并展开调查之外，也会借助其对于邮政系统本身一些特性的熟悉来找出犯罪者的破绽，并将调查推进下去。比如在陆澹盦的小说《密码字典》中，侦探李飞就是通过“这封信上虽然粘着三分的邮票，但是邮票上所盖的圆章却都是上海的，并没有南京两个字”[②] 来判断出夏尔康本人并没有在南京，而是一直躲在上海。无独有偶，在小说《合浦还珠》中，李飞也是根据“这一封信虽然粘着三分邮票，却并没有苏州邮局的圆章”，而得出进一步推论：“这明明是从上海寄的，他为什么要发这封信呢？明明是要解释掉他自己的嫌疑罢了。”[③] 对于高明且细心的侦探来说，除了邮票和邮戳之外，信纸、信封和笔迹也是侦破案件时不能错过的重要细节，李飞曾就此推断出一起所谓的“绑票案”实际上是一桩假案：“第一，

① 郑狄克：《弹词皇后的呼声》，《蓝皮书》第二十五期，1949 年 3 月 20 日。

② 陆澹盦：《密码字典》，《红杂志》第二十八期至第二十九期，1923 年 2 月至 1923 年 3 月。

③ 陆澹盦：《合浦还珠》，《红杂志》第二卷第二十八期至第二卷第三十期，1924 年 2 月。

你所用的信纸信封太讲究了，掳人勒索的强盗窠里难道还会用九华堂精制的信封信笺吗？第二，你信上的字迹写得太工整了，一个人被强盗掳了，去威逼写信，这时候心中又急又怕，你怎样镇静的人一定也写不出这们（按：应为‘么’）工整的字来。”① 类似的，柳村任笔下的侦探梁培云也曾根据一封信上的种种细节推断出写信人的住址、年龄、身份及一些行为习惯，甚至可以达到“因信知人”、凭信件展开推理的地步：“那信是杭州寄来的，大约在十六日下午四点多钟发的，所以我才能在十七日午后接到。那人粘邮票的时候，没有用浆糊或胶水，只不过用些饭粒粘上，这也可看出那人对于这事的急促。他的字迹很弱，有很多的地方可以看出那人至多不过三十多岁。字是用钢笔写的，而且还是自来水笔。墨水却是国货民生牌的，似乎对于西俗很有研究，否则也是个细心的人。他的五分邮票只粘在信的右上角。如果是你的话，却一定要粘在左角或背后了。”② 在这里，一封信（包含信封、信纸、墨水、邮票、胶水、笔迹等）所透露出来的个人信息似乎完全不少于侦探见到写信者本人所能够获取到的内容，而对于一个熟悉现代邮政系统与写信寄信流程及细节的侦探而言，“见信如面”绝不只是一句寒暄和空话。

对于一名高明的侦探而言，一封小小的信件所包含的信息实在太多；但对于一名糊涂的侦探来说，也学着人家分析信件最后往往就成了“东施效颦”。中国第一本专门性侦探杂志《侦探世界》第十七期刊出时，正逢1924年农历新年。当时杂志的编辑和作者们联合策划了一期“侦探与新年”栏目，由程小青、徐卓呆、严独鹤、施济群、顾明道、徐耻痕等作家好友分别围绕这个栏目主题写一篇侦探小说，作为对读者的拜年贺喜。因为正逢喜庆的日

---

① 陆澹盦：《三A党》，《红玫瑰》第三卷第五期至第三卷第八期，1926年12月26日至1927年2月9日。

② 柳村任：《灰手印》，《珊瑚》第二卷第十一期，1933年6月1日。

子，又是这样特别的专栏，这些作者也就暂时舍弃了侦探小说中常见的紧张甚至惊悚成分，而玩起了滑稽搞笑风格，其状况很像近几年在春节档走红的《唐人街探案》系列电影，走的也是喜剧侦探的路子。

其中，施济群的“侦探拜年”小说题为《谁的贺年片》(即贺年卡)，讲的是有着“巾帼福尔摩斯”之称的女侦探叶智珠结婚后性情多疑，时时警惕着丈夫有任何出轨的迹象。而就在过年这天，叶智珠发现丈夫收到了一封署名“珊妹谨贺”的贺年卡，不由得怀疑起丈夫的几个名字中带“珊”字的表姐妹对丈夫另有所图，进而直接寻到她们家中展开调查。小说最后，侦探（捉奸）工作完全失败——贺年片其实是丈夫的亲妹妹翠云故意开的一个玩笑，其目的就是提醒嫂嫂不要太过疑神疑鬼①。在这篇小说里，侦探叶智珠依旧像前文所述的侦探李飞那样仔细“读信”，不肯放过任何蛛丝马迹。但此时，这位侦探已经被醋意冲昏了头脑，没有注意到“邮戳”显示贺年卡是从本地邮局寄出，也没有注意到写信人的笔迹就来自每天和自己生活在一起的小姑子翠云，更忽略了根本没有人会通过写贺年卡的方式向丈夫表白爱情这种最明显的破绽。而换个角度来看，小说作者施济群无疑相当熟悉当时侦探小说中以信件作为破案道具的使用方法和侦破手段，因此才能处处反其道而行之，创作出这篇风格滑稽的侦探小说。

四 捕捉罪犯影像的手段——摄影术

与电话一起打破了都市物理空间桎梏的另一项现代技术发明当属摄影术。如前文中所述，破碎的身份、涌动的人群、飘忽的行踪……现代都市犯罪在某种意义上呈现出不可捕捉和稍纵即逝等特点，而针对这一情况所产生的现代都市科技便是摄影术。摄影术提

---

① 施济群：《谁的贺年片》，《侦探世界》第十七期，1924 年元旦（农历），“侦探与新年”栏目。

供了一种捕捉犯罪影像的手段，它将犯罪行为凝固为一个固定的影像空间。在本雅明看来："照相摄影的出现使身份辨别出现了一个历史转折，摄影的出现对犯罪学的意义不亚于印刷术的发明对文学的意义。摄影第一次使长期无误地保存一个人的痕迹成为可能。当这征服隐姓埋名者的关键一步完成后，侦探小说便应运而生了，自那以后，准确无误地将罪犯的语言和行为确定下来的努力就从没有停止过。"① 在人们借助摄影术捕捉犯罪者身体/身体影像作为证据的同时，也意味着一种新的控制身体/身体影像的技术的诞生，即一种新的关于身体的权力关系的出现。正如汤姆·甘宁所言："摄影使得一种以现代科技武装的新的控制模式出现"，"在法定侦查程序和侦探小说设计加工过的版本里，身体重现，作为可捕捉之物，而摄影提供一种方式可以捕获逃犯的身体性"②。此外，我们还可以借助苏珊·桑塔格对摄影第一次登上历史舞台时的描述来更为清楚地了解到摄影术、犯罪、权力控制之间的内在关联："照片可以提供证据，当我们听说某事，但又疑窦重重，一旦看到照片，这件事便似乎得到了证实。根据对其功能的一种说法，照相机可以记录罪案。自巴黎警方1871年6月对巴黎公社社员进行杀气腾腾的大围捕时首先使用照相机以来，照片便成为现代国家监视以及控制其日益机动的人民时一种有用的工具。"③ 简单来说，在巴黎公社运动过程中，其社员曾被允许在他们设置的路障和堡垒前拍照，而这些原本是用来记录革命英雄形象的照片，在巴黎公社失败后，却成为法国当局用来指认、逮捕和惩罚相关成员的关键性证据。由此看来，摄影术与犯罪证据、权力控制、身体捕捉等具有天然的密切关联和某种内在的

---

① ［德］瓦尔特·本雅明：《波德莱尔：发达资本主义时代的抒情诗人》，王涌译，译林出版社2014年版，第60页。

② ［美］汤姆·甘宁：《描摹身体：摄影，侦探小说与早期电影》，张泠译，载唐宏峰主编《现代性的视觉政体》，河南大学出版社2020年版，第552页。

③ ［美］苏珊·桑塔格：《论摄影》，艾红华等译，湖南美术出版社2005年版，第16页。

一致性。甚至如前文所引本雅明的话所述，摄影术的发明和侦探小说的诞生之间也存在着某种内在联系——它们都是要对犯罪行为进行“定格”。

既然摄影术是凝固并破获犯罪行为的有效工具，那么在以罪案为主要书写题材的侦探小说中当然不会抛开摄影术。在柯南·道尔“福尔摩斯探案”系列小说中的《银色马》《贵族单身汉案》《马斯格雷夫礼典》《黄面人》等多篇作品里，都出现了福尔摩斯向当事人索要照片以便确认被害人或失物形象的细节，照片在这些小说中也往往成为侦探破案的关键性道具，甚至是不容辩驳的证据。而在这方面更有趣的例子当数《波西米亚丑闻》，在这篇小说中，“无所不能”的大侦探福尔摩斯竟然被他称为“那位女士”（The woman）的艾琳·艾德勒女士所拍摄的一张照片搞得焦头烂额。小说中波西米亚大公要和斯堪的纳维亚国王的女儿结婚，但大公年轻时曾与艾琳·艾德勒女士交往，并拍摄有二人亲密的合影，因此受到艾德勒女士的威胁。大公不得已向福尔摩斯求助，请他帮忙摆平这起“照片门”事件。被勒索的大公向福尔摩斯讲述了自己遭遇到的困境之后，二人之间产生了如下一番耐人寻味的对话：

> “如果这位年轻女人想用信来达到讹诈或其他目的，她如何证明这些信是真的呢?”
>
> “我的笔迹。”
>
> “可以伪造。”
>
> “我的私人信笺。”
>
> “可以偷。”
>
> “我自己的印鉴。”
>
> “可以仿造。”
>
> “我的照片。”
>
> “可以买。”
>
> “我们两人的合影。”

“噢，天哪！那就糟了。陛下的生活的确是太不检点了。”①

这里透露出福尔摩斯认为事件的关键不在于大公的风流韵事与有失检点的事实，而在于它以照片的形式凝固并流传了下来，因此想解决危机的唯一办法就是得到并销毁照片。在这个故事中，摄影术成为犯罪者用来要挟的手段，并且让福尔摩斯本人都感到为难。此外，从另一个方面来看，摄影术也是侦破犯罪的最有力证据：摄影术使得犯罪记录本身超越了犯罪时空的限制，它可以记录下隐匿的行踪，捕捉到罪犯的“身体”/“无可辩驳的身体的影像”，也可以帮助侦探寻找到藏身于人群之中的罪犯个体②。正如苏珊·桑塔格所说：“照相机的无所不在雄辩地表明，时间由许许多多有趣的事件，值得拍摄的事件所组成。而这又反过来使得人们更容易感觉到，任何事物，一旦发生，则无论其寓意特点如何，都应允许其完成——以便另一事物，如摄影，可以问世。事件结束后，照片仍会存在，使得该事物享有某种在其他情况下无论如何都无法享有的不朽性（以及重要性）。当现实世界中的人们在那里相互残杀时，摄影师却藏在自己的照相机后，创制着另一个世界的微小元素：即设法超越我们所有人生存时限的形象世界。”③

---

① ［英］阿瑟·柯南·道尔：《福尔摩斯探案全集·历险记·波西米亚丑闻》，王逢振、许德金译，中央编译出版社2013年版，第107页。

② 此处可用汤姆·甘宁在《描摹身体：摄影，侦探小说与早期电影》（张泠译）一文中的论述来加强对这一看法的解释：“如乔纳森·克拉里（Jonathan Crary）所言，我们必须重新思考摄影史，不仅聚焦于它引入了一种新的技术再现模式，而是思考其‘重塑一个领域，其间符号与影像，彼此都被从指涉物中分离出来，流通与扩散。’关于摄影本体的讨论通常集中于一张静照与其指涉物的直证关系，克拉里将我们的重心指引到静照的实际使用——其与指涉物的关联涉及到影像的可分离本质，它有能力获得一种它的指涉物无法拥有的流动和独自流通的能力。”（参见唐宏峰主编《现代性的视觉政体》，河南大学出版社2020年版，第548页）

③ ［美］苏珊·桑塔格：《论摄影》，艾红华等译，湖南美术出版社2005年版，第22页。

在中国的侦探小说中，摄影术与照片也是侦探们需要依傍的重要破案工具之一。在俞天愤的小说《白巾祸》中，“我”听闻有命案发生，很自然地第一反应就是问警佐：“死者拍照没有？”[①] 在程小青的《一只鞋》里，侦探霍桑抓捕嫌犯的方法也是“把高有芝的照片拿到手，再把他送到如真照相馆里去，请他们特别加快添印，以便杭州的回电一到，就可把照片分给各警区的探伙们，准备按图索骥”[②]，其具体做法堪称苏珊·桑塔格所描述的巴黎公社之后警方搜捕行动的“中国翻版”。而在俞天愤的侦探小说《风景画》中，警察们一直苦于找不到盗贼藏身的地点，只知道其活动范围大概在西村一带，相比之下，侦探则完全依靠仔细观察好友摄影的“风景画”（实为现在一般所说的“风景照”）来寻找蛛丝马迹，甚至最后动用到了显微镜来“细读”照片，才最终发现了匪徒不经意间留下的线索——船上飘起的一缕白烟，从而推断出盗贼的交通工具和藏身之所。[③] 从这些小说中的相关情节中可知，在20世纪20年代前后，中国侦探小说的作者和读者对摄影术已经丝毫不陌生，并且可以很习以为常地将照片作为破案的基本工具和证据。

在这一时期的民国侦探小说中，将摄影这门技术运用到最为极致的小说当首推程小青的《第二张照》（1927）。小说里，罪犯王智生先是将杨春波和顾英芬男女双方分别骗至翦翠亭中会面，再暗中将会面的“那种景状已给摄成一张照片”[④]，作为要挟顾英芬的把

---

① 俞天愤：《白巾祸》，《红玫瑰》第二卷第二十九期至第二卷第三十一期，1926年5月10日至1926年5月24日。

② 程小青：《一只鞋》，载《海上文学百家文库：范烟桥、程小青卷》，上海文艺出版社2010年版，第178页。

③ 俞天愤：《风景画》，载《中国侦探谈》，上海清华书局1918年11月初版，第96—100页。

④ 程小青：《第二张照》，载《程小青文集4——霍桑探案选》，中国文联出版公司1986年版，第62页。

柄。面对这一紧急情况，侦探霍桑所采取的破解办法竟然是“以毒攻毒”——拍摄另外一张照片：“今天早晨当你在假山上摄影的时候，可曾觉得假山左旁的罗汉松荫中，也有一个人带着快镜，同样在那里摄影吗？不过你摄的是翦翠亭中的一男一女；我摄的就是在假山上的你！”① 即霍桑通过拍摄王智生偷拍顾英芬时场景与动作的一张照片来反证王智生的刻意诬陷罪。在这个意义上，小说正是利用了早期摄影术的不容怀疑的真实性来打破了其不容怀疑的真实性本身，从而将侦探小说中照片的证明与证伪功能辩证引入了一个更为复杂且有趣的境地。

照片固然是极为有力的证据，但同时照片也可以“作伪”，尤其是在照片合成技术出现之后，通过伪造照片来诬陷或勒索也成为一种让人感到头痛的犯罪手段。如果重新回到《波西米亚丑闻》的照片要挟案中，抛开案件本身，以及后来福尔摩斯并不算高明的“救场”手法，我们可以发现一个小说不经意间透露给我们的细节，即案件发生时（小说中设定为 1888 年）的福尔摩斯或者是小说创作时（1891）的柯南·道尔对当时早已经出现的照片合成技术似乎并不了解。因为随着合成照片与影像处理技术的出现与发展（当时主要是靠把分别拍摄的两张照片，再透过蒙太奇手法结合成一张，或者是借助于双重曝光的手法），照片也不一定能够成为绝对可靠的证据，即人们现在日常所说的“眼见不一定为实”。我们不妨假设下，如果福尔摩斯知道合影可以后期合成的话，就完全可以教唆大公把艾德勒女士手里的合影推脱说是她“伪造”的，毕竟在此之前，福尔摩斯也想到过要“诬陷”艾德勒女士伪造大公的笔迹、窃取大公的私人信笺和仿造大公的印鉴等，道德绝非这位名侦探在这个案子中所首要考虑的对象。

相比之下，早在 20 世纪 20 年代，中国的侦探小说作家们已经

---

① 程小青：《第二张照》，载《程小青文集 4——霍桑探案选》，中国文联出版公司 1986 年版，第 79 页。

可以安排犯罪分子熟练地运用照片合成技术来造假作伪，再让侦探的“火眼金睛”来洞穿一切真相。比如在朱戕的小说《冰人》（1926）中，两个恶少就是通过拼贴照片的技术来制造“假合影”，伪造出吴家小姐和其他男性的合影，从而试图离间即将结婚的夫妇的感情，借此拆散二人，并最终骗得男方剑虹信以为真，中途毁婚。当然这“拼照的恶计”并不能骗过目光如炬的侦探的眼睛，小说里的侦探杨芷芳即敏锐地发现“这照当然是玉芬在照相馆摄的，不过原照只玉芬一人，现在却给匪人把别张照的底片和原照的底片剪拼了晒出来陷害伊的”，理由是“你看那一叠照片，男子却是两人，并且张张形态各异，显见不是同时摄取的，那么玉芬的服装和形态也应当跟着各异了。现在你瞧这些照上，不过光线有些明暗，装束状态却丝毫不变，你想玉芬既不是石像，怎会摄成这般刻板照片呢？紫云你难道这些鉴辨力都没有么？”[①] 类似的，在程小青的《险婚姻》（1923，最初发表时名为《我的婚姻》）一篇中，包朗和高佩芹女士的婚姻大事也险些因为一张伪造的“合成照片”而出现波澜，犯罪分子先是伪造了一张包朗和其他女性的合影，然后将其寄给包朗的未婚妻高佩芹，在二人中间造成误会，致使高佩芹将包朗视为“无赖的文人”，对其避而不见，甚至一度险些解除婚约。最后还是霍桑独具慧眼地解开谜题：“你瞧，这一张照片原是拼合印成的。那张原片，就是我们俩的合影，也就是报纸上分割刊登的一张。但瞧两个人的姿势神态不相匀称，已是很明显。”[②] 同时霍桑还指出：“这本是一出老把戏，可惜你的未婚夫人不加深察，便轻信人言。”[③] 可见通过技术处理照片来弄虚作假的行为在当时并不算罕见。而破解这种“伪照片”的手法就是对其进行“细读”。在这些

---

① 朱戕：《冰人》，《紫罗兰》第一卷第六期，1926 年 2 月 27 日。

② 程小青：《险婚姻》，载《中国现代文学百家·程小青代表作》，华夏出版社 1999 年版，第 34 页。

③ 程小青：《险婚姻》，载《中国现代文学百家·程小青代表作》，华夏出版社 1999 年版，第 34 页。

作品里，原本是用来捕捉“犯罪身体”、凝固犯罪行为、呈现犯罪真相的“摄影术”，在其技术本身进一步发展之后，产生了照片合成技术，因而本来用作“证实”的现代技术手段却反过来提供了新的犯罪与“作伪”的可能。但在民国侦探小说中，这种“作伪”最终仍一定要回归到侦探查案的真相毕露与水落石出的结果，而“真”与“伪”、技术与人力在这些文本空间中也因此产生了奇妙的互文与转化的可能性。而随着后来照相设备与影像处理技术的不断发展，照片与现实、实录与伪造之间的关系就变得愈发模糊不清且难以辨认，到了 21 世纪中国谍战小说作家小白的《租界》与《封锁》等作品中，照片与影像在侦探/谍战小说中所起到的功能就更为复杂，且具有了颠覆真实与虚构、表现与讲述、手段与目的之间关系的哲学思考意味和价值了。

如果再次回到 20 世纪 20 年代的中国历史与现实社会中，照片合成技术在当时早已经不是什么新鲜事。只不过在现实的日常生活中，人们运用这种技术并不都是了伪造别人的合影，以诬陷或勒索他人，而更多是用来拍摄“分身相”以自娱。鲁迅在《论照相之类》（1925）一文中就已经提到，在浙江绍兴（“S 城”）很早就有通过照片合成技术来自娱自乐的“二我图”：“较为通行的是先将自己照下两张，服饰态度各不同，然后合照为一张，两个自己即或如宾主，或如主仆，名曰‘二我图’。”甚至这种“二我图”还可以进一步细分出“求己图”一类：“但设若一个自己傲然地坐着，一个自己卑劣可怜地，向了坐着的那一个自己跪着的时候，名色又两样了：‘求己图’。”[①] 根据一些摄影史家的考证，“多重曝光的技术至少可上溯到 1850 年代，在 1907 年就出现在中国的摄影简介手册当中。蒙太奇照片和其他类合成照片则早在十九世纪晚期就流行于日本和欧洲，而 1896 年纽约出版的一本热门特效摄影教学书籍则记载

① 鲁迅：《论照相之类》，《语丝》第九期，1925 年 1 月 12 日（文末所署之完稿日期为 1924 年 11 月 11 日）。

了中国使用的许多拍摄手法和姿势。到了二十世纪早期，这种摄影服务不只见于大都会的照相馆，也出现在一般城市中，例如杭州一带有名的二我轩、浙江丽水的真吾照相馆，乃至当时属于日治的台湾鹿港"①。据学者雷勤风的进一步介绍，"1920 年代，《消闲月报》这类杂志把分身相跟扮相照都称为'游戏照'"②。而在 1921 年的《消闲月刊》第四期上，就刊登过两幅很有趣味的"二我图"：其中一幅名为"明道之化身弈棋"，主角是当时知名的小说家顾明道；另一幅名为"天愤之身外身"，主角就是本书前文中多次提到过的民国侦探小说作家俞天愤。

第三节 现代都市中的信息传播与公共空间：报纸

报纸对于侦探小说的意义非同一般，这主要体现在两个方面，粗略来说，即可分为侦探小说"文本之外"与"文本之内"。所谓侦探小说"文本之外"，指的是报纸作为一种新兴媒介，既通过其所传播的现代文明观念塑造了新兴现代都市颇具现代性的一面，又依靠不同阶层、群体对于报纸的阅读构建了生活在都市中但彼此并不认识的人们对于这座都市的"共同体的想象"。借用本尼迪克特·安德森关于报纸与民族想象之间关系的洞见，小说和报纸"这两种形式为'重现'民族这种想象的共同体，提供了技术上的手段"，"这个被想象出来的关联衍生自两个间接相关的根源。第一个不过是时历上的一致而已，报纸上方的日期，也就是它惟一重要的表记，提供了一种最根本的联结——即同质的、空洞的时间随着时钟滴答作

---

① ［美］雷勤风：《大不敬的年代：近代中国新笑史》，许晖林译，台北：麦田出版公司 2018 年版，第 135 页。

② ［美］雷勤风：《大不敬的年代：近代中国新笑史》，许晖林译，台北：麦田出版公司 2018 年版，第 135 页。

响地稳定前进”[①]。在这里，我们完全可以将“民族想象”置换为“都市想象”，甚至二者在“共同体”的意义层面上本身就具有某种一致性特征。此外，报纸对于晚清、民国侦探小说更为直接且具体的影响在于其为侦探小说的创作、刊载、传播和阅读提供了一个最为重要的平台。关于这一方面的内容，本书将在“中编”讨论民国侦探小说历史演变过程时予以详细展开，此处不赘言。而所谓报纸之于侦探小说“文本之内”的意义，则体现为在早期侦探小说文本中，报纸经常对侦探们了解信息、调查案件乃至抓捕罪犯都起到至关重要的作用。报纸不仅是小说里推动情节发展的道具，有时甚至成为组织侦探小说情节的核心力量。

在世界侦探小说鼻祖爱伦·坡那里，报纸经常成为所谓“安乐椅侦探”[②] 杜邦获得案情的关键性媒介。比如在小说《莫格路凶杀案》中，杜邦就是通过报纸刊载的信息才得知案件的发生：“此后不久我俩浏览了一份《论坛杂志》的晚报版，下面的几段话引起了我们的注意。”[③] 随后，杜邦也是通过接下来几天的报纸上关于案发现场情况、案情调查进展与各方证人口供的及时报道来形成自己的推理和判断，并最终通过在《世界报》上发布了一条认领猩猩的招领启事，引得猩猩的主人自投罗网。在世界第一篇侦探小说中，报纸就已经起到了帮助侦探接触案件、了解案件和解决案件等多重作用。

---

① ［美］本尼迪克特·安德森：《想象的共同体：民族主义的起源与散布》，吴叡人译，上海人民出版社 2005 年版，第 23、30 页。

② “安乐椅侦探”（Armchair Detectives）主要指的是侦探小说中侦探从不抵达犯罪现场，甚至足不出户，只是通过别人讲述或报纸刊登的关于案件的信息，而对其展开推理，最终破获案情真相的侦探类型。侦探小说中最知名的“安乐椅侦探”当属英国作家奥希兹女男爵的小说《角落里的老人》里的侦探以及阿加莎·克里斯蒂笔下的马普尔小姐等。至于爱伦·坡笔下的侦探杜邦，虽然偶尔也会抵达犯罪现场（如《被窃之信》），但更多时候他都是通过报纸了解案情，这在《莫格路凶杀案》与《玛丽·罗杰疑案》中表现得尤为明显，因此在本书的讨论中，将杜邦也归为广义上的“安乐椅侦探”一类。

③ ［美］埃德加·爱伦·坡：《莫格路凶杀案》，孙法理译，载《爱伦·坡短篇小说集》，译林出版社 2008 年版，第 124 页。

本雅明曾经描述过当时巴黎报纸的流行和读者们对于新闻信息报道的热衷："在复辟时期，报纸不能零售，人们只能订阅。那些出不起八十法郎高价订一年报纸的人只好去咖啡馆，那里经常有几个人凑在一起读一份报纸。1824 年巴黎有四万七千个报纸订户，1836 年有七万，而到 1846 年则达到二十万户。在这个递增过程中，吉拉丹（Girardin）的《快报》（*La Presse*）起了决定性的作用，它引进了三项重要革新：把一年的定价降到了四十法郎，登广告以及在文艺副刊上连载小说。同时，开始用简短、直截了当的信息去与详尽的报道抗衡，这种信息报道由于可以商业化地被再利用而很快流行了起来。"① 类似的，报纸作为新兴媒体的崛起也发生在美国："陡然上升的阅读的需要，促使媒体出版业在 19 世纪上半叶初现繁荣。1790 年，美国仅出版 92 种报纸，全国发行量约 400 万份；而到了 1835 年，各类期刊数量上升到 1258 种，总发行量超过 9000 万份。"② 结合法国与美国同一历史时期报纸产业迅速发展的情况，我们大概可以想见美国作家爱伦·坡根据自己本国生活经验去想象法国巴黎的报纸内容与阅读场景的合理性和现实参照。

从具体内容而言，"报纸对人具有的吸引力离不开它每天各异的面貌，离不开它的每一页都被机灵地编排得丰富多彩而又各不相同。报纸的引人之处并不来自那些重大政治性报道，也不是文艺副刊上的连载小说，而是这些信息报道。这些信息必须不断地更新，市井闲话、桃色新闻以及'值得知道的事情'是它的最通常来源"③。而爱伦·坡小说里面侦探杜邦所阅读的内容和版面，基本上可以归属为本雅明所说的这些"信息报道"（在后来的柯南·道尔笔下，这

---

① ［德］瓦尔特·本雅明：《波德莱尔：发达资本主义时代的抒情诗人》，王涌译，译林出版社 2014 年版，第 27—28 页。

② ［美］卡罗尔·帕金、克里斯托弗·米勒：《美国史》，葛腾飞、张金兰译，东方出版中心 2013 年版，第 544 页。

③ ［德］瓦尔特·本雅明：《波德莱尔：发达资本主义时代的抒情诗人》，王涌译，译林出版社 2014 年版，第 28—29 页。

些内容则被称为“自动记录器”）。按照弗兰克·埃夫拉尔的说法，“侦探小说中之所以会出现杂闻（按：埃夫拉尔所说的‘杂闻’，即我们一般所说的报纸新闻与小道消息），是因为杂闻故事能在小说结构中发挥信息性功能”，“杂闻扮演着案例库的角色，是一部记载人类恶行的奇特的历史回忆录，侦探们则可以从中汲取所需资料，展开推理思维。在柯南·道尔的‘血字的研究’（*Une étude en rauge*）中，华生为福尔摩斯渊博的案件知识所倾倒，把他的侦探朋友称为‘活动的案件编年史’”①。

甚至我们还可以尝试进一步追溯这些报纸新闻（“杂闻”）与侦探小说之间的内在关联。“杂闻文章与文学体裁（短篇小说、戏剧及侦探小说）之间的某些主题及结构相似性使得这些实用文章更顺利地融进文学虚构之中”，“侦探故事与杂闻的结构，其共同之处便是均以行为为基础，而非人物的心理及变化”②。这方面最具代表性的例子便是《玛丽·罗杰疑案》。在这篇小说里，侦探杜邦不仅跟踪、了解整个案情的进展完全是依靠“从头到尾报道了此次悲惨事件的带决定性影响的报纸”③，而且杜邦的全部推理过程也是通过和各家报纸不断“对话”的方式进行和展开的。即在这篇小说里，各家报社（如《星星》《商业报》《太阳》《箴言报》等）都对“玛丽·罗杰疑案”不厌其烦地追踪报道，同时纷纷展开自己对于案情的分析和猜测，这些内容既成为杜邦了解案情的渠道，也是他借以驳斥错误观点从而建立自己正确推理的对象。因此，整篇小说对于报纸新闻和评论的引用占到了相当篇幅，却又与整个故事的展开毫无违和。本雅明就认为：“这部小说同时也是最早把新闻信息用于破

① ［法］弗兰克·埃夫拉尔：《杂闻与文学》，谈佳译，天津人民出版社 2003 年版，第 38、49 页。

② ［法］弗兰克·埃夫拉尔：《杂闻与文学》，谈佳译，天津人民出版社 2003 年版，第 35、44 页。

③ ［美］埃德加·爱伦·坡：《玛丽·罗杰疑案》，孙法理译，载《爱伦·坡短篇小说集》，译林出版社 2008 年版，第 153 页。

案的，坡笔下的侦探瓦利埃·杜邦不是靠自己的观察，而是靠每天的新闻报道来工作，对那些报道作批判性分析支撑起了小说的基本框架。”[①] 关于小说《玛丽·罗杰疑案》的理解似乎还可以追溯至克里斯蒂娃（Kristeva）的“互文性”概念之中，即：“任何作品的文本都是像许多行文的镶嵌品那样构成的，任何文本都是其它文本的吸收和转化。”[②] 小说文本中大段引用各家报纸对案情的报道和分析，和侦探杜邦的推理与案情真相的破获之间形成了有趣的“互文”关系。如果对侦探/间谍小说与“互文性”继续追根溯源的话，我们甚至可以说“互文性”是侦探小说的某种先天性文类特征。比如托多罗夫就曾将侦探小说分为两个故事，即犯罪的故事和侦破的故事：“第一个故事，即犯罪的故事，实际上是一种隐性的故事：它最大的特征是在书中‘犹抱琵琶半遮面’。换句话说，作者既不能直接告诉我们凶杀中相关人物所说的话，也不能直接向我们描述这些人物的行为：为此，他必须借助于第三个（或是同一个）人在第二个故事中转述听到的话和看到的行为。”[③] 而托多罗夫所说的“第二个故事中转述”的内容，即是侦探小说的一组“互文本”。本书在这里所举例分析的世界最早的两篇侦探小说，即爱伦·坡的《莫格街凶杀案》和《玛丽·罗杰疑案》，都已经在相当程度上运用到了侦探小说与报纸新闻之间“互文性”的内容和写作手法，比如前者中侦探通过报纸新闻获知案件的发生以及死者母女的邻居们“巴别塔式”的证词，后者更是完全借助各种报纸上的新闻报道与分析来向读者介绍案情并展开侦探的推理。

在柯南·道尔笔下的“福尔摩斯探案”系列故事中，则进一步

---

① ［德］瓦尔特·本雅明：《波德莱尔：发达资本主义时代的抒情诗人》，王涌译，译林出版社 2014 年版，第 53 页。

② ［法］朱丽娅·克里斯蒂娃：《符号学：意义分析研究》，此处翻译转引自朱立元：《现代西方美学史》，上海文艺出版社 1993 年版，第 947 页。

③ ［法］托多罗夫：《侦探小说类型学》，载茨维坦·托多罗夫《散文诗学：叙事研究论文选》，侯应花译，百花文艺出版社 2011 年版，第 7 页。

继承并延续了爱伦·坡所开创的报纸与都市罪案之间的复杂关系，并且将报纸在破案过程中的功能运用得更为充分且灵活多样。比如在《血字的研究》中，警察为了调查案件相关人员的身份，“把广告送到各家报馆”[①]；福尔摩斯也是通过在报纸上的“失物招领栏”登广告，最终才将凶手钓上钩；而各家报纸（诸如《每日电讯报》《旗帜报》《新闻报》等）也都会在第一时间对案情进行报道，甚至提出自己的分析和解读[②]。同样，在小说《四签名》中，福尔摩斯也是因为阅读了1882年5月4日《泰晤士报》上刊登的一则寻找玛丽·摩斯坦小姐住址的寻人启事才开始逐步接触到整个案情。而在这篇小说最后，福尔摩斯同样是通过在报纸上刊登一则寻人启事来寻找被藏匿起来的“北极光”号汽船。福尔摩斯清楚地认识到了报纸对于侦探查案的重要性，他就曾对助手华生说：“华生，只要你懂得怎样使用报纸，它就会成为你非常有用的工具。”[③] 因为“那些报纸也都是供那些好事之徒消遣的，在伦敦这混浊的社会中，要是掀起点什么波澜，就会被这自动记录器自动而准确地记录下来”[④]。在利用报纸破案方面，福尔摩斯可谓是“物尽其用”，从新闻、评论、广告到“寻人启事”和“失物招领”，都曾经成为福尔摩斯了解案情或抓捕罪犯的重要工具。

报纸在侦探小说中不仅是侦探查案的关键助力，同时也可以被“犯罪分子”利用作为自己正名、造势、取得舆论正当性的手段之一。莫里斯·勒伯朗的《亚森·罗苹探案集》中就曾多次写到侠盗

---

① ［英］阿瑟·柯南·道尔：《福尔摩斯探案全集·血字的研究》，王逢振、许德金译，中央编译出版社2013年版，第12页。

② ［英］阿瑟·柯南·道尔：《福尔摩斯探案全集·血字的研究》，王逢振、许德金译，中央编译出版社2013年版，第17、20页。

③ ［英］阿瑟·柯南·道尔：《福尔摩斯探案全集·归来记·六座拿破仑半身像》，王逢振、许德金译，中央编译出版社2013年版，第416页。

④ ［英］阿瑟·柯南·道尔：《福尔摩斯探案全集·福尔摩斯新案卷·三角墙山庄的故事》，王逢振、许德金译，中央编译出版社2013年版，第730页。

亚森·罗苹通过操控一家《法国回声报》来为自己的行为发声，如“《法国回声报》……听说亚森·罗苹是该报的股东之一”[1]“‘EOCH’就是‘法国回声报（Echo de France）’的简称。这份报纸后面的老板就是亚森·罗苹，他把这报纸当做他对社会大众发言的传话筒”[2]，等等。相比于侦探福尔摩斯只是悄悄地关注和利用报纸，并发布一些作为诱饵的“启事”类文章，亚森·罗苹这种直接将报纸作为自己“传声筒”的行为可谓更加赤裸且大胆，并且小说似乎想借此向读者宣告：亚森·罗苹本人的某些个性风采、与众不同及正义担当。

在民国侦探小说的后继者那里，霍桑、徐常云等中国名侦探们也经常像福尔摩斯一样通过阅读报纸了解案件，或在报纸上发布假消息引诱罪犯自投罗网（“霍桑探案”中的《狐裘女》中就曾有过关于“报纸上的新闻不但不实在，还是一种策略!”[3] 的感慨）。何朴斋笔下的鲁宾也像亚森·罗苹一样拥有一份自己的机关报——《不平声报》，并且专门用来刊登关于他自己的新闻和消息[4]。当然，民国侦探小说作家对于报纸和侦探、案件之间关系的理解与运用，也并非完全简单的“横向移植”与“邯郸学步”，而是有着自己的独特尝试和书写突破。比如在程小青的“霍桑探案”或张无净的“徐常云探案”中，霍桑、包朗、徐常云等人都是在每天早上坚持读报，这不仅是侦探们了解案件的工作需要，更成为他们作为现代都市人的一种日常生活习惯，是现代人保持在这个充满了流动、变化与“惊颤体验”的都市中不断更新自己的信息与认知的必要手段。

---

① ［法］勒布朗：《神秘的金发女郎》，载《亚森·罗苹探案全集2·怪盗与名侦探》，陈蓝、林儿译，安徽教育出版社2011年版，第11页。

② ［法］勒布朗：《犹太灯的秘密》，载《亚森·罗苹探案全集2·怪盗与名侦探》，陈蓝、林儿译，安徽教育出版社2011年版，第207页。

③ 程小青：《霍桑探案集6——狐裘女》，群众出版社1997年版，第68页。

④ 何朴斋：《鹦鹉绿》，载何朴斋、孙了红《东方亚森罗苹案》，上海大东书局1926年5月初版。

事实上，很多时候“侦探读报”这个细节和案件本身并无关系，只是被小说作者作为某种表现现代日常生活的“闲笔”，作为侦探们平时生活里再寻常不过的一部分来予以呈现。这正是安德森对黑格尔观察结果的征引：“报纸是现代人晨间祈祷的代用品。”[①] 与此同时，在上海生活、读报、查案惯了的侦探霍桑，在南京遇到案件发生时，还会抱怨“这里的消息怎么如此不灵通？除了《大江南报》有这么一段简短的新闻以外，别家报纸竟完全没有记载”。[②] 可见作为侦探日常生活和了解案情的重要手段之一的报纸必须在像上海这样的现代化大都市中才更能体现出其功能和效用。报纸、现代化大都市与侦探小说三者之间的密切关系在这里获得了另外一个层面上的印证与说明。

此外，民国侦探小说中还出现了尝试颠覆案件与报纸之间固有关系的部分作品，比如徐卓呆的滑稽侦探小说《开幕广告》[③]，小说以演员张月痕在旅店突然失踪的案件为主线，引发了各家报纸的纷纷关注，但最后真相竟然是张月痕为了博得报纸注意，通过乔装打扮而制造出来的“假案”，其根本目的是为了即将上映的新电影打广告。如此一来，原本是报道案件、帮助侦探查办案件的、作为工具的报纸反而成了案件得以进行和展开的目的。无独有偶，在程小青的侦探小说《怪电话》中，惹得霍桑与包朗辛苦奔波的白玉兰失踪案，“谁知道竟是一种想入非非的捧角方法！”原来是白玉兰的戏迷宋梦江通过假造失踪案，使“各种大大小小的报上”“登着白玉兰的免费的特别广告”[④]，和徐卓呆小说里反过来利用报纸媒介以罪案

---

① ［美］本尼迪克特·安德森：《想象的共同体：民族主义的起源与散布》，吴叡人译，上海人民出版社 2005 年版，第 31 页。

② 程小青：《断指团》，载《中国现代文学百家·程小青代表作》，华夏出版社 1999 年版，第 107 页。

③ 徐卓呆：《开幕广告》，《红玫瑰》第一卷第一期，1924 年 7 月 2 日。

④ 程小青：《怪电话》，载《舞后的归宿——霍桑探案集 1》，群众出版社 1997 年版，第 416、421 页。

之名、行广告之实的手法如出一辙。

当然，这一利用罪案的名义在报纸上打免费广告的行为在徐卓呆的小说里仍是以善意的、玩笑的方式进行的，在程小青的小说里最终也没造成什么真正的破坏和损失，一切到头来都还只是“虚惊一场”。而在张无诤的小说《X》中，犯罪分子对于报纸媒体的利用则更让人感到恐惧。X是当年黑社会团伙中的一员，他此次出现是为了寻找藏有他们团伙人员名单的火柴盒。而X故意把自己的身世编造得如此离奇，就是为了吸引媒体注意，从而通过媒体报道来与自己暗中潜伏的团伙其他成员保持联系，最后甚至勾连出八年前的黑社会组织“二十五人团伙”等相关案件。这部小说将报纸与案件、侦探之间关系的可能性推至到了一个新的维度①，即作为传播渠道与媒介的报纸既可以成为侦探查案、破案的工具，也可以成为罪犯释放假消息、借以锁定被害人和彼此间传递情报的帮凶。

第四节　现代性时间与火车时刻表

都市生活中的现代性不仅表现在空间上，同时也体现在时间方面。当然，现代都市里的空间与时间无法截然分开，比如前文中所举例分析的现代交通工具与通信工具就既可以说是缩短了空间距离或打破了物理空间的桎梏，也可以说是提升了侦探行动的速度和获取信息的效率，缩短了侦探身体移动与信息传递的时间。除此之外，都市时间的现代性与侦探小说之间的关系还体现在其他两个方面，本节将对其分别展开说明。

---

①　其实在“福尔摩斯探案”系列小说《红发会》《工程师大拇指案》等篇目中，犯罪分子已经开始运用报纸作为自己犯案的手段，但这些手段仍停留在通过报纸发布诱人上钩的假消息，寻找合适的被害人这一简单层面，尚没有徐卓呆、张无诤等人在此方面运用得如此灵活且多样。

第一，都市时间的现代性体现在钟表技术与工厂制的时间宰制之中。随着现代技术（钟表）与制度（工厂制）的不断被发明，原本自然的时间变得越发“非自然化”。如美国传播学者尼尔·波兹曼所说：“在制造分秒的时候，钟表把时间从人类的活动中分离出来，并且使人们相信时间是可以以精确而可计量的单位独立存在的。分分秒秒的存在不是上帝的意图，也不是大自然的产物，而是人类运用自己创造出来的机械和自己对话的结果。”① 即齐美尔所说的“由于货币的精打细算，在人的关系中便出现了确定相等和不相等的准确性和可靠性，由于怀表的普遍使用，导致了约会和商定时间的明确性”②。其本质上都是在论述新的技术发明与生活方式所带来的现代时间感受上的变化——越发明确、精细、刻板、非自然。

英国学者爱德华·汤普森在《时间、工作纪律和工业资本主义》中则为我们更加详细地描摹出了钟表的发展、普及与工厂制不断演进的历史过程及其对人们时间观念与劳动习惯所带来的革命性影响：“靠使用所有这些方法——劳动分工、劳动的监管、罚款、铃和时钟、金钱刺激、说教和正规学校教育、压制定期集市和娱乐，新的劳动习惯形成了，一种新的时间纪律得到了实行。”③ 钟表时间由此成为构建现代社会生活的基本原则和内在节奏，或者换句话说，现代世界实际上是被钟表时间所组织起来的，并且可以精确至“分秒必争”的程度。人们严格按照精确的时间感知去生活和工作是现代社会得以不断维系和持续进行的基础，而这种精确的时间感同时具备了某种高度的强制性，一种对传统自然时间的切割和重塑。

在“福尔摩斯探案”系列中的《红发会》一篇里，犯罪分子即

---

① ［美］尼尔·波兹曼：《娱乐至死》，章艳、吴燕莛译，广西师范大学出版社 2004 年版，第 13—14 页。

② ［德］齐美尔：《大城市与精神生活》，载《桥与门——齐美尔随笔集》，涯鸿、宇声等译，上海三联书店 1991 年版，第 262—263 页。

③ ［英］爱德华·汤普森：《时间、工作纪律和工业资本主义》，载爱德华·汤普森《共有的习惯》，沈汉、王加丰译，上海人民出版社 2002 年版，第 417 页。

假装招募委托人每天定时完成相关的抄写工作，然后在同一时间段到委托人的商店里挖掘通往银行的秘密地道，其背后所隐藏的时间观念正是爱德华·汤普森所说的现代资本主义制度下新的“时间纪律”，即现代时间宰制下的每日重复性与强制性生活方式。而在另一篇《威斯特里亚寓所历险记》中，犯罪行为与钟表和现代时间之间的关系显然更为直接且密切，福尔摩斯甚至直接怀疑凶手是利用钟表来进行犯罪：“他们在表上做了手脚，所以可能是这样：他们让艾尔克斯去睡觉的时间，比艾尔克斯所认为的时间要早些。不管怎么说，可能当加西亚去告诉艾尔克斯是一点钟的时候，实际上还没有过十二点钟。如果加西亚能够在提早的时间内干完想干的事情，并回到自己的房子，那么，他显然对任何控告都能做出强有力的回应。”① 在这个案件中，钟表作为原本是体现时间的一种手段渐渐被认为是代表了时间本身，而这种用钟表来记录和替代时间则成为一种时间现代性的表征。小说里的犯罪分子正是利用了这一点，通过调整钟表来使艾尔克斯产生时间认知上的错觉，进而为自己制造出不在场的证明。原本是使得时间认知更为精确的钟表反过来成为产生错误时间认知的根源，并制造出虚拟时间的幻象，而利用这种方法制造时间诡计与不在场证明的手法一直延续于后来的侦探小说创作之中，如阿加莎·克里斯蒂的小说《阳光下的罪恶》，直到在日本作家绫辻行人的《钟表馆事件》（1991）中被发挥到了某种浪漫化时间想象的极致。

在晚清、民国侦探小说创作中，就已经体现出了对于精确时间的关注和追求，比如《中国女侦探》中就多次反复出现有关于几点几刻的时间提醒，并将其作为案情推理的依据。晚清、民国时期的侦探们一方面对案件发生时间、死者死亡时间、消息传播速度等都能做出大概的估计，其精确性虽然远不如西方侦探小说及后来中国

---

① ［英］阿瑟·柯南·道尔：《福尔摩斯探案全集·最后致意·威斯特里亚寓所历险记》，王逢振、许德金译，中央编译出版社2013年版，第623页。

侦探小说中的“分秒必争”，但已然可以在破解很多案件时成为至关重要的推理依据。比如在刘半农的小说《淡娥》中，侦探老王在收到署名“江湖大盗”的挑衅书之后，就通过消息传播速度的估计来推理案发的时间和地点：（凶案发生）“其距离之时间必甚短促，使为时过长，或在前夕，或在两日前，则地方既有巨案，越一二日之久，吾辈必早已知此。固不必待此信之至也，此其三。不宁惟是，此案必出于乡镇，若在城厢，则昨晚有案，今日不终朝，即可遍传全市，岂有此刻而我辈犹不知者？”① 即老王认为如果是周边县乡发生案件，传到都市内大概需要一两天的时间，而若是在都市内发生案件，则昨晚发生案件，今早便可传遍全市。小说在这里显然指出了都市内部信息的流通与传递更为便捷，以及其对于时间的精确性大概可以到日期的层面。而在陆澹盦的侦探小说《密码字典》中，侦探李飞也曾提到：“尔和兄所登的广告昨天才见报的，论理上海的报纸寄往南京至早须在下午两三点钟方到。假使尔康兄果然在南京，他下午见报之后立刻发信，今天早上也未必能达到上海，况且这一封信又是平常的函件，并不是快信，为何到得这样快呢？”② 并借此得出了夏尔康的回信时间不对，所以信并非从南京寄来，而是在上海本地寄出的一系列推论。这些推论的基础，正是对于现代时间宰制体系的起码认知与信赖。

另一方面，这一时期的中国侦探小说也有意无意中流露出对西方时间现代性的某种崇敬心理，并借此反衬并批评中国人传统时间观念与生活方式上的“好古”与“落后”。比如在程小青的小说《怪电话》中，包朗就对现代都市中的信息流通速度表现出一种“吃惊”的态度：“晚膳罢时，恰敲十点钟。我忽然接到中国新闻通

① 刘半农：《淡娥》，《中华小说界》第二卷第十一期至第二卷十二期，1915 年 11 月 1 日至 1915 年 12 月 1 日。

② 陆澹盦：《密码字典》，《红杂志》第二十八期至第二十九期，1923 年 2 月至 1923 年 3 月。

讯社的电话，探询白玉兰的失踪是否实在，并且有无下落。我觉得否认了也许会引起意外，就据实答复，白玉兰的踪迹还没有确耗。我暗忖我国的新闻事业的确进步了，这件事发生了还不到三四个钟头，料想明天报上，这一节新闻必将引起全上海人的注目。”[①] 而在刘半农的另一篇侦探小说《匕首》中则明确指出：“船行以夜，日入，燃牛油烛一支，烛尽起船。以物质文明之二十世纪，以四千年古国之中国人，以江苏开化最早之无锡，而犹舍钟表而不用，用此野蛮时代之计时法。中国人好古之特性，岂世界各国所能及？”[②] 即表现出了刘半农借助小说中的说话者对以钟表为标志的时间现代性的某种向往，及其对于中国人“守旧”计时方法的某种批评。其中“中与西”“古与今”“传统与现代”“落后与进步”等多重二元关系就这样纽结在小说对于不同计时工具的书写和想象之中。

第二，更能体现出现代时间不断追求精确性的极端代表当属火车时刻表。或者换句话说，火车及其速度不仅压缩了现代时间与空间，改变了起点、终点与途中的关系，更是强化了主体对现代时间的精确感受与可控性追求。在某种程度上来看，现代人们对于时间越发精确的追求本质上仍是源自现代都市的生活方式。按照齐美尔的说法，即“大城市的生活方式是这种交互作用的温床”[③]“大城市生活的复杂性和广泛性迫使生活要遵守时间，要精打细算，要准确”[④]。具体来说，“典型的大城市人的相互关系和各种事务往往是各种各样的、复杂的。首先，这么多人聚居在一起，利害关系千差万别，他们的各种来往和活动相互间有多方面的有机联系，如果在

① 程小青：《怪电话》，载《舞后的归宿——霍桑探案集 1》，群众出版社 1997 年版，第 403 页。

② 刘半农：《匕首》，《中华小说界》第一卷第三期，1914 年 3 月 1 日。

③ ［德］齐美尔：《大城市与精神生活》，载《桥与门——齐美尔随笔集》，涯鸿、宇声等译，上海三联书店 1991 年版，第 262 页。

④ ［德］齐美尔：《大城市与精神生活》，载《桥与门——齐美尔随笔集》，涯鸿、宇声等译，上海三联书店 1991 年版，第 264 页。

约好的事情上和工作中没有准确的时间观念，那就会全都乱了套。”[①] 将齐美尔的例子和论述延续下去，我们似乎可以说，这么多乘客每天搭乘火车出行，从众多不同的起点到众多不同的目的地，更不用说其中有多少路线彼此交织，并涉及换乘、中转、及时抵达甚至当日往返等复杂事宜与近乎无限的可能性，正是这种复杂性才造就了现代人对于火车准点的极致追求，而这种追求的最终产物就是一张分秒不差的火车时刻表。

在“福尔摩斯探案”系列中，福尔摩斯就已经可以粗略地预估出自己乘火车去外地查案路上所需花费的大概时长，如“我们要坐七十分钟的火车”（《证券经纪人的书记员》），等等。而到了刘半农所翻译的《一身六表之疑案》（1915 年译）中，侦探们最早尝试解决发生于火车上的杀人案时，便首先依照火车所规定的发车时间、车速、经停情况与到达时间等信息对案件展开复原的想象与推理[②]，充分借助火车经停、到站与列车员巡检时刻的准确性来确认唯一可能的犯罪时间。对此，小说中也不厌其烦地对这些具体速度和时间方面的数字进行了介绍，甚至是罗列：“此车则为快车，历程二十分，停车者仅三处”，“为五点十四分车复开，以六点五十分抵罗克排，较之规定时刻迟五分”，“行车速率每小时仅及八英里”[③] 等，似乎是想要借助火车时刻表的“分秒不差”进而将整个旅途时空切分成许多具体而精确的段落，并由此帮助侦探锁定犯罪时间，以便确认犯罪凶手。只可惜事后证明，侦探们关于时间的仔细梳理与案

---

① ［德］齐美尔：《大城市与精神生活》，载《桥与门——齐美尔随笔集》，涯鸿、宇声等译，上海三联书店 1991 年版，第 263 页。

② 其实，早在 1896 年，吴趼人在小说《新石头记》中就曾借着贾宝玉之口，问那些“文明境界”中的飞车“但不知可同火车一样，也有个公司，有一定开行的时刻没有？”表明作者此时已经有了对于火车时刻表及其所象征的现代精准时间观念的认识，而这比刘半农翻译《一身六表之疑案》时（1915）还要早得多（参见吴趼人《新石头记》第二十五回“穿鱼腹战船施猛力，试电气海上发奇光”，载《吴趼人全集·第六卷》，北方文艺出版社 1998 年版，第 198 页）。

③ 刘半农译：《一身六表之疑案》，《小说大观》第四期，1915 年 12 月 30 日。

情真相之间实际上并没有太大的关联，大段时间推理的最终“落空”也表现出早期侦探小说形式与结构上的不成熟。而在《侦探世界》杂志首期刊载的第一篇侦探小说译作《十一点钟》（1923 年译）[①] 中，怀表被窃者也是利用了火车到站时间的精准性和自己怀表整点报时的功能，在偷窃者到站下车前将其成功抓获，整个过程耗时不过短短几分钟而已。在这篇小说中，丢失了怀表的乘客完全是将火车视为自己的另一块“钟表”，他深谙火车“十一点零五分”到站时间的准确性，以及自己怀表有着十一点整点报时的功能，所以才有着充分的自信能够在火车到站前找出窃贼。虽然这篇小说的情节实在有太过简单之嫌，但其在案件告破方面对火车时刻表和怀表所象征的现代时间准确性的依赖与隐喻却是极强的。

关于火车时刻表及其所代表的现代时间的规定性与准确性，表现得更为充分的小说当属俞天愤的《箧中人》（1916）。小说一开头，即对火车发车时间的分秒不差予以了先声夺人的强调：“三等车出入之玻璃门訇然而闭，站长左手执绿旗，缓步而来，右手在衣袋中探其银笛，作势欲吹，盖距开车时仅三分钟耳。”[②] 之后随着火车沿途各列车站的储物箱相继发生了连环盗窃案，侦探韦诗滕则是借助火车时刻表来进行案情推演，所谓“有轨可循，有时可定，君之行车表，已语我下手法矣”[③]。小说对韦诗滕在出发办案之前先“取火车表细检之”[④] 的过程和分析结论也进行了一番详细的展现：

> 余既检火车表，复检日报，第三站之案，发现于上午八点三分以后，第九站发现在八点五十三分以后，第十八站发现在九点七分以后。总而言之，其窃取之时必于夜中，不越于第一

① 常觉、小蝶、天虚我生合译：《十一点钟》，《侦探世界》第一期，1923 年，原作者不详。

② 俞天愤：《箧中人》，《小说丛报》第十九期，1916 年 2 月 29 日。

③ 俞天愤：《箧中人》，《小说丛报》第十九期，1916 年 2 月 29 日。

④ 俞天愤：《箧中人》，《小说丛报》第十九期，1916 年 2 月 29 日。

班车之时间。例如第三站之末班车，在下午六时必至，次晨六点四十一分乃有第一班车，试问此十二时中，何事不可为？又如第十八站之末班车为下午五点五十一分必至，夜一点乃有向东之车，此六时内之光阴，又何事不可为？故余于此案着手之处不外时地二字，今时已研究明白，则更进言夫地。①

侦探韦诗滕借助对于火车时刻表的分析和推理，弄清了犯罪者的犯罪时间与行动路径，进一步锁定了犯罪者的犯罪方式并最终成功将其一网打尽。而小说中侦探“于此案着手之处不外时地二字”，根本上来说得益于火车时刻表对于现代时空的准确切割，《箧中人》也因此堪称是民国时期展现列车时刻表在侦探小说中所起到功能的最全面且深入的代表性作品之一。当然，真正充分利用火车时刻表犯案、破案且逻辑结构严密的侦探小说还要等到更后来的侦探小说作家和作品，诸如日本作家松本清张的《点与线》（1957）以及西村京太郎“铁路旅情”系列的部分作品，甚至后来的侦探小说还专门发展出了一种特殊的、与之相关的子类型——“时刻表推理小说”。犯罪分子利用“火车时刻表”来制造自己的不在场证明，原本是用于确定时间具体性与精准性的火车时刻表最终却变成了破坏认知准确性（犯罪嫌疑人案发时到底在不在场）的犯罪道具，人们追求对现代性时间的极致把握最终走向了自己的反面，毁灭了现代人似乎可以把握一切的虚假幻象。当然，这种对于火车时刻表的理解与运用方式还不能为当时的晚清、民国侦探小说作家们所想象和掌握。

第五节　现代都市日常管理、财产观念与犯罪

现代都市的另外一项重要特征就是其拥有着一套不同于传统社

① 俞天愤：《箧中人》，《小说丛报》第十九期，1916 年 2 月 29 日。

会的都市日常管理制度，诸如警察、交通、卫生、消防等，而诞生于现代都市中的侦探小说与这些都市日常管理制度之间也存在着密切的关联。比如清光绪二十四年（1898），湖南保卫局创办，揭开了中国近代警察制度的序幕，也标志着中国近代侦查制度的萌芽。光绪三十一年九月十日（1905 年 10 月 8 日），清朝政府成立巡警部，作为全国警政的最高管理机构。全国侦探学堂也随之陆续开办，培养专业化的侦探人才和科学严谨的侦探素养，成为彼时警界的发展趋势。这些历史事件的发生与转变都成为中国侦探小说得以存在、发展并广为传播的制度基础，更是中国传统公案小说转型为现代侦探小说的关键性社会背景。其中，这一过程尤以 1912 年清政府倒台与中华民国成立为标志，以及在这一过程中传统封建“清官”的历史性与制度性退场。与此同时，在新兴警察机构所创办的警务类报纸、杂志上也刊载了大量的侦探小说，比如天津的《警务旬刊》、北平的《警声》杂志、上海的《警务月刊》，以及日据时期的《台湾警察时报》和《台湾警察协会杂志》等。

在现代都市的各项安全保障环节当中，现代消防系统自然不能忽略，消防警察既是现代都市警察系统中的一个重要警种，更和现代商业保险制度产生了千丝万缕的联系。本节就尝试以晚清、民国时期上海的消防警察与火灾保险为例，谈谈现代都市管理、现代人财产观念、商业利益、犯罪及侦探小说之间的复杂关系。一般来说，现代保险按照业务保障对象可以分为财产保险、人身保险、责任保险和信用保险四个类别，其中财产保险与人身保险与现代个人生活尤为密切相关。特别是随着现代都市的兴起，人口居住集中、生活节奏加快，各种安全风险隐患概率也随之加大。相应地，家庭财产保险与人身意外险虽然不能彻底避免悲剧发生，却可以在经济上缓解后顾之忧。当然，在清末民初的中国侦探小说中，和都市发展关系最直接密切，且被讲述得最为频繁的，还要首推火灾保险。

火灾自古即有，传统中国因为避讳，所以通常将其称之为“走水”。特别是随着城市人口众多且居住密集，极易出现火灾。北宋时期东京汴梁由于以砖木为基本建筑结构，更是经常发生火情。相应地，官府在汴梁城中设立了“望火楼”和“潜火兵”等城市消防机构设施和专门的消防人员。《东京梦华录》中就曾写道：“又于高处砖砌望火楼，楼上有人卓望。下有官屋数间，屯驻军百余人，及有救火家事，谓如大小桶、洒子、麻搭、斧锯、梯子、火叉、大索、铁锚儿之类。每遇有遗火去处，则有马军奔报军厢主、马步军殿前三衙、开封府，各领军汲水扑火，不劳百姓。”① 可谓是对中国古代政府消防工作的详细记载。很多后世研究者甚至通过对张择端《清明上河图》的“细读”发现，画中汴梁城里的“望火楼”和“楼下官屋”中都空无一人，他们据此推断出当时朝廷治理无能——京城消防机构形同虚设正是王朝“衰相”的展现。

近代以来，火灾防范、抢救与保险是现代都市一整套城市管理与保障系统中的重要一环，都市失火一方面需要消防系统的及时抢救，另一方面也需要相关保险制度的快速跟进和妥善赔付作为保障。两者相辅相成，共同成为保护都市居民生命财产安全的重要依托。火灾保险制度在清末传入中国，在韩邦庆的《海上花列传》中，就有一段关于东棋盘街失火后，租界火警与火灾保险共同成为附近居民物质与内心安全保障的精彩描写：

> 一语未了，忽听得半空中“咣咣咣”一阵钟声。小红先听见，即说：“阿是撞乱钟？”莲生听了，忙推开一扇玻璃窗，往下喊道：“撞乱钟哉！”阿珠在楼下接应，也喊说：“撞乱钟哉，耐哚快点去看看嘎！”随后有几个外场赶紧飞跑出门。
>
> ……
>
> 只见转弯角上有个外国巡捕，带领多人整理皮带，通长衔接做一条，横放在地上，开了自来水管，将皮带一端套上龙头，

① （宋）孟元老著，王莹译注：《东京梦华录译注》，北京联合出版公司2015年版，第96—97页。

并没有一些水声，却不知不觉皮带早涨胖起来，绷得紧紧的。于是顺着皮带而行，将近五马路，被巡捕挡住。莲生打两句外国话，才放过去。那火看去还离着好些，但耳朵边已拉拉杂杂爆得怪响，倒像放几千万炮仗一般，头上火星乱打下来。

莲生、小云把袖子遮了头，和来安一口气跑至公馆门首，只见莲生的侄儿及厨子、打杂的都在廊下，争先诉说道："保险局里来看过歇，说勿要紧，放心末哉。"陈小云道："要紧末勿要紧，耐拿保险单自家带来哚身边，洋钱末放铁箱子里，还有啥账目、契券、照票多花末，理齐仔一搭，交代一个人好哉。物事覅去动。"莲生道："我保险单寄来哚朋友搭哉。"小云道："寄来哚朋友搭末最好哉。"

莲生遂邀小云到楼上房里，央小云帮着收拾。忽又听得"豁剌剌"一声响，知道是坍下屋面，慌去楼窗口看。那火舌头越发焰起来，高了丈余，趁着风势，正呼呼地发啸。莲生又慌的转身收拾，顾了这样却忘了那样，只得胡乱收拾完毕，再问小云道："耐搭我想想看，阿忘记啥？"小云道："也无啥哉。耐覅极嗄，包耐勿要紧。"莲生也不答话，仍去站在楼窗口。忽又见火光里冒出一团团黑烟，夹着火星滚上去，直冲至半天里。门首许多人齐声说："好哉，好哉！"小云也来看了，说道："药水龙来哉，打仔下去哉。"果然那火舌头低了些，渐渐看不见了，连黑烟也淡将下去。莲生始放心归坐。小云笑道："耐保仔险末阿有啥勿放心喤？保险行里勿曾来，耐自家倒先发极哉，赛过勿曾保险哉。"莲生也笑道："我也晓得勿要紧，看仔阿要发极嗄！"

不多时，只听得一路车轮碾动，气管中呜呜作放气声，乃是水龙打灭了火回去的。

……

小云见东首火场上原是烟腾腾的，只变作蛋白色，信步走去望望，无如地下被水龙浇得湿漉漉的，与那砖头瓦片，七高八低，只好在棋盘街口站住，觉有一股热气随风吹来，带着些灰尘气，着实难闻。小云忙回步而西，却见来安跟王莲生的轿子已去有一箭多远，马路上寂然无声。这夜既望之月，原是的皪圆的，逼得电气灯分外精神，如置身水晶宫中。①

在小说的这段描写中，我们一方面能看出当时火警救火的手段已经相当先进，他们不仅有及时有效的火警报警系统——“撞乱钟”，还已经采用了将皮管接通自来水喷射灭火的方法，其中“药水龙”指的是掺入灭火剂的消防专用水。正是因为有了这些先进的火灾报警系统、救火机械装置和灭火药剂，才使得这场规模不小的火灾很快就得以平定（其中“火势不小”这一点从“那火看去还离着好些，但耳朵边已拉拉杂杂爆得怪响，倒像放几千万炮仗一般，头上火星乱打下来”一句可知）。另一方面，更有趣的细节在于，面对隔壁东棋盘街的失火和王莲生的慌乱，陈小云却一直淡定地安慰他，因为“耐有保险来哚，怕啥嗄？”可见除了火警及时有效地抢险、灭火，火灾保险更是成为当时都市中人们的一颗“定心丸”，为都市居民提供了一份内心的安全保障。

让人略感惊讶的是，都市火灾保险制度在为人们提供了安全保障之外，有时候甚至会反过来对人们的救火行为本身产生影响。比如在吴趼人的小说《二十年目睹之怪现状》中，不仅是上文中“王莲生们”的慌乱失措和抢救财物等行为完全没有必要，就连在火灾中从火场向外搬运物品的行为本身都是不被允许的：

一言未了，忽听得门外人声嘈杂，大嚷大乱起来，大众吃了一惊。停声一听，仿佛听说是火，于是连忙同到外面去看。只见胡同口一股浓烟，冲天而起，金子安道：“不好！真是走了

---

① 韩邦庆：《海上花列传》第十一回“乱撞钟比舍受虚惊，齐举案联襟承厚待”，华夏出版社 2016 年版，第 64—65 页。

水也！”连忙回到账房，把一切往来账簿及一切紧要信件、票据，归到一个账箱里锁起来，叫出店的拿着，往外就走。我道：“在南面胡同口，远得很呢。真烧到了，我们北面胡同口也可以出去，何必这样忙？”子安道：“不然。上海不比别处，等一会巡捕到了，是不许搬东西的。”说罢，带了出店，向北面出去了。我们站在门口，看着那股浓烟，一会工夫，烘的一声，通红起来，火星飞满一天。那人声更加嘈杂，又听得警钟乱响。不多一会，救火的到了，四五条水管望着火头射去。幸而是夜没有风，火势不大，不久便救熄了。大家回到里面，只觉得满院子里还是浓烟。①

吴趼人小说中的这段描写除了表现当时火灾报警系统的反应灵敏、火警救援的迅速及时，以及救火设备的先进有效之外，还专门提到了“上海不比别处，等一会巡捕到了，是不许搬东西的”。对此，当时上海的“工部局章程”中的“第七项救火章程”确实有着明确的说明：“凡入火场之人，除有救火牌外，无论何人均不准擅入。此种救火牌由救火会董给发，共有四种，一、救火会各人皆有此牌，准入救火场之内圈；二、保险行之代表人每行一人以及工部局所允准之人皆有救火牌，一俟火熄准入火场阅视一切，凡华人一概不准火场擅入。”② 而吴趼人小说里几个主人公言谈之间猜测、推断巡捕之所以不让大家从火场搬东西，很可能是因为和保险公司之间有着利益方面的关联：

我道：“火烧起来，巡捕不许搬东西，这也未免过甚。”子

① 吴趼人：《二十年目睹之怪现状》第六十七回“论鬼蜮挑灯谈宦海，冒风涛航海走天津”，载《吴趼人全集》（第二卷上），北方文艺出版社1998年版，第553—560页。

② “工部局章程”相关内容的介绍和说明，参见卧读生著，顾静整理《上海杂志》，载熊月之主编《稀见上海史志资料丛书》（第一册），上海书店出版社2012年版，第26—27页。

安道："他这个例，是一则怕抢火的，二则怕搬的人多，碍着救火。说来虽在理上，然而据我看来，只怕是保险行也有一大半主意。"我道："这又为何？"子安道："要不准你们搬东西，才逼得着你们家家保险啊！"

德泉道："凡是搬东西，都一律以为是抢火的，也不是个道理。人家莫说没有保险，就算保了险，也有好些不得不搬的东西。譬如我们此地也是保了险的。这种账簿等，怎么能够不搬。最好笑有一回三马路富润里左右火烛，那富润里里面住的，都是穷人家居多。有一个听说火烛，连忙把些被褥布衣服之类，归在一只箱子里，扛起来就跑。巡捕当他是抢火的，捉到巡捕房里去，押了一夜。到明天早堂解审，那问官也不问青红皂白就叫打；打了三十板，又判赃候失主具领。那人便叩头道：'小人求领这个赃。'问官怒道：'你还嫌打得少呢！'那人道：'这箱子本来是小人的东西，里面只有一床花布被窝、一床老蓝布褥子，那褥子并且是破了一块的，还有几件布衣服。因为火起，吓得心慌，把钥匙也锁在箱子里面。老爷不信，撬开来一看便知道了。'问官叫差役撬开，果然一点不错，未免下不了台，干笑着道：'我替你打脱点晦气也！'你说冤枉不冤枉！"①

吴福辉教授在分析小说中的上述这段情节时指出："由'不许搬东西'的上海火场规矩，引出一个新生的现代都市在建立市民行为标准时所具有的两面性质：一方面是通过维持救火秩序表现城市规则的权威性，一方面暗藏了城市商业无孔不入的机制，以及由此带来的不公平性，欺骗性。"② 而从相关史料档案中，我们的确能找到当时火险公司与上海租界火政处之间密切合作的关系及经济财务往

① 吴趼人：《二十年目睹之怪现状》第六十七回"论鬼蜮挑灯谈宦海，冒风涛航海走天津"，载《吴趼人全集》（第二卷上），北方文艺出版社1998年版，第553—560页。

② 吴福辉：《中国现代文学发展史》，北京大学出版社2010年版，第55页。

来方面的相关证据，甚至能看到火险公司对上海租界的火政处起到了很大的资金支持的文献记载。比如根据工部局的财政报告显示，1866 年 4 月 1 日至 1867 年 3 月 31 日，火政处实际总收入为 2517.26 两，其中“火险公司及华人认捐数”为 2317.26 两①。1867 年 4 月 1 日至 1868 年 3 月 31 日火政处年度总收入为 1315 两，其中保险公司捐赠了 815 两②。火险公司捐助火政处，除了社会公益之外，其中的商业逻辑也很容易想清楚，如果火政处有更充裕的资金和人力物力、更先进的设备和更高效的抢救工作，那么火险公司的理赔概率也就大大下降了，这也就更能保证火险公司的利益。于是在当时的上海租界形成了火灾保险公司与消防部门（火政处）共荣合作的局面。

与此同时，随着现代火灾保险制度的确立，也相应出现了很多新型犯罪或疑似犯罪行为，仅从《申报》上的相关新闻来看，就时常能见到多起类似如下的报道：

> 昨日午前十一下钟时，本邑美租界武昌路第八百二十一号门牌广东人阮锦显家……忽然火起，……事后（某包探）报知捕房，捕头遣包探吴至刚、费阿银前往稽查，再行核办。③
>
> 昨日午后一点钟时，美界西华德路同如源南货店不知缘何火起，幸即施救而熄。……事为捕头所闻，以此店装饰未竣，已保火险银若干两，情有可疑，因令包探朱桂生前往查察。④

这两则新闻报道都暗示出当时很可能存在房主自行纵火，然后骗保的行为，即业主利用都市日常管理制度，反过来制造罪案，并从中渔利。而在同时期的文学作品中，也不乏对这一方面内容的表

① 《工部局董事会会议录》（第 3 册），1867 年 5 月 2 日，第 582 页。

② 《工部局董事会会议录》（第 3 册），1868 年 4 月 17 日，第 639 页。

③ 《派查失火》，《申报》1898 年 4 月 3 日。

④ 《失火可疑》，《申报》1904 年 1 月 15 日。

现。比如在孙家振的《海上繁华梦》中，贾逢辰和白湘吟就相互勾结，骗杜少牧输了一千多元钱，被识破后诅咒发誓说："我姓贾的若起甚歹意，有意叫白湘吟算计诸位，将来我家中天火烧光！"凤鸣歧对此则不以为然，并且冷笑道："上海火烧不比别处，你保了险，尽管烧尽烧绝，你还有得发财！"[①] 火灾保险在这里已然成为当事人有恃无恐的依傍之一，失火不仅不会造成丝毫的经济损失，反而会带来一笔可观的保险赔偿，这已经成为当时人们的某种基本"共识"。由此，在孙家振后来另一本《续海上繁华梦》中，萧怀策与邻居蔡兰和更是故意纵火骗取火灾保险的赔偿金，俨然和上述《申报》中所报道的新闻有着相当程度的相似性，甚至我们有理由怀疑孙家振在设计小说中这一相关情节时就已经看过类似的案件报道或者新闻消息。而在海上说梦人（朱瘦菊）的小说《歇浦潮》中，主人公钱如海则利用富国水火人寿保险公司这个中国人自办的新兴保险行业，采取监守自盗的方式，骗取保险赔偿金，从而获取了大量的不义之财。[②]

以都市罪案为主要表现内容的侦探小说当然也不会放过这一火灾骗保的犯罪题材。如果说这种纵火骗保的行为在现实生活与新闻报道中时有发生，在其他晚清、民国的小说文本中也偶尔作为细节出现，那么在同一时期的侦探小说中，纵火骗保则是可以直接作为整篇侦探小说的核心诡计和根本犯罪动因与手法。陆澹盦的侦探小说《夜半钟声》[③] 就是其中的重要代表之一，小说采取的是一个多重案件相互组合嵌套的模式，开始读者以为只是一桩偷窃案，后来发展为谋杀未遂，最后的真相竟然是一起陈康侯教唆杨德泉，设计构陷冯逸庵的"纵火图赔"案。凶手假意开办学校，又积极热心帮

---

① 孙家振：《海上繁华梦》，百花洲文艺出版社 1993 年版，第 124 页。

② 此处例证及分析参考侯运华《晚清狭邪小说新论》，河南大学出版社 2005 年版，第 188 页。

③ 陆澹盦：《夜半钟声》，《侦探世界》第五期至第六期，1923 年 8 月。

老友渡过经济难关，其用心都在于想方设法制造出一起看似是意外的大火，然后骗取火灾保险金。正如侦探李飞所说："现在纵火图赔的人心思更巧，往往叫人在贴隔壁开一爿滑头的店号，并不保险，暗中放火把左邻右舍一起烧掉。事后调查起来，起火的人家没有保险，决不疑心他是纵火，而左右被累的人家自然要赔偿。"[①] 小说中陈康侯做生意亏空得厉害，于是想到通过"纵火图赔"来获利，一方面"大中华函授学校并没有保火险"，另一方面他又把自己贴在隔壁的店铺"在安平保险公司保着二万万两的火险"，以试图造成未买火灾保险的邻居失火，自己跟着遭殃的骗局和假象。此外，小说中凶手在纵火的手段上也可谓"花样百出"，他开始计划人为纵火，后来"却改变计划"，设计了一套可以自动定时燃烧的起火装置："把闹钟装在箱子里，四围放了火药，钟上的闹针拨在一点钟上；又把极猛烈的火药线系在打钟的锤上，一到限定的时候，借着打钟的激动，药性爆发，箱子里的自然会发出火来。"[②] 这很可能是中国本土小说创作中最早出现的"定时炸弹"装置。小说里的纵火犯罪不仅仅包含了早期爱伦·坡在《莫格路凶杀案》中所隐喻的都市中人的兽性、欲望、罪行与恶，更直指资本主义时期人们利用各种制度漏洞从中渔利的投机心理与人性阴暗面。[③]

伴随着现代都市发展而产生的现代保险制度中，除了火灾保险，人寿保险也是侦探小说作者们所关注的题材和内容。程小青的小说《轮下血》中，在一起火车轧死人的案件发生后，侦探霍桑了解到死者生前曾购买过人寿保险。但霍桑对于人寿保险的态度，不同于包朗所认为的"人寿保险本来是一种有益于社会经济的新企业；尤其是薪给阶级的人保了寿险，身后有所补助，不致于累及寡妇孤儿和

---

① 陆澹盦：《夜半钟声》，《侦探世界》第五期至第六期，1923 年 8 月。

② 陆澹盦：《夜半钟声》，《侦探世界》第五期至第六期，1923 年 8 月。

③ 反过来说，骗保行为必然建立在商业保险制度产生并且有一定发展的基础之上，屡次发生的骗保行为也可以从一个侧面反映出当时上海租界火灾保险与理赔制度相对完善、理赔比较及时到位等情况。

社会上的一般人"[①]，他更多批评人寿保险公司普遍存在"利用种种繁琐片面的章程条文，专门想寻隙赖债""别有用意""'鸭蛋里寻骨'的举动"[②] 的同时，也不排除死者家属杀人骗保的可能性，并且指出："我初料行凶的也许就是他的妻子，因为上海有一班所谓十姊妹党的年轻女子，专门用迷汤的手段，蛊惑男子们进他们的圈套，然后给男子们保了寿险，再下毒手，骗取他们的保险费。"[③] 即点出了围绕当时新出现的人寿保险而产生的商业纠纷及多种犯罪可能。

在后来的侦探小说发展史上，书写亲人之间（特别是夫妻之间）为了人寿险金而互相戕害的作品更是不胜枚举。比如日本作家叶真中显的社会派推理小说《绝叫》中，女主角铃木阳子就是一个专门从事于"杀夫骗保"案的"惯犯"。又如在美国作家詹姆斯·M. 凯恩的侦探小说名著《邮差总按两遍铃》及其现实案件原型中，妻子在伙同情人杀死丈夫前，也都唆使其先购买一大笔寿险，以便丈夫死后获得保险赔偿的收益。甚至埃勒里·奎因在著名的侦探广播剧《生还者俱乐部》中还曾专门设计出一种"唐提式"保险制度（Tontines）：由一群"出资人"共同创立一笔养老基金，活到最后的成员将获得全部收益。这种在侦探小说史上近乎"完美"的犯罪动机设定，其实也根植于某种对于财产保险的文学想象。而换个角度来看，在更多的小说作品及现实生活中，保险调查员和侦探两种职业之间本身就具备了很大的相似性。

---

① 程小青：《轮下血》，载《程小青文集 1——霍桑探案选》，中国文联出版公司1986年版，第13页。

② 程小青：《轮下血》，载《程小青文集 1——霍桑探案选》，中国文联出版公司1986年版，第13、22页。

③ 程小青：《轮下血》，载《程小青文集 1——霍桑探案选》，中国文联出版公司1986年版，第19页。此外，孙漱石曾写过一部长篇小说《十姊妹》（上海文明书局1918年版），内容就是关于妓女与女学生结义金兰，以欺骗男性为谋财聚富的手段，其中杀人骗保就是她们的为恶方式之一。此后，还曾出现过一部与之题材相近的电影《红粉骷髅》（1922），一时间影响较大。程小青小说中所说的"上海有一班所谓十姊妹党的年轻女子"，很可能就是受孙漱石小说及电影的影响。

其实，不论是现代都市中的火灾保险还是人寿保险，其背后不仅是现代人消防安全与健康安全保障的重要组成部分，更是现代人财产观念和金融意识更新的产物。围绕现代保险而产生的新兴犯罪手段，本质上是个体欲望及罪恶的现代新形式。而原本是用于保护安全与降低风险的现代商业保险制度，反过来却又增加了新的风险发生可能，甚至造成夫妻间相互残害的伦理惨剧，这也正说明了现代发展在缔造美好生活的同时所可能隐藏的危机。而将这一危机聚焦于晚清、民国侦探小说中的“骗保案”，我们不难发现，其中更多是现代商业制度投机心理在背后作祟，以及个体欲壑难平与人性之恶在金钱利益的刺激下所造成的行为扭曲和罪恶滋生。而这些犯罪形式、手段与投机心理则正是属于现代都市发展之下的社会产物。

如学者赵勇所说：“现代性应该是城市经验的某种凝聚。或者也可以说，我们谈论现代性，应该从城市谈起。而且，这个城市还不是一般的小城镇，而是现代化的大都市。唯有这样的城市才会带来一种崭新的时空经验。”[①] 而正是现代都市所提供的一系列深刻且有别于传统的新的时空经验才导致了侦探小说的诞生。我们可以从早期侦探小说中发现都市人生活经验与“感受方式”的变化，或者换句话说，这种都市所带来的感受变化正是通过侦探小说这一小说类型才得以体现出来的。在侦探所需要面对和解决的问题中，正如道格拉斯·克尔所说：“在福尔摩斯的侦探故事中，以科学理性为长矛的福尔摩斯，通过演绎法的推理，行之有效地化解了各种各样对现代世界和现代城市的真实忧虑。”[②] 这种身处现代都市中的“真实忧虑”即根源于本章所述的现代都市中个体身份的“匿名性”与“破碎性”。在世界第一篇侦探小说——爱伦·坡的《莫格路凶杀案》中，这种“忧虑”则被具象为一只入室杀人的红毛大猩猩。

---

① 赵勇：《城市经验与文学现代性断想》，《南方文坛》2008 年第 3 期。

② ［英］道格拉斯·克尔：《英国小说与犯罪现场》，王理行译，《外国文学》2000 年第 2 期。

在侦探着手解决这些“忧虑”与罪行的时候，也切身感受且同时参与制造着现代都市中全新的空间体验（如现代交通工具、通信工具、报纸、摄影术）和时间体验（钟表、工厂制作息与火车时刻表），甚至这种现代时空体验与都市日常管理制度本身也会成为滋生犯罪的温床，产生出新的犯罪类型与形式。由此，我们说侦探小说是一种诞生于现代都市之中的，具有现代性内涵的文学类型。也正是在这个意义上，我们才能更好地理解英国作家切斯特顿所说的：“通俗文学而表现出现代生活一点诗情的，以侦探小说最早，而且是唯一的文学体裁。”①

当然，侦探小说之于晚清、民国时期的中国，其现代性内涵与意义还远不止于此，其在理性发现、正义担当与类型叙事等多个方面深刻刺激并影响了当时中国的侦探小说译者、作者与读者。其中不仅涉及当时中国人对于西方都市现代性的想象和向往，也关乎“五四”以来启蒙现代性的传入和本土发展。关于这些内容，本书将在下编的三个章节中进行更为详细、具体的分析和论述。本章只是尝试初步描绘出侦探小说诞生之初的都市图景与现代气息。

---

① ［英］G. K. 切斯特顿：《为侦探小说辩》，思果译，《联合文学》1985 年第 10 期，第 105 页。

第二章

从清官到私人侦探：公案小说与侦探小说之区别与“合流”

说话有四家。一者小说，谓之银字儿，如烟粉、灵怪、传奇、说公案，皆是博刀、赶棒，及发迹变泰之事。

——（南宋）耐得翁：《都城纪胜》“瓦舍众伎”条，收录于《东京梦华录（外四种）》，上海古典文学出版社 1956 年版，第 98 页。

凡此流著作，虽意在叙勇侠之士，游行村市，安良除暴，为国立功，而必以一名臣大吏为中枢，以总领一切豪俊，其在《三侠五义》者曰包拯。

——鲁迅：《中国小说史略·清之侠义小说及公案》，中国和平出版社 2014 年版，第 228 页。

是书所辑案，不尽为侦探所破，而要皆不离乎侦探之手段；故即命之为《中国侦探案》。谁谓我国无侦探耶？

——吴趼人：《中国侦探案三十四案·凡例》，《吴趼人全集》（第七卷），北方文艺出版社 1998 年版，第 69 页。

第一节　公案小说与侦探小说差异之比较：以《包公案》为例

一　公案小说与侦探小说内容之差异：清官与侦探

中国古代公案小说，沿着“公案”一词的发生源头一路追寻上去，最早可以上溯至宋代的“说公案”[①]；到了明朝中后期，尤其是万历年间，随着公案小说专集的大量问世，公案小说创作也发展到了成熟期；进入清朝以后，公案小说逐渐和侠义小说合流，形成了“侠义公案小说”这一独特的小说类别。而西方侦探小说，自美国作家爱伦·坡1841年创作《莫格路凶杀案》以降，经柯南·道尔《福尔摩斯探案集》风靡世界，再到侦探小说“黄金时期”三大家（埃勒里·奎因、约翰·狄克森·卡尔和阿加莎·克里斯蒂）走向创作高峰，之后又在欧美日本各国不断发展流变，形成了现如今作者数量众多、流派类型丰富、作品数量庞大的蔚然局面。

公案小说与侦探小说一方面都与刑事或民事犯罪等内容密切相关，有着题材上的共通性，同时二者都体现着人们对于社会正义与司法公正的诉求与向往；但另一方面，公案小说与侦探小说无论是在内容、形式，还是创作意图方面都存在着根本性的不同。具体而言，二者之间的差别体现在主要人物设置、主次要人物关系、情节模式与重心、叙事方式与叙事复杂程度等几个方面。

第一，道德与智慧的不同诉求。

---

① 南宋人耐得翁在《都城纪胜·瓦舍众伎》指出：“说话有四家。一者小说，谓之银字儿，如烟粉、灵怪、传奇、说公案，皆是博刀、赶棒，及发迹变泰之事。”罗烨则在《醉翁谈录·舌耕叙引》中称小说有“灵怪、烟粉、传奇、公案，兼朴刀、杆棒、妖术、神仙”八类，皆将“说公案”或“公案”视为“说话”或“小说”的一个分支类别。

公案小说的主人公是“清官”，“清官”可以拆解为“清”+“官”。其中“清”强调的是廉洁奉公、刚正不阿的人物形象特点，“官”则指明了主角的官方身份、立场与社会正义的依托及指向性。在公案小说中，“清官”所被赋予和期待的最重要的品质就是公正，他要秉公执法、不畏强权、铁面无私、大义凛然。这是一种立足于道德品格上的要求，而非关乎智能与才干的考量。晚清时期倭仁提出的“立国之道，尚礼仪不尚权谋；根本之图，在人心不在技艺”[①] 这一观点在中国古代可谓有着普遍且牢固的思想根源。因此明清公案小说的着眼点主要在于清官执法的清廉与否，至于其在破案过程中到底发挥了多少聪明才智，则似乎显得完全不重要。比如《狄公案》开篇第一回便写道：“不但是个忠臣，而且是个循吏；不但是个循吏，而且是个聪明精细、仁义长厚的君子。”[②] 这与福尔摩斯多次被描述为一个注重科学实验、逻辑推演并被助手华生称为“他是一架世界上最完美的用于推理和观察的机器”[③] 相比起来，旨趣迥然。

清官注重其公正，侦探突出其智慧。这一差别落实到小说细节之中，则具体体现为公案小说中清官所办理的多是“冤案”，而侦探小说中侦探所破解的多是“疑案”，二者分别对应的小说情节模式为“冤案—翻案”和“疑案—破案”。进而公案小说往往会以冤案最终的沉冤昭雪来凸显清官“判案的公正”，侦探小说则是通过疑案的层层揭秘来表现侦探“查案的智慧”。正如荷兰学者伊维德所说：“典型西方侦探小说的特色在于透过动作情节之演进，使罪案得以侦破，而典型中国公案小说的特色在于整个冤屈事件的平反。西方侦探小说属推理小说，歹徒犯罪的方法与原因要到故事终了才显现出来，

① 倭仁：《筹办夷务始末》（同治朝）卷 47，中华书局 1964 年版，第 24 页。

② 《狄公案》第一回“入官阶昌平为令，升公堂百姓呼冤”，中国戏剧出版社 2015 年版，第 3 页。

③ ［英］阿瑟·柯南·道尔：《福尔摩斯探案全集·历险记·波西米亚丑闻》，王逢振、许德金译，中央编译出版社 2013 年版，第 104 页。

而中国公案小说惯例以暴行的完整描述肇开其端，并常以悲凄阴森的气氛详述细节。……作奸犯科者之恶行阴谋常能继续到廉明判官出现为止。”①

相比于侦探小说前半部分疑云重重、后半部分“反转”不断，公案小说的案情本身一般都是简单明了、直来直去的。一般来说，公案小说中唯一的情节曲折也正是其最吊诡之处，即公案小说中的案件往往会被前面一个昏官或者贪官有意无意地误判、错判，然后酿成冤案，最后再由清官出马，为冤者申冤，为死者昭雪。只是后来审案的清官与前面误判的昏官、贪官之间的区别并非体现在二者智慧才能的高低与判案手法的优劣上。甚至在很多时候，清官与昏官采用的刑讯手段都是完全相同的。一般说来，在公案小说中，似乎只要官员清廉，无论其怎样判案，其最终结果都会是准确且公正的。而当道德可以直接决定判案结果的准确与公正时，那么智慧与查案则会悄然“退场”。

第二，情节模式与重心的不同。

公案小说与侦探小说对主人公定位的不同，直接影响到小说情节模式与重心的不同。本节将分别从“案件审理前”“案件查办过程中”及“结案后的结果与反响”三个方面来说明公案小说与侦探小说是如何从情节方面各自突显其主人公“公正”与“智慧”的不同形象特点的。

在具体审案之前，公案小说中的“清官”往往会对案件当事人有一个强烈的先入为主的道德判断，甚至是直接通过所谓“面相”来确认谁才是凶手。在《包公案》中我们常常能见到包公还没有对案情进行任何调查和审理，就已经认定了诸如“某男子狡诈”“某女子淫奔”。比如在小说第七十三回的一起私奔案件中，包拯还没开

① ［荷兰］W. L. Idema：《散论中国传统小说的特质——从高译武则天四大奇案谈起》，张宏庸译，载王桂秋编《中国文学论著译丛》，台北：学生书局 1985 年版，第 55 页。

始审案，众人就供出了“仙英淫奔之妇，水性杨花，飘荡无比”[①]。或者在小说第一回的案件中，包拯在第一次见到被告时，小说写道：“包公看许生貌美性和，似非凶恶之徒。”[②] 仅通过犯罪嫌疑人的“面相”，包拯就基本上排除了当事人犯案的可能。[③]

公案小说中普遍存在对于案件当事人道德化、脸谱化、简单化的理解，而这一刻板印象在小说中也并非“清官”所独有，甚至这些当事人的亲朋好友、街坊邻居也基本上都会对当事人的德行操守持有某种普遍一致的看法。在公案小说结尾处，也多是开始时被认为“狡诈”的男子最后往往就真的是行骗者，而开始被认为“淫奔”的女子最后也真的和某起“奸情”案或“杀人”案密切相关。公案小说作者会在小说结局处不遗余力地回过头来印证清官当初先入为主的判断是正确的，而这种“先入为主”之见却恰恰是侦探小说之大忌。侦探小说中的侦探往往会被要求客观、理性，讲求事实与证据。侦探在查案前需要尽量避免一切个人主观性因素，更不能有先入为主的价值判断和个人褒贬在其中。在侦探小说情节推进的过程中，一般开始时被大家认为最具有嫌疑的那个人最后通常不会是凶手，小说真相揭露的一刻给人的感觉往往是追求一种“吃惊”的效果，让读者惊叹于“凶手竟然是他”。这种情节上的“反转”与结局的出人意料是侦探小说重要的阅读趣味和审美追求。即便是小说开场被怀疑为凶手的人最后真的是凶手，那也多半是经过两次情节反转（“开始怀疑是他”—“后来怀疑不是他”—“最后原来

---

① 《包公案》第七十三回“刘仙英私奔缘做戏，杨善甫受诬因宿好”，载王艳军主编《中国公案小说》（第一卷），线装书局2014年版，第176页。

② 《包公案》第一回“萧淑玉误吊遭非命，恶和尚思淫杀弱女”，载王艳军主编《中国公案小说》（第一卷），线装书局2014年版，第4页。

③ 需要补充说明的是，在“福尔摩斯探案”系列小说中，作者也会借着华生的视角对某些人物进行相貌描写，而在华生眼中诸如“面貌凶狠”“眼光狡猾”的人物，最后往往就真的是犯罪分子。但即便如此，侦探仍需要通过严密的推理来证明他的罪行，而且这种多少带有些“破题”之嫌的外貌描写在后来的侦探小说发展过程中也是愈发减少了。

还是他”）之后的“一波三折”的结果，而并非像公案小说中所凸显的“清官”在小说一开始时的“料事如神”。

在案情审理的过程中，侦探小说的核心环节在于如何“破案”，公案小说则在于如何“判案”。在侦探小说中，侦探需要询问每一个当事人的不在场证明，反复推理找出其中的破绽和谎言，排除一切不可能的同时努力找出一丝极微小的可能性，等等，这正是一部侦探小说的“重头戏”及精彩与否之关键，所谓“侦探之事，莫要于审查”①，或者如俞天愤在小说中借侦探人物之口所说：“余辈业侦探，事无巨细，以侦探眼光视之，无一不在侦查之列。”② 但在公案小说中，案件的侦破过程却显得并不那么重要。管达如就曾比较分析过侦探小说与传统中国小说之间的差别：“中国人之作小说也，有一大病焉，曰不合情理。其中所叙之事，读之未尝不新奇可喜，而案之实际，则无一能合者。不独说鬼谈神处为然，即叙述人事处，亦强半如是也。侦探小说，为心思最细密，又须处处案切实际之作，其不能出现于中国，无足怪矣。”③ 甚至在成之看来，侦探小说是医治传统公案小说的一剂“良药”：“此真中国小说之大病也。欲药此病，莫如进之以侦探小说。盖侦探小说，事事须著实，处处须周密，断不容向壁虚造也（如述暗杀案，凶手如何杀人，尸体情形如何，皆须合于情理，不能向壁虚造。侦探后来破获此案，亦须专恃人事，不能如《西游记》到无可如何时，即请出如来观音来解难也）。”④ 其实是朴素却准确地道出了侦探小说对于破案过程的强调，而不能在小说结尾处通过“机械降神”等手段来解决问题。

成之的观点虽有站在侦探小说立场上为之说话的嫌疑，但他也确实在一定程度上指出了传统中国小说与西方侦探小说之间的差别。

---

① ［法］哈华德：《剑术家被杀案》，杨心一译，载《海谟侦探案》，上海群学书社1915年版，第12页。

② 俞天愤：《空中飞土》，《小说丛报》第三卷第八期，1917年3月10日。

③ 管达如：《说小说》，《小说月报》第三卷第七期，1912年。

④ 成之：《小说丛话》，《中华小说界》第一卷第五期，1914年。

在中国公案小说中，清官可以较为“草率”地借助托梦、占卜、祷告神明、阴风引路等方式来获得关键性线索，民间甚至赋予了包公“日间断人，夜间断鬼”的神化倾向，最后以至于出现了“案不破，鬼相助”的流行说法①。关于《包公案》中的“鬼神断案”，鲁迅曾在《中国小说史略》中作过统计：“明人又作短书十卷曰《龙图公

① 关于《包公案》中借助鬼神破案可举几例，予以说明。如书中第四回“陈月英含舌诉冤屈，朱弘史语塞露劣迹”中写冤魂托梦：“包公准状。次日，夜阁各犯罪案，至强奸杀命一案，不觉精神疲倦，朦胧睡去，忽梦见一女子似有诉冤之状。包公道：‘你有冤只管诉来。’其妇未言所以，口吟数句而去道：‘一史立口阝人士，八厶还夸一了居。舌尖留口含幽怨，蜘蛛横死恨方除’。时包公醒来，甚是疑惑，又见一大蜘蛛，口开舌断，死于卷上。包公辗转寻思，莫得其解。复自想道：陈氏的冤，非姓史者即姓朱也。”

又如书中第二十八回“陈军人新婚被捕杀，刘悖娘怀恨守节操”写神风引路：“包公想道：既谋死人，需得尸首为证，彼方肯服；若无此对证，怎得明白？正在疑惑间，忽案前一阵狂风过，包公见风起得怪异，遂喝一声道：‘若是冤枉，可随公牌去。’道罢，那阵风从包公座前复绕三回，那值堂公牌是张龙、赵虎，即随风出城二十里，直旋入瓦窑里而没。张龙、赵虎入窑中看时，有一男子尸首，面色未变，乃回报包公。包公令人抬得入衙来，令悖娘认之。悖娘一见认得是丈夫尸首，痛哭起来。验身上伤痕，乃是被黄宽捉去打死之伤。”

又如第三十三回“丁千万谋财焚尸骨，乌盆子含冤赴公堂”写了死者骨灰化作乌盆子申冤的故事：凶手丁千、丁万兄弟“将李浩打死，扛抬尸首入窑门，将火烧化。夜后，取出灰骨来捣碎，和为泥土，烧得瓦盆出来”。“后定州有一王老，买得这乌盆子将盛尿用之。忽一夜起来小解，不觉盆子叫屈道：‘我是扬州客人，你如何向我口中小便？’王老大惊，遂点起灯来问道：‘这盆子，你若果是冤枉，请分明说来，我与你伸雪。’乌盆遂答道：‘我是扬州人姓李名浩，因去定州买卖，醉倒路途，被贼人丁千、丁万夺了黄金百两，并了性命，烧成骨灰，和为泥土，做成这盆子。有此冤枉，望将我去见包太守。’王老听罢悚然，过了一夜。次日，遂将这盆子去府衙首告。”

又如第七十一回“有钱人能使鬼推磨，注禄官可教人积善”是关于包公阴间断狱的故事：张待诏本是痴呆汉子，不十分爱钱，却累积下家产百万；李博士乖巧伶俐，却偏偏没钱用，李博士遂郁病身亡，将钱神告在包公下。

又如第三十八回“何岳丈具状告异事，玉面猫捉怪救君臣”则写出现了五个老鼠精，分别变作秀才施俊、王丞相、宋仁宗、国母、包拯，导致小说中出现两个王丞相、两个施秀才、两个国母、两个仁宗、两个包大人……后包大人躺在床上五日，灵魂出窍，到西方世尊处请得玉面猫，才消灭了五鼠。这既是后来《三侠五义》中玉猫展昭与五鼠的故事雏形，但实际上也已经很接近《西游记》等一类的神魔小说了。此外，第四十五回“曹国舅害民被正法，包文正迅雷沛甘霖”、第四十八回“张兄弟误认无头尸，两客商匿妇建康城”、第五十回“积善家偏出不孝子，恶奴才反累贤主人”、第五十六回“孙生员饱学不登第、主试官昏庸屈英才”、第五十七回“小卒子劫营放大火、游纵兵侵功杀边民”、第七十三回“刘仙英私奔缘做戏，杨善甫受诬因宿好”等篇目中皆存在鬼神托梦、神风引路、夜间断鬼等“幻想性”情节。

案》，亦名《包公案》，记拯借私访梦兆鬼语等以断奇案六十三事，然文章甚拙，盖近识文字者所为。后又演为大部，仍称《龙图公案》，则组织加密，首尾通连，即为《三侠五义》蓝本矣。”[①] 鲁迅整理、统计出《包公案》中涉及鬼神的故事共有六十三则之多。而这些“神鬼莫测”的、“非科学”的查案手法则是极度讲求科学与逻辑的侦探小说所不能容忍的。[②]

此外，公案小说中“清官”审案的过程也通常会显得比较简单、“粗暴”。如前文所述，清官和昏官、贪官审案的方式很多时候竟然是一样的，都是动用刑罚，打板子和上夹板是大家最常用的手段。昏官、贪官与清官都相信只有依靠严刑逼供才能把案情查得“水落石出”，只不过公案小说里昏官、贪官每次都打错人，并最终导致屈打成招；而清官每次打的恰好都是真凶，并且一直把真凶打到“如实招来”为止。这种巧合又反过来印证了“清官”在小说开场时的“料事如神”。但这些审讯手段对于手里并不握有杀伐决断之特权，同时又必须顾及犯罪嫌疑人尊严与人权的私家侦探们[③]来说，则是完全不可想象的。

在公案小说中，虽然“清官”一般不重视查案的科学性与严密性，审案时也多是以打板子等刑罚手段来逼人招供[④]。但也正由于

---

① 鲁迅：《中国小说史略·清之侠义小说及公案》，中国和平出版社 2014 年版，第 228 页。

② 程盘铭在《侦探小说的七要素》中曾介绍说：“在侦查破案方法方面，伦敦‘侦探俱乐部’也有几个限制，不得使用：启示语录、女性直觉、偶像迷信、诡计欺骗、偶然巧合或上帝行为。”（参见《啄木鸟》1999 年第 5 期）

③ 此处主要指世界早期侦探小说而言，世界早期侦探小说中的侦探多为国家权力机关之外的“私家侦探”，如杜邦、福尔摩斯或者波洛等。但后来的侦探小说也发展出了警察侦探、法官侦探，甚至检察官侦探等人物形象与小说“子类型”，情况变得更加复杂。

④ 当然，在一百篇《包公案》中，也不乏个别运用逻辑推理、化验、验尸或者审问技巧来破案的例子。比如第十四回“淫妇人插钉杀亲夫，陈土工验尸问杨氏”中，包公通过二度开棺验尸发现杀人手法与真相；第二十四回“陈顺娥节烈失首级，章氏女献头全孝悌”是通过头颅的腐烂状态与时间判断儿子交上来的是近日刚杀的，（转下页）

此，查案与审案环节的淡化反而使清官判案的过程被凸显了出来，比如在明代公案小说中出现了大量判词文体的植入和融合，就是这方面最好的力证。而在案件真相揭晓之后，如何量刑裁判对于侦探小说而言却显得无关紧要，很多时候甚至可以直接略去不写。借用吉尔伯特的说法，即“中国犯罪小说强调‘罪犯如何受到惩罚’，这与西方侦探小说的力图发现‘谁是罪犯’形成明显对比”①。

在案情结果大白于天下，真凶伏法之后，侦探小说中的其他当事人和小说读者则往往会有一种“恍然大悟”的感觉，而公案小说中每每写到最后，却多是以百姓“人皆称快”而告终。再次以小说集《包公案》中几个故事的结尾为例：

> 包公判讫。百姓闻之，莫不心悦诚服。②
>
> 包公将冯仁家产入官，判断冯仁抵命。自此韩氏之冤得申，远近快之。③

（接上页）而非腐臭的头颅；第五十一回“三官人殒命落水中，船艄公催客唤娘子”中，包公找到了犯罪嫌疑人供词中的逻辑漏洞，“‘周义命汝去催赵信，该叫三官人，缘何便叫三娘子？汝必知赵信已死了，故只叫其妻！’张潮闻此话，愕然失对”；第六十三回“富家子恃财污曾氏，山窠中遗帕留贼名”中，包公则使用了单独审问的技巧，让罪犯自己主动招供，具体而言，是包公审主犯时故意让从犯远远看见，审从犯时故意让主犯远远看见。然后对主犯诈称从犯已经招供，对从犯诈称主犯已经招供。从而骗得犯人最后从实招来，颇有些运用审问技巧来制造出“囚徒困境”的雏形；第六十八回“大白鹅独处为毛湿，青色粪作断因饲草”，包公更是通过对鹅粪的检验判断出“你家住在城中，养鹅必是粟谷；他居住城外，放在田间，所食皆是草菜。鹅食粟谷，撒粪必黄；如食草菜，撒粪必青。今粪皆青，你如何混争？”颇有些现代科学化验的意味……只是这样依靠理性破案的例子在整本《包公案》中实在是微乎其微，仅有上述不成熟的几例而已。

① 吉尔伯特：《〈九命奇冤〉中的时间：西方影响和本国传统》，载［捷克］米列娜编《从传统到现代：19至20世纪转折时期的中国小说》，伍晓明译，北京大学出版社1991年版，第129页。吉尔伯特，即Gilbert Chee Fun Fong，方梓勋，香港学者。

② 《包公案》第七回“游子华酗酒逼死妾，方春莲私奔沦为娼”，载王艳军主编《中国公案小说》（第一卷），线装书局2014年版，第25页。

③ 《包公案》第十一回“吴员城偷鞋谋人妻，韩兰英知情自缢死”，载王艳军主编《中国公案小说》（第一卷），线装书局2014年版，第35页。

包公便将二人判刑，追还义仓原谷，并追还蒋钦之谷，人共称快。①

差张龙、赵虎往京城西华门速拿王婆到来，先打一百，然后拷问，从直招了，押往法场处斩，人人痛快。②

敕旨到日，包公依拟判讫。自是势宦皆为心寒。③

包公叠成文卷，问李宾处决；配村妇于远方，念六之冤方申。闻者无不快心。④

包公即差人押二人去，还将所有家财产业，各分一半。众人闻之，无不称快。⑤

包公取了供词，即将郑正依拟因奸致死一命，即赴法场处决，士论帖服。⑥

包公遂问仙英背夫逃走，当官发卖；唐子良不合私纳淫奔，杨善甫亦不合淫好少妇，杨廷诏诸人等俱拟徒罪；于庆塘诬告反坐，重加罚赎，以儆将来；人人快服。⑦

仅上述所引《包公案》的篇目中，就有多个故事都是以“百姓称快”“士论帖服”“势宦皆为心寒”等来作为小说结尾，让百姓感

① 《包公案》第十六回“两光棍撮谷屡得手，一靛子作记追贼身”，载王艳军主编《中国公案小说》（第一卷），线装书局2014年版，第46页。

② 《包公案》第十七回“彭监生丢妻做裁缝，王明一知情放生路”，载王艳军主编《中国公案小说》（第一卷），线装书局2014年版，第49页。

③ 《包公案》第十八回“孙氏子下毒害张虚，谢厨子招认求宽恕”，载王艳军主编《中国公案小说》（第一卷），线装书局2014年版，第51页。

④ 《包公案》第三十四回“王三郎殒妻捉念六，真凶犯现身凭绣履”，载王艳军主编《中国公案小说》（第一卷），线装书局2014年版，第87页。

⑤ 《包公案》第三十五回“石哑子献棒为家产，胞兄长辩白翻供词”，载王艳军主编《中国公案小说》（第一卷），线装书局2014年版，第88页。

⑥ 《包公案》第三十九回“尹贞娘题联考新夫，查雅士愧赧失佳偶”，载王艳军主编《中国公案小说》（第一卷），线装书局2014年版，第97页。

⑦ 《包公案》第七十三回“刘仙英私奔缘做戏，杨善甫受诬因宿好”，载王艳军主编《中国公案小说》（第一卷），线装书局2014年版，第177页。

受到快意恩仇、善恶有报似乎是公案小说判案结果所引发的主要情感效果。这也反过来说明了公案小说破解案件不在于突出案件的复杂性和破解手法的玄妙，而更多地看重在案件审理判决过程中公理的昭示与正义的伸张。①

第三，助手与对手之差异。

在公案小说与侦探小说中，除了清官或者侦探之外，他们的助手与对手也是很值得注意和分析的人物形象。公案小说中清官的助手早期是官府衙役，后来发展到了侠义公案小说时则演变成了武功高强的侠客。我们仍以《包公案》为例来看，小说中出现的包公的助手多是一些不知名的衙役差人，偶尔出现姓名，有时候是张龙、赵虎，有时候甚至用《水浒传》中的董超、薛霸来随意指代了事。有趣且吊诡之处在于，董超、薛霸在《水浒传》中是构陷林冲、卢俊义的恶吏，在《包公案》里却成了包公的助手。可见当时作者对于清官的助手这一角色并不重视，只是作为招之即来挥之即去的串场龙套与姓名符号而已。

到了《三侠五义》之中，包公的助手虽然变成了江湖上有名有姓的侠客，但他们与清官之间的关系仍是主仆关系，是头脑与手脚之间的关系，一切思考和判断都由清官来完成，而侠客们则主要起到跑腿送信、梁上偷听或者抓捕犯人的行动功能。恰如鲁迅在《中国小说史略·清之侠义小说及公案》中所说："凡此流著作，虽意在叙勇侠之士，游行村市，安良除暴，为国立功，而必以一名臣大吏

---

① 也正是源于此，王德威在论述晚清侠义公案小说时，才会认为其"已暗暗重塑传统对法律正义（legal justice）与诗学正义（poetic justice）的论述"，并提出侠义公案小说等四个文类"其实已经预告了20世纪中国'正宗'现代文学的四个方向：对欲望、正义、价值、知识范畴的批判性思考，以及对如何叙述欲望、正义、价值、知识的形式性琢磨"。其中侠义公案小说主要针对"正义"这一个方面（参见王德威《被压抑的现代性——晚清小说新论》，宋伟杰译，北京大学出版社2005年版，第13、55页）。

为中枢，以总领一切豪俊，其在《三侠五义》者曰包拯。”[①] 这里的侠客，早已不是司马迁《史记》中所赞颂的那种“任侠”与“游侠”的精神风貌，他们身上所剩下的更多是一种“遵清官之命”或“任清官驱使”的武功高手而已。再度引用鲁迅的说法就是：“故凡侠义小说中之英雄，在民间每极粗豪，大有绿林结习，而终必为一大僚隶卒，供使令奔走以为宠荣，此盖非心悦诚服，乐为臣仆之时不办也。”[②]

相比较而言，侦探小说中侦探的助手通常需要具有以下几个特点：

（1）拥有正直的人品和理性的思考；

（2）有一定头脑，但绝对不如主角侦探（可以反衬出侦探更厉害）；

（3）拥有一定社会地位和公信力（因为侦探多为私人身份，且多半被设定为性格古怪，人际交往能力差，不受大家欢迎，所以拥有公信力的助手往往可以促成查案的进行）；

（4）最好可以掌握某些在破案时实用性很强的特殊知识。

综合以上所概括出的几个侦探助手所需的特点，很多侦探小说中都会安排一名医生作为侦探的助手。一方面医生在西方社会往往拥有着良好的社会地位和人品认可度，另一方面医生的随行能够保证在第一时间验尸，并判断出可靠的死亡时间与死亡原因，或者还能够对伤者进行及时的救治。这既增强了侦探小说的说服力和可信度，也能够有效推进侦探小说的情节发展。比如福尔摩斯的助手华生医生，或者是《东方快车谋杀案》《尼罗河上的惨案》等小说中协助侦探波洛查案的助手中也都有医生这个角色身份。

---

① 鲁迅：《中国小说史略·清之侠义小说及公案》，中国和平出版社 2014 年版，第 228 页。

② 鲁迅：《中国小说史略·清之侠义小说及公案》，中国和平出版社 2014 年版，第 235 页。

不同于公案小说中清官与侠客之间仅仅是主仆关系，在侦探小说之中，侦探与其助手之间往往是主从关系，甚至互补关系。有时候助手还能够起到提供观察视角和故事知情人、讲述人的叙事性功能。比如“福尔摩斯探案”系列小说绝大部分就是通过助手华生的视角来观察并讲述整个故事的，而这也成为后世诸多侦探小说纷纷效法的一个经典叙事模式与小说类型传统。

最后，再来分析下作为清官或侦探的对手。公案小说中清官所面对的最大敌人，往往是那些贪赃枉法，甚至草菅人命的皇亲国戚。而清官与这些豪强对手之间的较量更多是正邪的对决与勇气的比拼，清与贪、忠与奸往往是构成公案小说中的主要情节矛盾。比如《包公案》中包公甚至可以不顾皇帝的说情而铡死曹国舅，其所需要的品质是不徇私情的正直和不畏皇权的胆量。而在侦探小说中，侦探们的头号敌人往往是那些神秘残忍的凶手，或者智力高超的犯罪设计者，比如福尔摩斯的头号对手是被称为“犯罪界的拿破仑”[①] 的莫里亚蒂教授，或者东野圭吾小说《嫌疑犯 X 的现身》中侦探汤川学的对手则是拥有超级冷静头脑的数学老师石神哲哉。设谜与解谜的博弈过程，以及蕴藏在其中的智力较量，才是决定一部侦探小说成功与否的关键性部分。从这个角度来看，台湾作家馀生将自己所写的“福尔摩斯来台湾”题材的侦探小说取名为《智斗》，可以说深得侦探小说这一小说类型之三昧。

二　公案小说与侦探小说形式之差异：叙事方式的不同与类型化特征

除了主要人物与情节模式等内容层面的不同之外，叙事方式等形式上的差别或许更能体现出公案小说与侦探小说之间的不同。正

---

① ［英］阿瑟·柯南·道尔：《福尔摩斯探案全集·回忆录·最后一案》，王逢振、许德金译，中央编译出版社 2013 年版，第 332 页。

如周作人所说：“新小说与旧小说的区别，思想固然重要，形式也甚重要。”① 在叙事方式上，公案小说往往采用全知的叙事视角，按时间先后顺序讲述整个案件发生与审理的过程；侦探小说则大多是采用第一、第三人称的限制性视角，同时普遍采用倒叙结构。探究这两类小说在叙事方式上产生差异的原因，则是和其最初不同的起源与发展环境密切相关。此外，侦探小说具备一套独特的作为类型文学的叙事规律，这也是其区别于其他小说的最核心要素，相比之下，公案小说则由于缺乏独有的一套“类型语法”②，因而并非是严格意义上的类型小说。

第一，全知视角与限制性视角。

在叙事视角方面，我们可以通过比较不同人物视角对于整个案情真相所知道的信息多寡来厘清公案小说与侦探小说之间的差异：

公案小说中：读者视角>罪犯视角>清官视角

侦探小说中：罪犯视角>侦探视角>读者视角

从上述比较中我们不难发现，在公案小说中读者所知道的信息往往是最多的，很多时候读者甚至是全知的，他们对于谁是真正的罪犯及他的整个犯案过程了如指掌。公案小说在这个意义上可以被理解为在读者全知的上帝视角下，看清官如何一步步查明罪犯身份与犯罪真相的过程。读者在三者之中处于最高位置，拥有着知晓一切的特权。清官在查案印证自己最初判断的同时也是在“复述”或是“落实”读者对于案情的认知或已知。在公案小说中，罪犯是胆战心惊的、清官是料事如神的，而读者却是无所不知的。整个公案故事在这种叙事模式下变得更加易于掌控和把握，读者也因为“已知”而拥有了更多阅读上的安全感与自信心。阅读公案小说的过程在这个意义上变成了一个阅读主体自我确认与确信的过程，但他也

① 周作人：《日本近三十年小说之发达》，《新青年》第五卷第一期，1918年。

② 关于“类型语法”的概念，参见葛红兵《小说类型学的基本理论问题》，上海大学出版社2012年版。

因此缺少了一些阅读“冒险”的乐趣与“峰回路转”“心惊肉跳”的快感。

当然，从历史渊源与社会文化的角度来看待公案小说中的全知视角，我们会对其产生的原因形成更进一步的认识：公案小说起源于宋代说话中的“说公案”，而这种“说话”的传统则直接影响到了公案小说全知视角的普遍使用。因为在最初的“说公案”中，故事的传递和表达是以一种口耳相传的方式，而非文字的书面阅读来进行。因此“说书人”或者故事的讲述者为了使故事能够被顺利讲述，必须要将自己置于一个无所不知的上帝视角之中，这样他才可以更加优游自如地进出于故事内外，同时这也有助于说书人在故事讲述过程中随时与场下听众形成良好的互动。或者我们可以粗略地将公案小说的叙事视角概括为“说书人直接给听众们讲故事”，而侦探小说（尤其是以“福尔摩斯探案”系列为代表的世界早期侦探小说）的叙事视角则是“以拟第三人（华生）的视角来讲述福尔摩斯与华生一起探案的故事”，这种小说诞生之初场景的不同最终导致了两类小说叙事视角选取上的差别。

第二，顺叙结构与倒叙结构。

在叙事时间方面，公案小说往往按照时间顺序进行叙事，先完整交代作案过程，然后以“报案”引出小说主人公“清官”登场，再进行“查案—审案—判案”的逐步叙事。但由于前面作案过程已经交代清楚，再次详述查案过程无疑会显得重复和累赘，所以这种顺叙的方式也就决定了公案小说势必会削弱“查案”和“破案”环节，以减少对于读者已知案情的“二度叙述”，由此与侦探小说在主体内容侧重方面产生了很大的差别。相比之下，侦探小说普遍采用倒叙手法，小说一般从案发写起，以一具突然出现的尸体将整个小说的悬疑感在小说开头即推至高峰，然后重点描写案件侦破过程，逐步逼近并努力还原事实真相，最后再通过侦探之口回过头来补叙出凶手的整个作案过程。

当然，公案小说中偶尔也会采用补叙手法，比如《三现身包龙图断冤》《简帖僧巧骗皇甫妻》《十五贯戏言巧成祸》等几篇公案小说中都在小说最后用到了补叙手法。但相比于公案小说作为一种小说类型整体而言，使用补叙手法的公案小说毕竟还是极少数，并且这几篇公案小说对于补叙手法使用的幅度也都还相当有限。如《十五贯戏言巧成祸》中，小说还是按照公案小说的常规写法，顺叙了“案发—报案—破案”的整个过程，只是在小说结尾处补叙了一点多年以后被害人的妻子所改嫁的山大王醉酒后说出自己竟然就是当年杀死其丈夫的凶手，仅此而已。同时我们也不难发现这种补叙之中更多是中国古代小说“无巧不成书”的叙事观念在作祟，在小说结尾处补上几笔，只是为了增加故事的巧合性与离奇性，并非是一种必不可少的小说叙事结构性表达。而与此同时，小说中最为重要且核心的主体部分，则仍然以顺叙的方式按照时间发展先后来依次进行呈现。

第三，“类型化”叙事结构与关于一种题材的小说。

进一步来说，以“一具突然出现的尸体”或一桩出人意料的案件为叙事起点①，再借助侦探的查案逐步廓清事件背后的真相，已经成为世界早期侦探小说得以成为一门类型文学的最主要标志和创作特征。相比较而言，公案小说则缺乏这一独特的“类型化”模式。关于这一点，从学者们对于公案小说的定义即可看出一些端倪：孟犁野认为“凡以广义性的散文，形象地叙写政治、刑民案件和官吏折狱断案的故事，其中有人物、有情节，结构较为完整的作品，均应划入‘公案小说’之列”②；黄柏岩则更为明确地提出公案小说“是中国古代小说的一种题材分类”③；曹亦冰在《侠义公案小说简史》中认为“公案小说是以公案事件为题材，并理应包括作案、报

---

①　该说法参见陈国伟《越境与译径：当代台湾推理小说的身体翻译与跨国生成》，台北：联合文学2013年版。

②　孟犁野：《公案小说艺术发展史》，警官教育出版社1996年版，第4页。

③　黄柏岩：《中国公案小说史》，辽宁人民出版社1991年版，第1页。

案、审案（侦破）、判案等几个环节"①；类似的，竺洪波在《公案小说与法制意识——对公案小说的文化思考》一文中也认为："所谓'公案小说'，就是讲官吏断狱审案的故事。"② 杨绪容更是从题材角度入手，对公案小说的内涵和外延进行了一番"辨体"，指出"现代意义上的'公案小说'是由题材分类而有别于历史小说、英雄传奇、神魔小说、世情小说及西方侦探小说而出现的一个通俗小说的题材概念，它是描写官府断案故事的小说。"③

从上面几位学者对于公案小说的定义来看，他们较为一致地认为公案小说是关于某种题材的小说，而这种题材具体而言当然就是与刑事犯罪和公案诉讼相关的题材。相比之下，侦探小说则更多的是指一种小说类型。在侦探小说类型划分的过程中，既要包括写作题材的选取，也应包括该类型小说自身所特有的写作方式和写作规律。换句话说，公案小说的定义更多的还是关于"写什么"的问题，而侦探小说的定义中则不仅包括"写什么"，还要包括"怎么写"的问题。一言以蔽之，公案小说指的是关于某一类题材的小说的界定，侦探小说则是对小说类型的某种划分。

如果进一步将中国古代其他小说也一并纳入本书的观察视野之中，我们会发现公案小说的叙事方式与情节模式并非其所独有。相反，公案小说与中国古代其他小说在叙事方式与情节模式上具有某种相近性，即公案小说在一定程度上缺乏自身独特的叙事规律与"类型语法"。

本节尝试提炼出了一个关于中国古代小说中常见的情节模式，具体如表 2-1 所示：

---

① 曹亦冰：《侠义公案小说简史》，山西人民出版社 2005 年版，第 38 页。

② 竺洪波：《公案小说与法制意识——对公案小说的文化思考》，《明清小说研究》1996 年第 3 期。

③ 杨绪容：《"公案"辨体》，《上海大学学报》（社会科学版）2008 年第 15 卷第 4 期。

表 2-1　　中国古代小说情节模式举例

情节单元序列	内容
情节单元一	风尘女子救下落魄秀才
情节单元二	二人彼此相爱
情节单元三	秀才因故远行（科举或者游玩）
情节单元四	秀才遇到豪门千金而变心
情节单元五	?

在这样一个中国古代小说极为常见的情节模式链条当中，第五个情节单元可能有如下的几种走向：

（1）此时突然出现一个黄衫豪客，为风尘女子打抱不平；

（2）风尘女子伤心欲绝，一怒之下将自己所有珠宝首饰沉入河底；

（3）风尘女子与秀才发生口角争执，二人拉扯之下，秀才失手将女子打死，后女子冤魂向包大人申冤。

让我们分别来看以上三种小说的结局走向，第一种是唐传奇《霍小玉传》的结局，而《霍小玉传》中的黄衫豪客形象也常被视为中国武侠小说中侠客形象的滥觞之一；第二种是明代白话小说《杜十娘怒沉百宝箱》的结局，属于才子佳人型小说；第三种则是《包公案》中常见的故事模式，是典型的公案小说。

从上面的例子中我们可以看到，在前面同样的情节模式之下，只是因为结尾一部分内容所涉及的题材不同（具体来说就是侠客登场、美妇人登场还是包大人登场），就决定了整个小说最后所归属类别的不同。反过来说，中国古代公案小说与中国古代其他小说除了所涉及题材的不同外，在情节模式上并没有更多自身独有的特点。即中国古代公案小说与中国古代其他题材小说情节模式上具有某种相近性——即它们都是采取同样的讲故事的方法，只不过所讲述的故事内容不同罢了。相比较而言，西方侦探小说则有着明显的自身所独有的情节模式和叙事特点，同样是发生在英国乡间庄园里的故事，我们很容易区别出阿加莎·克里斯蒂和简·奥斯汀作品之间的差别。当然其差别绝不仅仅在于山庄里是否发生了杀人案件这么简单，而更多的是存在于写作方式、悬疑营造、故事推进动力及小说审美趣味等更为深层的叙事内核之中。

当我们把中国古代公案小说进行更细微的类别划分时，所依照的仍然往往是案件类别的不同。让我们以一些关于"三言二拍"中公案小说的研究文章为例：比如何佳在论文《三言二拍中的公案小说》一文中统计出"三言二拍"中共有公案小说43篇，并将其按照"私情公案8篇，奸情公案11篇，家庭纠纷公案6篇，谋财公案12篇，徇私枉法公案2篇，其他4篇"等不同涉案类别，将这些公案小说做了更为细致的分类①。又如郑慧英的《论"三言"公案小说》一文中则将"三言"中的公案小说分为"男女情感类""谋财贪色类"和"冤仇相报类"三种②。我们可以看到，这些对于公案小说内部的分类仍旧是从题材出发，即以案件题材的分类来完成对于公案小说的进一步细分。而这些分属于不同案件题材的公案小说，彼此间在写作方式和叙事模式上几乎是没有差别的。但相比之下，对侦探小说进行进一步类型细分所得出的诸如"密室杀人""暴风雪山庄""叙述性诡计"等更为细致的"子类型"小说，则都有着彼此独特且自成一体的叙事模式和审美趣味。

由此，我们可以得出如下结论：相比于西方现代侦探小说作为一种小说类型，在其发展到一定阶段后，出现了更为细分且具有自己独立类型写作规律的"子类型"小说③；中国古代公案小说则是关于某一类冤狱诉讼题材的小说界定，而在更细致的分类上，公案小说仍多以题材（案件类别）为标准，而这些涉及不同案件题材的

---

① 参见何佳《三言二拍中的公案小说》，硕士学位论文，湘潭大学，2007年。

② 参见郑慧英《论"三言"公案小说》，硕士学位论文，渤海大学，2013年。

③ 关于侦探小说的类型与子类型特征，本书在第九章第一节中会有进一步的详细论述，此处不赘言。

公案小说在写作方式上是普遍相近的，其彼此间唯一的区别可能仅仅是案件类别的不同而已。

第四，叙事复杂程度的不同。

此外，在小说叙事的复杂程度上，公案小说由于在情节上少有悬疑和反转，对于破案过程也多是粗线条勾勒情节线索，所以叙事上普遍显得比较简单。也正是与此相关，中国古代公案小说少有独立而完整的长篇故事，绝大多数公案小说在体制上都是短篇，至多是由几个短篇连缀而成的集锦式“长篇”而已。即便是一些故事相对复杂的公案小说，也仍是以情节的单线叙事推进为主，其所谓“复杂”不过是情节上不断被延续和拉长。如《一文钱巧隙造奇冤》中，整个故事看上去很复杂，先后有十三条人命因为一文钱而丧命，但是把整个故事拆解开来，无非是“妻子自杀案”—“小伙计失手误杀案”—“两家争地案”等三个案子被线性串联在一起，故事的确更长了，但叙事上其实并不算复杂，三个故事彼此间的关联也很微弱——更多仍只是一种内容上的情节相关（关联物为“尸体”），而非真正结构意义上的内在关联。此外，公案小说中偶尔也会使用双线结构，常见的比如以“花开两朵，各表一枝”为提示语，但这种双线结构已经是中国古代公案小说在叙事复杂性方面所能达到的极限了。至于侦探小说，由于倒叙结构和限制性叙事视角的使用，其所能包含的叙事复杂性大大提高，多人称、多视角拼贴性叙事的复杂技巧更是令传统公案小说“望洋兴叹”。但一般而言，常见的长篇侦探小说也不过十几二十万字，极少见到五六十万字的“鸿篇巨制”，更不用说百万字的“皇皇巨著”①。这可能和侦探小说注重阅读过程中紧张气氛和悬疑效果的营造有关，毕竟太长的篇幅是不利

① 本书中关于侦探小说鲜有“长篇”的论断主要是针对世界早期侦探小说创作而言，而在后来的侦探小说发展史中，也曾出现过“鸿篇巨制”，比如意大利作家翁贝托·埃柯的“玄学侦探小说”《玫瑰的名字》，或者是日本作家宫部美雪的社会派推理小说《模仿犯》，中国作家冶文彪的《清明上河图密码》等。

于读者保持阅读时的紧张感的。即便是偶然见到长篇侦探小说，其大多也可以拆解为几个独立破案故事的连缀与组合。比如在早期的《福尔摩斯探案故事》中被认为是长篇（其实际篇幅现在看来至多不过算是中篇）的《血字的研究》《四签名》《恐怖谷》等作品，其实只不过是一个短篇侦探小说和一个作为“前史”的短篇冒险小说的简单组合。直到《巴斯克维尔猎犬》，“福尔摩斯故事”才算有了真正结构意义上的长篇小说。[①]

三　公案小说与侦探小说创作意图之差异：教化读者与娱乐大众

前文中已经分析过，公案小说注重判案的公正，侦探小说则重视查案的悬疑。这背后更深一层的原因在于两类小说创作目的的不同：公案小说的目的在于讲清楚一个故事，以求教化读者引以为戒，警醒读者不要作奸犯科；而侦探小说的目的则是要通过悬疑铺设与谜题解答来提升阅读快感，以求在智力上娱乐读者。简言之，从创作目的上说，公案小说意图在道德上教化读者，侦探小说追求从智力上娱乐大众。或者从这个层面上我们可以进一步将其概括为，公案小说是德性的，侦探小说是智性的。

第一，“清官”形象出现的原因及其文化意义。

公案小说所主要塑造的主人公是一名秉公断案的清官，而清官形象正是公案小说创作中道德和公理期望的最集中体现。进一步来看，公案小说中运用法制文化、礼教规训、刑罚惩治，或者是利用民间因果报应来彰显天网恢恢、惩恶扬善与“善恶到头终有报”等朴素观念，最终目的都无外乎是要维护法律道德秩序与社会的稳定，进而强化统治阶级在位的合法性。这与世界早期侦探小说中的侦探身份有着决然的不同，我们甚至可以认为公案小说所要塑造的核心人物是“官”，是百姓对于“朝廷做主”的期待和意淫；而侦探小

---

① 可参见［英］朱利安·西蒙斯《血腥的谋杀——西方侦探小说史》，崔萍、刘怡菲、刘臻译，新星出版社 2011 年版。

说所要塑造的核心人物是“人”，是现代西方社会“人的发现”以来，人们对于智慧、理性、科学等理想型人格品质的向往和追求。

公案小说作者与读者脑海中根深蒂固的清官意识当然和中国古代社会普遍缺乏现代法制观念密不可分，但也不能就此简单的一概而论。鲁迅在《中国小说史略·清之侠义小说及公案》中认为：“惟细民所嗜，则仍在《三国》《水浒》。时势屡更，人情日异于昔，久亦稍厌，渐生别流，虽故发源于前数书，而精神或至正反，大旨在揄扬勇侠，赞美粗豪，然又必不背于忠义。其所以然者，即一缘文人或有憾于《红楼》，其代表为《儿女英雄传》；一缘民心已不通于《水浒》，其代表为《三侠五义》。”[①] 概括来说，即鲁迅认为《三侠五义》等侠义公案小说的出现是一种对《水浒传》的继承与反拨，这是非常深刻的文学史洞见。武润婷在《试论侠义公案小说的形成和演变》一文中对此有着更为详细的阐释。武润婷在文中认为，在《水浒传》风靡之后，一方面广大民众对于水浒英雄纷纷惨死的遭际感到不满，另一方面官方当局也不愿意看到这种草莽英雄保国安民的故事。所以最后经过长时间的演变和发展，最终形成了“清官+侠客”的组合模式。在清官带领下的侠客，既能够充分体现统治阶级的权力意志，又可以满足广大读者的追求惩恶扬善、伸张正义的阅读心理，如此，侠义公案小说最终诞生了。[②] 我们在尝试分析和解读公案小说中的清官形象时，也可以采用与之相类似的理解方式。从当时的社会文化和时代背景来看，清官形象的塑造，既符合统治者维护自身统治地位的目的，也符合知识分子群体通过科举做官，建功立业，造福于民的想象，更符合老百姓渴望有人主持正义、为民做主的心理。可以说同时满足了不同阶层人们的需求与期

---

① 鲁迅：《中国小说史略·清之侠义小说及公案》，中国和平出版社 2014 年版，第 225 页。

② 参见武润婷《试论侠义公案小说的形成和演变》，《山东大学学报》（哲学社会科学版）2000 年第 1 期。

待，可谓是“一举三得”。而时至今日，当代中国人心中仍不脱这种“清官情结”，比如在当红电视剧《人民的名义》中，陆毅所饰演的反贪局代局长侯亮平能在广大观众心里唤起强烈的认同和回响，整部剧也都赢得了相当的收视率与不错的口碑，就是最好的明证。

从另外一个角度来讲，被赋予了道德要求与束缚的“清官”也因此而显得形象相对单一化与扁平化，无论是包公还是海公，其给人的形象认知都大同小异。而各公案小说集中存在大量彼此间相互抄袭的现象[①]，也与此有着一定的关系。正是因为包公的形象和海公的形象之间并没有什么大的区别，所以将包公审案的故事移花接木到海公头上也似乎就更为方便且顺理成章。

当然，公案小说对于清官的道德要求与倾斜还体现在很多方面，比如本书前文中提到的小说利用鬼神协助清官破案就是一例。竺洪波教授就曾提出“这些神奇怪诞的描写其实也是作家对清官的一种道德倾斜，试图通过赋予他们超凡的智慧和神灵的凭附，以达到歌颂清官、赞美清官的目的”。[②] 既然神鬼都愿意来帮助清官，那么可见“冥冥之中自有公道”，这是中国古代公案小说背后普遍隐藏着的一条重要的伦理价值观原则。

第二，“判词文体”的引入与“倒数第二章挑战读者”。

公案小说和侦探小说不同的创作目的也时时渗透于其情节内容之中，其中最明显的部分体现在两类小说中的“倒数第二部分”，即在情节上外化为公案小说中“判词文体”的引入和侦探小说中的“倒数第二章挑战读者”这两段“突然插入”的文字。

明代公案小说很流行在小说结尾前植入一段骈偶体“判词”。从文风上来看，判词与小说其他散文体、叙事性部分颇不协调，但明

---

① 学者马幼垣在《明代公案小说的版本传统——龙图公案考》一文中指出明代公案小说普遍存在“主题和情节的不断重复和一字不漏的互相抄袭”（该文收录于《中国小说史集稿》，台北：时报文化出版有限公司 1980 年版，第 147—182 页）。

② 竺洪波：《公案小说与法制意识——对公案小说的文化思考》，《明清小说研究》1996 年第 3 期。

代公案小说的作者们仍然乐此不疲。究其原因，一方面当然和古代文体地位的不平衡有关，小说作为文学中的“小道”，对于诗词和骈文有着天然的、潜意识中的崇拜心理，小说中的对仗回目、插入诗词及公案小说所独有的引入判词等文体现象，都是这种潜意识在作祟。另一方面，判词的引入也直接能够体现公案小说作者渴望通过小说教化读者的写作目的，因为大段的判词正好可以充分展示出作奸犯科后所必须遭受的法律惩戒，同时还能增加小说虚构案件的真实感和可信度，以强化警醒和训诫的效果。

在西方侦探小说，特别是欧美“黄金时期”的侦探小说中，在同样临近小说结尾前的部分则常会出现“倒数第二章挑战读者”的独特章节。在这一章节中，小说作者会放弃自己原本隐藏在故事背后的身份，“跳出来”直接与读者进行对话，在文本中告诉读者“所有的线索在前文中都已经出现过，并且小说中的侦探已经知道真相，现在我（作者）要考一考读者，看你是否也已经推理出案情真相”云云[①]。这一章可以说是侦探小说追求阅读智力快感，以智力娱乐读者最为集中的文学形式体现。从在文本字里行间设置悬疑因素和叙述诡计，直接发展为公开向读者下“挑战书”，以看似“挑衅”的口吻和互动的姿态来激发读者阅读思考案情的兴趣和乐趣。

总而言之，在公案小说与侦探小说临近结尾的部分（我们姑且可以都将其看作“倒数第二章”），两类小说的创作意图都得到了刻意凸显和强化，公案小说通过大量引入“判词”而公开对读者进行训诫和教化，侦探小说则凭借“倒数第二章挑战读者”直接刺激读者的阅读与思考兴趣，并借此增强阅读过程中的智力快感。我们可以说，小说不同的创作目的在这里获得了各自最强烈的形式体现。

第三，因果报应与因果联系。

在创作思想层面，公案小说中常常有着因果报应的思想，所谓

---

① 关于“倒数第二章挑战读者”，以美国侦探小说家埃勒里·奎因的“国名系列”与“字母系列”作品最具代表性。

"善有善报，恶有恶报"，并且其最终报应并不一定体现为凶手本人遭受了相应的惩罚，有时候甚至会将恶果连带、应验到凶手的子孙后代身上，所谓"断其子孙"。鲁迅就曾准确指出公案小说中频繁出现这种因果报应思想的读者根源与社会基础："然当时于此等书，则以为'善人必获福报，恶人总有祸临，邪者定遭凶殃，正者终逢吉庇，报应分明，昭彰不爽，使读者有拍案称快之乐，无废书长叹之时……'云。"[①] 即公案小说中"善人必获福报，恶人总有祸临，邪者定遭凶殃，正者终逢吉庇，报应分明，昭彰不爽"的固化结局背后，不仅能"使读者有拍案称快之乐，无废书长叹之时"，更能够在潜移默化中警示读者平时生活中要"为善积德"，不可"作奸犯科"，否则必会遭受相应惩罚，甚至"祸及子孙"。而侦探小说则重视在文本内部强调因果联系，逻辑的严密性和推理的完整性是侦探小说——尤其是欧美"黄金时期"及日本"本格派"以降的侦探小说——优劣成败的重要评价和考量标准。而将这两种不同思想落实到小说具体情节中，我们则可以看出，因果报应思想对应的公案小说结局正是本文前面所分析过的"料事如神"，而经过严密的因果联系推理后的侦探小说结尾则是要让人对"意料之外的凶手"既感到恍然大悟，却又信服不已。

进一步来看，在公案小说结尾处的"料事如神"与侦探小说"意料之外的凶手"背后，其实是一种创作思维层面的差异。公案小说以一种肯定化的思维方式不断印证前面清官的猜测、判断，不断强化"善有善报，恶有恶报"，"天网恢恢，疏而不漏"等道德因果思想，其根本目的仍在于教化读者。而侦探小说则以一种否定化的思维方式，经常让警察或侦探的助手先做出"看似正确，实际错误"的推理和"伪解答"，而后才让侦探出手，做出正确判断。或者不断故布疑阵，让侦探在不断的自我否定与排除"不可能情况"的逻辑

---

① 鲁迅：《中国小说史略·清之侠义小说及公案》，中国和平出版社 2014 年版，第 235 页。

推演之下最终抵达真相。其目的都是要提高智力快感，增加娱乐读者的阅读效果。此外，公案小说中经常出现的鬼神托梦、冤魂报案等“怪力乱神”的情节，本质上也和“善恶到头终有报”“人在做天在看”“抬头三尺有神明”等传统因果循环报应的观念影响密不可分。纪昀在谈及“神判断狱”时便道出了其中真相：“夫疑狱，虚心研鞫，或可得真情。祷神祈梦之说，不过慑伏愚民，给之吐实耳。若以梦寐之恍惚，加以射覆之揣测，据为信谳，鲜不谬矣。古来祈梦断狱之事，余谓皆事后之附会也。”① 可见，当时读书人并非因为科学知识的缺乏而对鬼神断案之说完全信以为真。其明知“附会”，却仍然不断书写背后的目的在于“慑伏愚民，给之吐实耳”。换个角度来看，公案小说中肯定化的思维方式同时也是一种关联性思维方式，是以“天人感应”的宇宙观与世界观作为思想基础；而侦探小说中的否定性思维方式本质上是分析性思维方式，其中蕴藏了对现代科学规律的笃信与对人主体能力的自信。

第二节　发生于公案小说内部的自我蜕变：《狄公案》与《施公案》

经过了明代公案小说的巅峰与清代侠义公案小说的“合流”，到了晚清时期，尤其是1896年之前，公案小说自身也发生了很多变化，而这种变化几乎全部都集中在内容层面，主要体现为情节模式与人物形象两个方面。

第一，晚清公案小说的情节重心出现了向“查案”与“破案”上转移的现象。在情节模式上，晚清的公案小说要远比明代的公案小说复杂得多，这一点我们从晚清的《施公案》《狄公案》与明代

① 纪昀：《阅微草堂笔记·滦阳消夏录》“祈梦断案”一条，载《纪晓岚文集·中册》，河北教育出版社1991年版，第67页。

的《包公案》的比较中很容易发现，从案件情况到破案难度、从情节曲折到小说篇幅，《狄公案》里每一桩案件的复杂性都绝非《包公案》几百字的短故事可以相提并论。但更重要的地方在于，晚清公案小说一改以往公案小说只注重“审案”与“判案”的环节，而强化了对于“破案”环节的表现。比如小说《施公案》已经由以往的公案小说只描写“当堂会审”发展为“当堂会审”与之前的“微服私访”相结合，由单单描写“审案”发展为“查案”与“审案”相结合。这较之此前的公案小说中案情基本不需侦查，仅凭清官最初的“料事如神”加上当庭严刑逼供就可以让真凶招供着实进步了很多。小说《狄公案》中更是破天荒地对案发现场和尸体状况进行了细致入微的描写，而这类描写正是侦探小说中用以表现“破案”环节时所必不可少的关键性内容。比如《狄公案》第三回写仵作验尸：

> 只见仵作领了朱批到场，场上先把左边那尸身，与赵三及值日的皂役，抬到当中，向着狄公禀道：“此人是否姓徐，请领孔万德前来看视。”狄公即叫孔老儿场上去看，老儿虽骇怕，只得战战兢兢走到场上。即见一个鲜血人头，牵连在尸首上面，那五官已被血同泥土污满。勉强看了说道：“此果是前晚住的客人。”仵作听报已毕，随即取了六七扇芦席铺列地下，将尸身仰放在上面，先将热水将周身血迹洗去，细细验了一回。只听报道：“男尸一具，肩背刀伤一处，径二寸八分，宽四分。左肋跌伤一处，深五分，宽五寸等。咽喉刀伤一处，径三寸一分，宽六分，深与径等，治命。”报毕，刑房填了尸格，呈在案上。①

《狄公案》中的这段描写完全不同于传统公案小说对犯罪现场的

---

① 《狄公案》第三回“孔万德验尸呼错，狄仁杰卖药微行”，中国戏剧出版社 2015 年版，第 11—12 页。

情况往往一笔带过，甚至干脆略去不提，而是采用了侦探小说中常用的对于犯罪现场细节进行直接白描和数字罗列式的表现手法。这是在明代公案小说中所难以见到的一种描写与呈现方式，其转变背后的深层逻辑在于小说作者将小说中死者的身体由一个小说情节的功能性符号转变为具体的、“可读的”文本。而这种写法既增强了整个故事的真实可信程度，也能吸引读者将目光放置于“破案”的环节中，即有助于帮助读者将注意重点由判案结果转移到破案过程中去，并在无形间形成了观察的意识和逻辑思考的初步尝试。或许也正是因为《狄公案》前三十回中出现了这种类似于侦探小说的写法，所以后来荷兰汉学家高罗佩（Robert Hans van Gulik）才会将《狄公案》前三十回翻译成英文之后，又着手创作了一部真正意义上以古代中国为历史背景的侦探小说——《大唐狄公案》（*The Judge Dee Mysteries*）。

此处可以补充一提的是，在晚清时期某种程度上象征着科学的、负责验尸的仵作，到了民国侦探小说中又只能沦为被侦探们调笑、嘲弄和看不起的“落后分子”与守旧势力。比如在俞天愤的《白巾祸》中，小说寥寥几笔，就生动地塑造出了一个传统而昏聩的验尸官形象（小说中称其为“检验吏”）：

> 继而一想，闲着没事，何不去找那个检验吏，问问那死者的状况经？哪知这个检验吏，是个浙江慈溪人，老气横秋，满嘴的《洗冤录》，一些头脑弄不清楚。问他是不是受毒，他一会儿说受毒很深，一会儿说并不是受毒，只有两句，年纪约三十多岁，身上穿的旧布短衣，总算问得有益的。及至问他什么颜色？棉的，夹的？帽子、鞋子怎样？他又模糊了。再要问他，他很显着厌烦样子了。我知道问不出什么了，便把这几句记在手册上，依旧回到事务室里。①

---

① 俞天愤：《白巾祸》，《红玫瑰》第二卷第二十九期至第二卷第三十一期，1926年5月10日至1926年5月24日。

如果我们把俞天愤笔下的验尸官/检验吏形象与《狄公案》中的仵作并置来看的话，则会产生一种奇妙的化学反应和阅读体验：不过短短几十年间，“科学验尸”在中国小说中的执行者和代言人已然发生了惊人的变化和翻转。曾经被认为是中国古代法医学经典的《洗冤录》，在更为科学激进的民国侦探小说作家笔下，俨然就是“子曰诗云”一类守旧知识的象征物。

第二，晚清公案小说中出现了关于“清官”形象的世俗化与质疑声。如果说情节模式上的变化在1896年西方侦探小说译介进入中国以前的公案小说中还是偶尔为之，那么对于公案小说的主人公——“清官”的世俗化表现、质疑，甚至颠覆式书写则更能体现出晚清公案小说自身发展变化的趋势和特点。在以往的《包公案》等明代公案小说中，清官往往是形象完美且神圣的。但在晚清的公案小说《施公案》中，作为小说主人公的“清官”施仕伦不仅没有了包拯、海瑞那样的威严，反而常常出丑，甚至被手下人拿来寻开心。比如《施公案》第一百七十五回写皇帝让施公手下侠客黄天霸表演飞镖绝技，却让施公举碗过头顶做靶子，这时小说写道：

> 贤臣无奈，只得遵旨下亭。内侍将茶碗递与贤臣。贤臣接来退出亭外，站在顽石对面，手擎茶碗，叫声：“黄壮士，依我说，你再打别的罢！可可的单打茶碗，还叫人举着，你想这不是叫人出丑么？”好汉腹内说：“我索性吓吓这位施老爷，叫他老人家出出丑，给众官看看。”想罢，带笑口尊：“老爷，何必这样害怕担惊？一个手罢，纵然是打掉了，也不过慢慢的长出，又要不了命。”言罢连忙来至大人跟前，一屈腰将甩头一子拿将出来，用手拿定此物，一抖擞，只听哗啷一声，铁练抖开，手中提定。文武观瞧，但见黄天霸将身一纵，施展武艺。把施老爷吓了一跳，哪里还顾亭子上的皇爷、两边的文武，高声叫道：“黄壮士千万的留神，可不是玩的。瞧着手上可是茶碗，下可是我的手，你估量着，可不是玩的。”你说这一路嘱咐，招的满朝

> 文武暗笑。忽听天霸答应，说道：“老爷只管放心罢！管包要不了你的命。”正说着，一抖铁练，甩头一子一晃，照定顽石吧的一声响，打得顽石四下飞迸。忠良暗说：“不好！”又见他一回手，照定茶碗打来。又听吧！哗啷啷！茶碗粉碎。①

在小说上述这段描写中，施公不但紧张害怕以至于不断高声提醒黄天霸要注意瞄准，“哪里还顾亭子上的皇爷、两边的文武”，甚至最终沦为黄天霸调笑、捉弄的对象，让满朝文武看尽热闹。这在传统的《包公案》等明代公案小说中是几乎不可能出现的情节。而从另一个方面来看，如果我们将以《包公案》为代表的传统公案小说视为是对清官形象不断加以“神化”或者“神圣化”，那么晚清的《施公案》等公案小说则反过来对清官形象进行了“人化”或者“世俗化”处理。

除此之外，晚清公案小说也不断对清官断案结果的准确性提出质疑，而在这一质疑过程中相伴而生的，是对于执法者智谋与才干的越发重视。比如小说《狄公案》第一回就开门见山地说道：

> 自来奸盗邪淫，无所逃其王法，是非冤抑，必待白于官家，故官清则民安，民安则俗美。举凡游手好闲之辈，造言生事之人，一扫而空之。无论平民之乐事生业，即间有不肖之徒显干法纪，而见其刑罚难容，罪恶难恕，耳闻目睹，皆赏善罚恶之言，宜无不革面洗心，改除积习。所以欲民更化，必待宰官清正，未有官不清正，而能化民者也。然官之清，不仅在不伤财不害民而已，要能上保国家，为人所不能为、不敢为之事，下治百姓，雪人所不能雪、不易雪之冤。无论民间细故，即宫闱细事，亦静心审察，有精明之气，有果决之才，而后官声好，

① 《施公案》第一百七十五回“复宣黄天霸见驾，钦派施仕伦擎杯”，华夏出版社 2013 年版，第 490 页。

> 官位正，一清而无不清也。故一代之立国，必有一代之刑官，尧舜之时有皋陶，汉高之时有萧何，其申不害、韩非子，则固历代刑名家所祖宗者也。若不察案之由来，事之初起，徒以桁杨刀锯，一味刑求，则虽称快一时，必至沉冤没世，昭昭天报，不爽丝毫。①

小说作者在这里一方面继承了传统公案小说的文学传统，强调了清官“清”与“正”的重要意义；另一方面又提出执法者如果只有“清”与“正”还是远远不够的。一个好的执法者需要“有精明之气，有果决之才”，然后才是“官声好，官位正”。甚至作者接下来竟然大胆说出“若不察案之由来，事之初起，徒以桁杨刀锯，一味刑求，则虽称快一时，必至沉冤没世，昭昭天报，不爽丝毫”这样的话。即作者在小说中公开指责清官审案不能一味靠棍棒刑罚，更需要能够行之有效的侦破手段，否则便会产生冤案。这不失为对传统公案小说中“清官”形象的一种有力质疑，甚至某种颠覆。

当然，晚清公案小说，无论是《施公案》还是《狄公案》，其所赞颂的重点还是清官的清廉公正。而小说里清官在一开场时就认定某人是凶手的先入之见，通过将犯人打得死去活来逼其招供的刑讯手法，或者求助于鬼神梦兆来获得破案提示的情节段落也都不少见，这些小说整体上表现为某种过渡性与混杂性特点。我们需要清楚地认识到，这一历史时期中公案小说自身所发生的变化——无论是情节上的，还是人物形象上的，无论是对于“破案”环节的表现，还是对于“清官”形象的质疑——都还只是集中在内容层面，并且变化范围仍囿于传统公案小说内部而缺少真正意义上的突破和革新。

---

① 《狄公案》第一回“入官阶昌平为令，升公堂百姓呼冤”，中国戏剧出版社 2015 年版，第 1—2 页。

第三节　侦探小说影响下公案小说的剧烈变革：《老残游记》与《九命奇冤》

自从1896年（光绪二十二年）上海《时务报》上首次刊出张坤德翻译的“歇洛克·呵尔唔斯笔记”之后，西方侦探小说便自此进入中国。如果说此前公案小说自身的变化幅度仍然有限，且主要囿于公案小说内部的话；那么在西方侦探小说冲击与刷新下的中国传统公案小说则在内容与形式上都发生了急速且剧烈的变革。

一　清末民初侦探小说的译介热潮

在张坤德首译“福尔摩斯探案”系列小说以后，国内短时间里就掀起了一股西方侦探小说翻译与阅读的热潮。据阿英在《晚清小说史》中介绍，当时国内对于西方侦探小说的译介情况是：“先有一两种的试译，得到了读者，于是便风起云涌互应起来，造就了后期的侦探翻译世界。与吴趼人合作的周桂笙（新庵），是这一类译作能手，而当时译家，与侦探小说不发生关系的，到后来简直可以说是没有。如果说当时翻译小说有千种，翻译侦探要占五百部上。”① 后来的通俗文学史家们也指出：“外国侦探小说的翻译是清末民初中国文坛上的一道亮丽的风景线，短短的十多年将世界上几乎所有的侦探小说作品都翻译到中国来了，这是很奇特的文学现象。”② 与此同时，读惯了中国传统公案小说的读者，初见到西方侦探小说时，无不感到惊讶，同时很多人开始褒扬侦探小说而贬低公案小说，如侠

---

① 阿英：《晚清小说史》，东方出版社1996年版，第217页。

② 范伯群、汤哲声、孔庆东：《20世纪中国通俗文学史》，高等教育出版社2006年版，第162页。

人在《小说丛话》中就曾说过："唯侦探一门，为西洋小说家专长。中国叙此等事，往往凿空不近人情，且亦无此层出不穷境界，真瞠乎其后矣。"① 这种观点在当时有意无意中呼应着学习西方、谋求改良的时代思潮，暗含着"中不如西""古不如今"的潜在意识，很有一定的代表性。

随着西方侦探小说的陆续进入，当时国内出现了一大批译述或者模仿西方侦探小说的创作自不必多说②，甚至就连当时中国很多非侦探小说的作品，也都或多或少地受到了侦探小说的影响。比如被认为是谴责小说的《二十年目睹之怪现状》《老残游记》和被认为是狭邪小说的《九尾龟》中就都能找到其作者读过西方侦探小说的证据。比如《老残游记》第十八回中，白子寿就曾对老残说："你想，这种奇案岂是寻常差人能办的事？不得已才请教你这个福尔摩斯呢！"③《二十年目睹之怪现状》第十三回的回评也写道："跟着那女子走来走去，竟类是个侦探。"④ 同时，该书第三十三回的回评也写道："下半回直可当侦探案读。"⑤ 此外，《九尾龟》第二十二回中也说："说也奇怪，自有个茶花女的放诞风流，就有个收服他的亚猛，自有个莫立亚堆的奸巧诈伪，就有个侦缉他的呵尔唔斯。这也是新法格致家心理学中的一种作用。"⑥ 而该书一百四十回中甚至提到了要如何侦缉的方法："只要处处关心，时时留意，没有考察不来

---

① 侠人：《小说丛话》，《新小说》第十三期，1904 年。

② 关于清末民初对于西方侦探小说的译介和模仿情况，本书将在第三章中予以详细论述，此处不赘言。

③ 刘鹗：《老残游记》第十八回"白太守谈笑释奇冤，铁先生风霜访大案"，天津古籍出版社 2005 年版，第 124 页。

④ 吴趼人：《二十年目睹之怪现状》第十三回"拟禁烟痛陈快论，睹赃物暗尾佳人"，载《吴趼人全集》（第一卷），北方文艺出版社 1998 年版，第 102 页。

⑤ 吴趼人：《二十年目睹之怪现状》第三十三回"假风雅当筵呈丑态，真义侠拯人出火坑"，载《吴趼人全集》（第一卷），北方文艺出版社 1998 年版，第 264 页。

⑥ 漱六山房：《九尾龟》第二十二回"香车宝马陌上相逢，纸醉金迷花前旖旎"，荆楚书社 1989 年版，第 164—165 页。

的事儿。你们诸位都是不肯遇事留心，所以就未免见理不明，料事不透。”[①] 在这些“非侦探”类的晚清小说中不止一次地提到“福尔摩斯”“呵尔唔斯”“莫立亚堆”和“侦探”等词汇，可见西方侦探小说的相关名词和主要人物已然成为当时中国本土小说创作中人物对话和小说点评时常见的征引对象。甚至我们不能排除由于当时“福尔摩斯探案”系列小说翻译的畅销，导致上述这些小说也希望通过在自己的文本中增加相关词汇来吸引读者的考虑因素。总之，这足可看出阅读侦探小说在晚清时期应该是一件颇为流行时尚且常见的事，侦探小说中的一些基本名词更是成为当时中国阅读阶层的某种普遍性常识。

二　“清官”形象的双重颠覆：从《老残游记》到“老王探案”

随着 1896 年及之后西方侦探小说的大量翻译和引进，中国传统的公案小说在形式与内容方面也双双发生变化。其中内容上最显著的变化，当属“清官”这一角色开始在小说中愈发边缘化，甚至成为被否定的对象。在同一时期，晚清谴责小说与黑幕小说的大量出现，形成了一股对官场与官员不遗余力地暴露甚至“抹黑”的创作风潮。比如李伯元的小说《活地狱》就可以被视为是一部专写中国酷吏和司法制度黑暗的谴责/公案小说。作者在小说一开头就开宗明义：“只因我们中国国民，第一件吃苦的事，也不是水火，也不是刀兵。倘要考究到它的利害，实在比水火刀兵还要加上几倍。列位看官，你道是那一件？我不说破，料想你们是猜不着的。现对列位说了吧，不是别的，就是那一座小小的州县衙门。”“我不敢说天下没有好官，我敢断定天下没有好衙门。”[②] 而与这股谴责小说风潮几乎同时出现的，则是晚清公案小说中对“清官”的批判与颠覆性处理。

---

① 漱六山房：《九尾龟》第一百四十回“感良朋深交铭肺腑，论时艰极目痛山河”，荆楚书社 1989 年版，第 897 页。

② 李伯元：《活地狱》“楔子”，上海古籍出版社 1997 年版，第 1 页。

这一方面表现在“清”这一层面的颠覆，即清官不再是正义与公理的代言人，甚至被认为是和贪官一样可恶，或者更为可恶之人；另一方面，则是对“官”的消解，当小说中查明真相之人不再是清“官”，而是一个具有民间私人身份的类似“侦探”之时，就意味着整个公案小说内容核心的彻底瓦解。本节试图从“清官”形象的瓦解与颠覆过程中提炼出“否定清官是正义的化身”与“从官方身份到私人身份”两层意义，前者更多是前一个时代“清官形象世俗化”这一文学现象的进一步延伸和发展，后者则是出现在这一时期的新现象。①

当然，晚清时期这股对“清官”形象的颠覆风潮自有着其深刻的时代背景与社会历史根源，而绝非单纯是西方侦探小说传入影响之结果。在西方列强入侵、朝廷无力御敌、官员贪腐成风、为害民间非指一端的晚清社会，人们对清官的不信任可以说直接源自对朝廷、对皇帝执政能力和统治资格的不信任，人们对清官的否定也直接昭示了人们对朝廷、对皇帝执政能力和统治资格的否定。而到了1912年辛亥革命之后，满清王朝覆灭，中国政体发生了根本性变革，“清官”也就彻底失去了其存在的社会基础，虽然老百姓心里仍有“青天大老爷为民做主”的内心寄托和传统遗留，但实际存在意义上的朝廷清官已经逐渐成为一种历史概念。正如吕淳钰所说：“清末民初以来，随着传统衙门、捕快的消失，与新兴警察局、法院的成立，传统公案小说成为了一种‘失根’的文学。”②

具体到晚清小说文本中，《老残游记》中负责查案的老残竟然是一个私人身份（只是起到了侦探的功能，而并未形成侦探的职业），

---

① 关于清末民初的新小说中“清官”形象的逐步瓦解，可以参考学者陈平原在分析“官场小说中分化出‘忠奸对立’模式的消解和‘官民对立’模式的转化这两种趋向”时的相关论述（参见陈平原《中国现代小说的起点：清末民初小说研究》，北京大学出版社2010年版，第188页）。

② 吕淳钰：《日治时期台湾侦探叙事的发生与形成：一个通俗文学新文类的考察》，硕士学位论文，台湾政治大学，2004年。

相反玉贤、刚弼一类的清官竟然成了反面角色。此外，作者还在小说中满心愤慨地批判清官误国：“赃官可恨，人人知之，清官尤可恨，人多不知。盖赃官自知有病，不敢公然为非；清官则自以为我不要钱，何所不可？刚愎自用，小则杀人，大则误国。……历来小说，皆揭赃官之恶；有揭清官之恶者，自《老残游记》始。”[①] 此外，该小说还重点描写了玉贤审理盗窃案和刚弼审理魏氏案两起清官造成的冤案来作为自己论点的有力支撑，而这种对传统清官形象的边缘化甚至颠覆，可以说直接触动了公案小说的文类基础。[②] 与此同时，李伯元在《官场现形记》中也认为：“我想我们的清倌人也同你们老爷们一样”，“做官的人得了钱，自己还要说是清官，同我们吃了这碗饭，一定要说清倌人，岂不是一样的吗？”[③] 这可与上述所引刘鹗小说中的一席话作为一组互文的时代性文本。“清官”这一文学形象自此完成了由“世俗化”走向“被颠覆”的演变过程，而小说对传统“清官”这一文学形象的颠覆背后是作者对于社会正义的重新认识和伸张。[④] 这时我们可以再度回到《老残游记》故事所书写的时代——小说里老残的活动空间是在义和团运动波及最广、

---

① 刘鹗：《老残游记》第十六回“六千金买得凌迟罪，一封书驱走丧门星”原评，载刘德隆等编《刘鹗及老残游记资料》，四川人民出版社 1985 年版，第 78 页。

② 关于《老残游记》中既有“私家”侦探查案，又有对清官的质疑和否定，或可参考关爱和主编《中国近代文学史》中的说法，书中认为：“《老残游记》几乎兼具晚清几种主要小说类型的形式：小说对‘清官’酷吏的刻画，使人们把它归入社会、谴责小说；申子平桃花山之游，在通过人物对话直接表达作者理想上，与政治小说如出一辙；老残的私访破案，无疑是对公案、侦探小说的模仿。谴责、政治、公案、侦探各类小说，都是晚清最流行的小说。”（参见关爱和主编《中国近代文学史》，中华书局 2013 年版，第 235 页）甚至我们也不难发现《老残游记》中还吸收了传统游记的写法与内容，而本书所说的《老残游记》中的“私家侦探”与“清官否定”两个特点，一定程度上可以视为是谴责、公案与侦探三种小说类型混合后所形成的结果。

③ 李伯元：《官场现形记》第十四回“剿土匪鱼龙曼衍，开保案鸡犬飞升”，岳麓书社 2014 年版，第 157 页。

④ 关于晚清公案小说与侦探小说对于社会正义的表达将在本书第八章中作具体分析，此处不赘言。

影响最深重的山东省，而小说文本内部的外国入侵、朝廷溃败、社会混乱与法律失序的时代背景也恰好构成了小说文本外部中国读者接受西方侦探小说的复杂社会场域。而也正是在这样的接受场域之下，中国传统公案小说才向西方侦探小说逐步发生过渡。这同时也正是小说《老残游记》创作时代背景的某种真实写照：社会混乱、民不聊生，朝廷与清官为百姓伸张正义的功能严重缺位，甚至他们才是盘剥压榨百姓、搅乱司法秩序与干扰社会正义的罪魁祸首。在这一时代背景下来观察老残这个“私人侦探”的出现就有了格外的一层社会意义，而同样是在这一社会场域下，侦探小说的译介、接受与流行也被当时中国读者赋予了一番新的对于“正义”的向往和追求。

此外，在具体的破案手法上，老残其实还没有完全掌握西方侦探小说中那套严谨科学的侦查手段，比如小说里出现的“千日醉”是一种喝下之后会让人“就仿佛是死了”，但四十九天后给“死者”灌下草药，却又能让人“死而复生”“一治就好”的神药①。“千日醉”在老残破案过程中是一件起着关键性功能的道具，但这件道具本身又带有浓厚的中国传奇故事中“非科学”的幻想色彩，与中国传统小说中的“化骨药水”（《聂隐娘》）等大概可归属为一类。而在后来的中国文学作品里，“千日醉”一类的文学道具也更多出现在武侠、修仙小说，而非侦探小说之中。不过从整体上来说，老残的破案手法基本上还算是依据现实情况和逻辑推演而展开，比起中国传统公案小说中清官在查案过程中经常会遇到冤魂托梦或者神谕指点，甚至出现了“案不破，鬼相助”的一般情节套路，老残的破案手法在科学与理性层面上已经算是有了相当的进步。而从另一方面来说，被认为是“现代侦破小说的开端”② 的《老残游记》中的确

---

① 关于“千日醉”，参见刘鹗《老残游记》第二十回“浪子金银伐性斧，道人冰雪返魂香”，天津古籍出版社 2005 年版，第 134—141 页。

② 该说法参见陈辽《现代侦破小说的开端》，《东岳论丛》1993 年第 1 期。

用了整整六回的篇幅来描写白子寿、老残对魏谦父子冤案的侦破、澄清与纠正，将这一部分内容单独抽取出来看，似乎就是一篇完整的中国式的侦探故事，这一突出的小说情节事实也不容忽略。

因此，总体上来说，《老残游记》是因为其具备谴责小说的特性，对传统公案小说中“清官”进行批判，进而完成了对公案小说存在合法性的有力质疑；与此同时，小说又借鉴了侦探小说查案的故事框架，将这种对清官的质疑落实在一起具体的案件查办之中，并由此产生了一些类似侦探小说的情节乃至章节。但无论小说中白子寿如何称赞老残：“你想，这种奇案岂是寻常差人能办的事？不得已才请教你这个福尔摩斯呢！”① 《老残游记》依然不是一篇严格意义上的侦探小说。当然，本书在这里并非想要进行文体高下的比较判断，或者认为侦探小说优于公案小说，而是恰恰相反，本书认为简单将《老残游记》这样一个复杂的文本归类于任何一种既有的文学类型之中，都是对这部小说的简单化和片面化理解。而《老残游记》的魅力与价值正在于其具备了现代侦探小说、传统公案小说与晚清时一度风靡的谴责小说三种小说类型相互混合之特点。

如果说《老残游记》中某种程度上充当“侦探”角色的老残还只是简单指出了清官比贪官更可恨，那么刘半农在侦探小说《淡娥》中则直接塑造了一个和官场对立的侦探形象老王。而且更为有趣的是，老王竟然是在官府内担任捕快工作，拥有着官家的身份背景。侦探/捕快老王一方面深感中国官场生态之恶劣：“我闻西洋侦探能变易容貌，自以未能谙此为恨。若官者，时而倨，时而恭，面具一日数十易，变化不出，辗转不穷，试问彼西洋侦探能乎不能？是则中国之官，固贤于西洋侦探多矣。”② 另一方面又不得不在这一中国官僚场域中尽可能凭一己之力查案锄奸、匡扶正义。甚至身为官府

① 刘鹗：《老残游记》第十八回“白太守谈笑释奇冤，铁先生风霜访大案”，天津古籍出版社2005年版，第124页。

② 刘半农：《匕首》，《中华小说界》第一卷第三期，1914年3月1日。

中人的捕快老王，竟然以“不讼”作为自己为民查案的目标之一：“若经官办理，则辗转牵连，必成大狱。彼狗官之欲壑，终古难填。又何苦竭吾民之膏血，以供其大嚼也？当知吾辈执业，乃保护良民，非为虎作伥。我自少而壮而老，未尝须臾离此旨。特狗官爱钱，我亦爱钱。狗官之钱取诸民，我老王之钱乃取诸官。凡有重要之案，于狗官之顶子有关者，我辄需索不已。狗官心虽恶之，而以我之术工，亦不敢不奉命惟谨。我诚可谓取精用宏者矣。然使遇有民委之案，则未尝妄取一钱。其有案之可以自了者，余必竭力斡旋以不讼二字为无上法门。盖余之主张不讼，非弁髦法律也，实不愿以老百姓之血汗钱，膏虎而冠者之馋吻，故余虽执役于官，实为官之大敌。此余之所以由探业起家，而乡党中未尝有一不直语。”[①] 在这里，老王是完全站在民间立场之上，表现出了对整个官场，尤其对司法体系的极度不信任和反感心理，可以说是对刘鹗笔下老残形象的进一步延伸和发展。

而在具体处理案件时，一方面，老王身为一个中国老捕快，却也知道“余侪查缉案件时，于未得证据之前，不宜以盗名加诸人”。同时老王也的确是对手下蒋和郑三令五申，不许他们胡乱“拘人”，这明显是受到了侦探小说正义伦理与西方个体权利意识的影响。但从另一方面来看，一旦确定凶手之后，老王立即又恢复到了使用棍棒刑罚绝不手软的“清官面孔”，并宣称：“呜呼！刑讯二字，世人诟病久矣。然使遇此等黠犯，设不借刑以示威，则举凡劫盗奸杀之案，必无有澄清之日。死者之冤不得雪，抑且适足以率人而入于奸盗之途，故刑之一事，但求其行之适当而已。若欲完全消灭，窃恐福尔摩斯再生于中国，亦将无往而不见其失败也。”[②] 这里又完全回到了中国传统公案小说的逻辑中来。而到了小说最后，往往是老王

---

① 刘半农：《淡娥》，《中华小说界》第二卷第十一期至第二卷十二期，1915 年 11 月 1 日至 1915 年 12 月 1 日。

② 刘半农：《匕首》，《中华小说界》第一卷第三期，1914 年 3 月 1 日。

一通棍棒皮鞭之下，开始负隅顽抗的凶手还真的彻底招供，沉冤也就此得雪。因而在刘半农笔下的侦探老王身上，我们看到了中国清官与西方侦探、传统伦理与现代正义、刑求手段与探案方法之间某种奇怪却有趣的纽结和组合，甚至我们可以说，“老王”在某种程度上可以视为中国本土“警察侦探”类型的先声（其在时间上比欧美的警察侦探小说出现得还要早）。

三　叙事结构上的“新现象”：《九命奇冤》

如果说《老残游记》更多地表现出晚清中国人对于西方侦探小说中正义、科学、理性等思想内容层面的接受，刘半农的“老王探案”系列小说在对传统官场叙事的颠覆性处理上延续了《老残游记》中的某些思路，那么吴趼人的《九命奇冤》则是在叙事方式上学习并借鉴了西方侦探小说的写法。在叙事时间上，《九命奇冤》一改传统公案小说按时间顺序的故事讲述方式，而是在小说一开始就展示了整起案件中最为关键的一环——“七尸八命”冤案的发生，并且吴趼人在小说开头运用了拟声词加对话的表现方法，大大增强了小说的现场感、代入性和吸引力：

“唫！伙计！到了地头了！你看大门紧闭，用甚么法子攻打？”

“呸！蠢材！这区区两扇木门，还攻打不开么？来，来，来！拿我的铁锤来！”

“砰訇！砰訇！好响呀！”

“好了，好了！头门开了！——呀！这二门是个铁门，怎么处呢？”

“轰！”①

① 吴趼人：《九命奇冤》第一回“乱哄哄强盗作先声，慢悠悠闲文标引首”，花城出版社1986年版，第1页。

小说《九命奇冤》是根据一件发生在清朝雍正年间广东番禺县的真事改编而成，乾隆五十九年（1794）欧苏《霭楼逸志》卷五《云开雪恨》对此有所记载。1809 年，广东人安和将其写成小说，题为《警富新书》[①]。后来吴趼人又以晚清社会为背景，对这一故事进行了重新改写，尤其是小说开头对于整个叙事结构的有意调整，更是非常引人注目（其实，除了小说开头，《九命奇冤》在第十七、十八、三十一和三十五回中，还分别四次运用了倒叙手法[②]）。关于这一点，只要比较下《云开雪恨》《警富新书》与《九命奇冤》的具体文本便一望可知。对于《九命奇冤》开头采取对话引入的这种写法，学者郭延礼认为其显然是受了周桂笙所翻译的法国作家鲍福的侦探小说《毒蛇圈》（刊登于《新小说》杂志）的影响。[③] 在叙事视角上，《九命奇冤》也放弃了传统公案小说中的全知视角，而是采用了书中人物限制性视角的叙事方式。这些叙事结构上的重要变化都是在西方侦探小说的冲击与影响下才产生的。对于《九命奇冤》借鉴了西方侦探小说的叙事方式，胡适曾经给予过非常高的评价：

---

① 阿英和孙楷第都认为吴趼人的《九命奇冤》是在安和《警富新书》的基础上写成的。进一步的考据工作可参见刘洪强《吴趼人〈九命奇冤〉本事“七尸八命”为冤案考》，《中国文学研究》2021 年第 4 期。

② 关于这四次倒叙手法的具体分析，参见吉尔伯特《〈九命奇冤〉中的时间：西方影响和本国传统》，载［捷克］米列娜编《从传统到现代：19 至 20 世纪转折时期的中国小说》，伍晓明译，北京大学出版社 1991 年版，第 121 页。而吉尔伯特认为《九命奇冤》中的倒叙手法除了受西方侦探小说（周桂笙翻译的《毒蛇圈》）的影响，还受到中国广东的南音民谣（如《梁天来》）中倒叙手法（从香坂顺一说），以及中国传统公案小说中时间标志词“原来”中孕育的现代倒叙手法的影响。但本书认为中国传统公案小说中的确有一些偶尔的、零碎的“倒叙技巧”，但总体上来说并不成气候，也不足以发展出《九命奇冤》如此“大规模”的倒叙结构。吴趼人在叙事结构方面显然更多是借鉴了西方侦探小说的手法和技巧。

③ 参见郭延礼《中国近代翻译文学概论》，湖北教育出版社 2005 年版。另，《毒蛇圈》，法国鲍福著，上海知心室主人（即周桂笙）译，于 1903 年在《新小说》第八期上开始连载。从第三回起，加上了吴趼人的评语（说明吴趼人仔细阅读过这篇小说），中间偶有停顿，共连载到 1906 年的第 24 期。

> 他用中国讽刺小说的技术来写家庭与官场，用中国北方强盗小说的技术来写强盗与强盗的军师，但他又用西洋侦探小说的布局来做一个总结构。繁文一概削尽，枝叶一齐扫光，只剩这一个大命案的起落因果做一个中心题目。有了这个统一的结构，又没有勉强的穿插，故看的人的兴趣自然能自始至终不致厌倦。故《九命奇冤》在技术一方面要算最完备的一部小说了。①

胡适在这里所说的“北方强盗小说”指的应该就是清代侠义公案小说。胡适敏锐而准确地抓住了《九命奇冤》写法上兼有传统公案小说、晚清谴责小说与西方侦探小说的某些特点，即其在叙事方式上显然部分接受了西方侦探小说的影响。当然，我们也必须看到，《九命奇冤》对于西方侦探小说的技巧接受还颇为有限，比如小说在那个令人惊讶的“西方侦探小说式”的倒叙开头之后很快就回到了传统说书人讲故事的小说叙事模式之中，第三人称限制性叙事视角与倒序结构通通回归到传统的全知视角与顺序结构中去了：

> 嗳！看官们，看我这没头没脑的忽然叙了这么一段强盗打劫的故事。那个主使的甚么凌大爷，又是家有铜山金穴的，志不在钱财，只想弄杀石室中人，这又是甚么缘故？想看官们看了，必定纳闷；我要是照这样没头没脑的叙下去，只怕看完了这部书，还不得明白呢。待我且把这部书的来历，以及这件事的时代出处，表叙出来，庶免看官们纳闷。②

---

① 胡适：《评〈九命奇冤〉》，载《中国近代文学论文集：1919—1949，小说卷》，中国社会科学出版社 1988 年版，第 17 页。

② 吴趼人：《九命奇冤》第一回“乱哄哄强盗作先声，慢悠悠闲文标引首”，花城出版社 1986 年版，第 4 页。

在小说的叙事形式上，随着“福尔摩斯探案”系列小说的译介，侦探小说中的倒叙手法也渐次取代了以往公案小说中的顺叙结构，而限制性叙事视角也开始偶尔在某些公案小说中得到了部分尝试。《九命奇冤》就属于这类尝试中较为突出的代表性作品。但我们还不能就此认定《九命奇冤》就是一部侦探小说，它和真正的侦探小说在情节设置和叙事方式等方面仍然存在很大不同，它至多可以算作受侦探小说影响下的一部公案小说作品，但从这种并不稳定的“影响的痕迹”中，我们已然可以初步窥视到下一个时代中国本土侦探小说创作的某些影子。

鲁迅在《中国小说史略·清之侠义小说及公案》一文的结尾处说：“而其时欧洲之力入侵中国。”① 这几乎可以视为对中国古代公案小说走向终结的某种谶语。一方面欧洲人的坚船利炮与殖民入侵，彻底击碎了中国人对于清官大老爷为民做主的、不切实际的幻想，尤其是在辛亥革命之后，中国政体结构的根本性变化使得公案小说完全失去了其社会存在的现实基础；另一方面，西方侦探小说的限制性叙事视角与倒叙结构也刷新了中国人对于小说写法上的认知。西方文明在冲击中国传统文明的同时也带来了科学、理性、法制、正义等西方现代思想价值和观念，而侦探小说正是这些西方观念的文学载体和艺术表达。由此，中国古代公案小说的终结与近、现代侦探小说的兴起就在这番“欧力”的冲击下不可避免地发生了。

第四节 对于西方侦探小说的“民族主义”抵抗：吴趼人的《中国侦探案》

面对西方“舶来”的侦探小说，清末民初的大多数文人作者普

① 鲁迅：《中国小说史略·清之侠义小说及公案》，中国和平出版社 2014 年版，第 235 页。

遍表现出一种惊喜、赞叹和向往的态度。比如侠人在分门别类地比较了中国和西方的各类小说之后，虽然认为于言情小说等多个领域内，中国小说都更胜一筹，但仍旧承认“唯侦探一门，为西洋小说家专长，中国叙此等事，往往凿空不近人情，且亦无此层出不穷境界，真瞠乎其后矣”①。作为清末民初侦探小说翻译大家的周桂笙和侠人有着颇为近似看法，而且周桂笙更为深入地分析了中国在侦探小说创作方面不如西方的社会制度性原因：“吾国视泰西，风俗既殊，嗜好亦别。故小说家之趋向，迴不相侔。尤以侦探小说，为吾国所绝乏，不能不让彼独步。盖吾国刑律讼狱，大异泰西各国，侦探之说，实未尝梦见。”②

与此同时，绝大多数中国侦探小说译者、作者与评论者在谈及传统公案小说时，都或多或少地会选择站在侦探小说一边，比如程小青就曾对侦探小说与公案小说进行概念区隔，然后在这一过程中批判传统公案小说的不足之处：“在我国的故籍里面，如唐宋以来的笔记小说等，固然也有不少记述奇狱异闻的作品，可是就体裁性质方面说，决不能算做侦探小说。他如流行通俗的施公案，彭公案，和龙图公案等，虽已粗具侦探小说的雏形，但它的内容不合科学原理，结果往往侈述武侠和参杂神怪。这当然也不能算是纯粹的侦探小说。”③ 范烟桥更是站在现代侦探小说的立场上来批评传统侠义公案小说趣味性不够：“旧时武侠小说，有侦探意味者，如《七侠五义》《彭公案》《施公案》诸书。惟老吏断狱，尚问情察理，而于物证之侦查，殊少用心，有时且涉于神怪。固远不若今之侦探小说醰醰有味也。”④ 用学者陈平原的话说，“对‘新小说’家及其读者最有魅力的，实际上并非政治小说，而是侦探小说”，“时人有看不起

---

① 侠人：《小说丛话》，《新小说》第十三期，1905 年。

② 周桂笙：《歇洛克复生侦探案·弁言》，《新民丛报》第三卷第七期，1904 年。

③ 程小青：《侦探小说的多方面》，载《霍桑探案》（第二集），上海文华美术图书公司 1933 年版。

④ 范烟桥：《旧小说》，《侦探世界》第五期，1923 年。

西方言情小说、社会小说乃至政治小说的，可没有人不称赞西方的侦探小说”。①

面对这股西方侦探小说译介和阅读的热潮，也有一些中国文人对此提出自己的忧虑和不满，比如黄人就曾比较过中国侠义小说和外国侦探小说之间的优劣，最后却得出了完全不同的结论：“我国侠义小说，如《三侠五义》等书，未遽出泰西侦探小说下，而书中所谓侠义者，其才智亦似非欧美侦探名家所能及。盖同一办案，其在欧美，虽极疑难，而有服色、日记、名片、足印、烟、酒、用品等可推测，有户籍、守兵、行业册等可稽查，又有种种格致、药物、器械供其研究。警政完全，一呼可集；电车神速，百里非遥；电信电话，铁轨汽船，处处交通。越国则有交纳罪人之条约，搜牢则有羁束自由之捕符。挟法律之力，君主不能侵其权，故能操纵自如，摘奸发伏。而吾国则以上者一切不具，仅恃脑力腕力，捕风索影，而欲使鬼蜮呈形，豺狼就捕，其难易劳逸之相去，何可以道里计！吾国民喜新厌故，轻己重人，辄崇拜欧美侦探家如神明，而置己国侠义事迹为不屑道，何不思之甚也！或谓侠义小说之所谓侠义者，皆理想而非事实，抑知所谓福尔摩斯、聂格卡脱者，亦何尝真有其人。况吾国之侠义事迹，亦间有事实可据，而不尽出于文人狡狯也。”② 即在黄人看来，中国的侠义小说并不输给外国的侦探小说，甚至能略胜一筹，其理由主要可以归纳为两条：一是外国的侦探破案有很多便利的条件和可借用的手段，而中国的侠义人物破案全凭脑力和腕力，此外无所依傍；二是外国的私人侦探仅是凭理想而塑造起来的，而中国的侠义事迹，却是多有事实可据的。黄人的这两条理由现在看来完全站不住脚，甚至成为某种荒诞的“强词夺理”，却是当时少有的从小说内容角度来肯定中国侠义公案小说的意见和声音。

---

① 陈平原：《中国小说叙事模式的转变》，北京大学出版社 2003 年版，第 43 页。

② 黄人：《小说小话》，《小说林》第一卷，1907 年。

此外，李怀霜则跳出了侦探与公案“一褒一贬”的对比评说模式，而是在批评中国侦探小说作家“效颦”西方的同时，指出了侦探小说中的很多积极元素早在中国古代公案小说里就已经能够找到其源头，并部分涉及中西两大文类深层次的彼此相通之处：“庚子而还，国人迻译，侦探小说日益以繁，震惊欧美之侦探，亦日益以甚，醉心福尔摩斯，信以为良有其人者。既诟病中国无侦探之善术，勉强效颦者，又复凭空结撰，远于事理。实则中国虽无侦探专门之学，而贤能之吏，诇察灵警类于侦探者，固恒有之。”①

除了黄人与李怀霜，当时更多地对于侦探小说的“另类意见”在于对侦探小说开启民智这一社会功能的怀疑，以及对于过分追捧西方侦探小说，认为中国无侦探小说这一论调的不满。比如相比于周桂笙满怀热忱地拥抱西方侦探小说，并将其视为改良中国法制、开启民智的手段之一。其好友吴趼人显然也看到了当时中国人对西方侦探小说的追捧与侦探小说阅读市场上“供不应求”的局面：“乃近日所译侦探案，不知凡几，充塞坊间，而犹有不足以应购求者之虑。”② 针对这一情况，吴趼人首先对其产生的原因进行了调查和分析：

> 彼其何必购求侦探案？则吾不知也。访诸一般读侦探案者，则曰：“侦探手段之敏捷也，思想之神奇也，科学之精进也，吾国之昏官、瞶官、糊涂官，所梦想不到者也。吾读之，聊以快吾心。”或又曰：“吾国无侦探之学，无侦探之役，译此者正以输入文明。而吾国官吏徒意气用事，刑讯是尚。语以侦探，彼且瞠目结舌，不解云何。彼辈既不解读此，岂吾辈亦

① 李怀霜：《六 侦探小说》，见《装愁庵随笔》，载《民权素笔记荟萃》，山西古籍出版社 1997 年版，第 98 页。

② 吴趼人：《中国侦探案·弁言》，载《吴趼人全集》（第七卷），北方文艺出版社 1998 年版，第 72 页。

彼辈若耶？”[①]

显然，吴趼人并不认可这一当时风行的翻译与阅读潮流，并且将其与崇洋媚外捆绑到一起进行了一番颇具“民族主义”情绪[②]的批判：“还要恳请诸公，拿中国眼睛来看，不要拿外国眼睛来看；拿中国耳朵来听，不要拿外国耳朵来听……甚至于外国人的催眠术，便是心理学；中国人的蓍龟，便是荒唐。这种人不是生就的一双外国眼睛，一对外国耳朵么？”[③]“呜呼！公等之崇拜外人，至矣尽矣，蔑以加矣。”[④]同时吴趼人也认为当时人们所追求的通过侦探小说来普及法制、改良社会的理想并不可行：“以此种小说，而曰欲藉以改良吾之社会，吾未见其可也。”[⑤]值得注意的是，吴趼人所警惕的不仅是西方侦探小说，更包含西方侦探小说背后的一整套西方生活方式、社会制度与价值观念。而其与好友周桂笙对待西方侦探小说立场上的不同，在二人分别翻译小说《毒蛇圈》并为其作评点时就已经有所体现，正如学者韩南所指出：“（周桂笙）尽量利用 Boisgobey 原著来提倡中国的社会变革，而（吴趼人）试图警告读者采取西方

---

① 吴趼人：《中国侦探案·弁言》，载《吴趼人全集》（第七卷），北方文艺出版社 1998 年版，第 72 页。

② 关于吴趼人的这种“民族主义”情绪，学者杨绪容曾做过很深入的分析：“相比于周桂笙大力翻译侦探小说的目的是‘输入新文明’，吴趼人创作《中国侦探谈》的目的则是‘恢复旧道德’，这里体现出了一个民族主义者在西方文明入侵之下，如何既要吸收新学，又要维护旧礼之间的悖论与困境”“吴趼人‘恢复旧道德’与周桂笙‘输入新文明’的对立，正是晚清旧学与新学，或者说中学与西学，这两种现代化思路的论争在小说领域的反映。”〔参见杨绪容《吴趼人与清末侦探小说的民族化》，《华中师范大学学报》（人文社会科学版）2010 年第 49 卷第 2 期〕

③ 吴趼人：《情变》，阿英编《晚清文学丛钞·小说二卷》（下册），中华书局 1982 年版，第 384—385 页。

④ 吴趼人：《中国侦探案·弁言》，载《吴趼人全集》（第七卷），北方文艺出版社 1998 年版，第 72 页。

⑤ 吴趼人：《中国侦探案·弁言》，载《吴趼人全集》（第七卷），北方文艺出版社 1998 年版，第 72 页。

的做法的后果会有多么可怕。”[①]

除此之外，吴趼人还特地编著过一部短篇小说集《中国侦探案》，其内容主要是将中国古代或近代的公案故事用侦探小说的手法改编重写。无论从书名还是内容，我们都不难发现作者试图写出中国人自己的侦探小说的野心，以及和西方侦探小说一较高下的决心，吴趼人自己就曾明确声称：“请公等暂假读译本侦探案之时晷之目力，而试一读此《中国侦探案》，而一较量之：外人可崇拜耶，祖国可崇拜耶？”[②] 甚至在一些具体小说的创作过程中，吴趼人也时时不忘揶揄、讽刺西方侦探——比如在颇有些传统志怪传奇与公案、侦探小说“混搭”风格的《守贞》的故事结尾处，吴趼人就写道：“虽然，吾不知科学昌明之国，其专门之侦探名家，设遇此等奇案，其侦探术之所施，亦及此方寸否也？一笑。”[③]

从书名到“弁言”，我们都能看出吴趼人想要写一本生长于中国本土的侦探故事集：“是书所辑案，不尽为侦探所破，而要皆不离乎侦探之手段，故即命之为《中国侦探案》。谁谓我国无侦探耶？”[④] 但最终的结果是集子中除了有部分小说运用了某些侦探小说的手法外，整体上仍未脱公案小说窠臼，甚至也有不少涉及鬼神的内容。刘半农就曾“点名”批评说：“数年前，见某书局出版之《中国侦探谈》，搜集中国古今类于侦探之故实，以及父老之传闻，汇为一编，都百数十则，则仅一二百言，长者亦不过千言。虽其间不无可取，而浮泛者太多，事涉迷信者，更不一而足，未足与言侦

---

① Patrick Hanan, *Chinese Fiction of the Nineteenth and Early Twentieth Centuries*: *Essays by Patrick Hanan*, p. 158. 转引自魏艳《福尔摩斯来中国：侦探小说在中国的跨文化传播》，北京大学出版社 2019 年版，第 59—60 页。

② 吴趼人：《中国侦探案·弁言》，载《吴趼人全集》（第七卷），北方文艺出版社 1998 年版，第 72 页。

③ 吴趼人：《中国侦探案·守贞》，载《吴趼人全集》（第七卷），北方文艺出版社 1998 年版，第 114 页。

④ 吴趼人：《中国侦探案·凡例》，载《吴趼人全集》（第七卷），北方文艺出版社 1998 年版，第 69 页。

探也。后又见阳湖吕侠所著之《中国女侦探》，内容三案均怪诞离奇，得未曾有。顾吕本书生，于社会之真相，初不甚了了，故其书奇诚奇矣，而实与社会之实况左。用供文人学士之赏玩，未尝不可，若言侦探，则犹未也。故谓中国无侦探小说，不可谓过当语。”[①]

但事实上，吴趼人的这本《中国侦探案》已然在鬼神迷信方面做出了有意规避，他在全书“凡例”中就明确说道：“我国迷信之习既深，借鬼神之说以破案者，盖有之矣，采辑或不免辑此。然过于怪诞者，概不采录。”[②] 在《中国侦探案》收录的三十四个故事中，有十一篇涉及现场实地勘察或验尸，十七篇运用到了推理思考的方法，而仅有四篇涉及超自然力量（分别是《争坟案》《清苑冤妇案》《审树》和《犍为冤妇案》），占比仅为十分之一左右，比起鲁迅统计出的《包公案》中涉及鬼神的故事共有六十三则之多，占全书比重超过半数，可以说是有很大的变化。[③]

具体到文本细部，我们会发现吴趼人《中国侦探案》兼有侦探小说与公案小说的部分特点，且双方经常彼此矛盾抵牾的过渡性时代特征。比如《捏写借券案》一篇，这是一则典型的公案故事，小说结尾甚至还用了传统史传写法的“野史氏曰”作结，但小说同时也指出：“群役之呵，实我国法堂之恶习也。”[④] 对传统公堂上的一些旧例本身提出了批评。又如《假人命》一篇中，小说先是运用了类似侦探小说的一点验尸报告和观察方法：“曰：‘何以能知其伪死也？’曰：‘验尸之顷，已洞见之矣。彼云死以十三日，验尸为二十一日，相距不及旬，而时在冬月，置尸又在山谷寒冷地，夫何朽之

---

① 刘半农：《匕首・弁言》，《中华小说界》第一年第三期，1914 年 3 月 1 日。

② 吴趼人：《中国侦探案・凡例》，载《吴趼人全集》（第七卷），北方文艺出版社 1998 年版，第 69 页。

③ 参见李奕青《包青天遇见福尔摩斯：〈中国侦探案〉故事之创新与承继》，硕士学位论文，台湾师范大学，2016 年。

④ 吴趼人：《中国侦探案・捏写借券案》，载《吴趼人全集》（第七卷），北方文艺出版社 1998 年版，第 80 页。

速？而至于面目不全也？’”但很快又回到了传统公案小说依靠“相面”来判断人之善恶好坏的老路上去：“曰：‘何以知有主使之者？’曰：‘是则以其市井人或不能此，姑该讯之耳！吾察此五人者，面目都良善，室家市业都于潮，故纵之使为我用，不犹愈于签差耶？’”[①] 至于《浦五房一鸡案》一案：“至署升座传伙问曰：‘若素饲鸡者何物？’曰：‘稷饭糠粃耳。’问甲曰：‘乡人饲鸡何物？’曰：‘无所饲也，放之野外，使自觅食耳。’乃呼役尽杀两造鸡，剖其肫而验之。则甲鸡肫内，皆砂石青草之类，而浦五房之鸡皆糠粃，其中独多一肫为沙石青草者。”[②] 虽然也运用到了实物化验一类的侦破方法，但这个故事的原型其实脱胎于《包公案》第六十八回“大白鹅独处为毛湿，青色粪作断因饲草”，原先的小说就已经是《包公案》中极少有的依靠科学检验破案的故事，而吴趼人的《浦五房一鸡案》也并未赋予其更多新的内容和思想。类似的，在《控忤逆》一篇中婆婆状告儿媳妇虐待自己，后来两人同时呕吐才发现婆婆吃的其实很好，儿媳妇吃得很差，“俄延良久，三人忽大吐，呼役验之；则媪所吐者肴胾，而子媳所吐者藜藿而已”[③]。这也是一则借助物证判案的例子，和《浦五房一鸡案》堪称异曲同工，只不过把化验对象由鸡换成了人。

此外，吴趼人《中国侦探案》中的《左手杀人》《验镰刀》《烧猪作证》等几篇小说中，官员也是具备一定程度的法医常识，懂得通过伤口位置、形状和死者口腔内部情况来做出推理和判决。比如《左手杀人》中，官吏说：“吾观诸人之食，皆以右手执箸，而汝独以左；吾固先查检验案卷，死者致命伤在右肋，此汝杀人之证明也。

---

① 吴趼人：《中国侦探案·假人命》，载《吴趼人全集》（第七卷），北方文艺出版社 1998 年版，第 83—84 页。

② 吴趼人：《中国侦探案·浦五房一鸡案》，载《吴趼人全集》（第七卷），北方文艺出版社 1998 年版，第 86—87 页。

③ 吴趼人：《中国侦探案·控忤逆》，载《吴趼人全集》（第七卷），北方文艺出版社 1998 年版，第 74 页。

尚欲抵赖耶？"[①] 又如《烧猪作证》中，妻子报案说丈夫被火烧死了，官差拿一头活猪和一头死猪分别焚烧并检查其口中灰迹，"既杀而后焚者，口中无灰；焚毙者，灰满口中也。验其夫口中，亦无灰，妇乃伏罪"[②]，都是很符合侦探小说依靠科学、理性和实验进行办案等一般原则的，与《包公案》等传统公案小说有着明显的不同。

相比于刘半农所批评的"事涉迷信者"，吴趼人的这本《中国侦探案》内容方面更大的问题可能还是在于对官吏与私家侦探分辨得不够清晰，就连吴趼人本人在评价自己的这本小说集时都说："惟是所记者，皆官长之事，非役人之事，第其迹近于侦探耳。然则，谓此书为《中国侦探案》也可；谓此书为《中国能吏传》也亦无不可。"[③] 所以，吴趼人这部自称为"中国侦探案"的小说集其实还只是尝试性地借鉴、运用了某些西方侦探小说手法的"中国公案集"。此外，周桂笙也曾指出《中国侦探案》与西方侦探小说之间的差别："还有我们《月月小说》社里的总撰述、南海吴趼人先生，从前曾经搜集了古今奇案数十种，重加撰述，汇成一册，题曰《中国侦探案》。这就是吾中国侦探案有记事专书的滥觞。以前不过散见诸家笔记之中。其间案情，诚有极奇极怪，可惊可愕，不亚于外国侦探小说者。但是其中有许多不能与外国侦探相提并论的。所以只可名之为判案断案，不能名之为侦探案。虽间有一二案，确曾私行察访，然后查明白的。但这种私行察访，亦不过实心办事的人，偶一为之，并非其人以侦探为职业的。所以说中外不同，就是这个道理。"[④] 作为侦探小说译介的大家，周桂笙非常敏锐地指出侦探小说之为侦探

---

① 吴趼人：《中国侦探案·左手杀人》，载《吴趼人全集》（第七卷），北方文艺出版社 1998 年版，第 94 页。

② 吴趼人：《中国侦探案·烧猪作证》，载《吴趼人全集》（第七卷），北方文艺出版社 1998 年版，第 95 页。

③ 吴趼人：《中国侦探案·弁言》，载《吴趼人全集》（第七卷），北方文艺出版社 1998 年版，第 72—73 页。

④ 周桂笙：《上海侦探案·引》，《月月小说》1907 年 3 月。

小说的核心，并不在于其情节曲折复杂，而在于侦探小说有着根本的类型文学形式上的制约，用周桂笙的话来概括，侦探小说内容上的制约主要有二：一是“其人以侦探为职业”，即需要一名专门的侦探来作为小说的主要功能性人物；二是要以调查推理作为破案的主要手段。如果不满足这两点，在基本内容上就不符合侦探小说的一般规范，所以吴趼人笔下并没有出现专门意义上的“侦探”，其破案过程也仍是以“判案断案”为主，运用“私行察访”的手法，“亦不过实心办事的人，偶一为之”，即使这样的小说在情节上做到了足够的曲折，甚至达到“极奇极怪，可惊可愕”的程度，也不能算是严格意义上的侦探小说。

与吴趼人《中国侦探案》相类似的，同样混合了公案小说与侦探小说两种不同类型小说的作品还有吕侠（即吕思勉）[①] 的《中国女侦探》[②]。一方面，吕侠曾借助小说人物李薇园之口对时人动辄称赞西方侦探能力表示不以为然：“座间各纵谈诸种新小说以为快。予曰：‘中国小说之美，不让西人，且有过之者。独侦探小说一种，殆让西人以独步。此何耶？岂中国侦探之能力，固不西人若欤？’薇园曰：‘否，否。以吾所闻睹，则中国人于侦探之能力，固有足与西人颉颃者。盍请为子述之。’”[③] 另一方面，吕侠也和吴趼人一样，努力试图创作出属于中国人自己的“侦探小说”。比如在《血帕》一篇中，吕侠将负责调查、推理、破案的主人公设置为前清命官及其手下巡捕，仍旧延续了中国传统公案小说中的清官形象，但其破案的手法却又是十分现代，颇符合“侦探小说”的预期和要求。当然，清官在一番调查之后仍旧少不了坐堂审问等传统环节，

① 参见邬国义《青年吕思勉与〈中国女侦探〉的创作》，《华东师范大学学报》（哲学社会科学版）2009 年第 5 期。

② 商务印书馆于光绪三十二年（1906）出版过《中国侦探》一书，和其于光绪三十三年（1907）出版的《中国女侦探》都是收录《血帕》《白玉环》和《枯井石》三篇小说，内容完全相同。

③ 吕侠：《中国女侦探》，上海商务印书馆 1906 年版，第 70 页。

传统的公案小说和现代侦探小说就这样以非常复杂的形态拼接在了一起。而作者本人对于这种“中西混搭”似乎也毫不介意，甚至还公开宣称：“是直居堂皇而为侦探者也，又岂西方之歇洛克所可方哉？”① 此外，小说集中颇带有传统公案气质的小说《白玉环》一篇之于《红发会》，《枯井石》一篇之于《六座拿破仑半身像》，《中国女侦探》对于《福尔摩斯探案》在故事情节上的模仿和借鉴也是显而易见的。

虽然吴趼人的《中国侦探案》和吕侠的《中国女侦探》能否称之为侦探小说尚存在很多问题，但我们已经能够看出中国文人试图在侦探小说本土创作方面有所作为的决心和努力，尽管这种决心中难免包含了一些民族主义情绪。或者我们可以从“后见之明”的角度上勾勒出一条“《老残游记》（1903）—《九命奇冤》（1904—1905）—《中国侦探案》（1906）”的文学史发展脉络：《老残游记》在内容上对传统公案小说的伦理秩序进行了批判，《九命奇冤》借鉴西方侦探小说的叙事结构来改造中国传统公案小说，《中国侦探案》则试图从传统公案小说中去粗取精、重新编写，来形成中国人自己的侦探小说。② 它们都不同程度地体现出了晚清时期“过渡性”的时代特点，因而具有某种文本和立意等方面的混杂性。在当时来看，吴趼人、吕侠等人提出的中国古代公案小说中的清官“是直居堂皇而为侦探者也”这一主张并未产生足够的反响，后来民国侦探小说自身的发展轨迹也进一步说明了公案小说与侦探小说本质上所存在的难以逾越的巨大差别。但是吴趼人、吕侠试图在公案小说与侦探小说之间寻找到某种得以调和的可能性，或者说在两种小说之间架

① 吕侠：《中国女侦探·血帕》，上海商务印书馆1906年版，第31页。

② 在具体内容上混合了公案小说与侦探小说的代表性作品还有《春阿氏》。在这部根据清朝光绪年间发生在北京的一起真实命案改编而成的小说中，负责审理案件的虽然仍然是提督衙门和刑部的“清官”们，但最后侦破此案的却是天津“熟悉侦探学的名侦探、足与福尔摩斯姓名同传”的张瑞珊，以及大律学家谢真卿，教育家苏市隐、原淡然、闻秋水等具有西方知识背景的人物，其“中西混搭”的部分，颇耐人寻味。

设一座桥梁的努力并没有完全落空，在后来程小青、孙了红、朱戬等人的侦探小说创作中，我们都能看到传统公案小说从题材内容到叙事模式等各方面对侦探小说所产生的或隐或显的影响。

第五节　公案小说在晚清民国侦探小说创作中的“还魂”

如果说《老残游记》《九命奇冤》与《中国侦探案》还都是处在过渡时期的作品，我们在惊喜于这些作品中出现的西方侦探小说“新元素”的同时，也很容易找到传统公案小说的影子；那么之后随着更多西方侦探小说的译介与中国本土侦探小说作者的书写实践，“中国侦探小说”可以说逐渐摆脱了传统公案小说的叙事窠臼，而越发向西方侦探小说的“类型标准”靠拢。在这一过程中，程小青的“霍桑探案”与孙了红的“侠盗鲁平奇案”既是民国时期中国本土侦探小说创作的高峰，也是其受西方侦探小说影响的绝佳明证（二人显然分别受柯南·道尔的“福尔摩斯探案”和莫里斯·勒伯朗的“侠盗亚森·罗苹案”系列小说的影响）。但我们不能就此将中国侦探小说的发展过程简单视为逐步摆脱公案小说而趋向西方侦探小说的单向运动（这一从公案小说到侦探小说的发展过程通常被后来的文学史家形象地描述为“包拯与福尔摩斯交接班”①），更不能想当然地以割裂传统为现代性之获得手段，而是应该在其中看到两种小说文类彼此纠缠的复杂关系。即在公案小说与侦探小说的这场文类角力过程中，虽然侦探小说最后胜出，但中国传统小说或思想观念对于中国近、现代以来的侦探小说创作的影响从未中断/终断，并在不同的历史时段以不同的面貌“还魂”再现。恰如杜维明所言，传统文化“绝对不是一个静态的结构，而一定是一个动态的过程；只

① 范伯群主编：《中国近现代通俗文学史》，江苏教育出版社1999年版，第743页。

是这个动态的过程受到冲击以后，它可能变成潜流；有的时候在思想界被边缘化，但它总是在发展的过程中；甚至有的时候断绝了，但它的影响力在各个不同的社会层级中是存在的”[①]。也就是说，并非是侦探小说取代了公案小说，而是二者发生了某种意义上的“合流”，并最终形成了具有中国独特在地风格的侦探小说创作。

以程小青为例，他笔下主人公侦探取名“霍桑”（开始是“霍森”），其拼音缩写都是 H. S，而这正是夏洛克·福尔摩斯（Sherlock Holmes）名字首字母缩写 S. H 的“反写”。这似乎可以看成是一个有趣的文字隐喻/文字游戏，即霍桑与福尔摩斯之间既有着千丝万缕的联系，甚至霍桑在很长一段时间内直接被称之为“东方福尔摩斯”；但与此同时，霍桑名字的拼音缩写又是福尔摩斯名字首字母缩写的某种颠倒，这其中预示着福尔摩斯所代表的侦探小说来到中国本土后将发生一系列微妙的变化。[②] 一方面，程小青笔下的主人公霍桑在破案过程中更加注重犯罪现场观察、证物搜集、证词提取、对案情展开反复的逻辑推理……这些都与传统公案小说大异其趣；另一方面，程小青本人也曾主动自学英文，并且函授进修过美国的犯罪心理学与侦探学，为自己的侦探小说创作提供更多的相关理论和学术支持。但与此同时，看似“武步”西方侦探小说创作的程小青，其笔下被称为“东方福尔摩斯”的侦探霍桑又不同于西方的福尔摩斯，比如霍桑身上更多了一些中国传统的侠义品质[③]，甚至还专门有学者讨论过侦探霍桑性格中的墨家精神等[④]。

---

① 杜维明：《对话与创新》，广西师范大学出版社 2005 年版，第 125 页。

② Yan Wei（魏艳），*Sherlock Holmes Comes to China*，David Der-wei Wang（王德威）ed.，*A New Literary History of Modern China*，Belknap Press：An Imprint of Harvard University Press，2017，pp. 178-183.

③ 关于中国侦探小说中的侠义精神，本书会在第八章第二、三节中予以详细论述，此处不赘言。

④ King-fai Tam（谭景辉），*The Traditional Hero as Modern Detective*：*Huo Sang in Early Twentieth-Century Shanghai*，in Ed Christian ed.，*The Post-Colonial Detective*，New York：Palgrave Publishers，2001，pp. 140-158.

此外，公案小说之于晚清、民国侦探小说而言，其更重要的一点影响可能在于晚清、民国侦探小说在创作目的方面所存在的教化读者、启迪民智等伦理实用主义观念。正如本书在前文中所述，公案小说是偏德性的，侦探小说是偏智性的。也就是说，公案小说背后隐藏着某种教化读者的创作动机，而侦探小说则更注重通过悬疑和解谜所带来的智力乐趣与阅读快感。但是在中国近、现代很多文人，尤其是不少侦探小说译者、作者、编辑者和出版者对于侦探小说的相关表述和阐发性文字中，我们不难发现，他们对于侦探小说的理解，仍普遍带有道德教化或者实用主义功能性的认识。比如翻译家林纾在赞颂侦探小说的译介和阅读时就曾说道：

> 中国之鞫狱所以远逊于欧西者，弊不在于贪黩而滥刑，求民隐于三木之下；弊在无律师为之辩护，无包探为之询侦。每有疑狱，动致牵缀无辜，至于瘐死，而狱仍不决。……近年读上海诸君子所译包探案，则大喜，惊赞其用心之仁。果使此书风行，俾朝之司刑谳者，知变计而用律师包探，且广立学堂以毓律师包探之材，则人将求致其名誉。既享名誉，又多得钱，孰则甘为不肖者！下民既免讼师隶役之患，或重睹清明之天日，则小说之功宁不伟哉！①

林纾的这段话中充满了其对侦探小说的实用性认识，他称赞侦探小说的理由是“惊赞其用心之仁”和“小说之功宁不伟哉”，并且认为侦探小说的译介传播最终将有助于推动中国侦探与律师的专业化培养。在这里，林纾几乎完全把侦探小说作为增强司法官员办案能力与提高百姓普法意识的教科书来看待，而并未对侦探小说本身的文类特点和阅读趣味予以任何评价。

---

① 林纾：《神枢鬼藏录·序》，载阿英编《晚清文学丛钞·小说戏曲研究卷》，中华书局1960年版，第238—239页。

类似的，还有中国早期最重要的侦探小说翻译家之一周桂笙，他也曾热烈赞扬侦探小说：

> 吾国视泰西，风俗既殊，嗜好亦别。故小说家之趋向，迥不相侔。尤以侦探小说，为吾国所绝乏，不能不让彼独步。盖吾国刑律讼狱，大异泰西各国，侦探小说，实未尝梦见。互市以来，外人伸张治外法权于租界，设立警察，亦有包探名目。然学无专门，徒为狐鼠城社，会审之案，又复瞻徇顾忌，加以时间有限，研究无心，至于内地谳案，动以刑求，暗无天日者，更不必论。如是，复安用侦探之劳其心血哉！至若泰西各国，最尊人权，涉讼者例得请人为辩护，故苟非证据确凿，不能妄入人罪。此侦探学之作用所由广也。而其人又皆深思好学之士，非徒一盗窃充仆役，无赖当公差者，所可同日而语。①

周桂笙从侦探小说，联想到侦探学，再进一步讨论到警察司法乃至人权等现代性议题，侦探小说在周桂笙这里已经完全超越了一种类型小说和大众读物，而成为其关注中国司法改革与现代化的切入点。当然，我们并非是完全否认侦探小说与司法进步之间可能存在的关联，只是二者之间的关系绝非周桂笙所设想的直接关联，而是需要一系列中介物的长时期沟通与转化才有可能将大众文学的想象与实际社会制度变革有机联系起来。

出于对侦探小说的功利性认识和期待，将侦探小说的社会意义与价值拔得过高，中国的侦探小说译者和编者们对于西方侦探小说的创作原意就难免产生了某种程度上的曲解和“误读”，比如刘半农在为《福尔摩斯侦探案全集》所做的《跋》文中就显然对柯南·道尔创作侦探小说的意图“陈义过高”，他甚至认为侦探小说比侦探学

---

① 周桂笙：《歇洛克复生侦探案·弁言》，《新民丛报》第三年第七期（总第五十五期），1904年。

教科书更适合做教科书：

> 彼柯南·道尔抱启发民智之宏愿，欲使侦探界上大放光明。而所著之书，乃不为侦探教科书，而为侦探小说者，即因天下无论何种学问，多有一定系统，虽学理高深至于极顶，亦唯一部详尽的教科书足以了之。独至侦探事业，则其定也，如山岳之不移；其变也，如风云之莫测；其大也，足比四宇之辽夐；其细也，足穿秋毫而过。夫以如是不可捉摸之奇怪事业，而欲强编之为教科书，曰侦探之定义如何，侦探之法则如何，其势必有所不能。势有不能，而此种书籍，又为社会与世界之所必需，决不可以“不能”二字了之，则唯有改变其法，化死为活。以至精微至玄妙之学理，托诸小说家言，俾心有所得，即笔而出之，于是乎美具难并，启发民智之宏愿乃得大伸。此是柯南·道尔最初宗旨之所在，不得不首先提出，以为吾读者告也。①

刘半农在这里认为柯南·道尔之所以创作“福尔摩斯探案”系列小说的目的是“抱启发民智之宏愿”已然是一种“误读”，而认为“福尔摩斯探案”系列小说比侦探学教科书更适合做教科书来使用则更是一种“不切实际”的幻想。而类似他这种将侦探小说作为侦探学、司法乃至科学的教科书的说法在后来的民国侦探小说发展史上一直被反复提及，甚至中国最知名的侦探小说作家程小青也认为“侦探小说是一种化装的科学教科书”②，是有着除智力快感之外的诸多“功利主义”的阅读功能和认知价值的：

---

① 刘半农：《福尔摩斯侦探案全集·跋》，载《福尔摩斯侦探案全集》，上海：中华书局1916年版。

② 程小青：《从“视而不见”说到侦探小说》，《珊瑚》第二卷第一期，1933年1月1日。

> 我们若使承认艺术的功利主义，那么，侦探小说又多了一重价值。因为其他小说大抵只含情的质素，侦探小说除了“情”的原素以外，还含着“智”的意味。换一句说，侦探小说的质料是侧重于科学化的，它可以扩展人们的理智，培养人们的论理头脑，加强人们的观察力、想象力、分析力、思考力，又可以增进人们辨别是非真伪的社会经验。所以若把“功利”二字加在侦探小说身上，它似乎还担当得起。①

或许我们可以通过程小青在小说《白纱巾》中借侦探助手包朗之口进一步来廓清他对于其所创作的侦探小说所寄予的“厚望”：“我们探案，一半在乎满足求知的兴趣，一半凭着服务的使命，也在维持正义。”② 无独有偶，20 世纪 20 年代创刊的《侦探世界》杂志，在其发刊宣言中也明确说道：

> 新小说有教化百姓、开启民智的功能，侦探小说也属于新小说，只是因为中国老百姓思考能力不足，所以侦探小说流行程度不如社会言情小说……（侦探小说）其必使人人于无形中设一堤防以自卫，勿令奸邪之人侵入。堤防者何，盖即侦探智识是也。夫智囊可以括四海侦探智识，智之大者也。而侦探小说不啻于举智囊以授人，人挟智囊而更受蛊，未之有也。书中所述虽皆取诸理想，然理想者，成功之母也。是刊也期将以理想之酝酿，借之以寓言讽劝之力，使人人获有侦探智识之益，而潜弭人心之恶机，且以造成中国将来之侦探事业，扶持人道于垂危，星星之火，可以燎原。③

---

① 程小青：《论侦探小说》，《新侦探》第一期，1946 年 1 月 10 日。

② 程小青：《白纱巾》，载《程小青文集 1——霍桑探案选》，中国文联出版公司 1986 年版，第 172 页。

③ 沈知方：《宣言》，《侦探世界》第一期，1923 年 6 月。

相比于侦探小说作者程小青将侦探小说视为破除迷信、扫净颓废的工具，具有“唤醒好奇和启发理智的作用”，《侦探世界》杂志的编辑们也认为侦探小说的作用往小了说可以教人防骗，往大了说可以“扶持人道于垂危”。本质上来看，他们都是在努力为侦探小说的创作和阅读寻找社会实际意义，并将这种他们所认为的意义作为其创作、刊载、宣扬、推广侦探小说的立足点和出发点。

除了上述所引侦探小说的译者、作者、杂志编辑和图书出版者等不同身份个体对于侦探小说的认识之外，从侦探小说出版者的营销策略与广告口号中我们也可以窥见当时的出版书局对于侦探小说的宣传方式和阅读期待。比如在 1931 年 2 月 28 日的《新闻报》上曾经刊登过一条关于程小青《霍桑探案汇刊》的书籍广告：

> 程小青杰作《霍桑探案汇刊》现已出版。程小青先生是中国第一流的作家。《霍桑探案汇刊》是有理智、有科学常识的第一伟大作品。内容完全以中国的社会为背景，毫无欧化牵强之病。是启迪民众科学常识的好课本！是烛察民众奸邪的良导师！人们要在消闲娱乐之中得到无量的学识，非看这部《霍桑探案汇刊》不可！

在出版书局的这则广告语中，读者之所以“非看这部《霍桑探案汇刊》不可！”，是因为它“是启迪民众科学常识的好课本！是烛察民众奸邪的良导师！”读者可以“在消闲娱乐之中得到无量的学识”。这当然是出版方的营销策略与宣传包装（连续使用感叹号就可以见出他们刻意宣传上的用心），但同时也多少透露出他们对于读者之所以会选择阅读侦探小说所作出的合理想象与市场判断——读侦探小说是自我教育与提升的方式，而非追求放松娱乐的手段，毕竟广告语中通篇只提到了一次“消闲娱乐”字样，且还是要在其中“得到无量的学识”。

相比较而言，作家张碧梧对侦探小说的社会功能性要求似乎要略低一些，但他仍强调描写谋杀、陷害、劫财等内容的侦探小说务必要具有“劝善惩恶”的劝解意义，因为这才是“小说的本旨”之所在：“侦探小说的情节大概不外乎谋杀陷害和劫财等等，读者读了之后，试问发生什么感想呢？恐怕不过只在脑中留下这个恶印象罢了，这岂是小说的本旨？所以我以为在这种情节当中务必使他含蓄着劝善惩恶的意思才好。”① 周作人在翻译爱伦·坡的《玉虫缘》后所写的“译者附识”中也提到，他译此篇小说的目的绝非是提倡“发财主义”，而是要让读者知道，可以成就天下事的条件是“曰有智识，曰细心，曰忍耐”②。相比于早期林纾、周桂笙、刘半农等人对侦探小说抱有过高的社会价值期待，张碧梧与周作人的说法或许更为平实可靠一些，但他们仍然是试图赋予侦探小说一些除了审美与趣味之外的意义和功能。在这一点上，他们和林纾、周桂笙等人其实并没有太多本质上的区别。

如果从今天的角度来看，在晚清、民国时期众多讨论侦探小说文学意义与社会价值的文字当中，还属徐念慈的看法相对而言比较客观公允，他认为“侦探小说，为我国向所未有。故书一出，小说界呈异彩，欢迎之者，甲于他种。虽然，近二三年来，屡见不一见矣。夺产、争风、党会、私贩、密探，其原动力也。杀人、失金、窃物，其现象也。侦探小说数十种，无有抉此范围者，然其擅长处，在布局之曲折，探事之离奇。而其缺点，譬之构屋者，若堂若室，若楼若阁，非不构思巧绝，布置井然。至于室内之陈设，堂中之藻绘，敷佐之帘幕、屏榻、金木、书画、杂器，则一物无有，遑论雕镂之精粗，设色之美恶耶？故观者每一览无余，弃之不顾。质言之，即侦探小说者，于章法上占长，非于句法上占长，于形式上见优，非于精神上见优者也。善读小说者当亦韪余是言”③。其对于侦探小

① 转引自范伯群、汤哲声《张碧梧评传》，南京出版社 1994 年版，第 338 页。

② 周作人：《玉虫缘·译者附识》，载施蛰存编《中国近代文学大系·翻译文学（卷二）》，上海书店 1991 年版，第 667 页。

③ 徐念慈：《第一百十三案·觉我赘语》，《小说林》第一期，1906 年。

说“于形式上见优，非于精神上见优者也”的说法，可谓是抓住了侦探小说的类型精髓。其实侦探小说在西方读者心目中，主要仍然是娱乐消闲的大众读物，比如英国作家毛姆就曾说过：“当你感冒卧床，头昏脑胀，此刻你并不想要伟大的文学作品；你宁愿冰袋敷额，热水浸脚，两三本侦探小说，伴你度过病榻时光。”[①] 其实，刘半农在侦探小说《匕首》中也有过类似的表达，即“当初余初上船时，目分必病”，但一路上听老王讲侦探故事十分入迷，“今竟不病亦不疲，侦探诚足疗我疾也”[②]。相比较而言，中国译者与作者对待侦探小说的态度，显然是“别有怀抱”。当然，这种“别有怀抱”的态度在当时也并不只限于针对侦探小说一种类型，在某种程度上，鲁迅认为科幻小说翻译可以有助于“获一斑之智识，破遗传之迷信，改良思想，补助文明”[③]，与程小青认为“侦探小说是一种化装的科学教科书”完全可以放到同一思想脉络中予以考察。在这个意义上，周作人所提出的“故今言小说者，莫不多立名色，强比附于正大之名，谓足以益世道人心，为治化之助”[④]，无疑是对于这股在“实用主义”的文学观念的笼罩下，无数通俗娱乐小说被强行冠以“科学”“教育”“改良”“救国”之名，从而扭曲了小说本来面貌的文化风潮的一个颇具洞察力的判断[⑤]。

---

① 转引自［法］卡斯顿·勒鲁《黄色房间的秘密·编辑前言》，上海译林出版社2004年版，第1页。

② 刘半农：《匕首》，《中华小说界》第一卷第三期，1914年3月1日。

③ 鲁迅：《〈月界旅行〉辨言》，载陈平原、夏晓虹编《二十世纪中国小说理论资料》（第一卷），北京大学出版社1997年版，第51页。

④ 独应（周作人）：《论文章之意义暨其使命因及中国近时论文之失》，载钟叔河编《周作人散文全集》（第一卷），广西师范大学出版社2009年版，第113页。

⑤ 学者陈平原也对清末民初时期侦探小说在宣传策略、阅读期待与读者接受方面存在的错位和悖论提出过批评：“至于侦探小说，读者明明是喜欢其娱乐性和变幻莫测的布局技巧，论者却还是偏爱从‘立志’、‘尚武’、‘法律’、‘平权’等方面作文章，似乎非此不足以说明其价值。”（参见陈平原《中国现代小说的起点：清末民初小说研究》，北京大学出版社2010年版，第60页）

正像梁启超等人所说的“今后社会之命脉，操于小说家之手者泰半”①，而这种过载的意义期待最终成为侦探小说自身所不能承受之重。对侦探小说抱有过多社会价值愿景的中国文人也很容易走向这种极端的反面，即他们热烈称赞侦探小说是出于其对于侦探小说积极社会功能的想象与“一厢情愿”，反过来，他们批评侦探小说也是因为其发现了侦探小说所带来的所谓消极的社会影响。比如同样是梁启超，就曾痛斥当时的一批小说（其中还特别点名了侦探小说）：“而远观今之所谓小说文学者何如？呜呼！吾安忍言！吾安忍言！其十九则诲盗与诲淫而已。或则尖酸轻薄，毫无取义之游戏文也。于以煽诱举国青年子弟，使其桀黠者濡染于险诐钩距作奸犯科，而摹拟某种侦探小说中之节目。”“于是其思想习于污贱龌龊，其行谊习于邪曲放荡，其言论习于诡随尖刻。近十年来，社会风习，一落千丈，何一非所谓新小说者阶之厉？”② 即梁启超认为侦探小说“煽诱举国青年子弟”“作奸犯科”。就连早年曾经大力译介、推广过侦探小说的刘半农，后来也转过头来指责侦探小说：“侦探小说的用意，自要促进警界的侦探知识；就本义说，这等著作家的思想，虽然陋到极处，却未能算得坏了良心；无如侦探小说要做得好，必须探法神奇；要探法神奇，必须先想出个奇妙的犯罪方法；这种奇妙的犯罪方法一披露，作奸犯科的凶徒们，便多了个‘义务顾问’。而警界的侦探知识却断断不会从书中的奇妙探法上得到什么进步。因为犯罪是由明入暗，方法巧妙了，随处可以借用；探案是由暗求明，甲处的妙法，用在乙处，决不能针锋相对。从前有位朋友向我说：‘上海的暗杀案愈出愈奇，都是外国侦探小说输入中国以后的影响。’我当时颇不以此言为然，现在想想，却不无一二分是处。”③ 或者如赵恂九相对温和的

① 梁启超：《告小说家》，《中华小说界》第二卷第一期，1915年。

② 梁启超：《告小说家》，《中华小说界》第二卷第一期，1915年。

③ 刘半农：《通俗小说之积极教训与消极教训》，《太平洋》第一卷第十期，1918年7月15日。载严家炎编《二十世纪中国小说理论资料》（第二卷），北京大学出版社1997年版，第51页。

批评说法则是：“侦探小说与普通小说相比较，其色彩迥然不同。侦探小说，是以作品中主人公、侦探哑谜一般的犯罪事件作为题材的小说，与其说是艺术，毋宁说是以趣味作为本位的颇恰当……该种小说作为趣味的读物，虽然有着相当的价值，但在艺术上却没有多大的成果，并且尝有因读侦探小说的读者，被内中犯罪机巧方法所熏染而去效行犯罪者。”① 即赵恂九一方面指出了侦探小说作为趣味文学的本质，另一方面又在功利主义的思维逻辑下批评侦探小说会让人去“效行犯罪”，如果沿着这一思路继续推演下去，侦探小说写得越有趣味，就越有“熏染”人的弊端与可能。郑伯奇更是认为“这侦探小说的流行和当时对于科学的好奇心有连带关系。可是经了几次演变，跟清末的暴露小说合流，竟产生了后来的黑幕小说”②，越发成了不入流的东西。

这些来自侦探小说译者、作者、杂志编辑、图书出版者等人对于侦探小说所赋予的社会功能性认识，一方面自然是和梁启超“小说界革命”中所主张的“欲新一国之民，不可不先新一国之小说”及其同时代的一系列文学工具论的若干观点密切相关。毕竟最初登载侦探小说翻译的《时务报》和后来大量刊发侦探小说的杂志《新小说》背后都是梁启超等维新改革人士在主持工作和掌握方向。我们也很容易通过上述认为侦探小说可以促进司法改革、推广侦探学科、开启民智、惩恶扬善、充当科学教科书等诸多观点联想到康有为所说的“故‘六经’不能教，当以小说教之；正史不能入，当以小说入之；语录不能喻，当以小说喻之；律例不能治，当以小说治之”③ 等类似观点，或者是严复、夏曾佑所讲的“说部之兴，其入人之深，行事之远，几几出于经史之上，而天下之人心风俗，遂不

① 赵恂九：《小说作法之研究》，大连：启东书社 1943 年版，第 34 页。

② 郑伯奇：《两栖集》，上海：良友图书公司 1937 年版，第 117 页。

③ 康有为：《〈日本书目志〉识语》，载陈平原、夏晓虹编《二十世纪中国小说理论资料》（第一卷），北京大学出版社 1997 年版，第 13 页。

免为说部之所持”，“且闻欧、美、东瀛，其开化之时，往往得小说之助”①。将当时中国文人的侦探小说理论与评论放置在政治改良与文学启蒙的思想脉络中予以考察，才能更好地理解这些对于侦探小说的“误读”之所以产生的时代原因与思想背景。② 按照陈平原教授的说法，晚清知识分子“把改良小说进而改良群治的希望，寄托在政治小说、科学小说和侦探小说的翻译和创作上”③。或者如孔慧怡所说：“这个时期的文学作品中译却并不以‘文学’为目标；促成文学翻译兴盛的原因并非文学本身，而是当时中国社会对变革的需求。”④ 甚至到了20世纪50年代末，胡适在台湾演讲时，还劝新闻记者们要“多看侦探小说”，因为“侦探小说是提倡科学方法最好的材料，读侦探小说也是训练科学头脑的一种方法”⑤。其思想取径，和晚清时期的梁启超、林纾等人如出一辙。学者谭景辉（King-fai Tam）甚至就此认为民国侦探小说在将小说视为科学教育之工具与社会改良之手段这一点上，已经以其严肃的创作态度超越了通俗文学的一般内涵，从而接近于夏志清所说的“感时忧国”/“执迷中国”（Obsession with China）的“五四”新文学传统之中。

在这一认识的形成过程中，不容忽视的问题是，对侦探小说赋

---

① 严复、夏曾佑：《本馆附印说部缘起》，原刊于天津《国闻报》，载陈平原、夏晓虹编《二十世纪中国小说理论资料》（第一卷），北京大学出版社1997年版，第12页。

② 陈平原在《小说史：理论与实践》一书中也认为：“侦探小说本以情节曲折离奇取胜，主要是一种娱乐型小说，可新小说家不但取其‘一起之突兀’的叙事技巧，而且从中读出‘坚忍沉挚，百折不挠，则何事不可成，何辱之足虑’；‘亦足以感发其志气激昂，情义缠绵之真性’，这只能归功于这一代读者高度政治化的‘期待视野’（horizon of expectation）”。参见《陈平原小说史论集》（下册），河北人民出版社1997年版，第1374页。

③ 陈平原：《二十世纪中国小说史》，北京大学出版社1989年版，第118页。

④ 孔慧怡：《翻译·文学·文化》，北京大学出版社1999年版，第19页。

⑤ 新闻《胡适勉记者看侦探小说》，《正气中华日报》（发行地：金门岛）1959年12月9日，星期三，第一版。

予过高的社会责任期待也和古代公案小说中教化读者的创作目的不期而遇。按照米列娜的说法，“初看起来，在改良主义者倡导的小说教育作用与儒家将文学作为实用主义的和意识形态的工具的作法之间，似乎没有明显区别”，“改良主义者确实与儒家分享了功利主义的文学观念”①。学者陈平原也认为，梁启超所倡导的“小说界革命”，“从政治小说入手来提倡新小说，小说固然是‘有用’了，也‘崇高’了，可仍然没有跳出传统‘文以载道’的框架，只不过所载之道由‘忠孝节义’改为‘爱国之思’罢了。”② 二者之间的差别可能仅在于，古代公案小说背后隐藏着教化读者的创作动机，其创作目的更多是要让读者不要作奸犯科，而近现代文人对于侦探小说的功能性认识则将其扩展到了增强执法机关工作效率、普及法制观念、扫除迷信、防止被骗等方面。表面上看，侦探小说似乎全面瓦解并取代了传统公案小说，但公案小说背后教化读者的创作动机与目的，却借着近代的“小说界革命”与现代的“文学工具论”的思想大潮而成为很多近现代中国侦探小说作者创作侦探小说、很多中国近现代文人评价审视侦探小说的思考维度和价值取向。和林毓生所谈论“五四”新文化与中国传统文化之间的关系相类似，步入现代以来，侦探小说逐步取代了传统公案小说，但这“并不蕴涵他们已经与中国社会与文化的遗产隔绝”，“对于在传统构架崩溃以后尚能生存、游离的、中国传统的一些价值之意义的承认与欣赏，是在未明言的意识层次（implicit level of consciousness）中进行的”③。或者如何锡章所说，“现代‘启蒙文学’与古代‘教化文学’具有深刻的精神联系”，“现代启蒙传统

① ［捷克］米列娜：《导言》，载［捷克］米列娜编《从传统到现代：19 至 20 世纪转折时期的中国小说》，伍晓明译，北京大学出版社 1991 年版，第 5 页。

② 陈平原：《中国现代小说的起点：清末民初小说研究》，北京大学出版社 2010 年版，第 7 页。

③ 林毓生：《中国传统的创造性转化》，生活·读书·新知三联书店 1988 年版，第 150—151 页。

是古代教化传统的继承和发展"[①]，更是可以作为我们理解晚清、民国时期中国文人试图通过侦探小说来改变中国的司法与社会，与古代文人通过公案小说教化读者之间内在的、深层的心理关联。侦探小说也正是在这个意义上和晚清"新小说"及"五四"以来"启蒙民众"的中国文学主流相汇合[②]，而这其中我们隐隐能看到传统公案小说"还魂"的身影。

需要补充说明的是，中国文人对侦探小说的这种"误读"，或许是在新的阅读场域中挖掘出了侦探小说新的价值和意义，即如魏艳所说："程小青成功地将他的侦探小说创作安置于严肃文学与大众娱乐的平衡点上。"[③] 或许只是一种译者与作者为了推广侦探小说的宣传修辞，即如李欧梵所说："晚清的通俗作家往往假'教化'之名行'娱悦'之实。"[④] 但实际上的情况更可能是，侦探小说因为"教化"之名而被大力推介宣扬或无情批判，却在真正承担起这份"教化"之实的文学书写过程中始终显得"气力不足"和难负重任。换句话说，打着"改良群治"旗号的侦探小说，实际上大多都是"于所谓群治之关系，杳乎不相涉"，并且很快就回复到了消闲娱乐的老路/"正途"上去了。

除了前文所述诸如中国侦探小说中"传奇"而非科学的情节因素（刘鹗《老残游记》）、公差而非私家侦探的人物身份（刘半农"老王探案"）、倒序与顺序相混合的叙事结构（吴趼人《九命奇冤》）、以小说教化读者的创作目的（林纾、程小青），乃至于作者本身的"民族主义"倾向（吴趼人）等方面的内容之外。公案小说

---

① 何锡章：《中国现代文学"启蒙"传统与古代"教化"文学》，载《中国现代文学传统》，人民文学出版社 2002 年版，第 116 页。

② 这种"汇合"既包括了侦探小说因此而受到推崇，也包括其后来因此而遭批判。

③ Yan Wei（魏艳），*Sherlock Holmes Comes to China*，David Der-wei Wang（王德威）ed.，*A New Literary History of Modern China*，Belknap Press：An Imprint of Harvard University Press，2017，pp. 178–183.

④ 李欧梵：《福尔摩斯在中国》，《当代作家评论》2004 年第 2 期。

对于中国近现代侦探小说的影响还表现在一些更为具体的内容题材与写法方面，比如清末民初无名氏的《古钱案》[①]、芦苇的《鬼窟》[②]、天虚我生的《衣带冤魂》[③] 等几篇侦探小说（当然还包括前文中提及的吴趼人《中国侦探案》中的部分作品）中，多少都涉及一些神鬼的情节。又比如戴望舒以“戴梦鸥”为笔名所创作的侦探小说《跳舞场中》[④] 中，既可以看到亚森·罗苹小说的影响，但又明显带有传统京剧《摘缨会》的桥段[⑤]，而这些也都可以视为传统公案小说在过渡时期所遗留下来的痕迹。

公案小说与侦探小说在内容、形式和创作意图上的差别可以大致归结为：在主角形象设置上，公案小说所极力打造的是清官形象，而侦探小说所努力突出的则是侦探形象，其二者之间的差异既体现了两类小说对德性与智性的不同追求，也包含了小说主人公官方身份与民间身份之间的差异。在情节模式上，公案小说注重判案环节，而侦探小说注重查案环节，并由此导致了小说叙事重心的偏移。在叙事方式上，公案小说往往采用全知的叙事视角，按时间先后顺序讲述整个案件发生过程，缺乏叙事方式上的独特性和自身“类型”特点；侦探小说则大多是采用第一、第三人称的限制性视角，同时普遍采用倒叙结构，是具有自身独立叙事特点的“类型文学”。最后，在创作目的上，公案小说意在教化读者，而侦探小说则希望能够以悬疑和智力快感来娱乐大众。

我们可以简单地以一组对比图来更加清晰地提炼出两类小说之

---

① 无名氏：《古钱案》，《神州画报》1909 年 8 月，标“绘图侦探小说”。

② 芦苇：《鬼窟》，《小说时报》第十九期，1913 年。

③ 天虚我生：《衣带冤魂》，《礼拜六》第五十七期至第六十期，1915 年。

④ 戴梦鸥：《跳舞场中》，刊于“兰社”同人刊物《兰友》第十三期“侦探小说号”，1923 年 5 月 21 日。

⑤ 关于民国时期一些侦探小说的具体作品中所渗透出来的中国传统公案小说乃至传统文化的痕迹和影响，本书将在后文对于民国侦探小说作家作品及核心关键词的分析中予以具体阐释和说明。

间的差别要素：

主角形象：清官/ 侦探（德性 / 智性，官方身份 / 民间身份）

情节重心：判案 / 查案

叙事方式：全知视角 / 限制性视角；顺叙结构 / 倒叙结构

创作动机：进行道德教化/ 提升智力快感

步入近代以来，传统公案小说自身开始发生了某些变化，这种变化主要体现在内容方面：一方面中国近代公案小说中偶尔也能见到一些类似于侦探小说中才能见到的、具体的、关于查案、破案环节的描写和呈现；另一方面对于“清官”形象的世俗化表现、质疑甚至颠覆，则是公案小说发展至后期的一项更为明显且重要的变化。需要说明的是，这种内容上的变化此时仍旧停留在传统公案小说内部，且变化幅度颇为有限。至于公案小说在内容上更急速迅猛的变化与形式上的彻底革新，则要等到 1896 年（光绪二十二年）上海《时务报》上首次刊出张坤德翻译的“歇洛克 · 呵尔唔斯笔记”之后，伴随着西方侦探小说的大量译介而到来。当然，侦探小说的译介和进入中国，绝非是单纯的文类引进这么简单，其背后所包含的是晚清、民国时期中国人对于西方一整套法制、正义、科学、理性及小说叙事模式所代表的现代性图景的认知想象与接受状况。而侦探小说与公案小说又绝非简单的新旧更替，或者全面取代，两者之间实际上产生了一系列更为复杂的文本纠葛和对话关系，公案小说中的部分要素也以“显在”或“潜在”的方式与中国近现代侦探小说的理论与实践发生融合，最终形成了具备中国本土特色的“侦探小说”与“侦探形象”。

第三章

翻译、模仿与改写：“福尔摩斯来中国”

欧美现代小说名家，最著者为柯南达利。

——恽铁樵：《小说七人·序》，《小说月报》第六卷第七期，1915年。

福尔摩斯者，理想侦探之名也。而中国则先有福尔摩斯之名，而后有侦探。

——陈冷血：《福尔摩斯侦探案全集·冷序》，上海：中华书局1916年5月版。

翻译小说中，柯南道尔的《华生包探案》1906—1920年间共印行了7版，而《福尔摩斯探案全集》1916年初版后，20年间共印行了20版。

——陈平原：《二十世纪中国小说史》，北京大学出版社1989年版，第74页。

第一节 晚清民国时期福尔摩斯系列小说的译介、传播与读者接受

一 清末民初“福尔摩斯探案”系列小说的汉译情况（1896—1916）

自从柯南·道尔第一篇“福尔摩斯探案”系列小说《血字的研究》（*A Study in Scarlet*）发表于《1887年比顿圣诞年刊》（*Beeton's Christmas Annual for 1887*）以来，仅十年之后这个侦探小说系列就陆续被译介进入中国，并在清末民初曾经掀起过一个侦探小说的翻译热潮。按照阿英的说法：“先有一两种的试译，得到了读者，于是便风起云涌互应起来，造就了后期的侦探翻译世界。与吴趼人合作的周桂笙（新庵），是这一类译作能手，而当时译家，与侦探小说不发生关系的，到后来简直可以说是没有。如果说当时翻译小说有千种，翻译侦探要占五百部上。”① 而据日本学者中村忠行统计，“在约一千一百部的清末小说里，翻译侦探小说及具侦探小说要素的作品占了三分之一左右”②。再进一步参考郭延礼的说法，“在近代译坛上，倘就翻译数量之多（约占全部翻译小说的五分之一）、范围之广（欧美侦探小说名家几乎都有译介）、速度之快（翻译几乎和西方侦探小说创作同步）来讲，（侦探小说）在整个翻译文学的诸门类中均名列前茅”③。此外，郭延礼还特别指出了1907年至“五四”前期，国内曾经形成过一个侦探小说的翻译高潮：“1907年之后，究竟翻译了多少部侦探小说，至今尚未有完全的统计，保守估计当

---

① 阿英：《晚清小说史》，东方出版社1996年版，第217页。

② ［日］中村忠行：《清末探侦小说史稿》（三），《清末小说研究》1980年第4期。转引自陈平原《中国现代小说的起点：清末民初小说研究》，北京大学出版社2010年版，第96页。

③ 郭延礼：《中国近代翻译文学概论》，湖北教育出版社1998年版，第109页。

在400部（篇）以上。"[①] 无论是阿英所描述的"一半以上"，还是中村忠行所说的"三分之一"，抑或是郭延礼所说的"约占五分之一"，统计结果虽然彼此间有不小出入，但都可以看出当时译介侦探小说的盛况。[②] 只是这么多的侦探小说翻译，似乎仍不能满足阅读市场的需求，吴趼人就曾说："乃近日所译侦探案，不知凡几，充塞坊间，而犹有不足以应购求者之虑。"[③]

这里我们还可以辅之以徐念慈的说法，徐念慈曾任小说林社的主编，他依据自家出版社的出版与销售情况而做出的文字记述可信程度相对更高。比如其谈到关于著作小说与翻译小说的比例关系时指出："综上年所印行者计之，则著作者十不得一二，翻译者十常居八九。"而关于小说林社小说的销售情况，据徐念慈透露："他肆我不知，即小说林之书计之，记侦探者最佳，约十之七八；记艳情者次之，约十之五六；社会态度、记滑稽事实者又次之，约十之三四；而专写军事、冒险、科学、立志诸书为最下，十仅得一二也。"[④] 将上述这两句话合并来看，可见当时侦探小说翻译之流行与销路之广阔。而在所有的侦探小说翻译作品中，如恽铁樵所言："欧美现代小说名家，最著者为柯南达利。"[⑤] 恽铁樵在这里所说的"最著"，并非是说柯南·道尔的小说文学价值最高，而是指其读者群体最广、

① 郭延礼：《中国近代翻译文学概论》，湖北教育出版社1998年版，第159页。

② 表面上看，阿英、中村忠行与郭延礼的统计结果并不一致。但具体辨析下来，阿英所说的是"翻译侦探小说"与"当时翻译小说"之间的数量关系；中村忠行统计的是"翻译侦探小说及具侦探小说要素的作品"占"约一千一百部的清末小说"中的比例；郭延礼则是针对"近代译坛"上侦探小说翻译"约占全部翻译小说"的比例而言。三人所比照的对象并不相同，因而彼此间的说法并不一定存在太大矛盾。此外，还应该考虑到三人具体的统计方法、对象、资料来源、小说类型判定原则等综合性因素。此处同时引三家说法，只是想大概呈现下清末民初侦探小说翻译事业的兴盛情况。

③ 吴趼人：《中国侦探案·弁言》，载《吴趼人全集》（第七卷），北方文艺出版社1998年版，第72页。

④ 觉我（徐念慈）：《余之小说观》，《小说林》第九期，1908年。

⑤ 恽铁樵：《小说七人·序》，《小说月报》第六卷第七期，1915年。

市场接受度最高而言——“吾国新小说之破天荒，为茶花女遗事、迦因小传。若其寖昌寖炽之时代，则本馆所译《福尔摩斯侦探案》是也。”① 甚至在一定程度上我们可以认为，“福尔摩斯探案”系列小说成为当时中国人谈论侦探小说时的某种标准和象征，即如胡寄尘所言：“迻译欧美之文”，“若者状侦探之技，有过于福尔摩斯；若者言儿女之情，更甚于茶花亚猛。”②

关于中国最早的“福尔摩斯探案”小说翻译，一般认为是张坤德于光绪二十二年（1896）八月一日至同年九月二十一日发表于《时务报》第六期至九期的《英包探勘盗密约案》（*The Naval Treaty*，今译《海军协定》）。③ 随后，《时务报》又先后发表了张坤德翻译的“福尔摩斯探案”小说《记伛者复仇事》（*The Crooked Man*，今译《驼背人》）、《继父诳女破案》（*A Case of Identity*，今译《身份案》），和《呵尔唔斯缉案被戕》（*The Final Problem*，今译《最后一案》）。在之后的数年间，关于“福尔摩斯探案”系列小说的汉

---

① 恽铁樵：《小说七人·序》，《小说月报》第六卷第七期，1915 年。

② 胡寄尘：《小说名画大观·序》，上海文明书局 1916 年版。

③ 实际上，在清光绪二十二年（1896）七月初一，《时务报》第一期上，就已经刊登了一篇侦探小说翻译作品《英国包探访喀迭医生奇案》，标“译伦敦俄们报”，署名“桐乡张坤德译”。从小说内容上看，这篇小说与“福尔摩斯探案”系列中的《魔鬼之足》（*The Devil's Foot*）一篇略有相似，也有学者认为这才是中国第一篇“福尔摩斯探案”系列小说翻译与中国第一篇侦探小说翻译。但问题在于，柯南·道尔的《魔鬼之足》原文发表于 1910 年 12 月，晚于《时务报》此篇小说译作的刊载时间，故《英国包探访喀迭医生奇案》不可能是翻译、改写自柯南·道尔的《魔鬼之足》。但称其为中国第一篇侦探小说翻译则有其说法上的合理之处，只是考虑到当时普遍存在将一些西方真实案件新闻误当作小说翻译的情况，不知其原文是关于真实案件的报道，还是虚构的侦探小说。而学者齐金鑫、李德超则认为该小说为“伪翻译”小说，参见齐金鑫、李德超《假作真时真亦假——清末民初第一部伪译侦探小说揭示的文化和文学现象》，《中国翻译》2019 年第 6 期。此外，1911 年，《江南警务杂志》第 12 期又重新刊登了这篇“小说”译文，题为《新译包探案：英国包探访喀迭医生奇案》，译者署“湘乡曾广钧译”，第 13 期刊登《新译包探案：英包探勘盗密约案》时又署“湘乡曾广铨译”。同时，《江南警务杂志》第 13 期刊登修订声明：“曾广钧”应为“曾广铨”。但缘何初刊署名“桐乡张坤德译”，十五年后再次刊登却另署名“曾广钧译”或“曾广铨译”，具体情况不详，此处存疑。

译工作便一发不可收，其主要表现为以下四个方面：

第一，"福尔摩斯探案"系列中各篇小说翻译版本众多且再版、重印不断。据阿英《晚清戏曲小说目·翻译之部》中所做出的相关统计，"福尔摩斯探案"在晚清时期就有二十五种单行本[①]。王志清整理的结果为"据统计，1896—1916 年间出版的翻译小说中，数量第一的即为英国小说家柯南·道尔的系列侦探故事，共 32 种。这是一个值得重视的文学史现象"[②]。而据学者陈平原的考察统计，其中不仅是翻译种类众多，再版情况也是相当惊人："翻译小说中，柯南·道尔的《华生包探案》1906—1920 年间共印行了 7 版，而《福尔摩斯探案全集》1916 年初版后，20 年间共印行了 20 版。"[③]

第二，翻译速度很快。当时中国很多欧美小说翻译都是通过日文本转译，但"福尔摩斯探案"系列小说不仅几乎都是从英文原本直接翻译过来，而且很多时候比日文本的翻译还要迅速[④]。据目前所

---

① 参见阿英《晚清戏曲小说目·翻译之部》，载阿英著，柯灵主编《阿英全集》（六），安徽教育出版社 2003 年版，第 172—220 页。

② 王志清：《近代福尔摩斯探案小说代表性译作的分析与评价》，《雁北师范学院学报》2006 年第 3 期。陈平原：《中国现代小说的起点：清末民初小说研究》，北京大学出版社 2010 年版，第 42、96 页。

③ 陈平原：《二十世纪中国小说史》，北京大学出版社 1989 年版，第 74 页。

④ "据《清末探偵小说史稿》（笔者按：日本学者中村忠行著），中国人译介柯南道尔的作品始于 1896 年，而日本人则在 1899 年才有柯南道尔侦探小说的译本出现。"（转引自陈平原《中国现代小说的起点：清末民初小说研究》，北京大学出版社 2010 年版，第 59 页）而据余玟欣《遇见福尔摩斯：以中国晚清时期与日本明治时期福尔摩斯探案翻译为例》（硕士学位论文，台湾师范大学，2013 年），日本明治时期最早的"福尔摩斯探案"翻译于 1894 年，为 *The Man with Twisted Lip*（《歪嘴男人》）一篇，日译本名字为《乞食道楽》，比中国首次翻译"福尔摩斯探案"小说早两年。其他各篇"福尔摩斯探案"小说，中译本与日译本首次翻译的时间互有先后，整体上较为接近，比如 *The Adventure of the Speckled Band*（《斑点带子案》）最早的日译本为《毒蛇の秘密》（1899），比该篇最早的中译版本《毒蛇案》（1901）早两年。而 *The Naval Treaty*（《海军协定》）一篇，最早的日译本为《海軍条約》（1907 年 12 月），晚于张坤德中译版本《英包探勘盗密约案》（1896 年 9 月）十一年。抛开具体而细碎的"首译"考证，大致上判断晚清时期中、日两国在翻译西方侦探小说的步伐上都非常及时、迅速，应无太大问题。

见资料，除文明书局 1904 年出版的《血手印》（今译《血字的研究》）署名“（日）茂原周辅译，陶懋立重译”之外，其余所见清末民初时期的“福尔摩斯探案”小说汉译本多为根据英文原本直接翻译过来。此外，如“福尔摩斯探案”系列中的短篇小说集《归来记》，其英文原版的出版时间为 1904 年，而在 1904—1906 年，这本小说集中的各篇内容就都已经陆续全部被翻译成中文，效率之高，几乎与欧美同步。①

第三，众多名家参与到“福尔摩斯探案”小说的翻译工作中来。如林纾②、周瘦鹃、程小青、刘半农、严独鹤、周桂笙、杨心一、张舍我等。这些人中，有的是久已成名的翻译名家（林纾、周桂笙、杨心一），有的则后来成为中国侦探小说的开路人或领军人物（刘半农、程小青）。而从这支中国早期侦探小说翻译队伍的人员构成情况来看，我们也能约略粗窥到中国侦探小说翻译和后来中国本土侦探小说创作之间的一些内在关系，比如从柯南·道尔的“福尔摩斯探案”到程小青的“东方福尔摩斯探案”（即“霍桑探案”的早期命

---

① 其实，除了“福尔摩斯探案”系列故事之外，其他欧美侦探小说在清末民初的汉译速度也十分惊人，比如《贝克侦探谈》原著出版于 1908 年，1909 年就有了中译本。歇福克（Fergus Hume）的小说《剧场奇案》创作于 1905 年，1906 年即由商务印书馆翻译出版。同样是他的《二俑案》，其发表和翻译竟是在同一年（1906）内完成，翻译效率不可谓不高，因此本书此处同意并沿用郭延礼教授的说法：“翻译几乎和西方侦探小说创作同步。”（参见郭延礼《中国近代翻译文学概论》，湖北教育出版社 1997 年版，第 140 页）

② 林纾除了翻译柯南·道尔的“福尔摩斯探案”小说《歇洛克奇案开场》之外，还翻译了大量柯南·道尔的非侦探小说作品，如《金风铁雨录》（*Micah Clarke*，今译《迈卡·克拉克》），上海：商务印书馆 1907 年版；《髯刺客传》（*Uncle Bernac*，今译《伯纳克舅舅》），上海：商务印书馆 1908 年初版，1915 年 10 月再版；《恨绮愁罗记》（*The Refugees*，今译《逃亡者》），上海：商务印书馆 1908 年版；《电影楼台》（*The Doing of Raffles Haw*，今译《拉弗尔斯·霍行实》），上海：商务印书馆 1908 年版；《蛇女士传》（*Beyond the City*，今译《城外》），上海：商务印书馆 1908 年版；《黑太子南征录》（*The White Company*，今译《黑太子南征录》），上海：商务印书馆 1909 年版，等等。

名）等。

第四，各家书局几年之内多次出版“福尔摩斯探案”全集。1916 年 5 月，中华书局出版了《福尔摩斯侦探案全集》共十二册，内收 44 篇福尔摩斯探案小说，并附有作者生平及三序一跋（该书全面抗战前已经出了二十版）。1925 年，大东书局又出版了《福尔摩斯新探案全集》[①]（共 4 册 9 案），翻译的都是《福尔摩斯侦探案全集》出版后柯南·道尔的新作。周瘦鹃在该书的序中说，此书出版的目的在于“沧海差无遗珠”[②]，是对此前中华书局版“全集”的一种补充。仅两年之后，1926 年 10 月，世界书局又出版了《福尔摩斯探案大全集》，这一套全集不仅对“福尔摩斯探案”系列小说全部用白话文进行了重译，较之旧版还加上了新式标点和插图等内容。按照这套《福尔摩斯探案大全集》最重要的策划者和翻译者程小青对这套书翻译出版的前因后果及其地位价值的事后回忆可知，“白话译本《福尔摩斯探案大全集》，是由世界书局出版的，时间是一九二七年，共十二本，由我主编，并译了一部分；其他的译者有严独鹤、包天笑、顾明道、张碧梧、赵苕狂等。重译的动机有二：一、中华书局的文言译本（我也译过长篇《恐怖谷》等）不能适应广大读者的需要，白话文则更易受人欢迎；二、中华书局出版时间较早，出版后，原作者柯南·道尔续有作品发表，收罗不完全。白话本把原作者所有福尔摩斯探案一起收集在内，所以叫做《大全集》。白话本只有此一集，以后并未重译。（两年前北京群众出版社计划重译全部，但只出了三本便中止。）大东书局出版的（周瘦鹃主编）是《亚森罗苹案全集》（白话本），并非福尔摩斯。此外，福尔摩斯探案的译本在很早时期就已流传过多

---

① 大东书局出版的《福尔摩斯新探案全集》（1925）收录第一次世界大战后柯南·道尔所写的九篇“福尔摩斯探案”故事，由周瘦鹃、张舍我等人用白话文翻译，周瘦鹃作序。

② 《福尔摩斯新探案全集》，上海大东书局 1925 年版，第 1 页。

种，不过并非全集，而是零散的单行本。”① 当然，程小青时隔多年之后的这段回忆性文字并不一定完全准确、可靠（起码关于“大全集”的初版时间，程小青的记忆就不是很准确）。而班柏、华斯比等人都曾指出，此套“大全集”也并非真的“全”，而是缺少了六篇“福尔摩斯探案”短篇小说翻译。而一直要等到 1934 年，该套“大全集”以《福尔摩斯探案全集》（精装二册）重排出版时，才第一次做到全部翻译和收录了柯南·道尔所有“福尔摩斯探案”系列小说创作。②

---

① 程小青于一九六一年十月二十五日写给魏绍昌的回信，参见魏绍昌《十八罗汉·程小青》，载《我看鸳鸯蝴蝶派》，上海书店出版社 2015 年版，第 129 页。

② 具体可参见班柏《福尔摩斯探案小说汉译研究》（四川大学出版社 2019 年版）一书，和华斯比对“大全集”中相关翻译篇目的整理结果（https://www.douban.com/note/823306191/?_i=13533677bfB9uI）。现将其中具体篇目、原作、译者情况转录如下：

第一册《冒险史》（上）：《波宫秘史》（*A Scandal of Bohemia*），程小青译；《热情女》（*A Case of Identity*），尤半狂译；《赤发团》（*The Red-Headed League*），程小青、徐碧波译；《湖畔惨剧》（*The Boscombe Valley Mystery*），徐碧波、吴明霞译；《橘核案》（*The Five Orange Pips*），范佩萸译；《伦敦之丐》（*The Man with the Twisted Lip*），范佩萸译。

第二册《冒险史》（下）：《蓝色宝石》（*The Blue Carbuncle*），顾明道译；《斑烂带》（*The Speckled Band*），顾明道译；《机师的拇指》（*The Engineer's Thumb*），尤半狂译；《贵新郎》（*The Noble Bachelor*），程小青译；《发之波折》（*The Copper Beeches*），钱释云译；《绿玉皇冕》（*The Beryl Coronet*），尤半狂译。

第三册《回忆录》（上）：《银色驹》（*Silver Blaze*），赵苕狂译；《黄面人》（*The Yellow Face*），程小青译；《囚舟记》（*The "Gloria Scott"*），程小青译；《不幸的书记》（*The Stockbroker's Clerck*），朱戢译；《密柬残角》（*The Reigate Squires*），尤半狂译。

第四册《回忆录》（下）：《故家的礼典》（*The Musgrave Ritual*），朱戢译；《希腊译员》（*The Greek Interpreter*），顾明道译；《驼背人》（*The Crooked Man*），顾明道译；《医士的奇遇》（*The Resident Patient*），朱戢译；《海军秘约》（*The Naval Treaty*），朱戢译；《最后问题》（*The Final Problem*），郑逸梅译。

第五册《归来记》（上）：《空屋》（*The Empty House*），严独鹤译；《火中秘》（*The Norwood Builder*），程小青译；《跳舞人形》（*The Dancing Men*），尤半狂译；《自由车怪人》（*The Solitary Cyclist*），尤半狂译；《蹄痕轮迹》（*The Priory School*），程小青译；《凶矛》（*Black Peter*），尤次范译。（转下页）

同时根据程小青晚年的回忆，可知这套世界书局出版的《福尔摩斯探案大全集》中不少内容并非是直接翻译自柯南·道尔的英文原作，而是有些“投机取巧”地根据中华书局版的《福尔摩斯侦探案全集》由文言到白话的“翻译”：“约在一九三〇年间，我为世界书局承担了编译《福尔摩斯探案大全集》的任务。福尔摩斯是英国作家柯南·道尔笔下的理想人物，他的探案有长篇四种、短篇五十种，前后四十年间，陆续在英国《海滨杂志》发表。由于它的情节曲折离奇，作者又运用着科学道理和技巧，处处出人意外，成为侦探小说中继往开来的突出的读物，为广大读者所喜爱。它很早就给介绍到我国来，最早的期刊之一《小说林》中就有它的译作，单行

（接上页）第六册《归来记》（下）：《胁诈者》（*Charles A. Milverton*），程小青译；《六个拿破仑》（*The Six Napoleons*），程小青译；《三学生》（*The Three Students*），程小青译；《眼镜》（*The Golden Pince-nez*），范菊高译；《球员的失踪》（*The Missing Three Quarters*），范菊高译；《情天一侠》（*The Abbey Grange*），顾明道译；《第二血迹》（*The Second Stain*），顾明道译。

第七册《新探案》（上）：《病侦探》（*The Dying Detective*），包天笑译；《红圈党》（*The Red Circle*），俞天愤译；《魔鬼之足》（*The Devil's Foot*），朱戬译；《潜艇图》（*The Bruce-Partington Plans*），俞友清译；《石桥女尸》（*The Problem of Thor Bridge*），程小青译；《可怕的纸包》（*The Cardboard Box*），程小青译；《吸血妇》（*The Sussex Vampire*），程小青译。

第八册《新探案》（下）：《专制魔王》（*Wisteria Rogbe*），程小青译；《网中鱼》（*The Maqarin Stone*），程小青译；《郡主的失踪》（*The Disappearance of Lady Frances Carfax*），程小青译；《怪教授》（*The Creeping Man*），程小青译；《为祖国》（*His Last Bow*），程小青译；《同姓案》（*The Three Garridebs*），郑逸梅译；《堕溷护花录》（*The Illustrious Client*），郑逸梅译。

第九册《血字的研究》（*A Study in Scarlet*），程小青译。

第十册《四签名》（*The Sign of Four*），范烟桥、范佩英译。

第十一册《古邸之怪》（*The Hound of the Baskervilles*），程小青译。

第十二册《恐怖谷》（*The Valley of Fear*），顾明道译。

而在 1934 年在“大全集”基础上重排出版的《福尔摩斯探案全集》（精装二册）中所增补翻译的六篇“福尔摩斯探案”短篇小说分别是《白脸士兵》（*The Blanched Soldier*）、《三角屋》（*The Three Gables*）、《狮鬣》（*The Lion's Mane*）、《幕面客》（*The Veiled Lodger*）、《老屋中的秘密》（*The Shoscombe Old Place*）、《棋国手的故事》（*The Retired Colourman*），这六篇小说皆由程小青翻译。

本也流传了好几种，福尔摩斯这个译名变成了智慧人物的代名词，几乎妇孺皆知。到了一九二〇年前后，中华书局汇集柯氏的原作，译出一部《福尔摩斯探案全集》，我和严独鹤、周瘦鹃都参加翻译，出版后行销很广。这时，沈知方看准了这个生意眼，叫我把中华书局出版以后柯氏续写的福尔摩斯探案一起收罗在内，另外出一部《福尔摩斯探案大全集》，并把它们译成白话体，加用新式标点和插图，因为中华版是文言文，行销的对象还有限制。他知道我对侦探小说有偏爱，乐于承担这一工作，就压低稿酬，并限期半年全部完稿。我说柯氏的探案长短五十四篇，一共有七十多万字，半年时间无论如何完不了。沈知方却轻描淡写地说：'把文言的改成白话，化得了多少工夫呀？'就这样，说也惭愧，我竟依从了他的要求，除了我自己和顾明道等从原文译了一部分以外，其余的分别请朋友们当真把文言译成了白话，完成了这一粗制滥造的任务。"[①] 从后来《福尔摩斯探案大全集》的实际翻译结果和传播效果来看，程小青所说的"粗制滥造"更多带有一种自谦的成分（当然，也有可能是"福尔摩斯探案"加白话文翻译的组合实在太受欢迎，导致即使粗制滥造依然广获销路）。只不过根据程小青的宝贵回忆，我们可知"大全集"的文本由来是有着小说英文原本和中华书局文言翻译本两重源头的，而由此也反过来更能凸显出中华书局版"全集"在汉译"福尔摩斯探案"小说发展历程中的重要性（世界书局版"大全集"在相当程度上脱胎于中华书局版"全集"）。

版本的众多、翻译的迅速、名家的参与，以及短时间内多家出版社多种"全集"的连续推出都说明了"福尔摩斯探案"系列侦探小说在当时中国的流行盛况。为了清晰明了、方便观察，本书将写作过程中搜集到的 1896 年至 1916 年这二十年间关于"福尔摩斯探案"系列小说作品的具体汉译情况（包括报纸、杂志刊载与单行本出版，及全集出版等各种形式）以列表形式予以呈现：

---

① 程小青：《我和世界书局的关系》，《出版史料》1987 年第 2 期。

表 3-1　　福尔摩斯探案系列小说翻译年表（1896—1916）①

小说译名	署名（原作者、译者）	发行时间与平台（报刊、出版社）	现今名称（英文原名、今汉译名②）	注释说明
《英包探勘盗密约案》	张坤德，译歇洛克呵尔唔斯笔记	1896 年 9 月 27 日至 1896 年 10 月 27 日（光绪二十二年八月二十一日至九月二十一日），《时务报》第六期至第九期	*The Naval Treaty*，《海军协定》	1899 年素隐书屋出版的《新译包探案》，收录了 1896—1897 年《时务报》上刊载的四篇"福尔摩斯探案"小说，另加上"《英国包探访喀迭医生奇案》"一篇，署名"时务报馆译，丁杨杜译"（与报载时署名的"张坤德译"不符，原因不详，学者郭延礼也认为其"阙疑待考"，樽本照雄则指出"丁杨杜"为发行人）。这是目前能见到的最早的西方侦探小说翻译单行本。此外，该书还收录了林纾翻译的《巴黎茶花女遗事》。1903 年 12 月，文明书屋对此书进行了重新初版；1905 年 7 月再版。
《记伛者复仇事》	张坤德，译歇洛克呵尔唔斯笔记	1896 年 11 月 5 日至 1896 年 11 月 25 日（光绪二十二年十月初一日至十月二十一日），《时务报》第十期至第十二期	*The Crooked Man*，《驼背人》	
《继父诳女破案》	张坤德，译滑震笔记	1897 年 4 月 22 日至 1987 年 5 月 12 日（光绪二十三年三月二十一日至四月十一日），《时务报》第二十四期至第二十六期	*A Case of Identity*，《身份案》	
《呵尔唔斯缉案被戕》	张坤德，译滑震笔记	1897 年 5 月 22 日至 1987 年 6 月 20 日（光绪二十三年四月二十一日至五月二十一日），《时务报》第二十七期至第三十期	*The Final Problem*，《最后一案》	

① 本书"福尔摩斯探案系列小说翻译年表（1896—1916）"参考了郭延礼《中国近代翻译文学概论·中国近代翻译侦探小说》，湖北教育出版社 1997 年版，第 109—122 页；李亚娟《晚清小说与政治之关系研究（1902—1911）》（附录 6、附录 7），中国法制出版社 2013 年版，第 291—322 页；孔慧怡《还以背景，还以公道：论清末民初英语侦探小说中译》，载王宏志主编《翻译与创作：中国近代翻译小说论》，北京大学出版社 2000 年版，第 88—117 页；以及刘永文编著《晚清小说目录》，上海古籍出版社 2008 年版，等等。

② 鉴于"福尔摩斯探案"系列小说今译版本众多，小说译名也并不统一的实际情况，这里特别指出，本节所指的"福尔摩斯探案"系列小说今译名称，皆以《福尔摩斯探案全集》（［英］阿瑟·柯南·道尔著，王逢振、许德金译，中央编译出版社 2013 年版）中的相关译名为准。

续表

小说译名	署名（原作者、译者）	发行时间与平台（报刊、出版社）	现今名称（英文原名、今汉译名）	注释说明
《毒蛇案》《毒蛇案》	黄鼎（佐廷）、张在新（铁民）合译	1901年，《泰西说部丛书之一》，收录七篇“福尔摩斯探案”小说，启明书社初版。1909年，兰陵社再版	*The Adventure of the Speckled Band*，《斑点带子案》	该书所收录的七篇侦探小说翻译，部分曾在1902—1903年于成都的《启蒙通俗报》上刊载，具体情况如下：《毒蛇案》，刊于《启蒙通俗报》第四期至第五期，1902年7月至1902年8月（未完）；《宝石冠》，刊于《启蒙通俗报》第十二期，1903年4月（未完）；《拔斯夸姆命案》，刊于《启蒙通俗报》第十二期至第十五期，1903年4月至1903年7月（未完）
《宝石冠》			*The Adventure of the Beryl Coronet*，《绿玉皇冠案》	
《拔斯夸姆命案》			*The Boscombe Valley Mystery*，《博斯科姆比溪谷秘案》	
《希腊舌人》			*The Greek Interpreter*，《希腊译员》	
《红发会》			*The Red-Headed League*，《红发会》	
《绅士》			*The Adventure of the Noble Bachelor*，《贵族单身汉案》	
《海姆》				
《歇洛克红发案》	汤心存、戴鸿蘖合译	1901年，小说进步社；1909年（宣统元年三月），小说进步社出版、发行	*The Red-Headed League*，《红发会》	小说封面标题为《歇洛克红发案》，内文标题为《歇洛克红发社案》
《议探案》	黄鼎、张在新合译①	1902年，光绪壬寅年馀学斋出版木活字本		

① 此处为郭延礼的说法，而按照阿英的目录书抄，则为“《议探案》，黄鼎、张东新合译，光绪壬寅（1902）馀学斋木活字本”（参见阿英《晚清戏曲小说目》，上海文艺联合出版社1954年版，第169页）。因未见《议探案》小说原本，不能证实，故将两种不同说法皆列于此。

续表

小说译名	署名（原作者、译者）	发行时间与平台（报刊、出版社）	现今名称（英文原名、今汉译名）	注释说明
《亲父囚女案》	署名"警察学生译"	1902年，文明书局出版《续译华生包探案》，共有两种版本：一种为收录三篇"福尔摩斯探案"小说，标"清光绪二十八年十一月印刷，十二月发行"，收录作品为《亲父囚女案》《修机断指案》《贵胄失妻案》；另一种收录七篇"福尔摩斯探案"小说③，扉页标"上海文明编译书局印行"。 "收录七篇"的版本又有封面题为《续包探案》一种，且该版本于1905年（清光绪三十一年十一月）再版，科学书局印行，文明书局总发行。	*The Adventure of the Copper Beeches*，《褐色山毛榉宅案》	
《修机断指案》①			*The Adventure of the Engineer's Thumb*，《工程师大拇指案》	
《贵胄失妻案》			*The Adventure of the Noble Bachelor*，《贵族单身汉案》	
《三K字五橘核案》			*The Five Orange Pips*，《五个橘核》	
《跋海森王照相片》			*A Scandal in Bohemia*，《波西米亚丑闻》	
《鹅腹蓝宝石案》②			*The Adventure of the Blue Carbuncle*，《新蓝宝石案》	
《伪乞丐案》			*The Man with Twisted Lip*，《歪嘴男人》	

① 另有《大拇指》（刊于《小说月报》第六卷第十二期，1915年，标"法儒孔那多咽著，雪生译"）一篇，疑似改写自柯南·道尔的《工程师大拇指案》（*The Adventure of the Engineer's Thumb*）。

② 另有《鹅嗉宝石》（刊于《小说月报》第六卷第一期，1915年，标"法国孔那多咽著，雪生译"）一篇，疑似改写自柯南·道尔的《新蓝宝石案》（*The Adventure of the Blue Carbuncle*）。

③ 按照阿英的说法，《续译华生包探案》在1902年共出过两种："《续译华生包探案》，英柯南道尔著，警察学生译。光绪二十八年（1902）刊，收福尔摩斯探案三种：《亲父囚女案》《修机断指案》《贵胄失妻案》。又同年文明书局刊本，除上三种外，增译四种：《三K字五橘核案》《跋海渺王照相片》《鹅腹蓝宝石案》《伪乞丐案》。"（参见阿英《晚清戏曲小说目》，上海文艺联合出版社1954年版，第171页），与笔者所见实物情况一致。

续表

<table>
<tr><th>小说译名</th><th>署名（原作者、译者）</th><th>发行时间与平台（报刊、出版社）</th><th>现今名称（英文原名、今汉译名）</th><th>注释说明</th></tr>
<tr><td>《哥利亚司考得船案》</td><td></td><td>1903 年 5 月 15 日，《绣像小说》第四期至第五期</td><td>The “Gloria Scott”，《“格洛里亚斯科特”号三桅帆船》</td><td rowspan="6">1903 年商务印书馆出版了《补译华生包探案》，收录了 1903 年在《绣像小说》上刊载的六篇福尔摩斯探案小说①；
另，1906 年 4 月（丙午年）商务印书馆出版《华生包探案》也收录这六篇作品，署“商务印书馆译印”，该书于 1907 年 1 月二版；1908 年 8 月第五版；1914 年 4 月再版。
另有标“小本小说”丛书的《华生包探案》，商务印书馆印行，收录内容与前两种相同，1911 年 4 月初版，1917 年 4 月四版。</td></tr>
<tr><td>《银光马案》</td><td></td><td>1903 年 6 月 15 日，《绣像小说》第六期</td><td>Silver Blaze，《银色马》</td></tr>
<tr><td>《孀妇匿女案》</td><td></td><td>1903 年 7 月 1 日，《绣像小说》第七期</td><td>The Yellow Face，《黄面人》</td></tr>
<tr><td>《墨斯格力夫礼典案》</td><td></td><td>1903 年 7 月 15 日，《绣像小说》第八期</td><td>The Musgrave Ritual，《马斯格雷夫礼典》</td></tr>
<tr><td>《书记被骗案》</td><td></td><td>1903 年 8 月 1 日，《绣像小说》第九期</td><td>The Stock - broker’s Clerk，《证券经纪人的书记员》</td></tr>
<tr><td>《旅居病夫案》</td><td></td><td>1903 年 8 月 15 日，《绣像小说》第十期</td><td>The Resident Patient，《住院的病人》</td></tr>
</table>

① 据“补译滑生包探案一卷·商务印书馆说部丛书·第一集第四编本”中的一段序言文字所述：“英‘华生笔记’，商务印书馆译，最先译包探案者，为上海《时务报》馆即所谓‘歇洛克·呵尔唔斯笔记’是也，呵尔唔斯即福而摩斯，滑震即滑生，盖译写殊耳。嗣上海启明设续译凡六则，上海文明书局复选译七则，华生自言常辑福生生平所侦奇案多至七十件，然此不三分之一耳。本书所译，凡六节情迹离奇，令人目眩。而礼典一案，尤为神妙，机械变诈，今胜于古，环球交通，智慧愈开，而人愈不可测。得此书枨触之事变纷乘，或可免卤莽灭烈之害乎？”（参见王韬、顾燮光等编《近代译书目》，北京图书馆出版社 2003 年版，第 611 页），但文中所说“上海《时务报》馆即所谓‘歇洛克·呵尔唔斯笔记’”“上海文明书局复选译七则”笔者皆见原文。至于“上海启明设续译凡六则”一句，疑似即为本书中所列举的“1901 年黄鼎、张在新合译的《泰西说部丛书之一》，收录七篇福尔摩斯探案小说，启明书社出版”，但与引文中所描述的收录篇目数量不相同，可能为《补译滑生包探案》序言作者笔误所致。另，《绣像小说》上刊登的《银光马案》《孀妇匿女案》《墨斯格力夫礼典案》《旅居病夫案》四篇侦探小说在商务印书馆出版的单行本《补译华生包探案》中，小说题目皆去掉了一个“案”字。而《绣像小说》上的《书生被骗案》在收入单行本时，小说题目则改为《书记被骗》。

续表

小说译名	署名（原作者、译者）	发行时间与平台（报刊、出版社）	现今名称（英文原名、今汉译名）	注释说明
《四名案》	署名"爱考难陶列著"，吴梦鬯、嵇长康合译	1903年10月，文明书屋	*The Sign of Four*，《四签名》	标注"唯一侦探谭"。据郭延礼的说法，该书另有一版本为"1904年小说林社刊"①，但未见该版本
《大复仇》	奚若译意、黄人润辞	1904年6月，小说林社	*A Study in Scarlet*，《血字的研究》	封面标注"福而摩斯第壹侦探案"，内文标注"福尔摩斯侦探第一案"
《恩仇血》	陈彦译，金一润辞	1904年7月，小说林社，日本翔鸾社印刷	*A Study in Scarlet*，《血字的研究》	
《血手印》	署名"（日）茂原周辅译，陶懋立重译"	1904年，文明书局	*A Study in Scarlet*，《血字的研究》	
《案中案》	署"（英）柯南达利著，商务印书馆译印"	1904年11月，商务印书馆初版；1905年3月再版；1906年4月四版；1913年5月六版；1914年4月再版	*The Sign of Four*，《四签名》	另有一种《案中案》，署"（英）屠哀尔士著，商务印书馆编译所译"，"说部丛书初集第六编"，1904年11月初版，1913年5月六版。
《黄面》		1904年8月4日至1904年8月9日，《时报》	*The Yellow Face*，《黄面人》	标"滑震笔记之一短篇"
《歇洛克复生侦探案》	陶高能原著，知新子（周桂笙）译述	1904年10月23日，《新民丛报》第三卷第七期，总第五十五期	*The Adventure of the Empty House*，《空屋》	

① 郭延礼：《中国近代翻译文学概论》，湖北教育出版社1997年版，第117页。

续表

小说译名	署名（原作者、译者）	发行时间与平台（报刊、出版社）	现今名称（英文原名、今汉译名）	注释说明
《再生第一案》	奚若译，第一册（1904）	1904—1906年，小说林社陆续出版了《福尔摩斯再生案》（即《归来记》），共13篇，其中前十篇为奚若译，后三篇为周桂笙译（1904年2月第1册初版；1904年10月第2—5册初版；1905年12月第6—8册初版；1906年5月第9—10册初版；1906年10月第11—13册初版；1906年5月第1—5册五版；1906年10月第6—10册六版）	*The Adventure of the Empty House*，《空屋》	另见《阿罗南空屋被刺案》，"上海周桂笙译述"，底本也是《空屋》
《亚特克之焚尸案》	奚若译，第二册（1904）		*The Adventure of the Norwood Builder*，《诺伍德的建筑师》	
《却令登乘自转车案》			*The Adventure of the Solitary Cyclist*，《孤身骑车人》	
《麦克来敦之小学校奇案》	奚若译，第三册（1904）		*The Adventure of the Priory School*，《修道院公学》	"黄人润辞"
《宓尔逢登之被螫案》			*The Adventure of Charles Augustus Milverton*，《查尔斯·奥古斯都·米尔沃顿的故事》	
《毁拿破仑像案》	奚若译，第四册（1906）		*The Adventure of the Six Napoleons*，《六座拿破仑半身像》	
《黑彼得被杀案》			*The Adventure of Black Peter*，《黑彼得》	
《密码被杀案》			*The Adventure of the Dancing Men*，《跳舞的人》	
《陆圣书院窃题案》			*The Adventure of the Three Students*，《三个大学生》	
《虚无党案》			*The Adventure of the Golden Pince-Nez*，《金边夹鼻眼镜》	
《役犬案》				

续表

小说译名	署名（原作者、译者）	发行时间与平台（报刊、出版社）	现今名称（英文原名、今汉译名）	注释说明
《马显镇杀人案》	前两篇标"上海周桂笙译述"，第三篇《密札案》未署译者名①。		*The Adventure of the Missing Three-Quarter*，《失踪的中卫》	
《密札案》			*The Adventure of the Abbey Grange*，《格兰其庄园》	
			The Adventure of the Second Stain，《第二块血迹》	

① 在该书另一种后来的影印本中，第十三案标明"上海周桂笙译述"，却未标明小说题目。经笔者核对小说文本内容，确为《密札案》。

此外，根据《月月小说》第五期，《介绍新书》栏目中一段介绍《福尔摩斯再生后之探案》的广告："歇洛克福尔摩斯侦探案为英国大文学家高能陶耳所著，盖欧洲近世最有价值之侦探小说也。每一稿脱，各国翻译恐后争相罗致，吾国译本以《时务报》张氏为最先，而后续译者接踵而起，如包探案、续包探案之类皆是也。顾原书至福尔摩斯被戕后已戛然终止，几成绝响，距数年以后作者又创为再来之说。成书十三篇，和之前后诸作无一相犯、无一雷同者。欧美各国一时风行殆遍。吾国周君桂笙所译福尔摩斯再生来第一案，首先出版，颇受欢迎，而续译者又踵起矣。夫译书极难而译小说书尤难，苟非将原书至前后情形与夫著者之本末生平包罗胸中，而但鲁莽从事，率尔操觚。即不免有直译之弊，非但令人读之味同嚼蜡，抑且有无从索解者矣。顾此等小说在欧美各国则妇孺皆知，在吾国则几于寂寂无闻。此其咎必非在原著之不佳明矣，毋亦遍译之未尽合宜，固不足以动人耶。小说林社主人知其然也，故自第八案以后仍请周君桂笙一手译述。今最后只第十一二三三案，亦已出版共钉一册，编首委以译者小影一帧。盖见该社精益求精、不遗余力矣。本社受而读之，觉其理想之新奇，诚有匪夷所思者洵近今翻译小说中之不可多得者也，爰为溯其原起，著之于篇。以为一般爱先进小说者告。"此广告可引为周桂笙翻译第十一、十二、十三案的一条旁证。

续表

小说译名	署名（原作者、译者）	发行时间与平台（报刊、出版社）	现今名称（英文原名、今汉译名）	注释说明
《降妖记》	闽侯陆康华、永福黄大钧译；未标原著者	封面书名为竖排版，标“说部丛书初集第十四编”，1905年（乙巳年二月）初版，1913年（民国二年十二月）版；1914年（民国三年四月）再版	*The Hound of the Baskervilles*，《巴斯克维尔猎犬》	另见一种《降妖记》，封面书名为横排版，标“说部丛书第二集第四编”，“英国亚柯能多尔原著”，译者“侯官陆康华、永福黄大钧编译”，中国商务印书馆译印，1905年3月25日（光绪三十一年二月二十日）初版，1905年（光绪三十一年岁次乙巳仲春）初版，1907年（光绪三十三年岁次丁未季春三版）
《怪獒案》	人镜学社编译处编译	1905年9月20日（光绪三十一年八月二十二日）初版，人镜学社编译处编译、发行，广智书局印刷	*The Hound of the Baskervilles*，《巴斯克维尔猎犬》	
《秘密党》	署“（英）顾能著，杨心一译述”	1906年，有正书局；1907年1月14日以丛书形式再次出版		
《窃毁拿破仑遗像案》	陶高能原著，知新子（周桂笙）译述	1906年（清光绪三十二年正月十六日初版发行），新民丛报社编《最新侦探案汇刊（第一辑）》（版权页标“侦探案汇刻”），上海广智书局总发行，横滨新民社发行，新民社活版部印刷	*The Adventure of the Six Napoleons*，《六座拿破仑半身像》	《最新侦探案汇刊》一书中共收录4篇侦探小说，其中包括柯南·道尔侦探小说一篇。另三篇小说分别是《失女案》《毒药案》《双公使》。
《歇洛克奇案开场》	英国科南达利原著，闽县林纾、仁和魏易译述	标“说部丛书二集第九编”，商务印书馆，1908年（戊申年六月八日）初版；1915年10月13日三版	*A Study in Scarlet*，《血字的研究》	另见到一版本，标“林译小说丛书第三十八编”，版权页注明“1914年6月初版”，商务印书馆发行，英国科南达利原著，闽县林纾、仁和魏易同译。

续表

小说译名	署名（原作者、译者）	发行时间与平台（报刊、出版社）	现今名称（英文原名、今汉译名）	注释说明
《三捕爱姆生巨案》	西泠悟痴生译	1908年5月1日—1908年6月21日，《申报》		标"福尔摩斯再生后之探案续出"，疑似对福尔摩斯仿作小说的翻译，不能确证。1908年，集成图书公司出版该书单行本，书名为《三捕爱姆生》，署名"英柯南道尔著，西泠悟痴生译"
《红发会奇案》	英考南道一著，长沙郑建人、安化陶报癖（陶兰荪）译	1909年7月1日，《扬子江小说报》第四期	*The Red-Headed League*，《红发会》	
《福尔摩斯侦探案》	甘作霖	1911年12月25日，《小说月报》第二卷第十二期	*The Disappearance of Lady Frances Carfax*《弗朗西斯·卡法克斯女士的失踪》	标"西历一九一一出版，译斯屈兰脱杂志"
《鬼脚草》	高能陶尔著，（杨）心一译	1912年，《小说时报》第十七期	*The Adventure of the Devil's Foot*，《魔鬼之足》	
《托病捕凶》	英国 A. Conan Doyle 原著，留氓译、仪鄦述	1914年，《小说丛报》第二期	*The Adventure of the Dying Detective*，《临终的侦探》	该译本后又连载于《益世报》（天津），1920年5月21日—1920年5月29日
《潜艇图》	［英］Doyle，A. C. 著，水心、仪鄦合译	1914年，《小说丛刊》第四期至第五期	*The Adventure of the Bruce-Partington Plans*，《布鲁斯—帕廷顿计划》	
《恐怖窟》	科南达里原著，常觉（李常觉）、小蝶（陈小蝶）合译	1914—1915年，《礼拜六》第二十五期至第五十六期	*The Valley of Fear*，《恐怖谷》	其中第33—34、37—40、45—49、52期未刊登
《红圈党》	痴侬、何为译	1915年2月8日，《小说丛报》第八期	*The Adventure of the Red Circle*，《红圈会》	
《康南虚恐怖案》	倪灏森、仪鄦合译	1915年6月28日，《小说丛报》周年增刊	*The Adventure of the Devil's Foot*，《魔鬼之足》	标"福尔摩斯侦探新案"

续表

小说译名	署名（原作者、译者）	发行时间与平台（报刊、出版社）	现今名称（英文原名、今汉译名）	注释说明
《一身六表之疑案》	柯南达理原著，半依译	1915年，《小说大观》第四期	*The Man with the Watches*	为柯南·道尔所著侦探小说，但非“福尔摩斯探案”系列。另，刘延凌、巢干卿1917年又译一篇柯南·道尔侦探小说《多表之人》，怀疑亦是此篇，惜未见小说原本。
《毒带》	科南达利原著、常觉、小蝶合译	1916年，《春声》第三期	*The Adventure of the Speckled Band*，《斑点带子案》	
《血书》	瘦鹃译（第1册，第一案）	1916年5月，中华书局出版了《福尔摩斯侦探案全集》共十二册，内收44篇福尔摩斯探案小说，作者署名“英国柯南道尔著”。全书用比较浅近的文言文翻译，分别由严独鹤、程小青、陈小蝶、天虚我生、刘半侬、周瘦鹃、陈霆锐、天侔、李常觉、渔火等十人翻译，当时文坛上的一些著名人士如包天笑、陈冷血、刘半侬等都为该书作序，刘半侬还撰写了《英勋士柯南道尔先生小传》一文，附于全集第一册。1916年5月初版；1916年8月再版；1921年9月九版；1936年3月二十版	*A Study in Scarlet*，《血字的研究》	
《佛国宝》	刘半侬译（第2册，第二案）		*The Sign of Four*，《四签名》	
《情影》	常觉、小蝶译（第3册，第三至八案）		*A Scandal in Bohemia*，《波西米亚丑闻》	
《红发会》			*The Red-Headed League*，《红发会》	
《怪新郎》			*A Case of Identity*，《身份案》	
《弑父案》			*The Boscombe Valley Mystery*，《博斯科姆比溪谷秘案》	
《五桔核》			*The Five Orange Pips*，《五个橘核》	
《丐者许彭》			*The Man withthe Twisted Lip*，《歪嘴男人》	

续表

小说译名	署名（原作者、译者）	发行时间与平台（报刊、出版社）	现今名称（英文原名、今汉译名）	注释说明
《蓝宝石》	常觉、小蝶译（第4册，第九至十四案）		*The Adventure of the Blue Carbuncle*，《新蓝宝石案》	
《彩色带》	严独鹤译（第5册，第十五至十七案）		*The Adventure of the Speckled Band*，《斑点带子案》	
《机师之指》			*The Adventure of the Engineer's Thumb*，《工程师大拇指案》	
《怪新娘》			*The Adventure of the Noble Bachelor*，《贵族单身汉案》	
《翡翠冠》			*The Adventure of the Beryl Coronet*，《绿玉皇冠案》	
《金丝发》			*The Adventure of the Copper Beeches*，《褐色山毛榉宅案》	
《失马得马》			*Silver Blaze*，《银色马》	
《窗中人面》			*The Yellow Face*，《黄面人》	
《佣书受绐》			*The Stock-broker's Clerk*，《证券经纪人的书记员》	

续表

小说译名	署名（原作者、译者）	发行时间与平台（报刊、出版社）	现今名称（英文原名、今汉译名）	注释说明
《孤舟浩劫》	严独鹤、程小青译（第6册，第十八至二十一案）		*The "Gloria Scott"*，《"格洛里亚斯科特"号三桅帆船》	
《窟中秘宝》			*The Musgrave Ritual*，《马斯格雷夫礼典》	
《午夜枪声》			*The Reigate Puzzle*，《赖盖特之谜》	
《偻背眩人》			*The Crooked Man*，《驼背人》	
《客邸病夫》	严独鹤、小青译（第7册，第二十二至二十五案）		*The Resident Patient*，《住院的病人》	
《希腊舌人》			*The Greek Interpreter*，《希腊译员》	
《海军密约》			*The Naval Treaty*，《海军协定》	
《悬崖撒手》			*The Final Problem*，《最后一案》	

续表

小说译名	署名（原作者、译者）	发行时间与平台（报刊、出版社）	现今名称（英文原名、今汉译名）	注释说明
《绛市重苏》	严天侔、常觉、天虚我生译（第8册，第二十六至三十一案）		*The Adventure of the Empty House*,《空屋》	
《火中秘计》			*The Adventure of the Norwood Builder*,《诺伍德的建筑师》	
《壁上奇书》			*The Adventure of the Dancing Men*,《跳舞的人》	
《碧巷双车》			*The Adventure of the Solitary Cyclist*,《孤身骑车人》	
《湿原蹄迹》			*The Adventure of the Priory School*,《修道院公学》	
《隔帘髯影》			*The Adventure of Black Peter*,《黑彼得》	
《室内枪声》	严天侔、常觉、天虚我生译（第9册，第三十二至三十八案）		*The Adventure of Charles Augustus Milverton*,《查尔斯·奥古斯都·米尔沃顿的故事》	
《剖腹藏珠》			*The Adventure of the Six Napoleons*,《六座拿破仑半身像》	
《赤心护主》			*The Adventure of the Three Students*,《三个大学生》	
《雪窖沉冤》			*The Adventure of the Golden Pince-Nez*,《金边夹鼻眼镜》	
《荒村轮影》			*The Adventure of the Missing Three-Quarter*,《失踪的中卫》	
《情天决死》			*The Adventure of the Abbey Grange*,《格兰其庄园》	
《掌中倩影》			*The Adventure of the Second Stain*,《第二块血迹》	

续表

小说译名	署名（原作者、译者）	发行时间与平台（报刊、出版社）	现今名称（英文原名、今汉译名）	注释说明
《獒祟》	陈霆锐译（第10册，第三十九案）		*The Hound of the Baskervilles*，《巴斯克维尔猎犬》	
《魔足》	程小青、渔火、周瘦鹃、陈霆锐译（第11册，第四十至四十三案）		*The Adventure of the Devil's Foot*，《魔鬼之足》	
《红圈会》			*The Adventure of the Red Circle*，《红圈会》	
《病诡》			*The Adventure of the Dying Detective*，《临终的侦探》	周瘦鹃所译《病诡》一篇，另见上海中华书局出版的《欧美名家短篇小说丛刊》，1917年2月，怀兰室丛书。
《窃图案》			*The Adventure of the Bruce - Partington Plans*，《布鲁斯—帕廷顿计划》	
《罪薮》	程小青译（第12册，第四十四案）		*The Valley of Fear*，《恐怖谷》①	

① 《深浅印》，小说林社，1906年，鸳水不因人译述，标“华生笔记”；《福尔摩斯最后之奇案》，飞鸿阁、日新书庄，1907年，白侣鸿译述，共22节；《杀妇奇冤》，连载于《申报》1907年4月10日—1907年6月28日，标“华生笔记”。据日本学者樽本照雄《上海のシャーロック・ホームズ》（国書刊行会2016年版）一书中的相关考证，这三篇小说皆为对福尔摩斯仿作小说的翻译。另有《黄金骨》，小说林社，1906年（丙午年八月）初版、发行，元和马汝贤译述，标“华生笔记”，“福尔摩斯侦探案”。据樽本照雄《清末翻译小说论集》中的相关考证，该篇小说也是对福尔摩斯仿作小说的翻译。而张其讱的《两头蛇》（刊于《月月小说》第二十二期，1908年11月）则是对《斑点带子案》相似故事的模仿和改写。

1916年5月，中华书局出版的《福尔摩斯侦探案全集》的"凡例"中称："《福尔摩斯侦探案》，为十九、二十两世纪小说界中风行全球之杰构。十年以还，吾国文士，趁译颇多，只以东鳞西爪，散见各处，读者每有难窥全豹之憾。爰特广为搜求，悉以编译，珠联璧合，允为大观。"① 即鉴于"福尔摩斯探案"系列小说的风行和国内译本的散乱，中华书局希望推出一套完整的全集。但其虽名为"全集"，其实必然不全，因为此时柯南·道尔还在继续他的该系列侦探小说创作。相较之现在通行的《福尔摩斯侦探案全集》中所收录的56个短篇和4部中篇，中华书局版《福尔摩斯侦探案全集》则缺少小说集《最后致意》中的《威斯特里亚寓所历险记》《硬纸盒子》《弗朗西丝·卡法克斯女士的失踪》《最后的致意》四篇，以及当时柯南·道尔本人尚未出版的短篇集《新探案》。所以后来才有了1925年大东书局作为"沧海差无遗珠"而推出的《福尔摩斯新探案全集》和1926年10月世界书局的《福尔摩斯探案大全集》。而正如前文所述，真正意义上的福尔摩斯"全"集翻译之理想，是直到1934年在世界书局版"大全集"基础上重排出版的《福尔摩斯探案全集》（精装二册）才得以实现。

此外，在《福尔摩斯侦探案全集》（中华书局1916年版）出版之后，还持续不断地有"福尔摩斯探案"短篇小说翻译刊载于报纸、杂志之上，或集结成单行本与选辑本形式出版发行。据笔者所见，关于"福尔摩斯探案"小说的翻译一直到1948年仍在持续进行中。② 甚至

① 《福尔摩斯侦探案全集·凡例》，上海：中华书局1916年版。

② 关于《福尔摩斯侦探案全集》出版之后福尔摩斯探案小说的单篇零散翻译情况，仅就本书所见，举例如下：《皇冕宝石》，张舍我译，《半月》第一卷第六期，1921年11月29日（原作为 *The Adventure of the Mazarin Stone*）；《雷神桥畔》，周瘦鹃译，《半月》第一卷第十三期至第一卷第十五期，1922年（原作为 *The Problem of Thor Bridge*）；《匍匐之人》，周瘦鹃译，《半月》第二卷第十三期至第二卷第十五期，1923年（原作为 *The Adventure of the Creeping Man*）；《柩中人》，周瘦鹃译，《半月》第三卷第六期，1923年12月8日（原作为 *The Disappearance of Lady Frances Carfax*）；《吸血记》，周瘦鹃译，《半月》第三卷第十期，1924年2月5日（原作为 *The Adventure of the Sussex Vampire*）；《拯艳记》，周瘦鹃译，《半月》第四卷第六期、第八期，1925年（原作为 *The Adventure* （转下页）

还出现了很多冒名“福尔摩斯探案”的“伪作”，程小青即批评过这种假冒“福尔摩斯探案”小说的现象：“福尔摩斯第一案《血书》于1887年出版，讫本年1月刊布之短篇《吸血妇》止，历三十七年，成探案凡十有二。其中长篇仅四种，余皆短篇，除八九年前中华出版之全集外，其余诸案，予近已为世界书局译成续集，俾观全豹，至其他影射之本，皆非道尔氏真品，盖坊间为敛钱计，特假‘福尔摩斯’四字为其虚幌，惟碱砆乱玉。道尔氏之盛誉，或因此被累，实为商业道德所不容，甚可惜也。”① 全集重复翻译出版，单篇续作接连不断，且有“伪托”之书出现，“福尔摩斯探案”故事在中国读者心目中受欢迎的程度，由此可见一斑。

二 翻译版本的混乱与典律性译本的生成

在众多“福尔摩斯探案”小说的翻译与引进过程中，由于读者

（接上页）*of the Illustrious Client*）；《讳疾记》，周瘦鹃译，《紫罗兰》第二卷第一期，1926年12月19日（原作为 *The Adventure of the Blanched Soldier*）；《狮鬣记》，周瘦鹃译，《紫罗兰》第二卷第二期至第二卷第三期，1927年（原作为 *The Adventure of the Lion's Mane*）；《藏尸记》，周瘦鹃译，《紫罗兰》第二卷第五期至第二卷第六期，1927年（原作为 *The Adventure of the Retired Colourman*）；《幕面记》，周瘦鹃译，《紫罗兰》第二卷第七期，1927年3月18日（原作为 *The Adventure of the Veiled Lodger*）；《移尸记》，周瘦鹃译，《紫罗兰》第二卷第九期，1927年5月15日（原作为 *The Adventure of Shoscombe Old Place*）；《回忆录》，朱蔚文译，上海：启明书局1940年10月初版；《福尔摩斯新探案大集成》，何可人选辑，武林书店；《一个医生的奇遇》，天行译，《蓝皮书》第十二期，1948年，等等。此外，台湾的《风月报》第八十五期至第九十二期上也连载过署名“晓风译”的《侠女探险记》，1939年5月24日至1939年8月15日。

① 程小青：《科道尔轶话》，《最小》，1925年7月5日。仅就笔者所见，1948年华华书报社曾出版过一本《福尔摩斯复活》，注明“亚瑟·科南道尔爵士著，姚苏凤译”。内收《隐身客》与《九十二支蜡烛——华生讲述的“福尔摩斯放火奇谭”》两篇作品，书中说这两篇作品是柯南·道尔死后二十年，遗留下来的手稿被后人重新发现，其实就是西方人冒名伪作，中国译者有意/无意把它们当成真的“福尔摩斯探案”故事给翻译过来了。另，《大侦探》第二十六期（1948年10月16日）上刊出《伦敦空袭之夜》，署名“恰和译”，杂志标明“福尔摩斯最新探案”。该篇小说开头中提到“这件案子出在一九四三年的春季”，但当时柯南·道尔已经去世，故判断其为伪托之作，具体小说原本情况不详。

市场的热销且当时人们的版本意识也不够规范，导致不同译者、报刊、出版社往往各自为政，因而形成了同一篇“福尔摩斯探案”小说在几年之内就有多种中文译本“纷纷涌现”的情况。比如“福尔摩斯探案”系列中的几篇最为著名的中篇小说，*A Study in Scarlet*（《血字的研究》）短短几年之内就先后出现了五种译本，分别是：《大复仇》（1904）、《恩仇血》（1904）、《血手印》（1904）、《歇洛克奇案开场》（1908）和《血书》（1916）。其中对小说标题的译法也各不相同，有直译（《血手印》）、意译（《大复仇》），或者干脆根据这篇小说在整个探案系列中的先后顺序来翻译其名称（《歇洛克奇案开场》）。*The Sign of Four*（《四签名》）也至少有三种中译本，分别是：《唯一侦探谭四名案》（1903）、《案中案》（1904）、《佛国宝》（1916）。*The Hound of the Baskervilles*（《巴斯克维尔猎犬》）也有三种译本：《降妖记》（1905）、《怪獒案》（1905）、《獒祟》（1916）。甚至就连“福尔摩斯探案”中的短篇小说也是版本众多，比如 *The Adventure of the Speckled Band*（《斑点带子案》）就有三种译本：《毒蛇案》（1901）、《毒带》（1916）、《彩色带》（1916）。*A Scandal in Bohemia*（《波西米亚丑闻》）也有两种译本：《跋海森王照相片》（1903）和《情影》（1916）。至于柯南·道尔与其笔下主角福尔摩斯、华生的名字，也被翻译得“五花八门”，比如将柯南·道尔翻译成“爱考难陶列”“屠哀尔士”“顾能”“陶高能”“考南道一”“高能陶尔”“科南达里”“柯南达理”“科南达利”“亚柯能多尔”“柯南道尔”等；将小说人物福尔摩斯翻译成“歇洛克呵尔唔斯”“歇洛克·福尔摩斯”“休洛克福而摩司”“施乐庵”“夏洛克·福尔摩斯”等，或者将华生翻译成“滑震医生”“屈臣”“华生医生”等，不一而足。当然，这种“一书多译”、重复翻译的情况不仅仅局限在“福尔摩斯探案”系列小说之中，也不仅局限于侦探小说这一小说类型之中，比如普希金的《上尉的女儿》一书于光绪二十九年（1903）在小说林社、光明书店、大轩书局分别出版了戢翼翚的译本，但书籍标题却有《俄国情史》《斯密士玛丽传》和《花心蝶梦录》三种，若不仔细阅读作品原文，很难将这三个书名联想为同一本书。

这样“一书多译”的情况普遍出现，从某种程度上来说，既浪费了人力，又给读者带来了混乱。而面对翻译市场上的这一“繁芜”局面，按照学者李德超、邓静的说法是：“当时译者由于相互之间缺乏沟通，加之出版社出版侦探小说有利可图，便蜂拥而上，造成大量的重复劳动。”“译本所译书名大相径庭……且质量也良莠不齐，给当时的读者带来诸多不便。”① 周桂笙当年就曾对此表示出自己的忧虑：“坊间所售之书，异名而同物也。若此者不一而足，不特徒耗精神，无补于事，而购书之人且倍付其值，仅得一书之用。而于书贾亦大不利焉。夷考其故，则译书家声气不通，不相为谋。”② 徐念慈也认为这种图书市场上各立名目、重复翻译的情况需要得到改善：“在译者、售者，均因不及检点，以致由此骈拇枝指，而购者则蒙其欺矣。此固无善法以处之，而能免此弊病者，余谓不得已，只能改良书面，改良告白之一法耳。譬如一西译书，而于其面书名原著者谁氏，原名为何，出版何处，皆印出原文。今名为何，译者何人，其于日报所登告白，亦如之。使人一见而知，谓某书者，即原本为某某氏之著也，至每岁之底，更联合各家刊一书目提要，不特译书者有所稽殁。即购稿者亦不至无把握，而于营业上之道德，营业上之信用，又大有裨益也。”③ 这相当于提出了一个比较理想型的解决方案。

据此，周桂笙、吴趼人从维护翻译市场秩序的良好愿望出发，在《月月小说》第一卷第一期（1906 年 11 月）上发表《译书交通公会试办简章》，首倡成立“译学交通公会”。在该简章中，周桂笙

① 李德超、邓静：《清末民初侦探小说翻译热潮探源》，《天津外国语学院学报》2003 年第 3 期。

② 周桂笙：《译书交通工会试办简章 · 序》，《月月小说》第一卷第一期，1906 年。

③ 觉我（徐念慈）：《余之小说观》，《小说林》第九期，1908 年。

表达了"译书交通公会"的相关主张和具体章程，声明："愿与海内译述诸君，共谋交换知识之益，广通声气之便。"① 具体而言，周桂笙主要是希望译者和出版商能够定期在《月月小说》杂志上公布已选定翻译的书名，以期避免重复翻译的情况。此后，"译学交通公会"也确实在《月月小说》第一卷第二期、第三期、第五期上陆续发表了《译书交通公会广告》(1906—1907)，列出了在译或确定要译的作品名称，大概可以视为和前文所述徐念慈的主张"不谋而合"的具体行动尝试。可惜仅仅半年之后，公会就自行宣告解散（《月月小说》第七期)，按照表面上的说法是"入会之人寥若晨星"，但实际上，"解散"是这种"公会"的约束和一般市场经济规律相违背的某种必然结果。因为既然"福尔摩斯探案"小说畅销，就必然有人蜂拥而至，谋图其中的商业利益。在没有原文作者授权或指定翻译版权的情况下，谁也没办法独揽"翻译权"，更不会按照所谓"先到先得"的原则行事。此外，更难以保证的是最早的译本一定是最好的译本。鲁迅就曾讥笑那些登广告"已在开译，请万勿重译为幸"者，说这就像是"他看得译书好像订婚，自己首先套上婚约戒指了，别人便莫作非份之想"②。反而更加重视"重译"在知识引进的准确性方面的意义和价值，即所谓"非有复译不可"。而从另一方面来看，那些真正从事"复译"的译者们也并非不知道此前译本的存在，而他们仍坚持选择"复译"自然有其理由。比如陈熙绩在为林纾翻译的《歇洛克奇案开场》所写的"序"中就明确说道："是书有旧译本，然先生之译之，则自成先生之笔墨，亦自有先生之微旨也。"③

这种对译本统一和翻译标准化的愿望，仅靠一两位出版人的宣

---

① 周桂笙：《译书交通公会试办简章·序》，《月月小说》第一期，1906年。

② 鲁迅：《非有复译不可》，《鲁迅全集》(第6卷)，人民文学出版社1981年版，第275页。

③ 陈熙绩：《歇洛克奇案开场·序》，上海：商务印书馆1908年版。

传和号召是远远不够的，更重要的是要靠经典译本的广泛传播，在众多译本中出类拔萃，在读者市场中形成影响力和典范作用，自然就会产生对其他译者与出版商的号召力。比如1926年10月世界书局出版的《福尔摩斯探案大全集》就是这种“典范译本”的代表之一。一方面由于其非常畅销（1933年已经四版），另一方面则要归功于全书各篇都采取了音译标准化。因此，在某种程度上，这套《福尔摩斯探案大全集》无形之中就为后来“福尔摩斯探案”小说的翻译建立了一套现代的编辑与出版标准。钟文苓在《关于福尔摩斯的二三事》一文开篇便说：“本文原名《纪念福尔摩斯》，是美洲出版公司出版的《福尔摩斯全集》上的一篇序，作者 Christopher Morley 氏，是一个道地的福尔摩斯迷，今总述其心得，当为读者所乐闻。又本文多数译名，为免使读者陌生起见，悉按世界书局全译本。”① 就已经是在以世界书局这套译本里所翻译的作者姓名、小说篇名、主角姓名等作为通行标准了，这其实也就是部分地实现了当年周桂笙、吴趼人成立“译书交通公会”时所提出的愿望。只不过这一愿望的真正实现，并非是通过行会、公约的规定等形式，而是译本本身的典范性和其对市场的占有率及影响力所最终决定的。② 进

① 钟文苓：《关于福尔摩斯的二三事》，《万象》第二卷第四期，1942年。

② 关于民国时期“福尔摩斯探案系列”的“标准”和“典范性”译本，不同学者亦抱有不同的看法。比如孔慧怡就认为：“1916年中华版的《福尔摩斯全集》，就小说翻译的标准而言是一个里程碑，编辑与翻译态度之严谨应该值得评家注意。全集共12册，音译标准化，附有详尽的作者生平及三序一跋；作者生平中所有英文专有名词音译都附上原文；所有故事标题除中译外也附上英文；这当然说明了科南道尔在世纪之交的中国译者及读者心目中的地位崇高，但更重要的是，这套书建立了新的小说翻译、编辑及出版标准。”（参见孔慧怡《还以背景，还以公道——论清末民初英语侦探小说中译》，载王宏志编《翻译与创作：中国近代翻译小说论》，北京大学出版社2000年版，第88—117页）而在本书看来，1916年中华书局版《福尔摩斯侦探案全集》在翻译质量与规范程度方面，当然是具有典范性地位，甚至如本书前文所述，1926年10月世界书局版“大全集”中不少作品也是依托自中华书局版“全集”的白话文再“翻译”。不过本书仍旧以世界书局版“大全集”为例来讨论所谓“典范译本”，并非看重其翻译质量和态度，而是更看重其白话文翻译所带来的更广泛的大众读者接受与影响。

一步来看，甚至我们今天对于"福尔摩斯探案"系列小说中一些著名篇目的译名（如《血字的研究》《四签名》《恐怖谷》等）其实也都是从1926年10月世界书局版"大全集"开始确定下来，并一直沿用至今的。

至于为何以"福尔摩斯探案"系列为代表的欧美侦探小说在清末民初如此受到中国读者、译者与出版商们的青睐，主要原因可能有二：一方面是侦探小说情节上的"新奇"，为中国读者前所未见。首译"福尔摩斯探案"小说的《时务报》的幕后主脑梁启超就曾指出："侦探小说，其奇情怪想，往往出人意表。前《时务报》曾译数段，不过尝鼎一脔耳。本报更博采西国之最新奇本而译之。"① 孙宝瑄在《忘山庐日记》中记载他阅读侦探小说的体会时也曾说道："余最喜观西人包探笔记，其情节往往离奇假诡，使人无思索处，而包探家穷就之能力有出意外者，然一说破，亦合情理之常，人自不察耳。"② 另一方面，则是如本书前文中所分析过的晚清、民国知识分子将侦探小说作为启蒙民众的工具这一观念所致。因此，大量译介侦探小说不但能满足读者求新求奇的阅读需要，也符合出版商以利润为旨归的经济追求，还能体现呼吁教育、启蒙群众的改革家所提出的社会理想和主张，可谓是一举三得。正如1916年中华书局版《福尔摩斯侦探案全集》一书的《凡例》中所说："本书结构缜密，情节奇诡，于侦探学理，尤阐发无遗。虽属小说家言，而业侦探者得之殊合实用。警界军界，尤不可不手此一编。"③ 即从趣味性与实用性两个方面，来为"福尔摩斯探案"小说做足了宣传，甚至有将其解读为某种"行业指南"的倾向。

---

① 梁启超：《中国唯一之文学报〈新小说〉》，《新民丛报》第十四期，新小说报社1902年版。

② 孙宝瑄：《忘山庐日记》，上海古籍出版社1983年版，第743页。

③ 《福尔摩斯侦探案全集·凡例》，上海：中华书局1916年版。

第二节　从在地化到“戏拟”：从“歇洛克游上海”到“福尔摩斯大失败”

对于在传统中国小说中浸淫、成长起来的中国读者来说，西方侦探小说无疑是“新奇”的，但中西方不同的文化背景、生活经验与审美习惯也导致最初在翻译西方侦探小说时势必要将其进行“归化”① 与在地改写，以便于当时中国读者理解、接受和欣赏。因此，在清末民初译介西方侦探小说的过程中，“直译”往往被认为是一种“弊病”，“非但令人读之味同嚼蜡，抑且有无从索解者矣”②。相反，“意译”甚至“译述”才是当时最主要被倡导和实践的翻译策略。③ 这其中的好处自然是便于本土读者的阅读，但弊端是一定会更多消损原著的本来面貌。不过当时中国的译者们对此似乎并不以为意，甚至鼓励译者在翻译过程中加入自己想法与趣味：“是故同一原本，而译笔不同；同一事实，而趣味不同。是盖全在译者之能参加己意，尽其能事，与名伶之演旧剧，同一苦心孤诣，而非知音识曲者不能知也。”④ 从更为根本的层面上来看，“直译”主张的背后是一套对西方追慕心理作用的结果，而“意译”则更多倾向于为我所

---

① 所谓“归化”（domesticating translation or domestication），一般是指译者在翻译时采用一种透明而流畅的译文，从而使得原语文本对于读者的陌生感降至最低。可参见［美］劳伦斯·韦努蒂《译者的隐身：一部翻译史》，上海外语教育出版社 2004 年版。

② 《介绍新书》，《月月小说》第五期，1907 年。

③ 当然这其中也有例外，比如陈平原教授就非常推崇周瘦鹃“直译”的柯南·道尔的《病诡》（*The Adventure of the Dying Detective*）一篇，“几是一句句对译，严格遵守原作句法章法，不擅作改动，语言也颇简洁传神，如‘吹唇以召车至’；‘汝匿彼，勿语，勿动，但侧耳凝神以听’等”（参见陈平原《中国现代小说的起点：清末民初小说研究》，北京大学出版社 2010 年版，第 51 页）。

④ 天虚我生：《〈欧美名家短篇小说丛刻〉序》，载《欧美名家短篇小说丛刻》，上海：中华书局 1917 年版。

用，“化异为己”的尝试和努力。

一　关于侦探小说标题的翻译

具体到晚清、民国的侦探小说译作，首先进入读者视野的就是小说译作的标题。在侦探小说最初翻译进入中国时，中国的译者们似乎还没有领悟到侦探小说最吸引读者的妙处之一就在于其悬疑性和解谜的乐趣，所以常常在翻译题目时就把整篇侦探小说的情节给“剧透”和“泄底”了。比如张坤德最早译介进入中国的四篇“福尔摩斯探案”系列小说，其中两篇的名字分别为：《继父诳女破案》（今译《身份案》）和《呵尔唔斯缉案被戕》（今译《最后一案》）。不必看小说的情节内容，只看张坤德译本的名字，读者就能够知道第一篇小说里犯罪凶手是继父，第二篇小说里福尔摩斯被害死了，小说原作者精心设计的悬念由此被大大减损。这种在小说标题中就暴露了小说主要情节内容和核心诡计的做法到了 1916 年 5 月，在中华书局出版的《福尔摩斯侦探案全集》中仍然存在，比如《剖腹藏珠》（今译《六座拿破仑半身像》）一篇就事先告诉了读者小说的核心悬念是“腹”内有“珠”，而《病诡》（今译《临终的侦探》）则暴露了“病”中有“诡”，实乃诈病。从根本上说，这种翻译侦探小说标题的方法，在相当程度上体现出了中国侦探小说译者保留了传统公案小说中使用小说题目概括小说主要内容的命名习惯，而尚未真正理解侦探小说的妙处和巧思之所在。

身兼侦探小说译者与作者的程小青，对侦探小说如何起标题以及如何才能算是好的或者起码合格的侦探小说标题，有着自己清醒的认识：

> 任何小说的命名，唯一的条件，要在能有含蓄和有暗示力量。侦探小说更应恪守着含蓄不露的诫条。“什么怨”、“什么潮”的标题，固然不适宜于侦探小说，而那些一目了然毫无含蓄的命名，也应绝对禁忌。譬如《福尔摩斯探案》中有一篇叫

做 *The Dying Detective*，意思是“病危的侦探”，福尔摩斯假装患了重病，设计侦捕一个巨憝。但译名叫做《病诡》，那就犯了显露乏味的弊病。我在好几年前，写了一篇霍桑探案长篇，取名叫做《冤狱》，写的是一件因恋爱争妒的凶案，后来经某书局的编辑先生的好意，给我改了一个题目，叫做《妒杀案》，那就变得一览无遗，味同嚼蜡了！所以侦探小说的题名，最重要的就是有含蓄和暗示，最忌的是‘拆穿西洋镜’般的率直显露。若能含着双关的意义，那才是上乘。我记得在民国七八年间，有一位青年作家张无诤，写了一篇短篇，叫做《空屋》，那犯案的屋中不但空无所有，并且是一间连空气都没有的真空屋。这篇小说的事实，在科学立场上也许不能成立，但命名的双关意味，却是非常巧妙。所以西国作家对于命名一点，往往因着案中事实的复杂，找不出一个集中的题目，便索性唤做某某路盗案，或某某人血案，象范达痕的六种长篇，原名便都是某某人血案。①

另外一种将西方侦探小说标题在地化改写的方法是用当时中国读者习以为常的文章命名方式和文字审美习惯来翻译西方侦探小说的标题。比如《福尔摩斯侦探案全集》（中华书局 1916 年版）中普遍使用类似成语的四字词语来作为“福尔摩斯探案”系列小说的标题——“壁上奇书”“孤舟浩劫”“午夜枪声”“偻背眩人”等。虽然从文辞上看，这样的译名确实更加整齐、古雅，但在意义上却又让人有些摸不着头脑，可谓“尽美矣，未尽善也”。又如中国台湾文人魏清德创作/翻译/改写的侦探小说《狮子狱》，小说内容是典型的西方式的犯罪与侦探故事，但在小说题目上则采用了典型的中国公案小说的命名方式——“某某狱”，很容

① 程小青：《侦探小说的多方面》，载《霍桑探案》（第二集），上海文华美术图书公司 1933 年版。

易让人联想到中国传统的《疑狱集》或《折狱龟鉴》一类书。此外，当西方侦探小说的标题中出现了一些中国读者所不熟悉的事物时，译者们也往往会将其改写成为中国本土与之相类似的事物。比如"福尔摩斯探案"系列小说中的 *The Hound of the Baskervilles*（今译《巴斯克维尔猎犬》），其中"hound"直译应为"猎犬"，但可能是考虑到当时中国读者对"猎犬"这一动物并不熟悉，所以清末民初关于该小说的三种译本分别将小说题目译作了《降妖记》（1905）、《怪獒案》（1905）、《獒祟》（1916），不仅用中国读者相对熟悉的"獒"来替代猎犬（两者的共同之处可能在于都是体型较大且比较凶猛的狗），而且用了"妖""怪""祟"来还原和表现小说原著中极力描摹的恐怖气氛，可以算是小说标题上比较成功的"归化"翻译的案例。①

二　关于侦探小说叙事结构的理解

在情节内容与文体形式方面，西方侦探小说对于当时的中国读者来说最特别之处当属其倒叙结构和限制性叙事视角。这些西方侦探小说中最具标志性的形式结构特征对后来中国本土侦探小说创作，甚至"五四"新文学创作都有着重要影响。② 当时的侦探小说译者们也已经注意到了西方侦探小说的这一特点与优点：

> 我国小说体裁，往往先将书中主人翁之姓氏来历叙述一番，然后详其事于后；或亦有楔子、引子、词章、言论之属，以为之冠者，盖非如是则无下手处矣，陈陈相因，几千篇一律，当为读者所公知。……（《毒蛇圈》）此篇为法国小说巨子鲍福

① 参见郑怡庭《"归化"还是"异化"？——*The Hound of the Baskervilles* 三部清末民初中译本研究》，《师大学报：语言与文学类》2016 年第 61 卷第 1 期。

② 可参见李艳葳《晚清域外侦探小说对中国现代文学时间叙事模式的影响》，硕士学位论文，东北师范大学，2006 年。本书在第九章中也会对此有详细论述。

所著。其起笔处即就父母问答之词，凭空落墨，恍如奇峰突兀，从天外飞来，又如燃放花炮，火星乱起。然细察之，皆有条理。自非能手，不敢出此。虽然，此亦欧西小说家之常态耳，爰照译之，以介绍于吾国小说界中，幸弗以不健全讥之。①

周桂笙在这里所形容的这些诸如“凭空落墨，恍如奇峰突兀，从天外飞来”，以及“如燃放花炮，火星乱起，然细察之，皆有条理”等优点对于清末民初的中国读者而言似乎还是比较新奇且难以理解的。因而张坤德在最早翻译前两篇“福尔摩斯探案”小说——《英包探勘盗密约案》和《记伛者复仇事》——时，便将原著中的倒叙结构改为顺叙结构，同时将华生作为第三人称旁观者兼破案参与者的限制性叙事视角改成了“译歇洛克呵尔唔斯笔记”，用传统中国的“笔记”体来帮助读者更好地理解小说原作中的故事情节，同时增加其故事真实感。但到了后两篇——《继父诳女破案》和《呵尔唔斯缉案被戕》中时，张坤德已经将其改为“译滑震笔记”，并且部分采用了原作中的倒叙结构，可以说是一种对于小说原著认识上的深入，以及所采取翻译策略上的变化。另一方面，张坤德在翻译《英包探勘盗密约案》一篇时也将原著中第一人称限制性叙述视角改为第三人称全知叙述视角，直到《记伛者复仇事》中才使用了第一人称的“余”取代了“滑震”，成为故事的见证人和讲述人，呈现出逐步向恢复“福尔摩斯探案”系列小说原貌靠拢的趋向。当然，其“靠拢”的幅度终究还是相当有限。②

实际上，晚清中国的文人和译者们一直都在纠结于如何向广大读者介绍原著中柯南·道尔通过虚构人物华生的记录和讲述来展现

---

① 周桂笙：《毒蛇圈·译者叙言》，《新小说》第八期，1903 年。

② 关于中国译者在早期侦探小说译介过程中所体现出来的对侦探小说叙事结构逐步接受的过程，本书第九章第一节中会有更为详细的论述。

其好友福尔摩斯的破案经历这一相对复杂的叙事人称和视角设定，比如直到1904年周桂笙还在文章中称“福尔摩斯探案”系列故事是真有其事：

> 英国呵尔唔斯歇洛克者，近世之侦探名家也，所破各案，往往令人惊骇错愕，目眩心悸。其友滑震，偶记一二事，晨甫脱稿，夕遍欧美，大有洛阳纸贵之概。故其国小说大家陶高能氏，益附会其说，迭著侦探小说，托为滑震笔记，盛传于世，盖非尔，则不能有亲历其境之妙也。吾国若时务报馆张氏所译者尚矣，厥后续译者，如华生包探案等，亦即滑震笔记耳。嗣自歇洛克逝世后，虽奇案累累，而他人无复有如歇氏之苦心思索，默运脑髓以破之者，而陶氏亦几有搁笔之叹，于是创为歇洛克复生之说，藉假盛名，实其记载，成书若干。欧美各国，风行迨遍，走不揣谫陋，愿以此歇氏复生后之包探案，介绍吾国小说界中。①

在上述所引周桂笙的这段话中，其认为存在着一条“福尔摩斯真实探案经历”—“华生笔记记录”—“柯南·道尔小说伪托”的从现实到文学虚构的关系链条，这很容易让人联想起《红楼梦》中补天顽石红尘之游为《石头记》、空空道人将其改为《情僧录》，东鲁孔梅溪将题目改为《风月宝鉴》，曹雪芹又“于悼红轩中披阅十载，增删五次，纂成目录，分出章回，题曰《金陵十二钗》”的类似说法。究竟是周桂笙认识上的偏差，还是其故意为此种说法，以造声势和悬念，我们不得而知。但这种“事有所本”的说法，在客观效果上确实增强了小说内容的可信度。具体到侦探小说而言，因为其题材的特殊性，将其说成是根据真实案件与破案过程改编而来，反而有助于增强小说的神秘感和吸引力。而这种将真实案件与侦探小说之间的界限有意无意模糊化处理的方法，在《台湾日日新报》

① 周桂笙：《歇洛克复生侦探案·弁言》，《新民丛报》第三卷第七期，1904年。

和20世纪40年代《大侦探》《蓝皮书》等杂志上的侦探小说、“探案实录”或“事实侦探案”中则更加频繁地出现，以致最终发展成为一种特殊的文类和潮流，成为我们把握当时侦探小说发展与社会治安状况的有效抓手。

此外，在清末民初侦探小说的汉译过程中，译者们很容易中途跳出来大发一通议论（事实上，这种写法到了20世纪40年代孙了红的侦探小说创作中仍经常出现），而这是柯南·道尔侦探小说原著中几乎见不到的情况。柯南·道尔在“福尔摩斯探案”系列小说中即使想要抒发自己的一番议论也一定会通过小说人物福尔摩斯或华生之口来表达，这就是中国“说书人”传统和西方现代小说之间的又一明显不同之处。甚至在一些清末民初侦探小说译作的结尾部分，还能看到类似于“太史氏曰”“异史氏曰”的段落（比如魏清德的《狮子狱》即采取了类似传统史传体的结尾方式），保留了从《史记》到《聊斋志异》以来的中国“史传小说”的文学传统，让当时中国读者更易接受，也备感亲切。而关于这一方面的分析，本书将在第九章第二节中予以具体展开，此处不赘言。

三　关于侦探小说内容的在地化改写

在一些小说细节的描写上，清末民初的侦探小说译者们也更喜欢用传统的景物描写与人物外貌描写方法来取代西方小说原文中的同类描写，以下面两段内容为例：

> 天空作蔚蓝色，遥接平芜，上下一碧，轻风吹云，杂以花气，道旁绿树槎枒，如张翠罨，而鳞鳞青瓦，又复自树阴隙处露出，晴日照之，乃成黄金，景可入画。①
>
> 既入室，见夫人方独坐，修蛾深锁，泪莹莹犹含眼角之间，

---

① 《金丝发》，《福尔摩斯侦探案全集》（第四册），上海：中华书局1916年5月版，第105—106页。

> 状似梨花经雨御，蓝色晨装之服，秀发未沐，乃如飞蓬然，适足以增其美态。眼皮之上，乃起浮肿，似昨日实曾被暴徒所创，以至有此，不禁令人起为怜惜。①

仅从上述这两段景物描写与人物描写中来看，丝毫看不出"福尔摩斯探案"小说的味道，反倒是很容易让人联想起中国明清小说中某些常见的写法。其实第一段文字翻译自"福尔摩斯探案"系列小说中的《褐色山毛榉宅案》，第二段翻译自《格兰其庄园》。只不过这种翻译方式类似于将西方公共植物园译成中国才子佳人的后花园，将西方摩登女郎译成中国大家闺秀一样，已经令人很难看出原著的本来面目了。而在另外一些西方侦探小说的中译本中，还经常会出现将一些西方事物名称与人物姓名中国化、本土化的改编。如周桂笙翻译的《毒蛇圈》便将小说原作中人物会弹钢琴的细节改为"拉得一手好胡琴"。还有的侦探小说译本甚至会在翻译过程中掺入一些诸如"吴禄""阿来"等颇具中国本土特色的仆人或杂役的名字。②

与这种侦探小说翻译细节的在地化趋势相一致的文学现象是，晚清、民国侦探小说作家们在创作侦探小说时会刻意追求在其中体现出中国特色，甚至地方风貌。比如前文中所提到过的刘半农创作的侦探小说《假发》③ 中，侦探出门时乘坐东洋车/黄包车，这就与福尔摩斯乘坐的马车有了明显区别，并且非常符合当时中国的实际情况。而在刘半农另一篇侦探小说《匕首》④ 中，作家则融入了大量颇具地方特色与行业规矩的"切口"，并对每一个"切口"仔细地加了注释，这种过多的"切口"与注释虽然在一定程度上有碍于

---

① 《情天决死》，《福尔摩斯侦探案全集》（第九册），上海：中华书局 1916 年 5 月版，第 104 页。

② 参见人镜学社编译处编译《怪獒案》，上海：广智书局 1905 年 9 月 20 日版。

③ 刘半农：《假发》，《小说月报》第四卷第四期，1913 年 8 月 25 日。

④ 刘半农：《匕首》，《中华小说界》第一卷第三期，1914 年 3 月 1 日。

阅读的流畅性，但却使小说整体上显得更具地方知识与特色[①]。

四　关于福尔摩斯探案系列的“模仿”与“戏仿”

除了大量翻译“福尔摩斯探案”系列小说之外，晚清、民国的侦探小说作者们还很热衷于创作“福尔摩斯探案”小说的“同人作品”，尤其是书写“福尔摩斯来中国”的相关故事。这其中既有比较正统的仿写之作，如程小青的《龙虎斗》[②]，也有比较谐谑颠覆的“戏仿”之作，比如陈景韩和包天笑的“歇洛克来游上海”系列，以及刘半农的“福尔摩斯大失败”系列等。这些“戏仿”之作的普遍特点是一改原著里福尔摩斯明察秋毫、目光如炬、智慧过人、破案神速的人物特点，而让其来到中国破案，同时却处处流露出一种行事愚蠢、被人捉弄、查案失败与浪得虚名的结局[③]，有时这种“戏仿”之作甚至离侦探小说太远，而更接近于滑稽小说（如刘半农的《福尔摩斯大失败》系列小说在杂志刊载时即标为“滑稽小

---

① 举小说《匕首》中部分“切口”与注释为例：“底子：底子者，船也。此系捕快家及下流社会之切语。研究侦探者，不可不知”；“洋机子：切语，谓轮船”；“驴子：下流社会呼湘人之服军役者，曰‘湖南驴子’或简曰‘驴子’”；“老娘：切语，言包裹也”；“皮子：切语，谓衣服也”；“大蓬子：切语，谓皮袍”；“四脚子：四脚子谓马褂”；“穿心子：背心”；“宝塔：切语，谓烛台”；“满天星：脚炉”；“叫机子：表”；“贤良：切语，谓贼之师”；“吃粮：下流社会谓从军为吃粮”；“特窃自何时？昨晚之灯花把乎？抑今晨之露水把乎？：切语，谓傍晚行窃，曰灯花把，清晨行窃，曰露水把”；“洗山头：洗山头，搜查身畔也”；“带线：切语，谓以黑索羁人曰‘带线’”；“开小差：下流社会谓兵卒私逃曰‘开小差’”；“汉朝阳子：点心店”；“为之红脸：切语，谓饮酒曰‘红脸’，然常借作他用，如流氓向人敲诈，亦曰。若‘为我红脸’，则释汝，盖所诈无多，仅供酒资足矣”；“朝珠：切语，谓铁索也”；“小包：切语，谓匪类随身所带之匕首曰小包，叉手枪曰喷筒”；“讲《山海经》：江南一带俗称说故事曰讲《山海经》”。

② 程小青：《龙虎斗》，《紫罗兰》第一期至第十二期，1943年4月1日至1944年4月，其中收录《项圈钻石》《潜艇图》两篇侦探小说。

③ 这种对“福尔摩斯来中国”查案故事的书写一直延续到了当代，比如北京电影制片厂在1994年还拍摄过一部名为《福尔摩斯与中国女侠》的电影（刘云舟导演），其颠覆手法和滑稽风格与民国初年包天笑、刘半农的作品可谓有着异曲同工之妙。

说"）。更为有趣的是，清末民初的"戏仿"福尔摩斯小说创作，与当时大量译介和阅读"正典"福尔摩斯小说，几乎是同时进行的。

需要注意的是，晚清、民国时期的"福尔摩斯"仿写者们很多时候如此而为之的目的并不是单纯想要嘲笑福尔摩斯，以制造出一种民族主义的自我优越感；恰恰相反，"戏仿者"们更多情况下是想要借助福尔摩斯在华破案的"不适应"和"不成功"，反过来批判中国当时的种种民族陋习与社会怪现状。即正如包天笑所感叹的那样："橘踰淮而成枳，歇洛克至上海则不及书寓中一侍儿，怪事怪事"[①]。具体而言，这些关于福尔摩斯的戏仿型改写之作，大概可以分为以下几类情况。

第一，侦探外壳下的谴责小说："福尔摩斯来上海"系列。

晚清"戏仿"福尔摩斯小说的"开山之作"非陈冷血的《歇洛克来游上海第一案》（1904）莫属。小说紧紧抓住了柯南·道尔原作中福尔摩斯擅长通过观察他人身上的点滴细节并由此展开逻辑推理的核心侦探技能。福尔摩斯通过仔细观察来访"华客"（中国人）的牙齿颜色、手指老茧和面容状态等外貌特征，判断出其"吸鸦片""好骨牌""近女色"。不想却被"华客"反唇相讥，认为这些不过是"我上海人寻常事，亦何用汝探"，以致令"歇洛克瞠目不知所对"。[②] 类似的，包天笑"接力"创作的《歇洛克初到上海第二案》（1905）中，福尔摩斯面对"今支那方汲汲以图改革，青年志士之负笈东游者"（中国留日学生），通过其鞋底磨损、"袖多蜡泪"、眼有皱纹等细节推理出该青年一心救国、四处奔走、彻夜工作云云，不想却与事实情况大相径庭。正如这名青年所自陈，"我归自东京，见世事益不可为，我已灰心，我惟于醇酒妇人中求生活"，而

① 包天笑：《歇洛克初到上海第二案》，《时报》1905年2月13日（光绪三十一年正月初十日）。

② 陈景韩：《歇洛克来游上海第一案》，《时报》1904年12月18日（光绪三十年十一月十二日）。

他身上被福尔摩斯观察到的诸多细节不过是其经常奔走于张园花天酒地或和友人“雀战”通宵的结果。[①] 陈冷血“第一案”和包天笑“第二案”彼此间相似的地方很多，比如其都是抓住了福尔摩斯善于观察的人物形象特点展开“戏仿”式写作，写法上都具有当时“谴责”小说的文类特征，两篇小说讽刺的对象都是当时中国社会上的种种“怪现状”，以及小说本身都尚显简单、稚嫩等。但二者间也存在很大的不同。一方面，陈冷血“第一案”所批判的具体内容是晚清时期很多中国人沉迷鸦片、赌博和酒色的社会现象，竟然已经发展成为一种令人见怪不怪，甚至不值得专门一提的生活“常态”，是以“常态”来反衬“非常态”的扭曲，而包天笑则将批判的矛头指向中国的知识青年群体，揭露出当时一批满怀理想的留洋知识青年归国后，在现实困难面前渐渐感到心灰意冷，以致最终走向消沉和堕落的社会图景。大体上来说，包天笑“第二案”在内容上或许可以视为陈冷血“第一案”的延伸或结果——正是因为社会常态的扭曲，才使得知识青年理想幻灭。另一方面，更有趣的地方在于，在陈冷血“第一案”中，福尔摩斯的观察与推理从头至尾都完全正确，但其仍然遭遇“失败”，恰恰是因为当时中国社会本身的“不正常”，而在包天笑“第二案”中，则是福尔摩斯自身的推理出现了偏差，才导致其得出与事实相反的结论。这里存在三种可能的解释路径：第一，陈冷血的写法更“高级”，福尔摩斯推理正确和结果失败之间的反差形成了一种更具整体性的反讽张力，甚至是社会批判的效果；第二，包天笑“第二案”中福尔摩斯虽然将青年沉湎酒色所留下的细节证据误认为是其救国奔波的结果，其中却暗含了一层未曾言明的“前史”，即青年之所以沉湎酒色正是因为其此前救国奔波遭遇失败、理想幻灭，由此来看福尔摩斯又不能算是完全错了，而青年向福尔摩斯挑衅本身即带有一丝理想破灭后的虚无主义味道；

---

① 包天笑：《歇洛克初到上海第二案》，《时报》1905 年 2 月 13 日（光绪三十一年正月初十日）。

第三，将这两篇小说视为一个整体来看，无论福尔摩斯观察与推理正确与否，最终结果都是“失败”，如果将其视为一种隐喻，似乎又暗示出了福尔摩斯所代表的理性、科学、法制、正义等西方现代性因素在当时中国所必然遭遇到的“水土不服”和“失败”命运。如果我们进一步将侦探小说视为克拉考尔所说的作为理性与秩序象征的特殊文类[①]，那么侦探福尔摩斯在上海的一系列失败经历则恰恰反证了当时中国社会的非理性面向和失序格局。

此后，清末民初沿着这一脉络而产生的“福尔摩斯来中国”小说还有不少，比如陈冷血的《歇洛克来华第三案》（1906，又名《吗啡案》）、包天笑的《歇洛克来华第四案》（1907，《藏枪案》）、啸谷子的《歇洛克最新侦案记》（1918）、龙伯的《歇洛克初到上海第四案》（1918）等，甚至到了1923年，包天笑还写过一篇《福尔摩斯再到上海》。大体上来看，这些“续作”中虽不乏个别饶有新意的本土化细节，但大多还是显得比较粗糙。其中相对较为精彩的如包天笑《藏枪案》，这篇小说中福尔摩斯本来要解决私藏枪支的社会问题，不想当时中国人所说家中“藏枪”却是指鸦片烟枪，于是，福尔摩斯只能感叹：“休矣！不图中国之枪，乃是物也！”“此又我来华侦案失败之一也。”[②] 这个由“多义字”（“烟枪”的“枪”和“火枪”的“枪”）所引发的乌龙事件，很好地抓住了汉字本身的特性，对当时中国人抽鸦片、收集各类烟枪的恶习展开了辛辣的批判，甚至我们可以从这篇小说中读出“烟枪”比“火枪”更可怕，更能够摧毁一个民族国家的“言外之意”。

相比起包天笑《藏枪案》中的“别有匠心”，啸谷子与龙伯的“续作”则可以说是“辞气浮露，笔无藏锋，过甚其辞，以合时人嗜

---

① 参见［德］西格弗里德·克拉考尔《侦探小说：哲学论文》，黎静译，北京大学出版社2017年版。

② 包天笑：《歇洛克来华第四案》（又名《藏枪案》），《时报》1907年1月25日（光绪三十二年十二月十二日）。

好”（鲁迅批评晚清谴责小说语）。比如啸谷子的“第三案”中，福尔摩斯因为调查一家女儿被杀案，找到了曾经提亲未果、具有重大嫌疑的官员家中，发现男主人身体颤抖、衣染血迹、浑身尸臭，并在房内找到头颅、凶刀等一系列“物证”。不想在诸多“铁证”中，“身体颤抖”是因为鸦片、女色而导致气血两虚；“衣染血迹”是因为虚怯之症需要喝人血来补充营养，不小心染上血迹；“散发尸臭”其实是满身铜臭；“房内找到的头颅”更是“闻得一革命党头颅可为终身之饭碗”，而杀其家眷、斩首冒功的结果等。[①] 啸谷子在这里的批判意图再明显不过，甚至其因为意图太过外露、心情太过急切而最终造成了批判案例在小说中的堆砌，这反而削弱了批判本身的力度。如果将小说中喝人血及砍革命党头颅来谋求终身饭碗等内容和一年后鲁迅小说《药》（作于 1919 年 4 月 25 日）中的“人血馒头”进行比较，高下立见。当然，将这些“戏仿”福尔摩斯的“游戏之作”和鲁迅的经典名篇相提并论，本身可能也不太公平。至于龙伯的“第四案”，也存在着类似的不足之处，小说借“华客”之口说道：“你不晓得我们中国最擅长的是变法，他们可以做官绅，就可以做忘八；他们可以做官绅家里的女眷们，就可以做窑子里面的窑姐；他们可以做新党，就可以做杂种。”[②] 整段内容表达得太过直白浅露，反倒没有了小说本身的韵味和反讽所应该具有的内在力量。因此，即便作者龙伯在小说结尾处极力为自己申辩，但正如他所刻意回避和否认的那样，这篇文章的“作者之本旨”显然只能算是“骂世语也”。

整体上来说，一方面，这些“戏仿”福尔摩斯小说与其说是侦探小说，不如说只是福尔摩斯破案这一侦探外壳之下的社会谴责小说。即其表面上是写福尔摩斯探案的失败，实则是借此来揭示晚清

---

① 啸谷子：《歇洛克最新侦案记》，《友声日报》1918 年 5 月 28 日至 1918 年 5 月 31 日。

② 龙伯：《歇洛克初到上海第四案》，《友声日报》1918 年 6 月 4 日至 1918 年 6 月 5 日。

社会的种种“怪现状”。甚至在陈冷血的“第三案”中，小说已经完全跳脱于福尔摩斯查案的基本故事情节，而是借用柯南·道尔原作中福尔摩斯有注射吗啡习惯的人物设定，令其在上海四处寻找吗啡以解自身“燃眉之急”，并由此暴露出当时中国人将吗啡作为戒掉鸦片毒瘾的“戒烟药”，而在药店里堂而皇之地出售，最终产生了“药欤？毒欤？且颠倒而莫能知矣，更罔论其他”[①] 的社会混乱与扭曲。因此，陈冷血、包天笑等人的这些“戏仿”福尔摩斯小说与其说是在写福尔摩斯探案的“失败”，不如说是在批评当时清廷政治改革与社会治理上的“失败”。或者正如当时另一位也致力于书写“戏仿”福尔摩斯与“滑稽侦探”故事的作者煮梦生在《绘图滑稽侦探》（1911）的“小引”中所说：“吾观学界之现状而愤而哭，吾观军界之现状而愤而哭，吾观警界之现状而愤而哭，吾观社会种种之现状而愤而哭。然吾愤而人不知也，吾哭而人不闻也，则亦何益之有哉？吾乃息吾愤、止吾哭，吮笔濡墨而作滑稽侦探。”[②] 其正道出了这类“戏仿”与滑稽书写背后的真正“警世”用意之所在。更有意味的是，煮梦生所说的“哭”恰是另一篇晚清谴责小说《老残游记》的关键词，而以“冷嘲”写“热泪”、以“笑闹”写“哭泣”则是晚清谴责小说中普遍存在的写作手法之一。

另一方面，也正是因为其本质上的谴责小说属性，这些“戏仿”福尔摩斯之作才同样共享了晚清谴责小说中“小说新闻化”的特点。张丽华即认为陈冷血与包天笑接力完成的这个小说系列其实是“处于笔记、新闻和小说之间的短篇叙事作品”，且和其刊登于当时新兴的报刊媒体上有关。[③] 具体而言，这些“戏仿”福尔摩斯小说中的张园游玩、鸦片、烟枪、骨牌等同时也都是当时上海常见的社会现

---

① 陈景韩：《歇洛克来华第三案》（又名《吗啡案》），《时报》1906 年 12 月 30 日（光绪三十二年十一月十五日）。

② 煮梦生：《绘图滑稽侦探·小引》，上海：改良小说社 1911 年版。

③ 参见张丽华《现代中国“短篇小说”的兴起——以文类形构为视角》，北京大学出版社 2011 年版。

象和报纸上经常出现的新闻题材及内容，而其在小说语言和形式结构方面的简洁性也颇符合新闻文体的一般要求，甚至时人所称道的“冷血体”一定程度上即具有新闻报道叙事风格简短、冷峻、铿锵有力的特点。当这些“新闻化”的小说与“小说化”的新闻同时并置于报纸上时，其中的相互影响、文体混杂与读者接受方面的“真假难辨”，最终形成了弗兰克·埃夫拉尔所指出的“杂闻文章与文学体裁（短篇小说、戏剧及侦探小说）之间的某些主题及结构相似性使得这些实用文章更顺利地融进文学虚构之中”①。

1923年，包天笑“旧事重提”，又创作了一篇《福尔摩斯再到上海》。小说中福尔摩斯吸取前车之鉴，用两个月时间化装潜伏，想要充分了解中国的风俗习惯，为此他还特别学习了中国话。但福尔摩斯所了解到的“中国风俗”更多是传统风俗习惯，比如其见到一名女性头戴白头绳，就判断出其父母离世，原因是其掌握了关于“戴孝”的知识。但实际上，这名中国女性戴白头绳却是当时堂子里妓女们的一种流行时尚，所谓“若要俏，常带三分风流孝”，于是，福尔摩斯只能遭遇新一轮的失败了。包天笑的“再到上海”所批评的对象主要是其时正处于传统与现代转型期的中国和上海，延续传统文化习俗和崇慕现代生活方式交织在一起，形成了很多令人啼笑皆非的文化断裂和扭曲现象。而这篇小说也因此部分摆脱了谴责小说的社会批判，而带有一些文化反省的意味。进一步来说，前文所述啸谷子、龙伯，乃至包天笑民国时期的“续作”都没能再超越冷、笑晚清时期的“开山之作”，其原因可能是作者笔力不逮所致。比如这些小说中过多的案例堆砌、直白的批评谩骂等虽具有讽刺和“戏仿”的意图，但无疑缺少了讽刺和“戏仿”所应该包含的艺术形式与文学技巧。与此同时，我们或许也可以将这种“技不如前”视为一种文类发展的表征，即这些“续作”的“失败”在一定程度上说明了“谴责小说”进入民国以

① ［法］弗兰克·埃夫拉尔：《杂闻与文学》，谈佳译，天津人民出版社2003年版，第35页。

后，其文类本身所蕴含批判能量和文学价值的衰竭。

第二，"福尔摩斯谜"的"滑稽"改写："福尔摩斯大失败"系列。

清末民初的"戏仿"福尔摩斯小说中，可以和陈冷血、包天笑等人的"福尔摩斯来上海"系列小说并举的当属刘半农曾以"半侬"为笔名创作的五篇题为《福尔摩斯大失败》的"滑稽小说"系列作品。在刘半农"第一案"的开头，一方面提到了"数年前，世界大侦探福尔摩斯自英伦来上海，以不谙世故，动辄失败，《时报》曾揭载其事"①，似乎在表明自己的这篇小说也是对之前"福尔摩斯来上海"系列的延续；但另一方面，和冷、笑前作中小说新闻化的风格截然不同，刘半农的这个系列是以"于是吾书乃开场"，带有一股强烈的传统说书意味，而整个故事也更多只是"徒欲与君捣乱而已"的游戏之作。

在刘半农接下来的几篇小说中，福尔摩斯或者被骗得"赤条条如非洲之蛮族"（《第二案·赤条条之大侦探》）；或者被对手捆成了一个"大粽子"，只得大叫求饶（《第三案·试问君于意云何……到底是不如归去》）；或者娶了一个"能于燕瘦环肥两事中之第二事，独具登峰造极之妙，而其面目，亦特别改良，与众不同"的中国妻子②；或者在"一点钟之内，连续失败三次"（先后被偷羊、偷马、偷衣服），并沦为掏粪坑、吃巴豆的下场③，其中透露出一股强烈的故意"捉弄"福尔摩斯的意味。这些小说在发表时即标明"滑稽小说"而非侦探小说，当时的读者也多半是将刘半农的这组"大失败"系列小说当作滑稽小说来看的，比如"麻鲁蚁"就说这些小

① 刘半农：《福尔摩斯大失败第一、二、三案》，《中华小说界》第二卷第二期，1915年2月1日。

② 刘半农：《福尔摩斯大失败第四案》，《中华小说界》第三卷第四期，1916年4月1日。

③ 刘半农：《福尔摩斯大失败第五案》，《中华小说界》第三卷第五期，1916年5月1日。

说“充满幽默笔调，突梯滑稽，读之令人喷饭”[①]。苏雪林在回忆自己早年读刘半农的这些小说时也曾说：“民国三四年间，我们中学生课余消遣，既无电影院，又无弹子房，每逢周末，《礼拜六》一编在手，醰醰有味。半侬的小说我仅拜读过三数篇，之觉滑稽突梯，令人绝倒……”[②]

由此，刘半农的“戏仿”福尔摩斯小说与陈冷血、包天笑的同类型作品之间就形成了有趣的差异。内容上，冷、笑之作更接近谴责小说，而刘作更接近滑稽小说[③]。与之相对应的，在文体形式与风格上，冷、笑之作侧重新闻体，而刘作则采取了传统说书体。一方面，无论是“大失败”系列，还是“来上海”系列，在文学手法上都是对福尔摩斯侦探小说原作的“戏仿”。按照吉尔伯特·海厄特关于“戏仿”的定义可知，戏仿（parody）是讽刺的重要形态之一，“在这里，讽刺作家选取一部现成的具有严肃旨趣的文学作品或是某种拥有成功范例而被人称道的文学样式，然后他通过羼入不相称的观念或是夸张其艺术手法而使这一作品或样式显得滑稽可笑，或是通过不恰当的形式表达这些观念而使其显得愚蠢，又或是双管齐下”[④]。具体而言，这些清末民初的“戏仿”福尔摩斯小说中，其所“戏仿”的“拥有成功范例而被人称道的文学样式”显然就是福尔摩斯在柯南·道尔原作系列中的完美侦探形象，然后“戏仿”者在

---

① 麻鲁蚁：《旧文坛逸话（六）：刘半农的“福尔摩斯大失败”》，《新亚》第十卷第四期、第五期合刊，1944年。

② 苏雪林：《东方曼倩第二的刘半农》，载左克诚编《苏雪林文集》（第二卷），安徽文艺出版社1996年版，第316页。

③ 此外，刘半农的“福尔摩斯大失败”系列也有其后来继承者。比如署名“曼倩”的《福尔摩斯》（刊于《大世界》，1919年7月7日至1919年7月16日）就明确表示是承接刘半农的“福尔摩斯大失败”系列故事而写的续作。值得一提的是，其中“曼倩”为西汉文学家东方朔的表字，东方朔在历史上以诙谐幽默著称。因此，以“曼倩”为笔名本身就透露出作者想要创作滑稽小说的意图。

④ ［美］吉尔伯特·海厄特：《讽刺的解剖》，张沛译，商务印书馆2021年版，第13—14页。

其中"羼入"了福尔摩斯破案失败等"不相称的观念"和"不恰当的形式"，以制造出某种"滑稽可笑"的阅读效果。另一方面，如果进一步辨析刘半农与陈冷血、包天笑"戏仿"福尔摩斯小说创作上的区别，不妨继续参照吉尔伯特·海厄特的洞见，讽刺是"一种逗笑和鄙夷的混合，在某些讽刺作家那里，逗笑的成分远远超过了鄙夷的成分。在另外一些讽刺作家那里，逗笑的成分几乎完全消失不见：它变成了尖酸的冷嘲、无情的嗤笑，或是对生命无法被视为合理或高贵的苦涩自觉"①，即刘半农的"戏仿"还只是停留在海厄特所说的"逗笑"层面，陈冷血、包天笑的作品则更贴近于"鄙夷"，而后者显然才更符合讽刺与"戏仿"的精神内涵和艺术要求。甚至我们可以稍微严苛地认为："戏仿不仅是歪曲；而单纯的歪曲也并不是讽刺。"② 并以此作为判别刘半农与陈冷血、包天笑相关作品艺术高下的一个理解角度。

换一个角度来看，借鉴阿瑟·波拉德根据模仿者与讽刺者的统一或不同所作出的关于"讽刺"与"讽喻"的区分，"讽刺模仿嘲笑其所模仿者；这些讽喻又运用它们所模仿的形式来突出其真正的讽刺对象"③。在这个意义上，刘半农的"大失败"系列仍属于"讽刺"，而陈冷血、包天笑的"来上海"系列则更接近于"讽喻"。与此同时，冷、笑之作更侧重"讥讽"（sardonic），其"产生于一种深切的幻灭感"④，而刘作则属于"挖苦"之作，"挖苦（sarcasm）是没有玄妙和不加精心安排的反讽。它是随意的，口头上的。它比反讽还率直粗鲁，是一种相当鲁钝的方式。它缺少宽容

① ［美］吉尔伯特·海厄特：《讽刺的解剖》，张沛译，商务印书馆 2021 年版，第 22—23 页。

② ［美］吉尔伯特·海厄特：《讽刺的解剖》，张沛译，商务印书馆 2021 年版，第 74 页。

③ ［美］阿瑟·波拉德：《论讽刺》，谢谦译，昆仑出版社 1992 年版，第 43 页。

④ ［美］阿瑟·波拉德：《论讽刺》，谢谦译，昆仑出版社 1992 年版，第 105 页。

大度。它一直被视为诙谐的最低级的形式”。[①]

在区分了刘半农与冷、笑的“戏仿”福尔摩斯小说之不同后，另一个需要解释的问题在于，刘半农为何要以“逗笑”和“挖苦”的方式来改写福尔摩斯小说？一方面，刘半农其实是民国初年“福尔摩斯探案”系列小说进入中国最重要的推手之一，比如在《福尔摩斯侦探案全集》（中华书局 1916 年版）的汉语译介过程中，刘半农就曾深度参与其中，甚至可以说是直接主持了这项翻译工作的展开。他不仅亲自上阵翻译了其中的《佛国宝》（今译《四签名》）一册，还为这套译书撰写了《跋》文和《英国勋士柯南道尔先生小传》，并且在《跋》文中热情讴歌了柯南·道尔的侦探小说创作，称“彼柯南·道尔抱启发民智之宏愿，欲使侦探界上大放光明”。[②] 另一方面，在“大失败”系列中，我们也能够看出刘半农对“福尔摩斯探案”系列小说原作非常熟悉（甚至远比陈冷血和包天笑要更为熟悉）。比如其注意到福尔摩斯“平时每出探案，必坐马车，车既有人控御，吾乃得借车行之余暇，思索案情”，并针对此专门设计出委托人写信要求福尔摩斯必须骑马赴约的情节[③]。又如“大失败”系列中多次称华生为“蹩脚医生（华生尝从军，左足受创）”，这也是根据福尔摩斯探案小说所生发出来的一个细节，体现出刘半农对小说原作有着相当的熟悉程度。

此外，刘半农的“大失败”系列中还处处有意关联和提及福尔摩斯小说原作中的对应性细节，比如写到福尔摩斯娶妻，就立马会“超链接”到《室内枪声》（今译《查尔斯·奥古斯都·米尔沃顿的故事》）中福尔摩斯为了偷信，假意与米尔沃顿的女仆订婚的情节；提到华生妻子的职业，则会立马翻出《佛国宝》（今译《四签

---

① ［美］阿瑟·波拉德：《论讽刺》，谢谦译，昆仑出版社 1992 年版，第 104 页。

② 刘半农：《福尔摩斯侦探案全集·跋》，载《福尔摩斯侦探案全集》，上海：中华书局 1916 年版。

③ 刘半农：《福尔摩斯大失败第五案》，《中华小说界》第三卷第五期，1916 年 5 月 1 日。

名》）；当福尔摩斯在家被中国妻子骂到生不如死时，也会拉来《悬崖撒手》（今译《最后一案》）中福尔摩斯和莫里亚蒂一起跳悬崖的情节，来类比其此时的痛苦心情；涉及和照片有关的委托案件时，更会第一时间想到《情影》（今译《波西米亚丑闻》）和《掌中倩影》（今译《第二块血迹》）这两部与之题材相近的小说；而当小说中出现聘请、雇佣等相关情节时，则会自动联想到《金丝发》（今译《褐色山毛榉宅案》）和《佣书受给》（今译《证券经纪人的书记员》），等等。在某种意义上来看，整个"福尔摩斯大失败"系列几乎同时也就是一部关于"福尔摩斯探案"小说原作的"情节宝典"和"阅读指南"。而"大失败"系列中所关联的原作篇目版本，又都无一例外地出自于刘半农亲自组织、策划并翻译的1916年中华书局版《福尔摩斯侦探案全集》。并不严格地来说，我们或许可以认为，刘半农的"大失败"系列其实更像是专门写给当时中国"福尔摩斯迷"们的一系列"同人小说"（Fan Fiction），其中的"玩梗"之处非"福尔摩斯迷"而不能尽知其妙。这里不妨化用亨利·詹金斯关于粉丝文化研究的一个经典结论："粉丝不再仅仅是流行文本的观众，而是参与建构并流传文本意义的积极参与者。""对粉丝来说，观看电视剧（引者按：这里可置换为'阅读小说'）是媒体消费过程的起点，而不是终点。"① 即刘半农的"大失败"系列小说是基于"福尔摩斯探案"小说原作的一系列文本再生产，是一名资深福尔摩斯读者/"福尔摩斯谜"的游戏之作。小说里看似挖苦、贬损福尔摩斯的情节背后，是作者刘半农身为资深福尔摩斯读者/"福尔摩斯谜"的一种知识炫耀，其挖苦与"玩梗"本身都包含了一种内行与外行之间的身份区隔。

第三，从"智斗"法国"侠盗"到"福尔摩斯来台湾"。

需要补充说明的是，"戏仿"福尔摩斯并非是清末民初中国小说

---

① ［美］亨利·詹金斯：《文本盗猎者：电视粉丝与参与式文化》，郑熙青译，北京大学出版社2016年版，第22—23、266页。

家们的独创，早在“福尔摩斯探案”系列小说风靡西方之际，就已经有不少捉弄福尔摩斯的侦探小说“同人作品”[①] 出现。其中最著名的当属法国作家莫里斯·勒伯朗笔下的“侠盗亚森·罗苹”系列。在这个系列小说中，亚森·罗苹经常通过释放假消息、团伙配合作案、易容换装等手段来捉弄福尔摩斯。他不仅曾经易容成福尔摩斯，把华生骗得团团转，还多次乔装成华生，并成功潜伏在福尔摩斯身边。而其目的有时是为了盗取宝石，有时只是单纯地想要“捉弄”福尔摩斯一下。周瘦鹃很早就敏锐地指出了亚森·罗苹与福尔摩斯各自背后微妙的民族身份：“英伦海峡一衣带水间，有二大小说家崛起于时，各出其酣畅淋漓之笔，发为诡奇恣肆之文。一造大侦探福尔摩斯，一造剧盗亚森罗苹。一生于英，一生于法。在英为柯南·道尔，在法为马利塞·勒伯朗。”[②] 即将亚森·罗苹对福尔摩斯的“挑衅”视为英法两国之间国家关系与“民族感情”的某种投射。与此同时，莫里斯·勒伯朗所开创的这一侠盗与名侦探之间“双雄斗智”的侦探小说模式也一直被后来者反复书写，比如我们熟悉的江户川乱步笔下明智小五郎大战怪人二十面相，中国作家张碧梧、孙了红所书写的“东方福尔摩斯”霍桑对决“东方亚森罗苹”（鲁宾或鲁平）系列小说等，一直到日本侦探漫画《名侦探柯南》中，柯南与怪盗基德之间的关系也是这一经典模式在当代流行文化中的复现。

类似的，法国人嘉密（Cami）曾写过一本《白鼻福尔摩斯》（*Les Aventures de Loufock Holmès*，罗江译，乐群书店 1929 年版），该

---

① 我们现在一般所说的“同人作品”，是基于粉丝文化来讨论作品改编行为及其文化衍生品。而“福尔摩斯探案”小说发表时，虽然还没有现在通常所说的“粉丝文化”，但其已经具备了很多粉丝文化的雏形特征。比如在作者柯南·道尔试图通过“福尔摩斯之死”来完结这部小说时，就遭到了大量“粉丝”读者的反对，致使作者最终不得不又续写了“福尔摩斯归来”等后续作品。

② 周瘦鹃：《双雄斗智录第四十九》，载蒋瑞藻编《小说考证》（下册），上海古籍出版社 1984 年版，第 592—593 页。

书中一共收录了 34 个侦探短剧，其中就有不少是用揶趣的笔法来“伪造”和戏仿“福尔摩斯探案”的相关内容。其在贬损英国侦探的意义上，大概可以和亚森·罗苹系列小说归为一类。沿着上述法国作家的思路，民国文人陈小蝶也写过一篇名为《福尔摩斯之失败》（1915）的小说，故事里福尔摩斯原本要追查一起绑架案，不想自己却反遭绑架，泡在水里，最后“淋漓而归”，其状苦不堪言。绑匪则扮作福尔摩斯逃之夭夭。[1] 整个小说风格和情节套路与嘉密《白鼻福尔摩斯》中的系列故事如出一辙。

如果说陈小蝶的这篇小说更贴近于嘉密的喜剧风格，那么王衡的同名小说《福尔摩斯之失败》（1923）则更多继承了莫里斯·勒伯朗小说所开创的传统。整个小说故事不过是一对青年男女想要尝试自己究竟能否骗过福尔摩斯，于是他们各自乔装改扮，并成功将福尔摩斯骗得团团转。当他们离开时还留给福尔摩斯一笔“劳务费”（或者也可以叫“赔偿金”），以作为整个恶作剧的经济补偿，其中捉弄之意再明显不过。[2] 更有意味的是，在王衡的小说中，华生曾梦见福尔摩斯大战亚森·罗苹，并出拳相助，醒来之后才发现自己刚才在梦里对着身旁的福尔摩斯一通拳打脚踢。我们或许可以把这个有趣的“华生一梦”（噩梦）视为亚森·罗苹多次“捉弄”福尔摩斯后在华生内心深处所留下的“精神创伤后遗症”。相应地，小说里那对无事闲来恶作剧的男女青年，也完全可以视为亚森·罗苹的某种“化身”和“继承者”。

最后，中国台湾作家馀生的小说《智斗》（1923）写的也是福尔摩斯“智斗”亚森·罗苹的故事，只不过其将“智斗”的地点改到了台湾。就目前所见小说“残篇”而言，其最令人感兴趣的地方在于小说中各种文化知识的交杂和共存。比如小说开场时福尔摩斯和华生仍在伦敦家中，其场景是“福尔摩斯与华生闲坐暖炉左右，

---

① 陈小蝶：《福尔摩斯之失败》，《礼拜六》第四十五期，1915 年。

② 王衡：《福尔摩斯之失败》，《春花》（毕业纪念刊），1923 年。

福手里卷烟力吸，投身安乐椅中，仰视烟雾飞散状，意其中有佳景在然”[1]，暖炉、安乐椅、卷烟……俨然是一派柯南·道尔小说原作中的英伦生活场景。而当福尔摩斯和华生远赴台湾查案后，则遭遇了一连串的台湾地名，诸如基隆港、嘉义市、八掌溪等。按照吕淳钰的研究，这里的嘉义显然是巴黎的替代品，八掌溪则可以视为塞纳河的镜像之物。[2] 简言之，作者馀生只不过是将勒伯朗小说中福尔摩斯与亚森·罗苹对决的地点由巴黎平移到了台湾，进而替换掉了一连串的地理单位名词。但我们也需要看到，每一个地名背后都有着其自身的地方性知识和空间地景想象（特别是对于熟悉当地的读者而言），因此，这几个地名的引入，其实也在某种程度上为小说代入了一整套关于当时台湾的空间和文化想象。而等到福尔摩斯进入案发现场后，眼前的风景又是“花木竞茂，山水庐亭悉备”，颇有中国传统散文中风景描写之笔调。更有趣的地方在于，委托人家宅的格局竟然是“后屋连着公园”。如果我们将中国传统小说中男女幽会的“后花园”视为古典文学中的重要空间场景，“公园”无疑是西方现代文明与公共空间的产物，那么我们由此尝试进一步解读小说中“后屋连着公园”的空间结构设计，则是在无意识中表征了传统中国与现代中国之间的历史和空间联结与过渡。最后，当福尔摩斯问起案发时间时，委托人回答说：“土曜日也。□（按：原文字迹模糊，无法辨认）必土曜日之夜，日曜之望。”则又提醒我们注意到当时台湾正处于日据时期，因此这种起源于中国，后流传入日本并得到普遍运用的“七曜记日法”此时又重新传回到中国台湾，并构成了当地人们记录和理解时间的重要单位和日常表述。由此，英伦生活的场景、台湾本土的地理单位、中国传统的风景描写、中西合璧

---

① 馀生：《智斗》，《台南新报》连载，目前仅见 1923 年 9 月 26 日、9 月 27 日、9 月 30 日和 10 月 11 日四期片段，其余不详，也不清楚其最终是否完结。

② 参见吕淳钰《日治时期台湾侦探叙事的发生与形成：一个通俗文学新文类的考察》，硕士学位论文，台湾政治大学，2004 年。

的空间构成，以及日本传来的计时方法就在这区区几百字的小说"残篇"中被交织在了一起，形成了这个看似简单移植福尔摩斯智斗亚森·罗苹的台湾故事翻版，实则包含了复杂而有趣的文化融合现象与文本衍生案例。

除了这些"显而易见"的"模仿"与"戏仿"之作外，晚清、民国时期还存在相当一批假冒"福尔摩斯探案"之名的"伪作"。比如当时的侦探小说作家兼评论家朱戬就曾产生过这样的疑惑："福尔摩斯侦探案，余阅《半月》及《紫兰花片》中曾载柯南道氏已灰心为此作品（余不知英文，道听途说，未知确否）。何今日坊间福尔摩斯侦探案单行本方层出不穷，抑是柯氏以前作品欤？抑无赖文人冒其名以牟利欤？"① 像朱戬这样有着丰富的侦探小说阅读经验的"专业读者"或许还能够通过阅读感受到"不过我看近来的'福尔摩斯'和以前的'福尔摩斯'，不但行事智慧判若两人，即形态也两样了"②，进而判断出作品的真伪与水平的高下。但对于一般大众读者而言，这种辨伪工作就变得非常困难。尤其是在"伪作"风行于市，甚至数量多于"真迹"的背景之下："福尔摩斯的探案，凡读过侦探小说的人恐怕没一个不知道罢。但现在他的探案除了《半月》上的《皇冕宝石》《雷神桥畔》《匍匐之人》三案外，委实没有一篇是真的。还有几部《急富党》等书，不但情节诡异（不是曲折，是信手乱写，像真假福尔摩斯争功哩，福尔摩斯捻须哩等等），简实还不知道他所探何事。"③ 甚至某些出版商为了牟利，不惜让"某书局廉价的广告，在侦探小说栏里，每一名上加'福尔摩斯新侦探案'字样，以炫俗欺人，以此推之，赝鼎亦未可必"④。难怪朱戬会在文中感慨："唉！这真是福尔摩斯的劲敌（真可恶极了）。"⑤ 当

① 朱戬：《我之侦探小说杂评》，《半月》第二卷第十九期，1923 年。
② 朱戬：《我之侦探小说杂评》，《半月》第二卷第十九期，1923 年。
③ 朱戬：《我之侦探小说杂评》，《半月》第二卷第十九期，1923 年。
④ 朱戬：《我之侦探小说杂评》，《半月》第二卷第十九期，1923 年。
⑤ 朱戬：《我之侦探小说杂评》，《半月》第二卷第十九期，1923 年。

然，退一步来说，这种“可恶极了”反倒证明了“福尔摩斯探案”在晚清、民国时期“流行极了”的状况。

第三节　“作为福尔摩斯的对手”：以亚森·罗苹系列小说在民国时期的翻译和改写为例

民国时期的侦探小说翻译作品中，除了“福尔摩斯探案”系列，就当属法国作家莫里斯·勒伯朗的“侠盗亚森·罗苹”系列小说译介、传播情况最为繁荣了。侠盗亚森·罗苹在当时中国读者心目中的知名度可能仅次于大侦探福尔摩斯。更有趣的是，亚森·罗苹系列小说中有相当一部分作品都把福尔摩斯拉来作为侠盗的对手，这可能也是其在中国被青睐和流行的一个重要原因。换句话说，亚森·罗苹系列小说是借助了“福尔摩斯探案”的流行来吸引读者。此外，“侠盗亚森·罗苹”和“福尔摩斯探案”也是对中国本土侦探小说创作影响最大的两个系列作品，其分别直接影响了孙了红的“侠盗鲁平奇案”和程小青的“霍桑探案”的产生。进一步来说，和莫里斯·勒伯朗喜欢拉来福尔摩斯与亚森·罗苹一决高下相类似，孙了红的“侠盗鲁平奇案”中也有不少鲁平对决霍桑，甚至鲁平捉弄霍桑的故事。鉴于上述“侠盗亚森·罗苹”系列小说与“福尔摩斯探案”之间的密切关系，以及其对民国侦探小说创作的重要影响，本书试图将该系列小说在民国时期的汉译、传播、仿作与改写情况做一些初步整理。①

目前所见到的最早的亚森·罗苹系列小说中译版本是1912年4

① 限于全书篇章结构上的整体考虑，第三章第三节主要梳理亚森·罗苹系列小说在民国时期的翻译情况；关于其本土化改写的相关论述主要集中于第八章第三节；而关于其在民国时期最重要的侦探小说创作继承者孙了红的相关介绍，则集中于第五章第三节，特此说明。

月由杨心一翻译的《福尔摩斯之劲敌》[1]。1913 年，《时报》分 232 次连载了包天笑翻译的《大宝窟王》[2]。1914 年，周瘦鹃翻译了《胠箧之王》[3] 和《亚森罗苹之劲敌》[4]。同样是在 1914 年，包天笑与徐卓呆又合作翻译了《八一三》[5]，该小说翻译先在《中华小说界》连载，后由中华书局分上、下两册单行本出版，也是目前所见到的最早的亚森·罗苹小说汉译单行本，其中小说主人公亚森·罗苹被译作"宣龙贤"。1915 年，署名"屏周、瘦鹃"合译的三篇亚森·罗苹小说陆续发表，分别是：《网中鱼之亚森罗苹》[6]《亚森罗苹之失败》[7] 和《侦探家之亚森罗苹》[8]。同年，周瘦鹃还翻译了《亚森罗苹之妻》[9]。

---

① ［法］勒伯朗：《福尔摩斯之劲敌》，杨心一译，《小说时报》第十五期，1912 年。原作为 1907 年出版的 *Arsene Lupin*，*Gentleman－Cambrioleur*（Paris：Pierre Lafitte & Cie，1907）中的 Herlock Sholmes arrive trop tard 一篇，现通常译作《歇洛克·福尔摩斯姗姗来迟》。

② ［法］勒伯朗：《大宝窟王》，包天笑译，《时报》1913 年。上海有正书局后出版该小说单行本，1914 年 9 月印刷，1916 年（丙辰年二月）再版。

③ ［法］勒伯朗：《胠箧之王》，周瘦鹃译，《时报》1914 年。

④ ［法］勒伯朗：《亚森罗苹之劲敌》，周瘦鹃译，《礼拜六》第二十七期至第二十八期，1914 年。

⑤ ［法］勒伯朗：《八一三》，徐卓呆、包天笑译，《中华小说界》第一卷第一期至第一卷第十一期，1914 年 1 月 1 日至 1914 年 11 月 1 日，标"侦探小说"，署名"卓呆、天笑"。小说单行本由上海中华书局 1915 年 6 月印刷，7 月分上、下两册初版发行，1928 年 9 月九版，署名"吴县徐卓呆、包天笑"译述。该小说原作为"813"（1910）。

⑥ ［法］勒伯朗：《网中鱼之亚森罗苹》，屏周、瘦鹃合译，《游戏杂志》第十三期，1915 年。

⑦ ［法］勒伯朗：《亚森罗苹之失败》，屏周、瘦鹃合译《礼拜六》第四十期，1915 年。

⑧ ［法］勒伯朗：《侦探家之亚森罗苹》，屏周、瘦鹃合译，《中华小说界》第二卷第九期，1915 年。

⑨ ［法］勒伯朗：《亚森罗苹之妻》，周瘦鹃译，《游戏杂志》第十四期，1915 年，标"奇情小说"。

1917年，李新甫等人用文言翻译了小说集《侦探之敌》[①]，由中华书局出版发行。同年，周瘦鹃又翻译并出版了《犹太灯》[②]（中华书局）、《福尔摩斯别传》[③]（中华书局）和《胠箧之王》[④]（有正书局）。一年之内有连续四本单行本相继出版或再版，亚森·罗苹系列小说在中国读者市场中可谓势头大增。

1918年，中华书局又陆续出版了常觉、觉迷翻译的《亚森罗苹奇案》[⑤]和《水晶瓶塞》[⑥]两种单行本。同年，中国台湾作家魏清德取材于亚森·罗苹系列小说中《虎牙》（*Les Dents Du Tigre*）一篇的改写之作《齿痕》也分六回连载于《台湾日日新报》[⑦]。

20世纪20年代初，各报纸、杂志上仍散见一些亚森·罗苹系列

---

① ［法］勒伯朗：《侦探之敌》，李新甫、吴匡予编，董哲芗润辞，上海：中华书局1917年1月版，1931年7月六版，标“中华短篇小说”，收录《红肩巾》《车中怪客》《结婚指环》《树上草人》等篇。另见一种同样由上海中华书局出版的《侦探之敌》，封面标“小说汇刊第八十九种”，出版时间不详。原作为1913年出版的短篇小说集 *Les Confidences d'Arsène Lupin*，现通常译作《亚森·罗平的隐情》。

② ［法］勒伯朗：《犹太灯》，周瘦鹃译，董哲芗校订，上海：中华书局1917年7月初版，1921年三版，1923年9月四版，1928年五版。该小说原名为 *La Lampe juive*（1908），现通常翻译作《犹太人油灯》。

③ ［法］勒伯朗：《福尔摩斯别传》（上、下册），周瘦鹃译，董哲芗校订，上海：中华书局1917年8月初版，1924年8月六版，1928年9月七版，1932年10月八版。该小说原名为 *La Dame blonde*（1908），现通常翻译作《金发女人》。

④ ［法］勒伯朗：《胠箧之王》，周瘦鹃译，有正书局1917年12再版。

⑤ ［法］勒伯朗：《亚森罗苹奇案》，常觉、觉迷译，董哲芗润辞，上海：中华书局1918年1月初版，1922年3月四版，1928年9月六版，1931年第七版。

⑥ ［法］勒伯朗：《水晶瓶塞》（上、下册），常觉、觉迷译，董哲芗润辞，上海：中华书局1918年1月初版，1930年3月五版。该小说原作为 *Le Bouchon de cristal*（1912），现通常仍译作《水晶瓶塞》。

⑦ 魏清德译：《齿痕》，《台湾日日新报》1918年6月19日至1918年6月26日，标“法国侦探小说”，署名“润”。共包括六回小说内容。该小说原名为 *Les Dents du tigre*（1921），现通常译作《虎牙》。

小说的翻译篇目，比如《亚森罗苹冒险史：火车怪客》[①]（1921）、《不测之祸》[②]（1923）、《陷网》[③]（1923）、《爆裂弹》[④]（1923），等等。

1925年4月，上海大东书局出版了周瘦鹃、孙了红、沈禹钟等人用白话文翻译的全二十四册的《亚森罗苹案全集》，收二十八案，其中长篇十种，短篇十八种。这是继1916年中华书局出版《福尔摩斯侦探案全集》之后，民国侦探小说翻译界的又一件大事。到1929年12月，该书已经印至第三版。《亚森罗苹案全集》不仅收录了亚森·罗苹系列小说几乎所有最重要的作品，同时译者阵容也是相当豪华，完全不逊色于《福尔摩斯侦探案全集》。其具体各篇及译者情况如下：

10部长篇：

《贼公爵》（二册），沈禹钟译，小说原作情况不详。

《双雄斗智录》（一册），荆鹃魂译，小说原作情况不详。

《一纸名单》（一册），钱释云译，小说原作情况不详。

《古城秘密》（四册），周瘦鹃译，小说原作情况不详。[⑤]

《虎齿记》（三册），吴雄昌译，该小说原名为 *Les Dents du tigre*（1921），现通常译作《虎牙》。

《金三角》（二册），高祖武译，该小说原名为 *Le Triangle d'or*

---

① ［法］勒伯朗：《亚森罗苹冒险史：火车怪客》，沧海客译，《半月》第一卷第六期，1921年。该小说原名为 *Le Mystérieux voyageur*（1907），现通常译作《神秘的旅客》。

② ［法］勒伯朗：《不测之祸》，张舍我译，《侦探世界》第五期，1923年。

③ ［法］勒伯朗：《陷网》，张舍我译，《侦探世界》第七期、第十一期，1923年。该小说原名为 *Le Piège infernal*（1913），现通常译作《险恶的陷阱》。

④ ［法］勒伯朗：《爆裂弹》，周瘦鹃译，《游戏世界》第二十期"侦探小说专号"，1923年。此篇为长篇翻译小说连载，该期连载至小说第十五章，标"欧战第一秘史"。该小说原名为 *L'éclat d'obus*（1916），现通常译作《炮弹片》。

⑤ 《古城秘密》又见"伪满"地区版本，分上、下两册，振兴排印局印刷，奉天文艺书局发行，周瘦鹃译，1942年（康德八年）11月1日印刷，11月20日发行。

（1918），现通常译作《金三角》。

《空心石柱》（二册），张碧梧译，该小说原名为 *L'Aiguille creuse*（1909），现通常译作《空心岩柱》。

《古灯》（一册），程小青译，该小说原名为 *La Lampe juive*（1908），现通常译作《犹太人油灯》。

《三十柩岛》（二册），徐卓呆译，该小说原名为 *L'Île aux trente cercueils*（1919），现通常译作《三十口棺材岛》。

《钟鸣八下》（二册），周瘦鹃译，该小说原名为 *Les Huit coups de l'horloge*（1923），现通常译作《钟敲八点》。

18 篇短篇：

《红肩巾》，包天笑译，该小说原名为 *L'écharpe de soie rouge*（1913），现通常译作《红绸围巾》。

《结婚指环》，包天笑译，该小说原名为 *L'Anneau nuptial*（1913），现通常译作《结婚戒指》。

《恶继父》，包天笑译，该小说原名为 *La Mort qui rôde*（1913），现通常译作《死神游荡》。

《绣幕》，孙了红译，小说原作情况不详。

《铁箱》，周瘦鹃译，该小说原名为 *Le Coffre-fort de madame Imbert*（1907），现通常译作《安贝尔太太的保险箱》。

《亚森罗苹就擒记》，周瘦鹃译，该小说原名为 *L'Arrestation d'Arsène Lupin*（1907），现通常译作《亚森·罗平被捕》。

《亚森罗苹系狱记》，周瘦鹃译，该小说原名为 *Arsène Lupin en prison*（1907），现通常译作《亚森·罗平在狱中》。

《亚森罗苹兔脱记》，周瘦鹃译，该小说原名为 *L'évasion d'Arsène Lupin*（1907），现通常译作《亚森·罗平越狱》。

《王后项圈》，周瘦鹃译，该小说原名为 *Le Collier de la Reine*（1907），现通常译作《王后项链》。

《劫婚》，周瘦鹃译，该小说原名为 *Le Mariage d'Arsène Lupin*（1913），现通常译作《亚森·罗平结婚》。

《七星纸牌》，周瘦鹃译，该小说原名为 *Le Sept de coeur* (1907)，现通常译作《红桃七》。

《黑珠》，周瘦鹃译，该小说原名为 *La Perle noire* (1907)，现通常译作《黑珍珠》。

《草人记》，周瘦鹃译，该小说原名为 *Le Féetu de Paille* (1913)，现通常译作《稻草人》。

《劲敌》，周瘦鹃译，该小说原名为 *Herlock Sholmes arrive trop tard* (1907)，现通常译作《歇洛克・福尔摩斯姗姗来迟》。值得一提的是，该小说原作发表时，勒伯朗为了避免版权麻烦，故意将夏洛克・福尔摩斯名字中两个单词“Sherlock Holmes”的首字母做了交换。

《神秘之画》，周瘦鹃译，小说原作情况不详。

《隧道》，周瘦鹃译，小说原作情况不详。

《箱中女尸》，周瘦鹃译，小说原作情况不详。

《车中怪客》，周瘦鹃译，该小说原名为 *Le Mystérieux voyageur* (1907)，现通常译作《神秘的旅客》。

其中《红肩巾》《结婚指环》《恶继父》《绣幕》《铁箱》合订一册；《亚森罗苹就擒记》《亚森罗苹系狱记》《亚森罗苹免脱记》合订一册；《王后项圈》《劫婚》《七星纸牌》《黑珠》《草人记》合订一册；《劲敌》《神秘之画》《隧道》《箱中女尸》《车中怪客》合订一册。

在《亚森罗苹案全集》的译者阵容中，不仅有周瘦鹃、程小青、徐卓呆这样的知名文人和译者，更有张碧梧、孙了红等人。他们后来所写的“鲁宾系列”和“侠盗鲁平系列”都明显受到亚森・罗苹系列小说的影响，而这种影响与他们本人亲身参加过这次“全集”翻译工作的经历和经验都是密不可分的。

此外，此次大东书局版《亚森罗苹案全集》出版的宣传预售广告也对这位小说主人公在中国读者心目中的形象进行了具有示范性意义的定位：

> 智：亚森罗苹的脑力灵敏非凡，不论什么事到他手中，只要三分钟可以解决，就是福尔摩斯也不是他的敌手。
>
> 勇：亚森罗苹当得起“勇敢”二字。随便什么险地、绝境他都处之泰然，毫不放在心里。一件事要做的也毫不迟疑的做了。
>
> 侠：亚森罗苹专喜欢仗他智谋、勇力去做行侠仗义的事，元凶大盗在他的手中休想逃得 过门。可是他却也是一个大盗。①

从之前的“盗贼”“剧贼”，到此时将亚森·罗苹定位为一个“智”“勇”双全的“侠”盗，亚森·罗苹的文学形象就此发生了根本性的转变。我们甚至可以说《亚森罗苹案全集》的出版在很大程度上确立了后来中国读者对“侠盗”亚森·罗苹这一文学人物的基本认知。而“侠盗”形象与中国传统侠客形象的先天性亲缘关系，也使得中国读者更容易认可和接受这一外来的小说人物。同时，这也是后来孙了红创作“侠盗鲁平奇案”系列小说的重要源头。

参与了《亚森罗苹案全集》翻译工作的周瘦鹃（他在这套“全集”中承担了最多的翻译工作）曾指出亚森·罗苹系列小说的好处在于：

> 亚森罗苹者，勒氏理想中之怪杰也，有时为剧盗、为巨窃，有时则又为侦探、为侠士，其出奇制胜，变幻不测，乃如神龙之夭矫天畔焉。吾人平昔谈侦探小说，虽布局机曲折，而略加思索，便可知其结果为何，惟罗苹诸案，则多突兀出人意表，非至终卷，不能知其底蕴，其思想之窈曲幽微，几类出于神鬼，此亚森罗苹诸案之所以难能可贵也。②

---

① 《〈亚森罗苹案全集〉预约与四月廿九日截止》，《新闻报》1925 年 5 月 16 日。

② 转引自魏绍昌编《鸳鸯蝴蝶派研究资料·史料部分》，上海文艺出版社 1984 年版，第 331 页。

的确如周瘦鹃所言，亚森·罗苹系列小说与一般的侦探小说相比，最大的不同之处在于"其出奇制胜，变幻不测"，这不仅是案件本身的复杂离奇，更在于小说将主角定位在一名"反派"人物身上之后，其所需要的是更加出人意表的结尾，即在小说最后既要让"反派"侠盗获胜，又不能让社会正义落空。当然，追求这样的"出奇制胜，变幻不测"也是相当困难的，因此就出现了前文中所论述过的"易容术"在亚森·罗苹系列小说中的频繁使用，甚至到了"离奇"和"不合逻辑"的地步，这既是该系列小说主题限定所带来的创作困难，也部分是由于作者笔力不逮所致。

在《亚森罗苹案全集》出版之后，1928年，周瘦鹃、张碧梧又合译了一组题为"亚森罗苹最新奇案"的系列短篇小说，并陆续发表在《紫罗兰》等刊物上，如《珍珠项圈》① 《英王的情书》② 《赌后》③ 《金齿人》④ 《十二个黑小子》⑤ 《古塔奇案》⑥ 《断桥》⑦ 《化

① ［法］勒伯朗：《珍珠项圈》，周瘦鹃、张碧梧译，《紫罗兰》第三卷第一期，1928年。该小说原名为 *Les Gouttes qui tombent*（1928），现通常译作《水往下冲》。

② ［法］勒伯朗：《英王的情书》，周瘦鹃、张碧梧译，《紫罗兰》第三卷第二期，1928年。该小说原名为 *La Lettre d'amour du roi George*（1928），现通常译作《乔治国王的情书》。

③ ［法］勒伯朗：《赌后》，周瘦鹃、张碧梧译，《紫罗兰》第三卷第三期至第三卷第四期，1928年。该小说原名为 *La Partie de baccara*（1928），现通常译作《一局纸牌赌博》。

④ ［法］勒伯朗：《金齿人》，周瘦鹃、张碧梧译，《紫罗兰》第三卷第五期，1928年。该小说原名为 *L'Homme aux dents d'or*（1928），现通常译作《金牙人》。

⑤ ［法］勒伯朗：《十二个黑小子》，周瘦鹃、张碧梧译，《紫罗兰》第三卷第七期，1928年。该小说原名为 *Les Douze Africaines de Béchoux*（1928），现通常译作《贝舒的十二张非洲矿业股票》。

⑥ ［法］勒伯朗：《古塔奇案》，周瘦鹃、张碧梧译，《紫罗兰》第三卷第八期，1928年。该小说原名为 *Le Hasard fait des miracles*（1928），现通常译作《偶然产生奇迹》。

⑦ ［法］勒伯朗：《断桥》，周瘦鹃、张碧梧译，《紫罗兰》第三卷第九期，1928年。

身人》[①]《车中怪手》[②] 等。1933 年，大东书局出版了周瘦鹃编译的《短篇亚森罗苹案》（其中《雪中足印》一本直到 1947 年还在再版）[③]。1937 年，春明书店出版发行了吴鹤声翻译的《亚森罗苹侠盗案》[④]《亚森罗苹大狱记》[⑤]，徐哲身翻译的《亚森罗苹伪公爵》[⑥] 等多部亚森·罗苹小说，其中徐逸如翻译的《神秘钟声》[⑦] 一册直到 1946 年仍在继续出版。1938 年，《侦探》杂志接连三期刊载了《古塔疑案》[⑧]《捉拿亚森罗苹》[⑨] 和《失珠奇案》[⑩]，作者皆署名"摩立斯莱勃郎著"。

1942 年 1 月，上海启明书局又出版了一套"亚森罗苹全集"系列小说译本，分为六种，分别是《在监狱中》（林华译述）[⑪]、《亚森

---

① ［法］勒伯朗：《化身人》，周瘦鹃、张碧梧译，《紫罗兰》第三卷第十一期至第三卷第十二期，1928 年。该小说原名为 *Gants blancs... guêtres blanches...*（1928），现通常译作《白色手套……白色护腿套》。

② ［法］勒伯朗：《车中怪手》，周瘦鹃、张碧梧译，《紫罗兰》第三卷第十三期至第三卷第十四期，1928 年。该小说原名为 *Béchoux arrête Jim Barnett*（1928），现通常译作《贝舒逮住巴尔内特》。

③ ［法］勒伯朗：《短篇亚森罗苹案》，周瘦鹃译，上海大东书局 1933 年版。其中《雪中足印》一本中收录《情海血波》《挟斧妇人》《雪中足印》和《玛瑙》四篇侦探小说。

④ ［法］勒伯朗：《亚森罗苹侠盗案》（上、下册），吴鹤声译述，何可人校阅，陈兆椿发行，春明书店 1937 年 3 月初版，1938 年 10 月五版。

⑤ ［法］勒伯朗：《亚森罗苹大狱记》，吴鹤声译述，何可人校阅，陈兆椿发行，春明书店 1937 年 5 月再版。

⑥ ［法］勒伯朗：《亚森罗苹伪公爵》（上、下册），徐哲身译述，何可人校阅，陈兆椿发行，春明书店 1937 年 4 月初版。

⑦ ［法］勒伯朗：《神秘钟声》（上、下册），徐逸如译述，陈兆椿发行，春明书店 1946 年 6 月版。

⑧ ［法］勒伯朗：《古塔疑案》，高濬生译述，《侦探》第二期，1938 年。该小说原名为 *Le Hasard fait des miracles*（1928），现通常译作《偶然产生奇迹》。

⑨ ［法］勒伯朗：《捉拿亚森罗苹》，何文思译述，《侦探》第三期，1938 年。

⑩ ［法］勒伯朗：《失珠奇案》，高濬生译述，《侦探》第四期，1938 年。

⑪ 《在监狱中》收录《亚森罗宾被擒》《在监狱中》《不受审讯》《七心纸牌》《稻草人》《红肩巾》《家庭惨变》《婚戒》《同客车》《画中秘密》共十篇小说。

罗苹与福尔摩斯》（未见）、《移花接木》（姚定安译述）[①]、《神秘的钟声》（林华译）、《无穷恨》（姚定安译）[②]、《身后事》（姚定安译述）[③]。此外，襟霞阁主人平襟亚还策划出版了一套五卷本的"亚森罗苹全案"[④]，以"精校、大字、足本"为宣传卖点。对"侠盗亚森罗苹"系列小说的翻译几乎贯穿了整个民国时期。

第四节 "后来者的遭遇"：以阿加莎·克里斯蒂侦探小说在民国时期的翻译与接受为例

"福尔摩斯探案"系列小说在晚清、民国时期所引发的翻译热潮可以用"空前绝后"四个字来形容。"空前"当然指的是中国第一篇侦探小说译作就是"福尔摩斯探案"系列故事之一；"绝后"则指的是在柯南·道尔之后，还有很多优秀的、在西方传播和接受程度很高的，甚至在侦探小说创作技巧方面远比柯南·道尔更为成熟的侦探小说作家作品都没有受到"福尔摩斯探案"那样的译介和追捧。究其原因，一方面是由于当时中国"五四"新文学与革命文学在文坛居于正统地位，被归属于"鸳鸯蝴蝶派"的侦探小说则被打入另册，备受批判；另一方面则是在当时中国侦探小说读者心目中，福尔摩斯的身影实在是太过伟岸，以至于后来的侦探小说名家，如阿加莎·克里斯蒂、埃勒里·奎因、范·达因等人，及美国"硬

---

① 《移花接木》，1946 年 7 月三版，分为《深闺女儿语》《怪客》《旧事重提》《移爱》《第二次来了》《贼影》《风雨奔波》《神秘的失窃》《探寻线索》《失踪者的发现》《检点失物》等章节。

② 《无穷恨》，1946 年 2 月三版。

③ 《身后事》，1947 年 4 月三版。

④ 《亚森罗苹全案》，虞山沈亚公校订，襟霞阁主人印行，上海：中央书店 1937 年 3 月三版，1940 年 2 月新一版。另外，上海共和书局 1925 年 10 月初版、周逸云编的《（图绘）亚森罗苹演义》（共五册），在文字内容上和"中央书店版"《亚森罗苹全案》一样。

汉派”侦探小说等都没有得到足够的关注①。本节即试图通过对民国时期阿加莎·克里斯蒂的侦探小说作品在中国译介、引进与传播的考证与整理，来重新厘清这位世界著名侦探小说作家早期（1920—1949）在中国译者和读者群体中的接受情况，进而为其早期翻译史、传播史与接受史进行一些补白意义上的工作，并借此初步呈现出民国时期“后福尔摩斯时代”西方侦探小说的翻译情况之一斑，同时也顺带梳理下1949年以后阿加莎的“二度来华之旅”。

一 民国时期阿加莎·克里斯蒂侦探小说汉译情况

和柯南·道尔相齐名，阿加莎·克里斯蒂（Agatha Christie）绝对算得上是世界最著名的侦探小说作家之一，她的中文读者粉丝们

---

① 其实，“福尔摩斯探案”系列小说在晚清、民国时期的热销不仅对其“后来者”形成了某种程度上的“压制”，对于更早期的西方侦探小说作家如爱伦·坡也形成了某种“遮蔽”效应，比如刘半农在《英国勋士柯南道尔先生小传》一文中就曾说到“方其初撰侦探小说时，意在压倒美人濮氏之作（Adgar Allen Poe）之作，今则有志竟成。濮氏以先进之资，而文名不逮先生远矣”。（参见《福尔摩斯侦探案全集》，上海：中华书局1916年版）类似的，张舍我在《侦探小说杂谈》一文中也指出，现在中国读者只知道柯南·道尔是侦探小说大家，却不知道真正的侦探小说鼻祖是爱伦·坡（参见张舍我《侦探小说杂谈》，《半月》第一卷第六期“侦探小说专号”，1921年11月29日）。具体到当时的翻译情况来看，爱伦·坡的侦探小说在清末民初翻译传播的力度和声势也完全无法和“福尔摩斯探案”系列相比。今见仅有1905年，周作人以“碧罗”为笔名译《玉虫缘》（今译《金甲虫》），刊于《女子世界》五月号。后由日本翔鸾社印刷、上海小说林发行单行本《玉虫缘》，标“美国安介坡”著、“会稽碧罗”译述、“常熟初我”润辞，1905年（乙巳年五月）初版，1906年（丙午年四月）再版。另有1918年1月中华书局出版的《杜宾侦探案》，署名“美国爱伦浦著”，由常觉、觉迷、天虚我生翻译，内收侦探小说四篇，分别是：《母女惨毙》（今译《莫格街谋杀案》）、《黑少年》（今译《玛丽·罗杰疑案》）、《法官情简》（今译《窃信案》）、《髑髅虫》（今译《金甲虫》）。该书1928年9月六版，1932年9月七版。以及《爱伦坡故事集》，焦菊隐译，晨光出版公司发行，1949年3月初版，标“晨光世界文学丛书”，内收《黑猫》《莫尔格街的谋杀案》《玛丽·萝薏的神秘案》《金甲虫》《登龙》等篇，其中并不都是侦探小说。当然，爱伦·坡侦探小说翻译情况的“不兴盛”也和其自身创作数量较少有关。

喜欢称她为“阿婆”。据说她的作品的全球总销量超过 20 亿册，仅次于《圣经》和莎士比亚[1]。而根据她的小说改编而成的影视剧作品，如《控方证人》（1947）、《东方快车谋杀案》（1974）、《尼罗河上的惨案》（1978）、《阳光下的罪恶》（1982）等也都颇为广大中国观众所熟悉，有些作品甚至被一再翻拍，却仍能让片方和观众乐此不疲。但回溯历史，考察下“阿婆”作品最早译介进入中国的历程，我们会发现“阿婆”最初在中国所遭遇到的更多是冷清和寂寥，远非我们现在所想象的那样热闹，甚至与其在西方读者中的火爆畅销迥隔霄壤。

一方面，阿加莎·克里斯蒂的成名作是 1920 年出版的《斯泰尔斯庄园奇案》，此后又陆续出版了《高尔夫球场命案》（1923）、《罗杰疑案》（1926）、《东方快车谋杀案》（1934）、《ABC 谋杀案》（1936）、《尼罗河上的惨案》（1937）、《无人生还》（1939）等大量长中短篇侦探小说，创作势头与声望在这一时期可谓如日中天。另一方面，当时中国文人对于这位“侦探小说女王”的译介却显得并不怎么热情，甚至有些稀稀落落之感。仅据笔者所见，民国时期最早刊载阿加莎侦探小说翻译的文学杂志是《侦探》第六期（1939 年 1 月 15 日），这一期杂志上登出了阿加莎以大侦探波洛为主角的短篇侦探小说《三层楼寓所》（该小说原名为 *The Third Floor Flat*，现通常译作《第三层套间中的疑案》），署名“亚嘉泰克利斯坦著，李惠宁译”，而著名的比利时大侦探波洛在这里被译为“巴洛”。同样是这篇小说，在 1946 年 6 月 1 日又被重新翻译并刊登于程小青主办的《新侦探》杂志第五期上，小说译名为《三层楼公寓》，署名“亚茄莎·葛丽斯丹著，邵殿生译”，而在这一版翻译中，侦探波洛则被翻译为“包乐德”。

《新侦探》杂志可以说是民国时期译介阿加莎·克里斯蒂侦探小

---

① 该说法在中国国内非常流行，最早出处和具体统计数据不详。此处参考《无人生还》（新星出版社 2013 年版）出版前言。

说最为重要的平台和媒介，除了上文所提到的那篇《三层楼公寓》，还刊登了如下作品。

《镜中幻影》（第七期，1946 年 7 月 1 日），署名“英国葛丽师丹著，殷鑑译”。该小说原名为 *In A Glass Darkly*，现通常译作《神秘的镜子》。

《眼睛一霎》（第九期，1946 年 8 月 1 日），署名“*Agatha Christie* 作，雍彦译”。该小说原名为 *The Regatta Mystery*，现通常译作《钻石之谜》，为帕克·派恩系列作品之一。

《造谣者》（第十期，1946 年 8 月 16 日），署名“何澄译”。该小说首发时题目为 *The Invisible Enemy*，后改为 *The Lernean Hydra*，现通常译作《勒尔那九头蛇》，为波洛系列作品之一。

《四种可能性》（第十二期，1946 年 10 月 1 日），署名“*Agatha Christie* 作，殷鑑译”。该小说原名为 *Miss Marple Tells a Story*，现通常译作《马普尔小姐的故事》，为马普尔小姐系列作品之一。

《黄色的泽兰花》（第十四期，1946 年 11 月 1 日），署名“*Agatha Christie* 作，殷鑑译”。该小说原名为 *Yellow Iris*，现通常译作《黄色蝴蝶花》，为波洛系列作品之一。

《遗传病》（第十六期，1947 年 2 月 1 日），署名“*Agatha Christie* 著，汪经武译”。后经郑狄克重译，以《疯情人》为题目，发表于《蓝皮书》第七期（1947 年 9 月 1 日），署名“*A. Christie* 原著，狄克译”。该小说首发时题目为 *Midnight Madness*，后改为 *The Cretan Bull*，现通常译作《克里特岛神牛》，为波洛系列作品之一。

《古剑记》（第十六期至第十七期，1947 年 2 月 1 日、6 月 1 日，未连载完），署名“葛丽斯丹著，紫竹译”。该小说原名为 *The Murder of Roger Ackroyd*，现通常译作《罗杰疑案》，为波洛系列作品之一。同时，有趣的地方在于《罗杰疑案》的这个中文译本也曾在 1946 年刊登于《大国民》杂志第一期和第二期上（仅刊两期，未连载完），当时刊载的译名为《古剑碧血》（标“包乐德探案”），署名“葛丽斯丹著，程小青译”。经笔者比对，两个发表版本除了个别标点不同外，文字内容完全相同，可判定为同一译本。而作为后发表的、署名“紫竹译”的《古剑记》又刊登于程小青自己主编的《新侦探》杂志上，因此不大可能存在“译本抄袭”的情况（即“紫竹”挪用程小青的译作并自己署名），而是“紫竹”应该就是程小青的另外一个笔名，当时程小青可能考虑到在自己主编的杂志上发表太多自己署名的创作和译作需要“避嫌”，因此使用了“紫竹”这一笔名。

《梦》（第十七期，1947 年 6 月 1 日），署名“*Agatha Christie* 作，殷鑑译”。后改名《奇异的梦》，刊于《上海警察》第二卷第一期，1947 年 8 月 20 日，仍为“殷鑑译”。该小说原名为 *The Dream*，现通常译作《梦境》，为波洛系列作品之一。

在两年不到的时间里，出刊仅十七期的《新侦探》杂志上，前后共刊登了九篇阿加莎·克里斯蒂的侦探小说，比例可谓不小。而从小说系列范围来看，从波洛系列到马普尔小姐系列，再到帕克·派恩系列，阿加莎最重要的几个探案系列作品在《新侦探》上都有所涉及，读者也可以借此初窥“阿婆”侦探小说的风貌之一斑。与此同时，阿加莎最重要的“包罗德探案”系列也逐渐在中国侦探小说读者心目中形成一个口碑与品牌，主角侦探也由“巴洛”“包乐德”等混乱的译名渐渐统一成了“包罗德”。虽然“包罗德探案”在当时可能仍没有“福尔摩斯探案”或“侠盗亚森罗苹”那么大的影响力（这两个系列不仅影响了中国侦探小说读者，还深刻影响了民国时期的中国侦探小说作者），但它确实已经能够和埃勒里·奎因（Ellery Queen）的“奎宁探案”系列、莱斯利·查特里斯（Leslie Charteris）的“圣徒奇案”系列、范·达因（S. S. Van Dine）的“斐洛凡士探案”系列、厄尔·比格斯（Earl Derr Biggers）的“陈查礼探案”系列等并驾齐驱，共同形成当时最广为人知的几个西方侦探小说翻译系列作品。

此外，《新侦探》的编辑和作者们也充分认识到了阿加莎·克里斯蒂在西方侦探小说界的地位，并积极向中国读者进行推介。在

《新侦探》创刊号（1946）上，主编程小青就在《论侦探小说》一文中将阿加莎·克里斯蒂放在世界最优秀的侦探小说作家队列之中予以称赞：

> 不过侦探小说也和其他小说一样，有好的，也有坏的。那些衔奇逞怪支离荒诞的作品，自然也不能一例而论。例如美国的挨伦坡 E. Allan Poe，惠盖·考林司 Wilkie Collins，安尼格林 Anna K. Green，英国的柯南道尔 A. Conan Doyle，茀利门 R. A. Freeman，玛列森 A. Morrison，茀莱丘 J. S. Flecher，杞德烈斯 Leslie Charteris，华拉司 Edgar Wallace，美国的范达痕 S. S. Van Dine，奎宁 Ellery Queen，克丽斯丹 Agatha Christie，赛耶斯 Dorothy L. Sayers，法国的茄薄烈 Emile Gaboriall，勒伯朗 M. Leblanc，和俄国的柴霍甫 Auton Chekhov 等等的作品，当然都合乎文学的条件，并且大都有永久的价值。①

虽然程小青在文中误将阿加莎·克里斯蒂当成了美国人，但其对于这些作家作品价值的充分肯定却是非常显而易见的。在同一期杂志上，姚苏凤发表《霍桑探案序》一文，此文的主要意图是推崇程小青的“霍桑探案”系列，但姚苏凤在文中将阿加莎·克里斯蒂和柯南·道尔相并列，大有将二者共同视为世界侦探小说史上两座高峰之意：

> 但我敢说他（笔者注：此处指程小青）大部分的作品是高出于一般水准之上的，即比之前代的柯南道尔及今代的亚伽莎克丽斯丹（Agatha Christie）诸氏所作亦可毫无愧色。尤其在这寂寞万状的中国侦探小说之林中，他的“独步”真是更为难得

① 程小青：《论侦探小说》，《新侦探》第一期，1946 年 1 月 10 日。

而更可珍重了。[①]

从翻译、刊登作品，到写文章评论、推荐，《新侦探》可以说是民国时期中国介绍和引进阿加莎·克里斯蒂作品的最为重要的文学平台。美中不足的是，阿加莎·克里斯蒂的侦探小说以长篇最为精彩，但《新侦探》可能是囿于杂志版面或译者的时间精力，其所选择翻译、刊登的都是阿加莎的中短篇作品，唯一一部长篇《古剑记》（即《罗杰疑案》）在仅连载两期后便随着杂志的停刊而不了了之，实在让人感到遗憾。

《新侦探》对于阿加莎·克里斯蒂长篇侦探小说译介缺失的遗憾在当时另一本侦探文学刊物《大侦探》上得到了弥补，在《大侦探》第二十期至第三十六期（1948 年 5 月 1 日至 1949 年 5 月 16 日）上，连载了阿加莎的长篇小说《皇苑传奇》（即《罗杰疑案》，*The Murder of Roger Ackroyd*），署名"英国亚加莎·克丽斯丹原作，姚苏凤译"，让中国读者比较完整地阅读到了阿加莎的长篇佳作。而在《大侦探》第二十期上《皇苑传奇》首次连载之前，译者姚苏凤还写了一篇名为"译者前记"的长文，颇为详细地对阿加莎·克里斯蒂的生平和创作予以介绍和评价，文中说道：

> 当代侦探小说作家中，作品最丰富声誉最崇高者，首推亚加莎·克丽斯丹（Agatha Christie）女士。在她的小说里的那个比利时籍的大侦探，名叫包罗德（Hercule Poirot），曾被英美批评家称为"福尔摩斯的最理想的继承者"。他自己说他所凭借的侦探工具乃是他的"小小的灰色细胞"（little grey Cells），这就是说他是完全靠着他的思索和推断来解决着一切疑难的问题的——从这一点看，其实，我们还应该承认他比福尔摩斯更智慧，更高强。因为，在克丽斯丹女士的笔下，包罗德从不相信

① 姚苏凤：《霍桑探案序》，《新侦探》第一期，1946 年 1 月 10 日。

> 那些手印或脚印，烟蒂或烟灰之类的“证据”，他更从不利用那些密室或机关，化妆或跟踪之类的“方法”，他的一切都是“常识以内的”，然而他又永远叫你迷惑，只有在他自己给你说明了以后你才能够恍然大悟。同时，他的探案里永远有着一群有趣的人物，一簇诡奇的情节，高潮总是层出不穷的，结局总是出乎意料的——它精致，它完美（Perfect），“福尔摩斯探案”的确“相形见绌”了。[①]

这是民国时期极为少见的系统地评价阿加莎·克里斯蒂的文章，作者姚苏凤将阿加莎置于一方面继承柯南·道尔，另一方面又超越柯南·道尔的崇高地位上，在当时可谓“惊人”之语，但今天回过头来看整个西方侦探小说发展史，姚苏凤当时的理解和评断确实有着相当的合理性。此外，姚苏凤在1948年6月15日至12月30日的《宇宙》杂志第一期至第五期上，还翻译连载过《弱女惊魂》，标“亚伽莎·克罗丝丹著、姚苏凤译，包罗德探案”，该小说原名为*Peril at End House*，现通常译作《悬崖山庄奇案》，为波洛系列作品之一。可惜这部阿加莎长篇作品的中文译本也只刊登了五期，而没有最终连载完。综上来看，姚苏凤从长篇小说翻译到写文章确定阿加莎·克里斯蒂侦探小说的文学价值和文学史地位，其对于阿加莎介绍和推广的努力功不可没。如果我们说《新侦探》是民国时期翻译和介绍阿加莎的最重要的文学平台，那么姚苏凤就当之无愧地称为“民国阿加莎引介第一人”。

除了《新侦探》和《大侦探》以外，同一时期以“侦探、恐怖、刺激”[②]为特色的《蓝皮书》杂志上也刊载过一些阿加莎侦探小说的翻译，除了前文所提及的《疯情人》（刊于第七期）外，还有：《口味问题》（第十二期，1948年3月20日），署名“程小青”

---

① 姚苏凤：《〈皇苑传奇〉译者前记》，《大侦探》第二十期，1948年5月1日。

② 参见《蓝皮书》各期杂志封面。

译。该小说原名为 *Four and Twenty Blackbirds*，现通常译作《二十四只黑画眉》，为波洛系列作品之一。

《女神的腰带》（第二十六期，1949 年 5 月 1 日），署名"Agatha Christie 著，卫慧译"。该小说原名为 *The Girdle of Hyppolita*，现通常译作《希波吕特的腰带》，为波洛系列作品之一。而在这篇译作前，译者卫慧也对阿加莎·克里斯蒂的主要长篇侦探小说作品及其在西方侦探小说界的地位进行了较为详细的介绍，提及了阿加莎笔下"包罗德探案""马波尔小姐探案"和"派克潘先生探案"三大侦探小说系列，并称阿加莎为"英国侦探小说界的女王"。

除此之外，在《大侦探》杂志第五期（1946 年 9 月 1 日）上还刊载过《夜莺别墅传奇》，署名"A. Geste 原著，丙之译"。该小说原名为 *Philomel Cottage*，现通常译作《夜莺别墅》或《菲洛梅尔山庄》。在 1947 年《乐观》杂志创刊号上，还刊载过《波谲云诡录》，署名"英国名女作家 Agatha Christie 原著，程小青译"，该小说原名为 *N or M?*，现通常译作《桑苏西来客》或者《谍海》，是民国时期极为少见的"汤米、塔彭丝夫妇探案"系列作品之一，颇值一提。可惜的是，1947 年的《乐观》杂志仅一期后便下落不明，当时的中国读者自然也无缘得见这个"汤米、塔彭丝夫妇探案"后续故事的精彩了。而在单行本译作出版方面，目前仅见一本，即华华书报社出版的《东方快车谋杀案》（全二册），作者署名"亚茄莎·克列斯蒂"，译者为令狐彗（即董鼎山），发行人田鑫之，标为"白劳特探案"，出版年份不详。

二　"后福尔摩斯时代"：阿加莎·克里斯蒂侦探小说在华的"有限影响"

虽然前文爬梳、列举了不少民国时期翻译的"阿婆"作品，但相比于阿加莎当时的创作总量和其在英美所获得的名望地位，实不及其十一，她最为重要的长篇侦探小说大都没有翻译和介绍，"阿婆"在民国时期的译介与传播远不能尽如人意。尤其相比于柯南·

道尔笔下“福尔摩斯探案”系列从单篇到全集的一再重译，这位“侦探小说女王”的遭遇可以算得上有几分寂寞和冷清了，所以民国时期阿加莎最为重要的译介和推荐者姚苏凤在《红皮书》第四期（1949）发表的《欧美侦探小说书话》一文中，就颇为阿加莎感到不平。他认为中国侦探小说的读者仍然将福尔摩斯与亚森·罗苹奉为神明，而忽略了之后欧美出现的更为优秀的作家作品，实在有些可惜。他在文中指出：

> 我所奇怪的是：近年来欧美侦探小说界中几位第一第二流的作家的作品在中国反而没有人有系统地介绍过，如英国的陶绿萃赛育丝，亚伽莎克丽斯丹，和约翰·迪克逊·卡以及美国的伊勒莱昆，雷克斯史托脱，答歇尔汉密脱，梅白尔茜兰等等；无论以他们，更多的是“她们”的作品的质或量来说，实在都很有可观；而且他们的作品中的侦探的才能也无不“自成一家”，不但超过了前人的成就而且把侦探小说的写作技巧发展到了另一阶段。
>
> …………
>
> 我所尤其不解的是亚伽莎克丽斯丹的一直被放弃（还是最近一年内，才由我开始介绍了她的两种旧作）。十五年（他的第一部作品发表于一九二〇年）来，她不但是作品最多的一位侦探小说作家，而且他可以说是作品最好的一位。她的包罗德探案出版者已卅余种，由我的经验来批判，我要说是“最好的最合理想的侦探小说”；其中有几种，简直还是“前无古人”之杰作，她笔下的侦探包罗德是一个比国人，也纯粹是依凭心理学（在她的作品里是被她称为“小小的灰色细胞”的）来测勘案情的。她的作品以情节曲折而结构谨严著称，在今天的英美两国，显然已经成功了侦探小说作家中的“第一人”，出版界尊之为“侦探小说写作者之才艺最高的女主”，即此可见其声势与地位。①

① 姚苏凤：《欧美侦探小说书话》，《红皮书》第四期，1949年。

诚如姚苏凤所说，当时中国译者与读者对于阿加莎·克里斯蒂侦探小说的重视程度远远不够，甚至阿加莎·克里斯蒂所开创的新的侦探小说写作方式对于民国侦探小说作家所产生的影响也极为有限。从某种程度上来看，柯南·道尔的“福尔摩斯探案”与法国作家勒伯朗的“侠盗亚森·罗苹”小说几乎框定了民国侦探小说的创作规范与基本套路。程小青的“霍桑探案”、张无净的“徐常云探案”、王天恨的“康卜森新探案”、朱戢的“杨芷芳新探案”等民国时期最重要的中国名侦探系列作品，都不外乎“福尔摩斯—华生”式的“侦探—助手”“行动者—讲述人”的叙事模式与结构；而张碧梧、吴克洲、何朴斋、柳村任和孙了红的“反侦探小说”创作，更是明显有着模仿莫里斯·勒伯朗的亚森·罗苹系列小说的痕迹，单从他们这类小说中的主人公也都曾经被称为“东方亚森罗苹”——甚至其小说主人公的名字也多半是“亚森·罗苹”的同音词或近音词，如“罗平”“鲁宾”“鲁平”，甚至“罗亚森”等——就可知一二。

从世界侦探小说发展史的角度来看，民国侦探小说基本上还是停留在“古典侦探小说”（Classical Mystery Novels）的相关时期，而没有进入“现代侦探小说”（Hard-boiled Detective Novel）的发展阶段[①]，即民国侦探小说最为注重的仍然是小说情节，而缺乏对于侦探内心世界的细腻展现。如果进一步仔细辨析，我们也可以说，民国侦探小说的发展程度即使在“古典侦探小说”的范畴内，也仍处于比较早期的福尔摩斯系列小说的影响和笼罩之下，而没有很好地接

① 民国时期中国文人对于“硬汉派”侦探小说的阅读、翻译和讨论情况都不算多。姚苏凤曾将“硬汉派”侦探小说翻译作“杀搏结棍派”（hard-boiled），参见姚苏凤《欧美侦探小说新话》，《生活》第一期至第三期，1947 年 6 月 1 日至 1947 年 9 月 20 日。而程小青在 1946 年《新侦探》创刊号上的《论侦探小说》一文中曾反对将美国“硬汉”侦探小说和欧美古典侦探小说相提并论，认为“硬汉”侦探小说是等而下之的东西：“假使把这种作品，和美国所流行的廉价侦探小说比较，自是‘不能同日而语’，那自然也是应有的结论。”

受和承续西方后来“古典侦探小说”黄金时期的影响（比如阿加莎·克里斯蒂对于凶手身份的巧妙设计、埃勒里·奎因的严密逻辑流，以及约翰·迪克森·卡尔所钟爱构建的密室，等等）。当然，这并不是说阿加莎对当时中国本土的侦探小说创作毫无“余音”与“回响”。遍数民国侦探小说作家与作品，真正向阿加莎等欧美侦探小说“黄金时期”学习并有所“小成”的作家首推郑狄克与他的“大头侦探案”。该系列以青年侦探狄国辉和其搭档/助手老苏为基本的探案组合，这一小说人物结构显然是模仿自福尔摩斯与华生的经典模式。但与此同时，小说又呈现出很多新的类型元素与模仿特征：比如对于侦探狄大头的人物形象设计上：

> 狄大头是个肥胖有经验之侦探，他的头特别大，有人给他一个绰号曰“大头侦探”，此人年约四十左右，天性幽默，喜说笑话，穿着一套半旧西装，裤带上挂着一支六寸白郎宁手枪，摇摇摆摆踏进杨有金的卧室，阿土跟在后面。①

这样一个生得肥肥胖胖、动作摇摇摆摆的侦探外形与动作，显然是借鉴了阿加莎·克里斯蒂笔下的名侦探赫尔克里·波洛（Hercule Poirot）的相关特点。而郑狄克也的确曾经阅读过，甚至亲自翻译过阿加莎“波洛系列”的侦探作品，比如同样刊登在《蓝皮书》杂志上的译作《疯情人》就是一例。

另一方面，“大头侦探案”受欧美“黄金时期”侦探小说影响，更明显的标志在于其对于案件情状的设计上。其通常是在一个相对封闭的空间区域内——如一幢别墅、一条弄堂，或一座广播台内部——出现杀人案或连环伤害案件，而且这一区域内的每一个人都有嫌疑（都有作案动机和作案时间）。比如小说《毒针》中在第一起杀人案发生后，所有在场人员都有嫌疑，而在侦探到来并开始查

---

①　郑狄克：《毒针》，《蓝皮书》第九期，1947年11月1日。

案后仍接连不断地发生死亡事件，整个故事结构和氛围显然带有欧美"黄金时期"侦探小说的特点，而最终的凶手竟然就是第一个死去的老人杨有金，这种对于凶手身份"出人意料"的设定，分明能看出阿加莎·克里斯蒂某些作品的影子。又如小说《梁宅的悲剧》中，凶手伪装成为第一个受害者以试图摆脱侦探的怀疑①，则显然是在模仿《尼罗河上的惨案》等西方侦探小说中的犯罪手法。

此外，"大头侦探案"系列中不少篇目都附有登场人物列表，如《虹桥路血案》《梁宅的悲剧》《月夜冤魂》《猢狲与圆圆》《西厢尤物》《三堂会审》《黑鸡心皇后》《疯人之秘密》《弹词皇后的呼声》等，以便于读者弄清楚小说里众多且复杂的人物身份与彼此间的关系。甚至在一些小说中，为了更清晰地展示案发当时现场的具体情况，作者还会专门绘制现场建筑空间示意图，如《五个失恋者》和《虹桥路血案》就都配有案发现场的房间布局图②，《疯人之秘密》列有"西区新村有关故事之住户表"③、《弹词皇后的呼声》中也画有广播台建筑图④等。"登场人物列表"和"建筑空间布局图"都是欧美"黄金时期"侦探小说中常见的内容，也是在侦探小说情节内容和人物关系越发复杂化之后，随之发展出来的必要的辅助表现形式，而这些在早期"福尔摩斯探案"等侦探作品中几乎不曾见到。

三　余论："侦探小说女王"的第二次"来华"

在姚苏凤所抱怨的阿加莎·克里斯蒂作品没有得到足够重视与译介足足三十年后，1979 年 11 月《译林》杂志创刊号上，首次全文刊载了阿加莎·克里斯蒂的小说《尼罗河上的惨案》（宫海英

---

① 郑狄克：《梁宅的悲剧》，《蓝皮书》第十七期，1948 年 9 月 20 日。

② 郑狄克：《五个失恋者》，《蓝皮书》第九期，1947 年 11 月 1 日；郑狄克：《虹桥路血案》，《蓝皮书》第十六期，1948 年 8 月 20 日。

③ 郑狄克：《疯人之秘密》，《蓝皮书》第二十三期至第二十四期，1949 年 2 月 15 日至 1949 年 3 月 5 日。

④ 郑狄克：《弹词皇后的呼声》，《蓝皮书》第二十五期，1949 年 3 月 20 日。

译)。该期杂志“初版20万册，很快售完，立即又加印了20万册”，甚至“《译林》的原定价1元2角，而黑市小贩卖一本则要2元，还外加两张香烟票”，“《译林》第一期出刊后，就收到了读者来信1万封”①，其受追捧程度由此可见一斑。同年，江苏人民出版社也出版了《尼罗河上的惨案》单行本。还是在1979年，中国电影出版社和浙江人民出版社各自翻译出版了《东方快车谋杀案》(陈尧光译，中国电影出版社1979年版）和《东方快车上的谋杀案》(宋兆霖和镕榕译，浙江人民出版社1979年版)。在相当意义上，1979年可以视为阿加莎·克里斯蒂新时期走入中国的“元年”。从此，“英国侦探小说女王”的作品开始风靡中国读者市场，且一直长销不衰。

1980年，外语教学与研究出版社引进了《尼罗河上的惨案》英文版。而据王先霈、于可训主编的《80年代中国通俗文学》一书的介绍：

> 仅从1980年至1981年，两年内就翻译出版了她的20部长篇小说，其中包括《罗杰疑案》、《大侦探十二奇案》等一系列享誉全球的侦探故事，很多出版社竟（笔者按：应为“竞”）相出版她的这些作品。此外，在80年代我国各种杂志上还大量刊载了克里斯蒂的短篇侦探故事，其数量之多也是其他同类作家望尘莫及的，如《“大都市”旅馆珠宝案》(1985)、《被绑架的首相》(1988）等等。②

在20世纪70年代后期与80年代阿加莎作品在中国传播的过程中，多种艺术形式的改编对增强其作品的辐射度与影响力也是功不

① 施亮：《〈译林〉事件始末》，《炎黄春秋》2008年第6期。

② 王先霈、于可训主编：《80年代中国通俗文学》，湖北教育出版社1995年版，第354页。

可没。在影视改编方面，阿加莎的小说从出版伊始可以说就备受影视行业的青睐。据目前所见资料，最早改编成电影的阿加莎小说是《神秘的奎恩先生》（*The Mysterious Mr. Quin*），该小说于 1924 年 3 月首次在 *Grand Magazine* 上连载，1928 年就被改编成了同名电影。不久之后，《暗藏杀机》（*The Secret Adversary*）也于 1929 年被搬上了银幕。后来阿加莎小说又被大量改编为电影、电视剧和广播剧等多种艺术形式，各种翻拍、重拍不断。仅粗略统计，迄今为止，根据阿加莎小说改编而成的影视剧作品就超过 130 部。在这些影视作品中，对中国影响最大的当属 1974 版的《东方快车谋杀案》（*Murder on the Orient Express*）、1978 版的《尼罗河上的惨案》（*Death on the Nile*）以及 1982 年版的《阳光下的罪恶》（*Evil Under the Sun*）。不仅因为这几部电影本身制作精良①，同时也是其正逢中国人文化生活相对贫瘠的时代，因而引起了更多的关注与更大的影响，并且成为一代人的观影记忆。当时甚至有观众在看完电影《尼罗河上的惨案》后，通过写诗来表达自己激动的心情和对影片的赞颂，这在现如今都是令人难以想象的：

> 是谁投下杀人的手枪？/尼罗河溅起悲惨的浪；/金字塔下是真挚的情侣吗？/那致命的大石为何飞天而降。//"闪电般的恋爱"是如此神奇，/蜜月，充满了爱的花香；/可是，爱情却裹着罪恶的黑心，/甜蜜的笑靥隐藏着谋杀的刀枪。//这是虚伪的爱呀，骗子的爱！/贪图百万家财才扯起爱的幕挡；/不！这不是爱情！是金钱与财富的逐鹿，/朋友，你对这样的

---

① 其中由西德尼·吕美特导演的《东方快车谋杀案》（1974），获得第 47 届奥斯卡"最佳男主角""最佳改编剧本""最佳摄影""最佳服装设计"等多项提名，英格丽·褒曼更是因为参演这部影片而斩获该届奥斯卡的"最佳女配角"称号。影片《尼罗河上的惨案》（1978）则获得第 51 届奥斯卡"最佳服装设计"奖和第 32 届英国电影电视戏剧学院奖。

爱有何感想？[①]

与此同时，阿加莎侦探小说与电影的大规模流行也引来不少批评和质疑之声。比如1980年4月7日，时任中国社科院外文所所长的冯至就写信给当时的中央书记处书记胡乔木，批评《译林》杂志和浙江人民出版社对于阿加莎小说的译介，认为这是不当的“片面追求利润”的行为：

> 目前有关翻译出版外国文学作品的某些情况，觉得与左联革命传统距离太远了。近年来有个别出版社有片面追求利润的倾向，当前我国印刷和纸张都很紧张，他们却翻译出版了些不是我们所需要的作品。如江苏人民出版社出版的“外国文学丛刊”《译林》一九七九年第一期，用将及全刊一半的篇幅登载了英国侦探小说女作家克里斯蒂的《尼罗河上的惨案》，浙江人民出版社出版了同一作家的《东方快车上的谋杀案》，这些书刊被一部分读者争相购阅，广为“流传”，印数达到数十万册以上。[②]

冯至甚至认为“从这点看来，我们读书界的思想境界和趣味，真使人有‘倒退’之感”，以及“自‘五四’以来，我们的出版界还从来没有像现在这么堕落过”[③]。胡乔木将这封信转给中共江苏省委与浙江省委研究处理，因为正逢“十一届三中全会之后，党内民主空气浓厚起来”[④]，《译林》编辑部最后只是被上级领导“温和”地提醒：“对一些可资借鉴而内容不怎样健康的作品，可内部发行，

---

① 任启江诗，邓刚彦画：《爱情，裹着罪恶的黑心——看英国电影〈尼罗河上的惨案〉》，《电影评介》1979年第9期。

② 施亮：《〈译林〉事件始末》，《炎黄春秋》2008年第6期。

③ 施亮：《〈译林〉事件始末》，《炎黄春秋》2008年第6期。

④ 施亮：《〈译林〉事件始末》，《炎黄春秋》2008年第6期。

主要供文艺工作者参考，而对于广大群众，则应当努力提供有益于心身的精神食粮。”①

《译林》编辑部则在事后的自查报告中对此进行了申辩和说明，提出：

> 也有很多人，包括一些著名翻译家则认为，“通俗文学”是文学中的一种体裁，也是外国现实社会的反映，具有题材广泛、情节生动，通俗易懂等特点，能够吸引更多的读者，因此，有选择地介绍一些外国比较好的“通俗文学”作品，也是符合党的“双百方针”的。对外国“通俗文学”有不同看法，是一个有待探讨的学术问题，可以展开讨论，但以此就说《译林》“追求利润”，“倒退”，“堕落”，“有失体面”，“趋时媚世”，甚至把外国人抛掉的东西也捡来翻译等等，这些指责是不是之词，他们难以接受。②

直到同年5月9日，在北京召开的全国文学期刊编辑工作会议闭幕式上，时任中宣部部长的王任重作大会总结报告时说：

> 《尼罗河上的惨案》印得多了一点，这一件事，要追求责任？要进一步处分？不会嘛！及时指出工作中的某些缺点，是为了引起同志们的注意，以便今后改进工作，这叫做打棍子吗？不能叫打棍子。至于冯至同志的信，这位老同志七十多岁了，他的用心是好的，是为了文艺事业搞得更好，信中有些话可能说的过于尖锐一点，个别论断不够适当，但出发点是好的。我们认为，江苏省委对这个问题的处理是妥当的。③

---

① 施亮：《〈译林〉事件始末》，《炎黄春秋》2008年第6期。

② 施亮：《〈译林〉事件始末》，《炎黄春秋》2008年第6期。

③ 施亮：《〈译林〉事件始末》，《炎黄春秋》2008年第6期。

从而为整件“《译林》与《尼罗河上的惨案》风波”做了最后的“盖棺定论”。这一时期关于阿加莎·克里斯蒂侦探小说“销售热潮”的批评与讨论绝不止于冯至与《译林》之间的这一次“风波”而已，只不过“《译林》风波”因为当事人的身份、地位和影响力，所以格外引人注目。比如在1980年第4期的《出版工作》杂志上，祖冰也认为“翻译出版外国侦探小说成风”是“一些值得注意的问题”，他从青少年读者的角度出发，认为“读者，特别是青少年读者……他们最急需的是自然科学和社会科学的基本知识读物，是古今中外名著，是培养共产主义道德品质的图书”，而不是列入“全国十几家出版社翻译出版外国文学选题计划中”的阿加莎·克里斯蒂的侦探小说作品①。

在1980年第8期的《读书》杂志上，更是专门刊载了当时很多文艺界人士对这一问题的看法。英若诚表示自己并不认为阿加莎的小说是“顶好”的，但也不同意就此否定整个侦探小说的价值：

> 我是喜欢看闲书的，看来看去，有这样一个想法：我们现在一提侦探小说，还停留在福尔摩斯时代，这有点太古老了。侦探小说也有思想进步、内容深刻的。这样一个文学形式经久不衰，是有其道理的。象《尼罗河上的惨案》这样的作品并不是顶好的，有很多东西比它好。②

董乐山虽然不赞同“一窝蜂”地追捧阿加莎，但也不同意“一窝蜂”地予以排斥，甚至是采取文艺上的“关门主义”措施：

> 我们有一种风气，什么事情往往都是一窝蜂，一面倒。介绍外国文学似乎也是这样，本来是什么都不许碰，什么都不开

---

① 祖冰：《把钢用在刀刃上》，《出版工作》1980年第4期。

② 英若诚：《首先要了解国外文艺界状况》，《读书》1980年第8期。

> 放；如今可以碰了，可以开放了，就什么都来了。侦探小说不是不可以介绍，可是一窝蜂的局面下，到处都是阿嘉莎·克里斯蒂。这个风气要不得。但是这也不是说又要倒回来，一说这个不好，就又要禁绝。到底好不好，不要摆出教师爷的架势，要允许有不同的意见。对于各种形式，各种流派的外国文学，应该尽量多介绍进来一些。要相信群众，群众有识别能力，最后会得出正确的结论来的。①

董乐山同时也指出，不要过度渲染侦探小说的危害性以及不要盲目"排外"：

> 现在门稍微开了一些，就有人觉得不得了了。这不得了有两种，一种是无知，以为阿嘉莎·克里斯蒂就代表外国文学。《尼罗河上的惨案》，搞凶杀，那还行？不妨去调查一下，有没有因为看了《尼罗河上的惨案》而去犯罪的？如果有的话，占读者之中百分之几？现在年轻人犯罪，原因恐怕不是因为读了外国文学，而是另有其政治、经济、社会、个人原因的。另一种不得了，是出于封建思想，看到外国的东西总觉得不顺眼，电影里出现亲吻，就大惊小怪，说什么"人心不古，世风日下"。②

而法国文学研究者柳鸣九则对当时翻译界追捧西方通俗小说（《东方快车谋杀案》《飘》和《基度山伯爵》），以及评论界将这些小说地位抬得过高等现象表示不满：

> 为了使我们外国文学工作前进得更好，有必要从正面注意

① 董乐山：《不要"一窝蜂"》，《读书》1980年第8期。

② 董乐山：《不要"一窝蜂"》，《读书》1980年第8期。

> 到某些经验教训。如象，有很多急需翻译介绍的优秀的、重要的外国文学作品未能出版，但另一方面，却有一些文学价值不高，甚至不入流的作品大量印行，并得到高度的评价。克里斯蒂的侦探小说出一点并非不可，但有必要出那么多吗？《东方快车谋杀案》有必要出两个译本吗？值得被人捧得那样高吗？《飘》这样一本畅销小说，既然名声已经搞得这么大，印行一些让大家看看没有什么不可以，但印行量如此之大，这就过份了，至于一定要说这本书如何有进步意义，给予很高的评价，那就更不符合作品的实际。《基度山伯爵》作为一本流行的通俗小说在中国出版完全应该，但也不必让这样一本思想内容并不丰富深刻、格调也不高的作品吸引了那样多宝贵的纸张，对它评价也应该有分寸。现在，《飘》、《基度山伯爵》和《红与黑》常被相提并论，这委屈了《红与黑》。①

在这里必须指出，引起这些讨论和质疑的背后原因是复杂的，绝不仅仅是“保守”与“开放”的二元矛盾冲突这么简单，其中更是混杂了诸如上一个时期遗留下来的旧意识对资本主义流行文学的怀疑和抵触，封闭许久的中国对“异己”外国的警惕，以及“严肃文学”对于通俗文学和文学过分市场化的不满和担忧。而其所担忧的“文学过分市场化”似乎又并非完全的子虚乌有，追溯起来，这其实是某种压抑过久、突然放开后所引发的爆炸性“反弹”的结果。

“侦探小说女王”第二次“来华”之初，虽然声势浩大，饱受大众读者和观众欢迎，但同时也引来了无数的批评和非议——无论其是出于对危害青少年读者的忧虑，还是对通俗文学品味的不屑，抑或是对挤兑“严肃文学”出版资源的担心等各种原因，但幸好一切都“有惊无险”。而国内对于阿加莎小说的翻译热潮也在 20 世纪 90 年代得到了更进一步的扩大和发展。

---

① 柳鸣九：《不是过头了，而是很不够》，《读书》1980 年第 8 期。

1990 年，北京华文出版社就引进了台北远景出版事业有限公司出版、由三毛担任主编的“阿嘉莎·克莉斯蒂侦探小说丛书”共十二册。到了 1993 年，华文出版社又推出了更大规模的“阿嘉莎·克莉丝蒂探案小说精粹”系列，共收录其三十部长篇，相比于 20 世纪 80 年代，这是第一次比较集中且大规模译介和出版阿加莎的侦探小说。仅仅两年之后，华文出版社又在 1995 年 1 月推出了“阿嘉莎·克莉丝蒂小说选”十本共三十部长篇，以及在 1995 年 12 月推出了“阿嘉莎·克莉丝蒂小说选（增补本）”六本共十八部长篇。而就在华文出版社于 1995 年推出的四十八部阿加莎侦探小说作品中，有二十八部是对 1993 年“阿嘉莎·克莉丝蒂探案小说精粹”系列中收录作品的重版——“精粹”系列中仅有《柏翠门旅馆之谜》（*At Bertram's Hotel*）和《死灰复燃》（*Sleeping Murder*）两部没有重版。如此密集且大规模地出版和重版阿加莎侦探小说，可见其作品受中国读者市场欢迎的程度之深。1998 年 10 月，贵州人民出版社又“重磅推出”了共计 80 册的《阿加莎·克里斯蒂全集》，虽然所谓“全集”其实并不“全”（起码就缺少了《三只瞎老鼠》和《四魔头》两部小说），但已然足以为 20 世纪阿加莎的“来华之旅”画上“完美的句点”。

21 世纪以来，很多关于阿加莎·克里斯蒂侦探小说研究、分析或鉴赏类的书籍相继在中国出版，比如王安忆的《华丽家族：阿加莎·克里斯蒂的世界》（安徽文艺出版社 2006 年版）、黄巍的《推理之外：阿加莎·克里斯蒂的小说艺术》（上海交通大学出版社 2014 年版），以及从外国译介引进的《阿加莎的毒药》（［英］凯瑟琳·哈卡帕著，姜向明译，漓江出版社 2017 年版）和《阿加莎·克里斯蒂阅读攻略》（［日］霜月苍著，张舟译，新星出版社 2018 年版），等等。直到 2019 年，新星出版社“午夜文库”系列宣称已经完成“阿加莎·克里斯蒂全集”共 85 册的出版，是截至本书写作时所能见到的阿加莎小说汉译本中体量最为庞大的一套。

从 20 世纪 80 年代阿加莎长篇侦探小说的陆续引进，到 90 年代阿加莎小说成批量地出版、重版或再版，再到2000年以后各种基于阿加莎小说的研究或鉴赏类书籍纷纷问世，以及阿加莎·克里斯蒂"全集"（?）汉译本的不断完善与重版①，这位"侦探小说女王"终于一步步走入中国读者的阅读视野之中，影响并改变了中国读者对于侦探小说的阅读和理解。将近七十年前，姚苏凤、程小青等民国文人、译者不断写文章向中国读者隆重推荐这位世界侦探小说巨匠阿加莎·克里斯蒂的愿望，此时或许才真正得以实现。

"福尔摩斯探案"系列小说作为晚清、民国时期对中国侦探小说译者、作者与读者影响最大的一种侦探小说系列，其自身译介进入中国的经历既是过程，也是结果。本章通过对1896—1916年"福尔摩斯探案"系列小说翻译情况的爬梳，既试图还原出当时"福尔摩斯探案"小说翻译的热潮，也希望以其为标本，展现出当时中国侦探小说翻译界热闹且"混乱"的生动局面。当然这种"混乱"不能依靠一纸公约作为约束，而更应该靠具有影响力和典律性的译本形成典范效应，《福尔摩斯侦探案全集》（中华书局1916年版）与《福尔摩斯探案大全集》（世界书局1926年10月版）就是两个具有这种典范意义的译本，也对后来该系列小说中的作者姓名、小说主要人物姓名和部分地名及事物名称的译法统一和标准化起到了积极的作用。

在史料整理的基础之上，本章也试图通过对各译本从小说标题、叙事结构、到景物人物描写，及地名人名的在地化改写等诸多方面的细节来考察当时侦探小说翻译以"归化"、意译，甚至译述为主的具体情况及其背后原因。如何让传统文学熏陶下成长起来的中国读者能够更好地接受西方侦探小说这个新文类，是渴望利润的出版商与怀抱教育民众愿望的知识分子所共同追求的目标。而在智慧勇敢、

① 不断重新翻译并出版某一外国作家的作品全集这一行为，在国内翻译出版领域比较罕见，尤其是像阿加莎这种拥有如此丰厚作品数量的作家，其"全集"重新翻译与出版的频次更是可称惊人。

无案不破的"神探"福尔摩斯形象在广大民国侦探小说读者心目中慢慢树立起来的同时，与之相伴的另一条文学史线索，则是民国侦探小说家们对福尔摩斯不断失败与"被捉弄"的一系列改写和戏仿之作，其中既有陈冷血、包天笑颇具谴责意味的改写方式，也有刘半农纯粹倾向于"恶搞"的游戏之作。在此我们也需要注意到，清末民初中国侦探小说家们"恶搞福尔摩斯"的一系列小说创作，和当时中国大量译介和阅读"正典"福尔摩斯小说，几乎是同时进行的。

此外，本章也以民国时期翻译流行程度仅次于"福尔摩斯探案"系列的"侠盗亚森·罗苹"系列小说为例，简要梳理了其译介进入中国的过程和目前发现的主要译本。其中《亚森罗苹案全集》（大东书局 1925 年版）的出版，是继《福尔摩斯侦探案全集》（中华书局 1916 年版）之后中国侦探小说翻译界的又一件大事，它既完成了亚森·罗苹由"剧盗"到"侠盗"的形象转变，同时也确立了其与"福尔摩斯探案"系列"分庭抗礼"的重要地位。而本书更加关注的问题是，这一人物形象的引进对于后来张碧梧、何朴斋、吴克洲、柳村任、何海鸣及孙了红笔下"东方亚森罗苹"人物形象序列的影响，这一相关内容将在本书第八章第三节中予以具体分析和展开。

最后，本书认为，"福尔摩斯探案"系列小说翻译的过于兴旺与长销不衰，形成了民国侦探小说译者与读者只追求福尔摩斯而对更早期的"世界侦探小说鼻祖"爱伦·坡，和后来的、可能更为成熟且出色的埃勒里·奎因、约翰·狄克森·卡尔和阿加莎·克里斯蒂等欧美侦探小说名家重视与译介程度不够，即前文中所说的福尔摩斯的巨大身影对后来者形成的所谓"遮蔽"效应。并具体以阿加莎·克里斯蒂为例，仔细梳理了这位"世界侦探小说女王"的作品在民国时期及"新时期"的译介情况和其对于中国本土侦探小说创作的影响，希望能够对阿加莎·克里斯蒂侦探小说的翻译研究起到一点史料上的补白作用。

本编意在厘清中国侦探小说的发展起源。具体而言，主要有以下三个方面：一是近现代都市的发展，为侦探小说这一小说类型的出现和兴起提供了必要的物质基础和社会依托；二是中国传统公案小说看似在与西方侦探小说的“角力”中“落败”，实际上是以某种隐蔽和曲折的形式一直影响着后来中国侦探小说的创作与发展；三是以“福尔摩斯探案”系列和“侠盗亚森·罗苹”系列为代表的西方侦探小说的译介直接为民国侦探小说的创作提供了可供学习和模仿的典范。在第一层意义上，本书认为侦探小说是一种属于现代的文类；在第三层意义上，本书认为侦探小说毫无疑问是一件“舶来品”；但是在第二层意义上，本书又认为中国侦探小说的独特文化背景和其又一影响源头——公案小说，使得晚清、民国侦探小说具有了充分的“本土化”与“中国性”特点。

本书后面两编将以本编所述的三点基本内容为出发点，一方面继续深入观察民国侦探小说的现代性是如何随着中国现代历史进程的发展而不断与之呼应和对话，同时又如何承担起科学、理性、法制、正义等现代价值观念；另一方面则要通过对民国侦探小说发展与演变过程的梳理，探究其在西方典范性作品与中国自身文化特征之间如何获得平衡，学习与突破、科学与迷信、法制与人情、侠客与侦探、启蒙与娱乐、批判与赞扬等都是本书在接下来的两编中所要重点考察的内容。而后面两编的论述，都是以本编所述的三大发展源头为基础和依托。我们甚至可以说，晚清、民国侦探小说的发展史，某种程度上就是在现代都市、西方典范与中国传统三股力量之间不断摇摆、碰撞和发展的历史，中国侦探小说被称赞、被肯定、被批判，乃至最终衰落、“消亡”的根源都可以最终追溯至这三股力量所形成的源头之中。由此，本编所论述的内容，既是民国侦探小说发展的源头，也是本书后续两编得以继续论述的重要起点。

中　编

民国侦探小说的演变

（1912—1949）

侦探小说虽然在1896年就已经译介进入中国，后来的翻译、译述、改写与模仿之作也从未断绝。但从总体上来看，一方面正如黄小配所说："译本盛行，是为小说发达之初级时代。"[①] 另一方面，晚清时期中国文人创作出的一批受西方侦探小说影响或近似于西方侦探小说的作品——如《老残游记》（1903）、《九命奇冤》（1904—1905）、《中国侦探案》（1906）等——还只能说是带有了一些侦探小说的素质和特点（私家侦探、科学查案、"发现"程序、倒叙结构、限制性视角等），但在相当程度上仍不脱传统公案小说的影子。而真正意义上的中国侦探小说作家与作品的出现，则要等到民国初年，刘半农、程小青、俞天愤、陆澹盦、张天翼等人的侦探小说创作才真正标志着中国本土侦探小说创作的诞生。

在此后的发展历程中，民国侦探小说形成了两次无论在数量还是质量上都较为可观的创作发展波段。其中第一次发展波段出现在1922—1927年，以1923年为核心，以中国第一本专门性的侦探小说杂志《侦探世界》的创刊及多种通俗文学杂志（如《半月》《快活》《游戏世界》《小说世界》《兰友》等）在这一年前后相继推出了"侦探小说专号"为标志。创作上则有程小青的"霍桑探案"、张无净（天翼）的"徐常云探案"、陆澹盦的"李飞探案"、张碧梧的"家庭侦探宋悟奇探案"、王天恨的"康卜森新探案"、朱戬的"杨芷芳新探案"、姚赓夔的"鲍尔文新探案"、朱秋镜的"糊涂侦探案"、赵苕狂的"胡闲探案"、何朴斋的"东方亚森罗苹奇案"与"卫灵探案"、吴克洲的"东方亚森罗苹新探案"等为代表。一时间多种民国名侦探探案系列侦探小说的"集中"出现与彼此间的"争奇斗妍"，以及不同名侦探在其他系列侦探小说中的"互动"与"客串"，都颇能反映出这一时期民国侦探小说作家们的创作热情与实绩，更能看出其试图打造属于中国本土的代表性名侦探故事的不

① 世（黄小配）：《小说风尚之进步以翻译说部为风气之先》，《中外小说林》第二卷第四期，1908年。

懈努力。甚至在《侦探世界》等该时期的报纸杂志上，一时间“空前绝后”地出现了侦探小说创作盛于翻译的难得局面。

民国侦探小说的第二次发展波段出现在 1946—1949 年，以 1946 年为核心。这一波段出现的时代背景是上海光复后各类报纸杂志的创办热潮，侦探类杂志和小说创作及翻译都属于这一热潮之中的重要组成部分。其中，1946 年发生了几件重要的标志性事件，如 4 月份《大侦探》杂志创刊、10 月份《新侦探》杂志创刊，同年程小青的《霍桑探案全集袖珍丛刊》三十种全部出齐等。而这一时期最具代表性的民国侦探小说作家作品无疑要首推孙了红在《万象》《春秋》《大侦探》《蓝皮书》《红皮书》等杂志上发表的“侠盗鲁平奇案”，民国时期号称“一青一红”并立的侦探小说创作“双峰”局面就此形成。此外，郑狄克的“大头侦探探案”、长川的“叶黄夫妇探案”、位育的“夏华侦探案”、艾珑的“罗丝探案”、郑小平的“女飞贼黄莺之故事”等也都是这一时期民国侦探小说在创作方面的重要收获。和 20 世纪 20 年代的第一次发展波段相比，这一时期的民国侦探小说创作热度远不如翻译，这一方面是因为此时正逢西方步入所谓“古典侦探小说”发展的“黄金时期”，名家名作不断，有大量优秀的国外侦探小说新作可资中国译者翻译介绍，供中国侦探小说读者阅读消费；另一方面则是此时中国侦探小说创作本身的热情、数量和质量都不如 20 世纪 20 年代那般繁盛，程小青与孙了红表面上都达到了自己的侦探小说出版事业“巅峰”，但其中“旧作改写”的比例却也是相当惊人。

在过去很多关于中国侦探小说的研究和论述中，往往将 1949 年新中国成立看作是中国侦探小说发展的“中结”（suspending），甚至是“终结”（ending）。其认为由于内部发展动力的不足，或外部政治格局的变化，而导致中国侦探小说在 1949 年出现了文学史发展上的“断裂”和此后长达二十多年的“空白”。但本书所想要指出的是，在 20 世纪 40 年代，中国出现了一波间谍小说的创作热潮（本书称之为“新浪漫间谍传奇”），并依据对这一文学史发展状况的事实描述和作品钩沉，试图勾勒出一条“侦探小说—间谍小说—反间谍/反特小说”的类型文学发展与演变轨迹。在这一发展脉络中，作为类型文学的中国侦探小说其实从未消亡，只是转换了生存形态，在不同的历史时段得以继续存在和潜滋暗长。

在整个民国侦探小说发展史上，程小青无疑是最具代表性的一位人物。之所以称其为“人物”而非“作家”，是因为程小青之于侦探小说的身份多样性和全面性已然不能用“作家”二字来简单概括：从参与《福尔摩斯侦探案全集》（中华书局 1916 年版）并主持《福尔摩斯探案大全集》（世界书局 1926 年版）的翻译“工程”，及后来对埃勒里·奎因、莱斯利·查特里斯、范·达因、厄尔·比格斯、阿加莎·克里斯蒂等西方侦探小说“黄金时期”名家名作的译介与推广，到“霍桑探案”系列侦探小说的持续创作（创作时段从 1916 年一直延伸至 1949 年，跨越了本书所概括的两次民国侦探小说创作发展波段），甚至他在 20 世纪 50 年代还留下了四部反特小说作品；从相继担任《侦探世界》《新侦探》《红皮书》等侦探小说刊物的编辑、主编或编辑顾问，到在多家报纸、杂志上发表有关于侦探小说评论、理论，乃至侦探小说史研究一类的文章；从他的多部侦探小说被改编为侦探电影，而他本人也积极参与编剧工作，到他曾“函授”学习美国犯罪学相关课程，并在上海小说专修学校担任“侦探小说专科”的教学工作（实际教学工作是否展开未知）……程小青身兼侦探小说译者（包括翻译活动组织者）、作者、评论家、研究者、报刊编辑、电影编剧、写作教师等多重职业身份，是当仁不让的民国侦探小说界的“全能型选手”，也是研究民国侦探小说史所必须着力重点讨论和深入挖掘的标杆型作家。

第四章

民国侦探小说创作发展的第一波段（1922—1927）

本杂志专刊侦探、武侠、冒险等小说及关于侦探、武侠之各种小品文字。如蒙海内文豪惠赐鸿文，无任欢迎。

——《投稿简章》，《侦探世界》创刊号，1923年6月。

张碧梧译著的侦探小说，长篇没有短篇来得好。张舍我的侦探作品，比较“问题小说”，也觉相去很远。赵苕狂的侦探小说，他是另创一格，有几篇很好，有几篇读了却莫名其妙。陆澹盦现在译电影的侦探小说比以前进步多了，创作的“李飞侦探案”，我读了几篇，觉得不甚曲折，然而也有极好的。何海鸣的侦探小说撰述得很少，不过做出来的却篇篇都很好的。王天恨的侦探小说做得还好，不过不大曲折，因为侦探小说大都结局总要一反前情，而能不反人情，方能令阅者拍案叫绝，称叹杰作，像“福尔摩斯侦探案”和程小青先生做的“东方福尔摩斯霍桑探案”，大都是这样的呀。兰社张无诤的“徐常云”探案，结构很曲折，不过用笔嫌枯率些，但在新进家里，却要推做最好的了。

——朱戕：《说说侦探小说家的作品》，《半月》第四卷第二期，1924年12月16日。

却怪现在中国人往往摹仿做侦探小说，不把中国人的习惯风俗调查清楚，满纸却是欧美的情形，这真错了。

——包天笑：《福尔摩斯再到上海》，《游戏世界》第二十期“侦探小说号”，1923年1月。

第一节　民国时期第一本侦探小说杂志：《侦探世界》

如果从报纸、杂志上所刊载的作品数量、所占比例、稳定程度、持续时间和重要性等指标来看，晚清、民国侦探小说在报刊登载方面，大致经历了一个“侦探小说单篇刊登—侦探小说栏目—侦探小说专号—侦探小说专门性杂志”的发展和演变历程。其中单篇侦探小说出现在中国的报纸、杂志上，最早可以追溯至1896年（清光绪二十二年）上海《时务报》上首次刊出张坤德翻译的“歇洛克·呵尔唔斯笔记”。到了1902年的《新小说》杂志中，侦探小说就已经作为其中一个常见且重要的小说类型出现了。而在当时，“晚清四大小说期刊”的另外三种（《月月小说》《绣像小说》和《小说林》）中，也都有专门的“侦探小说”这一类型标注。此后，在民国时期的通俗文学杂志中，最成功的侦探小说栏目当首推周瘦鹃主编的《半月》与《紫罗兰》上的“侦探之友”，这一栏目几乎贯穿了两本杂志始终（共192期），前后历经10年时间（1921—1930），纵跨整个20世纪20年代文坛。“侦探之友”栏目不仅刊登侦探小说翻译与创作，更几乎每期都附有侦探小说的评论性文字。而这些文字虽多不长，且多少带有传统评点之风，但也成为我们了解当时中国文人对于侦探小说认识与理解的珍贵材料与重要入口。比如《半月》杂志不定期推出的“侦探小说杂谈”“侦探小说琐话”等栏目，就先后登载过张舍我、王天恨、朱戬、鲍眕、程小青、范菊高、郑逸梅等人关于侦探小说的“小说话”，其中有不少专门谈论有关于侦探小说创作、翻译、阅读欣赏和“花边新闻”等诸方面的内容。值得玩味的是，“小说话”本来是中国古代的一种小说评论性文体，与传统“诗话”“词话”同出一源，此时却被用来谈论和分析“舶来”的侦探小说，其中的中西、古今融合可见一斑。从后来者的角度重新看待和评估这些关于侦探小说的“小说话”文字，一方面，这些“小说话”是非常宝贵的研究当时文人如何看待和评判侦探小说的重要资料；另一方面，关于侦探小说的“小说话”在推动“小说话”这一中国传统评论性文体形态多元化与功能多样化发展方面，也起着不容低估的作用。

此外，《半月》杂志还首开“半月谈话会”这一栏目，主要是将其作为作者与读者之间的交流平台，其中有不少侦探小说读者与作者相互切磋意见和交流看法的宝贵记录。比如程小青就曾在这一栏目中发表了《读了〈十七年后的一吻〉后之感想》一文，主要是针对张枕绿的一本小说集所写的评论。其中程小青所指出的小说中男主人公“离别的理解和心理，不但是太浪漫，并且是涉乎神秘了”，同时又认为小说对某个人物的心理变化缺乏交代，“竟使读者始终怀着疑团，这也就未免太疏忽了”①，可谓是批评得相当客观公允。而仅一年之后，程小青自己的小说《黑鬼》也在同一栏目中遭到读者“质疑”。读者闵正化在《读程小青君〈黑鬼〉质疑》一文中自称喜欢看侦探小说，也喜欢研究，因此要“与程君研究研究这小小日期的问题”，并具体指出了程小青小说中存在着三处在时间上的互相矛盾，可以说是阅读得非常仔细。② 无论是程小青“批评”张枕绿，还是闵正化“质疑”程小青，都体现出20世纪20年代《半月》杂志的“半月谈话会”栏目在提供一个让侦探小说读者与作者彼此讨论、交流的杂志版面与公共空间方面的积极意义。而作

---

① 程小青：《读了〈十七年后的一吻〉后之感想》，《半月》第二卷第七期，1922年。

② 闵正化：《读程小青君〈黑鬼〉质疑》，《半月》第二卷第十六期，1923年。

为后来者的我们也能够从中一窥当时中国读者在欣赏本土侦探小说作品时所关注的重点和阅读时的心态。

同样是在20世纪20年代前半期，很多通俗文学杂志纷纷开设“侦探小说专号”，将侦探小说从一个日常性刊载的文类及固定性栏目发展为一本主题性专刊。比如《半月》第一卷第六期（1921年11月29日）、《半月》第三卷第六期（1923年12月8日）、《快活》第二十三期（1922年）、《游戏世界》第二十期（1923年1月）、《小说世界》1924年12月刊、《兰友》第十三期（1923年5月21日），一直到《紫罗兰》第三卷第二十四期（1929年3月11日）等都是这一时期“井喷”般出现的重要的“侦探小说专号”①。

一　侦探小说的“紫色系列”与“红色系列”

在这些20世纪20年代众多的民国侦探小说“栏目”和“专号”背后，其实是两家出版书局在不断策划和推动的结果，即大东书局和世界书局。甚至我们可以说，20世纪20年代民国侦探小说的发展在某种程度上就是这两家书局相互竞争的过程与结果。按照包天笑在《钏影楼回忆录》中的说法，“如果那时候以商务印书馆与中华书局为上海第一号书业的，那末，世界书局与大东书局便是上海第二号书业了”②。而作为“上海第二号书业”的世界书局与大东书局，对于民国侦探小说事业的发展而言，确实是有着居功至伟的作用和影响。比如，在侦探小说译介方面，如前文所述，1925年，大东书局出版了《福尔摩斯新探案全集》（4册9案），作为对于此前中华书局出版的《福尔摩斯侦探案全集》（12册44案）较为全面的一个补充译本。同年，大东书局又推出了《亚森罗苹案全

① 详见本书“附录二”中关于部分杂志“侦探小说专号”文章发表情况统计汇总的相关内容。

② 包天笑：《钏影楼回忆录·钏影楼回忆录续编》，三晋出版社2014年版，第278页。

集》(24册28案，白话译本)，是民国时期体量最为庞大，也最为完备的亚森・罗苹系列小说的中译本之一。而世界书局也不甘落后，在1926年10月出版了《福尔摩斯探案大全集》(13册54案，白话译本)，后又于1934年11月出版了该套“大全集”的重排精装版，共三册，且在其中补充收录了此前遗漏的六篇小说，第一次做到了真正意义上的“全”。可以说，两家书局在20世纪20年代共同奠定了后来对中国影响最大的两大西方侦探小说系列——“福尔摩斯探案”系列与“侠盗亚森・罗苹案”系列——的最为完整的白话文译本全集。

在相关报纸、杂志的经营方面，大东书局先后推出的由周瘦鹃策划主持的“紫色系列”[①] 杂志，包括《半月》[②]　(1921年9月至1925年11月，共4卷96期，半月刊) 及后来的《紫罗兰》(1925年12月至1930年6月，共4卷96期，半月刊)，都是彩色印刷，制作精美。张无净“徐常云探案”中的代表作《少年书记》[③]《铁锚印》[④]《X》[⑤]，

---

① 本书之所以称大东书局先后创办的《半月》与《紫罗兰》杂志为“紫色系列”，是参照范伯群《中国近现代通俗文学史（下册）》(江苏教育出版社2000年版) 一书“第七编 通俗期刊编”中的相关描述与概括。具体而言，是考虑到这两种前后相继的杂志主编周瘦鹃的个人偏好及其对于文学杂志风格上的影响。周瘦鹃本人对紫罗兰花颇为喜爱，不仅创办过《紫罗兰》杂志，他的另一份个人刊物也命名为《紫兰花片》(1922—1924)。此外，周瘦鹃在苏州的居所名为“紫兰小筑”，其书房为“紫罗兰庵”，宅中花园叠石为台，称为“紫兰台”，其平时自称“紫兰主人”，出版的个人文集也多名为《紫兰芽》《紫兰小谱》《紫罗兰庵小丛书》等（参见陈建华《紫罗兰的魅影：周瘦鹃与上海文学文化，1911—1949》，上海文艺出版社2019年版)。

② 具体而言，《半月》杂志原为中华图书馆创办，第5期开始被大东书局收购并负责发行事宜，同时交由周瘦鹃主编。

③ 张无净：《少年书记》，《半月》第一卷第二十二期，1922年7月24日。

④ 张无净：《铁锚印》，《半月》第二卷第十九期，1923年6月14日（农历癸亥年五月初一日)。

⑤ 张无净：《X》，《半月》第三卷第六期“侦探小说号”，1923年12月8日（农历癸亥年十一月初一日)。

王天恨“康卜森探案”中的《飞来之尸》[①]《网中刀》[②]，姚赓夔“鲍尔文新探案”中的《谁耶》[③]《怪人》[④]，程小青的《自由女子》[⑤]《断指余波》[⑥]等十余篇“霍桑探案”系列小说，以及赵苕狂、徐卓呆、陆澹盦、朱秋镜、何朴斋、孙了红等人的侦探小说创作也都先后发表在大东书局注资支持的“紫色系列”杂志上，其中吴克洲的“东方亚森罗苹新探案”、张碧梧的“家庭侦探宋悟奇探案”、朱戢的“杨芷芳探案”等几个侦探小说系列更是绝大多数都发表在《半月》和《紫罗兰》杂志上面[⑦]。此外，作为20世纪20年代刊发侦探小说重要阵地的《星期》[⑧]（1922—1923）和《游戏世界》（1921—1923）等杂志，也都是由大东书局提供资金支持，并

---

① 王天恨：《飞来之尸》，《半月》第四卷第五期，1925年2月23日。

② 王天恨：《网中刀》，《半月》第四卷第二十二期至第四卷第二十三期，1925年11月1日至1925年11月16日。

③ 姚赓夔：《半月》第三卷第六期“侦探小说号”，1923年12月8日。

④ 姚赓夔：《怪人》，《半月》第四卷第一期，1924年12月11日。

⑤ 程小青：《自由女子》，《半月》第一卷第三期“秋季小说号”，1921年10月15日。

⑥ 程小青：《断指余波》，《半月》第三卷第二十一期，1924年7月16日。

⑦ 吴克洲的“东方亚森罗苹新探案”中的《卍型碧玉》《樊笼》《东方雁》皆发表于《半月》杂志，《活绣》发表于《紫罗兰》杂志；张碧梧的“家庭侦探宋悟奇探案”中的《镶钻别针》《作法自毙》《鸿飞冥冥》《红鬼丸》《鬼脸》《狐疑》《披屋中的病人》《杯中红酒》《一封匿名信》《无名火》《自讨苦吃》《衮具中的毒针》《一张会单》等都发表于《半月》杂志，《一束情书》《皮箱中的儿尸》《招聘教师的广告》《黑衣人》《三星在户》《梅花尸》《三星党》《六指人》《看戏归来》《包车中》《一睡不起》《白皮鞋》《一夜的失踪》《死人之室》《吃了年夜饭后》《卖花声》《主笔失踪》《莲瓣之痕》《惊鸿一瞥》《跳楼》《酸性的恋爱》《歌残舞歇》《失宝记》《重圆记》《毁面记》《舞衣》《同命记》《亭子间里的血案》《血染阶前》《内交外攻》《舱中的遗函》等皆刊登于《紫罗兰》杂志；朱戢的“杨芷芳探案”中的《情痴》等刊载于《半月》杂志，《冰人》《旅馆中》《可怜虫》《情海风波》《歌舞场中》《恐怖的春季》《自杀之人》《银海明星》等皆刊登于《紫罗兰》杂志。大体上来说，以上几位民国侦探小说作家的主要侦探小说创作，最初都是发表在“紫色系列”杂志上面。

⑧ 《星期》杂志为大东书局经理沈骏声邀请包天笑担任主编。

负责出版发行等相关事宜。

与大东书局“紫色系列”杂志“分庭抗礼”的，则是由世界书局支持创办的“红色系列”杂志[①]，其中包括《红杂志》（1922 年 8 月至 1924 年 7 月，共 100 期，另有纪念号一期，增刊一期，周刊）及其后续的《红玫瑰》杂志（1924 年 7 月至 1931 年，共 100 期，初为周刊，1928 年始改为旬刊）[②]。俞天愤最重要的侦探小说代表作《玫瑰女郎》[③]《白巾祸》[④]，陆澹盦“李飞侦探案”中的《棉里针》[⑤]

---

① 本书此处之所以称世界书局先后创办的《红杂志》和《红玫瑰》杂志为“红色系列”，也是参考了当时杂志编辑自己的说法，《红杂志》在杂志发刊词中说自己之所以取名为“红”，是因为“国旗五色，首冠于红”，借此想表示该杂志以“鼓吹文化，发扬国光”为己任。此外，世界书局还将自己位于福州路 320 号（山东路口）的门面都漆成红色，取名“红屋”。另外，《红杂志》曾举办“夺标小说”写作比赛，最终获奖作品集成的单行本也命名为《红屋》。相比于“紫色系列”杂志中的“紫色”更多体现了主编周瘦鹃的个人审美趣味与风格，“红色系列”杂志中的“红色”则多少带有一点搏眼球、做广告的商业符号意味。比如根据郑逸梅所引述的程小青关于世界书局创办成立时的场景的相关回忆可知：“在一九二一年七月间，上海福州路的中心，突然出现一幢完全红漆门面的铺子，叫做‘红屋’，那一股火灼灼热辣辣的色彩，具有相当大的吸引力，使经过它门前的行人，不由不暂停下脚，注目而视，显然用这样一种方法来招徕顾客，是有些异想天开的。原来世界书局的创始人沈知方，就是一个异想天开的人。他凑集了少数资本，却抱着雄心壮志，企图在根深蒂固和资本雄厚的商务印书馆、中华书局对峙局面的缝隙中，横槊跃马，杀开一条路子，在上海的出版界中形成鼎足而三。因此，他开头时出版的书，都是些适合小市民口味及有关常识的热门作品。另一方面，拼命在广告上卖力，第一种期刊《红杂志》的发行，就是配合它的广告宣传应运而生的。”（参见郑逸梅《程小青和世界书局》，载《芸编指痕》，北方文艺出版社 2016 年版，第 175—176 页）

② 世界书局老板沈知方，《红杂志》编辑施济群，《红玫瑰》编辑赵苕狂，名誉编辑严独鹤。

③ 俞天愤：《玫瑰女郎》，《红玫瑰》第一卷第十六期，1924 年 10 月 19 日。

④ 俞天愤：《白巾祸》，《红玫瑰》第二卷第二十九期至第二卷第三十一期，1926 年 5 月 10 日至 1926 年 5 月 24 日。

⑤ 陆澹盦：《棉里针》，《红杂志》第二十四期至第二十五期，1922 年 1 月至 1922 年 2 月。

《古塔孤囚》[①]，程小青的《第二弹》[②]《半块碎砖》[③]《霍桑失踪记》[④]等近二十篇“霍桑探案”系列侦探小说创作和大量侦探小说翻译作品，以及赵苕狂、徐卓呆、孙了红等人的侦探小说创作都陆续发表在“红色系列”杂志上。其中柳村任的“梁培云探案”更是大多数都发表在《红玫瑰》杂志上[⑤]，成为20世纪30年代中国侦探小说创作上的“一枝独秀”。此外，刊载过大量侦探小说作品的《快活》（1922年1月至1922年12月）杂志也是由世界书局负责出版发行事宜。我们可以说，大东书局的“紫色系列”和世界书局的“红色系列”杂志中的侦探小说栏目与“专号”基本上奠定了民国时期，特别是20世纪20年代的侦探小说杂志与出版格局，也为民国侦探小说创作的第一次发展波段提供了坚实的物质载体和传播平台。而这一发展波段，则在1923年，以世界书局推出的中国第一本侦探小说专门性杂志——《侦探世界》[⑥]为标志而达到顶峰。

---

① 陆澹盦：《古塔孤囚》，《红杂志》第二卷第十四期至第二卷第十六期，1923年11月。

② 程小青：《第二弹》，《红玫瑰》第一卷第五期至第一卷第六期，1924年八月初一日至1924年八月初八日。

③ 程小青：《半块碎砖》，《红玫瑰》第二卷第五期至第二卷第七期，1925年阴历八月初二日至1925年阴历八月十六日。

④ 程小青：《霍桑失踪记》，《红玫瑰》第三卷四十一期至第三卷第四十三期，1927年11月12日至1927年11月26日。

⑤ 柳村任的侦探小说代表作中，除《灰手印》和《窗外人影》发表于《珊瑚》杂志上之外，其他如《黑面人》《雨夜枪声》《外交密约》《钱祟》《南方雁》《项圈》《匿名信》等皆刊发在《红玫瑰》杂志上。

⑥ 笔者在本书写作过程中，曾见另一种名为《侦探世界》的杂志，在上海创刊，创办时间不详。由沈茵编辑，第二期漪雯助编，吼声书局出版，五洲书报社发行。刊发期数不详。笔者目前仅见前两期，内容皆为侦探小说翻译作品，小说风格偏悬疑、血腥、恐怖。根据该杂志上所刊载小说内容初步推断，其出版时间可能略晚于《侦探》杂志（1938—1941），且存在大量译作稿件“挪用”的现象，与本节所述的《侦探世界》杂志（1923—1924）并非同一种杂志。为了论述上的区分与便利，本书将世界书局出版的《侦探世界》杂志称为“《侦探世界》”，而将吼声书局出版的《侦探世界》杂志称为“《侦探世界（吼声书局）》”，特此说明。具体详见本书“附录二”中相关内容。

二 《侦探世界》杂志概况

《侦探世界》创刊于 1923 年 6 月，1924 年 5 月停刊，前后共 24 期。半月刊，每逢农历初一和十五各出一期，由世界书局负责出版发行事宜。杂志印刷所和总发行所皆在上海，分发行所遍及北京、天津、奉天、汉口、广州、长沙，第十九期开始又增设了太原、武昌、烟台、南昌等几个分发行所。大体上来说，以世界书局分发行销网络为依托，《侦探世界》在当时国内多个大城市都有发行和销售。而从编辑团队来看，《侦探世界》第 1 期至第 12 期编辑为严独鹤、陆澹盦、程小青和施济群，第 13 期开始陆澹盦退出，赵苕狂加盟，如此一直到杂志停刊。

每期《侦探世界》杂志上都有关于本期刊载内容介绍或总结性质的“辑余赘墨”“编辑者言”或“编余琐话”栏目，其中第一、二、三、四、六、七期由陆澹盦撰写，第五、八、九、十、十一、十二期由施济群撰写，第十三至二十三期由赵苕狂撰写，第二十四期为赵苕狂所写的终刊告别性质的文字《别矣诸君》，这些“小文章”中透露出不少杂志编辑计划或幕后“花边新闻”。在刊载内容方面，《侦探世界》主要刊载侦探小说、武侠小说、冒险小说，以及侦探小说的相关评论和轶闻类文章等。世界书局老板沈知方在杂志创办第一期的《宣言》中曾说道：“本刊舍侦探小说之外，更丽以武侠、冒险之作，以三者本于一源，合之可以相为发明也。惟三者之中取材以侦探之作为多，故定其名曰《侦探世界》，以实属主，夫亦示其所归而已。”[①] 陆澹盦也在同一期杂志上的《辑余赘墨》中说：“本杂志的作品，以侦探小说为主，而以武侠小说与冒险小说为辅，因为武侠、冒险两种性质，于侦探的生活上很有一点联带的关系，所以兼收并蓄，一律刊载。这也是我们要预先声明的。”[②] 关于

① 沈知方：《宣言》，《侦探世界》第一期，1923 年。

② 陆澹盦：《辑余赘墨》，《侦探世界》第一期，1923 年。

《侦探世界》杂志在刊发侦探小说的同时，也用了相当篇幅和版面来登载武侠小说与冒险小说（其中整本杂志最长篇的小说连载即为平江不肖生的武侠小说《近代侠义英雄传》，共五十回，贯穿了全部二十四期杂志），一方面是如陆澹盦所说的“因为武侠、冒险两种性质，于侦探的生活上很有一点联带的关系”。即从类型风格、审美趣味和受众群体上来说，侦探小说、武侠小说与冒险小说不仅在小说类型特征层面有着相当一部分的相通性和关联性①，甚至享有不少共同的读者群体和爱好者②。但在另一方面，这也可能是由于当时民国侦探小说创作从数量到质量都还不能够“尽如人意”所导致的“稿件匮乏”。郑逸梅在当时就曾指出：“《侦探世界》为一种半月刊，由小青、独鹤、济群、澹庵合辑，后澹庵脱离，苕狂承乏。然小说界中侦探作手不多，所以征稿很不易易，不得已，兼刊武侠、冒险诸作品，以充篇幅，廿四期止。”其中，“征稿很不易易，不得已，兼刊武侠、冒险诸作品”③ 一句，可谓是道出了《侦探世界》杂志日常经营和当时民国侦探小说发展的真实困境。简言之，即《侦探世界》自始至终坚持以刊登民国本土侦探小说创作为主，兼及国外侦探小说翻译，但如果只刊载侦探小说，就很可能遭遇到稿件无法凑足版面的尴尬困境。关于这一点，我们从赵苕狂在《别矣诸君》

---

① 其实，“福尔摩斯探案”系列小说中就有很多篇带有西方冒险小说的味道，甚至不少篇目的英文名称直接就是以“*The Adventure of...*”的形式出现，无意中道出了早期侦探小说与冒险小说之间的微妙关联。程小青“霍桑探案”系列中的《黄浦江中》一篇也曾指出：“我常说‘侦探’和‘冒险’有着不可分离的密切联系，而侦察工作的报酬，也就是因冒险而产生的反应——刺激。”（参见程小青《黄浦江中》，载《海上文学百家文库：范烟桥、程小青卷》，上海文艺出版社 2010 年版，第 181 页）而这篇《黄浦江中》小说本身也可以称得上是一篇冒险小说。此外，莫里斯·勒伯朗的“侠盗亚森·罗苹案”系列小说和孙了红创作的“侠盗鲁平奇案”系列小说则更说明了侦探小说、冒险小说与武侠小说之间的共通性与彼此间融合的可能性。关于这些小说类型间的“融合”现象，本书将在第八章第二节中具体展开，此处不赘言。

② 需要进一步指出的是，侦探小说在西方世界的流行程度和其所承载的文学功能，与武侠小说在中国的境况颇为相似。

③ 郑逸梅：《小说杂志丛话》，《半月》第八卷第二十一期，1924 年 7 月。

中的一段话中亦能感受到《侦探世界》编辑者的处境艰难与无奈之感："半月一期，编辑别种杂志或者很觉从容，编到侦探杂志，那就十分困难了。因为这半月中全国侦探小说作家所产出来的作品一齐都收了拢来，有时还恐不敷一期之用，何况事实上不见得能办到如此呢。"[①]

在刊载侦探小说作品方面，《侦探世界》杂志"空前绝后"地做到了刊载本土侦探小说创作多于外来译作，这不仅是《新小说》《绣像小说》等晚清杂志无法企及的，也是20世纪40年代《大侦探》《新侦探》等后来的民国侦探小说杂志所未能完成的目标。坚持以发表本土侦探小说创作为主的《侦探世界》杂志，成为20世纪20年代聚拢中国侦探小说作家作品最为重要的文学平台。几乎所有在20世纪20年代创作过侦探小说的中国本土作家都在《侦探世界》杂志上发表过他们的代表性作品，比如程小青"霍桑探案"系列中的《怨海波》[②]《我的婚姻》[③]《乌骨鸡》[④]《毛狮子》[⑤]《假绅士》[⑥]等，张无净"徐常云探案"系列中的《斧》[⑦]，陆澹盦"李飞探案"系列中的《隔窗人面》[⑧]《夜半钟声》[⑨]《怪函》[⑩]，俞天愤的

---

① 赵苕狂：《别矣诸君》，《侦探世界》第二十四期，1924年四月望日（农历）。

② 程小青：《怨海波》，《侦探世界》第一期至第六期，1923年6月至1923年？月（分12回连载）。

③ 程小青：《我的婚姻》，《侦探世界》第十期至第十二期，1923年10月24日至1923年？月。

④ 程小青：《乌骨鸡》，《侦探世界》第十五期至第十七期，1923年十二月朔日（农历）至1924年元旦（农历）。

⑤ 程小青：《毛狮子》，《侦探世界》第十六期至第二十一期，1923年十二月望日（农历）至1924年三月朔日（农历）（分6回、12章连载）。

⑥ 程小青：《假绅士》，《侦探世界》第二十二期，1924年三月望日（农历）。

⑦ 张无净：《斧》，《侦探世界》第十三期，1923年农历十一月朔日。

⑧ 陆澹盦：《隔窗人面》，《侦探世界》第一期至第二期，1923年6月至1923年7月。

⑨ 陆澹盦：《夜半钟声》，《侦探世界》第五期至第六期，1923年8月。

⑩ 陆澹盦：《怪函》，《侦探世界》第八期，1923年9月。

《扁舟》[1]《一封书》[2]《三封信》[3]，徐卓呆的滑稽侦探作品《母亲之秘密》[4]《去而复来的别针》[5]《小苏州》[6]《鼠侦探》[7]，赵苕狂“胡闲探案”系列中的《裹中物》[8]《榻下人》[9]《三个字母》[10]《谁是霍桑》[11]，何朴斋“东方亚森罗苹奇案”系列中的《赌窟》[12]《鲁宾入狱》[13]《毒针》[14]《锦匣》[15]，王天恨“康卜森新探案”系列中的《白巾黑字》[16]《不平者》[17]《园尸》[18]《小旅馆中》[19]，张碧梧“家庭侦探宋悟奇探案”系列中的《不翼而飞》[20]《念年前事》[21]《一张名片》[22]《破屋中的血渍》[23]《多此一举》[24]，以及孙了红早期的侦探小说作品

---

① 俞天愤：《扁舟》，《侦探世界》第二期，1923年。

② 俞天愤：《一封书》，《侦探世界》第八期，1923年，原刊中作者姓名笔误为“俞天赘”。

③ 俞天愤：《三封信》，《侦探世界》第十期，1923年10月24日。

④ 徐卓呆：《母亲之秘密》，《侦探世界》第一期，1923年6月。

⑤ 徐卓呆：《去而复来的别针》，《侦探世界》第二期，1923年。

⑥ 徐卓呆：《小苏州》，《侦探世界》第七期，1923年。

⑦ 徐卓呆：《鼠侦探》，《侦探世界》第八期，1923年。

⑧ 赵苕狂：《裹中物》，《侦探世界》第一期，1923年6月。

⑨ 赵苕狂：《榻下人》，《侦探世界》第二期，1923年。

⑩ 赵苕狂：《三个字母》，《侦探世界》第三期，1923年。

⑪ 赵苕狂：《谁是霍桑》，《侦探世界》第四期，1923年。

⑫ 何朴斋：《赌窟》，《侦探世界》第一期，1923年6月。

⑬ 何朴斋：《鲁宾入狱》，《侦探世界》第九期，1923年10月10日。

⑭ 何朴斋：《毒针》，《侦探世界》第十三期，1923年十一月朔日（农历）。

⑮ 何朴斋：《锦匣》，《侦探世界》第十六期，1923年十二月望日（农历）。

⑯ 王天恨：《白巾黑字》，《侦探世界》第四期，1923年。

⑰ 王天恨：《不平者》，《侦探世界》第十期，1923年10月24日。

⑱ 王天恨：《园尸》，《侦探世界》第十二期，1923年。

⑲ 王天恨：《小旅馆中》，《侦探世界》第二十期，1924年二月望日（农历）。

⑳ 张碧梧：《不翼而飞》，《侦探世界》，第四期，1923年。

㉑ 张碧梧：《念年前事》，《侦探世界》第十一期，1923年11月8日。

㉒ 张碧梧：《一张名片》，《侦探世界》第十三期，1923年十一月朔日（农历）。

㉓ 张碧梧：《破屋中的血渍》，《侦探世界》第十四期，1923年十一月望日（农历）。

㉔ 张碧梧：《多此一举》，《侦探世界》第十九期，1924年二月朔日（农历）。

《傀儡剧》[①]《半个党羽》[②]《白熊》[③] 等。如果粗略来说，我们大体上可以认为《侦探世界》聚集了当时中国（起码是江浙沪地区）最重要的侦探小说作家群体，赵苕狂在《别矣诸君》一文中所说的“全国侦探小说作家所产出来的作品一齐都收了拢来”，在某种意义上，可能也并不完全是一句“抱怨”和“空话”。

此外，《侦探世界》杂志上还刊载了不少有关于侦探小说的评论或理论性文字，比如范烟桥的《侦探小说琐话》[④]、程小青的《侦探小说作法的管见》[⑤]、何朴斋的《侦探小说的价值》[⑥] 及《侦探小说的作法》[⑦] 等长、短评论文章共计数十篇。与此同时，《侦探世界》还刊登了大量有关于侦探小说中经常涉及的科普知识系列文章，如《指纹略说》[⑧]《科学的侦探术》[⑨] 等，以及对于世界各地真实发生且富有趣味的案件进行介绍的专栏《实事侦探录》[⑩]。关于这些《侦探世界》上所刊载的侦探知识类科普文章，以及“实事侦探录”栏目的设置，其实都可以视为晚清以来附加在侦探小说之上的“功利主义”文学观在杂志内容与栏目设置上的持续性影响。即杂志编辑在一本关于侦探小说的文学类杂志中加入大量“科普文章”与“实事案件”，本质上是在有意识/无意识地想通过这些文章和栏目来增

① 孙了红：《傀儡剧》，《侦探世界》第六期，1923 年。

② 孙了红：《半个羽党》，《侦探世界》第十九期，1924 年二月朔日（农历）。

③ 孙了红：《白熊》，《侦探世界》第二十期，1924 年二月望日（农历）。

④ 范烟桥：《侦探小说琐话》，《侦探世界》第二、四、五、六期，1923 年。

⑤ 程小青：《侦探小说作法的管见》，《侦探世界》第一、三期，1923 年 6 月至 1923 年？月。

⑥ 何朴斋：《侦探小说的价值》，《侦探世界》第二期，1923 年。

⑦ 何朴斋：《侦探小说的作法》，《侦探世界》第三期，1923 年。

⑧ 程小青：《指纹略说》，《侦探世界》第一期至第七期，1923 年 6 月至 1923 年？月，署名“曾经沧海室主”。

⑨ 程小青：《科学的侦探术》，《侦探世界》第十八期至第二十期，1924 年正月望日（农历）至 1924 年二月望日（农历）。

⑩ 张舍我：《实事侦探录》，《侦探世界》第一、二、三、五、七、八、九期，1923 年。

加侦探杂志的科学含量和实用价值。若是将其和20世纪40年代后期的《大侦探》《蓝皮书》与《红皮书》等侦探小说杂志中的相关栏目设置对比来看，其差异就更加一目了然，后者更多受到当时美国“廉价杂志”（Dime Magazine）办刊风格的影响。

综合来看，我们可以认为《侦探世界》是一本全方位地对侦探小说这一小说类型进行集中介绍、展示与普及的侦探文学杂志。之所以将其定位为“侦探文学杂志”，是因为《侦探世界》毕竟还是以刊载侦探小说创作和译作为主要内容；武侠小说与冒险小说或是因为“于侦探的生活上很有一点联带的关系”，或是因为当时侦探小说数量不足以满足半月刊的内容需求，而被纳入杂志之中；科普文章与“实事侦探录”更只是作为侦探小说之外的“延伸阅读”。进一步来说，《侦探世界》不仅是当之无愧的中国第一本侦探小说杂志，更能较为完整地体现出20世纪20年代前期民国侦探小说的主要作家群体和最高创作成就。

三　赵苕狂接手后的《侦探世界》

从杂志第十三期开始（即赵苕狂接任陆澹盦成为杂志编辑之后），《侦探世界》进行了较大幅度的栏目改版，越发注重杂志内容的多样性和与读者之间的互动性，先后推出了“五分钟小说”[①]（“专载短峭的小说”[②]）、“侦探谈话会”（“专载有趣味的谈片”[③]）、“银幕上的侦探”（“专载关于批评或讲述侦探影片的作品”[④]）、“别有世界”（“从第十五期起添设”，“专载滑稽的小说和

---

① 据程小青的回忆，“短篇的越弄越短，起先的短篇大概六七千字，渐渐儿变成三五千或一二千字。末了竟有数百字的小说出现，当时便叫做‘五分钟小说’或‘三分钟小说’”（参见程小青《十年来中国小说的一瞥》，《青年进步》第一百期，1927年2月）。

② 赵苕狂：《编余琐话》，《侦探世界》第十三期，1923年。

③ 赵苕狂：《编余琐话》，《侦探世界》第十三期，1923年。

④ 赵苕狂：《编余琐话》，《侦探世界》第十三期，1923年。

杂作”[①]）等新栏目。与此同时，在赵苕狂接手编辑工作之后，《侦探世界》越发注重小说内容上的趣味性与娱乐性也确是一个不争的事实。比如杂志所刊发的滑稽侦探小说比例大大提高，滑稽侦探小说作家胡寄尘在第十三期以后，以平均每期一篇小说的频次在《侦探世界》上发表小说，徐卓呆更是几乎达到了平均每期两篇小说的发表频次[②]。

具体而言，赵苕狂加盟后的《侦探世界》杂志有四项尝试和改革颇值一提。第一，在第十三期《侦探世界》杂志上推出了“侦探谜”一类带有互动问答性质的栏目，并在第二十期对相关答案内容进行了“披露”。从文体意义上来说，侦探小说是一种关于“猜谜”和“解谜”的小说，而阅读侦探小说的乐趣之一即在于“解谜”与“互动”的参与过程。因而在“古典侦探小说”创作的“黄金时期”，曾经一度发展出“倒数第二章挑战读者”这一独特的侦探小说形式，并成为后来侦探小说作者们竞相使用的标志性文类特征。具体而言，所谓“倒数第二章挑战读者”，指的是在小说即将结束前（情节上即侦探揭秘真相前）单辟一章，让作者从小说背后跳出来，提醒读者小说前面的章节中已经列出了有关于破案的全部线索，问读者是否能在最后一章侦探揭秘之前自己推理出事实真相。这可以说是“古典侦探小说”文本内部互动性形式发展的某种极致状态（将小说本身谜题化）。而在侦探小说的具体文本之外，以“读者猜谜”的形式呈现于报刊上的互动性栏目则可以视为是侦探小说“谜题化”趋势的进一步延伸和变形，即打破侦探小说之为“小说”的一般叙事结构，将其“提纯”并转化为“设谜”“猜谜”和“解谜”的互动游戏。这既是侦探小说文类发展的某种方向（当然不是唯一方向），同时也是现代报刊媒介对于小说叙事结构影响和干预的结果。而从大众媒介与文学消费的角度进一步来看，“有奖竞猜”的

---

① 赵苕狂：《编余琐话》，《侦探世界》第十三期，1923 年。

② 详见本书“附录二”中对于《侦探世界》所刊载文章的相关统计和整理。

形式本身（奖品为“本志一册”[①]）也有利于加强读者的参与感和对于刊物的阅读“黏性”。此外，《侦探世界》上的“侦探猜谜”类互动游戏还不只限于文字谜题，偶尔也有将谜面以图像方式进行呈现等更为活泼、生动的表现样态。如果说“侦探猜谜”这一报刊互动形式在《侦探世界》杂志上还只是偶有尝试[②]，那么在后来的《侦探》《大侦探》《红皮书》等杂志上则出现得更为频繁，且发展出了“看图破案”“照片破案”“五分钟破案”“象棋残局”等诸种“花样繁多”的表现形式，并最终以某种常规栏目的方式固定了下来——比如《侦探》和《大侦探》杂志上几乎是每期都有“看图破案”类栏目。

第二，在《侦探世界》第十四期，推出了名为“侦探小说大悬赏”的写作比赛，并在杂志第二十一期，对“悬赏小说”获奖的前三名作品进行了公开发表。如果说互动问答与“侦探猜谜”类栏目还只是注重增加侦探小说读者在阅读过程中的参与感和互动性，那么这一类的写作比赛无疑在更大程度上刺激了读者们的参与兴趣和欲望，并且某种意义上可以视为是进一步打破读者与作者之间界限和壁垒的积极尝试。与此同时，借助有奖竞赛的方式向读者征稿，客观上也有助于拓展《侦探世界》杂志的作者队伍，缓解杂志侦探小说稿件不足的现实困难，可谓一举多得。其实，早在世界书局创办《红杂志》时期，就已经举办过类似的小说写作比赛。当时的比赛名为“夺标小说”，收到各方参赛作品一千五百余篇[③]，可以说是“盛况空前”。不过《红杂志》“夺标小说”比赛所征集的小说不只限于侦探小说一类（其中也有三篇侦探小说获奖，小说名称皆为

---

① 《侦探谜答案披露》，《侦探世界》第二十期，1924年。

② 按照《侦探世界》编辑的说法，“猜谜是一件最有趣味的事情，但是关于侦探的谜倒不大多见，如今我们新得到了一个侦探画谜，欢喜得什么似的，就把来登在下面，诸君想来是很欢迎的”（参见《侦探谜》，《侦探世界》第十三期，1923年）。

③ 参见《夺标办法》，载严独鹤、施济群、陆澹盦编《红屋》，世界书局1922年8月版。

《红屋》，作者署名分别是“年”“元”“如”），而《侦探世界》杂志所举办的“悬赏小说”比赛则是专门针对侦探小说而进行的，整个比赛活动过程也是相当热闹。据编辑赵苕狂说，“此项悬赏小说，投来者不下二、三百篇”①，如果从文类限制（只有侦探小说）的角度来看，这个数字在当时已经算是非常可观。此次“悬赏小说”的比赛命题为《“唯一之疑点”》，最后公布前三名的获奖作者分别是陶啸秋、吴说修女士和俞天愤。而从杂志所公布的获奖作品文本内容来看，三篇获奖小说也是各有特色。陶啸秋的小说开篇便从一具尸体写起，充满了悬疑与恐怖的气氛，小说最后又安置了一个隐晦的、多少带有点半开放性质的结尾，在民国侦探小说创作中实属难得；吴说修女士则是采用了当时侦探小说的典型写法和套路——从警察的错误推理牵扯出侦探的正确推理，并在侦探破案的同时揭示出一个江湖帮派的存在（程小青和张无净的侦探小说中都采取过类似的故事模式）；相比之下，俞天愤的获奖作品则更偏重于滑稽侦探小说的风格，这一点，从小说以“寿尔摩斯”与“花生”这种“戏拟”意味颇强的主角人物名字中就可见一斑，与此同时，这篇原本是用来参加“悬赏小说”比赛的小说内容竟然又是关于“悬赏小说”比赛本身的，因而颇带有一点游戏与解构的味道。比赛结束及结果公布后，《侦探世界》杂志除了原本规定的“金牌或银盾”等奖励，还单独赠予俞天愤“泥制老寿星一个，花生十包”②，作为对这篇小说及作者的特殊奖励，同时也巧妙呼应了小说里主人公有趣的名字，使得整个比赛过程与结果趣味盎然、热闹圆满。

第三，《侦探世界》第十四期还推出了徐卓呆、胡寄尘、赵苕狂等人的“集锦小说”创作《念佛珠》。“集锦小说”是民国时期报刊登载通俗小说中的一种有趣的“写作实验”或曰“写作游戏”，其具体是由多名作家以“接龙”的方式合作完成同一部小说，所谓

---

① 赵苕狂：《编余琐话》，《侦探世界》第二十一期，1924年。

② 《悬赏小说“唯一之疑点”披露》，《侦探世界》第二十一期，1924年。

"一人写一段，集合十余人写成一篇的小说"。这既是对作家间相互配合与作品连贯性的一种挑战，也是对读者可以同时观看多位作家在一篇小说里"同台竞技"的阅读趣味上的一种满足，更无意中契合了现代报刊小说"连载"发表的形式特点，甚至还可以一直上溯至中国古代文人雅集时的"联句"与"缀段"式小说等文学文化传统之中。其实，早在施济群、赵苕狂先后主持的《新声》《红杂志》《红玫瑰》等杂志上，就推出过不少"集锦小说"。而在当时也有不少其他刊物举办过侦探小说的"集锦式"写作活动，比如1923年，在小报《金刚钻》上就曾经连载过陆澹盦、朱大可、施济群、赵苕狂、程瞻庐、严独鹤、严芙孙、陆律西、徐卓呆、胡寄尘等人接力合作完成的集锦小说《江南大侠》，该小说虽然并非严格意义上的侦探小说，但其中的"侠盗"成分也多少和外来的"侠盗亚森·罗苹案"系列小说有些近似性和关联性。1924年，范烟桥、赵眠云合编的《星报》更是邀请23位作家依次按照情节线索续写侦探"集锦小说"[①]，其作者队伍规模也是着实令人惊叹。其实，侦探小说较之其他小说类型更加要求故事的统一性、情节的完整性和逻辑的严密性，理论上并不适合于多人参与的"集锦式"写作，因为在"集锦小说"的写作过程中，作者一般只关心如何合理地续写前人留下来的故事，以及为后来者增设继续写作的难度，整篇小说连贯看下来往往缺乏整体性的构思和设计，逻辑线索也时常不够严密，前后情节矛盾、抵牾的情况时有发生。民国侦探小说作家兼评论家朱戬就曾明确指出，侦探小说不同于一般的、情节结构可以相对松散的谴责小说或社会小说，因为"侦探小说作时无论短长，须要通盘筹算，一气呼成。切忌随做随卖，弄成满盘散沙"[②]。但民国时期的侦探小

① 据相关资料介绍，以言情小说创作著称的鸳鸯蝴蝶派小说家吴双热也在《星报》所举办的这一次小说"接龙"活动中写过一篇侦探小说，即《此是销魂荡魄时》（参见《江南记忆·常熟的那些人和事》，古吴轩出版社2011年版，第289页）。

② 朱戬：《侦探小说作法管见》，《新月》第一卷第三期，1925年11月30日。

说编辑、作者和读者们似乎就是格外喜欢这种“知其不可而为之”的“写作游戏”，并且近乎将其视为某种在报刊媒介上进行的“文人雅集”的活动。一方面，从形式上来说，“集锦小说”某种程度上的确可以被看成是中国古代“缀段”式小说在现代报刊媒介时代的延续和变形，与晚清“舶来”的侦探小说之间似乎存在较大距离。而在另一方面，“集锦小说”本质上又是一种文人游戏，其和侦探小说消闲、娱乐的本质属性是有着一定的契合度与相关性的。尤其是《侦探世界》上的这篇“集锦小说”《念佛珠》，特别要求前一位作者写完自己的部分后，要在小说里藏入下一位作者的名字，即以“点将”的方式邀请下一位作者出场（徐卓呆的部分中藏了“寄尘”二字，胡寄尘的部分中则又藏了“苕狂”二字），这其中所蕴含的趣味虽然已经远远不在小说内容本身，却客观上增强了整篇小说创作、发表和阅读时的游戏性和娱乐性成分。

第四，在1924年农历新年期间（《侦探世界》杂志第十七期），《侦探世界》特别推出了“侦探与新年”栏目，其中包括一系列与之主题相关的侦探小说，如严独鹤的《贼与夫人》、施济群的《谁的贺年片》、程小青的《新年的消遣》、徐卓呆的《侦探与新年》、沈禹钟的《压岁钱》、顾明道的《鹦鹉螺》、徐耻痕的《误了》、陶凤子的《惭愧》、赵苕狂的《新年中之胡闹》、忆琴室主的《新年中之侦探界消息》等。据徐卓呆在文中透露，“这一个题目是赵苕狂先生出的”①，即说明这是杂志有意策划的特色栏目，以作为送给读者的“拜年贺喜”。参照当期杂志编辑赵苕狂的说法，“人们过了新年总是高高兴兴十分起劲的，这一期本志出版，恰值元旦（笔者按：农历元旦，即春节），所以我们也比平常更加打起精神，特地添出‘侦探与新年’一栏来”②。当然，因为杂志是发行在欢乐喜庆的农历新年，所以这些民国侦探小说作者们纷纷舍弃了以往侦探小说中

① 徐卓呆：《侦探与新年》，《侦探世界》第十七期，1924年元旦（农历）。
② 赵苕狂：《编余琐话》，《侦探世界》第十七期，1924年元旦（农历）。

主打紧张甚至惊险的成分，而玩起了“滑稽”与“搞笑”的风格，其状况颇类似于现如今作为贺岁档影片而走红的《唐人街探案》系列电影，走的也是喜剧侦探的路子。仅举其中一例略作分析，比如施济群的“侦探拜年”小说题为《谁的贺年片》，讲的是有着“巾帼福尔摩斯”之称的女侦探叶智珠结婚后颇为多疑，时时警惕着丈夫有任何出轨的迹象。而就在过年这天，叶智珠却发现丈夫收到了一封署名“珊妹谨贺”的贺年片（即贺年卡），不由得心生疑惑，甚至怀疑是丈夫的几个表姐妹对丈夫另有所图，进而直接找到丈夫的几个表姐妹家中展开调查。小说最后当然是侦探（捉奸）工作完全失败，贺年片其实是丈夫的亲妹妹翠云故意开的一个玩笑，其目的就是为了提醒嫂嫂不要太过疑神疑鬼。小说情节本身十分轻松、简单，但其中值得注意的地方在于，这篇小说里的侦探叶智珠仍旧是像本书前文中所讨论过的《三 A 党》或《灰手印》等侦探小说里的侦探李飞或梁培云一样仔细“读信”/读贺年片，不肯放过其中任何一点蛛丝马迹，几名侦探的破案手法与其所关注的细节如出一辙。但此时已经被“醋意”冲昏了头脑的侦探竟然既没有注意到“邮戳”显示贺年片是从本地邮局寄出，也没有注意到写信人的笔记就是每天和自己生活在一起的妹妹翠云，更加忽略了没有人会通过写贺年片的方式向丈夫表白爱情等最起码的破绽。换个角度来看，即小说作者施济群无疑是对于当时侦探小说中以信件作为破案道具的使用方法和侦破手段相当熟悉，因此他才能处处反其道而行之，最终形成了这样一篇滑稽风格的侦探小说创作。如果再进一步引申来看，“侦探与新年”栏目的策划编辑赵苕狂本人，也是这种反向“戏谑”侦探小说创作成规的“个中好手”，他自己创作的“胡闲探案”系列更是这一路民国滑稽侦探小说的典范之作。关于赵苕狂与滑稽侦探小说的相关分析，本书将在第九章第三节中具体展开，此处不赘言。

如果从杂志运营与商业操作的角度来看待这一“侦探与新年”栏目，杂志紧密结合时令特点，以“集束弹”的方式推出一系列主题彼此相关联的小说，无疑更容易引起读者的关注和兴趣。而这一期“侦探与新年”栏目中的小说内容也的确都充满了新年的祥和与喜乐气氛，仿佛各位侦探小说作者在通过侦探小说向读者们拜年。这不失为一种有趣的杂志营销策略，并且这种营销是依靠小说内容本身来进行的，这就和一般依靠广告、宣传或读者活动来进行的杂志营销手段又有着本质上的不同。甚至我们可以认为这种小说栏目设置与写作方式在某种意义上尝试了民国侦探小说创作新的审美趣味与发展可能，虽然这种尝试现在看来难免不够成熟。

总体上来说，赵苕狂接手之后的《侦探世界》杂志无疑进行了一番“大刀阔斧”的改革，更加突出了侦探小说“消闲”和娱乐的大众文学属性。这既和赵苕狂本人的编辑策略与审美趣味密不可分，同时也和当时整个20世纪20年代对于侦探小说认识上的改变有关，即如陈平原教授所说：“早期新小说家几乎异口同声地称创作小说的目的是改良群治；后期新小说家虽也说小说有益于世道人心之类冠冕堂皇的大话，但也有不少人公开承认小说的作用就是消闲。”[①] 这其中不容忽视的时代背景在于五四运动之后，尤其是以1921年茅盾接手《小说月报》为标志性事件。而1921年以前《小说月报》的主编郓铁樵正是程小青等一批民国侦探小说作家的文学引路人（这方面的情况详见本书第六章中有关于程小青生平经历的相关论述）。新文学家们将侦探小说视为鸳鸯蝴蝶派小说之一种，并因此将其打入另册。但这种“排挤”侦探小说的行为同时也在客观上释放了侦探小说原本过载的启蒙与救国压力，即所谓“有味而无益，则小说自小说耳，于开通风气之说无与也；有益而无味，开通风气之心固可敬矣，而与小说本义未全也”[②]。“被迫”远离启蒙与救亡大业的民国侦探小说一定程度上回归到了自身原有的通俗文学本位与大众

① 陈平原：《中国现代小说的起点：清末民初小说研究》，北京大学出版社2010年版，第108页。

② 陈景韩：《论小说与社会之关系（上）》，《东方杂志》第二卷第八期，1905年。

文化属性之中，而赵苕狂接手并改版《侦探世界》的一系列过程与结果则可以视为20世纪20年代民国侦探小说“本真回归”发展趋势之下的一次具体且重要的文学杂志编辑尝试与实践。

仅仅坚持了二十四期的《侦探世界》杂志却集中了当时中国最优秀的一批侦探小说作家与作品，同时也发表了大量重要的侦探小说评论性文章，相当程度上代表了20世纪20年代民国侦探小说在创作成就与理论发展两个方面所能够达到的最高水平。同时，无论是“福尔摩斯—华生”模式，还是“侠盗亚森·罗苹”模式，抑或是公案与侦探的混合，甚至滑稽对侦探的“戏谑”等民国侦探小说中最为重要的“子类型”，都能在《侦探世界》杂志中找到其萌芽或发展的影子。不论从何种意义上来看，《侦探世界》杂志都当之无愧地堪称20世纪20年代民国侦探小说创作发展第一波段的精彩浓缩和集中呈现。而在办刊形式与栏目设置上，《侦探世界》杂志介绍西方案件新闻与奇闻逸事的《实事侦探录》、与读者进行互动猜谜的《侦探谜》等栏目在后来也被证明其深受广大读者欢迎，颇具市场价值。在20世纪40年代的《大侦探》《红皮书》等民国侦探小说杂志中，新闻与小说之间界限的愈发模糊，以及“看图破案”等一类互动性内容的集中出现正是构成了民国侦探小说杂志在其第二次发展波段中最具特色的标志。而这两大标志出现的源头，最早都可以追溯至《侦探世界》。因此，本书认为，《侦探世界》不仅参与形成了20世纪20年代民国侦探小说发展的第一波段，同时也深刻影响了20世纪40年代民国侦探小说发展的第二波段。而《侦探世界》仅仅创办一年就宣告停刊，也在一定程度上说明了民国侦探小说创作局面的贫弱与发展状况的艰难，正如赵苕狂所说，《侦探世界》是“在此侦探小说最幼稚的时代冒险耐苦”①，其成功与失败都是值得后来者特别珍视和以资借鉴的。

---

① 赵苕狂：《别矣诸君》，《侦探世界》第二十四期，1924年四月望日（农历）。

第二节 “抱有一种研究之态度”：论俞天愤的侦探小说创作

俞天愤是中国较早地大量从事侦探小说创作的作家之一。按照《我与天愤》一文中对于其外貌的描述：“面固有特征，压额遮眉之黑呢帽，圆框玳瑁之目镜，唇衔挺粗之雪茄，皆天愤面上之特征也。余及朴实无华之装，手提司的之克，拖脚没足之裤管，以及洪然之发声，此皆天愤一身之特征也。”① 俞天愤的穿着打扮整体上来说还是较为洋派的。1917 年 2 月，上海小说丛报社出版了俞天愤的《中国新侦探案》，1918 年 11 月，上海清华书局又出版了俞天愤的《中国侦探谈》，两本短篇侦探小说集的相继出版从此奠定了俞天愤在中国侦探小说界的地位。关于俞天愤的侦探小说创作，如学者汤哲声所言：“他的侦探小说大约分为两大系列，一是由‘余’作为主人公的《中国侦探谈》和《中国新侦探案》，一是由‘金蝶飞’为主人公的《蝶飞探案》。”② 从现在可见的资料和小说文本情况来看，俞天愤创作侦探小说的数量起码超过 50 篇（包括报刊登载及单行本中收录的作品），其侦探小说创作始于 1915 年，而“从他经常发表小说的刊物可以发现，几乎自 1927 年始，不见其有作品问世了”③。根据郑逸梅的说法，这以后的俞天愤“性耽禅悦，以梦呗自遣”“阐发佛旨，妙具至理”④，可以说是别有追求了。

---

① 《我与天愤》，《新月》第二卷第一期，1926 年，作者署名“我”。

② 汤哲声：《中国近现代通俗文学史 · 侦探推理编》，江苏教育出版社 1999 年版，第 870—871 页。

③ 吴培华：《通俗文坛上的严肃作家俞天愤》，《苏州大学学报》（哲学社会科学版）1991 年第 4 期。

④ 郑逸梅：《小品大观 · 俞天愤》（第八版），上海提经山房 1935 年版。

一　中国侦探小说的“先驱者”与另类发展可能

俞天愤曾经说“中国侦探小说本是在下创始的”[①]，其“同里之友”徐天啸[②]也说过：“中国之有侦探案，实天愤创造也。”[③] 从现在学者对于相关史料钩沉的成果来看，“中国最早的侦探小说当是1905年在《江苏白话报》第一期上刊载的挽澜著的《身外身》（未见原作）”[④]；而即使不算这篇“只闻其名，不见其身”的中国侦探小说创作，1907年刊登在《月月小说》第七号上，作者署名为“〇吉（按：周桂笙的笔名之一）”的《上海侦探案》，从发表时间上来看也要早于俞天愤的侦探小说创作；而如果从创作“名侦探系列”的角度来看，刘半农集中发表于1913年至1914年的以“捕快老王”为主角侦探的系列侦探小说《匕首》《淡娥》等，也略早于俞天愤以“余”为主角的系列侦探小说创作。当然，俞天愤和徐天啸的说法也并非全然没有道理，对此，我们可以从以下两个角度来加以理解。一方面，俞天愤的确是较早地大量尝试侦探小说创作的民国本土作家，目前可以见到的最早的俞天愤发表侦探小说作品的年份为1915年，在这一年中，俞天愤在《小说丛报》上发表了《车窗一瞥》（又名《绿圈》）[⑤]《烟丝》[⑥]《芙蓉壁》[⑦]《银烟盒》[⑧]《密码》[⑨]等侦探小说，

---

① 俞天愤：《白巾祸》，《红玫瑰》第二卷第二十九期至第二卷第三十一期，1926年5月10日至1926年5月24日。

② 徐天啸曾在《镜中人·评》一文中曾说：“天愤余友也，余同里之友也。彼于社会之种种现状，无不明辨。”

③ 徐天啸：《俞天愤》，《小说日报》1923年1月31日。

④ 郭延礼：《中国前现代文学的转型》，山东大学出版社2005年版，第116页。

⑤ 俞天愤：《车窗一瞥》（又名：“绿圈”），《小说丛报》第九期，1915年3月25日，署名“天愤属草、双热润辞”。

⑥ 俞天愤：《烟丝》，《小说丛报》第十一期，1915年5月30日。

⑦ 俞天愤：《芙蓉壁》，《小说丛报》周年增刊，1915年6月28日。

⑧ 俞天愤：《银烟盒》，《小说丛报》第十四期，1915年9月20日。

⑨ 俞天愤：《密码》，《小说丛报》第十五期，1915年10月25日。

又在《礼拜六》杂志上发表了《烟影》[①] 和《柳梢头》[②] 两篇侦探小说。而仅仅两年之后，俞天愤又相继推出了本节开头所述的短篇侦探小说集《中国新侦探案》（上海小说丛报社，1917 年 2 月 10 日初版）和《中国侦探谈》（上海清华书局 1918 年 11 月初版）。如果不要将“创始”与“创造”的说法拘泥于对“第一篇”民国本土侦探小说创作这个文学史细节的考究和追认上，而是将其相对泛化地理解为“最早的一批”或者“先驱者”概念，那么俞天愤毫无愧色地可以称之为中国侦探小说的“先驱者”，并且是早期最富有创作成绩的“先驱者”之一。他的侦探小说作品中既有如《双履印》《三棱镜》这样的近似于后来所谓“本格”甚至“新本格”风格的解谜小说，也有《白巾祸》《玫瑰女郎》等一批反映现实问题的类似“社会派”作品。[③] 整体上来看，俞天愤的侦探小说创作风格多样，创作实绩也相当不俗。

比如在他的小说《三棱镜》中，犯罪者就设计出一套相当复杂的光学装置进行偷窥和犯罪，其目的是为了盗取警察办公室中的机密信息：

> 余探怀出点炬，烛之，则数尺之地，覆壁皆黑，一桌、一椅，桌置一毛玻璃，外此则铅笔素纸，凌乱堆置，更有一显微镜。仰首烛之，壁间悬三棱镜两具，壁开一匾方孔，以一镜之平面嵌入之，傍则别承一平面镜，平面镜之下又以一三棱镜之平面承之。石曰：“此种机械，果何意乎？”余曰：“此漏泄秘密之作用也。其人于折光之学术，研究颇精，彼盖以壁孔之三

① 俞天愤：《烟影》，《礼拜六》第六十八期，1915 年 9 月 18 日。

② 俞天愤：《柳梢头》，《礼拜六》第六十九期，1915 年 9 月 25 日。

③ 此处使用日本推理小说中“本格”“新本格”“社会派”等概念说法，只是为了便于对俞天愤的侦探小说风格做一个比较形象化的描述与分类，而并非将俞天愤归入上述诸流派之中。且在俞天愤创作侦探小说时，日本上述推理小说流派还并未产生，二者之间不存在文学史意义上的关联或归属关系。

棱镜，吸收君之办公室全景于平面镜中，后用一三棱镜吸收平面镜中之折光透入桌上之毛玻璃，然后君之一举一动，彼可洞烛无遗，所不能逮者，君于夜间所办之事耳。”①

俞天愤小说中所设计的这套光学装置利用到了折射、反射、成像等诸多光学原理，其科学含量在当时的民国侦探小说中可以说是十分罕见。而从某种程度上来说，这篇小说其实是将整个房间都变成了一个得以巧妙布置和进行监视偷窥的大型“装置”，而这与近半个世纪之后的、以日本推理小说作家岛田庄司的《斜屋犯罪》和绫辻行人的“馆”系列作品为代表的“建筑推理小说”存在着某种思路设计上的相通性。

又如在俞天愤的另外一篇侦探小说《火柴》中，作者竟然采用了后来欧美“逻辑流”侦探小说作家们最喜欢使用的将所有探案条件与已知线索逐条罗列式的写法，让侦探对一把燃烧过后的火柴进行了详细的观察、分类、分析和推理，并将整个过程“不厌其烦”地逐一罗列了出来：

余即以所列之表奉之警长，展而示之。

火柴有红黑两种，今就黑色者言之。

A 完全之火柴，自首至末，连药约长密达五寸二分。

B 此为忽促划断者，其断处约二寸六分，药未开裂即弃之。划火有三种：一为直擦、一为横擦、一为斜擦。直擦为普通者，横擦则用于受潮之火柴，斜擦则一种谨慎修洁之人方遇之。

C 此亦有二种：凡药松散者，为受潮之火柴，药分裂而未燃者，则匆促之证也。

D 此亦有二种：药已全去而枝上无焦黑者，则受潮也；若

① 俞天愤：《三棱镜》，载《中国侦探谈》，上海清华书局 1918 年 11 月初版，第 54—55 页。

无药而焦黑，亦匆促不燃所弃，其长短亦约为五寸一分。

E此种为最普通者，其长为四寸，已燃去一寸二分，吾人燃灯、吸烟，苟供一人之需，其燃去者必不逾此数。

F此种长仅一寸四分，确为以火柴代灯之证。其梗燃去竟达三寸八分，历时可至二十四五秒，吾人寻常用火柴，必无如是用法者。

G此种长短不一，然有半面黑、半面白者，乃以两枝或三枝同时共划以取光者。[①]

小说中侦探在经过这样一番条分缕析之后，进一步归纳到："余于章内室木柜旁拾得此火柴不下三四十枝，归而检视，以F一种为最多，B种仅二三枝，C种一枝，D种十余枝，G种五六枝，A种一枝，E种竟无有。且此火柴均弃于柜之右，想见俯身觅物，随手划火，随弃去之也。"[②] 并且通过对于这样一堆燃烧过后的火柴残留物的仔细观察，通过对观察结果的周详罗列和严密的逻辑推演，成功推测出了犯罪者的行为特征、生活习惯和其在犯罪现场使用火柴的目的，进而锁定了目标，最终抓住了凶犯。这种"逻辑流"侦探小说的写法在后来欧美侦探小说的"黄金时期"颇为风行，有着"逻辑之王"称号的美国侦探小说作家埃勒里·奎因更是其中好手。总体上来说，这种写法的好处是可以使推理足够严密、滴水不漏、令人信服，但不足之处是难免会降低侦探小说的文学性和可读性，让整个破案过程一不小心就变成了一道道枯燥无味的逻辑推理应用题，甚至是数学或物理谜题。但俞天愤能在1917年就有意识地尝试这种"逻辑流"式的写法，其突破意识和创新精神还是颇为值得肯定的。

① 俞天愤：《火柴》，载《中国新侦探案》，上海小说丛报社1917年2月版，第101—102页。

② 俞天愤：《火柴》，载《中国新侦探案》，上海小说丛报社1917年2月版，第102—103页。

进一步来说，无论是“建筑装置”，还是“逻辑推演”，其实都更接近于欧美日本后来侦探小说中的“本格”或“正典”一路，而与其他更偏近于中国本土鸳鸯蝴蝶派风格的侦探小说作品迥然不同。如果我们稍微宽泛地将俞天愤的侦探小说创作视为中国本土侦探小说创作的起点之一，那么我们便不难从中看出其所包蕴的不同于“福尔摩斯探案”与“侠盗亚森·罗苹案”之外的民国侦探小说的另类发展可能性。只可惜这种另类可能性在后来的民国侦探小说创作实践中并没有得到很好的继承和延续，甚至俞天愤本人之后也少有同类风格的作品出现了。

二　俞天愤侦探小说的“文体拼贴实验”

关于俞天愤的侦探小说“创始”说，我们还可以进一步参考汤哲声教授对此所作出的解释：“俞天愤是众多的热心于侦探小说的作家之一，对于作家自谓是第一位创作侦探小说的话，我们应该更多地从作家的自豪感和自信心上去考虑。”[①] 而从后来者的角度来看，这种“自豪感”与“自信心”相当程度上来自俞天愤对侦探小说所进行的一系列具有革命意义和探索精神的“文体拼贴实验”。

正如赵苕狂所言：“天愤对于侦探小说，夙思热心提倡，并抱有一种研究之态度。”[②] 另外也有人评价俞天愤：“他凡事都要研究个透彻，方肯罢休……此外小事件费他心，经过研究而得有结果的很多。”[③] 从具体作品情况来看，俞天愤的确是以“研究之态度”来从事侦探小说创作的，并且在很多方面都做到了具备“开创性”意义的探索和贡献。这尤为突出地体现在其对于侦探小说的文体革新上，

① 汤哲声：《中国近现代通俗文学史·侦探推理编》，江苏教育出版社1999年版，第871页。

② 赵苕狂：《玫瑰女郎·跋》，《红玫瑰》第一卷第十六期，1924年。

③ 非小说家：《小说家的脾气·俞天愤的研究性》，《红玫瑰》第二卷第四十期，1926年。

俞天愤大胆进行文体拼贴实验，将新闻报道、书信文字、电话对话、审讯问答，甚至图像照片等引入侦探小说之中，对于增强侦探小说的表现力、真实感与悬疑性等诸多方面都进行了有益的探索。比如在侦探小说《扁舟》中，小说开头就是："一月十七号的本地报上载着一段新闻道：前晚本城西门内尖河池旁施姓家被贼越墙进内，窃去衣箱三支，业于次晨报警踊缉，所失约四百余元云。"① 而在后来小说故事展开的过程中，小说也不断通过报纸新闻内容的插入来推动情节发展，甚至在一定程度上来看，新闻报道成为小说情节得以进行和展开的某种结构性驱动力，这一点和爱伦·坡的《玛丽·罗杰疑案》可谓是有着异曲同工之妙。

而在另一篇侦探小说《三封信》中，俞天愤还尝试插入了一整段两人之间打电话时的现场对话：

> 说着电话响起来，账台先生拿起听筒一听……你们是润记么？……是的是的，你是哪里？……你不必问我叫小宁波……小宁波么不认识……润甫和友恭不由得一同说：问他找谁……找谁……找蔡二来没有来……账房说找蔡二，润甫一楞（按：应为"愣"），友恭道：回他没有来……没有来……电话就断了……②

在传统中国小说中，"某某人曰""某某人道"是最常见的直接引语提示词，即使省略来用，一般情况下也需要保留"曰""对曰""答曰"等基本结构作为引语标识。但在1904年《新小说》第九期上刊出的周桂笙翻译的侦探小说《毒蛇圈》第三回，在瑞福与少年的对话问答处，吴趼人就曾评注说："以下无叙事处，所有问答仅别

---

① 俞天愤：《扁舟》，《侦探世界》第二期，1923年。

② 俞天愤：《三封信》，《侦探世界》第十期，1923年10月24日。

以界线，不赘明‘某道’，虽是西文如此，亦省笔之一法也。”[①] 即表明其已经注意到了小说在对话描写中省略掉“曰”“对曰”“答曰”“某某人曰”一类提示词的“独特”写法。后来吴趼人自己在创作小说《九命奇冤》第一回时，就尝试使用了这种“省笔之一法”，并成为其小说之于中国本土小说创作的重要突破性贡献之一。而俞天愤在小说《三封信》中，更是将这种“省笔之一法”与打电话的现代生活场景相结合，于是才产生出了上面一段精练而充满现场感的对话文字/电话文字。

而在小说《双履印》中，俞天愤则更进一步，只选择性地插入了电话一端人说话的声音和内容，巧妙地通过只表现接电话人的“片面之辞”来增强小说的现场真实感和悬疑感：

> 此少年既聆电话，则答之曰：汝为谁……何事……在何处……近甚……余乃未之闻……半点钟内当径往。[②]

这种近乎完全还原现实生活中旁听他人接电话时真实场景的写法，一方面小说把电话筒另一端的对白取消了，读者只能凭电话这一端人物断断续续、上下文之间彼此并不连贯的话语来推测全部对话内容与整体故事情节。但读者在面对这种“只说一半”的表现方式时，其实又能够通过文中所提到的蛛丝马迹，模模糊糊地猜到一点线索与可能，自行在头脑中补足电话另一端的对话内容和人物身份。从而在对电话对面究竟是“何人”在说“何事”产生强烈好奇心的同时，也进一步增强了小说的悬疑性、吸引力与阅读代入感。另一方面，电话这端的连续问句表面上看来是对电话另一端人物的提问，实际上也可以视为是作者借小说在向读者进行提问，其目的

① 吴趼人：《毒蛇圈·第三回评语》，《新小说》第九期，1904年。

② 俞天愤：《双履印》，载《中国侦探谈》，上海清华书局1918年11月初版，第19页。

和效果是引起读者的注意，并且为后面整篇小说情节内容的展开张本。

俞天愤更为惊人的“文体实验”当属《银烟盒》一篇，在这篇小说中，作者大胆插入了一整段警厅审讯问答词，并将其“分志如下”：

问：汝向作何种职业？

答：专就城内外绅富家婚丧喜庆日临时应雇。

问：汝曾于十月某日在陆姓当差乎？

答：事诚有之。

问：汝曾为徐紫芬先生代购香烟乎？

答：代购一包。

问：汝试以购得后授于徐先生时情形为我述之。

答：徐先生以银一角，嘱吾购香烟，吾购得后即以烟并找出之钱六十文，在大厅上直授于徐先生。

问：汝曾见徐先生之烟盒乎？

答：见过两次，一见于授烟时，徐先生持烟盒于手，一见于徐先生醉后脱衣时，有殷先生在衣袋中取得烟盒，吾曾见其开盒取烟而吸之，复置盒于袋中，而为之摺整。

问：汝曾见盒中有一他物乎？

答：启闭甚速，吾不能谂其内容。

问：然则此烟盒果为汝之物乎？汝费何价值而购之？

答：此烟盒非我之物，我不知其价。

问：非汝之物，汝曷为藏之枕底？

答：藏之枕底，所以宝爱之也。此银烟盒为我相知者所赠，故我宝爱之。

问：汝之相知于何时赠汝此银烟盒？

答：昨日九时。

问：九时乎？此汝之妄言也，余以今日十二时搜汝家，即见此烟盒于枕底。汝既宝爱，曷为不藏之于身？

答：我不吸烟，藏于身亦无所用。

问：此不必论汝，试言汝之相知为何如人？

答：是不能言，我宁负窃盗之名，不肯贻害人之名誉。

问：即此可见汝之相知必为妇人，余今以纸与汝，汝密书之以示余。①

在这里，俞天愤运用了一种近乎现场实录式的手法，整段挪用了审讯问答词，其所造成的强烈现场感受和真实性体验是不言而喻的。甚至我们可以通过这段审讯问答对话想象出小说中整个审讯的场景和氛围，而这段颇具真实性与画面感的对话也完全可以作为电影改编的台词脚本来使用。这种大胆的文体插入和实验探索，放在当时的民国侦探小说创作中，无疑是具有相当程度的革新性和开创意义的。

此外，俞天愤还有很多有趣的文体创新“实验”。比如侦探小说《一封书》② 是以一封书信文体的插入作为整篇小说的开头。《玫瑰女郎》中作者更是首创侦探小说配合照片的“图文并茂”的表现形式。而依据赵苕狂为这篇小说所作“跋”文中的说法：“本篇草成后，特按事实扮演，复摄成影片八幅。今刊其四，余四幅以原片稍嫌模糊，未克刊出耳。”③ 从实际效果上来看，俞天愤为侦探小说配照片的这次“图像实验”并不能算是成功，八幅照片，除了四幅模糊不堪用的，其余登出来的四幅照片，实际效果也并不怎么样，更很难和小说情节做有效的对应和关联。但我们不能就此忽视俞天愤在这一过程中所体现出的自觉的革新意识与实验精神。在小说《白

① 俞天愤：《银烟盒》，《小说丛报》第十四期，1915 年 9 月 20 日。

② 俞天愤：《一封书》，《侦探世界》第八期，1923 年，原刊中作者姓名笔误为“俞天赘”。

③ 赵苕狂：《玫瑰女郎·跋》，《红玫瑰》第一卷第十六期，1924 年 10 月 19 日。

巾祸》文前，俞天愤就对自己曾经把照片融入侦探小说创作中所做的尝试进行了详细的介绍，表明这并非是自己一时间的心血来潮，而是有着较为清楚的目标和思考，甚至对照片的选用也有着非常严格的要求："西洋侦探小说，很有夹入图画的，然而大半是作者和画者理想画成的，要用实地的表现，只怕又要算在下的创作。""要是随随便便不去详细说明他，将来难保没有那一般闻风响应的，一般大小说家、小说大家急切地找不到照片便去把影戏片拣好的剪下来，翻几张来混充一下。在下可当不起这'始作俑者'的罪孽，要知道影戏、自影戏照片、自照片，绝对不能通融的。"① 具体分析来看，在小说《白巾祸》前的这段说明性短文中，俞天愤严格区分了侦探小说照片和电影"截图"之间的区别，同时讨论了侦探小说中插入照片的好处和要求，即需要能做到"一望而知"。俞天愤所说的"一望而知"突出了影像的直观性特点，可以让我们联想到约翰·伯格所说的"观看先于言语"②，或者类似于苏珊·桑塔格所说的照片所能够引起的"联想"功能，在苏珊·桑塔格看来，照片不会讲述，只能引起联想③。这种联想既是拍摄者的联想，也是观看者的联想。当然我们不能过度引申，认为俞天愤就此具备了多么深刻的关于摄影与图像理论的理解或思考，但其有意识地在侦探小说创作中引入照片，无论是从图文互动，还是图像小说的角度，都可以成为媒介考古学值得关注的重要对象与现象之一。而就在俞天愤进行此项尝试之后不久，杂志刊载侦探小说配合照片、图像就真的发展成为一种趋势和潮流，在20世纪40年代《大侦探》杂志的《征稿简约》中，就明确写着："本刊欢迎短篇精彩创作及趣味测验短稿，如附照

① 俞天愤：《白巾祸》，《红玫瑰》第二卷第二十九期至第二卷第三十一期，1926年5月10日至1926年5月24日。

② ［英］约翰·伯格：《观看之道》，戴行钺译，广西师范大学出版社2005年版，第1页。

③ 参见［美］苏珊·桑塔格《论摄影》，艾红华等译，湖南美术出版社2005年版。

尤佳。”[①] 也正是在这一理解和语境之下，俞天愤才敢于说：“中国侦探小说本是在下创始的，如今中国侦探小说照片又是在下创造的。”[②] 经过本节上述一番考辨，俞天愤这段话中的前者在某种意义上“所言非虚”，后者则更是当之无愧。

三　俞天愤侦探小说创作的“本土化”特色

俞天愤的侦探小说创作在学习西方同类型小说之余，也对侦探小说的本土化书写进行了很多有益的尝试，这主要体现为两个方面：一是题材选择上的本土特色，二是对于西方侦探小说核心元素的本土化改编/再造。

在小说题材选择上，正如其好友徐天啸所说：“有《中国新探案》《中国侦探谈》，皆勾心斗角，一字不苟，又皆为身亲经历之事，中国之有侦探案，实天愤创造也。”[③] 即点出了俞天愤侦探小说创作所选取的很多题材都是其“身亲经历之事”。也有评论者曾指出“俞天愤擅长纯粹中国式的侦探小说，并且事实多于理想”[④]，这里的“身亲经历”与“事实多于理想”既包括俞天愤可能真正亲身经历过的事件，也包括其从地方报纸上看到的新闻报道，同时还有他以自己家乡为环境基础和空间载体所进行的侦探故事想象。汤哲声教授在《中国近现代通俗文学史》一书中称俞天愤为“乡镇侦探小说家”[⑤]，即强调其侦探小说创作取材不同于民国时期一般侦探小说立足于大都市的书写取向，而是别有自己独特的在地化、本土化特征。比如俞天愤的侦探

---

① 《征稿简约》，《大侦探》第二十八期，1948 年。

② 俞天愤：《白巾祸》，《红玫瑰》第二卷第二十九期至第二卷第三十一期，1926 年 5 月 10 日至 1926 年 5 月 24 日。

③ 徐天啸：《俞天愤》，《小说日报》1923 年 1 月 31 日。

④ 非小说家：《小说家的脾气 · 俞天愤的研究性》，《红玫瑰》第二卷第四十期，1926 年。

⑤ 汤哲声：《中国近现代通俗文学史 · 侦探推理编》，江苏教育出版社 1999 年版，第 870 页。

小说故事经常发生在苏州郊区、西北乡方桥镇，或者是往返于锡山和白下的火车上，基本不出长江以南地区的县乡镇一级地理单位，而这些地方则和俞天愤的故乡海虞（今常熟）有着地理风貌和风土人情上的相似性，俞天愤在表现这些地方或者对其进行侦探故事想象时也显然更为得心应手。又如，据学者吴培华介绍，“俞天愤亦喜欢作画，尤擅山水古松”①，借此我们再来看其侦探小说《黑幕》② 中赏画和临摹画卷的相关段落时便会有了另外一层亲切之感，似乎更能感受到作者如此取材的内在原因和创意源泉之所在。

此外，俞天愤的侦探小说中经常写到和吸烟（包括纸烟、烟斗、烟盒、烟壶、烟土等）有关的内容，如《烟丝》《银烟盒》《烟影》《啄木鸟》等小说篇目皆是如此。其中分别涉及了如不同品质的烟丝的燃烧残留物不同，而且这种不同最后还成为侦探破案的关键性线索（《烟丝》③ ）；由一个精美且价值不菲的银烟盒的丢失所引发的一系列案件和调查，并借此凸显出警方的昏庸无能（《银烟盒》④ ）；犯罪分子通过伪造人吸烟时的“烟影”来制造不在场证明，警察也正是通过对抽雪茄习惯的了解才破除迷障，最终破案（《烟影》⑤ ）；以及“一最宝贵之烟壶”的丢失所引发的连锁反应（《啄木鸟》⑥ ）等。而侦探小说《芙蓉壁》⑦《双履印》⑧《一分钟》⑨《空

① 吴培华：《通俗文坛上的严肃作家俞天愤》，《苏州大学学报》（哲学社会科学版）1991 年第 4 期。

② 俞天愤：《黑幕》，载《中国侦探谈》，上海清华书局 1918 年 11 月初版，第 1—17 页。

③ 俞天愤：《烟丝》，《小说丛报》第十一期，1915 年 5 月 30 日。

④ 俞天愤：《银烟盒》，《小说丛报》第十四期，1915 年 9 月 20 日。

⑤ 俞天愤：《烟影》，《礼拜六》第六十八期，1915 年 9 月 18 日。

⑥ 俞天愤：《啄木鸟》，载《中国新侦探案》，上海小说丛报社 1917 年 2 月版，第 1—10 页。

⑦ 俞天愤：《芙蓉壁》，《小说丛报》周年增刊，1915 年 6 月 28 日。

⑧ 俞天愤：《双履印》，载《中国侦探谈》，上海清华书局 1918 年 11 月初版，第 17—49 页。

⑨ 俞天愤：《一分钟》，载《中国新侦探案》，上海小说丛报社 1917 年 2 月版，第 26—29 页。

中飞土》[①] 等篇目则都和打击倒卖烟土的犯罪团伙有关，并且涉及如何偷运（《空中飞土》）和藏匿（《芙蓉壁》）烟土等相关的犯罪细节问题。虽然我们还无法找到俞天愤喜欢抽烟的直接证据（不过，《我与天愤》一文对俞天愤外在形象的描绘中，确实有“唇衔挺粗之雪茄”一句），但从这些侦探小说的取材情况来看，显然和俞天愤熟悉吸烟场景及当时江南地区私自偷运、倒卖鸦片烟土的个人生活圈子与地方社会现象有关（当然，俞天愤所吸的“烟”与烟土之“烟”应该并非是同一种烟）。

这种对于侦探小说所进行的中国县乡镇一级的“在地化”改写同时也带来了一些问题，即一些放在大都市中很自然而然的现象被直接挪移到县、乡等地理空间单位时会出现情节上不合常理的情况。如在小说《芙蓉壁》中，“我”自以为邻居特克生“与余过从甚密”，其实却不知其是一个走私、倒卖、吸食芙蓉膏的团伙中的一员，而他的家宅也正是这一系列犯罪行为的重要窝点之一。“我”对此不但丝毫没有察觉，反而认为“余与特邻处有年，未闻彼有扰人清梦之事”[②]。类似的，小说《烟影》中也表现出了“余”对自以为很了解的邻居其实并不熟悉，“君之对邻，实大盗也”[③]。这种多年邻里间的彼此不相熟悉，如果放置在本书第一章第一节中所说的现代大都市等一类“陌生人社会”中无有不妥，但出现在中国传统熟人环境与乡土社会之中则难免惹人生疑。又如其侦探小说《怪履》[④] 一篇，是将犯罪案件的发生背景放置在一个类似于《桃花源记》的特殊社会空间环境之下，更是让人在阅读过程中产生一种撕裂感与隔膜感。

俞天愤更为值得关注的侦探小说本土化写作尝试在于其对西方

---

① 俞天愤：《空中飞土》，《小说丛报》第三卷第八期，1917 年 3 月 10 日。

② 俞天愤：《芙蓉壁》，《小说丛报》周年增刊，1915 年 6 月 28 日。

③ 俞天愤：《烟影》，《礼拜六》第六十八期，1915 年 9 月 18 日。

④ 俞天愤：《怪履》，《小说丛报》第二十二期，1916 年 7 月 20 日。

侦探小说核心元素的本土化改编/再造，比如俞天愤的侦探小说中经常会出现破译密码的元素和情节，这其中最常见的还是有关于阿拉伯数字与西方字母组合而成的密码破译。比如小说《密码》[①] 中，侦探就必须要破解一套非常复杂的密码组合，《遗嘱》[②] 中也涉及一组用阿拉伯数字阵列排成的密码，《憬岛》[③] 中也使用了数字电码，并且其中的密码设计非常细致且具有巧思，警方和侦探只是因为“括弧断之”的不同，就得出了完全不同的推理结果。而在对西方密码的研究基础之上，俞天愤又独创出了一套用中文汉字设计而成的密码，并且将其成功地运用到了侦探小说创作之中。比如小说《双履印》中就设置了一个由汉字而组成的密码阵列：

此万等紧事不便那汝到
时〇时可穿一坏放〇破
同事心财分弗只物散要
要〇全若怪嘴存嘴〇我
风我风无紧家弗情四喜[④]

在这里，俞天愤不仅创造了一个中文密码阵列，还将破解密码的关键钥匙“四喜”也藏在阵列之中（所谓“四喜”，即从第一个字“此”开始，每隔三个字取一个字，“〇”不算字，将取出的字连在一起，即为最终情报信息：“此事汝可放心/只要嘴风紧”），可以说比较巧妙且颇具本土特色与审美风格。而在另一篇侦探小说

① 俞天愤：《密码》，《小说丛报》第十五期，1915 年 10 月 25 日。

② 俞天愤：《遗嘱》，载《中国侦探谈》，上海清华书局 1918 年 11 月初版，第 157—173 页。

③ 俞天愤：《憬岛》，载《中国新侦探案》，上海小说丛报社 1917 年 2 月版，第 70—81 页。

④ 俞天愤：《双履印》，载《中国侦探谈》，上海清华书局 1918 年 11 月初版，第 45 页。

《打人团》中，俞天愤则更进一步，设计出了一个更为宏大且复杂的中文汉字密码阵列：

起看山本愁怀对届重癖难持作翁湖
终别色会寄议明系情为攻保倏持海
三弄拂琴将只月本霞烟谢亦年消气
团前云途公幸福起见注山意童之点
翠来开户郑真芳一得近云山自怜衣
紫为万慎胜重草秘无密卧之忆方褐
重千鏨法香花径蒋令陶输二中隆老
为运动手段之闭活但泼三为防御侦
书仓坐探掩松关有客新从之谓持身
向佈醒置裹会许期恶在尘本吾月良
只醒醉堆花落瑾二多交市世浊难独
十八惟号谁夜十时至一还时皆会场
簪缨从不问浮云在舞去来鸥在水滨
世西梦正台街难二际九去号已口闲
尘同境令鱼钓上蜜簾当燕蜂行言人①

这个颇为复杂的中文密码组合，其实是将三首七律诗和回文诗巧妙融合，可谓别具匠心且颇费苦心，而即使在今天看来也不很容易破解。而在侦探小说核心诡计与提示线索本土化改造方面，俞天愤也不仅仅停留在密码这一种情节模式之中，他在侦探小说《鸡公仔》中，就结合了中文书法中的一些具体特性，设计出了一套犯罪分子彼此联络的暗号系统，可以说是在仍不免略显晦涩的中文密码阵列的基础之上，又向前突破了一步，创造出了一个浅显易懂却又独具创意，且颇

① 俞天愤：《打人团》，载《中国侦探谈》，上海清华书局 1918 年 11 月初版，第 101—102 页。

有中国本土特色的侦探小说核心诡计要素，而这一诡计要素即使放到今天来重新阅读也不会显得十分过时，而是仍具有相当程度的新鲜感和创新性。更为重要的一点在于，《鸡公仔》中的暗号设置与小说情节推进之间的关联更为密切，而不像之前所举例的几个密码阵列，多少还是悬置于小说叙述之外而独立存在的谜题。

> 余于五月一日之晨，方就寓中步行至署，忽于墙之转角处，瞥见一最新之广告，此种广告街头巷口奚止千百，惟一经余之目光，竟有特殊之感触，其文曰：西江命家真铁口在此。寥寥九字，骤视之，固无足奇。顾一为推测，则至为有味。盖相卜之流，所以贴此广告者，本欲招揽生意也。今此广告贴于四通八达之衢，仅以“在此”二字标其地址，不亦异哉？夫既曰在此，则此广告之左右又未见有真铁口其人者，以是而言，则此广告其志不在招揽生意可知。尤可异者，全文九字，字体颇工整，而末一字，此字之末笔特别加长，苟为不善书者，则以上八字何以工整？苟为善书者，何以末一字作此奇异之体？余再四审视，意此末一字必为一种记号，是街之口，本向东，前进更有向南一路，此广告则贴于向西之墙上，此字末笔特别加长而向南。余遂随其所指而觅之，过一巷，果得此同样之广告，是处此字末笔则又指东，余亦向东行，又发现一纸，至是余知所推测者不谬，则随处觅之，有所见则依其所指而行，历十余巷，渐荒僻，得一败屋……①

此外，俞天愤关于侦探小说的创作尝试还体现在很多方面，比如他对于“福尔摩斯—华生”模式的局部突破。在很长一段时间内，民国侦探小说作者们往往热衷于学习“福尔摩斯探案”系列小说的

---

① 俞天愤：《鸡公仔》，载《中国侦探谈》，上海清华书局 1918 年 11 月初版，第 67—68 页。

情节模式和人物结构，这在相当程度上表现为对于福尔摩斯与华生的“侦探—助手”组合及华生同时担任助手兼故事叙事人这一双重功能的模仿。比如程小青的“霍桑—包朗”组合，或者张无净的“徐常云—龚仁之”组合等。俞天愤自然也难以例外，他笔下最著名的名侦探及助手组合便是侦探金蝶飞和助手阿拜端。比如小说《三封信》《白巾祸》等作品，都属于“蝶飞探案”这一系列。但与此同时，俞天愤又不拘泥于“福尔摩斯—华生”这一组合的某些既定陈规，比如福尔摩斯一定比华生更聪明，最后破案的关键性人物一定是福尔摩斯，等等。在小说《白巾祸》中，助手阿拜端就表现得完全不输给侦探金蝶飞，甚至在小说开场对案情的初步分析上，阿拜端还在短时间内就发现了很多金蝶飞查案七天都不曾发现的线索。（金蝶飞曾在小说中坦白：“然而今天已是第七天，一点影踪也没有，我也很对不起的。”[①]）只是很可惜《白巾祸》中的这种模式突破并没有被一以贯之，到了小说后半段，金蝶飞又恢复到了福尔摩斯“附体”的“超人”状态，明明已经知道线索却非挨到最后一刻而不肯说出来等典型的“福尔摩斯探案”小说套路再次在这篇小说中出现。而至于俞天愤对侦探小说中“华生视角”与第一人称叙事的种种尝试与颠覆的成功经验及失败教训，本书将在第九章第一节中进行更为详细的分析和展开。

总体上来说，俞天愤的侦探小说创作开始时间要早于本书所试图勾勒的民国侦探小说创作发展的第一波段，其创作持续时间虽然不长，但也几乎贯穿了整个这一时段，属于民国早期侦探小说创作的重要代表性人物。而从侦探小说创作内容来看，无论是其将各种文体、写法纷纷融入侦探小说创作之中的大胆实验，还是在小说中尝试各种本土化诡计与中文密码阵列，或者是试图突破“福尔摩斯探案”所代表的西方侦探小说的某些经典成规……对于侦探小说创

---

① 俞天愤：《白巾祸》，《红玫瑰》第二卷第二十九期至第二卷第三十一期，1926年5月10日至1926年5月24日。

作“抱有一种研究之态度”的俞天愤，在民国侦探小说早期发展阶段中的不断探索和写作实践，都使其当之无愧地成为民国侦探小说创作的“先驱者”和开路人，并且其小说创作实践中所孕育的未来发展道路，其实是不同于“福尔摩斯探案”与“侠盗亚森·罗苹案”之外的民国侦探小说的另类发展可能。

第三节　从“通俗文学作家”到“新文学作家”：论张无净的侦探小说创作

众所周知，张天翼是中国现代文坛上著名的讽刺小说作家和童话文学作家，现在学界一般关于张天翼的研究也往往集中在其20世纪30年代的讽刺小说和后来的童话写作上，而对于其早年以“张无净”或“无净”为笔名所创作的通俗文学的研究则几近空白。但实际上，张天翼（张无净）早年所写的一系列“徐常云探案”侦探小说，不仅在民国侦探小说发展史上有着重要的意义，而且对于张天翼后来讽刺小说的创作也产生了持续不断的影响。如果用一个稍微“形象化”的说法来概括这一影响，即“徐常云探案”故事在1923年便已经终结，但徐常云的影子却一直影响着张天翼以后的新文学写作。

一　从侦探小说的读者、故事讲述者到“学步者”与创作者

和后来很多民国侦探小说作者一样，张天翼与侦探小说的缘分最早是从阅读“福尔摩斯探案”与“侠盗亚森·罗苹”等系列小说开始的，他在《我的幼年生活》一文中写道：

> 和同学们虽然老打架，可是很要好。他们老围着我叫我说故事。现在故事知道的更多了。我在通俗图书馆看了许多林琴南译的东西，还有许多侦探小说。最拿手的故事是所谓《撒克

> 逊劫后英雄略》（W. Scott：Ivanhoe）、《滑稽外史》（C. Dickens：Nicola）等等，还有些什么《福尔摩斯》《亚森罗苹》之类的侦探故事。我记得还有部什么《电术奇谈》，记不清是谁写的了，这故事很受欢迎，我一个星期才把它说完。有时候不高兴讲也被拖着讲，我就杜造着：福尔摩斯跟着亚森罗苹到上海，一上岸亚森罗苹就飞似地跑，福尔摩斯拼命追，“哪，就这么追，”我拔腿跑着，装着追的样子，一直跑了去。我用这么个方法解围的。①

我们从这段颇具形象感和现场感的童年回忆中可以约略看出张天翼是如何从一名侦探小说读者发展为后来的侦探小说作者的。他先是阅读侦探小说，在肚子里积累了不少侦探故事，后来同学们“老围着我叫我说故事”，“还有些什么《福尔摩斯》《亚森罗苹》之类的侦探故事”；而在少年张天翼给同学们说故事的时候，就会渐渐自觉或不自觉地加入一些自己添油加醋的演绎段落，“我就杜造着：福尔摩斯跟着亚森罗苹到上海，一上岸亚森罗苹就飞似地跑，福尔摩斯拼命追，‘哪，就这么追’”。在以往文学史论述侦探小说“舶来”进入中国的发展过程时，通常会勾勒出一条：“翻译—译述—创作”的演变脉络。而我们在理解张天翼从最初阅读侦探小说到后来其亲自创作侦探小说的时候，也能寻找到一条类似的“阅读—讲述—模仿—创作”的发展路径。而张天翼在讲述“福尔摩斯探案”或“侠盗亚森·罗苹”系列故事过程中所额外虚构出来的那些部分具体内容虽不可考，但大概可以看作其最早的侦探小说创作的萌芽。

而后在1922—1923年，张天翼以“张无诤”或者“无诤”的笔名创作了不少侦探小说，总题为“徐常云探案”，其中包括：先后

① 张天翼：《我的幼年生活》，《文学杂志》第一卷第二期，1933年5月15日。

在《半月》杂志上发表的《少年书记》[①]《铁锚印》[②]《X》[③]，在《星期》杂志上发表的《人耶鬼耶》[④]《空室》[⑤]《遗嘱》[⑥]《玉壶》[⑦]，以及在《侦探世界》上发表的《斧》[⑧]。此外，张天翼还曾在“兰社”同人刊物《兰友》上发表过侦探小说《大侦探》[⑨]《无光珠》[⑩]《头等车室》[⑪]，并连载《十八号》[⑫]，等等。从最初一篇侦探小说《少年书记》发表，到最后一篇侦探小说《X》为止，短短一年半左右的时间里，作为一个仅仅十六七岁初登文坛的年轻人，张天翼侦探小说创作的勤勉程度和发表频次可谓不低。

综观张天翼的“徐常云探案”系列小说，我们不难发现，其对于柯南·道尔“福尔摩斯探案”的模仿痕迹较重：比如小说中的绝对主人公侦探徐常云和故事亲历者、见证者与讲述者龚仁之之间的关系，完全就是福尔摩斯与华生关系的翻版，甚至“福尔摩斯探案”系列故事里那个充满了正义感但又显得有些头脑简单的苏格兰场警察雷斯垂德，在张天翼的小说中也能找到对应的影子——警察江

---

① 张无净：《少年书记》，《半月》第一卷第二十二期，1922年7月24日。

② 张无净：《铁锚印》，《半月》第二卷第十九期，1923年6月14日（农历癸亥年五月初一日）。

③ 张无净：《X》，《半月》第三卷第六期“侦探小说号”，1923年12月8日（农历癸亥年十一月初一日）。

④ 张无净：《人耶鬼耶》，《星期》第二十三期，1922年8月6日（农历六月十四日）。

⑤ 张无净：《空室》，《星期》第三十二期，1922年10月8日（农历八月十八日）。

⑥ 张无净：《遗嘱》，《星期》第三十四期，1922年10月22日（农历九月初三日）。

⑦ 张无净：《玉壶》，《星期》第三十九期，1922年11月26日（农历十月初八日）。

⑧ 张无净：《斧》，《侦探世界》第十三期，1923年农历十一月朔日。

⑨ 张无净：《大侦探》，《兰友》第五期，1923年2月11日。

⑩ 张无净：《无光珠》，《兰友》第七期，1923年3月11日。

⑪ 张无净：《头等车室》，《兰友》第十三期“侦探小说号”，1923年5月21日。

⑫ 张无净：《十八号》，《兰友》第五期至第十七期，1923年2月11日至7月1日。

德素。

在小说中一些局部细节的设定上，我们也能看出张天翼对于“福尔摩斯探案”系列小说的学习和模仿。比如在小说《遗嘱》和《玉壶》中，都有侦探徐常云拿着放大镜趴在地上观察犯罪现场脚印的相关描写，而这一小说细节正是福尔摩斯的招牌性动作。又比如小说《空室》中徐常云与龚仁之有如下一番对话：

> 他道：“我来做一个譬喻给你看。你不是刚从南星桥回来么？”我点头答：“正是。”他道：“我晓得你坐在火车中，同一个陌生人谈天，更知他坐在你的右边。”我不觉惊骇起来。我在火车上的事他怎能晓得呢？他又道：“你不是说去看一个朋友么，我便知道你没会到那朋友，你就顺手拿钢笔写了一张条子。”我道：“我却没有留意我身上有什么痕迹给你知道了。”他道：“我就是稍一留意啊。此地到南星的车是窗前一排长椅，人坐着都是并排的，背朝着窗，要谈天非得头向左右不可。如今你自己告诉我说，你的头发只有右方非常的乱，其余很整齐，当然是头向右转同人谈话，以致风由窗外进来把你头发吹乱了。”我道：“怎样你决定他是陌生人呢？”他道：“真个是熟人，你必定会告诉我说在火车中遇见了某人某人了。这是我留心你的头发。”我道：“我没会到朋友便写了一张条子，这又怎样留心的呢？留心甚么呢？”他道：“你特地这样远的跑了去，两人见了面自然要谈几句话。如今你很快的回来，那朋友必定不在家里了。”我道：“这都是你的理想。”他便道：“可见理想也有用啊。至于写几句话，你很远的去会他，既会不到必得留几句话在那里，所以这也是意中事。并且你右手告诉我，明明食指上有拿钢笔写字的证据。”我一看右手食指，果然有深蓝色的墨水渍。他又道：“头发你留心不到，食指上总可以留意了。”说完微笑含了烟狂吸。①

---

① 张无净：《空室》，《星期》第三十二期，1922 年 10 月 8 日（农历八月十八日）。

两位小说主人公之间的互动模式以及这一段所极力想要突显的徐常云善于观察不为别人所注意的细节，然后做“一鸣惊人”的整体性推理判断的文字等都是“福尔摩斯探案”系列小说中常见的内容和表现手法。比如我们在小说《四签名》中就能见到福尔摩斯与华生之间一段与之颇为相类似的对话：

> “那你可错了，它们之间几乎是没什么联系的。”他（福尔摩斯）惬意地往扶椅上一躺，从烟斗里喷出几个厚厚的蓝烟圈回答道：“比如说，我的观察告诉我你今天早上曾去过韦戈姆大街的邮局，而我的推断却告诉我你在那儿发过一封电报。”
>
> 我喊道：“对！完全正确！但是我不懂你是怎么知道的呢。那不过是我心血来潮而做出的举动，我也没有向任何人提起过啊。”
>
> 看着我惊讶的表情，他哈哈地笑着说道：“这太简单了，解释根本就是多余的。不过这倒能让你弄明白观察和推理的各自的界限。我观察到你的鞋背上沾到了一点儿红泥，韦戈姆大街的邮局对面的人行道刚被工人给挖开，泥土就堆在路面上。你要想走进邮局就一定会踩到泥上面，据我所知，那种泥土颜色是一种特殊的红色，而且附近也没有那种颜色的泥土。这些都是观察告诉我的，其他的是我推理知道的。”
>
> “那你又是怎样知道我发了一封电报的呢？”
>
> “我整个早上都坐在你的对面，当然知道你没有写过一封信。我也看到在你的桌子上面，有一整张的邮票和一大叠的明信片，那么你去邮局如果不是发电报又是干什么呢？除掉所有其他的因素，剩下的当然就是真相了。”①

---

① ［英］阿瑟·柯南·道尔：《福尔摩斯探案全集·四签名》，王逢振、许德金译，中央编译出版社 2013 年版，第 58 页。

此外，张天翼的“徐常云探案”系列小说中也偶尔能见到莫里斯·勒伯朗所创作的“侠盗亚森·罗苹案”系列小说的痕迹，比如在小说《少年书记》中，窃贼就给侦探徐常云留下了一封颇有亚森·罗苹口气的“侦探挑战信”：

> 署名少年书记留给徐常云的信中写道：徐常云、龚仁之、缪亦恕、丁可人以及没头脑的江德素诸先生请看，你们这许多人中要算常云还有点理想，还能够晓得是我做的勾当。但是也不想到我有一双脚，可以逃的。唉，蠢啊蠢啊，不但你们捉我不到，并且我还可以趁你们人都跑了，到丁家偷东西呢。呵呵，你们捉到我了么？我今给你们一个一定的地点，你们或可在这地方上捉得到我，我是在地球之上，绝不会到其它的行星里去。你们就在地球上布满了饭桶侦探和警察捉我罢。还有一句话你们这许多人的一举一动我都看见得很清楚，说句客气话呢，我虽没有本领，可是比你们好上十倍。我党羽也很多，也学“罗平”一样同你斗智，徐常云你赞成么？“少年书记”金待。①

在这里，我们需要注意的是，侦探小说是一种有着一定创作门槛，即较强的自身类型要求的类型小说②。而在张天翼创作“徐常云探案”时，侦探小说进入中国的整体时间并不长，年仅十六七岁的青年作家张天翼选择西方相对较为成熟的侦探小说作家作品的创作模式作为自己学习模仿的对象，一定程度上是其必然需要经历的过程。在这个意义上，汤哲声教授称其为中国侦探小说初创时期的

---

① 张无诤：《少年书记》，《半月》第一卷第二十二期，1922年7月24日。

② 所谓“较强的自身类型要求”，指的是我们除了在判断一篇侦探小说写得好/不好，还有着明确的标准来判断一个小说到底是/不是侦探小说，也就是一般意义上所说的侦探小说自身创作的类型规律和文类特征。

“学步者”[1]，这个概括可谓非常精准。

当然，我们也毋庸讳言张天翼侦探小说的创作也有其相对稚嫩的一面，比如小说对于案情悬念的营造和“把谜底留在最后揭晓”的结构设定往往是通过侦探徐常云刻意“有话不说”和“故作悬疑”来完成的。比如，在小说《铁锚印》中，龚仁之便说过：“他做事总是这样的，他怎样进行人家一些也不知道，只要案中情形都晓得了才说出来。”[2] 这当然也是对“福尔摩斯探案”故事中类似桥段的模仿，但又缺乏足够的行为合理性（福尔摩斯对自己探查到的案情隐而不说往往事出有因，并且在破案之后会做出合理的解释）。关于这种写法，苏联侦探小说作家和研究者阿·阿达莫夫即提出过相应的批评：“只是在小说结尾，主人公才道出，他是怎样破案的。这种手法，在我看来，不是很成功的，只能说明，作者不能或是不愿意去解答一个更复杂和更有趣的课题：这就是，揭示出种种独特的搜寻方法，破案中遇到的困难，对解除嫌疑所付出的代价，暂时失利的懊丧，以及在整个破案过程中的激动和欢乐的心情等等。”[3]

而在《玉壶》《铁锚印》等多篇侦探小说中，最后竟然是到了大家一起潜伏在指定地点等待凶手出现的关键性时刻，却只有徐常云一人才知道到底谁是凶手，所以结果经常是徐常云看到凶手出现就率先扑上去，然后警察等众人再一起跟上，抓住那个凶犯。这样到最后一秒才肯揭露凶手的故事设计动机很明显，但却有着过分刻意和牵强之嫌。更不论警察被蒙在鼓里到如此地步，直至最后去现场抓人的时候竟然还不知道该抓哪一个人的情节安排是否合理。又如小说《空室》中作者虚构出了一个通过抽气机抽干屋内空气导致

---

① 汤哲声：《中国侦探小说的“学步者”》，载范伯群主编《中国近现代通俗文学史·侦探推理编》，江苏教育出版社1999年版，第803页。

② 张无诤：《铁锚印》，《半月》第二卷第十九期，1923年6月14日（农历癸亥年五月初一日）。

③ ［苏］阿·阿达莫夫：《侦探文学和我——一个作家的笔记》，杨东华等译，群众出版社1998年版，第77页。

人窒息死亡的杀人手法，这一手法在现实中的具体可行性（房间密闭性、机器功率与电力需求、噪音处理等）方面也颇值得怀疑。

二　“徐常云探案”的独特性与创新性

另一方面，我们仍需对张天翼早年侦探小说的创作成绩予以足够重视和充分肯定。在张天翼为数不多的侦探小说作品中，几乎是一篇一个样式，一篇一个特点：《少年书记》是一个包裹在“亚森·罗苹故事”外壳下的贼喊捉贼的案件，看似学步勒伯朗，实则用双重“反转”对其有所戏拟和超越；《人耶鬼耶》开头部分有着堪比《巴斯克维尔猎犬》的悬疑氛围营造；《空室》中作者尽力在科学范围之内设计了一桩巧妙的密室杀人案，而这种运用“建筑诡计”于侦探小说之中的手法在欧美也要等到侦探小说“黄金时期”约翰·迪克森·卡尔（John Dickson Carr）等作家的出现之后才慢慢被发扬光大，张天翼在这方面堪属开风气之先；同样的，小说《玉壶》也营造了一个类似于密室偷盗案，只是这篇小说中的密室构建还显得比较简单①。

张天翼的侦探小说创作中，最值得推崇的作品当属小说《X》。小说开场第一句话便是“季同超惊呼：怎么说，你连你自己的姓名

① 几乎在张天翼创作《空室》与《玉壶》等侦探小说的同时或稍后，民国时期出现了一批本土创作的密室类侦探小说，比如俞天愤的《三棱镜》（载《中国侦探谈》，上海清华书局 1918 年 11 月初版），袁寒云的《万丈魔》（刊于《半月》第一卷第六期“侦探小说号”，1921 年）；李云子的《弹力》（刊于《半月》第三卷第六期“侦探小说号”，1923 年）；朱秋镜的《电灯熄了》（刊于《半月》第四卷第七期，1925 年），等等。大量本土创作的密室类侦探小说在两、三年之内接二连三地出现，构成了一个值得关注的类型文学发展现象。而在这一时期也存在一些批评密室类侦探小说的声音，比如姚赓夔就提出“余以为侦探小说不宜说及神秘之机关，则如影戏中之侦探长片，即专讲机关者也。侦探小说而说及机关，虽是动人之目，然毫无侦探之价值，称之为机关小说也可，称之为侦探小说则不可”（姚赓夔：《侦探小说杂话》，《侦探世界》第二期，1923 年）。当然，姚赓夔这里所批评的“机关”只是构成密室的一种情况，但他所指出的这一“滥用机关”的现象，在当时的侦探小说创作，特别是侦探电影长片中的确普遍存在。

都不知道么？”这种先声夺人的悬疑设计非常引人入胜：一个不知道自己姓名和来历的人，因而被称作X，X自称从记事起就被软禁在一个房间中，定时会有人给自己送饭，且软禁他的人还会安排一些“私人教师”指导他学习，X直到自己长大后被放出来，对软禁自己的人和其动机仍然一无所知。这些对于X身份和其经历的设计与铺垫可谓奇妙同时又充满了吸引力，可以大大激发出读者的阅读兴味。而后X又经历了看见火柴盒发狂事件、两次被黑影人掳走事件、在医院打倒看护逃离事件、河边被枪杀事件等，媒体趋之若鹜地跟踪报道并不断猜测X的真实身份，龚仁之、警察和读者们也对整个事件的真相一头雾水。而随着徐常云的步步推理，终于揭开了整个事件的真相：原来X是当年黑社会团伙中的一员，他此次出现是为了寻找藏有他们团伙人员名单的火柴盒，之所以故意把自己的身世编造得如此离奇，就是为了吸引媒体注意，从而通过媒体的公开报道来与自己团伙其他成员传递信号并保持联系。此外，小说中X被枪杀也是一出“瞒天过海”的诡计，X通过用猎枪打烂死者的脸，然后给死者穿上自己的衣服来制造出自己已经死亡的假象。整篇小说中一环套一环的悬疑设计可谓非常紧凑且巧妙，最后又勾连出八年前的黑社会组织“二十五人团伙”等相关案件，从而为整个小说加深了社会背景的广度和历史的纵深感。这样一篇精彩的侦探小说虽有些地方借鉴了爱伦·坡的侦探小说《玛丽·罗杰疑案》，但在主体情节和写作手法上却又与之有着根本性的不同。我们甚至可以认为，张天翼的这篇《X》即使放在当时世界侦探小说创作之林中也是毫不逊色。而徐常云也是或可与霍桑相比肩的另一位“中国名侦探”形象。进一步来看，张天翼的这篇小说《X》完全可以看作是讲述X身份之谜与徐常云揭开其身份之谜的故事，而这实际上是对一切侦探小说背后所关乎的现代社会个体身份“匿名性”的一次巧妙隐喻。

朱戬在《我之侦探小说杂评》中曾经称赞：“新进家中是当推张无诤先生所作之‘徐常云侦探案’为首。虽情节略嫌草率，然彼年未满念稔，能为此不背人情之侦探作品，已是令人咋舌而倾佩不止矣。”[①] 后来朱戫在另一篇《说说侦探小说家的作品》中也提到：“兰社张无净的‘徐常云探案’结构很曲折，不过用笔嫌枯率些，但在新进家里，却要推做最好的了。”[②] 当属确评。

三 张无净关于侦探小说的自觉认识

在创作“徐常云探案”系列侦探小说的同一时期，张天翼 1922 年年底在《星期》杂志上还发表过两篇涉及侦探小说的“创作谈”性质的短文，转录如下：

> 侦探小说最不好的是弄起评注来。阅者在评注中，便能看得出罪人是谁，看下去便索然无味了。还有一事要注意的便是封面画，若是画一个犯案时的样子，也能猜得出罪人是谁。小说取的名也要注意。我从前看见一部侦探小说，叫做《辣女儿》。封面画是一个女子，拿着一柄长刀，内容说是一个老人被刺，他有一女一子，我也不必说出凶手是谁，读者自然就明白了。[③]
>
> 吾友伊凉，做小说很好。我常对他说，你小说的思想很诡异，可以做侦探小说。他摇头道：“我要到三四十岁才做。到了那时，阅历也深了，知识也多了。”我心想这话很对，同我年幼识浅，做起侦探小说来，不免有些不对。即如我那篇《空室》，便有不对之处，这是梦鸥告诉我的。说假使是抽抽空气死，那尸首，没有那般好看。第二天便写一张条子给我，说：“尸身无损痕，面色青黯，眼开睛突，口鼻内流出清血水，仰面，口开，

---

① 朱戫：《我之侦探小说杂评》，《半月》第二卷第十九期，1923 年 6 月 14 日。

② 朱戫：《说说侦探小说家的作品》，《半月》第四卷第二期，1924 年 12 月 16 日。

③ 张无净：《小说杂谈》，《星期》第三十三期，1922 年 10 月 15 日（农历八月二十五日）。

舌有嚼破痕。”我笑道：若有人骂我，我也有遁辞。不过我现在声明了，便请阅者诸君原谅。①

从这两篇短文中我们不难发现，第一篇短文里谈到的侦探小说评注、封面画与小说标题等问题，其实是张天翼从读者角度来谈自己阅读一些侦探小说之后的感受，即侦探小说要注意时刻保持自身的悬疑性，不要在一些没有必要的地方“破题”“漏题”，这比起晚清时期翻译侦探小说时常常出现题目“泄底”的现象已经更具清醒和自觉的意识，也表明张天翼在一定程度上掌握了侦探小说注重悬疑性的审美趣味。而在第二篇短文中，张天翼则是站在创作者的角度来谈侦探小说创作与知识、阅历积累之间的关系，并举例谈了自己小说《空室》的不足之处（真正被抽空气抽死的人的死亡状态不应像小说里所写的那样）。将两篇“创作谈”并置在一起看，我们大致可以发现张天翼身上其实一直带有“侦探小说读者”与“侦探小说作者”两重身份，并且在具体创作中这两重身份也经常彼此间发生交互影响：正是因为他是一名高明的“侦探小说读者”，他才能够充分理解侦探小说自身的类型规律与特点，并学习、借鉴西方侦探小说创作中的精妙之处；又因为他是一名优秀的“侦探小说作者”，他才能在具体创作的过程中将自己读到的、理解到的内容进行内化与个性化处理，并最终写出具有原创性的侦探小说作品。如果我们说“侦探小说读者”的身份让张天翼的侦探小说是“侦探小说”，那么“侦探小说作者”的身份则让张天翼的侦探小说是“专属于张天翼的侦探小说”。

四　“兰社”的青年侦探小说作家群

在张天翼的文学事业起步和通俗文学创作过程中，“兰社”有着

① 张无诤：《小说杂谈》，《星期》第三十九期，1922年11月26日（农历十月初八日）。

相当重要的影响，按照金理的概括和描述："1922 年 9 月，施蛰存到杭州之江大学读书，因为共同的文学爱好和趣味，结识了当时杭州宗文中学毕业班学生戴朝寀（望舒）、戴克崇（杜衡）、张元定（天翼）、叶为耽（秋原），以这些人为骨干，组成了文学社团'兰社'，并于次年元旦，创办了《兰友》旬刊，戴望舒任主编。兰社虽然只是一个没有太大影响，有着鸳鸯蝴蝶派气味的小社团，但因了共同的趣味结合成团体，开展自己的文学活动，拥有发表言论的阵地，正是他们缔结友谊与合作的最初的实体组织。当时施蛰存、戴望舒 18 岁，杜衡、张天翼 16 岁，'既有同声之契，遂有结社之举'，这是这群未及弱冠的少年，从事文学活动的起点。"①

进一步来说，在前文所引的第二则"创作谈"中，张天翼专门提到了梦鸥（按：即戴望舒）对自己的侦探小说创作所提出的批评和建议，可见当时两人之间关于侦探小说创作方面的交流互动之一斑。而在当时，"兰社"中的确聚集起了一批侦探小说的青年创作者和评论者：

> 1922 年秋，几位不到 20 岁的杭州宗文中学学生戴梦鸥（戴望舒）、张无诤（张天翼）和宗华中学学生戴涤源（杜衡）以及之江大学学生施青萍（施蛰存）等，组成了文学社团兰社，并于 1923 年元旦，出版了社刊《兰友》，小说旬刊，长条报纸形式，以发表千字上下的小说为主，编辑所和发行所设在清吟巷 7 号社员孙弋红家里。
>
> 兰社成员热衷于写侦探小说，有着鸳鸯蝴蝶派的旧文学倾向。他们曾邀请程小青写了《侦探小说和科学》、赵苕狂写了《侦探小说和滑稽小说》（都发表在《兰友》第 1 3 期）。戴梦鸥也写了《说侦探小说》（《兰友》第 5 期），并翻译了长篇冒

① 金理：《从兰社到〈现代〉——以施蛰存、戴望舒、杜衡及刘呐鸥为核心的社团研究》，东方出版中心 2006 年版，第 1 页。

险小说《珊瑚岛》（《兰友》第 11、16 期）。张无诤创作了《珊瑚岛》（《兰友》第 5 期）、鬼侠奇案小说《头等车室》（《兰友》第 13 期）、长篇连载侦探小说《十八号》。[1]

当然，施蛰存、戴望舒、张天翼等“兰社”成员之中，有些人后来仍一直坚持从事与侦探小说相关的文学事业，有的人则转投其他文学领域去开展新的探索（如戴望舒与张天翼）。但在 1922 年至 1923 年，这批青年人确实聚在一起来实践着侦探小说的创作、翻译或评论，可惜这种创作局面维持的时间并不长，“5 月 9 日出版的第 12 期《兰友》，原定出版‘侦探号’，因为适逢‘五九国耻’纪念日，改出了‘国耻特刊’，由戴梦鸥写了《国破后》、张无净写了《亡国奴之死》、孙弋红写了《两个纪念日》、叶秋原写了《死后》。”[2] “兰社”同人刊物《兰友》原定的“侦探号”改为“国耻特刊”这一事件（虽然后来《兰友》“侦探号”还是最终延期刊出）大概可以被视作一个具有标志意义的象征性事件，因为在其后不久，张天翼也完全终止了侦探小说创作而加入“五四”新文学的创作阵营之中。从此，侦探小说作家张无诤也就真正变成了新文学作家张天翼了。

五　从通俗文学到新文学：“张天翼”的诞生

关于张天翼“转型”投身新文学创作的起点，一般的文学史叙述普遍认为是始于 1929 年，张天翼在鲁迅、郁达夫所主编的《奔流》杂志第一卷第十号上发表短篇小说《三天半的梦》[3]，这种论断

---

① 范泉主编：《中国现代文学社团流派辞典》，上海书店出版社 1993 年版，第 165 页。

② 范泉主编：《中国现代文学社团流派辞典》，上海书店出版社 1993 年版，第 165 页。

③ 关于《三天半的梦》作为张天翼的“初作”问题，颜雄、沈承宽先后发文对此进行过讨论，具体可参见颜雄《张天翼的“初作”》，《新文学史料》1981 年第 1 期及沈承宽《关于张天翼的“初作”问题》，《新文学史料》1981 年第 4 期。

当然有其一定的合理性，《三天半的梦》也确实是张天翼生前收入自己小说集的作品中创作时间最早的一篇[①]，这在一定程度上也意味着作者本人对于将这篇小说视为自己新文学创作起点的某种认可。但实际上，在张天翼写完最后一篇侦探小说《X》到其创作《三天半的梦》之间，还发表过三篇很重要的文学作品，即散文《黑的颤动》[②]、短篇小说《走向新的路》[③]、短篇小说《黑的微笑》[④]。三篇作品虽文体不尽相同，却不同程度地带有象征主义和主观抒情的色彩，与其之前所创作的侦探、滑稽小说大不一样，同时也和他后来的具有强烈现实主义风格和讽刺意味的小说创作有着明显的差别。而本节更倾向于将张天翼新文学创作的起点前移，认为其始于1926年12月23日发表于《晨报副刊》第1497号的散文《黑的颤动》，具体原因有以下四点。

第一，从个人经历与遭际来看，张天翼早年创作侦探小说和滑稽小说等通俗文学作品主要集中于1922年至1923年，此时的他还只是一个十六七岁的中学生，而其小说创作也主要是模仿作者当时所阅读的林译小说、侦探小说翻译和鸳鸯蝴蝶派的相关作品，他自己就曾说过："因为爱看小说之故，和几位同学写起来，都是些在林琴南和《礼拜六》之类的影响之下的。"[⑤] 与此同时，学校的文学教育对于少年作家的养成也是不容忽视的重要因素。按照张天翼自己的回忆说法，他当时所在的宗文中学的校长"是个反对白话文最起劲的，并且禁止学生看小说，'无论什么小说总是有害的'"[⑥]。后

---

① 根据《张天翼文集》所显示的资料，《三天半的梦》作于1928年11月；原载1929年4月24日《奔流》月刊第一卷第十号；后又收入短篇小说集《从空虚到充实》，上海联合书店1931年1月5日初版。

② 张天翼：《黑的颤动》，《晨报副刊》第1497号，1926年12月23日。

③ 张天翼：《走向新的路》，《晨报副刊》第2062号至第2064号，1926年9月15日至1926年9月17日。

④ 张天翼：《黑的微笑》，《贡献》第三卷第八期，1928年8月15日。

⑤ 张天翼：《我的幼年生活》，《文学杂志》第一卷第二期，1933年5月15日。

⑥ 张天翼：《我的幼年生活》，《文学杂志》第一卷第二期，1933年5月15日。

来的研究者也指出："原来，这时的张天翼，还在杭州的宗文中学读书，这学校一直被旧派文人把持着，虽然新思潮在杭州的省立第一师范等校，已经结出了丰硕的新文艺之果，而这里却仍然散发着封建守旧的陈腐气息。教科书是古文和诗词，课外读物无非是林纾译的、将西方精神加以中国化、才子佳人化了的小说，以及风行于小市民间的鸳鸯蝴蝶派作品。耳濡目染之间，少年的张天翼和他的同学戴望舒、戴克崇（杜衡）等，也开始效仿起来。"① 张天翼 1923 年年底就已经停止了通俗文学创作，而在 1926 年夏天，随着其考入北京大学预科，同年 12 月便在新文学阵地之一《晨报副刊》上发表散文《黑的颤动》。我们可以将张天翼考入北京大学视为其接触新文学的一个重要外在契机，它从阅读接受的角度一定程度上影响了张天翼后来的写作，或者我们也可以说，在北京大学与新文学的遭遇为张天翼后来转而投入新文学写作做了必要的准备，而这一准备过程中所开出的第一支花朵就是《黑的颤动》。

第二，从发表平台上看，不同于张天翼以往的作品都是发表于《半月》《星期》《礼拜六》《侦探世界》等通俗文学杂志上，《黑的颤动》发表于《晨报副刊》，是其第一篇正式发表于新文学报刊上的作品。

第三，在散文《黑的颤动》中，张天翼抛弃了以往的笔名"张无净""无净"而首次使用笔名"张天翼"，并在其之后一生的文学创作中一直沿用这个新的笔名。笔名的变化可以看作是作家创作态度与立场转变的某种征候，这一点我们在与张无净/张天翼有着类似文学转变轨迹的刘半侬/刘半农身上，也可以找到证明。

第四，从作品的内容上来看，张天翼投入新文学写作与其对鲁迅作品的阅读和推崇密不可分。他在《论〈阿 Q 正传〉》一文中就热烈地歌颂了《阿 Q 正传》这篇作品的伟大，并谈到了这一作品给

---

① 《用"无净"笔名写侦探小说的少年》，载贾玉民、黄秉荣编著《中国现代作家笔名趣谈》，辽宁人民出版社 1989 年版，第 154—155 页。

自己带来的深刻影响，同时还做了一段类似于“洗心革面、重新做人”式的自我宣言和表白：

> 并且我还有自尊心。因此就生怕别人读了这篇作品之后，而竟也认清了我的脸嘴，看出了我那可笑的一面。
>
> ……
>
> 这样，我们就是要看清你阿Q之为人，然后我们各人——我们民族中的这每一个分子，都把自身检验一下，看还带有你阿Q的灵魂原子没有。假如我身上还有你那种倒霉的灵魂原子，那么我这个民族的一员，就会跟我们整个民族队伍在历史大路上进展的步调不一致，多多少少总会使我们民族在进展中受到拖累，甚或是受到阻碍的。
>
> 那么——我们一定要勇于正视我们自身上的缺点和毛病，一定要洗涤我们的魂灵。[①]

而在张天翼后来的新文学创作中，我们也的确能够清楚地看到鲁迅对他的影响：在小说《出走以后》中，何太太要与压榨工人的丈夫何伯峻离婚，最后却因为放不下自己对物质生活的享受而选择重新回到丈夫身边，小说中何太太明确提到了自己要像《玩偶之家》里的女主人公一样离家出走，但小说的结尾却是延续了鲁迅在演讲《娜拉走后怎样》中所思考的堕落或回家的主题；小说《畸人手记》中的主人公“畸人”也明显带有鲁迅小说《在酒楼上》中“吕纬甫”的影子；而在张天翼最为读者所熟悉的小说《华威先生》开场，小说对于“华威先生”称呼的反复斟酌也显然是受到了鲁迅小说《阿Q正传》开头写法的影响。

从这一视角出发，来看张天翼发表于侦探小说《X》到《三天半的梦》之间的三篇作品：散文《黑的颤动》明显带有鲁迅《野

---

① 张天翼：《论〈阿Q正传〉》，《文艺阵地》第六卷第一期，1940年。

草》的气质，二者间精神与风格的相通之处在文本内部俯拾即是；小说《走向新的路》也触及到了鲁迅关于“娜拉走后怎样”这一问题的相关思考；至于小说《黑的微笑》，无论从其日记体的体裁，还是对主人公心理描写的方法上都能看出作者在师法《狂人日记》。所以，张天翼这一时期发表的作品虽然和后来的现实主义讽刺小说在风格上有很大差别，但它们却无一例外都是在新文学尤其是在鲁迅作品的影响下而产生的，与作者过去的侦探、滑稽小说创作之间可谓泾渭分明。而这也正是本节主张将张天翼新文学创作的起点放在1926年发表散文《黑的颤动》的主要依据之一。

六　张无诤侦探小说创作对其后来新文学创作的影响

由早期通俗文学转向后来的新文学创作，表面上看，似乎张天翼在文学态度和实际创作等各个层面都完全和过去的自己相决裂，但实际上，其早期阅读和创作侦探小说的一些经验并没有就此彻底终结，而是下潜成为一条涓涓“暗河”，潜移默化地影响着张天翼后来的文学创作。即如本节开篇所形容的那样，“徐常云探案”的系列故事在1923年年底就终结了，但徐常云的影子却被拉得很长很长，一直拉扯并影响到张天翼以后的新文学作品之中。

在1937年7月10日的小报《福尔摩斯》上的“挥汗漫谈”栏目中，有一篇题为《施青萍张无诤两个最脏名字》的文章，作者署名“巴八”。文章中称：

> 今日新文坛上在表现着崭新的姿态的所谓作家者，很有不少是从旧文坛转变而来的，目下已给人家拆穿了西洋镜的，有施蛰存与张天翼。施在当年的笔名是施青萍，张在当年的笔名是张无诤，都曾在鸳鸯蝴蝶派中效过颦学过步，也幸他们在当时只是效颦学步的致格，所以一变而为新文人后，在他们本人固然讳莫如深，而在他人也不很在意。直至他们成了名后，才给好事者重翻旧案，翻出这肮里肮脏的施青萍张无诤两个名字。

> 鸳鸯蝴蝶派，一落到新文人的口中，当然要“不洁蒙西子”，而使人家掩鼻而过，那末，如施张之流的拖着这两个名字，一定也将引为生平的一大憾事。然而，凡事有弊必有利，现在施张的作品，在修词造句上比较的还受到人家的欢迎者，未始不是受的是在鸳鸯蝴蝶派效过颦、学过步的好处。
>
> 而在这种事上，也可觉悟到一个“爱”字，乃是人们找求出路的惟一妙法。①

这篇文章，无论是其具有耸动意味的标题，还是揭黑幕性质的文字都颇符合《福尔摩斯》小报的气质风格，其泼脏水、博眼球的目的不言而喻。但在另一方面，文中又指出“然而，凡事有弊必有利，现在施张的作品，在修词造句上比较的还受到人家的欢迎者，未始不是受的是在鸳鸯蝴蝶派效过颦、学过步的好处”，却在无意间点出了张天翼早期通俗文学创作（本节中主要指其侦探小说创作）与其后来讽刺小说等新文学创作之间其实存在着某种影响与关联。

先从最显在和浅表性的层面来看，侦探小说译介进入中国后，其在叙事模式方面给中国作家最大的启示可能就是侦探小说中对于倒叙结构和第一、第三人称的限制性视角的运用，熟读且亲自创作过不少侦探小说的张天翼对于这类叙事方式自然不陌生，而在其后来创作的如《猪肠子的悲哀》《反攻》《夏夜梦》《老明的故事》《移行》等小说中，就都采用了倒序的叙事结构，不能说这其中没有早期侦探小说创作的影响。

与此同时，早期侦探小说创作经历和经验对于张天翼后来新文学写作更重要的影响可能在于叙事节奏的把握和书写内容的选取两个方面。对于侦探小说而言，保持一定的叙事速度是增强小说悬疑性、吸引读者、提升阅读紧张感的必要手段之一。《开始写吧！——

① 巴八：《施青萍张无净两个最脏名字》，《福尔摩斯》1937 年 7 月 10 日。

推理小说创作》[①] 一书中就将侦探小说[②]类比作摇滚歌曲，因为二者都高度重视“节奏快”这个特质。而在具体如何提高叙事速度，以保证侦探小说节奏快方面，这本写作指南性质的书中提出了很多行之有效的方法：比如要快速进入情节主干。如果一本侦探小说写了五章都还没有死人或者发生点什么惊悚的事情，就很少有读者会有耐心继续坚持读下去。屠格涅夫细致入微的风景描写和左拉式的一个开场舞会就要几十页的写法在侦探小说这一类型小说中并不适用。又如要注意小说主干情节要紧凑，故事密度要大。千万不能沉溺于莎士比亚式的个人长篇独白或者陀思妥耶夫斯基式的大段心理描写。美国作家埃尔莫尔·伦纳德有句名言，说他在写作的时候总是试着“略去人们跳过不看的部分”，其中也有这方面的意思。再如通过局部设计来加快故事节奏也往往会行之有效，尝试减少形容词和副词，或加入一些连续性动作，或使用句子片段，或加入走动的钟，等等。上述诸种写作方法的目的都是要加快小说的叙事节奏并增强阅读紧张感。由美国侦探小说作家 S. S. 范·达因所提出的著名的《探案小说二十条守则》中的第十六条也强调“不需要用长篇幅来描述与案件进展无关的事物。比如文学性的粉饰、完美的写景等。因为读者只想参与案件的智力游戏，其余皆无关紧要”[③]。

关于小说的叙事节奏和叙事速度，热拉尔·热奈特在《叙事话语·新叙事话语》一书中用叙事的时间性与空间性之间的关系来对其进行阐释：“叙述依附于被视为纯行为过程的行为或事件，因此它强调的是叙事的时间性和戏剧性；相反，由于描写停留在同时存在的人或物上，而且将行动过程本身也当作场景来观察，所以它似乎

① 参见［美］雪莉·艾利斯、［美］劳丽·拉姆森《开始写吧！——推理小说创作》，孙玉婷、郭秀娟译，中国人民大学出版社 2016 年版。

② 《开始写吧！——推理小说创作》一书中用的是“推理小说”的说法，为了统一名称和论述上的方便，本书在此处对“推理小说”与“侦探小说”的概念不作区分，而一律用“侦探小说”代称。

③ 转引自常大利《世界侦探小说漫谈》，知识产权出版社 2014 年版，第 11 页。

打断了时间的进程，有助于事件在空间的展现。”[①] 而侦探小说加大小说的情节密度、人物的行动性、人物对话，而相应减少景物描写、心理描写等内容，其实正是在加强小说叙事的时间性，而降低其空间性。

我们再来参照下张天翼谈自己小说创作理念的相关表述：“小说不妨放一点低级的趣味进去，譬如卖卖关子之类。每个场景要发展得快。又，我认为那些笨重沉闷的心理描写最好能够避免；每个人物都拿举动来说明他。写景也愈少愈妙。”[②] 对此，杨义曾经从讽刺喜剧的角度来考察张天翼的短篇小说，指出“张天翼善于把握喜剧艺术的节奏和速率，简单明快、鲜明跳跃、笔姿活泼，给人以有别于悲剧沉重感的喜剧轻松感”，并认为“这是他的喜剧表现手法的另一个重要特征”[③]，具有相当的解释力。

从另一个角度来看，张天翼所说的“情节发展要快”“避免笨重沉闷的心理描写”“人物形象通过其行动来说明”“写景愈少愈妙”等具体的小说写作手法，和本节前文中所列举的那本畅销美国的推理小说写作指南中的很多观点不谋而合[④]。我们或许可以说，张天翼的这些写作理念的获得也多少可能和他自己早年有过侦探小说

---

① ［法］热拉尔·热奈特：《叙事话语·新叙事话语》，王文融译，《外国文学报道》1985年第5期。

② 此文原载1932年7月20日《北斗》第二卷第三、四期合刊，为参加“文学大众化问题讨论”的征文。

③ 杨义：《从现代小说史看张天翼》，见《张天翼论》，湖南文艺出版社1987年版，第55页。

④ 吴福辉教授曾指出张天翼讽刺小说中特殊的叙事节奏可能是受到电影视觉叙事与运动影像的影响：“张天翼小说语言的‘跳动’就极易让人联想到镜头的动态”，“胡风当年便指出张天翼叙述文字的‘动力学的’效果”，瞿秋白也曾认为张天翼的小说“很紧张的表现人生，能够抓住‘斗争’的焦点”，夏志清也称赞过张天翼“最经济的描述和铺陈”“敏捷的风格”，等等。吴福辉认为，虽然“我们并不能具体指证张天翼从哪些电影里获得了这种叙述的灵感”，但“诸如此类的评语，实际都是关涉到他与电影这种‘运动的艺术’和‘视觉的叙事’相通这一点的”（参见吴福辉《中国现代文学发展史》，北京大学出版社2010年版，第309—310页）。

创作经验有一定的关系。而在具体的写作实践中，张天翼也很好地践行了自己的这些主张，他的小说中真的少有景物和心理描写；人物总是在不断地行动之中，往往寥寥数笔就能勾勒出一个人物的主要特点，甚至因此被称作是“漫画式的写法”（如《华威先生》）；小说情节性很强，经常是一个情节连一个情节，一个冲突接一个冲突（如《包氏父子》中老包不断遭遇各种新的问题和困难）；或者如《宿命论与算命论》中舒可济多次反复念叨着“小瘪嘴”，形成了一种絮絮叨叨的表达效果，无形间加快了人物说话与行动的速度，提升了整个故事的叙述节奏，造成了一种内心慌乱、匆匆忙忙却又茫然无措之感。此外，张天翼小说的叙事节奏往往很快，以其1937年至1938年发表的最富代表性的《速写三篇》（《谭九先生的工作》《华威先生》和《“新生”》）为例，这些小说被称为“速写”[①]，除了指小说中用一种速写式的刻画人物的手法以及小说创作过程的急迫，小说中的叙事速度本身也很符合“速写”的特点，华威先生在小说里一直给人一种忙碌于穿梭在各个会场之间的、急匆匆的感觉，而这种“急匆匆”不仅停留在故事内容的层面，而且深入到了整个作品的深层叙事结构之中。或者我们也可以反过来说，正是因为作者采用了一种高速的叙事节奏，才能把华威先生急匆匆的生活状态描摹得如此传神！

在书写内容选取方面，侦探小说由于需要紧张感的保持而必须控制自身的篇幅，没完没了的冗长阅读是不利于保持这种紧张感的，所以所谓长篇侦探小说一般也只是十几二十万字，鲜有动辄五六十万字的“鸿篇巨制”，而即使是真的出现了“长篇”侦探小说，很

---

① 速写本是一种绘画手法，但很多新文学作家都曾经称自己的作品是“速写”。如鲁迅说自己的《故事新编》“其中也还是速写居多”；郭沫若说自己的《豕谛》是“被火迫出来的‘速写’”；吴组缃的小说《一千八百担》1934年在《文学季刊》发表时的副标题为“七月十五日宋氏大宗祠速写”；胡风专门写过文章《论速写》，将速写与杂文放在一起讨论；孙犁在《关于文学速写》一文中开篇便说“作为文学创作的初步练习，最好的办法，莫过于先写人物速写”。

多情况下也只是以某一侦探人物为线索的短篇案件的连缀。而宋永毅在《童年人格·幼年审美观·少年文化构成——张天翼、老舍创作风格差异的主体探源》[①] 一文中提到张天翼的讽刺小说具有“片断性”的特点。关于这一“片断性”的特点，杨义的论述更为详细：“张天翼是个小说文体家。但有他的局限，大部分的研究家都承认《儒林外史》结构的弱点是‘全书无主干’、‘虽云长篇，颇同短制’，也都说狄更斯很多小说构造松散，‘他的长篇叙述为一系列的短篇故事’，不奇怪吗？张天翼的许多长篇，如《在城市里》等，也都是一些短篇连缀体，没有高潮，不过是平板地连锁，中外讽刺家连毛病都相同，张天翼本质上是一个优秀的短篇讽刺小说家。”[②] 杨义从张天翼短篇讽刺小说写作的特点入手来分析其短篇创作的优点和长篇创作的不足，并且和古今中外的讽刺小说做比较。而我们也不难从张天翼小说写作中“短篇小说的片断性”“长篇不过是短篇的连缀”等特点中看出，这与其早期侦探小说创作经验的积累之间也可能具有的某种相关性。

此外，刘再复在《高度评价为中国现代文学立过丰碑的作家》一文中提道：“他（按：指张天翼）写得最好的是农村地主和城市小公务员的形象，都是寥寥几笔，直逼要害，穷形极相，充满社会批判的智慧和风俗刻画的工力。”[③] 准确地指出了张天翼对于城市小公务员形象刻画得惟妙惟肖。的确，华威先生、谭九先生、陆宝田，以及小说《皮带》中的司书炳先生……张天翼笔下有一批深入人心的城市小公务员或文职书记的人物形象序列。而实际上早在张天翼

---

① 宋永毅：《童年人格·幼年审美观·少年文化构成——张天翼、老舍创作风格差异的主体探源》，载吴福辉、黄侯兴等编《张天翼论》，湖南文艺出版社 1987 年版，第 107—117 页。

② 杨义：《从现代小说史看张天翼》，载吴福辉、黄侯兴等编《张天翼论》，湖南文艺出版社 1987 年版，第 32—60 页。

③ 刘再复：《高度评价为中国现代文学立过丰碑的作家》，载吴福辉、黄侯兴等编《张天翼论》，湖南文艺出版社 1987 年版，第 29 页。

中学时代创作侦探小说时，我们就能够看出他对这一类人物的特别留意：《少年书记》中贼喊捉贼的丁可人便污蔑是自己的书记骗钱并逃之夭夭；《遗嘱》中引发后续一系列案件的始作俑者是书记，因为他和主人太太偷情；《X》中身份不明的主人公X所得到的工作也是去做大亨季同超的书记，并且他工作的还很不错。看来张天翼对于文职、书记、小公务员这一类人物形象在写作中的关注和偏爱，除了其自称的受到契诃夫同类题材小说的影响之外，在其早年侦探小说作品中就已经露出一些端倪。

综上所述，张天翼早年的侦探小说创作，虽然有其幼稚和模仿的一面，但也并非一无可取，“徐常云探案”系列小说中的部分精彩作品甚至可以和民国侦探小说大家程小青的“霍桑探案”相比肩。而且，在张天翼后来投入新文学创作之后，其早期大量阅读并亲自实践过的侦探小说写作也绝非全无用处。相反，在张天翼早年侦探小说的书写经验中，从叙事模式的采用，到叙事节奏的把握，甚至对篇幅内容的掌控和关注人物的类别等方面都一直影响着张天翼后来的其他小说创作。“徐常云探案”系列故事本身自有其精彩与闪光之处，也有其在民国侦探小说史上的独特价值，而徐常云的影子更是一直暗暗延续并影响着张天翼之后的文学实践，从未消亡。

第四节　电影与文学的交互影响——以陆澹盦的侦探小说为例

陆澹盦[①]（1894—1980），江苏吴县人，别署“琼花馆主”，民

① 在各种参考资料及相关文献中，关于陆澹盦名字的常见写法有“陆澹盦”“陆澹安”“陆澹庵”“陆澹菴”四种，为了论述上的方便，本节一律遵从“陆澹盦”的写法，特此注明。

国时期著名文人。一般而言，大众读者对于陆澹盦的认识多集中在其中国古典文学研究者以及弹词作家等身份上，毕竟陆澹盦的《说部卮言》《水浒研究》等代表性研究著作，以及其曾将《啼笑因缘》《秋海棠》等十余部小说改编成弹词都产生过较大影响，并在相关领域具有典范性的意义。但与此同时，陆澹盦还是民国时期最著名的侦探小说作家之一，而且他也是中国最早的一批"电影人"之一，其复杂经历与身份，则少为人知，甚至学界对此的相关研究也很不充分。

具体来说，陆澹盦的侦探小说创作在民国时期名气很大，其"李飞探案"系列甚至可以和程小青的"霍桑探案"系列、孙了红的"侠盗鲁平奇案"系列齐名。郑逸梅就曾将这三个民国时期的名侦探系列小说并举："程小青以霍桑探案驰誉的，陆澹盦却以李飞探案著名，孙了红更有东方亚森罗苹之号。"[①] 并称赞陆澹盦，"他写《李飞探案》，思想缜密，布局奇诡，使人莫测端倪，大得一般读者欢迎"[②]。此外，我们通过《澹盦日记》和学者房莹整理的《陆澹盦年谱简编》[③] 也可以对陆澹盦的生活情况有一定的了解，尤其是陆澹盦与电影艺术的不解之缘：他从酷爱看影戏，到撰写影评文章、将电影"翻译"改编成小说，再到去电影公司工作、在中华电影学校任职、亲自担任电影编剧，等等，可谓是中国最早的一批"触电"的文人之一。本节即试图从电影与文学交互关系的角度来分析陆澹盦"李飞探案"系列侦探小说的一些特点，并借此对民国时期的侦探电影与侦探小说之间的关系做出一点初步的观察与思考。

---

① 郑逸梅：《民国旧派文艺期刊丛话（五十八）·侦探世界》，汇文阁书店出版，第73页。

② 郑逸梅：《民国旧派小说名家小史·陆澹盦》，载魏绍昌、吴承惠编《鸳鸯蝴蝶派研究资料》，上海文艺出版社1984年版，第576页。

③ 参考房莹《陆澹盦及其小说研究》，博士学位论文，华东师范大学，2010年4月。

一　从“影迷”到“电影人”

从《澹盦日记》和房莹整理的《陆澹盦年谱简编》中我们不难发现陆澹盦兴趣爱好广泛、业余文化生活也是丰富多彩，从听说书、听弹词、听昆曲、听大鼓、射文虎，到看京剧、看评剧、看话剧、看魔术（幻术）、看电影等，不一而足。尤其是看电影（陆澹盦称之为“看影戏”）更是陆澹盦非常热爱的文化休闲活动之一。关于这一点，我们从他看电影的次数与频率即可见一斑：

1911 年

5 月 7 日，上午与姊夫周铭三、弟陆若严至新舞台观剧……归家后又与大姊及姊夫同出，拟往幻仙观影戏，后改往大舞台观五六本《新茶花》。

1919 年

本年，常和友人同赴大世界，或射诗谜，或观影戏。

1920 年

2 月 29 日，至大世界悬文虎，往共和影院观影戏。

3 月 9 日，民立中学校主苏筠尚先生举殡，赴校行礼；晚膳后往共和影戏院观欧战影片。

3 月 17 日，往大世界观《神仙世界》影戏，嗣至共和影戏观《专制毒》。

1924 年

2 月 7 日，与郑醒民同游新世界、大世界。晚膳后欲往大舞台听戏，客满，乃退出，旋往天蟾舞台、亦舞台、笑舞台，均患人满，后至恩派亚影院亦不能入。

1925 年

1 月 6 日，往爱普庐影戏院观《好哥哥》影片。

1 月 12 日，晚与周企兰同往卡德影戏院观《连环计》，认为“简陋可笑”。

1月16日，薄暮至上海大戏院观《寻子遇仙记》影片，认为“滑稽可喜”。

2月3日，晚上至恩派亚戏院，观《孤儿救祖记》。

2月6日，晚与兰同往恩派亚戏院，观《苦儿弱女》影片。

2月15日，上午至上海大戏院观试片。

1933年

1月20日，晚赴巴黎大戏院，观《最后之中队》影片。

1935年

1月1日，本日，观《神女》影片，认为“剧殊平淡”。

1月5日，下午与陈纾周同往大上海影戏院，观歌舞片《海上行宫》，认为“支离错综，无陈义可言”。

1月14日，晚与周企兰同往东南影戏院，观《桃李劫》影片。

1937年

2月27日，晚往浙江大戏院观《人魔》影片，陆澹盦认为“殊枯寂，令人昏昏欲睡，不如新闻片及滑稽短片之可喜也”。

3月27日，至荣金大戏院观《广陵潮》影片。

4月3日，晚往中央大戏院观《夜半歌声》影片。

4月12日，晚与周企兰同往蓬莱大戏院观《旧金山》影片，觉“颇伟大”。

4月18日，与周企兰、陆祖雄同往蓬莱大戏院观《乱世英杰》影片。

4月30日，下午往蓬莱大戏院观《绝岛冤恨》影片，觉“颇紧张”，晚饭后至中央大戏院观《化身姑娘》续集，“尚滑稽可喜”。

5月8日，晚携陆祖雄往蓬莱大戏院观《三剑客》影片。

5月9日，九时许，澹盦独往新光戏院观《密电码》影片，觉得“殊幼稚，不值一哂”。

5月16日，往蓬莱大戏院观《风月世家》影片，认为“片殊沉闷，令人昏昏欲睡”。

5月21日，晚往浙江大戏院观卓别林所演《摩登时代》影片。

5月22日，傍晚至蓬莱大戏院观《雷梦娜》影片。

6月4日，晚九时往蓬莱大戏院观《英烈传》影片，陆澹盦认为该片“写交战时人民流离之苦，置景伟大，战斗剧烈，佳片也”。

6月12日，往蓬莱戏院观《小千金》影片。

11月23日，下午往西海影戏院观《最后的微笑》。

12月31日，晚至中央大戏院观《三零三大劫案》，“影片售座甚盛，而片殊简陋无可观。”

1938年

3月1日，往恩派亚影戏院观《马路天使》，觉得“滑稽而不近情理，仅足博一噱而已”。

5月27日，往中央大戏院观《雷雨》影片。

10月23日，往荣金戏院观《貂蝉》影剧。

1939年

12月19日，至亚蒙大戏院观《少奶奶的扇子》影片。

12月26日，赴金城大戏院观《李阿毛与唐小姐》影片。

1940年

3月12日，往新光大戏院观《绝代佳人》影片。

4月2日，往亚蒙观《文素臣》影片。

9月2日，往巴黎大戏院观《万世师表》影片。

12月19日，至金城大戏院观《孔夫子》影戏。

1941年

2月22日，往亚蒙观《啼笑姻缘》影剧。①

① 本节所录陆澹盦观看电影的清单内容，是根据房莹的《陆澹盦年谱简编》整理而成。

一方面，房莹根据《澹盦日记》编纂而成的《陆澹盦年谱简编》中，具体到某一天的活动记载共有400余条，而本节从中筛选出了有关于看电影的内容竟然多达40条，占比将近10%，比例不可谓不高。可见看电影/影戏是陆澹盦平时娱乐与消闲生活中的重要内容之一，就连其好友海上漱石生也说陆澹盦“每晚于射虎之余闲，乐观电影”[①]。另一方面，我们可以从这些记录中了解到陆澹盦所观看的电影数量之多与类型之广：从《孤儿救祖记》到《桃李劫》，从《摩登时代》到《马路天使》，从《雷雨》到《少奶奶的扇子》再到《啼笑姻缘》……陆澹盦都一一看过，并将其记在日记中。甚至我们还可以很确定地说这只是一个非常不完整的“陆澹盦观影片单”，起码陆澹盦亲自作过影戏小说改编的电影《毒手》《黑衣盗》《红手套》《金莲花》《老虎党》《侠女盗》和《德国大秘密》，以及陆澹盦自己参与编剧的电影《人面桃花》，他本人应该都看过成片，而这些电影就都不在他上面的这个“观影片单”之中[②]。此外，我们还能对陆澹盦大致的“观影动线”有所了解，比如他并不固定只去某一家影戏院，仅上述记载的这四十条观影信息中，就出现了大世界、共和影院、恩派亚影院、爱普庐影戏院、卡德影戏院、上海大戏院、巴黎大戏院、东南影戏院、浙江大戏院、荣金大戏院、中央大戏院、蓬莱大戏院、西海影戏院、亚蒙大戏院、金城大戏院、新光大戏院等十六家影戏院的名字。而这除了说明陆澹盦本人为了看电影而不避路远辛苦之外，同时也侧面反映出当时上海电影院之兴盛，在1927年，“中国目前有106家电影院，共68000个座位。它们分布于18个大城市”，“在其中的106家影院

---

① 海上漱石生：《〈毒手〉序一》，《毒手》，新民图书馆发行，上海清华书局总经售，1919年1月，第2页。

② 比如，根据陆澹盦好友朱大可的回忆，“澹盦年少与余若，好事与余若，乃至嗜游大世界俱乐部，嗜观《毒手盗》影戏，莫不相若”。（参见朱大可《〈毒手〉序三》，《毒手》，新民图书馆发行，上海清华书局总经售，1919年1月，第3—4页）

中，上海占了26家”①。

从这份陆澹盦的“观影片单”中我们还可以知道，陆澹盦经常是和亲戚朋友一起去看电影，或者携孩子一起去看，仅有1937年5月9日这一天的记载强调了陆澹盦一个人去看电影：“九时许，澹盦独往新光戏院观《密电码》影片。”再如，有时候兴致比较好，陆澹盦甚至可以一天去两家不同的影戏院看两部电影，如“1920年3月17日，往大世界观《神仙世界》影戏，嗣至共和影戏观《专制毒》”。而即使是到了1937年战火纷起，陆澹盦在日记里面也记载到“大炮甚厉”，“听闻南市寓所已毁于火”等内容，但这两年间他还是义无反顾地坚持去影戏院看电影，甚至这段时间他关于看电影的记载比此前此后都还要更多一些。由此，一个“影迷”陆澹盦的形象就呼之欲出，看电影是他最大的爱好之一，也是他和朋友家人相处的重要生活方式之一。他为了看电影而愿意不辞辛苦地跑到上海各家影戏院，有时候可以一天看多部影片，有时候即使外面战火纷飞、并不安定，也没有阻挡他出门看电影的热情……

而身为“影迷”的陆澹盦很快就将自己这份关于电影的爱好与自己的职业相挂钩，他先是将一些国外侦探影戏“翻译”成小说，与电影票同步销售，后来还加入了中华电影公司做编剧②，并在中华

---

① ［美］C. J. 诺斯（C. J. North）：《中国的电影市场》，《贸易信息公报》第467期，美国商业部、内外务商业办公厅，1927年，第13—14页。转引自李欧梵《上海摩登：一种新都市文化在中国（1930—1945）》，毛尖译，北京大学出版社2001年版，第98页。

② 根据1933年7月17日的《金刚钻报》记载：“中华电影公司之初办也，颇网罗当世人才，编剧有严独鹤、陆澹盦，导演有洪深、陈寿荫，摄影有汪煦昌、卜万苍，又欲寻就演剧人才，乃斥资开办中华电影学校，每晚上课两小时，男女兼收，不取学费，定期半年卒业。一时投考者多至四五千人，今驰名影坛之胡蝶、徐琴芳、陈一棠、高梨痕、孙敏等，皆昔日中华电影学校之毕业生也。”

电影学校任教务主任①，甚至又与友人合办电影公司，亲自撰写电影剧本《人面桃花》与《风尘三侠》②。由此，"影迷"陆澹盦就变成了"电影人"陆澹盦。其实，说到民国时期中国文人与电影之关系，鸳鸯蝴蝶派作家绝对不能不提，据统计，"从1921年到1931年这一段时间内，中国各影片公司共拍摄了约650部故事片，其中绝大多数都是由鸳鸯蝴蝶派文人参加制作的，影片的内容也多为鸳鸯蝴蝶派的翻版"③。而陆澹盦正是这支鸳鸯蝴蝶派"电影人"队伍中的重要一员。

二　陆澹盦的侦探类"影戏小说"创作

在陆澹盦所从事过的与电影相关的各项工作中（小说改写、电影编剧、电影学校教务主任等），格外值得关注的是其在1919—1924年，先后将《毒手》《黑衣盗》《红手套》《金莲花》《老虎党》等侦探影戏"翻译"改编成影戏小说。一方面，这些影戏小说发行和电影上映几乎同步，彼此呼应，相互促进。比如《大世界报》曾刊登电影《毒手》的广告："侦探《毒手》电影去年曾在本俱乐部映演，颇受观者欢迎……爰于即日起日夜准在乾坤大剧场及二层楼屋顶开映，仍逢礼拜一四换片。特此布闻。"④ 而仅四天后，我们就看到了陆澹盦根据电影"翻译"改编的影戏小说《毒手》的广告了："本馆前曾烦吴县陆澹盦先生将剧中情节译成侦探小说……兹因

---

① 根据房莹的《陆澹盦年谱简编》："（1924年）秋，辞去民立中学教职，进入中华电影公司的文书科，并在该公司附设的'中华电影学校'任职一年。（按：中华电影公司于1923年创办。）该校校址设在爱多亚路（今延安东路），由曾焕堂主持，陆澹盦任教务主任，设表演、编剧、摄影等专业。"

② 根据房莹的《陆澹盦年谱简编》："1925年，因中华电影公司营业停顿。陆澹盦进入友人张新吾创办的新华电影公司，担任编剧，参与摄制《人面桃花》《风尘三侠》二剧。"其中，"《人面桃花》于1925年由新华影片公司出品，陆澹盦担任编剧，陈寿荫、沈葆琦导演，经广馥摄影，黄玉麟、毛剑佩、王慧仙、严工商、黄筠贞等主演。"

③ 程季华主编：《中国电影发展史》，中国电影出版社1980年版，第56页。

④ 《广告》，《大世界报》1919年10月3日。

《毒手》影戏又在大世界俱乐部映演，时再售特价一千部，每部大洋三角，爱观《毒手》影戏而欲知其情节及结果者，不可不人手一编也。”[①] 而这种将电影“翻译”改编成小说，再通过小说与电影配合宣传、组合销售的经营模式也确实收获了观众与读者们不错的反响，比如有人曾记载陆澹盦影戏小说《黑衣盗》发行时的“盛况”：“是书一出，凡曾至大世界影戏场观《黑衣盗》者莫不欢迎之，即未观《黑衣盗》者，手此编读之，惊心眩目，骇叹失声，当亦不啻大世界影戏场也。”[②] 在20世纪20年代初期，中国电影观众“观影”经验尚不够丰富的时候，直接看情节较为曲折复杂的“侦探长片”难免会有情节理解上的困扰。加之当时的电影仍处于无声片时代，电影院如果对影片采取文字“间幕”或现场配音，则需要一笔不小的额外开支。在这一背景下，陆澹盦的“影戏小说”改编应运而生，先读小说，再看电影，虽难免有“剧透”之嫌，却显然可以帮助电影观众更好地把握剧情，以避免因为“看不懂”而造成的观影体验下降和电影观众流失。从更普遍的意义上来看，民国电影上映时经常附有“影片说明书”，这些“说明书”也会大概讲清楚整个电影的故事梗概，以帮助观众更好地选择和看懂电影，其或许可视为“影戏小说”的某种“简写版”。

另一方面，将侦探电影“翻译”改编成影戏小说的工作经验也同时培养了陆澹盦对于侦探小说悬疑性、节奏感与侦探电影画面感的理解与把握，比如《毒手》开场一段，就堪称这种悬疑性与画面感的范本：

> 砰！砰！！枪声！枪声！！此时女郎杜丽西，方独处卧室，熄灯欲卧，忽闻楼下会客室中，枪声连发，大惊跃起，知家中必发生变故，急欲外衣披之启户而出。匆促间亦不暇

---

① 《广告》，《大世界报》1919年10月7日。

② 天台山农：《〈黑衣盗〉小说序》，《大世界报》1919年7月10日。

> 燃火，犹幸家中各甬道，平日往来已熟，乃摸索下楼，奔至会客室外，见室中灯光已熄，阒然无声。掀帘一望，昏不见物，乃急旋电机启之，灯光既明，室中惨厉之景象，遂突现于眼帘。盖其父惠特纳，与一素不相识之老人，均僵卧地上，状如已死。女骤睹此变，震越失次，心房颠跃，战栗不已……①

从拟声词开始，制造出某种“先声夺人”的震惊效果；之后由“阒然无声”“昏不见物”，转至“乃急旋电机启之，灯光既明”；再详细描述眼前所见“室中惨厉之景象”，并由此进一步引申至“心房颠跃，战栗不已”等心理描写，其中层层递进、逐步加强的紧张感受在字里行间呼之欲出。

从某种程度上来说，这段对于侦探电影的小说“翻译”与改编的经历与经验，对陆澹盦自身“李飞探案”侦探小说创作有很大帮助：这不仅仅在于侦探影戏小说的“翻译”经历点燃了陆澹盦自身创作侦探小说的热情，开启了其侦探小说创作的计划②，更是由于其在“翻译”影戏小说过程中学习到的写作经验，让陆澹盦在把握侦探小说悬疑性、节奏感与画面感方面有着超出常人的敏锐，而这些都不得不归功于电影对其小说创作所产生的影响。

---

① 陆澹盦译：《毒手》，新民图书馆发行，上海清华书局总经售，1919年1月，第1页。

② 根据汤哲声教授在《中国近现代通俗文学史》中对陆澹盦走上侦探小说创作之路过程的相关描述，可知其与电影的密切关系：“那一天，他和施济群一起到‘大世界’看电影《毒手》，这部由宝莲主演的侦探电影在当时轰动一时，他俩连续看了几遍，但仍然爱而不舍。施济群因陆澹盦具有文学功底和法律知识，就劝他将《毒手》改编成小说，由他担任印资、付印出版。陆澹盦果然用了一个星期的时间将《毒手》改编了出来，施济群也设法将其刊印了出来，居然销路很不错。这一下引发了陆澹盦的创作欲望，他先后改编了《黑衣盗》《老虎党》《红手套》等电影为小说，又开始了他的侦探小说的创作，这就是他的《李飞探案》系列。”参见汤哲声《中国近现代通俗文学史·侦探推理编》，江苏教育出版社1999年版，第879—880页。

当然，从另一个角度来看，我们也需要看到侦探影戏与侦探小说在艺术形式之间的天然差别，而这种差别也造成了将侦探影戏“翻译”成侦探小说这一过程与结果本身所难以克服的某些问题和症结。简单来说，即电影更多依赖于通过“动作”来驱动叙事，这和侦探小说注重通过更为内敛的“推理/思考”来推动小说情节发展之间存在某些根本性的不同。民国侦探小说作家兼评论家朱戬在当时已经对此有所察觉，他认为：“从电剧翻译的侦探小说委实没有一篇有侦探价值的，在这三四年中我看了很不少，但是长篇电剧要博情节热闹和使人咋舌，就不能不注重于‘冒险’‘侠义’‘尚武’等事了，那么结构、情节等自然要失掉侦探价值了。短中取长，还是澹盦的《德国大秘密》（但也近些军士小说）和瘦鹃的《怪手》来得稍有些价值（这是我的真心话）。”[①] 可以说朱戬既看到了侦探影戏翻译为小说过程中一些普遍存在的弊病，同时仍然相对肯定了陆澹盦“翻译”与再创作影戏小说的价值，大体上来说还是比较客观公允的。

三　“李飞探案”系列

就在陆澹盦着手将好莱坞侦探影戏翻译改编成小说的几乎同时，他也开始创作属于自己的名侦探故事系列，这就是本节开篇所提到过的“李飞探案”，该系列侦探小说主要集中创作和发表于1922—1924年，多半刊登在《红杂志》《侦探世界》《半月》等当时的通俗文学杂志上。其中上海世界书局于1924年8月出版过一本名为《李飞探案集》的小说单行本，其中收录了《棉里针》《古塔孤囚》《隔窗人面》《夜半钟声》《怪函》五篇侦探小说，大概可以代表陆澹盦侦探小说创作的最高成就。而在近一百年之后，民间藏书家华斯比先生又重新整理出版了《李飞探案集》（北京联合出版公司2021年版），书中收录了目前可见的“李飞探案”系列小说11篇，

① 朱戬：《我之侦探小说杂评》，《半月》第二卷第十九期，1923年6月14日。

分别是《棉里针》《密码字典》《狐祟》《隔窗人面》《夜半钟声》《怪函》《古塔孤囚》《烟波》《合浦还珠》《三A党》和《秘密电声》，是该系列诞生近百年来的首次完整结集。

在侦探小说“李飞探案”系列中，陆澹盦就曾借着李飞妻子王韫玉女士之口表明其小说主人公夫妇对电影的热爱。在整个“李飞探案”系列的“楔子”中，王韫玉女士便说道：“我们俩在家的时候谈谈家务，论论时事，有时也研究些科学和文学。偶然觉得气闷便一同出外，逛逛公园，看看影戏，很甜蜜的光阴便这样一天一天的过去了。”① 在小说《三A党》中，王韫玉更是在开篇便说明自己和李飞有着喜欢观看影戏的爱好和习惯：“我是个影戏迷，李飞也是很喜欢看影戏的。每逢星期一、四，各戏院掉换影片的日期，我们吃过晚饭之后定要到影戏院中去走一趟，那一家的影片好，我们便到那一家去，这也是我们结婚后一个牢不可破的成例。”② 而且小说中李飞夫妇去看电影，也是和前文中所说的现实生活中陆澹盦平时看电影一样，没有固定的观看影戏院和行动路线，所以才会出现小说里朋友听李飞家的佣人说他们夫妻出去看影戏，但却不知道具体在哪一家看的有趣细节：“家中人只晓得你们是出来看影戏的，却不知道你们在那一家，害我足足跑了五六家影戏院方才找到。”③ 与此同时，李飞夫妻对于看电影或者听戏的爱好在该系列其他篇目的侦探小说中也都有所体现，比如小说《烟波》中也曾写道：“这一天是十一月廿七星期日，吃过午饭之后，我们俩想出去看影戏”④；《合浦还珠》更是围绕搭救一个“在天声舞台唱戏”的

---

① 陆澹盦：《李飞侦探案·楔子》，《红杂志》第二十四期，1922年1月。

② 陆澹盦：《三A党》，《红玫瑰》第三卷第五期至第三卷第八期，1926年12月26日至1927年2月9日。

③ 陆澹盦：《三A党》，《红玫瑰》第三卷第五期至第三卷第八期，1926年12月26日至1927年2月9日。

④ 陆澹盦：《烟波》，《半月》第三卷第六期至第三卷第七期，1923年12月。该篇小说中还具体介绍了李飞夫妻是“往上海影戏院观看影戏”等相关细节。

女伶吴绛珠[1]而展开小说整个故事，这很容易让读者联想到陆澹盦本人的戏迷身份和经常流连于“得意楼”“新舞台”“新桂茶园”等场所的生活经历，甚至还很容易将小说中的“吴绛珠”和现实生活中的“绿牡丹”黄玉麟对号入座。当然，电影在陆澹盦“李飞探案”系列侦探小说中的影响和意义绝不仅限于简单的索引式的表现或者对文本中只言片语的考证，而是更深切地体现在电影中的画面、剪辑、节奏、氛围等艺术元素对于陆澹盦侦探小说创作上的影响。

《棉里针》作为“李飞探案”系列的第一篇，正如小说开头所说：“这时候李飞才十七岁，在一个中学堂里读书。”[2] 整部小说的故事也因此被安排在学校宿舍中，格局相对较小，案情也并不复杂，不过是同一宿舍中的室友偷窃案，涉及的犯罪嫌疑人也只是四名室友之一。但就是在这部小说中，其已经初步显露出陆澹盦对电影镜头的理解和借鉴，比如下面这一段描写：

> 茶房去拿了剪刀来，正要动手，许幼兰骇了一跳，急忙上前拦阻道：“这被褥虽然湿了，停一会自然会干的，不必拿去烘了。”李飞忙道：“不行，这水泼得太多了，不烘是决不会干的，还是拆开的好。”幼兰发怒道：“我的被褥，怎样要你做起主来了？真是笑话！”舍监见幼兰不愿拆，意欲上前拦阻，李飞急忙对他施一个眼色。舍监这时候也有几分明白了，便也指挥茶房赶紧把被褥拆开。幼兰见舍监上前吩咐，自然不敢再来拦阻，顿时急得面如土色，眼见得那茶房一剪一剪，把被头上的线脚剪开，只急得他脸上的颜色青一阵白一阵，好不难看。不多一会，线也拆开了，被面也拉开了。众人定睛一瞧，忽然异口同

---

① 陆澹盦：《合浦还珠》，《红杂志》第二卷第二十八期至第二卷第三十期，1924年2月。

② 陆澹盦：《棉里针》，《红杂志》第二十四期至第二十五期，1922年1月至1922年2月。

> 声地嚷道："咦……绒衫！……咦……绒裤！……"原来那被面与棉絮的中间，却夹着一套绒衫裤。舍监看了，也诧异道："这一套绒衫裤，怎样会跑到被头中间去的？真是怪事！"李飞抢步上前，把绒衫拉在手里，用手一摸，忽然在绒衫的袋里掏出两样东西来。众人一看，又异口同声的嚷道："咦……金表！……咦……钞票！……"这时候的许幼兰，恨不得有一个地洞钻了下去。①

在这一小段描写中，陆澹盦通过许幼兰、舍监、李飞、茶房、室友们等几个人物在一个相对封闭空间中的对话和动作的交替与矛盾推进情节，非常具有电影叙事的特色。尤其是小说写许幼兰"顿时急得面如土色"，"只急得他脸上的颜色青一阵白一阵，好不难看"等细节都给读者以很强的画面感，仿佛是有镜头在对着许幼兰的脸进行特写。而接下来小说巧妙地通过众人"咦……绒衫！……咦……绒裤！……"与"咦……金表！……咦……钞票！……"的惊呼来表现赃物的发现与许幼兰就是真正的窃贼，更是有着"先声夺人"、提醒读者集中注意力的表达效果，而这也正是早期有声电影中用以引起观众注意的常见手段。

此外，在小说《夜半钟声》中，陆澹盦对李飞打破玻璃进入房间检查的一连串动作进行了非常细致的描写：

> 李飞点点头，走到厢房外的天井里，把四扇玻璃窗看了一会，拣那靠北第一扇窗的最下一块玻璃，用臂肘向上一撞，顿时把玻璃撞得粉碎。李飞伸手进去把里边的栓子拔掉，顺手一拉，窗便顿时开了。李飞把呢大衣脱掉，交给逸庵，两手在窗

---

① 陆澹盦：《棉里针》，《红杂志》第二十四期至第二十五期，1922年1月至1922年2月。

槛上一按，纵身一跃，便跳进了窗口。[①]

“撞”“伸”“拔”“拉”“脱”“交”“按”“跃”“跳”……陆澹盦小说中一连串动词的使用仿佛一个生动而精准的人物动作脚本，读者根据这一连串的动作描写就能想象出李飞身手矫健地破窗进入房间整个过程中的一连串画面与镜头。与此同时，李飞年轻而富有朝气、灵活敏捷的身体与精神特点也由此被凸显出来。

关于“李飞探案”系列小说中的“电影感”，最富代表性的例子可能还要属《古塔孤囚》中对于几处不同场景的切换：上海通往杭州的火车上、西湖边上的旅馆房间内、灵隐寺飞来峰底下“黑魆魆的，深不见底”的山洞石窟、医院病房、只有“一两盏半明不灭的天灯，暗得像鬼火一般”的街道、“阴森森的巍然兀立”的雷峰塔……都是很富有电影画面感的典型场景，而以其中的山洞场景为例：

灵隐寺飞来峰底下，离着一线天不远，不是有一个山洞吗？那山洞的里边，另外有一个石窟，洞口约摸有五尺来高，望着里边，黑魆魆的，深不见底。有时候有几个好奇的游人，成群结队，鼓着勇气，走进那石窟里去，要想探探那窟的那一边，究竟通着哪里。但是进去了不到十来丈路，一班胆小的人，恐怕遇见什么毒蛇猛兽，心里便有些害怕起来。再加上空穴来风，把大家手里的蜡烛，吹灭了几枝，洞中更觉得阴森可怖。[②]

这一段对于山洞阴森恐怖的展现完全让人联想到山洞探险题材电影在表现山洞未知与恐怖时的一些标志性镜头，陆澹盦也确实很

---

① 陆澹盦：《夜半钟声》，《侦探世界》第五期至第六期，1923年8月。

② 陆澹盦：《古塔孤囚》，《红杂志》第二卷第十四期至第二卷第十六期，1923年11月。

注意这类对于小说悬疑与紧张氛围的营造。相近的写法在他的“李飞探案”系列小说中其实还有很多，比如《隔窗人面》中突然插入窗上一张人脸的恐怖画面与描写：“那窗上果然有一个人面孔，头上戴一顶阔边的草帽，颏下有一二寸长的连鬓胡髭，面目狰狞，很是可怕。”[①] 又如小说《夜半钟声》中对黑夜里隐隐听见的钟表的“滴答”声的表现和强化：“在这个非常寂静的空气中，忽然听到了一种细微的声音。这声音真细微极了，可是在这个静悄悄的时候，三个人都听得清清楚楚。嘀……搭……嘀……搭……嘀……搭……这不是钟摆的声音吗？”[②] 这些都是侦探悬疑类电影或好莱坞恐怖电影（horror film）中常见的表现手法，也是陆澹盦侦探小说书写受到电影影响的一些文本内部或隐或显的细节性证据。

综上所述，作为“影迷”的民国著名文人陆澹盦渐渐由日常观影的乐趣而触碰到电影生产的各个环节（影评、编剧、教学与影戏小说改编），甚至其最具代表性的侦探小说创作“李飞探案”系列也分明受到了电影这个新兴艺术形式的影响。而本节对于这一案例的具体分析意在展示中国早期侦探小说与电影之间的复杂关系，同时也为民国鸳鸯蝴蝶派文学创作与电影的互文性关系增添一则生动案例。

第五节　这一时期其他代表性系列侦探小说创作举隅

本章之所以称 1922 年至 1927 年为民国侦探小说创作发展的第一波段，原因之一就是这一时期民国侦探小说的创作成绩第一次超越了翻译。这种超越体现在数量与质量两个方面，具体表现为大量

---

① 陆澹盦：《隔窗人面》，《侦探世界》第一期至第二期，1923 年 6 月至 1923 年 7 月。

② 陆澹盦：《夜半钟声》，《侦探世界》第五期至第六期，1923 年 8 月。

中国本土创作的系列侦探案的诞生。除了前文中所论述的俞天愤以“余”和“金蝶飞”为主角的两大侦探系列、张无诤的“徐常云探案”系列、陆澹盦的“李飞探案”系列之外，还有张碧梧的“家庭侦探宋悟奇探案”、王天恨的“康卜森新探案”、朱戕的“杨芷芳新探案”、姚赓夔的“鲍尔文新探案”，以及吕伯攸、吴克勤夫妇创作的儿童侦探题材小说等也都是这一时期值得关注的中国侦探小说创作实绩。整体上来看，在20世纪20年代前半期，民国侦探小说创作形成了一个“百花齐放”、类型多样的发展高潮期。虽然相比于同一时期程小青、陆澹盦等人的创作，这些侦探小说作家的作品更显稚嫩，他们更是显然更不能和西方同时代侦探小说名家名作相比肩①。但他们这些“不成熟”的尝试与“不成功”的探索，也确实为这一历史时段的民国侦探小说创作热潮贡献了一份自己的力量，哪怕这些贡献中经验和教训并存。

一 张碧梧与“家庭侦探宋悟奇探案”

张碧梧侦探小说创作和翻译的数量都很多，堪称是20世纪20年代除程小青之外最为勤勉的侦探小说作者和译者之一。张碧梧的侦探小说翻译主要以“贝克新探案”系列及其与周瘦鹃合译的“亚森罗苹最新奇案”系列为代表。此外，张碧梧还在《小说世界》杂志上发表过各类侦探小说翻译20余篇（详见本书“附录一”）。

在小说创作方面，张碧梧的侦探小说主要发表在《半月》和后来的《紫罗兰》杂志上（选择“紫色系列”作为其主要发表平

① 比如同样在1922—1927年，“英国侦探小说女王”阿加莎·克里斯蒂已经出版了《斯泰尔斯庄园奇案》（1920）、《高尔夫球场命案》（1923）、《罗杰疑案》（1926）等长篇侦探小说代表作，“日本侦探小说之父”江户川乱步也发表了《二钱铜币》（1923年4月）、《D坂杀人事件》（1925年1月）、《心理测验》（1925年2月）、《天花板上的散步者》（1925年8月）和《人间椅子》（1925年10月）等早期代表性作品。

台，很可能和周瘦鹃是这两种杂志的负责人有关）。除了《双雄斗智记》[①] 和《水里罪人》[②] 两部侦探长篇之外，还有标注为“家庭侦探宋悟奇探案”的系列短篇侦探小说50余篇。张碧梧的“家庭侦探宋悟奇探案”正如其名，案件多发生于一般中国人的“家庭”内部或邻里之间。具体而言，无非是仆人偷窃主人的财物（如《镶钻别针》[③]《狐疑》[④] 等），或者是宗族之间因为遗产继承问题所引发的下毒杀人（如《两败俱伤》[⑤]《死人之室》[⑥] 等），其中张碧梧善写“毒杀案”题材，也和其阅读兴趣与知识构成有关，他就曾明确说道写侦探小说的作者“不可不读的书便是《洗冤录》”[⑦]。总体上来说，张碧梧的“家庭侦探宋悟奇探案”因为案件背景、主要线索及相关人物多囿于家庭内部，故格局相对较小，情节也普遍比较简单，少有曲折或反转。偶尔出现一些“出人意料”的情节转折，却多半给人以比较勉强，甚至不合情理之感。比如《箱中女尸》[⑧] 中关于女尸的身份及死因本是一个相当惹人注目的悬念点，但小说最后竟然将其归为被雇佣的凶手杀错了人，虽然的确做到了意料之外，却很难说在情理之中。类似的，在小说《作法自毙》[⑨] 中，原本是张碧梧最擅长的家庭内部毒杀案题材，但结局却出乎意料地竟然是

---

① 张碧梧：《双雄斗智记》，《半月》第一卷第一期至第一卷第二十四期（分22次连载，其中第一卷第十期、第一卷第十六期未刊载），1921年9月16日至1922年8月23日。

② 张碧梧：《水里罪人》，《快活》第二十四至第三十六期（其中第二十五期、第二十七期、第三十期未刊载），1922年。

③ 张碧梧：《镶钻别针》，《半月》第三卷第一期，1923年9月25日。

④ 张碧梧：《狐疑》，《半月》第三卷第十八期，1924年6月2日。

⑤ 张碧梧：《两败俱伤》，《半月》第三卷第十一期，1924年2月19日。

⑥ 张碧梧：《死人之室》，《紫罗兰》第二卷第三期，1927年1月18日。

⑦ 张碧梧：《侦探小说琐话》，《侦探世界》第十六期，1923年十二月望日（农历）。

⑧ 张碧梧：《箱中女尸》，《快活》第二十三期“侦探号”至第二十四期，1922年。

⑨ 张碧梧：《作法自毙》，《半月》第三卷第四期，1923年11月8日。

因为家中儿媳妇没有密封好毒灭老鼠所用的砒霜，因而导致老鼠药不小心混入了饼干盒子中，并最终自己吃饼干以致中毒身亡，使得原本扑朔迷离的谋杀案变成了一场“意外事故”，无形间削弱了侦探小说的逻辑性和表现力。此外，在小说《六指人》[①] 中，凶手“故意”送上门的六指指纹线索及其在杀人犯案之后还敢于马上出来应聘电影公司职位等细节也给人以不够合理之感。

虽然存在上述种种不足，但本节并非是想要否定张碧梧侦探小说创作的意义，其笔下的“家庭侦探宋悟奇探案”仍然是民国时期相当具有影响力的一个侦探小说系列，侦探宋悟奇本人的知名度和文学地位也毫不逊色于霍桑、徐常云与李飞等其他几位民国名侦探。具体来说，“家庭侦探宋悟奇探案”这一侦探小说系列的特点和意义主要有三点。第一，在小说内容上，“家庭侦探宋悟奇探案”对金钱关系影响下传统中国家庭伦理和情感崩坏予以了一定的表现。张碧梧自己也曾说过他对创作小说意义的理解：“其实小说的本旨，本在乎寓言警众，或搜罗社会上的弱点，做成小说，促社会改良。”[②] 侦探宋悟奇所探之案多围绕“家庭”而展开，正如小说中所说：“本来在现今这种淡薄的世风之中，家庭制度又正在新旧争斗的时候，家庭一方面发生的种种奇异的案件自然很多咧。”[③] 而这个系列探案小说中的绝大部分故事又都是因为遗产或钱财所引发的家庭成员之间（尤其是堂兄弟或叔侄之间）的彼此戕害。如小说《招聘教师的广告》[④] 中，犯罪分子知道自己的堂兄夫妻准备出国留学，因而猜测他们攒够了留学所需的经费，然后竟然策划了一场绑票案，绑架自己的亲戚，趁机勒索钱财，其中人们对金钱的追逐和家庭伦理亲情的沦丧可见一斑。

---

① 张碧梧：《六指人》，《紫罗兰》第一卷第十九期，1926 年 9 月 7 日。

② 张碧梧：《小说作者的身份问题》，《最小》第一卷第二十四期，1923 年 4 月 16 日。

③ 张碧梧：《衾具中的毒针》，《半月》第四卷第二十一期，1925 年 10 月 18 日。

④ 张碧梧：《招聘教师的广告》，《紫罗兰》第一卷第七期，1926 年 3 月 14 日。

第二，在小说形式上，张碧梧的“家庭侦探宋悟奇探案”并没有像同时代的“霍桑探案”“徐常云探案”与“李飞探案”一样模仿“福尔摩斯—华生”的人物组合与叙述视角，宋悟奇探案的系列故事中没有这种侦探与助手的固定组合模式，而是相对比较灵活。多数时候是宋悟奇一个人来应对和处理案件，偶尔出现助手，也多半只是他临时聘请的书记，且书记的人选并不固定，他可以叫吴灿之（如《箱中女尸》）、郁文哉（如《鸿飞冥冥》），或者张窥微（如《舞衣》），等等。虽然我们也不能就此赋予张碧梧在小说主角安排与人物设计方面不拘泥于“福尔摩斯探案”俗套模式以更多文体学或小说叙事结构层面的意义和价值，但其敢于不落窠臼，有所突破，在当时来说还是有着值得肯定的地方。

第三，除了“家庭侦探宋悟奇探案”之外，张碧梧侦探小说的写法和经验还影响了他本人其他小说的创作，比如《跛足画师》[①]《黑衣女郎》[②]《血衣》[③]《惶恐的一夜》[④]《一个新来的疯妇》[⑤]《梦人》[⑥]等。这些小说都不是严格意义上的侦探小说，但都多少保留了侦探小说“设谜—解谜”的小说基本构架与思路。比如在《黑衣女郎》一篇中作者一直在渲染黑衣女郎的神秘，让读者对其真实身份感到好奇，从而大大增强了小说的悬疑感和吸引力。又比如小说《惶恐的一夜》是以妻子失踪、丈夫报案为开场，完全是侦探小说的一般套路，虽然作者最后选择由妻子亲自讲述其失踪经历，并最终证明只是虚惊一场，小说没有安排侦探出场，但其对侦探小说写法的借鉴却是显而易见的。此外，小说《跛足画师》虽然是一篇奇情小说，但其中大半篇幅所努力表现的画师

① 张碧梧：《跛足画师》，《红杂志》第二卷第十七期，1923年11月29日。

② 张碧梧：《黑衣女郎》，《小说世界》第一卷第七期，1923年2月16日。

③ 张碧梧：《血衣》，《小说世界》第十一卷第一期，1925年7月3日。

④ 张碧梧：《惶恐的一夜》，《小说世界》第十五卷第七期，1927年2月11日。

⑤ 张碧梧：《一个新来的疯妇》，《小说世界》第十五卷第九期，1927年2月26日。

⑥ 张碧梧：《梦人》，《小说世界》第十六卷第五期，1927年7月29日。

画美女图从不画眼睛的怪癖，即使放在一篇侦探小说中也都是非常成功的悬疑塑造。也正是在这个意义上，汤哲声教授称这篇小说“显然是运用的侦探小说创作技法”，是一篇“艺术造诣较高的小说”[①] 都是相当富有洞见的观察和判断。而这些优点和成绩，也离不开张碧梧侦探小说创作的经历和经验，同时也为我们在侦探小说这一文学类型之外——将侦探小说视为某种更具普遍性的写作手法和情节元素——来理解民国时期侦探小说的文学意义和类型价值提供了一份颇可供参考的小说样本和创作实例。

二 王天恨与“康卜森新探案”

和张碧梧的“家庭侦探宋悟奇探案”系列相类似，王天恨的“康卜森新探案”系列中虽然侦探与助手的名字都非常西化（侦探名叫康卜森，助手名叫纪克），但案件仍多发生于传统中国家庭内部，或者借用汤哲声教授的说法：“王天恨的侦探小说是典型的平民式的侦探小说，有一个比较固定的叙事空间：中国式的小巷深宅。这种小巷深宅往往是一户连着一户，房宅之内是厅堂、厢房等典型的中国民居的结构。这些小巷深宅是罪犯的活动场所，又往往是侦探破案的推理依据。”[②] 将案件和破案都局限在家庭人员关系内部，很容易导致案情过于简单，凶手和真相往往一望而知，这一点在张碧梧和王天恨的侦探小说创作中都体现得非常明显。有时作者为了避免这种太过容易猜到谜底的短处，会故意设置很多巧合和突转，但反而会令小说情节走向另一个极端，即太过令人意外而给读者以不可信之感。比如《不平者》一篇前半部分设置了相当多的悬疑：一封接着一封用报纸剪贴而成的恐吓信，并且在主人家加强警戒之

① 汤哲声：《张碧梧及其文学创作》，《苏州大学学报》（哲学社会科学版）1994 年第 3 期。

② 汤哲声：《中国近现代通俗文学史 · 侦探推理编》，江苏教育出版社 1999 年版，第 806 页。

后仍能源源不断地出现在其书桌之上，让全家上下惶惶不可终日。但案件最后竟然是主人的儿子为了逃学而做出的恶作剧，这实在是一个很不能令人满意的解释和结局。[①] 又如小说《三种证据》中男主人深夜服药自杀，睡在身旁的夫人不仅对其自杀行为丝毫不曾察觉，并且在半夜起来发现丈夫自杀后竟然继续装睡而假作不知道的临场反应，也是完全不能令人信服。[②] 再如小说《园尸》中对死亡时间、地点、手法上的特殊性都做了强烈的铺陈和渲染，最后到头来却发现这竟然只是一场误杀案。[③] 有时候甚至作者自己在小说里都会借着叙述人之口来怀疑案件被讲述的价值："这一节案子，实在是卑卑不足道的一件事，无记述的必要。不过因着五千元的数目不小，此案的价值，也就增高。所以我便乘饭后的余暇，记述下来。"[④] 这篇名为《借约》的小说真的就如作者借着小说人物纪克之口所说的那样，实在是"卑卑不足道的一件事"，仅仅是一起非常简单的仆人偷窃借约的盗窃案，情节和内容上都平平无奇。而整个案件中唯一值得被讲述的地方可能就在于借约上五千元的金额数目或许不小，但这显然不足以构成一篇侦探小说中案件真正值得被讲述的价值之所在（或许存在一点新闻上的价值）。与此同时，我们需要明确的是，这些将案件最后处理为孩子恶作剧、自杀、误杀或者平平无奇等结局并非是作者王天恨有意为之的"反高潮"或"反类型"处理手法和创作自觉，而是一种创作能力上的不足所导致的艺术上的缺陷。

此外，王天恨与张碧梧在侦探小说创作方面非常相似的一点还在于他们小说中的犯案动机往往相对比较单一化。关于侦探小说中的犯案动机，王天恨其实是有着比较清晰和自觉的意识："侦探小说

① 王天恨：《不平者》，《侦探世界》第十期，1923 年 10 月 24 日。

② 王天恨：《三种证据》，《半月》第三卷第六期"侦探小说号"，1923 年 12 月 8 日。

③ 王天恨：《园尸》，《侦探世界》第十二期，1923 年。

④ 王天恨：《借约》，《最小》第六卷第一百八十二期，1924 年 9 月 15 日。

之所构成，不外下列三端：一、恋爱风波；二、金钱风波；三、复仇。故侦探小说之情节虽若何离奇，若何曲折，而构成之原因，要不外乎此三者，全在布局得神而已。”[①] 但具体落实到自己的侦探小说创作中，如同“宋悟奇探案”系列十有八九都是围绕家庭财产而发生的盗窃、绑架或毒杀案，“康卜森探案”中更是几乎无一例外都是“因情杀人”。甚至我们可以大胆得出判断，在王天恨的“康卜森探案”系列作品中，死者伴侣的情人往往就是案件最后的真凶。如《婚夜》中男青年因为不能和心仪女子有情人终成眷属，而在女子新婚之夜埋伏并刺杀了其丈夫[②]；《小旅馆中》妻子女扮男装与丈夫、情夫一同入住上海的小旅馆中，后来奸情败露，情夫刺死丈夫后逃逸[③]；《飞侠》表面上是一起绑架案，实际上是一起逃婚事件[④]；《谁是亲夫》则是一个多重拆白党与仙人跳故事的嵌套和组合，尚且具备一点巧思[⑤]。至于王天恨最著名的两篇侦探小说《飞来之尸》[⑥] 与《网中刀》[⑦]，本质上也都是因为婚外情所产生的谋杀案，只是前一篇中凶手将被害人的尸体扔进邻居家的天井里，借此造成了一点“空中飞尸”的悬疑；后一篇中死者的弟弟为了家族声誉而故意隐瞒事实真相，稍微增加了一点案件破解过程的曲折罢了。而我们之所以能通过类似于阅读“公案小说”中的“相面”方法判断出王天恨侦探小说中的凶手身份（妻子或丈夫的情人），正说明了其小说结构的单一化和设计思路的雷同化。

---

① 王天恨：《侦探小说之所构成》，《侦探世界》第十八期，1924 年正月望日（农历）。

② 王天恨：《婚夜》，《侦探世界》第十五期，1923 年十二月朔日（农历）。

③ 王天恨：《小旅馆中》，《侦探世界》第二十期，1924 年二月望日（农历）。

④ 王天恨：《飞侠》，《最小》第六卷第一百五十二期至第六卷第一百五十三期，1924 年 1 月 7 日至 1924 年 1 月 9 日。

⑤ 王天恨：《谁是亲夫》，《半月》第四卷第十二期，1925 年 6 月 5 日。

⑥ 王天恨：《飞来之尸》，《半月》第四卷第五期，1925 年 2 月 23 日。

⑦ 王天恨：《网中刀》，《半月》第四卷第二十二期至第四卷第二十三期，1925 年 11 月 1 日至 1925 年 11 月 16 日。

最后，王天恨的“康卜森探案”系列在叙事结构上仍旧走的是模仿“福尔摩斯—华生”的老路，侦探康卜森就是福尔摩斯，纪克担当了如华生一样助手、记录人兼故事讲述者的功能，只不过小说把华生的医生身份改成了纪克的《沪江日报》附张编辑，警察局的侦探长谢成也和苏格兰场的警察雷斯垂德有着很明显的相似性。但相比于“霍桑—包朗”“徐常云—龚仁之”“李飞—王韫玉”对“福尔摩斯—华生”的模仿，王天恨的“康卜森—纪克”组合显然更是技逊一筹。在这一人物关系固定模式的侦探小说中，华生/包朗/龚仁之/王韫玉在案件中所起到的功能除了提供一个叙述视角之外，更需要一定程度地参与到案情破获的过程之中，哪怕只是起到误导读者或者反衬侦探更为高明的简单功能。对此，程小青就曾明确说道：“譬如写一件复杂的案子，要布置四条线索，内中只有一条可以通到抉发真相的鹄的，其余三条都是引入歧途的假线，那就必须劳包先生的神了。因为侦探小说的结构方面的艺术，真像是布一个迷阵，作者的笔尖，必须带着吸引的力量，把读者引进了迷阵的核心，回旋曲折一时找不到出路，等到最后结束，突然把迷阵的秘门打开，使读者豁然彻悟，那才能算尽了能事。为着要布置的这个迷阵，自然不能不需要几条似通非通的线路，这种线路，就需要探案中的辅助人物，如包朗、警官、侦探长等等提示出来。”① 但在“康卜森探案”系列侦探小说中，助手纪克对案件的参与程度往往过于低，甚至很多时候被当作整个案件破获过程的“局外人”。比如在小说《白巾黑字》里，整个案件破获过程中，助手纪克都不曾起到任何作用，甚至连错误方向的引导这一起码的功能都不曾发挥。他只是和侦探康卜森一起去查看了一下现场，了解了一下案情。再接下来便收到了案件破获的通知，完完全全沦为康卜森讲述案情破获过程的

---

① 程小青：《侦探小说的多方面》，载“霍桑探案汇刊第二集”，上海文华美术图书公司 1933 年 1 月版。

听众，而被排除在整个案件之外[①]。类似的，在小说《飞来之尸》中，助手纪克也是完全没有起到任何作用，康卜森就已经宣布了“此案已完全大白，凶手已获”[②]，小说在主角和配角的人物设置和功能安排上，缺乏基本和必要的互动性，这也造成了王天恨的侦探小说创作常常显得过于简单和缺乏趣味。

当然，王天恨的“康卜森探案”系列也并非一无可取，如同张碧梧的“家庭侦探宋悟奇探案”系列着力于表现金钱对于人性与亲情伦理的戕害，“康卜森探案”则是更多关注传统婚姻向自由恋爱转型期的中国社会中情感关系的纠葛，以及其中所暴露出来的人际矛盾和人性阴暗面。在王天恨的侦探小说中，传统的“父母之命，媒妁之言”式的婚姻固然是对人性的束缚，是导致婚姻不幸与仇恨产生的原因之一，但所谓现代的“自由恋爱”却容易走向另一种极端，即过于自由主义的浮浪、随意和不负责任，并由此产生了很多纠纷和案件。这种对于婚姻与爱情的双向反思，在20世纪20年代的中国还是比较深入且全面的，同时也有着较强的现实意义。此外，王天恨的侦探小说中也偶尔能看到一些有趣的文体尝试，比如小说《飞来之尸》中的案情虽无足观，但在写作技巧上，小说大胆植入新闻文体，并公开声明“本篇开场录政闻新报的记载，几及全案十分之四的篇幅”[③]，可见作者在这里是有意为之的文体尝试，是非常值得鼓励的小说创作自觉。

综合来看，由于传统中国的家族关系、衣食住行等物质细节，及日常生活的居住空间是张碧梧的“家庭侦探宋悟奇探案”和王天恨的“康卜森探案”这两个侦探小说系列中绕不开的表现对象与书写题材，进而使得这两个民国侦探小说系列具有了近于“社会民俗学”层面的意义和价值。恰如学者魏艳所概括的那样：“由于关注家庭生活，再

① 王天恨：《白巾黑字》，《侦探世界》第四期，1923年。

② 王天恨：《飞来之尸》，《半月》第四卷第五期，1925年2月23日。

③ 王天恨：《飞来之尸》，《半月》第四卷第五期，1925年2月23日。

加上侦探小说的写作本身就侧重从细节上埋入伏线及推理，因此这一时期的侦探小说便从衣食住行、人际关系、居住空间等各方面记录了当时新旧交替时期民国社会的民俗人情。在这些作品中，小到如中西之间家具、门锁、衣着饮食等日常生活的各种细节，或者新旧交替之下家族制度中家庭成员的复杂纠葛及新法对这一制度的冲击，或主仆之间的信任与猜忌、邻里之间的互相窥视等中国社会特有的复杂人际关系，又或里弄道路的纵横交错、石库门内暗含的隐蔽空间、老虎灶中的公共空间等都被小说家纳入想象的案件中，从而使侦探小说在民国上海日常生活话语研究中具有相当的独特性。"①

三　朱戣与"杨芷芳新探案"

和王天恨的"康卜森探案"相类似，朱戣的"杨芷芳新探案"系列也以情杀为主要书写题材，但二者之间不同的地方主要在于，王天恨的"康卜森探案"更多着重写"杀"，其目的在于表现"罪"与"智"，而朱戣的"杨芷芳新探案"则更多倾向于表现"情"本身。甚至我们可以说，"侦探"与"探案"都并非是"杨芷芳新探案"系列小说的核心和重点，"写情"可能才是作者想要借助这个系列侦探小说所表达的关键性内容。或者也可以认为，朱戣的"杨芷芳新探案"是在进行着某种社会言情小说与侦探小说写作的跨文类尝试与融合。

大体上来说，朱戣的"杨芷芳新探案"也采用了当时最为流行的"福尔摩斯—华生"模式，其侦探就是杨芷芳，助手最开始在《脚印》一篇中名为"芝云"②，隔了一期，到《虚荣心》一篇中即改为"紫云"③了，后来就一直以"吴紫云"的名字固定了下来。

---

① 魏艳：《福尔摩斯来中国：侦探小说在中国的跨文化传播》，北京大学出版社2019年版，第149页。

② 朱戣：《脚印》，《半月》第四卷第三期，1925年1月9日。

③ 朱戣：《虚荣心》，《半月》第四卷第四期，1925年1月24日。

可以说，作为侦探与助手组合的“杨芷芳—吴紫云”，并不逊色于“霍桑—包朗”“徐常云—龚仁之”“李飞—王韫玉”等侦探搭档。而其尤为特别的地方在于，朱戢笔下的侦探与助手不仅没有像福尔摩斯及其后来的“学步者”那样“远离女色”，相反，杨芷芳、吴紫云都有过动人悱恻的爱情经历，吴紫云甚至可以说是一名“情痴”。这不仅在当时的民国侦探小说创作中堪称“独一无二”，即使在同一时期的世界侦探小说中也非常少见。虽然“福尔摩斯探案”中华生中途结婚并搬出了贝克街 221B 的居所，陆澹盦在“李飞探案”中把助手（王韫玉）设定为侦探（李飞）的妻子，20 世纪 40 年代长川也有“叶黄夫妇探案”系列作品，但这些都更多只是人物关系上的一种简单设定而已，所起到的也不过是某些装饰性功能，为的是故事讲述起来更为方便（毕竟侦探与助手需要经常在一起工作或生活）。侦探或助手的情感经历与爱情故事从来都不是这些侦探小说作家所关注和意欲表现的重点，相反，大多数时候爱情是其避之唯恐不及的对象和内容[①]。但朱戢的“杨芷芳新探案”则不同，在该系列的小说《伊人》中，侦探杨芷芳有一个梦中情人，侦探每日睹像思人，难以自持，整篇小说情节也正是围绕着杨芷芳的这个梦中情人而展开的[②]。而在小说《情痴》中，助手吴紫云也陷入了恋情，小说对此还有着一段颇为直接的“表白”：“（吴紫云）握着励操的手道：‘励姐，我自前年和你订了文字交以后，不知不觉的堕入了情网。亏我凭着坚诚的志愿，层层进行，总算上帝默佑，在这木香二次开花的时候已达到了我们圆满的期望。真是俗话说得好，“天下无难事，只怕有心人”了。’”[③] 我们很难想象这样的描写细节会发生在华生或者包朗的身上，而吴紫云的爱侣励操后来竟也

① 比如美国侦探小说作家范·达因所列出的“侦探小说二十条守则”中的“第三条”，就明确表示：“侦探小说不应扯上暧昧和爱情；否则就纠缠不清，使一场纯粹智力的竞赛复杂化。侦探小说的任务，是把罪犯绳之以法，而不是为了使有情人终成眷属。”

② 朱戢：《伊人》，《新月》第一卷第五期，1926 年 1 月 23 日。

③ 朱戢：《情痴》，《半月》第四卷第十期，1925 年 5 月 7 日。

成为参与和见证杨芷芳探案的重要辅助性人物之一。进一步来说，相比于“杨芷芳新探案”故事中侦探名为杨芷芳、助手名为吴紫云，其姓名多少都有点“女性化”的特征，而吴紫云的女友却名为励操，似乎朱戬在小说人物姓名设计上在进行着某种有意地颠覆或改写，而这种人物姓名与性别之间的“错置”恰好隐喻性地表现了“杨芷芳新探案”之于侦探小说与言情小说之间的某种类型“错置”。

朱戬的侦探小说更多“写情”，而非“写智”。这不仅体现在其笔下侦探、助手都是“多情男子”的人物设定，更表现为其所探案件也多半都与“情”有关。比如小说《自杀之人》中，男主角张秋冷自杀，报纸上都说是因为“忧时”，但其实“他的自杀确是关涉着一个女子”，而整起案件“又是一件关于恋爱的活剧”[①]。《可怜虫》中，杨芷芳接下了一桩“捉奸案”，而情郎的身份竟然是一个哀情小说作家，甚至故事发展到最后，小说本身即呈现出更多接近哀情小说而非侦探小说的特点。[②] 小说《歌舞场中》的主要情节一言以蔽之，讲的就是一个“强逼情死”[③] 的故事。《情海风波》里的主要内容也即“这案大约就是恋爱太自由了应有的结局”[④]。而小说《银海明星》更是开宗即坦陈杨芷芳过去所探之案多是些“关涉着暧昧的案件”，而这一宗案件“不过又是一幕恋爱活剧，酸化发作罢了”[⑤]。对此，朱戬也是有着相当自觉的认识：“侦探小说有时为了要情节奇突起见，布局不能不故起奇波，但结束时候仍要归到人情之内，才是杰作。”[⑥] 这就和同一时期其他民国侦探小说作家普遍强

① 朱戬：《自杀之人》，《紫罗兰》第三卷第十二期，1928 年 9 月 14 日。

② 朱戬：《可怜虫》，《紫罗兰》第二卷第七期，1927 年 3 月 18 日。

③ 朱戬：《歌舞场中》，《紫罗兰》第二卷第十八期，1927 年 9 月 26 日。

④ 朱戬：《情海风波》，《紫罗兰》第二卷第十二期，1927 年 6 月 29 日。

⑤ 朱戬：《银海明星》，《紫罗兰》第四卷第十三期至第四卷第十八期，1930 年 1 月 1 日至 1930 年 3 月 1 日（分 6 次连载）。

⑥ 朱戬：《侦探小说小谭》，《半月》第四卷第四期，1925 年 1 月 24 日。

调“智的意味”[①]与阅读快感有着创作倾向性上的不同。而在具体对待爱情与婚姻的态度上，朱戬的“杨芷芳探案”和王天恨的“康卜森探案”相类似，也可以说是站在了某种旧与新、传统与现代的交叉点上。即它既“以新批旧”——反对“父母之命，媒妁之言”，更反对买卖婚姻；又“以旧批新”——反对完全的自由恋爱，提倡要“发乎情，止乎礼”。

在朱戬的“杨芷芳探案”系列小说中，相当常见的杀人动机是有情人对无情/滥情人的报复，而杀人者也往往是秉持着为社会除害的说辞，以作为自己犯罪行为的合理化辩解。比如在小说《旅馆中》中，妻子杀死丈夫的理由就似乎显得堂而皇之：“这案确是我干的，不过我的所以要杀死他，一则为着我的可怜的诵芬妹妹报仇，一则却为着女界杀死一个恶魔，免得可怜的妇女再遭他的蹂躏。”[②]无独有偶，《情海风波》中陆伯平杀死女主角的理由也好像是大义凛然：“这般兽化式的女子放在社会上，不但要陷害多少青年男子，而那风气一播，苏州社会中也要没有贞洁的女子了。不杀死伊，真不知要害多少有用的青年呢。”[③]我们姑且不去评判这些杀人凶手自以为合理的杀人动机本身的正义性成立与否，只是在写作方式上，朱戬的“杨芷芳探案”在写情方面对传统侦探小说写法陈规有所突破的同时也难免陷入另一种既定的“套路”之中。

从个人情感纠葛与恩爱仇怨中跳脱出来，将目光投向更为宽广的社会与时代，或许是打开小说写作格局的一种有效方式，而这也是朱戬后期侦探小说创作趋于更加成熟的标志之一。比如朱戬创作于20世纪30年代的侦探小说《旅邸怪剧》，原本是一起由婚外情所引发的案件，而小说最后将整个故事的高度上升到社会批判的层面，

---

① 程小青：《侦探小说在文学上之位置》，《紫罗兰》第三卷第二十四期“侦探小说号”，1929年3月11日。

② 朱戬：《旅馆中》，《紫罗兰》第一卷第十六期至第一卷第十七期，1926年。

③ 朱戬：《情海风波》，《紫罗兰》第二卷第十二期，1927年。

侦探杨芷芳感叹道："畸形的社会中，偏纠缠着爱情的活剧。此次虽然避免了一件惨剧；可是那辈盲目的青年男女，却正在那里竭力制造，不知何日社会中才能不发生这样的惨剧呢？"[①] 当然我们需要指出朱戟的"杨芷芳探案"系列小说对社会的批判仍然非常浅表化、简单化，但其中却仍隐约体现出了一位传统中国文人对现代性的某种反思和抵抗。一方面，如小说《冰人》中所说："这几年来，我和芷芳在苏州协作的探案已很不少，社会方面也薄负虚名。"[②] "杨芷芳探案"的故事发生地被设置在苏州，而非更为现代化的临近都市上海，这一地理空间的选择本身即带有某种与现代新兴事物保持距离的意味；另一方面，"杨芷芳探案"系列小说中对新兴的学校、舞场、电影院、旅馆都持有一定的不满和批判。比如《自杀之人》中认为"跳舞是堕落的媒介"[③]，《惊变》[④] 中女主角成为电影明星也即意味着其人格的堕落和道德的沦丧，《旅馆中》认为"时下女学生"往往带有一种"狂荡的习气"[⑤]。而同样是在小说《旅馆中》中，更是直接揭示出当时苏州很多旅馆背后的"黑幕"："旅馆的内幕真是不堪之至，馆中的旅客大半是本地的人，不要说那嫖赌鸦片和肉欲的自由恋爱，都借着旅馆发泄，就是那种裸体模特儿的照片也全是在旅馆里拍摄的，一种好好的正当旅馆已给一班无耻的人弄得变做了万恶之巢。"[⑥] 在这些意义上，我们可以说朱戟的侦探小说已经具备了某些社会小说的特点，而其对于现代新兴事物的反思也有着其实在的社会意义和现实指向。

---

① 朱戟：《旅邸怪剧》，《珊瑚》第四卷第十期，1934 年。

② 朱戟：《冰人》，《快活》第二十三期"侦探号"，1922 年 12 月。

③ 朱戟：《自杀之人》，《紫罗兰》第三卷第十二期，1928 年 9 月 14 日。

④ 朱戟：《惊变》，《紫罗兰》第一卷第十二期，1926 年 5 月 26 日。

⑤ 朱戟：《旅馆中》，《紫罗兰》第一卷第十六期至第一卷第十七期，1926 年 7 月 24 日至 1926 年 7 月 8 日（?）。

⑥ 朱戟：《旅馆中》，《紫罗兰》第一卷第十六期至第一卷第十七期，1926 年 7 月 24 日至 1926 年 7 月 8 日（?）。

如果我们尝试在这一批判视角下引入上海作为参照，将上述“杨芷芳探案”系列小说中的这两个方面的特点结合起来考虑，就不难发现，现代化的舞场、电影院、旅馆等最初都是率先出现在上海，然后再扩展至苏州等周边城市或内陆地区，而伴随着这些现代化事物一并扩散传播的，不仅是西方资本主义的现代生活方式、公共空间、都市体验与新型人际关系，还有内生于资本主义生产生活结构之中的欲望沟壑，以及在金钱与欲望交换机制中所滋生出来的暴力与罪恶。在这个意义上看，朱戬将其笔下侦探人物杨芷芳的主要活动空间设置在苏州，就成为一个“有意味的细节”，其中暗含了和作为现代资本主义大都市的上海拉开距离，并站在传统中国文化伦理的立场上，对这些新生“社会怪现状”展开批判的小说叙述逻辑起点。简言之，在朱戬的“杨芷芳新探案”中，苏州之于上海，是被作为某种“传统的抵抗”与道德的批判。

而在小说的具体写法上，朱戬的侦探小说也和当时一般的民国侦探小说之间有着明显的区别。“杨芷芳探案”突出的特点在于其常常在侦探小说中插入“写景”和“抒情”成分，且其写景、抒情的手法都颇具传统中国小说的味道和神韵。比如小说《旅邸怪剧》开头即出现一段很不像“侦探小说”的景色描写和人物引入方式：“这时是十月六号，深秋的凉意，在早上和晚上，更明显地写出凛冽和萧瑟。树上的叶子，给风一吹，就和支干脱离，满地飞舞，做成一派暮秋景色。我这时缓缓的在小园中踱着，那阶下和砌道旁的几盆菊花，映上一抹朝阳，花上叶上的霜华，慢慢的变成晶莹的露珠，很觉明艳可爱。那一阵阵的幽香，从晓风中吹上衣襟，另添着一种爽气。我在走廊下的短垣上坐下，瞧着那几盆菊花，觉着人们的家庭中，那花卉，确也是种必须的点缀品。当我在这幻想的时候，忽听得我的朋友杨芷芳的笑语声音。”① 类似的，在小说《惊雷》中，案件破获之后，也出现了一段颇有韵味但并非侦探小说中常见的景色描写：“这时大雨

① 朱戬：《旅邸怪剧》，《珊瑚》第四卷第十期，1934 年 5 月 16 日。

已过，满天中的乌云完全散去，露出青青的天空，残余的阳光映着天空，布满了光明灿烂的晚霞。”① 而在《恐怖的春季》一篇里，作者甚至在杨芷芳探案过程中插入了一段传统游记式的文字内容：

> 我们吃过了午餐，休息了一回，就和着润甫一同到灵岩游玩。我们穿过了东街，走入郊野，在田塍上缓缓走去。这时两边的树木绿荫成阵，夹着一二棵媚红的桃花，正是好一派春景。几只紫燕呢喃地往来飞掠，把漫天的柳絮舞成音乐似的波纹。可是四下里的田畝，这时有的田里兀是乱草丛生，有的田里却丛丛留着一些萎琐的麦秆，满现着一派凄凉景色，和平日春郊时的菜花如金、麦浪成阵完全不同。我们瞧着这种田畝荒芜的现象，真觉很是慨叹。
>
> 我们走了一回，那灵岩山上早瞧见那条蜿蜒的山路，嵌在绿芜丛中。那山半的路亭、峥嵘的山石也一一很清晰的瞧见。再走了一回，我们已到了灵岩山麓，我们就在那条平坦的御道上走上山去。我们走过了一排松林，就到了山半的路亭面前。我见那支路亭巍然立在一个山嘴上，亭的檐前装着一扇“迎笑亭”的匾额，亭内两旁有两只石凳，大约是供给游人休息的。在那亭的后面，蹲着几块巨石，在那巨石右边还有一条蜿蜒的羊肠直通着山下。我们在路亭中坐了一回，然后才继续上山，有润甫领着游过了“西施洞”“梳妆台”几处胜迹，瞧过了几处“石龟”“石鼓”“和合石”等奇石才转入绿荫如幄中的“灵岩古刹”。我们在方丈里品茗，休息了一回，又走上寺中的钟楼。我凭着前窗向山下一眺，见山下的地土好似展着一张锦毯。那条“采香径”似乎一条银带由山下箭也似的直贯太湖，那湖面上的帆影风光，映在晴日光中，一一罗列眼底。再瞧木渎镇

① 朱戟：《惊雷》，《红玫瑰》第四卷第二十八期，1928 年九月二十一日，署名“朱戟著，程小青润”。

上的房屋，小得和儿童玩物一般，星棋似的布在绿野里面。我瞧着那大自然的美景，不禁飘飘然发着一种出世的幻想。这天，我们由润甫领着又游了“荷花池”“乡履廊”，直上山顶的“琴台”。逛到一轮红日恹恹地傍着西山，才乘兴回去。我们回到木渎镇上，街上的店铺已大都收市，路灯发着黄光，照着街道，越发显出萧条的景象。①

上面所引的这两大段游记内容，作为游记文字本身来看还算不错，只不过其与小说案件主体情节之间并无丝毫关系，从侦探小说情节的完整性和连贯性上来看，我们甚至可以说它是小说情节上的某种赘余和割裂，但我们并不能就此否认其作为游记书写本身的精彩之处。而朱戢不避突兀地在小说里放入这两段游记，客观上来看，一方面起到了对人们头脑中关于侦探小说写法刻板观念的某些“破除”，另一方面风景描写与杀人悬案并置，在小说节奏上也做到了缓急相间、张弛有度，不失为一种有趣且有益的尝试。如汤哲声教授所说：“显而易见，朱戢并没有被侦探小说的要求所束缚，也不想很圆熟地运用侦探小说的创作技巧，他只是用侦探小说的形式写他所想写的东西而已。”② 的确，朱戢在侦探小说中写爱情、写社会、写风景，或许其根本目的并不在于完成一篇传统意义上的侦探小说，而反过来，他的这种“自由写法”也客观上拓宽了侦探小说的书写规范，甚至是探寻到了某种侦探小说中国化、本土化的可能路径。朱戢自己就曾说过：“做我国的侦探小说须要吻合本地风光，万不可全用欧化的举动，以炫新奇，我每见有种侦探小说弄得不中不西、非驴非马，就是为了窃人皮毛所致。”③ 而结合其侦探小说创作的具

① 朱戢：《恐怖的春季》，《紫罗兰》第二卷第十九期，1927 年 10 月 10 日。

② 汤哲声：《中国近现代通俗文学史 · 侦探推理编》，江苏教育出版社 1999 年版，第 811 页。

③ 朱戢：《小说小谈》，《半月》第四卷第三期，1925 年 1 月 9 日。

体实绩，我们可以更加清楚地看到，朱戬所说的“本地风光”既包括中国当时的社会现象，也涵盖了颇具中国传统趣味和审美眼光下的自然风景。进一步来说，朱戬的“杨芷芳探案”系列小说通过“状情”和“摹景”来对抗“写智”，正是其以苏州来抵抗上海、以传统来批判现代在文学形式层面的另一种体现。而将“状情”提升到侦探小说叙事的核心位置，也可以说是“杨芷芳新探案”中所谓“新”的最突出特征。

四　姚赓夔与“鲍尔文新探案”

姚苏凤以“姚赓夔”为笔名所创作的“鲍尔文新探案”篇数不多（目前主要篇目仅有《侦探之妻》《谁耶》《怪人》和《不测之死》四篇），且通常也有着故事平淡、缺少曲折和情节一望而知等缺点。整体上来看，“姚赓夔”20世纪20年代的侦探小说创作成就远不如“姚苏凤”20世纪40年代在译介、引进和评论侦探小说方面所取得的成绩。但姚赓夔在其为数不多的侦探小说创作中，仍有两个非常突出的优点，一是打破了当时流行的模仿“福尔摩斯—华生”组合的一般模式和俗套，而采取了侦探鲍尔文一人独自探案的侦探形式，并运用了与之相对应的第三人称叙事结构。对此，姚赓夔是有着非常清晰的自觉认识的，他就曾针对中国侦探小说作家纷纷模仿“福尔摩斯—华生”模式提出过严厉的批评：“今日中国之侦探小说中，必有一华生式之助手在，助手可有乎？曰：可有。助手可无乎？曰：可无。盖助手者实非侦探小说中必须有之人物也。而今日之侦探小说中无不有之，此盖著者未能免俗，用以凑凑热闹耳。”① 在姚赓夔看来，侦探小说中采取华生作为助手兼故事讲述人的设定本来是可有可无的，一篇好的侦探小说需要从自身故事特点出发来寻找到适合自己的叙事结构和方式。他的这一看法和写作实践，在当时民国侦探小说创作普遍存在的对“福尔摩斯探案”小说

① 姚赓夔：《侦探小说杂话》，《侦探世界》第十九期，1924年二月朔日（农历）。

的“模仿热潮”中，是具有一定反拨意义的。

二是不同于张碧梧、王天恨将侦探小说的故事空间拘泥于宅门深巷、家长里短之中，姚赓夔的“鲍尔文新探案”相比之下显得非常“洋气”和“时髦”。比如小说《谁耶》中，就把偷窃案、栽赃案和当时普遍亏空并造成很多人破产的上海新兴的金融交易所联系在了一起，虽然作者在表现交易所相关情节和细节时对其触及尚浅，写得也远不够形象生动，但的确也是和当时最新的都市现象相关联在了一起，具有一定的时代意义和特色。[①] 小说《怪人》中所反复提及的“乙乙俱乐部”，在当时的上海也属于一种新兴的娱乐场所和消闲方式。[②] 此外，姚赓夔还在侦探小说和科学想象的结合上做出了积极的探索和尝试，这在当时是非常难能可贵的。比如在小说《不测之死》中，姚赓夔就将案件的发生背景设置在科学实验室中，死者也是在研究一种毒药成分的过程中死去的科学家。而在小说最后揭秘时才真相大白，原来是有人偷换了一种有毒的灯芯，从而害死了科学家。[③] 小说整体上仍不脱有些过于简单和浅白的弊病，但其对侦探小说发生地点和杀人手法方面的科学想象，在 20 世纪 20 年代的民国侦探小说创作中显得非常“特别”，甚至可以作为后来中国科幻侦探小说的某种先导和源头，比如 20 世纪 80 年代叶永烈创作的以金明为主角的惊险科学幻想小说“科学福尔摩斯”系列[④]，其将

---

① 姚赓夔：《谁耶》，《半月》第三卷第六期“侦探小说号”，1923 年 12 月 8 日。而这篇小说创作及发表时，也的确正是上海金融交易所发展得如火如荼的时候，“至 1922 年止，上海创办了 140 个证券交易所，而且这种始自上海的交易活动，迅速地扩展到其他重要的通商口岸”［参见［法］白吉尔《中国资产阶级的黄金时代（1911—1937 年）》，张富强、许世芬译，上海人民出版社 1994 年版，第 106 页］。

② 姚赓夔：《怪人》，《半月》第四卷第一期，1924 年 12 月 11 日。

③ 姚赓夔：《不测之死》，《半月》第四卷第二期，1924 年 12 月 26 日。

④ 叶永烈的“科学福尔摩斯”系列小说皆以“神探金明”为主角，属于侦探小说与科幻小说的类型融合。曾以“惊险科学幻想系列小说丛书”的名义在 20 世纪 80 年代初期由群众出版社陆续出版，其中包括《秘密纵队》《乔装打扮》《不翼而飞》和《如梦初醒》四种。后来又有多种再版和连环画改编。

科学与侦探相结合的书写方式最早就可以追溯至姚赓夔这里。

五　吕伯攸与儿童侦探小说创作

吕伯攸在中国现代文学史和教育史上更为人所知的身份是杂志编辑、儿童文学作家与研究者，其所著的《儿童文学概论》一书更是研究儿童文学的必读之作。与此同时，吕伯攸还在20世纪20—30年代创作过大量的儿童侦探小说，其中以他和夫人吴克勤合作的“左林和左陶兄弟”系列，他自己创作完成的“小侦探聪儿”系列和“小侦探福儿”系列等最为知名。

称吕伯攸的侦探小说创作为“儿童侦探小说”，不仅指其小说中的侦探主人公为儿童，比如“小侦探聪儿”，“是我邻家的一个孩子，名字叫做聪儿；他现在还在附近的达仁小学校里读书”[①]；同时这些侦探小说所期待的读者受众也是儿童，如这些侦探小说多半刊登在当时的《小朋友》《儿童世界》《儿童故事》等儿童杂志上。因此，这些侦探小说中所涉及的案件也多半比较轻松简单，比如是谁偷吃了老师的荔枝罐头？（《罐头荔枝》[②]）是谁弄坏了脚踏车？（《脚踏车是谁弄坏的》[③]）或是为什么屋里的电灯突然灭掉了？（《电灯熄灭之夜》[④]）等。其中绝不涉及谋杀等暴力因素，所谓“犯罪”程度的极限也不过是偷了别人家的狗自己养起来（《来富失踪》[⑤]）。现在重读这些小说，会觉得大多数都过于简单平淡，远不够精彩，但其中也有一些值得圈点的作品，比如《园里的红玫瑰》

---

① 吕伯攸：《小侦探·荔枝罐头》，《儿童世界》第二十二卷第三期，1928年7月21日。

② 吕伯攸：《小侦探·荔枝罐头》，《儿童世界》第二十二卷第三期，1928年7月21日。

③ 吕伯攸：《脚踏车是谁弄坏的》，《小朋友》第四百五十六期，1931年3月26日。

④ 吕伯攸：《电灯熄灭之夜》，《小朋友》第六百零九期，1934年6月28日。

⑤ 吕伯攸：《小侦探·来富失踪》，《儿童世界》第二十二卷第六期，1928年8月11日。

借助一起偷花案普及了一个“氯气与水结合产生氯水，具有漂白性”的化学常识①，如果将其放在当时的化学教材中，作为引出实验的课前小故事，真是颇为合适。又如《奇怪的信》堪称是一个儿童版的“亚森·罗苹式侦探挑战书”，可以说充满了童趣。② 而其中最为精彩的一篇，当属《小鸡怎样死的》。在这样一个简单的日常侦探故事里，既传达了要查明真相再做决定的“侦探职业精神”，又渗透了不要虐猫的动物保护理念③，同时还可以和鲁迅的小说《兔和猫》对读，让我们更清楚地了解简单的儿童故事和深刻的复仇精神之间的差别之所在，实在是一篇很有趣的文本。

整体上来看，吕伯攸创作的这些小故事，与其说是侦探小说，不如说其实更接近于儿童读物，其目的是借侦探小说中的科学理性精神来培养儿童的相关意识发展。由此我们就必须回到本节开头所述，这些儿童侦探故事的作者之一吕伯攸，同时也是一名民国时期著名的儿童教育家和儿童文学研究者，曾经主编过“小学低年级各科副课本”丛书 100 种，大概类似于现在的小学生课外阅读推荐书目，而他之所以选择创作这些儿童侦探小说，也是想通过这些有趣的侦探故事，来向孩子们做一些基本的文学教育与科学普及工作。换一个角度来看，吕伯攸的这些儿童侦探小说创作实践，其实在某种程度上回应了晚清、民国时期的中国文人对于侦探小说的实用主义认识和“功利主义”期待，且并不违背侦探小说自身的通俗读物属性和大众审美趣味，是一种值得被进一步认识和发展的侦探小说创作路径。

在 20 世纪 20 年代，尤其是 1922 年至 1927 年这六年间，是民国侦探小说创作发展的第一个高峰波段。从发表与出版环境来看，这

---

① 吕伯攸：《小侦探·园里的红玫瑰》，《儿童世界》第二十二卷第四期，1928 年 7 月 28 日。

② 吕伯攸：《奇怪的信》，《小朋友》第三百八十期，1929 年 10 月 10 日。

③ 吕伯攸、吴克勤：《小鸡怎样死的》，《小朋友》第一百一十七期，1924 年 6 月 26 日。

一“高峰”表现为侦探小说专栏、专号，甚至专门性刊物——《侦探世界》的集中涌现。报纸杂志对侦探小说的青睐为这一小说文类的发展提供了一个强劲而有力的物质载体和传播媒介支持。而从创作实绩来看，大量民国侦探小说作家、作品，尤其是颇具影响力的民国本土系列侦案小说创作也在这一时间段内相继出现——如程小青的“霍桑探案”、陆澹盦的“李飞探案”、张无净的“徐常云探案”、张碧梧的“家庭侦探宋悟奇探案”、王天恨的“康卜森探案”、朱戫的“杨芷芳探案”、姚赓夔的“鲍尔文新探案”等。这些作家作品共同形成了民国时期中国侦探小说的第一次创作热潮与发展高峰。究其原因，自从 1896 年张坤德首译“福尔摩斯探案”小说以来，经过二十余年的译介、译述、模仿、习作等文学实践的累积与沉淀，中国侦探小说的读者和作者对于这一“舶来”的小说类型已经不再陌生，同时也不再满足于只阅读西方译介、引进的作品，民国本土的侦探故事与侦探小说作家正是在这一时期呼之欲出且一时间呈现出井喷之势。

当然我们也必须承认，这一时期民国侦探小说的本土创作，相当程度上还是受到欧美侦探小说，尤其是受“福尔摩斯探案”系列的影响，其中最突出的标志就是对“福尔摩斯—华生”这一人物关系结构与叙事模式的因循。而从整体上来说，这一时期的民国侦探小说创作还不够成熟，甚至可以说是普遍偏于幼稚。但这并非是说这一时期的民国侦探小说创作毫无意义，相反，这些书写尝试为后来中国侦探小说的发展探索了各种可能：比如俞天愤尝试将各种文体与侦探小说相融合并试图将西方侦探小说中的核心元素进行本土化再造，陆澹盦在侦探小说中引入电影镜头式的写法，张碧梧、王天恨借助侦探小说批判现代社会的金钱观念和情欲伦理，朱戫更是试图将侦探小说与哀情小说、社会小说相结合，以及吕伯攸在儿童侦探题材与科普教育方面所做出的努力。甚至这一时期民国本土侦探小说创作的经验还影响到后来新文学的发展，从张无净到张天翼的影响和演变就是其中一个很好的例子。

20 世纪 20 年代正是新文学和通俗文学竞争相当激烈的时期，1921 年茅盾接管《小说月报》就是二者交锋的一个标志性事件。而被归入“鸳鸯蝴蝶派”的侦探小说当时也颇受新文学作家的鄙夷和排斥。在新文学作家作品面前，这一时期的中国侦探小说作家与评论家们似乎不再那么理直气壮地敢于声称写侦探小说是为了“开启民智”“改良法制”，或者是“挽救国家”，为侦探小说存在的合理性寻找一个宏大的说辞和理由。但这同时也意味着他们更多地回归到侦探小说作为类型小说与通俗小说本身，来理解这一文学类型自身的某些规律和特点，并结合自己对于这一小说类型内部规律的理解，为侦探小说本土化发展进行着一系列有益的探索和尝试。

第五章

民国侦探小说创作发展的第二波段（1946—1949）

说到我国创作的侦探小说，民国七八年间也曾有过一小页灿烂的记载。除了拙作“霍桑探案”以外，有俞天愤的“中国新探案”、陆澹盦的“李飞探案”、张碧梧的“宋梧奇探案”、赵苕狂的“胡闲探案”、朱戬的“杨芷芳探案”、柳村任的“梁培云探案”。其他反侦探的还有孙了红的东方侠盗鲁平，和何朴斋、俞慕古合著的东方鲁平奇案。其他还有许多作家，因着作品比较不多，不能尽举。……可惜这许多作家都是“乘兴而作，兴尽而去”；他们的努力不久便都变换了别的方向，不能始终其事。这是侦探小说界上的一种莫大的损失，也是我国通俗教育上的一种缺憾！

——程小青：《论侦探小说》，《新侦探》第一期，1946年1月10日。

“侦探小说是睿智头脑的一种苏散品。”是的，它是一种娱乐、一种消遣。现在我们的国家已经踏上了艰难繁重的建国途径，每一个国民都得抖擞精神，直接间接地来参加，不但用手，也得用脑。在一天的紧张工作之余，饭罢灯下，拿一本读物，使疲乏的脑子得到一种正当的苏散，事实上的确有其需要。这一本小小的刊物很想在这方面有一些贡献。

——《引言》，《新侦探》第一期，1946年1月10日。

侦探体裁是文学体裁中唯一在资本主义社会内部形成，并被这个社会带进文学中来的。对于私有财产的保护者，即密探的崇拜，在这里得到了无以复加的程度；不是别的，正是私有财产使双方展开较量。从而不可避免地是，法律战胜违法行为，秩序战胜混乱，保护人战胜违法者，以及私有财产的拥有者战胜其剥夺者等等。侦探体裁就其内容来看，完完全全是资产阶级的。

——［苏联］斯·季纳莫夫，转引自［苏联］阿·阿达莫夫《侦探文学和我》，杨东华等译，群众出版社1988年版，第3页。

第一节　1946年，民国侦探小说创作的“复苏”

20世纪20年代曾经一度热闹非凡的民国侦探小说创作浪潮，很快就销声匿迹，其中最明显的标志之一就是各种民国名侦探探案系列小说创作的“中断”甚至是“终断”。比如张天翼的“徐常云探案”最晚一篇为1924年发表于《鸿光》杂志上的《途中乞儿》[①]（该篇小说并非以徐常云为主角，而只是在小说中出现了这个侦探人物），俞天愤的“蝶飞探案”“完结”于1926年发表的《白巾祸》[②]，朱秋镜

① 张天翼：《途中乞儿》，《鸿光》第七期，1924年1月6日（农历癸亥年十二月初一日）。

② 俞天愤：《白巾祸》，《红玫瑰》第二卷第二十九期至第二卷第三十一期，1926年5月10日至1926年5月24日。

的"糊涂侦探案"、姚赓夔的"鲍尔文新探案"、何朴斋的"东方亚森罗苹奇案"和王天恨的"康卜森探案"[①] 等主要集中发表于1923—1925年，张碧梧的"家庭侦探宋悟奇探案"最后一篇可追至1929年发表于《紫罗兰》杂志上的《珍珠头面》[②]。陆澹盦的"李飞探案"系列在20世纪30年代仅见一篇，即为《金刚钻报》上连载的《秘密电声》[③]。朱戢的"杨芷芳新探案"也绝大多数发表于20世纪20年代，除此之外，仅见《银海明星》[④]《猩猩》[⑤] 和《旅邸怪剧》[⑥] 等零星几篇。即使是一直保持侦探小说创作持续高产的程小青、孙了红、赵苕狂、徐卓呆等人，其20世纪30年代的侦探小说创作成果也远不如在20年代和40年代所分别取得的实绩。而从目前所见资料来看，可能仅有柳村任的"梁培云探案"是主要发表于20世纪30年代的民国系列侦探案作品。因此程小青才会感慨"民国七八年间也曾有过一小页灿烂的记载"[⑦] 的民国本土侦探小说创作并未能一直持续下去："可惜这许多作家都是'乘兴而作，兴尽而去'；他们的努力不久便都变换了别的方向，不能始终其事。这是侦探小说界上的一种莫大的损失，也是我国通俗教育上的一种缺憾！"[⑧]

此外，从民国时期侦探小说专门性杂志的创办情况来看，在20

---

① 其中王天恨的"康卜森探案"中还有一篇《钻别针》发表于1929年3月11日刊出的《紫罗兰》第三卷第二十四期。

② 张碧梧：《珍珠头面》，《紫罗兰》第三卷第二十四期"侦探小说号"，1929年3月11日。

③ 陆澹盦：《秘密电声》，《金刚钻报》1933年7月23日至1933年10月20日（分12次连载）。

④ 朱戢：《银海明星》，《紫罗兰》第四卷第十三期至第四卷第十八期，1930年1月1日至1930年3月1日（分6次连载）。

⑤ 朱戢：《猩猩》，《小日报》1933年3月22日至1933年5月4日（其中3月22日之前以及4月29日报纸缺失未见）。

⑥ 朱戢：《旅邸怪剧》，《珊瑚》第四卷第十期，1934年5月16日。

⑦ 程小青：《论侦探小说》，《新侦探》第一期，1946年1月10日。

⑧ 程小青：《论侦探小说》，《新侦探》第一期，1946年1月10日。

世纪30年代末至40年代初，也曾经一度出现过一个非常短暂的侦探小说杂志创办的“小高潮”，如《侦探》杂志创办于1938年9月15日，《世界大侦探》杂志创办于1939年3月，《每月侦探》杂志创办月1940年2月，《侦探半周刊》创办于1940年7月等。但在这四种侦探小说杂志中，翻译作品其实占了绝大多数，本土创作的侦探小说则寥寥无几①，完全不能和之前《侦探世界》杂志创作盛于翻译的情况相提并论，也远不如后来《大侦探》《新侦探》《蓝皮书》等杂志的“创作译著并重”②。而这一时期几种侦探小说杂志的集中出现，表面上看似乎是热闹非凡，实际上却反过来说明了当时侦探小说在民国读者群中仍有一定的阅读市场，但本土创作方面确实陷入比较贫瘠和一时间无力维系的状态，主打本土创作的侦探小说杂志在这一阶段几乎全部销声匿迹就是一个强有力的证明。但与之形成有趣对比的文学史现象又在于，这一时期不少小报上纷纷连载侦探小说创作，比如汪剑鸣的《空门血案》《五弟兄》《虎窟擒王记》，艾珑的《桃色惨案》《血泪相思》等侦探小说作品，就分别连载于《袖珍报》《力报》《正报》《小说日报》等小报之上，后又陆续结集为单行本出版（关于汪剑鸣与艾珑侦探小说创作的详细情况，可参见本书“附录一”）。而这一时期民国侦探小说的发表平台从杂志“降格”为小报，某种程度上也是其发展“不景气”的征候和表现之一。

时至1946年，沉寂许久的民国侦探小说创作一时间开始出现复苏的迹象，仅从侦探小说专门性杂志方面来说，就有1月15日《新侦探》杂志创刊，4月1日《大侦探》杂志创刊，4月15日《小侦

---

① 这几种杂志共计发行六十余期，但其中的民国侦探小说原创作品仅见姜奉犹的《寒假中的血案》（刊于《侦探》第九期，1939年），胡庆坻的《劫珠记》（刊于《侦探》第十六期，1939年），锦江的《浴室疑案》（刊于《侦探》第三十二期，1940年）和《何来幽灵?》（刊于《侦探》第三十八期，1940年）等寥寥几篇而已，其余绝大多数皆为侦探小说翻译作品。

② 《艺文书局最近刊物》，《新侦探》第二期，1946年2月。

探》杂志创刊，7 月 25 日《蓝皮书》杂志创刊，8 月份《侦探》杂志创刊……其中在《新侦探》《大侦探》《蓝皮书》三种杂志上，民国本土侦探小说创作的数量和质量都比较可观，甚至诞生了许多新的民国名侦探探案系列作品，如郑狄克的“大头侦探探案”、长川的“叶黄夫妇探案”、位育的“夏华探案”、郑小平的“女飞贼黄莺之故事”系列等。而在侦探小说相关单行本书籍出版方面，程小青的“霍桑探案”系列侦探小说《霍桑探案全集袖珍丛刊》于 1941—1945 年由世界书局陆续出版，并在 1946 年全部出齐，共计三十种，收录侦探小说七十三篇，总计约二百八十万字，堪称是民国时期中国本土侦探小说创作在出版上的一件盛事和壮举，其规模在民国时期也可谓是“空前绝后”。甚至可以被认为是继 20 世纪 20 年代民国侦探小说翻译出版高峰之后的又一个民国侦探小说创作出版高峰。综合来看，我们可以说，在 1946 年民国侦探小说无论是从原创作品、刊物发行、书籍出版等几个方面来看，无疑都形成了一个发展的热潮，而这一文化事业上的成就固然与当时抗日战争胜利，上海等地的光复及随之带来的文化事业复苏有着相当密切的关系，也和当时全国杂志业的整体性回暖密不可分。① 只可惜这一复苏与高峰的状态并未能持续很长时间，随着 1949 年全国政治局势的再一次变化，侦探小说则因为其和私有财产、资本主义、现代都市、鸳鸯蝴蝶派的某些先天性或历史性联系而被打入另册，受到压抑。由此，以 1946 年为起点的民国侦探小说创作的第二次发展波段，也注定不会长久和兴盛。

一　“实事侦探案”的流行

随着 1945 年 8 月 15 日日本宣布无条件投降，9 月 3 日中国人民

① 据学者邓集田统计，1946 年的全国文学期刊共创刊 315 种，是整个晚清、民国时期文学期刊创刊种数最多的一年，其中仅上海地区在这一年就有 74 种杂志创刊［参见邓集田《中国现代文学出版平台——晚清民国时期文学出版情况统计与分析（1902—1949）》，华东师范大学出版社 2009 年版，第 70—99 页］。

的抗日战争取得彻底胜利，国民党政府陆续接收上海等抗战沦陷区。上海等地区曾经在日伪政权的审查和压制下艰难存活的文化事业和勉强维系的百姓生活表面上得到了恢复和发展，但实际上仍存在诸多的困难和问题：如各级接收官员贪污成风、中饱私囊的情况比比皆是，经济与金融市场上通货膨胀严重、货币贬值、物价飞涨，社会治安也一度陷于混乱之中。程小青在小说《白纱巾》中对这一时期的局势做过一段非常生动且精彩的比喻：

> 那渐渐西沉的日轮一落到地平线以下，大地上的景象便整个地起了变动。天空中虽还留着些儿嫣红的余光，但那沉沉的夜幕早已在扩张势力，逐渐地从四周包围拢来，准备把大地囫囵地吞噬下去。自然这残余的光彩存留没有好久，便已被黑夜所制胜。在这一刹那间的景况，真象人类社会中的真理，有时候被恶势力所蒙蔽陵夺，一时没法伸张，只得暂时隐忍屈伏着。①

胜利的光明还没有停留很久，黑夜就已然蠢蠢欲动，各种蛰伏着的社会问题呈现出即将爆发的态势，颇有一种“山雨欲来风满楼”之感。而这一具体的历史社会环境对1946年创刊的《大侦探》《新侦探》《蓝皮书》等侦探小说杂志产生了两个颇为重要的影响：一方面，物价尤其是纸价的飞涨造成杂志成本不断提高，在杂志广告收入有限且售价不能随纸价同步无限上涨的情况下，杂志经营一时间难以为继。当然这不仅是这三家侦探类文学杂志所要面临的困境，而是当时整个上海文化界的普遍难题。因此，在1947年，上海八十一家杂志共同发布联合声明，对当时的物价飞涨（尤其是纸价飞涨）提出控诉，要求政府以公平合理的价格配给“官价纸”，以保

① 程小青：《白纱巾》，载《程小青文集1——霍桑探案选》，中国文联出版公司1986年版，第124页。

障杂志界的正常运营和基本生存：

> 上海各杂志社鉴于过去缺乏联系，业务诸多困难，最近物价波动益烈，尤感支持不易，爰于十二月五日集议，为左列二事之陈述：
>
> ……
>
> 二、要求配纸：年来纸价飞涨，出版界难于负担，政府为维持文化事业起见，爰有官价纸之配给，但官价纸之分配尚需求普遍公平，所有经政府核准登记之出版单位，均应同等享受此种配给之权利，杂志界之资力素极脆弱，又无巨额广告费之收入，平时纯赖发行勉力维持，最近纸价一再跃涨，售价则无法比例增加：同人等过去大都未能获得官价纸之配给，挣扎至今，精疲力尽。整个杂志界实已濒近崩溃之阶段，我们为特要求政府为维持文化杂志业之存在，有迅予官价纸配给之必要，同人等除印推派代表向政府申请外，谨陈实情，惟国人鉴之。[①]

在这次联合声明中，侦探类杂志《大侦探》《新侦探》与《蓝皮书》皆在其中。而即便如此，由于纸价飞涨，从第二十二期开始，《大侦探》不得不压缩版面，从每期九十余页的篇幅容量减少到六十余页。而在当期的《大侦探重要启事》一文中，杂志即声明如此进行版面改革是为了“抑低售价，减轻读者负担”，并强调自己“比任何一本杂志便宜”[②]，并以此作为杂志不得已而为之的“卖点”之一，其中饱含着一股苦涩而无奈的味道。

另一方面，在20世纪40年代后期国民党政府接收上海之后，由于管理失当，导致社会治安情况较差，偷窃、绑架、凶杀等各类案件不断。尤其是在1947年国共谈判破裂之后，国统区工人罢工、

---

① 《上海杂志界联合宣言》，《大侦探》第十七期，1948年2月1日。

② 《大侦探重要启事》，《大侦探》第二十二期，1948年7月1日。

商人罢市、学生罢课，国民党派出军警镇压民主运动，一时间逮捕成风，造成社会秩序混乱，城市居民生活陷入动荡不安的局面当中。恰如程小青在小说《魔窟双花》中所模拟/仿作“《上海评论》十一月十八日”上的一段话所说：“一般抱严肃观念的人们，都说上海是罪恶丛集的区域，报纸上所记的新闻，偷盗、抢劫、奸拐、诈骗、私贩、密赌和绑票、勒赎等等，已觉怵目惊心，现在又连续发生了许多神秘莫测的暗杀案子，那真可算‘无美不备’，挂得起罪恶渊薮的牌子了！”① 孙了红的侦探小说代表作《蓝色响尾蛇》中，鲁平与黎亚男表面上灯红酒绿、充满魅惑的欲望生活背后，隐隐透露出一丝令人不安，甚至是危险的气味，而那正是属于那个时代的某种征候和预兆。

对此，《大侦探》杂志连续推出“事实侦探案”（小说），以当时上海或其他地区最新发生的真实案件及新闻报道为原型进行加工，编写故事，或者直接从相关警务人员口中获得第一手的秘密情报②。如杂志第二期发表的《升平街大破盗窟记》③、第三期的《上海投机市场大血案》④、第二十五期的《少将杀妻》⑤，皆标明为“上海实事探案”；第十二期刊载《香岛艳尸》⑥ 一文，则标明为“香港最新实事探案”；第十六期刊登的翻译作品《会讲话的死人》⑦，更是注

---

① 程小青：《魔窟双花》，载《舞后的归宿——霍桑探案集 1》，群众出版社 1997 年版，第 347—348 页。

② 其实，将实事案件与小说虚构相结合的犯罪题材作品并非始于 20 世纪 40 年代。早在清末民初时期，小说《春阿氏》就是根据《京话日报》所披露的小菊儿胡同案改编而成，而齐如山百舍斋收藏的该小说抄本也题为《时事小说春阿氏》（相关研究参见刘大先《八旗心象：旗人文学、情感与社会》，社会科学文献出版社 2021 年版）。只不过到了 20 世纪 40 年代后期，“实事侦探小说”大批量的出现，而并非此前零散出现的作品可比。

③ 余茜蒂（艾珑）：《升平街大破盗窟记》，《大侦探》第二期，1946 年 5 月 15 日。

④ 艾珑：《上海投机市场大血案》，《大侦探》第三期，1946 年 6 月 20 日。

⑤ 吴伯录：《少将杀妻》，《大侦探》第二十五期，1948 年 10 月 1 日。

⑥ 陈娟娟：《香岛艳尸》，《大侦探》第十二期，1947 年 8 月 15 日。

⑦ 南燕生译：《会讲话的死人》，《大侦探》第十六期，1947 年 12 月 20 日，原作者不详。

明“美国实事探案，原载于 Startling Detective 杂志”；甚至第二十期刊载的《学院路裸体艳尸》[①]，已经将“实事探案”的来源范围具体到“上海邑庙警局”；而第二十七期发表的《台湾、徐州、朝鲜三帮集体大贩毒案》一文，则明确说是“承上海市警局侦缉科供给全部材料”[②]。与此同时，《大侦探》杂志还经常可以获得关于这些真实案件的第一手照片，并将其一并刊登出来，称得上是图文并茂，非常生动。可以想见，当时生活在上海的市民读者，从《大侦探》杂志上看到自己身边所发生的一些真实案件实录，或根据这些案件所改编而成的颇具一定“真实性”原型的小说时，内心被激起的阅读欲望和好奇心理。用《大侦探》杂志编辑部的话说：“西洋侦探小说布局固好，要是能有上海的实事探案，也未始不能引起很浓的兴趣”[③]，而这也正是《大侦探》杂志坚持刊发“实事探案”的原因之一。类似的，在同一时期的《蓝皮书》杂志上，也出现了一些标明为“实事小说”或“实事侦探小说”[④] 的将真实案件与侦探小说相混合的作品，如《活猪》[⑤]《金蝉脱壳计》[⑥]《传教士媳妇的惨死》[⑦] 等。关于《大侦探》和《蓝皮书》杂志上出现的很多“实事探案”类作品，当时的评论者刘中和便认为，这是因为以往侦探小说“专门形成了一套”设计太过巧思和玄妙的犯罪手法，与社会上的真实案件不符。“所以近年来许多短篇，有趋向于‘事实侦探案’

---

① 《学院路裸体艳尸》，《大侦探》第二十期，标“上海邑庙警局实事探案”，1948 年 5 月 1 日，原作者不详。

② 吴伯录：《台湾、徐州、朝鲜三帮集体大贩毒案》，《大侦探》第二十七期，1948 年 12 月 1 日。

③ 《编辑后记》，《大侦探》第二期，1946 年 5 月 15 日。

④ 本节所说的“实事探案”“实事小说”“实事侦探小说”“实事侦探案”等其实只是同一时期不同刊物的命名和说法不同而已，其所指代的文体类型内涵并没有本质差别。

⑤ 路中译：《活猪》，《蓝皮书》第十期，1947 年 12 月 1 日，原作者不详。

⑥ 丁香：《金蝉脱壳计》，《蓝皮书》第十期，1947 年 12 月 1 日。

⑦ 应似道译：《传教士媳妇的惨死》，《蓝皮书》第十三期，1948 年 4 月 25 日，原作者不详。

的倾向。”但同时刘中和又在文中批评说：“近年来有许多短篇，倾向于事实探案的，虽然近于实际，情形逼真，但是乏味，失去侦探小说的特性，而近于新闻报道。不甚可取。”[①] 程小青则在澄清事实探案和侦探小说之间区别的基础之上进一步指出了二者之间的共通性和相互转化的可能：“良好的侦探小说的优点是在情节的致密紧张和写作的技巧上；它是不同于 Founded on fact 或 true detective stories 的，所以和现实的侦探故事并不完全相同。不过它对于现实司法和警务机构也许有些侧面的贡献。譬如今年夏天上海发生的金砖案和荣姓绑案，负责侦查的人多少也采用些侦探技术了。”[②] 程小青这句话中所提到的“今年夏天上海发生的金砖案和荣姓绑案”，就都曾以“事实探案”或者“案件轶闻”的名目发表过，分别是刊于《大侦探》第四期上的《荣德生绑案内幕》（1946）以及刊于《蓝皮书》杂志第十七期上的《金砖大盗越狱记》（1948），其中后者还明确标注了“轰动全沪，新闻小说”的字样。

除上海之外，当时正处于日据时期的中国台湾地区，也出现了“实事案件”新闻报道和侦探小说相互融合的现象：一方面，台湾的侦探小说创作或译作除了经常刊载于《台湾日日新报》《台湾文艺丛志》《台湾民报》《三六九小报》《孔教报》《崇圣道德报》《风月报》《南方》等日常性或文艺型报刊上之外，还主要刊登在《台湾警察协会杂志》和《台湾警察时报》上面，而这两种报刊都是当地警员内部创办并流通的行业类杂志和报纸，主要供当地警察系统中的公务人员阅读。将侦探小说提供给专门从事实际探案工作的警务人员阅读，这本身即为“实事探案”与“侦探小说”在阅读层面提供了某种彼此勾连和转化的可能性。另一方面，当时中国台湾侦探小说的影响源头除了“福尔摩斯探案”系列小说之外，还深受日本明治时期颇为流行的“探侦实话”的影响，正如日本学者中岛利郎

① 刘中和：《谈侦探小说》，《沪西》第二卷第四期，1948 年。

② 程小青：《侦探小说真会走运吗》，《新侦探》第十六期，1947 年 2 月 1 日。

教授所说："受到明治时期'探偵実話'以及翻译西洋福尔摩斯的'探偵小説'的影响，当时的台湾文坛也有趣味本位、娱乐为主的'偵探小説'。作品都发表在《台法月报》《台湾警察协会杂志》及其后继刊物《台湾警察时报》上，读者对象为司法与警务关系者。其中如大正时期座光东平在《台湾警察协会杂志》上发表的15篇'犯罪小说'以及林熊生（金关丈夫）《船中の杀人》（《船中的杀人》）等。"[①] 而日本明治时期的"探偵実話"对于日据时期中国台湾地区"侦探小说"创作的影响本身即为我们理解"实事探案"和侦探小说之间的关系提供了一个新的可供思考的维度以及一批值得重新整理和考察的文献材料。类似的，根据刘晓丽教授等人的研究成果，在"伪满"时期的《麒麟》等杂志上，也有不少"实话""秘话"一类的"非虚构"文体形式，其中不乏《老余家从此热闹起来了》（1941）、《平定桥惨案》（1942）等聚焦于真实案件的作品。[②]

此外，需要注意的是，"实事探案"本身也有着文体学方面的意义和价值。如前文所述，早在20世纪20年代，《侦探世界》杂志上就已经出现了将侦探小说中的手法、情节和一些犯罪新闻相关联的介绍性文章，如张舍我的《实事侦探录》等栏目就已经初步具备了"实事探案"这一文类的雏形特征；而在20世纪30年代末至40年代初登上文坛的民国侦探小说家艾珑（本名：余茜蒂），本人即是记者兼侦探小说作者的双重身份，既写过"罗丝探案"与"陈查礼侦探案"等侦探小说，后来也写过诸如《一千万元杀人血案》[③]《军火

① ［日］中岛利郎：《日本统治期台湾文学台湾探偵小说史稿》，《岐阜圣德学园大学外国语学部中国语学科纪要》第五号，2002年3月31日，第1—30页。需要特别说明的是，中岛利郎文中所说的受明治时期"探偵実話"所影响的台湾侦探小说作家，主要指的还是日据时期在中国台湾生活和创作的日本侦探小说作家。

② 参见刘晓丽《从〈麒麟〉杂志看东北伪满洲国时期的通俗文学》，《中国现代文学研究丛刊》，2005年第3期。

③ 余茜蒂：《一千万元杀人血案》，《大侦探》第六期，1946年10月4日。

库爆炸案内幕》[①] 之类偏“实事侦探案”风格的文章；到了20世纪40年代后期的《大侦探》《蓝皮书》等杂志中，“实事探案”进一步被发展到更为成熟的状态（这里所指的成熟，既指数量上的多，又包含文体上相对复杂与完备）。“实事探案”既有作为非虚构文学、深度新闻报道的真实性等特点，又兼具侦探小说虚构性、戏剧性、悬疑性等类似要素，是新闻报道、侦探小说、黑幕小说、非虚构写作等不同文类相互交织、彼此融合之后的产物。可以说在一定程度上开创了后来有关于罪案类报告文学，乃至非虚构文学（比如《大兴安岭杀人事件》）的写作先河。只是相比起后来人们所说的罪案类非虚构文学作品，20世纪40年代后期《大侦探》和《蓝皮书》等杂志上的“实事探案”为了能够快速吸引当时读者的阅读兴趣，更讲究案情书写/“爆料”的及时性，因而更偏向于某些新闻类文体的部分特征，而对于整个案情前因后果的全面展现和深入分析方面尚显浅陋、有所不足。

二　以“艳尸”和“血案”来博取眼球

如果说20世纪40年代后期民国侦探类杂志的发展趋势之一是侦探小说和“实事案件”结合得越发紧密，如前文中所提到的《大侦探》杂志上就经常可以看见对现实中发生案件的介绍，及“本文资料承市警察局供给谨此志谢”等字样。那么这一时期侦探类杂志另外一个显而易见的办刊特点就是40年代《大侦探》《蓝皮书》《红皮书》等杂志显然要比20年代的《侦探世界》更加追求刺激观众眼球，比如以“艳尸”“血案”“血尸”“惨案”等为标题的小说在《侦探世界》上几乎见不到，但在40年代后期的侦探杂志中则比比皆是。如《浴室命案》[②] 《溪中艳尸》[③] 《一千万元杀人血案》[④]

---

① 余茜蒂：《军火库爆炸案内幕》，《大侦探》第八期，1947年1月1日。

② Leonard Thompson：《浴室命案》，夏辰译，《大侦探》第三期，1946年6月20日。

③ Frank Ward：《溪中艳尸》，谭吉译，《大侦探》第三期，1946年6月20日。

④ 艾珑：《一千万元杀人血案》，《大侦探》第六期，1946年10月4日。

《无头女尸》[1]《艳尸奇案：一个怪女人和一顶怪帽子》[2]《兆丰公寓奇尸》[3] 等，尤其当这些颇具刺激性的标题和前文中所述的“实事探案”相结合时，则呈现出了一种宛如黑幕小说般的阅读吸引力。较之而言，20 年代《侦探世界》上所刊登的文章更注重侦探小说与滑稽、趣味的调和，而 40 年代《大侦探》《蓝皮书》《红皮书》等杂志则是将侦探小说引向了血腥、猎奇、恐怖、悬疑的方向。甚至《蓝皮书》杂志在封面上就印有“侦探、恐怖、刺激”三个词语，意在表明杂志文章的内容风格、审美偏好与主打卖点。而在稍晚的《红皮书》杂志上，单从杂志封面设计就能感受到一种诡异与恐怖的气氛，比如《红皮书》第一期封面是一张怪异扭曲的人脸，第二期封面是在荒草地中惨死的尸体，第三期封面是一个男人用门板顶住一具口中衔刀的骷髅，第四期封面是一个漆黑的背景下充满危险与惊惧感的猫眼睛在凝视着你。

20 世纪 40 年代后期民国侦探小说中“‘实事探案’的流行”和“以‘艳尸’和‘血案’来博取眼球”两大特点在程小青这一时期的代表性作品《活尸》中得到了很好的融合与充分的体现。一方面小说题目为“活尸”，情节发展过程中也通过“一个活色生香的美人”与“一个奄奄欲绝的艳尸”[4] 来起到先声夺人、引人关注的效果；另一方面小说开头即将整个故事带入了一种真假难辨的悬疑境地，即“伪托”声称小说是对真实新闻的某种改写，而这就与 20 年代“霍桑探案”的小说风格与审美趣味迥然不同：

“活尸”！这名词是多么的惊人而又含蓄啊！在一般读者们

---

① Marin Strong：《无头女尸》，田毅译，《大侦探》第六期，1946 年 10 月 4 日。

② 佐良：《艳尸奇案：一个怪女人和一顶怪帽子》，《大侦探》第八期，1947 年 1 月 1 日。

③ 舒子谟：《兆丰公寓奇尸》，《大侦探》第九期，1947 年 3 月 10 日。

④ 程小青：《活尸》，载《程小青文集 4——霍桑探案选》，中国文联出版公司 1986 年版，第 124 页。

看来，也许要认为这名词新异惹目，我把它作为我的老友霍桑所经历的奇案之一的篇名，或许可以获到读者们的激赏。可是我决不敢因着贪赏而掠他人之美。这篇名并不是我创立的。如果读者们的记忆力不怎样坏，一定还记得这“活尸案”字样，在不久以前曾占据过上海各报纸的宽大的篇幅，而且连续登载过好久。它曾在一时间形成了上海人们的谈话资料，又使不少人感觉到惊心动魄。我现在把这案子记录下来，只将“上海新闻”的主笔所首创的“活尸案”三个字，打个折扣，三取其二地袭用过来。所以读者们如果对于这案子的标名有所奖饰，我却不愿掠美冒领，这是我应当郑重声明的。①

需要强调的是，这一时期的侦探杂志，从文章题目与写作风格再到封面设计的转变显然是和刺激读者阅读兴致、博取眼球，赚取市场利润的商业目的密切相关；同时也和几乎同一时期美国“硬汉派侦探小说”（Hard-boiled Detective Novel）朝着“廉价小说”（Dime Novel）与“黄色小说”（Pornographic Novel）转型的发展趋势相一致；此外，这一时期小说标题的越发刺激和露骨，也和同一时期好莱坞“黑色电影”（Film noir）的大量引进有关，而电影对于20世纪40年代民国侦探小说创作的影响又绝不仅仅局限于小说标题，而是深入小说情节氛围与心理塑造等多方面（本书“结语”部分会对此略微展开论述）。但从另一方面来说，民国侦探小说朝着“惊悚”“恐怖”这一审美方向发展的起点或许可以追溯到更早些时候，郑伯奇在20世纪30年代后期就曾指出“在侦探小说向恐怖和幽默的歧路上走的现在，另一种新的侦探小说是应该出现的”②，这句话说明在郑伯奇看来，当时的民国侦探小说中就已然存在着“恐

---

① 程小青：《活尸》，载《程小青文集4——霍桑探案选》，中国文联出版公司1986年版，第96—97页。

② 郑伯奇：《两栖集》，上海良友图书公司1937年版，第33页。

怖”和“幽默”两种发展状况和趋势了，而本节所分析的20世纪40年代后期民国侦探小说的“恐怖化”发展趋向，可能只是对此前的某种继承和延伸。

三 “女侦探”的崛起

侦探小说中的侦探似乎是一个专属于男性的职业。如果说世界侦探小说史上第一位男性侦探角色是爱伦·坡笔下的西·奥古斯特·杜宾（C. Auguste Dupin），首次出现在1841年的《莫格街凶杀案》中；第一位享誉全球的男性侦探是柯南·道尔所塑造的夏洛克·福尔摩斯（Sherlock Holmes），自1887年《血字的研究》发表以来，几乎成为“侦探”这个职业的代名词；那么世界上第一位被广泛阅读和认知的女性侦探角色则要等到1930年，在阿加莎·克里斯蒂的小说《寓所谜案》中，简·马普尔小姐（Jane Marple）首次登场，后来成为“阿婆”笔下足以和赫尔克里·波洛（Hercule Poirot）相比肩的经典侦探形象，而此后其他作家笔下的“女侦探”，无论从流传广度还是经典程度来看，也都少有能与之争锋者。

在民国侦探小说中，诸如霍桑、鲁平、李飞、徐常云、宋悟奇、胡闲等一批最有名的侦探形象也通常是男性。在侦探这个职业中，“男女比例失调”的现象似乎再寻常不过。这背后的原因很复杂，比如当时民国侦探小说多模仿自西方“福尔摩斯探案”与“侠盗亚森·罗苹案”两大系列，作者也就相应地将自己虚构的“东方福尔摩斯”或“东方亚森·罗苹”等侦探主角同样设定为男性。又比如早期侦探小说中的侦探多为“行动派”，四处奔走、乔装易容、抓捕罪犯、近身搏斗、街头枪战，甚至快艇追逐等情节都很常见，而在当时的侦探小说家们看来，这些工作似乎更适合安排一名男性角色来完成，其中渗透了某种微妙的“男性想象”。这也和后来马普尔小姐在一个相对封闭的乡村庄园中，坐在安乐椅上一边聊家常，一边打毛线，顺便推理破案的情节模式有很大不同。当然，这并非是说民国时期的侦探小说中没有“女侦探”形象。在晚清、民国时期的中国侦探小说作品中，“女侦探”虽然不多，但却有着多种不同的面貌与别样的风采，从马普尔小姐式的“安乐椅侦探”到“女华生”，再到女侠侦探或“女飞贼”侦探等，不一而足。尤其是到了20世纪40年代，从艾珑的“罗丝探案”到长川的“叶黄夫妇探案”，再加上郑小平的“女飞贼黄莺”系列小说，民国侦探小说中的侦探主角似乎正在发生着某种“谁说女子不如男”的变化趋势，而对这一变化趋势的历史钩沉以及对晚清、民国时期“女侦探”形象序列的梳理，都有助于我们更好地理解这一时期的民国侦探小说创作及其变化。

第一，如果细数中国最早的女性侦探形象，大概可以追溯至商务印书馆1907年（光绪三十三年）出版发行的《中国女侦探》一书，这是一本文言短篇侦探小说集，内收小说三篇：《血帕》《白玉环》和《枯井石》。作者署名“阳湖吕侠”，经邬国义等学者考证，应为著名历史学家吕思勉无疑①。更有趣的地方在于，吕思勉先生的这本侦探小说“少作”，不仅如书名所言，首创了“中国女侦探”（书中又称之为“中国之女歇洛克”②）这一全新的人物形象，还直接塑造出了一批“中国女侦探”群像，换句话说，即小说中的女性近乎个个皆善推理，人人可为侦探。具体而言，整本《中国女侦探》的故事开始于黎采芙、锄芟、李薇园、凌绛英、秦捷真、慧真等一班闺阁姐妹在八月十五中秋小聚，大家一边“吸纸烟”“嚼鲜果”，一边讲“奇案”③故事，不想越讲越入迷，一直讲到后半夜，于是决定一起留宿、讲个通宵。而这晚所讲的故事，就是全书中的前两篇《血帕》和《白玉环》。一方面，这两个故事中涉及的女性多少都具有一些侦探才能：比如《血帕》中多亏县令的妻子提醒县令，

① 参见邬国义《青年吕思勉与〈中国女侦探〉的创作》，《华东师范大学学报》（哲学社会科学版）2009年第5期。

② 吕侠：《中国女侦探·血帕》，上海商务印书馆1906年版，第21页。

③ 吕侠：《中国女侦探·白玉环》，上海商务印书馆1906年版，第36页。

这才发现了死者夹衣中的血书，最后揭露出整个案件的真相；而《白玉环》中更是全靠主人公长夫住在外地的姐姐卢姨娘及早掌握到了犯罪团伙的阴谋，才救下弟弟的身家性命，由此称小说中的县令妻子与卢姨娘为“女侦探”并不为过。或者按照小说中的说法，《血帕》是“犹妇人为构成之材料”，《白玉环》则是“以妇人为主动力者”[①]。另一方面，几位深夜讲故事的闺阁姐妹也都深谙侦探之道，她们在讲侦探故事的同时，也彼此间展开推理竞赛，既各逞机智才华，相互指出对方推理过程中的漏洞与不同的案件可能性，又时刻坚守有一分证据说一分话，不肯轻易下结论，因为她们深知“苟欲为侦探，则谨言其首务也，宁常恃喋喋利口，以自炫其所长邪”[②]。几位姐妹的侦探故事一直讲到天亮，而这时却真的发生了一起案件，“县学场郭宅被盗矣，所失甚巨，计数千金云”[③]。于是几位姐妹从侦探故事的讲述者化身为真正的“女侦探”，充分发挥她们从各种侦探故事中所获得的侦探经验与才能，从失窃案查到通奸案，最后一举揭露出三条人命案的真相，这就是书中第三篇小说《枯井石》的主要情节内容。

总体上来说，《中国女侦探》中的几篇侦探小说多是通过作者故设迷雾，安排几条引人误入歧途的线索假象，然后再逐一推翻，找出真凶，让案情大白，一定程度上仍明显带有晚清时期公案小说与侦探小说的过渡性色彩，即小说里通过“无巧不成书”的方式构造“奇案”的痕迹较重，和同一时期《狄公案》《九命奇冤》等小说风格颇为相似。至于少年吕思勉为何会写这样一本侦探小说，一方面固然和晚清时期侦探小说的流行与畅销有关，参照前文所引述的小说林社主编徐念慈对自己旗下图书销售情况的粗略统计来看，“他肆我不知，即‘小说林’之书计之，记侦探者最佳，约十之七八；记

---

① 吕侠：《中国女侦探·血帕》，上海商务印书馆 1906 年版，第 32 页。

② 吕侠：《中国女侦探·白玉环》，上海商务印书馆 1906 年版，第 43 页。

③ 吕侠：《中国女侦探·枯井石》，上海商务印书馆 1906 年版，第 70 页。

艳情者次之，约十之五六；记社会态度、记滑稽事实者又次之，约十之三四；而专写军事、冒险、科学、立志诸书为最下，十仅得一二也”①，足可见当时侦探小说受欢迎程度之高，而写作侦探小说或许也可以缓解吕思勉此时“家况益坏”的生活窘境；另一方面，吕思勉的这本《中国女侦探》也多少带有一点和西方侦探小说一较高下的“雄心”，面对当时西方侦探小说涌入中国，人们谈侦探必言福尔摩斯的情况，吕思勉在小说中明确表示：“予叹曰：此等深奥曲折之案，虽使福而摩斯遇之，亦当束手，顾乃以一侨居异地、暂归故乡之女子探得之，谁谓华人之智力不西人若哉。”② 其中透露出明显的民族主义意味。而在晚清的性别政治话语背景下，这句话所隐含的逻辑还在于，既然中国“女侦探”尚且如此能干，那么中国“男侦探”还会不如福尔摩斯吗？民族主义与性别政治就以这样一种奇怪的方式被纽结在了一起。

第二，自从美剧《福尔摩斯：基本演绎法》（Elementary）于2012年播出以来，刘玉玲所饰演的女版华生形象就引起了不少讨论，支持者认为如此改编福尔摩斯够大胆、很具有突破性和创新性，反对者则觉得这样实在太胡来，并且有过分迎合性别政治正确的嫌疑。其实，早在民国侦探小说中，“男福尔摩斯+女华生”的组合就已经出现了，甚至发展到20世纪40年代，还曾一度出现过“女福尔摩斯+男华生”的侦探组合。

如前文所述，晚清、民国时期的中国侦探小说多受柯南·道尔“福尔摩斯探案”系列的影响，其明证之一就是很多当时的中国侦探小说都采取了“福尔摩斯+华生”的侦探、助手组合模式，比如程小青的“霍桑探案”、张无净的“徐常云探案”、王天恨的“康卜森探案”等。而在陆澹盦的“李飞探案”系列小说中，侦探李飞一开始是独来独往的学生侦探形象，后来其成年结婚，妻子王韫玉（个

① 觉我（徐念慈）：《余之小说观》，《小说林》第九期，1908年。

② 吕侠：《中国女侦探·白玉环》，上海商务印书馆1906年版，第70页。

别篇目写成“王韫珠”“王蕴珠”）女士则成为李飞的“助手”，只不过王韫玉在丈夫李飞破案过程中一般很少表达自己的观点，其作为“华生”更多情况下只是充当了故事记录员的功能。比如在小说《古塔孤囚》开篇，作者即以王韫玉女士的口吻写道：“我以前所记的几件案子，都是李飞亲口讲给我听的。我们俩在蜜月的期内，闲着没事，就借着这记载探案的一件事情，作为消遣。李飞讲一件，我便记一件。”①

相比之下，在朱䝉的“杨芷芳探案”系列小说中，侦探与助手之间的关系则更为复杂。如前文所述，一方面，类似于程小青笔下的“霍桑—包朗”、张无净笔下的“徐常云—龚仁之”，朱䝉也安排了一个“杨芷芳—吴紫云”的侦探助手组合；另一方面，朱䝉还在小说中专门为助手吴紫云设计了一个妻子——励操。其实，在“福尔摩斯探案”中，助手华生也有自己的妻子，即在《四签名》中登场的玛丽·摩斯坦（Mary Morstan）。只不过玛丽·摩斯坦在小说中从最开始的委托人和被保护者到后来成为华生的妻子，并不参与到案件侦破与推理的过程之中。朱䝉笔下助手吴紫云的爱侣励操则最终成为参与和见证杨芷芳探案的另一位重要辅助性人物，即“杨芷芳探案”可以说是采取了“侦探+双助手”（一对夫妻）的组合模式，因此在原有“福尔摩斯探案”系列小说的基础上，成功植入了言情小说的部分类型元素和特征（具体分析参见本书第四章第五节）。

民国侦探小说发展到20世纪40年代，出现了另外两个颇有特色的“女侦探”形象，即艾珑“罗丝探案”中的妹妹罗丝和长川“叶黄夫妇探案”中的妻子黄雪薇。更有趣的地方在于，这两个侦探小说系列都采取了“双侦探”的模式。艾珑“罗丝探案”中哥哥罗文与妹妹罗丝是一对兄妹侦探组合，不过二人中更有才能的其实是

① 陆澹盦：《古塔孤囚》，《红杂志》第二卷第十四期至第二卷第十六期，1923年11月。

妹妹，因此整个系列小说才取名为“罗丝探案”。而该系列小说的基本情节模式也多是哥哥罗文率先做出煞有介事的推理和“伪解答”，而后妹妹罗丝指出其中的漏洞，并做出正确的推理直至案件告破。甚至在破案过程中，哥哥罗文也经常忍不住请教罗丝：“妹妹，你的观察怎样？可有什么独特的见解？”类似的，长川“叶黄夫妇探案”中妻子黄雪薇的破案能力也胜于身为警长的丈夫叶志雄（关于“叶黄夫妇探案”的分析，详见本章第四节，此处不赘言）。总体上来说，如果我们将这一时期颇为流行的“双侦探”模式也视为“福尔摩斯+华生”组合的某种变形（其实说是“双侦探”，但两名侦探的破案能力及其在小说中的地位显然是不均衡的），那么“叶黄夫妇探案”与“罗丝探案”则无疑采取了在当时看来更为大胆的“女福尔摩斯+男华生”的小说主人公组合。

此外，仍值得补充讨论的细节有二：一是在男女侦探助手的人物组合中，男女之间的关系多为夫妻，或者兄妹。这或许是因为在“福尔摩斯+华生”这一人物组合中，助手华生既是侦探破案的好帮手，又是事后整个案件的记录员和讲述者，因而需要经常和侦探保持同进同出，甚至同吃同住，而将“女华生”直接设定为“男侦探”的妻子（王韫玉、黄雪薇）、妹妹（罗丝），或侦探助手的妻子（励操）显然有着情节叙述上的便利性；二是从20世纪20年代陆澹盦的“李飞探案”、朱戬的“杨芷芳探案”到40年代艾珑的“罗丝探案”和长川的“叶黄夫妇探案”，我们似乎能隐约看到一条从作为案情记录员的“女华生”到作为破案主力的“女福尔摩斯”的小说人物性别地位发展线索。

第三，在民国侦探小说中，除了模仿“福尔摩斯探案”系列之外，效法莫里斯·勒伯朗“侠盗亚森·罗苹”系列小说的作家和作品也为数不少，且自成一脉，比如张碧梧、吴克洲、何朴斋、柳村任、孙了红都有过这方面的创作，而在这些名为“东方亚森·罗苹”的系列小说中，鲁平或鲁宾们往往是“独行侠”，偶尔需要党羽帮忙，其中也绝没有女性角色，甚至鲁平们所遭遇到的女性也多是有待拯救的柔弱女子，或是让人不寒而栗的“蛇蝎女郎”。而说起“东方亚森·罗苹”系列小说之所以能在民国侦探小说读者中广受欢迎，一方面自然是因为其中人物的风采、情节的曲折、故事的惊险以及除强扶弱的“痛快”，而这些元素在勒伯朗的小说原作中已经基本齐备；另一方面，“东方亚森·罗苹”系列小说又在某种程度上和中国古代“侠盗”故事不期而遇，被称为“胠箧之王”的亚森·罗苹本人大概也可以和明代话本小说中的宋四公、“我来也”“一枝梅”懒龙等“侠盗”形象视为同一脉络下的人物来看待。而在这一西方侦探小说（勒伯朗“亚森·罗苹传统”）与中国武侠小说（“侠盗”人物形象序列）的交汇点上，我们才能够更清楚地来定位和讨论20世纪40年代曾经一度风靡上海，后来对香港通俗文化影响至深的郑小平的“女飞贼黄莺之故事”。该小说系列虽然明显带有传统“侠盗”型武侠小说的影子，但同时也延续了“东方亚森·罗苹”系列小说的某些特征，甚至我们可以将“女飞贼黄莺”认为是“女版东方亚森·罗苹”，从而考察其主人公形象特征与文本流变。

在“女飞贼黄莺之故事”系列的首篇小说《黄莺出谷》[①] 中，黄莺与白鸽、绿燕、紫鹊、黑鸦、灰雀等一班姐妹在卢九妈的“飞贼学校”中接受特别训练，学成出山，走向社会，惩强扶弱，俨然是沿袭了武侠小说中“学成下山”与“行走江湖”的情节套路。不过这篇小说不同于当时一般武侠小说的地方在于，其并不注重渲染主人公武功超群，反而是极力想通过尽可能“科学”的描述，给读者留下普通人“受有特殊长期训练，也许可以试一试”的印象。比如在黄莺“翻身上墙”的描写中，作者就特别通过西方跳高的助跑、借势等体育术语将传统武侠小说中的“轻功”知识化、祛魅化。与此同时，这篇小说也巧设悬念，通过一个“真假黄莺”的身份诡计来推动情节发展的一波三折。由此，“女飞贼黄莺之故事”有别于一般武侠小说，而更接近于“东方亚森·罗苹”一类的“侠盗型”侦

---

① 郑小平：《黄莺出谷》，《蓝皮书》第十七期，1948年9月20日。

探小说。

“女飞贼黄莺之故事”首刊于1948—1949年上海的《蓝皮书》杂志上，共有《黄莺出谷》《除奸记》《一〇八突击队》《铁骑下的春宵》《二个问题人物》《陷阱》《三个女间谍》《川岛芳子的踪迹》《血红色之笔》九篇作品（具体发表情况详见“附录一”），整个故事从黄莺惩治为富不仁的“米蛀虫”（《除奸记》）到智斗国际间谍（《川岛芳子的踪迹》），暗含着从侠盗侦探故事向间谍题材转型的民国侦探小说类型发展趋势，这一点也和同一时期孙了红的“侠盗鲁平奇案”有着极为相似的发展演变轨迹——“侠盗鲁平”也从在《三十三号屋》中对付囤积居奇、大发国难财的“米蛀虫”到后来在《蓝色响尾蛇》中大战日本女间谍黎亚男。

1949年以后，《蓝皮书》杂志随着其资方环球图书杂志公司一起南迁至香港，“女飞贼黄莺之故事”也随之一并南下。在香港，不仅“女飞贼黄莺之故事”中《除奸记》《两个问题人物》《三个女间谍》《血红色之笔》等当初刊载于上海《蓝皮书》杂志上的作品纷纷以单行本形式出版，而且还出现了《三姨太的密室》《龙争虎斗》《紫色墨水之秘密》《无敌霸王》《黄毛怪人》《白花蛇》《神秘俱乐部》《狐群狗党》《魔爪》《最后的宴会》《烟雾里的玫瑰》《死亡边缘》等一批庞大“续作”系列，其中《龙争虎斗》《黄毛怪人》《死亡边缘》等还相继被改编为电影上映，甚至直接影响到香港后来“珍姐邦”电影（The Jane Bond Films，即“女性邦德”题材）的类型产生与发展，势头一时无二。

最后，值得捎带一提的作品还有严阵秋的短篇侦探小说集《女侠侦探》（上海国华书局1929年8月版）。书中共收录了十九个侦探故事，主要讲述了女侦探棠瑛所侦破的一系列案件。不过这本名为“女侠侦探”的小说集其实有些“名不副实”，书中并没有什么“女侠”形象，主角棠瑛只不过是一名闺阁“女侦探”。其所具备的技能主要有二：一是“善观人意，一言之细，一举之微，在常儿视之毫无关系，而棠瑛则以为自有至理，一加考察，便能明白”；二是她善于乔装打扮，经常扮作公子、老妇或道姑等各类形象前去打探情报。至于其所侦破的案件，也多是围绕在她个人生活周边的盗窃案或谋杀案，人物关系不脱亲友仆役之流。再加之小说以文言写就（这相比于其出版时间而言也算另类），大概可以视为对吕思勉《中国女侦探》传统的某种继承和延续。如果我们将这本书和郑小平的“女飞贼黄莺之故事”对比来看，会发现其中颇为有趣或者吊诡的地方在于，名为“女侠”的侦探小说中其实并没有出现真的“女侠”（我们一般所理解的“女侠”多少要会一点武功，以及做一些行侠仗义的行为），而名为“女飞贼”的小说却活灵活现地刻画出了让一代代上海及香港读者难忘的“女侠”形象。何为侠？何为贼？这种小说名实之间的错位或许也在一定程度上反映出了当时两地市民读者对于社会现实的不满以及对正义的想象。

从少年吕思勉带有民族主义与性别政治想象的《中国女侦探》开始；历经从20世纪20年代陆澹盦的“李飞探案”、朱戮的“杨芷芳探案”到40年代艾珑的“罗丝探案”和长川的“叶黄夫妇探案”的“女华生”到“女福尔摩斯”的演变轨迹；再到1948年诞生于上海，却在20世纪50年代以后风靡香港大众读者市场的“女飞贼黄莺之故事”……晚清、民国侦探小说中的“女侦探”形象虽不如男性侦探数量众多，但仍几乎遍布了当时中国侦探小说的所有“子类型”，如公案侦探过渡性小说、仿“福尔摩斯探案”小说、仿亚森·罗苹系列小说等。且这些小说中的“女侦探”，无论是深情如励操、娴静如黄雪薇，还是俏皮如罗丝、果敢如黄莺，都是各具魅力、别有风姿，在中国名侦探的星河中不让须眉，熠熠生辉。

此外，需要特别注意的是，本节所勾勒的20世纪40年代民国侦探小说中“女侦探”形象的改变与地位的上升，如罗丝、黄雪薇在兄妹或夫妻侦探组合中成为破案主力，黄莺更是成为惩强扶弱的正义象征，这种变化并不能简单归因为中国女性地位的崛起或女权主义的胜利，因为我们实在很难说20世纪40年代中国上海的女性地位比20年代要高出多少，尤其还是体现在侦探小说这种通俗流行读物之中。这里小说女性人物地位的上升更多应该归因到侦探小说文类自身的发展，简言之，即在读者们看多了“男福尔摩斯+男华生”之后，也希望侦探小说作品能够不断有所翻新，于是各种性别改写的尝试就相应产生了。因此，40 年代黄雪薇和罗丝等“女侦探”及黄莺等“女侠盗”形象的出现更多是出于一种侦探小说自身“翻新”的需求和对于读者阅读趣味的满足，而非作者有着更进步的性别政治观念。此外，这一时期“女侦探”的流行或许也多少受到西方侦探小说中陆续出现的一批女性侦探角色的影响。而“女侦探的崛起”与“实事探案的流行”“恐怖化书写倾向”一起，共同构成了 20 世纪 40 年代，特别是 1946 年之后民国侦探小说发展的三个最为显著的时代特征。

四　互动类侦探谜题的多样性

除了上述几种民国侦探小说自身的发展趋向之外，这一时期侦探类杂志上的互动问答型侦探谜题也颇值得一提。如前文所述，侦探谜题这一形式早在 20 世纪 20 年代的《侦探世界》杂志上就曾以《侦探谜》等栏目的面目出现过，是侦探小说“设谜—解谜”的小说基本结构遇到现代报刊传媒之后的文本衍生与变形。发展到 20 世纪 40 年代后期《大侦探》《新侦探》这里，互动谜题变得更加复杂且“花样百出”，有时甚至固定为一个或者多个栏目长期出现在杂志上。比如《大侦探》第一期至第十四期，就每期都采用彩色漫画的形式呈现一则案发现场的图景，并提出相关问题，让读者进行推理，答案在内页公布，而这一图像推理游戏，也成为《大侦探》的品牌与特色栏目之一。第十九期吴承达担任《大侦探》杂志主编及发行人之后，进一步创办了“侦探测验故事”等栏目，其中包括《怎样做个第一流的大侦探》[①]　《侦探术测验》[②]　《你知道吗，谁吻了

① 武福泉：《怎样做个第一流大侦探》，《大侦探》第二十七期，1948 年 12 月 1 日。

② 杨伯铭：《侦探术测验》，《大侦探》第二十八期，1948 年 12 月 25 日。

她?》[①]《谁拿走了他的钱?》[②]《谁最后死的?》[③]《侦探灯谜》[④] 等侦探互动问答类内容，形式上涵盖了看图猜谜、密码破译、选择题、数学题、谜语题等不同题目类型，形式多样且新颖丰富，趣味性十足。此外，在同一时期的《新侦探》杂志上，也以每期至少两篇的刊载频次登出了不少这类侦探猜谜栏目。这种杂志栏目设置上的变化和当时杂志编辑与作者对侦探小说认识的“本体回归”趋向有关，简言之，曾经被赋予过重的社会意义担当的侦探小说在《新侦探》杂志的创刊号上，终于被认为是“侦探小说是睿智头脑的一种苏散品”：“在一天的紧张工作之余，饭罢灯下，拿一本读物，使疲乏的脑子得到一种正当的苏散，事实上的确有其需要。这一本小小的刊物很想在这方面有一些贡献。”[⑤] 即这一时期的侦探小说杂志编辑和作者承认侦探小说的创作目的、侦探杂志的创办目的及读者的阅读目的其实只不过是“休闲”与“游戏”。虽然他们此时还牢牢抓住“休闲”是为了更好地建设国家这一说法不肯放松，但已然和清末民初时期对侦探小说的认识与态度有了相当大的变化。

毋庸讳言，《大侦探》《新侦探》《蓝皮书》等侦探类杂志大量发表“实事探案”与“侦探猜谜”一类作品的另一层现实原因可能与这一时期侦探小说创作数量与质量都不尽如人意有关。简单来说，即杂志需要通过一些新闻事件和互动谜题来填充版面。但这些栏目的大量出现，也在一定程度上标志着这些侦探类杂志从比较纯粹的文学刊物，朝着更为多元、趣味的综合性侦探类刊物的方向不断演化和努力，这也是和当时整个上海杂志界注重趣味性的综合性刊物（如《万象》）大量出现的发展趋势相一致。

① 杨恨吾：《你知道吗，谁吻了她?》，《大侦探》第二十八期，1948 年 12 月 25 日。
② 范幼华：《谁拿走了他的钱?》，《大侦探》第三十期，1949 年 2 月 15 日。
③ 陈湘：《谁最后死的?》，《大侦探》第三十三期，1949 年。
④ 朱诚：《侦探灯谜》，《大侦探》第三十五期，1949 年。
⑤ 编者：《引言》，《新侦探》第一期，1946 年 1 月 10 日。

而另一个可以作为这种发展转向佐证的例子，就是这些侦探杂志上关于侦探科普类文章的比重也大幅度提高了。[①] 小说作品、实事案件、互动游戏、科普文章，共同构成了这一时期侦探类杂志的四大主要内容来源。

五　“创作译著并重”

不同于20世纪20年代《侦探世界》杂志创作更盛于翻译的情况，40年代的侦探杂志基本上是创作与翻译并重，甚至在总体数量上翻译可能还要更胜一筹。《大侦探》杂志在创刊号上即开宗明义：“本刊旨在介绍欧美著名的长短篇侦探小说及实事探案，藉以启发读者的求知欲。”[②] 而在第六期《编后记》中又说道：“中国故事是一期一期加多，这不仅一定是读者的意见；而编者也认为侦探小说，如果一味多译西方作品，正像天天吃大菜一般，未必我们中国人会合口味。”[③] 可见《大侦探》杂志对于侦探小说翻译和创作的刊载是有一个不断平衡和调节的过程。而在具体刊载内容上，也可见《大侦探》杂志翻译、创作并重的办刊理念。在侦探小说译介方面，《大侦探》对欧美侦探小说“黄金时期三大家”的代表性作品都有所涉及，比如阿加莎·克里斯蒂的《皇苑传奇》、埃勒里·奎因的《健身院惨剧》以及约翰·狄克森·卡尔的《机密文件》等，对于“后福尔摩斯时期”/“黄金时期”欧美侦探小说的译介和引进功不可没；在侦探小说创作方面，孙了红在《大侦探》杂志上连载的侦探小说《蓝色响尾蛇》受到杂志读者们的热烈欢迎，甚至出现了杂志售罄、不断加印仍满足不了读者需求的现象，最后《大侦探》不得不重新刊登小说已

---

① 仅《新侦探》杂志一家，就有“钩距丛谈”“科学侦探术”“犯罪学讲话”和“毒物谈”等几个长期连载的侦探科普类栏目，此外还有很多单篇科普文章在《新侦探》杂志上发表。

② 《编辑后记》，《大侦探》第一期，1946年4月1日。

③ 《编后记》，《大侦探》第六期，1946年10月4日。

经连载过的部分内容，以满足买不到之前杂志的读者的阅读愿望[①]，这在整个民国文学期刊史上也是非常罕见的例子。

在与《大侦探》同一年创刊的《新侦探》杂志上，除了刊载当时国外最为流行的几大探案系列作品，如“奎宁探案”系列中的《非洲旅客》《三个跛子》《觅宝藏》，“包罗德探案”系列中的《三层楼公寓》《遗传病》《古剑记》，“圣徒奇案”系列中的《人造钻石》《一个爱好玩具的人》《艺术摄影师》，“柯柯探案”系列中的《女间谍》，还连载了程小青“霍桑探案”系列的《百宝箱》等民国本土侦探小说创作。在具体内容安排与权重比例方面，《新侦探》的确如杂志广告上所说明的那样，基本上做到了“创作译著并重”[②]。

但同样需要强调的是，20 世纪 40 年代民国侦探小说创作，即使是在 1946 年至 1949 年这一发展波段之中，也远没有达到 20 年代那样的“百花齐放”和创作高潮。仅以在两个时期都大量创作侦探小说的“高产作家”程小青为例，他在 40 年代之所以还能够保持与 20 年代旗鼓相当的作品数量，其中一个隐蔽的原因在于他 40 年代的作品中有不少是对 20 年代文言侦探小说创作的白话文改写，或者是对旧作的加工和完善。比如将《倭刀记》改为《血匕首》，《自由女子》改为《毋宁死》，《长春妓》改为《沾泥花》，《怪别墅》改为《别墅之怪》，《霍桑的小友》改为《古钢表》，《黑鬼》改为《黑脸鬼》，《异途同归》改为《反抗者》等不一而足。当我们具体分析程小青每一篇作品的修改细节时，会发现其文学上的变化轨迹和修改必要性，这其中存

---

① 具体来说，《大侦探》杂志第十五期上，除了正常连载《蓝色响尾蛇》第二十一节与第二十二节，又重新刊载了该小说的第一节至第五节内容，并在文前说明了如此为之的原因：“本篇小说，于第八期起刊登，承读者不弃，该期于一周内全数销罄；乃于前月间再印四千册，至月底又告售完，而补书函件，仍如雪片飞来。本刊发行人为接受多数读者之请，于本期重复刊登一次，俾未补得第八期之读者，仍可窥得本篇小说全貌。”（参见《大侦探》第十五期，1947 年 10 月 31 日）足可见《蓝色响尾蛇》在当时的畅销情况。

② 《艺文书局最近刊物》，《新侦探》第二期，1946 年 2 月。

在着从文言到白话、从简单到复杂、从“粗具规模”到“细致完善”的发展过程，并流露出程小青对自己侦探小说作品的严格要求和用心良苦。但我们也必须承认，正是因为有了20世纪20年代这一批“霍桑探案”系列小说作为故事底本，才能够勉强支撑起40年代程小青侦探小说创作的“第二次辉煌”。甚至我们可以说，40年代民国侦探小说创作的“余晖”，在某种意义上是此前20年代民国侦探小说创作所取得成就的某种延续，或者说是“回光返照”。

综上所述，集中创刊于1946年的《大侦探》《新侦探》《蓝皮书》及稍晚创刊的《红皮书》《神秘书》（1949年创刊）等杂志共同体现出了这一时期侦探小说杂志创办风格与民国侦探小说创作模式的转型。首先，基于当时较为混乱的社会治安和频繁发生的各类真实案件改编而成的“实事探案”或“事实侦探小说”颇受欢迎；其次，这一时期民国侦探小说杂志普遍呈现出一种朝着猎奇、血腥、恐怖、悬疑等风格靠拢的倾向，这既是其当时为赚取更大市场利润所作出的办刊策略转变，也和当时美国“硬汉派”侦探小说向“廉价小说”与“黄色小说”的转变趋势相一致。与此同时，小说中众多“女侦探”形象的纷纷涌现，也在某种程度上体现出侦探小说杂志、作者与读者求新求变的内在需要。再次，互动侦探猜谜栏目在侦探小说杂志上的比重逐渐加大，这既体现出杂志注重读者阅读趣味与参与感受的办刊倾向，也表明这一时期的侦探类杂志从单纯的文学杂志向注重趣味的综合性侦探杂志转变的某种动向和征候。最后，不同于晚清时期侦探小说翻译大于创作，也不同于20世纪20年代以《侦探世界》为代表的侦探类杂志上创作盛于翻译，这一时期民国侦探杂志整体上呈现出“创作译著并重”的平衡格局和特点。由此，我们大致可以勾勒出20世纪40年代后期民国侦探小说第二次发展波段的基本文学史面貌与演变态势：“实事探案的流行”“恐怖化书写倾向”“女侦探的崛起”“互动类栏目的增多”以及“新一轮侦探小说创作与翻译的同时涌现”，而这些变化又反过来构成了民国侦探小说第二次发展波段与此前20年代第一次发展波段的根本性不同。

第二节　从“侦探”到“间谍”：论民国侦探小说的“演变”与“终结”

间谍故事对于中国人来说是一个古老的叙事题材，早在《史记·孟尝君列传》中，“鸡鸣狗盗”的故事其实就可以视为现如今间谍小说“秘密潜入与营救”题材的雏形；《三国演义》里貂蝉运用“连环计”离间董卓和吕布，则算是我国历史上非常有名的一位“女间谍”；《水浒传》（一百二十回本）中，梁山好汉们运用“间谍”克敌制胜的战例更是不可胜数，比如梁山泊攻打曾头市一役中，宋江派时迁、李逵等五人去曾头市做交换人质，又暗中好言安抚险道神郁保四（第六十八回）就是连续两次使用间谍战术，前者属于敌后安插武装暴动，后者则是典型的策反敌方关键人员。更不用说在梁山军远征方腊时，小旋风柴进化名柯引到方腊处做卧底，深受方腊喜爱，以至于最后娶到了方腊的女儿金芝公主，做了驸马（第一百一十六回）。柴进的这段故事，即使从现代人的角度来看，也绝对堪称是一场标准且成功的间谍战。但从另一个方面来说，间谍小说作为一种文学类型“舶来品”进入中国的时间并不算长，最早可以追溯至清末民初对于“福尔摩斯探案”小说中几个涉及间谍题材短篇的翻译文本，而中国作家的间谍小说创作形成相对具有影响力的热潮则要等到20世纪40年代，距今也不过七八十年的历史。

一　作为侦探小说与政治小说的间谍小说

间谍小说一定程度上可以视为侦探小说与政治小说的结合，侦探开始从一般的偷窃、凶杀案件，介入政府间的情报窃取和政治斗争之中。从欧美间谍小说的发展源头来看，其主要有以下两个特点：一是与世界局势及时代状况的紧密呼应，二是和侦探小说之间的血脉关联。其中，“与世界局势及时代状况的紧密呼应”首先体现为欧美间谍小说发展的第一轮高潮正值两次世界大战之际，各国现代情报机关的设立为间谍小说作家们提供了想象的依托。其次，随着世界政治格局的变化，不同时代间谍小说作品也往往紧随时代变化的步伐。比如两次世界大战时期常见英德之间的间谍故事（如毛姆的《英国特工》）；冷战时期则出现一大批围绕铁幕两端和柏林墙而展开的间谍书写（如约翰·勒卡雷的《柏林谍影》）；冷战结束后，关于国家军事安全机密与泄密、中东局势、国际恐怖组织、军火制造商、大型财团和跨国犯罪组织的间谍小说纷至沓来（如弗·福赛斯的《阿富汗人》）。我们可能找不出比间谍小说更迅速且直接地反映世界政治格局变化的小说类型。此外，相当多的欧美间谍小说作家都有着切身的与间谍有关的工作经历。比如毛姆（Maugham）就是在情报部门退休后开始从事间谍小说创作；格雷厄姆·格林（Graham Greene）则是英国军情六处（MI6）的战时参谋人员，并一直渴望成为一名真正的间谍；伊恩·弗莱明（Ian Fleming）多年从事于有关英国安插间谍的后方策划与准备工作，并一度做到了英国海军情报局局长私人助理这一重要职位；约翰·勒卡雷（John le Carre）也曾先后在英国军情五处（MI5）和军情六处（MI6）工作。这些有关现代间谍工作的切身经历或近距离观察，都为作家们书写间谍题材小说提供了必要的经验准备。当然，小说家与间谍之间更为委曲且微妙的关系可能还是像格雷厄姆·格林在《一种生活》中所提出的那种相似性："我猜想，所有小说家都有与间谍相似的地方：秘密观察、偷听、探索动机、分析人物性格、为了文学甚至不讲道德。"

从上述间谍小说起源阶段的发展状况来看，我们大致可以将其理解为具有两重源头，即"偏向侦探小说传统"的间谍小说和"偏向政治小说传统"的间谍小说。其中，"偏向侦探小说传统"的间谍小说主要体现为很多侦探小说作家常常"越界"突入间谍题材的书写领域中来，好像只是一般的情杀仇杀案件已经不足以展示他们笔下大侦探的智谋和才能，一定要深入更为高级且神秘的国家利益纷争之中才能将侦探们的水平发挥到淋漓尽致。比如在阿瑟·柯南·道尔（Arthur Conan Doyle）的"福尔摩斯探案"系列中《海军协定》《布鲁斯—帕廷顿计划》和《最后的致意》等几篇小说里，福尔摩斯都是在致力于保护英国情报不对外泄露的"反间谍"工作。[①] 阿加莎·克里斯蒂（Agatha Christie）的《四魔头》《七面钟之谜》以及其后期创作的"汤米和塔彭丝夫妇系列"中的不少故事（如《暗藏杀机》《犯罪团伙》《桑苏西来客》等），也都是典型的间谍故事。侦探小说与间谍小说之间的关系绝非泾渭分明，而可以说是"骨肉相连"。在某种意义上，间谍小说甚至可以视为侦探小说的"变形"或"子类型"，即把侦探小说中侦探为个人（被害者/委托人）权益而奔走上升至为国家利益而奋战，由侦破谋杀到制止战争，由个体到国体。[②] 而有过切身"间谍经历"的间谍小说作家和曾经从事过侦探小说创作的间谍小说作家分别为间谍小说这一小说类型的第一次世界性发展高潮提供了充分的现实感受和成熟的悬疑设计。总而言之，间谍小说既是一种政治小说，也是一种侦探小说。

---

① 在台湾东方出版社1960年出版的《福尔摩斯探案全集》中，《海军协定》（The Naval Treaty）就被翻译作《间谍大王》，《最后的致意》（His Last Bow）则被翻译为《间谍大战》。

② 关于侦探小说和间谍小说之间的关系，还有很多可以引为参考的依据，比如创办了美国第一家私人侦探机构——"平克顿侦探公司"（Pinkerton National Detective Agency）、被认为是世界上最早的职业私人侦探的爱伦·平克顿（Allan pinkerton），在美国南北战争期间，就真的为林肯总统的北方联邦军组建了一个专门收集南方分裂势力军事情报的组织，该机构后来成为美国军事情报局的前身。这一历史演变或许可以视为小说里侦探与间谍之间的身份转换在现实意义上得到了实现。而在中国早期对间谍题材小说的翻译过程中，"间谍"就经常被直接翻译为"侦探"，如刘半农翻译的小说《兄弟侦探》（刊于《小说海》第二卷第十二期，1916年12月1日），名为"侦探"，讲的其实是一个关于英德混血的兄弟二人诺尔斯和司谛芬分别为英国和德国做间谍的故事。又如徐大纯翻译的小说《女侦探》（刊于《小说海》第一卷第二十期，1915年2月）中，更是明确说道："有女名冷达者"，"历充欧洲各国政府政治侦探"。这里所说的"女侦探"和"政治侦探"，其实就是我们现在通常所说的"女间谍"和"政治间谍"。

二　20世纪40年代民国间谍小说的创作热潮

关于20世纪40年代民国第一次间谍小说创作热潮[①]，也大致符合上述欧美间谍小说的两大特点，虽不见当时中国哪位谍报工作人员后来转投间谍小说创作[②]，但民国间谍小说在这一时期取得一片繁荣的创作景象，与当时国内各种政权势力错综复杂的时代局势密切相关。仅就江浙沪一带而言，就有共产党、国民党、汪精卫政权、日本军队、太平洋战争以前上海租界区内的欧美各国势力等犬牙交错（甚至韩国流亡政府也曾一度在上海和南京展开活动），各种势力间地下与谍报工作纷纷展开，特工与刺客们接连出动。正如学者魏斐德在描述1937—1941年的上海时局时所说："1937年至1941年期间，'上海孤岛'立刻如战时的卡萨布兰卡或里斯本一样，成为间谍、情报人员、奸细的避风港。"[③] 这些现实中间谍经验与间谍传奇

---

① 虽然中国间谍小说的翻译最早可以追溯至清末民初，本土间谍小说创作最早可以追溯至20世纪30年代，但真正中国作家大量创作间谍小说还是开始于40年代，因而郑伯奇在1937年提到描写"国际侦探"（就是现在所说的"国际间谍"）时，会认为"某种人的实生活比侦探小说还要紧张、曲折、更有意义。譬如说罢，国际侦探便是一例。然而这种小说却并不多"（参见郑伯奇《两栖集》，上海良友图书公司1937年版，第33页）。

② 当时中国也有一些兼具特务与作家双重身份的人，其中比较有名的比如荆有麟，其既是国民党"军统"特工，同时也创作过诸如《间谍夫人》和《小红姑娘》等长篇小说；又如袁殊，虽不见他有间谍题材小说创作，却也有着复杂的情报工作者和报业文人的双重身份；再如1949年后赴台的作家王蓝，虽不确定他是否有过特工的工作经历（他确定有过军旅生活的经历），但其《一颗永恒的星》《美子的画像》等短篇小说也隐约能透露出他对敌后和地下工作比较了解。此外，一直被文学史讨论，但并没有最终确证其是否具有政治特殊身份的穆时英，既早在20世纪30年代就写过间谍题材小说，同时他后来的突然死亡也很可能与其身份和经历有关。而"军统"特工兼报业文人王平陵、中共"红色间谍"兼女诗人关露等，也都有着神秘的身份经历和不错的文学创作成绩。而其中，最有代表性的人物当属本章第四节所讨论的侦探小说作家位育（原名刘中和），他本人就是既有过谍报工作经历，后来又创作了"夏华侦探案"系列的侦探小说作品。

③ ［美］魏斐德：《上海歹土：战时恐怖活动与城市犯罪，1937—1941》，芮传明译，上海古籍出版社2003年版，第4页。

故事的出现，正是这一时期作家们各自驰骋其有关间谍想象的社会舞台。另一方面，中国侦探小说创作的两位代表性作家程小青和孙了红也在这一时期开始从事间谍题材小说的写作或翻译，无论是侦探霍桑还是侠盗鲁平，此时都各显神通，对付日伪政权操纵下的各路间谍。具体来说，这一时期的间谍题材小说/戏剧作家及代表性作品主要有：柳村任的《外交密约》[①]（1931），穆时英的《某夫人》（1935）、《G No. Ⅷ》[②]（1936），茅盾的《腐蚀》（1941），刘以鬯的《露薏莎》（1942），徐訏的《风萧萧》（1943），陈铨的《无情女》（1943）、《野玫瑰》（1942）[③]，程小青的《龙虎斗：潜艇图》（1944）、《女间谍》（1946）、《间谍之恋》（1949）[④]，孙了红的《蓝色响尾蛇》（1947）、《祖国之魂》（1949）[⑤]、《哈尔滨女郎》（1949）[⑥]，仇章的《第五号情报员》（1943）、《遭遇了支那间谍网》（1943）、《香港间谍战》（1948）[⑦]，郑小平“女飞贼黄莺之故事”

---

① 柳村任：《外交密约》，《红玫瑰》第七卷第二十四期，1931年11月1日。

② 穆时英：《G No. Ⅷ》，《文艺月刊》第八卷第一、四、五期，1936年。

③ 陈铨的《无情女》《野玫瑰》都是剧本，其中《野玫瑰》是抗战时期影响最大、演出最多的谍战话剧，1946年又改编为电影剧本《天字第一号》，由屠光启执导，主要讲述国民党特工刺杀日伪汉奸的抗战故事。

④ 其中，《龙虎斗：潜艇图》为程小青创作的关于福尔摩斯与亚森·罗苹的“同人小说”《龙虎斗》中的第二个故事，小说《龙虎斗》先连载于《紫罗兰》第一期至第十二期，1943年4月1日至1944年4月（分12次连载），标“福尔摩斯与亚森罗苹的搏斗”，后又由世界书局1944年3月出版小说单行本。《女间谍》为程小青翻译自英国作家奥斯汀的“柯柯探案”系列作品之一，先连载于《新侦探》第五期至第六期，1946年6月1日至1946年6月16日，后收录于单行本小说集《柯柯探案集》，世界书局1946年10月三版。《间谍之恋》也为程小青翻译的间谍小说，刊于《红皮书》第一期，1949年1月20日，小说原作者不详。

⑤ 孙了红、龙骧：《祖国之魂》，《红皮书》第二期，1949年，标“侠盗鲁平奇案”，署名“孙了红、龙骧合作”。

⑥ 孙了红：《哈尔滨女郎》，《新世纪》创刊号，1949年3月6日，署名“孙了红”。该杂志仅见一期，未连载完，后续不详。

⑦ 参见雷洁琼《战争模式下的人性探索：仇章谍战小说三部曲》，《西江月》2013年3月上旬刊。

系列中的《除奸记》《一〇八突击队》《铁骑下的春宵》和《三个女间谍》（1948—1949）①，顾志鸿的《广州女间谍》（1946）②，位育的《她言道》（1947—1948）③ 等。上海与重庆也由此成为当时民国间谍小说创作和被书写的两大中心。④ 此外，当时中国还译介了不少世界经典间谍小说作品，仅以《大侦探》杂志为例，就陆续翻译引进了约翰·迪克森·卡尔的《机密文件》（第五期，1946 年）和约翰·巴肯的《黑石党》（第二十七期至第三十三期连载，1948—1949 年，小说原名为 *The Thirty-Nine Steps*，现一般译为《三十九级台阶》）。甚至进一步来说，在 20 世纪 40 年代，与民国侦探小说到间谍小说的转向趋势相一致的，是中国乃至世界侦探电影到间谍电影的转型。一方面，在当时中国，电影《天字第一号》所引发的观影热潮和巨大讨论都是此前国产侦探、间谍片所未有，更遑论《七十六号女间谍》《粉红色的炸弹》《谍海雄风》等一系列《天字第一号》影响下的电影"衍生品"相继出现，余波不断；另一方面，"二战"后美国好莱坞电影生产也存在类似的现象，参照当时许席珍的观察，"他们底题材，已由普通的罪案一变成为战时的间谍故事了"⑤。

这一时期民国间谍小说最突出的创作特点是常常以一种浪漫化

---

① "女飞贼黄莺之故事"系列刊于《蓝皮书》杂志第十七期至第二十六期，第二十四期未刊登。其中《除奸记》《一〇八突击队》《铁骑下的春宵》《三个女间谍》等篇都是典型的间谍/反间谍题材小说。

② 顾志鸿：《广州女间谍》，《大侦探》第五期，1946 年 9 月 1 日。

③ 位育：《她言道》，《沪西》第一卷第十二期至第二卷第八期（其中第二卷第一期未刊载），1947 年 12 月 25 日至 1948 年 10 月 25 日。

④ 此外，根据王贺的论文《暂时的摆渡者：1940 年代后期西北的"通俗小说热"》（《当代文坛》2018 年第 6 期）介绍，1946 年 12 月 13 日起，《甘肃民国日报·生路》开始发表小说家、兰州大学教授陈廷瓒的"长篇连载"《女间谍之忏悔》。本书写作过程中曾在陈廷瓒《俪影集》（1947 年 3 月 20 日出版，1949 年 9 月 5 日再版）再版本封底处见到《女间谍之忏悔》的小说情节梗概，并标明该书"定于九月十五日出版，贵阳文通书局经售"。

⑤ 许席珍：《一九四六年的美国影坛》，《文章》第一卷第一期，1946 年。

的想象与充满传奇色彩的笔调作为整篇小说的基本叙事氛围，内容上则多以“女间谍”为小说叙述主体[①]（如《腐蚀》）或主要斗争对象（如《蓝色响尾蛇》）。这些“女间谍”中又有不少是外国人，如美国人（徐訏《风萧萧》）或者代号为“G No. Ⅷ”的白俄丽莎（穆时英《G No. Ⅷ》），这就有意无意间透露出了民国间谍小说作家们关于世界图景和国际局势的认识和想象。[②]“女间谍”在这些小说中除了“间谍”这层身份之外，往往又是情感寄托的对象（如《腐蚀》中的赵惠明、《风萧萧》中的白苹、《露薏莎》中的露薏莎）或情欲投射的客体（如《蓝色响尾蛇》中的黎亚男），从而构成了这一时期“间谍+情感/情欲”的基本书写模式，俨然是此前“革命加恋爱”小说的某种变形和发展。其中露薏莎和黎亚男一类的女性间谍形象，又明显是继承了西方犯罪小说与“黑色电影”（Film noir）中的“黑色女郎”或“蛇蝎美女”（Femme Fatale）的人物形象序列（比如《马耳他之鹰》中的Brigid O'Shaughnessy和《邮差总按两次铃》中的Cora Papadakis）和范式脉络。她们既是“男性凝视”（male gaze）的客体，同时又成为男性侦探们最难以驯化和对付的敌手。

20世纪40年代的民国间谍小说除了个别由侦探小说家转型而来的作者（如程小青、孙了红）之外，大多数作品显得浪漫有余，

---

① 在20世纪50年代译介引进的苏联反特小说中，也有大量女间谍形象的存在。只不过在反特小说中，“女间谍”一般被称为“女特务”，即“通常，小说里也有不同面目的女特务出现”（参见李传新《初版本：建国初期畅销图书初版本记录解说》，金城出版社2012年版，第61页）。

② 其实，关于20世纪40年代民国间谍小说家的“世界想象”，除了来自世界各国、汇聚于上海的女间谍们之外，还体现在程小青仿照亚森·罗苹大战福尔摩斯的故事所创作的间谍小说《潜艇图》（1944）中。这部小说一方面延续了从爱伦·坡《窃信案》到柯南·道尔《海军协定》的类型传统与情节模式，另一方面又涉及俄国军事家、英国政府、法国剧盗等各种国籍的人物角色。小说中苏格兰场的警官雷斯垂德甚至感叹道：“罗苹是一个全社会的害敌，而且是有国际性的。”将这句话放在该小说创作的第二次世界大战的时代背景之下来理解，可谓是别有一番深意。

悬疑和逻辑严重不足。但这一时期的民国间谍小说作家们似乎也无意精心建构一个逻辑严密、悬念丛生的间谍故事，而是更想借助这个多少带有些神秘性的职业来展示一段爱情传奇，并在其中凸显浪漫化的爱情甚至奇情内容。[①] 在相当程度上，与其说这一时期的民国间谍小说创作受此前民国侦探小说影响，不如说它是此前社会言情小说[②]或“革命加恋爱”小说的某种延续，因而本节将20世纪40年代的民国间谍题材小说概括为“新浪漫间谍传奇”[③]。此外，在这一时期，无论是作为侦探小说传统下的间谍小说，还是作为政治小说传统下的间谍小说都呈现出某种写作手法上的相似性，比如茅盾的《腐蚀》和位育的《她言道》，前者显然是茅盾“革命加恋爱”小说（《蚀》三部曲）与当下时兴的“女间谍”题材的某种混合产物，后者则是“夏华侦探案”系列从“侦探”故事延伸发展到了“反间谍”传奇，但两部小说中竟然都采用了以间谍主角作为小说第一人称叙事视角的结构框架，并且由此在小说中掺杂了大量的主观抒情性成分，具有某种耐人寻味的时代共通性特征。

由于时代背景的召唤与文学题材的特殊性，20世纪40年代与“女间谍”有关的间谍小说、间谍话剧普遍具有巨大的读者和观众市场。比如前文中所提到过的孙了红的《蓝色响尾蛇》就因为过于畅

---

① 比如徐訏在小说《风萧萧》“后记”中便说出了自己的创作目的：“书中所表现的其实是几个你我一样灵魂在不同环境挣扎奋斗——为理想、为梦、为信仰、为爱、以及为大我小我的自由与生存而已。”丝毫没有谈到有关间谍本身的内容（参见徐訏《风萧萧·后记》，人民文学出版2008年版）。

② 比如徐訏《风萧萧》中“我”与白苹、梅瀛子和海伦之间的情感纠葛就明显继承了张恨水《啼笑姻缘》中樊家树与沈凤喜、何丽娜、关秀姑“一男三女”的爱情模式。

③ 本节之所以称20世纪40年代有关于间谍题材的小说为“新浪漫间谍传奇”，理由是这一时期的间谍小说创作中更大程度上只是出现了“间谍”这一职业身份，但并没有对其“智斗”因素或间谍战等具体工作展开详细的书写。结合一般文学史叙述中对这一时期徐訏《风萧萧》“新浪漫主义”小说的基本概括和定位，故本节将这一阶段的民国间谍小说命名为“新浪漫间谍传奇”。

销，导致杂志加印之后仍然售罄，因而只能重新刊登第一次发表过的内容以满足购买不到当期杂志读者的阅读需求。无独有偶，徐訏的长篇小说《风萧萧》最初于1943年在重庆《扫荡报》副刊上连载，单行本出版后随即“风靡大后方”，被列为1943年“全国畅销书之首”，甚至有人因此称这一年为“徐訏年”，足见其畅销盛况。此外，陈铨的剧本《野玫瑰》于1942年在重庆第一个“雾季公演”首演，这部关于抗战间谍题材的戏剧在当时也很受一般观众的欢迎，反响相当热烈。[①] 关于这一时期间谍小说与话剧的流行，一方面固然和文艺作品在选题上契合了当时战争、国族、间谍等人们普遍关注的形势内容有关，另一方面也和这些间谍文学作品较为重视娱乐性密不可分。“女间谍”这一形象本身即带有国族命运、个体欲望、神秘身份和猎奇心理等多重吸引读者或观众的元素存在。当时的话剧评论家鲁觉吾在分析重庆商业话剧蓬勃兴盛的原因时，也专门指出了其“演出内容娱乐性增加，易于叫座”[②]，而这也正是20世纪40年代重庆间谍话剧所普遍具备的特点。

作为侦探小说“亚文类”的间谍类型和题材在20世纪40年代的中国小说、戏剧、电影等多种叙事性艺术方面都取得了相当不错的创作成绩，并且引起了当时读者和观众的强烈反响。只不过在由“侦探”到“间谍”的演变过程中，“女间谍”由于其自身带有的特殊文学想象和欲望投射而成为这一时期民国间谍题材小说的书写重点，从而与一般意义上的侦探、间谍小说产生了偏差和错位，而这

---

① 另外，据吴福辉教授介绍：“1938年10月，重庆25个演出团体联合举行了为期二十二天的‘戏剧节’，其中以月底公演的四幕话剧《全民总动员》（又名《黑字二十八》）为最高潮，这是根据曹禺、宋之的原来一个关于破获日本间谍的剧本《总动员》改编而成的。除了演员赵丹、白杨、舒绣文、张瑞芳之外，连国民党中宣部长张道藩、国立剧校校长余上沅、作者宋之的，导演应云卫都纷纷登台献演，这种统一战线意味的盛大演出，可以说是空前的。”（参见吴福辉《中国现代文学发展史》，北京大学出版社2010年版，第359页）

② 鲁觉吾：《略评陪都剧坛》，《中央周刊》第四卷第三十三期，1942年。

种偏差与错位是有其深刻的社会时代背景和文学史发展意义的。甚至我们可以说，20 世纪 40 年代“新浪漫间谍传奇”中的“女间谍”形象所牵扯出的思索可以进一步引申至关于身体与国体、个人欲望与民族大义、革命与恋爱等相关论题的复杂辩证。与此同时，不容忽视的是，程小青、孙了红、郑小平、位育等从侦探小说创作出身的作家，在这一时期转型创作间谍题材小说时，仍延续了其此前侦探小说创作的基本模式和主要技巧。甚至在很多情况下，他们间谍小说里的核心人物仍和其过去创作侦探小说中的主人公一脉相承（即侦探霍桑与侠盗鲁平）。此外，即便是程小青、孙了红等人在这一时期的间谍小说创作，也不可避免地沾染了当时整个时代“新浪漫间谍传奇”的影子，《蓝色响尾蛇》中的鲁平与黎亚男就可以视为是传统侦探小说与“新浪漫间谍传奇”彼此碰撞、相互融合之后的产物。因此，我们可以说，20 世纪 40 年代民国间谍小说的创作，整体上完成了对传统侦探小说的继承和在特殊时代背景下的变形与突破。

三　20 世纪 50—70 年代的反特、惊险小说

新中国成立以后，中国的间谍小说创作就进入了反特、惊险小说阶段，以白桦《山间铃响马帮来》（1953），陆石、文达《双铃马蹄表》（1955），程小青《大树村血案》（1956）、《她为什么被杀》（1956），孙了红《青岛迷雾》（1958）①，高歌《孤坟鬼影》（1960）等作品为代表。这一时期的反特、惊险小说是“冷战”世界格局与“人民政治”话语下间谍小说的一种特殊形式和历史发展阶段。一方面，这些反特小说在写法上深受苏联同类型小说的影响；

① 根据卢润祥《孙了红笔下的侠盗鲁平》（刊于《书城》1994 年第 3 期）一文中介绍：“1958 年，他（笔者按：指孙了红）写完了一生中最后一部小说——《青岛迷雾》（这是一个反特故事）。那年，正好 61 岁，因结核病而与世长辞，他的遗体由身边的五位侄女护送到斜桥海会寺殡舍火化，没有追悼仪式，一位小说家，沉疴而逝，令人凄然！”

另一方面，其书写内容上的变化又和新中国的社会发展现实与革命话语实践保持了紧密的相关性和高度的一致性。比如随着农业合作化运动在全国的逐步推广，仅在1956年上半年，就有程小青《大树村血案》、徐慎《女管库员的死》、高琨《谁是凶手》等合作社题材的反特小说出现。又如在蒋介石"国光计划"提出之后，张明《海鸥岩》、李凤琪《夜闯珊瑚潭》、黎汝清《海岛女民兵》等东南沿海与海岛背景的反特小说也大量产生。而随着中苏关系的逐步恶化，则出现了尚弓《斗熊》等北方边境捉"苏修"特务的反特小说。"反特"行动的展开空间也从几个大城市扩展到祖国各地边防与广大农村地区。不难看出，中国的反特小说是一种高度政治化的小说类型，其主要旨在承载和表达国家意识形态，"宣传和捍卫崇高的思想情操"①。而与此同时，其相比于传统侦探与间谍小说中对个体职业神秘性的渲染则大为削弱。在反特小说中，"反间谍"的行动主体不再是无所不能的"福尔摩斯"式人物或在个人情感中挣扎的"女间谍"，而是广大人民群众。

在另一方面，反特小说也不像传统侦探或间谍小说将身份悬疑作为小说的核心审美机制，人物的高度脸谱化使得稍有经验的阅读者在特务首次登场时，就能够通过其动作或外貌描写看穿他的真实身份。这种书写方式背后是一套"人民政治"的话语逻辑，即在反特小说文本内部，"反特"这一行为必须严格坚持"群众路线"，"反间谍"（在这些小说里通常被称为"防特务""抓特务"）经常是一场全民参与的群众性活动，是极少数特务与广大劳动人民群众之间的对抗，广大人民群众在"反特"活动中都会积极向侦查机关提供情报，主动检举揭发，使得特务最终无处隐藏。"集体智慧"在反特小说中取代了传统间谍小说对个体智力和胆识的伸张，"国家力量"从间谍小说的背景转换到了前景。换一个角度来看，反特小说

---

① ［苏联］阿·阿达莫夫：《侦探文学与我》，杨东华等译，群众出版社1988年版，第99页。

这一小说类型的创作目的，也不在于提供某种阅读消费快感，而是为了教育广大人民群众如何在现实中反特防奸，因此在小说中提供一些清晰的、可供识别的特务形象与反特经验就成为该类型小说创作的内在需求。即如有研究者在谈到反特小说中的正面人物时所说的那样："这里面包含着一个最本质的东西，就是不论从他们的言论上，或者行动上都可以看出，他们认为自己是新社会的建设者，而不是破坏者。"[①] 当然，从反特小说在当时的相关阅读场景记录及事后回忆文章来看，读者对反特小说的接受原因，与其创作初衷之间还是存在着某些裂隙。

此外，值得注意的是，依托于新中国社会主义出版制度和新华书店在全国的书报发行销售网络，20 世纪 50—70 年代的反特小说相比于民国时期的侦探小说与间谍小说销量不降反增，有时甚至是大幅度增加。仅以程小青为例，一般认为其在民国时期创作的"霍桑探案"系列小说为其最重要的代表作，而其在 50 年代创作的四部反特惊险小说则被看成是不得已而为之的被迫"转型"。但实际上，据程小青自己说："解放以来，我又写过惊险小说四种，由上海文化出版社出版，可是情况却完全不同了。第一种《大树村血案》，一下子就销二十二万五千册，第二、第三、第四种亦各销二十万册左右。"相比之下，"我的《霍桑探案》三十种，《圣徒奇案》十种，《柯柯探案》二种，以及写福尔摩斯与亚森罗苹斗智的《龙虎斗》等作品，都是在陆氏任内出版的。那时报酬办法，已从稿费制改为版税制了。每年结算两次，销行较多的几种，有重版至八九次的，但每次不过一二千册，最畅销的亦只销到一万余册。"[②] 仅从销售数量这一项指标来看，新中国反特小说与此前民国侦探小说到底哪个更为

---

① 陆石、文达：《双铃马蹄表》，载任翔编《百年中国侦探小说精选（1908—2011）第四卷：无铃的马帮》，北京师范大学出版社 2012 年版，第 58 页。

② 郑逸梅：《程小青和世界书局》，载《芸编指痕》，北方文艺出版社 2016 年版，第 178 页。

流行还有待进一步研究和讨论。[①] 参照魏绍昌的说法，“中国大陆在五十年代举行镇反、肃反运动，并翻译引进了大量苏联的惊险反特小说。程小青趁此改写过通俗惊险小说，出版了《大树村血案》《她为什么被杀》《生死关头》《不断的警报》四种，反应不错，可惜好景不常，一九五七年反右运动一来，他就噤若寒蝉了。”[②] 而等到中苏关系破裂以后，苏联的反特小说不能再进入中国。到了“文革”时期，反特妨奸一类的小说则只能以地下手抄本的形式流传，但其传抄量和阅读量仍不容小觑，比如《一只绣花鞋》《绿色尸体》等。按照英国学者阿拉斯泰尔·福勒的说法：“要完成对类型历史作根本的改写，只能通过对连续性的承认，而不能借助于无视连续性和杜撰断裂。”[③] 而从民国时期的侦探小说与间谍小说到1949年以后的反特小说，究竟是侦探小说的“类型消亡”与“发展断裂”，还是某种文学类型的转型和继承，或者只是侦探小说“改头换面”之后的再度发展？还是一个需要仔细考察和明辨的话题。

---

① 其实，关于新中国成立初期创作或翻译的反特小说的畅销局面，程小青并非个例。按照李传新的说法，当时译介的苏联反特小说，“一本几毛钱的小册子能够多次重印，动辄就是几十万册，充分说明受到不同层次读者的喜爱，极大地丰富了当时人们的业余生活”。比如苏联作家“斯·阿列夫耶夫等著，黄炎、高善毅等译，一九五五年五月出版”的《红色的保险箱》，初版本“是唯一的竖排本”，“一九五五年五月在北京第一次印刷即达十三万五千册，出版后引起轰动，读者竞相传阅，重版时统一起见改为横排本”（参见李传新《初版本：建国初期畅销图书初版本记录解说》，金城出版社2012年版，第57—61页）。而根据程小青四种反特小说当时的出版印量，我们也可以确认他事后回忆所言非虚，比如程小青的《大树村血案》，上海文化出版社1956年1月初版，首印65000册；1956年2月第2次印刷，印数65001—215000册。

② 程小青于一九六一年十月二十五日写给魏绍昌的回信，参见魏绍昌《十八罗汉·程小青》，载《我看鸳鸯蝴蝶派》，上海书店出版社2015年版，第128页。

③ ［英］阿拉斯泰尔·福勒：《类型理论的未来：功能和构建型式》，伍厚恺译，载［美］拉尔夫·科恩主编《文学理论的未来》，中国社会科学出版社1993年版，第390页。

四 侦探小说—间谍小说—“反间谍”/反特小说

在一般的类型文学史叙述中，常常将1949年新中国成立视为中国侦探小说的“消亡”与中国侦探小说发展史的“断裂”。其基本理由正如苏联侦探小说作家阿达莫夫在《侦探文学和我》一书中所提出的，侦探作为资产阶级财产的维护者，在社会主义社会中失去了其固有的存在合理性。即“著名的文学工作者斯·季纳莫夫在1935年曾写道：‘侦探体裁是文学体裁中唯一在资本主义社会内部形成，并被这个社会带进文学中来的。对于私有财产的保护者，即密探的崇拜，在这里得到了无以复加的程度；不是别的，正是私有财产使双方展开较量。从而不可避免地是，法律战胜违法行为，秩序战胜混乱，保护人战胜违法者，以及私有财产的拥有者战胜其剥夺者等等。侦探体裁就其内容来看，完完全全是资产阶级的。’”① 而这一观点更早甚至可以追溯至俄国作家和文学理论家高尔基那里。

类似的，在1959年的《读书》杂志上，刘堃发表了《怎样正确地阅读〈福尔摩斯探案〉?》一文，他在文中指出：

> 十九世纪英国作家阿·柯南道尔所写的《福尔摩斯探案》尽管和当时流行的一些诲淫诲盗的黄色侦探小说有很大程度的不同，但是我们认为它也同样隐藏着极深的思想毒素，这是必须认清的。它的毒素主要的表现在以下两个方面：
>
> 一，作品中存在着较明显的资本主义、乃至殖民主义的色彩。评价一部文学作品的好坏，首先要看它总的政治思想倾向。作者阿·柯南道尔在这部作品中，尽管在一定程度上揭露了资本主义社会的黑暗、腐朽和资产阶级的虚伪、丑恶的本质，但

① 转引自［苏联］阿·阿达莫夫《侦探文学和我——一个作家的笔记》，杨东华等译，群众出版社1988年版，第3页。

是由于他本人的出身（他是一个贵族），和他所处的时代关系，所以他是站在本阶级的立场上，为统治者效劳，宣扬资本主义思想，维护资产阶级的法权统治。……

二、作者在作品中极力把福尔摩斯描写成一个神出鬼没，神通广大，高明超群的侦探家。……

他的侦察工作，群众是没有份的。这与我们的侦察方法恰巧是背道而驰的。我们的侦察工作，在党的领导下，坚决地发动和依靠了群众，采取群众路线的方法，因而才取得了巨大的胜利。应当认识：侦察工作绝不是什么神秘的东西，脱离政治，脱离群众，侦察工作要想取得成绩那是根本不可想像的。相反地，只有破除孤立主义和神秘主义的观点，充分地发动群众，把案情向群众公布，倾听群众的意见，使专门机关的工作与群众路线相结合，才能破获案件。①

上述所引刘堃的这几段话完全可以看作前文所引斯·季纳莫夫那番话的中国版，将侦探小说视为维护资产阶级利益的文学类型，侦探是脱离群众的个人英雄主义与神秘主义人物代表，并从这一角度对侦探小说展开全方位批判。此外，时任中国文艺界高层领导的作家丁玲也认为侦探小说不仅格调不高，甚至是颓废庸俗，并将其连同黑幕、言情等几种旧小说一起归入“一切是酒后茶余的无聊的谈资。仅仅是这样也还好，可是它还教人如何去调情，去盯梢，去嫖，去赌，侦探小说就告诉人如何杀人灭迹……”② 进而对侦探小说进行了彻底的否定。颇为值得玩味的是，丁玲之所以否定侦探小说，是因为她认为侦探小说会“告诉人如何杀人灭迹”，这恰好和五十年前林纾、周桂笙、程小青等人称赞侦探小说可以“开启民智”

---

① 刘堃：《怎样正确地阅读〈福尔摩斯探案〉?》，《读书》1959 年第 5 期。

② 杨犁：《争取小市民层的读者，记旧的连载章回小说作者座谈会》，载洪子诚编《二十世纪中国小说理论资料》（第五卷），北京大学出版社 1997 年版，第 15 页。

“推行法治”“防止被偷被骗”构成了一组有趣的观点对立/一致，即他们无论是称赞侦探小说还是贬损侦探小说，都是通过赋予侦探小说本身所不能承受的外在社会意义之轻/重来完成的。即在某种意义上来说，刘堃、丁玲、林纾、周桂笙、程小青在看待侦探小说这一文学类型的态度上采取的是同一种思维方式。

类似的，在1961年10月由中华书局出版的《辞海（试行本）》第十分册“文学”部分中的“侦探小说”词条下，其具体解释为：

> 产生和盛行于欧洲资本主义社会的一种通俗小说。描写刑事案件的发生和破案经过，常以协助司法机关专门从事侦察活动的侦探作为中心人物，描绘他们的机智和勇敢，情节曲折离奇紧张。这类作品多数是品格低下，诲淫诲盗，宣传资产阶级道德观的。著名的侦探小说有英国柯南·道尔的《福尔摩斯侦探案》。①

在《辞海》的相关词条表述中，基本上综合了上述刘堃、丁玲等人的观点，一方面，侦探小说在新中国的话语体系中被认为是资产阶级的、脱离了群众路线的小说类型，另一方面，其又被判定为是诲淫诲盗、会毒害广大人民群众的、品格低下的文学品种，因而必须对其进行压制和排斥。甚至连民国时期最具影响力的侦探小说创作者和倡导者程小青本人也主动/被迫对侦探小说的价值与问题进行重新反思，并提出以“重印”“重译”或“改写”来代替“一棍子打死”侦探小说的处理策略：“对于旧的纯正的侦探小说，包括翻译的和创作的，似也应以‘取其精华，弃其糟粕’的尺度，来重行评价，并考虑重印或重译或改写，因为这类小说在启发和诱导青年正确地思想方面，确有一定的辅助作用。”② 当然，程小青为侦探小

---

① 转引自魏绍昌编《鸳鸯蝴蝶派研究资料》，生活·读书·新知三联书店香港分店1980年版，第120—121页。

② 程小青：《从侦探小说说起》，《文汇报》1957年5月21日。

说所做的这番“申辩”并未发挥真正的作用，从陆文夫后来的一段回忆中即可知：“出版社邀请作家们开座谈会，征求对出版工作的意见。我在会上便大声疾呼，要为程小青先生出一套选集，从意义一直讲到封面设计，以及如何发新书预告等等的细节。当时，大家听了都很感兴趣，而且认为销售个三、五十万册没有问题。想不到紧跟着就是反右派，书没有出得成，我却成了反党集团分子，要为程先生出书也成了我的罪状之一。”①

从上述史料与回忆文章来看，侦探小说在新中国初期的“消亡说”和中国侦探小说史发展的“断裂论”的确有其合理性成分。但当我们剥离开“侦探”“间谍”“反特”等文学之“名”而详察其“实”，在摒除掉意识形态等因素之后来观察侦探小说自身的叙事模式与书写规律，就不难发现，前文中谈到的 20 世纪 50 年代曾经一度风靡的“反特防奸类小说”在本质上即是一种被赋予了红色意识形态的“反间谍小说”。而反间谍小说则是间谍小说的某种变形，甚至可以说是间谍小说的某种“子类型”小说。更如前文所述，间谍小说又是侦探小说的一种“亚文类”。因此，从文学类型发展与继承的角度，我们可以清晰地勾勒出一条“20 世纪 20 年代侦探小说”—“20 世纪 40 年代间谍小说”—“20 世纪 50 年代反特/反间谍小说”的中国类型文学发展脉络②，虽然在这一文学发展脉络之中，侦探/间谍/反特小说所承载的社会意义和其所处

① 陆文夫：《心香一瓣——祭程小青》，载《人之于味：陆文夫散文》，浙江文艺出版社 2015 年版，第 113 页。

② 此外，另一条 1949 年以后中国侦探/间谍小说的延续和发展脉络在于，20 世纪 40 年代曾经连载于《蓝皮书》杂志上的郑小平创作的“女飞贼黄莺之故事”，随着“《蓝皮书》于 1950 年随环球出版社南迁至香港，‘女飞贼黄莺’系列则成为复刊后的《蓝皮书》中的畅销版面，由仍留在上海的小平继续供稿，环球出版社更是定期将这些故事以单行本的形式出版，每本均多次再版，受到香港读者的热烈欢迎”，“‘女飞贼黄莺’系列中的女侠黄莺日后则在五六十年代的香港大放异彩，引发了香港影视文学的‘珍姐邦’打女类型”（参见魏艳《福尔摩斯来中国：侦探小说在中国的跨文化传播》，北京大学出版社 2019 年版，第 208—209、176 页）。

的时代话语体系已经完全不同，但其基本的倒叙的结构、发现的程序、悬疑的营造、惊险的氛围却仍是“万变不离其宗”，而这也是这几种/一种小说类型能够区别于其他小说类型并持续吸引广大读者阅读兴趣的关键性因素。正是在这个意义上，本书认为中国的侦探小说发展史从未断绝，只不过是随着时代与历史环境的具体变化而不断演变自身的形态，从晚清时期承担起法制与科学的重担，到20世纪40年代成为民族大义与个人情欲纠缠的焦点，再到20世纪50年代演变为全民反特防奸和伸张国家意志的宣传工具，原本只是被用来作为消闲娱乐对象的侦探小说在中国现当代文学史上，却一直都在和时代主流的声音不断发生着对话，以其自身力所能及/不及的姿态回应着时代所发出的召唤。当然，对于中国侦探小说在20世纪50—70年代的继续延伸和发展情况，已非本书所能涵盖，其需要更值得用下一本书来专门展开相关研究和讨论。

第三节　孙了红与“侠盗鲁平奇案”：从其居住空间和疾病说起

在民国时期的侦探小说作家中，有着“一青一红”并立的说法，“青”指的是《新侦探》的主编程小青，“红”指的便是《大侦探》的主编孙了红。不同于程小青在20世纪20年代即以“霍桑探案”系列跻身民国一线侦探小说名家之列，孙了红的文学“出道”时间相对较晚，他在20年代虽然也在《侦探世界》《半月》《红玫瑰》等杂志上发表过一些侦探小说创作，如《傀儡剧》[①]《半个羽党》[②]《白

① 孙了红：《傀儡剧》，《侦探世界》第六期，1923年。

② 孙了红：《半个羽党》，《侦探世界》第十九期，1924年二月朔日（农历）。

熊》[1]《古木寒鸦》[2]《眼镜会》[3]《玫瑰之影》[4]《冷热手》[5]《恐怖而有兴味的一夜》[6]《燕尾须》[7]《雀语》[8] 等，并且也参与了 1925 年大东书局《亚森罗苹案全集》[9] 的翻译工作。但孙了红真正为广大读者所知，还是要等到 20 世纪 40 年代他在《万象》及《春秋》杂志上发表“侠盗鲁平奇案”[10] 系列作品时。打着红色领带、到处惩恶扬善、似乎无所不能的侠盗鲁平是当时上海“孤岛”中最为流行的文学形象之一，孙了红也因此与程小青一起成为民国时期侦探小说创作的两座高峰。甚至也有不少学者提出孙了红的“反侦探”

---

① 孙了红：《白熊》，《侦探世界》第二十期，1924 年二月望日（农历）。

② 孙了红：《古木寒鸦》，《半月》第三卷第十三期，1924 年 3 月 19 日。

③ 孙了红：《眼镜会》，《半月》第三卷第十八期，1924 年 6 月 2 日。

④ 孙了红：《玫瑰之影》，《红玫瑰》第一卷第十四期至第一卷第十五期，1924 年 11 月 1 日至 1924 年 11 月 8 日。

⑤ 孙了红、陶寒翠：《冷热手》，《华风》1925 年 2 月 27 日至 1925 年 4 月 7 日（分 9 次连载，未连载完）。

⑥ 孙了红：《恐怖而有兴味的一夜》，《红玫瑰》第二卷第十一期，1925 年阴历九月十四日，标“一名事实上之鲁平”。

⑦ 孙了红：《燕尾须》，《红玫瑰》第二卷第十二期至第二卷第十三期，1925 年阴历九月二十一日至 1925 年阴历九月二十八日。

⑧ 孙了红：《雀语》，《红玫瑰》第四卷第五期至第四卷第十期“夏季特刊号”，1928 年 2 月 11 日至 1928 年 3 月 1 日。

⑨ 孙了红参与翻译了其中的一篇短篇小说《绣幕》，载《亚森罗苹案全集·第十一册·短篇五种》，上海大东书局 1925 年 4 月出版发行。

⑩ 在 20 世纪 20 年代前期，孙了红的每篇以侠盗鲁平为主角的侦探小说都冠以“东方亚森罗苹近案”的副标题，直到 1925 年 9 月发表《恐怖而有兴味的一夜》时，才开始取消这个副标题，这也是孙了红有意为之的一个细节。他在这篇小说中说虚构了一个自称“鲁平”的蒙面黑衣人来找自己，并且向自己严肃“发令”说：“凡我将来造成的案子，你笔述起来标题只许写‘鲁平奇案’或‘鲁平轶事’，却不许写‘东方亚森·罗苹’等字样，因为我不愿用这种拾人唾余的名字。”之后孙了红的鲁平系列小说就都取名为“侠盗鲁平奇案”系列了。可见，他所塑造的鲁平虽然名字分明取自亚森·罗苹的谐音，但是他仍是在不断朝着本土化的方向努力，力图创造出一个专属于他自己的侠盗与名侦探形象。当时的编辑赵苕狂在文前小序中也指出：“这是第一篇，可算是他最近对于鲁平探案的一种宣言，也可算得是鲁平将要把东方亚森罗苹的名号取消以前的一种宣言。”（参见《恐怖而有兴味的一夜》，《红玫瑰》第二卷第十一期，1925 年阴历九月十四日，标“一名事实上之鲁平”）

小说才真正地标志着民国侦探小说创作趋向本土化并逐渐走向成熟。如汤哲声教授即认为孙了红“是将外来的侦探小说模式和中国本土的实际情况结合得最为成功的作家”①。但回到当时的历史现场，我们会发现性格飞扬跋扈的侠盗鲁平的诞生环境却是在上海拘促而简陋的亭子间中，他的创作者孙了红，当时也正备受咯血症的折磨，多次面临着不得不因病而被迫中断写作，甚至无钱治疗，需要依靠亲友和读者筹款看病的生活窘境。由此，小说中一切正义的伸张在现实环境下不过只是正义的“虚张”罢了。

一　“租住在亭子间的作家”

一提到民国时期上海的“亭子间作家”，人们往往会联想到以丁玲、萧军、周立波等为代表的有着明显左翼倾向的青年作家群体，甚至将这一概念的源头上溯至瞿秋白在《〈鲁迅杂感选集〉序言》中所提出的“薄海民”（Bohemian），即“小资产阶级的流浪人的知识青年”。后来经过毛泽东1938年4月10日在鲁迅艺术学院成立大会上的讲话和1942年5月《在延安文艺座谈会上的讲话》两次对其进行阶级与文学上的定位之后，“亭子间作家”更被赋予了鲜明的思想政治内涵。②

① 汤哲声：《中国现代通俗小说流变史》，重庆出版社1999年版，第238页。

② 毛泽东在1938年4月10日鲁迅艺术学院成立大会的讲话中对“亭子间的人”（来自上海等地的文化人）和“山顶上的人”（来自革命根据地的文化人）进行了区分，并指出：“亭子间的人弄出来的东西有时不大好吃，山顶上的人弄出来的东西有时不大好看。有些亭子间的人以为‘老子是天下第一，至少是天下第二’；山顶上的人也有摆老粗架子的，动不动‘老子二万五千里’。”对二者进行了区分，并采取各打五十大板的态度（参见毛泽东著，中共中央文献研究室编《统一战线同时是艺术的指导方向》，载《毛泽东文艺论集》，中央文献出版社2002年版，第13页）。此外，毛泽东在1942年5月作的更为著名的《在延安文艺座谈会上的讲话》中说：“同志们很多是从上海亭子间来的；从亭子间到革命根据地，不但是经历了两种地区，而且是经历了两个历史时代。一个是大地主大资产阶级统治的半封建半殖民地的社会，一个是无产阶级领导的革命的新民主主义的社会。到了革命根据地，就是到了中国历史几千年来空前未有的人民大众当权的时代。我们周围的人物，我们宣传的对象，完全不同了。过去的时代，已经一去不复返了。因此，我们必须和新的群众相结合，不能有任何迟疑。”在这里，“亭子间作家”被等同于“从上海投奔延安的亭子间作家”，并深刻影响了后来文学史对“亭子间作家”这一群体的界定和叙述。

从后见者的角度来反观"亭子间作家"群体，我们不难发现，当我们把对于"亭子间作家"的关注重点聚焦在其思想政治倾向上时，20 世纪 20—30 年代的大批"亭子间作家"后来纷纷投奔延安、追寻革命，似乎是一个顺理成章的必然选择，甚至"亭子间作家"最终被窄化成为"从上海投奔延安的亭子间作家"。但如果我们将"亭子间作家"这一颇有些政治身份划分意味的概念拓宽到日常居住空间与生活方式层面上的"在亭子间租住的作家"来考察这一作家群体时，这一概念所包含的意涵范畴将更加宽广——凡是当时在上海谋生、经济拮据、租住在亭子间、靠写作收入糊口或补贴生计的底层知识青年，都可以被纳入"亭子间作家"的考察范围中去，这其中既有激进的、左翼的、后来奔赴延安的青年作家群体，也有立足于市民阶层的、最终选择留在上海的"通俗作家"群体。学者范伯群曾尝试对"亭子间作家"与"封建小市民"作家的文学创作态度、受众市场与人生选择进行区分，他将二者间的差异概括为"为人生"和"为生活"的不同[①]，可谓一针见血。但另一方面，我们也需要看到，"亭子间作家"与"封建小市民"作家并非截然对立，共同居住在亭子间的生活空间与边缘化的社会经济地位，使得这批"在亭子间租住的作家"即使在政治立场与思想倾向上有所不同，但他们仍然共享了某些生存经验上与生活态度上的相通之处。

据姚克明的《上海滩的"亭子间"作家》一文中介绍："亭子间，可以说是石库门房子里最差的房间。它位于灶披间之上、晒台之下的空间，高度 2 米左右，面积 6、7 平方米，朝向北面，大多用作堆放杂物或者居住佣人。"[②] 辅之以当时曾居住过亭子间的作家（如郭沫若、周立波、殷夫、丁玲等）的大量回忆性文章，我们不难

---

① 范伯群：《从"亭子间作家"与"封建小市民"的关系谈起——读〈霓虹灯外——20 世纪初日常生活中的上海〉有感》，《江苏大学学报》（社会科学版）2009 年第 1 期。

② 姚克明：《上海滩的"亭子间"作家》，《学习博览》2013 年第 9 期。

发现，“在亭子间租住的作家”的日常生活大多具有以下特点：居住条件较差（空间狭小、层高很低、方向朝北）、经济收入拮据、社会生活边缘、与佣人甚至底层妓女拥有相似的生存环境（居住、饮食）等。同时，“在亭子间租住的作家”往往怀有对自身生活现实处境的深切焦虑，对社会压迫与贫富差距的不满以及对底层人民的理解与同情。梁伟峰即认为：“亭子间代表了一般左翼青年文化人所处的相类似的恶劣居住和生存环境，它既是一个实体空间，又是一个文化隐喻。所谓亭子间文化，可以说是30年代从上海的这类恶劣物质生存环境中创造出来的一种带有边缘性和激进性的青年文化。”[①] 用“带有边缘性和激进性的青年文化”这一“都市亚文化”概念来界定“亭子间文化”显然比笼统地将“亭子间文化”等同于上海左翼文化，甚至将其简单等同于投奔延安这一后来的行为事实更富有弹性，并且可以释放出更多的阐释空间与可能。而将亭子间从一个“实体空间”上升到一种“文化隐喻”，也显然更能帮助我们贴近并理解当时居住者（也正是文学创作者）的主体感受和内心状态，正如舒尔兹所认为的那样，在这个意义上，建筑空间即是生存空间。[②]

由此，回过头来考察上海“亭子间作家”们的人生道路选择时，除了奔赴延安的一批作家之外，我们还不应忽略直到20世纪40年代仍蛰居在“上海亭子间”的作家们，他们或许不像“奔赴延安”的作家那样拥有明确而崇高的左翼革命理想，他们仍努力通过在报纸杂志上写文章满足广大市民的阅读趣味来聊以谋生。但多年来都市底层生存环境也使得他们养成了一种反抗权贵压迫、同情底层弱者的基本情感价值取向。尤其是当上海成为“孤岛”甚至“沦陷

---

① 梁伟峰：《被“浪子”反抗的“浪子之王”——论鲁迅与亭子间文化》，《上海师范大学学报》（哲学社会科学版）2007年第1期。

② 参见［挪威］诺伯格·舒尔兹（C. Norberg-Schulz）《存在·空间·建筑》，尹培桐译，中国建筑工业出版社1990年版。

区”之后，当战火席卷了生活的每一个角落，物价的飞涨使得他们的物质生活条件进一步恶化，敌伪政权对报纸杂志实行严厉的政治审查更是直接压抑了他们的文学表达空间……对侵略者的仇视、对现实压迫的不满、对自身处境的焦虑、对贫弱者的同情都以某种委婉曲折的姿态混入他们赖以谋生的报刊文字之中，最终形成市民趣味、反抗时代与个人抒怀的某种综合体。孙了红笔下的“侠盗鲁平奇案”系列，就是在这样一种现实空间和时代背景下产生的。

二　“亭子间”：从 20 世纪 40 年代孙了红的居室谈起

1942 年，《万象》杂志第二卷第五期上，刊登了一篇题为《黄蜂窠下：记“侠盗鲁平奇案”作者孙了红之居》的采访性文章，作者是孙了红的好友杨真如。他与孙了红相交多年，并且曾多次进入孙了红的居室做客。这篇文章就是作者综合了很多关于孙了红居室情况与日常起居的细节而写成的。其中描述孙了红居室的一段文字尤为值得注意：

> 他那间兼充卧室，病室，休息室，偶然间还权充一下膳室，客室，会议室的万能宝屋，式样很像一个亭子间。不过它的位置却并不在晒台之下，也不在晒台之上，而是相反的在五开间两厢的一个西厢的中部的上面。因为巍然独峙，高出侪辈的缘故，所以又很像一个台。从建筑方面论，可以说是一所具体而微的矮楼。①

从上述所引杨真如的这段话中我们可以看出，孙了红当时居住条件较为艰苦，所谓卧室、客厅、书房、休息室其实总共就是一间房，其住所“式样很像一个亭子间”，只是在具体的空间结构上又和

---

① 杨真如：《黄蜂窠下：记“侠盗鲁平奇案”作者孙了红之居》，《万象》第二卷第五期，1942 年 11 月 1 日。

一般意义上的亭子间有所不同，“这是一所兼楼阁高台之胜的特殊屋子罢了”。但亭子间所拥有的面积狭小、独自一间（集卧室、客厅、书房等功能于一体）的特点，孙了红的房间也都具备，我们或许可以将孙了红的居所称为“类亭子间”，又或者将其直接视为一种结构特殊的“亭子间”似乎也无不可。甚至孙了红自己也说过：“我所住居的地方，是一个三层小阁，这小阁约有一个普通亭子楼的地位，虽不宽敞，但是供给一个人的居住，却也并不局促。”①

居住在这样狭小逼仄空间中的孙了红，屋内家具陈设也是屈指可数，只有一床、一桌、一椅和一些书籍稿纸而已。在好友杨真如眼中，这简直可称得上是一间近乎“家徒四壁”的寒酸陋室：

> 书室，这一个名称是最适当也没有的了！室中无长物，除了一塌一案木椅数事之外，所有的无非是书。此外还有厚厚的一叠，书的候补者——稿纸。好在这些稿纸，将来终究要成为书的，因此不妨预先把它归纳在书的项目之内。②
>
> 在向南的墙壁上，装着四扇玻窗，约莫有三尺直径。他的床铺便设在南窗之下。在床铺的前面，安置着一张方桌，那便是他唯一写作之所。方桌，本是四面都可设置坐椅的。可是他在习惯上，每每朝东坐着，几乎成为一个不可变易的位置。这里本是南西两窗的交点，可以说是室中空气最流通的所在。而且这样的坐着，假使从小楼梯上走个人上来，可以不消旋转头去看，那便是因为房门设置在北壁靠东的一个角度里。③

---

① 孙了红口述，柴本达笔录：《小楼上的黄蜂》，《大众》第十九期，1944 年 5 月 1 日，标“蜂屋笔记之一”。

② 杨真如：《黄蜂窠下：记“侠盗鲁平奇案”作者孙了红之居》，《万象》第二卷第五期，1942 年 11 月 1 日。

③ 杨真如：《黄蜂窠下：记“侠盗鲁平奇案”作者孙了红之居》，《万象》第二卷第五期，1942 年 11 月 1 日。

孙了红在文章中曾经提到过自己对于住宅的理想：

> 我的屋子主要的是两间，每间都有八块豆腐干大的面积。……一件（按：应为“间”）是工作兼憩坐的地方，朋友们来时就在这里招待他们。这里的布置，不妨随便点，男子的屋子不妨带点凌乱，凌乱也有凌乱的美。靠壁我要安设两口大书橱；厨里塞满着我所爱读的书……
>
> 书橱之外，我要在这里布置一张书桌，桌前放一只转椅，让我可以坐在这里翻翻看看，涂涂抹抹。再布置一具双人沙发，旁边放着置烟茶的小几，这是为我少数的几个朋友设备的。东西不在乎考究，只要我的朋友坐着适意，我自己也感到适意，那就很好。
>
> …………
>
> 在另外一间屋子里我预备布置下我的卧室，我不想布置得华丽而只想布置得相当整洁。器具力求简单。[①]

“一间卧室”，“一间工作会客的地方”，并且“每间都有八块豆腐干大的面积”，可以说孙了红对于住宅的设想并不算过分奢侈，并且他也一再在文中说自己并“不想布置得华丽而只想布置得相当整洁”，但就是这样一点关于居住条件的微小愿望，对于作家孙了红而言，“这不过是——幻想！”[②] 实际上孙了红并没有两间房，他只有一件亭子间小屋可供居住，然后在这间小屋里分别辟出睡觉和写作的狭小空间；他也没有大的书橱来塞满他所喜欢的书，他只是把书堆在自己的桌子上：

---

① 孙了红：《这不过是幻想》，《幸福世界》第一卷第五期，1946 年 12 月 10 日，标“蜂屋随笔之一”。

② 孙了红：《这不过是幻想》，《幸福世界》第一卷第五期，1946 年 12 月 10 日，标“蜂屋随笔之一”。

> 我在四扇面南的小玻璃窗下，安设了一个铺位，睡在床上，仰脸可以看到一排椽子，和这屋子前部的一只梁。我的床沿，和上面这只梁，成一平行线，这在无形之中，好像替我划下了一条界线；梁以内，算是我的卧室，而梁以外，却当作了我的憩坐和写读的地方。①
>
> 有一只相当大的板木方桌，安放在我的床铺边上，——这是我的憩坐处中的一件主要陈设。在这个板木桌子上，我也把它划分为两部分：留着一部分空处，可以做点工作，其余一部分，摊放着我所喜爱的几堆书，和一些空白的稿笺。②

除了居住在狭小逼仄的“亭子间”之外，孙了红的日常生活消费情况也是颇为紧张，甚至可以说是捉襟见肘。按照《万象》主编，同时也是孙了红好友陈蝶衣的描述，孙了红是一个花起钱来较为大手大脚、“金钱到手辄尽”的人，并且陈蝶衣还将孙了红的这种性格与他笔下主人公鲁平的形象联系在了一起：

> 了红先生实在是一个了不起的天才作家——也是中国唯一的反侦探小说作家；他的个性和英国的侦探小说家依茄华雷斯Eager Wallace（《万象》十日谈所载《黑衣人》长篇，即其作品）有些相像：不修边幅，金钱到手辄尽，爱过漂泊的生活；他结过婚，但是没有妻子，却又有一个名义上的儿子；了红先生就是这样奇特的人；也就由于他的奇特，在他的笔下便产生了一个神秘莫测的小说人物——侠盗鲁平。③

---

① 孙了红口述，柴本达笔录：《小楼上的黄蜂》，《大众》第十九期，1944年5月1日，标“蜂屋笔记之一”。

② 孙了红口述，柴本达笔录：《小楼上的黄蜂》，《大众》第十九期，1944年5月1日，标“蜂屋笔记之一”。

③ 陈蝶衣：《编辑室》，《万象》第一卷第十二期，1942年。

确如陈蝶衣所说，孙了红笔下的鲁平虽然计谋过人，经常能通过绑架、冒充、诈骗、撬保险箱等手段从囤积居奇者或者富家大户那里大捞一笔“横财”。如在小说《鬼手》中，鲁平假扮霍桑，一下子就拿走了十二颗大钻石。[①] 但鲁平又确实少有余财，经常是左进右出，口袋空空，更不用说置有产业。小说《三十三号屋》开篇，作者就交代了“那位神秘朋友鲁平，生平和字典上的‘家’字，从不曾发生过密切的关系”。[②] 甚至连时时烟不离手的鲁平[③]，抽的也只是低等而廉价的土耳其纸烟。鲁平自己便亲口说过：“你知道，我是专吸这种下等人所吸的土耳其纸烟的。”[④]

而作家孙了红在现实生活中也确实爱好香烟和茶叶。尤其是对于纸烟，他有着相当大的迷恋，他甚至把“较上品的纸烟”视为自己愿意留在这世界上的理由之一：

> 照眼前而论，我在这个世界上可以说是没有什么真正的嗜好。只有几只较上品的纸烟，还可以引起我的迷恋；我常常觉得，假使一天能有五十支听装的大三砲（这不能算是顶高贵的纸烟）让我抽抽，那使我感到在这个世界上多留一天也还不坏。[⑤]

而在孙了红的另一篇文章《我与香烟》中，我们也能看到孙了

---

① 孙了红：《鬼手》，《万象》第一卷第一期，1941 年 7 月 1 日。

② 孙了红：《三十三号屋》，《万象》第二卷第二期至第二卷第四期，1942 年 8 月 1 日至 1942 年 10 月 1 日。

③ 在孙了红笔下的“侠盗鲁平奇案”系列小说中，大多数篇目里都有鲁平吸烟的场景。甚至土耳其纸烟，也已经可以和其耳朵上的红痣、胸前耀眼的红领带、左手上鲤鱼形的奇特的大指环并称为鲁平出场时的四大标志性特征。

④ 孙了红：《蓝色响尾蛇》，《大侦探》第八期至第十五期，1947 年 1 月 1 日至 1947 年 10 月 31 日（分 8 次连载），标“又名：一九四七年的侠盗鲁平”。

⑤ 孙了红：《这不过是幻想》，《幸福世界》第一卷第五期，1946 年 12 月 10 日，标“蜂屋随笔之一”。

红每日实际吸烟量的确惊人：

> 笔者烟（此烟不是那烟）瘾极大，但究竟每天要抽多少，则从不曾下功夫统计过，不过，想想怕有五六十只吧？①

只是迫于经济压力，他就连香烟和茶叶这两项小爱好也常常不能够尽兴满足，作家有时必须要像他笔下的人物鲁平一样，通过降低烟、茶的档次和品质来满足自己的小小兴味：

> 烟的名称和品质，是随时间的不同而有所变迁的。大抵在平常休息的时候，用的是普通品；在写稿而微感疲劳的时候，品质便要提高些；如其感到过分的疲劳，或者在一天工作结算的时候，那便要尤其高贵些。茶，据说以前也是很考究的。现在物价实在太昂贵了，不得不将就些。不过在普通之中仍不能不认为是属于比较上等的一路。②

在平常休息时，孙了红只凑合吸一般的烟，只有当感到过分疲劳时才肯吸点品质好的。至于茶叶，既因为物价昂贵而不得不将就；但将就的结果仍然是“属于比较上等的一路”，一个出手阔绰豪爽，懂得享受生活，但又被现实经济条件所逼迫限制的孙了红形象就此跃然纸上。而我们也不难想见，原本出手阔绰却被生活所迫，不得已而降低烟茶品质的孙了红在设计鲁平这个小说主人公抽“下等人所吸的土耳其纸烟”时的某种内心投射了。

居住条件只是蜗居在一间类似“亭子间”而又近乎家徒四壁的房屋内，对于自己生活的烟茶等小爱好又常常难以得到满足。这种

---

① 孙了红：《我与香烟》，《工商通讯》第二期，1946年9月30日。

② 杨真如：《黄蜂窠下——记“侠盗鲁平奇案”作者孙了红之居》，《万象》第二卷第五期，1942年11月1日。

自身生存状态的窘境与物质生活条件的贫乏，即使对于物质生活没有过高奢望的孙了红也有颇多感慨和抱怨，他就曾对好友杨真如说：

> 我并没有大的欲望，根本不想有更多的钱。假使有人把像国际饭店那样大的一个建筑物送给我，我也断不会因之而感到兴奋。甚至反而使我感到堕入了一个难于应付的窘境。诚然，我需要一些小小的享受。然而它的范围，小得为任何人的能力所可能做到的那种限度。我希望有些比较上等的卷烟和茶叶，应时的果品和糖点，两间适意的屋子，一件较小的做卧室，一件较大的做书室和客室。在我空闲的时候，有我所希望他来的朋友，跑来坐着谈着。我认为人生最快意的一件事，莫如一个谈字。那是说几个谈得来的人在一处坦白地闲谈，而并不是“请！请！请！”那一套谈天的把戏。而我的义务，最低限度，便应当预备着有如上面所说的那几种消闲物质。然而这一点小小的愿望，竟使我无从达到。①

对此，另外一位好友陈蝶衣也颇替孙了红鸣感到不平。陈蝶衣曾在《万象》杂志的《编辑室》栏目中拿孙了红和西方侦探小说名家依茄华雷斯作比，并为孙了红有着如此的创作天才，却依旧生活条件简陋而表示慨叹和不满：

> 鲁平先生不但思想敏捷，而且在他的作品中，充满着一种冷峭的讽刺的力；这样的一位天才作家，却不幸生长在中国，于是像依茄华雷斯成名后那样的有三座住宅，以及一百多个佣人侍候着他的豪华生活，永远成为梦想，这是大可慨叹的事。②

① 杨真如：《黄蜂窠下——记“侠盗鲁平奇案”作者孙了红之居》，《万象》第二卷第五期，1942 年 11 月 1 日。

② 陈蝶衣：《编辑室》，《万象》第一卷第十二期，1942 年。

除了屋舍狭窄、家具简单（甚至可以说是“家徒四壁”）之外，孙了红的居室所处位置、窗外所见景象，甚至屋檐下的小小黄蜂巢也是我们了解孙了红其人其作的门径与线索。

比如孙了红就曾谈到自己居住的房屋在整幢楼中所处位置偏僻，他甚至以屋自喻，说自己之所以喜欢这个“亭子间”，在某种程度上正是因为房屋位置的偏僻与自己追求自由且偏僻怪异的性格脾气有关：

> 这是全部房屋中一个最偏僻的所在，正像我这人是人类中一个偏僻的人一样。虽然我觉得自己的性格，是何等的中庸直率，一些没有怪癖，奇特，像一般人所想像于我的错误那样。可是我的生活，却无可隐讳，自始便是偏僻的。[①]
>
> 而这间屋子，确乎对于我有很多的便利。因为偏僻的缘故，等闲的人，都不会到这里来。更没有人会打扰我。我可以在这里，自由自在地，做着不必给人看见的小动作。其实这些动作，本是无所谓的。[②]

孙了红将自身生活的困窘与边缘化和这间房屋位置的偏僻联系了起来，进而对自己居住的房屋产生了某种“畸形的”同病相怜的感情：

> 我所依托的社会，狠心地把我抛出了它的水平线。像这间屋子一样，使我成为一个被人类所拥挤出来的孤独者。我因为自感身世，所以对于这间畸形的屋子，发生了一种特殊的同情，

---

① 杨真如：《黄蜂窠下——记“侠盗鲁平奇案”作者孙了红之居》，《万象》第二卷第五期，1942 年 11 月 1 日。

② 杨真如：《黄蜂窠下——记“侠盗鲁平奇案”作者孙了红之居》，《万象》第二卷第五期，1942 年 11 月 1 日。

于是我便住下了。我有这样的一个特性，对于用惯了的一件东西，懒得去变动它。[①]

此外，孙了红从房间窗口望出去所看到的景象也颇值得我们关注，因为那极有可能就是孙了红创作间隙，抬头思考凝望时的所见之景，并以某种委曲的形式融入他的小说文本之中。杨真如在另一篇记叙孙了红生活的文章《凡士探案的探索》中曾提道：

了红兄是一个不干法禁的恐怖主义者：他的寓楼的小窗，正对着宝隆医院的太平间。在他深夜写作的时候，也许有些憧憧之影，啾啾之声，为那无情笔墨勾摄而至，不期然而然的混入在文字里面，遂使读者感觉到有些阴森森的鬼气。[②]

在这里，杨真如已经敏锐地察觉出孙了红小说里阴森恐怖的氛围与其现实生活中窗外所见太平间景象之间的某种隐秘联系，而对悬疑氛围的设置和恐怖效果的营造，也正是孙了红小说中颇为引人入胜的地方：无论是《鬼手》中半夜伸向睡熟人的脖颈的那只冰冷的“鬼手”，还是《血纸人》中剖腹挖心的惨案、怨气冲天的哀号以及随着一阵焦枯味而出现的浸满了鲜血的“血纸人”，抑或是《三十三号屋》在房间里只留下一声惨叫便神秘失踪的男子及女子……从情节悬念迭生、阅读紧张感营造和阅读欲望刺激等方面来看，这些情节或描写都堪称典范，让人读起来兴味十足。而在另一方面，我们也可以想象孙了红在生活中常常会有意无意透过屋内的窗户看对面医院太平间时的场景，而这一站在自家房内“看”对面房屋的动作，也恰好构成了其小说《三十三号屋》中悬疑设置与情

---

① 杨真如：《黄蜂窠下——记“侠盗鲁平奇案”作者孙了红之居》，《万象》第二卷第五期，1942 年 11 月 1 日。

② 杨真如：《凡士探案的探索》，《万象》第二卷第六期，1942 年 12 月 1 日。

节推进的关键性结构，我们甚至可以说，小说《三十三号屋》从鲁平堕入云雾到其破解真相并加以利用，都是通过“看”对面屋舍这一动作来完成的：

> 下一天，鲁平绝早就踏上那座小型阳台。他见对面的三层阳台上，昨天的那座较大的鱼箱已经收去，而又换上了较小的一座。
>
> ……
>
> 可是，当时鲁平呆望着对方的阳台，想来想去，竟想不出这问题的枢纽究竟在什么地方。①

至此，我们可以大致勾勒出孙了红的居所条件及日常生活情况：住在一间位置偏僻且类似“亭子间”的小房子里，家里除了必要的桌椅床外少有家具，生活条件窘困，从家中窗户向外望去，恰好可以看见一间医院的太平间。这样一种贫困寒陋的生活状况一般时候或许多少还可以维持，但“屋漏偏逢连夜雨”，当咯血症这样的恶疾与不幸降临在孙了红身上，那么如何生存下去本身即成为作者不得不面对和需要解决的现实困境和难题。

三　咯血症：畅销背后的生存焦虑

令我们感到惊奇的是，身居“陋室”，经济紧张，连烟茶这等小爱好也不能尽兴享用的孙了红并非是一个在文坛默默无闻、作品备受读者冷遇的作者。相反，他发表在《万象》上的“侠盗鲁平奇案”系列小说可谓红极一时，甚至我们从《万象》主编陈蝶衣在亲自撰写的《编辑室》栏目中先后14次提及孙了红并反复向读者解释孙了红的小说为什么不能及时“更新”这一文学事实来看，孙了红

---

① 孙了红：《三十三号屋》，《万象》第二卷第二期至第二卷第四期，1942年8月1日至1942年10月1日。

绝对称得上是《万象》上最受读者欢迎与最为重要的作者之一。

20 世纪 40 年代，《万象》杂志在上海可谓是一份有着举足轻重地位的杂志。在民国文学期刊的发展历程中，《万象》杂志以其综合性和趣味性而著名，在这本杂志上，读者既可以读到张恨水长篇小说连载和张爱玲的市民传奇，也能看到阿英、叶绍钧、端木蕻良等左翼作家的文章，喜欢历史的读者可以去看那些颇为严谨的考证和掌故，比较新潮的读者也有据最新电影《乱世佳人》改编的话剧剧本满足阅读需要……如果说综合性（兼收各类作家、作品）是考虑到当时上海相对孤立，外地作家投稿困难，稿件来源紧缺的现实性因素，那么趣味性（注重文章的有趣、可读）则更是为了满足更多市民阶层读者的阅读趣味与精神文化需求。

采取兼顾综合性和趣味性办刊方针的《万象》销量也是颇为可观。据当时人的描述："自太平洋战事爆发后，海上出版界初曾一度停顿，归于岑寂。市上各杂志及诸般定期刊物，凡在过去期间内容多涉时论者，至此既各自收帆；遂致所余纯文艺之定期刊物，一时乃如凤毛麟角，渺并不可得。较著者惟胜《万象》《小说月报》等数种，有如曙后孤星，行销如常。"① 《万象》主编陈蝶衣更是明确提到过杂志前面数期不断再版、重印，销量很好的情况："创刊号由初版再版而添印至六版，八月号印至四版，九月号印至三版，十月号也在极短的时期中再版了。平均本刊的销数，是每期二万册。"② 杂志老板平襟亚也曾在《万象》第三卷第一期《二年来的回顾：出版者的话》（署名"秋翁"）一文中提到每期杂志销量大概在两万册左右，可引为证。而根据王军《上海沦陷时期〈万象〉杂志研究》一书中的说法，上海"孤岛"时期，陈蝶衣主编的《万象》一度发行量可以达到两三万册，远远超出了当时四千册的平均

① 颖川：《春秋杂志双包案始末记》，《海报》第一百七十三号，1942 年 10 月 20 日。

② 陈蝶衣：《编辑室》，《万象》第一卷第五期，1941 年 11 月 1 日。

水平。可知《万象》杂志在抗战时期的“孤岛”上海能有如此销量实属难得，其在读者之中的影响力更是不容小觑。

在《万象》杂志的众多作者当中，侦探小说作家孙了红的地位可以称得上是十分重要：一方面，据本书统计，孙了红在《万象》发表“侠盗鲁平奇案”系列作品从第一卷第一期开始，一直到第二卷第十二期为止，在一共 24 期杂志中的 14 期上面先后连载小说五篇，依次为：《鬼手》（第一卷第一期）、《窃齿记》（第一卷第三期）、《血纸人》（第一卷第十一期至第一卷第十二期，以及第二卷第一期）、《三十三号屋》（第二卷第二期至第二卷第四期）、《一〇二》（第二卷第五期至第二卷第十二期，其中第八、十两期未登），其中断档的几期都是孙了红病重而暂时不能执笔所致。

另一方面，《万象》主编陈蝶衣也在这一期间的杂志《编辑室》栏目中先后 14 次提及孙了红（分别为第一卷的第八、十、十一、十二期和第二卷的第一、二、四、五、六、七、八、九、十、十二期）。“孙了红”堪称《万象》创刊前两年内出现频次最高的名字。此外，这一时期的《万象》杂志上还刊登了孙了红翻译爱特茄·华来斯的侦探小说《李德尔探案：诗人警察》，杨真如两篇采访孙了红的文字《黄蜂窠下：记“侠盗鲁平奇案”作者孙了红之居》和《凡士探案的探索》，以及孙了红自己病后所写的感想《病后随笔：生活在同情中》。甚至《万象》杂志还为身患咯血症而无力支付医药费的孙了红举行了一次颇有声势的读者募捐活动。无论从哪个意义上来说，从《万象》杂志 1941 年 7 月创刊起，一直到 1943 年 6 月，在这两年间，孙了红绝对称得上是《万象》最为“抢镜”的“头牌”作者。

而当我们回过头来看孙了红的“侠盗鲁平奇案”系列作品时，会发现这一系列小说也颇能体现《万象》杂志注重娱乐性、趣味性的办刊理念与追求。除了本节在前文中提到的孙了红注意在小说中设置悬疑和营造恐怖之外，鲁平的形象本身也颇有趣味可言：他自称“侠盗”，有着绝对醒目和与众不同的“商标”——永远打着鲜红的领带，左耳郭上有一颗鲜红如血的红痣，左手戴着一枚奇特的鲤鱼形大指环，酷爱抽土耳其香烟。但鲁平同时又让人难以捉摸——他行踪不定，有着至少一百个名号，有着高超无比的乔装易容手段，在江湖上被称为神秘莫测的“第十大行星”。同时，鲁平还是一个神秘组织的“歇夫”（chef，法文“首领”之谓），手下有胖律师老孟、“上海百科全书”韩锡麟、“小毛毛”郭泽民、“黑鸟”等一班得力干将。鲁平既有着鲜明的形象定位，又在每一个故事中以不同的形象、姓名和方式登场。这就导致这个小说人物既在读者心中有着足够的辨识度，同时又不失充分的新鲜感和吸引力。而他亦正亦邪的为人风格，对于道德法律“随心所欲不逾矩”的行为处事方式也都颇得市民阶层读者的喜爱。按照冯金牛的说法，“孙了红笔下的‘侠盗’鲁平并不是一个形象高大的英雄，作者把他塑造成一个玩世不恭的带着一些城市流氓习气的社会叛逆者，他把侦查破案看作是一种‘生意’，他信奉的教条是‘一切归一切，生意归生意’（《血纸人》）。而这一切，正构成了孙了红侦探小说别具一格的魅力。”①

作为“侠盗鲁平”的设计者，孙了红本人在现实生活中所流露出的举手投足间的种种细节也足能表现出他是个个性十足的人，比如郑逸梅就曾经谈及孙了红早年间颇具个性又饶有趣味的名片设计：

> 孙了红的名片有趣极了，是仿宋字印的，中为“孙了红”，旁有“别署野猫”四字，反面画着一黑狸奴，耸体竖尾，圆睁怪眼，大有搏击奋跃的样子。他又在左端亲笔写上“通信处上海北四川路忠德里一百廿二号妙乎白”，妙乎是猫叫，这张名片真可谓有声有色呢。②

虽不能说孙了红在现实生活中的“与众不同”和他笔下侠盗鲁

---

① 冯金牛：《孙了红和他的侦探小说》，载萧金林编《中国现代通俗小说选评·侦探卷》，上海文艺出版社 1992 年版，第 27 页。

② 郑逸梅：《名刺话》，《半月》第三卷第十八期，1924 年。

平的“特立独行”有着必然的因果联系，但是作者本人性格上的某些特点在他小说主人公身上的投射还是显而易见的。

与此同时，孙了红在“侠盗鲁平奇案”系列小说中还颇善于借助当时最新最流行的电影文化来增强其小说的趣味性。一方面，电影在孙了红的小说里也就常常成为故事的情节元素或内容组成。比如《鬼手》中男女主人公一起去看了一场外国电影 *Mummy's Hand*，这是小说第一次提到“僵尸之手”或“鬼手”，并成为整个故事的源头，引发情绪的波动，继而拉开小说的序幕[①]；又如《血纸人》中提到的电影《再世复仇记》既是增强了小说悬疑惊悚的故事氛围，又对小说善恶终有报的主题进行了巧妙的结构性和主题式隐喻；在《三十三号屋》中，在一男一女先后离奇在屋中消失后，报纸上很快便刊登出了关于这一案件的报道，作者此时说道：“这篇文字，比一张侦探影片的说明书，写得更动人。于是，这前后两天的事件，更引起了群众的注意”[②]；同样是小说《三十三号屋》，鲁平发现对面阳台上摆出了一张精美纸板，上面画着七个小矮人围着白雪公主的图案，“原来，在这时期内，本埠的大小各影院，正先后献映着那位华德狄斯奈的卡通新作——《白雪公主》”[③]；而在小说《鸦鸣声》的开篇，某公司地下餐饮部的一群年轻女服务员对鲁平长得究竟是更像劳勃脱杨、乔治赖甫德，还是贝锡赖斯朋而展开争论[④]，她们拿

---

① 参见于敏《论孙了红反侦探小说创作》，《河南广播电视大学学报》2010 年第 23 卷第 1 期。

② 孙了红：《三十三号屋》，《万象》第二卷第二期至第二卷第四期，1942 年 8 月 1 日至 1942 年 10 月 1 日。

③ 孙了红：《三十三号屋》，《万象》第二卷第二期至第二卷第四期，1942 年 8 月 1 日至 1942 年 10 月 1 日。

④ 劳勃脱杨（Robert Young），现一般译作“罗伯特·扬”，好莱坞男明星，曾与秀兰·邓波儿合作电影《偷渡者》；乔治赖甫德（George Raft），现一般译作“乔治·拉夫特”，好莱坞男明星，曾主演《疤面人》《热情如火》等影片；贝锡赖斯朋（Basil Rathbone），现一般译作“巴兹尔·拉思伯恩”，好莱坞男明星，曾主演《出水芙蓉》《巴斯克维尔猎犬》等影片。

当时最流行当红的好莱坞小生和鲁平做比较，还时时不忘通过眼神与话语和鲁平调情，鲁平也经常向她们做出电影银幕上常见的“飞吻”手势。20 世纪 30—40 年代，大量西方电影，尤其是好莱坞电影涌入中国，从当时的报刊广告中我们可以发现，在“侠盗鲁平奇案”系列小说发表时，《白雪公主》《再世复仇记》、*Mummy's Hand* 都是刚刚上映没有几年的动画片或恐怖片，是最为新潮流行的文化元素和街头巷尾的热门话题。不难想象看过这些电影的观众们在小说里重新读到与之有关的情节时所感受到的那种亲切感和趣味性。

另一方面，电影对于孙了红侦探小说创作上的影响还体现在写作手法和叙事策略层面。在《蓝色响尾蛇》《血纸人》《鸦鸣声》等小说里，孙了红多次运用了一种类似于电影分镜头脚本的写法来对犯罪现场进行描绘，并借此铺设悬疑线索——镜头的移动、光线的变化、奇怪声音的突然插入等既是当时好莱坞悬疑恐怖电影中常用的表现手法，也在孙了红的小说中被运用得炉火纯青。尤其是孙了红后来发表于《大侦探》上的小说《蓝色响尾蛇》，小说开头部分对上海这座城市在“光复”后所展开的速写式描摹几乎可以说是一组快速剪辑的蒙太奇镜头：

> 若干抹着胜利的油彩的名角在登场，若干用白粉涂过鼻子的傀儡在发抖，若干写有美丽字句的纸张贴满了墙头，若干带有血腥气的资产在加上斜十字，若干大员们正自掩藏于胜利的大旗之后在竞演着一套著名的国产魔术，名为五鬼搬连法。他们吹口气，喝声变，变出了黄金、珠钻；吹口气，喝声变，变出了汽车，洋楼；吹口气、喝声变，变出了其他许多不伤脑筋而又值得取获的一切……仓库在消瘦，物价在动荡，吉普车在飞驶，香槟酒在起泡，庆祝用的爆竹在渐渐走潮，十字街头的老百姓，光着眼，在欣赏好看的彩牌楼。各处五花八门的彩牌楼，似已逐渐褪色；可是彩牌楼上的灯光，照旧直冲霄汉，灰暗的夜空，让这密集的灯光，抹上了梦幻那样的暧昧的一片红，

这——这是胜利的光明。[①]

而同样是在这篇小说中，鲁平夜访深宅的部分更是堪称电影手法运用在小说文本中的经典范本，被依次描绘的“大雨—房屋—黑暗中的手电筒——一具面带微笑的死尸”[②]，完全就是电影镜头的文字复现，是通过环境和场景描写来成功构筑悬念并营造氛围。与此同时，徐訏等 20 世纪 40 年代的“新浪漫派”作家作品的影响也在《蓝色响尾蛇》这部小说里体现得淋漓尽致。小说《一〇二》中的一句话或许可以视为孙了红小说与电影之间水乳交融关系的绝好隐喻，小说里司机将车开得飞快，以至于“他疑惑自己已把这辆车子误驶上了一方映电影的白布而在表演一幕极度紧张的镜头了”[③]。

关于孙了红的“侠盗鲁平奇案”系列小说在 20 世纪 40 年代的畅销情况，我们还可以找到大量另外的证据以为参照。比如在 1947 年，《大侦探》杂志第八期至第十五期上连载了孙了红的小说《蓝色响尾蛇》，但在第十五期小说连载完结之后，杂志又重新刊载了小说的第一部分内容，理由是因为这篇小说太受欢迎，导致第八期杂志脱销，甚至是杂志社加印后竟然再度脱销。为了满足读者的需求，《大侦探》杂志社决定重新再刊登一遍第八期上曾经连载过的内容，并发布声明：“本篇小说，于第八期起刊登，承读者不弃，该期于一周内全数销罄；乃于前月间再印四千册，至月底又告售完，而补书函件，仍如雪片飞来。本刊发行人为接受多数读者之请，于本期重复刊登一次，俾未补得第八期之读者，仍可窥得本篇小说全

---

① 孙了红：《蓝色响尾蛇》，《大侦探》第八期至第十五期，1947 年 1 月 1 日至 1947 年 10 月 31 日（分 8 次连载），标“又名：一九四七年的侠盗鲁平”。

② 孙了红：《蓝色响尾蛇》，《大侦探》第八期至第十五期，1947 年 1 月 1 日至 1947 年 10 月 31 日。

③ 孙了红：《一〇二》，《万象》第二卷第五期至第二卷第十二期（分 6 次连载，其中第二卷第八期、第二卷第十期未刊载），1942 年 11 月 1 日至 1943 年 6 月 1 日。

貌。”[①] 孙了红“侠盗鲁平奇案”系列小说当时受读者欢迎的程度由此可见一斑。[②] 其中原因正如学者杨义所说，孙了红的小说“叙述语言也轻松、幽默、调侃，带点喜剧色彩，这是一种谈不上深刻、却又不无某种智慧的作品，它的引人入胜给它带来了商品价值”[③]。此外，孙了红的“侠盗鲁平奇案”系列小说单行本也一度行销“伪满”和香港等地，据本书写作过程中所见资料就有：《一〇二》，益智书店，康德十年十二月三十日（1943 年 12 月 30 日）发行；《蓝色响尾蛇》，香港海风书店发行，出版时间不详；《紫色游泳衣》，香港海风书店发行，出版时间不详；以及《紫色游泳衣》，香港南洋图书公司发行，1955 年 5 月一版，等等。

但就是如此畅销的报纸、“主打”的作家、精彩的小说、流行的元素，依旧不能解决作家孙了红本人经济紧张的现实处境和生存难题。而孙了红作品畅销与生计艰难之间的二元悖论则完全可以视为整个《万象》杂志销量惊人却依旧身陷生存困境的一个缩影。一如我们在前文中所说，在 20 世纪 40 年代初期的上海，《万象》杂志可以说是非常畅销。但这样骄人的销量并不意味着杂志收益状况良好。纸商囤货居奇，哄抬纸价，印刷成本也不断上涨，发行渠道更是频频受阻，这最终形成了《万象》杂志入不敷出的困难局面。平襟亚发表在《万象》杂志上的《不得不说的话》一文中，就对纸价暴涨有很多抱怨，“到了第二年纸价直线上升，白报纸已涨了 400 元一令。到 1943 年 8 月更是不可思议，涨到 1100 元一令”[④]。此外，平襟亚还在文中预测了如果纸价继续上涨后可能会发生的情况，“假使纸价不回跌，直线上腾，突破 2000 元一令的大关时”，《万象》只能

---

① 见《大侦探》第十五期，1947 年。

② 另一则可以证明孙了红小说当时非常受市场欢迎的例子为：单行本《蓝色响尾蛇》由大地出版社于 1948 年 5 月初版，1948 年 7 月即印制第二版，此外又见 1948 年 4 月初版，1948 年 9 月初版、10 月再版等多个版本，可见其销售情况之紧俏。

③ 杨义：《中国现代小说史》，人民文学出版社 1986 年版，第 707 页。

④ 秋翁（平襟亚）：《不得不说的话》，《万象》第三卷第二期，1943 年。

面临停刊的命运，这“真是我们出版界的陌路了，同时也是文化界的严重威胁”①。

杂志社经济效益差，作者的物质生活水平也自然令人担忧。在小说《木偶的戏剧》中，孙了红就曾借助鲁平和其妻子之间的一番对话对当时作家收入低微的现实情况予以揭露和讽刺：

> “你这大作，结构，布局，都很缜密，如果你一旦放弃了你的‘自由职业’，你到很有做成一个所谓‘有天才的’高贵的侦探小说家的可能哪。”
>
> “感谢你的赞赏！”木偶（鲁平）说，“但是，我真不明白，你为什么要把这种最下贱的职业来抬举我。”
>
> “把文人的比喻来抬举你，你还说是下贱吗？”
>
> “一个文人的三个月的收入，不能让舞女换一双袜！你看，这是一个高贵的职业吗？”木偶冷峭地回答，“如果有一天，我不能再维持我这愉快而光荣的业务，我宁可让你到舞场里去‘候教’，我也不能接受文人的职业！”
>
> “你不懂得‘清高’，无论如何，这是大作家啊！”
>
> “大作家！哼！”木偶耸耸他的木肩说，“在蔬菜市的磅秤上，我还不曾看见这种东西啊！”②

小说中鲁平这段关于侦探小说作家收入微薄可怜的言论，完全可以看作作者孙了红借小说人物之口对自身经济状况不满的一种表达。而结合前文所述孙了红的生活贫困状况，我们不难进一步理解陈蝶衣对这一荒谬现实的无限慨叹：“这样的一位天才作家，却不幸生长在中国，于是像依茄华雷斯成名后那样的有三座住宅，以及一

---

① 秋翁（平襟亚）：《不得不说的话》，《万象》第三卷第二期，1943年。

② 孙了红：《木偶的戏剧》，《春秋》第一卷第一期至第一卷第四期，1943年8月15日至1943年11月15日。

百多个佣人侍候着他的豪华生活，永远成为梦想，这是大可慨叹的事。”①

孙了红生活状况的窘困在其患咯血症住院后更是彻底暴露了出来。“孙了红先生因患咯血症，已由鄙人送之入广慈医院疗治，除第一个月医药费，由鄙人负担外，以后苦无所出，甚望爱好了红先生作品的读者们能酌量捐助，则以后了红先生或犹能继续写作。”② 由于孙了红付不起住院费和医药费，《万象》杂志主编陈蝶衣自掏腰包，资助其治病，并借助《万象》杂志的平台，发起了一场非常感人的读者筹款募捐活动。随后在《万象》杂志第二卷第五期至第十期的《编辑室》栏目中，先后列出了百余人的读者捐款名单。“《侠盗鲁平奇案》的作者孙了红先生，因患咯血症而入广慈医院疗治，这一个消息自经上期本刊透露后，接得了许多读者的来信，或致慰问之词，或助医疗之费。”③ 这其中有“影迷服务社主持人杜鳌先生，且愿举行一次‘电影明星照片义卖’，以助了红先生”④。“有自汉口、常熟、南京、奉贤等处寄来的”医药费，“盛情实属可感”⑤。有“与了红先生，过去是‘素昧平生’的”颜加保先生“除了捐助‘利凡命’针药二盒，麦精鱼肝油二瓶之外，并亲赴医院慰问”⑥。还“有汉口梁慧玲之二百元，系汉口十数位小学生所醵集，而以梁慧玲之名义汇来者，热忱殊可感佩”⑦ ……杂志、作者、读者在这一场声援救助孙了红的筹款活动中，被文学紧紧地拉在了一起，在那个动荡混乱的时代，散发出了人性的温暖与光芒。

孙了红的咯血肺病并非偶然，而是有着较为漫长的病史。他的

① 陈蝶衣：《编辑室》，《万象》第一卷第十二期，1942 年。
② 陈蝶衣：《编辑室》，《万象》第一卷第四期，1942 年。
③ 陈蝶衣：《编辑室》，《万象》第二卷第五期，1942 年。
④ 陈蝶衣：《编辑室》，《万象》第二卷第五期，1942 年。
⑤ 陈蝶衣：《编辑室》，《万象》第二卷第六期，1942 年。
⑥ 陈蝶衣：《编辑室》，《万象》第二卷第六期，1942 年。
⑦ 陈蝶衣：《编辑室》，《万象》第二卷第七期，1942 年。

另一位好友作家沈寂就说过“孙了红患肺病患了二十多年”[①]。而早在1927年在《红玫瑰》杂志连载小说《雀语》时，孙了红就一度出现过因为咯血症病发而不能及时交稿的情况。当时的编辑赵苕狂在《花前小语》一文中便提道：“了红之《鸟语》寄来了上半篇，下半篇久久不寄，忙去催问时方知咯红病剧发，他又卧床不起了。只好稍缓再谈，而失信之咎当由了红负之，请读者特别原谅。”[②] 同样是发表于1927年的小说《虎诡》的编辑小序中，赵苕狂也曾写道：“了红的鲁平探案，素来是有声于时的，可是已有两年多不见他的作品了。本社在这两年中曾接得读者许多信，都是对于他的新探案怀着热烈的盼望，而希望他早日有所发刊的。在下不忍拂读者之意，因逼着了红写了这篇出来，即于本期起载，不过他写这篇东西的时候，还在那里咯血，想起来却真有些不忍，只有祝他早日痊可罢。”[③] 孙了红本人也在文章里提到自己常常因为生病以至于卧床不能起，“多数的时候，病魔对我死不放松，常常把我推挤到床上，让我饱受着这娑婆世界中的应有的苦恼”[④]。

苏珊·桑塔格在《疾病的隐喻》一书中认为：“肺病是位于身体上部的，精神性的部位。”[⑤] 肺部所患有的疾病（在桑塔格的书里是肺结核，孙了红的实际症状则是咯血症）则也因此被赋予了一层精神性的关联和想象。而孙了红本人的创作风格也似乎因为这场病而发生了一定的变化。比如我们之前谈到的孙了红小说里往往充满了一种恐怖的气氛和潇洒的风姿，这在其急病突发后所创作的小说《一〇二》中就有着明显的改变和削弱。据孙了红事后回忆自己病发

---

① 沈寂：《孙了红这个人》，《幸福世界》第一卷第六期，1947年2月25日。

② 赵苕狂：《花前小语》，《红玫瑰》第三卷第四十六期，1927年。

③ 赵苕狂：《虎诡·文前小序》，《红玫瑰》第三卷第三十期，1927年8月27日。

④ 孙了红口述，柴本达笔录：《蜂屋笔记之一：小楼上的黄蜂》，《大众（上海1942）》第十九期，1944年。

⑤ ［美］苏珊·桑塔格：《疾病的隐喻》，程巍译，上海译文出版社2003年版，第17页。

时的情况：

> 此番病倒，情形很有些特异，直到如今，一想起还使我感觉奇怪！记得，那是去年的秋季吧？也在一个夜凉如水的时候，我正在为《万象》赶写《一〇二》，我写到“奢伟”亡命赶到大西路，代那位“易红霞姑娘”，吃了一手枪。那时，在一种近乎紧张的情绪之下，写了一个“湃”字——那是手枪的声音。就在这个时候，我忽然觉得喉头有些痒而就在一个纸烟罐头做成的痰盂里面吐了一口痰。
>
> 当时我还照旧提笔写着另一行；我准备写成：“一个尖锐而曳长的声音像划玻璃那样划碎了静寂的空气”那样的句子。我只写了半句，因为喉际还在发痒，不禁拿起那个痰罐来看看，我发觉了一些色彩很鲜明的东西：一口痰，半口红，半口白，真像夕阳西下时天际一抹红霞那样的好看！
>
> 奇怪的是，文字中那一手枪，不是清清楚楚的打在“吾友鲁平”（奢伟）的胸腔里的吗？而事实上这一手枪，却像打进了我的肺部；“湃”的一声，鲜血竟随之而来。①

我们当然不能简单地将作者（孙了红）等同于其作品中的主要人物（鲁平），但我们不得不承认，作家境遇和心态的变化，确实会影响到自己笔下人物的形象与行为。根据孙了红自己的回忆文章《病后随笔：生活在同情中》所言，他此次咯血病发是在创作小说《一〇二》的过程之中。而我们反观他之前的几篇作品，其中鲁平的形象是充满自信、潇洒倜傥的。而陈蝶衣笔下的孙了红也正是这样一个潇洒之人：“他的个性和英国的侦探小说家依茄华雷斯 Eager Wallace 有些相像：不修边幅，金钱到手辄尽，爱过漂泊的生活；他

① 孙了红：《生活在同情中》，《万象》第三卷第二期，1943 年 8 月 1 日，标“病后随笔”。

结过婚，但是没有妻子，却又有一个名义上的儿子；了红先生就是这样奇特的人；也就由于他的奇特，在他的笔下便产生了一个神秘莫测的小说人物——侠盗鲁平。"[①] 这样一个潇洒的鲁平形象一直延续保持到了小说《一〇二》的前半部分，但在小说后半部分中，鲁平身上却呈现出了另外一些前所未见的特点：他不仅开始追述起自己曾经的一场刻骨铭心的爱情经历，甚至小说最后出现了这样一番感叹：

> "黄昏，啊！黄昏"，他喃喃自语着，"我个人的人生旅途，不正走到了'黄昏'，而将接近'黑夜'了么？那么……"[②]

我们很难想象这样一番话竟然是出自那个行事恣意妄为、无所顾忌的鲁平口中，也无法不将这个"突然，他又悲哀起来了，彷徨，踌躇在路途上了"[③] 的鲁平与当时因咯血症住院却负担不起医药费的作者孙了红的现实处境联系在一起。孙了红事后在谈到自己因为这场疾病而产生的心理变化时曾说：

> 我一向有一种偏见，以为我们这个世界，整个的地球中心，除了储藏着许多冰块而外，别无所有；而"同情"之类的字样，也只有在字典之中，才能找到。今番一病，使我在人海深处，发掘到了素未得到过的东西，竟纠正了我若干年近乎偏执狂的变态心理。[④]

① 陈蝶衣：《编辑室》，《万象》第一卷第十二期，1942 年。

② 孙了红：《一〇二》，《万象》第二卷第五期至第二卷第十二期（分 6 次连载，其中第二卷第八期、第二卷第十期未刊载），1942 年 11 月 1 日至 1943 年 6 月 1 日。

③ 孙了红：《一〇二》，《万象》第二卷第五期至第二卷第十二期（分 6 次连载，其中第二卷第八期、第二卷第十期未刊载），1942 年 11 月 1 日至 1943 年 6 月 1 日。

④ 孙了红：《生活在同情中》，《万象》第三卷第二期，1943 年 8 月 1 日，标"病后随笔"。

这种对世界认识上的变化直接反映在作品里，具体体现为其笔下主人公鲁平形象的变化——孙了红笔下的鲁平情感更细腻、温柔，甚至多愁善感了起来。而同样在经历此番大病之后的《孙了红日记》中，我们也能看到曾经不修边幅、性情豪爽的孙了红某些内心深处的痛苦和焦虑：

> 我开始用一本残缺的册子，记下了这颗残缺的内心所要说的话。
>
> 如何使生活严肃起来？如何使心理配合年龄？如何使老母消瘦的两颊可以填上点笑？如何使那些小“撒旦”们不再扰乱我的心？我向上帝问计，上帝微笑无言，他似说：“你呀！喝点酒吧。”①

我们从这段文字中能感受到作家孙了红内心世界充满了苦闷，这苦闷既来自外在生活的压力和纷扰，也有内心产生的一些困惑和迷乱，而点燃这苦闷情绪的导火索便是那场令他险些无力面对和承担的咯血症。在经历这场大病之后，我们再也看不到那个曾经如鲁平一样潇洒，喜欢在自己名片上写“别署野猫”和“妙乎”的充满了生命力和幽默感的作家。而在他的朋友沈寂眼里，孙了红的形象简直落魄到让人心酸：

> 有一个人在路上匆匆地走着，衣服很不整齐，很不合季侯，很污秽，老爷太太少爷小姐们会皱着眉远远让开他，怕弄污了自己华丽的衣饰，这个被你视为比“瘪三”高一等的同胞便是孙了红。有一个人面貌不扬，头发留得很长，天冷时，嘴唇上挂着清水，一对无神的眼睛，一副可怜的样子，你决定有着这

① 孙了红：《孙了红日记》，《幸福世界》第二卷第二期，1948 年 1 月 1 日。

种面相的人便永远受人欺侮，那就是孙了红。①

我们很难想象这个“已经分明纯乎是一个乞丐了”（鲁迅《祝福》语）的孙了红就是当年郑逸梅笔下使用画有黑猫名片的风流作家。当然，在20世纪40年代，这种作家生活上的捉襟见肘，甚至贫病交加，孙了红绝非个例。《万象》就曾在《作家、贫病、死亡》一文中透露，作家万迪鹤因患疾病，卧床已久，穷极无药，直至1943年4月11日逝世。而另一位小说家顾明道因患慢性肺结核，病魔淹缠后写作已停止，形容憔悴，病骨之离，医药所费不足，其境况十分窘迫，虽经《大众》月刊捐款帮助却终因贫穷而病死。② 还有当时生活在重庆的著名戏剧家洪深因经济拮据而服毒自杀，所幸最后抢救及时，脱离危险……所以我们或许不应该把鲁平的那番感慨单纯看作是孙了红个人境遇的私人表达，它更是那个时代蛰居在“孤岛”上海，甚至在大后方苦苦坚持的作家们共同命运的反映与发自内心的呼声。

四 “侠盗”想象：社会批判与“曲线”反抗

在当时日伪政权审查颇为严格的上海，借助一些软性的、大众化的、满足市民阅读趣味的内容无疑是《万象》杂志用以自我保护的一种经营手段和生存策略，也是广大市民读者面对现实生活苦难的一种暂时性摆脱与逃避。恰如陈蝶衣在《通俗文学运动》中所讲的：“在文艺的园地里培植一些小花草，以点缀、安慰急遽慌乱的人生，不能不说是莫大的幸运”③。而孙了红小说《木偶的戏剧》中鲁平所说的话，或许更具有普遍的时代象征意义和揭示力度：“生在我们这个可爱的世界上，你若不取一点反叛性的消遣的态度，你能忍

① 沈寂：《孙了红这个人》，《幸福世界》第一卷第六期，1947年2月25日。

② 参见王军《上海沦陷时期〈万象〉杂志研究》，吉林人民出版社2008年版。

③ 陈蝶衣：《通俗文学运动》，《万象》第二卷第四期，1942年。

受下去吗？”①

在《万象》杂志注重文章趣味性的同时，也不曾忘却对于社会现实的强烈关注。陈蝶衣在《通俗文学运动》一文中说《万象》杂志“不能正面批判现实，但指摘不合理的社会现象”②，这正是《万象》在上海沦陷区日伪政权统治下所不得不采取的生存策略。《万象》并非只追求满足读者的阅读趣味，更有着一份知识分子的理想、抱负与责任感。徐迺翔、黄万华在《中国抗战时期沦陷区文学史》中更是提道“《万象》被誉为上海沦陷时期爱国进步作家的‘堡垒掩体’”③，这一说法正切中《万象》杂志趣味性、娱乐性外表下的另一番真实反抗的内在面貌。

间接反映现实、“曲线”表达反抗，是《万象》杂志在既主动又被迫的条件下所做出的选择。在这个意义上，孙了红的“侠盗鲁平奇案”系列小说更是在满足广大市民读者阅读趣味的同时，时时不忘对现实的批判和反抗。从孙了红在《万象》杂志上发表小说的前后一年多时间里，上海已经成为沦陷区，军事上的接连败北，投机商人囤货居奇哄抬物价，普通百姓民不聊生，而达官贵人依旧过着声色犬马、纵情享乐的腐朽生活……这些社会现实的丑恶和扭曲都在孙了红的系列小说里得到揭露或批判。《万象》主编陈蝶衣便称赞过：“鲁平先生不但思想敏捷，而且在他的作品中，充满着一种冷峭的讽刺的力。”④《鬼手》中那个被隐藏多年甚至被子孙后代所遗忘的复兴中国海军的计划，对当时的上海读者来说，激动之心情不言而喻；《三十三号屋》里，小说最后以一种近乎戏谑和反讽的方式，让“米蛀虫”本人高喊出“这一班黑心的畜生，为什么把米价

① 孙了红：《木偶的戏剧》，《春秋》第一卷第一期至第一卷第四期，1943年8月15日至1943年11月15日。

② 陈蝶衣：《通俗文学运动》，《万象》第二卷第四期，1942年。

③ 参见徐迺翔、黄万华《中国抗战时期沦陷区文学史》，福建教育出版社1995年版。

④ 陈蝶衣：《编辑室》，《万象》第一卷第十二期，1942年。

抬得这样高!”[①] 进而表达出广大底层市民的心声[②]；小说《一〇二》又把批评的矛头指向了所谓的“正人君子”：“我看到许多许多的所谓‘正人君子’，他们花天酒地，出入汽车，在路上横冲直撞。稍有不豫之色，动辄呼幺喝六，颐指气使，视同是十月怀胎的他人如狗彘。动辄以‘强盗’、‘贼坯’等等‘头衔’冠于他人之头上。然而，他们的卑鄙恶劣的‘敛财’行径，正要比‘强盗’‘贼坯’高明万千百倍。”[③] 这一段话堪称现代版的“窃钩者诛，窃国者诸侯”。

此外，孙了红在不断批判战争背景下上海各种污浊不堪的社会现象的同时，也不忘更进一步表达自己对战争本身的厌弃心理以及对人类卑劣本性的无情揭露。在小说《三十三号屋》中，作者就借着一缸金鱼说道：“这里，笔者要请读者们特别允许我说上几句不必要的‘闲话’。喂！你们看呐！在这狭小的世界之中，容纳着许多不同型的小东西，不用说，它们之间一定也有许多所谓利害上的冲突的！可是，我们从来不曾看到过一队翩翩鱼，会向另一队的扯旗鱼举行过什么‘海上会战’，也不曾见过那剑尾鱼，会向霓虹灯鱼，放射过一枚半枚的‘鱼雷’；它们之中，永远没有轰炸、屠杀等疯狂的举动；它们是那样的有礼貌，守秩序。于此，可见这些渺小的生物，它们的胸襟，真是何等的阔大！而反观我们这些庞大的人类，相形

---

① 孙了红：《三十三号屋》，《万象》第二卷第二期至第二卷第四期，1942 年 8 月 1 日至 1942 年 10 月 1 日。

② 结合同一年《万象》杂志上所刊登的陶冶的小说《平售米》（刊于《万象》第一卷第八期，1942 年）、陈灵犀的散文《轧米记》（刊于《万象》第一卷第九期，1942 年）、周练霞的散文《露宿》（刊于《万象》第一卷第十一期，1942 年，标“螺川小品之一”）等文章，我们更能感受到孙了红在小说《三十三号屋》中设计这个细节的社会背景和时代意义。

③ 孙了红：《一〇二》，《万象》第二卷第五期至第二卷第十二期（分 6 次连载，其中第二卷第八期、第二卷第十期未刊载），1942 年 11 月 1 日至 1943 年 6 月 1 日。

之下，真是渺小得太可怜啦！”[①] 当然，如此一段作者跳出来的自我表达于小说整体情节而言颇有些不协调之感，甚至一定程度上阻断并破坏了小说情节上的悬疑性和连贯性。但相信当时在上海每天处于战争所带来的水深火热中的人们，读到这段话时一定会有切身的感触，而这也正是孙了红不屈服于现实，想要有所表达、有所反抗的心理世界的自然外露。我们甚至可以将孙了红在小说里强行插入的这段话和他自己谈到自家屋檐下的一处蜂巢时所说的话放在一起来读，或许更能体会到孙了红此时对于整个世界和人性的深刻失望：

> 一个黄蜂只有一个刺，一百个黄蜂刺不到一个人，而我们所接触的人，有些同样也有着刺，她们的刺，比黄蜂还毒，而且也不止一个，在高兴的时候，便刺你一下，而且禁止你喊痛，还要你装出十分愿意的神气来准备接受他的第二刺。然而人们并不因此而躲避着，我们为什么偏要憎恶这仅有一个刺虽含毒质并无毒意的黄蜂呢？[②]

这里我们需要重新回到孙了红现实居住的空间，在孙了红偏僻的房檐一角确实曾有过一群蜜蜂在此筑巢、生活。孙了红对这些蜜蜂非常喜爱[③]，他不仅称自己的房子为“蜂屋”，并写下过一组名为

---

① 孙了红：《三十三号屋》，《万象》第二卷第二期至第二卷第四期，1942 年 8 月 1 日至 1942 年 10 月 1 日。

② 杨真如：《黄蜂窠下：记“侠盗鲁平奇案”作者孙了红之居》，《万象》第二卷第五期，1942 年 11 月 1 日。

③ 有趣的是，民国时期另一位侦探小说代表性作家程小青也非常喜爱蜜蜂。在小说《黑地牢》第二节“蜜蜂与燕子”中，当包朗随口吟诵唐诗“采得百花成蜜后，为谁辛苦为谁甜”一句时，霍桑就说：“把两个‘谁’改作两个‘人’就行。”因为这样一改，“赋予正面积极地解释，就显出这小生命的伟大。它采花，它酿蜜，为的是人，不是为自己。”显然是把蜜蜂作为奉献与服务精神的代表来予以赞扬和歌颂。

“蜂屋随笔”或“蜂屋笔记”的文章。[①] 此外，孙了红对于这窠蜂巢的喜爱与关切甚至到了以之为伴的程度：

> 以后我因咯血很剧，朋友们都苦劝我进医院去疗养。那时我一再拖延，可真不愿走进医院。最大的理由，我是舍不得别离我这小楼，而舍不得别离这小楼的最大理由，就为舍不得别离这一群蜂。最后，我终于托下了一个可靠的人，代我看护这些小生物，方始带着一种寂寞的情绪，踏出了这小楼的门。我在医院里面，常常带信出来，探问这两窠蜂是否无恙？可是我不久就得到一个讯息，说这两窠蜂在我进医院不久，竟已尽数飞走，变成蜂去楼空了！我不知道蜂的寿命究竟有多长？它们现在已漂泊到了哪里？是否像我一样，还在这个人世上面作苦难的挣扎？直到眼前提笔写这篇文字的时候，我依然带着一种天涯怀友似的怅惘。[②]

我们可以将孙了红对这窝蜜蜂的喜爱理解为他在现实生活中贫病孤独的一种补偿性慰藉，而他在小说里拿蜜蜂和人做对比则是对人类冷酷社会的一种批判和讽刺。甚至我们可以进一步说，鲁平这个人物形象的出现本身就是一种对现实的反抗：“在眼前的社会上，贼与绅士之间，一向就很难分别；甚至有时，贼与绅士就是一体的两面。”[③] 在这样一种现实背景之下，一个浑身充满侠义精神的“盗

---

① 孙了红以“蜂巢笔记”或“蜂巢随笔”命名的文章有：《小楼上的黄蜂》，《大众》第十九期，1944 年 5 月 1 日，标“蜂屋笔记之一”，署名“孙了红口述，柴本达笔录”；《这不过是幻想》，《幸福世界》第一卷第五期，1946 年 12 月 10 日，标“蜂屋随笔之一”，署名“孙了红”；《群狗》，《幸福世界》第一卷第七期，1947 年 3 月 25 日，标“蜂屋随笔之二”，署名“孙了红”。

② 孙了红口述，柴本达笔录：《小楼上的黄蜂》，《大众》第十九期，1944 年 5 月 1 日，标“蜂屋笔记之一”。

③ 孙了红：《夜猎记》，《飙》第二期，1944 年 12 月。

匪”鲁平自然是对这个社会的一种否定与颠覆。“鲁平很乐意于把那个凶手找回来。但是，他却并不愿意代法律张目，他一向认为，法律者也，那只是某些聪明人在某种尴尬局势之下所制造成的一种类似符箓那样的东西。符箓也许可以吓吓笨鬼，但是却绝不能吓退那些凶横而又狡猾的恶鬼。非但不能吓退，甚至，有好多的恶鬼，却也专门躲藏于符箓之后，在扮演他们的鬼把戏的，法律这种东西，其最大的效用，比之符箓也正差不多。”① 法律不是公平正义的保障，而是“那些凶横而又狡猾的恶鬼”们得以利用甚至玩弄的手段，所以鲁平“并不愿意代法律张目”，甚至在很多时候是通过“违法”来伸张真正的正义。不得不说的是，侦探小说最初被引进中国，和其与现代法制紧密相连不无关系，很多文人也曾想象过借助侦探小说来普及法制观念。但在侠盗鲁平身上，法制在一定程度上让位于传统中国的“任侠”精神。而明确表示不刊登武侠小说的《万象》杂志，却接连发表了“侠盗鲁平奇案”系列小说，放在当时的社会时代背景下来审视这一系列作品的发表，其社会批判与“曲线”反抗的诉求不言而喻。或者我们可以说孙了红在小说里借“侠盗”鲁平形象所表达出的对社会的批判、对现实的反抗和对正义的伸张即是《万象》“曲线”反抗的生存策略的文学象征和最好体现。

让我们再度回到孙了红那个“式样很像一个亭子间”的居所，正是长年处于亭子间的居住和生活环境中，处于经济收入底层和社会地位边缘的实际状况，让孙了红等一批 20 世纪 40 年代仍然“蜗居”在上海亭子间里的作家身上充满了一种不满于自身生活窘境、批判社会不合理现实、反抗日军侵略与囤货居奇者趁火打劫、同情底层劳动人民的思想倾向。尤其是难以捉摸的物价和突如其来的不可抗打击（咯血症），更是加剧了亭子间作家们的生活体验与生命感悟。于是，他们虽不像那些曾经居住亭子间，后来奔赴延安的作家

---

① 孙了红：《蓝色响尾蛇》，《大侦探》第八期至第十五期，1947 年 1 月 1 日至 1947 年 10 月 31 日（分 8 次连载），标“又名：一九四七年的侠盗鲁平”。

一样，具有鲜明的革命思想指引，却也在生活现实的磨难和摔打中形成了自己独特的带有反抗意味的精神品质。只是这些精神品质在那个特殊年代不能直接凸显和表露，不得不以趣味的外壳进行包装，以“曲线”“委婉”的方式表达自己对社会、对时代、对战争的关注与反抗。而这种特殊的表达方式，既是孙了红等作者在当时的政治经济环境下获得必要物质生存条件的基本策略，也是其表达社会批判与精神反抗的唯一出路。

孙了红曾说过：“有时，我在我这板木桌上，写下一点无聊的东西，换些稿费，藉以抵御生活的怒浪。”① 只是这种抵御在现实生活和物质经济层面实在太过势单力薄且微不足道。不禁让人想起陈蝶衣、乐汉英曾经在漫画《艺人百态图：孙了红》中所提的一首诗：“频年賷字误晨昏，侠盗何尝能疗贫。摆个香烟摊子卖，不如权作小商人。”②

第四节　这一时期其他代表性系列侦探小说创作举隅

20 世纪 40 年代，尤其是 1946 年及其之后的民国侦探小说创作，整体上虽然不及 20 年代繁盛且类型多样，但也呈现出其自身独特的时代面貌，除前文中专节讨论过的孙了红的“侠盗鲁平奇案”系列之外，诸如郑狄克的“大头侦探探案”、长川的“叶黄夫妇探案”、位育的“夏华探案”、郑小平的“女飞贼黄莺”系列等都是这一时期具有代表性且值得关注的民国本土系列侦探案作品。此外，如

---

① 孙了红口述，柴本达笔录：《小楼上的黄蜂》，《大众》第十九期，1944 年 5 月 1 日，标“蜂屋笔记之一”。

② 陈蝶衣、乐汉英：《艺人百态图：孙了红》，《幸福世界》第二卷第二期，1948 年 1 月 1 日。

果在世界侦探小说史发展的大背景下来考察这一时期的民国侦探小说创作，不难发现，它们基本上都属于“后福尔摩斯时代”影响下的侦探小说作品。即一方面来说，其并未完全摆脱“福尔摩斯探案”模式与“侠盗亚森·罗苹案”模式的书写成规笼罩，另一方面又明显受到了欧美“黄金时期”侦探小说、美国“硬汉派”侦探小说和欧美间谍小说等当时各种侦探小说创作流派及风潮的影响。

一　郑狄克与“大头侦探探案”

在20世纪40年代的中国侦探小说作品中，除了孙了红的“侠盗鲁平奇案”系列之外，郑狄克的“大头侦探探案”可以说是类型元素最为成熟、质量最为精良的本土系列侦探小说创作。不同于“侠盗鲁平奇案”以模仿莫里斯·勒伯朗的“侠盗亚森·罗苹案”系列小说为基础，后来又融合了一些美国“硬汉派”侦探小说（如小说里出现男女调情与打架斗殴等场面描写）和西方间谍小说（如《蓝色响尾蛇》）中的新的类型元素，“大头侦探探案”更充分学习和借鉴了欧美侦探小说“黄金时期”的写作手法，比如小说里经常能看到诸如模仿阿加莎·克里斯蒂、埃勒里·奎因等作家作品的痕迹。

如前文所述（见第三章第四节），郑狄克的“大头侦探探案”以青年侦探狄国辉和其搭档老苏为基本的探案人物组合，这一小说人物关系显然是模仿自福尔摩斯与华生的传统套路。只不过郑狄克在这一基本结构的基础上又做了两个方面的演变和创新。一方面，他借鉴了赵苕狂、朱秋镜等人笔下的“滑稽侦探”“糊涂侦探”与“失败侦探”的人物形象特点，将老苏设计为“鲁莽之老苏”，并强调“生成的脾气，阎王的派相，老苏永远是这种急性作风”①。小说中老苏经常因为脾气急躁、做事武断且贪功心切而做出错误的推理和判断，这既为小说本身制造出幽默滑稽的阅读效果和审美趣味，

---

① 郑狄克：《猢狲与圆圆》，《蓝皮书》第十九期，1948年11月20日。

又能够反衬出青年侦探狄国辉的精明能干。另一方面，由于案件的曲折疑难，导致狄国辉往往只能将怀疑范围缩小到最后几个人物身上之后便无法进一步确认其中到底谁才是真正的凶手，这时就需要动用到“末一着棋子”[①]，要去请狄国辉的叔叔、警察局侦缉长狄大头前来帮忙。于是在老苏的“反衬”与狄国辉的“正衬”之下，狄大头作为一名眼光敏锐、能力卓著的神探形象就呼之欲出了。

除了对“福尔摩斯探案”系列小说的模仿和突破之外，处于“后福尔摩斯时代”的“大头侦探探案”系列侦探小说创作还充分受到了欧美“黄金时期”侦探小说的影响。比如前文中所分析过的，该系列小说对于侦探狄大头的人物形象设计上，明显有着阿加莎·克里斯蒂笔下的名侦探波洛（Hercule Poirot）的体态和影子。又如该系列小说中常常将犯罪嫌疑人最终锁定在一处封闭空间或几个有限人物身上，这就颇让人联想到阿加莎·克里斯蒂以深宅大院、火车飞机或孤岛山庄为背景的侦探小说作品。更不用说前文中所分析过的《梁宅的悲剧》之于《尼罗河上的惨案》的诡计相似性。

不仅是阿加莎·克里斯蒂，同为欧美侦探小说“黄金时期”代表性作家的埃勒里·奎因的相关作品也对“大头侦探探案”留下了影响的痕迹。比如在《疯人之秘密》一篇中，在弄堂里发生的连环割耳案达到情节高潮之时，小说突然插入一段非常典型的“倒数第二章挑战读者”的内容：

> 本篇为增加读者兴趣起见，故事至此暂时停止。请读者做侦探，所有破案线索已预先伏在上述故事中，蛛丝马迹，隐约暗示谁是割耳凶徒。蒙面人当然是割耳凶徒，但他是谁呢？他的割耳动机何在？侦探凭着哪几点关键破案？读者把这个答案先写在纸上，然后再阅读以后之故事。以证读者所捕获之凶徒

---

① 郑狄克：《猢狲与圆圆》，《蓝皮书》第十九期，1948年11月20日。

是否即大头侦探所捕之凶徒。[①]

这种给读者下“挑战书”的侦探小说写法与结构正是埃勒里·奎因第一时期创作（1929—1935）中，尤其是其“国名系列”与“字母系列”等作品中反复出现的标志性文字内容和段落，甚至可以说是奎因早期侦探小说的某种“固定性结构”，郑狄克小说在此处的学习与致敬不言而喻。

此外，在“大头侦探探案”系列小说中，除狄国辉、老苏、狄大头连续接触并破获不同案件这条贯穿该系列侦探小说的情节“主线”之外，郑狄克还为该系列侦探小说设计了另一条情节“副线”，即狄国辉和几个青年朋友及女友之间的感情关系与线索。比如《五个失恋者》中狄国辉首次登场，却是以犯罪嫌疑人的身份。小说里，祝彬山、狄国辉、薛克章、赵杰人、梁伯党五个爱慕沈小英的男青年都有杀人动机，且都有杀人时机[②]，而这其中所揭示出的狄国辉与钱宏达之间的矛盾冲突一直延续到了下一篇小说《无形刽子手》中，在这篇小说里，狄国辉和钱宏达一见面就发生冲突，并且让新登场的女主角柯莲霞感到大惑不解：

“国辉，这是什么一回事？”柯莲霞问。

“你欲知国辉与钱宏达的纠纷，”赵人杰说，“你去买一本第九期《蓝皮书》来看看吧。”

读者如欲知后事，请购第十一期《蓝皮书》看吧。[③]

“你去买一本第九期《蓝皮书》来看看吧”和“读者如欲知后

① 郑狄克：《疯人之秘密》，《蓝皮书》第二十三期至第二十四期，1949 年 2 月 15 日至 1949 年 3 月 5 日。

② 郑狄克：《五个失恋者》，《蓝皮书》第九期，1947 年 11 月 1 日。

③ 郑狄克：《无形刽子手》，《蓝皮书》第十期，1947 年 12 月 1 日。

事，请购第十一期《蓝皮书》看吧”皆可以视为这篇小说（《无形刽子手》）与这一系列前后两篇小说（《五个失恋者》与《虹桥路血案》）相互关联与“承上启下”的两句话。而通过这样一段带有游戏意味（和读者互动）的话，作者又把狄国辉、钱宏达与柯莲霞之间的三角人物情感纠葛延续到了后面的几篇小说里。从某种程度上来说，狄国辉、钱宏达、柯莲霞等几人之间的情感关系，构成了另外一条“大头侦探探案”系列小说的情节线索与情感线索。比如在《梁宅的悲剧》一篇中，曾在《五个失恋者》中登场的小说人物、作为狄国辉好友的祝彬山再次登场，并成为犯罪嫌疑人[①]。《三堂会审》中柯莲霞与钱宏达、狄国辉之间的三角关系不仅进一步复杂化，柯莲霞还被卷入杀人案件，甚至被判了死刑。这篇小说情节发展到后来，是通过好莱坞电影中常见的“最后一分钟营救”（Griffith's last minute rescure）和中国传统戏曲中的“刀下留人”等情节模式的套用，才最终救下了柯莲霞。[②] 而到了《黑鸡心皇后》中，曾经在《无形刽子手》和《三堂会审》中落网的女贼伺机找人报复狄国辉和柯莲霞，后来其阴谋被大头侦探所识破[③]……可以说，“大头侦探探案”系列小说在狄国辉、老苏与大头侦探解决不同案件的侦探主干线索之外，又加上了一层人物关系与情感的线索，使得整个系列之下的各个故事之间彼此联结更为紧密，“大头侦探探案”也因此更呈现出一种完整性的系列小说特点。而侦探的好友（祝彬山）、爱人（柯莲霞）甚至侦探自己（狄国辉）经常沦为被怀疑和被算计的对象，则是同时代或稍早些时候由达希尔·哈米特和雷蒙德·钱德勒所开创的美国“硬汉派”侦探小说中常见的情节套路（如《马耳他之鹰》等），而这种情节（侦探沦为犯罪嫌疑人）在早期“福尔摩斯探案”系列小说中是几乎不可能见到的。

---

① 郑狄克：《五个失恋者》，《蓝皮书》第九期，1947 年 11 月 1 日。

② 郑狄克：《三堂会审》，《蓝皮书》第二十一期，1948 年 12 月 30 日。

③ 郑狄克：《黑鸡心皇后》，《蓝皮书》第二十二期，1949 年 1 月 15 日。

总体上来说，郑狄克的“大头侦探探案”在民国侦探小说中可能并非创作成就最高，也绝非影响力最大的民国本土名侦探系列小说创作。但其对于欧美“黄金时期”侦探小说（特别是阿加莎·克里斯蒂和埃勒里·奎因）及美国“硬汉派”侦探小说写作手法上的学习和吸收却毫无疑问是最为明显且充分的，这种取法于“后福尔摩斯时代”的侦探小说创作资源与技巧借鉴，在民国侦探小说发展历程中确实十分难得。而在1949年以后，“大头侦探探案”系列小说随《蓝皮书》杂志及环球图书杂志出版社南迁至香港，后又在香港陆续出版过如《无形刽子手》《月夜冤魂》《生死恨》《银海风波》《参汤内的毒药》《逃亡之夜》等多种短篇侦探小说集单行本，其中部分内容是其上海时期作品的结集出版，而更多内容是香港时期的续作和新作。我们甚至可以说，香港时期的“大头侦探探案”创作要比上海时期更为繁盛，而这也形成了民国侦探小说之后继续延伸发展的一条可以追寻的路径。而根据学者容世诚的考证和判断，“大头侦探探案”的作者郑狄克与“女飞贼黄莺”系列的作者郑小平很有可能为同一人。[①] 郑狄克与郑小平同姓，且其创作平台和迁移轨迹都与环球图书杂志出版社同步，并根据容世诚所发现的“编后记”证据，这一推断不无合理之处，但也存在“孤证难明”的嫌疑。特别是从小说创作风格上来看，“大头侦探探案”受欧美“黄金时期”侦探小说影响痕迹明显，而“女飞贼黄莺”系列却更多中国本土武侠小说的色彩，二者之间差别较大，是否为同一作者的两副笔墨与两个创作系列，还需要更多的史料证据支撑。

二　长川与“叶黄夫妇探案”

长川的“叶黄夫妇探案”目前所见九篇，皆刊登于《大侦探》

---

① 参见容世诚《从侦探杂志到武打电影——“环球出版社”与“女飞贼黄莺”（1946—1962）》，载姜进主编《都市文化中的现代中国》，华东师范大学出版社2007年版，第323—344页。

杂志上。和其他民国系列侦探小说相比，“叶黄夫妇探案”在案件之离奇、侦查之悬疑、破案之精妙等方面的“完成度”都并不算突出，但其仍具有以下三个不可忽视的特点。

第一，以“夫妻探案”的名义来设计侦探小说。其实早在20世纪20年代陆澹盦的“李飞探案”系列中，侦探李飞与助手王韫玉女士就是以夫妻的面貌出现的。但实际上，当时的“李飞探案”本质上仍是在模仿“福尔摩斯探案”中福尔摩斯与华生的组合模式，只不过陆澹盦把助手华生的身份置换成为李飞的妻子，以便其更容易且合理地见证、参与和记录李飞所侦破的每一桩案件。但在“叶黄夫妇探案”中，叶志雄和黄雪薇作为夫妻侦探①，在案情分析和案件破获过程中所起到的作用却是旗鼓相当的，形式上完全脱离了“福尔摩斯探案”的“侦探+助手”组合，而采取了较为新颖的“双侦探模式”。这在为民国侦探小说打破既有框架，探索新的写作模式方面提供了某种有益的尝试。

第二，妻子黄雪薇在探案能力上更胜一筹。在角色设计方面，长川将丈夫叶志雄设定为警察，干练、勇武、随身配枪，是警界的一名得力干将。而妻子黄雪薇则由于爱读侦探小说而渐渐成长为一名私人侦探家，借助小说中的说法则是“她对于柯南道尔的‘福尔摩斯探案’发生了浓厚的兴趣”②。小说在具体处理案件的过程中，长川一反中国传统故事里“夫唱妇随”的基本模式，而是让妻子黄雪薇表露出了更多的侦探才华（如《一把菜刀》《怪信》③ 等），并

---

① 严格来说，直到《一碗稀饭丧命》（刊于《大侦探》第二十四期，1948年9月16日）这篇小说中，叶志雄与黄雪薇才正式结为夫妻，而小说里的毒杀案则是发生在二人新婚度蜜月的时候。至于小说《红皮鞋》（刊于《大侦探》第二十八期，1948年12月25日）的故事发生时，则是二人蜜月归来，在上海以夫妻名义破获的第一桩案件。而更早时候的《一把菜刀》（刊于《大侦探》第八期，1947年1月1日）与《狐火》（刊于《大侦探》第十五期，1947年10月31日）等小说中的案件发生及破获时，叶、黄二人尚未结为夫妻，因此只能算作“叶黄夫妇探案”的某种“前传”。

② 长川：《一把菜刀》，《大侦探》第八期，1947年1月1日。

③ 长川：《怪信》，《大侦探》第三十期，1949年2月15日。

且有意无意间将黄雪薇的这种侦探才华和女性的纤细、敏感、善于观察等特点联系在了一起（如《翡翠花瓶》[①]）。这种角色重心的性别转移一方面当然和当时中国女性地位的提升有关，另一方面也如前文中所述，是民国侦探小说自身类型发展与演变求新的结果。此外，女侦探黄雪薇成为侦探小说的主角也和 20 世纪 40 年代以“女间谍”为核心人物的中国“新浪漫间谍传奇”小说呈现出某种同时代之下的一致性。但黄雪薇又并不同于《蓝色响尾蛇》中的黎亚男“两片抹过唇膏的鲜艳的嘴唇，不住在扭动”[②]，更多被书写塑造为“男性凝视”（male gaze）与欲望的对象。在“叶黄夫妇探案”系列小说中，黄雪薇明确被介绍为“她平日不爱打扮”[③]，更多凸显其作为智慧主体的某种内在知识与思维涵养，而忽略其外表特征。

第三，最为重要的一点，即“叶黄夫妇探案”体现出了民国侦探小说中的侦探主角越发职业化、体制化的特点。在小说《红皮鞋》一篇中，警察/侦探叶志雄和被害人丈夫宋嘉春发生过如下一段耐人寻味的对话：

> “请你放心，已经有线索了。——现在时候已经不早，我的太太在家等我，不过我还有许多话要问你，请你明天早晨到我们办公室来一趟，这里的事情已经完了。明天见吧。”
>
> “叶先生，你们两位在这里吃了晚饭去吧。”宋嘉春说。
>
> “不客气了，我和太太约好回家吃饭，一定得回去。”[④]

按照小说中的情节设计，叶志雄此时已经隐约察觉出“恐怕宋太太的性命有危险也说不定”，但后来仍然“因为要赶回家吃晚饭心

① 长川：《翡翠花瓶》，《大侦探》第三十一期，1949 年 3 月 1 日。

② 孙了红：《蓝色响尾蛇》，《大侦探》第八期至第十五期，1947 年 1 月 1 日至 1947 年 10 月 31 日（分 8 次连载），标“又名：一九四七年的侠盗鲁平”。

③ 长川：《一碗稀饭丧命》，《大侦探》第二十四期，1948 年 9 月 16 日。

④ 长川：《红皮鞋》，《大侦探》第二十八期，1948 年 12 月 25 日。

切，看看天色将晚，便匆匆回家"[①]，以致办案出现了疏忽，忘了在现场问有关"瘦长男子"的事，延缓了案情的及时破获。而在叶黄夫妇侦探得知宋太太已经遇害之后，竟然以"既然宋太太现在已经完了，也不必着急了，反正明天宋嘉春要到局里来的"为由，照旧出去游玩娱乐，"酒醉饭饱，黄雪薇认为周永清第一次到家里来，总要请次客，或是看电影，或是喝咖啡，大家决定，今夜还是看电影"。[②] 相比较而言，在程小青的"霍桑探案"系列小说中，也经常出现案件破到一半，霍桑提出去吃饭或看电影休闲一下，但这主要是基于霍桑在心里其实已经基本完成了对案件的调查和把握，对一切事件的来龙去脉与未来发展都已经做到成竹在胸，故意在紧张时刻表示出娱乐的需求，其实是在卖关子，延续小说悬疑的时间，同时起到调节叙事节奏的作用。但黄雪薇在这里提出去休闲一下，则是在对案情毫无头绪的前提之下，与霍桑有着根本性的不同。这里一定程度上体现出了 20 世纪 40 年代民国侦探小说中的侦探主角身份越发职业化、体制化的发展趋势。小说中的叶志雄是一个隶属于国家权力机关的警察，并且被家庭所驯化，完全不像福尔摩斯查案全然是出于热情和兴趣，为了探案可以不顾一切（虽然福尔摩斯在小说中也被称为"职业侦探"），叶志雄更多是把侦探作为一种职业，一份有着固定上下班时间，可以和自己兴趣、娱乐、休闲截然分开的工作。而妻子黄雪薇虽然是"私人侦探"的身份，对侦探工作本身也有着很大兴趣，但却和丈夫一样将侦探更多视为一种职业和一份工作。类似的，在小说《怪信》中，"局长也希望将那件案子破案，否则对于考绩大有关系"[③]，则更是把案件的破获视为某种对职业工作完成的考量或某种政绩指标。这就与 20 世纪 20 年代流行一时的将侦探视为个人业余爱好与基本生活方式的民国侦探小说

① 长川：《红皮鞋》，《大侦探》第二十八期，1948 年 12 月 25 日。

② 长川：《红皮鞋》，《大侦探》第二十八期，1948 年 12 月 25 日。

③ 长川：《怪信》，《大侦探》第三十期，1949 年 2 月 15 日。

主人公们[①]呈现出了截然不同的精神面貌和志趣追求。而这种20世纪40年代民国侦探小说中的侦探职业化发展趋势，在位育的"夏华侦探案"中，则将以不同的方式，获得类似的印证。

此外，"叶黄夫妇探案"系列小说中还偶尔会使用一些类似于后设结构的小说书写技巧，比如在《红皮鞋》一篇中叶志雄对被害者家属进行沟通和调查时，就出现了如下的一番对话内容：

> "宋先生，你太太房里东西，一切都不曾移动过?"叶志雄说。
>
> "是，叶先生，平时我也喜欢看《大侦探》，所以懂得一点规矩，一发觉她失踪以后，便不准佣人走进去，便把门锁了。"宋嘉春答。[②]

这篇发表在《大侦探》杂志上的侦探小说中，特别提到被害人家属曾经阅读过《大侦探》杂志，并因此懂得侦探查案的规矩，无疑具有一点"后设小说"的特色，只不过作者在这里并非有意对小说结构在本质上进行先锋性书写尝试与探索，而更多是出于一种增加阅读趣味的商业动机和考量。关于这一点，前文中所分析过的郑狄克的"大头侦探探案"中也不乏类似的"打趣"细节。

三　位育与"夏华探案"

和长川的"叶黄夫妇探案"相类似，位育的"夏华侦探案"系

---

① 在程小青的"霍桑探案"系列小说中，侦探霍桑曾明确说道："侦查疑难问题，对我来说，是一种享受。"（参见程小青《一只鞋》，载《海上文学百家文库：范烟桥、程小青卷》，上海文艺出版社2010年版，第144页）。这具体表现为："霍先生并没有规定的公费，而且也从不计较的。他给人家侦查案子，完全是为着工作的兴味，和给这不平的社会尽些保障公道的责任，所以大部分的案子都是完全义务，甚至自掏腰包——"（参见程小青《白衣怪》，载《程小青文集2——霍桑探案选》，中国文联出版公司1986年版，第124页）

② 长川：《红皮鞋》，《大侦探》第二十八期，1948年12月25日。

列小说创作也在不同侧面上体现出了 20 世纪 40 年代民国侦探小说中的主角侦探逐步职业化、专业化、体制化的转型特征。如果说叶志雄、黄雪薇夫妇更多是将侦探视为一种职业和一份工作，那么位育笔下的夏华则更多是将侦探发展成一种专门的生意——侦探事务所。夏华的“侦探事务所”不同于早期“福尔摩斯—华生”式的“侦探—助手”的简单组合，而是有着多名分工明确的助手和完整的探案团队做后备支撑。按照小说中的描述，夏华的侦探事务所全名为“夏华侦缉事务所”，地址在上海静安寺路一〇〇〇一号，主要侦探是夏华、助手有郑旦（专门负责验尸）、郭中（专门负责调查和行动）、许良（夏华的秘书）等人。此外，还有警察总局刑事警察处科长葛世弘做外援支持，其分工合作的复杂程度远非 20 世纪 20 年代的民国侦探小说可比。

进一步参照相关小说单行本中的专门介绍：

> 夏华是一位私家侦探，可是他的事务所是带有半官性的。别人家的事务所，只能称做侦探事务所，他却称为侦“缉”事务所。夏华享有一种特权，由中央政府超法律地颁给他一副“黄金手铐”，这手铐实际上并不能铐人，只是特权的标志，表示夏华被准许“在任何时间任何地点，用任何方式拘捕任何人”。
>
> 他是河南汤阴县人，字英甫，今年三十六岁，奥国中央警官学校毕业。他部下如今有四个副手了：第一个是郑旦，字微明，北平人，三十二岁，德国国家医学院毕业，是一位著名的验尸专家，无形中他的地位已等于副侦缉长。第二是郭中，字正方，江苏丹徒人，二十九岁，中央警官学校毕业，他的绝技是枪法的准确，被称为“神枪小郭”，是一位检验枪械的专家。第三是许良，字仲贤，湖南醴陵人，二十九岁，中央大学文学院毕业，国文根柢好，充夏华的秘书。第四就是文雄了。
>
> 事务所的房子，在静安寺路一〇〇〇一号，是个三幢头的

老式石库门房子，不过大门内天井相当宽大，高是两层半。楼下，正中是客厅，左右厢房是职员办公室，共有技术职员十二人，后面是灶披间，警卫人员寝室。二楼，正中是侦缉长办公室，左厢房是郑旦、郭中、文雄三人办公室，后面是餐室；右厢房是资料室，后面是化妆和检验鉴别室，亭子间是夏华卧室；三楼是屋顶下的半楼，是一部份职员的寝室，和电话总机，电台。电话总机号码是一一一一一。夏华的黑色流线型大汽车停在天井中。①

关于“夏华侦探案”系列小说中的这一特点，我们大概可以从两个角度来尝试加以理解。一方面，“夏华侦探案”并非是像早期民国侦探小说一样借鉴和模仿“福尔摩斯探案”等西方侦探小说作品，而更多是从西方侦探这个职业发展本身汲取书写素材和人物原型。“夏华侦缉事务所”也不同于一般侦探小说里完全依靠某一名侦探个人才能与孤胆英雄的破案方式，将侦探事务所视为“形同虚设”，而更接近于一家现实中专业的侦探公司。一方面，侦探夏华的角色设定颇类似于历史上真实存在过的人物阿伦·平克顿。他既是美国第一家私人侦探机构平克顿侦探公司（The Pinkertons）的创始人，也被公认为是世界上最早的私人侦探。在平克顿侦探公司创立之初，就已经有了八名雇员——五名侦探、两名职员与一名秘书，且彼此间互有分工合作，与位育所描述的“夏华侦缉事务所”颇为相似。并且随着公司的不断发展壮大，在美国南北战争期间，平克顿侦探公司竟然发展到为林肯总统的北方联邦军组建了一个专门收集南方分裂势力军事情报的组织，该组织后来成为美国军事情报局的前身。而在“夏华侦探案”系列小说中，夏华和他的侦探团队也由侦查凶杀、抢劫一类的刑事案件（如《含沙射影》），后来一直发展为参与到政党、国族之

① 位育：《介绍夏华》，《触电》，上海百新书店，1949年1月初版。

间的反间谍工作中去（如《她言道》）。与此同时，在20世纪40年代后期，上海也的确发展出现了一些类似侦探事务所或侦探代理人的民间机构。比如赵苕狂在其40年代创作的“胡闲探案”系列小说中的《少女的恶魔》一篇里，就明确写出了侦探胡闲探案方法的改变与革新：胡闲从以往一名类似于福尔摩斯的“孤胆侦探”，发展为“胡闲近来的确是改变了作风，每每喜欢临时雇佣了几个人，给他刺探情报咧！”而小说中胡闲自己也承认分工的进一步职业化与专业化是侦探事业发展的大势所趋：“华生！如今什么都得适应潮流，加以改良了！就是我们侦探的方法又何独不然。岂能故步自封？自己少出马，多用代理人，在我们侦探界中，这是最新的一个趋势了，我又怎可不效法一下，而求能勉合潮流呢？”① 即可看出这一时期民国侦探小说中的侦探查案，从侦探个人英雄到雇佣“代理人”，甚至组建团队与事务所的变化趋势之所在。

此外，作者位育本人也很强调在真实的案件侦破过程中，侦探是必须具备某种专业性特征的，这和擅长虚构侦探案件的侦探小说作家是截然不同的两种职业：“写侦探小说写得极好的人，的确比一般人对于侦探知识和犯案知识丰富些；可是真有案子叫他去办，他就不行了；如果他真去做强盗犯案，也没有用，终不能漏网，有时反而比普通强盗更容易破获。”② 这就在另外一个层面上指出了侦探甚至罪犯本身所需要的某种专门性的知识与职业素养，而这一职业素养与作为职业的侦探小说作家之间还是大有不同。因此，进一步结合小说内容推论来说，“夏华侦探案”系列小说中的侦探和助手团队其实也更接近于现实中的侦探公司，而不同于一般民国侦探小说作家的“侦探想象”。在这个意义上，位育的“夏华侦探案”和长

---

① 赵苕狂：《少女的恶魔》，《新上海》第八十一期至第九十六期（其中第九十期至第九十五期缺失未见，第八十一期之前及第九十六期之后部分杂志亦缺失未见），1947年8月27日至1947年12月15日。

② 位育：《谈侦探小说》，《红绿灯》第七期，1946年11月22日。

川的“叶黄夫妇探案”在不同的层面和向度上，却共同呈现出了20世纪40年代民国侦探小说中侦探角色职业化、专业化、体制化的发展特点。

另一方面，抛开民国侦探小说文学史层面的叙述与建构，我们不妨对作者位育本人的身份和经历做一点考据工作。位育，生卒年不详，在20世纪40年代后期的上海出版过《公寓之血》《自杀者》《毒蛇与毒草》《触电》《含沙射影》等多种侦探小说单行本，皆属于“夏华侦探案”系列，一时间影响很大。不同于民国时期侦探小说中的侦探想象往往不脱“侦探—助手”组合或夫妻、兄妹搭档等常规模式，位育创作的“夏华侦探案”系列中侦探夏华则是拥有着一个建制完备、组织严密、分工明确的侦探团队与事务所，呈现出高度的职业化与体制化特征，专业到让人不由得有些心生疑惑。

进一步来看，“位育”显然是笔名（不知是否和上海的位育中学有关），而在本书写作过程中发现，同一时期的民国侦探杂志《大侦探》上出现了署名“刘中和”的“夏华侦探案”小说创作，故事背景、人物设定与基本笔法和“位育”如出一辙。甚至在同一本《沪西》杂志1947年年底和1948年年初，就接连刊载过署名“位育”和“刘中和”的“夏华侦探案”系列小说创作①。由此，我们大致可以判定“位育”应该就是“刘中和”的笔名之一。更为有趣的地方在于，沿着“刘中和”的笔名一路追溯上去，会发现他曾写过标为“实事杂记”的《地下工作回忆》一组文章，文章里刘中和记载了自己曾在沦陷时期的上海加入国民党“三青团”，从事地下工作的经历，其间有不少关于当时地下谍报组织工作的内容，甚至还

① 即刊载于《沪西》第一卷第十二期至第二卷第八期（其中第二卷第一期未刊载）上的小说《她言道》，1947年12月25日至1948年10月25日，署名“位育”；和刊于《沪西》第二卷第一期上的小说《“狗”》，1948年2月1日，署名“刘中和”。

有和“76号”激战的记录①。由此，我们似乎可以为“夏华侦探案”系列侦探小说中如此完备到令人心生疑惑的侦探团队寻找到一个非常隐秘的现实理解可能，即可能是作者刘中和的地下谍报工作经历及其对于谍报组织构架的了解，促成了其后来侦探小说创作风格上的与众不同。当然，这更多还只是一种“索隐”式的猜想，而关于后来位育/刘中和的命运与下落，也有待于进一步的追踪和考证工作。但这种猜想中所包含的间谍（工作）与侦探（小说）之间的可能关联，却正是本书所关注的对象和内容。

在经历了20世纪20年代的发展热潮和接下来相当一段时间的创作沉寂期之后，民国侦探小说杂志、出版与创作在1946年突然再度呈现出“井喷式”的发展高潮。《大侦探》《新侦探》《蓝皮书》等侦探小说杂志的相继创刊，程小青的《霍桑探案全集袖珍丛刊》三十种全部出齐，孙了红的“侠盗鲁平奇案”、郑狄克的“大头侦探探案”、长川的“叶黄夫妇探案”、位育的“夏华侦探案”、郑小平的“女飞贼黄莺之故事”等系列民国侦探案的创作，共同构成了20世纪40年代后半期民国侦探小说创作的第二次发展波段。

在侦探类杂志创办方面，以《大侦探》《新侦探》《蓝皮书》《红皮书》等为代表的这一时期的侦探小说杂志呈现出五个主要特点并分别具有如下意义：“‘实事探案’的流行”反映出抗战胜利后国民政府管理失当、阶级矛盾尖锐、社会治安混乱、各类凶案频发的时代真实状况；“以‘艳尸’和‘血案’来博取眼球”既体现出当时杂志经营者渴望获取更大市场利益和经济收入的商业动机和目的，也和当时大量好莱坞黑色电影的引进有关；“‘女侦探’形象的崛起”与其说是女性地位的提高，不如说是民国侦探小说自身类型发展、求新求变的结果；“互动类侦探谜题的多样性”既是这一时期办

① 参见刘中和《地下工作回忆》，《蓝皮书》第十九期至第二十期，1948年11月20日至1948年12月15日；以及《地下工作回忆：五百青年》，《蓝皮书》第二十一期至第二十四期，1948年12月30日至1949年3月5日。

刊形式多样化，注重综合性与趣味性的具体表现，同时也曲折反映出想要单纯依靠侦探小说作品来凑足版面和吸引读者的困难之所在；“创作译著并重”则同时说明了这一时期欧美侦探小说新作佳作不断，以及民国侦探小说创作二度崛起却难免后继乏力的实际局面。

在这一时期的民国侦探小说创作上，一方面，我们必须承认，无论是从创作者与作品的数量或者质量哪个方面来看，20 世纪 40 年代的民国侦探小说创作整体上都不如 20 年代繁盛。但在另一方面，我们又明显地能看到此时的民国侦探小说自身所呈现出的很多新的发展和变化，尤其是其借鉴并吸收了欧美“黄金时期”侦探小说、美国“硬汉派”侦探小说、欧美间谍小说与好莱坞“黑色电影”中的一些创作手法和表现技巧，展示出了此前从未有过的新特色和新面貌。与此同时，民国侦探小说中的侦探角色也在不同层面上共同呈现出了职业化、专业化、体制化的发展趋向和特点。而这一趋向和特点不仅是文学史叙述层面的构建，同时也有着某些微妙的现实关联可能性。

最后，随着 1949 年新中国成立，侦探小说被打入另册，受到压抑，这是不争的文学史事实。但在本书看来，侦探小说从未真正消亡，而是沿着“侦探小说—间谍小说—反间谍小说—反特小说”的类型路线一直保持着曲折演进的态势。在当时人们津津乐道的“美蒋反特”或“抓苏修特务”等精彩故事之中，很多扣人心弦的情节和细节仍是侦探小说中犯罪、悬疑、推理、解密等经典模式的再次运用，只不过以往的私家侦探在这里变成了边防战士、人民警察和国家安全人员，甚至是广大人民群众。所以我们可以说 1949 年后“侦探小说”作为一种小说类型在中国大陆销声匿迹了一段时间，但其“侦探类型元素与手法”却一直在暗中延续并被不断运用且发展着。

第六章

民国侦探小说创作的高峰：程小青与《霍桑探案》

这就因为我从小欢喜看侦探小说，记得当我十二三岁的时候，偶然弄到了一本福尔摩斯探案，便一知半解的读了几遍，虽然觉得福尔摩斯的可畏，但同时却生了一种不可思议的感情，竟舍不得把那本书丢掉不看。后来我年龄加增，读侦探小说的范围也因着扩充。到了民国三年，中华书局出了一部福尔摩斯探案全集。因瘦鹃老友的介绍，教我帮同着迻译了几篇，约莫近二十万字。觉得书中的情节玄妙，不但足以娱乐，还足以濬发人家的理知，于是我对于侦探小说的兴味益发浓厚，文字方面就也偏重这一途了。

——程小青：《侦探小说作法的管见》，《侦探世界》第一期，1923 年 6 月。

现在的侦探小说，越发汗牛充栋，可是立意严正，布局奇突，极尽艺术能事的，却要推程小青先生所撰的“东方福尔摩斯侦探案”首屈一指了。谅读侦探小说的诸君，脑中总深印着那位任侠尚义、博学多能的大侦探“霍桑”先生哩。

——朱戬：《东方福尔摩斯案赘言》，《新月》第一卷第五期，1926 年 1 月 23 日。

程小青成功地将他的侦探小说创作安置于严肃文学与大众娱乐的平衡点上。

——Yan Wei（魏艳），*Sherlock Holmes Comes to China*，David Der-wei Wang（王德威）ed.，*A New Literary History of Modern China*，Belknap Press：An Imprint of Harvard University Press，2017，p. 183.

第一节　译者、作家、编辑与研究者：作为侦探小说“全能型选手”的程小青

说程小青是民国时期最为重要的侦探小说作家，应该是不会有什么太大的争议。郑逸梅就曾非常肯定地回忆说：“当时写侦探小说的不乏其人，可是没有人比得上他（笔者按：指程小青）。”[①] 但本节在这里所要强调的并非仅仅是作为一名出色的侦探小说作家的程小青，而是对于一项作为文学发展事业的侦探小说而言，程小青所具有的综合性的地位、价值和贡献。简言之，程小青以其侦探小说作者、译者、杂志编辑/主编/编辑顾问、小说评论者、小说史研究者、小说“创意写作”教师、电影剧本作者与评论者，乃至于侦探学与犯罪心理学研究者等“多重职业身份”，从各个不同的方面对侦探小说这一项文艺事业（包括小说、杂志与电影）在民国时期的发展起到了不可磨灭与不可替代的重要作用。在这个意义上，程小青堪称是民国侦探小说的“全能型选手”（all-rounder）。

一　作为侦探小说作家的程小青

首先，程小青之于民国侦探小说而言，其最为重要的身份当然

① 郑逸梅：《程小青和世界书局》，载《芸编指痕》，北方文艺出版社 2016 年版，第 175 页。

是一名侦探小说作家，其所创作的“霍桑探案”系列小说是民国时期出版次数最多、影响力最大的本土侦探小说创作，甚至到了20世纪80年代后期，中国文联出版公司、群众出版社、吉林文史出版社、漓江出版社等还纷纷再版过多种“霍桑探案集”或“霍桑探案选”，其出版频次与规模更非其他民国侦探小说作家所能相提并论。具体来看，程小青的侦探小说创作生涯大概可以选取出以下几个关键性时间和事件作为节点。

第一，1916年12月31日至1917年1月3日，程小青以“霍森”为主角的侦探小说《灯光人影》分三次在《新闻报》副刊《快活林》上发表，这是目前可见的最早的一篇程小青的侦探小说创作，也是程小青侦探小说在文坛的“出道”之作。具体来说，程小青的这篇小说当时是为了参加《快活林》举办的“快活林夺标会”栏目征文竞赛，后来该篇小说也获得“第一课”“甲”等成绩。值得注意的是，这篇小说中包朗虽然作为侦探“霍森”的好友而登场，但整篇小说其实是以“霍森”的第一人称视角来展开叙事的，和此后“霍桑探案”系列小说的惯用叙事结构完全不同，这也在某种程度上反映出了程小青这篇侦探小说“处女作”的尝试性特点。

关于这篇小说，还有着一个有趣的文学史“误会”。即这篇小说主人公的名字究竟是“霍森”还是“霍桑”，作者程小青后来的回忆细节有误。按照程小青在《侦探小说的多方面》一文中的相关回忆说法：“霍桑命名的来由，真是很有趣的。他的原名本叫霍森。他的第一篇探案的发表，就是民国初年，《快活林》第一次竞赛征文的《灯光人影》。这篇的原稿本写霍森。也许独鹤老友把‘森’字给他改了一个‘桑’字，或者竟是出于手民先生（指排字工人）的好意更改，那已不得而知。当时霍森因着怕登更正广告的麻烦，就也以误就误，直截承认了霍桑。”① 后来魏绍昌先生在文章中援引了程小

---

① 参见程小青《侦探小说的多方面》，载“霍桑探案汇刊第二集”，上海文华美术图书公司1933年版。

青本人的这段“误忆”，又对其进行了一番自己的解读和阐释：“霍桑探案第一篇《灯光人影》，是为民国初年《新闻报》副刊《快活林》的征文竞赛而作。这位中国大侦探原来取名霍森，刊登出来却变成霍桑，这是编者的改动还是排字工人的误植呢？程小青未加追究，反而觉得霍桑比霍森念起来顺口，而且带点洋味儿，从此他将错就错地一直沿用下来，写了一百多篇的霍桑探案。”① 大体上看来，魏绍昌先生这段话的出处由来主要有二：一是前文所引程小青在《侦探小说的多方面》一文中的“误忆”，另外就是程小青在《霍桑和包朗的命意》一文中对其笔下侦探及助手姓名上所作出的解释，“有几个老朋友说的创著的霍桑探案，情节方面，虽然还合中国社会。但‘霍桑’和‘包朗’两个人名字，却带着几分西洋色彩。若使把他们改做‘王福贤’‘李得胜’等等的名字。那就更加可以合配中国人的心理了。……若是说这种模样的人物，乃是守公理、论是非、治科学、讲卫生的新侦探家。那就牛头不对马嘴，未免要叫人笑歪嘴了。原来我理想中的人物，虽然都子虚乌有，却也希望我国未来的少年，把他们当作模范，养成几个真正的新侦探，在公道上做一层保障，不致教无产阶级的平民，永永践在大人老爷们的脚下。我本在著这一层微意，才特地把我书中主角的名字，题得略微别致一些，不知道大家赞成么？”② 根据这两篇文章中程小青自己的说法，魏绍昌先生才有了上述《灯光人影》中主人公原为“霍森”，后被误改为“霍桑”，而作者程小青自己后来觉得“霍桑”这个名字比较洋派，也很不错，因此就“将错就错”了等一系列说法。魏绍昌先生的这段表述后来影响很大，又因为有着程小青自己的回忆文字做背书，因而被很多后续研究者“以讹传讹”。当然，我们只要看到小说《灯光人影》最初在《快活林》刊载时的具体情况，就

① 魏绍昌：《十八罗汉·程小青》，载《我看鸳鸯蝴蝶派》，上海书店出版社2015年版，第126页。

② 程小青：《霍桑和包朗的命意》，《最小》1923年3月5日。

不难发现其中的谬误——即《灯光人影》中的侦探主人公是“霍森”而非“霍桑”，因此后来的“将错就错”之说等也都不能够成立，而这一谬误最早其实是从程小青本人那里就已经出现的。在本书看来，纠正“霍森”与“霍桑”首次使用时的文学史细节错误和程小青回忆中的细节“失真”似乎显得并不那么重要，相比之下，更重要的问题在于程小青回忆中所谈及的关于中国侦探名字“洋气”的背后，所表现出来的作家本人的精神取向和价值追求。换句话说，即侦探霍桑之所以名为霍桑，其姓名背后是有着一套小说作者对于西方现代性的想象和追慕之情的。当然，这种想象和追慕也极有可能是作者后来在自我回忆时不断建构的产物。

第二，1919 年 5 月 27 日至 1919 年 7 月 22 日，程小青的侦探小说《江南燕》连载于《先施乐园日报》。这是程小青第一篇以助手包朗为叙述者，来讲述“霍桑探案”的故事，其基本叙述结构完全模仿自柯南·道尔的“福尔摩斯探案”系列作品，而这篇小说发表时也标为“东方福尔摩斯探案”。更重要的是，在后来的“霍桑探案”系列小说中，这一“侦探—助手”的基本叙事结构被一直固定沿用了下去，霍桑与包朗的组合也因此成为中国版的福尔摩斯与华生。所以，在某种程度上来看，《江南燕》可能才是真正意义上“霍桑探案”系列侦探小说的开端之作。这里的“开端”指的并非是时间序列上的“第一篇”，而是小说结构意义上的模式起点。

第三，在 20 世纪 20—40 年代，程小青的“东方福尔摩斯探案”与“霍桑探案”系列小说（两个系列其实是同一个系列，只是不同时期所标明的名称不同而已）陆续在《小说大观》《先施乐园日报》《小说月报》《申报》《新闻报》《礼拜六》《半月》《消闲月刊》《家庭》《红杂志》《快活》《游戏世界》《小说世界》《侦探世界》《红玫瑰》《时报》《紫罗兰》《旅行杂志》《社会日报》《上海报》《珊瑚》《海报》《新上海》《乐观》《新侦探》《大众》《中美周报》等数十种报纸、杂志上发表，其发表平台涉及范围包括主流新闻类报纸（《申报》《时报》《新闻报》），通俗文学杂志（《礼拜六》

《半月》《红玫瑰》《紫罗兰》），专门的侦探小说杂志（《侦探世界》《新侦探》），家庭及旅行类杂志读物（《家庭》《旅行杂志》），以及小报（《海报》《新上海》）和游戏场报（《先施乐园日报》），等等，作品数量之多，创作时间之长，覆盖刊物范围之广，在民国侦探小说作家中都是无出其右。

与此同时，程小青的“霍桑探案”系列小说在民国时期还曾结集过数十种单行本出版，仅较具规模、成套出版的就有上海文华美术图书公司1931年和1933年出版的“霍桑探案汇刊第一集”和“霍桑探案汇刊第二集”，每集包含六册小说（集），以及上海大众书局1932年7月初版的《霍桑探案外集》（共六册）等。此外，民国时期还出现过大量“伪托”程小青之名的侦探小说单行本，比如本书“附录一”中所列举的《虎穴情波》《原子大盗》《假面女郎》等就都是这种“伪托”的作品，程小青还曾专门为《原子大盗》与《假面女郎》的“冒名”行径而将复新书局告上法庭。当然，反过来说，大量“伪托”和“冒名”作品的出现，也正说明了程小青侦探小说创作之名声在外和其影响力之大。最后，除了程小青本人活动的江浙沪一带地区，他的“霍桑探案”系列小说在民国时期就曾在“伪满”地区被大量出版/盗版，比如：《霍桑新探案》，益智书店印刷部，康德五年（1938）9月25日印刷，1938年10月25日发行；《虎穴情波》，奉天文艺书局发行，康德五年（1938）11月20日印刷，1938年12月20日发行；《灰衣人》，益智书店，目录页题目为《雨夜枪声》，出版时间不详；《矛盾圈》，新兴书店印行，康德十一年（1944）5月15日印刷，6月15日发行，等等（上述程小青侦探小说发表及出版情况，详见本书“附录一”）。

第四，程小青的“霍桑探案”系列侦探小说出版以1941—1945年由世界书局陆续出版的《霍桑探案全集袖珍丛刊》为集大成，共计三十册。其中第1—10册为第一辑，1941年初版；第11—20册为第二辑，1944年初版；第21—30册为第三辑，1945年初版。全套丛书于1946年全部出齐，该套丛书共收录侦探小说七十三篇，总计约二百八十万字，为民国时期中国本土侦探小说创作出版的“最大规模工程”，也收录了程小青“霍桑探案”中的绝大部分作品（当然并非全部作品，比如《百宝箱》《缥缈峰下》等“霍桑探案”系列小说就未曾收入到这套丛书之中）。

从《灯光人影》中的主角“霍森”与稚嫩文字，到《霍桑探案全集袖珍丛刊》的蔚为大观，程小青侦探小说创作的数量与成绩当之无愧称得上是“民国第一人”。此外，值得注意的事情有二：一是在这些不断发表、出版、再版、合集出版的“霍桑探案”系列小说中，并非篇篇都是新作，其中“旧作改写”的现象在程小青和另一位民国重要的侦探小说作者孙了红那里都很常见。这里既有小说题目的修改，也有细节内容的丰富，更涉及文言与白话的转换，具体版本情况相当复杂，是一个值得专门展开梳理和研究的民国侦探小说史课题。二是即使到了 20 世纪 50 年代，程小青仍有四部反特小说创作问世，即《大树村血案》《她为什么被杀》《不断的警报》和《生死关头》，无论是从程小青本人的创作生涯完整性来看，还是本书所意图论证的反特小说之为侦探小说的文类变形和延伸，程小青的这四部反特小说作品也都是值得关注的文本和对象。

二　作为侦探小说翻译家的程小青

在老友郑逸梅看来，程小青称得上是“西方侦探小说译著权威”[①]，既肯定了他在侦探小说“著”（创作）方面的成绩，又指出了程小青在侦探小说“译”（翻译）方面的巨大贡献。[②] 而关于作为侦探小说翻译家的程小青，我们主要可以从如下两个层面来进行讨论。一方面是程小青曾经参与过 1916 年上海中华书局《福尔摩斯探

① 郑逸梅：《人寿室忆往录——侦探小说家程小青》，《大成》第一百三十三期，转引自范伯群《后记——论程小青的〈霍桑探案〉》，载《霍桑惊险探案 3—4》，中国国际广播出版社 2002 年版，第 347 页。

② 根据禹玲《现代通俗作家译群五大代表人物研究》（博士学位论文，苏州大学，2011 年）中的相关整理和统计，程小青的译作共有 154 种之多。

案全集》、1925 年大东书局《亚森罗苹案全集》和 1926 年世界书局《福尔摩斯探案大全集》三套欧美侦探小说“全集”的翻译工作。如本书前文中所述，这三套“全集”的译介不仅在当时国内侦探小说翻译作品中形成了最具典范意义的“翻译范本”，同时也深刻影响了民国侦探小说本土创作的基本路径，即“福尔摩斯探案”模式和“侠盗亚森罗苹案”模式。其中，在 1916 年上海中华书局《福尔摩斯探案全集》（共十二册）所收录的四十四篇“福尔摩斯探案”系列小说中，程小青主要承担了第六、七、十一、十二册中部分小说的翻译工作，其中包括第六册中的《偻背眩人》一篇，第七册中的《希腊舌人》《海军密约》两篇，第十一册中的《魔足》一篇和第十二册《罪薮》（为长篇小说单行本）全本。而在 1925 年大东书局《亚森罗苹案全集》（共二十四册）所收录的二十八案中，程小青也参与翻译了“第八册”《古灯》一部长篇。至于在 1926 年世界书局《标点白话福尔摩斯探案大全集》（全十二册）所收录的五十四篇“福尔摩斯探案”系列作品中，程小青更是翻译了其中 18 部短篇和 2 部长篇小说，并成为该套“大全集”翻译工作中最为重要的策划人和联络人之一。甚至在“大全集”出版之后，程小青还在该书 1934 年的“精装重排版”中独自“补译”了《白脸士兵》《三角屋》《狮鬣》《幕面客》《老屋中的秘密》《棋国手的故事》六篇小说，使之成为名副其实的“福尔摩斯探案全集”。

另一方面，即在本书所讨论的“后福尔摩斯时代”，程小青还大量将欧美“黄金时期”的侦探小说名家——如埃勒里·奎因（Ellery Queen）、奥斯汀·弗里曼（Austin Freeman）、莱斯利·查特里斯（Leslie Charteris）、范·达因（S. S. Van Dine）、厄尔·比格斯（Earl Biggers）、阿加莎·克里斯蒂（Agatha Christie）等人的代表性作品译介了进来。其中仅大规模成套出版的译作就有《协作探案集》（一册六篇）、《陈查礼侦探案》系列（共六册）、《柯柯探案集》（一册四篇）、《圣徒奇案》系列（共十册）、《世界名家侦探小说集》（共八册）、《斐洛凡士探案》系列（共十一册）、《短篇侦探小说选》，（共十册）等，程小青侦探小说翻译出版的数量甚至超过“霍桑探案”系列小说创作出版的数量。此外，程小青除了致力于对当时英、法、美等西方侦探小说创作“大国”作家作品的翻译之外，也关注并引进了不少匈牙利、德国、俄国等国家的侦探小说作品，如《奇怪的迹象》（署名“匈牙利国鲍尔屯葛洛楼著”）、《美的证据》（署名“德国陶哀屈烈克梯屯著”）、《瑞典火柴》（署名“俄国安东乞呵甫著”），等等，而这些翻译工作无疑为当时的民国侦探小说作者与读者们拓宽了眼界。

总的来看，我们可以说，作为侦探小说翻译者的程小青，既在20世纪20年代前后关于“福尔摩斯探案”系列小说的译介、引进、传播与阅读热潮中，是最为重要的参与者、实践者与推动者，又在“福尔摩斯探案”译介热潮过后，仍坚持不断地向中国读者推介欧美“黄金时期”的侦探小说代表性作家与作品。如果说前者奠定了民国侦探小说翻译和创作上的基本格局与典范模式，其意义无疑是重大的；后者则意味着程小青在不断地试图超越这个由“福尔摩斯探案”所打下的翻译、创作格局和典范。从某种程度上来说，其更是难能可贵的探索与尝试。

三　作为侦探小说杂志编辑的程小青

除了侦探小说作家与翻译家的身份之外，多次担任不同侦探小说杂志编辑、顾问与主编的程小青，其参与创办和经营的杂志贯穿了本书所描述的20世纪20年代前期和40年代后期民国侦探小说创作的两大发展波段。具体而言，在民国时期第一本侦探小说杂志《侦探世界》于1923年创办时，程小青就在该杂志前后二十四期中一直署名为“编辑”，直至坚持到杂志停刊；在1946年以后，程小青又承担了全部十七期的《新侦探》杂志主编工作（更准确地来说，程小青是《新侦探》杂志版权页上所署唯一编辑者）；而在1949年，程小青又出任了四期《红皮书》杂志（该杂志一共仅见四期）的编辑顾问。

总的来看，程小青担任侦探小说杂志的编辑工作和其从事侦探小说创作与翻译工作是紧密关联且相辅相成的。一方面，毋庸讳言，在很大程度上，正是因为程小青在侦探小说创作和翻译上所取得的巨大成就和其所收获的名气与影响力，才使得程小青不断被侦探小说杂志邀请作为编辑、主编或者编辑顾问，以期待通过他的专业眼光来把握杂志的内容方向，同时借助他在读者中的声望来增加杂志的销量。因此，也不排除一些杂志请程小青做编辑，有“挂名”之嫌。另一方面，程小青在很多时候也是切实参与到了这些侦探小说杂志的创办、编辑和经营工作之中，而这也构成了程小青能够更好地践行其对侦探小说的理解和认知、完成其侦探小说创作和翻译工作的重要平台。比如程小青在1923年的《侦探世界》杂志上翻译、推出了署名“英国弼斯敦著”的“协作探案”系列小说六篇，后来又在20世纪40年代后期他自己担任主编的《新侦探》杂志上不断推出有关埃勒里·奎因（Ellery Queen）、奥斯汀·弗里曼（Austin Freeman）、莱斯利·查特里斯（Leslie Charteris）等人的侦探小说翻译。这就和程小青作为侦探小说译者的眼光与选择，以及其作为侦探小说杂志主编的权责与便利都密不可分。

此外，还值得一提的是，除了上述几种专门性的侦探小说杂志之外，程小青还曾经创办或主编过《新月》（此《新月》并非胡适、徐志摩、梁实秋等人所创办的《新月》杂志，而是与之同名的另一种文学刊物）、《太湖》《橄榄》等文学杂志或“同人刊物”。比如，在1925年9月21日的《申报》上，就曾经刊登过程小青主编《新月》杂志的广告文字：“月刊杂志《新月》，为程小青、钱释云二君主编。首期将于阴历八月中秋出版，有长篇小说十余篇，杂作补白不计。全书厚约二百页，铜图照片约八页，共九万余言。定书处设四川路一号物品交易所内，发行处为上海图书馆云。”[1] 而按照郑逸梅的相关回忆：“当时吴中星社同文，几乎每人编一刊物，如范烟桥的《星报》，范菊高的《芳草》，姚苏凤的《诤友》，黄若玄的《癸

---

① 《广告》，《申报》1925年9月21日。

亥》，尤半狂的《戏剧周刊》，徐碧波的《波光》和我的《秋声》，都是刊物中的小型者。这时程小青异军苍头，也编了一个刊物《太湖》。除登载他的侦探小说外，又罗致了许多文友的作品，连出了若干期。……既而他又和徐碧波合辑一刊物，名曰《橄榄》，内容有集锦小说、笔记、杂札、文虎、漫画，而那些悬赏征求，又很有趣，颇能博得社会的欢迎。”[①] 在上述这几种杂志上，虽也能偶尔见到程小青关于侦探小说的创作、翻译或评论文字，但其中更多的还是他与朋友之间相互唱和，或者写景抒情一类的“文人之作”。如果说程小青担任《侦探世界》和《新侦探》杂志编辑或主编工作，是在为了实现自己对侦探小说这份现代文学事业的理想而努力，那么其创办《太湖》《橄榄》等杂志则更多体现出了程小青作为一名传统中国文人的个体抒怀与情趣追求。

四　作为侦探小说评论者与研究者的程小青

如前文所述，作为侦探小说作者的程小青在民国侦探小说创作的道路上不断努力探索与坚持书写实践，作为侦探小说翻译者的程小青需要时时关注西方侦探小说发展的最新动态及名家名作，作为侦探小说杂志编辑的程小青又必须对国内侦探小说的创作情况有所了解且保持一定的文人交往。因此，在具备了亲身的创作经验、国际化的开阔视野和对国内作家作品的整体性把握三者齐备的情况下，程小青无疑是当时国内最合适的侦探小说文学评论者、理论研究者与文学史书写者。而从实际情况来看，也的确如此。程小青创作了诸如《侦探小说作法的管见》[②]《侦探小说和科学》[③]《谈侦探

---

① 郑逸梅：《程小青和世界书局》，载《芸编指痕》，北方文艺出版社 2016 年版，第 179—180 页。

② 程小青：《侦探小说作法的管见》，《侦探世界》第一、第三期，1923 年 6 月至 1923 年？月。

③ 程小青：《侦探小说和科学》，《侦探世界》第十三期，1923 年十一月朔日（农历）。

小说》[①]《侦探小说作法之一得》[②]《侦探小说在文学上之位置》[③]《侦探小说的多方面》[④]《从“视而不见”说到侦探小说》[⑤]《论侦探小说》[⑥]《从侦探小说说起》[⑦]等一批民国时期及新中国成立初期最为重要的侦探小说评论或理论性文字。其中既有其对侦探小说创作技法与类型规律的“经验之谈”，也有对欧美侦探小说史的梳理介绍，还不乏关于侦探小说在国内发展状况及其价值内涵的不断讨论和申辩。在这些评论和理论文章中，特别值得关注的是《侦探小说的多方面》和《论侦探小说》两篇文章，其从世界第一位侦探小说作家爱伦·坡开始，一直谈到该文章写作时民国侦探小说界的最新创作与发展情况，并对其中的重要作家作品基本上做到了客观公允地评述结合，可视为中国最早的“侦探小说史”的“雏形”之作，也是本书写作的最初源头之一。当然，我们也必须指出，在程小青的这些侦探小说研究文章中，一直贯彻着某些“实用主义”的文学观念，即如前文所述，其将侦探小说视为“开启民智”与“拯救民族”的手段之一。而从“后见之明”的角度来看，程小青的这种文学立场与态度既和其作为现代知识分子与爱国者的自我身份定位密切相关，也是其对于被视为“鸳鸯蝴蝶派”文学之一种的民国侦探小说所作出的某种策略性表达。

此外，程小青还可能曾经担任过侦探小说写作方面的教学工作。

---

① 程小青：《谈侦探小说》，《新月》第一卷第一期，1925 年 10 月 2 日。

② 程小青：《侦探小说作法之一得》，《小说世界》第十二卷第六期，1925 年 11 月 6 日。

③ 程小青：《侦探小说在文学上之位置》，《紫罗兰》第三卷第二十四期“侦探小说号”，1929 年 3 月 11 日。

④ 程小青：《侦探小说的多方面》，载“霍桑探案汇刊第二集”，上海文华美术图书公司 1933 年版。

⑤ 程小青：《从“视而不见”说到侦探小说》，《珊瑚》第二卷第一期，1933 年 1 月 1 日。

⑥ 程小青：《论侦探小说》，《新侦探》第一期，1946 年 1 月 10 日。

⑦ 程小青：《从侦探小说说起》，《文汇报》1957 年 5 月 21 日“笔会”栏目。

在《侦探世界》第十三期上曾经刊载过一则题为《介绍上海小说专修学校》的广告性质文章，具体转录如下：

> 上海小说专修学校，为小说家张舍我君所创办，以教授小说文学、造就小说人才为宗旨。现先依照美国哥伦比亚大学小说科校外部办法，编发讲义、通信教授。不限男女、不论年龄，凡曾受中等教育或有同等之学力者，均可报名入学。内分小说修辞学、小说哲学、小说解剖学、小说译学、侦探小说专科等门。以五个月为一学期，四学期毕业，每学期学费十二元。现已开学，成绩颇佳。余以其于文艺前途至有关系也，故乐为介绍之。凡有志于斯者，请径向上海西门内静修路合德里六号该校，索取详章可也。①

而在具体的《上海小说专修学校招生及章程》后文中，我们可以看到负责“侦探小说专科”的教员正是程小青。② 虽然有关于程小青教授“侦探小说专科”的具体内容、讲义文稿和当年上课场景等细节已不可考，甚至这所上海小说专修学校最后是否真的有付诸运营也需要进一步确认。但作为民国时期最重要的侦探小说作家、译者、杂志编辑、评论家和理论家，程小青无疑是这一教学岗位最为合适的人选。而其所写作的《侦探小说作法的管见》和《侦探小说作法之一得》等文章，既是非常重要的关于侦探小说的评论和理论性文字，也是程小青从自身创作经验出发总结出来的写作心得，从中我们似乎可以窥见并想象到一点程小青教授“侦探小说专科”相关课程时的可能理念和思路。比如其将侦探小说的结构分为“动

---

① 赵苕狂：《介绍上海小说专修学校》，《侦探世界》第十三期，1923 年十一月朔日（农历）。

② 《上海小说专修学校招生及章程》，原刊于《红杂志》第二卷第十三期，1923 年。转引自魏绍昌、贾植芳、徐迺翔编《鸳鸯蝴蝶派文学资料》，福建人民出版社 1984 年版，第 25—26 页。

的”与“静的”两类，大概类似于我们今天所说的“重惊险”和“重悬疑”两种创作倾向，或者“行动派”与“推理派”两类侦探形象；又如其注重探究如何才能做到“吸住读者的眼光，使他不读完不肯释卷”①，同时还讲求通过发挥作者的想象力将“情”和“理”串联到一起②，等等。

五　作为侦探学与犯罪心理学研究者的程小青

作为侦探小说作家的程小青，为了更好地创作出真实可信、符合科学精神与现代感的侦探小说作品，而一度曾经投身于侦探学与犯罪心理学的学习和研究中。好友郑逸梅就曾说程小青“由美利坚某大学函授犯罪心理学，乃关于侦探应有之学术，艺乃大进”③。魏绍昌也曾提到“在二十年代，他还通过函授向美国警官学校学习了罪犯心理学与侦探应用技术等课程”④。而根据后来研究者所编写的《程小青小传》中的相关说法，乃是其“自学多种国外刑事、侦探学理论，1924年函授攻读美国大学《犯罪心理学》《侦探学》等课程”⑤。几种说法对于程小青具体学习的科目名称彼此之间略有出入，但大体上相差不远，都指出了其以函授的方式学习了美国有关于侦探学、刑事学、犯罪心理学一类的课程和知识。关于这些课程的具体内容，我们现在不得而知，但通过程小青的一些理论文章与渗透在其小说作品字里行间中的蛛丝马迹，我们大概可以粗略还原

---

① 程小青：《侦探小说作法的管见》，《侦探世界》第一、第三期，1923年6月至1923年？月。

② 程小青：《侦探小说作法之一得》，《小说世界》第十二卷第六期，1925年11月6日。

③ 郑逸梅：《程小青》，《小品大观》，载芮和师、范伯群、郑学弢编《鸳鸯蝴蝶派文学资料（上）》，知识产权出版社2010年版，第378页。

④ 魏绍昌：《十八罗汉·程小青》，载《我看鸳鸯蝴蝶派》，上海书店出版社2015年版，第128页。

⑤ 《程小青小传》，载《中国现代文学百家·程小青代表作》，华夏出版社1999年版，第352页。

出一份程小青函授学习的知识范围及他自己阅读过的相关"书单"。比如程小青在《科学的侦探术》一篇文章中提到自己读过克罗勃博士的关于秘密信的研究著作《符号信的研究》[①]。而借着其小说中人物霍桑与包朗之口，我们可以知道程小青谙熟刑事心理学权威葛洛斯（H. Gross）的相关心理实验，读过哈雷特的《犯罪心理》一书，并且对意大利学者龙波洛梭（C. Lombroso）、法国学者拉萨尼（A. Lassagne）、日本学者胜水淳行等人的犯罪学理论以及弗洛伊德的"精神分析学""变态心理学"和奥地利学者勃洛尔（J. Breuer）的"谈话治疗法"等都有所涉猎和了解。[②] 此外，程小青还曾以"曾经沧海室主"的笔名在《侦探世界》杂志上连载过

---

① 程小青：《科学的侦探术》，《侦探世界》第十八期至第二十期，1924年正月望日（农历）至1924年二月望日（农历）。

② 比如在小说《案中案》中，霍桑把白巾重新藏在衣袋中，一边自言自语地说道："人们的视觉本是很薄弱的，尤其在不经意或心有所思的当儿所感受的印象，更是淡漠模糊而不足凭信。刑事心理学权威葛洛斯（H. Gross）曾举示许多采证的实例，指出司法官采取眼见证人的证语有特别审慎的必要。因为人们在匆忙或无意中所感受的印象，事后回忆，往往会把黑衣说青衣，胖子变瘦人。我还记得一个有趣的测验。测验者把一只表给四十六个受测验人看，每人限看五秒钟。看过以后，叫每一个人将所看见的表面上的景状用笔描画在纸上——那当然只要画一个轮廓罢了。结果只有一个半人的答案是正确的。大部分人都把那个罗马字Ⅵ写在下面，有几个人还把罗马字变做阿拉伯字。实际上那六点钟的Ⅵ字的地位已给秒针占去了，根本是不存在的……嗯，你们觉得可笑吗？其实这测验我自己也实施过，委实千真万确！所以'一目了然'是没有科学根据的；'视而不见'才是一般的现象。"（参见《海上文学百家文库：范烟桥、程小青卷》，上海文艺出版社2010年版，第275页）

在小说《两粒珠》中，霍桑指着那藤椅靠手上的一本深红封面的洋装书，说道："我因为这几天没法排遣，就把这一本哈雷特所著的《犯罪心理》仔细研究。因此我得到了几种心得，很想写出来作一种参考，可是我却没法按捺我的心思。"（参见《中国现代文学百家·程小青代表作》，华夏出版社1999年版，第252页）

同样在小说《两粒珠》中，霍桑又曾对包朗说："你也研究过行为心理，总也相信环境影响人的行为，力量是相当大的。世界上有好多好多的人，平日的行为本很谨严，可是因着意志薄弱，或是理智不清，所以一遇到诱惑的机会，往往不能自制，也就有行恶的可能。"（参见《中国现代文学百家·程小青代表作》，华夏出版社1999年版，第307—308页）（转下页）

《指纹略说》一文，并发表了《英国地方监狱的罪犯状况》《警察犬》等侦探类科普轶闻[①]，这些应该都是他相关学习或阅读国外同类报刊之后的收获和心得。

综上所述，在民国侦探小说这项文学事业的发展过程中，程小青兼具小说作家、翻译家、杂志编辑/主编/编辑顾问、评论家、理论研究者、文学史研究者、教育工作者、侦探学与犯罪心理学研究者等多重职业身份，从各个不同方面推动了这项文学事业在民国时期的不断进步和本土发展，程小青本人也堪称是民国侦探小说这项文学事业的"全能型选手"。与此同时，本节所勾勒的程小青的各项职业身份之间也并非孤立割裂，而是相互间紧密关联、彼此促进

（接上页）在小说《白衣怪》中，包朗也知道"据心理学家的实验，人们在短时间中估量时间，往往会比实际的时间长些。譬如我们和一个朋友约会，那朋友如果迟到了三五分钟，我们心理上的感觉，往往会把三五分钟估量做十分或者二十分钟之久。这个理论我们已实验过好几次，当我蹲在紫珊床后的当儿，也感觉得这数分钟的时间竟特别久长"的道理（参见《程小青文集 2——霍桑探案选》，中国文联出版公司 1986 年版，第 275 页）

在小说《催眠术》中，霍桑更是相当熟悉并能够亲自实践西方的"谈话治疗"法："那是一种医术的名称，译名叫做'谈疗'，又叫做'净化治疗' Cathartic treatment，发明的人是一个奥国医生勃洛尔 Breuer。"（参见《霍桑探案集 4——白衣怪》，群众出版社 1997 年版，第 403 页）

而在小说《雾中花》中，霍桑曾经对包朗说："包朗，你也许也知道变态心理学中有一种迷狂症，译者叫做歇笃里亚 Hysteria。这迷狂症种类极多，睡行病是很普通的一种。那本《精神分析》上说得非常详细。你如果不大熟悉它的症象，不妨把书桌上的另一本我国朱光潜著的《变态心理学》翻开来。在五十八和五十九页上，我用红铅笔划过线条。"（参见程小青《雾中花》，《中美周报》第二百六十六期，1947 年）

以上所举这些"霍桑探案"系列小说文本中的细节，都可以视为程小青自身相关理论知识在小说中的直接或间接体现。

① 程小青：《指纹略说》，《侦探世界》第一期至第七期，1923 年 6 月至 1923 年？月，署名"曾经沧海室主"；程小青：《英国地方监狱的罪犯状况》，《侦探世界》第十四期，1923 年十一月望日（农历），"侦探谈话会"栏目，署名"曾经沧海室主"；程小青：《警察犬》，《侦探世界》第二十一期，1924 年三月朔日（农历），"侦探谈话会"栏目，署名"曾经沧海室主"。

的，其创作的经验、翻译的眼光、编辑的视角、理论的认知和相关侦探学、心理学知识的掌握交织激荡，共同塑造出了民国侦探小说这项文学事业中最为杰出的人物与代表。或许此处借用章梅魂对程小青的一句赞语会显得并不为过："惟小则灵，惟蓝出青。江南之燕，独辟畦町。懿欤美哉，探界明星。"①

第二节 从 S.H（Sherlock Holmes）到 H.S（霍桑）：属于中国本土的名侦探

本章在前文中列举了程小青之于民国侦探小说这一文学事业的多重职业身份和全方位贡献，但追根究底，程小青之于民国侦探小说而言，最为重要的意义当然还在于其侦探小说创作方面，即"霍桑探案"系列侦探小说的创作。和张天翼等当时许多民国侦探小说作家一样，程小青走上侦探小说的创作之路也是深受柯南·道尔的"福尔摩斯探案"系列小说的影响，即那一代民国侦探小说作者普遍存在着一条由侦探小说读者向侦探小说作者的成长和演变之路。用程小青自己的话来说，即"这就因为我从小欢喜看侦探小说，记得当我十二三岁的时候，偶然弄到了一本福尔摩斯探案，便一知半解的读了几遍，虽然觉得福尔摩斯的可畏，但同时却生了一种不可思议的感情，竟舍不得把那本书丢掉不看。后来我年龄加增，读侦探小说的范围也因着扩充。到了民国三年，中华书局出了一部福尔摩斯探案全集。因瘦鹃老友的介绍，教我帮同着迻译了几篇，约莫近二十万字。觉得书中的情节玄妙，不但足以娱乐，还足以濬发人家的理知，于是我对于侦探小说的兴味益发浓厚，文字方面就也偏重

---

① 章梅魂：《侦探小说作家赞：程小青赞》，《游戏世界》第二十期"侦探小说号"，1923 年 1 月。

这一途了”①。从程小青的这段话中，我们能够清楚地看到其作为侦探小说阅读者、翻译者与创作者之间的逐步演变过程。而冬苗后来也曾引述过程小青的话，说他自己是“凭着以前翻译过柯南道尔的《福尔摩斯探案集》的基础，依葫芦画瓢式学写了几篇”②。所谓“依葫芦画瓢”的说法不免过于自谦，但其中所涉及程小青“霍桑探案”与柯南·道尔“福尔摩斯探案”之间的影响、继承与模仿关系却是不容忽视的。

一　“东方福尔摩斯探案”系列与福尔摩斯“同人小说”

大体上来说，关于程小青的“霍桑探案”之于“福尔摩斯探案”的学习、继承与模仿，是比较容易“一望而知”的。从霍桑与包朗的“侦探—助手”组合，到包朗在诸篇小说中充当叙事人功能，再到一个富有正义感但能力不足的警察钟德、汪银林或是倪金寿；从霍桑查案时常用的手法，如观察脚印、烟灰、血迹等，到直到最后一秒才肯宣布案件真相的性格特点，再到其擅长易容、乔装及爱好小提琴等细节都可以看出“霍桑探案”与“福尔摩斯探案”故事之间的“因缘性”。由此，“霍桑探案”系列小说在最初几年还常被杂志标注为“东方福尔摩斯探案”系列，也正是出于这方面的原因。③

一个有趣的细节在于，根据程小青女儿程育真的回忆，程小青曾经和家人谈及过自己最满意的一篇侦探小说创作：

> “爸爸，这是你生平最满意的侦探小说了，是不是？”哥哥

---

① 程小青：《侦探小说作法的管见》，《侦探世界》第一期，1923 年 6 月。

② 冬苗：《程小青先生轶事录》，《苏州杂志》2006 年第 6 期。

③ 此外，值得注意的是，在这两个侦探小说系列中，作为侦探的福尔摩斯与霍桑始终都是单身，而作为助手的华生与包朗却都在小说故事发展过程中分别结了婚。比如华生在《四签名》中发生爱情并最终结婚，包朗后来也与高佩芹女士结婚，并为此专门写了一桩故事——《险婚姻》。从这一点上看，也不难发现两个侦探系列小说之间的一致性。

说完瞧着父亲。

父亲点点头，从我手中拿过《龙虎斗》，小心地在月光下翻阅和抚弄，目光是那么亲切。①

我们需要注意，程育真此处所回忆的关于父亲程小青最为满意的作品的说法应该是有其具体的上下文和语境，不能笼统地将其视为程小青对自己所有作品的态度和判断，更不能以此作为程小青众多侦探小说创作之间的高下比较标准。但我们仍可以发现，在这段回忆文字中，被特别提及的作品竟然是一篇程小青在“霍桑探案”系列之外的侦探小说创作。具体而言，程小青和儿子程育德所提到的作品《龙虎斗》是程小青拟写的福尔摩斯与亚森·罗苹斗智的“同人故事”，分为《钻石项圈》和《潜艇图》两篇。该小说最初以《角智记》之名，刊载于《小说大观》第九期至第十期（1917 年 3 月 30 日至 1917 年 6 月 30 日），杂志发表时的小说以文言文书写。在小说首次刊载前附有周瘦鹃的一段介绍性文字，说明程小青创作该小说与当时“侠盗亚森罗苹案”系列小说翻译之间的关系。后来这篇小说更名为《龙虎斗》，小说书写语言也由文言文改为白话文，刊载于《紫罗兰》杂志第一期至第十二期（1943 年 4 月 1 日至 1944 年 4 月，分 12 次连载），标“福尔摩斯与亚森罗苹的搏斗”，并于 1944 年 3 月在世界书局出版小说单行本《龙虎斗》。而后来的《紫罗兰》发表版本和世界书局单行本就是程育真回忆文字中所提到的小说。

从小说故事原型上来进行追溯，这两篇小说明显是受到了莫里斯·勒伯朗“侠盗亚森·罗苹案”系列小说中描写亚森·罗苹大战福尔摩斯的相关故事，尤其是《福尔摩斯别传》和《犹太灯》两篇“调侃”福尔摩斯的小说的影响②，而《犹太灯》正是程小青曾经参

---

① 程育真：《父亲》，《小说月报》第四十五期，1944 年 11 月 25 日。

② 程小青：《龙虎斗·引言》，载《海上文学百家文库：范烟桥、程小青卷》，上海文艺出版社 2010 年版，第 319 页。

与1925年大东书局《亚森罗苹案全集》翻译工作时所承担翻译的分册《古灯》。由此，程小青的小说《龙虎斗》就有着一个包含翻译、模仿与文言创作底稿的丰富“原本”依托（其中，程小青创作的《角智记》、周瘦鹃翻译的《犹太灯》和《福尔摩斯别传》都是发表于1917年，而程小青翻译的《古灯》则是出版于1925年）。而《潜艇图》一篇小说还很可能参考了“福尔摩斯探案”系列中《海军协定》（*The Naval Treaty*）的部分情节，而《海军协定》也正是程小青参与1916年上海中华书局《福尔摩斯探案全集》翻译工作时所承担的任务，即《海军密约》。

进一步参照程小青自己的回忆，他指出这两篇小说曾经“在民初的《小说大观》上发表过”，“但是因了笔力的脆弱，结果自然是狗尾续貂，不能实现我这个愿望”。后来程小青“对于那两篇东西常念念不忘地系恋着”，以至于在多年以后（笔者注：应为1942年[①]）偶然见到当年旧作，“我自然很高兴，就向他借了回来，叫我的女儿——育真——边抄边译地把它写下来，因为那是用文言文写的。现在我重新把它删削添补，彻头彻尾地重写了一下；好比一座屋子，间架是原有的，但门窗壁板，甚至粉垩油漆都完全改换了”[②]。无论是程小青这里所说的自己对于这两篇旧作多年以来“念念不忘”，还是他真的下大力气，付诸实践，大幅度修改了这两篇作品的文学事实，都可以看出其对这两篇小说的重视。而这其中固然有程小青身为一名作家对待自己昔日“少作”时态度上的严谨和认真[③]，同时也多

---

① 程小青在《引言》中的时间表述为“去年”，而该“引言”为1944年世界书局版《龙虎斗》的《引言》，落款时间为民国“三十二年春”，故推测程小青重新见到并着手修改自己当年作品文稿的时间应为1942年。

② 程小青：《龙虎斗·引言》，载《海上文学百家文库：范烟桥、程小青卷》，上海文艺出版社2010年版，第319—320页。

③ 关于程小青创作态度的认真严谨，郑逸梅曾有过一番评述：“闻其作稿之先，必绘一图表，由甲点至乙点，乙点至丙点，曲折之如何，终点之奚在，非经再三研求，不肯轻易涉笔，盛名洵非幸致者也。”［参见郑逸梅《程小青》，载芮和师、范伯群、郑学弢编《鸳鸯蝴蝶派文学资料（上）》，知识产权出版社2010年版，第378页］

少受到其内心常年存在的“福尔摩斯情结”的影响。

二　霍桑探案的“同人小说”

“霍桑探案”与“福尔摩斯探案”在小说文本内部的共同性特征，和本书前文中所分析过的张无净的“徐常云探案”之于“福尔摩斯探案”的模仿有很大程度上的相似性，此处不再重复举例说明。而要特别指出的是，“霍桑探案”与“福尔摩斯探案”在读者接受层面的另一个共同之处。

正如本书第三章第二节中所述，柯南·道尔的“福尔摩斯探案”系列小说的风靡全球导致其产生了很多“同人”或“戏仿”之作，从法国作家莫里斯·勒伯朗的“侠盗亚森·罗苹案”系列小说中关于亚森·罗苹大战福尔摩斯的一些篇目，到晚清、民国时期作家陈景韩、包天笑、刘半农，甚至程小青本人都写过类似的或“谐”或“正”的福尔摩斯“戏仿之作”或“同人小说”。与之相类似的情况在于，程小青的“霍桑探案”系列在民国时期的风靡也同样产生了很多有关于霍桑的“同人作品”。比如孙了红“侠盗鲁平奇案”系列中的《傀儡剧》《航空邮件》等篇目，赵苕狂的滑稽侦探小说《谁是霍桑》[①]，张碧梧的长篇侦探小说《双雄斗智记》，以及无涯的小说《福尔摩斯与霍桑》[②]和范菊高的《霍桑的失败》[③]等作品都属于这一类的“霍桑同人”。从如此之多的“续作”“仿作”和“伪作”中就足可见出霍桑这一人物形象在当时民国侦探小说作者和读者心目中的地位其实是并不低于福尔摩斯的。

与此同时，福尔摩斯这一人物形象的流行、风靡和其巨大影响力还体现在不少“福尔摩斯迷”（Holmesian，也有人戏称这一“粉

---

① 赵苕狂：《谁是霍桑》，《侦探世界》第四期，1923年。

② 无涯：《福尔摩斯与霍桑》，《游戏世界》第二十期“侦探小说专号”，1923年1月。

③ 范菊高：《霍桑的失败》，《游戏世界》第二十期“侦探小说专号”，1923年1月。

丝”群体为夏洛克人，Sherlockian）经常将这一小说虚构人物在某种程度上视为是真实存在的历史人物。比如小说作者柯南·道尔曾经在《最后一案》中安排福尔摩斯死去，以便结束这个小说系列，但读者由于非常热爱福尔摩斯这个人物，纷纷写信表示抗议，柯南·道尔迫于压力，又不得不让福尔摩斯“复活”并“归来”。而时至今日，在伦敦贝克街 221B，还真的修建有一座福尔摩斯“旧居”和“福尔摩斯博物馆”（Sherlock Holmes Museum），仿佛福尔摩斯是一个曾经在此地生活过的“真人”一般。与之相比，程小青笔下的侦探霍桑虽没有达到如此“深入人心”的地步（话说回来，世界文学史上也没有几个虚构的文学人物能够达到如此“深入人心”的地步），却同样有着一桩类似的、因颇受读者欢迎而引发的文坛趣事。有读者在读完张碧梧所写的霍桑“同人小说”《双雄斗智记》后，觉得张碧梧将霍桑写得实在是太过蠢笨（其实张碧梧在小说中对霍桑形象的处理，基本上还不算是“抹黑”），因而写信向《半月》杂志主编周瘦鹃表示不满。程小青就曾回忆说道：“有好多读者，常用文字发表，或写信给报纸编者或著者，来称扬霍桑。或有同情的作者，要求和霍桑较一较高下，先写信请求他的谅解。他都是很感激和诚意接受的。我记得有一次碧梧老友，写了一篇《双雄斗智录》，刊在《紫罗兰》上。写蓝三星党和霍桑作难。这原是一时游戏之作，在霍桑本毫不介意，却不料因此激动了中西女塾里的四位高材生的不平。他们竟认假作真的写信给《紫罗兰》的主干瘦鹃老友，声言碧梧先生把霍桑写得蠢如鹿豕，挖苦太过，要求更正。后来碧梧兄竟也从善如流，把原来的设计改变了一下，最后的结果，霍桑到底占了胜着。这一回事，在霍桑也觉得是感纫无尽的！”[①] 程小青此处的回忆有些许细节上的错误，比如张碧梧的小说名称应该是《双雄斗智记》，而非《双雄斗智录》，发表刊物应为《半月》，

---

① 程小青：《侦探小说的多方面》，载“霍桑探案汇刊第二集”，上海文华美术图书公司 1933 年版。

而非《紫罗兰》。不过在张碧梧《双雄斗智记》小说最后，罗平确实被霍桑设计活捉，关入了监狱之中。这也才引发了后来吴克洲的"东方亚森罗苹新探案"系列侦探小说创作，其故事起点就是从罗平越狱开始。而以此一个小小案例，就足可见出霍桑这一人物形象在当时民国侦探小说作者与读者心目中地位，甚至我们可以认为霍桑在某种程度上就是民国侦探的最佳"形象代言人"。

三　霍桑的本土性特点

较之于对"福尔摩斯探案"的学习与模仿，更为关键的一点可能在于，程小青作为民国侦探小说最重要的代表性作家之一，其文学意义绝不仅仅止步于"横向移植"或"因循前人"，而是有着他自己的本土改写、类型突破与艺术创新。用一个比较形象化的说法来打比方，程小青笔下主人公取名霍桑（开始是"霍森"），其拼音首字母缩写都是"H. S"，而这正是夏洛克·福尔摩斯（Sherlock Holmes）名字首字母缩写"S. H"的"反写"。这似乎可以看成是一个有趣的文字隐喻，即霍桑与福尔摩斯之间既有着千丝万缕的联系，甚至霍桑直接被称之为"东方福尔摩斯"①；但与此同时，霍桑名字的拼音缩写又是福尔摩斯名字首字母缩写的反置，这似乎预示着福尔摩斯所代表的西方侦探小说来到中国后所将发生的一些微妙变化和本土再造。

首先，在对小说主人公霍桑的人物形象设计方面，除了借鉴福尔摩斯作为人物原型之外，作者程小青还从自身经历中汲取了不少元素，比如小说中几处提到霍桑与包朗的形象、职业、性格和求学

---

① 除了程小青早年关于"霍桑探案"的小说在杂志上发表时常常被冠以"东方福尔摩斯探案"的名目，如《倭刀记》《无头案》《断指党》《长春妓》《精神病》等。就连在一些小说文本内部，作者程小青也曾经明确声称过主人公霍桑有着"东方福尔摩斯"的称号。如小说《倭刀记》开头便说："我的朋友，姓霍名桑，朋友们赠他一个雅号，唤做东方福尔摩斯。"（参见程小青《倭刀记》，载《海上文学百家文库：范烟桥、程小青卷》，上海文艺出版社 2010 年版，第 99 页）

经历等细节：

> 霍桑是我的知己朋友，也可称之为“莫逆之交”，我们在大公中学与中华大学都是同学，前后有六年。我主修文学，霍桑主修理科。霍桑体格魁梧结实，身高五尺九寸，重一百五十多磅，面貌长方，鼻梁高，额宽阔，两眼深黑色，炯炯有光。性格顽强，智睿机警，记忆力特别强，推理力更是超人，而且最善解人意，揣度人情。[①]

这里关于“霍桑与包朗”的这一组人物之间关系的设定，按照郑逸梅的说法，其实是有着现实人物原型做基础的，即“小青的侦探小说主脑为霍桑，助手为包朗，赵芝岩和小青过从甚密，又事事合作，所以吾们都承认他为包朗”[②]。此外，按照“霍桑探案”小说里的说法，“下走姓包名朗，在学校里当一个教员”[③]，而霍桑与包朗曾长期在苏州从事侦探工作，后来才搬到上海爱文路七十七号，这些都和程小青自己曾经在苏州生活并在东吴中学教书的经历相契合。

在人物性格设定上，程小青笔下的侦探霍桑也不同于福尔摩斯那般个性高傲，而是更多了一份谦逊平易的特点。作者程小青则将霍桑与福尔摩斯二者之间的这种性格差异，理解为东西方文化差异之所致。

> 霍桑的睿智才能，在我国侦探界上，无论是私人或是职业

---

① 程小青：《江南燕》，载《舞后的归宿——霍桑探案集1》，群众出版社1997年版，第243页。

② 郑逸梅：《记侦探小说家程小青轶事》，《新月》第二卷第一期，1926年4月26日。

③ 程小青：《倭刀记》，载《海上文学百家文库：范烟桥、程小青卷》，上海文艺出版社2010年版，第99页。

> 的，他总可算首屈一指。但他的虚怀若谷的谦德同样也非寻常人可及。我回想起西方的歇洛克·福尔摩斯，他的天才固然是杰出的，但他却自视甚高，有目空一切的气概。若把福尔摩斯和霍桑相提并论，也可见得东方人和西方人的素养习性显有不同。①

其次，除了霍桑性格、兴趣和经历等方面都有着程小青个人生活的影子之外，程小青还努力把小说中这名中国名侦探对于西方现代精神中的理性、科学、正义与法治等概念的理解中国化，为这些身为侦探所必备的基本价值观念寻找到中国本土的哲学与伦理依据。如："他始终觉得儒家思想的'格物致知'和近代的科学方法十分相近，心中最佩服，平时都能亲自加以实践。同时他又欣赏墨子的'兼爱主义'，长期受到墨子的那一种仗义行侠的熏陶，养成他痛恨罪恶，痛恨为非作歹，见义勇为，扶助贫困压制强权的品格。"② 由此，程小青就将一名现代侦探身上所必须具备的两大基础性价值观——理性与正义成功追溯到了中国传统儒家"格物致知"与墨家"仗义任侠"的精神文化传统之中。甚至在对相关知识的掌握上，程小青也是将中国的《洗冤录》和西方的《犯罪心理学》《罪犯学》《法医学》《侦探学》等一并"拿来"（取鲁迅《拿来主义》之意），共同学习，"广为涉猎"③。也正是因此，小说中霍桑在探案过程中常常会遇到正义伦理/情理与法治之间的偏差和错位，并对此有着自己一番独到的见解。比如霍桑就曾经批评包朗将"不正当"与"犯法"混为一谈："我因觉得叔权的话，藏头藏尾，很是难忍，乃向霍

① 程小青：《无罪之凶手》，载《霍桑探案集5——血匕首》，群众出版社1997年版，第517—518页。

② 程小青：《江南燕》，载《霍桑探案集1——舞后的归宿》，群众出版社1997年版，第244页。

③ 程育德：《程小青和〈霍桑探案〉》，载《〈苏州杂志〉文选：故人》，文汇出版社2016年版，第46页。

桑道：‘你听叔权的话，可知道他所谋的事究竟什么，正当不正当，犯法不犯法？’霍桑忽嗤然笑道：‘你这问真是奇怪，要知道正当的事，也有犯法的；不犯法的事，也有不正当的。这两句话怎么并在一谈？’”①

在具体面对这种“正当”与“违法”之间的偏差和错位时，霍桑与包朗往往都会选择“法外留情”或“法外开恩”的处理方式。如“我不忍使伊做法律的牺牲，故而暂时沉默，静待它自然地发展”②，“我们探案，一半在乎满足求知的兴趣，一半凭着服务的使命，也在维持正义。在正义范围之下，我们并不受呆板的法律的拘束，有时遇到那些因公义而犯罪的人，我们往往自由处置。因为在这渐渐趋向于物质为重心的社会之中，法治精神既然还不能普遍实施，细弱平民受冤蒙屈，往往得不到法律的保障，故而我们不得不本着良心权宜行事。”③

作者程小青及其笔下侦探霍桑的这种“正义观”所带来的对于小说情节走向与结局方式的改变，一定程度上可以视为中国传统公案小说对侦探小说的渗透和影响。程小青所坚持认为的侦探小说“还须有一个正当而合乎人道的主旨，因为侦探的性质就在保持法律的平衡，洗刷无辜者的冤抑，而使犯罪的不致漏网。小说虽出于虚构，然理想为事实之母，往往和实际发生影响。所以我们着笔时也不能不把锄强辅弱的主义做一个圭臬”④，在某种意义上来说，这正是对中国传统墨家文化、侠义精神与公案小说的继承的具体体现。

---

① 程小青：《倭刀记》，载《海上文学百家文库：范烟桥、程小青卷》，上海文艺出版社 2010 年版，第 103 页。

② 程小青：《血手印》，载《中国现代文学百家·程小青代表作》，华夏出版社 1999 年版，第 91 页。

③ 程小青：《白纱巾》，载《程小青文集 1——霍桑探案选》，中国文联出版公司 1986 年版，第 172 页。

④ 程小青：《侦探小说作法的管见》，《侦探世界》第一、第三期，1923 年 6 月至 1923 年？月。

但其中也会产生一些负面效果，比如前文中所引述的《倭刀记》《案中案》等小说就都普遍存在着一个作为侦探小说而言情节上的严重不足，即小说结局本来应该是“好人”杀了“坏人”，杀人者理应伏法，从而引起读者感情上的痛苦、同情或悲悯等阅读感受，完成亚里士多德所说的情感“净化”与升华。但程小青在这些小说最后，偏偏强行插入一封突兀的信件，造成情节上的反转，人为拗造出坏人在被杀之前就已然先行自杀的结局，从而破坏了小说的整体结构。其“插入”与“拗造”的目的无非是为了塑造出一个冥冥之中自有公道、善恶到头终有报的“正义”和“光明”的结尾，但却在此过程中，不自觉地消解了侦探小说原本应有的情节合理性和文学审美趣味。

再次，在“霍桑探案”系列小说中的很多细节性事物或情节道具的选用上，也能够看出程小青故意设置的中国本土元素。比如霍桑的吃穿用度与日常生活物品就都被明确地强调为“中国制造”或“国货”。程育德对此曾回忆说道：“对于霍桑这样一个人物，我父亲十分注意宣扬他的爱国行动，连霍桑的衣着、生活也要突出其爱国的一面。看《霍桑探案》不难发现，霍桑吸的纸烟是南洋兄弟烟草公司生产的白金龙牌纸烟，用的牙刷是梁新记双十牌牙刷，牙刷杯是江西景德镇的产品，穿西服的面料是章华毛纺厂出品的羝羊牌毛料，甚至连他寓所会客室里的地席也注明是温州产。这样不厌其烦地描述霍桑，无非是我父亲一片爱国之心在其作品中的反映。”[①] 甚至如果进一步仔细阅读小说文本，我们还不难发现作者程小青会专门在小说中强调“这时候黄包车夫也在吃大量销行的外国烟了，他吸的还是那快近落伍的老牌子”，“纸烟还是白金龙”[②]。与此同时，可与之形成有趣对比的地方在于，程小青小说中的死者却

① 程育德：《程小青和〈霍桑探案〉》，载《〈苏州杂志〉文选：故人》，文汇出版社 2016 年版，第 45 页。

② 程小青：《雾中花》，《中美周报》第二百五十六期，1947 年。

往往都是过着非常西化和奢侈的生活，关于这一点在本章第三节讨论程小青笔下的“舞女”形象时会进一步展开，此处不赘言。其实，在民国时期设计让小说主人公侦探抽白金龙香烟或长城牌纸烟等国产香烟的侦探小说作者并非只有程小青一人，何朴斋曾经也明确表示过：“有人说侦探小说总脱不了雪茄烟，这句话我也承认的，其实要描写侦探从容不迫的态度，也不能不借重此君。在下做侦探小说，却改吸了长城牌纸烟，这也是借此提倡国货的意思。”[①]

最后，程小青的侦探小说创作虽然整体上仍不脱通俗文学读物的范畴和趣味，但也经常试图和整个社会历史发展脉搏相呼应或做一点情节上的关联。即在“霍桑探案”系列小说里，很多具体案件发生与破获的过程当中，看似只不过是一起日常社会新闻层面的仇杀、情杀或为财杀人事件，实则往往都有着当时中国现实的社会时代背景做映衬。比如小说《倭刀记》借着霍桑与包朗“往北京游玩了一遭”[②]，从而将故事的发生场域由上海转移到北京的“五四运动”之中，助手包朗还在小说里明确说道：“今岁学潮的汹涌，发源于北京，我们到了那里，还可以实地考察。”[③] 而小说《血手印》中一起看似“封闭”的杀人案件实则有着浙江内战、军民四散奔逃、流民难民成群的时代与社会背景。

第三节　现代与底层：以程小青侦探小说中的“舞女”形象为例

当然，构成整个“霍桑探案”系列侦探小说最大的“中国背

① 何朴斋：《谈侦探小说》，《侦探世界》第六期，1923 年。

② 程小青：《倭刀记》，载《海上文学百家文库：范烟桥、程小青卷》，上海文艺出版社 2010 年版，第 100 页。

③ 程小青：《倭刀记》，载《海上文学百家文库：范烟桥、程小青卷》，上海文艺出版社 2010 年版，第 100 页。

景”是当时中国国力贫弱、教育不兴、青年颓废以及社会上重物质的风气流行，程小青对此则是充满了不满和批判。而程小青的这种批判立场与价值取向，最集中体现于其通过小说所表露出的对于“舞场”空间与“舞女”形象的批评与同情这组并存的情感矛盾之中。

1927 年被称作是“上海舞厅史上的骤盛之点”，从“巴黎饭店经理葛建时在店内设置黑猫舞厅（Black Cat）”开始，新新、爵禄、大东、好莱坞、皇宫等华资舞厅陆续崛起，“不到一年时间，遍布全市的舞场已达 33 家，舞风如火如荼”。[①] 而当时的报刊新闻与随笔文章，也都对这一时期上海兴起的“跳舞热”有所记录。比如 1928 年 3 月 17 日的天津《大公报》上有一篇题为《上海之跳舞热》的文章，就专门写道：“数月以来，跳舞之风盛行海上。自沪西曹家渡而东以及于沪北，试一计之，舞场殆不下数十。”[②] 而王定九在《上海门径》中也曾感叹：“上海的跳舞，是继电影潮而兴的。近年以来，风起云涌，不可抑制。”[③] 甚至朱自清作于 1927 年 7 月的散文名篇《荷塘月色》中，在面对“出水很高”的荷叶时，也难免将其联想为“像亭亭的舞女的裙”[④]。由此观之，伴随着这股“跳舞热”，“舞厅”与“舞女”俨然已经成为都市人群所不再陌生的公共消费空间与新兴职业群体，甚至可以说其已经化入当时人们的日常性表达与想象之中。

一 跳舞与罪案

正值 1927—1928 年上海的“跳舞热”方兴未艾之际，当时在牯

---

① 参见马军、白华山《两界三方管理下的上海舞厅——以 1927—1943 年为主要时段的考察》，《社会科学》2007 年第 8 期。

② 微尘：《上海之跳舞热》，《大公报》1928 年 3 月 17 日。

③ 王定九：《上海门径》，上海中央书店 1936 年版，第 9 页。

④ 朱自清：《荷塘月色》，载《朱自清文集》，燕山出版社 2018 年版，第 74—76 页。

岭养病的茅盾产生了“要做一篇小说的意思”，后来他于 1927 年“八月底回到上海”，陆续写下了“《蚀》三部曲”（《幻灭》《动摇》《追求》），其中《追求》一篇是“在一九二八年的四月至六月间”[①] 写成的。

在小说《追求》中，作为报刊编辑的王仲昭对“舞场”新闻有着格外的注意，并且他已经初步认识到作为新兴娱乐场所的“舞场”所引发的社会关注和讨论：“目下跳舞场风起云涌，赞成的人以为是上海日益欧化，不赞成的人以为乱世人心好淫，其实这只表示了烦闷的现代人需要强烈的刺激而已。所以打算多注意舞场新闻。”[②] 小说人物的“新闻敏感”显然和作者本人对当时上海正在兴起的“跳舞热”的“敏感”有关。而小说中王仲昭在计划改革报纸第四版时，更是特别注意两方面的内容：“一是社会的动乱，包括绑票，抢劫，奸杀，罢工，离婚，等等；一是社会的娱乐，包括电影，戏剧，跳舞场等等。这相反的两方面都反映着现代生活的迷狂，是诊断社会健康与否的脉搏。”[③] 茅盾在这里不仅已经注意到了以“跳舞场”为代表的新兴都市娱乐业的兴起，更是将其和都市犯罪一并上升为上海这座现代都市的生活革命方向和时代征候（“是诊断社会健康与否的脉搏”）来加以认知和把握。

以茅盾小说中的这处细节为起点，我们来看程小青等民国侦探小说作家有关于“舞场”和“舞女”的罪案（主要是凶杀案）书写，其完全可以视为《追求》中所说的“社会的娱乐”（跳舞）与“社会的动乱”（罪案）两种都市生活征候的结合。比如在程小青的小说《舞后的归宿》中，在得知舞后王丽兰被杀后，“霍桑的脸色越发庄重了。他瞧着那舞女点点头。他说：‘真可惜，近来舞女被人打死的已有好几个。上月里光明舞厅的胡玲玲，不是也被人打死在

---

① 茅盾：《从牯岭到东京》，《小说月报》第十九卷第十期，1928 年。

② 茅盾：《追求》，载《茅盾精选集》，燕山出版社 2015 年版，第 206 页。

③ 茅盾：《追求》，载《茅盾精选集》，燕山出版社 2015 年版，第 201—202 页。

汽车中的吗？’”[①] 而在小说《白衣怪》中，包朗对于舞女被杀的新闻甚至已经感到习以为常、见怪不怪了：

> 我依着他所指的那节新闻瞧去，当真使我失望。新闻纸上载着东大旅馆中，有一个舞女，被伊的一个熟识的舞客开枪打死。那凶手姓诸，是个大学毕业生，当场被人捕住，已送交警署。据他自供，行凶的动机，就因为争风。
>
> 我疑惑地问道："究竟那一节？可是枪杀舞女的一回事？"
>
> "是！"
>
> "奇了！这样的新闻报纸上天天找得到，真是司空见惯。值得你这样大惊小怪？"[②]

对于民国侦探小说家而言，"舞场"与"舞女"是颇为常见的案件发生场所和被害人物形象。比如程小青曾在《舞宫魔影》与《舞后的归宿》中都把"广寒宫舞厅"作为故事发生和展开的重要空间，而在其另一篇侦探小说《活尸》中，又有对"紫霞路明月舞场"的详细描写。此外，在其所创作的小说《舞场中》[③]、电影剧本《舞女血》[④]，和其翻译的小说《舞场奇遇记》[⑤] 等作品中，也都将"舞女"这一人物形象和犯罪案件联系在了一起。而在当时，把

---

① 程小青：《舞后的归宿》，载《程小青文集 3——霍桑探案选》，中国文联出版公司 1986 年版，第 75 页。

② 程小青：《白衣怪》，载《程小青文集 2——霍桑探案选》，中国文联出版公司 1986 年版，第 121 页。

③ 程小青：《舞场中》，《红玫瑰》第六卷第一期，1930 年三月十一日。

④ 《舞女血》，上海友联影片公司，程小青编剧，姜起凤导演，徐琴芳、林雪怀主演，1931 年上映。此外，程小青创作的同名为《舞女血》的小说也收录于上海文华美术图书公司 1933 年 1 月出版的"霍桑探案汇刊第二集第四册"之中，而该小说后又更名为《舞宫魔影》，载《霍桑探案全集袖珍丛刊》"第二十四册"。

⑤ 程小青译：《舞场奇遇记》，《侦探世界》第二十二期至第二十四期，1924 年三月望日（农历）至 1924 年四月望日（农历）。

“舞厅”当作侦探小说故事发生的主要空间，让“舞女”成为都市罪案被害人的民国侦探小说作家绝不止程小青一人。与其并称为民国侦探小说“一青一红”的作家孙了红的《窃齿记》[①]《真假之间》[②]《张丽的丝袜》[③]等侦探小说，或者故事发生在舞厅，或者以舞女为主角；而陆澹盦“李飞探案”系列中的《合浦还珠》[④]，张碧梧“家庭侦探宋悟奇探案”系列中的《舞衣》[⑤]和《歌残舞歇》[⑥]两篇，朱戬的“杨芷芳探案”系列中的《歌舞场中》[⑦]《情海风波》[⑧]《自杀之人》[⑨]等几篇小说，也都和“舞厅”这一空间场所密不可分；甚至20世纪40年代介于新闻纪实与小说虚构之间的特殊文体——“实事侦探案”中，也有不少关于舞女与罪案的故事，比如陈娟娟《香岛艳尸》就记录了舞女管筱霞之死与失业徘徊的男子唐文浩之间的复杂纠葛[⑩]，等等。

如果我们将阅读视野进一步拓展开去，会发现当时描写舞女与罪案的文学作品不仅是侦探小说一类。在上海“新感觉派”小说中，“舞女”也常常沦为社会暴力与司法不公的受害者，以穆时英的小说为例：《本埠新闻栏编辑室里一札废稿上的故事》讲述了“今晨三时许”，皇宫舞场中的舞女林八妹被流氓“象牙筷”殴打，“至遍体鳞伤”，舞场场主却反过来“呵斥八妹，不应得罪贵客，

---

① 孙了红：《窃齿记》，《万象》第一卷第三期，1941年9月1日。

② 孙了红：《真假之间》，载小说集《蓝色响尾蛇》，上海大地出版社1948年5月初版。

③ 孙了红：《张丽的丝袜》，《大上海报》1945年1月1日至1945年8月12日。

④ 陆澹盦：《合浦还珠》，《红杂志》第二卷第二十八期至第二卷第三十期，1924年2月。

⑤ 张碧梧：《舞衣》，《紫罗兰》第二卷第十八期，1927年9月26日。

⑥ 张碧梧：《歌残舞歇》，《紫罗兰》第二卷第十四期，1927年7月29日。

⑦ 朱戬：《歌舞场中》，《紫罗兰》第二卷第十八期，1927年9月26日。

⑧ 朱戬：《情海风波》，《紫罗兰》第二卷第十二期，1927年6月29日。

⑨ 朱戬：《自杀之人》，《紫罗兰》第三卷第十二期，1928年9月14日。

⑩ 陈娟娟：《香岛艳尸》，《大侦探》第十二期，1947年8月15日。

当即将八妹解雇”，最后警察“欲入场拘捕凶手”，“因敲诈不遂，故来捣乱”，反将八妹拘捕关押这样一个荒诞且悲惨的故事。更可悲的是，“法律，警察，老板，流氓……一层层地把这许多舞女压榨着，像林八妹那么的并不止一个呢！”① 果然，在小说《黑牡丹》中，男主角第二次见到舞女黑牡丹时，就看见了其刚刚摆脱了暴力侵犯后的惨状：“一个衣服给撕破了几块的女子，在黑暗里，大理石像似的，闭着眼珠子，长睫毛的影子遮着下眼皮，头发委在地上，鬓脚那儿还有朵白色的康乃馨，脸上、身上，在那白肌肉上淌着红的血，一只手按着胸脯儿，血从手下淌出来。”② 甚至小说《上海的狐步舞》直接就是以一起抢劫案开篇，作为这个最终未完成故事的起点。

相比于穆时英，刘呐鸥关于舞女与罪案题材的小说并不算多，但内容却更令人唏嘘，比如在《永远的微笑》中，歌女虞玉华先是被程照污辱，又遭罗匡抢劫，她在愤怒之下杀了程照，最后却被判了无期徒刑。③ 而这些小说中的欲望与罪恶、命运与不公最终都指向了《上海的狐步舞》中的那句著名的概括：“上海。造在地狱上面的天堂！”④

一方面，在民国时期的上海，舞女们的确常常陷入都市犯罪或社会动乱等事件之中，与此相关的社会新闻更是不绝如缕，其中较为著名的就有1930年的“舞女黄白英服毒案”⑤ 和1948年轰动上海

---

① 穆时英：《本埠新闻栏编辑室里一札废稿上的故事》，载《白金的女体塑像》，江苏文艺出版社2009年版，第47—59页。

② 穆时英：《黑牡丹》，载《白金的女体塑像》，江苏文艺出版社2009年版，第301—309页。

③ 刘呐鸥：《永远的微笑》，载《都市风景线》，浙江文艺出版社2004年版，第155—162页。

④ 穆时英：《上海的狐步舞》，载《白金的女体塑像》，江苏文艺出版社2009年版，第291—300页。

⑤ 参见郦千明《1930：轰动上海滩的舞女服毒案》，《检察风云》2017年第12期。

的“舞潮案”[①] 等；另一方面，身处于罪恶都市、浮华舞场、欲望中心与弱者地位的都市舞女，也往往容易沦为罪案的受害者。尤其是舞场空间的公共性加强了其人员的流动性与匿名性，进一步造成了案件的频发，即正如刘易斯·芒福德所说：“大都市的匿名性，它的非人格化，对于非社会甚至反社会的行为是一种积极的鼓励。”[②] 此外，舞场中身体与金钱交易的灰色属性以及两性之间地位的不平等也都是造成舞女与罪案在现实与文学中总是密切交织在一起的重要原因。而这种金钱与欲望之间的交换关系本质上正是现代资本主义社会得以建构的最重要机制，舞女也因此成为我们把握现代资本主义消费文化和内在运作逻辑的文学与文化形象表征。

二　程小青的“舞厅”书写

如前文所述，程小青侦探小说中对于“舞厅”与“舞女”的态度基本上是批判与同情相交织。在小说《活尸》中，包朗就曾对“跳舞”进行过批判：“我们的国家正在这样生产落后千疮百孔的地位，这种迷人丧志斫伤青年男女的娱乐，实在没有提倡的必要。”[③] 并认为“舞场”就是一个销魂荡魄的魔窟所在：“现在的所谓舞场，实在是一种吞噬我们青年的魔窟，也是那些‘活尸’们的逍遥所在”，“舞场老板大多是些恶霸流氓之类的‘阔人’，他们用金钱诱骗的手段，勾引一些穷困家庭里美貌姑娘，来舞场充当舞女，专供那班凭搜刮剥削发了财的大亨和他们的子侄玩弄和泄欲，舞场老板便从这些变

① 参见高铮《“舞潮”案》，载《近代上海娱乐文化探微》，中国文联出版社 2007 年版，第 176—188 页。

② ［美］刘易斯·芒福德：《城市文化》，宋俊岭、李翔宁、周鸣浩译，中国建筑工业出版社 2013 年版，第 306 页。

③ 程小青：《活尸》，载《程小青文集 4——霍桑探案选》，中国文联出版公司 1986 年版，第 178 页。

相妓女身上挣钱发财。”[①] 而小说《舞宫魔影》则直接称“开舞场”为“戕害青年，斫丧风化的营业”[②]。

在程小青看来，“跳舞的生活是以昼作夜的，和平常人恰正相反”[③]，因而其更加隐喻性地成为现代都市中罪恶的集中出现与潜滋暗长的场所。其小说人物杨一鸣就曾说过：“在我们这个千疮百孔一切落后的时代，舞场不但不能做一般人的娱乐场所，简直还是制造罪恶的中心。”[④] 在霍桑与包朗的眼中，“舞场”本身就是一个充满了浮华迷乱与光怪陆离，而与整个正处于贫弱之中的国家格格不入的“索多玛之地”（The land of Sodom）：

> 人们如果在浪花路的转角经过，最先接触眼帘的，定是一宅巍峨而气势宏壮的华屋，那屋子的大门是罗马式的，四根花岗石的柱子既粗又高；从街面到那门口有八九层石级，都琢磨得光滑异常；又因着侍役们的勤加拂拭和洒扫，真是纤尘不染——人们看见了，自然而然会感觉得若使足上不曾穿着高价漂亮的鞋子，决不敢冒昧地践踏上去，在大门的上端的一只大钟下面，有五颗小电灯缀成的凸出的五角星，每一颗星中嵌一个字，合摆来就是“广寒宫舞场”。每天晚上八九点钟以后，这舞场门首形形色色的电灯，在相隔五十码外已足使人目迷。那时候的景状，若把“华灯既张，车水马龙”两句成语来形容，可算得确切不移。[⑤]

---

① 程小青：《活尸》，载《程小青文集 4——霍桑探案选》，中国文联出版公司 1986 年版，第 292 页。

② 程小青：《舞宫魔影》，载《程小青文集 2——霍桑探案选》，中国文联出版公司 1986 年版，第 393 页。

③ 程小青：《舞宫魔影》，载《程小青文集 2——霍桑探案选》，中国文联出版公司 1986 年版，第 333 页。

④ 程小青：《舞宫魔影》，载《程小青文集 2——霍桑探案选》，中国文联出版公司 1986 年版，第 394 页。

⑤ 程小青：《舞宫魔影》，载《程小青文集 2——霍桑探案选》，中国文联出版公司 1986 年版，第 303—304 页。

小说里所描述的舞场外观虽然称得上是金碧辉煌，却给人一种不可亲近的距离感与拒斥感——比如小说中写舞厅门口的台阶令人“感觉得若使足上不曾穿着高价漂亮的鞋子，决不敢冒昧地践踏上去”，而舞厅的名字“广寒宫舞场”本身也给人一种冰冷、神秘和遥远的感觉，仿佛其是异质于普通人日常生活之外的空间所在。而当霍桑与包朗身处“舞场”之中时，也完全不能有一点舒适或美好的享受，反而只能感觉到一种“精神上的闷损难受”：“舞场的全部虽布满了冷气，我坐着身体上固然不致出汗，但令人欲醉欲眠的爵士乐声，半明半灭的迷人灯光，和那眼花缭乱的装点，舞女们假意殷勤的笑语媚态，不但不足以引起我丝毫兴趣，却反使我感到精神上的闷损难受。”①

此外，小说《舞后的归宿》还借助包朗之眼来“看”舞女，认为其形象都不脱“人造”或“过分矫饰”的特点，不仅不能让人感受到真正的、天然的美，反而使人觉得“刺目”“凛然”和难以判断其年龄：

> 那女客约有五呎二吋高度，在我国东南一带普遍低矮的女性中，已可算的“长身玉立”，上身披着一件淡青色细哔叽的短帔，下面露着红白相间条子绸的旗袍，一直盖到伊的银皮镂孔的鞋背上面。伊有一个瓜子形的脸儿，颊骨部分红得刺目，一双灵活乌黑的眼睛，罩着两条细长的人工眉——原来伊的天然眉毛，时时遭受理发匠的摧毁，已不留丝毫影踪！那鼻子的部位生得很恰当，鼻梁也细直而并不低陷，这也是构成伊的美的重要因素。那张小嘴本来是伊的美的主因之一，可是因着涂了过量的口红，使我见了觉得有些儿“凛然”。伊脸上的皮肤固然是白嫩细腻到了最高度，可是我不敢相信，大半定是借重了

---

① 程小青：《活尸》，载《程小青文集 4——霍桑探案选》，中国文联出版公司 1986 年版，第 178 页。

“铅粉”的力。因此伊的芳龄究竟是十八九，还是二十三四，也不容易判断。[①]

另一方面，包朗也对“舞女”这一表面形象之下的经历投诸以“可怜”却又无可奈何的复杂情愫：“伊是个舞女，伊的这种装扮也许是被迫而然的，平心说来，那只有可怜的成分。可是我不懂社会上尽多那些并没有‘可怜’因素，而自甘‘可怜’的密司们，究竟又为着什么呢？”[②] 程小青对于“舞女”感情的复杂性，更为直接且强烈地体现在小说《舞宫魔影》中舞女柯秋心自杀前所写的一封“自白信”中：

一鸣先生，我是一个奴隶！我过的简直不是人的生活！但除了你以外，我还没有听得过一句真正同情的话。那自称我的表兄的王百喜，实在是我命运中的魔鬼！我的年纪太轻，没有受充分的教育，又迷恋着盲目的自由，不听我的父母的劝告，一时错误，受了这魔鬼的诱惑，使丧失了贞操，抛弃了家庭，跟他到了这万恶的都市，沦落到这非人生活的地位！三年来，我已给他挣了不少卖命钱，但他还不肯放松我，我的堕落的生活和强支的病体，实在再不能忍受了，幸亏我的灵魂还是纯洁的，现在我已决心脱离这恶浊的世界了！……[③]

在这封“自白信”中，作者对于“舞女”底层与弱者命运的同情、对于其失足与堕落的愤怒、对于这充满了罪恶的都市与“恶浊

① 程小青：《舞后的归宿》，载《程小青文集3——霍桑探案选》，中国文联出版公司1986年版，第71页。

② 程小青：《舞后的归宿》，载《程小青文集3——霍桑探案选》，中国文联出版公司1986年版，第74页。

③ 程小青：《舞宫魔影》，载《程小青文集2——霍桑探案选》，中国文联出版公司1986年版，第386—387页。

的世界”的憎恶，以及对于舞女仍怀有“纯洁的心灵”的渺茫期望等诸般复杂的感情集中呈现出来并且交织在了一起，最终形成一种“爱之愈深，责之愈切”的矛盾心理。

除程小青外，不同民国侦探小说作家笔下对“舞厅”与“舞女”的描写手法与情感态度并不一致。比如朱翄在小说《自杀之人》中对待“舞厅”与“跳舞”，就表现出和程小青相类似的态度——认为“跳舞是堕落的媒介”[①]。而在吴佐良翻译的小说《白色的康乃馨》中，则着重描写了善良的舞女为了帮助憨厚的水手而四处奔走，不辞劳苦地寻找线索，传递出了一种破恶求净的力量[②]，这篇小说中的“舞女”形象既带有中国传统戏曲《苏三起解》中苏三的坚韧抗争，又有几分沈从文湘西小说里在船上谋生的妓女们人性的自然与美好。而在长川的“叶黄夫妇探案”系列中的《尾随的人》[③] 一篇里，小说更多只是单纯地呈现了叶黄夫妇伪装成舞厅的宾客调查案件的过程，因而对这一空间本身并未做出褒贬评判。即在这篇小说里，“舞厅”无疑只是象征着现代都市“人群中的人”（The Man of the Crowd）高密度聚集的一处公共场所，是侦探得以“匿名性”地展开调查的现代场域而已。

三　舞女的卧室

民国侦探小说中凡涉及“舞女”的生活空间，除了“舞厅”之外，舞女的“卧室”也是经常被写到的案发场所。和程小青小说中“舞厅”给人的感受是充满了“奢靡”与“浪费”相一致，在他的笔下，“舞女”们被杀害的卧室里也往往透露出这种“奢靡”与“浪费”的气味。比如小说《舞后的归宿》中就对舞女王丽兰的房间布置进行了一番详细的描写：

---

① 朱翄：《自杀之人》，《紫罗兰》第三卷第十二期，1928 年 9 月 14 日。

② 吴佐良译：《白色的康乃馨》，《大侦探》第十四期，1947 年 10 月 15 日。

③ 长川：《尾随的人》，《大侦探》第二十九期，1949 年 1 月 20 日。

我开始向这室中作一度迅速的巡礼，涂蜡的狭条麻栗地板上，铺着一大方蓝底白花高价的厚地毯，那室外的泥足印就接到这地毯为止。在死者座位背后的右边，有一张白石面的小圆桌，围着四只精致的皮垫短背椅子，圆桌上除了一个舶来品的铜花瓶以外，有一只银质盘花的烟灰盆，盆中有好几个烟尾，还有两只玻璃杯，一只在杯里，还剩着些残余的香槟酒。在这小圆桌的更右，靠壁放着一只紫色丝绒的长椅，椅上有三个圆形的锦垫，也并不例外地都是舶来品，长椅一端的靠手上，放着一件浅蓝色丝绒的短大衣，分明是死者身上脱下来的。

霍桑所说的那只铁箱，就在这长椅的左手里，这箱形是长方的，外面的喷漆是浅蓝色，就式样和色泽方面说，很象是一架落地收音机，靠窗的一角，有一个书架，其实称它书架，未免犯着“砌词诬陷”的语病，因为架上并没有书，除了几本象书桌面上一类的图画刊物和报纸以外，大半是虚空的，靠后面壁上，另有一张立体式的镜台，台上的杯碟酒瓶等类，也一律是外国货。镜台东边的壁上，挂一幅镶阔金框的油画，约有三尺长，二尺高，画的也是外国风景。总之，这室中一切器物所给予我的印象，只有忘了时代忘了国家的极端的“奢靡”与“浪费”！①

小说中舞女王丽兰房间的布置风格俨然就是本雅明所说的“只有尸首才会真正对奢华而死气沉沉的室内布置感到舒适”的“资产阶级魔窟”。② 具体来说，民国侦探小说中的舞女卧室空间一方面给

① 程小青：《舞后的归宿》，载《程小青文集 3——霍桑探案选》，中国文联出版公司 1986 年版，第 85—86 页。

② ［德］瓦尔特·本雅明：《摆有豪华家具的十居室住宅》，载《单行道》，王涌译，译林出版社 2014 年版，第 10—11 页。

人以过分浮华与奢侈的感觉，而这种感觉很大程度上是由于卧室内“物的堆积”所导致，民国侦探小说往往不厌其烦地铺陈舞女卧室里的地板、沙发、桌椅、床单、窗帘与梳妆台，进而形成一种物的拥塞与室闷的感觉效果，而这些物品中也有不少很容易让人产生关于消费乃至享乐、放纵的生活方式的联想，比如烟尾、酒杯和杯碟等；另一方面，这些卧室里的“物品”多半会被设定为来自西方，比如“舶来品的铜花瓶”“进口的香槟酒”“画着外国风景的油画”，这似乎是在暗讽舞女生活方式上的某种“崇洋”态度，同时小说也借助了这些“舶来之物”强化了舞女卧室空间本身的异国性特征，使其一定程度上成为上海这座中国城市里的“异质空间”。有趣的是，本雅明所描述的西方侦探小说里的“死者的房间”中也同样堆满了来自东方的物品，比如波斯地毯、高加索短剑和可汗国的胡床等，并被他概括为“东方显贵、奢华的室内摆设”，我们或许可以理解为这些欧美侦探小说是想借助东方的神秘性来增强谋杀的悬疑感。此外，缺乏必要的知识和学习也是程小青笔下“舞女”房间的普遍性特点，其具体体现为舞女的卧室里通常都会有书架，但书架上一般并没有什么书，这背后“哀其不幸，怒其不争”的人道主义同情与启蒙主义批判立场则是不言而喻的。[①]

---

① 其实，程小青笔下的这种发生凶杀事件的“资产阶级魔窟”般的房间布置也不仅仅体现在“舞女”的房间中。比如在小说《一只鞋》中，死者是一名中产阶级主妇，其房间的布置也是如此：“我们到了楼上，看见靠街的前一进是一个宽大的卧房。房中一切家具都是西式的红木质，地板上还铺着软绵绵的地毯，看上去十分富丽，前面有两扇长窗，左右另有短窗，因为窗上都是蓝色玻璃，光线不很明亮。长窗外就是靠街的阳台，也安放着藤椅茶几之类。”死者房间里陈列着诸如“床上的白纱帐子是下着的，那条咖啡色绉纱的折叠整齐的被头是原来的样子”“一只面对镜台的有姜黄色锦垫的长椅子”“靠窗口的一只红木书桌”“阳台上的一只精致的盘花藤椅”等豪华而精致的家具（参见程小青《一只鞋》，载《海上文学百家文库：范烟桥、程小青卷》，上海文艺出版社 2010 年版，第 145、150、154 页）。

而在小说《案中案》中，作为第一起案件的凶手和第二起案件的死者孙仲和的家里，更是一间房间被布置为传统中式的“古色古香”、另一间则被装潢为最洋气的西式风格，显得尤为豪华和奢侈：“客堂里的器物都是红木的，磨刻得很细致，式样也古（转下页）

总体上来看，民国侦探小说里“舞女的卧室”——也通常作为“死者的房间”——其室内装潢与布置在某种程度上可以视为现代都

（接上页）旧，都不是近年的出品。正中挂一幅五尺的山水堂幅，和两壁的屏条字画，都是若干年前的名家手笔。我看对联的上款写着柳汀，时间已是三十年前。但那屋子是新造的，玻璃的长窗、广漆的地板、又有新近抹过，满目都呈着新气，不过椅桌面上都蒙着灰尘。客堂的左向有一扇西式广漆的门，直通厢房，这时那门关着，瞧不见厢房中的内容，但见厢房的朝东窗上，露着淡黄色镂花外国纱的窗帘，非常考究，便可想见里面的陈设，必和客堂中古色古香的不同。”“我们一走进厢房，才知是一个书室。书桌、螺旋椅、茶几、椅子、书橱、沙发等物，都是簇新的西式，木料也都是舶来品的柚木。书桌上供着一只银质花瓶形的电灯，盖着粉红绸的流苏罩，一个白石的裸体女像，显然是意大利雕刻品；又有一只玻璃罩的玲珑的彩色小瓷钟，都是重价的东西。一面壁上挂着几幅金框的女像油画和一张时装女子的全身肖照；靠壁放着一只青丝绒的温暖的睡椅，上面铺着三个彩缎绣花的坐垫——一个紫、一个天蓝、一个黑色。睡椅一角的一个黑缎绣金的垫子底下，似乎压覆着一条深青色的毛绒围巾，因为只露出些围巾的排须。睡椅对面排着几只镂刻的椅儿，几上放着一只电话机。还有一口玻璃门的有名无实的书橱，因为厨中只放着许多药瓶酒瓶之类，书本却寥寥无几。”（参见程小青《案中案》，载《海上文学百家文库：范烟桥、程小青卷》，上海文艺出版社 2010 年版，第 262—263 页）

此外，在小说《白衣怪》中，死者的卧房也显得过分的奢靡，且和死者身为老年鳏夫的生活状态呈现出明显的不搭调：“我们一踏进死者的卧室，景象便不同了。那中间的憩坐室中，虽是器物寥寥，这卧室中却布置得非常富丽，果真象死者昨天所说，这室中共有三个窗口。窗上虽都挂着很精致的舶来品窗帘，但光线仍很充足，因为窗帘是镂孔的。这时厢房中的两扇东窗开着；朝西向天井的一组窗，共有四扇。靠南的两扇开着，另外两扇关着。就在这朝西窗的面前，排着一只小小的红木书桌，桌旁有一只白套的沙发。对面靠东壁有一只西式藤制的长椅，书桌的面前，另有一只红木的螺旋椅。那次间里的两扇东窗却关闭下闩。靠这关闭的窗口，放着一只西式的镜台，也是红木质的，雕镂得非常精致。有一只宽大的铜床向南排着，和镜台成直角形。不过镜台和铜床之间，还隔开了一两尺光景，排着一只锦垫的沙发。镜台对面靠近室门的一壁，另有一口柚木镶玻璃门的衣橱，橱边的壁上，挂着一幅裸体西女的彩色印画。当我跟着他们三人走进卧室的时候，目光向四周一瞧，本要寻找些特异的现象，不料竟使我失望，因为室中的一切，都整齐安定，绝无纷扰之象。那西式的铜床上挂着白色薄罗的帐子。赤金的帐钩，依旧好好地钩着。床上并无席子，铺着雪白的单被。一个白缎绣花的大枕，和两条毛线毯，都安放得匀整如常，显见上夜里不曾睡过。那红木镜台上，两边各有一个抽屉，中间除了一只玲珑的瓷钟以外，却放着许多化装品。这种陈设，很象是一个少女的闺阁，对于这已过中年的鳏夫，显然不称……一会儿，我的眼光又瞧到厢房里去。厢房中最足引人视线的，就是那只靠西窗的红木书桌。桌子上除了笔砚水盂以外，另有一只金壳的闹钟，一座铜质裸女的台灯，一个银质的花插，插瓶中有两朵红绸制的假花，这时有一支毛笔露着笔尖，搁在一方砚瓦上面，有一个铜笔套，却横在书桌中央吸墨纸板的面上。”（参见程小青《白衣怪》，载《程小青文集 2——霍桑探案选》，中国文联出版公司 1986 年版，第 165—166 页）

市浮华富丽与罪恶丛生的缩影，同时也是舞女个体内心欲望不断膨胀的外在物质化与空间化呈现。而民国侦探小说作家们在表现这些“卧室空间”时，所采取的颇有些自然主义细节呈现的书写方式，也在不经意间暴露出作者本人内在价值的某种分裂倾向：一方面，民国侦探小说作家不厌其烦地书写“死者卧室”中的“物”的丰富性甚至堆积感，并刻意强调这些物品的西方来源，流露出作者本人对于这些西方现代物质符号的某种想象性心理情结；另一方面，作者对于拥有这些“物”的主人，即作为死者的舞女的生活方式与个人命运又抱有批评和同情并存的复杂情感态度。而这其中的内在情感与价值分裂，似乎可以理解为史书美所说的 20 世纪 30 年代身处上海的中国知识分子所普遍具有的世界主义、现代主义与殖民主义并存的半殖民地文化及心理结构特征。①

另外一个需要特别注意的地方在于，“卧室”本应该是一个用于休息的“个人私密空间”，但在现代通信媒介相对发达的民国上海，对于“舞女”这种带有一定社交属性的职业人群来说，其“卧室”常常呈现出一些公共性特征。比如在“新感觉派”作家施蛰存的小说《薄暮的舞女》中，就较为集中地表现了舞女素雯的卧室空间与生活。一方面，素雯的“卧室”在某种程度上象征着她的私人生活空间，甚至可以说是她内心世界的客观外显，在这个意义上来重新看待素雯打扫房间的行为实践，无疑有着一种追求“洗心革面，重新做人”的意味：

> 正在她改变室内陈设的辛勤的三小时之后，她四面顾盼着新样式的房间，感觉到满心的愉快。几乎是同时的，她又诧异着自己，为什么自从迁入这个房间以来，永没有想到过一次把

① 参见［美］史书美《现代的诱惑——书写半殖民地中国的现代主义（1917—1937）》一书第 9—11 章中的相关内容，江苏人民出版社 2007 年版。

房内的家具移动一个地位呢？[①]

她的眼睛却忏悔似地凝住在新换上去的纯白无垢的床巾上。贞洁代替了邪淫，在那里初次地辉耀着庄严的光芒。[②]

另一方面，这种有几分“自省”意味的打扫房间，被突如其来的电话铃声所打断：“床头茶桌上的电话机急促地鸣响起来了。”[③] 而电话在小说中更为重要的意义在于，它作为一种现代虚拟技术的存在和突入使得原本应该属于素雯私人空间的“卧室”变得不再私密且可控，而在一定程度上变成了某种公共空间，甚至商业空间的延伸。也正是因此，素雯渴求通过改变房间的式样来完成自己生活方式的改变，乃至新生活的开始，被事实证明是不切实际的。即小说里素雯多次念兹在兹的“我现在很想过一点家常的生活，我把我这个房间变成一个家庭”，“我就希望能改变一种生活的样式，我要让我的房间变成一个家庭啊”[④] 等内心夙愿，因为其房间/卧室/私密空间/私密生活根本就不具有真正的私密性和自主性，因而也就不可能转化为她自己所期待的“家庭”。而在现实中，我们也经常能在民国报刊的角落里看到《舞星香巢调查录》一类的文章，即一些“包打听”在报纸上披露一些当红“舞女”的家宅地址与电话，使其原本私密的个人住所与联系方式成为“被公开的秘密”，进而让“舞女”们即使在“回家”后也不得不面临着被偷窥与猎艳的男性目光之中，随时可能遭遇到潜伏在“隐秘的角落”里的未知

① 施蛰存：《薄暮的舞女》，载《施蛰存小说精选》，吉林文史出版社 2018 年版，第 241 页。

② 施蛰存：《薄暮的舞女》，载《施蛰存小说精选》，吉林文史出版社 2018 年版，第 241 页。

③ 施蛰存：《薄暮的舞女》，载《施蛰存小说精选》，吉林文史出版社 2018 年版，第 242 页。

④ 施蛰存：《薄暮的舞女》，载《施蛰存小说精选》，吉林文史出版社 2018 年版，第 249、254 页。

罪案。

四　现代与底层

在民国侦探小说作家对待“舞女”所呈现出的各种表现角度与态度中，以程小青与朱戢为代表的同情与批判并存的态度可以说是最具有典型意义的一种表达立场和书写方式。而我们如果将民国侦探小说作家对于“舞厅”与“舞女”的描写和同一时期上海“新感觉派”作家以及20世纪40年代孙了红的《窃齿记》等侦探小说对同一类题材的描写比较来看，就会发现其中有趣的差异。在“新感觉派”作家生活中或笔下的“舞厅”与“舞女”——无论是穆时英现实生活中迷恋并追求一名舞女的爱情传奇，还是刘呐鸥笔下的“探戈宫”（舞厅）——都呈现出一种更加令人心醉神迷的现代气息与欲望之味。

比如刘呐鸥《游戏》中的“舞厅”：

> 在这“探戈宫”里的一切都在一种旋律的动摇中——男女的肢体，五彩的灯光，和光亮的酒杯，红绿的液体以及纤细的指头，石榴色的嘴唇，发焰的眼光。中央一片光滑的地板反映着四周的椅桌和人们错杂的光景，使人觉得，好像入了魔宫一样，心神都在一种魔力的势力下。在这中间最精细又最敏捷的可算是那白衣的仆欧的动作，他们活泼泼地，正像穿花的蛱蝶一样，由这一边飞到那一边，由那一边又飞到别的一边，而且一点也不露着粗鲁的样子。①

或者是刘呐鸥笔下的“舞女”形象：

> 觉得一阵暖温的香气从他们的下体直扑上他的鼻孔来的时

① 刘呐鸥：《游戏》，载《都市风景线》，浙江文艺出版社2004年版，第3页。

候，他已经耽醉在麻痹性的音乐迷梦中了。迷朦的眼睛只望见一只挂在一个雪白可爱的耳朵上的翡翠的耳坠儿在他鼻头上跳动。他直挺起身子玩看着她，这一对很容易受惊的明眸，这个理智的前额，和在它上面随风飘动的短发，这个瘦小而隆直的希腊式的鼻子，这一个圆形的嘴型和它上下若离若合的丰腻的嘴唇，这不是近代的产物是什么？他想起她在街上行走时的全身的运动和腰段以下的敏捷的动作。她那高耸起来的胸脯，那柔滑的鳗鱼式的下节……但是，当他想起这些都不是为他存在的，不久就要归于别人的所有的时候，他巴不得把这一团的肉体即刻吞下去，急忙把她紧抱了一下。①

抑或是穆时英《上海的狐步舞》中的“跳舞”场面：

蔚蓝的黄昏笼罩着全场，一只 Saxophone 正伸长了脖子，张着大嘴，呜呜地冲着他们嚷，当中那片光滑的地板上，飘动的裙子，飘动的袍角，精致的鞋跟，鞋跟，鞋跟，鞋跟，鞋跟。蓬松的头发和男子的脸。男子衬衫的白领和女子的笑脸。伸着的胳膊，翡翠坠子拖到肩上，整齐的圆桌子的队伍，椅子却是零乱的。暗角上站着白衣侍者。酒味，香水味，英腿蛋的气味，烟味……独身者坐在角隅里拿黑咖啡刺激着自家儿的神经。②

在“新感觉派”作家笔下，“舞厅”是令人心驰神往的优雅场所，“舞女”是男性欲望投射的迷醉对象，“跳舞”更是触觉、声音、色彩与气味相互交织的综合性身体感受。这与前文中程小青笔下的舞厅“是一种吞噬我们青年的魔窟”，“使我感到精神上的闷损

① 刘呐鸥：《游戏》，载《都市风景线》，浙江文艺出版社 2004 年版，第 5—6 页。

② 穆时英：《上海的狐步舞》，载《白金的女体塑像》，江苏文艺出版社 2009 年版，第 294 页。

难受”，舞女是值得“可怜”的“人造”与“矫饰”，跳舞更是“迷人丧志斫伤青年男女的娱乐，实在没有提倡的必要”的书写态度和立场截然不同。恰如戴维·弗里斯比所说：“现代性的本质是心理主义的，即根据我们内在生活（实际上是作为一个内在世界）的反应来体验和解释这个世界。”① 而对于上海这座现代都市中的“舞场”这一新生空间、“跳舞”这一娱乐事业以及“舞女”这一类新的都市人物形象，以程小青为代表的民国侦探小说作家们和以穆时英、刘呐鸥为代表的“新感觉派”作家们的心理感受和文学表现竟然完全不同。难怪李欧梵教授会对鸳鸯蝴蝶派笔下的都市上海与“新感觉派”笔下的都市上海做出区分，并且认为程小青等人侦探小说中的都市上海是处在介于这两者之间的某种暧昧状态：

> 他有一部分时间住在苏州，是一个苏州文人，和其他“鸳鸯蝴蝶派”作家的背景相似。所以我认为，他对于上海都市文化的看法和“新感觉派”的刘呐鸥和穆时英很不同，更没有施蛰存对于西方现代文学的学养。这又牵涉到另一个值得探讨的问题：通俗文学中的上海文化到底是什么？和“新感觉派”笔下的上海有何不同？一个很明显的区别是：“鸳鸯蝴蝶派”的作家所写的大多是城隍庙和四马路、福州路附近的旅馆、妓院和餐馆的世界。而“新感觉派”和其他新派作家则洋化得多，以租界里的咖啡馆、大饭店和舞厅为背景。相形之下，程小青笔下的世界似乎在两者之间，霍桑住的爱文路应在英租界，他破案的地方则到处都有，而以里弄房子或较偏僻的小洋房居多，而且罪犯完全是华人，这就和施蛰存的小说《凶宅》大异其趣（内中人物全是英国人）。在霍桑故事中，有时还有一些旧式的

---

① ［英］戴维·弗里斯比：《现代性的碎片——齐美尔、克拉考尔和本雅明作品中的现代性理论》，卢晖临等译，商务印书馆 2003 年版，第 51 页。

江湖侠客——如江南燕——出现，和霍桑惺惺相惜。①

李欧梵教授指出，鸳鸯蝴蝶派笔下的上海更多充满了传统中国文人的审美趣味；“新感觉派”作家笔下的上海则更为洋气、现代，写法也更加时尚、先锋；而程小青等民国侦探小说作家笔下的上海则介于两者之间，这实是一种敏锐的观察。的确，程小青等民国侦探小说作家一方面较之一般的鸳鸯蝴蝶派作者来说，其通过借助于侦探小说这一种诞生于现代都市之中，且天然带有现代都市气质的小说类型，进而更能够感受到上海这座都市的现代气息。另一方面，较之无论是从书写内容还是写作手法上都充满了探索与实验精神的“新感觉派”作家，民国侦探小说作家们又相应地呈现出传统性与保守性的一面。当然，这种认知上的传统与现代、写法上的保守与先锋、态度上的批判与赞扬之间的差异并不带有高低之别。但本书认为民国侦探小说作家们实际上非常难能可贵地找到了一个平衡并思考中与西、旧与新的立足点和观察点。他们一方面和“新感觉派”作家一样感受到了最新潮的都市物质气象和生活节奏脉搏，并对其有一定程度的理解和接受，另一方面又能尽力保持住一名传统中国文人的家国情怀与道德操守，对这些新现象进行本土性反思和批判性接纳，从而为我们理解民国时期中国现代化进程与状况提供了一个兼具中国特色和现代视野的切入点。

如果将民国侦探小说家笔下的“舞女”与“舞厅”与“新感觉派”作家笔下的同类题材书写相区分，一言以蔽之，即“新感觉派”作家着重写的是欲望，“舞女”是男性欲望与凝视的对象，“舞厅”则是这种内心欲望的空间化外显。而民国侦探小说作家们更多是将“舞女”“舞厅”与“底层”书写相结合。在这个意义上，“舞女”是被倾轧、蹂躏的弱势阶层，“舞厅”则是罪恶与欲望聚集的魔窟。此外，民国侦探小说作家对于“舞厅”与“舞女”等现代都

---

① 李欧梵：《福尔摩斯在中国》，《当代作家评论》2004 年第 2 期。

市娱乐文化现象的批评又不完全等同于传统中国士大夫的眼光和立场，而是带有了某种“五四”启蒙知识分子的家国情怀和民族视角。即他们反对“舞厅”与“跳舞”的最常见理由之一，就是国家依然贫困落后，青年们应该有志于建设国家，而非将时间、金钱与精力投放在舞厅之中。也正是在这个意义上，恰如学者魏艳所评断的那样：“程小青成功地将他的侦探小说创作安置于严肃文学与大众娱乐的平衡点上。”①

最后，我们或许还可以再引几个例证作为参照，来进一步说明围绕“舞女”形象所展开的中国现代文学书写的复杂性。

一是回到茅盾《追求》中的王仲昭那里：“仲昭本要在舞场中找到一些特殊的氛围气：含泪的狂笑，颓废的苦闷，从刺激中领略生存意识的那种亢昂，突破灰色生活的绝叫。他是把上海舞场的勃兴，看作大战后失败的柏林人的表现主义的狂飙，是幻灭动摇的人心在阴沉麻木的圈子里的本能的爆发；他往常每到舞场，便起了这种感想，然而昨夜特意去搜求，却反而没有了，却只见卑劣的色情狂，丑化的金钱和肉欲的交换了。”② 在这里，王仲昭在追询“跳舞”究竟“给你的是肉感的狂欢呢，抑是心灵的战栗？”这种娱乐形式的流行究竟是“下品的性欲冲动”，还是“神圣的求生存意识的刺激”③ 时，他亲身体验后的答案显然是让人沮丧的前者。即对于王仲昭而言，“舞场”本可以是一个积极的场所，“跳舞”或许可以让人爆发出某种生命本能的力量，甚至最后达到类似德国“表现主义的狂飙”的艺术境界，但最后他所感受到的东西显然并非如此，“却只见卑劣的色情狂，丑化的金钱和肉欲的交换了”。而这种矛盾性也正是小说中章秋柳所面临的人生道路选择的内在难题，也是

---

① Yan Wei（魏艳），*Sherlock Holmes Comes to China*，David Der-wei Wang（王德威）ed.，*A New Literary History of Modern China*，Belknap Press：An Imprint of Harvard University Press，2017，p. 183.

② 茅盾：《追求》，载《茅盾精选集》，燕山出版社 2015 年版，第 211 页。

③ 茅盾：《追求》，载《茅盾精选集》，燕山出版社 2015 年版，第 253 页。

“跳舞”这种原本兼具艺术属性、社交属性与商业属性的活动在资本主义消费文化体系的裹挟下迅速沦为“下品”，堕落成欲望与金钱交换手段的必然结局。

二是与茅盾同为左翼作家阵营的蒋光慈的小说《丽莎的哀怨》，小说写一个俄国贵妇丽莎，逃到中国上海，最后沦为一名裸体舞女，命运相当悲惨。根据相关史料，早期的上海舞女从业者中，的确以白俄和日本女性居多，蒋光慈的小说应该有这么一层现实生活的故事根源。而更重要的是，小说借女主角丽莎之口极力控诉“跳舞”“金钱”与“中国舞客”：“面包的魔力比什么都要伟大，在它的面前，可以失去一切的尊严与纯洁。只要肚子饿了，什么事情都可以做出来”，“金钱是万恶的东西，世界上所以有一些黑暗的现象，都是由于它在作祟”，“中国人的呼哨声、笑语声、鼓掌声。我的眼睛里闪动着那些中国人的无数的恶俗而又奇异的眼睛。……那些中国人，那些恶俗而可恨的中国人，他们是看我的跳舞么？我们是在满足他们的变态的兽欲啊。”① 在这里，我们完全可以把丽莎的控诉和前文所引程小青《舞宫魔影》中舞女柯秋心自杀前所写的“自白信”并置来看：在这里我们看到的不再是“左翼作家”与“通俗小说作家”之间的所谓“雅俗之别”，而是在基本正义伦理普遍缺位的社会现实中，“诗学正义”的补偿性呐喊和文学最起码的社会责任担当。

三是在前文中被我有意略过的另一位民国侦探小说作家孙了红。让我们来看看20世纪40年代孙了红《窃齿记》中的“舞厅”描写：

> 轩敞的广厅中，乐队奏者诱人的节拍，电灯放射着惺忪的光线，许多对“池以内”的鸳鸯，浮泳在舞池中央，推泳着人工的浪涛。那些艳丽的羽片，在波光一般的打蜡的地板上，错综地，组成许多流动的线条。舞池四周，每一个桌子上的每一

① 蒋光慈：《丽莎的哀怨》，载《蒋光慈文集》（第三卷），上海文艺出版社1982年版，第47页。

杯流汁里，都映射出了各个不同的兴奋的脸色。[①]

在描写完这样现代、热闹、光怪陆离的舞厅之后，孙了红将笔锋一转，开始关注起舞厅角落里的一名年轻舞女：

> 这是一块天真无邪的碧玉，新被生活的浊流，卷进了这金色的火坑。同时，她也是这所舞场里，生涯最落寞的一个。她的芳名，叫作张绮。
>
> 音乐又响了，这少女的心弦，随着洋琴台上的节奏，起了一种激越的波动。如果有人能观察内心的话，就可以见到她的心理，是那样的矛盾：在没有人走近她的座前时，她似乎感到空虚，失望。但，如果有人站立到了她的身前，她的稚弱的心灵，立刻又会引起一种害怕的感觉。[②]

不难看出，孙了红笔下的"舞厅"和"舞女"书写，一方面继承了穆时英、刘呐鸥等"新感觉派"作家的"现代气息"[③]，另一方面又延续了"鸳鸯蝴蝶派"作家的"传统情怀"和程小青的"底层批判"视角，进而呈现出了与20世纪20年代民国侦探小说不一样的新的时代特征与面貌。我们甚至可以透过孙了红20世纪40年代"别具多格"的侦探小说创作，初步窥视到这一时期所谓"新浪漫主义"[④] 小说对于之

---

① 孙了红：《窃齿记》，《万象》第一卷第三期，1941年9月1日。

② 孙了红：《窃齿记》，《万象》第一卷第三期，1941年9月1日。

③ 其中，诸如"一瓶冷而黄的流液，随着一张热而红的面孔，一同送到这位赖斯朋的幻影之前"（孙了红：《乌鸦之画》，《大众》第十期至第十三期，1943年8月1日至1943年11月1日）一类的描写已经完全可以放在"新感觉派"小说中并达到"以假乱真"的效果。

④ 一般文学史所说的"新浪漫主义"小说以20世纪40年代徐訏的《风萧萧》等作品为代表，而孙了红创作于这一时期的侦探小说，很多都可以归入"新浪漫主义"小说的行列之中，尤其是其代表作《蓝色响尾蛇》，更是可以视为"新浪漫主义"小说的典型作品。

前诸如“鸳鸯蝴蝶派”“新感觉派”等各种文学流派和小说风格的继承与融合。当然，那将是另外一个有趣的文学史话题，而那些小说中的女主角，也将从“舞女”演变为身份更为神秘且复杂的“女间谍”形象。

总结来说，“舞厅”和“舞女”作为民国时期上海都市现代化的重要空间表征和女性主体身份，一方面交织着职业女性、摩登先锋、公众娱乐、物质消费与男性欲望等多重现代思考维度，另一方面又是享乐、颓废、沉沦、堕落，甚至罪案频发的场所和对象。而这种欲望与犯罪的交织，从公共场所“舞厅”一直延续到“舞女的卧室”这一私密空间之中。程小青等民国侦探小说作家在准确地抓住了围绕“舞女”所展开的现代欲望与都市犯罪内在关联的基础上，对这一新兴职业形成了与同一时期“新感觉派”小说家所不同的，兼具现代向往、道德批判与底层同情的复杂态度。

一方面，程小青之于民国侦探小说的重要意义不仅限于其侦探小说创作。如果我们将民国侦探小说的发展视为一项综合性的文学事业，那么程小青则可以说是以其侦探小说作者、译者、评论者、理论研究者、犯罪学研究者、杂志编辑、主编、电影剧本作者，以及侦探小说写作教师等“多重职业身份”全方位地投入这项文学事业的发展过程之中，并且在每一项具体领域中都堪称最为重要的代表性人物。与此同时，程小青的这些“多重职业身份”彼此间又并非是完全割裂的，而是互相促进，最终成就了程小青作为“民国侦探小说第一人”的重要地位。

另一方面，作为民国侦探小说“全能型选手”的程小青，其最重要的身份之一还是侦探小说作家。其“霍桑探案”系列也是民国侦探小说创作成果中规模最大，也最为重要的文学实绩，它绝不仅仅是“福尔摩斯探案”的简单复制和中国“翻版”，而是在学习与模仿的过程中有着相当大幅度的本土化再造和个人才情上的发挥，

此外，程小青及其他民国侦探小说作家小说中对于现代都市“舞厅”与“舞女”的批判与同情并存的矛盾心理，既不同于传统

中国文人的道德拒绝，也不同于“新感觉派”作家的欲望书写，而是将“舞女”题材与“底层”书写相结合，形成了独特的观察和反思中国都市现代性的立场和角度，进而为中国现代文学增添了一个新的视点和更为丰富的思考向度。

当然，关于程小青与侦探小说的进一步研究还有相当大的可展开空间，本章限于篇幅而不能一一涉及，此处仅指出其中颇有价值且亟待研究的几个具体方面，以供参考。比如程小青作为侦探电影编剧的身份，其电影剧本的特点以及电影对其侦探小说创作上的影响；又如程小青和孙了红的侦探小说存在大量前后改写的情况，如何评价这种改写，并对其所改写的内容作具体而深入的分析，也是我们理解程小青前后创作思想变化的一个关键切入点；再如程小青于 20 世纪 50 年代创作的反特小说，和其民国时期创作的侦探小说之间又有着怎样的深层关联等。甚至对程小青生平资料的进一步搜集和考证，也还远没有进行得很充分，比如本章开头所述的《灯光人影》中“霍森”与“霍桑”的误会，以及所谓程小青函授美国犯罪学课程的具体情况等。

本编主要意在构建民国侦探小说演变的基本历史脉络和文学史框架（1912—1949）。具体而言，本编依托于报纸、杂志和单行本出版物等物质媒介载体，结合以中国本土名侦探系列小说创作的代表性作家作品，将民国时期侦探小说的发展历史描述为两次创作发展波段——分别是 1922—1927 年，以及 1946—1949 年。其中第一波段（1922—1927）以《侦探世界》杂志及诸如《半月》《快活》《游戏世界》《小说世界》等刊物的“侦探小说专号”为核心媒介平台，以陆澹盦的“李飞探案”、张无诤的“徐常云探案”、张碧梧的“家庭侦探宋悟奇探案”、王天恨的“康卜森探案”、朱戕的“杨芷芳探案”、姚赓夔的“鲍尔文新探案”，及吕伯攸的儿童侦探小说等为主要创作成果。无论是从数量还是质量上来看，这一时期的民国侦探小说创作都达到了整个民国时期的创作高峰。

第二波段（1946—1949）以《大侦探》《新侦探》《蓝皮书》

《红皮书》等侦探小说杂志为依托，以孙了红的“侠盗鲁平奇案”、郑狄克的“大头侦探探案”、长川的“叶黄夫妇探案”、位育的“夏华探案”、郑小平的“女飞贼黄莺之故事”等系列侦探小说创作为代表，形成了可与20世纪20年代发展热潮相比肩的民国侦探小说创作的又一波浪潮。整体上来说，民国侦探小说创作在20世纪40年代后期的这一发展波段不如20年代那样繁盛，但其所呈现出的很多新特点和发展趋势也是值得我们充分关注的，比如对于“后福尔摩斯时代”侦探小说写法上的学习、“实事探案”体裁的流行、“女侦探”形象的崛起、恐怖化风格的转向，以及间谍题材小说的勃兴等。

其中需要强调的是，1949年中华人民共和国政权的成立，并不意味着侦探小说的“消亡”与中国侦探小说发展史的“断裂”。相反，侦探小说蛰伏为一种类型小说元素，沿着“侦探小说—间谍小说—反间谍小说—反特小说”的路径仍在继续生长和不断发展着，而这种生长与发展的表现之一，就是新中国反特小说的销量要远高于民国侦探小说。此外，程小青以作者、译者、评论者、理论研究者、杂志编辑、电影编剧等“多重职业身份”投诸民国侦探小说这项文学事业的发展过程中，也提醒着我们民国侦探小说作为一项综合性的文学事业并不仅仅局限于小说创作本身。而程小青所创作的“霍桑探案”系列小说更是贯穿了本编所描述的民国侦探小说的两次创作发展波段，并最终成为整个民国时期最具有代表性和影响力的中国本土名侦探系列作品。

简言之，本编所论述的内容意在搭建民国侦探小说史的基本框架并对其中的代表性作家作品进行分析和评述。这既是对上编“民国侦探小说的起源”历史的延续和论述的深化，同时也是为下编“民国侦探小说关键词”进行继续深入研究所铺设的文学史基础与前提。

博士论文
出版项目

民国侦探小说史论
（1912—1949）

On the History of Detective Novels in the Republic of China
（1912—1949）

下册

战玉冰　著

中国社会科学出版社

目　录

（下　册）

下编　民国侦探小说关键词

Content

Volume Ⅱ

Part Ⅲ Key Words of Detective Novels in the Republic of China

下　编
民国侦探小说关键词

本编拟从“理性发现”“正义担当”和“类型突破”三个关键词入手，来具体分析晚清、民国时期中国侦探小说的文学价值、社会意义、叙事模式和思想内涵。具体而言，一方面，侦探小说是理性时代的文学产物，也是承载着理性精神的小说类型。从欧美早期侦探小说中侦探对于世界“可知”与秩序的自信和乐观，到其对于理性运思方式的使用、认知欲望的迸发，以及对具体科学知识与技术手段在破案过程中的依赖，无不体现出侦探小说这一小说类型自身所包蕴的强烈的理性特征。而当侦探小说被译介进入中国之后，其无神论的世界观、理性思辨的逻辑方式，以及对科学知识的普及功能等都为当时中国人更进一步了解并接受科学理性精神起到了一定的促进作用。与此同时，也正是由于这一时期的侦探小说译者和作者们对理性精神本身存在着理解上的偏差，使得晚清、民国侦探小说中往往将理性窄化为科学，而在小说之外，却又对理性赋予了过重的功利主义色彩。对理性的“执迷”与对理性认知的错位交织在一起，在一定程度上构成了民国侦探小说自身发展的局限性之所在。

另一方面，侦探小说也承载着司法与社会正义的想象。在米歇尔·福柯看来，侦探小说的出现本身即标志着西方司法观念正在发生着的某种变化，即从视觉暴力到知识专业的转型。与此同时，侦探小说又以侦探的私人性、民间性身份对官方司法体制进行着某种有效的想象性补充和修正。而在晚清、民国时期，侦探小说在对于社会正义的表达上，呈现出更为混杂、暧昧的本土性特点。私人与官方、侦探与侠客、侠义与正义、剧贼与侠盗之间皆呈现出彼此纠葛、相互缠绕的复杂关系。民国侦探小说的这种混杂与暧昧正是基于当时民国社会现实混乱与新旧思想交替的时代背景而产生且不断发展的。而这种混杂体现在文学形式上，主要有二，一是中国传统武侠小说与侦探小说之间的文类互渗，二是在抗日战争与民族国家的历史背景与时代话语下，侦探小说向间谍小说的过渡。一言以蔽之，即晚清、民国侦探小说其实一直在侠义、正义与民族大义之间不断徘徊，寻找着自己的类型定位和意义依托。

此外，侦探小说以其倒叙的叙述结构和第一人称限制性叙述视角刷新了中国传统小说作者和读者对于小说写作方式的认知。这种认知变化背后更深层次的意义在于一种对世界运行方式与理解方式上的变化，以及文学传播媒介与手段上的变化。与此同时，中国古代叙事文学中强大而有力的“史传”与“说书人”传统也一直渗透于晚清、民国侦探小说的翻译作品和本土创作之中，并由此形成了民国侦探小说创作的“在地化”特色。而一些“别有趣味”的民国侦探小说作者则试图通过“失败”与“滑稽”的策略来消解甚至颠覆主流经典侦探小说叙事的构想与实践，也因此产生了一批“别开生面”的创作结果和实绩。

总而言之，本书试图最终以“类型小说”的角度来理解民国侦探小说，那么必然无法绕开的问题便是：何为类型？在本书看来，“类型”这一概念大致包含了如下三层意思：一是一套相对稳定的叙事成规、内容题材与形式特征，这是侦探小说之所以为侦探小说的自身内在要求；二是符合广大读者的类型“期待视野”，这是侦探小说作为通俗文学与文化有机组成部分的必然属性；三是类型本身即意味着某种意识形态运作的痕迹，而这一痕迹往往体现于前者所述的小说内部形式结构特点和读者期待心理无意识之中。

第七章

理性发现：民国侦探小说的核心价值

塞壬唱的是什么歌？躲在妇女群里的阿喀琉斯用的是什么名字？问题虽不容易回答，却并非没有答案。

——［美］埃德加·爱伦·坡：《莫格路凶杀案》开篇所引汤玛士·布朗爵士《骨灰罐葬礼》，载《爱伦·坡短篇小说集》，孙法理译，译林出版社2008年版，第158页。

侦探小说的来由，一半因着西方作品的过渡，一半却受了科学的影响，人们渐渐儿发生需求理智的兴味。

——程小青：《十年来中国小说的一瞥》，《青年进步》第一百期，1927年2月。

为什么中国人总不会养成一种侦探小说癖？为什么中国总不会产生第一流的侦探作品？

——全增嘏：《论侦探小说》，《十日谈》第一期，1933年。

第一节 侦探：理性的化身

从世界范围来看，侦探小说诞生并发展于19世纪中期至20世纪初，从爱伦·坡到柯南·道尔的系列侦探小说创作构成了世界侦探小说发展的第一轮高峰。其时，在物质经济上，第一次工业革命在欧美发达国家业已完成，第二次工业革命正在兴起，各种新能源、新技术、新发明不断产生，人们研究自然、对抗自然、征服自然的能力日益加强。在思想文化上，这一时期正逢欧洲启蒙运动的发展进行到后半程，人们普遍表现出对启蒙的乐观与对理性的自信。人类认知世界的愿望空前高涨，通过科学技术手段与理性逻辑思维就可以掌握一切复杂事物并能够穿透认知其本质的想法已经渐渐深入人心。侦探小说正是在这一时代背景之下应运而生，或者我们也可以说，侦探小说是理性时代的文学产物。具体来说，侦探小说是一种承载着理性观念的现代文学类型。这不仅表现在侦探小说中侦探形象的塑造，其本质是现代社会对一个具备理性、科学、正义等现代品格，且拥有很强理性运思能力与行动能力的“现代理性人”的典型代表和美好想象。与此同时，侦探小说中的“理性精神”还体现在其对世界可知的自信、对客观秩序的想象、对理性运思/逻辑的运用、对知识占有的欲望以及对科学技术手段的依赖等几个方面。

一　侦探小说与西方理性精神传统

西方世界对于“理性”概念的探讨早已有之且传统悠久：从柏拉图在《理想国》中关于作为第一性的、永恒普遍的“理式”世界的构想，到笛卡尔《方法谈》与《沉思录》里对理性确定性的追求[①]；从斯宾诺莎通过《伦理学》对于理性和理性知识的宣扬和实践，到康德的《纯粹理性批判》对理性自身能力的批判性考察……我们大致可以勾勒出一条西方思想家与哲学家们对于“理性”问题思考和探讨的粗疏脉络。而明确将“理性”这一哲学概念与侦探小说这一文学类型进行相互关联思考的学者当首推德国思想家、电影

① 比如，笛卡尔在《方法谈》中曾说道：“我们切不可相信任何事物的真实性，除非其真实性得到了我们理性的证明。”

理论家西格弗里德·克拉考尔（1889—1966）。在《侦探小说：哲学论文》一书中，克拉考尔提出，在现代社会中宗教逐渐从人们的日常生活与精神世界中隐退，理性取而代之成为新的宗教与上帝。而在侦探小说中，面对理性这个现代社会的"新上帝"，"侦探也被借予修道士的品质"[①]，他是理性在小说中的代言人，甚至可以"作为理性的人格化，侦探既不是在追踪罪犯，因为后者已经犯法，也没有自我认同为合法性原则的承担者，可以说，他解谜只为猜谜的过程"[②]。

与之相应地，克拉考尔认为，侦探小说以其较为纯粹的、单向度的文本形式而承载并贯穿了理性的意义："尽管并非艺术品，然而，一个去现实社会的侦探小说对这个社会本来面目的展现比这个社会通常能够发现的更加纯粹。社会的载体及其功能：在侦探小说里，它们自行辩护，也交代了隐藏的含义。可是，小说只能强迫自我遮蔽的世界进行如此一番自我暴露，因为，孕育出小说的是一种不受这个世界限定的意识。担负着这一意识，侦探小说的确首先对由自治理性统治的，仅存于理念中的社会进行了通盘思考，然后合乎逻辑地推进这一社会给出的开端，理念借此在情节和人物中得到完全的充实。如果单向度之非现实的风格化得到了贯彻，侦探小说就根据它的实存性将刚好满足构造性前提的单一内容并入一个封闭的意义关联（Sinnzusammenhang），此实存性不会被置换为批评和要求，而是转化为审美的编排原则。"[③] 在克拉考尔的这段论述中，侦探小说因为其特殊的、纯粹的"审美编排原则"构造出了"一个封闭的意义关联"，使得"单向度之非现实的风格化得到了贯彻"，并

① ［德］西格弗里德·克拉考尔：《侦探小说：哲学论文》，黎静译，北京大学出版社2017年版，第82页。

② ［德］西格弗里德·克拉考尔：《侦探小说：哲学论文》，黎静译，北京大学出版社2017年版，第119页。

③ ［德］西格弗里德·克拉考尔：《侦探小说：哲学论文》，黎静译，北京大学出版社2017年版，第38—39页。

因此被视为呈现理性观念的完美的文学体裁。

可以说，克拉考尔成功地挖掘出了作为通俗小说类型之一的侦探小说本身所蕴藏的理性精神和现代性因素。但也正如后来学者所评价的那样，克拉考尔“他的兴趣在于对一种审美形式进行历史哲学的和形而上学的阐释”①。即他更多是从抽象的意义层面来考察作为对象的侦探小说，并探究其理性特质。而在这里，我们或许还可以借助齐美尔的论述来更为具体地理解理性与侦探小说所产生的现代都市背景之间的内在关联：“在我们看来，大城市理性观念的加强也是由心理刺激引起的。”② “这里，首先要理解大城市精神生活的理性主义特点。大城市的精神生活跟小城市的不一样，确切地说，后者的精神生活是建立在情感和直觉的关系之上的。直觉的关系扎根于无意识的情感土壤之中，所以很容易在一贯习惯的稳定均衡中生长。相反，理智之所在却是我们的显而易见的有意识的心灵表层，这里是我们的内心力量最有调节适应能力的层次，用不着摇震和翻松就可以勉强接受现象的变化和对立，只有保守的情感才可能会通过摇震和翻松来使自己与现象相协调。当外界环境的潮流和矛盾使大城市人感到有失去依靠的威胁时，他们——当然是许许多多个性不同的人——就会建立防卫机构来对付这种威胁。他们不是用情感来对这些外界环境的潮流和矛盾作出反应，主要的而是理智，意识的加强使其获得精神特权的理智。因此，对那些现象的反应都被隐藏到最不敏感的、与人的心灵深处距离最远的心理组织中去了。”③ 即在齐美尔看来，理性的产生与现代大都市的生活方式与背景密不可分，甚至“这种理性可以被认为是主观生活对付大城市压

---

① ［德］因卡·米尔德-巴赫：《〈侦探小说〉导读》，载［德］西格弗里德·克拉考尔《侦探小说：哲学论文》，黎静译，北京大学出版社 2017 年版，第 3 页。

② ［德］齐美尔：《大城市与精神生活》，载《桥与门——齐美尔随笔集》，涯鸿、宇声等译，上海三联书店 1991 年版，第 259—260 页。

③ ［德］齐美尔：《大城市与精神生活》，载《桥与门——齐美尔随笔集》，涯鸿、宇声等译，上海三联书店 1991 年版，第 264 页。

力的防卫工具”[①]。结合前文中所引克拉考尔所论述的有关于理性与侦探小说，以及小说中侦探这一类人物形象之间的深层关联，再加之本书第一章中所谈的现代都市之于侦探小说起源的亲缘性与因缘性，我们可以大致得出一个“现代都市—理性精神—侦探小说”三者之间非常紧密且彼此纠缠的内在关系和三角结构。这也正是本书试图理解侦探小说中理性精神与都市现代性之间关系的思考结合点。

二　客观世界的“可知”与“可控”

具体谈到侦探小说中的理性精神，大概可以分以下几个层次来进行理解：一方面，侦探小说中的理性首先体现为一种认知世界的方式，即小说中的侦探们往往被设定为理性的拥趸和忠实信徒。他们天然地相信世界是可以被认知的，相信借助理性主义的认知，生活中的一切奥秘都可以找到合乎理性的解释。侦探往往对于通过观察与思考来洞穿事物背后本质的可行性与有效性保持着一种乐观和自信，自信可以将看似无从索解的神秘案件还原成理性可以把握的因果链条。甚至我们可以说，这一信念本身就是对理性主义的最大彰显。再次借助克拉考尔的精彩表述，即“侦探并不指向理性，他就是理性的化身，他不是作为理性的造物去履行理性发出的指令，准确地说，是理性自身不带人格地执行着它的任务——因为，要以审美的方式表明世界与其条件之间的张力收缩，最有力的办法莫过于令人物对自设为绝对的原则完成认同”[②]。而这种对于世界本质“可知”（perceptible）的自信，恰好又非常形象地体现在世界第一篇侦探小说，美国作家埃德加·爱伦·坡的《莫格路凶杀案》开篇

---

① ［德］齐美尔：《大城市与精神生活》，载《桥与门——齐美尔随笔集》，涯鸿、宇声等译，上海三联书店1991年版，第260页。

② ［德］西格弗里德·克拉考尔：《侦探小说：哲学论文》，黎静译，北京大学出版社2017年版，第77页。

所引用的诗句之中："塞壬唱的是什么歌？躲在妇女群里的阿喀琉斯用的是什么名字？问题虽不容易回答，却并非没有答案。"① 想要回答都市中的种种问题，寻找到隐藏于"人群中的人"是需要侦探具备一种观察与思维方面的穿透力。我们前文中所举例讨论的那些都市中的现代性特征往往浮于表面，人们并不知道隐藏于这表面背后的深层秘密。在这个意义上，侦探的工作即是努力阅读城市表象之下的秘密，即对于现象背后因果关系的"看穿"与深层把握。而这种"看穿"与"把握"是需要以理性为依归的，并且侦探通过理性思考来"看穿"秘密本身，在侦探小说中，就具有一种力量。在这个意义上，迈克·克朗在《文化地理学》一书中的相关洞见则无疑值得我们重视："福尔摩斯体现了'认识论的乐观主义'，体现了通过推理来理解城市的希望和可能性。"②

另一方面，对世界"可知"的承认同时意味着将世界本身视为一种有秩序的对象，而侦探小说里侦探破案的过程本质上正是从混乱、纷繁、令人迷惑的案件背后发现潜在的条理和确定的关系，进而恢复这个世界的固有常态秩序。如克拉考尔所说："侦探小说的特点是，理性发现了一份材料，材料的不充分看起来几乎无法为理性贯穿始终的过程提供攻击点。在被摆在理性面前的少量事实的周围，一开始就弥漫着一片无法穿透的黑暗，或者，一派诱人的前景展开了，这景象一定会把人送上歧途，而且表示骗得刑警的盲信。"③"在侦探小说里，一个神秘事件就可以将人们投入恐慌，让人透不过气的不是事件的威力，而是决定事实的因果链条未被识破。""直至最末，一连串事实才给出那个符合理智的解释，唯有这解释才可能

---

① ［美］埃德加·爱伦·坡：《莫格路凶杀案》开篇所引汤玛士·布朗爵士《骨灰罐葬礼》，载《爱伦·坡短篇小说集》，孙法理译，译林出版社 2008 年版，第 158 页。

② ［英］迈克·克朗：《文化地理学》，杨淑华、宋慧敏译，南京大学出版社 2003 年版，第 52 页。

③ ［德］西格弗里德·克拉考尔：《侦探小说：哲学论文》，黎静译，北京大学出版社 2017 年版，第 112—113 页。

制止笼罩着被卷入者的灾难。”①

克拉考尔所说的这一点在爱伦·坡的侦探小说中体现得尤为明显，如前文所述，爱伦·坡的侦探小说创作一方面明显受到了其早期哥特小说创作的影响，另一方面又有所突破。这种突破在某种程度上可以理解为爱伦·坡的侦探小说在如同其哥特小说一样渲染过悬疑、恐怖的气氛之后，最终必须让侦探杜邦依靠理性分析推理出事实真相，即在认识论意义上完成了理性主义对神秘主义的破除。在侦探杜邦具体分析与推理的过程中，也一般遵循着从包含有多种可能性的开放模式抵达唯一的真相水落石出的过程。而在侦探通过理性思考，找出克拉考尔所说的“因果链条”上的缺失的环节，最终推导出事实真相的同时，也意味着整个“秩序”从混乱恢复到有序。爱伦·坡所开创的这一侦探小说结构模式，基本上奠定了后来侦探小说这一小说类型的写作规范和基本叙事成规。而在民国侦探小说作家长川的“叶黄夫妇探案”系列中的《红皮鞋》一篇中，也有一个与此相关且颇耐人寻味的细节。小说里警官叶志雄“转过身来，向全房间瞥了一眼，觉得整个房子的布置非常得宜，各样用具也安置得和谐，运用方便。突然看见床边一只樟木箱的地位实在放得不妥切，志雄想宋嘉春的太太一定是个聪明贤慧的妇女，样样东西都安排得妥妥贴贴，惟有这只樟木箱子不大合适，也许其中有什么道理在”②。这样一个警察在失踪者（后来证明是死者）房间内发现箱子“放得不妥切”，并以此为切入点展开案件调查的细节，在某种程度上可以视为对侦探小说中理性“秩序”的绝妙隐喻。在侦探小说中所构建的“理性”“有序”的世界中，侦探最重要的工作之一就是使“失序”的社会恢复曾经的秩序，因而会格外注意处于秩序之外的“不和谐”与“不妥切”的事物，并把这些秩序的“裂

① ［德］西格弗里德·克拉考尔：《侦探小说：哲学论文》，黎静译，北京大学出版社2017年版，第138—139页。

② 长川：《红皮鞋》，《大侦探》第二十八期，1948年12月25日。

缝”作为他们恢复秩序工作的入手点和出发点。

另一个有趣的例子是徐卓呆的小说《犯罪本能》（1923），这篇小说故事一开始就是不远处响起一阵枪战声，然后男主角韦心泉闯进了烟草公司、绑架了经理、换上经理的衣服、逃过众人的追捕，后来这名逃犯甚至先后驾驶汽车和飞机进行逃亡，其情节模式完全是现在好莱坞动作片的文字翻版。小说最妙的地方在于其结尾处的反转，原来这一切都是韦心泉的内心“空想”，其实是他前几日出了车祸，因而脑海中出现了各种无法控制的幻想，家人为此特别请心理医生、“精神分析学大家”陈博士来医治韦心泉的“心疾”。陈博士采取因势利导的方法，通过虚构上述一连串逃亡故事，排解掉了韦心泉内心“宿着的思想”，最终治愈了病患。在这篇小说里，作为心理医生的陈博士治愈了韦心泉的“心疾”；但他通过不断诱导病患复述车祸现场种种细节，并据此推理、判断病症的过程又俨然和一名侦探无异；更有趣的地方在于，陈博士治病的方法竟然是顺着患者的思路，虚构了一起案件和逃亡，而抵达虚构案件真相的同时就意味着医生找到了最终的病因……于是，侦探与医生、真相与病因、探案与治病之间，就被复杂地扭结在了一起。这里我们当然很容易联想到齐泽克在《斜目而视：透过通俗文化看拉康》一书中所指出的侦探与精神分析师两种职业之间所具有的相似性：“犯罪现场包含众多线索，包含毫无意义、七零八落的细节；这些细节没有模式可言，恰如在精神分析过程中的被分析者的‘自由联想’；侦探只是凭借他自己的出场，保证所有细节都将回溯性地获得意义。”① 简言之，即侦探通过犯罪现场七零八落的细节最终形成破案的逻辑与证据链条，正如同精神分析师在谈话治疗过程中需要通过病患七零八落的话语表达还原出其内心所想和病因真相。而如果从更为深入且普遍性的层面来看，在这个故事里男主人公韦心泉因为车祸而产生

① ［斯洛文尼亚］斯拉沃热·齐泽克：《斜目而视：透过通俗文化看拉康》，季广茂译，浙江大学出版社 2011 年版，第 101 页。

了精神错乱与犯罪妄想，认为自己打劫运钞车、开枪杀人，最后还夺飞机逃走——用小说中的说法就是“刺激了犯罪本能”，出现了“用夸张的形式浮到意识中来的事”[①]。而精神科医学博士在小说里就起到了类似于“侦探”的功能，他“不独事实，连心中想的念头都调查着”，并“最终得到了解决之钥”[②]。不仅破解了一切真相，还成功治愈了韦心泉，恢复了世界的秩序——这里不仅指客观世界的秩序，更指男主角主观世界的秩序。

当然，这种关于“秩序”的想象在相当程度上不过是现代人的一种精神幻象，恰如本书第一章中所分析过的那样，正是现代人的不安全感使他们尽力让一切看上去都是秩序井然且逻辑清晰的，似乎所有事物都是精确且可预测的，从而让人们形成一种一切尽在掌握之中的假象和错觉。但晚清、民国侦探小说中尚未出现关于这一问题的有效反思，而西方侦探小说对此形成比较深入的思考，也要等到后来被称为“玄学侦探小说”（metaphysical detective fiction）的出现，或者是侦探小说与严肃文学更深层次的结合（如阿根廷作家博尔赫斯、意大利作家翁贝托·埃科、美国作家保罗·奥斯特和法国作家帕特里克·莫迪亚诺的部分作品）之后，才得以成为可能。

三　知识的占有与逻辑运思方式的使用

必须进一步指出的是，无论是世界的“可知”（perceptible）与“可改”（changeable），还是秩序的“先在”与“恢复”，其投射到侦探的主观世界都体现为其对于理性运思方式的使用与信赖，以及对于知识与知识之间逻辑关系的严格依照。这方面最具代表性的例子当首推福尔摩斯的“演绎法”，即如福尔摩斯自己所说：“逻辑学家从一滴水就能推测出它是来自大西洋还是尼亚加拉瀑布的，而无需亲眼见到或听说过大西洋或尼亚加拉瀑布。生命就是一条巨大的

---

① 徐卓呆：《犯罪本能》，《侦探世界》第十五期，1923年十二月朔日（农历）。

② 徐卓呆：《犯罪本能》，《侦探世界》第十五期，1923年十二月朔日（农历）。

链条，只要见到其中的一环，我们就可以推想出整个链条的特性。”[①] 中国侦探小说作家程小青也曾对此提出过类似的反问：“故事结束了，一切疑窦都已给确凿的事实说明了，便觉得这把戏也平淡无奇。但在未明之前，它的迷离扑朔，仿佛给一层厚幕掩盖着，谁又看得透它的幕后？”[②] 在程小青的侦探小说中，能“看透幕后”之人当然只有侦探霍桑，而霍桑看透一切的方法相当程度上也要归功于其对于理性运思方式的使用。换个角度来说，在这一切情节的背后其实是作者程小青在创作侦探小说时对于理性运思方式的使用。比如郑逸梅就曾形容程小青创作侦探小说时的状态和匠心：“小青思想致密，胜于常人，当他编撰探案，例必先构一情节图。情节由甲而乙，由乙而丙丁，草图既成，进一步更求曲折变幻，在甲与乙之间，乙与丙丁之间的大曲折中再增些小曲折，极剥茧抽丝的能事，使人猜摸不出，及案破，才恍然大悟。”[③] 其中“思想缜密”“构情节图”“曲折变幻”等都是理性运思方式在程小青侦探小说创作过程中的具体体现。

而在承认世界“可知”、秩序与逻辑的前提下，侦探小说中的理性又表现为一种认知的欲望，即侦探小说中的侦探通过对知识的占有来完成对客观世界的把握以及一种秩序感、可控感的获得。比如柯南·道尔笔下的福尔摩斯通过对伦敦街道地名的熟稔来达到他对这座城市进行认知占有和精神把控的效果，并由此在读者心中将福尔摩斯与伦敦这座城市紧密捆绑在一起，甚至后来的很多影视改编作品都将福尔摩斯视为伦敦治安的捍卫者与守护神。又比如由英国侦探小说家巴拉涅斯·奥克兹女男爵（Baraness Orczy）的《角落里

---

① ［英］阿瑟·柯南·道尔：《福尔摩斯探案全集·血字的研究》，王逢振、许德金译，中央编译出版社2013年版，第6页。

② 程小青：《项圈的变幻》，载《中国现代文学百家·程小青代表作》，华夏出版社1999年版，第342页。

③ 郑逸梅：《程小青和世界书局》，载《芸编指痕》，北方文艺出版社2016年版，第174—175页。

的老人》所开创的“安乐椅侦探”传统中的侦探主人公们，他们足不出户，只是通过对信息和知识的掌握、分析与推理就完成了对案情真相的破解，同时也完成了对世界的“认知掌控”和想象性把握。①

当然，侦探们并不是渴望占有一切知识，事实上他们也无法占有一切知识，即使是被称作“他是一架世界上最完美的用于推理和观察的机器”② 的福尔摩斯也要对自己所需要掌握的知识进行一番遵循实用主义原则的严格筛选：“我认为人的脑子是一个有限的空间，你必须有选择地吸收知识。你不能把什么东西都放进去，那样做是愚蠢的。如果那样做，就会丢掉有用的东西，至多是和许多其他东西混杂起来，到时候也难以应用。因此，会工作的人一定要进行非常仔细的选择，记住对他有用的东西，抛开无用的一切，并把有用的东西条理化。如果认为大脑的空间具有弹性，可以任意扩展，那就错了。请你相信，总有一天，随着你的新知识的增加，你会忘记以前熟悉的东西。因此最重要的是，不能让无用的东西排斥有用的东西。”③ 福尔摩斯对于自己掌握知识的选择性和倾向性有时候甚至到了令人惊叹的偏激地步，比如，华生就曾对福尔摩斯在某些方面的“无知”表示感叹：“在 19 世纪，一个有知识的人不知道地球

---

① 其实，早在爱伦·坡的《玛丽·罗杰疑案》中，侦探杜邦就完全根据报纸上的信息、分析和评论来进行推理和破案，可以视为“安乐椅侦探”的最早雏形。而柯南·道尔笔下福尔摩斯的人物形象中也已经暗含了后来“安乐椅侦探”的部分形象要素，比如在《血字的研究》一篇中，华生就曾说“你的意思是说，别人虽然亲历各种细节却无法解决的问题，你足不出户就能解决了？”（参见［英］阿瑟·柯南·道尔《福尔摩斯探案全集·血字的研究》，王逢振、许德金译，中央编译出版社 2013 年版，第 7 页）这句话已经暗示了福尔摩斯“曾经”或者至少“可以”只依靠对于信息和知识的掌握与了解就完成对事实案件的掌控与破获。

② ［英］阿瑟·柯南·道尔：《福尔摩斯探案全集·历险记·波西米亚丑闻》，王逢振、许德金译，中央编译出版社 2013 年版，第 104 页。

③ ［英］阿瑟·柯南·道尔：《福尔摩斯探案全集·血字的研究》，王逢振、许德金译，中央编译出版社 2013 年版，第 5 页。

绕太阳运转的道理，实在是令人难以理解的怪事。”①

由此，华生还曾为福尔摩斯相当惊人却又十分偏颇的知识范围和结构列出了一份“知识清单”：

1. 文学知识——无。

2. 哲学知识——无。

3. 天文学知识——无。

4. 政治学知识——浅薄。

5. 植物学知识——片面，但对莨菪制剂和鸦片非常了解；对毒剂具有一般知识，但对实用园艺学一无所知。

6. 地理学知识——限于实用。他一眼就能分辨出不同的土质。他散步时曾把泥点儿溅在了裤子上，根据泥点儿的颜色和硬度他能告诉我是在伦敦还是在别的地方溅上的。

7. 化学知识——精深。

8. 解剖学知识——准确，但不系统。

9. 惊险文学——十分广博，他熟悉近一个世纪发生的几乎所有恐怖事件。

10. 提琴拉得很好。

11. 善用棍棒，精于刀剑拳术。

12. 具有丰富实用的英国法律知识。②

一方面，对知识占有极度讲求实用性的福尔摩斯，在其探案所需要的相关专业领域中的确做到了“无所不通”。小说《狮鬃毛》就是福尔摩斯掌握了大量“冷门”知识的一个例证，被害人在海边

① ［英］阿瑟·柯南·道尔：《福尔摩斯探案全集·血字的研究》，王逢振、许德金译，中央编译出版社2013年版，第5页。

② ［英］阿瑟·柯南·道尔：《福尔摩斯探案全集·血字的研究》，王逢振、许德金译，中央编译出版社2013年版，第5页。

死亡，背上留有好像被鞭子抽打而形成的纵横交错的痕迹，并在死前留下了几个不清不楚的“死亡留言”——“狮鬃毛”，正在所有人都对这件事束手无策的时候，福尔摩斯凭借其丰富的“冷门”知识，看出这是被氰水母蜇咬后产生的痕迹，并进一步判断“狮鬃毛”和“氰水母”发音很相似，从而认定这是一起意外事故，而非此前警方怀疑的有人蓄意虐待乃至谋杀。福尔摩斯之所以能如此快速地解决这起“案件”，完全得益于他对于这类古怪生物知识的充分占有。

另一方面，福尔摩斯通过这份他所掌握的“知识清单”完成了他对世界的认知和把握，而小说也通过这份“知识清单”完成了对福尔摩斯这个人物形象的功能性塑造。与此同时，我们不能忽略的是，负责列出这份“知识清单”的人是华生，而他在判断福尔摩斯具备哪些知识、又不具备哪些知识、对哪些知识有着异于常人的了解、又对哪些原本应该知道的东西一无所知的时候，其潜在的话语前提是对于一个在当时具有一般认知能力和知识储备的英国人应该掌握的知识范围的理解和预设。即我们通过华生所列出并表述的福尔摩斯的“知识清单”可以逆向推出一份华生的“知识清单”，这里面或许会有一定的文学知识、哲学知识和天文学知识等内容。小说在借助华生之手列出福尔摩斯的“知识清单”的同时，也是在间接通过华生所拥有的知识来完成对华生这个人物的塑造与想象，而这种塑造与想象同时又构成了作者对于当时英国社会中产阶级白种男性人群描摹与重构的重要组成部分。

此外，认知的欲望以及对知识的占有，落实到具体破案过程中，表现为侦探们对具体科学技术手段的使用和信赖。众所周知，福尔摩斯经常做化学实验，比如在整个小说系列中，福尔摩斯第一次见到华生时就正在欢欣于自己“发现了一种试剂，只能用血红蛋白沉淀”①，

---

① ［英］阿瑟·柯南·道尔：《福尔摩斯探案全集·血字的研究》，王逢振、许德金译，中央编译出版社 2013 年版，第 2—3 页。

又如他非常善于观察犯罪现场的指纹、足印、毛发、血迹等痕迹，并且能够据此做出重要的分析和判断。他甚至将这种破案技术手段从具体的探案实践层面上升到一种科学研究层面，同时还可以用来指导其他人进行类似的探案实践（即符合科学理论的可检验性与科学实验的可重复性原则）。按照福尔摩斯自己的说法："我写过几篇技术方面问题的专论，比如有一篇叫《论各种烟灰的区别》。在里面，我列举了一百四十种不同形状的雪茄、纸烟、烟斗丝，还配有彩色的插图来说明各种烟灰的不同。""还有一篇关于脚印跟踪的专论，里面有对于使用熟石膏保存脚印的一些介绍。这里还有一篇奇特的小文章，是关于一个人的职业怎样影响他的手形状的，配有石匠、水手、木刻工人、排字工人、织布工人和磨钻石工人的手形版画，这些对于科学的侦查是有很大的实际作用的——特别是在碰上无名尸体的案件或是发现罪犯身份等时都会有帮助。"① 这里的福尔摩斯俨然从侦探"摇身一变"成为"科学家"和"实验者"，而需要特别指出的是，现代实验室中理性/科学/知识的神秘性也反过来为福尔摩斯这个人物的塑造增添了新的光环。

综上所述，侦探小说中的探案故事往往建立在对一个"可知"世界想象的基础之上，将客观世界（包括"他者"的主观世界）理解为一种有着某种既定秩序与规律的所在。② 当侦探面对这种既定秩

① ［英］阿瑟·柯南·道尔：《福尔摩斯探案全集·四签名》，王逢振、许德金译，中央编译出版社 2013 年版，第 57 页。

② 这种侦探对于世界的笃定认识和理性把握更多还是限定在早期侦探小说之中，在后来美国"硬汉派"侦探小说作家达希尔·哈米特（Dashiell Hammett）和雷蒙德·钱德勒（Raymond Chandler）的笔下，案件经常表现为某种无缘由的愤怒或者临时起意，比如钱德勒所说的"汉米特把谋杀还给了那些手里拿着工具，因为各种原因而犯罪的人……他把谋杀带回小巷中""世界上最容易被侦破的谋杀案是有人机关算尽，自认为万无一失而犯下的，真正伤脑筋的是案发前两分钟才动念头犯下的谋杀案"。因而侦探在借助理性应对和处理这些案件的时候，往往不能像福尔摩斯那样得心应手，相反更多表现出某种无力感与无可奈何的挫败情绪。

序与规律时，需要使用理性的运思方式，即通过对因果链条的遵循和严格的逻辑推理来完成对案件前因后果的整体性把握。其中，不可或缺的内容是侦探的认知欲望及其对于丰富的、有效的知识的占有，而这种知识占有落实到具体的探案过程中，就表现为对一系列科学技术手段的借助和使用。以上这些环节共同构成了侦探小说中的理性因素。我们甚至可以说，在这些意义上，侦探小说并非反映“社会现实”（social reality）的文学，而是反映“理性现实”（rational reality）的文学，因而也有学者就此提出侦探小说应该属于“浪漫主义文学”或“幻想小说”[①]。或者用克拉考尔的话来说，“细究之，他们的作品属于一个含义层面并且听从相似的形式法则。将他们全体捆扎又铸上印记的是它们所证明的以及它们由之产生的理念：全盘理性化的文明社会的理念，对这个社会，它们进行极端片面的把握，风格化地将之体现在审美折射当中。它们感兴趣的不是逼真地再现那些被称为文明的实在（Realität），而是一开始就翻出这实在的智性特征。”[②] 在充盈着理性精神的侦探小说中，“作为理性轻松的扮演者，侦探漫游在人物之间空的空间里”[③]，“从一个任务赶赴又一个任务，他独自展示着理性向着无限的前进（Progressus ad indefinitum）”。[④]

---

① 比如博尔赫斯就曾认为：“爱伦·坡不希望侦探体裁成为一种现实主义的体裁，他希望它是机智的，也不妨称之为幻想的体裁，是一种充满智慧而不仅仅是想象的体裁；其实这二者兼而有之，但更突出了智慧。”（参见博尔赫斯《侦探小说》，载［阿根廷］豪·路·博尔赫斯《博尔赫斯口述》，王永年、屠孟超、黄志良译，浙江文艺出版社 2008 年版，第 169 页）

② ［德］西格弗里德·克拉考尔：《侦探小说：哲学论文》，黎静译，北京大学出版社 2017 年版，第 20—21 页。

③ ［德］西格弗里德·克拉考尔：《侦探小说：哲学论文》，黎静译，北京大学出版社 2017 年版，第 17 页。

④ ［德］西格弗里德·克拉考尔：《侦探小说：哲学论文》，黎静译，北京大学出版社 2017 年版，第 84 页。

第二节 理性精神与民国侦探小说：无神论、理性运思方式与科学知识普及

在分析晚清、民国侦探小说中的科学因素与理性精神时，我们一定程度上仍然可以遵循着上述“可知”、秩序、逻辑、知识与科学技术手段等几个层面来进行理解。但除了前文中所述的这些理性之于侦探小说这一文学类型的普遍性意义之外，我们还需要结合当时晚清、民国自身的社会历史现实和侦探小说创作的实际情况，更为历史化、语境化地来考察这一时期侦探小说中的理性之意义，或者也可以说是理性之“迷思”。简言之，即在侦探小说对于公案小说的文类“超越”和“改造”过程中，传统公案小说中的“事涉迷信者”成为侦探们批判和不屑一顾的“不经之谈”，对“事必有理”“案必有因”的朴素唯物论思想的坚信，构成了侦探小说中侦探查案的基本世界观和潜在逻辑前提；与此同时，侦探小说里侦探查案时对于理性逻辑思考过程的依循、侦探小说作家创作侦探小说时对于理性运思方式的强调，以及其对读者通过阅读侦探小说可以增强自身理性思维能力的期待与“想象”，在当时的很多评论话语表述中，形成了某种有趣的“同构性”关系；此外，晚清、民国侦探小说中大量对于物理学、化学、心理学等现代科学知识的“附加”，使得“科普”本身成为当时侦探小说有意/无意间达成的某种文学效果，然而其中悖谬的地方在于，这些当时侦探小说里的科学知识很多时候并非真的“科学”，而更近似于某种科学理想或科学幻想。理性之“思”也由此变成了理性之“魅”。

一 “破除同胞的迷信”

在晚清、民国侦探小说中，理性作为一种认知世界的方式和手段，其现实意义首先在于对无神论的宣扬与对当时流行的狐鬼迷信

之说的批判与祛魅。正如前文中所分析过的那样，在传统的中国小说类型中，与侦探小说共享某种犯罪题材、具有较大相似性的公案小说中就大量存在“阴间断案”或“鬼怪奇谈”，从“三言二拍”中的公案故事不少都涉及此类题材，到鲁迅所统计的《龙图公案》中，“记拯借私访梦兆鬼语等以断奇案六十三事”①，再到吴趼人《中国侦探谈》中虽然对“过于怪诞者，概不采录”，但因为“我国迷信之习既深，借鬼神之说以破案者，盖有之矣，采辑或不免辑此”②（实际上是三十四则故事中仅有四则涉及超自然现象），最终仍不免被刘半农批评为“事涉迷信者，更不一而足，未足与言侦探也”③。是否涉及狐鬼迷信之谈一定程度上成为当时人们区分中国公案小说与西方侦探小说的重要标准之一。而通过侦探小说的传播和普及为广大中国读者建立一种科学理性的头脑则是当时中国侦探小说作者、译者、评论者及其他倡导者们所一直反复强调的侦探小说的意义与价值之所在。比如程小青就曾多次提出：“侦探小说是一种化装的通俗科学教科书。”④刘半农在与人合译《福尔摩斯侦探案全集》时更是认为柯南·道尔创作侦探小说的宗旨是：“以至精微玄妙之学理，托诸小说家言，俾心有所得，即笔而至出。于是乎美具难并，启发民智之宏愿乃得大伸。”⑤

具体到民国侦探小说文本中，在程小青的《白衣怪》、俞天愤的《怪履》、陆澹盦的《狐祟》、张碧梧的《狐疑》、长川的《狐火》等篇里，被害对象开始都怀疑是有鬼怪或者狐妖作祟，因而惶惶不

① 鲁迅：《中国小说史略·清之侠义小说及公案》，中国和平出版社2014年版，第228页。

② 吴趼人：《中国侦探案·凡例》，载《吴趼人全集》（第七卷），北方文艺出版社1998年版，第69页。

③ 刘半农：《匕首·弁言》，《中华小说界》第一年第三期，1914年3月1日。

④ 程小青：《论侦探小说》，《新侦探》第一期，1946年1月10日。

⑤ 刘半农：《〈福尔摩斯侦探案全集〉跋》，载《福尔摩斯侦探案全集》，上海：中华书局1916年5月版。

可终日。但在霍桑、李飞、宋悟奇等侦探看来，这种“不经之谈”完全不值一提，更不用说相信与否。虽然侦探们不一定在刚接到案件时就直接揭穿这种说法的荒诞和无聊，却往往是从一开始就根本不曾相信过鬼神狐仙一类的存在，而是马上从有人故意装神弄鬼、别有图谋的相关方面和思考路径着手展开调查。从表面上看来，民国侦探小说通过理性精神反迷信或许不如一些晚清小说如《扫迷帚》《当头棒》《新三国》《新七侠五义》等创作目的明确且表现方式更加直接、外显，毕竟这些晚清“反迷信”小说创作的主要意图之一就是要“破除同胞的迷信”[1]，或者“时时提破神仙鬼怪、荒谬放诞之说，使读者触目惊心，恍然省悟”[2]。但我们也必须看到，民国侦探小说似乎没有旗帜鲜明地反对迷信的重要原因之一，其实是在于其已经将对无神论世界观的坚持作为一种小说潜在话语前提来进行接受和承认的。即在某种程度上来看，这是对晚清“反迷信”小说的进一步延伸和发展，对于晚清“反迷信”小说而言，鬼神之谈还是一个需要予以正面公开讨伐的对象，但在民国侦探小说那里，这种言论早已经变得不值一谈。关于这一点，正像科利斯·拉蒙特所说的那样，“请考虑一下幻觉或见鬼这种事情，即当一个人认为他看到了实际上并不存在于那儿的某个人或某个事物时所发生的情形吧。我们不必怀疑他的幻觉的产生，但是经过理智的分析，我们能够赋予它以适当的意义”[3]。

类似的例子还有孙了红的《血纸人》一篇小说，小说一开始的场景就设置“在一个佛教团体的讲经法会里”[4]，然后暗示读者这可能是一个冤鬼复仇的故事。但作者在故事讲述过程中一方面努力营

---

① 陆士谔：《新三国·开端》，上海改良小说社1909年版。

② 治逸：《新七侠五义·弁言》，上海改良小说社1909年版。

③ ［美］科利斯·拉蒙特：《人道主义哲学》，贾高建、张海涛、董云虎译，华夏出版社1990年版，第210页。

④ 孙了红：《血纸人》，《万象》第一卷第十一期至第二卷第一期，1942年5月1日至1942年7月1日。

造着“太神秘了”的悬疑和恐怖气氛，另一方面又时时通过向读者普及 Hysteria（歇斯底里）等心理学知识来故意消解掉这种神秘感。小说最后事实证明这一切当然是“人复仇”，而非“鬼复仇”，并且通过在整篇小说里对大量现代心理学知识话语的“挪用”，成功区分了借助宗教场所、灵异事件来加强小说神秘感与将小说本身写成一篇“都市怪谈”或“聊斋故事”之间的根本性区别。这里不妨参照余岱宗的一个说法：“现代小说文体不再以单一的叙事路径贯彻文本始终，而是不断延伸出种种话题，让小说创作的‘故事’成为吸纳多学科话语的载体，而不是让多学科话语成为‘故事’的附庸。”[①] 余岱宗在这里所说的对象当然是作为先锋小说之一种的“百科全书式”小说，而非作为通俗文学的侦探小说。但我们也完全可以借鉴他所指出的小说中故事叙述与科学话语之间的关系作为理解孙了红《血纸人》这篇小说的一个进入角度。即在故事叙述层面，小说为了加强悬疑感而引入了大量近似“怪力乱神”的情节元素，但同时作者又处处不忘通过对科学话语的“吸纳”来提醒读者这些看似不可解之现象背后其实都有着其科学解释的可能。由此，《血纸人》恐怖怪谈的文字表象背后，仍是一篇坚持科学主义与理性精神的侦探小说。

另一个复杂而有趣的例子则是施蛰存的小说《凶宅》，目前研究界中不少学者将其视为“怪诞小说”（grotesque or uncanny），或者是心理分析小说，但我们其实也可以将其看作侦探小说的某种变形或典型。小说《凶宅》先是对被传说为“鬼屋”[②] 的凶宅进行了一番非常恐怖和诡异的气氛塑造——连续三个女住客先后在此处上吊自杀。但最后经调查发现，一切恐怖和悬疑只不过是“我

---

① 余岱宗：《百科辞典式的创作意识与现代小说的文体变革》，《福建师范大学学报》2019 年第 6 期。

② 施蛰存：《凶宅》，载《施蛰存文集 · 十年创作集》，华东师范大学出版社 1996 年版，第 356 页。

亲自制造的恐怖空气达到了相当的浓度"①，实际上根本没有什么超自然的力量，看似诡异的事情其实都可以找到科学的解释和基于因果逻辑的来龙去脉。特别值得一提的是，施蛰存在小说中引入了报纸新闻、私人日记和犯人供状等多种非虚构文体，并借此营造出某种传说与真相、鬼怪与谋杀相互交织的文本复杂性。而随着最后一切真相大白，人为设计谋杀的事实取消了鬼屋传说的可能性，同时也在另一个层面上完成了理性话语对于迷信之辞的彻底破除。

因此，我们可以说，民国侦探小说更多是从"立"而非"破"的角度来"反迷信"（当然民国侦探小说创作本身的目的并非"反迷信"，"反迷信"只是民国侦探小说无意中达成的客观效果之一），即通过对于无神论世界观的先在接受和普遍承认，来自然而然地排斥并淘汰传统的封建迷信世界观。或者小说在营造了某种"灵异"氛围之后，又通过对科学话语的引入而解释种种看似不可解释的现象，这种解释过程本身同时也是一种"祛魅"与"反迷信"的过程。尤其当小说最后侦探揭开一切谜底，发现真的是有人"别有用心"地在"装神弄鬼"，而根本没有什么"怪力乱神"时，那么小说开头的狐鬼传言与荒诞之说也就不攻自破了。在这个意义上，从晚清时期直接发声反对迷信的"反迷信"小说到民国时期的侦探小说，对于在当时社会上传播科学理性精神的意义，尤其是在树立一种新的无神论世界观方面的意义，和赫伯特·巴特菲尔德对西方近代科学革命与文学之间关系的认识颇有几分相通之处："把科学革命的成果迅速而仓促地转变为一种新的世界观，这个工作更多地是文学家而不是由科学家完成的。"②

① 施蛰存：《凶宅》，载《施蛰存文集·十年创作集》，华东师范大学出版社1996年版，第378页。

② ［英］赫伯特·巴特菲尔德：《近代科学的起源》，张丽萍等译，华夏出版社1988年版，第7页。

二　培养“论情察理的科学头脑”

侦探小说中所内含的理性的运思方式，对于晚清、民国时期科学思考方式和理性精神普及程度并不高的中国而言，是有着格外的现实意义的。具体来说，我们可以认为侦探小说中侦探查案时对理性运思方式的使用在某种程度上是在为现实生活中读者应该如何理性思考问题作了一次文学上的“示范”。关于这一点，无论是当时的侦探小说评论者，还是后来的研究学人都曾反复提到。比如程小青就认为借助文学阅读的媒介，可以将科学理性精神由小说中的侦探人物形象身上传递并影响到读者大众那里，即他所强调的侦探小说的“科学化”：“‘科学侦探小说’这个名词我们听得惯了，就是说借用了科学的原理演述或解决那小说中主要的情节。这原是偏重于具体的科学知识。其实即使不讲具体科学，侦探小说的本身早已科学化了。例如，科学是论理的，侦探小说度情察理也是论理的；科学重研究、重证据的，侦探小说的组织也注重研究和证据两项；科学的研究方法分演绎和归纳两种，侦探小说中的主角探案时也都运用这两种方法，以达到他破案的目的。所以凡多读侦探小说的人，不知不觉之中便养成了一种论情察理的科学头脑。”① 在程小青的这段话中，其实已然涉及作为认知方式和运思方式的理性精神这两层含义，即侦探小说里侦探如何客观地理解一件突发案件，又如何科学地运用逻辑思维来尝试构建案件之所以发生的因果链条，其实都是在运用着自己强大的理性思维，并且给正在阅读小说的读者以某种“理性”上的示范。此外，程小青还进一步指出阅读侦探小说对人们理智态度的培养以及各方面具体理性运用能力的提高都颇有益处：“侦探小说的质料是侧重于科学化的，它可以扩展人们的理智，培养人们的论理头脑，加强人们的观察力、想象力、分析力、思考

① 程小青：《侦探小说和科学》，《侦探世界》第十三期，1923年十一月朔日（农历）。

力，又可增进人们辨别是非真伪的社会经验。”① 当然，对于这些观点我们并不感到陌生，毕竟从晚清梁启超、林纾、周桂笙等人以来，这套关于侦探小说的实用主义理解和说辞，一直在“同义反复”地被使用和强调着。

关于程小青所说的“理智头脑”及各种相关能力，刘半农通过侦探小说的翻译和引介对此有过更为细致的阐述：“言之之前必须依研究科学问题之法设一假定之已知事，以为根据。后本此假定之已知事以求之。使此假定之事而确也。吾后文之推测必一一与事实符合。万一此假定之事不确，则后文虽不能尽与事实符合，容亦有一部分道着处，未可视为不经之谈也。”② 对于遇到问题时的思考方式与应对策略，刘半农的这番话将具体思考的过程与先后顺序讲得非常清楚，显然更富有可操作性。而学者袁进也认为：“侦探作为一种现代社会的破案英雄，他们注重实地调查，强调细致观察，应用物理化学等科学知识来研究案情，寻找证据，运用心理学和归纳、分析、推理的逻辑来判断事实，这种崇尚智慧，重视证据的态度，实事求是的取证手段，严密周全的逻辑推理，都体现了一种现代科学精神，这种现代科学精神正是当时中国所缺乏的。”③

无论是程小青所说的相对笼统、模糊的“理智头脑”，还是刘半农对具体理性思考过程的细致描述，抑或是袁进后来对于所谓“科学精神”几层内涵的归纳和概括，都是对晚清、民国侦探小说中理性运思方式在不同层面的说明和阐发。而进一步来说，所谓“理性的运思方式”还可以粗略归结为小说中侦探破案时对基本逻辑规律的依循，比如大多数侦探小说中侦探对案情进行严密的逻辑推理时（福尔摩斯所说的“演绎法”）实际上是在严格遵照“因果律”在进行思维、判断和行动，程小青更是在小说中直接借霍桑之口说出

---

① 程小青：《论侦探小说》，《新侦探》第一期，1946 年 1 月 10 日。

② 刘半农译：《一身六表之疑案》，《小说大观》第四期，1915 年 12 月 30 日。

③ 袁进：《中国文学的近代变革》，广西师范大学出版社 2006 年版，第 329 页。

了“我相信宇宙间的一切现象，都跳不出自然的因果律”[①]。此外，侦探小说中侦探排查不在场证明或凶手伪造不在场证明的行为方式和动机目的本身，其实都是利用了“矛盾律”的基本逻辑定律，即犯罪嫌疑人不能同一时刻既在此地又在彼地。甚至在很多情况下，这种理性的运思方式还会显现在小说文本形式上。比如在刘半农的小说《假发》中，作者为了突出显示侦探思考过程的逻辑化与条理化，而把所有思考细节都标上了序号。[②] 在前文中所举例分析过的俞天愤的侦探小说《火柴》中，作者更是将所有已知线索以数字罗列的方式不厌其烦地一一呈现出来。[③] 这些严谨却又略显枯燥的写法背后，正是条理化、逻辑化，甚至穷举化的理性运思方式在起作用。当然，如何更为恰当地在侦探小说中呈现并运用这种理性思维方式，使之与作为情感之表现形式的文学之间不过分抵牾，甚至可以做到相得益彰，是一个值得继续追问的问题。只不过民国侦探小说还没有能够对这一问题做出很好的思考与回答。

三　“科学的侦探术”

侦探小说中关于侦探破案时所采用的具体科学技术手段的相关描写和介绍，对晚清、民国时期大众科学素养普遍不高的中国而言，也是具有一定的知识教育意义和科学普及功能等积极作用的。比如刘半农就曾指出：“即言凡为侦探者，对于政治上之知识，可弱而不可尽无也。言其于植物学则精于辨别各种毒性之植物，于地质学则精于辨别各种泥土之颜色，于化学则精邃，于解剖学则缜密，于记载罪恶之学则博赅，于本国法律则纯熟，即言凡此种知识，无一非

---

① 程小青：《别墅之怪》，载《程小青文集 4——霍桑探案选》，中国文联出版公司 1986 年版，第 304 页。

② 刘半农：《假发》，《小说月报》第四卷第四期，1913 年 8 月 25 日。

③ 俞天愤：《火柴》，载《中国新侦探案》，上海小说丛报社 1917 年 2 月 10 日初版，第 101—102 页。

为侦探者所可或缺也。”[①] 吴羽白也认为：“侦探小说在文艺领域内，是有他独立的范畴的。他是科学发达以后的产物，同时也是工业国家的产物，因他不但需要广博的科学知识，而且尚涉及心理学、罪犯学、逻辑学等专门学科。”[②] 类似的，范烟桥也认为，侦探“揣摩举止，以得其意思，此心理学也；观察器具，以发其秘密，此物理学也；试验品物，以证其实在，此化学也。至若真正之侦探，则尚须有健全之身体、健全之精神，防身之具，尤不可以不备”[③]。三个人都不约而同地指向了侦探小说中的侦探必须要知识丰富且“博学”的特点，而这也恰好是现实中人们对于侦探或警务人员的职业素养期待[④]，甚至是作为一名合格的现代公民应有的某种理想个体

---

① 刘半农：《〈福尔摩斯侦探案全集〉跋》，载《福尔摩斯侦探案全集》，上海：中华书局 1916 年 5 月版。

② 吴羽白：《说侦探小说之进步》，参见张慧剑编《西方夜谭》，南京新民报社 1946 年版，属于“南京新民报文艺丛书之八”。

③ 范烟桥：《侦探小说琐话》，《侦探世界》第二期，1923 年。

④ 与大量侦探小说译介传入中国并接受本土化改造相同步的，是当时中国国内也出版了不少关于侦探学、侦探术或警察使用手册一类的科普性用书，比如《侦探学》（刘紫菀编，江苏省警官学校 1929 年版）、《侦探学研究》（赵志嘉著，世界书局 1929 年版）、《侦探学要旨》（张澄志著，商务印书馆 1931 年版）、《最新侦探学》（卢政纲著，南京书店 1932 年版）、《警察效用》（邵清淮著，大公报社 1932 年版）、《警察实务纲要》（张恩书著，中华书局 1937 年版）等。其中《侦探丛书》（夏全主编，京华印书馆 1935 年版）属于相对比较大型的一种，全书共 14 种，合订 2 册。上册包括《侦探学》《侦查罪犯之钥》《侦查罪犯心理法》《罪犯之相》《科学侦查之钥》《侦探之法医常识》《侦探心得》《缉务琐谈》8 种；下册包括《指纹学术》《指纹实验录》《警犬学术》《警犬之管育》《侦探破案汇录》《手枪使用法》6 种。书中附有大量指纹及侦查实验照片图像，可谓图文并茂。此外，比较值得一提的还有《现代犯罪侦查》（余秀豪著，商务印书馆 1947 年版），该书对于犯罪的原因、动机、方式，以及刑事侦查中的个人识别法、现场探查、讯问技术、科学利用、侦查人员的选训、侦查机关的组织、各国犯罪侦查密探等各方面都有所介绍，规模虽不及《侦探丛书》庞大，但涉及面向和内容却也相当完善。据作者自己介绍，该书是“著者赴美考察研究警政之成果”。此外，民国时期还翻译引进了诸如《侦探术》（宪兵司令部宪兵杂志社编辑，1934 年）和《谍报勤务（第二版）》（布尔林编著，军用图书社 1940 年版）等实用性著作。而在当时的《侦探世界》杂志上，也刊登过诸如吴羽白《侦探常识一斑》[刊于《侦探世界》第二十一期，1924 年三月朔日（农历）]、程小青《指纹略说》（刊于《侦探世界》第一期至第七期，1923 年 6 月至 1923 年？月）一类的侦探科普性质文章。

状态。

而作为民国时期对侦探小说科学性主张最大力的倡导者程小青，更是专门撰文，分门别类地从足印、头发、秘密信、状态鉴别力、血迹、碎纸片、灰尘、神秘墨水、指印等九个方面谈了侦探过程中的一些科学探案手法和小窍门。[①] 整个系列文章既可以看作对于侦探小说的介绍与说明，也可以直接视为某类科普文章来阅读。实际上，如果回到晚清、民国时期的具体历史语境下来看，无论是刘半农所说的植物学、地质学、解剖学，还是吴羽白推崇的心理学、犯罪学、逻辑学，抑或是范烟桥谈到的心理学、物理学、化学，以及程小青介绍的测量足印、观察灰尘与鉴别神秘墨水等现代学科、科学知识与技术手段，对于当时大多数的中国读者来说都是新鲜的，即使他们一时间可能还不能够真正掌握这些科学知识，更遑论意识到并理解这些科学知识背后的学科原理与科学思维方式，但对这些科学知识与技术的感性接触本身也正是人们了解科学、走近科学初期所必不可少的过程之一。而反过来看，民国时期侦探小说译者与作者们对于侦探小说中“博学”及各类科学知识话语的关注和倾心也恰好说明了当时中国知识界与读者界对这方面实际存在的某些缺失的渴求心理。

当然，侦探小说中的科学技术手段描写也要随着现实世界中科学技术的进步而不断更新，甚至需要满足侦探小说读者日益增长的对于最新科学技术手段的了解需求。俞天愤早在1918年的《中国侦探谈》中已经认识到“侦探愈研究愈精，而社会之不法行为亦与时俱进，吾辈为保卫治安计，不得不力排众议，以侦探为莫大之事业”[②]。1947年位育在《谈侦探小说》一文中也谈及了侦探小说创作

---

① 程小青：《科学的侦探术》，《侦探世界》第十八期至第二十期，1924年正月望日（农历）至1924年二月望日（农历）。

② 俞天愤：《双履印》，载《中国新侦探案》，上海小说丛报社1917年2月10日初版，第18页。

与实际破案技术手段及读者阅读需求之间的某种关系，以及在这一过程中对于侦探小说作者自身科学素养方面的基本要求："比方说，你写一个凶手从浦东来，到市西区住宅内犯了案，明知此人有嫌疑，久久以后方从别方面证实。那么，读者马上可以问你：侦探何不用分光仪分析犯案地点之泥土，不是就可以发现自浦东带来的泥土吗？如果你根本不懂分光仪的作用，你就不免要瞠目结舌了。"① 这里我们姑且可以先搁置对于位育这段话中"读者质疑"合理性与可行性的考辨（即所谓"分光仪"的效用、普及度与可操作性），而应该从更为宽泛的层面上来看到其所提出问题的意义所在。即随着侦探小说的流传普及与现实中犯案手段的不断进步，侦探小说读者的相关知识也随之不断增长，这就反过来要求侦探小说作者在创作时更加注意科学思维的严密性和对最新技术手段的了解与运用，进而有可能最终形成一个创作与阅读相互促进，科学知识普及程度逐渐提高的良性循环局面。

在20世纪40年代的《大侦探》杂志上也曾刊登过一篇吴怀冰所写的题为《你要写侦探小说吗？》的文章，文中不仅详细介绍了当时最为先进的侦探科学技术手段，更明确提出"现在"（按：指吴怀冰文章发表时）的探案手段较之"福尔摩斯探案"小说的时代已经有了很大发展和变化，因而侦探小说作者们也必须要与时俱进：

> 由于近几十年来各种科学的发达，侦探小说也有了极大的进步。柯南道尔可说是侦探小说作者的鼻祖，从前他写福尔摩斯的才能，只凭直觉忆断，靠了手指印、嘴唇膏、香烟蒂或是鞋印子，演绎推究事实的真相。到现在，这种方法虽然未尽废弃，但是大部分却已运用科学的手段，来找取线索，建立证据，归纳地求取结论，所以无形中柯南道尔那种描述福尔摩斯的手

① 位育：《谈侦探小说》，《红绿灯》第七期，1946年11月22日。

法已经落伍了。[①]

吴怀冰在文中认为在当时最新的探案技术手段的对比之下，“福尔摩斯探案”小说里的查案方法已经显得非常陈旧和过时。作者同时还在文中向读者介绍了几种当时最新的探案技术，比如通过化学实验分析尸体的血液和胃部、通过弹痕来推测子弹和枪支的型号、通过“显微摄影”和“分光考验”等技术对极细小的物体（如烧成的灰、烬余片屑、铁的粉粒）进行观察和分析等。与此同时，在同一时期的《大侦探》杂志上，也刊载过很多对于最新查案科学技术手段的介绍性文章，比如《手指上的汗毛孔》（第十二期）、《刑事实验室内幕》（第十三期）、《指纹的认识和用途》（第十五期）、《香烟头的效用》（第三十期）等。而其中《刑事实验室内幕》一文还特别提到了中国建立了首个刑事实验室，并引进了测谎仪等当时最先进的设备仪器等内容。这些文章除了将现实生活中最新的侦探技术介绍给广大读者，对侦探小说创作构成了一种外在影响与革新动力之外，其还值得我们注意的地方在于，“过时”与“进步”这种看法本身在某种程度上也正是基于进化论等现代理性观念基础之上所产生的认识方式与意识形态。对于“新”“旧”观念的潜在话语接受即体现出了广大民国侦探小说读者对于现代理性观念的某种先在理解和默认态度。而如果以更为整体性的、历史的态度来看待这一问题，科学“信仰”、理性观念、进化论思想与具体的科学知识和技术手段之间从来都是密不可分的一个整体，而想要真正理解并实践其中任何一个方面，也必然要求对其余两个方面有相应的认识、理解和掌握。

综上所述，理性精神在晚清、民国侦探小说中有着历史的、具体的语境意义和文学表现。其一方面通过对无神论世界观的天然接受与话语默认，完成了对封建迷信和狐鬼之谈的抵抗和批判，另一

① 吴怀冰：《你要写侦探小说吗?》，《大侦探》第三十四期，1949 年。

方面，又凭借其小说自身对理性运思方式与基本逻辑定律的反复书写，有意/无意间引导着当时广大读者的思考方式，起到了理性启蒙和“示范”的积极作用。此外，民国侦探小说中对各种具体的科学知识与侦探技术手段的书写实践，也在一定程度上达到了对当时的读者大众进行知识教育和科学普及的客观效果。而更加难能可贵的是，民国侦探小说作者们已经初步察觉到作为技术/科学/知识/理性本身所可能存在的弊病，即他们已经（虽然很可能是模糊地）感觉到了除了当时中国人普遍理性精神之不足外，纯粹的科学主义与理性主义或许会带来许多新的问题，而科学与理性本身可能还是需要通过道德、情感或人文主义精神来进一步维系与平衡的。只不过这种反思，在民国侦探小说中还只能说是“浅尝辄止”的“偶一为之”。而对于这些问题的分析，则要留待下一节具体展开了。

第三节　理性的“迷思”：论民国侦探小说发展之“不走运”

一　“侦探小说在华不走运论”

萧乾在1946年曾经撰文《侦探小说在华不走运论》。在文中，萧乾指出：“回到远别九载的上海，我忽然在书摊上看到了国产的侦探案；起初，我很兴奋。上海，这华洋杂居的码头是需要几位精悍的福尔摩斯的。但没上几天，我便下了这个结论：中国尽管有福尔摩斯，侦探小说在中国最近是不会走运的。”① 为什么萧乾会认为“侦探小说在中国最近是不会走运的”？或者换一种问法，“为什么中国人总不会养成一种侦探小说癖？为什么中国总不会产生第一流

① 萧乾：《侦探小说在华不走运论》，《上海文化》第十期，1946年。

的侦探作品？”[1] 这是民国时期侦探小说作者与评论者们一直在不断反复追问的重要问题，也是后来相关研究者们绕不开的问题。其实，从后见之明的角度来看，早在晚清时期，侠人对当时西方与中国侦探小说创作“现状”的描述就已经可以视为后来民国侦探小说本土创作贫弱、发展“不走运”的某种“谶语”：“唯侦探一门，为西洋小说家专长，中国叙此等事，往往凿空不近人情，且亦无此层出不穷境界，真瞠乎其后矣。”[2] 只不过，我们需要接着侠人的话所进一步追问的是，为何“中国叙此等事，往往凿空不近人情”？

就本节所引述的这个问题的提出者全增嘏自己认为，民国侦探小说创作发展“不走运”与读者反响不热烈是因为“中国人不肯长思”“中国人不好奇”“中国普通人的科学知识太缺乏”“中国人太相信宿命论，认为凡屈死者皆有其取死之道，故大可不必替之声冤”等[3]。其将侦探小说在中国的发展“式微”归结到读者与国民性一类的问题上去，即认为由于中国人普遍缺乏理性与科学等现代意识，因而作为西方大众文学中最受欢迎的小说品种之一的侦探小说[4]，在中国的社会环境与文化土壤中迟迟不能茁壮成长并最终枝繁叶茂。

全增嘏的这种看法在当时是颇具一定普遍性的“文坛共识”，比如民国时期最重要的侦探小说作家程小青也曾经表达过类似的看法：“侦探小说在欧美社会之地位固甚高也。”“然反观我国，自侦探小说输入以来，亦已二三十年，而嗜好之人，仅限于曾受学校教育之学生，极少数思想较新之人，去普遍之限度尚远。此何故欤？则因中西社会之习性，有一根本之不同点，即西人富科学观念，侦探小说既注重科学，偏于智的方面，欢迎者自多。而我国之科学正当幼

---

① 全增嘏：《论侦探小说》，《十日谈》第一期，1933 年。

② 侠人：《小说丛话》，《新小说》第十三期，1905 年。

③ 侠人：《小说丛话》，《新小说》第十三期，1905 年。

④ 《侦探和神秘小说》一文中曾指出：“侦探和神秘小说是西方文学中最受欢迎的小说品种。”（参见［美］拉里 · N. 蓝德勒姆《侦探和神秘小说》，高振亚译，载［美］托 · 英奇编《美国通俗文化简史》，漓江出版社 1988 年版，第 77 页）

稚时代，自无怪结果之相反。予尝闻诸人言：阅侦探小说须费脑力，故喜阅者不多。盖我国人习于优游自得之生活，处事接物常守循乎自然之旨，以葆其天君，而不愿多费思考，故于描写逸乐风流之社会小说，嗜之不倦，侦探小说既注重科学思想，宜不适其胃欲矣。”① 程小青的这段话和前文所引全增嘏的说法基本上表达出了相同的意思，二者同样是从当时的中国读者大众科学理性素养不高的角度入手来进行分析，并由此构成了中与西、传统与现代、情感与科学、社会小说与侦探小说等一系列的二元对立。相比较而言，俞天愤关于中国侦探事业和侦探小说为何发展“不走运”的说法可能更有意思且富于启发性，将其下面这段话中的论述对象全部置换为“侦探小说”之后也更能够刺激并引发我们新的思考：

> 惟侦探二字，在东西洋固不足见怪，若在中国，苟发生一事，用所谓纯粹侦探术索之，必不能济，无他，信息不灵通，布置不精密，警察不完备，交通不便利，以是种种阻碍。乃欲凭一人之心思，一人之才力，以与社会无量之恶魔战，吾知其必无所用也。且今之所为侦探者，不过一捕快之代名词耳，以讹诈为能，以敲扑为主，以风影为独得之秘，迥非侦探之原义。是故作侦探小说者，大抵译自他邦，非轻视中华文字也，执笔者对于一般奇狱异案，莫不愿做侦探小说观。无如既无统系之可寻，又无研究之余地，偶而伏案构思，强为述说，味同嚼蜡矣。②

在俞天愤看来，在当时中国的现实社会中，侦探查案最终成功与否，除了受自身“所谓纯粹侦探术”水平高低的影响之外，还取

① 程小青：《谈侦探小说》，《新月》第一卷第一期，1925年10月2日。

② 俞天愤：《双履印》，载《中国侦探谈》，上海清华书局1918年11月初版，第18页。

决于一种综合性的、整体上的科学环境和社会氛围，而当这些科学环境和社会氛围都还不成熟，甚至根本不具备的时候，不仅侦探事业不能很好地发展，侦探小说创作也是“既无统系之可寻，又无研究之余地”。如果强行闭门造车，“偶而伏案构思，强为述说”，最终结果也只能是“味同嚼蜡矣”。也就是说，俞天愤在某种程度上从客观社会环境与物质文化基础缺失的角度来阐发了民国时期中国侦探事业与侦探小说创作的“无根性”特征，即作为没有相应社会现实基础的“无本之木”与“无源之水”，民国的侦探小说创作是很难获得真正意义上的繁荣和发展的。

全增嘏、程小青与俞天愤的看法大致可以代表民国时期及后来学术界对当时中国侦探小说发展“不走运”的两种主要认识——即中国读者不喜好侦探小说和当时中国的社会环境缺乏滋养侦探小说的土壤。而且换一个角度来看，这两种看法之间又有着相当程度的交集，毕竟“国民性”问题、读者群体的科学素质与趣味倾向，以及“社会文化环境”之间根本无法彻底地彼此间剥离开来，甚至它们在很多情况下是有着共同的根源性指向的。但这里值得玩味的地方又在于，当我们将这个关于民国侦探小说为何发展“不走运”的解释和一般所认为的为何在清末民初时期曾掀起过一阵翻译和阅读西方侦探小说的热潮的答案相互叠加来看，就会得出如下略显“怪异”的结论：晚清时期，因为中国知识分子与广大民众普遍缺乏科学理性精神，所以人们才满怀热忱地引进了侦探小说，并一时间造成了翻译与阅读上的热潮；但同样是因为当时的中国民众普遍缺乏科学理性精神，所以最终又导致了侦探小说在民国时期发展一直存在水土不服的问题，并最终走向式微①，即全增嘏所说的“侦探小

① 当然，在民国侦探小说从“热潮”到“式微”的转变过程中，新文学与通俗文学之间的对抗和竞争也是不容忽视的重要因素之一。如果说清末民初时期很多文人对侦探小说抱有过重的理性启蒙与科学教化方面的期待，那么到了20世纪20年代以后，当他们发现期待落空，或者是其找到了更好的文学替代物时，便将侦探小说打入另册（笼统归入“鸳鸯蝴蝶派”），甚至彻底抛弃（与黑幕小说视为同流）。

说在中国最近是不会走运的”。将侦探小说在晚清时期引进的热烈和民国时期发展的冷清同样归因于一点，显然不具备足够的说服力和充分的解释力。这里解释力欠缺的地方就如同侠人曾经举例说明过的那样，“或曰西洋小说尚有一特色，则科学小说是也。中国向无此种，安得谓其胜于西洋乎？应之曰：此乃中国科学不兴之咎，不当在小说界中论胜负”①。侠人在这里主张将中国科学小说发展“不兴”归因到“中国科学不兴之咎”，而当我们把侠人这句话中的“科学小说”替换为“侦探小说”时，似乎也没有任何问题。但进一步来看，这种任意的“移花接木”却好像也并不会产生任何问题的解释本身就存在一个重要的问题，即这个解释并非针对民国侦探小说发展过程中所遭遇到的问题的最为准确、充分和有力的解释，而多少是一个带有普泛性意味的解释。

二　理性认识之不足

对于民国侦探小说为何发展情况不尽如人意这一问题，除了全增嘏、程小青与俞天愤有关于读者群体与社会环境的相关看法之外（当然，我们也必须承认这两种看法自身所具备的相当程度的合理性和解释力），我们还可以从侦探小说作者的角度来对其进行阐发和理解，即民国侦探小说作者普遍存在对理性精神认知上的浅表化、片面化和功利化倾向，同时又极容易走向对理性认知的反面，即陷入对理性主义的盲从与“执迷”（obsession）。

一方面，不得不承认，民国侦探小说的译者和作者们对于科学与理性精神的认知从整体上来说仍处于比较肤浅的水平。这主要体现为民国侦探小说作者们对理性这一概念本身缺乏足够深入的理解。在他们的小说作品或评论性文字当中，其经常是把理性还原为知识、装置、技术等客体化或物质性因素，甚至将理性简单等同于侦探技术手段。这实际上是对理性的一种误解以及对科学

① 侠人：《小说丛话》，《新小说》第十三期，1905年。

理性精神的一种矮化。按照英国学者 H. P. 里克曼的说法，理性大概可以被理解为四种原则："这四种原则构成了理性哲学的坚实的核心。第一个原则是：我们只应接受建立在经过彻底地、批判地考察的证据和正当的推理之上的真理；第二个原则是：现实是可知的，因为它具有一种理性的因而从理智上说是可以理解的结构；第三个原则是强调自我认识的重要性；而第四个原则则涉及人类在选择手段和目的方面合理地指导自身行为的能力。"[①] 其中里克曼所说的第一个原则，大体相当于本章前文中所讨论的理性的运思方式；第二个原则，"即现实是可知的原则，它必定具有某种理性的结构"，从而"具有怀疑精神的现代科学已逐渐具备了洞察事物的终极本质的能力"[②]，即本章前文中所分析的"可知"与秩序；第四个原则则是对应着知识与具体的科学技术手段。但民国侦探小说作者们，从未将对理性的思考上升到第三个原则的层面，即"强调自我认识的重要性，是第一个原则的扩充，假如对任何事情都须进行理性的考察，那么人的思维也就必须将它的批判性的研究转向自身的各种活动"[③]。当然，这一理性认知与表达的要求的确很高，遑论民国侦探小说，就算是在"五四"新文学中，也只有鲁迅等极少数优秀作家才能够做到。

另一方面，民国侦探小说鼓吹者们还普遍存在着一种过分实用主义的文学态度，即其对于侦探小说与理性精神的功利化认知倾向。关于这一点，本书第二章中在谈到侦探小说的教化功能与"文学工具论"观念时已进行过较为充分的论述，此处仅再举两例作为补充说明。一是 1923 年《侦探世界》杂志的老板沈知方在谈到侦探小说

① ［英］H. P. 里克曼：《理性的探险——哲学在社会学中的应用》，姚休等译，岳长龄校，商务印书馆 2006 年版，第 13 页。

② ［英］H. P. 里克曼：《理性的探险——哲学在社会学中的应用》，姚休等译，岳长龄校，商务印书馆 2006 年版，第 14、15 页。

③ ［英］H. P. 里克曼：《理性的探险——哲学在社会学中的应用》，姚休等译，岳长龄校，商务印书馆 2006 年版，第 15—16 页。

的意义时曾指出："举世尚险，滑奸夺巧，取相循无矣，谈笑之中寓刀剑，衽席之下伏干戈，世道人心盖已不可复问矣"，"提防者何盖？即侦探智识也"[①]。在这里，沈知方把侦探小说完全视为一种防偷防骗、混迹社会的科普工具和"经验指南"，把科学理性精神本身等同于一般生活中的科学常识，甚至是人际关系"智识"，从而忽略了这一文学类型自身的文学价值，以及其可能具有的更为深远和重要的理性品格与社会意义。二是程小青的看法可能又走上了另一种极端，他在 1945 年出版的《霍桑探案袖珍丛刊》（第三辑）的序言中写道："我在重写的时候，除了润饰、补充以外，还渗入了些时代常识，如一个公民应付事物的科学态度和对于社会、国家应有的职责等……我相信侦探小说在复兴建国的途径中有它存在的价值，因为它对于青年的求知本能和推理能力具有启发的作用。"[②] 程小青在这里将侦探小说中的理性精神上升到了改造国民性、挽救国家与民族危亡的高度，姑且不论这种过重的意义承载是否是其侦探小说创作本身所能负荷的，而仅从思维方式的本质上来说，程小青对侦探小说理性的"陈义过高"与沈知方对此的"简单矮化"背后同样是一种对理性精神的功利主义认知在作祟。而与这种功利主义认知相伴而生的，则往往是另一种唯理性至上的偏执，即所谓"因为我们相信在建国的途径上，赛恩司先生是唯一的向导；而侦探小说是涂花脸的赛先生的变相，有值得普遍提倡的必要"[③]。在这样一句话中，唯理性/科学至上与将理性/科学工具化，以及将文学实用化的诸种心态毕露无遗。而民国侦探小说的作者与论者在这里所缺乏的，正是对于文学意义本身的深入思考，以及对于理性与科学价值的反复辩证。即侦探小说的文学价值与社会价值，既不应该满足于充当防偷防骗的生活指南，也不必为"攀附"上重振民族国家的崇高话语

---

① 沈知方：《宣言》，《侦探世界》第一期，1923 年 6 月。

② 参见程小青《霍桑探案集（一）》，吉林文史出版社 1987 年版，第 6 页。

③ 《余墨》，《新侦探》第六期，1946 年 6 月 16 日。

而自我拔高。我们的确需要历史的、实践的、在具体的社会生活之中来创作、阅读与理解侦探小说，只不过这种理解方式应该是将侦探小说更深层次地卷入社会历史的发展进程中来，而不是做机械论式的简单对应。

此外，民国侦探小说在文学表现形式上经常把理性表达简单等同于直接浅白的议论。这一问题即使在民国时期最优秀的侦探小说作家程小青和孙了红的作品中也经常出现。即隐藏在“华生视角”或者第三人称视角背后的作者在书写到一些关于社会上的不平之事与不合理现象的时候，往往忍不住跳出来，不顾小说整体性和情节流畅性，而强行借着侦探霍桑和侠盗鲁平之口大发议论与批评之声。当然，这一问题不只存在于民国侦探小说之中，即使是在“五四”新文学中，也同样经常出现这一类文学表达上的弊病。学者刘纳就曾批评当时的“五四”新文学作品，“作者们经常以容量很小的，既缺乏宽度又缺乏长度的形象，去负荷硕大的思想观念。形象负担不起这超重的负荷，于是，作者对生活的思索终于突破形象的外壳，表现为直截了当的理性形式。有时候，作品会偏出‘艺术’的轨道，冲出‘文学’的界限，与政治、哲学发生极为密切的关系。其结果，便是产生了置于文学与政治、哲学之间的边缘文学：问题小说、说理诗、社会剧、杂文等”①。刘纳在这里所指出的当时具有这类问题的文学体裁包括小说、戏剧、诗歌、杂文等多种文体，其已然不只限于小说，更不仅仅限于侦探小说之中。当然，我们对于当时作者不得已/无意识/有意为之地出现这一类文学表达上的问题应该予以更多的同情之理解，亦如刘纳自己所说：“生活在社会历史发生巨大变化的年代里，伴随着先进阶级的革命行程，进步作者或者来不及、或者没有能力把自己的见解隐蔽起来，他们的作品时常意脉清晰、直奔主题。他们采取了比较显豁、直露的形式。这种形式，使艺术

---

① 刘纳：《“五四”新文学的理性色彩及其对现代文学发展的意义》，《中国现代文学研究丛刊》1985年第4期。

中渗入了较多非艺术的东西，应该认为是对艺术感染力的直接伤害。”① 而如果我们进一步对刘纳所提出的观点也做批判之理解，那么在文学作品中插入作者主观的理性议论成分，并不一定都是减损于作品艺术性本身，起码鲁迅的杂文就不该归入这一类，甚至这种观点本身存在着将艺术与政治二元对立起来的某种倾向。当然，这已经远远超出了本书的讨论范围，在本书所讨论的民国侦探小说中，侦探小说作者们在作品中“跳出来”大发理性之议论的文学表现形式远不涉及这么复杂的艺术与政治关系辩证，而更多是单纯的创作能力上的不足所导致。

最后，从侦探小说作者的角度来分析民国侦探小说发展“不走运”的问题，就不能不提及当时民国侦探小说创作从整体上来看所存在的原创性不足，或者说缺乏创造性品格的弊病。包天笑就曾经在小说里借着华生之口批评民国侦探小说的“学步者”们只是一味照搬模仿欧美侦探小说，而缺乏中国本土特色的改写和创造。“却怪现在中国人往往摹仿做侦探小说，不把中国人的习惯风俗调查清楚，满纸却是欧美的情形，这真错了。”② 如包天笑所批评的这类例子具体来说实在有很多，此处仅举一例，以兹说明。比如在当时的民国侦探小说中，作为故事主角的侦探往往拥有着一股莫名的、廉价的自信，并且他们经常习惯于隐瞒自己已经查明或正在调查的线索，甚至到了最后一秒才肯说出真相，以显示自己超拔于众人的才智，这就造成了一种不够真实的情节因素，并且在一定程度上反而形成了某种神秘主义的人物印象。当然，造成这一结果的原因之一在于民国侦探小说作者们对于“福尔摩斯探案”的模仿，但柯南·道尔是将福尔摩斯塑造成了一个与一般人相比，从性格到习惯都完全不

① 刘纳：《“五四”新文学的理性色彩及其对现代文学发展的意义》，《中国现代文学研究丛刊》1985年第4期。

② 包天笑：《福尔摩斯再到上海》，《游戏世界》第二十期“侦探小说号”，1923年1月。

同的“怪人”，因而其做出一系列有悖于常情的“怪事”也都在情理范围之中。而反观那些民国名侦探们，无论是霍桑、李飞、徐常云，或者宋悟奇、杨芷芳，他们都被设定成为具备一定侦探技能或特长的正常人，或者根本就是一个以侦探为职业的普通人，尤其他们之中还有不少专在邻里间游走的“家庭侦探”。在将人物形象“偷梁换柱”之后，没有了福尔摩斯这样的“怪人”，再继续模仿“福尔摩斯探案”小说中的“怪癖”“怪事”和“怪情节”，就会显得不近人情和不够合理。

总而言之，在我们讨论民国侦探小说发展“不走运”这一问题的具体原因时，除了读者群体、社会环境乃至于国民性问题之外，还不应忽略从创作者本身的角度来对其进行反思和检讨。本节主要尝试讨论的是当时民国侦探小说作家们对科学理性精神在认识上的矮化、曲解或误读，这是造成民国侦探小说一直处于创作上的贫弱状态，自始至终也未能锻造出一部经典性作品的不容回避的重要原因之一。当然，这样的论断本身或许存在着对民国侦探小说期待过高与过于严苛的嫌疑，而这也正是本节内容仅作为尝试性的看法来提出，且需要不断自我反思的地方。

三　理性的“魅影”

在世界早期侦探小说普遍大力宣扬科学主义与理性精神的同时，需要格外警惕和注意的是，科学技术作为一种客观的工具不仅可以为侦探破案时所使用，也可以反过来成为危害人类的工具，甚至是犯罪者完成“高智商犯罪”的“帮凶”。进一步来说，就连当人类对知识的占有发展过度时，对知识的追求就会变成对知识的“执迷”，加上现代人普遍对知识抱有一种功利主义态度，最后难免演化为急功近利与过犹不及。而在当时的世界早期侦探小说作家作品中，对于这一问题的相关认识与反思还并不多见，且普遍不够深入。在这个意义上来看，“福尔摩斯探案”系列中的《爬行人》一篇就值得我们格外重视。小说里年老的普莱斯伯利教授爱上了一名年轻的女性，为了让自己和对方显得更般配，老教授开始自行注射一种还没有充分经过临床检验的“猿猴血清”，以求能够使自己恢复青春。但最后的结果却是老教授因为注射血清而产生了某些返祖现象，比如四肢行走、爬窗户等。这篇小说所体现出来的正是现代人对于科技的过分信赖和“执迷”，终究产生了“恶之花”，原本是为了追求让身体进化的药品最后却导致人体自身的“退化”，原本是通过理性为人生“祛魅”的现代科学知识却引发了新一轮的“赋魅”。这其中所体现出来的对科学的谨慎和怀疑态度，是早期侦探小说中非常罕见的反思与表达。甚至我们可以将其脱离侦探小说这一文学类型之外，而和玛丽·雪莱（Mary Shelley）的《弗兰肯斯坦》等早期科幻小说放在一起进行比较和思考。科学是人类现代社会进步的动力，但对科学的过分追求和执迷却只能产生怪物和“非人”，借用鲁迅在《科学史教篇》中的说法，“盖使举世惟知识之崇，人生必大归于枯寂，如是既久，则美上之感情漓，明敏之思想失，所谓科学，亦同趣于无有矣”①。

与之相关的，安排犯罪者通过使用现代科学知识与技术手段完成其犯罪行为的小说，在民国侦探小说的翻译和创作中也都已经出现。比如在张舍我、刘半农所翻译的侦探小说《日光杀人案》中，犯罪者亨利杀人的手法就是利用花瓶做凸透镜，聚焦阳光，引燃猎枪的火门，而这一精妙杀人手法的前提是其“习物理之学”，“于物理亦知日光能杀人”②。而在当时民国作家本土创作的侦探小说中，张无诤的《空室》中出现了通过抽气机抽干屋内空气导致人窒息死亡的杀人手法；俞天愤的《三棱镜》则设计了一套非常复杂的光学装置，利用到折射、反射、成像等诸多光学原理进行偷窥和犯罪；张碧

① 鲁迅：《科学史教篇》，载《鲁迅全集》（第一卷），人民文学出版社 2005 年版，第 35 页。

② 张舍我、刘半农译：《日光杀人案》，《小说海》第二卷第十二期，1916 年 12 月 1 日。

梧的《双雄斗智记》中，罗平甚至发明了一种特殊的武器——电枪（又称“电气枪”），按照小说中罗平自己的说法，“我费了五六年的工夫方才造成他，由机械的作用能够发出一种电流，这电流射发出来，若在二百步以内，不能扩成圆形，却是一直的射出去，其形如线，触在人的身上，人就得麻醉而死。死了以后，除了衣服和皮肤上有一块烧焦的痕迹以外，一些伤痕也没有”①，并宣称“我有了这电气枪，好似我生了三头六臂，不论什么英雄好汉，我也不怕。别说是东方的福尔摩斯，就是真个西方福尔摩斯来了，可也奈何我不得”②。而横向比较来看，在同一时期的其他民国侦探小说中，侦探破案的方法和工具中可能都还没有出现过借助如此高端精密又富有科技感的现代技术设备的相关文学想象，张碧梧的这部长篇侦探小说可以说是比较超前，甚至具备了某些科幻侦探小说的意味。只不过张碧梧的《双雄斗智记》里对罗平手中的这件“高科技犯罪武器”，更多是持以某种炫耀的姿态来进行描写和展现，而不见其中有什么反思的成分。

同样的科学知识与技术，既可以让侦探“如虎添翼”，也可以供罪犯“为虎作伥”，因此科学知识与技术自身就出现了需要进一步明辨和深入探讨的空间，即科学并非单向度的、唯一的思考方向与价值评判标准。而民国侦探小说通过不断地对于科学技术的书写实践，也渐渐发展出对知识与科学本身的反思，并最终产生了一批或可与前文所提到的柯南·道尔《爬行人》相媲美的作品。比如在程小青的侦探小说《夜半呼声》中，侦探霍桑就曾感慨：“知识真象一支枪，可以制恶兽，也可以杀人，一个良心残废的人，有了知识，就会借用好听的名词来掩饰他们的罪恶，若是一般无知识的老百姓，如果干了这样的事，也找不出这样冠冕堂皇的名义哩！”③ 无独有

① 张碧梧：《双雄斗智记》，《半月》第一卷第一期，1921年9月16日。

② 张碧梧：《双雄斗智记》，《半月》第一卷第二期，1921年。

③ 程小青：《夜半呼声》，载《程小青文集1——霍桑探案选》，中国文联出版公司1986年版，第100页。

偶，在小说《活尸》中，霍桑也曾经说过："知识真象一只怒马，若没有道德的辔勒，真是十分可怕的。"[①] 可见当时的民国侦探小说创作中已经出现了对技术、科学、与作为工具的知识的道德性反思和人文主义批判。甚至程小青的个别小说里也进一步触及到了情感对于理性的"校正"和调节作用："东方民族的浪漫思想素来是很浓烈的。我以为因着近代物质文明的影响，一切都趋于平淡枯燥的理智化，这种丰美热烈的浪漫情绪已渐渐儿消归乌有。不料我的观念是错误的。这种崇高热烈的侠义精神，至今还留存在我中华民族的血液里面。"[②] 当然，我们也不宜过分高估程小青的相关论述及认识。一方面，这种通过道德和情感来对理性进行反思，在当时的民国侦探小说创作中还仅是"个例"；另一方面，哪怕是在这些偶尔出现的"个例"作品中，民国侦探小说对于相关问题的反思力度也常常流于浅表，比如程小青这篇小说里就将情感与理性之间的不同，简单对等于东、西方文化之间的差异，等等。

总的来看，民国侦探小说因为并不具备对理性精神理解的深度，最终反而容易陷入对科学知识和技术手段的"迷思"之中，即民国侦探小说中缺乏对理性本身的反思。当然，这并非是民国侦探小说自身所独有的问题，而是当时世界各国早期侦探小说创作中普遍存在的现象。至于侦探小说中开始反思理性世界本身，甚至后来出现了诸如无法用理性完全解释的怪异恐怖风格侦探小说（如日本侦探小说家江户川乱步的部分作品）、侦探并不能用理性掌控全局的侦探小说（如美国"硬汉派"侦探小说），以及一些无法破解的悬案（如韩国电影《杀人回忆》）或者妖怪推理（如京极夏彦）等侦探小说"子类型"与"跨媒介"作品，还是需要等待侦探小说这一小说类型自身取得进一步突破和发展，才有可能部分地实现。

---

① 程小青：《活尸》，载《程小青文集 4——霍桑探案选》，中国文联出版公司 1986 年版，第 195 页。

② 程小青：《浪漫余韵》，载《舞后的归宿》，群众出版社 1997 年版，第 449 页。

侦探小说在世界范围内诞生的背景是第二次工业革命与启蒙运动，理性精神是侦探小说最为重要的核心价值。我们可以从历史哲学的角度参照克拉考尔的相关论述将侦探小说视为一种纯粹的承载并贯彻理性精神的审美形式，将小说中的侦探视为理性与思考的化身。也可以从文本层面的角度来考察理性之于侦探小说的实在意义。具体而言，理性为侦探小说提供了一种对于世界的认识方式，即整个世界是“可知”的，而这种“可知”的世界又被想象为一种有着某种先天秩序的所在。侦探认知和把握这一秩序的方式就是对于理性运思方式以及基本逻辑定律的依从和运用，在这一过程中，侦探表现出认知的欲望、对知识占有的企图以及对科学技术手段的依赖。从世界可知、秩序想象、理性运思/逻辑、知识占有和科学技术手段五个层面上来看，我们认为侦探小说毫无疑问是一种富有理性精神的现代文学类型。

而在具体谈到理性精神与晚清、民国时期的中国侦探小说之间的关系时，我们可以从其对无神论话语的先在接受与对狐鬼迷信之说的抵抗与批判；其将理性运思方式呈现于小说的内容与形式上，进而对读者大众进行启蒙与“示范”；其通过对侦探技术手段的文学书写与表现来进行一般意义上的科学普及与教育三个方面来加以理解。而当我们试图分析民国侦探小说发展“不走运”等相关问题的原因时，除了从读者群体、社会环境和所谓国民性等角度来进行考察，也不能忽略存在于作者及创作过程自身的问题，即当时的民国侦探小说作者对理性的认知和理解程度普遍还不够深入，这是导致民国侦探小说整体上创作力贫弱的重要原因之一。与此同时，与理性认识不足一体两面的现象则是民国侦探小说对于理性的“迷思”，而这一“迷思”从根本上来看，恰恰是反理性的。

第八章

正义担当：侦探小说的社会意义

在我们这个混乱不堪的年代里，还有某些东西仍然默默地保持着经典著作的美德，那就是侦探小说。……我要说。应当捍卫本不需要捍卫的侦探小说（它已受到了某种冷落），因为这一文学体裁正在一个杂乱无章的时代里拯救秩序。这是一场考验，我们应该感激侦探小说，这一文学体裁是大可赞许的。

——博尔赫斯：《侦探小说》，载［阿根廷］豪·路·博尔赫斯《博尔赫斯口述》，王永年、屠孟超、黄志良译，浙江文艺出版社 2008 年版，第 175—176 页。

侦探与武侠本来就有相通之处，他们都是体现某种社会集体无意识的虚构的偶像。

——孔庆东：《超越雅俗：抗战时期的通俗小说》，中国文联出版社 2012 年版，第 240 页。

我国社会上近来产生了三个剧盗，一个是鲁宾，一个是罗平，还有一个鲁平。你想，法国有了一个亚森罗苹，已经闹得马仰人翻，我国却同时产生了三个亚森罗苹式的大盗。社会上离奇的案子，无怪一天多似一天了。

——何朴斋：《亚森罗苹与福尔摩斯》，《侦探世界》第二十二期，1924年三月望日（农历）。

第一节　社会正义缺失与晚清民国侦探小说的诞生

一　欧美早期侦探小说与司法正义转型

除了理性启蒙之外，侦探小说的另一层社会意义与价值就在于其对社会正义与社会秩序的承担上。正如台湾青年学者洪叙铭所说，侦探是知识的代表，警察是暴力机器的象征。侦探小说中，一宗案件的最终解决，必须“透过侦探、警察所拥有权力的彼此分享，‘解谜’与‘惩罚’的分工合作，才能让‘真相’与‘正义’能够同时完成”[①]。洪叙铭这段话中所提到的“惩罚”与“正义”大概可以从如下两个角度来进行进一步理解。

一方面，依照英国侦探小说史家朱利安·西蒙斯的说法，“英美侦探小说最明显的特征之一就是完全站在法律和秩序一边。但是，例外从古到今便一直存在。这点上多萝西·L. 塞耶斯说得很清楚，她指出，早期的犯罪小说崇拜那些头脑聪明的罪犯，而侦探小说的繁荣要待到‘公众的同情心都转向法律和秩序的一边’”[②]。关于这一点，福柯在《规训与惩罚》一书中的相关论述则要更为详细且深刻得多，福柯在书中指出：

自加博里欧（Gaboriau）以来，犯罪文学也追随着这第一

① 洪叙铭：《从“在地”到“台湾”：本格复兴前台湾推理小说的地方想像与建构》，台北：秀威经典2015年版，第411页。

② ［英］朱利安·西蒙斯：《血腥的谋杀——西方侦探小说史》，崔萍、刘怡菲、刘臻译，新星出版社2011年版，第10页。

> 次变化：这种文学所表现的罪犯狡诈、机警、诡计多端，因而不留痕迹，不引人怀疑；而凶手与侦探二者之间的纯粹斗智则构成冲突的基本形式。关于罪犯生活与罪行的记述、关于罪犯承认罪行及处决的酷刑的细致描述已经时过境迁，离我们太远了。我们的兴趣已经从展示事实和公开忏悔转移到逐步破案的过程，从处决转移到侦察，从体力较量转移到罪犯与侦察员之间的斗智。由于一种犯罪文学的诞生，不仅那种警世宣传品消失了，而且那种山林盗匪的光荣及其经受酷刑和处决的磨难而变成英雄的荣耀也随之消失了。此时，普通人已不可能成为复杂案情的主角。在这种新型的文学样式中，不再有民间英雄，也不再有盛大的处决场面。罪犯当然是邪恶之徒，但也是才智出众之人。虽然他受到惩罚，但他不必受苦。犯罪文学把以罪犯为中心的奇观转移到另一个社会阶级身上。与此同时，报纸承担起详细描述日常犯罪和惩罚的毫无光彩的细节的任务。分裂完成了，民众被剥夺了往昔因犯罪而产生的自豪，重大凶案变成了举止高雅者不动声色的游戏。①

福柯在这里将侦探小说诞生的背景放置在国家权力展现方式变化这个极具历史纵深感的观察视角下进行讨论，即在传统的将严厉的、针对肉身的刑罚作为某种公开展示的景观，追求一种“以儆效尤”的惩戒效果时，往往会适得其反，仪式化的行刑与群众的围观会使得罪犯反而以一种英雄般的形象出现并被记忆和传颂下去；因而后来出现了将犯罪问题与审判过程知识化、将行刑结果与审判过程相分离、将行刑过程本身私密化等发展趋势。侦探小说正是在这一背景下产生的，它将人们关注的重心从以往被“英雄化”了的受刑的罪犯转移到拥有破案智慧的侦探身上，从对案件审判与行刑结

① ［法］米歇尔·福柯：《规训与惩罚：监狱的诞生》，刘北成、杨远婴译，生活·读书·新知三联书店1999年版，第75页。

果的景观呈现转移到侦探与罪犯之间的斗智过程的叙述中。这种转变在后世研究者看来是一种小说文本结构与社会秩序隐喻的双重变化。侦探小说的主要情节是侦探通过对案件的调查而恢复既有社会的秩序，实际上这同时还意味着小说文本结构重心从对犯罪结果的审判转移到对犯罪过程的调查，即“米歇尔·福柯把侦探小说的问世归结为‘权利（按：应为“力”）关系的改变’，其实质是一场司法制度的革命。在至高无上的权利展示力量过程中对犯罪的惩处渐渐被对犯罪的调查取代”[①]。侦探小说在这个意义上标示着一种司法观念、惩罚方式、关注重心与权力关系的转移，是现代司法与刑罚观念变化在文学上的隐喻式体现。这一变化在柯南·道尔的“福尔摩斯探案”系列小说中就体现得非常明显。比如在其中第一篇《血字的研究》中，伦敦都市中洞若观火的侦探与美洲大陆上为爱情复仇的牛仔/侠客分别在小说中前后两个彼此割裂的故事里担任主角。但在第一个故事里，侦探仍然将“触犯法律”的侠客绳之以法，这在某种程度上标志着侦探取代侠客成为新时代的英雄形象典范。[②] 同时富有意味的是，即将面对法律审判的侠客最终死于心血管瘤的爆裂，从而避免了法律的追责，即小说里侠客其实是在某种程度上获得了小说所赋予的“诗学正义”（poetic justice）补偿。而在后来的诸篇“福尔摩斯探案”系列短篇小说中，随着侦探小说类型体制的日益完善，侠客甚至都不具备在单独的故事中成为主角的可能，而侦探也相应地稳固了自己作为现代都市中英雄象征的地位。

---

① 聂珍钊、邹建军主编：《2006年外国文学作品选》，长江文艺出版社2007年版，第34页。

② 有趣的是，在陈熙绩为林纾翻译的《歇洛克奇案开场》（即《血字的研究》）一书所写的序言中，主要称赞的是罪犯“约佛森”而非侦探福尔摩斯。陈熙绩将其比作“西国之越勾践、伍子胥也”（参见陈熙绩《歇洛克奇案开场·序》，上海商务印书馆1908年版），显然是站在了中国传统文化与文学的正义伦理脉络中来理解这篇小说。这虽是其对“福尔摩斯探案”系列小说的一种“误读”，却在无意间揭示出了有关《血字的研究》小说自身以及晚清译者和读者在对西方侦探小说理解方面的一些不易为人所察觉的微妙“裂痕”。

另一方面，侦探小说在正义伦理上也是对司法公正的某种民间性及想象性修正或补充。即如朱利安·西蒙斯所言，“一八九零年以来半个世纪的犯罪文学向读者展示了一个让人安心的世界，如果意图在这个世界里打乱已经建立的社会秩序，必然会暴露且受到惩罚”[①]。但这种“安心”本质上其实也是读者对现实不信任与不安心的某种逆向的文学想象性投射，即更符合陈晓兰所说的——“这些小说在表现对于犯罪、混乱和无序之恐惧的同时，又表现出对于法律及秩序的极度不信任”[②]。以柯南·道尔的相关代表性作品为例，在“福尔摩斯探案”系列小说里，法律很少对犯法的“好人”进行真正的制裁，“好人”犯法往往被描述为持有某种正义的目的或具有值得被同情之处，而结局也多半是“好人”在面临司法审判与裁决之前就已经猝死或自杀（《血字的研究》），甚至有时候福尔摩斯本人也会对其“法外开恩”，对案情真相部分地进行隐瞒（《失踪的中卫》），对罪犯逃脱法律制裁“睁一只眼闭一只眼”（《戴面纱的旅客》）。比如在小说《戴面纱的旅客》中，在马戏团工作的女主角不堪忍受丈夫的虐待，而决定与情人一起用一根钉有五根钢钉、做成狮爪形状的棒子杀死丈夫，伪造成狮子杀人的意外。但在他们顺利杀死丈夫并放出狮子后，狮子却因为人血的味道而失控，反过来攻击了女主角，而她的情人却因为一时胆小而逃走。为人堪比野兽的残暴丈夫、与情人计划一起杀死丈夫的女主角、面对女主角被攻击而胆小逃走的情人……这不仅让人联想到鲁迅在《狂人日记》中的一句话：“狮子似的凶心，兔子的怯弱，狐狸的狡猾，……”当然，早期侦探小说对于人性卑劣的认识和揭露远不能达到鲁迅对人的“劣根性”乃至“吃人社会”的批判深度，但我们在这篇小说里

---

① ［英］朱利安·西蒙斯：《血腥的谋杀——西方侦探小说史》，崔萍、刘怡菲、刘臻译，新星出版社2011年版，第11页。

② 陈晓兰：《城市意象：英国文学中的城市》，广西师范大学出版社2006年版，第149页。

已然可以看出一些人性之中的劣迹斑斑。值得欣慰的是，小说最终又回到了谅解与宽恕：凶暴丈夫的死在某种程度上是罪有应得；犯了谋杀罪的妻子已经容貌尽毁，也算是受到了应有的惩罚；而她的情人在不久前也因溺水而去世。因此福尔摩斯决定不再继续追究，并鼓励女主角积极地活下去。小说结尾处，福尔摩斯收到了一瓶毒药，这正是女主角原先准备用来自杀的毒药，而她将毒药寄给福尔摩斯，表示她已经准备好了开始自己的新生活。

在这个充满希望的光明结尾中，有一个细节值得特别一提，就是福尔摩斯的“法外开恩”，而这恰是早期侦探小说正义伦理的绝佳体现，即如学者卫景宜所言：“柯南·道尔通过福尔摩斯的形象——执法者，却不属于官方；拥护法律，但常常自行主张；偏差于法律之外，弥补法律对于正义的无能为力——引领读者在小说世界参与法律与正义的博弈，寻求一个比现实更加完美合理的乌托邦式的解决。”[①] 这里我们需要注意的是，福尔摩斯帮助犯罪的“好人”寻求法律之外的正义和“比现实更加完美合理的乌托邦式的解决”的这一行为未被言明的前提在于司法正义在此之前的“失效”，正是因为法律无法为诸如《血字的研究》和《戴面纱的旅客》中的“被害人”有效地伸张正义，最终才导致了新的复仇与犯罪，才使得前一桩案件中的“被害人”转而成为新一桩案件中的“犯罪者”，因而才会有侦探后来的“法外开恩”。从这个角度来看，我们或许才能更好地理解美国学者拉里·N. 蓝德勒姆的说法：“虚构的侦探，甚至十九世纪的攻击者也喜欢指出，与现实生活中的原型并不十分相符。相反，他们似乎代表着以自己的理解反映生活中比较黑暗的社会隐喻的一种方式。”[②] 即侦探小说在某种程度上是在通过前文中所提到

① 卫景宜：《柯南·道尔侦探小说里的社会伦理镜像》，《英美文学研究论丛》2008年第2期。

② ［美］拉里·N. 蓝德勒姆：《侦探和神秘小说》，高振亚译，载［美］托·英奇编《美国通俗文化简史》，漓江出版社1988年版，第87页。

的“诗学正义”或想象中“迟来的正义”（justice delayed）来弥补现实生活中司法“正义之不伸”（justice denied）。而这正如朱利安·西蒙斯在《血腥的谋杀——西方侦探小说史》一书的扉页上所写的一首诗中所说的那样：

假如有那么一刻，
这个昏暗的房间里弥漫着腐烂或烧焦的人肉气息，
一个德高望重的作者大可抛开这些污秽之物，
选择一种理想的生活方式，
就像侦探可以将散漫的生活，重整。①

二 清末民初侦探小说与司法正义缺失

如果单从西方侦探小说发展本身来说，其对现代司法观念转变的承载与社会正义伦理缺失的补充还只是以某种隐喻式的方式进行的，那么清末民初译介到中国的西方侦探小说及后来中国本土的民国侦探小说创作则在更大程度上被直接赋予了社会伦理与司法正义的期待和寄托。实际上，首次将西方侦探小说翻译进入中国的译者张坤德本人就对律法诉讼一类的事情颇为关注，也具备一定的专业素养。张坤德在《时务报》工作期间就曾翻译过不少法律条款与案件新闻，而在他离开《时务报》之后，更是前往担文律师事务所（Drummond & Holborow）专门从事与律法有关的工作，因而我们也有理由相信他最早译介侦探小说和他对法律类文章的趣味和眼光密切相关。但在更广阔的意义层面，正如很多研究者已经反复申明过的那样，“晚清翻译的动力完全不是出于文学性的目的，而是知识更

① ［英］朱利安·西蒙斯：《血腥的谋杀——西方侦探小说史》，崔萍、刘怡菲、刘臻译，新星出版社2011年版。

新与文化探求”[①]，或者“这个时期的文学作品中译却并不以‘文学’为目标，促成文学翻译兴盛的原因并非文学本身，而是当时中国社会变革的需求”[②]。对于司法公正的诉求和社会正义的伸张在传统的中国小说中往往寄托在侠义小说与公案小说中，而到了清末民初则开始通过侦探小说来完成这种文学上的正义想象。

正如刘小刚所说：“清官是正义的投射，但是在一个社会大变动的时代，清官不再能够承载民众的期待。在公众关于正义的想象形成真空的时候，侦探小说的翻译恰逢其时，替代了清官小说，重构了正义想象的空间。”[③] 晚清时期整个中国都处在一种“此皆学士所谓有道仁人也，犹然遭此灾，况以中材而涉乱世之末流乎？其遇害何可胜道哉！”（《史记·游侠列传》）的社会秩序崩塌与社会正义缺失的局面之中，侦探小说正是在这一社会历史背景下取代了传统公案小说成为社会正义与诗学正义的责任担当。严独鹤在为《福尔摩斯侦探案全集》所写的序言中就明确将现代侦探与古代游侠进行了一番关联和对接：“为私家侦探者，必其怀热忱、抱宏愿，如古之所谓游侠然，将出其奇才异能，以济法律之穷，而力拯众生之困厄者也。”[④]

大骂“清官更可恨”的《老残游记》本质上即是传统中国侠义公案小说与西方现代侦探小说的某种混合体。如本书第二章中所述，在目前存世的二十回《老残游记》中，小说用了整整六回的篇幅来描写白子寿、老残对魏谦父子冤案的侦破、澄清与纠正。将这一部分内容单独抽取出来看，就是一篇完整的中国式的侦探故事，因此

① 郝岚：《通俗如何经典？——中国近代读者视域中的外国作家》，《天津师范大学学报》（社会科学版）2014 年第 3 期。

② 孔慧怡：《翻译文学文化》，北京大学出版社 1999 年版，第 19 页。

③ 刘小刚：《正义的乌托邦——清末民初福尔摩斯形象研究》，《中国比较文学》2013 年第 2 期，总第 91 期。

④ 严独鹤：《福尔摩斯侦探案全集·严序》，载《福尔摩斯侦探案全集》，上海：中华书局 1916 年 5 月版。

有学者认为《老残游记》中的这段描写实际上是“现代侦破小说的开端”①。但也同样如本书前文中所分析过的那样，这篇小说中相当值得玩味的一点在于老残的民间身份。即作为离开官场确又和官场保持密切联系，同时具备“私人身份”的老残，在身份定位与归属上即形成了现代私家侦探对传统官府“青天”的隐喻性批判和结构性反讽。

如果我们来进一步深入挖掘小说中老残的身份，会发现其在除了私家侦探之外，主要身份是一名医生。按小说中的说法，即是老残退出官场后曾遇到“摇串铃的道士，说是曾受异人传授，能治百病，街上人找他治病，百治百效。所以这老残就拜他为师，学了几个口诀。从此也就摇个串铃，替人治病糊口去了，奔走江湖近二十年”②。如此看来，老残完全是以一个江湖游医的身份在四处漂泊。这里我们不妨再次尝试将关注视点拉回到整个晚清社会，西方现代医学与侦探小说相继传入中国。医生与侦探也往往被认为是现代文明的职业代表。一方面，二者都需要具备大量的科学知识和冷静理性的头脑，进一步来说，医生“查”清病症与侦探“查”明真相也在相当程度上具有思维方式上的共通性，即二者都是要通过表面的征候与现象，来推理、判断出最终的病因或凶手；另一方面，“医者仁心，治病救人”与“侦探查案，沉冤昭雪”又在不同层面上成为社会良心与正义的担当。进言之，我们还不难看出医生与侦探两种职业身份在老残身上更深层次的关联与融合。晚清时期，梁启超等人提出“欲新一国之民，不可不先新一国之小说”，即试图以小说来“改造”国民，以文学来“医治”精神。后来鲁迅在《我怎么做起小说来》一文中也表明自己创作小说的动机在于“所以我的取材，多采自病态社会的不幸的人们中，意思是在揭出病苦，引

---

① 该说法见陈辽《现代侦破小说的开端》，《东岳论丛》1993年第1期。

② 刘鹗：《老残游记》“第一回 土不制水历年成患，风能鼓浪到处可危”，古吴轩出版社2020年版，第5页。

起疗救的注意”[①]。具体到小说《老残游记》中，老残的“医治”理想不仅在于悬壶济世，去除人们身体上的痛苦，更在于一份“上医医国”的宏图大志。由此来看小说开头所描写的那一艘破败不堪、即将沉没的“危船”，以及老残等人对船员的不满：“这船眼睁睁就要沉覆，他们不知想法敷衍着早点泊岸，反在那里蹂躏好人，气死我了。”[②] 就可以更为深刻地了解这艘“危船”背后所包含的民族国家隐喻。小说中老残探案不仅仅是为了追求查明某一个具体的事件真相，而是对当时整个官场体系的揭露、批判和控诉，这也是为什么鲁迅将《老残游记》划入“谴责小说”一类的重要原因。老残查案，其实要查明的是国家不兴背后的真相；老残医病，最终要医治的是整个社会上根深蒂固的种种恶疾。而在老残兼具医生与侦探这二重职业的身份交叉点上，我们更能看清楚其身上所肩负的司法正义之补充、社会正义之伸张、文学正义之想象，以及民族国家大义之振兴等多个层面的正义伦理的彼此交织和激荡。

如《老残游记》中所言，传统的清官不再值得相信和依靠，更不能作为民间正义信仰的对象。与此同时，我们也需认识到，现代的职业也并不一定能够伸张现代的正义，在清末民初的新闻报道中，就经常能够看到关于作为新兴职业的警察、巡捕、包探作恶的记载。比如清末《点石斋画报》上就曾有过关于“包探私刑”的报道：“沪上包探动用私刑，不论是贼非贼，一经轧入茶会，便百般凌虐，惨无人理。日通商开埠以来，受其害者，指不胜屈，皆慑于捕房威势，含冤负痛，饮恨吞声，几至人之侧目，视包探如虎狼而不敢一发，其覆者以为此其事捕房未必不知之故，皆付之无可如何，而若辈之胆遂因此愈大。虹口包探韦阿尤、任桂生、傅阿金等，其尤著

① 鲁迅：《我怎么做起小说来》，载《鲁迅全集》（第四卷），人民文学出版社 2005 年版，第 526 页。

② 刘鹗：《老残游记》“第一回 土不制水历年成患，风能鼓浪到处可危”，古吴轩出版社 2020 年版，第 8 页。

者也。”[①] 新闻里的包探[②]宛如传统公案小说里的昏官恶吏一般无法无天。周桂笙也曾批评过：“互市以来，外人伸张治外法权于租界，设立警察，亦有包探名目，然学无专门，徒为狐鼠城社。”[③] 甚至到了20世纪30年代老舍的小说《骆驼祥子》中，“孙侦探”虽名为“侦探”，实际上也是一个乘人之危、敲诈勒索的坏人。而对于这些新型执法机构与人员的批评早在清末民初的中国侦探小说中就有所体现，比如俞天愤在不少作品中都有与此相关的情节或细节。相比于前文中所分析过的刘半农“中西合并”式的公案/侦探小说写法，俞天愤更多学习和借鉴了西方侦探小说的书写策略，并且其剑指批判的对象也从传统中国清官变成了现代民国警察。[④] 在俞天愤看来，

---

① 参见《点石斋画报》第五百一十二期上关于“包探私刑”的新闻，1898年。

② 关于清末民初“包探”/“包打听”这一职业的定义或描述，可参考卧读生在《上海杂志》中的相关说法：“包打听为巡捕房耳目，由工部局雇用者，即中国之捕快也，有西人、有华人，承充者眼明手快，朋伙极多，专探失窃、剪绺及盗贼、拐骗等案，一经请缉，则其踪迹便可十得八九。向来华人之充此役者仅数人，今则英、法、美各界不下数十名。”［参见卧读生著，顾静整理《上海杂志》，载熊月之主编《稀见上海史志资料丛书》（第一册），上海书店出版社2012年版，第44—45页］而实际上，“包探”的称呼也是一语双关，一方面，它和传统的《包公案》相呼应，另一方面，“包”作为动词，也有“把整个任务承担下来，负责完成”的意思，而晚清译介进来的侦探小说也常被称为“包探案”，如《英包探勘盗密约案》《华生包探案》《新译包探案》等。

③ 周桂笙：《歇洛克复生侦探案·弁言》，《新民丛报》第三卷第七期，1904年。

④ 关于中国最早的作为职业的警察的出现，按照《警史钩沉》中的说法，是何刚德于1900年开创：“1900年，何刚德任苏州知府时，创办了中国最早的警察局。他在《客座偶谈》一书中说：‘……庚子（1900年）以前，中国无警察也，余到苏后始创办……’当时苏州府的小县有警察二三十人，大一点的县则有五六十人。后来，全国各地也都成立了相应的机关。”［参见周斌主编《警史钩沉2009（第1辑）》，武汉出版社2009年版，第44页］另据王大伟在《外国警察科学》一书中对“警察”一词在清末民初中国出现与发展的历史梳理可知，“据说，张之洞上书光绪皇帝曾采用过‘警察’二字。袁世凯曾以日本人三浦喜传拟定警务章程，在保定设巡警局。因此，中国出现‘警察’一词可能在1900年前后。但1898年的湖南保卫局、1900年的协巡总局、1905年的巡警部直到清朝灭亡，清政府从未以警察二字命名其警察机关。直到1912年，中华民国成立才将巡警改为警察，并在京师和各省设警察厅”（参见王大伟《外国警察科学》，中国人民公安大学出版社2012年版，第89页）。综合上述说法可知，作为一种职业的“警察”在北京及中国其他地方的出现，大概在20世纪初至中华民国成立前后。

民国时期取代传统捕快而出现的现代警察并没有更多实质上的进步——“警察直社会之蠹耳”①。而且因为警察系统的无能和碍手碍脚导致侦探事业在中国存在与发展的艰难：“君知侦探之不易为乎？侦探而在中国，则难而又难也。”② 甚至俞天愤将虚构的侦探小说指向了对于真实案件的影射，通过伪托外国侦探小说来批判当时民国的司法、警务与社会现状：“著者曰：此中国事也，不便宣布其姓名，不得已托之外国小说，读者不以辞害意可也。呜呼！中国之警察！”③

其中最能体现俞天愤对当时中国警察不满与不屑的小说当属《白巾祸》，在这篇侦探小说里，委托侦探金蝶飞去寻找丢失钻戒的委托人贾征祥被警方怀疑是另一起凶杀案的凶手，因此要被逮捕。面对这一情况，当时还并没有足够证据证明贾征祥无罪的金蝶飞竟然敢于直接对警察说：“贾先生既经托我侦查失物，这侦查也便是我职务所在，他的失物一天不发现，我的职务便一天不完，我也不能不保护他的名誉和生命。”④ 体现出其作为一名侦探的职业要求和正义所系。随后，侦探金蝶飞和警方约法三章：“既然贵警佐一定要用法律拘束他，我也不便和你争论了，可是有三个条件，要你立刻应允。一、立刻用电话通知留守升平旅社的警察，教他引导我侦查六十四号；二、贾先生须让他走出我门外，由你们去拘束；三、无论如何，须和我有五天的约期，好让我把真相弄明白。”⑤ 其中对于权利空间和调查时间的“寸土不让”与据理力争，将私家侦探金蝶飞与官方警察之间的博弈关系充分体现了出来。

---

① 俞天愤：《银烟盒》，《小说丛报》第十四期，1915 年 9 月 20 日。

② 俞天愤：《烟丝》，《小说丛报》第十一期，1915 年 5 月 30 日。

③ 俞天愤：《芙蓉壁》，《小说丛报》周年增刊，1915 年 6 月 28 日。

④ 俞天愤：《红玫瑰》第二卷第二十九期至第二卷第三十一期，1926 年 5 月 10 日至 1926 年 5 月 24 日。

⑤ 俞天愤：《红玫瑰》第二卷第二十九期至第二卷第三十一期，1926 年 5 月 10 日至 1926 年 5 月 24 日。

传统清官所代表的正义遭到彻底的否定，现代以警察等司法机构和执法人员为代表的权力机关似乎也并不值得信任，于是清末民初的中国侦探小说中生长出了一种源自民间的新型正义观念，它一方面是继承并取代了“清官正义”，另一方面又和“警察正义”之间保持着合作与距离兼而有之的张力，我们姑且将其称之为“侦探正义”。即张厉冰所说的“当社会的正义诉求难以借由正常途径传达，则民间社会所固有的寻求公道的方式被凸显出来”①。民国侦探小说中所透露出的正义观既包含福柯所说的“权力关系”与文本重心的转移，也涉及类似于“福尔摩斯探案”系列小说中侦探“法外开恩”对司法正义本身的补充和修正。② 学者张永禄曾经对民国侦探小说中的独特的正义伦理进行过如下分析，即“中国侦探小说的独特性”在于：“在道德和法律之间，晚清的侦探小说们还是让大众伦理道德高于法律，这个处理表现上是以法的精神让位于大众对社会正义的诉求和基本伦理的尊重。这种结局在今天看来似乎不可思议，但是联想到侦探小说虽然宣传法律民主和科学，但是当时社会风气的污浊和司法的黑暗，老百姓普遍对腐朽政府的失望，这一模式处理既迎合了大众心理，也曲折反映了社会现实。”③ 正是从中国传统文化、民间信仰、时代转型与现代阅读消费市场等几个维度勾勒出了清末民初中国侦探小说中的正义表达的独特性之所在。

---

① 张厉冰：《关于前期〈万象〉的考察》，《中国现代文学研究丛刊》2005 年第 4 期。

② 学者汤哲声在论述晚清民国时期中国侦探小说中的正义问题时曾说道：“中国的侦探小说一般具有两条标准，一是用法律标准判断是非，一是用道德标准判断善恶。中国的侦探小说总是设法在法律之中写出感情来。在这两条标准之中起决定作用的往往是道德的一条。”（参见汤哲声《等待超越：侦探小说在中国现代文学中》，《中国现代文学研究丛刊》1996 年第 2 期）这一判断和本书前文所述的“福尔摩斯探案”小说中的“法外开恩”的情节模式相符合。

③ 张永禄：《类型学视野下的中国现代小说研究》，上海大学出版社 2012 年版，第 66—67 页。

三　侦探与警察之关系

在清末民初的中国侦探小说中，作为私人身份的侦探与作为公权力机关代表的警察之间的关系往往值得仔细考辨。具体而言，民国侦探小说在表现“官方正义”与“私人正义”之间的关系时，经常呈现出某些犹疑不决和暧昧不清的状态。比如在刘半农翻译的“福尔摩斯探案”系列小说《佛国宝》（现一般译作《四签名》）中，就有意删除或“柔化”处理了不少原作中关于福尔摩斯对警察系统批判、反讽、揶揄，以及表现双方对立的细节。实际上，柯南·道尔小说原作里代表警察一方的琼斯（Mr. Athelney Jones）曾讥讽福尔摩斯为“理论学家”（the theorist），而福尔摩斯也毫不客气地对其展开反唇相讥等，而这些内容在刘半农的译本中多被删改掉了。这种翻译过程中的删减或修改行为，与译者刘半农在全书“跋”文中所总结的柯南·道尔“于福尔摩斯则揄扬之，于莱斯屈莱特之流则痛掊之”[①] 的小说写作特点并不相符。究其原因，这种翻译策略很可能是受到了中国传统侠义公案小说中以侠客辅佐清官的方式来伸张正义的相关情节和描写的影响，也可能是传统中国思想文化中对于个人和朝廷之间的对立并不提倡的观念倾向所导致。而这种对西方侦探小说翻译与模仿上的犹疑“两端”——既借助其批判传统“清官正义”与“警察正义”的不可靠，又不自觉地流露出对“清官正义”和“警察正义”所代表的“官方正义”的依赖之情——这正是韦努蒂所说的“译文投射出来的是一个尚未实现的乌托邦共同体”[②]，具体而言，即通过侦探小说翻译体现出了当时中国社会现代正义伦理观念的某种未完成性与不成熟的特点。换句话说，

---

① 刘半农：《〈福尔摩斯侦探案全集〉跋》，载《福尔摩斯侦探案全集》，上海：中华书局 1916 年 5 月版。

② ［美］韦努蒂：《翻译、共同体、乌托邦》，载大卫·达姆罗什、陈永国、尹星主编《比较文学与世界文学读本》，北京大学出版社 2010 年版，第 201 页。

在传统观念根深蒂固的影响之下，当时文人与译者对于现实的不满以及其对更加合理的正义伦理践行方式并不能彻底地贯彻和执行。这也恰如本雅明所说，“当一部作品到了闻名遐迩的时候，不纯粹传达主题的译文便开始问世。因此，与不称职的翻译者的主张相反，这种译文与其说符合作品的需要，毋宁说作品由于译文而得以存在。在译文中，原作的生命获得了最新的、继续更新的和最完整的展开”。[①] 具体到刘半农的小说译本《佛国宝》中，它确实一定程度上背离了柯南·道尔的小说原意，却同时又在更大程度上在清末民初的司法体制与正义伦理场域中获得了新的生命展开。

另一方面，在清末民初的中国侦探小说中，也曾出现过有关于司法独立一类的“进步”主张。比如在小说《上海侦探案》中，小说作者就曾发议论道：“且说新衙门里，一天的案件总有几十起。审了一件，再是一件，做官的没有三头六臂，那里来得及推敲研究，只得糊里糊涂审他一堂。今日如此，明日亦复如此，横竖苦着犯人罢了。所以这司法独立制度，是万万不可缓的了。”[②] 与之类似的，萧乾也曾在有关于侦探小说的文章中呼吁：“所以在此，我奉劝迎上头去想赶上英美侦探小说的朋友们，先逼逼我们的司法行政！”[③] 相较而言，《上海侦探案》与萧乾这两段话产生的制度语境并不相同——前者是晚清衙门时期，司法权与行政权混在一起；后者则是在民国时期，独立的司法机构已经出现，但在腐败的政治体系下并没有做到真正意义上的司法独立。而总的来看，《上海侦探案》与萧乾的这两段话中对于侦探小说中社会正义的诉求已经触及到了司法制度改革的层面，只是在整个晚清、民国时期，这类侦探小说的相关表达都还非常的零星、稀少、不成系统，且缺乏具体可行的操作

---

① ［德］瓦尔特·本雅明：《本雅明文选》，陈永国、马海良译，中国社会科学出版社1999年版，第281页。

② 〇吉（周桂笙）：《上海侦探案》，《月月小说》第一卷第七期，1907年。

③ 萧乾：《侦探小说在华不走运论》，《上海文化》第十期，1946年。

方法与实现路径。

此外，我们也不能忽视当时一些民国文人对侦探小说中所涉及的犯罪描写与正义伦理的批评和质疑之声。比如张碧梧就曾说过："侦探小说的情节大概不外乎谋杀陷害和劫财等，读者读了之后，试问发生什么感想呢？恐怕不过只在脑中留下这个恶印象罢了。这岂是小说的本旨？所以我以为在这种情节当中，务必使他含蓄着劝善惩恶的意思才好。譬如说某富翁被贼党害死，便须附带说明这富翁平日的吝啬盘剥的行为；又如说某妇人被人害死，但所以会被人害死，实固品行不端，以致结下了仇恨。如此读者读完之后，必会生出'自有取死之道'的感想。"① 但若按张碧梧这里的意见来设计侦探小说中的被害人形象，仿佛就又回到了公案小说的老路上去。类似的，赵恂九在《小说作法之研究》一书中一方面提出"尝有因读侦探小说的读者，被内中犯罪机巧方法所熏染而去效行犯罪者"②，另一方面又肯定了"说起侦探小说来，自古以来发觉不出犯人的几乎没有，无论怎样巧妙的杀人犯，结局都被发现、正法了。所以有此结局者，也是侦探小说作者的用意在指导世人相善之处，亦即所谓'主题'是也"③。赵恂九的这两句话乍看起来难免令人觉得自相矛盾——他既认为侦探小说会诱人犯罪，又认为侦探小说的"用意在指导世人相善之处"。但在本质上，赵恂九与张碧梧对待侦探小说写法的警惕与批评内在思路如出一辙，即他们都是认为侦探小说中关于犯罪的描写容易引发阅读者的模仿和效法，因而必须加以适度的控制。

对此，吴趼人曾经用《金瓶梅》与《肉蒲团》并非淫秽之书做类比，认为侦探小说中的犯罪描写与破案技巧是否会引发人模仿作

---

① 张碧梧：《侦探小说琐话》，《侦探世界》第十六期，1923 年十二月望日（农历）。

② 赵恂九：《小说作法之研究》，大连：启东书社 1943 年版，第 34 页。

③ 赵恂九：《小说作法之研究》，大连：启东书社 1943 年版，第 41 页。

恶，关键还是要看读者是否“善读”：“《金瓶梅》《肉蒲团》此著名之淫书也，然其实皆惩淫之作。此非独著者之自负如此，即善读者亦能知此意。固非余一人之私言也，顾世人每每指为淫书，官府且从而禁之，亦可见善读者之难其人矣。推是意也，吾敢谓今之译本侦探小说，皆诲盗之书。夫侦探小说明明为惩盗之书也，顾何以谓之诲盗？夫仁者见之谓之仁，智者见之谓之智。若《金瓶梅》《肉蒲团》淫者见之谓之淫，侦探小说则盗者见之谓之盗耳。呜呼！是岂独不善读书而已耶？毋亦道德缺乏之过耶？社会如是，捉笔为小说者，当如何其慎之又慎也。”[①] 吴趼人写这段话的目的在于为侦探小说的正义性/正当性辩护，也确实在一定程度上指出了小说是否“诲淫诲盗”要和读者是否“善读”有关。但他同时也忽略了小说本身所能够带来的“诲淫诲盗”可能性大小等具体情况，即查案与“惩盗”作为一篇侦探小说的重点和高潮，而《金瓶梅》等书中的“惩淫”却只是在小说结尾处的一点“曲终奏雅”，这两者显然不可同日而语。而吴趼人将这两者相提并论，体现出的是当时中国文人因为知识结构所限，不得不借助传统文学批评理论与认知资源来解释新的文学现象时所带来的错位和偏差。

相比之下，徐国桢在《论侦探小说》一文中对于侦探小说理性精神与正义观念的批判虽也有其偏颇之处，但显然要比吴趼人、张碧梧等人更具现代意识与理论说服力：

> 它具是有发扬正义的作用的，然而，把正义的面目，处理得相当阴森幽冷，而发挥正义的手段，勾心斗角，惟恐其不奇不诡不迷离。所以，侦探小说的正义，反而常是受着罪恶所覆育而滋长，甚而至于描写罪恶的深度，超过了发挥正义的明度。罪恶成了躯干，正义成了尾巴。
>
> ……

---

① 吴趼人：《杂说》，《月月小说》第一卷第八期，1907 年。

> 它是崇尚理智的，而这种理智在大侦探以及暴徒罪犯的头脑中，目的虽异，作用往往相同。作用很简单，“我如何使你失败”。永远是敌意的，不友好的，除双方斗争以外，就不需要理智。当然大侦探对于某一案件的接受与否之前，考虑前来请求委托的当事人的是好人或坏人，由而决定接受或拒绝，这分明是不涉于斗争的理智，但是这种状态下的理智，在侦探小说中仍是不被重视的。说侦探小说“斗争以外无理智”，不算污蔑苛刻的话。①

上述徐国桢的这两段批评文字，具体是基于其对于民国时期，特别是20世纪40年代后期出现的很多通过过分渲染色情、阴冷、血腥和暴力来增加卖点的侦探小说的阅读感受基础之上而提出的（可参见本书第五章第一节相关内容），放在当时的时代环境和创作背景下来看，也的确有一定的纠偏意义和参考价值。并且徐国桢也相对客观地将前人一直争吵不休的、关于侦探小说究竟是“诲盗”还是“惩盗”的认识分歧推进到了一个似乎可以量化考察的维度，即一篇侦探小说究竟是宣扬正义，还是宣扬罪恶，主要看小说中究竟谁是“躯干”、谁是“尾巴”。

综上所述，侦探小说在西方世界所代表的正义伦理，既有福柯所说的“权力关系的转移”，也有对司法正义的补充和修正。而当其经翻译进入清末民初时期的中国之后，又发生了一系列本土化改造和变形。即如学者孔慧怡所说：“评价晚清译者和译作，不能忘了翻译时期的需求和标准，作为一个特定历史时期的文化转移中介人，清末民初的小说译者实在功不可没。”② 一方面，侦探小说中所倡导的“侦探正义”与中国传统思想文化中的“清官正义”和民国时期

---

① 徐国桢：《论侦探小说》，《民潮丛刊》第一期，1949年。

② 孔慧怡：《还以背景，还以公道：论清末民初英语侦探小说中译》，载王宏志主编《翻译与创造：中国近代翻译小说论》，北京大学出版社2000年版，第88—117页。

新出现的“警察正义”之间形成了一定的距离与张力。另一方面，晚清、民国文人翻译和创作的侦探小说又不自觉地流露出某种对官方力量的向往，以及对侦探与警察之间对立描写缓和的倾向。此外，对侦探小说中犯罪描写过分细致传神，以及过度渲染血腥、暴力等问题是否符合“诗学正义”与伦理正义的质疑之声，从晚清到民国也从未断绝过。

第二节　侦探与侠客：兼论两种类型文学的融合

侦探小说和武侠小说彼此间的相通之处，大概可以从以下三个方面来予以理解：一是读者群体的交集和重叠，即两类小说在某种程度上都更贴合那些偏好通过阅读来欣赏暴力美学或排遣暴力情绪的读者的胃口与喜好[①]；二是在小说形式上，二者都在一个相对虚拟的时空环境中围绕小说中的绝对主要角色（侦探或侠客）来展开故事情节；三是在小说伦理价值表现方面，两类小说都肩负着对于想象性的文学正义和社会正义的承担。

一　侦探小说与武侠小说的“脉搏互通”

早在民国时期，就已经有很多评论者和研究者有意或无意地提到了武侠小说与侦探小说之间的“脉搏互通”之处。比如范烟桥在《侦探小说琐谈》一文中就曾指出：“做侦探小说，必有一副牢骚之气，犹之太史公作《刺客列传》《游侠列传》以泄其不平之积忿耳。故为福尔摩斯者，堂堂之阵，正正之旗也。为亚森罗苹者，施耐庵《水浒》之类也。”[②] 即将以福尔摩斯和亚森·罗苹为代表的侦探小

---

① 关于武侠小说对于阅读者暴力情绪的宣泄作用的相关分析，可参见陈平原《千古文人侠客梦》，北京大学出版社 2010 年版。

② 范烟桥：《侦探小说琐谈》，《侦探世界》第三期，1923 年。

说归入从《史记》中的《刺客列传》《游侠列传》到施耐庵的《水浒传》这一中国古代侠义文学的脉络与传统中去。类似的，民国武侠小说名家白羽在《好小说》一文中也曾写道："即同是一人，因年龄长幼之不同，其嗜好亦每每差异，其眼光亦时变换。故儿童喜听神怪故事，《封神榜》《西游记》，多诧为天地间之奇文。马齿稍长，则嗜读武侠小说、侦探奇案矣。情窦初开，《石头记》《金瓶梅》一类之言情小说，性欲文学，多藏诸袖中被底，背大人先生，而私浏览。比其成年，人世既深，诸《儒林外史》《官场现形记》，辄叹为道人所欲道，言人所未及言。《三国演义》之行谲斗智，至是亦能领略。"① 白羽在这里将《西游记》与《封神榜》并列，《石头记》与《金瓶梅》并列，《儒林外史》与《官场现形记》并列，同时也将"武侠小说"与"侦探奇案"并列，可见在这位武侠小说作家的眼中，侦探小说与武侠小说之间有着某种先天的"亲缘"关系，而这种"亲缘"关系就类似于《封神榜》之于《西游记》，《金瓶梅》之于《石头记》，《官场现形记》之于《儒林外史》一样密切，而后面三组参照对象在通常的意义上来说，却都属于同一小说类型，并且起码在读者市场和审美品位上有着相当程度的共通之处。

阿英在《晚清小说史》一书中也提出："当时由于资本主义在中国的抬头，加之侦探小说与中国公案小说和武侠小说有许多脉搏互通的地方；先有一两种的试译，得到了读者，于是便风起云涌互应起来，造就了后期的侦探翻译世界……而当时译家，与侦探小说不发生关系的，到后来简直可以是没有。"② 即认为晚清时期侦探小说翻译事业的兴盛，和其"与中国公案小说和武侠小说有许多脉搏互通的地方"这一点密不可分，换句话说，中国传统武侠小说的读者，构成了侦探小说在清末民初翻译热潮的重要基础。

在具体发表实践方面，中国第一本侦探小说杂志《侦探世界》

---

① 白羽：《好小说》，《东方朔》1928 年 2 月 15 日。

② 阿英：《晚清小说史》，人民文学出版社 1980 年版，第 186 页。

主要刊载侦探小说，同时也刊登武侠小说和探险小说等。老板沈知方在杂志创办第一期的《宣言》中曾说道："本刊舍侦探小说之外，更丽以武侠、冒险之作，以三者本于一源，合之可以相为发明也。惟三者之中取材以侦探之作为多，故定其名曰《侦探世界》，以实属主，夫亦示其所归而已。"① 主编陆澹盦也在同一期的《编辑赘墨》中说："本杂志的作品，以侦探小说为主，而以武侠小说与冒险小说为辅，因为武侠冒险两种性质，于侦探的生活上很有一点联带的关系，所以兼收并蓄，一律刊载。这也是我们要预先声明的。"② 而实际上，《侦探世界》连载时间最长、篇幅体量最大的小说也正是平江不肖生的武侠小说《近代侠义英雄传》（共五十回，贯穿整个二十四期杂志）。如前文所述，《侦探世界》刊载大量武侠小说（包括平江不肖生的《近代侠义英雄传》和姚民哀的《山东响马传》），一定程度上是因为当时中国本土侦探小说创作不够兴盛、作品数量太少所致。但从另一个角度来看，即这从杂志风格设计与内容选择上也体现出了侦探小说与武侠小说的某种相近性和亲缘性。简单来说，即武侠小说与侦探小说都满足了读者对于英雄人物扶困济贫的期待，为自己伸张正义提供了某种文学上想象的可能。

除了《侦探世界》之外，20 世纪 40 年代后期的《蓝皮书》杂志作为侦探小说杂志也是一方面刊登了郑狄克的"大头侦探案系列"、程小青的"霍桑探案"小说中的《灵璧石》、孙了红的"侠盗鲁平奇案"系列小说中的《赛金花的表》等侦探小说作品，另一方面也有还珠楼主的武侠小说《关中九侠》在上面连载。此外，该刊还连载过郑小平的"女飞贼黄莺之故事"系列作品，这个系列小说专门描写川东女盗黄莺的传奇故事，内容上兼具武侠和侦探两种类型的风格，别有特色。而"女飞贼黄莺之故事"在当时的读者群中也是反响颇为热烈，以至于连载尚未结束，读者已要求出单行本一

① 沈知方：《宣言》，《侦探世界》第一期，1923 年 6 月。

② 陆澹盦：《编辑赘墨》，《侦探世界》第一期，1923 年 6 月。

睹为快。

二　“从法律之内到法律之外”

在20世纪40年代，学者费青在《从法律之内到法律之外》这本小书中比较侦探小说与武侠小说时，提出前者代表法律之内的正义，后者代表法律之外的正义，并将这两类小说及其所代表的正义差别上升到了民族性与中西方集体无意识的高度来进行理解，进而将两种小说类型借助法律、正义与公平的链条联系在了一起：

> 侦探小说是现代英美一般人民间最流行的读物，它们的翻译本在中国也已相当流行。可是中国作家却始终未能用中国背景来写一本侦探小说。反之，在中国一般人民中最流行的读物是侠义小说。这两个互相对照的不同事实，实乃发生于同一基本原因。这两种小说的所以为一般人民所喜读，除了它们故事内容的紧张离奇外，是因为它们都能够满足一般人民心理上对于公平正义的需求。所不同者，侦探小说乃是从法律之内获得公平，而侠义小说则是从法律之外获得公平。于是：侦探小说在现时英美的流行，正表示在现时英美一般人民意识中，公平正义乃存在于法律之内；而侠义小说在中国流行，以至侦探小说的迄今未能用中国背景来写，正又表示在迄今中国一般人民的意识中，公平正义只存在于法律之外，在中国，这个人民意识的形成实已有了很久的历史。①

费青将“法律之内”和“法律之外”作为区分“侦探小说”与“侠义小说”的标准，敏锐地从伸张正义的不同路径这一角度指出了两种小说类型之间的本质差别：“侦探小说”最终是在法律框架内来

---

①　费青：《从法律之内到法律之外》，上海生活书店1946年6月版，第1—2页。

实施正义，即侦探的推理思考与侦查实践最终仍要落脚到将犯罪分子“绳之以法”，这与我国传统“侠义小说”通过构建一个虚拟的江湖世界，并以“快意恩仇”作为行动目标和阅读快感获取机制有着根本性的不同。而费青由此得出进一步推论，认为侦探小说在西方的流行是根源于西方国家司法体系与法治社会建设的完善。费青此处的洞见具有相当的合理性，但我们也不妨对此略作一点引申和补充，相比于中国传统武侠小说中的“侠义”更多是将正义的承担者托付于侠客个人，其中充满着一种个人主体精神上的道德自信感；而现代西方正义观则如前文引福柯所说，正义渐渐等同于程序正义，或者说程序渐渐成为正义本身，而个人主体的力量则在这一过程中逐步失落，甚至我们可以说，在西方现代司法程序正义中，个人主体的地位在某种程度上是被抽空了的。而这种主体精神不同的伸张程度，也可以作为我们理解侠义与正义、法律之内的正义与法律之外的正义之间的一个关键性区别。

在很多民国侦探小说作品中，比较常见的情况是作者在侦探小说创作中加入一些侠客精神和中国传统（主要指墨家）的正义观念。即如程小青所说：“侦探的性质就在保持法律的平衡，洗刷无辜者的冤抑，而使犯罪的不致漏网。小说虽出于虚构，然理想为事实之母，往往和实际发生影响，所以我们着笔时，也不能不把锄强辅弱的主义做一个圭臬。”① 程小青在这里所提出的在侦探小说中展现出一般在侠义小说中才会经常见到的“锄强扶弱”等内容，甚至将其上升为自己的侦探小说创作原则，其实是某种程度上打破了费青所试图区隔的不同小说类型所代表的“法律之内”与“法律之外”的正义。具体而言，比如程小青“霍桑探案”中的《案中案》《白纱巾》《虱》等篇目中都展现出了霍桑不拘泥于法律条文的侠客精神与侠骨柔肠。而在《江南燕》一篇中作者还明确提到侦探霍桑“同时他又欣赏墨子的‘兼爱主义’，长期受到墨子的那一种仗义行侠的熏陶，

① 程小青：《侦探小说作法的管见》，《侦探世界》第三期，1923 年。

养成他痛恨罪恶，痛恨为非作歹，见义勇为，扶助贫困压制强权的品格”[①]。甚至在程小青的侦探小说中还多次出现一个颇有些江湖侠客/大盗习气的反派武林高手形象——江南燕，这更是当时武侠小说人物渗透进入民国侦探小说创作中的最好明证。此外，民国时期，中国本土创作的侦探小说中更能够体现出对于武侠小说类型融合的代表性例子当属吴克洲、何朴斋、俞慕古、孙了红等人创作的“东方亚森罗苹”或“侠盗鲁平奇案”系列小说，本书将在下一节专门对此展开分析，此处不赘言。

甚至在张天翼“徐常云探案”系列中的《空室》一篇中，也曾故意将侦探与侠客并置书写，并就此营造出一种二者彼此间“英雄惜英雄”的同气之感。“于是……常云不待他说完，跳起来握着少年的手说道：‘这爱国的侠士非别，正是老兄……’少年不觉大笑。”[②] 与此同时，该篇小说中还曾出现过如下一番对话：“徐常云硬留他吃夜饭说：‘家中没有好菜，到餐馆里去罢！’席间，我同常云敬少年一杯酒，说他是个大侠，为国家除害。他于是又敬我们一杯酒，说：‘我们是侦探，为社会上除害！’”[③] 作者张天翼在这里将侦探与侠客塑造为知心好友与“同道中人”的意图再明显不过，从而也体现出了两类人物精神层面之间的某种相通性。此外，张天翼在侦探小说《头等车室》[④] 与《途中乞儿》[⑤] 中所塑造的主角更是一个善于化妆易容且身手不凡的巨盗“鬼侠”林侠侣，而这篇小说也被杂志标为“鬼侠寄案”，可谓是侠客与侦探的某种另类结合方式。

---

① 程小青：《江南燕》，载《舞后的归宿——霍桑探案集 1》，群众出版社 1997 年版，第 244 页。

② 张天翼：《空室》，《星期》第三十二期，1922 年 10 月 8 日（农历八月十八日）。

③ 张天翼：《空室》，《星期》第三十二期，1922 年 10 月 8 日（农历八月十八日）。

④ 张天翼：《头等车室》，《兰友》第十三期“侦探小说号”，1923 年 5 月 21 日。

⑤ 张天翼：《途中乞儿》，《鸿光》第七期，1924 年 1 月 6 日（农历癸亥年十二月初一日）。

当我们进一步对这种侦探小说中的侠客精神追根溯源时，不难发现，其一方面是受到了西方侦探小说（尤其是“福尔摩斯探案”系列）的影响，其中最明显的例子即是本书前文中曾分析过的福尔摩斯在面对“好人”犯罪时所经常采取的“法外开恩”的行事策略，而这种行为方式中多少包含了一点“侠气”。另一方面则是民国侦探小说作者从小阅读武侠小说作品所留下来的“思想痕迹”。比如程小青就曾在《我的恩物》一文中回忆道：“在我十一二岁的时候……那时我正自读着一部《七剑十三侠》的旧小说，读了那些侠客好汉的行径和飞弹射箭的神技，受着很大的影响，便也想做一做这种理想中的侠客。”① 正是受这类少年阅读经验及其所包含的中国传统侠客文化的影响，才导致了这些民国侦探小说作者后来在创作实践西方“舶来”的侦探小说文类时，总会在不经意间流露出自己骨子里所深深刻入的中国传统文化基因，在其所塑造的侦探形象中多少会沾染上一点侠客的影子。

三　“试水”侦探小说创作的民国武侠小说作家

民国时期武侠小说与侦探小说之间的紧密联系除了体现为民国侦探小说创作中的侠客精神与武侠元素之外，还体现为很多民国武侠小说创作中也多少运用到了侦探小说中常用的注意营造悬疑氛围和紧张感的手法。比如白羽就曾在文中自陈，自己早年的作品《粉骷髅》，直“写成了侦探小说模样”②。而据学者孔庆东的研究和总结，民国时期的武侠小说作家作品中，白羽的《十二金钱镖》《联镖记》《偷拳》，郑证因的《鹰爪王》《矿山喋血》《风雪中人》，顾明道的《红巾党》，王度庐的《宝剑金钗》《卧虎藏龙》等都使用了

---

① 程小青：《我之恩物（十之二）》，《红玫瑰》第三卷第十四期，1927 年 5 月 7 日。

② 白羽：《我当年怎样写起武侠小说来》，转引自叶洪生《武侠小说谈艺录》，台湾：联经出版事业公司 1994 年版，第 199 页。

“侦探小说惯用的‘控制信息’的技巧”[①]。而“朱贞木则以布局奇诡为能事，被叶洪生称为‘奇情推理派’”。[②] 的确，在朱贞木的《七杀碑》和《罗刹夫人》等代表性武侠小说作品中，很明显能看出他的小说善设悬念、风格诡奇的特点。

甚至一些民国武侠小说作者还有过亲身从事侦探小说创作的经历和经验，这一方面最具代表性的作家当首推王度庐。王度庐以创作武侠小说而闻名，以“鹤—铁五部曲”[③] 为其武侠小说的代表作。但早在20世纪40年，傅琍琳在文章中就曾介绍说：“王君曩在北京主编《小小日报》时以著侦探小说知名。”[④] 而关于王度庐的侦探小说创作，考证最翔实的当代学者则是徐斯年，他在《王度庐评传》一书中对此有过详细的介绍：

> 《小小日报》日出一张，除新闻外多登体育消息。这一时期，王霄羽在此报和其他报纸陆续连载的，主要是侦探小说，我们知道的有《烟霭纷纷》《空房怪事》《绣帘垂》《浮白快》《半瓶香水》《黄色粉笔》《两件奇案》《红绫枕》等，篇幅都不长，署名均作“霄羽”；其中有些出过单行本，我们见到的只有《红绫枕》一种。他也为《小小日报》的副页写些短评，署名则是“柳今”。
>
> 王霄羽的侦探小说均仿《福尔摩斯探案》，以“赛福尔摩斯”鲁克及其助手为贯穿人物，诸案形成系列。这些作品

---

① 孔庆东：《超越雅俗：抗战时期的通俗小说》，中国文联出版社2012年版，第227页。此外，孔庆东在书中还提到“郑证因也写过侦探小说”，但如《矿山喋血》等作品只能算是具有一点悬疑性，和真正的侦探小说还是有不少差别。

② 孔庆东：《超越雅俗：抗战时期的通俗小说》，中国文联出版社2012年版，第227页。

③ 按现在一般说法，王度庐的“鹤铁五部曲”指的分别是《鹤惊昆仑》《宝剑金钗》《剑气珠光》《卧虎藏龙》《铁骑银瓶》五部互有联系，又各自独立的系列武侠小说。

④ 傅琍琳：《〈落絮飙香〉读后》，《青岛新民报》1940年2月20日。

> 虽然影响大不，但从文学史的角度考察，却不仅标志着霄羽创作生涯的开始，而且在作品样式上还与南方侦探小说名家程小青的创作，形成了南北呼应的局面。……这段经历对王霄羽后来的创作是有帮助的：例如《卧虎藏龙》《燕市侠伶》等的情节构思、悬念设置以及推理思维的自觉运用，皆得力于此。①

徐斯年教授对于王度庐侦探小说创作的相关研究，概括来说大致为：王度庐因投稿结识北平《小小日报》经理宋心灯，被邀出任报刊编辑，并开始在上面发表侦探小说。其以“霄羽”为笔名，模仿“福尔摩斯探案”模式，写过一个以“赛福尔摩斯”鲁克为主角的侦探小说系列，其中包括《烟霭纷纷》《空房怪事》《绣帘垂》《浮白快》《两件奇案》《红绫枕》等篇。而据徐斯年在另一篇论文《论王度庐的早期小说》中介绍，王度庐的这些侦探小说创作以“赛福尔摩斯”鲁克及其助手马进（鲁克、马进同毕业于上海法律专科）为贯穿人物。此外，该系列侦探小说中还经常出现一个警犬学专家章渲（就笔者目前所见内容，该人物至少曾在《神獒捉鬼》和《空房怪事》两篇小说中出现）。“赛福尔摩斯”鲁克探案系列中每篇小说篇幅都不长，诸案彼此之间形成系列探案的关系。援引徐斯年教授在文中的说法，“《红绫枕》共10章，约3万余字，发表时标类为‘惨情/实事小说’，但它也被视为侦探小说，而且是至今可以见到的‘鲁克系列’第一部”②。而据笔者所见该篇小说部分残留文本，可引资为辅助证明。如《红绫枕》第五回“裁红绫绣枕藏秋水，登彩舆珠钿泣春风”中就明确说道：“到了次日一早，那检验官就和包探来了。看官，须知这包探便是鲁克，大概看过拙作《半瓶香水》《黄色粉笔》两件奇案的，一定会

① 徐斯年：《王度庐评传》，苏州大学出版社2005年版，第7—8页。

② 徐斯年：《论王度庐的早期小说》，《中国现代文学论丛》2014年第1期。

晓得他的为人。这‘赛福尔摩斯’由摩托车上跳下来，同他的助手马进，一直到了犯事的屋内。”即从小说这段话中我们可以知道，鲁克不仅是小说《红绫枕》的主角，还曾在王度庐的《半瓶香水》《黄色粉笔》等小说中出现，几篇侦探小说彼此间形成系列侦探案的关系，且另外两篇小说的创作时间应该早于《红绫枕》。因此，徐斯年教授这里所说的《红绫枕》“是至今可以见到的‘鲁克系列’第一部”，实属合理判断。

进一步参照王度庐女儿王芹女士在博客“寻找王度庐”中的相关整理和介绍：“王度庐目前已知的侦探小说作品大致可分为大侦探鲁克及其助手马进探案的‘鲁克系列’，如《半瓶香水》《黄色粉笔》《红绫枕》《自鸣钟》《惊人秘柬》等；有侦探长章煊及其所训警犬灵狮探案的‘灵狮系列’，如《神獒捉鬼》《空房怪事》等；有大侦探秦镜与律师张冷庵的探案系列，如《红手腕》等；此外还有《触目惊心》《疑真疑假》《金刚石》《幕面人》等诸篇。这些小说多为中篇，其构思及侦探形象的设计等，都受到‘福尔摩斯探案’的很大影响。鲁克系列和灵狮系列中的主人公鲁克、马进、章煊，均为上海法律专科的同学。鲁克是安徽广德人，喜欢做侦探又不以此为生，上学时因能探到考题，被同学称为‘赛福尔摩斯’。章煊是浙江嘉兴人，开一律师事务所，在上海某搪瓷厂有雄厚的股份，生活无忧，侦探天才不及鲁克，但爱研究警犬学，故被同学称为‘狗学博士’，其因有一绝妙警犬灵狮，破案迅速。大侦探秦镜还是留过洋的，并获有英国的侦探学硕士学位。”① 而据本书写作过程中所搜集到的资料显示，王度庐的侦探小说创作除了连载于北京《小小日报》之外，还曾刊登在北京的《平报》上，且有过多种单行本侦探小说集的出版。而王度庐侦探小说创作发表与出版的具体内容，详见本书“附录一”中的相关资料整理。

---

① 王度庐女儿王芹的新浪博客“寻找王度庐”（http：//blog. sina. com. cn/u/1497627685）中的相关资料信息。

关于王度庐侦探小说创作的意义，恰如前文中所引徐斯年教授的说法："从文学史的角度考察，却不仅标志着霄羽创作生涯的开始，而且在作品样式上还与南方侦探小说名家程小青的创作，形成了南北呼应的局面。"[①] 徐斯年教授敏锐地指出了王度庐侦探小说创作一方面开启了其文学创作生涯，并且他的这段从事过侦探小说创作的经历对其后来武侠小说的写作显然也有所影响，比如其"侠情小说在情节设计上也深得吞吐回环之妙"[②]。又如其武侠小说代表作《卧虎藏龙》中贝勒府宝剑被盗事件发生之后，小说直接就此进入了一个人人怀疑、层层查案的颇类似于侦探小说的情节模式之中；另一方面，民国侦探小说创作以江浙沪地区为最盛，而对王度庐侦探小说创作相关资料的挖掘和考证，有助于我们进一步了解"北派"京津地区的民国侦探小说创作格局，只可惜王度庐当年侦探小说创作所连载的报纸和单行本出版物都残缺不全，进一步深入的文本分析还有待于对更多新资料的发现。

除王度庐外，民国时期另一位曾大量创作过侦探小说的武侠小说作家是汪剑鸣。其侦探小说在报刊连载及单行本出版的时间主要集中于1937—1942年，而其小说所连载的报纸多为当时的上海小报或新闻日报，如《袖珍报》《力报》《奋报》《东方日报》等，常用笔名为"汪剑鸣"或"红绡"（详见本书"附录一"中的相关资料整理）。大体上来说，汪剑鸣的侦探小说创作可分为三大系列：一类是以"华探霍克强霍探长"为主角的系列侦探小说，如《五弟兄》等；另一类是以"记者李神鹰和宋春燕夫妇"为主角的"神鹰探案"系列，其中包括《毒手魔王》《窗前魅影》《谁为凶手》等篇；第三类则是标为"福尔摩斯侦探奇案代表作"的系列小说，该套小说虽名为"福尔摩斯侦探奇案"，实则却是汪剑鸣自

---

① 徐斯年：《王度庐评传》，苏州大学出版社2005年版，第7—8页。

② 孔庆东：《超越雅俗：抗战时期的通俗小说》，中国文联出版社2012年版，第227页。

己的侦探小说创作，其中包括《神秘的杀人针》《落魂崖》《毒蛇惨案》《两世冤仇》《半片残照》《梅花暗杀团》共六部侦探小说集。汪剑鸣的侦探小说之于本书所构建的整个民国侦探小说史的重要意义在于，一方面，其很多作品都以小报为主要刊载平台，小说风格与连载方式和我们之前所讨论的那些以杂志刊载为主的侦探小说有所不同，甚至有可能形成一类独特的“小报侦探小说”作品群体；另一方面即是其发表时间，也脱离于本书所描述的民国侦探小说创作的两次发展波段之外，为我们全面了解 20 世纪 30 年代后期至 40 年代初期的民国侦探小说创作提供了颇有意义的对象和范本。

此外，武侠小说家顾明道也是《侦探世界》杂志上的“常客”，其《狮儿》（第一期）、《海盗之王》（第三期）、《夺马记》（第七期）、《奇童》（第八期）、《荒岛奇侠》（第八期）、《农人李福》（第九期）、《卖解女复仇记》（第十三期）、《秘密之国》（第十六期）、《虎穴余生记》（第十九期）、《无我上人》（第二十期）、《海岛鏖兵记》（第二十一期）等诸篇小说皆曾刊载于《侦探世界》杂志上，这还不算其在上面发表的一些“轶闻”性质的短文。作为武侠小说作家的顾明道在《侦探世界》杂志上的出场率可以说要超过绝大多数侦探小说作家。而从具体小说写作手法上来看，顾明道写武侠小说常常采用“限制叙事”的基本模式，客观上起到了强化小说故事真实感的目的和效果。比如在小说《荒江女侠》中，作者即以方玉琴、岳剑秋双双闯荡江湖的行踪与遭遇来结构全书主要情节，以她们的所见所闻作为小说的主要内容。读者在阅读小说的过程中，仿佛是在通过小说主人公的眼睛来观察小说中依次出现的场景和人物，这是典型的侦探小说中使用的写作手法与技巧。这种手法不仅增强了顾明道武侠小说的真实感，而且刺激了读者的好奇心理与阅读欲望。民国时期侦探小说之于武侠小说的渗透和影响由此也可见一斑。

当然，在后来侦探小说与武侠小说的各自发展过程中，两类小说彼此碰撞与融合的情况更是屡见不鲜且从未停止。一方面，如学者黄永林所说，在美国“硬汉派”侦探小说与“黑色小说”的影响下，侦探身上的侠义精神得到进一步凸显，即“侦探的侠义化也与世界侦探小说发展动向有关，继正统侦探小说之后，硬汉派侦探小说和托多罗夫所称的‘黑色小说’等许多新的模式相继涌现。这些小说中的人物由于蔑视常规、自掌正义，因此经常遭受警方和罪犯的两面夹击，在蒙冤受屈中往往用超人的勇气战胜邪恶，完成人格的修炼，这样的侦探当然也可视为现代化的侠客”①。另一方面，在当代中国武侠小说名家的作品中，也经常能够看到侦探小说影响的痕迹，比如古龙的武侠小说在相当程度上借鉴了日本推理小说的写法，以及其笔下楚留香的人物形象和行事风格中也颇多对于侠盗亚森·罗苹的继承。而金庸的《飞狐外传》则采取了侦探小说中非常典型的“暴风雪山庄”的情节与结构模式。至于在更年轻的小说书写者如君天、时晨、朱晓翔、杨叛、吴昉等人那里，推理、悬疑、武侠等类型元素更是被其以“拿来主义”的态度熔于一炉，武侠小说与侦探小说也渐渐从两种小说类型而演变为两种小说类型元素，进而呈现出更丰富且多样的被运用与被书写的可能性。

第三节　侦探与“侠盗”：民国侦探小说中正义的想象与“虚张”

如本书前文中所述，法国作家莫里斯·勒伯朗的“侠盗亚森·罗苹案”系列小说的翻译和传入，对民国本土侦探小说创作影响巨大，甚至最终逐渐形成了一条“翻译—模仿—改写—创作”的后继

① 黄永林：《中西通俗小说叙事：比较与阐释》，华中师范大学出版社2009年版，第250页。

者的发展脉络。其地位和意义可能仅次于柯南·道尔的“福尔摩斯探案”系列小说的引进和传播。而民国侦探小说的译者和作者在理解、接受、学习与模仿亚森·罗苹系列小说时，大致经历了两个层面的发展过程：一是在吸收的方式与借鉴的程度上，经历了从翻译模仿到本土创作的逐步演变，二是在对亚森·罗苹这个人物形象的理解上，则有着一个从“剧贼”到“剧盗”再到“侠盗”，甚至“义侠”的形象前后转变[①]。本节所主要关注的，是在这一从翻译到创作、从“剧贼”到“侠盗”的发展与演变过程中，中国传统的“侠义”文化因素是如何进入侦探小说内部并成为塑造小说侦探主角的重要精神品质特点的，以及传统的“侠义”后来又如何演变为现代的“正义”和时代所赋予的“民族大义”，而且上述种种不同价值内涵的“正义”观念最终如何在这些侦探小说文本内部呈现出彼此之间既混杂又割裂的思想面貌。

从这样一个观察视角出发，本节选取了民国时期对亚森·罗苹这一人物形象在地化改写过程中最具代表性的几位侦探小说作家的部分作品作为案例进行讨论，他们分别是：张碧梧、吴克洲、何朴斋、柳村任和孙了红。[②] 这几位民国侦探小说作者的共同特点是，他们都曾经模仿过莫里斯·勒伯朗的“侠盗亚森·罗苹案”系列小说

---

① 参见石娟《从“剧贼”、“侠盗”到“义侠”——亚森罗苹在中国的接受》，《苏州教育学院学报》2014 年第 31 卷第 4 期。在杨心一所译《福尔摩斯之劲敌》（1912）到周瘦鹃译《亚森罗苹之劲敌》《亚森罗苹之失败》（1915）等译本中，亚森·罗苹都被描述为“剧贼”；而在大东书局出版《亚森罗苹案全集》时（1925），已经使用了“侠骨热肠”等词来形容亚森·罗苹；等到 20 世纪 40 年代孙了红推出最著名的中国版亚森·罗苹系列故事时，更是直接将其命名为“侠盗鲁平奇案”，就此完成了小说人物由“贼”到“盗”，再到“侠”的演变历程。

② 程小青笔下的“江南燕”也曾明确被称作“侠盗”，只不过江南燕这个人物更多延续了中国侠义小说的传统，而非对亚森·罗苹形象的继承和改写，故本节没有将其纳入讨论范围中来。

来进行侦探小说或“反侦探小说”[①] 创作，而他们这类小说中的主人公也都曾经被称为“东方亚森罗苹”，甚至其小说主人公的名字也多半是“亚森·罗苹”的同音词或近音词，如“罗平”“鲁宾”“鲁平”，甚至“罗亚森”[②] 等。与此同时，这些被称为“东方亚森罗苹”的小说人物形象身上所承载的侠义精神与正义伦理却在不同历史时期和不同作家作品中呈现出精神侧重和关注取向上的很大差异。

一 从“剧贼”到“侠盗”

在莫里斯·勒伯朗的小说原作中，不仅塑造了一个“亦盗亦侠”的“反侦探”形象的侦探小说主人公——亚森·罗苹，更为侦探小说的“正义表达”提供了某种新的诠释类型与可能。亚森·罗苹一方面作为司法制度与规范的破坏者（身为“盗贼”），另一方面却又是惩恶扬善的朴素社会正义的践行者（身为“侠客”），其身份的双重性进一步模糊/撕裂了侦探小说与司法正义之间的复杂关系。如前文所述，目前所见到的最早的亚森·罗苹系列小说中译版本是1912年4月由杨心一翻译的《福尔摩斯之劲敌》，之后十年间，经由包天笑、周瘦鹃、徐卓呆、张舍我等译者的不懈努力，大约有20篇亚森·罗苹系列长短篇小说被译介进入中国。而在其中最主要的

① 关于“反侦探小说”的说法，较早见于《万象》杂志主编陈蝶衣对孙了红的评价之中：“了红先生实在是一个了不起的天才作家——也是中国唯一的反侦探小说作家”（陈蝶衣：《编辑室》，《万象》第一卷第十二期，1942年）。程小青在《新侦探》杂志创刊号上所发表的《论侦探小说》一文中，在介绍民国侦探小说的创作情况时也曾说：“其他反侦探的还有孙了红的东方侠盗鲁平，和何朴斋、俞慕古合著的东方鲁平奇案。”（程小青：《论侦探小说》，《新侦探》第一期，1946年）后来“反侦探小说”这一说法被范伯群、汤哲声所编著的《中国近现代通俗文学史·第三编·侦探推理编》（江苏教育出版社1999年版）所采用，成为研究中国现代通俗文学与侦探小说时的一个较为普及和通用的说法。

② 何海鸣：《留声机片》，《快活》第二十三期“侦探号”，1923年。

译者和推手周瘦鹃看来，亚森·罗苹所为仍是“剧盗之行径”[①]，并称其为“胠箧之王”。亚森·罗苹本人大概也可以和明代话本小说中的宋四公、“我来也”“一枝梅”懒龙[②]等“侠盗”形象视为同一脉络下的人物来看待。1925 年 4 月，上海大东书局出版了周瘦鹃、孙了红、沈禹钟等人用白话译的全二十四册的《亚森罗苹案全集》，收二十八案，其中长篇十种[③]，短篇十八种。这是继 1916 年中华书局出版《福尔摩斯侦探案全集》之后，中国侦探小说翻译界的又一件大事。到 1929 年 12 月，该书已经印至第三版。而在 1942 年，上海启明书局又一次推出了《亚森罗苹全集》。可以说，对亚森·罗苹系列小说的翻译、出版和阅读贯穿了整个民国时期（关于亚森·罗苹系列小说在民国时期的翻译情况，详见本书第三章第三节）。

如果说福尔摩斯等侦探的“法外正义”行为还是在基本的司法框架与方向之外偶尔施行“法外开恩”（起码福尔摩斯还是帮助警察破案的，虽然他心里并不真瞧得起苏格兰场的警察们），那么亚森·罗苹则完全可以说是一个“法外之徒”，甚至是司法体制所要惩处的对象。而从勒伯朗的小说原著和当时法国读者的接受情况来看，亚森·罗苹戏弄权贵、劫富济贫、挑战法律秩序与社会常规伦理的行为显然契合了“一战”前欧洲贫富差距日益加剧、上流社会与底层民众之间阶级板结，社会矛盾激化的时代征候和民众心理。而其被翻译进入中国后，则又被进一步披上了一层“侠义”的外衣，同时被赋予了反抗资本家与神奸巨恶的“正义”担当使命，与上海当时的华洋冲突、阶层矛盾及其所引发的人们不满心理相暗合。甚至包天笑不惜通过贬低福尔摩斯来提升亚森·罗苹的形象和地位：“福

① 周瘦鹃：《怀兰室杂俎》，载蒋瑞藻编《小说考证》（下册），上海古籍出版社 1984 年版，第 592—593 页。

② 这几个古代“侠盗”类人物分别出自《喻世明言》中的《宋四公大闹禁魂张》和《二刻拍案惊奇》中的《神偷寄兴一枝梅 侠盗惯行三昧戏》等小说。

③ 民国译本中所说的“长篇”和我们目前通常所说的“长篇”并不相同，很多当时所谓的“长篇小说”现在看来大概也就是中短篇小说的篇幅和体量。

尔摩斯不过一侦探耳，技虽工，奴隶于不平等之法律，而专为资本家之猎狗，则转不如亚森罗苹以其热肠侠骨，冲决网罗，剪除凶残，使彼神奸巨恶，不能以法律自屏蔽之为愈也。"[①] 而早期《亚森罗苹案全集》最重要的编译者周瘦鹃在"剧贼"之外，也赋予了亚森·罗苹以"义侠"的美名，并将这种身份的二重性与分裂性放在中国传统"盗亦有道"的文化脉络下进行理解。

而进一步通过当时《亚森罗苹全集》在《新闻报》上所刊登的出版广告可知，当时的编译者和发行商其实是在有意地借用中国传统武侠小说中的"侠客"概念来帮助中国读者建构对亚森·罗苹这一外来小说人物的想象，他们甚至将《亚森罗苹全集》视为侦探小说与武侠小说的某种"混合体"：

> 亚森罗苹诸案，有神出鬼没之妙。福尔摩斯案无其奇，聂卡脱案无其诡，可作侦探小说读，亦可作武侠小说读。兹尽收集其长短各案，汇为一集，以成全豹。
>
> 法人玛利塞·勒白朗所著亚森罗苹诸案，不论长篇短篇，皆神奇诡谲，如天半蛟龙，不可捉摸。其叙侠盗亚森罗苹之热肠侠骨，冲网罗，剪凶残，令读者敬之佩之，几不知其为剧盗、为剧窃矣。[②]

在这里，我们可以看出当时的译者很可能是考虑到宣传策略，即用"武侠小说"与"侠客"等概念更容易帮助广大中国读者理解并接受这套外来小说作品，因而提出"亚森罗苹诸案""可作侦探小说读，亦可作武侠小说读"，"亚森罗苹"本人也是个"侠盗"，其人"热肠侠骨，冲网罗，剪凶残"，俨然是一副《三侠五义》等

---

① 包天笑：《亚森罗苹案全集·序》，载［法］勒伯朗著，周瘦鹃编《亚森罗苹案全集》（第一册），上海大东书局1925年4月版，第1页。

② 《亚森罗苹案全集》广告，《新闻报》1925年3月24日第五张第一版。

中国传统小说中的侠客面孔与做派。这里的微妙之处在于，当亚森·罗苹获得了“侠客”和“侠盗”的身份定位之后，他的“盗贼”“剧贼”等行为似乎就变得不再重要（“几不知其为剧盗、为剧窃矣”），甚至可以被视为他行“侠”所必要的手段。当然，这种“必要的手段”同时也意味着某种程度上的不择手段。

其实，无论是“剧贼”，还是“侠盗”，都是勒伯朗小说原著主人公身上所拥有的身份和行为特征。但是在其译介进入中国后，却渐渐向“侠盗”这一方面发展倾斜，这在某种程度上体现出当时民国译者与读者更能够接受一名“侠盗”而非“剧贼”作为其正义想象承担者的潜在心理。而用传统“侠客”形象来理解和塑造亚森·罗苹这一小说人物的倾向，在同一时期（20世纪20年代）民国侦探小说作家模仿及创作的各种“东方亚森罗苹”系列侦探小说中表现得则更为明显和自觉。

二　五种“东方亚森罗苹”系列侦探小说

在民国时期，有众多模仿亚森·罗苹系列小说而创作的“反侦探”故事。比如早在20世纪20年代初，“兰社”的青年侦探小说作者们就已经在他们的作品中尝试借鉴过亚森·罗苹这一人物形象身上的部分特点，比如张天翼（无净）的《少年书记》[①]中就曾出现了一封窃贼所写的模仿亚森·罗苹语气和风格的“侦探挑战信”，而戴望舒（梦鸥）的《跳舞场中》[②]则混合了亚森·罗苹系列小说与传统京剧《摘缨会》中的部分情节和元素，只不过这些小说整体上都还显得比较简单且相对幼稚。而在同一时期其他众多的亚森·罗苹小说“模仿者”中，有五种“东方亚森罗苹”系列侦探小说影响力最大，其作者分别是张碧梧、吴克洲、何朴斋、柳村任和孙了红。这里我们不妨再来回顾下1925年《亚森罗苹案全集》的译者阵容，

---

① 张无净：《少年书记》，《半月》第一卷第二十二期，1922年7月24日。

② 戴梦鸥：《跳舞场中》，《兰友》第十三期“侦探小说号”，1923年5月21日。

特别是其中张碧梧、孙了红等人，如前文所述，我们大概可以认为这次对亚森·罗苹系列小说的翻译经历/经验，在某种程度上规定了国内后来各种“东方亚森罗苹”系列侦探小说创作的基本模式和人物塑造路径。

张碧梧模仿亚森·罗苹大战福尔摩斯系列小说所写的《双雄斗智记》一开篇，作者就清楚地交代了自己创作这部小说的动机和所依据的故事来源：“今者东方之福尔摩斯既久已产生，奚可无一东方亚森罗苹应时而出，以与之敌，而互显好身手哉？”① 一方面张碧梧创作的这部小说的基本情节结构是在模仿勒伯朗的小说，写一个中国版的亚森·罗苹大战福尔摩斯的故事；另一方面，作者在小说中所设立的想象中的对手正是程小青所创造的“东方福尔摩斯”霍桑。而关于小说中有着“东方亚森罗苹”之称的主人公罗平，张碧梧基本上是把他作为一名中国传统侠客的形象来进行理解并塑造的。比如在小说《双雄斗智记》中，罗平自己就曾经说过：“我的为人你向来晓得，我虽是绿林中人，做的是强盗生活，但天良未泯，事事都凭着良心。”② 他完全是将自己放置在“天良未泯”的“强盗”与“绿林中人”的人物序列之中进行自我认知与定位，而这基本上可以视为对《水浒传》与《三侠五义》所开创的文学传统与人物形象的一种延续。又如，小说里罗平的助手分别叫作什么“草上飞”“冲天炮”与“急先锋”，也完全是一派《水浒传》式的人物起姓名绰号的风格。此外，在小说每期连载最后，也经常会出现诸如“下回书中自有分晓”这种传统章回说书体小说中才会用到的“过场词”形式。总体上来说，张碧梧是借助了中国传统侠义小说的写法和思

---

① 张碧梧：《双雄斗智记》，《半月》第一卷第一期至第一卷第二十四期（分22次连载，其中第一卷第十期、第一卷第十六期未刊载），1921年9月16日至1922年8月23日。

② 张碧梧：《双雄斗智记》，《半月》第一卷第一期至第一卷第二十四期（分22次连载，其中第一卷第十期、第一卷第十六期未刊载），1921年9月16日至1922年8月23日。

路来重新理解并书写了这个“东方亚森罗苹”的故事。但有趣的地方还在于，这部小说中同时又出现了电气枪、汽车、密室机关等现代化的文学道具和科技想象，和传统的小说人物与故事风格之间形成了某种旧与新、传统与现代的张力。

吴克洲的“东方亚森罗苹新探案”基本上可以视为对张碧梧《双雄斗智记》的一系列续作。其中在该系列的第一篇《卍型碧玉》中，吴克洲一开始就说明了自己所作故事的“承前性”：“鼎鼎大名的剧盗‘东方亚森罗苹’罗平自从为了枪杀张才森案（事详本志第一卷张碧梧君著之《双雄斗智记》中），被‘东方福尔摩斯’霍桑费尽了千辛万苦，设计活擒。关入狱中后，只隔了一夜工夫，在第二天的早上就发现他逃狱了。”① 而吴克洲的这个小说系列，就是围绕逃狱后罗平犯下的一系列新案而展开的。比如其在《卍型碧玉》中戏弄官方侦探甄范同（谐音“真饭桶”）②、在《樊笼》中捉弄了前盗匪党魁郭廷振和他的同伙们③、在《东方雁》中又惩治了无良古董商人周海文④。当然，吴克洲的这个小说系列不仅仅是在情节方面延续了张碧梧的故事，更在于其对主人公罗平的侠客形象方面基本上承接了张碧梧之前的人物性格塑造与设定。比如罗平明确对手下声明“劫掠良民的东西”是“破坏党规”⑤，而破坏党规之人是要被严惩的，这分明是对《水浒传》中梁山好汉们“不劫良民”理念与口号的翻版。甚至吴克洲还给这位“东方亚森罗苹”同时又起

① 吴克洲：《卍型碧玉》，《半月》第四卷第八期，1925 年 4 月 7 日（农历乙丑年三月十五日）。

② 吴克洲：《卍型碧玉》，《半月》第四卷第八期，1925 年 4 月 7 日（农历乙丑年三月十五日）。

③ 吴克洲：《樊笼》，《半月》第四卷第十九期，1925 年 9 月 18 日（农历乙丑年八月初一日）。

④ 吴克洲：《东方雁》，《半月》第四卷第二十四期，1925 年 11 月 30 日（农历乙丑年十月十五日）。

⑤ 吴克洲：《东方雁》，《半月》第四卷第二十四期，1925 年 11 月 30 日（农历乙丑年十月十五日）。

了一个极具东方侠义想象的名字——东方雁，即“罗平和东方雁乃是一而二，二而一的”[①]。并同时指出，东方雁/罗平曾明确表示自己对于亚森·罗苹的敬意和模仿主要是在其行侠仗义和锄强扶弱方面：“法国有个著名的‘剧盗’，名唤亚森罗苹，他专喜行侠仗义、锄奸扶弱，真是个大英雄、大豪杰。我想起我的行动和他倒有些相像，所以就自己题了个和他同音的名字，从此竭力的摹仿他了。”[②] 这表明作者吴克洲是把勒伯朗笔下的亚森·罗苹作为一名侠客意义上的“大英雄”和“大豪杰”来认识、理解和模仿的。

相对于张碧梧和吴克洲将“东方亚森罗苹”这一人物形象进行了中国侠义化改写，何朴斋所塑造的同样有着“东方亚森罗苹”之称的鲁宾可能更符合勒伯朗小说原作中的人物性格与处事风格。在何朴斋笔下，鲁宾或者胆大包天地冒充着侦探鲍尔文（《盗宝》）[③]，或者无所顾忌地进行着“黑吃黑”（《人头党》）[④]，甚至通过随地小便的方式来嘲弄警察（《鲁宾入狱》）[⑤]。如果说何朴斋笔下的鲁宾在惩恶扬善的价值追求和精神底色方面与张碧梧、吴克洲的罗平之间差异并不很大[⑥]，那么他们之间更大的区别可能在于鲁宾身上的正义/侠义体现为一种自由洒脱的行为方式，以及对权威嘲弄与不屑一顾的处世态度。而这种行为方式与处世态度落实到小说之中即凸

① 吴克洲：《活绣》，《紫罗兰》第一卷第八期，1926年3月28日（农历丙寅年二月十五日）。

② 吴克洲：《活绣》，《紫罗兰》第一卷第八期，1926年3月28日（农历丙寅年二月十五日）。

③ 何朴斋、俞慕古：《盗宝》，《快活》第十一期，1922年。

④ 何朴斋：《人头党》，《侦探世界》第十九期，1924年二月朔日（农历）。

⑤ 何朴斋：《鲁宾入狱》，《侦探世界》第九期，1923年10月10日。

⑥ 比如鲁宾也认为“你还没晓得那失去皮夹的姓黄，是做律师的，人家替他题个绰号，叫做黄蜂儿。他的流毒社会就可想而知了。这种造孽钱不妨拿他。至于那个买花生的，良心原也不坏，不过被恶社会的环境所迫，所以出这下策，很该助他一臂呢”（何朴斋：《赌窟》，《侦探世界》第一期，1923年6月）。而这种看法和张碧梧、吴克洲笔下的罗平几乎如出一辙，甚至就连“黄蜂儿”的绰号也很容易让人联想到《水浒传》中被梁山好汉们处死的黄文炳。

显为鲁宾这个人物身上所带有的某种精神气质和美学风格，如鲁宾自己所说："我的一生常在惊涛骇浪之中，可是我的精神上却仍觉得非常愉快，因为人生不过数十寒暑，谁也没有消遣的法子。劫富济贫就是我惟一的消遣法。"[①] 将"劫富济贫"视为某种"消遣的法子"，这和中国传统侠客们将其高举为"替天行道"的伟大宏愿有着显著且又微妙的差别。即鲁宾在正义/侠义面前更多了一份举重若轻、优游自在的态度。也正是因此，他才会将自己一系列惊险的行为和高妙的手段都称之为"滑稽剧"，仿佛一切冒险、复仇与惩恶扬善都不过是一场玩闹罢了。而这种人物精神气质与美学风格几乎是完全承袭了勒伯朗原作小说的人物设定与审美趣味，而可以一直追溯至欧洲文学传统中有关于的罗宾汉（Robin Hood）传奇中的人物形象和故事传说。同时这也成为何朴斋小说中的鲁宾与张碧梧、吴克洲笔下的侠客罗平之间最大的差异和不同。

这里另外一个值得关注的细节在于，在上述"东方亚森罗苹"系列小说中，罗平/鲁宾/鲁平本人即代表着侠义或正义。而他们与同样在小说中出现的、在一定程度上也被视为正义化身的名侦探之间的关系，也随着小说对"东方亚森罗苹"人物形象塑造及其精神来源的不同[②]而呈现出不同的特点。比如吴克洲的小说《活绣》中出现过"人称中国福尔摩斯的杨芷芳"，20 世纪 40 年代孙了红的反侦探小说中也经常有霍桑这一人物形象客串登场，但无论罗平与杨芷芳、鲁平与霍桑之间具体是合作，还是竞争，抑或是彼此对立的关系，小说对于侦探的塑造还普遍比较正面，基本上还承认这些侦探的智慧、办案能力与正义性。但在那些更多偏向于模仿、承袭勒

① 何朴斋：《鲁宾入狱》，《侦探世界》第九期，1923 年 10 月 10 日。

② 具体来说，本节认为张碧梧与吴克洲笔下的"东方亚森罗苹"更突出"东方"特点，即其思想精神来源是中国传统侠义文化与侠义小说《水浒传》《三侠五义》；而何朴斋笔下的"东方亚森罗苹"更突出"亚森罗苹"，即其思想精神来源是欧洲文学与文化传统中的罗宾汉形象，其更是后来借着莫里斯·勒伯朗的亚森·罗苹系列小说所发展、衍生出来的中国版。

伯朗亚森·罗苹系列小说原作的作品——比如何朴斋的《盗宝》《古画》《鲁宾入狱》，及孙了红20世纪20年代所写的《傀儡剧》等一些同类型小说中，作为侦探登场的鲍尔文或者霍桑则多半被刻画为愚蠢的、无能的、自大的、浪得虚名的形象，最后也多半落得一个被捉弄和出丑的下场。这一差别也能够从侧面说明：张碧梧、吴克洲及40年代孙了红笔下的“东方亚森罗苹”（罗平或鲁平）更多是正面成为“侠义”或“正义”的化身，因而他们对待同样从事于正义事业的侦探们（杨芷芳或霍桑）时，也还基本上能表现出一些友好的态度。但何朴斋和20年代孙了红笔下的“东方亚森罗苹”（鲁宾或鲁平）则更多是以一种游戏化的、嘲弄的、反讽式的姿态来代表正义，因而当其面对另一类正义的代表（鲍尔文或霍桑）时，也就相应地表现出一种不屑、丑化与捉弄的心理。

此外，在柳村任创作于20世纪30年代的“梁培云探案”系列小说中，侠盗南方雁就被称为“东方亚森罗苹”（《南方雁》）[①]，即“这东方亚森罗苹在我从前的笔记里没有记述过，但他的确是上海社会近来出的一位神出鬼没的侠贼”[②]。而无论是从名字绰号到行为风格，“南方雁”又显然是继承了20年代程小青的“江南燕”以及吴克洲的“东方雁”（其中，“东方雁”本人同时也被称为“东方亚森罗苹”）等人物形象。但柳村任的小说中除了弘扬侠义、伸张正义之外，另一个重要的价值主张就是爱国。比如在小说《外交密约》结尾，“东方亚森罗苹”就在给包先生的警告信中明确说道：“当此国难方殷之时，尔竟作此卖国之事，实属罪不容恕。”[③] 甚至在《项圈》一篇中，侦探梁培云竟然假冒“东方亚森罗苹”之名惩治了一位里通卖国的奸商（相比之下，其他的同类型小说一般都是

① 柳村任：《南方雁》，《珊瑚》第一卷第十期至第一卷第十二期及第二卷第二期至第二卷第六期（分8次连载），1932年11月16日至1933年3月16日。

② 柳村任：《项圈》，《红玫瑰》第七卷第三十期，1932年1月11日。

③ 柳村任：《外交密约》，《红玫瑰》第七卷第二十四期，1931年11月1日。

反过来安排“东方亚森罗苹”冒侦探之名行事)，最后还得到了真的“东方亚森罗苹”的肯定和赞许。在这里，侦探与“侠盗”之间俨然有着某种合二为一的倾向——被统合在爱国主义与民族大义的思想旗帜之下。概括来说，柳村任在“梁培云探案”系列小说中将主人公个体的行侠仗义与任侠品格又赋予了新的爱国主义的价值维度，从而使小说在展现人物潇洒风姿的同时，在民族危机的特殊时代背景下，更多了一层社会担当和历史厚重感。

三　孙了红在20世纪20年代与40年代的“反侦探”小说创作

在众多“东方亚森罗苹”系列小说中，最有影响力和代表性的作家显然首推孙了红。而从孙了红的系列小说创作中，我们或许能够更为清晰地看出这种“东方亚森罗苹”人物形象与其背后所承载的正义观念的转变。一方面，孙了红的这类小说有着明显且自觉地从模仿到原创的转型意识。比如孙了红的早期作品《眼睛会》还是和张碧梧、吴克洲、何朴斋的同类型作品一样标注为“东方亚森罗苹案”①。但到了20世纪40年代，其在《万象》杂志上发表的小说就明确被统一在“侠盗鲁平奇案”这个系列标题之下了。从“东方亚森罗苹案”到“侠盗鲁平奇案”这个命名方式的转变实际上标志着孙了红试图增强小说原创性和本土化特点的自觉意识和不懈努力。而这一变化趋势甚至直接落实体现在孙了红的小说文本之中，比如在《恐怖而有兴味的一夜》中，小说就虚构了鲁平直接跑到作者孙了红面前的相关情节。鲁平警告孙了红：“还有两件附带的事，你须注意才好。第一，我将来造成了一件案子，你笔述起来标题只许写‘鲁平奇案’或是‘鲁平轶事’，却不许写‘东方亚森罗苹案’等字样，因为我不愿用这种拾人唾余的名字。”“第二，以前你著鲁平小说，假托一个叫作徐震的口录的，以后请将这虚幻的人名取消，直截痛快用你的真名‘孙了红’三字，使人家知

---

① 孙了红：《眼镜会》，《半月》第三卷第十八期，1924年6月2日。

道理想已成为事实了。”[①] 这番话大概说明了作者孙了红的三层创作转型计划：第一，从虚构探案故事到倾向在小说中加入更多实录成分的转变；第二，逐渐摆脱“福尔摩斯—华生”叙事结构的决心（去掉虚构的“口录人徐震”这一角色）；第三，也是最重要的一点，即从模仿勒伯朗的亚森·罗苹系列小说到创作具有自身风格与本土特色小说的自觉和努力（从“东方亚森罗苹”到“侠盗鲁平”）。与此同时，孙了红还极力突出/反复描写其笔下人物鲁平耳朵后有一颗红痣、喜欢打红领带、抽土耳其纸烟和戴鲤鱼形戒指等人物外形上的特点，目的也无非是想借此加深读者的印象，强化自己该系列小说的人物特色和读者记忆点。

孙了红“侠盗鲁平奇案”另一方面的转型在于——和从张碧梧、吴克洲、何朴斋到柳村任的变化轨迹相一致——其后来小说中的鲁平这一人物形象身上除了传统“任侠”的精神品格之外，还增加了很多社会责任意识与民族爱国情怀的成分。同样是在小说《恐怖而有兴味的一夜》中，孙了红就借着鲁平之口说出了自己小说创作的动机和目的之一：“因为我感觉到现代的社会实在太卑劣、太龌龊。许多弱者忍受着社会的种种压迫，竟有不能立足之势。我想在这种不平的情形之下，倘然能跳出几个‘盗’而‘侠’的人物来，时时用出奇的手段去儆戒那些不良的社会组织者，那么社会上或者倒能放些新的色彩也未可知咧。然而我这种倾向事实上哪里能够办到。于是不得不退一步，只得求之于幻想之中咧。”[②] 在这段话中，我们能明显感受到孙了红笔下的侠盗鲁平有着为弱者伸张正义的行动诉求，但其试图通过“儆戒那些不良的社会组织者”来期待使社会“放些新的色彩”，也多少有些难以实现的幻想成分。同时也正如学

① 孙了红：《恐怖而有兴味的一夜》，《红玫瑰》第二卷第十一期，1925年阴历九月十四日。

② 孙了红：《恐怖而有兴味的一夜》，《红玫瑰》第二卷第十一期，1925年阴历九月十四日。

者金介甫所说，因为缺乏对西方司法文化与价值观念的整体性认知，而只是翻译了几个侦探人物，民国时期的侦探小说并没有发展出对现代司法精神的认识高度与对“非正义”现象之所以产生的社会结构性病症的清晰把握，甚至民国侦探小说只是将罪恶归结到几个“坏而富的人”身上，而缺乏对当权阶层与政府的批判。因此，各种“东方亚森罗苹”的正义伸张行为仍然只能是梁山好汉式的劫富济贫与惩恶扬善，而这恰恰说明了当时民国侦探小说作者对于社会正义理解与想象的局限之所在，其所谓正义的伸张到头来不过是正义的“虚张”罢了。[①]

借用王本朝分析郭沫若“侠义观”时所提到的说法来进一步辨析孙了红小说中的“侠义”与“正义”观念：“仅仅有‘义’的规范还不能使传统侠文化向现代转化，而且还需要一种爱国为民的大义，才能生成现代侠文化。”[②] 即从20世纪20年代到40年代的孙了红，其笔下的“侠盗鲁平”可以说已经从传统的中国侠盗形象转型为一名现代侠客（其身上多了一层对“爱国为民的大义”的承担），但其对“正义”的理解和伸张最终仍然停留在“侠义”的层面，而没有从更为根本的社会经济与政治文化的角度来把握“司法正义”失效与“社会非正义”产生的深层原因，当然这不能归咎于孙了红本人，而更是被侦探/反侦探小说在当时所能达到的文类边界与表达深度所局限。

倘若换一个角度来理解孙了红的这种前后“转变”，即可以借助他在20世纪40年代对自己20年代的“曾经少作”所进行的修改过程来窥知其创作心态和意图上的变化。众所周知，孙了红和另一位民国时期的代表性侦探小说作家程小青一样，在40年代时都对自己

---

① Jeffery Kinkley（金介甫），*Chinese Justice, the Fiction: Law and Literature in Modern China*［M］，Stanford：Stanford University Press，2000，pp. 171-180.

② 王本朝：《论郭沫若历史剧与侠文化的现代改造》，载陈夫龙编《激情与反叛：中国新文学作家与侠文化研究资料辑》，山东人民出版社2017年版，第182页。

曾经发表过的作品进行了诸多修改。比如孙了红在1943年发表的小说《木偶的戏剧》是对其1923年发表的《傀儡剧》的修改，而其于1944年发表的《囤鱼肝油者》则是对其1925年发表的《燕尾须》的修改。以后一组作品修改为例，在发表于20年代的小说《燕尾须》中，鲁平施展手段的动机只是出于一种对杨小枫的个体憎恶和私人报复，其正义性仅停留在"仇富"的层面。但到了40年代修改后的《囤鱼肝油者》中，鲁平捉弄余慰堂的原因中则又多了一层惩治囤货居奇者的社会与时代背景。按照小说里的说法，余慰堂"囤过米，囤过煤，囤过纱"，"无所不囤"①。而对"囤货居奇者"的批判正是当时全民抗战背景下的普遍的社会舆论风潮，以及民族主义立场与爱国主义情怀的内在要求。在这一修改过程中，小说的历史时代感与现实批评意义都得到了相当程度的增强，但我们也不得不承认，小说里的伸张正义，仍然只是就事论事，是针对具体"非正义"行为的批判与惩处，而缺乏更为本质、深刻和具有普遍意义的"正义认知"。

综上所述，正义是侦探小说这一小说类型"与生俱来"的一项核心价值理念，而侦探小说中的正义伦理与我们日常的司法正义之间存在某种复杂的补偿性关联。在清末民初侦探小说译介进入中国时，中国的译者和读者因为特殊的时代环境，显然是在某种程度上将侦探小说视为司法正义的代言人，进而出现了"想象性误读"。随后译介进入中国的亚森·罗苹系列小说及民国侦探小说作家的各种"模仿"与创作则为我们提供了一个观察当时中国侦探小说正义伦理的绝佳入口。民国侦探小说作者们一方面创造了各自的"东方亚森罗苹"系列作品，另一方面也产生了在不同历史时期与不同作家作品中彼此不同面目的"东方亚森罗苹"人物形象。20世纪20年代，在张碧梧、吴克洲等人的作品中，罗平被塑造为一名中国侠客形象；

---

① 孙了红：《囤鱼肝油者》，《春秋》第一卷第五期至第一卷第六期，1944年1月15日至1944年3月15日。

而在同一时期的何朴斋笔下，鲁宾则更多承袭了勒伯朗原作中亚森·罗苹的人物性格和其小说中所具有的美学风格；但到了20世纪30—40年代，在柳村任与孙了红那里，作为“东方亚森罗苹”的南方雁与鲁平身上则又多了一层时代使命与爱国情愫。这种不同时代间的价值取向与精神侧重的不同，从孙了红自身创作的前后转变过程中也可见一斑。

四　余论：民国侦探小说中侠义与正义之再辨析

如前文所述，在民国初期，中国文人对于中国传统“侠义”和西方现代“正义”[①] 概念的理解与区分并不清晰，更谈不上深刻。甚至在很多时候是在用其自身已经具备的对“侠义”概念的先在认知来“翻译”和理解西方的一些有关于“正义”的概念。比如法国小说家大仲马的长篇小说《三个火枪手》（*Les Trois Mousquetaires*）最初就被翻译作《侠隐记》（伍光建译，1907年）。

而在后来对于西方侦探小说——尤其是对亚森·罗苹系列小说——的译介、模仿和创作过程中，我们不难看出，最初伴随侦探小说一并“舶来”的现代司法正义理念，在中国本土的“落脚”与“扎根”时出现了相当程度的偏移。这一方面固然和民国时期中国社会司法体系不完善，可以通过诉诸司法来寻求正义的社会机制远没有建立起来密切相关。同时需要注意的是，本节所讨论的中国版“亚森·罗苹系列小说”大都产生于上海这座都市中，而上海作为当时中国现代化程度最高的城市代表，其受西方现代司法理念的影响

---

① 从词源与翻译的角度来进行考察，晚清民国时期中国文人将英文词汇“justice”翻译为“正义”本身也是一个经历了不断的历史选择的过程。在中国传统语汇中，“正义”基本上可以理解为两层含义：一层是“今游侠，其行虽不轨于正义，然其言必信，其行必果，已诺必诚，不爱其躯”（《史记·游侠列传》）；另一层是“是以范武归晋而国奸逃，华元反朝而鱼氏亡。故正义之士与邪枉之人不两立之”（《潜夫论·潜叹》）。前者指的是朝廷礼法，后者则指的是公道正直。我们大概可以将前者理解为法律之内的正义，将后者理解为法律之外的正义。

远非其他内陆城市可比，遑论更为广大的乡镇和农村地区。而现实司法环境的匮乏不仅是侦探小说中“司法正义”观念在中国“后天不足”、难以为继的重要原因，同时也是侦探小说本身在中国“水土不服”的关键性因素之一。

另一方面，很多民国时期的中国文人是凭借着自身对于武侠小说中“侠义”的先天认识来理解和接受侦探小说中的“正义”概念的。借用费青的话说，即小说作者和读者都更倾向于通过“法律之外”的正义来完成对“法律之内”正义的替代性想象。这既和中国悠久的侠义文化与文学传统有关，也和当时社会环境下诉诸“法律之内”的正义屡屡失效有关。而这种认识的表现形式之一就是20世纪20年代民国侦探小说作者们模仿、借鉴莫里斯·勒伯朗的亚森·罗苹系列小说所创作的一系列“东方亚森罗苹”作品中的主人公们，往往摆脱不了中国传统小说中侠客的影子。反过来说，对于西方侦探小说的译介和学习也在一定程度上改变了民国侦探小说作者们的认知和写作，何朴斋及其所创造的鲁宾即是一个非常典型的“西化”之下的产物。而到了20世纪30—40年代，随着民族国家危机的步步逼近，在“侠义”与“正义”的辩证之中又多了一层“民族大义”的正义理念与时代声音，这既使得中国的“东方亚森罗苹”系列小说的创作面貌与其正义内涵更为复杂，也使得这些作品更加厚重且具有批判力量。

总而言之，侦探小说诞生于西方现代司法背景之下，和读者对于社会正义的想象有着天然联系。如果我们将正义简单分为“法律之内的正义”与“法律之外的正义”，那么从法律之内来看，侦探小说的出现与流行在某种程度上代表了西方社会对于司法正义的理解从行刑场面的景观式展现到对审判过程的知识化追求。即小说从侧重刻画作为英雄的罪犯与其最终下场，到转而以侦探与罪犯的智慧较量为表现重心。从法律之外的正义来看，侦探的私人身份与其对于公共案件的涉入在一定程度上为他们“法外开恩”提供了可供转圜的空间与可能。而这在某种程度上则意味着“侦探正义”对

“警察正义”“民间正义”对“官方正义”的补充和修订。

在晚清、民国时期的中国社会与文化语境中，“侠义”和“正义”是彼此间密切相关却又有所不同的一组概念，二者之间呈现为一种复杂的关系。而这种关系落实到具体的小说类型中，即表现为中国传统武侠小说与西方“舶来”的侦探小说之间既有共同的一面，又彼此各具特色，同时还经常呈现出不同小说类型之间相互渗透的特点。其中最突出的表现之一即是两类小说的作者经常出现跨类型创作的“越界”行为，而这种创作行为出现本身也反过来说明了这种“越界”的可能性以及两种小说类型彼此间的相通性。

我们可以说，很多民国时期的中国文人是凭借着自身对于武侠小说中“侠义”的先天认识来理解和接受侦探小说中的“正义”概念的。其中，勒伯朗的亚森·罗苹系列小说通过塑造一个“亦盗亦侠”的主要人物为侦探小说的“正义表达”提供了某种新的诠释类型与可能。而随着该系列小说被包天笑、周瘦鹃等人译介进入中国，并经过张碧梧、吴克洲、何朴斋、柳村任、孙了红等作家的模仿与本土化创作，“侠盗”身上原本具有的“司法正义/法外正义”也逐渐和中国传统的“侠义”观念以及时代所赋予的“民族大义”精神相互融合，产生出一批颇具在地特色的中国“侠盗”人物形象序列，而在这些不同“侠盗”形象的背后，则是现代中国正义观念不断演进的轨迹。

第九章

“类型”叙事：民国侦探小说的叙事模式

我国小说体裁，往往先将书中主人翁之姓氏来历叙述一番，然后详其事于后；或亦有楔子、引子、词章、言论之属，以为之冠者，盖非如是则无下手处矣。陈陈相因，几于千篇一律，当为读者所公知。此篇为法国小说巨子鲍福所著，乃其起笔处即就父女问答之词，凭空落墨，恍如奇峰突兀，从天外飞来；又如燃放花炮，火星乱起。然细察之，皆有条理，自非能手，不能出此。

——上海知新室主人（周桂笙）：《毒蛇圈·译者识语》，《新小说》第八期，1903年。

侦探小说，东洋人所谓“舶来品”也。已出版者不下数十种，而群推《福尔摩斯探案》为最佳。余谓其佳处，全在“华生笔记”四字。

——觚庵（俞明震）：《觚庵漫笔》[①]，《小说林》第一卷第五期，1907年。

① 根据栾伟平的《〈觚庵漫笔〉作者考》（刊于《中国现代文学研究丛刊》，2013年第1期）一文考证，认为《觚庵漫笔》的作者应为徐念慈。

我今年的小说，大概要这一类占多数了。但是我做了两三篇，便觉得有一个大毛病了。这大毛病不独我一人犯着，恐怕做侦探小说的人，大半犯着。就是格局的没有变化，开场总是什么地方谋死了一个人，或是失去了什么要物，由侦探去破案的。这么形式千篇一律，我以为就是内容不同，也总不好。所以我得想做几篇格局特异的侦探小说。或者格局之外，还可以在性质方面，使他含有滑稽趣味，倒也很调和。

——徐卓呆：《侦探小说谈》，《小说日报》第一百一十一期，1923年4月1日。

第一节 “从接到报案说起”：侦探小说的“经典”叙事模式

一 侦探小说的“时空倒置”及其成因

18××年秋的巴黎，入夜之后，冷风阵阵，我正陶醉于双重的享受：含着海泡石烟斗进行沉思默想，跟我的朋友C. 奥古斯特·杜邦一起坐在他圣日尔曼郊区兑诺路三十三号三楼后房的小图书室（或叫小书斋）里。我俩保持着深沉的缄默至少已有一个小时。不经意的旁观者也许会以为我俩都只专心地凝望着吐入小屋空气里的袅袅烟圈，心无旁骛，其实我是在心底回味着黄昏时跟他交谈的话题：莫格路惨案和围绕玛丽·罗杰被杀的种种神秘。因此，在我们敞开公寓房门，请我们的老相识巴黎警察厅戈总监进来时，我只把那看作是偶然的访问。①

① ［美］埃德加·爱伦·坡：《失窃的信》，载《爱伦·坡短篇小说集》，孙法理译，译林出版社2008年版，第191页。

爱伦·坡在小说《失窃的信》中的这个开头几乎可以视为欧美早期侦探小说开头的一个“样板”：侦探与助手正在房间里悠闲地看报、喝咖啡、聊天，警察或者受害人的突然闯入或者借着一通电话打进来，宣告着祥和生活的中断与一桩案件的登场。后来全世界无数侦探小说的开头乃至于基本情节模式在某种程度上都可以看作是对爱伦·坡这一创造的模仿和致敬。因此柯南·道尔才会说：“一个侦探小说家只能沿这条狭窄的小路步行，而他总会看到前面有爱伦·坡的脚印。如果能设法偶尔偏离主道，有所发掘，那他就会感到心满意足了。”①

与此同时，侦探小说借助爱伦·坡上述开头和情节展开方式，在形式上也由此转入了托多罗夫所说的两个故事同步展开的双线结构之中（按照托多罗夫的说法，第一个故事是犯罪的故事，第二个故事是案件侦破的故事）。虽然“第一个故事，即犯罪的故事，在第二个故事（即这本小说）开始前就结束了”②，但侦探小说在叙事结构上最为有趣的地方正是在于它借助第二个故事的展开，本质上却是在试图还原第一个故事的真相，并由此引发出一种叙事时间上的倒叙式结构。按照俄国形式主义者列·谢·维戈茨基的说法，即侦探小说“不满意事件的简单顺序，不是直接式地展开小说，而宁愿描写曲线”，“从故事一开始就讲到一具被发现的尸体，然后以倒叙的方式讲述威胁与杀害的事”③。

“从一具尸体开始”是西方早期侦探小说的普遍结构特征，由案发到查案，再到最终破解犯案过程基本上可以说是侦探小说的主要情节结构。“倒叙”结构的最显而易见的好处就在于其有利于悬念的

① ［英］朱利安·西蒙斯：《文坛怪杰：爱伦·坡传》，文刚、吴樾译，陕西人民出版社1986年版，第247页。

② ［法］托多罗夫：《侦探小说类型学》，载茨维坦·托多罗夫《散文诗学：叙事研究论文选》，侯应花译，百花文艺出版社2011年版，第5页。

③ ［俄］列·谢·维戈茨基：《艺术心理学》，周新译，上海文艺出版社1985年版，第197—198页。

生成并引发读者的好奇心，小说通过一起颇具耸动性的案件/死亡事件来博得读者的注意，然后通过极为曲折的探案过程与侦探严密的推理带领读者进入一个不断抵达真相，又不断被“暂时误置”（托多罗夫语）的过程，从而完成对读者阅读期待的既“延宕”（德里达语）又强化的效果。朱光潜即认为：“小说和戏剧所常讲究的‘悬揣与突惊’（Suspense and Surprise）便是侦探故事所赖以引人入胜的两种技巧。”① ——虽然朱光潜是从批评和否定侦探小说的角度来说这句话的，但这并不妨碍其对侦探小说这两种技巧概括本身的准确性。或者如郑伯奇所说，侦探小说的特点便是“紧张、秘密、知的竞赛，生和死的角逐”②。而这种内置于侦探小说之中的相当突出且“与生俱来”的“读者取向”（audience-oriented）特点也正是侦探小说在西方社会能够成为一种相当畅销的小说类型的重要原因。

“倒叙”结构是侦探小说作为一种类型小说在形式与结构方面最为显著的类型特色之一。而在清末民初，中国文人之所以热衷于翻译和推介西方的侦探小说，很大程度上正是看中了侦探小说的这一“倒叙”的文类特点。比如侠人就认为中国传统小说“起局必平正，而其后则愈出愈奇”，讲故事一定要从三皇五帝、祖先籍贯，甚至妖魔临世或前生姻缘讲起，但“西洋小说”却是“起局必奇突”③。林纾也曾感叹“福尔摩斯探案”小说“文先言杀人者之败露，下卷始述其由，令读者骇其前而必绎其后，而书中故为停顿蓄积，待结穴处，始一一点清其发觉之故，令读者恍然。此顾虎头所谓‘传神阿堵’也。寥寥仅三万余字，借之破睡亦佳”④。周桂笙更是生动形象且满怀热情地赞扬了法国作家鲍福的侦探小说《毒蛇圈》的倒叙式“开场”：“此篇为法国小说巨子鲍福所著，乃其起笔处即就父女问

① 朱光潜：《文学上的低级趣味》，载《谈文学》，上海开明书店 1946 年 5 月初版。
② 郑伯奇：《两栖集》，上海良友图书公司 1937 年版，第 32 页。
③ 侠人：《小说丛话》，《新小说》第十三期，1905 年。
④ 林纾：《歇洛克奇案开场·序》，上海商务印书馆 1908 年版。

答之词，凭空落墨，恍如奇峰突兀，从天外飞来；又如燃放花炮，火星乱起。然细察之，皆有条理，自非能手，不能出此。”①

这种对于西方侦探小说“倒叙”结构（在晚清时期往往被简单理解为“开场突兀”）的推崇也确实反映在当时中国“新小说”家们的作品之中。正如郑振铎所说：“中国的翻译工作是尽了它的不小的任务的，不仅是启迪和介绍，并且是改变了中国向来的写作的技巧，使中国的文学，或可以说是学术界，起了很大的变化。”② 具体而言，按照学者陈平原的统计，“晚清四大小说杂志共刊登采用倒装叙述手法的小说 51 篇，而其中侦探小说和含侦探小说要素的占 42 篇，可见侦探小说对‘新小说’家掌握倒装叙述技巧所起的作用”③。甚至陈平原教授自己都不得不感叹：“如此简单的‘开局突兀’居然成了不少‘新小说’家和‘新小说’理论家喋喋不休的话题与互相标榜的旗帜。”④

实际上，一方面，晚清侦探小说的译者和作者们对于小说“倒叙”结构的接受还是有一个由不理解到理解、由不接受到接受的前后变化过程的。比如在张坤德最早翻译的《英包探勘盗密约案》中，就自觉/不自觉地将柯南·道尔原作中“时间倒错”的故事重新理顺，使原作中“倒叙”的情节变为“顺叙”，将小说中故意扭曲的叙事时间（在叙事文本中具体呈现出来的时间状态）重新恢复为故事时间（故事发生的自然时间状态）。这很可能是译者由于初次遇到这一“舶来”的小说类型，还没有把握住侦探小说之所以采取“倒叙”手法的特点和好处。也可能是其考虑到中国读者刚刚接触这种外来的全新的“讲故事”的方法，一时间不易接受而采取的权宜之

---

① 上海知新室主人（周桂笙）：《毒蛇圈·译者识语》，《新小说》第八期，1903 年。

② 郑振铎：《清末翻译小说对新文学的影响》，载朱志瑜等编《中国传统译论文献汇编·卷 5·1935—1939》，商务印书馆 2020 年版，第 2991 页。

③ 陈平原：《中国小说叙事模式的转变》，北京大学出版社 2003 年版，第 46 页。

④ 陈平原：《中国小说叙事模式的转变》，北京大学出版社 2003 年版，第 39 页。

计。但在此后不久，就像陈平原教授所说的那样，中国译介的西方侦探小说就几乎全部保留了原作中的"倒叙"结构，并且将其作为侦探小说的最大优点之一来进行赞誉和推广。

另一方面，中国古代小说中也并非没有对于叙事结构与叙事时间方面的关注，只是其通常被称为"布局"。以"倒叙"结构为例，在西方的叙事文学传统中"倒叙"结构可谓历史悠久，正如热奈特所说："大家知道，从中间开始，继之以解释性的回顾，后来成为史诗体裁形式上的 topöi 之一（希腊文：手法），大家也知道小说的叙述风格在这点上多么忠实于远祖，直至'现实主义'的 19 世纪……把年代倒错说成绝无仅有或现代的发明将会贻笑大方，它恰恰相反，是文学叙述的传统手法之一。"① 相较之下，在中国古代小说中，如本书前文中所提过的《十五贯戏言巧成祸》等作品在结尾处也部分运用过"时间上倒叙"或"内容上补叙"等手法和技巧，但其使用幅度和自觉意识终究还相当有限，更没有形成像侦探小说这样的文类特点。在某种程度上，中国古代小说中的"倒叙"结构更类似于热奈特所说"补充倒叙"或者"附注"，即"包括事后填补叙事以前留下的空白的回顾段，该叙事根据不完全受时间流逝束缚的叙述逻辑，通过暂时的遗漏与或迟或早的补救组织起来。这些先前的空白可以是纯粹的省略，即时间连续中的断层"②，而非小说整体性的"时空倒置"。

其实，直到 20 世纪 40 年代，当"倒叙"结构对于中国知识界和读者群体而言早已不再像晚清时期那样"陌生"和"新鲜"（相反，在"五四"新文学中，"倒叙"结构早已在诸如"游子归乡""外来者介入"等小说模式中被运用得非常纯熟③），当时的民国文

---

① ［法］热拉尔·热奈特：《叙事话语·新叙事话语》，王文融译，中国社会科学出版社 1990 年版，第 14—15 页。

② ［法］热拉尔·热奈特：《叙事话语·新叙事话语》，王文融译，中国社会科学出版社 1990 年版，第 26—27 页。

③ 参见陈平原《中国小说叙事模式的转变》，北京大学出版社 2003 年版。

人中还不乏对于侦探小说中“倒叙”结构的称道，只是这时他们不再惊叹于其“虎头”“传神”“如奇峰突兀”“天外飞来”，而是能以更加客观、公允和平常的态度来分析其中的好处。比如赵恂九就曾说：“总之，侦探小说的作者须把某种事件的原因隐匿不露，只提出结果，如此，便能惹起读者们的好奇心。不仅是杀人，凡人生的各种事件，若隐其原因，只告其结果，大抵都能惹起人的好奇心。侦探小说，常为作者所采取的材料而又最易惹起读者好奇心的材料，大体说来，都是犯罪，尤其杀人的谜。盖杀人犯罪，全是先有结果，其原因必须经警察、私家侦探逐步追求，方能明白，尤其如当代绝世的美人之被杀或大官要人之被杀，更能容易引起读者们的好奇心。”①

除了吸引读者之外，“倒叙”结构另外一个作用就是促使侦探小说必须严格依照“发现的程序”来展开情节，而这与我们前文中所分析过的侦探小说代表着一种通过理性认识世界的愿望与自信密切相关。再次借助于托多罗夫“两个故事”的说法，我们会发现一般情况下，在第一个犯罪的故事中，犯罪者在场而侦探缺席，在第二个侦破的故事中（除了结尾犯罪者被捕之外）侦探在场而犯罪者缺席。由此，我们可以将侦探小说的主要故事情节模式概括为作者试图通过对一个侦探“在场”（presence）故事的讲述来完成对一个侦探“缺席”（absence）故事的还原。而这一努力之所以能够实现，在小说文本内部依靠的是侦探对理性运思方式的使用，在小说文本之外则是通过小说家严密的逻辑展开与情节铺排，在这两者背后的其实都是一种对于客观世界可以通过理性来进行彻底认知的信赖。而具体到文本之中，则表现为小说逻辑思维的严谨与情节铺排的缜密。即如赛耶斯所说：“侦探小说的形式之美在于拥有‘亚里士多德

① 赵恂九：《小说作法之研究》，大连：启东书社1943年版，第36—37页。

式完美的开头、过程和结尾'。"[①]

民国侦探小说作者们，也非常强调侦探小说逻辑严密、情节曲折的特点，程小青就曾试图借此来确立侦探小说在文坛上的重要性，"侦探小说除写惊险疑怖等等境界以外，而布局之精巧，组织之严密，尤须别具匠心，非其他小说所能比拟。不第此也，侦探小说于诉诸情感以外，兼含智的意味。其推理论情，既须合于逻辑，而情节之演述，更须有科学之根据。往往于无形中助长读者之思考力及社会之经验。由是言之，侦探小说在文学上之位置如何，固无待烦言矣"[②]。甚至程小青还具体谈及了自己是如何在创作侦探小说时做到上述"布局之精巧"与"组织之严密"的："我觉得这一种自叙体裁，除了在记述时有更真实和更亲切的优点以外，而且在情节的转变和局势的曲折上，也有不少助力。譬如写一件复杂的案子，要布置四条线索，内中只有一条可以达到抉发真相的鹄的，其余三条都是引入歧途的假线，那就必须劳包先生的神了，因为侦探小说的结构方面的艺术，真象是布一个迷阵。"[③] 而在具体实践方面，晚清民国侦探小说也有不少在这方面成功尝试的案例，比如《老残游记》就是非常具有代表性的一例，如陈平原所言，《老残游记》"第 15 回至 20 回叙老残破齐东村十三人命案，用倒装的叙述技巧，不断制造悬念，不断推进情节，把现在的故事和过去的故事纠合在一起，借助'发现'的程序，逐步展现早已过去的故事的全貌，其布局之严谨非传统连贯叙述的小说可比"[④]。陈平原在这里所说的"其布局之严谨非传统连贯叙述的小说可比"，一定程度上是因为"传统连贯叙述"很大程度上可以依赖

---

① 转引自［英］朱利安·西蒙斯《血腥的谋杀——西方侦探小说史》，崔萍、刘怡菲、刘臻译，新星出版社 2011 年版，第 3 页。

② 程小青：《侦探小说在文学上之位置》，《紫罗兰》第三卷第二十四期"侦探小说号"，1929 年 3 月 11 日。

③ 程小青：《侦探小说的多方面》，载"霍桑探案汇刊第二集"，上海文华美术图书公司 1932 年 1 月版。

④ 陈平原：《中国小说叙事模式的转变》，北京大学出版社 2003 年版，第 47 页。

时间的关系将前后事件自然地连缀起来，而侦探小说通过“倒叙”结构打破了时间对于事件的连缀关系之后，作者只能通过增强事件与事件之间的逻辑关系来维系小说文本内部的秩序与稳定。

此外，如果再引申思考一步，从“结构隐喻”的角度来看，“倒叙”结构还意味着一种由故事到叙事[①]、由“故事时间”到“叙事时间”（热奈特称之为“时间倒错”）、由自然时间秩序到打破并恢复这一秩序的变化。如果我们将小说里原本平静祥和的生活视为一种自然秩序，那么犯罪者的犯罪行为显然是对这一秩序的破坏，侦探探案则可以被视为努力恢复这一秩序，而侦探在最后讲明一切真相并且将罪犯绳之以法就标志着其完成了这种恢复自然秩序的努力。侦探小说中的这种情节与内容投射到小说结构层面上，即体现为原本应该按照时间顺序依次发生和被讲述的故事（时间上的自然秩序）被破坏、扭曲为某种倒叙式的故事讲述方式（一种不自然的时间秩序，也就是对原本自然时间秩序的破坏），最后又回归到正常的时间秩序之中（侦探捕获罪犯，犯罪故事与侦探故事合二为一）。这既和工业革命以来，人们认知世界的思维方式的转变有着深层关联，又和当时中国小说传播方式与媒介的变化密不可分。

二　“余谓其佳处，全在‘华生笔记’四字”

除了叙事时间方面的“倒叙”结构之外，西方早期侦探小说在叙事角度上还普遍存在着一个非常明显的共同点，即由爱伦·坡首创，后来经过柯南·道尔发扬光大的“侦探+助手”的叙事模式。在爱伦·坡与柯南·道尔等人的侦探小说中，“助手”不仅在故事内容层面是侦探的助手，而且在叙事角度方面也承担着“助手”的功能。即他们一方面是

① 本节此处关于“叙事”一词的定义参考了热奈特所说的“叙事的第三层含义”，即“看来最古老，指的仍然是一个事件，但不是人们讲述的事件，而是某人讲述某事（从叙述行为本身考虑）的事件”（参见［法］热拉尔·热奈特《叙事话语·新叙事话语》，王文融译，中国社会科学出版社1990年版，第6页）。

案件侦查与破获的参与者和见证人，另一方面也是整个故事的讲述者，是小说叙事的切入点，即我们一般所说的“华生视角”，或者采用较为严谨的说法，即是“旁观者的第一人称限制性叙事视角”[①]。

选择“华生视角”的好处大概有以下四个方面：第一，小说设置了案件参与者华生这一角色，以其回忆整个案件破获过程的方式来切入叙事并讲述故事，整体上给人感觉更为真实可信；第二，相比于同样参与案件破获的侦探往往是头脑异于常人的“另类人士”，华生们一般而言则更接近大多数读者的“智力水平”，因而他们可以更好地以大众读者的理解视角和思维方式来看待案件侦查过程中展现出的种种线索与谜团；第三，可以通过华生的错误推理来增强小说揭开真相过程的曲折，即前文中所提到过的托多罗夫所说的“暂时误置”或德里达所说的“延宕”，同时反衬出侦探的超拔的智慧及过人的能力[②]；第四，也是最为重要的一点，即“华生视角”本

---

① 按照1943年克利安斯·布鲁克斯和罗伯特·潘·沃伦根据叙述焦点（focus of narration）的不同所提出的类型分类图表，“华生讲述歇洛克·福尔摩斯的故事”属于“叙述者作为人物在情节中出现”与“从外部观察的事件”两类交叉下的“见证人讲述主人公的故事”（参见［法］热拉尔·热奈特《叙事话语·新叙事话语》，王文融译，中国社会科学出版社1990年版，第126—127页）。

② 关于“华生视角”的前三点好处，也可以参见阿达莫夫在分析爱伦·坡为何在“发明”侦探小说这种小说类型时会选择以侦探助手作为切入视角的相关论述：“爱伦·坡为什么需要塑造这样一个奇怪的人物呢？我想，原因至少有两个：第一，也是主要的，就在于用这样一个平平常常的，具有一般人的观察与分析所发生事件的能力的人，来更加突出杜平那与众不同和罕见的才华。讲故事人（他似乎就是代表读者）所了解掌握的全部事实也就是杜平所掌握的情况，可是，他却无力象杜平那样，从这些事实中得出唯一正确的，令人惊异、钦佩和赞叹的结论。于是，似乎时刻都感到自己是处在讲故事人地位的读者就和他一起分享了这些情感。同时，爱伦·坡没有使讲故事人成为一个蠢材。不，爱伦·坡十分注意让讲故事人理解的那些事情恰恰是读者能理解的。在这种情况下，杜平的形象才能如作者所希望的那样光彩夺目。第二个原因，显然是需要一个讲故事人来向杜平提出那些读者不可避免地一定会产生的问题，把读者更进一步引进杜平的思考与判断中，使其更加接近所发生的事件，以此来引起读者的兴趣，甚至引起急于想知道详情的好奇心。”（参见［苏］阿·阿达莫夫《侦探文学和我——一个作家的笔记》，杨东华等译，群众出版社1988年版，第28页）

质上是一种特殊的第一人称限制性视角。而一般来说，第一人称叙事视角更容易将故事转变为叙述，并在表达的过程中加入更多的主观感受和个人情感。表面上看，追求“智”而非“情”的侦探小说在这方面完成的效果似乎并不好，但当我们不要将“第一人称更有利于抒发主观情感”这个说法局限于郁达夫等创造社作家的“自叙传”一类的小说，而将恐怖、惊悚、紧张、悬疑、神秘等主观感受与个人情感纳入讨论范围时，就会发现侦探小说采取第一人称视角所带来的便利与好处。

与此同时，相比于小说主角人物的第一人称叙事视角，华生这种小说配角人物的第一人称叙事视角反而更有利于小说营造悬疑和紧张的气氛以及对福尔摩斯神秘形象的塑造。正如学者赵毅衡所说：“当第一人称叙述者成为次要人物，情况就完全不同，次要人物的特许范围被严重地限制，这种小说有非常特殊的功能，即主角可以是神秘人物：行为神秘，而叙述只是观察，不描写其内心究竟为何如此神秘。因此可以称为‘第一人称仰视式叙述’。”① 此外，这种限制性视角的采用也和本书开篇所说的现代都市中人的身份与认知的破碎性息息相关，即现代都市生活给人们带来的“感觉结构”之一便是对世界认知的破碎与片面，或者说是对都市完整、全面认知的不可能，而这种“感觉结构”渗透到小说叙事结构层面就体现为侦探小说中限制性叙事视角的普遍使用。

回到清末民初的“新小说”现场，另外一个值得关注的地方在于当时中国翻译小说对叙述视角的普遍性选择和采用情况。据学者陈平原统计：“早期第一人称小说译作，其叙述者‘我’绝大部分是配角。也就是说，是讲‘我’的见闻，‘我’的朋友的故事，而不是‘我’自己的故事。在晚清四大小说杂志上，共刊登三十六篇第一人称叙事的外国小说译作，除《铁窗红泪记》外，

---

① 赵毅衡：《当说者被说的时候：比较叙述学导论》，四川文艺出版社 2013 年版，第 148 页。

其他基本上都是配角叙事。”① 而这其中就包含了侦探小说中的“华生视角”。也正是在这个意义上，“华生视角”与早期新小说中的“见闻录”写法传统在叙述视角和书写方法上不谋而合，因而在某种程度上更容易被当时的译者、作者和读者所理解、学习和接受。

和中国人早期接触“倒叙”结构时的情况相类似，由于中国传统小说中并没有这种“华生视角”的叙事传统，因而中国侦探小说译者在最初遇到“福尔摩斯探案”小说中的“华生视角”时，也有着一个有趣且复杂的接受过程。以张坤德最早翻译的四篇“福尔摩斯探案”小说为例，四篇小说（《英包探勘盗密约案》《记伛者复仇事》《继父诳女破案》《呵尔唔斯缉案被戕》）原作都采用了旁观者的第一人称限制性叙事视角，但张坤德却分别（主动/被迫）采取了四种不同的叙事视角翻译策略。在前两篇译作中，张坤德将小说标注为“译歇洛克呵尔唔斯笔记”，后两篇则按照原作标注为“译滑震笔记”，体现了作者对小说原作视角从不理解到理解的演变过程（“华生视角”/“滑震笔记”才是柯南·道尔小说的原意）。但具体到同一标注下的不同作品中，我们又会发现张坤德在叙事视角选择方面出现的纠结与混乱。比如同样是标注了“译歇洛克呵尔唔斯笔记”的前两篇小说中，《英包探勘盗密约案》其实是完全地采用了第三人称叙事视角②，而《记伛者复仇事》在小说主体部分采用了第三人称叙事视角的同时，在小说开头竟然又出现了诸如“此书滑震所撰”以及“滑震又记歇洛克之事云：滑震新婚后数月，一日夜间，方坐炉旁览小说”等文本内部彼此间自相矛盾的叙事视角，甚

---

① 陈平原：《中国现代小说的起点：清末民初小说研究》，北京大学出版社 2010 年版，第 229 页。

② 张坤德译：《英包探勘盗密约案》，《时务报》第六期至第九期，1896 年 9 月 27 日至 1896 年 10 月 27 日（光绪二十二年八月二十一日至九月二十一日），标“译歇洛克呵尔唔斯笔记”。

至译者在一句话中都无法做到保持叙事视角的统一。[①] 而在其标注为"译滑震笔记"的后两篇小说翻译中，《继父诳女破案》开篇采用了华生的第一人称叙事视角"余尝在呵尔唔斯所，与呵据灶觚语，清谈未竟，突闻叩门声"[②]，但这种小说翻译对第一人称叙事视角的采用并没有坚持到底，而是很快就又换回到了第三人称视角，甚至连小说开始时的叙事人华生在后来的故事中都"不知去向"。直到最后一篇《呵尔唔斯缉案被戕》中，张坤德才首次完整地在译作中保持了华生的第一人称限制性叙事视角。[③] 从张坤德这四篇最早的中文侦探小说译作来看，我们大概可以将其中"华生叙事视角"的译介与使用情况勾勒为"彻底拒绝"—"使用但出现混乱"—"使用但没有坚持到底"—"完整地接纳并贯彻"这样一个逐步理解、接受并且能妥善译介到文本之中的演变路径。而这也在某种程度上反映出了中国文人在遭遇到此前从未接触过的西方侦探小说叙事手法与叙事技巧时逐步探索、尝试、理解与消化的曲折过程。

但仅仅十年之后，中国侦探小说的译者和研究者们就不仅能够较为纯熟地掌握对于"华生视角"的翻译，甚至能够准确地认识到其中的价值和意义：

> 余谓其佳处全在"华生笔记"四字。一案之破，动经时日，虽著名侦探家必有疑所不当疑，为所不当为，令人阅之索然寡观者。作者乃从华生一边写来，只须福终日外出，已足了之，

---

① 张坤德译：《记伛者复仇事》，《时务报》第十期至第十二期，1896 年 11 月 5 日至 1896 年 11 月 25 日（光绪二十二年十月初一日至十月二十一日），标"译歇洛克呵尔唔斯笔记"。

② 张坤德译：《继父诳女破案》，《时务报》第二十四期至第二十六期，1897 年 4 月 22 日至 1987 年 5 月 12 日（光绪二十三年三月二十一日至四月十一日），标"译滑震笔记"。

③ 张坤德译：《呵尔唔斯缉案被戕》，《时务报》第二十七期至第三十期，1897 年 5 月 22 日至 1987 年 6 月 20 日（光绪二十三年四月二十一日至五月二十一日），标"译滑震笔记"。

> 是谓善于趋避。且探案全恃理想规划，如何发纵，如何指示，一一明写与前。则虽犯人弋获，亦觉索然意尽，福案每于获犯后，详述其理想规画，则前此无益之理想，无益之规画均可不叙，遂觉福尔摩斯若先知、若神圣矣，是谓善于铺叙。因华生本局外人，一切福之秘密可不早宣示，绝非勉强，而华生既茫然不知，忽然罪人斯得，惊奇出自意外，截树寻根，前事必须说明，是皆由其布局之巧，有以致之，遂令读者亦为之惊奇不置。余故曰：其佳处全在“华生笔记”四字也。①

俞明震在这里对“福尔摩斯探案”等西方侦探小说中采用“旁观者的第一人称限制性叙事视角”的意义和作用做出了非常准确的判断和精辟的论述，这说明当时中国文人已然了解了西方侦探小说在叙事视角选用上的别具匠心。

三 侦探小说叙事模式自身的“局限性”

侦探小说在刚进入中国时，其对于传统中国文人在文学形式上所形成的最大的刺激就是“倒叙”结构与“华生视角”，但是在中国侦探小说译者、作者与评论者熟练地掌握了这两种基本叙事结构之后，就不再满足于对这种尚显简单的小说形式结构的“反复操练”，而对侦探小说提出了更高的要求。其实，早在晚清时期，徐念慈就已经准确地认识到：“即侦探小说者，于章法上占长，非于句法上占长，于形式上见优，非于精神上见优者也。善读小说者当亦韪余是言。”② 而到了20世纪20年代，胡寄尘一方面承认叙事结构（即“布局”）对于侦探小说的重要意义：“无论做何种小说，都要讲究布局，然别种小说布局犹在其次，只有侦探小说以布局为最重要。如写情、社会等小说，尽可平铺直叙，只要刻画入微，自然有

---

① 觚庵（俞明震/徐念慈）：《觚庵漫笔》，《小说林》第一卷第五期，1907年。

② 徐念慈：《第一百十三案·觉我赘语》，《小说林》第一期，1906年。

他的价值。虽然也有许多写情或社会小说，以布局取胜，然这不是本身的价值，若侦探小说本身的价值在于布局，布局不佳，便无足观了。”[①] 但同时他对侦探小说的期待又不仅仅满足于“布局”：“读哀情小说以解愁，如吸鸦片烟以治病，越治病越深。读滑稽小说以发笑，如饮荷兰水以解渴，当时畅快，然无余味。此是这两种小说自身的短处，无可如何，不关作者作得好不好。因此我联想到侦探小说，侦探小说好像是西洋镜，读到最后便是将西洋镜拆穿了，这也是侦探小说的短处。”[②] 胡寄尘甚至认为过分依赖“布局”技巧是侦探小说自身存在的“短处”，当“布局”的“西洋镜”被“拆穿”之后，侦探小说似乎也就无足观了。

后来朱光潜也是从类似角度出发，批评侦探小说过多依赖叙事结构的精巧、故事情节的曲折和逻辑推理的严密，而缺乏更高层次的文学审美内涵：“所以爱好侦探故事本身并不是一种坏事，在文学作品中爱好侦探故事的成分也不是一种坏事。但是我们要明白，单靠寻常侦探故事的一点离奇巧妙的穿插绝不能成为文学作品，而且文学作品中有这种穿插的，它的精华也绝不在此。文学作品之成为文学作品，在能写出具体的境界，生动的人物和深刻的情致。它不但要能满足理智，尤其要感动心灵。这恰是一般侦探故事所缺乏的，看最著名的《福尔摩斯侦探案》或《春明外史》就可以明白。它们有如解数学难题和猜灯谜，所以打动的是理智不是情感。”[③] 郑伯奇则指出当时的侦探小说创作陷入了某种模式化、同质化的窠臼之中：“侦探小说不单受低级读者的欢迎，甚至伟大的艺术家也会去学这种手法。《罪与罚》的作者杜司退益夫斯基就是学侦探小说手法的一个人。但现在的侦探小说太平凡了。为有闲夫人遗失了一颗宝石，侠

① 胡寄尘：《我之侦探小说谈》，《侦探世界》第十四期，1923 年。

② 胡寄尘：《我之侦探小说谈》，《侦探世界》第十四期，1923 年。

③ 朱光潜：《文学上的低级趣味》，载朱光潜《谈文学》，上海开明书店 1946 年 5 月初版。

贼和名侦探再拼命玩花样也不过是那一套。而且，照例的‘原物归于旧主人’，也显得索然无味了。”①

关于郑伯奇针对当时民国侦探小说创作所提出的批评，刘半农早在1916年翻译《福尔摩斯侦探案全集》时就已经意识到了问题的所在，只不过当时他是从正面角度来赞扬“福尔摩斯探案”的：

> 凡大部纪事之文，其难处有二：一曰难在其同；一曰难在其不同。全书四十四案，撰述时期，前后亘二十年，而书中重要人物之言语态度，前后如出一辙，绝无丝毫牵强，绝无丝毫混杂。如福尔摩斯之言，以之移诸华生口中，神气便即不合；以之移诸莱斯屈莱特口中，愈觉不合。反之，华生之言，不能移诸福尔摩斯与莱斯屈莱特；莱斯屈莱特之言，亦不能移诸福尔摩斯与华生。唯其如是，各人之真相乃能毕现，读者乃觉天地间果有此数人，一见其书，即觉此数人栩栩欲活，呼之欲出矣。此即所谓难在其同也。其不同者，则全书所见人物，数以百计，然而大别之，不过三类：有所苦痛，登门求救者一类也；大憝巨恶，与福尔摩斯对抗者又一类也；其余则车夫、阍者、行人之属，相接而不相系者，又为一类。此三类之人，虽有男女老少、贵贱善恶之别，而欲一一为其写照，使言语举动一一适合其分际，而无重复之病，亦属不易。且以章法言，《蓝宝石》与《剖腹藏珠》，情节相若也，而结构不同。《红发会》与《佣书受绐》，情节亦相若也，而结构又不同。此外如《佛国宝》之类，于破案后，追溯十数年以前之事凡三数见，而情景各自不同。又如《红圜会》之类，与秘密会党有关系之案，前后十数见，而情景亦各自不同。此种穿插变化之本领，实非他

① 郑伯奇：《两栖集》，上海良友图书公司1937年版，第32—33页。

人所能及。[1]

刘半农在上述这段引文中认为柯南·道尔在《福尔摩斯侦探案全集》中的作品既遵循了侦探小说之为类型小说的基本特征，并保持了前后一致的完整性与系列故事的统一性。同时又做到了不同作品之间各具特色，彼此“穿插变化”、有所不同，因而才最终达到了“实非他人所能及”的高超境界。

在本书看来，一方面徐念慈、朱光潜、郑伯奇等人对侦探小说的批评都有其各自合理之处，尤其是放在当时民国侦探小说普遍存在的低水平重复的创作环境与作品生产背景之下，更有其振聋发聩和一针见血的效果。如晚清文人定一所说的，“吾喜读泰西小说，吾尤喜泰西之侦探小说。千变万化，骇人听闻，皆出人意外者”[2]。侦探小说让读者喜欢的最根本原因在于其具体每篇作品之间的“千变万化”与“出人意外”。这也就是后来学者所说的“人们读侦探小说不是为了欣赏它始终不变的结构，而是为了欣赏它花样无穷的装饰性内容”[3]。但在另一方面，本节在此想要补充强调的是，这是民国侦探小说作者们在具体地创作侦探小说时缺乏突破与创新的问题，而并非是侦探小说叙事结构与类型模式本身的问题。类型不是重复，也不是束缚，更不是低俗。类型是一种传统的延续与经验的积累，是类型小说得以维系和持续发展的核心动力之一。在我们不断追求作家作品独特性的同时，也不应忘记，“类型构想在所有企图理解以独特形态出现的个体性的作者中都是必不可少的”[4]。或许我们可以从T. S. 艾略特有关“传统与个人才能”之间关系的论述中得到一点

---

① 刘半农：《〈福尔摩斯侦探案全集〉跋》，载《福尔摩斯侦探案全集》，上海：中华书局1916年5月版。

② 定一：《小说丛话》，《新小说》第十三期，1905年。

③ 袁洪庚：《欧美侦探小说之叙事研究述评》，《外语教学与研究》2001年第3期。

④ ［美］E. D. 赫施：《解释的有效性》，王才勇译，生活·读书·新知三联书店1991年版，第313页。

启发，“现存的艺术经典本身就构成一个理想的秩序，这个秩序由于新的（真正新的）作品被介绍进来而发生变化”①。一切文学作品的原创性与独特性都是建立在一定的文学类型与传统之中的，正如诺思罗普·弗莱所说的那样：“诗只能从别的诗中产生，小说也只能从别的小说中产生。”而侦探小说作为一种类型小说，其自身的叙事结构与类型特点既是侦探小说之为侦探小说的根本所在，又是侦探小说能够不断发展、不断产生更多优秀作品的不竭源泉。

总结来说，在晚清时期因为叙事模式创新而被认为颇具先锋性与新鲜感的侦探小说随着中国现代文学自身的日趋成熟而渐渐显得“守旧”和“落伍”，当“时空倒置”不再能引起感觉的震惊，“华生视角”所带来的悬疑刺激也难以持续之后，侦探小说就逐渐由晚清“新小说”之骄子而滑落为与“五四”新文学相对立的“通俗旧文学”行列。至于民国时期的中国侦探小说作家们，虽然也在努力进行各种探索和尝试，但其终究局限于叙事模式层面而未能取得更大的成就（说实话，就连叙事模式方面的突破也不能说是很成功），民国侦探小说也因此陷入了自身发展的瓶颈。而其进一步的突破和飞跃可能还需要期待半个世纪以后更为新鲜、强烈的由西方同类小说创新所带来的刺激和启发。

第二节 民国侦探小说中的“史传”与“说书人”传统

一方面，侦探小说作为一种外来的小说类型，必然带有西方侦探小说固有的一些类型特征，即侦探小说之所以为侦探小说的基本类型元素。另一方面，侦探小说译介进入中国并且“落地生根”之

---

① ［英］T. S. 艾略特：《传统与个人才能》，卞之琳译，载戴维·洛奇编《二十世纪文学评论》（上册），上海译文出版社 1987 年版，第 130—131 页。

后，又不可避免地受到中国传统小说观念与技法的影响，因而具备了一些在地化特点，即中国侦探小说中的“本土特色”。当然，进一步辩证来看，这种“本土特色”在客观上也一定程度地模糊/拓宽了侦探小说自身原有的文类特征。当谈到中国现代小说受中国传统小说的影响时，正如学者陈平原所言，“不管是‘新小说’家，还是‘五四’作家，对传统文学的借鉴，都不只是一种简单的‘接受’，而是复杂得多的‘转化’”[①]。而在民国侦探小说中，其所受中国传统小说的影响，主要体现在受到中国古代“史传”与“说书人”两种小说传统的影响。

一　民国侦探小说中的“史传”传统

谈到中国古代小说中的“史传”传统，陈平原教授有过非常精彩的论述，概言之，“‘史传’与‘诗骚’既是文学形式，又是文学精神”，“‘史传’传统诱使作家热衷于以小人物写大时代”，“‘史传’之影响于中国小说，大体上表现为补正史之阙的写作目的、实录的春秋笔法，以及纪传体的叙事技巧”[②]。具体到民国侦探小说而言，其中蕴含的“史传”传统，一方面体现在侦探小说与实事案件的结合及小说中流露出来的“史家口吻”。比如刘半农在《匕首·弁言》中所说：“癸丑之夏，日长无事。因就数年来之所知，笔而出之。其中或属耳闻，或为目睹，且有躬自尝试者，故实事居其大半。即略加点缀，亦以不背我国之社会为旨，研究侦探者，其亦引为同调乎？”[③] 刘半农为侦探小说《匕首》所写的这段《弁言》，分明充满了中国传统史传小说的腔调与味道。

而民国侦探小说发展到后来，尤其是20世纪40年代“实事侦

① 陈平原：《中国小说叙事模式的转变》，北京大学出版社2003年版，第155页。

② 陈平原：《中国小说叙事模式的转变》，北京大学出版社2003年版，第156、212页。

③ 刘半农：《匕首·弁言》，《中华小说界》第一年第三期，1914年3月1日。

探案”类小说的流行，侦探小说和历史事实之间的关系就变得更为紧密且复杂。这其中固然有报刊媒体出于商业目的，将日常人们最关心的大案、血案经过小说家添油加醋地描写甚至改写，以求吸引读者、博取眼球。但也不能排除其受传统小说观念的影响，即“‘新小说’家的借鉴‘史传’”，“体现在其实录精神”① 这一方面的因素。实际上，民国侦探小说作者和读者一直以来似乎都更容易将虚构的小说与事实的案件相结合起来进行理解。侦探小说、实事探案、凶案传说与案件新闻彼此间的界限，从晚清时期吴趼人的《九命奇冤》，到20世纪20年代《侦探世界》杂志上的《事实侦探录》，再到40年代《大侦探》《蓝皮书》等杂志上的大量“实事侦探案”类作品，就一直处于模糊不清且变动不居的状态。甚至在同一时期的《台湾日日新报》上，还存在着不少将其他地方的真实案件当作侦探小说来翻译、引进和改写的复杂情况。②

另一方面，中国古代小说的“史传”传统对于民国侦探小说的影响还体现在小说结构方面，尤其是在小说开头、结尾处最为明显。具体而言，在中国传统“史传”小说中，小说开头时经常会有一段铺陈，结尾处也往往会出现一段诸如“太史公曰”的评论性内容，用以“卒章显志”，表达作者的观点和态度。而在民国侦探小说作品中，我们也经常能见到这种传统小说铺陈式的开头写法，比如程小青的《双殉》：

> 在我国科举制度盛行的时代，有两句形容所谓读书人的得意话，就是：“洞房花烛夜，金榜题名时。”凭现代眼光看，这两句话似乎已近乎陈腐而不合时宜，可是类乎这话的事实却是依旧有的。例如我的小学时老同学伍子楚结婚的那天，有几个

---

① 陈平原：《中国小说叙事模式的转变》，北京大学出版社2003年版，第215页。

② 参见许俊雅《真实或虚构？/新闻或小说？——〈台湾日日新报〉转载〈申报〉新闻体小说的过程与理解》，《东吴中文学报》第二十八期，2014年11月。

有些“遗老”头脑的朋友，竟也把这两句话移赠他。①

类似的，还有小说《两粒珠》的开头：

> 那年革命军的势力还没有达到东南，东南二省间忽然起了内战。当战争最剧烈的当儿，说也可怜，那沿铁路线一带的人民，都把上海租界（当时租界还不曾收回）当做了避难的安乐窝，竟扶老携幼像涌潮似的赶来。战争发生在铁路线上，铁路的交通虽断，一大半人都乘着长江轮船大绕圈子。上海社会的人们，都盼望着内战早日结束，别的事都不足以引起他们的兴味。②

这两篇“霍桑探案”系列小说分明采用了中国传统“史传”小说的开场方式，和《三国演义》中的“天下大事，分久必合，合久必分”以及《水浒传》从“洪太尉误走妖魔”讲起有着异曲同工之意。

而在小说结尾方面，由于侦探小说对第一人称限制性叙事视角的采用，因而中国传统“史传”小说结尾直接表明作者立场的“太史公曰”就会和小说主体部分的“华生视角”产生矛盾。所以民国侦探小说往往将“太史公曰”转化为“人物对话”或“内心独白”的形式，在小说情节发展过程中来表达作者的议论或观点。这也就是为什么在程小青和孙了红的笔下，侦探霍桑或侠盗鲁平经常在案件查办的过程中或结束后，喜欢针对当时时政或一些社会现象发大段议论，有时候侦探与侠盗完全成为作者表达议论和观点的“传声筒”，甚至不顾及这种议论会对小说情节的完整和连贯所起到的破坏

① 程小青：《双殉》，载《霍桑探案集 8——舞宫魔影》，吉林文史出版社 1991 年版，第 287 页。

② 程小青：《两粒珠》，载《程小青代表作》，华夏出版社 2008 年版，第 198 页。

性效果，按照热奈特的说法，是“议论对故事，随笔对小说，叙事话语对叙事的‘入侵’”，“尽管这同样不符合‘作者的意图’，而且这是一股因不由自主而更加不可抗拒的潮流所带来的后果”①。当然，这种作者借着小说人物之口在小说情节展开过程中发议论的情况绝不仅仅出现在侦探小说之中。在晚清的政治小说和谴责小说里，这种情况更为普遍，以至于当时出现了“似说部非说部，似稗史非稗史，似论著非论著”② 的相当严重的文体混杂的情况。借用捷克学者米列娜分析晚清小说叙事模式时的一个说法，即这种写法在叙事学上属于“第三人称评述叙事方式”，在这种叙事方式中，“叙述者不是故事中的人物。然而，与客观叙述者不同的是，他可自由表达他的主观评价和意见。这里，叙述者的主要作用——描述——与其解释作用结合在一起”③。米列娜所概括的这种“第三人称评述叙事方式”的写法从晚清政治小说、谴责小说到民国侦探小说中，其实一直都在延续存在着。

二 民国侦探小说中的“说书人”传统

除了中国古代小说中的“史传”传统之外，“说书人”传统对于民国侦探小说的影响可能更为曲折、隐蔽，但也不容忽视。虽然中国传统白话小说因为“说—听”的传播方式，导致其通常采取第三人称全知的叙事视角与顺叙的叙事结构，这和西方侦探小说的叙事时间与叙事视角存在着根本性的差异。即前文中所提到过的传统公案小说（特别是白话公案小说）很多情况下是通过说书这种“说—听”的方式进行信息传递，而侦探小说则基本上是借助现代报

---

① ［法］热拉尔·热奈特：《叙事话语·新叙事话语》，王文融译，中国社会科学出版社 1990 年版，第 183—184 页。

② 梁启超：《译印政治小说序》，载陈平原、夏晓虹编《二十世纪中国小说理论资料（1897—1916）》（第一卷），北京大学出版社 1987 年版，第 55 页。

③ ［捷克］米列娜：《晚清小说的叙事模式》，载米列娜编《从传统到现代：19 至 20 世纪转折时期的中国小说》，伍晓明译，北京大学出版社 1991 年版，第 56 页。

刊传媒的“写—读”形式来完成这一传播过程。一方面，“说—听”的传播方式相比于“写—读”更为依赖一种线性叙事，即信息接受者/听众的不可重复接受和检验前面已经传播/“说”过的内容，相比之下，文字阅读则可以“瞻前顾后”，甚至反复阅读，这反映在小说结构层面即体现为顺叙结构成为中国传统小说的主导结构形式。另一方面，在“说—听”模式中，“话本”/小说本质上只是一个说书人所使用的文字底本，而真正“说话”/讲故事的过程与结果则是一项包括其文字故事底本，以及讲者的语言、声音、表情、动作、姿态、使用道具与现场互动等多项内容的综合性艺术，且有很多临场发挥的成分。所以“话本”/底本/小说是一个比较完整的顺叙记录的故事，实际上是更利于说书人现场表演时使用和发挥。[①] 总结来说，从中国传统小说（尤其是白话小说）到民国侦探小说等现代小说的演变过程中，存在着一个从含有“说话人”的“说—听”结构，到报刊连载小说的“写—读”结构的传播方式上的转变，而这种转变在相当程度上影响了小说作者所采用的叙事策略与叙事方式的变化。正如陈平原教授所说，“文学艺术的生产跟其他形式的生产一样，得依赖于某些‘生产技术’……记录工具和传播媒介的每一次大的突破，都不能不或隐或显地影响文学形式的发展”，“报刊登载小说与小说书籍的大量出版对小说形式发展的决定性影响，主要体现在传播方式的转变促使作家认真思考并重新建立作者与读者之间的关系”。[②] 但值得玩味的地方在于，已经没有了传统“说书人”

---

① 关于“话本”的具体所指，学界其实还尚有争议。如学者赵毅衡所说，“‘话本’这词意义不清楚，它可以是说书人表演的记录（‘录本’）或是说书人手头参考书（‘母本’）。从后一个意义上说，它不是为阅读而制作的；从前一个意义上说，是为阅读制作的。究竟为何义，史家从未弄清”（参见赵毅衡《苦恼的叙述者》，四川文艺出版社 2013 年版，第 16 页）。本节则更倾向于认为“话本”为“说书人”所使用的“母本”这一说法。

② 陈平原：《现代小说的起点：清末民初小说研究》，北京大学出版社 2005 年版，第 91 页。

在场的中国侦探小说，在小说文本内部仍然经常会有意/无意地出现传统“说书人”“说话”的影子。比如在刘半农的侦探小说《匕首》中，“余”在船上遇到一个捕快老王，大家闲来无事，都想听老王讲自己当年破案的故事。

> 老王之言曰：“余业捕快久，破获以百数。今为诸君说捕快，正如一部十七史，不知从何处说起。今日乘舟，即讲舟中事，可乎？”
>
> 众曰：“善！”
>
> 老王曰：“五年前，余以事之锡，雇一底子。”①

这篇小说后文中都是在记述老王在船上所讲的探案故事，小说就这样进入了一个虚构的“说书”故事场景之中。但有趣的是，老王所讲的故事竟然是一个典型的采用第一人称限制性叙事视角的侦探小说的叙事结构（虽然这里的叙事者就是侦探本人）。由此，中国传统小说中的“说书人”模式与现代侦探小说的叙事结构就以这种彼此嵌套的方式被组合在了一起。

而在张碧梧的“家庭侦探宋悟奇探案”系列小说中，由于作者并没有为侦探宋悟奇设置助手这一角色，所以小说大部分时候都采用了第三人称的叙事视角，以另一种独特的形式将中国传统小说“讲故事”的方式和西方侦探小说所要求的叙事结构糅合在了一起。甚至在部分民国侦探小说中，还会保留一些传统“说书人”所习惯使用的过场和套语，比如前文中所介绍过的张碧梧的《双雄斗智记》中，就出现了诸如“下回书中自有分晓”的传统小说形式。

三 中西叙事传统的“交杂”

实际上，中国传统小说中的“史传”传统与“说书人”传统和

① 刘半农：《匕首》，《中华小说界》第一卷第三期，1914年3月1日。

由西方传来的侦探小说的叙事结构和技法之间并不是一个“替代与淘汰”的线性关系，也并非“冲击与反应”的简单模式。这在具体的作家作品中所表现出来的两者之间的关系就显得更加多样且复杂。以俞天愤的侦探小说作品为例：一方面，俞天愤在自己的作品中较好地理解并吸收了西方侦探小说的叙事结构，并能够对其有所创新和突破。俞天愤对于西方“福尔摩斯—华生”的侦探小说模式最重要的突破在于第一人称叙事方面。在俞天愤的侦探小说创作中，相当数量的作品都是采用第一人称进行写作，但他所使用的第一人称“余”并不局限于身为侦探助手与案件侦破参与者、同时担当故事讲述者这一“华生式”的角色，而是有着更为复杂且多样的变化。比如在小说《双履印》中，就出现了两个叙事主人公“余”，第一个是转述整个案件故事的“余”，第二个“余”则是真正破案的侦探，只是故事转述者并没有像华生讲述福尔摩斯探案故事一样来直接为读者讲述自己目击或真正参与的破案故事，而是在其中嵌套了一层第一人称叙事的结构，在第一人称叙事的转述之下引入了模拟侦探自己口吻的第一人称叙事，于是小说里就出现了第二个“余”：

> 然此事之迅速解决，实赖此少年之心思才力。吾人虽不能观其面，顾莫不心仪其人，而欲一识其姓名。不知此少年以隐秘活泼为主义，初不愿显露其姓名于社会，致此后遇事不易着手。故吾草此篇之时，亦得其特别要求，署名为 TV 生，书中更直署为“余”，以便于行文，而醒阅者之眼目。①

并不是说这里的两层第一人称叙事视角的嵌套就一定更为高明或者更加成功，但我们却能够从中看出俞天愤非常清醒的对于第一人称叙事的自觉使用意识，而这已经不仅仅是对于“福尔摩斯—华

① 俞天愤：《双履印》，载《中国侦探谈》，上海清华书局 1918 年 11 月初版，第 20 页。

生”叙事模式的被动或简单模仿，而是熔铸了作者自身理解在其中的突破与创新。

但与此同时，我们也不得不承认，俞天愤对于小说叙事视角的创新还存在着很多有待商榷的地方，比如俞天愤的侦探小说很喜欢先用一个“余”遇见朋友作为一个小说开场的套子，然后再转变为朋友的视角来讲述一个侦探故事，中间往往还会有一句诸如“以下均余友醒庵语”的提示词和过渡句，而朋友转述故事中的“余”和小说开场时的“余”正如前文中所分析的那样，往往并非同一个人。但实际上，就算去掉外面这层套子似乎也丝毫不会影响侦探故事本身的完整性，并且有时候多个指代对象不同的“余”的出现还容易引起读者阅读时理解上的混乱。此外，俞天愤对于侦探小说中第一人称的使用，另一个原因则是为了增强小说的可信性，比如在小说《银烟盒》中，俞天愤就因为小说案件太过离奇，怕读者不相信，故在结尾处说：“然以余所闻，以余所见，以余种种接触，固有若是之侦探案，有若是之侦探案，余故有若是之侦探小说。知我罪我，余欲无言。”[①] 这似乎又是回到了中国小说的“以文证史”“以文补史”的“史传”传统中去了。此外，俞天愤的侦探小说结尾处也往往会选择跳回到“著者曰”的模式之中，并借此加入一段作者点评性质的文字，来表明自己的立场和态度，颇有“太史公曰”“异史公曰”等传统史传体小说的特色，比如其《烟丝》《芙蓉壁》《银烟盒》等几篇小说皆是如此。

最后，值得一提的还有，西方侦探小说的译介直接触动了中国作家对于如何书写“说”本身——即如何灵活地在小说中使用直接引语和间接引语——的相关认识和实践。比如吴趼人在评点《九命奇冤》第三回时就已经指出：“以下无叙事处，所有问答仅别以界线，不赘明某某道。虽是西文如此，亦省笔之一法也。”[②] 当然，西

---

① 俞天愤：《银烟盒》，《小说丛报》第十四期，1915 年 9 月 20 日。

② 参见《新小说》第九期，1904 年 8 月 6 日。

方小说对于中国本土小说创作中直接引语与间接引语的影响绝不仅限于侦探小说一类，钱锺书在分析林纾的小说翻译时就已经对此做出过一番精彩的分析和对比："小说里报道脚色对话，少不得'甲说'、'乙回答说'、'丙于是说'那些引冒语。外国小说家常常花样翻新，以免比肩接踵的'我说'、'他说'、'她说'，读来单调，每每娇柔纤巧，受到修辞教科书的指斥。中国古书报道对话时也来些变化，只写'曰'、'对曰'、'问'、'答云'、'言'等而不写明是谁在开口。更古雅的方式是连'曰'、'问'等都省得一干二净。"① 考虑到这实际上已经远远超出了侦探小说译介和影响的讨论范畴，本书就不予以进一步展开论述了。

综上，以俞天愤的侦探小说创作为个例进行分析，我们既可以看到其学习、借鉴"福尔摩斯—华生"这类经典西方侦探小说结构模式的影子，也可以看到《史记》、"聊斋"等传统小说所遗留下来的叙事口吻与痕迹，还能看到作者在侦探小说创作方面所作出的突破与创新的努力（虽然这种努力的效果还有待商榷）。而中国小说的"史传"与"说书人"传统，西方侦探小说的"福尔摩斯—华生"结构，及身为侦探作者的俞天愤自己的创新性尝试就这样以一种有趣的方式被"交杂"在了一起，形成了民国时期中国侦探小说创作的独特面貌。

第三节　"滑稽"与"失败"：民国侦探小说叙事模式的偏移

如前文所述，侦探小说一般是通过独特的叙事结构、严密的逻辑表达，让代表着智慧与公正的侦探完成对于神秘案件的破解，进

---

① 钱锺书：《林纾的翻译》，载《钱锺书作品集》，甘肃人民出版社1997年版，第528—529页。

而体现出侦探身上的一些非凡的、英雄的、“超人”的特点。其中作为主角的侦探一般以理性为核心价值、以正义为责任担当，以最终解释清楚一切真相（包括逻辑上的前因后果与时序上的来龙去脉）来完成对于世界的认知和把握。从西方的杜邦、福尔摩斯、亚森·罗苹、波洛，到中国的霍桑、鲁平、李飞、徐常云、宋悟奇等人莫不如此。而侦探小说借此所达到的美学效果，则通常是悬疑的、紧张的、恐怖的以及智性的。

但与此同时，也有一些侦探小说作者故意反其道而行之，他们往往采用“滑稽”的方式、诙谐的笔调与反讽的口吻，将小说里原本是理性与智慧化身的侦探塑造为“糊涂侦探”，而将侦探小说中正义必将战胜邪恶的结局转变为一场场“失败的探案”。这样的书写方式在西方“福尔摩斯探案”故事流行之后就已经出现，比如法国作者嘉密所写的《白鼻福尔摩斯》（书名原题为 *Les Aventures de Loufock Holmès*，罗江译，乐群书店1929年版），一共收录了34个侦探短剧，其中就有不少是用撷趣的笔法来续写/“伪造”/“恶搞”福尔摩斯探案故事的，以引起某种喜剧的效果。类似的，在清末民初，中国作家也进行过不少关于“滑稽侦探案”的小说写作尝试。比如煮梦生在宣统三年（1911）就曾写过一本《（绘图）滑稽侦探》（改良小说社印行）。又如本书前文中所介绍过的陈景韩、包天笑、刘半农等人所写的“戏仿”福尔摩斯来华探案的一系列小说等。此后，在民国侦探小说中，更多的“滑稽侦探案”小说作品大量出现，其中以徐卓呆、朱秋镜、赵苕狂等人的作品为代表，以及一批带有后设性反讽意味的“反类型”侦探小说，都很值得我们关注。[①]

① 除了本节所分析的作家作品之外，民国时期的“滑稽侦探案”小说其实还有很多。比如在1914年，《五铜圆》杂志（又名《滑稽周刊》）及后来的《双料五铜圆》杂志上就曾刊载过一组题为“滑稽侦探案”的系列小说，其中包括：《滑稽侦探案之一：名片》（扬州小杜作，刊于《五铜圆》第二期）、《滑稽侦探案之二：电话》（扬州小杜作，刊于《五铜圆》第三期）、《滑稽侦探案之三：腹中人》（吴双热作，刊于《五（转下页）

一　徐卓呆的“外行侦探”与“李阿毛外传”

徐卓呆的“滑稽侦探小说”大概可以分为两个系列，其中之一或许可以概括为“外行侦探”系列，如其在小说《外行侦探与外行窃贼》中所说：“这谭文江的侦探本是外行，那窃盗的阿翠也是外行，两个人都缺乏着这一方面的知识，所以事件的进行大有急转直下之势。”① 身为侦探，却缺乏必要的“侦探知识”是徐卓呆这一系列小说最大的特点。这方面的代表作首推《小苏州》，在这篇小说一开始，一起连环盗窃杀人案的凶手就已经被捕，福尔摩斯与亚森·罗苹还抓住了前来与凶手接头的同党。但警方和霍桑、李飞、福尔摩斯与亚森·罗苹等中外名侦探汇聚一堂，却都搞不懂凶手与其同党之间交流信息的暗语究竟是什么意思，也就无法找到他们藏匿赃物的地点。后来却是身份处于最底层的、只是跑腿的“小苏州”解决了这个难题。原来凶手所使用的暗语是一种被称为“洞庭反”的“反切”暗语：“‘乃是我们做白相人的时候应当懂的一种小玩意，不是什么高深的学问。不过这么看来，你们用什么外国的新法来侦探，开口科学、闭口科学，在中国社会上还是不行。不如我一个光棍，倒不费丝毫力量把你们诸大侦探研究不出的秘密居然看出来

（接上页）铜圆》第四期）、《滑稽侦探案之四：红十字》（扬州小杜作，刊于《五铜圆》第五期）、《滑稽侦探案之五：穿衣镜》（扬州小杜作，刊于《五铜圆》第七期）、《滑稽侦探案之六：侦探之侦探》（扬州小杜作，刊于《五铜圆》第八期）、《滑稽侦探之七：秘戏图》（浪觉作，刊于《五铜圆》第九期）、《滑稽侦探之八：稽查员》（老祝作，刊于《五铜圆》第十期）、《滑稽侦探案之九：匿名信》（扬州小杜作，刊于《五铜圆》第十二期）、《滑稽侦探之十：听壁脚》（浪觉作，刊于《五铜圆》第十三期）、《滑稽侦探案之十一：催眠术》（扬州小杜作，刊于《五铜圆》第十四期）、《滑稽侦探案之十二：毒药炸弹》（浣香作，刊于《双料五铜圆》第十五期）、《滑稽侦探案之十三：假面具》（扬州小杜作，刊于《双料五铜圆》第十六期）等。

① 徐卓呆：《外行侦探与外行窃贼》，《半月》第三卷第六期“侦探小说号”，1923年12月8日。

了。’小苏州一番话说得大家脸都红咧。”[①] 在这里，“小苏州”用地方的、底层的经验战胜了侦探们现代的、西方的科学知识，并讥讽侦探们“你们只懂外国方法，不明白中国习惯，不晓得有这东西罢了”[②]。进而形成了某种对于被认为是世界的、现代的、先进的科学理性知识的源自于民间的、地方性知识的讽刺和反抗。甚至我们在这里还可以对“小苏州”绰号中的“苏州”二字作进一步引申理解，如果把“小苏州”视为是“苏州”地域文化的某种人格化象征，那么其在小说中所对应的潜在地域文化空间则是霍桑、李飞所生活的上海，以及福尔摩斯与亚森·罗萍所来自的西方。由此，苏州在地方的、民间的文化力量层面构成了作为西方现代性表征与世界主义横行的上海的参差与对照。

此外，徐卓呆还创作有一组题为“李阿毛外传”的滑稽小说共十二篇，虽然其中并非每篇都是“滑稽侦探案”，却也有不少对一般侦探、犯罪类小说的戏谑，甚至“恶搞”式处理[③]。比如在《愚人节》一篇中，李阿毛就借着为亡妻祷告的借口进入别人家，并顺便偷走了“自鸣钟”“暖水瓶”等物品，最后还“留着一张名片，上面有‘李阿毛’三字”。而犯案的日期又正好是愚人节这一天（“夫人一留心日历上，今天恰巧是四月一日”[④]），这就使得整篇小说充满了一种谐趣与搞怪的味道。又如小说《珠项圈》一篇中，李阿毛犹如爱伦·坡笔下的侦探杜邦一样，仅通过对于报纸上一起偷窃案的简单报道，就还原出了整个偷窃的前后过程与详细的犯案手法，甚至还指出了盗贼的破绽和不足之处。但原本这样一个中国式“安

① 徐卓呆：《小苏州》，《侦探世界》第七期，1923年。

② 徐卓呆：《小苏州》，《侦探世界》第七期，1923年。

③ 徐卓呆：《李阿毛外传》，《万象》第一卷第一期至第一卷第十二期，1941年至1942年。其实“李阿毛外传”并非一篇小说，而是一共十二篇的系列短篇故事，分别为：《愚人节》《向后转》《推广部主任》《汉高祖的水盂》《有孔枣子核》《珠项圈》《隔夜算命》《请走后门出去》《搬出证》《封锁》《日语学校》《征求终身伴侣》。

④ 徐卓呆：《李阿毛外传一：愚人节》，《万象》第一卷第一期，1941年。

乐椅侦探”的短故事，却在小说最后，“李阿毛便来一个会心的微笑：‘你难道疑我就是黄花地么？或者说我就是那空屋中的同党么？哈哈！’”[1]，以此来收束全篇，既对小说情节造成了进一步的转折并由此产生了对故事真相理解的不同可能性，又对前面整篇探案、推理过程造成了一种滑稽式的颠覆性效果。

在“李阿毛外传”系列小说里，“捉弄坏人”是小说最经常书写的题材。比如在《汉高祖的水盂》一篇中，李阿毛就捉弄了“一个把火车站做地盘的窃贼小五”[2]；《有孔枣子核》中，李阿毛又捉弄了贪财的二房东夫妻[3]；小说《隔夜算命》中，李阿毛更是戳穿了一个江湖骗子的算命诡计与骗局[4]。而且在这些“捉弄坏人”的小说中，虽也运用到了侦探小说设置悬念与一波三折等手法和技巧，但读者大多数时候都感受不到太多的悬疑和紧张，相反更能对其中的滑稽、幽默与讽刺有所体悟和会心一笑。比如小说《搬出证》便是这方面的典型案例，这是“李阿毛外传”系列中唯一出现死人的一篇小说，但其实这篇小说也丝毫不会让人感受到血腥和暴力。小说最后，只不过是李阿毛既帮朋友解决了被别人“以死讹诈”的困境和难题，又顺便捉弄了三个笨贼而已[5]，整个故事以一种荒诞和搞笑的方式收场。孔庆东将徐卓呆的“李阿毛外传”与孙了红的“侠盗鲁平奇案”并置来看的说法也很富有启发性：“徐卓呆笔下的李阿毛的行径与孙了红笔下的侠盗鲁平颇有几分相似，只是一大一小而已。鲁平向敲诈者反敲诈一笔，李阿毛善于反占小偷的便宜；鲁平惩治大奸商，李阿毛则作弄贪财的二房东；鲁平是劫富济贫，李阿

---

① 徐卓呆：《李阿毛外传六：珠项圈》，《万象》第一卷第六期，1941年。

② 徐卓呆：《李阿毛外传四：汉高祖的水盂》，《万象》第一卷第四期，1941年。

③ 徐卓呆：《李阿毛外传五：有孔枣子核》，《万象》第一卷第五期，1941年。

④ 徐卓呆：《李阿毛外传七：隔夜算命》，《万象》第一卷第七期，1942年。

⑤ 徐卓呆：《李阿毛外传九：搬出证》，《万象》第一卷第九期，1942年。

毛则专门帮助穷哥们儿。”[①] 的确，在这个意义上来看，“李阿毛外传”确实可以视为是某种“滑稽版”的侠盗鲁平“外传”。

二 朱秋镜的“糊涂侦探案”

如果说徐卓呆的“外行侦探”系列是在嘲讽一般侦探小说中对于科学与理性的推崇和迷信，那么朱秋镜“专记侦探大家白芒的失败史”[②] 的“糊涂侦探案”系列，则是在尝试颠覆侦探小说中的正义伦理价值表达。一方面，和霍桑、徐常云等侦探身上充满了侠义精神或正义感不同，朱秋镜笔下的侦探白芒的查案动机却经常显得不那么纯粹和高尚。比如在《破题儿第一遭》中，白芒之所以调查同学林时铫的感情生活，只是因为“原来白芒有一种好胜的脾气，每次考试，他总想考得第一。可是那第一，总属于别人，这林时铫便是常得第一的一人，所以间接便成了白芒的一个仇敌。他心中不服，总想找一个破绽攻击他一下子，这样的伺候了好久”[③]。其最终目的是“在同学面前出出他的丑，也显得我的侦探手段利害”[④]。这样的侦探调查不仅毫无正义性可言，甚至显得有点龌龊和卑鄙。而在《XYZ》一篇中，白芒开始就以一个被所有人嘲笑的方式登场：“刚走到卧室门口，那里面坐着四五个同学，其中有一个看见白芒进来，忙指着笑道：‘好了，好了。大侦探来了。’白芒便正色问道：‘你们不要取笑，校中究竟有何事故发生？方才我窗外听得你们谈话。还提起我的名字，却是何故？’众人都对他笑着，只

---

① 孔庆东：《超越雅俗：抗战时期的通俗小说》，中国文联出版社 2012 年版，第 243 页。

② 《编辑人语》，《最小》第五卷第一百三十二期，1923 年。

③ 朱秋镜：《破题儿第一遭》，《最小》第五卷第一百三十三期，1923 年 11 月 28 日（农历癸亥年十月廿一日）。

④ 朱秋镜：《破题儿第一遭》，《最小》第五卷第一百三十三期，1923 年 11 月 28 日（农历癸亥年十月廿一日）。

是不说。”[①] 而在查案过程中，白芒明明是被窃贼从头到尾地指使、摆布、戏弄个够，最后却仍要自吹自擂一番，他“自夸道：‘承蒙委托，幸不误事。虽是费了许多工夫，依旧被我把金表找回来了。’”[②] 以至于侦探身上原本应该具有的侠客精神与正义感在白芒这里荡然无存。

另一方面，让白芒经常最终“白忙一场”的重要原因之一还在于整个社会正义伦理的丧失。在很多时候，白芒满怀正义感地查出了事实真相，但却因为诸如政府不讲证据、滥杀无辜或者钱权交易、买凶定罪的非正义行为而使得案情真相无法大白，沉冤最终也不能昭雪。比如在小说《五个嫌疑党人》中，这本来是白芒难得的一次成功探案，他找到了五个嫌疑犯都不是革命党的证据，但最后却因为政府草草将五个被怀疑为革命党的嫌疑人枪毙处理而仍旧逃不开失败的结局，小说借此构成了对政府行为的批判以及对社会正义的反讽。[③] 类似的，在小说《公平而不公平之判决》中，白芒也是最终查出了魏仁吉杀害女伶琼花的真相，但抵不过魏仁吉花重金买通各方关系，让一个窃贼主动承认抵罪的结局。[④] 在这两篇“糊涂侦探案”小说中，侦探并没有“糊涂”，但公平与正义却仍旧最终输给了政治和资本的力量。

三　赵苕狂的“胡闹探案”

相比于徐卓呆的“外行侦探”和朱秋镜的“滑稽侦探案”都还

---

① 朱秋镜：《XYZ》，《最小》第五卷第一百三十四期，1923 年 11 月 30 日（农历癸亥年十月廿三日）。

② 朱秋镜：《XYZ》，《最小》第五卷第一百三十四期，1923 年 11 月 30 日（农历癸亥年十月廿三日）。

③ 朱秋镜：《五个嫌疑党人》，《最小》第五卷第一百三十五期，1923 年 12 月 2 日（农历癸亥年十月廿五日）。

④ 朱秋镜：《公平而不公平之判决》，《最小》第五卷第一百三十六期，1923 年 12 月 4 日（农历癸亥年十月廿七日）。

只是在某一个层面上尝试颠覆侦探小说中的某些既定成规，赵苕狂的“胡闲探案”系列更是形成了对传统意义上的经典侦探小说的结构性和整体性反讽。赵苕狂本人有着“门角里福尔摩斯”的称号[①]，而在其早期（20世纪20年代）的“胡闲探案”系列小说中，几乎处处可见其有意为之的对于经典侦探小说（从“福尔摩斯探案”到“霍桑探案”）的全面“戏仿”。比如，在人物形象上，侦探胡闲的助手是一个跛子：“这位助手，唤做夏协和，是个二十多岁的少年，生得一表人才，但是我所以选取他的，却不在此，实因为他是一个跛子。”[②] 这分明是在“恶搞”福尔摩斯探案小说中的助手华生医生。司阍则是一个“天聋地哑”之人：“讲到这位司阍，那更妙了。他姓皮，并没有什么名儿，因为是寅年生的，乳名就唤做老虎，大家也就唤他皮老虎，倒是一个大名件，天聋还兼地哑。”[③]

至于侦探胡闲本人，其实也完全不像是一个侦探。而这种“不像侦探”的人物特点，竟然成为胡闲被邀请去查案的理由：“因此我到你这里来，想把这桩事烦劳你。因为你的外貌绝不像是个侦探，使他见了，不致启疑呢。”[④] 小说在这里，在“像侦探”/“不像侦探”/“所以做侦探”之间颇为有趣地形成了多层意义上的讽刺。而在胡闲探案的整个过程中，也处处可见其对传统侦探小说的“戏仿”，比如侦探胡闲想找一把破门而入的斧头，拿到的却是“一柄锈得什么似的斧头”[⑤]。而在作为侦探小说主要情节的勘查犯罪现场的过程中，胡闲忙着模仿福尔摩斯等名侦探在犯罪现场找头发和指纹，

---

① 魏绍昌在介绍赵苕狂时曾说：“他的小说自以侦探为最擅长，可以与程小青抗手，有‘门角里福尔摩斯’的徽号。”（参见魏绍昌《鸳鸯蝴蝶派研究资料·上卷·史料部分》，上海文艺出版社1984年版，第552页）而根据赵苕狂在自己作品中的署名来看，他在《本地风光》（刊于《侦探世界》第十九期，1924年）一文及小说《奇怪的呼声》（刊于《侦探世界》第二十三期，1924年）中，都曾署名“门角里福尔摩斯”。

② 赵苕狂：《裹中物》，《侦探世界》第一期，1923年6月。

③ 赵苕狂：《裹中物》，《侦探世界》第一期，1923年6月。

④ 赵苕狂：《裹中物》，《侦探世界》第一期，1923年6月。

⑤ 赵苕狂：《榻下人》，《侦探世界》第二期，1923年。

却竟然没有看到“靠墙的地上的一柄手枪”以及“塌下”藏了一个大活人，甚至他连被害人到底是被枪打死了，还是其实“枪子不过在他的左鬓上略略擦了一下，出了一些血，受了一些微伤罢了”[①] 都没搞清楚，这就把原本是颇为紧张的案发现场变作了一个充满了笑话与讽刺的“闹剧舞台”，形成了一种荒诞剧般的表达效果。而在《新年中之胡闲》一篇中，胡闲最后虽然探案成功了（而且是超出预定计划之外的成功），但这并非出于胡闲的努力或者是他的侦探能力，而完全要依靠好运：“我从前是没一次不失败的，如今一交新年却大不相同了。一日之间，人家托我四桩案子，我却破了五桩，并且一点心思也不用，都是自己撞在我手中的。一个人运气来的时候真是拦都拦不住啊。我们中国人素来最迷信命运一说的，大概我胡闲今年也转了运了。这个如果是真的，那今年是甲子年，也是一花甲之开始，我大概要交六十年好运罢。”[②] 小说在这里借助胡闲机缘巧合地“意外”探案成功，有意/无意间构成了对传统侦探小说中理性、秩序、逻辑，以及对个人主体能力信仰等根本性要素的戏谑和颠覆。

根据赵苕狂自己的说法，他的这种对于经典侦探小说的“戏仿”与颠覆是其“有意为之”的结果：“我和陆澹盦、程小青先后合编《侦探世界》的时候，曾由我自己创造出一位大侦探来。这位大侦探叫胡闲，他不是一位成功家，而是桩桩案子都归失败的。中间开足了玩笑，倒也颇足引人一噱！在我初意，并不欲别树一帜，只因写得侦探小说，局势总是非常紧张的，倘然篇篇都是这一类的侦探小说，岂不叫人过于兴奋？所以我欲把一种轻松的笔墨来调和一下空气了！”[③] 此外，赵苕狂对于侦探小说的颠覆性处理也不仅仅停留在小说内容方面，而是渗透到了小说的形式与结构层面。即如学者姜

① 赵苕狂：《榻下人》，《侦探世界》第二期，1923 年。

② 赵苕狂：《新年中之胡闲》，《侦探世界》第十七期，1924 年元旦（农历）。

③ 赵苕狂：《花前小语》，《玫瑰》第二卷第三期，1940 年 3 月 16 日。

维枫所说：“作家从一开始便没有将自己的创作摆在很高的位置上，或许是性情使然，或许是作者有意要另辟侦探小说创作的蹊径，《胡闲探案》的创作风格从一开始便以有悖于传统侦探小说的特点，而在近现代侦探小说创作的文坛上别树一帜，它的别异其趣表现在侦探人物形象的塑造、语言的表达、结构的设置等多方面。”① 比如在小说叙事视角上，“胡闲探案”中的第一篇《裹中物》就没有采取当时一般侦探小说所普遍热衷的“华生视角”，而是安排了“失败”侦探以自己的视角和口吻来讲述侦探故事，这就把胡闲内心的真实所想，特别是他那些愚不可及与自鸣得意的想法，给一一叙写了出来，其所达到的美学效果在于，在彻底破除了“华生视角”下的福尔摩斯人物神秘性的同时，也在其中流露出一种油滑与可笑的腔调。

而到了20世纪40年代，赵苕狂对一般侦探小说的反讽性处理方式有所转变，虽然他笔下的侦探胡闲仍然是“十桩案子竟有九桩失败，给人连讥带嘲的，称为‘失败的侦探’”②。但其这一时期的“失败”并不都是由于侦探胡闲本人的愚蠢和无能，而是有着更为深刻的社会背景和原因。比如在《少女的恶魔》一篇中，面对少女接连遇害的连环杀人案，胡闲已经尽力而为，并且在很多环节上都做到了推理严密、判断正确，最后也成功挽救了孙妩娟的性命，但却仍旧和完全的事实真相有一定出入和偏差。但作者在这里并不是想要嘲弄胡闲——即如小说人物黄华生所说：“就算失败，也可说得是虽败犹荣呢！”③ ——而是想借此体现出一种整体上把握世界全部真相和完整因果链条的困难与不可能，这其中一定程度上包含了赵苕狂对侦探小说背后基本理性信仰与世界观在更为深层意义上的反思。

---

① 姜维枫：《近现代侦探小说作家程小青研究》，中国社会科学出版社2007年版，第211页。

② 赵苕狂：《少女的恶魔》，载萧金林主编《中国现代通俗小说选评·侦探卷》，上海文艺出版社1992年版，第467页。

③ 赵苕狂：《少女的恶魔》，载萧金林主编《中国现代通俗小说选评·侦探卷》，上海文艺出版社1992年版，第518页。

总体上来说，民国时期的“滑稽侦探小说”的整体创作成就还相当有限，基本上只停留在一些篇幅非常短小的简单故事层面。像赵苕狂《少女的恶魔》这类稍微完整且成熟一点的作品却又基本上脱离了“滑稽”的趣味。关于周作人在《〈苦茶庵笑话选〉序》中所提出的，“唯中国滑稽小说不知为何独不发达”[①] 这一问题，正如学者孔庆东所分析的那样：“不过，滑稽小说由于没有专用题材，加之审美品位不高，故终不能蔚为大观。它更多的意义在于为其他类型贡献了许多锦上添花的技巧，并成为民间艺术与文人艺术之间的一个良好的过渡。”[②] 当然，我们不能就此否定“滑稽侦探小说”的发展潜力和文类价值。因为时至今日，随着以日本作家东川笃哉《推理要在晚餐后》系列为代表的“幽默推理”小说的畅销、侦探小说和搞笑漫画的跨媒介融合，以及《唐人街探案》系列喜剧侦探电影的惊人票房……“滑稽侦探小说”在互联网（物质技术层面）、二次元文化与解构主义（思想文化层面）时代似乎具备了更大的创新可能与发展前景也未可知。

四　余论：“反类型”侦探小说

除了徐卓呆、朱秋镜、赵苕狂等人试图通过以“滑稽”的方式来颠覆传统意义上的侦探小说之外，民国侦探小说创作当中，还存在着一类带有后设性反讽意味的“反类型”侦探小说[③]。这类小说常见的模式是通过一名经验丰富的侦探小说阅读者/侦探小说迷探案

---

① 周作人：《〈苦茶庵笑话选〉序》，载中国民间文艺研究会湖北分会编辑《笑话研究资料选》，中国民间文艺研究会湖北分会1984年版，第167页。

② 孔庆东：《超越雅俗：抗战时期的通俗小说》，中国文联出版社2012年版，第244页。

③ 也有学者将这类侦探小说，和后来西方社会的“玄学侦探小说”一起并称为“反侦探”小说。但本文为了和前文中所引述过的陈蝶衣、范伯群、汤哲声等学者将“东方亚森罗苹”系列小说称为“反侦探”小说的说法相区分，故此处称其为“反类型”侦探小说。

失败的经历来完成对侦探小说这一小说类型自身价值的否定性反思。其在某种程度上类似于《堂吉诃德》之于骑士小说，《包法利夫人》之于罗曼史小说的意义。比如陆澹盦的《亨利失踪案》就是写一名侦探迷何杜仲看完“一千三百七十八种”侦探小说之后，认为自己掌握了足够的侦探经验，便开始去做侦探的故事[①]；程善之《偶然》中的侦探小说迷自以为可以像福尔摩斯一样探案，最终却只是证明了自己行为的失败与荒诞[②]；俞天愤在侦探小说《烟丝》结尾处，也模仿“太史公曰”的口吻说：“著者曰：迩来侦探小说充溢于市，少年好事之流，读一二册书，遇事便以福尔摩斯、聂格卡脱自命。予草此篇，亦好为侦探而几败事者质之，世人当知所戒矣。”[③] 并为此特意将这篇小说设定为侦探失败的结局。徐卓呆更是有过将这种“反类型”侦探小说与他最擅长的滑稽趣味相结合的尝试，比如他的《母亲之秘密》一篇中的主角，和陆澹盦《亨利失踪案》、程善之《偶然》中的主角相类似，宣称：“他也明明知道，中国所有的侦探小说大概已完全在我的肚中，从此以后也没有什么可以再装进去了。自今日起，必须要把肚中的侦探知识拿出来应用。”[④] 但经过一番侦探工作之后，他最终只不过获得了一个非常可笑的调查结果：“不料我第一次学做侦探，就探出一件大秘密来。原来我母亲的情人，就是我的父亲！”[⑤] 当然，这类“反类型”侦探小说也并非民国侦探小说界的“独创”，美国巴斯特·基顿的喜剧电影《福尔摩斯二世》(Sherlock Jr.，1924 年）就是这方面远为更加成熟的代表性作品。

若是对本书中先后所提到过的“反侦探”小说、“滑稽侦探案”

---

① 陆澹盦：《亨利失踪案》，《新闻报·快活林》1924 年 4 月 23 日，“点将会”第九期。

② 程善之：《偶然》，收录于《可怜虫》，《小说丛刊》，江南印刷厂 1914 年 11 月版。

③ 俞天愤：《烟丝》，《小说丛报》第十一期，1915 年 5 月 30 日。

④ 徐卓呆：《母亲之秘密》，《侦探世界》第一期，1923 年 6 月。

⑤ 徐卓呆：《母亲之秘密》，《侦探世界》第一期，1923 年 6 月。

小说与“反类型”侦探小说做一个概念上的简单区分。一言以蔽之，“反侦探”小说“反”的是“侦探”本人，即把传统侦探小说中的盗匪视为正面的主角，亚森·罗苹与“侠盗”鲁平即是这一类的典型代表；“滑稽侦探案”小说“反”的是传统侦探小说的叙事成规，即以“糊涂侦探”代替“智慧侦探”、以“探案失败”取代“真相大白”，本节所着力分析的徐卓呆、朱秋镜、赵苕狂都属于此种好手；而“反类型”侦探小说则“反”的是侦探小说本身，其通过在小说中将侦探小说读者设置为侦探本人，再安排一个失败的探案结局来最终否定掉侦探小说的阅读意义，并借此区隔出侦探小说与实际侦探工作之间的区别所在，初步具有了一点后设小说的意味。进一步来说，不同于传统的侦探小说极力推崇理性、主张正义，将侦探本人崇高化、神秘化，以悬疑、紧张、智性的阅读乐趣为主要审美趣味。民国时期的“滑稽侦探小说”却试图在玩笑中破除对理性的执迷，在失败中揭露现实正义缺失的真相，将侦探形象日常化、丑角化，甚至在整体结构上完成了对侦探小说的颠覆性处理，进而呈现出一种滑稽、荒诞的美学效果，并最终构成了侦探小说的某种类型“偏移”。

侦探小说作为一种类型小说，有着其自身独特的叙事结构特征与规律，即侦探小说之为侦探小说的门槛和标准。在叙事时间上，侦探小说一般采取倒叙结构，以悬揣与突惊（Suspense and Surprise）为主要写作技巧，通过不断“暂时误置”来完成对最终真相的揭露。在叙事视角上，侦探小说经常采用“华生视角”——即“旁观者的第一人称限制性叙事视角”——来完成对于故事真实性和侦探神秘性的双重表达。在这些叙事结构背后，其实是侦探小说对于理性的推崇及其对世界的认知欲望与自信。化用托多罗夫“两个故事”的说法，即侦探小说试图在通过对侦探“在场”故事的讲述来还原出侦探“缺席”故事的真相，这背后是对于人类在认知能力和因果逻辑方面的信心。而通过这些叙事结构和表达方式，侦探小说通常呈现出悬疑、紧张、惊悚，甚至恐怖的审美趣味。

晚清、民国侦探小说不可避免地受到中国传统小说中的“史传”传统和“说书人”传统的双重影响，这既体现在文学精神上（“以史补阙”），又体现在文学形式上（“太史公曰”）。而这两种中国小说传统，在使得侦探小说更具备了某些本土化、在地化特征的同时，其实也在客观上部分消解了侦探小说自身的文类特征。此外，值得注意的是，随着侦探小说在清末民初时期译介进入中国，引发了阅读的热潮和大量本土侦探小说的创作。而这些早期中国侦探小说作品，在逐步接受、继承并转化了西方侦探小说的基本叙事成规——其中主要包括“时空倒置”的倒叙结构和作为“华生视角”的第一人称限制性叙事视角——的同时，也渐渐耗尽了其形式先锋的势能，进而体现出“通俗”与“落伍”的面相。而民国侦探小说的本土化、通俗化，与文坛地位“边缘化”的趋势正是同步发生的。

除此之外，晚清、民国侦探小说中还出现了一批以“滑稽趣味”来颠覆传统侦探小说的创作尝试，徐卓呆、朱秋镜、赵苕狂都是其中代表。他们在不同作品中，分别对侦探小说中的科学笃信、正义伸张、侦探智慧过人，以及悬疑紧张气氛等标志性元素进行了“戏仿”性处理，进而达到了一种荒诞、反讽的美学效果。而那些带有后设性反讽意味的“反类型”侦探小说更是颇值得玩味的类型小说书写探索和实验，并且其和“滑稽侦探小说”在民国时期还隐隐地呈现出合流之势。

总而言之，侦探小说是一种具有自身独特叙事方式与审美价值追求的类型小说，正如克拉考尔所说：“在其堪称典范的作品中，侦探小说早已不再是由探险小说、骑士纪事、英雄传奇和童话故事的下水汇流而成的面目浑浊的杂烩，而是一种确定的风格类型，它坚定地以特有的审美手段展示着一个特有的世界。”①

本编在前两编分别对于中国侦探小说起源（现代都市、公案传

---

① ［德］西格弗里德·克拉考尔：《侦探小说：哲学论文》，黎静译，北京大学出版社2017年版，第19页。

统与翻译引进）与民国侦探小说发展演变过程的梳理和分析的基础之上，提出了研究民国侦探小说的三个核心关键词：理性、正义与类型，并围绕这三个概念展开了具体的论述。简单概括来说：第一，科学理性作为侦探小说的核心价值，既为侦探小说中的探案故事得以存在和顺利进行提供了基本的世界观背景（即世界是可以被理性所认知的），又为作家表达和侦探探案提供了具体的运思方式和技术手段；第二，社会正义作为侦探小说中的基本伦理道德，既通过小说文本反映出了将司法过程知识化的时代转型倾向，又借助侦探的私人身份表达了“侦探正义”对“司法正义”的有效补充，而对晚清、民国侦探小说而言，“侠义”“正义”与“民族大义”等概念以某种混杂的面貌出现在这些侦探小说文本之中并形成了彼此之间有趣的张力；第三，侦探小说之为侦探小说的重要标志之一就是其所具有的独特的叙事结构，“时空倒置”的倒叙结构和作为“华生视角”的第一人称限制性叙事视角是其中最为突出的两项标志性特点，而更为重要的是，这种叙事模式的冲击及其所引发的转变并不只是单纯的文学结构和形式层面的问题，其背后所关联的新的时空观念、都市感觉结构、媒介传播方式与商业文学需求等都是促成这一叙事模式转型的重要因素。此外，在晚清、民国侦探小说创作中，中国古代小说的“史传”与“说书人”传统，以及一些“滑稽趣味”和“反类型”的书写尝试都在不断消解/拓宽侦探小说这一小说类型的边界和可能。

综合来看，本编所讨论的“理性”“正义”与“类型”这三个核心概念所共同涉及的问题意识在于：侦探小说之为侦探小说的基本标准到底在哪里？侦探小说的文类价值究竟是什么？侦探小说作为一种类型小说对于中国的意义又是什么？以及其为何在晚清、民国时期出现了发展“不走运”的问题？这些问题，既是本编所要面对和回答的主要问题，也是整本书所最终想要试图解决的核心和关键问题之所在。

结　　语

一

本书聚焦于民国侦探小说史（1912—1949）的研究，通过对其形成起源的梳理、演变过程的描述，以及核心关键词的分析，试图理清民国侦探小说这一小说类型的发展脉络并从中发现、阐释出这一类型小说的意义与价值。具体而言，从形成起源上来看，民国侦探小说发源于现代都市，是都市化进程中的文学产物，因而天然带有现代都市的某种气质和特征，而这也从根本上决定了民国侦探小说是一种属于现代的小说类型。一方面，现代都市时空（观）与其中的物质文化因素为民国侦探小说的书写提供了新的对象、题材与情节可能。在民国侦探小说中，都市街道、舞场、电影院、游泳馆、旅馆、公共交通工具内部（火车车厢）等现代都市中最具有标志性意义的公共空间场所，既是“人群中的人”最容易藏匿其身体与踪迹的所在，同时也是各类犯罪与案件频繁发生的地方。[①] 另一方面，现代都市生活方式的根本性改变，及其所引发的都市人群心理“感觉结构”的变化，更是侦探小说所意图捕捉的对象。此外，在客观

① 发生于相关都市公共空间中的民国侦探小说，比如：舞场——程小青《舞宫魔影》、孙了红《窃齿记》，旅店——朱戢《旅馆中》、王天恨《小旅馆中》，游泳池——孙了红《紫色游泳衣》，车厢——徐卓呆《电车中之侦探术》、长川《车上失窃》，等等。

环境上，现代都市也促成了大众文化消费市场的形成，这为侦探小说的阅读和消费提供了一个稳定的接受环境与读者群体。正是基于这几方面的原因，民国侦探小说才会以上海这座当时中国现代化程度最高的都市为主要书写题材和表现对象，同时大多数的民国侦探小说作家、作品、杂志和单行本都主要集中产生于上海这座现代化都市之中。

与此同时，民国侦探小说也深受域外和传统两方面的影响。从域外影响来看，侦探小说本身就是一个"舶来"的小说类型，而民国侦探小说更是在对西方侦探小说作品——尤其是柯南·道尔的"福尔摩斯探案"系列和莫里斯·勒伯朗的"侠盗亚森·罗苹案"系列小说的翻译、译述、模仿、借鉴、改写和学习的基础之上，才逐步产生了一定的本土化特色以及带有作家个人风格与探索印记的个性化突破，并最终形成了民国侦探小说自身的类型特色与文学价值。关于文学翻译与文学创作之间的关系，即如黄小配所说，"然以吾观之，译本盛行，是为小说发达的初级时代"，"翻译者如前锋，自著者如后劲"，"译本小说为开道之骅骝"。他甚至大胆预言："自今以往，译本小说之盛，后必不如前；著作小说之盛，将来必逾于往者"①。而从民国侦探小说这一种类型小说自身的发展轨迹来看，黄小配当年的判断和预言基本上可以说是比较准确。

此外，民国侦探小说又受到中国传统公案小说及其他传统小说余绪的"波及"，而这种"波及"不仅是停留在创作形式与内容层面的，更是延伸到文学观念与认识论层面的。比如中国传统小说中的文学教化观念，与现代启蒙文学观、文学工具论、"为人生"的文学、"为生活"的文学等各种文学观念在民国侦探小说中彼此交织，相互间缠绕不清。又如侦探小说中的"侦探正义"与中国传统文化

① 黄小配：《小说风尚之进步以翻译说部为风气之先》，《中外小说林》第二卷第四期，1908年。

中的“侠义”精神、现代社会中的“司法正义”和特殊时代背景下所产生的“民族大义”等观念混杂在了一起。如果说民国侦探小说根本上是西方侦探小说“横的移植”的结果，那么其与西方侦探小说所形成不同的本土化特色则是“纵的继承”的产物。当然，在这一“纵的继承”的过程中，民国侦探小说也肩负起了其原本自身“不能承受之重”，比如晚清时期黄摩西、徐念慈等人都曾对梁启超过分夸大小说与社会之间关系的相关论调提出过批评，即“昔之视小说也太轻，而今之视小说又太重也”①，或者是“昔冬烘头脑，恒以鸩毒霉菌视小说，而不许读书子弟，一尝其鼎，是不免失之过严；近今译籍稗贩，所谓风俗改良，国民进化，咸惟小说是赖，又不免誉之失当。余为平心论之，则小说固不足生社会，而惟有社会始成小说者也”②，等等。只不过这些偶尔的批评之声并没有阻挡功利主义文学观念的愈演愈烈。实际上，无论是晚清时期过分褒扬和赞誉侦探小说，抑或是“五四”后，以及1949年之后过分贬低和彻底否定侦探小说，其思维方式与文学观念本质上是一致的。

在民国侦探小说的发展过程中，大致经历了20世纪20年代前期（1922—1927）和40年代后期（1946—1949）的两次创作发展波段，并且在不同时期的创作发展波段中呈现出不同的时代与文类特点。这其中涉及民国侦探小说自身文类特征的变化、翻译与创作之间的交互影响、民国侦探小说对同时期西方侦探小说的接受与反馈、民国侦探小说与报刊传媒等现代传播手段及图像、电影等新兴跨媒介艺术形式之间的互动影响、民国侦探小说对不同时代社会现实的反映与回应等诸多问题。其中以《侦探世界》《大侦探》《新侦探》《蓝皮书》《红皮书》等为代表的民国侦探小说杂志，以《福尔摩斯侦探案全集》（中华书局）、《亚森罗苹案全集》（大东书局）、《福尔摩斯探案大全集》（世界书局）、《霍桑探案全集袖珍丛刊》

---

① （黄）摩西：《〈小说林〉发刊词》，《小说林》第一期，1907年。

② 觉我：《余之小说观》，《小说林》第九期，1908年。

(世界书局）等为代表的民国侦探小说翻译/创作出版物，以程小青的“霍桑探案”、孙了红的“侠盗鲁平奇案”、俞天愤的“蝶飞探案”、陆澹盦的“李飞探案”、张无诤（天翼）的“徐常云探案”、张碧梧的“家庭侦探宋悟奇探案”、王天恨的“康卜森新探案”、朱戬的“杨芷芳新探案”、姚赓夔的“鲍尔文新探案”、赵苕狂的“胡闲探案”、朱秋镜的“糊涂侦探案”、何朴斋的“东方亚森罗苹奇案”、吴克洲的“东方亚森罗苹新探案”、徐卓呆的滑稽侦探小说、柳村任的“梁培云探案”、艾珑的“罗丝探案”、郑狄克的“大头侦探探案”、长川的“叶黄夫妇探案”、位育的“夏华侦探案”、郑小平的“女飞贼黄莺之故事”等名侦探系列为代表的民国侦探小说创作实绩……既是民国侦探小说发展史上的“大事件”，也是民国侦探小说在发展过程中所取得的主要成果，更是本书研究民国侦探小说所必须重点关注和详细讨论的对象。

最后，在本书所尝试提炼出的关于民国侦探小说的三个关键词中：“理性精神”既是小说中侦探们所坚信的“世界观”，同时又是其在具体探案时所采用的“方法论”，此外，理性还是小说情节得以展开的根本逻辑原则和结构支撑，更是侦探小说作者想要传递给广大读者的价值信念；“社会正义”是侦探小说的另外一项基本伦理价值，其既和从对犯罪判罚的结果性展示到对犯罪过程的知识化侦破的历史转型趋势相一致，又体现出了侦探小说作者与读者对“司法正义”迟到或缺席的想象性补充，此外，关于侦探小说中“正义伦理”的讨论也是我们理解侦探小说与武侠小说这两种小说类型彼此间“不同”与“相通”的关键；“类型结构”是侦探小说作为一种类型小说得以存在和自足的形式要求与基本特点，是侦探小说得以区别于其他小说的主要标志，而中国古代小说中的“史传”与“说书人”传统、民国时期有关于“滑稽”“失败”和“反类型”的书写尝试，都在不断挑战并拓展着这一小说类型的书写边界，即作家们通过侦探小说创作本身来尝试重新定义究竟什么才是侦探小说。

二

"类型"是本书试图抓住的关于民国侦探小说的最为重要的核心概念。追根溯源来看，分类的认识方式与研究方法其实是启蒙运动以来的现代思维产物。按照经典社会学的看法，对事物进行分类的目的在于"增进理解，使事物之间的关系变得明白易懂"①。而中国对小说类型进行有意识地区分，则起源于晚清报纸杂志上，对小说作品类型所进行的标示。按照陈大康教授的说法，这种小说类型标示"配合了报刊刊载小说的新形式，在引起读者注意，争取他们认可接受与扩大新型小说的影响力方面发挥了积极的作用"②。而关于"小说类型"本身的理解，大概有如下几个层次：首先，小说类型是一种文本群体内部的叙事成规和固定模式，甚至这种成规和模式在一定程度上可以代替作者的主观创造和世界经验的基本逻辑，即如学者吴琼所说，"当类型故事经过一再重复被改良成一个故事公式、变成惯例以后，类型的内在叙事逻辑便不再依据现实世界的经验，而是把类型经验作为基础"③。其次，类型小说又往往是通俗小说和大众文化产品，因此需要满足一定的读者期待视野和受众普泛认知，简言之，即"类型是我们大家相信它该是的那种东西"④。再次，类型模式的背后往往内含有某种特定意识形态运作的痕迹，或者和具体的历史文化语境相关联，即"区别某种类型的关键因素并不仅仅

① ［法］埃米尔·涂尔干、［法］马塞尔·莫斯：《原始分类》，汲喆译，上海人民出版社2000年版，第88页。

② 陈大康：《关于晚清小说的"标示"》，《明清小说研究》2004年第2期。

③ 吴琼：《当代中国电影的类型观念》，载杨远婴主编《中国电影专业史研究——电影文化卷》，中国电影出版社2006年版，第298页。

④ ［美］安·图德：《类型与批评的方法论》，李小刚译，《世界电影》1998年第5期。

是影片（按：此处亦可替换为‘小说’）自身固有的特征，而且还依赖于我们置身其中的特定文化……类型这一术语的使用方式会因时间地点的不同而在认识上产生变化”[1]。最后，正如苏珊·海瓦德所说，“类型不会总是保持它首次出现时的定义不变，它可以转换、变化、重叠（imbricated）和被颠覆”[2]。

如果想要真正厘清并确认民国侦探小说的文学史地位和文学类型价值，则需要从世界侦探小说发展史与百年中国现代文学发展史两个维度来进行标的和定位。从世界侦探小说发展史的角度来看，民国侦探小说基本上还是停留在“古典侦探小说”（Classical Mystery Novels）的发展阶段，而没有进入“现代侦探小说”（Hard-boiled Detective Novel）的发展阶段[3]。比如绝大多数民国侦探小说中的侦探，仍是像福尔摩斯一样可以通过理性和逻辑掌控整个事件甚至整座城市，有一种“置身事外”的冷静和“悠闲”。但在后来雷蒙德·钱德勒等人创作的“现代侦探小说”作品中，侦探作为都市中的个体，本人也常常处于一种本雅明所说的“惊颤”（Chock-Erfahrung）或齐美尔所说的“精神生活的紧张”之中。面对城市的人潮、事件的混乱、欲望的诱惑与危险的降临，“现代”侦探们也经常会流露出一种彷徨感和无力感，甚至在很多时候都只能任凭自己被阴谋的旋涡或欲望的洪流所裹挟。而民国侦探小说则从未发展到这一种

① ［美］安·图德：《类型与批评的方法论》，李小刚译，《世界电影》1998年第5期。

② ［美］苏珊·海瓦德：《电影学关键词——类型/子类型》，侯克明、庞亚平译，《电影艺术》2003年第11期。

③ 这里所说的民国侦探小说仍属于“古典侦探小说”而非“现代侦探小说”，与前文中所说的民国侦探小说是一种“现代的小说”之间并不矛盾。说民国侦探小说“现代”，是从其现代都市起源、现代价值观念承载、现代叙事技法与结构等角度来说的，既针对小说内容本身，又相对于侦探小说译介进入以前的“传统中国”而言。而说民国侦探小说仍处于“古典侦探小说”的发展阶段，则是将其放在世界侦探小说发展史中，相比于后来美国“硬汉派”侦探小说等更充分具备都市现代性的侦探小说“子类型”，民国侦探小说其实一直没有超越出古典侦探小说的发展范畴。

地步。总体上来说，民国侦探小说最为注重的仍然是小说情节，而缺乏对于侦探内心世界的细腻展现。而从“情节”到“心理”、从“掌控”到“失控”，则一定程度上可以视为“古典侦探小说”与“现代侦探小说”之间的又一项重要区别。[①]

从百年中国现代文学发展史的角度来看，侦探小说固然属于通俗文学与大众文化中的一种。但与此同时，不同于武侠、言情、社会、黑幕等小说类型，侦探小说又堪称是通俗小说中的“精英文学”。即侦探小说对其读者和受众还是存在一定的阅读门槛和起码要求。所谓“无格致学不可以读吾新小说”“无警察学不可以读吾新小说”“无生理学不可以读吾新小说”“无音律学不可以读吾新小说”“无政治学不可以读吾新小说”“无论理学不可以读吾新小说”[②]，民国初年《读新小说法》一文中为“新小说”的读者所提出的六项基本要求也完全可以挪移到我们关于民国侦探小说对读者要求的理解上来。要求一名大众读者必须具备“格致学”“警察学”“生理学”“音律学”“政治学”“论理学”等学问才可以读小说未免“陈义过高”，甚至有“故作玩笑”之嫌，但真想要阅读并喜爱阅读侦探小说也的确需要一定的科学知识储备、逻辑思维能力和审美趣味熏陶。

当然，说侦探小说是“主智”的小说，甚至是“知识”的小

---

① 关于本文所讨论的“古典侦探小说”和“现代侦探小说”之间的差别，还可以借助于莫瑞蒂在《文学的屠宰场》一文中所示范的有关于“线索（clue）”在侦探小说中从“装饰（ornament）”到“装置（device）”的变化过程。即“以‘线索’这个形式上的装置为例说明它在侦探小说这个类型的演变上是如何变化的。莫瑞蒂发现在柯南·道尔的福尔摩斯小说中‘线索’只是一个装饰，福尔摩斯的破案完全是靠自己的推断，读者在这一全能侦探面前只能表示信服，因此这类小说旨在塑造一个超人式的侦探。而黄金时代的英国侦探小说开始强调作者与读者之间的公平竞赛，‘线索’便真正具有了智力性，提供读者相关信息以便参与破案推理”。参见 Franco Moretti，“*The Slughterhouse of Literature*”，Modern Language Quareterly，61：1，March 2000，p. 216. 转引自魏艳《福尔摩斯来中国：侦探小说在中国的跨文化传播》，北京大学出版社 2019 年版，第 10 页。

② 《读新小说法》，《新世界小说社报》第六、七期，1907 年，作者未署名。

说，并非是要否认侦探小说情感承载与表达的功能和意义，毕竟情感不仅有喜悦、悲伤、愤怒这几种类型，还有恐惧、惊悚、悬疑等诸多丰富的面相。情感表达更不能被狭隘地简化为爱情表达。正如程小青所说，“说到情感方面，固然加不上‘深镌心版’和‘回肠荡气’的考语，比较其他偏重情感的小说当然未免差些；但写惊骇的境界，怀疑的情势，和恐怖愤怒等的心理，却也同样足以控制读者的情绪，使读的人忽而喘息，忽而怒眥欲裂，忽而鼓掌称快，甚且能使读者的精神整个儿跳进书本里去，至于废寝忘食！据一般的经验，学生们在规定的熄灯时期以后，偷点了蜡烛读侦探小说，委实是极寻常的事”①。即程小青在这里从情感类型与读者反应两个层面指出了侦探小说的情感意义以及其受欢迎程度。

在这里，我们就又回到了所有民国侦探小说研究者都不得不面对的一个关键性问题，即为什么民国侦探小说创作整体上发展“不走运”，不仅小说数量不足（单看民国侦探小说的作品数量似乎还可以，但相比于同时期中国的言情、武侠、社会小说，以及同时期的西方侦探小说创作数量而言都仍旧只能说是“小巫见大巫”），而且创作质量不高。同时民国时期所有的侦探小说杂志都很“短命”，并且在经营办刊的过程中也常常遭遇到稿件不足或“佳作欠奉”的窘境。本书第七章第三节中曾着重从民国侦探小说作者们对于科学理性认识上的不足和偏差来分析其创作上的“不走运”。在这里，本结语则尝试从读者受众与时代背景等角度出发，对这一堪称民国侦探小说的“钱学森之问”再进行一些补充性论述和说明。

一方面，侦探小说作为一种文学类型，需要一定的发展时间和成熟过程，来创造并培育属于自己的读者群体。西方侦探小说从爱伦·坡 1841 年发表《莫格路凶杀案》到民国时期中国侦探小说创作的两次发展波段，已经走过了大半个世纪的发展历程，拥有并沉淀了大量侦探小说读者，甚至形成了一套独特的侦探小说阅读口味、

① 程小青：《论侦探小说》，《新侦探》第一期，1946 年 1 月 10 日。

欣赏原则与审美标准。而相比之下，民国侦探小说的发展时间还比较短，广大中国读者对于这种小说“舶来品”和“新事物”仍旧不免感到某种程度上的隔膜。另外，中国人固有的阅读与欣赏习惯，使得读者其实无法真正适应侦探小说中所极力突出和表现的逻辑思考与智性之美。而对于侦探小说所承担的“正义想象”方面，中国读者似乎也更倾向于通过从传统文学中一路延续发展下来的武侠小说中去获得这种“想象的满足”，即如学者袁进所指出：“中国的民族心理对侦探小说的喜好远不如武侠小说。”①

另一方面，侦探小说作为一种通俗文学与大众文化，其繁荣或衰败必然和消费社会的形成与发展状态密切相关。而晚清、民国时期，中国整体上长期处于战乱与动荡之中，始终没有形成较长时间和稳定发展的大众文化消费市场，这也是民国侦探小说整体上发展“不走运”的另一层时代与社会因素。而从消费市场的角度来看，我们也能更好地解释为什么民国侦探小说创作会在1922—1927年与1946—1949年形成两次发展波段。20世纪20年代是民国社会相对较为和平、稳定、繁荣的发展时期，白吉尔就认为“1910年代中期至1920年代中期，几乎只有十年时间”，却是“资产阶级的黄金时代”，中国资产阶级在这期间“获得繁荣发展的状况”②。社会环境的稳定、资本主义的发展、消费市场的繁荣，都成为这一时期民国侦探小说发展的经济与社会基础。当然，这一时期侦探小说发展势头良好的另外一个原因在于此前对“福尔摩斯探案”小说的大规模译介、传播、阅读和接受。而1946年随着抗日战争的结束，国民党政府接管上海，全国性杂志集体回暖，大量杂志纷纷创刊或“复刊”。这也和此一时期国内局势相对稳定与资本主义暂时获得恢复和二度发展的时机相合拍。此外，关于20世纪40年代后期民国侦探

① 袁进：《鸳鸯蝴蝶派》，上海书店出版社1994年版，第110页。

② ［法］白吉尔：《中国资产阶级的黄金时代（1911—1937年）》，张富强、许世芬译，上海人民出版社1994年版，第6页。

小说创作发展波段的形成，还必须考虑到战后好莱坞“黑色电影”（Film noir）与恐怖电影的大规模引进所带来的影响。

三

如果说民国侦探小说创作发展的第一波段（1922—1927）主要是受此前及同一时期“福尔摩斯探案”系列小说译介的影响；那么其发展的第二波段（1946—1949）则在相当程度上要归功于好莱坞侦探片、恐怖片与“黑色电影”的影响。实际上，对于西方侦探电影的引进，早在20世纪20年代初期就已经形成了放映和观看的规模，张碧梧就曾回忆过当年“侦探长片”所引发的观影热潮：“回忆几年以前，上海凡是开演影戏的场所，都是争先恐后的开演侦探长片。只须名称刚在报纸上发表，观众又都是争先恐后的赶去观看，真有轰动全城、万人空巷的气概。便是一般人在闲谈之中，不提起影片便罢，提起了影片，十有八九都是谈论侦探长片：侦探怎样勇武，情节怎样奇突，宝莲姑娘更是深深印在观众的脑中，而为观众常常道及的。好似影片当中除掉侦探长片以外，别无佳片，值不得观看的一般。”① 而这些“侦探长片”也对当时的民国侦探小说创作产生了一定影响，比如本书第四章第四节中曾经分析过的，陆澹盦根据侦探影戏改编侦探小说的创作经历。但回过头来看，陆澹盦在20世纪20年代把侦探影戏改编成侦探小说，主要还是看重了“剧中节目之奇、变幻之妙、设施之险、意味之深，是可译为新小说以飨社会之爱观电剧、爱读小说者也”②。即陆澹盦改编侦探影戏小

① 张碧梧：《侦探长片之失败》，《侦探世界》第十五期，1923年十二月朔日（农历）。

② 海上漱石生：《〈毒手〉序一》，载《毒手》，新民图书馆1919年1月版，第2页。

说，主要是模仿电影快速切换的镜头来进行小说叙事，同时也借鉴电影中通过拟声词来增强现场感，并且注重打斗一类的动作和场面描写等，相当程度上仍停留在情节推进，甚至机关设计的表面。而到了20世纪40年代后期，孙了红则更擅长利用西方“黑色电影”与恐怖片中悬疑氛围的塑造来对读者造成一种心理上的刺激，并借此充分调动读者的感官经验和内心反应，其小说《鬼手》与《血纸人》都是这方面的成功佳作，鉴于本书第五章第三节中已经对此进行过较为详细的分析和说明，此处不赘言。而如果我们进一步比较下孙了红自己在20世纪20年代与40年代的侦探小说创作，也不难看出其中的差异和进步之处。我们或许可以说，在一定程度上，20世纪40年代的孙了红正是通过学习好莱坞电影中的悬疑营造手法与心理描摹技巧来逐步摆脱了福尔摩斯与亚森·罗苹等传统侦探小说模式的束缚。因此，在孙了红这里，侦探小说既是一种文学类型引进的结果，也是一种跨媒介文化接受的产物①。

当然，20世纪40年代后期民国侦探小说受到好莱坞“黑色电影”、侦探片与恐怖片的影响绝不仅限于孙了红一人的创作。参照许席珍当年的说法，“二战”后美国好莱坞电影进入了发展高峰期。“今后（按：指‘二战’后的1946年），美国影片在世界各地的市场，不但可恢复十年前（一九三六）的旧观，而且，与十年前不同，这些广大的市场现在是尽可配合了今日美国影业的庞大规模，供那些制片家们在这个大天地中去往来驰骋了”，而在这一阶段的好莱坞电影生产中，“将有大批的音乐歌舞、侦探、武侠、喜剧、神怪、爱情等类的新片被投掷到美国影坛上来”②，即好莱坞通过大量娱乐性

---

① 关于孙了红侦探小说与电影之间的关系，还有一些更为复杂的线索可以追寻，比如孙了红的小说后来就曾被改编为电影上映：“1964年香港的中联电影公司将《血纸人》这部小说改编成电影，由李铁导演，冯凤謌编剧，吴楚帆、张活游、白燕等主演，算是中联接近尾声的作品。”（参见魏艳《福尔摩斯来中国：侦探小说在中国的跨文化传播》，北京大学出版社2019年版，第233—234页）

② 许席珍：《一九四六年的美国影坛》，《文章》第一卷第一期，1946年。

电影的报复性生产和消费来缓解和治愈当时人们刚刚经历过的战争创伤性记忆。而随着民国政府于 1946 年 11 月 4 日与美国签订的《中美友好通商航海条约》，更为好莱坞电影大量涌入中国市场提供了政策上的保护。据统计，1945—1949 年，放映好莱坞的上海影院共有 46 家。从 1945 年 8 月抗战结束到 1949 年 5 月上海新政权成立，四年不到的时间里，上海进口的美国影片（包括长、短片）多达 1896 部。其中 1945 年，上海进口的美国影片数量为 134 部。而到了 1946 年，上海进口的好莱坞电影数量竟多达 800 多部。[①] 在这些"战后"引进的好莱坞电影当中，侦探、犯罪、间谍、恐怖、黑色一类的影片仅通过电影名称和故事梗概来判断，就起码有五十多部，占据了相当的比例。比如《新婚大血案》（*Undercurrent*，1945 年 10 月 7 日，沪西大戏院[②]）、《深闺疑云》（*Suspicion*，1946 年 1 月 25 日，金门大戏院）、《上海风光》（*The Shanghai Gesture*，1947 年 5 月 16 日，金门大戏院）、《杀人者》（*The Killers*，1947 年 6 月 4 日，南京大戏院）、《夜半血案》（*Deadline at Dawn*，1947 年 6 月 6 日，大上海大戏院）、《欲海情魔》（*Mildred Pierce*，1947 年 7 月 16 日，南京大戏院）、《湖上艳尸》（*Lady on the Lake*，1948 年 4 月 22 日，大华大戏院）、《国际暗杀党》（*Halfway to Shanghai*，1948 年 4 月 24 日，虹光大戏院）、《恐怖怪屋》（*House of Danger*，1948 年 5 月 5 日，光陆大戏院）、《上海女间谍》（*Woman in the Night*，1949 年 1 月 18 日，大上海大戏院、光陆大戏院），等等[③]。单从这些好莱坞影片的片名——如"夜半血案""湖上艳尸""上海女间谍"等——中

---

① 相关统计数据可参见上海电影志编纂委员会编《上海电影志》，上海社会科学院出版社 1999 年版，以及程季华、李少白、邢祖文编著《中国电影发展史》，中国电影出版社 1963 年版。转引自王玉良《跨境 · 体认 · 交互——战后好莱坞电影在上海（1945—1950）》，博士学位论文，上海大学，2017 年。

② 括号内为影片原名、在上海首映日期和首映影院，下同。

③ 参见王玉良《跨境 · 体认 · 交互——战后好莱坞电影在上海（1945—1950）》，博士学位论文，上海大学，2017 年。

就不难发现，其和同一时期《大侦探》《蓝皮书》等侦探杂志上所刊载的以“血案”“艳尸”为标题的侦探小说创作，以及当时风靡上海和重庆的“女间谍”故事传奇，在题材选取与审美风格上，具有相当高度的一致性。

此外，值得注意的是，这些黑色、侦探、恐怖电影，甚至也一直持续影响到了20世纪50年代之后中国大陆和香港电影的拍摄，其中最有代表性的当属新中国成立以后中国大陆所拍摄的一系列反特影片——如《国庆十点钟》（1956）、《羊城暗哨》（1957）、《英雄虎胆》（1958）、《徐秋影案件》（1958）、《秘密图纸》（1965）等，以及同时期的中国香港电影《一代妖姬》（1950）、《红菱血》（1951）、《九九九命案》（1956）等，都可以在20世纪40年代好莱坞“黑色电影”的范式脉络下进行追溯和考察。比如《羊城暗哨》中的“八姑”（狄梵饰）和《英雄虎胆》中的女特务阿兰（王晓棠饰）等人物身上就都多多少少有着“蛇蝎美女”（Femme Fatale）的影子。

四

最后，总结来说，在本书看来，民国侦探小说既是一种现代的小说，同时也是一种类型小说。一方面，民国侦探小说固然有着其适合通俗市场与大众读者的一面，但与此同时，民国侦探小说也是一种具备现代性的小说类型。民国侦探小说的现代性不仅体现在其产生与早期发展过程中既以大都市中的生活和罪案为书写对象，又在小说之中捕捉到了浓厚的大都市的精神气质与都市人的“感觉结构”。同时还体现为民国侦探小说中所蕴含的科学理性、社会正义等现代精神核心追求及伦理价值取向。而这种精神与价值不仅停留在文本内容与故事情节层面，更是深入渗透到了民国侦探小说的小说形式与叙事结构的内部肌理之中。此外，民国侦探小说与现代报刊的传播方式及图像、电影等跨艺术媒介形式之间的紧密关联，都是其现代性的有机组成与重要表征。此之为民国侦探小说的“现代”特征，也是民国侦探小说的根本性价值之所在。

另一方面，民国侦探小说作为世界侦探小说的有机组成部分，也同样具有侦探小说自身所独有的小说类型叙事语法和相应的风格审美趣味。与此同时，侦探小说自行发展成为一个庞大的前继后承、相互影响、彼此借鉴又有所突破和不断发展的小说类型传统。在这一强大的类型文学传统之中，一切试图突破和改写这种传统的尝试，最终都将会被这一传统本身所吸收，最终拓宽传统的边界并成为传统中新的有机组成部分。而随着这一类型文学传统的不断发展，作为类型小说的侦探小说也渐渐演变成更为基本且灵活类型小说元素，进而以更为丰富且复杂的面貌出现在其他不同类型小说以及叙事性作品之中（比如朱䎃的“杨芷芳新探案”之于侦探和言情小说、赵苕狂的“胡闲探案”之于侦探和滑稽小说、郑小平的“女飞贼黄莺之故事”之于侦探和武侠小说等）。此之为民国侦探小说的“类型”特征，也是侦探小说具备持久生命力与不竭发展动力的根本原因。

附录一

民国时期二十八位侦探小说作家的侦探小说创作、评论及翻译文章在报纸杂志上发表情况，以及其作品单行本出版情况的统计与整理（1912—1949）

包天笑（及陈冷血）、刘半农（刘半侬）、张天翼（张无诤）、俞天愤、陆澹盦、张碧梧、程小青、赵苕狂、朱秋镜、朱戢、徐卓呆、王天恨、姚苏凤（姚赓夔）、吕伯攸（及吴克勤）、何朴斋（及俞慕古）、吴克洲、何海鸣（求幸福斋主）、柳村任（柳雨生）、汪剑鸣（红绡）、孙了红、长川、余茜蒂（艾珑）、郑狄克、郑小平、刘中和（位育）、王度庐（王霄羽）、李冉、魏清德①

① 其实，民国时期的侦探小说创作，特别是系列侦探小说创作，除本书所列举的二十八家之外还有很多，可以进一步钩沉、整理和研究。比如徐耻痕的"胡安探案"系列、沈禹钟的"燃犀生探案"系列、陈达哉的"刘云探案"系列、潘寄梦的"毕明智探案"系列等。此外，还有张舍我、胡寄尘、唐忍庵、范菊高，以及"京味儿"作家徐剑胆等人的侦探小说创作，等等。由于全书篇幅架构和目前掌握资料所限，故未对其进行逐一整理和呈现，特此说明。

本附录凡例：

1. 本附录所统计、整理的侦探小说作家的创作、评论及翻译文章，时间范围上以民国时期（1912—1949）为主。晚清和新中国时期的相关内容因前后辐射、关联，个别会有所涉及，但所关注的该作家侦探小说的主要创作时间段仍集中在民国时期。

2. 本附录所关注的侦探小说作家主要集中在“江浙沪”一带，一方面是因为民国时期以上海为中心的侦探小说创作发展最为繁盛，另一方面也是相关资料获取上的局限所导致。同时，本附录也会部分关注京津（如王度庐）、“伪满”时期的东北（如李冉）和“日据”时期的台湾（如魏清德）等地方的侦探小说作家作品，但不作为主要关注对象。

3. 本附录以作家为基本单位（个别时候会将两名作家合并处理，如包天笑与陈冷血、吕伯攸与吴克勤等），在其名下分列“报纸杂志上发表的原创侦探小说”“单行本出版的原创侦探小说或侦探小说集”“报纸杂志上发表的翻译侦探小说”“单行本出版的翻译侦探小说或侦探小说集”“侦探小说评论文章（含序跋）”，及“与侦探小说有关的其他文章”六项内容，每项内容之下的具体条目信息则按时间编年依次排序，其他补充信息以文下“脚注”等方式呈现。若遇到同一篇作品在不同刊物上先后发表，或收录于不同小说集单行本等情况，一般在该作品首次出现时，集中对其后来版本流变脉络予以统一介绍，之后不再重复。

4. 本附录多处参考、对照了日本学者樽本照雄编《清末民初小说目录第 13 版》（清末小说研究会 2021 年版）和任翔、高媛主编《中国侦探小说理论资料（1902—2011）》（北京师范大学出版社 2013 年版），后文具体条目中则不再逐一说明。参考其他学者相关辑录资料等情况，则会在不同作家条目下分别予以说明，并对诸位前辈学者的辑录、考据和辨伪工作及成果，表示感谢。

包天笑（及陈冷血）[①]

报纸杂志上发表的原创侦探小说

陈景韩（冷血）：《歇洛克来游上海第一案》，《时报》1904年12月18日（光绪三十年十一月十二日），标“短篇小说”，署名“冷血戏作”。又见《广益丛报》第六十五号，1905年3月5日（光绪三十一年正月三十日）。又见《短篇小说丛刻（初编）》，上海鸿文书局，1906年（光绪三十二年八月），小说名称改为《歇洛克初到上海第一案》。

包天笑：《歇洛克初到上海第二案》，《时报》1905年2月12日（光绪三十一年正月初十日），标“短篇”，署名“天笑”。又见《短篇小说丛刻（初编）》，上海鸿文书局，1906年（光绪三十二年八月），小说名称未变。

陈景韩（冷血）：《吗啡案》（又名《歇洛克来华第三案》），《时报》1906年12月30日（光绪三十二年十一月十五日），标“短篇”，署名“冷”。又见《通学报》第二卷第十八期（总第三十六期），未署作者名，1907年1月21日（光绪三十二年十二月初八日），标“谐谈小说”。

包天笑：《藏枪案》（又名《歇洛克来华第四案》），《时报》1907年1月25日（光绪三十二年十二月十二日），标“短篇”，署名“笑”，并特别注明“不准转载”。又见《通学报》第三卷第

① 本附录中包天笑侦探小说相关年表，参考了毛策的《包天笑著译年表》（《文教资料》1989年第4期，第24—42页），以及吴丽丽的《包天笑的都市生活与都市写作》（硕士学位论文，上海师范大学，2008年3月）中的“附录”《包天笑著述年表》。

二期、第三期合刊（总第三十八、三十九期合刊），1907 年 2 月 21 日（光绪三十三年正月初九日），标“谐谈小说”，署名“笑”，并注明“录时报”“不准转载”①。

包天笑：《童子侦探队》，《教育杂志》第九卷第一期至第十卷第十二期，1917 年 1 月 20 日至 1918 年 12 月 20 日，标“少年小说”，署名“天笑”。小说单行本由上海商务印书馆分上、下两册出版发行，1920 年 3 月初版，1924 年 11 月三版，标“包天笑编纂”。

包天笑：《福尔摩斯再到上海》，《游戏世界》第二十期“侦探小说号”，1923 年 1 月，署名“天笑”。

包天笑：《假钞票案》，《申报 · 自由谈》1926 年 1 月 7 日至 1926 年 1 月 15 日（逢单日连载，共 5 次），署名“天笑”。

报纸杂志上发表的翻译侦探小说

包天笑译：《毒蛇牙》，《时报》1906 年 4 月 11 日至 7 月 3 日（光绪三十二年三月十八日至五月十二日），署名“笑译”。小说单行本由上海有正书局 1906 年 11 月 1 日（光绪三十二年九月十五日）出版发行，为“小说丛书”第一集第九编。

包天笑译：《一粒砂》，《小说时报》第一卷第四期，1910 年 4 月 10 日（宣统二年三月初一日），标“侦探小说”，“短篇名译”栏目，署名“笑”。又见《广益丛报》第八卷第二十期至第二十二期（总第二百四十四期至第二百四十六期），1910 年 9 月 13 日至 1910

① 包天笑《歇洛克初到上海第二案》与《歇洛克来华第四案》（又名《藏枪案》）是与陈景韩（冷血）《歇洛克来游上海第一案》《歇洛克来华第三案》（又名《吗啡案》）彼此呼应之作。包天笑在《歇洛克初到上海第二案》的小序中说：“前阅《时报》，有冷血所著《歇洛克初到上海第一案》，用笔冷峭，耐人寻味。意冷血先生必有第二案出现，为小说界所欢迎也。乃翘盼至今，依然为金玉之秘。鄙人不揣冒昧，戏为续貂。脱冷血有第三案来，则又阅《时报》者所望也。”即点出了自己与陈景韩之间互相续写的创作关系。

年 10 月 2 日（宣统二年八月十日至八月二十九日）。

张毅汉、包天笑译：《血印枪声记》（共三十章），《小说时报》第十三期至第十五期，1911 年 10 月 6 日至 1912 年 4 月 5 日，标“长篇”，署名“毅汉、天笑同译”。

包天笑译：《短剑》，《时报》1912 年 12 月 14 日至 1912 年 12 月 20 日，标“侦探小说”，署名“笑”。又见《时报短篇小说第一集》，上海有正书局，1914 年 3 月初版。

包天笑译：《指纹》，《时报》1913 年 1 月 3 日至 1913 年 1 月 23 日，标“侦探小说”，署名“笑”。又见《时报短篇小说第一集》，上海有正书局，1914 年 3 月初版。

包天笑译：《大宝窟王》，《时报》1913 年。上海有正书局后出版该小说单行本，1914 年 9 月印刷，1916 年（丙辰年二月）再版。

徐卓呆、包天笑译：《八一三》，《中华小说界》第一卷第一期至第一卷第十一期，1914 年 1 月 1 日至 1914 年 11 月 1 日，标“侦探小说”，署名“卓呆、天笑”。小说单行本由上海中华书局 1915 年 6 月印刷，7 月分上、下两册初版发行，1928 年 9 月九版，署名“吴县徐卓呆、包天笑”译述。该小说原作为莫里斯·勒伯朗（Maurice Leblanc）的“813”（1910）。

包天笑译：《冤》，《中华小说界》第一卷第八期，1914 年 8 月 1 日，标“侦探小说”，署名“天笑”。又见胡寄尘编《小说名画大观》，上海文明书局与中华书局出版发行，1916 年 10 月。又见《天笑短篇小说》，上海中华书局，1918 年 1 月。

蛰庵、包天笑译：《红雪记》，《小说时报》第二十三期，1914 年 9 月 1 日，标“侦探小说”，“长篇名译”栏目，署名“蛰庵、天笑同译”。

包天笑、张毅汉译：《女装警察》，《小说海》第一卷第一期，1915 年 1 月 1 日，“短篇小说”栏目，署名“天笑、毅汉”。

包天笑、张毅汉译：《覆车》，《小说大观》第三期，1915 年 12 月 1 日，标“侦探小说”，署名“天笑、毅汉同译”。小说单行本由进步书局印刷，上海文明书局发行，1921 年 6 月初版，标“侦探小说”，署名“天笑、毅汉同译”。

单行本出版的翻译侦探小说或侦探小说集

筹甫译、包天笑修词：《纪克麦再生案》，上海中华书局，1915 年 11 月初版，1920 年 11 月三版，1930 年 3 月五版，署名“筹甫译、天笑修词”。

包天笑译：《国际侦探秘史》，上海普通图书局、广州时新书局发行，1919 年，署名“美国哈雷德斯芬原著，吴门天笑生译述”。全书译文共二十章，采取章回体标题方式。

陆澹盦、包天笑译：《仇仇》（上、下两册），国强印务局印刷，上海侦探学社发行，1923 年 1 月，标“福尔摩斯侦探”，正文署名“天笑生、淡菴合作”，版权页署名“淡菴、瘦鹃译，铁冷校订”。该书疑似伪托为“福尔摩斯探案”系列小说翻译，同时疑似伪托“陆澹盦、包天笑、周瘦鹃”署名。

陆澹盦、包天笑译：《飘流女》，上海侦探学社发行，1923 年 7 月，标“奇情侦探小说”，署名“淡庵、天笑译述，瘦鹃校定”。该书疑似伪托“陆澹盦、包天笑、周瘦鹃”署名。

包天笑译述：《慧琴小传》，国学书室发行，1925 年 1 月，标“社会侦探小说”“原名非洲毒液”，署名“吴门天笑生述”。

《亚森罗苹全集》，上海大东书局，1925 年 4 月初版，1925 年 11 月再版，共二十四册，其中第一册有包天笑撰写的序，第十一册收包天笑翻译的短篇侦探小说三种，分别是《红肩巾》《结婚戒指》和《恶继父》。其中《红肩巾》一篇原文为 *L'écharpe de soie rouge*，现通常译作《红绸围巾》；《结婚戒指》一篇原文为 *L'Anneau nuptial*，现通常译作《结婚戒指》；《恶继父》一篇原文为 *La Mort qui rôde*，现通常译作《死神游荡》。

包天笑编译：《金钮大疑案》，上海益明书局发行，出版时间不详，标“吴门天笑生编译，琴石山人校阅”。[①]

侦探小说评论文章（含序跋）

包天笑：《〈福尔摩斯侦探案全集〉序一》，上海中华书局，1916年5月初版，1936年3月第二十版。

陈景韩（冷血）：《〈福尔摩斯侦探案全集〉序二》，上海中华书局，1916年5月初版，1936年3月第二十版。

包天笑：《〈亚森罗苹全集〉序》，上海大东书局，1925年4月初版，1925年11月再版。[②]

刘半农（刘半侬）[③]

报纸杂志上发表的原创侦探小说

刘半农：《假发》，《小说月报》第四卷第四期，1913年8月25

---

① 此外，包天笑还对柯南·道尔的非侦探小说作品进行了相关译介，比如《红灯谈屑》，《小说大观》第十一期至第十四期，1917年9月30日至1919年9月1日，标“医学小说”，署名“英国柯南达利原著，其切、天笑同译”。

② 民国时期其他人谈及包天笑（及陈冷血）侦探小说的相关文章有：春梦：《陈景韩取名冷血之由来》，《上海报》1936年10月5日；拙鸠：《陈景韩之三癖》，《快活林》第二十六期，1946年8月12日；拙鸠：《陈景韩取名冷血之由来》，《新上海》第三十二期，1946年9月8日；等等。

③ 本附录中刘半农侦探小说相关年表，参考了姚涵的《从“半侬”到“半农”——刘半农对中国现代文学的贡献》（博士学位论文，复旦大学，2009年4月）中的“附录一”《刘半农小说著译年表（1913—1920年）》；陈华的《论叶圣陶、刘半农、张天翼的早期通俗文学创作》（硕士学位论文，苏州大学，2011年5月）中的“附录二”《刘半农通俗小说年表（1913—1918年）》；张承志的《刘半农小说研究》（硕士学位论文，长春师范大学，2017年6月）中的“附录”《刘半农小说年表（1913—1927）》；徐瑞岳编著《刘半农年谱》（中国矿业大学出版社1989年版）；以及曹波、万兵的《刘半农小说著译学术年谱（1913—1920）》（《广西社会科学》2020年第1期）。

日，标“短篇小说”，署名“半侬”。

刘半农：《匕首》，《中华小说界》第一卷第三期，1914年3月1日，标“侦探小说”，署名“半”。又见胡寄尘编《小说名画大观》，上海文明书局与中华书局出版发行，1916年10月。属于“捕快老王探案”系列。

刘半农：《福尔摩斯大失败第一、二、三案》，《中华小说界》第二卷第二期，1915年2月1日，标“滑稽小说”，署名“半侬”。又见胡寄尘编《小说名画大观》，上海文明书局与中华书局出版发行，1916年10月。其中“第一案”题为“先生休矣”；“第二案”题为“赤条条之大侦探”；“第三案”题为“试问君于意云何……到底是不如归去”。

刘半农：《淡娥》，《中华小说界》第二卷第十一期至第二卷十二期，1915年11月1日至1915年12月1日，标“侦探小说”，署名“半侬”。属于“捕快老王探案”系列。

刘半农：《福尔摩斯大失败第四案》，《中华小说界》第三卷第四期，1916年4月1日，标“滑稽小说”，署名“半侬”。

刘半农：《福尔摩斯大失败第五案》，《中华小说界》第三卷第五期，1916年5月1日，标“滑稽小说”，署名“半侬”。

刘半农：《女侦探》，《小说海》第三卷第一期，1917年1月5日，标“短篇小说”，署名“半侬”。①

报纸杂志上发表的翻译侦探小说

刘半农译：《局骗》，《小说月报》第四卷第六期，1913年10月25日，标“警世短篇”，署名“半侬”。②

---

① 小说《女侦探》其实更接近于当时的“虚无党小说”，因为本书正文中有对该小说的“侦探小说”因素进行讨论，故列于此。

② 小说《局骗》中并没有侦探登场，与其说是侦探小说，不如说更接近于后来广义上的“犯罪小说”或日本的“诈欺小说”，本附录将其与刘半农其他的侦探小说译著一起讨论，是考虑到这些小说在对于案件悬疑的营造和表现方面具有一定程度的相似性和研究上的共通性。

刘半农译：《疗妒》，《礼拜六》第三十一期，1915年1月2日，标“实事小说”“译《大陆报》”，署名“半侬”。

刘半农译：《一身六表之疑案》，《小说大观》第四期，1915年12月30日，标“侦探小说”，署名“英国柯南达理原著，半侬译”，小说原名“*The Man with the Watches*”。该小说为柯南·道尔（Conan Doyle）非“福尔摩斯探案”系列的侦探小说创作。

刘半农、程小青译：《X与O》，《小说大观》第五期，1916年3月，标“侦探小说”，署名“英国当代小说名家维廉勒苟著，半侬、小青同译”。维廉勒苟即William Le Queux，现通常译作“威廉·勒·奎”。

刘半农、程小青译：《铜塔》，《小说大观》第六期，1916年6月，标“侦探小说”，署名“英国维廉勒苟著，半侬、小青合译”。维廉勒苟即William Le Queux，现通常译作“威廉·勒·奎”。

刘半农译：《庸人自扰》，《小说海》第二卷第七期，1916年7月1日，标“短篇小说”，署名“半侬”。

刘半农译：《柳原学校》，《小说大观》第七期，1916年10月，标“社会小说”，署名“英国柯南达里原著、半侬译”，小说原名“*The Usher of Lea House School*”。①

张舍我、刘半农译：《日光杀人案》，《小说海》第二卷第十二期，1916年12月1日，署名“舍我、半侬”。

王无为、刘半农译：《兄弟侦探》，《小说海》第二卷第十二期，1916年12月1日，署名“无为、半侬”。

刘半农译：《髯侠复仇记》，《小说大观》第八期，1916年12月，标“侦探小说”，署名“美国Norman Munro原著，半侬译”，小说原名“*Two Conspirators*”。

---

① 《柳原学校》虽标为“社会小说”，文类形式上也并非标准意义上的侦探小说，但考虑到该篇小说以“悬疑—解疑”为基本叙事动力和情节构成，故本附录将其视为广义上的侦探小说/悬疑故事。后面《万国胠箧会》一篇译作与此情况相同。

刘半农译：《万国肱箧会》，《小说月报》第八卷第三期，1917年3月25日，标“寓言”，署名“英国文豪维廉勒荀著，半侬”。维廉勒荀即 William Le Queux，现通常译作“威廉·勒·奎”。

张舍我、刘半农译：《地图与珠》，《小说海》第三卷第九期，1917年9月5日，署名“舍我、半侬译”。[①]

单行本出版的翻译侦探小说或侦探小说集

刘半农译：《佛国宝》，见《福尔摩斯侦探案全集》（第二册），上海中华书局，1916年5月初版，1916年8月再版，1921年9月九版，1936年3月二十版，署名“柯南道尔著，刘半侬译”。小说原名为 *The Sign of the Four*，现通常译作《四签名》。

刘半农译：《猫探》，上海中华书局，1917年3月印刷，1917年4月初版发行，1923年5月五版，1930年3月七版，初版署名“美国梅丽维勤原著，江阴刘半侬译述，杭县董皙芗校订，桐乡陆费逵发行，无锡俞复印刷”。又见上海中华书局1917年8月版，属于“小说汇刊第八十五种”。

侦探小说评论文章（含序跋）

刘半农：《匕首·弁言》，《中华小说界》第一卷第三期，1914年3月1日，署名“半”。

刘半农：《英国勋士柯南·道尔（Sir Authur Conan Doyle）先生小传》，见《福尔摩斯侦探案全集》，上海中华书局，1916年5月，署名“刘复”。

刘半农：《〈福尔摩斯侦探案全集〉跋》，见《福尔摩斯侦探案全集》，上海中华书局，1916年5月，署名“半侬”。

---

① 此外，刘半农还对柯南·道尔的非侦探小说作品进行了译介工作，比如：《烛影当窗》，《中华小说界》第二卷第五期，1915年5月1日，标“外交小说”，署名“英国文豪柯南达里著、半侬”译。小说原名为“*A Foreign Office Romance*”。

刘半农：《通俗小说之积极教训与消极教训》，《太平洋》第一卷第十期，1918年7月15日，标“一九一八年一月十八日在北京大学·文科研究所·小说科演讲”，署名“刘复”。又见《谈小说》，重庆中周出版社，1944年9月，文章收入时改题为《谈通俗小说》。[①]

张天翼（张无诤）[②]

报纸杂志上发表的原创侦探小说

张天翼：《少年书记》，《半月》第一卷第二十二期，1922年7月24日，“侦探之友”栏目，署名“张无诤”。又见《大公报》，1922年9月16日至1922年9月21日，分6次连载，“说林”栏目，标“侦探小说”，署名“无诤”。属于“徐常云探案”系列。

张天翼：《人耶鬼耶》，《星期》第二十三期，1922年8月6日（农历六月十四日），署名“无诤”。属于“徐常云探案”系列。又见侦探小说集《侦探世界》，上海大东书局，1924年4月再行。

---

① 民国时期其他人谈及刘半农（刘半侬）侦探小说的相关文章有：小白：《刘半农之新旧论》，《福尔摩斯》1936年11月8日第四版；麻鲁蚁：《旧文坛逸话（六）：刘半农的“福尔摩斯大失败”》，《新亚》第十卷第四期、第五期合刊，1944年5月1日；鹤生（周作人）：《刘半农与礼拜六派》，《自由论坛晚报》1949年3月22日；以及苏雪林后来的回忆文章《东方曼倩第二的刘半农》，左克诚编：《苏雪林文集》（第二卷），安徽文艺出版社1996年版，第316—320页；等等。

② 本附录中张天翼侦探小说相关年表，参考了沈承宽编《张天翼著作系年（1922—1980）》（沈承宽、黄侯兴、吴福辉编：《中国文学史资料全编·现代卷·张天翼研究资料》，知识产权出版社2010年版）；沈承宽的《关于张天翼的“初作”问题》（《新文学史料》1981年第4期）；陈华的《论叶圣陶、刘半农、张天翼的早期通俗文学创作》（硕士学位论文，苏州大学，2011年5月）中的“附录三”《张天翼通俗小说年表（1922—1923年）》。

张天翼：《空室》，《星期》第三十二期，1922 年 10 月 8 日（农历八月十八日），署名“无净”。属于“徐常云探案”系列。又见侦探小说集《侦探世界》，上海大东书局，1924 年 4 月再行。

张天翼：《遗嘱》，《星期》第三十四期，1922 年 10 月 22 日（农历九月初三日），署名“无净”。属于“徐常云探案”系列。又见侦探小说集《侦探世界》，上海大东书局，1924 年 4 月再行。

张天翼：《玉壶》，《星期》第三十九期，1922 年 11 月 26 日（农历十月初八日），署名“张无净”。属于“徐常云探案”系列。又见侦探小说集《侦探世界》，上海大东书局，1924 年 4 月再行。

张天翼：《十八号》，《兰友》第五期？至第十七期，1923 年，标“长篇侦探”，署名“张无净”。属于“徐常云探案”系列。笔者所见《兰友》杂志期数不全，其中，第五期上刊载《十八号》（四），第十七期上刊载《十八号》（十二），《兰友》第十七期后停刊，小说《十八号》前 3 次连载内容具体所在期数不详。

张天翼：《大侦探》，《兰友》第五期，1923 年 2 月 11 日，署名“张无净”。

张天翼：《无光珠》，《兰友》第七期，1923 年 3 月 11 日，署名“无净”。

张天翼：《头等车室》，《兰友》第十三期“侦探小说号”①，1923 年 5 月 21 日，标“鬼侠奇案”，署名“张无净”。

---

① 据笔者所见资料，《兰友》第十三期为“侦探小说号”，刊载张天翼《头等车室》（署名“张无净”）、王天恨《油渍》、戴望舒《跳舞场中》（署名“戴梦鸥”）、刘思农《G》等侦探小说创作，以及程小青《侦探小说和科学》、赵苕狂《侦探小说和滑稽小说》等文章。又据范泉主编《中国现代文学社团流派辞典》（上海书店出版社 1993 年版）第 165 页，“兰社”相关词条介绍，“（1923 年）5 月 9 日出版的第十二期《兰友》，原定出版‘侦探号’，因为适逢‘五九国耻’纪念日，改出了‘国耻特刊’”。由此可推测，《兰友》杂志“侦探小说号”原定为第十二期，后因第十二期改为“国耻特刊”，“侦探小说号”顺延至第十三期（1923 年 5 月 21 日）出版。

张天翼：《铁锚印》，《半月》第二卷第十九期，1923年6月14日（农历癸亥年五月初一日），“侦探之友”栏目，署名“张无净”。属于“徐常云探案”系列。

张天翼：《斧》，《侦探世界》第十三期，1923年农历十一月朔日，署名“张无净”。属于“徐常云探案”系列。

张天翼：《X》，《半月》第三卷第六期“侦探小说号”，1923年12月8日（农历癸亥年十一月初一日），标“徐常云新探案”，署名“张无净”。

张天翼：《途中乞儿》，《鸿光》第七期，1924年1月6日（农历癸亥年十二月初一日），标“鬼侠寄案”，署名“张无净”。①

侦探小说评论文章（含序跋）

张天翼：《小说杂谈》，《星期》第三十三期，1922年10月15日（农历八月二十五日），署名“无净”。

张天翼：《小说杂谈》，《星期》第三十九期，1922年11月26日（农历十月初八日），署名“无净”。

张天翼：《我的幼年生活》，《文学杂志》第一卷第二期，1933年5月15日，署名“张天翼”。后《文学杂志》第一卷第三期、第四期合刊还刊载了张天翼就此文与编辑部之间的通信，1933年7月

① 张天翼的侦探小说创作以“张无净”为笔名，以“徐常云探案”系列为代表，创作时间主要集中于1922—1923年，作品主要发表在《半月》《星期》《兰友》《侦探世界》等杂志上。朱戬在《我之侦探小说杂评》一文中曾评论张天翼的侦探小说创作：“新进家中是当推张无净先生所作之‘徐常云侦探案’为首。虽情节略嫌草率，然彼年未满念稔，能为此不背人情之侦探作品，已是令人咋舌而倾佩不止矣。”（朱戬：《我之侦探小说杂评》，《半月》第二卷第十九期，1923年6月14日）。后来朱戬在另一篇《说说侦探小说家的作品》中也评论说：“蓝社张无净的‘徐常云探案’结构很曲折，不过用笔嫌枯率些，但在新进家里，却要推做最好的了。”（朱戬：《说说侦探小说家的作品》，《半月》第四卷第二期，1924年12月26日）。

31日，署名“张天翼拜启”。[①]

俞天愤

报纸杂志上发表的原创侦探小说[②]

俞天愤：《车窗一瞥》（又名：“绿圈”），《小说丛报》第九期，1915年3月25日，标“侦探短篇”，署名“天愤属草、双热润辞”。

俞天愤：《烟丝》，《小说丛报》第十一期，1915年5月30日，标“侦探小说”，署名“天愤”。

俞天愤：《芙蓉壁》，《小说丛报》周年增刊，1915年6月28日，标“侦探小说”，署名“天愤”。

俞天愤：《烟影》，《礼拜六》第六十八期，1915年9月18日，标“侦探短篇”，署名“天愤”。

俞天愤：《银烟盒》，《小说丛报》第十四期，1915年9月20日，标“侦探小说”，署名“天愤”。

---

① 民国时期其他人谈及张天翼（张无净）侦探小说的相关文章有：朱戬：《我之侦探小说杂评》，《半月》第二卷第十九期，1923年6月14日；朱戬：《说说侦探小说家的作品》，《半月》第四卷第二期，1924年12月26日；巴八：《施青萍张无净两个最脏名字》，《福尔摩斯》1937年7月10日，“挥汗漫谈”栏目；华严：《张天翼轶事》，《春秋》第一卷第二期，1943年9月15日；《用“无净”笔名写侦探小说的少年》，载贾玉民、黄秉荣编著《中国现代作家笔名趣谈》，辽宁人民出版社1989年版，第154—155页。

② 据范伯群、汤哲声等所著的《中国近现代通俗文学史·侦探推理编》（江苏教育出版社1999年版）第870—871页中的相关内容，“他（俞天愤）的侦探小说大约分为两大系列，一是由‘余’作为主人公的《中国侦探谈》和《中国新侦探案》，一是由‘金蝶飞’为主人公的《蝶飞探案》。”。

俞天愤：《柳梢头》[1]，《礼拜六》第六十九期，1915 年 9 月 25 日，标“侦探小说”，署名“天愤”。

俞天愤：《密码》，《小说丛报》第十五期，1915 年 10 月 25 日，标“侦探小说”，署名“天愤”。

俞天愤：《箧中人》，《小说丛报》第十九期，1916 年 2 月 29 日，标“侦探小说”，署名“天愤”。

俞天愤：《怪履》，《小说丛报》第二十二期，1916 年 7 月 20 日，标“破迷小说”，署名“天愤”。

俞天愤：《萤火》，《小说丛报》第三卷第一期，1916 年 8 月 10 日，标“侦探短篇”，署名“海虞天愤”。

俞天愤：《纸币案》，《申报》文艺副刊《新自由谈》“小说谜”“侦探小说悬赏征文《纸币案》”，1916 年 11 月 28 日至 1916 年 12 月 1 日，首次刊载时标“侦探小说，应征续稿”“续本月十四号，天虚我生原著”，署名“天愤”。

俞天愤：《空中飞土》，《小说丛报》第三卷第八期，1917 年 3 月 10 日，标“滑稽侦探”，署名“海虞天愤”。

俞天愤：《扁舟》，《侦探世界》第二期，1923 年，署名“俞天愤”。

俞天愤：《红饭》，《红杂志》第二卷纪念号[2]，1923 年 8 月 10 日，署名“俞天愤”。

俞天愤：《一封书》，《侦探世界》第八期，1923 年，原刊中作者姓名笔误为“俞天赘”。

俞天愤：《三封信》，《侦探世界》第十期，1923 年 10 月 24 日，署名“俞天愤”。

俞天愤：《春雨归舟图》，《绿竹》（常熟）第一卷第二十二期至

---

① 《柳梢头》和《车窗一瞥》其实为同一篇小说，只是开头结尾部分略做了一点修改。

② 该期杂志封面标明“随同第二卷第一期附送，不另取资”。

第一卷第二十三期，1924年2月8日至1924年8月15日，标“阿拜端探案之一”，署名“天愤”。仅见两期，未完。其中阿拜端为侦探金蝶飞的助手。

俞天愤：《“唯一之疑点”》[①]，《侦探世界》第二十一期，1924年三月朔日（农历），属于“悬赏小说‘唯一之疑点’披露”，署名“俞天愤”。

俞天愤：《玫瑰女郎》，《红玫瑰》第一卷第十六期，1924年10月19日，署名“俞天愤”。属于“蝶飞探案”系列。

俞天愤：《白巾祸》，《红玫瑰》第二卷第二十九期至第二卷第三十一期，1926年5月10日至1926年5月24日，标“蝶飞探案”，署名“俞天愤”。[②]

单行本出版的原创侦探小说或侦探小说集

俞天愤：《中国新侦探案》，上海小说丛报社，1917年2月10日初版，1917年8月1日再版，1919年3月1日三版，1922年9月四版；上海中原书局1936年10月重版，署名“海虞俞天愤著作，海虞徐枕亚评阅”。书中收录《啄木鸟》《枕中秘》《一分钟》《井底游魂》《笔尖》《偷香妙手》《生发油》《�岛》《文明结婚》《火柴》《白菡萏香初过雨》《开》《双十节》《箱中履印》《鬼影》《爆竹一声》《埘中石》《三万元》《猫香》《金玉错》共20篇侦探小说，书前另有徐枕亚序一篇。

俞天愤：《中国侦探谈》，上海清华书局，1918年11月初版，1921年2月再版，署名“海虞俞天愤著作，润州何其愚校订”。书中收录《黑幕》《双履印》《三棱镜》《鬼旅馆》《鸡公仔》《珠还》

① 该文为俞天愤参加《侦探世界》杂志举办的“侦探小说大悬赏”比赛的参赛作品，获得第三名。

② 除侦探小说外，俞天愤还有不少非侦探小说创作值得关注，如《遗产》（《红杂志》第七期，1922年）等。

《风景画》《打人团》《血履》《花瓶》《伪币案》《遗嘱》共12篇侦探小说。[①]

陆澹盦[②]

报纸杂志上发表的原创侦探小说[③]

陆澹盦：《棉里针》，《红杂志》第二十四期至第二十五期，1922年1月至1922年2月[④]，标“李飞侦探案”，署名“陆澹盦”。该小说在第二十四期连载前含整个“李飞探案”系列的“楔子”。

陆澹盦：《密码字典》，《红杂志》第二十八期至第二十九期，1923年2月至1923年3月，标“李飞侦探案”，署名“陆澹盦”。

---

① 民国时期其他人谈及俞天愤侦探小说的相关文章有：徐枕亚：《〈中国新侦探案〉序》，载《中国新侦探案》，上海小说丛报社1917年2月10日初版；徐枕亚：《通草花》，《小说丛报》第四卷第一期，1917年9月1日；徐天啸：《近代小说名家小史俞天愤》，《小说日报》1923年1月31日；赵苕狂：《玫瑰女郎·跋》，《红玫瑰》第一卷第十六期，1924年10月19日；我：《我与天愤》，《新月》第二卷第一期，1926年4月26日；非小说家：《小说家的脾气：癸·俞天愤的研究性》，《红玫瑰》第二卷第四十期，1926年7月28日；郑逸梅：《小品大观·俞天愤》（第八版），上海提经山房1935年版；《吴双热、俞天愤名字的由来》，《常熟地方小掌故续编》（内部发行），1985年10月。

② 本附录中陆澹盦侦探小说相关年表，参考了房莹的《陆澹盦及其小说研究》（博士学位论文，华东师范大学，2010年4月）中的“附录一”《陆澹盦年谱简编》和“附录二”《陆澹盦文学作品编年》；以及魏绍昌主编《民国通俗小说书目资料汇编》（上海书店出版社2014年版）。

③ 陆澹安，名衍文，字剑寒，号澹盦（后改为“澹庵”，最后改为“澹安”），江苏吴县人。陆澹盦的侦探小说创作以“李飞探案”系列为代表，主要发表于《红杂志》《侦探世界》等杂志。此外，亦有署名“陆澹菴”“淡菴”“淡庵”的侦探小说译作，有可能是后人伪托，此处存疑。

④ 因《红杂志》第一卷大部分没有标发行时间，故《棉里针》《密码字典》《狐祟》三篇具体刊载日期不详，其中所注各月份为根据后续杂志发行日期倒推所得的估算时间。

陆澹盦：《狐祟》，《红杂志》第三十一期至第三十二期，1923年3月，标“李飞侦探案”，署名“陆澹盦”。又见《钟声》，“侦探小丛书第四种”，上海世界书局，1929年5月四版。

陆澹盦：《隔窗人面》，《侦探世界》第一期至第二期，1923年6月至1923年7月，标“李飞侦探案”，署名“澹盦”。

陆澹盦：《夜半钟声》，《侦探世界》第五期至第六期，1923年8月，标“李飞侦探案”，署名“陆澹盦”。

陆澹盦：《怪函》，《侦探世界》第八期，1923年9月，标“李飞侦探案”，署名“陆澹盦”。又见《（绘图）侦探之敌》，该书为“绘图小小说库”第五集（全十册），上海世界书局编辑、印刷、发行，1925年12月再版，小说集中改题为《无头怪函》，并附插图一张。

陆澹盦：《江南大侠》（第一次和第二十次），《金钢钻》1923年10月27日和1924年1月9日，标“集锦小说”，署名“澹盦”。该小说为陆澹盦、朱大可、施济群、赵苕狂、程瞻庐、严独鹤、严芙孙、陆律西、徐卓呆、胡寄尘等人接力合作完成的集锦小说。后《江南大侠》合订版，刊于《金刚钻月刊》创刊号，1933年9月1日。

陆澹盦：《古塔孤囚》，《红杂志》第二卷第十四期至第二卷第十六期，1923年11月，标“李飞侦探案”，署名“陆澹盦”。

陆澹盦：《烟波》，《半月》第三卷第六期至第三卷第七期，1923年12月，标“李飞新探案”，署名“陆澹盦”。其中《半月》第三卷第六期为“侦探小说号”。

陆澹盦：《合浦还珠》，《红杂志》第二卷第二十八期至第二卷第三十期，1924年2月，标“李飞侦探案”，署名“陆澹盦”。

陆澹盦：《亨利失踪案》，《新闻报·快活林》1924年4月23日，“点将会”第九期，标“滑稽侦探案”“甲组二”，署名“澹盦”。

陆澹盦：《三A党》，《红玫瑰》第三卷第五期至第三卷第八期，1926年12月26日至1927年2月9日，标“李飞侦探案”，署名“澹盦”。

陆澹盦：《秘密电声》，《金刚钻报》1933 年 7 月 23 日至 1933 年 10 月 20 日（分 12 次连载），标“李飞最新探案”，署名“澹盦”。[①]

单行本出版的原创侦探小说或侦探小说集

陆澹盦：《李飞探案集》，上海世界书局，1924 年 8 月初版，1927 年 1 月三版，署名“吴门陆澹盦著作”。其中收录《棉里针》《古塔孤囚》《隔窗人面》《夜半钟声》《怪函》五篇侦探小说，并附《提要》《楔子》各一篇。

陆澹盦：《怪学生》，上海世界书局，1929 年 5 月四版。标“名家短篇”、“侦探小丛书第一种”，“赵苕狂编辑”。内收《棉里针》（含“楔子”）和《密码字典》。

报纸杂志上发表的翻译侦探小说

陆澹盦译：《双鸳脱罗记》，《上海》（又名《消遣的杂志》）第一卷第一期，1915 年 1 月，“短篇小说”栏目，标“冒险小说”，署名“天放口译，澹盦笔述”。

陆澹盦译：《阴谋》，《上海》（又名《消遣的杂志》）第一卷第一期，1915 年 1 月，标“复仇小说”，署名“镜人译意，澹盦润辞”。

陆澹盦译：《黑衣盗》，《大世界报》1919 年 3 月 3 日至 1919 年 7 月 4 日，标“侦探小说”，署名“澹盦”。该小说共分 120 次连载，另附颍川秋水和天台山农所作序言各一篇，分别刊载于 1919 年 7 月 5 日及 1919 年 7 月 10 日。后该小说以单行本形式出版（全一册），上海交通图书馆总发行，《大世界》报社分发行，1919 年 9 月出版，

---

① 此外，小说《二个小侦探家》（连载于《最小》第一百二十九期至第一百三十期，1923 年 11 月 20 日至 1923 年 11 月 22 日）是一篇以李飞和霍桑为主角的侦探小说，未署作者名。该小说为《最小》举办的“侦探小说夺标”比赛初选揭晓作品，或为陆澹盦所作，或为读者所写的李飞与霍桑的同人侦探故事，此处存疑。

标“侦探小说”，署名“吴县陆澹盦著作”。在《大世界》1919年8月1日曾见该书广告。属于侦探影戏小说。又见《黑衣盗》单行本（全两册），上海交通图书馆出版发行，1920年4月三版，1921年5月四版，署名“吴县陆澹盦著作”。又见《黑衣盗》单行本（全两册），上海新华书局发行、印刷，1929年3月初版，署名“编辑者吴县陆澹盦”。

单行本出版的翻译侦探小说或侦探小说集

陆澹盦译：《毒手》，百代公司电影制片，新民图书馆发行，上海清华书局总经售，各大书局、《大世界》报社代售，中国图书公司印刷，1919年1月初版，署名“吴县陆澹盦著”。书前附海上漱石生（孙家振）、天台山农（刘文玠）和朱大可三人的序言，书后附施济群所作的跋文。在《大世界》1919年4月8日曾见该书广告，广告中标“侦探小说，陆澹盦先生译，百代公司电影原本，《大世界》报社”。属于侦探影戏小说。

陆澹盦译：《红手套》（上、下两册），上海逸社出版，民友社印刷，1920年5月初版；上海图书馆，1921年5月重版；上海三星书局，1932年8月重版，1933年6月再版；上海文业书局，1936年10月重版第一版，1937年7月重版第二版，1939年9月重版三版，标“侦探小说”，署名“陆澹盦”。据《大世界》1920年4月12日刊载的《陆澹盦启事》中称“鄙人应交通图书馆之请，业将《红手套》影戏译为说部，准三月底出版，诚恐海内文豪亦有从事迻译者，爰特布告”。属于侦探影戏小说。小说改编自电影 *The Red Glove*（1919），导演：J. P. McGowan，编剧：Hope Loring、Isabelle Ostrander，主演：Marie Walcamp（梅丽·华珍）、Pat O'Malley、Truman Van Dyke，上映时间：March 17，1919（United States），黑白默片，该片共18集。

陆澹盦译：《金莲花》，《大世界》报社，1921年，标“侦探小说”。据《大世界报》1921年8月14日刊登的《金莲花》广告：

“诸君欲知《金莲花》全本详细剧情者，请阅陆澹盦先生译著《金莲花》小说，是书现在大世界报社寄售，每部大洋三角”。属于侦探影戏小说。又见《金莲花》单行本，华亭书局出版，国光书社印刷，薛甫彦发行，1922 年 2 月再版。小说改编自电影 *The Dragon's Net*（1920），导演：Henry MacRae，编剧：J. Allan Dunn、George Hively、Henry MacRae，主演：Marie Walcamp（梅丽·华珍）、Harland Tucker、Otto Lederer，上映时间：August 23，1920（United States），黑白默片，拍摄地点：中国，该片共 12 集。

陆澹盦译：《德国大秘密》（上、下两册），出版社不详，1922 年 9 月 1 日（阴历七月十九日）再版，标“侦探小说”、“原名 The Black Secret”，署名“吴县陆澹盦译”，封面有“宝莲女士饰书中爱丽丝小影”。根据施济群为《老虎党》一书所作的序文（1922 年）内容“吾友陆子澹盦，以善译影戏小说鸣于时，如《毒手》《黑衣盗》《红手套》《德国大秘密》诸书，一编出世，万户争传，诚爱观影戏者之南针也”，可推知，《德国大秘密》在 1922 年该序文写作时已经出版。另据朱戕《我之侦探小说杂评》（《半月》第二卷第十九期，1923 年 6 月 14 日）一文中介绍：“从电剧翻译的侦探小说委实没有一篇有侦探价值的，在这三四年中我看了很不少，但是长篇电剧要博情节热闹和使人咋舌，就不能不注重于‘冒险’‘侠义’‘尚武’等事了，那么结构、情节等自然要失掉侦探价值了。短中取长，还是澹盦的《德国大秘密》（但也近些军士小说）和瘦鹃的《怪手》来得稍有些价值（这是我的真心话）。”亦可知该书存在，属于侦探影戏小说。小说改编自电影 *The Black Secret*（1919），导演：George B. Seitz，编剧：Robert W. Chambers、Bertram Millhauser，主演：Pearl White（珀尔·怀特，宝莲）、Walter McGrail、Wallace McCutcheon Jr.，上映时间：November 9，1919（United States），影片时长：5 hours 10 minutes，黑白默片，该片共 15 集。

陆澹盦译：《侠女盗》，上海交通图书馆，1922 年 5 月三版，标“侦探小说”，“陆澹盦著作、俞幼甫发行、民友社印刷”。属于侦探影戏小说。小说改编自电影 *The Lightning Raider*（1919），导演：George B. Seitz，编剧：John B. Clymer、Charles W. Goddard、George B. Seitz，主演：Pearl White（珀尔·怀特，宝莲）、Warner Oland、Henry G. Sell，上映时间：January 15，1919（United States），影片时长：5 hours，黑白默片。

陆澹盦、杨尘因译：《黄金美人》，成新印务局印刷，通民图书社发行，1922 年 2 月，标“侦探”“福尔摩斯最新侦探案”，正文署名“陆淡菴、杨尘因合译”，版权页署名“陆澹菴著、铁冷校订”。该书疑似伪托为“福尔摩斯探案”系列小说翻译，同时疑似伪托“陆澹盦、杨尘因”署名。

陆澹盦、包天笑译：《仇仇》（上、下两册），国强印务局印刷，上海侦探学社发行，1923 年 1 月，标“福尔摩斯侦探”，正文署名“天笑生、淡菴合作”，版权页署名“淡菴、瘦鹃译，铁冷校订”。该书疑似伪托为“福尔摩斯探案”系列小说翻译，同时疑似伪托“陆澹盦、包天笑、周瘦鹃”署名。

陆澹盦、周瘦鹃译：《钱奴》，国华印务馆印刷，侦探研究社发行，标“最新侦探小说”，署名“淡庵、瘦鹃著述，零石山人校阅”。该书疑似伪托“陆澹盦、周瘦鹃”署名。

陆澹盦、包天笑译：《飘流女》，上海侦探学社发行，1923 年 7 月，标“奇情侦探小说”，署名“淡庵、天笑译述，瘦鹃校定”。该书疑似伪托“陆澹盦、包天笑、周瘦鹃”署名。

陆澹盦译：《老虎党》（上、下两册），上海世界书局发行，1924 年 3 月四版。全书共三十回，上下册各十五回。1922 年《红杂志》第八期刊有陆澹盦小说《老虎党》广告：“上海四马路世界书局最新出版，侦探小说，《老虎党》，全书二册，定价八角，特价只收，四角八分。”属于侦探影戏小说。①

---

① 民国时期其他人谈及陆澹盦侦探小说的相关文章有：施济群《看了儿女英雄影片后的琐话》（《红杂志》第十二期，1922 年）等等。

周瘦鹃、陆澹盦译：《劫案》（上、下两册），侦探研究社印刷，第一图书馆发行，普益图书社广州代发行，1926年6月，标“武侠侦探”，署名“瘦鹃、淡庵著，天台山人校订”。该书共26章，内文为《绿林红粉记》，标“女侠客”“女侦探”“女强盗……奇案”。该书疑似《绿林红粉记》（全一册）的盗版之作。①

张碧梧②

报纸杂志上发表的原创侦探小说

张碧梧：《龙虎斗》，《华安》第二卷第六期（未完），1920年，

---

① 据民国侦探小说藏书家华斯比考证，《劫案》一书正文前有“序”（1926年4月26日）、《绿林红粉记序》（1926年4月10日）、《庄曼倩序》（1926年4月10日）、《绿林红粉记弁言》（1926年4月4日）共四篇文章：开篇“序”未见作者署名，但从序文中可知该书稿为夏允珍、庄曼倩二位女士合著，由作序之人将此书稿付印；《绿林红粉记序》作者署名“三林王雪子”，文中称“我同学姊庄、夏二女士撰此说部”；《庄曼倩序》则写明“与同舍生夏允珍学姊，互督课，偷为小说体文字”“曩昔同学友席君所见，谬辱赞赏，即乞付剞劂”，也就间接指出了第一篇“序”为同学席君所作；《绿林红粉记弁言》为夏允珍所作，谈其嗜读侠义侦探诸书，后与同好庄曼倩合著此书。而《绿林红粉记》，上海新文书局，1924年10月印行，版权页标“女子侦探奇案”，署名“著述者：庄曼倩女士、夏允珍女士，校正者：王雪子女士、章秀娥女士”，比《劫案》出版时间早两年，故大体上可判断《劫案》为《绿林红粉记》的盗版之作，且伪托了“周瘦鹃、陆澹盦”之名。

② 张碧梧的侦探小说创作以“家庭侦探宋悟奇探案”系列为主，该系列主要包括《箱中女尸》《歌残舞歇》等50多篇小说，主要见于《半月》《紫罗兰》《侦探世界》等杂志。参照学者汤哲声《张碧梧及其文学创作》[刊于《苏州大学学报》（哲学社会科学版）1994年第3期]一文中的说法，张碧梧“试图在中国名侦探霍桑、李飞名后增添一个新的名字：宋悟奇。从《半月》开始，这部小说一直连载到《紫罗兰》《红杂志》，此时凡杂志上的‘侦探之页’一栏，大都能见到张碧梧的名字，也能见到宋悟奇的名字。在笔者所见的22篇小说之中，看到了作者独辟蹊径的决心，也看到了作者在创新上的艰难。开始时，张碧梧保持住了自己的特色，但是到了后来有些力不从心了，大约才破了十个家庭案的宋悟奇就又逐步汇入‘流行式’了”。

署名“张碧梧”。

张碧梧：《双雄斗智记》，《半月》第一卷第一期至第一卷第二十四期（分22次连载，其中第一卷第十期、第一卷第十六期未刊载），1921年9月16日至1922年8月23日，署名“张碧梧”。该小说首次连载前有一段署名“碧梧识”的“前言”文字，而小说情节主要是“东方福尔摩斯”霍桑与“东方亚森罗苹”罗平之间的斗智故事，或可以视为“霍桑探案”的“同人小说”。又见小说单行本《双雄斗智记》（上、下两册），上海大东书局，1926年7月，署名“张碧梧译述，周瘦鹃校阅”。

张碧梧：《女尸》，《红杂志》第四十期，1922年阴历四月，“短篇小说”栏目，署名“张碧梧”。属于“家庭侦探宋悟奇探案”系列之一。

张碧梧：《弃儿》，《半月》第一卷第十六期，1922年9月21日再版，署名“张碧梧”。

张碧梧：《一张照片》，《快活》第三期，1922年9月，标“私家侦探奇案”，署名“张碧梧”。该小说主角为“私家大侦探罗韦生”。

张碧梧：《箱中女尸》，《快活》第二十三期“侦探号”至第二十四期，1922年，署名“张碧梧”。属于“家庭侦探宋悟奇探案”系列之一。

张碧梧：《水里罪人》，《快活》第二十四至第三十六期（其中第二十五期、第二十七期、第三十期未刊载），1922年，“长篇小说”栏目，标“侦探小说”，署名“江都张碧梧著”。

张碧梧：《庸人自扰》，《游戏世界》第二十期“侦探小说号”，1923年1月，署名“张碧梧”。属于“家庭侦探宋悟奇探案”系列之一。

张碧梧：《不翼而飞》，《侦探世界》第四期，1923年，署名“张碧梧”。属于“家庭侦探宋悟奇探案”系列之一。

张碧梧：《镶钻别针》，《半月》第三卷第一期，1923年9月25

日，“侦探之友”栏目，标“家庭侦探宋悟奇探案”，署名“张碧梧”。

张碧梧：《作法自毙》，《半月》第三卷第四期，1923年11月8日，“侦探之友”栏目，标“家庭侦探宋悟奇探案”，署名“张碧梧”。

张碧梧：《念年前事》，《侦探世界》第十一期，1923年11月8日，署名“张碧梧”。属于“家庭侦探宋悟奇探案”系列之一。

张碧梧：《一张名片》，《侦探世界》第十三期，1923年十一月朔日（农历），署名“张碧梧”。属于“私家大侦探王侠公”系列之一。

张碧梧：《破屋中的血渍》，《侦探世界》第十四期，1923年十一月望日（农历），署名“张碧梧”。属于“私家大侦探王侠公”系列之一。

张碧梧：《鸿飞冥冥》，《半月》第三卷第六期“侦探小说号”，1923年12月8日，标“家庭侦探宋悟奇探案”，署名“张碧梧”。

张碧梧：《谁尸其咎》，《小说世界》第五卷第三期，1924年1月18日，署名“张碧梧”。

张碧梧：《多此一举》，《侦探世界》第十九期，1924年二月朔日（农历），署名“张碧梧”。属于“私家大侦探王侠公”系列之一。

张碧梧：《两败俱伤》，《半月》第三卷第十一期，1924年2月19日，标“家庭侦探宋悟奇新探案”，署名“张碧梧”。

张碧梧：《红鬼丸》，《半月》第三卷第十五期，1924年4月18日，“侦探之友”栏目，标“家庭侦探宋悟奇探案”，署名“张碧梧”。

张碧梧：《视死如归》，《半月》第三卷第十六期“娼妓问题号”，1924年5月4日，署名“张碧梧”。属于“私家大侦探王侠公”系列之一。

张碧梧：《鬼脸》，《半月》第三卷第十七期，1924 年 5 月 18 日，“侦探之友”栏目，标“家庭侦探宋悟奇探案”，署名“张碧梧”。

张碧梧：《狐疑》，《半月》第三卷第十八期，1924 年 6 月 2 日，标“家庭侦探宋悟奇探案”，署名“张碧梧”。

张碧梧：《遗嘱的变化》，《半月》第三卷第十九期，1924 年 6 月 16 日，标“家庭侦探宋悟奇探案”，署名“张碧梧”。

张碧梧：《披屋中的病人》，《半月》第三卷第二十期，1924 年 7 月 2 日，标“家庭侦探宋悟奇探案”，署名“张碧梧”。

张碧梧：《杯中红酒》，《半月》第三卷第二十一期，1924 年 7 月 16 日，“侦探之友”栏目，标“家庭侦探宋悟奇探案”，署名“张碧梧”。

张碧梧：《乱离中的衣箱》，《半月》第四卷第一期，1924 年 12 月 11 日，标“家庭侦探宋悟奇探案”，署名“张碧梧”。

张碧梧：《一封匿名信》，《半月》第四卷第三期，1925 年 1 月 9 日，标“家庭侦探宋悟奇探案”，署名“张碧梧”。

张碧梧：《无名火》，《半月》第四卷第四期，1925 年 1 月 24 日，标“家庭侦探宋悟奇探案”，署名“张碧梧”。

张碧梧：《自讨苦吃》，《半月》第四卷第十八期，1925 年 9 月 2 日，标“家庭侦探宋悟奇探案”，署名“张碧梧”。

张碧梧：《衾具中的毒针》，《半月》第四卷第二十一期，1925 年 10 月 18 日，“侦探之友”栏目，标“家庭侦探宋悟奇探案”，署名“张碧梧”。

张碧梧：《一张会单》，《半月》第四卷第二十二期，1925 年 11 月 1 日，标“家庭侦探宋悟奇探案”，署名“张碧梧”。

张碧梧：《两次火警》，《紫罗兰》第一卷第一期，1925 年 12 月 16 日，“侦探之友”栏目，标“家庭侦探宋悟奇探案”，署名“张碧梧”。

张碧梧：《木脚》，《紫罗兰》第一卷第二期，1925 年 12 月 30 日，

“侦探之友”栏目，标“家庭侦探宋悟奇探案”，署名“张碧梧”。

张碧梧：《一束情书》，《紫罗兰》第一卷第三期，1926年1月14日，“侦探之友”栏目，标“家庭侦探宋悟奇探案”，署名“张碧梧”。

张碧梧：《皮箱中的儿尸》，《紫罗兰》第一卷第四期，1926年1月28日，“侦探之友”栏目，标“家庭侦探宋悟奇探案”，署名“张碧梧”。

张碧梧：《招聘教师的广告》，《紫罗兰》第一卷第七期，1926年3月14日，“侦探之友”栏目，标“家庭侦探宋悟奇探案”，署名“张碧梧”。

张碧梧：《黑衣人》，《紫罗兰》第一卷第九期，1926年4月12日，“侦探之友”栏目，标“家庭侦探宋悟奇探案”，署名“张碧梧”。

张碧梧：《三星在户》，《紫罗兰》第一卷第十一期，1926年5月12日，“侦探之友”栏目，标“家庭侦探宋悟奇探案”，署名“张碧梧”。

张碧梧：《梅花尸》，《紫罗兰》第一卷第十二期，1926年5月26日，“侦探之友”栏目，标“家庭侦探宋悟奇探案”，署名“张碧梧”。

张碧梧：《三星党》，《紫罗兰》第一卷第十四期，1926年6月24日，“侦探之友”栏目，标“家庭侦探宋悟奇探案”，署名“张碧梧”。

张碧梧：《六指人》，《紫罗兰》第一卷第十九期，1926年9月7日，“侦探之友”栏目，标“家庭侦探宋悟奇探案”，署名“张碧梧”。

张碧梧：《看戏归来》，《紫罗兰》第一卷第二十期，1926年9月21日，“侦探之友”栏目，标“家庭侦探宋悟奇探案”，署名“张碧梧”。

张碧梧：《包车中》，《紫罗兰》第一卷第二十一期，1926年10月7日，“侦探之友”栏目，标“家庭侦探宋悟奇探案”，署名“张碧梧”。

张碧梧：《一睡不起》，《紫罗兰》第一卷第二十二期，1926年10月21日，“侦探之友”栏目，标“家庭侦探宋悟奇探案”，署名“张碧梧”。

张碧梧：《白皮鞋》，《紫罗兰》第一卷第二十三期，1926 年 11 月 5 日，“侦探之友”栏目，标“家庭侦探宋悟奇探案”，署名“张碧梧”。

张碧梧：《一夜的失踪》，《紫罗兰》第二卷第一期，1926 年 12 月 19 日，“侦探之友”栏目，标“家庭侦探宋悟奇探案”，署名“张碧梧”。

张碧梧：《死人之室》，《紫罗兰》第二卷第三期，1927 年 1 月 18 日，1927 年 8 月 15 日再版，“侦探之友”栏目，标“家庭侦探宋悟奇探案”，署名“张碧梧”。

张碧梧：《吃了年夜饭后》，《紫罗兰》第二卷第五期，1927 年 2 月 16 日，“侦探之友”栏目，标“家庭侦探宋悟奇探案”，署名“张碧梧”。

张碧梧：《卖花声》，《紫罗兰》第二卷第六期，1927 年 3 月 4 日，“侦探之友”栏目，标“家庭侦探宋悟奇探案”，署名“张碧梧”。

张碧梧：《主笔失踪》，《紫罗兰》第二卷第八期，1927 年 5 月 1 日，“侦探之友”栏目，标“家庭侦探宋悟奇探案”，署名“张碧梧”。

张碧梧：《莲瓣之痕》，《紫罗兰》第二卷第九期，1927 年 5 月 15 日，“侦探之友”栏目，标“家庭侦探宋悟奇探案”，署名“张碧梧”。

张碧梧：《惊鸿一瞥》，《紫罗兰》第二卷第十期，1927 年 5 月 31 日，“侦探之友”栏目，标“家庭侦探宋悟奇探案”，署名“张碧梧”。

张碧梧：《跳楼》，《紫罗兰》第二卷第十一期，1927 年 6 月 14 日，“侦探之友”栏目，标“家庭侦探宋悟奇探案”，署名“张碧梧”。

张碧梧：《酸性的恋爱》，《紫罗兰》第二卷第十三期，1927 年 7 月 13 日，“侦探之友”栏目，标“家庭侦探宋悟奇探案”，署名“张碧梧”。

张碧梧：《歌残舞歇》，《紫罗兰》第二卷第十四期，1927 年 7 月 29 日，“侦探之友”栏目，标“家庭侦探宋悟奇探案”，署名

“张碧梧”。

张碧梧：《失宝记》，《紫罗兰》第二卷第十五期，1927 年 8 月 12 日，“侦探之友”栏目，标“家庭侦探宋悟奇探案”，署名“张碧梧”。

张碧梧：《重圆记》，《紫罗兰》第二卷第十六期，1927 年 8 月 27 日，“侦探之友”栏目，标“家庭侦探宋悟奇探案”，署名“张碧梧”。

张碧梧：《毁面记》，《紫罗兰》第二卷第十七期，1927 年 9 月 10 日，“侦探之友”栏目，标“家庭侦探宋悟奇探案”，署名“张碧梧”。

张碧梧：《舞衣》，《紫罗兰》第二卷第十八期，1927 年 9 月 26 日，“侦探之友”栏目，标“家庭侦探宋悟奇探案”，署名“张碧梧”。

张碧梧：《同命记》，《紫罗兰》第二卷第二十期，1927 年 10 月 25 日，“侦探之友”栏目，标“家庭侦探宋悟奇探案”，署名“张碧梧”。

张碧梧：《亭子间里的血案》，《紫罗兰》第二卷第二十一期，1927 年 11 月 8 日，“侦探之友”栏目，标“家庭侦探宋悟奇探案”，署名“张碧梧”。

张碧梧：《血染阶前》，《紫罗兰》第二卷第二十二期，1927 年 11 月 24 日，“侦探之友”栏目，标“家庭侦探宋悟奇探案”，署名“张碧梧”。

张碧梧：《内外交攻》，《紫罗兰》第二卷第二十三期，1927 年 12 月 8 日，“侦探之友”栏目，标“家庭侦探宋悟奇探案”，署名“张碧梧”。

张碧梧：《舱中的遗函》，《紫罗兰》第二卷第二十四期，1927 年 12 月 24 日，“侦探之友”栏目，标“家庭侦探宋悟奇探案”，署名“张碧梧”。

张碧梧：《珍珠头面》，《紫罗兰》第三卷第二十四期“侦探小说号”，1929 年 3 月 11 日，署名“张碧梧”。属于“家庭侦探宋悟奇探案”系列之一。①

单行本出版的原创侦探小说或侦探小说集

张碧梧：《宋悟奇家庭侦探案》（全二册），上海大东书局，1926 年 4 月出版发行，署名“张碧梧著”。其中“上册”收录《狐疑》《作法自毙》《遗嘱的变化》《鬼脸》《红鬼丸》《披屋中的病人》《两败俱伤》《鸿飞冥冥》共八篇侦探小说；“下册”收录《杯中红酒》《衾具中的毒针》《一封匿名信》《乱离中的衣箱》《自讨苦吃》《无名火》《一张会单》《镶钻别针》共八篇侦探小说；十六篇小说皆曾在《半月》杂志上发表。据魏绍昌《民国通俗小说书目资料汇编》（上海书店出版社 2014 年版）第 997—998 页介绍，《宋悟奇家庭侦探案》（1 册），标“侦探小说”，署名“张碧梧著”，书中收录“家庭侦探宋悟奇探案”系列小说八篇：《狐疑》《作法自毙》《遗嘱的变化》《鬼脸》《红鬼丸》《披屋中的病人》《两败俱伤》《鸿飞冥冥》，魏绍昌所见应为该书“上册”内容。另有短篇小说集《狐疑》，奉天信源印书馆印行，1938 年 7 月 1 日初版，1939

---

① 除侦探小说外，张碧梧还创作过很多和犯罪题材相关的小说作品，也可以纳入和其侦探小说创作一并讨论，比如：《金钱下的家庭》，《红杂志》第三十四期，1922 年；《生前与死后》，《红杂志》第四十四期，1922 年；《黑衣女郎》，《小说世界》第一卷第七期，1923 年 2 月 16 日；《金钱教育》，《小说世界》第四卷第四期，1923 年 10 月 26 日；《疯》，《红杂志》第二卷第十三期，1923 年 11 月 2 日；《跛足画师》，《红杂志》第二卷第十七期，1923 年 11 月 29 日；《朱公馆的包车夫》，《心声：妇女文苑》第一卷第四期，1923 年；《一发千钧》，《小说世界》第八卷第八期，1924 年 11 月 21 日；《谁无子女》，《小说世界》第十卷第十期，1925 年 6 月 5 日；《血衣》，《小说世界》第十一卷第一期，1925 年 7 月 3 日；《自杀后》，《紫罗兰》第一卷第三期，1926 年 1 月 14 日；《死后》，《紫罗兰》第一卷第四期，1926 年 1 月 28 日；《几页破裂的日记》，《小说世界》第十四卷第九期，1926 年 8 月 27 日；《惶恐的一夜》，《小说世界》第十五卷第七期，1927 年 2 月 11 日；《一个新来的疯妇》，《小说世界》第十五卷第九期，1927 年 2 月 26 日；《梦人》，《小说世界》第十六卷第五期，1927 年 7 月 29 日；等等。

年3月30日再版印刷，1939年4月30日再版发行，标“家庭侦探小说”，署名“张广新编辑、张静菴发行、刘子祯印刷”。书中收录“家庭侦探宋悟奇探案”系列小说八篇：《狐疑》《作法自毙》《遗嘱的变化》《鬼脸》《红鬼丸》《披屋中病人》《两败俱伤》《鸿飞冥冥》（其中《披屋中病人》在单行本目录中为《披屋中病人》，在杂志发表及单行本内文中皆为《披屋中的病人》），该书和大东书局版《宋悟奇家庭侦探案》“上册”内容一致。另有短篇小说集《杯中红酒》，奉天信源印书馆印行，出版时间不详，标“家庭侦探小说”。书中收录“家庭侦探宋悟奇探案”系列小说八篇：《杯中红酒》《衾具中的毒针》《一封匿名信》《乱离中的衣箱》《自讨苦吃》《无名火》《一张会单》《镶钻别针》，该书和大东书局版《宋悟奇家庭侦探案》“下册”内容一致。

报纸杂志上发表的翻译侦探小说

张碧梧、毕倚虹译：《断指手印》，《小说大观》第五期，1916年3月，标“侦探小说”，署名“英国 A. Jones 著，碧梧、倚虹同译”。

张碧梧、周瘦鹃译：《电耳》，《小说月报》第九卷第十一期，1918年11月25日，“说丛”栏目，标“科学侦探”，署名“碧梧、瘦鹃合译”。

张碧梧译：《木箱》，《小说新报》第六卷第十一期，1920年（庚申年）11月，标“侦探小说”，署名“碧梧译”。

张碧梧译：《毒酒》，《小说新报》第六卷第十二期，1920年（庚申年）12月，标“侦探小说”，署名“碧梧”。

张碧梧译：《毒瓶》，《快活》第三期、第五期、第七期、第十一期、第十三期、第十五期、第十九期、第二十一期、第二十七期，1922年（分9次刊载），标“侦探小说”，署名“张碧梧译”。

张碧梧译：《白室记》，《半月》第二卷第一期至第二卷第二十四期（分21次刊载，其中第二卷第六期、第二卷第十一期、第二卷第十八期未刊载），1922 年 9 月 6 日至 1923 年 8 月 26 日，署名“张碧梧译”。又见小说单行本《白室记》（上、下两册），上海大东书局，1926 年 7 月，署名“张碧梧译述，周瘦鹃校阅”。

张碧梧译：《弄巧成拙》，《侦探世界》第二期，1923 年，署名“张碧梧译”。

张碧梧译：《神枪》，《侦探世界》第五期，1923 年，署名“Ward Sterling 著，张碧梧译”。

张碧梧译：《复仇》，《侦探世界》第七期，1923 年，署名“John Baer 著，张碧梧译”。

张碧梧译：《白鸽》，《侦探世界》第八期，1923 年，署名“张碧梧译”。

张碧梧译：《牙科医生》，《小说世界》第三卷第一期，1923 年 7 月 6 日，署名“John Baer 著，张碧梧译”。

张碧梧译：《情急生智》，《小说世界》第三卷第六期，1923 年 8 月 10 日，署名“George W. Breuker 著，张碧梧译”。

张碧梧译：《血书》，《小说世界》第三卷第九期，1923 年 8 月 31 日，署名“John Baer 著，张碧梧译”。

张碧梧译：《奇形宝石》，《小说世界》第三卷第十期，1923 年 9 月 7 日，署名“Lloyd Lonergan 著，张碧梧译”。

张碧梧译：《旧仇新恨》，《小说世界》第三卷第十二期，1923 年 9 月 21 日，署名“Stass，J. J. 著，张碧梧译”。

张碧梧译：《明天》，《小说世界》第三卷第十三期，1923 年 9 月 28 日，署名“Gilbert Parker 著，张碧梧译”。

张碧梧译：《化为乌有》，《小说世界》第四卷第一期，1923 年 10 月 5 日，署名“George Bruce Marquis 原著，张碧梧译述”。

张碧梧译：《蜡烛油》，《侦探世界》第九期，1923 年 10 月 10 日，署名“张碧梧”。

张碧梧译：《两张遗嘱》，《半月》第三卷第二期，1923 年 10 月 10 日，“侦探之友”栏目，标“英国贝克侦探案”，署名“张碧梧译”。

张碧梧译：《鹰缘》，《半月》第三卷第五期，1923 年 11 月 22 日，“侦探之友”栏目，标“贝克侦探案之二”，署名“张碧梧译”。

张碧梧译：《地道》，《小说世界》第四卷第十期，1923 年 12 月 7 日，署名“J. B. Hawley 著，张碧梧译”。

张碧梧译：《作法自毙》，《小说世界》第四卷第十二期，1923 年 12 月 21 日，署名“J. B. Hawley 著，张碧梧译”。

张碧梧译：《额上的十字》，《半月》第三卷第七期，1923 年 12 月 22 日，“侦探之友”栏目，标“贝克侦探案之三”，署名“张碧梧译”。

张碧梧译：《爱……恨》，《半月》第三卷第九期，1924 年 1 月 20 日，标“贝克侦探案之四”，署名“张碧梧译”。

张碧梧译：《逼杀》，《小说世界》第五卷第七期，1924 年 2 月 15 日，署名“John Baer 著，张碧梧译”。

张碧梧译：《蛤蟆毒》，《小说世界》第五卷第九期，1924 年 2 月 29 日，署名“Paul Everman 著，张碧梧译”。

张碧梧译：《一打鸡蛋》，《半月》第三卷第十二期，1924 年 3 月 5 日，“侦探之友”栏目，标“贝克新探案”，署名“张碧梧译”。

张碧梧译：《窗中怪影录》，《社会之花》第一卷第六期至第一卷第十六期（分 11 次连载），1924 年 3 月 5 日至 1924 年 6 月 15 日，标“侦探小说”，署名“J. Freterie Thorne 著，张碧梧译”。

张碧梧译：《一个漏洞》，《半月》第三卷第十三期，1924 年 3 月 19 日，“侦探之友”栏目，标“贝克新探案”，署名“张碧梧译”。

张碧梧译：《红耳朵》，《小说世界》第七卷第一期，1924 年 7 月 4 日，署名“Murray Leinster 原著，张碧梧译”。

张碧梧译：《笑的骷髅》，《小说世界》第七卷第十三期，1924

年9月26日，署名“Gwyn Evans著，张碧梧译”。

张碧梧译：《恩怨了了》，《小说世界》第八卷第一期“特刊号”，1924年10月3日，署名“G. A. Wells著，张碧梧译”。

张碧梧译：《奇妙的报复》，《小说世界》第八卷第三期，1924年10月17日，署名“Lloyd Lonergar著，张碧梧译”。

张碧梧译：《珠还记》，《小说世界》“侦探专号”，1924年12月，署名“张碧梧译”。

张碧梧译：《古屋藏奸记》，《小说世界》“侦探专号”，1924年12月，署名“Francis James著，碧梧桐馆译”。

张碧梧译：《闯关》，《小说世界》第八卷第十三期，1924年12月26日，署名“E. W. Hornung著，张碧梧译”。

张碧梧译：《扑克牌》，《小说世界》第九卷第一期，1925年1月2日，署名“Haughton Howell著，张碧梧译”。

张碧梧译：《捕盗记》，《小说世界》第九卷第四期，1925年1月23日，署名“Captain George Ash著，张碧梧译”。

张碧梧译：《一纸万金》，《小说世界》第十一卷第十一期，1925年9月11日，署名“George Dilnot著，张碧梧译”。

张碧梧译：《漂流的烟盒》，《小说世界》第十一卷第十二期，1925年9月18日，署名“Douglas Newton著，张碧梧译”。

张碧梧译：《谁之罪》，《小说世界》第十三卷第十一期，1926年3月12日，署名“Kenneth Dyer著，张碧梧译”。该小说原名为：*No Law to Punish*.

周瘦鹃、张碧梧译：《珍珠项圈》，《紫罗兰》第三卷第一期，1928年4月5日，标“亚森罗苹最新奇案”，署名“法国勒白朗氏原著，周瘦鹃、张碧梧合译”。小说原名为 *Les Gouttes qui tombent*（1928），现通常译作《水往下冲》。

周瘦鹃、张碧梧译：《英王的情书》，《紫罗兰》第三卷第二期，1928年4月20日，标“亚森罗苹最新奇案”，署名“法国勒白朗氏原著，周瘦鹃、张碧梧合译”。小说原名为 *La Lettre d'amour du roi*

George（1928），现通常译作《乔治国王的情书》。

周瘦鹃、张碧梧译：《赌后》，《紫罗兰》第三卷第三期至第三卷第四期，1928 年 5 月 4 日至 1928 年 5 月 19 日，标“亚森罗苹最新奇案”，署名“法国勒白朗氏原著，周瘦鹃、张碧梧合译”。小说原名为 *La Partie de baccara*（1928），现通常译作《一局纸牌赌博》。

周瘦鹃、张碧梧译：《金齿人》，《紫罗兰》第三卷第五期，1928 年 6 月 2 日，标“亚森罗苹最新奇案”，署名“法国勒白朗氏原著，周瘦鹃、张碧梧合译”。小说原名为 *L'Homme aux dents d'or*（1928），现通常译作《金牙人》。

周瘦鹃、张碧梧译：《十二个黑小子》，《紫罗兰》第三卷第七期，1928 年 7 月 2 日，标“亚森罗苹最新奇案”，署名“法国勒白朗氏原著，周瘦鹃、张碧梧合译”。小说原名为 *Les Douze Africaines de Béchoux*（1928），现通常译作《贝舒的十二张非洲矿业股票》。

周瘦鹃、张碧梧译：《古塔奇案》，《紫罗兰》第三卷第八期，1928 年 7 月 17 日，标“亚森罗苹最新奇案”，署名“法国勒白朗氏原著，周瘦鹃、张碧梧合译”。小说原名为 *Le Hasard fait des miracles*（1928），现通常译作《偶然产生奇迹》。

周瘦鹃、张碧梧译：《断桥》，《紫罗兰》第三卷第九期，1928 年 7 月 31 日，标“亚森罗苹最新奇案”，署名“法国勒白朗氏原著，周瘦鹃、张碧梧合译”。

周瘦鹃、张碧梧译：《化身人》，《紫罗兰》第三卷第十一期至第三卷第十二期，1928 年 8 月 29 日至 1928 年 9 月 14 日，标“亚森罗苹最新奇案”，署名“法国勒白朗氏原著，周瘦鹃、张碧梧合译”。小说原名为 *Gants blancs... guêtres blanches...*（1928），现通常译作《白色手套……白色护腿套》。

周瘦鹃、张碧梧译：《车中怪手》，《紫罗兰》第三卷第十三期至第三卷第十四期，1928 年 9 月 28 日至 1928 年 10 月 13 日，标

"亚森罗苹最新奇案"，署名"法国勒白朗氏原著，周瘦鹃、张碧梧合译"。小说原名为 *Béchoux arrête Jim Barnett*（1928），现通常译作《贝舒逮住巴尔内特》①。

单行本出版的翻译侦探小说或侦探小说集

张碧梧译：《空心石柱》（上、下两册），上海大东书局，1925 年 4 月出版发行，1933 年 8 月五版，署名"法国勒白朗原著，张碧梧编译，周瘦鹃校阅"，属于"亚森罗苹案全集"之一种，"第廿一册""第廿二册"。小说原名为 *L'Aiguille creuse*（1909），现通常译作《空心岩柱》。

张碧梧译：《贝克侦探案》，上海大东书局，1926 年 4 月出版。内收《一个漏洞》《额上的十字》《一打鸡蛋》《爱……恨》《两张遗嘱》《鹰缘》六篇侦探小说译作，六篇小说皆在《半月》杂志上刊登过。

张碧梧译：《重圆记》，上海商务图书馆，出版时间不详，署名"勃罗里维著，张碧梧译"。

侦探小说评论文章（含序跋）

张碧梧：《〈双雄斗智记〉"前言"》，《半月》第一卷第一期，1921 年 9 月 16 日，署名"碧梧识"。

张碧梧：《小说作者的身份问题》，《最小》第一卷第二十四期，1923 年 4 月 16 日，"关于小说之文"栏目，署名"张碧梧"。

张碧梧：《小说作者今后的责任》，《最小》第一卷第二十五期，1923 年 4 月 18 日，"关于小说之文"栏目，署名"张碧梧"。

① 张碧梧还曾翻译过柯南·道尔的军事小说《如法炮制》，《红玫瑰》第四卷第二十六期，1928 年 9 月 1 日，署名"著者英国柯南道尔 A. Conan Doyle，张碧梧译"。小说原名为 *The Lord of Chateau Noir*. 现通常译作《黑别墅之主人》，该小说首先刊载于 1894 年 6 月的 *The Strand Magazine*，又刊载于 1895 年 3 月的 *McClure's Magazine*.

张碧梧：《侦探短篇夺标的提议》，《最小》第四卷第一百〇一期，1923 年 9 月 25 日，“关于小说之文”栏目，署名“张碧梧”。

张碧梧：《侦探长片之失败》，《侦探世界》第十五期，1923 年十二月朔日（农历），“银幕上的侦探”栏目，署名“碧梧”。

张碧梧：《侦探小说之三大难点》，《侦探世界》第十五期，1923 年十二月朔日（农历），署名“碧梧”。

张碧梧：《侦探小说琐话》，《侦探世界》第十五期，1923 年十二月朔日（农历），署名“张碧梧”。

张碧梧：《侦探小说之难处》，《侦探世界》第十六期，1923 年十二月望日（农历），署名“张碧梧”。

张碧梧：《侦探小说琐话》，《侦探世界》第十六期，1923 年十二月望日（农历），署名“碧梧”。

张碧梧：《侦探小说琐话》，《侦探世界》第十七期，1924 年元旦（农历），署名“张碧梧”。

张碧梧：《〈玉兰花〉序》，见《玉兰花》，上海社会新闻社，1928 年 5 月初版，署名“碧梧桐舘”。

与侦探小说有关的其他文章

张碧梧：《我亲见的三位侠客》，《侦探世界》第三期，1923 年，署名“张碧梧”。

张碧梧：《罪犯们的和善的天使》，《紫罗兰》第四卷第四期，1929 年 8 月 15 日，署名“张碧梧”。

张碧梧：《全世界最可惊怖之奇案》，《紫罗兰》第四卷第六期，1929 年 9 月 15 日，署名“张碧梧”。①

① 民国时期其他人谈及张碧梧侦探小说的相关文章有：孙季康：《近代小说名家小史·张碧梧》，《小说日报》1923 年 2 月 1 日，等等。

程小青[①]

报纸杂志上发表的原创侦探小说[②]

程小青：《灯光人影》，《新闻报》副刊“快活林”1916年12月31日、1917年1月1日、1917年1月3日（未完），“快活林夺标会披露”栏目，标“第一课”“甲”“侦探小说”。属于“霍桑探案”系列，侦探霍桑在这篇小说中名为“霍森”。

程小青：《角智记》，《小说大观》第九期至第十期，1917年3月30日至1917年6月30日，标“侦探小说”，署名“小青”。该小说为福尔摩斯与亚森·罗苹智斗的同人故事。小说首次刊载前附周瘦鹃一段介绍性文字，说明程小青创作该小说与当时“侠盗亚森罗苹案”系列小说翻译之间的关系。该小说后更名为《龙虎斗》，《紫

① 本附录中程小青侦探小说相关年表，参考了姜维枫的《近现代侦探小说作家程小青研究》（中国社会科学出版社2007年版）一书中的“附录二”《程小青作品列表》；卢润祥的《神秘的侦探世界——程小青、孙了红小说艺术谈》（学林出版社1996年版）一书中的“附录一”《程小青生平与著译年表》（魏守忠编制）；周楠的《近代侦探小说中的都市元素研究》（硕士学位论文，上海师范大学，2015年）中的“附录”《程小青作品年表（民国部分）》；魏绍昌的《我看鸳鸯蝴蝶派》（上海书店出版社2015年版）；翟猛的《〈青年进步〉刊程小青汉译小说考论》（《新文学史料》2020年第2期）；ellry（刘臻）的《程小青作品小考》（http：//www.tuili.com/web/Article_Show.asp？ArticleID=142）；老蔡的《程小青作品小考增补》（http：//www.tuili.com/blog/u/8/archives/2010/2734.html）；以及ellry（刘臻）的《程小青作品再考》（https：//www.douban.com/note/466362697/）。

② 程小青的侦探小说创作以“霍桑探案”系列为主，曾用笔名：小青、青、金铿、卖橄榄者，等等；因其书斋名为“茧庐”，故号“茧翁”；又因其有书斋“曾经沧海室”，故号“曾经沧海室主”。章梅魂在《侦探小说作家赞：程小青赞》（刊于《游戏世界》第二十期“侦探小说号”，1923年1月）一文中，称赞程小青为：“惟小则灵，惟蓝出青。江南之燕，独辟畦町。懿欤美哉，探界明星。”

罗兰》第一期至第十二期，1943 年 4 月 1 日至 1944 年 4 月（分 12 次连载），标“福尔摩斯与亚森罗苹的搏斗”，署名“程小青”。《龙虎斗》分为《钻石项圈》和《潜艇图》两个故事，且小说首次刊载前附有程小青所作“引言”一篇。又见小说单行本《龙虎斗》，世界书局，1944 年 3 月，1946 年 1 月出版，标“著作者程小青、发行人陆高谊”。杂志连载与单行本《龙虎斗》内容一致，较之《角智记》，在小说内容上有较大幅度修改，小说语言亦由文言改为白话。

程小青：《江南燕》，《先施乐园日报》1919 年 5 月 27 日至 1919 年 7 月 22 日（其中所见报纸期数残缺不全，1919 年 5 月 27 日之前报纸亦缺失未见），标“侦探小说”“东方福尔摩斯探案”，署名“程小青”。又见小说单行本《江南燕》，上海华亭书局，1921 年 4 月初版，1922 年 4 月再版，标“东方福尔摩斯侦探案之一”。又见小说单行本《江南燕》，上海图书馆出版，民友社印刷，1921 年 4 月 15 日出版，标“著作者程小青、校正者周瘦鹃、发行者俞幼甫”“东方福尔摩斯探案之一”。又见小说单行本《江南燕》，三星书局出版印刷，1934 年 2 月 1 日再版，标“著作者程小青、校正者周瘦鹃，发行者紫琅崔鼎□”“东方福尔摩斯探案”。该小说又收录于《霍桑探案外集》（第一册）。又收录于《霍桑探案全集袖珍丛刊》（第十九册）。

程小青：《倭刀记》，《小说月报》第十卷第十期至第十一卷第四期，1919 年 10 月 25 日至 1920 年 4 月 25 日（分 7 次连载），标“东方福尔摩斯探案”，署名“程小青著”。又见小说单行本《倭刀记》，商务印书馆印刷发行，1920 年 6 月初版，标“吴县程小青编纂、无锡王蕴章校订”。该小说后更名为《血匕首》，《乐观》第七期至第十二期，1941 年 11 月 1 日至 1942 年 4 月 1 日（分 6 次连载），标“霍桑探案”，署名“程小青”。《血匕首》又收录于《霍桑探案全集袖珍丛刊》（第十四册）。

程小青：《鞋尖泥印》，《先施乐园日报》1920 年 4 月 9 日至 1920 年 4 月 16 日（分 8 次连载），标“侦探小说”，署名“小青”。

属于“霍桑探案”系列。该小说又见《义侠小说大观》（全二册），上海大陆图书公司，1922 年 2 月 1 日第四版，版权页标“编辑者：海虞吴虞公”，文章标“武侠侦探案 下编”，文章署名“小青”。

程小青：《梦里》，《申报》1920 年 6 月 16 日，“文艺俱乐部”栏目，标“点题短篇小说”“侦探”，署名“程小青”。属于“东方福尔摩斯探案”系列之一。

程小青：《无头案》，《华安》第二卷第一期至第二卷第五期，1920 年（分 5 次连载），“小说”栏目，标“东方福尔摩斯探案”，署名“程小青”。该小说后更名为《孽果情苗》，益智书店，康德四年（1937 年）11 月 1 日印刷发行，标“侦探哀情小说”，署名“原著人程小青、改编人宋小濂、发行人姜殿昌、印刷人赵玺廷”，为伪满时期的出版物。该小说又收录于《霍桑探案外集》（第一册）。又收录于《霍桑探案全集袖珍丛刊》（第十九册）。

程小青：《翡翠圈》，《华安》第二卷第六期，1920 年（未完），“小说”栏目，标“霍桑探案”，署名“程小青”。

程小青：《断指党》，《礼拜六》第一百〇一期至第一百一十二期，1921 年 3 月 19 日至 1921 年 6 月 4 日（分 12 次连载），标“东方福尔摩斯探案”，署名“程小青”。该小说后更名为《社会之敌》，收录于《霍桑探案汇刊第二集》（第二册）。该小说后又更名为《断指团》，收录于《霍桑探案全集袖珍丛刊》（第二十六册）。

程小青：《长春妓》，《礼拜六》第一百一十三期至第一百二十五期（其中第一百一十五期未刊登），1921 年 6 月 11 日至 1921 年 9 月 3 日（分 12 次连载），标“东方福尔摩斯探案”，署名“程小青”。该小说后更名为《堕落女子》，收录于《霍桑探案汇刊第二集》（第二册）。该小说后又更名为《沾泥花》，收录于《霍桑探案全集袖珍丛刊》（第二十七册）。

程小青：《精神病》，《消闲月刊》（苏州）第四期，1921 年 8 月，标“侦探小说”“东方福尔摩斯探案”，署名“小青”。该小说后更名为《良医与良媒》，《新上海》第一卷第二期，1933 年 9 月，标“霍桑探案”，署名“程小青”。该小说后又更名为《催眠术》，《海报》1945年5月28日至1945年6月8日，标“《海报》名家小说转轮会·第六篇”“霍桑探案”，署名“程小青”。《催眠术》又收录于《霍桑探案全集袖珍丛刊》（第二十六册）。其中《良医与良媒》为《精神病》的白话文改写版。

程小青：《自由女子》，《半月》第一卷第三期“秋季小说号”，1921年10月15日，署名“程小青”。属于“霍桑探案”系列。该小说后更名为《毋宁死》，《新侦探》第二期，1946年2月，标“霍桑探案”，署名“程小青”。《毋宁死》又收录于《霍桑探案全集袖珍丛刊》（第三十册）。《毋宁死》较之《自由女子》，在小说内容上有较大幅度修改。

程小青：《?》，《半月》第一卷第六期“侦探小说号”、第一卷第八期，1921年11月29日、1921年12月29日，标“东方福尔摩斯新探案”，署名“程小青”。该小说后更名为《裹棉刀》，收录于《霍桑探案全集袖珍丛刊》（第五册）。

程小青：《东方福尔摩斯的儿童时代》，《家庭》第一期，1922年1月1日，署名“程小青”。属于“霍桑探案”系列。该小说后更名为《霍桑的童年》，收录于《霍桑探案外集》（第六册）。《霍桑的童年》又收录于《霍桑探案全集袖珍丛刊》（第十九册）。

程小青：《怪别墅》，《半月》第一卷第十八期，1922年5月27日，标“东方福尔摩斯探案”，署名“程小青”。该小说后更名为《别墅之怪》，《大众》第三十一期，1945年6月1日，标“霍桑探案”，署名“程小青”。《别墅之怪》又收录于《霍桑探案全集袖珍丛刊》（第二十九册）。《别墅之怪》较之《怪别墅》，在小说内容上有较大幅度修改。

程小青：《霍桑的小友》，《半月》第一卷第二十一期，1922年7月9日，“侦探之友”栏目，标“东方福尔摩斯探案”，署名“陈小青”（应为杂志编辑笔误所致）。该小说后更名为《古钢表》，《大众》第二十六期，1944年12月1日，标“霍桑探案”，署名“程小青”。《古钢表》又收录于《霍桑探案全集袖珍丛刊》（第三十册）。《古钢表》较之《霍桑的小友》，在小说内容上有较大幅度修改。

程小青：《红宝石》，《红杂志》第二期，1922年8月，署名“程小青”。属于“江南燕”侠盗故事系列。

程小青：《试卷》，《半月》第二卷第一期，1922年9月6日，标“东方福尔摩斯探案”，署名“程小青”。该小说又收录于《霍桑探案全集袖珍丛刊》（第三十册）。

程小青：《猫儿眼》，《快活》第三期，1922年9月，标“东方福尔摩斯探案”“江南燕案之一”，署名“程小青”。该小说后更名为《猫眼宝》，收录于《霍桑探案汇刊第一集》（第一册）。《猫儿眼》又收录于《霍桑探案全集袖珍丛刊》（第二十五册）。

程小青：《一只鞋子》，《快活》第八期，1922年10月，标“东方福尔摩斯探案”，署名“程小青”。该小说后更名为《一只鞋》，收录于《霍桑探案汇刊第一集》（第一册）。《一只鞋》又收录于《霍桑探案全集袖珍丛刊》（第二十六册）。

黛影、程小青：《雪中尸》，《快活》第九期，1922年，标“侦探奇案”，署名“黛影女士试做，程小青润辞”。

程小青：《一个嗣子》，《快活》第十一期，1922年11月，标“东方福尔摩斯探案”，署名“程小青”。该小说后更名为《嗣子之死》，收录于《霍桑探案汇刊第一集》（第一册）。《嗣子之死》又收录于《霍桑探案全集袖珍丛刊》（第二十五册）。

程小青：《冰人》，《快活》第二十三期“侦探号”，1922年12月，标“东方福尔摩斯探案”，署名“程小青”。该小说后更名为《楼头人面》，收录于《霍桑探案汇刊第一集》（第一册）。《楼头人面》又收录于《霍桑探案全集袖珍丛刊》（第二十六册）。

程小青：《孽镜》，《游戏世界》第二十期“侦探小说专号”，1923年1月，标“东方福尔摩斯探案”，署名“程小青”。该小说后更名为《魔力》，收录于《霍桑探案汇刊第二集》（第三册）。《魔力》又收录于《霍桑探案全集袖珍丛刊》（第二十三册）。

赵芝岩、程小青：《剧贼角智录》，《半月》第二卷第九期，1923 年 1 月 17 日，“侦探之友”栏目，署名“赵芝岩、程小青”。

程小青：《酒后》，《小说世界》第一卷第四期，1923 年 1 月 26 日，署名“程小青”。属于“霍桑探案”系列。该小说后更名为《失败史之一页》，收录于《霍桑探案汇刊第二集》（第一册）。该小说后又更名为《打赌》，收录于《霍桑探案全集袖珍丛刊》（第三十册）。

程小青：《黑鬼》，《半月》第二卷第十一期“春节号”，1923 年 2 月 16 日，“侦探之友”栏目，标“霍桑探案”，署名“程小青”。该小说后更名为《黑脸鬼》，《大众》第二十七期，1945 年 1 月 1 日，标“霍桑探案”，署名“程小青”。《黑脸鬼》又收录于《霍桑探案全集袖珍丛刊》（第三十册）。《黑脸鬼》较之《黑鬼》，在小说内容上有较大幅度修改。

程小青：《怨海波》，《侦探世界》第一期至第六期，1923 年 6 月至 1923 年？月（分 12 回连载），标“东方福尔摩斯探案”，署名“程小青著”。该小说后更名为《毒与刀》，收录于《霍桑探案汇刊第一集》（第六册）。该小说后又更名为《青春之火》，收录于《霍桑探案全集袖珍丛刊》（第二十二册）。

程小青：《红圈》，《红杂志》第二卷第一期“纪念号”，1923 年 8 月 10 日，署名“程小青”。该小说中只有包朗登场。

程小青：《鹦鹉》，《千秋》第一期，1923 年。该杂志未见，仅见《时报》1923 年 8 月 16 日上刊载的一则广告。该小说后更名为《鹦鹉声》，收录于《霍桑探案全集袖珍丛刊》（第二十七册）。

程小青：《我的婚姻》，《侦探世界》第十期至第十二期，1923 年 10 月 24 日至 1923 年？月，标“霍桑探案”，署名“程小青”。该小说后更名为《险婚姻》，收录于《霍桑探案汇刊第一集》（第二册）。《险婚姻》又收录于《霍桑探案全集袖珍丛刊》（第二十一册）。

程小青：《不可思议》，《侦探世界》第十三期，1923 年十一月朔日（农历），标“霍桑探案”，署名“程小青”。又见《（绘图）侦探之敌》，该书为“绘图小小说库”第五集（全十册），上海世界书局编辑、印刷、发行，1925 年 12 月再版，署名“程小青”。该小说后更名为《幻术家的暗示》，收录于《霍桑探案汇刊第一集》（第一册）。《幻术家的暗示》又收录于《霍桑探案全集袖珍丛刊》（第二十九册）。

程小青：《异途同归》，《半月》第三卷第六期“侦探小说号”，1923 年 12 月 8 日，标“东方福尔摩斯霍桑新探案”，署名“程小青”。该小说后更名为《反抗者》，《大众》第三十期，1945 年 5 月 1 日，标“霍桑探案”，署名“程小青”。《反抗者》又收录于《霍桑探案全集袖珍丛刊》（第二十九册）。《反抗者》较之《异途同归》，在小说内容上有较大幅度修改。

程小青：《乌骨鸡》，《侦探世界》第十五期至第十七期，1923 年十二月朔日（农历）至 1924 年元旦（农历），标“霍桑探案”，署名“程小青”。该小说又收录于《霍桑探案汇刊第一集》（第二册）。又收录于《霍桑探案全集袖珍丛刊》（第二十八册）。

程小青：《毛狮子》，《侦探世界》第十六期至第二十一期，1923 年十二月望日（农历）至 1924 年三月朔日（农历）（分 6 回、12 章连载[①]），标“霍桑探案”，署名“程小青”。该小说后更名为《五福党》，收录于《霍桑探案汇刊第一集》（第五册）。《五福党》又收录于《霍桑探案全集袖珍丛刊》（第二十三册）。

程小青：《新年的消遣》，《侦探世界》第十七期，1924 年元旦（农历），“侦探与新年”栏目，署名“程小青”。该篇为“非系列”犯罪题材小说。

程小青：《假绅士》，《侦探世界》第二十二期，1924 年三月望日（农历），标“霍桑探案”，署名“程小青”。又见《（绘图）侦探之敌》，该书为“绘图小小说库”第五集（全十册），上海世界书

---

① 据郑逸梅《记侦探小说家程小青轶事》（刊于《新月》第二卷第一期，1926 年 4 月 26 日）一文介绍：“小青很有些欧化习惯，西人以十三为不祥，他从前为《侦探世界》撰《毛狮子》，恰为十三回，他觉得了，赶忙把他改成十二回结束。”

局编辑、印刷、发行，1925 年 12 月再版，小说集中改题为《真珠假珠》，署名“程小青”。该小说后更名为《一个绅士》，收录于《霍桑探案汇刊第一集》（第三册）。《一个绅士》又收录于《霍桑探案全集袖珍丛刊》（第三十册）。

程小青：《断指余波》，《半月》第三卷第二十一期，1924 年 7 月 16 日，署名“程小青”。属于“霍桑探案”系列。又见《大众》第三十二期，1945 年 7 月 1 日，标“霍桑探案”，署名“程小青”。两次杂志刊载小说内容上有较大修改。该小说又收录于《霍桑探案全集袖珍丛刊》（第二十八册）。

程小青：《第二弹》，《红玫瑰》第一卷第五期至第一卷第六期，1924 年八月初一日至 1924 年八月初八日，标“霍桑探案”，署名“程小青”。该小说后更名为《两个弹孔》，收录于《霍桑探案汇刊第一集》（第一册）。《第二弹》又收录于《霍桑探案全集袖珍丛刊》（第二十七册）。

程小青：《爱之波折》，《时报》1926 年 4 月 23 日至 1926 年 5 月 14 日（其中 1926 年 5 月 10 日报纸缺失未见），标“转轮大会”栏目“第二期第二篇”，署名“程小青”。该小说又见小说单行本《玉兰花》，上海社会新闻社，1928 年 5 月初版。该小说后更名为《畸零女》，收录于《霍桑探案汇刊第二集》（第四册）。该小说后又更名为《双殉》，收录于《霍桑探案全集袖珍丛刊》（第二十三册）。

程小青：《系铃解铃》，《红玫瑰》第一卷第三十六期，1925 年 3 月 12 日，署名“程小青”。该篇为“非系列”犯罪题材小说。

程小青：《爱儿》，《小说世界》第十一卷第一期，1925 年 7 月 3 日，署名“程小青”。该篇为“非系列”犯罪题材小说。

程小青：《一幅画》，《半月》第四卷第十六期至第四卷第十七期，1925 年 8 月 4 日至 1925 年 8 月 19 日，署名“程小青”。属于“江南燕”侠盗故事系列。

程小青：《吠声》，《红玫瑰》第二卷第一期至第二卷第二期，1925 年阴历七月初四日至 1925 年阴历七月十一日，标“霍桑探案"，署名"程小青"。该小说后更名为《犬吠声》，收录于《霍桑探案汇刊第一集》（第二册）。《犬吠声》又收录于《霍桑探案全集袖珍丛刊》（第二十四册）。

程小青：《半块碎砖》，《红玫瑰》第二卷第五期至第二卷第七期，1925年阴历八月初二日至1925年阴历八月十六日，标"霍桑探案"，署名"程小青"。该小说又收录于《霍桑探案汇刊第二集》（第三册）。该小说后更名为《血手印》，收录于《霍桑探案全集袖珍丛刊》（第二十九册）。

程小青：《新婚劫》，《新闻报》1925年9月23日至1925年11月4日，标"霍桑探案"，署名"程小青"（其中部分日期报纸缺失未见）。该小说又收录于《霍桑探案外集》（第六册）。该小说又收录于《霍桑探案全集袖珍丛刊》（第十七册）。

程小青：《两粒珠》，《新闻报》1926年1月16日至1926年3月16日（其中部分日期报纸缺失未见），标"侦探小说"，署名"程小青"。该小说又收录于《霍桑探案外集》（第五册）。该小说又收录于《霍桑探案全集袖珍丛刊》（第十三册）。

程小青：《幻术家的厄运》，《紫罗兰》第一卷第十五期，1926年7月10日，标"霍桑探案"，署名"程小青"。该小说后更名为《项圈的变幻》，收录于《霍桑探案汇刊第二集》（第三册）。《项圈的变幻》又收录于《霍桑探案全集袖珍丛刊》（第二十五册）。

程小青：《玉兰花》，《时报》1926年7月14日至1926年8月5日（其中1926年7月28日与1926年8月3日两日报纸未刊载），标"转轮大会"栏目"第三期第五篇"，标"霍桑探案"，署名"程小青"。该小说又见小说单行本《玉兰花》，上海社会新闻社，1928年5月初版。该小说后更名为《剧中人》，收录于《霍桑探案汇刊第二集》（第二册）。该小说又更名为《怪电话》，收录于《霍桑探案全集袖珍丛刊》（第二十二册）。

程小青：《楼上客》，《联益之友》第二十六期至第三十八期（分12次连载，其中第三十六期未刊载），1926年8月16日至1927

年 2 月 16 日，标“霍桑探案”，署名“程小青”。该小说后更名为《怪房客》，收录于《霍桑探案外集》（第六册）。《怪房客》又收录于《霍桑探案全集袖珍丛刊》（第十一册）。

程小青：《海盗》，《时报》1926 年 11 月 8 日至 1926 年 11 月 22 日（未完），标“转轮大会”第五期第四篇，标“霍桑探案”，署名“程小青”。该小说现通常题为《海船客》。

程小青：《灰衣人》，《新闻报》1926 年 11 月 24 日至 1927 年 1 月 19 日（其中部分日期报纸缺失未见），标“霍桑探案”，署名“程小青”。该小说又收录于《霍桑探案外集》（第四册）。该小说又收录于《霍桑探案全集袖珍丛刊》（第十四册）。

程小青：《第二张照》，《红玫瑰》第三卷第一期至第三卷第二期，1927 年 1 月 1 日至 1927 年 1 月 8 日，标“霍桑探案”，署名“程小青”。该小说又收录于《霍桑探案汇刊第一集》（第二册）。又收录于《霍桑探案全集袖珍丛刊》（第二十四册）。

程小青：《旅邸之夜》，《旅行杂志》第一卷第一期“春季号”，1927 年，标“霍桑探案”，署名“程小青”。该小说后更名为《湖亭惨景》，收录于《霍桑探案汇刊第二集》（第一册）。该小说又更名为《蜜中酸》，收录于《霍桑探案全集袖珍丛刊》（第二十七册）。

程小青：《浪漫的余韵》，《旅行杂志》第一卷第二期“夏季号”至第一卷第三期“秋季号”，1927 年，标“霍桑探案”，署名“程小青”。该小说后更名为《神龙》，收录于《霍桑探案汇刊第二集》（第一册）。该小说后又更名为《浪漫余韵》，收录于《霍桑探案全集袖珍丛刊》（第二十二册）。

程小青：《夏夜的惨剧》，《红玫瑰》第三卷第二十七期“消夏号”，1927 年 8 月 6 日，署名“程小青”。该篇为“非系列”犯罪题材小说。

程小青：《我的功劳》，《旅行杂志》第一卷第四期“冬季号”，1927 年，标“霍桑探案”，署名“程小青”。该小说后更名为《请君入瓮》，收录于《霍桑探案汇刊第二集》（第一册）。《请君入瓮》又收录于《霍桑探案全集袖珍丛刊》（第二十九册）。

程小青：《霍桑失踪记》，《红玫瑰》第三卷四十一期至第三卷第四十三期，1927年11月12日至1927年11月26日，标“霍桑探案”，署名“程小青”。该小说后更名为《黑地牢》，收录于《霍桑探案汇刊第一集》（第四册）。《黑地牢》又收录于《霍桑探案全集袖珍丛刊》（第三十册）。

程小青：《神秘的报复》，《红玫瑰》第四卷第一期“春季特刊号”，1928年正月初一日，署名“程小青”。该篇为“非系列”犯罪题材小说。

程小青：《错误的头脑》，《旅行杂志》第二卷第一期“春季号”，1928年4月，标“霍桑探案”，署名“程小青”。该小说后更名为《官迷》，收录于《霍桑探案外集》（第六册）。《官迷》又收录于《霍桑探案全集袖珍丛刊》（第十七册）。

程小青：《赏钱》，《旅行杂志》第二卷第二期“夏季号”，1928年6月，署名“程小青”。该篇为“非系列”犯罪题材小说。

程小青：《虱》，《红玫瑰》第四卷第二十一期至第四卷第二十三期，1928年七月十一日至1928年八月初一日，标“霍桑探案”，署名“程小青”。该小说又收录于《霍桑探案汇刊第一集》（第四册）。又收录于《霍桑探案全集袖珍丛刊》（第二十八册）。

程小青：《幕后》，《旅行杂志》第二卷第三期“秋季号”，1928年9月，署名“程小青”。该篇为“非系列”犯罪题材小说。

程小青：《自杀后》，《紫罗兰》第三卷第十二期，1928年9月14日，署名“程小青”。该篇为“非系列”犯罪题材小说。

朱戬、程小青：《惊雷》，《红玫瑰》第四卷第二十八期，1928年九月二十一日，署名“朱戬著、程小青润”。属于“杨芷芳侦探案”系列。该小说中有“江南燕”登场。

程小青：《有效的警戒》，《红玫瑰》第四卷第三十二期，1928年十月二十一日，标“霍桑探案”，署名“程小青”。该小说后更名为《单恋》，收录于《霍桑探案全集袖珍丛刊》（第二十九册）。

程小青：《舞女生涯》，《旅行杂志》第三卷第一期至第三卷第四期，

1929年1月至1929年4月，署名“程小青”。该小说连载完结后注明“此稿电影版权已归友联公司，著者志”。该小说后更名为《舞女血》，收录于《霍桑探案汇刊第二集》（第四册）。该小说后又更名为《舞宫魔影》，收录于《霍桑探案全集袖珍丛刊》（第二十四册）。

程小青:《紫信笺》，《新闻报》1929年2月13日至1929年4月16日（共六十节，其中部分日期报纸缺失未见），标“霍桑探案”，署名“程小青”。该小说又收录于《霍桑探案外集》（第四册）。该小说又收录于《霍桑探案全集袖珍丛刊》（第十一册）。

程小青:《赤玉环》，《红玫瑰》第五卷第一期，1929年二月十二日，标“江南燕案”，署名“程小青”。

程小青:《胆力的测验》，《旅行杂志》第三卷第五期，1929年5月，署名“程小青”。该篇为“非系列”犯罪题材小说。该小说后改名为《赌胆》，《蓝皮书》第十三期，1948年4月25日，署名“程小青”。《胆力的测验》和《赌胆》情节内容基本相同。

程小青:《心战》，《旅行杂志》第三卷第六期，1929年6月，署名“程小青”。该篇为“非系列”犯罪题材小说。

程小青:《霍桑的训话》，《紫罗兰》第四卷第一期，1929年7月1日，署名“程小青”。该小说后更名为《地狱之门》，收录于《霍桑探案汇刊第二集》（第一册）。

程小青:《新时代的侠客》，《旅行杂志》第三卷第七期，1929年7月，署名“程小青”。该篇为“非系列”犯罪题材小说。

程小青:《弹之线路》，《红玫瑰》第五卷第二十二期至第五卷第二十五期，1929年八月二十一日至1929年九月十一日，标“霍桑探案”，署名“程小青”。《弹之线路》，收录于《霍桑探案汇刊第一集》（第三册）。该小说后更名为《逃犯》，收录于《霍桑探案全集袖珍丛刊》（第二十八册）。

程小青:《神秘的酒》，《旅行杂志》第三卷第十二期，1929年12月，署名“程小青”。该篇为“非系列”犯罪题材小说。该小说后更名为《神秘之酒》，《中美周报》第三百三十二期（不全，只见小说结尾部分)，1949年，署名“程小青”。《神秘之酒》所见部分与《神秘的酒》内容基本相同。

程小青:《舞场中》,《红玫瑰》第六卷第一期，1930年三月十一日，标“江南燕案之一”，署名“程小青”。

程小青:《窗》,《民众生活》第一卷第一期至第一卷第十二期(分11次连载，其中第一卷第二期未刊载)，1930年5月20日至1930年9月10日，标“长篇侦探小说”，署名“小青”。属于“霍桑探案”系列。该小说又收录于《霍桑探案外集》(第三册)。该小说又收录于《霍桑探案全集袖珍丛刊》(第十八册)。

程小青:《可怕的喜剧》,《旅行杂志》第四卷第五期，1930年5月，署名“程小青”。该篇为“非系列”犯罪题材小说。

程小青:《误会》,《红玫瑰》第六卷第二十二期至第六卷第二十三期，1930年十月一日至1930年十月十一日，标“霍桑探案”，署名“程小青”。该小说又收录于《霍桑探案外集》(第六册)。该小说又收录于《霍桑探案全集袖珍丛刊》(第十七册)。

程小青:《灯影枪声》,《红玫瑰》第七卷第一期，1931年3月21日，标“霍桑探案”，署名“程小青”。该小说后更名为《酒后》，收录于《霍桑探案外集》(第六册)。《酒后》又收录于《霍桑探案全集袖珍丛刊》(第十七册)。

程小青:《轮痕与血迹》,《小说世界》第一卷第二十八期至第一卷第三十六期（分9次刊载)，1931年2月28日至1931年6月10日，标“霍桑探案”，署名“程小青”。该小说又收录于《霍桑探案外集》(第五册)。该小说后收录于《霍桑探案全集袖珍丛刊》(第十三册)。该小说又更名为《血迹轮痕》，益智书店印刷发行，康德五年（1938年）4月15日初版发行，1938年12月20日再版印刷，1938年12月31日再版发行，标“侦探小说”，署名“编辑人宋小濂、发行人宋星五、印刷人董裕民”，为伪满时期的出版物。

程小青:《胭脂印》,《社会日报》1931年4月28日至1931年4月30日，标“集锦侦探小说”，署名“小青”。该小说为十名作家合作的“集锦小说”，其小说合集又见《社会月报》第一卷第十一期，1935 年 8 月 15 日，标“集锦侦探小说”，署名“谢豹、奚燕子、徐碧波、钱释云、沈禹钟、程瞻庐、范烟桥、范佩萸、顾明道、程小青”。

程小青：《转湾》，《申报》1931 年 5 月 1 日至 1931 年 5 月 27 日（其中 1931 年 5 月 2 日报纸缺失未见），“说部扶轮会”栏目，标“霍桑探案”，署名“程小青”。该小说后更名为《怪少年》，收录于《霍桑探案汇刊第一集》（第四册）。后又更名为《珠项圈》，收录于《霍桑探案全集袖珍丛刊》（第一册）。

程小青：《白衣怪》，《上海报》1931 年 11 月 1 日至 1932 年 8 月 6 日（共 235 节），标“霍桑探案”，署名“程小青”。该小说又收录于《霍桑探案全集袖珍丛刊》（第八册）。

程小青：《八十四》，《珊瑚》第一卷第一期至第一卷第八期（分 8 次刊载），1932 年 7 月 1 日至 1932 年 10 月 16 日，标“霍桑探案”，署名“程小青”。该小说又收录于《霍桑探案全集袖珍丛刊》（第三册）。

程小青：《活尸》，《上海报》1933 年 9 月 1 日至 1934 年 2 月 28 日（仅见一百七十三节，未完，其中 1933 年 11 月 1 日之前及 1934 年 2 月 28 日之后的报纸连载内容缺失未见），标“霍桑探案”，署名“程小青”。该小说又收录于《霍桑探案全集袖珍丛刊》（第二十册）。

程小青：《舞后的归宿》，《申报》1940 年 6 月 1 日至 1940 年 12 月 5 日（共 186 节，其中 1940 年 10 月 11 日与 1940 年 11 月 3 日未刊载），标“霍桑探案”，署名“程小青著”。该小说又见单行本《舞后的归宿》（封面标《舞后的归宿》，扉页标《雨夜枪声》），新兴书店刊行，出版时间不详，标“霍桑探案”，为伪满时期的出版物。该小说又收录于《霍桑探案全集袖珍丛刊》（第七册）。后该小说改编为电影剧本《雨夜枪声》，《电影新闻》第七十七期至第一百三十期（共 54 节），1941 年 6 月 3 日至 1941 年 7 月 26 日，标“电影剧本”“原名《舞后的归宿》”“周曼华、龚稼农主演”“程小青编”“单行本世界书局出版”。[①] 另，据《申报》1941年5月19日刊载的一则题为《〈舞后的归宿〉出版》广告称：“程小青先生所著之《舞后的归宿》，前经刊登本报，兹编为《霍桑探案袖珍丛刊·第七种》，已由世界书局出版，该书文笔流利，情节紧凑，将由金星摄制影片，名《雨夜枪声》，并由穆一龙先生绘图，相得益彰，敢为介绍。”

程小青：《王冕珠》，《大众》第二十八期，1945年2月1日，标“霍桑探案”，署名“程小青”。该小说又收录于《霍桑探案全集袖珍丛刊》（第三十册）。

程小青：《百宝箱》，《新侦探》第一期至第十七期，1946年1月10日至1947年6月1日（分17次连载，未完），标“霍桑探案”，署名“程小青著”。在该小说杂志第十一次连载前，标明“艺文书局即将出版单行本”（《新侦探》第十一期，1946年）。据笔者所见该小说单行本《百宝箱》，艺文书局发行，出版时间不详，标“程小青著”。另据《短篇侦探小说选之六·黑窖中》（广益书局，1949年2月三版）书后广告页内容：“程小青先生译编之侦探小说”“艺文侦探丛书（四册）”，其中包含《百宝箱（霍桑探案）》《画中线索》《创作侦探集》《短篇侦探集》。其中《画中线索》一篇小

---

① 根据《中国影片大典·故事片、戏曲片（1931—1949）》，戴金玲的《侦探之王程小青电影观念研究》（硕士学位论文，南京艺术学院，2015年3月）以及李斌的《江苏艺术家与早期中国电影文化产业发展研究》（高等教育出版社2017年版）一书“附录”中的相关统计内容。程小青参与撰写、改编的和侦探片有关的电影剧本有：《窗上人影》，上海明星影片公司，程步高导演，王士珍摄影，宣景琳、龚稼农、王征信、肖英主演，1931年（类型标“侦探”）；《舞女血》，上海友联影片公司，姜起凤导演，李熊湘摄影，徐琴芳、林雪怀、尚冠武、朱少泉主演，1931年（类型标“伦理”）；《江南燕》，梅岩影片公司，姜起凤导演，李熊湘摄影，华婉芳、尚冠武、郑君里主演，1932年（类型标“侦探”）；《夜明珠》，国华影业公司，郑小秋导演，董克毅摄影，严月娴、白云、舒适、龚稼农主演，1939年（类型标“侦探”）；《雨夜枪声》，金星影业公司，徐欣夫导演，罗从周摄影，周曼华、吕玉堃、龚稼农、尤光照主演，1941年（类型标“侦探”）；等等。

说曾连载于《新侦探》第一期至第二十六期，署名“R. F. Schabelitz，Willetta Ann Barber 同著，剑虹译”。后又见小说单行本《画中线索》，艺文书局发行及印刷，出版时间不详，扉页署名“程小青译”，版权页署名“编译者程小青”，内文署名“R. F. Schabelitz，Willetta Ann Barber 同著，剑虹译”，至于“剑虹”究竟是程小青笔名之一，亦或单行本扉页和版权页伪托程小青之名，具体情况不详。

程小青：《雾中花》，《中美周报》第二百四十二期至第二百六十六期，1947 年 6 月 19 日至 1947 年 12 月 4 日（共 24 节，其中第二百四十七期至第二百五十三期，及第二百五十五期杂志缺失未见），“文艺”栏目，标“霍桑探案”，署名“程小青”。该小说后更名为《灵璧石》，《蓝皮书》第二十期至第二十五期，1948 年 12 月 15 日至 1949 年 3 月 20 日（分 6 次连载，未完），标“霍桑探案”，署名“程小青著、西都图”。该小说未收录于《霍桑探案全集袖珍丛刊》，后在任翔《百年中国侦探小说精选·第一卷·江南燕》（北京师范大学出版社 2012 年版）一书中首次整理收录。

程小青：《缥缈峰下》，《中美周报》第三百〇一期至第三百二十三期（分 18 节连载，其中第三百一十六期未刊载），1948 年 9 月 9 日至 1949 年 2 月 10 日，“文艺”栏目，标“霍桑探案”，署名“程小青”。[①]

① 除侦探小说外，程小青还有不少非侦探小说创作值得关注，如《点头》，《星期》第三十二期，1922 年 10 月 8 日，署名“程小青”；《两个疑问》，《小说世界》第七卷第一期“特刊号”，1924 年 7 月 4 日，署名“程小青”；《祖母与孙儿》，《紫罗兰》第一卷第二十四期，1926 年 11 月 19 日，署名“程小青”；《笑脸》，载《罗星集》，郑逸梅、顾明道合编，潮音社出版 1926 年版，书前附有郑逸梅所作“卷首语”；《现代的异迹》，《文社月刊》第二卷第三期，1927 年 1 月，署名“程小青”；《玉儿的玩物》，《红玫瑰》第三卷第十四期，1927 年 7 月 16 日，署名“程小青”；《胜利者》，《紫罗兰》第四卷第十四期，1930 年 1 月 15 日，署名“程小青”；《不肖子》，《金刚钻报》1932 年 4 月 12 日、1932 年 4 月 15 日、1932 年 4 月 18 日、1932 年 4 月 21 日、1932 年 4 月 24 日（分 5 次连载），署名“小青”；等等。

单行本出版的原创侦探小说或侦探小说集[①]

程小青：《窗外人》，上海大东书局，1923年1月5日出版，1923年1月10日发行，标“东方福尔摩斯探案”，署名“撰著者上海程小青、校阅者吴门周瘦鹃”。该小说后更名为《恐怖的活剧》，收录于《霍桑探案全集袖珍丛刊》（第六册）。

程小青：《五福船》，上海大东书局，1923年1月5日出版，1923年1月10日发行，标“东方福尔摩斯探案”，署名“撰著者上海程小青、校阅者吴门周瘦鹃”。该小说后更名为《黄浦江中》，收录于《霍桑探案全集袖珍丛刊》（第二册）。

程小青：《铁轨上》，上海大东书局，1923年1月5日出版，1923年1月10日发行，标“东方福尔摩斯探案”，署名“撰著者上海程小青、校阅者吴门周瘦鹃”。该书具体单行本未见。该小说后更名为《轮下血》，收录于《霍桑探案全集袖珍丛刊》（第四册）。

程小青：《箱尸》，上海大东书局，1924年2月三版，标“东方福尔摩斯探案”“新小说丛书之三”，署名“上海程小青著述、吴门周瘦鹃校阅”。该小说后更名为《难兄难弟》，收录于《霍桑探案全集袖珍丛刊》（第十八册）。

程小青：《顾博士》，上海大东书局，1924年版，1925年3月再版，周瘦鹃校阅，标“东方福尔摩斯探案”。该小说后更名为《夜半呼声》，收录于《霍桑探案全集袖珍丛刊》（第十五册）。

程小青：《东方福尔摩斯》，上海大东书局，1926年5月初版，内收《试卷》《怪别墅》《断指余波》《自由女子》《霍桑的小友》

---

① 1938年，程小青在《橄榄》第二期上发文《关于霍桑》，总结过1937年以前“霍桑探案”系列的发表与出版情况：“霍桑探案的作品，二十多年来在报纸杂志上发表的，统计约有一二百万字。已刊单行本的，有文华出版的《霍桑探案汇刊》一二两集，共十二册；大众出版的《霍桑探案外集》六册；大东出版的长篇两种、中篇三册，短篇一册；此外，还有商务、文明出版的长篇各一种。”本文并未见到这段话提及的全部作品版本，仅此存文，以资说明。

《黑鬼》《异途同归》共七篇侦探小说。

程小青：《妒杀案》，上海文明书局，1924 年 10 月初版，1928 年 4 月再版，标“霍桑探案”，正文署名“程小青”，版权页署名“编译者程小青”，疑似版权页署名处笔误。

程小青：《玉兰花》，上海社会新闻社，1928 年 5 月初版。该书内收《爱之波折》《玉兰花》两篇“霍桑探案”系列侦探小说，及《惊人之话剧》《棋逢对手》两篇侦探小说翻译。书前附张碧梧作“序”一篇，序言署名“碧梧桐舘”。

程小青：《白纱巾 鹦鹉》，上海良晨好友社，1928 年 9 月，收录《白纱巾》《鹦鹉》两篇侦探小说。

程小青：《白纱巾》，上海大众书局出版印刷，1936 年 4 月重版，署名“编著者程小青、发行人樊剑刚”。

程小青：《霍桑新探案》，益智书店印刷部，1938 年 9 月 25 日印刷，1938 年 10 月 25 日发行，署名“编辑人宋小濂、发行人宋逸民”。内收程小青《窗》《无罪之凶手》《酒后》《误会》《新婚劫》《怪房客》《官迷》《霍桑的童年》共八篇侦探小说。为伪满时期的出版物。

程小青：《虎穴情波》，奉天文艺书局发行，1938 年 11 月 20 日印刷，1938 年 12 月 20 日发行，标“侦探小说”，署名“原著人程小青，编辑人王者，发行人蔡芝华，印刷人孟康与”。为伪满时期的出版物。据藏书家华斯比考证，该小说系盗版之作，原本应为陶啸秋《无头盗》，大中书局出版，国光印书局印刷，交通图书馆发行，1923 年 3 月，标“侦探小说”，署名“著作者吴门陶啸秋”。又见小说《无头大盗》，上海世界小说社编译、校阅、印刷，上海五星书社发行，1923 年 9 月，标“侦探小说”。《虎穴情波》《无头大盗》与陶啸秋《无头盗》内容相同，应皆为盗版之作。

程小青：《灰衣人》，益智书店，目录页题目为《雨夜枪声》，出版时间不详。为伪满时期的出版物。

程小青：《矛盾圈》，长春：新兴书店发行，实业印刷社印刷，

1944年（康德十一年）5月15日，宋蕴三编辑，宋新发行，单有三印刷，标“霍桑探案”，发行5000册。为伪满时期的出版物，未明确标“程小青”著。

程小青：《原子大盗》，上海复新书局，1947年11月第一版，标“侦探奇情小说”，署名“程小青著”。根据香港中文大学翻译系姜巍博士所提供的资料，由署名“紫微”的《程小青控版商冒名》（《飞报》，1948年3月4日）一文可知，该书为盗版之作，文中指出程小青“最近被复新书局冒用姓名，印行两本内容恶劣的《原子大盗》和《假面女郎》。这本书原是战前大文书局出版李某著的《神秘盗》，复新的老板拿来改头换面，利用程小青的姓名，想捞一票”，而程小青将这一盗用自己姓名的行为控上法庭。该信息亦可参见《抄袭旧作 冒名出版》（《新闻报》，1948年3月4日）和《侦探小说家程小青，具状控告复新书局：〈原子大盗〉〈假面女郎〉是冒名抄袭的诲淫小说》（《东南日报》，1948年2月23日）等相关报道。而较之程小青进行法律诉讼更早，流苏已经在《冒牌霍桑》一文中指出《原子大盗》与《假面女郎》是冒程小青之名，并批评“霍桑竟有冒牌者，这是出版界的耻辱”（《铁报》，1948年1月6日）。此外，根据含凉（范烟桥）《侦探小说之冒名讼》（《铁报》，1948年3月4日）一文可知关于此次诉讼的更多细节，比如程小青曾“函诘复新书局”，未果后，“乃委托陆仲良律师向上海地方法院提起自诉”，等等。后据藏书家华斯比进一步考证，《神秘盗》，标“侦探小说”，李流芳著，上海智识出版社出版发行，总经售大文书局。书前有作者“自序”一篇，落款署“一九三八年李流芳写于上海之顾家宅”。另于“孔夫子旧书网”见该书其他版本，改题为《科学盗》，分上下两册。

程小青：《假面女郎》，上海复新书局，1947年11月第一版，标“侦探奇情小说”，署名“程小青著”。该书与《原子大盗》皆为盗版之作，相关信息参见《原子大盗》。

程小青：《半枝别针》，大连森茂文具店，出版时间不详，标

“程小青最近杰著”“陈查礼侦探案”。为伪满时期的出版物，疑似伪托之作，此处存疑。

此外，民国时期比较大规模的程小青侦探小说作品集出版，大致可分为三大序列：

一是由上海文华美术图书公司1931年和1933年出版的《霍桑探案汇刊第一集》和《霍桑探案汇刊第二集》，每集包含六册小说（集），其中各种不同版本情况众多，具体情况如下：

《霍桑探案汇刊第一集》："彩色封面版" 1931年1月出版；"白色封面版" 1933年1月初版，1933年3月再版。其中包括（1）《猫眼宝》（收录《一只鞋》《楼头人面》《嗣子之死》《幻术家的暗示》《猫眼宝》《两个弹孔》共六篇侦探小说），（2）《第二张照》（收录《第二张照》《乌骨鸡》《犬吠声》《险婚姻》共四篇侦探小说），（3）《弹之线路》（收录《一个绅士》《弹之线路》《半块碎砖》共三篇侦探小说），（4）《黑地牢》（收录《怪少年》《黑地牢》《虱》共三篇侦探小说），（5）《五福党》（收录《五福党》一篇侦探小说），（6）《毒与刀》（收录《毒与刀》一篇侦探小说），共计六部小说（集）。该集第一册前附程瞻庐（程序）、周瘦鹃（周序）、张亦菴（张序，即张毅汉）、赵苕狂（赵序）、范烟桥（范序）及"著者自序"共六篇序言，及程小青的研究文章《谈侦探小说》。

《霍桑探案汇刊第二集》，"白色封面版" 1933年1月初版，1937年1月再版。其中包括（1）《湖亭惨景》（收录《湖亭惨景》《神龙》《请君入瓮》《地狱之门》《失败史之一页》共五篇侦探小说），（2）《社会之敌》（收录《剧中人》《社会之敌》共两篇侦探小说），（3）《魔力》（收录《魔力》《项圈的变幻》《堕落女子》共三篇侦探小说），（4）《舞女血》（收录《畸零女》《舞女血》共两篇侦探小说），（5）《父与女》（收录《父与女》[1] 一篇侦探小说），

① 该小说后收入《霍桑探案全集袖珍丛刊》时改名为《狐裘女》。

（6）《案中案》（收录《案中案》一篇侦探小说），共计六部小说（集）。该集第一册前附严独鹤（严序）、王玟（朱序）、孙东吴（孙序）共三篇序言，引子（范烟桥作）一篇，及程小青所作《侦探小说的多方面》（后中国图书杂志公司版“续集”将范烟桥“引子”和程小青《侦探小说的多方面》两篇文章替换为程小青《侦探小说作法谈》）。

该套作品（“第一集”与“第二集”）曾于1939—1940年，由中国图书杂志公司以《霍桑探案》的书名全部再版重印，分“正集”“续集”，各六册，标“绣像绘图”“通俗小说”。其中“正集”1940年5月再版；“续集”1939年5月再版，1940年5月再版，1941年5月再版，等等。其中中国图书杂志公司“正集”“续集”所收录作品篇目，和上海文华美术图书公司“第一集”“第二集”所收录篇目一致。此外，又见中国图书杂志公司出版的“第一集”“第二集”版本，其中“第一集”，1939年4月再版，标“中国侦探小说第一名著”。

二是《霍桑探案外集》（共六册），上海大众书局，1932年7月初版，1936年6月重版。该套小说集共收录16篇作品，书前有范烟桥序、顾明道序和程小青“自序”。收录作品情况如下：（1）《江南燕》《无头案》，（2）《黑面团》①《无罪之杀手》②，（3）《白纱巾》《窗》，（4）《灰衣人》《紫信笺》，（5）《两粒珠》《轮痕与血迹》，（6）《怪房客》《误会》《官迷》《酒后》《新婚劫》《霍桑的童年》。

三是程小青的“霍桑探案”系列侦探小说出版以1941—1945年由世界书局陆续出版的《霍桑探案全集袖珍丛刊》为集大成，共计三十册。其中第1—10册为第一辑，1941年初版；第11—20册为第二辑，1944年初版；第21—30册为第三辑，1945年初版。全套丛

① 该小说后收入《霍桑探案全集袖珍丛刊》时改名为《魔窟双花》。

② 该小说后收入《霍桑探案全集袖珍丛刊》时改名为《无罪之凶手》。

书于1946年全部出齐[①]：

（1）《珠项圈》（1941年2月初版，1941年9月再版，1944年12月三版，1945年9月四版，1947年4月五版，其中第一、二、三版附柳存仁“序”，第五版附姚苏凤“序”）

（2）《黄浦江中》（1941年2月初版，1945年9月三版，1947年2月四版，其中第一版附柳存仁“序”，第四版附姚苏凤“序”）

（3）《八十四》（1941年2月初版，1941年9月再版，1945年9月三版，1947年2月四版，其中第一、二版附柳存仁“序”，第三、四版附姚苏凤“序”）

（4）《轮下血》（1941年2月初版，1945年9月三版，1947年3月四版，其中第一版附柳存仁“序”，第三、四版附姚苏凤“序”）

（5）《裹棉刀》（1944年12月三版，1947年3月四版，其中第三版附柳存仁“序”，第四版附姚苏凤“序”）

（6）《恐怖的活剧》（1941年2月初版，1944年12月三版，1945年9月四版，1947年3月五版，其中第一、三版附柳存仁“序”，第四、五版附姚苏凤“序”）

---

① 据程小青自己在该套丛书的“著者自序”中所说，《霍桑探案全集袖珍丛刊》所收录的三十册作品多为此前已经发表或出版过作品的增删、整理，甚至重写，小说题目也多做了调整：“我在已往的二十多年中所撰著的《霍桑探案》，约有六十多篇。若干年前，我刊印过两集《霍桑探案汇刊》，原只是尝试性质，不料竟获得许多嗜痂的读者们的爱好。两年前我又刊印了《霍桑探案袖珍丛刊》第一辑十种，不久都已重版。我在这种鼓励之下，便忘了自己的谫陋，又搜集了二十一篇长短的作品——内中有一部分是《霍桑探案外集》的原稿——重加增删和整理，合为十册，刊印这袖珍丛刊第二辑。”［参见程小青《著者自序》，载《紫信笺》（《霍桑探案袖珍丛刊》之十一），上海世界书局1944年版］“自从‘袖珍丛刊’的销行逐渐扩展以后，给予我不小的鼓励，使我把一颗压迫苦闷的心，完全寄托在整理我的旧作上。这几年过的是窒息的生活，我除了教课以外，只是埋头苦写，将以前刊行的《霍桑探案汇刊》一、二两集，彻底地重写一遍。这工作一方面使我感到兴奋，一方面又觉得惭愧，因为少年时的作品，除了想象力有若干可取以外，其他描写结构和对话等……都不免幼稚可哂。现在我把这两集里的长、短篇作品和其他的短篇，分配成十册，列入第三辑，包括长、短篇四十二篇。”［参见程小青《著者自序》，载《案中案》（《霍桑探案袖珍丛刊》之二十一），上海世界书局1945年版］

（7）《舞后的归宿》（又名：雨夜枪声，1941 年 9 月再版，1944 年 12 月三版，1947 年 2 月五版，其中第二、三版附柳存仁“序”）

（8）《白衣怪》（1941 年 7 月初版，1943 年 10 月再版，1947 年 4 月四版，其中第一、二版附柳存仁“序”）

（9）《催命符》（1941 年 7 月初版，1945 年 9 月三版，1947 年 3 月四版，其中第一版附柳存仁“序”，第三、四版附姚苏凤“序”）

（10）《矛盾圈》（1941 年 7 月初版，1945 年 6 月三版，1947 年 4 月四版，其中第一版附柳存仁“序”，第四版附姚苏凤“序”）

（11）《紫信笺》（内收《紫信笺》《怪房客》两篇，1944 年 6 月初版，1945 年 11 月再版，1947 年 3 月三版，其中第二、三版附姚苏凤“序”）

（12）《魔窟双花》（1944 年 6 月初版，1945 年 11 月再版，1947 年 2 月三版，其中第三版附姚苏凤“序”、陈蝶衣“序”及程小青 1944 年版“著者自序”）

（13）《两粒珠》（内收《两粒珠》《轮痕与血迹》两篇，1945 年 11 月再版，1947 年 3 月三版，其中第三版附姚苏凤“序”、陈蝶衣“序”及程小青 1944 年版“著者自序”）

（14）《灰衣人》（内收《灰衣人》《血匕首》两篇，1944 年 6 月初版，1945 年 11 月再版，1947 年 3 月三版）

（15）《夜半呼声》（内收《夜半呼声》《白纱巾》两篇，1944 年 6 月初版，1945 年 11 月再版，1947 年 3 月三版，其中第一版附陈蝶衣“序”及程小青 1944 年版“著者自序”，第二、三版附姚苏凤“序”、陈蝶衣“序”及程小青 1944 年版“著者自序”）

（16）《霜刃碧血》（1944 年 11 月初版，1945 年 11 月再版，1947 年 3 月三版，其中第三版附姚苏凤“序”、陈蝶衣“序”及程小青 1944 年版“著者自序”）

（17）《新婚劫》（内收《新婚劫》《无罪之凶手》《官迷》《酒后》《误会》五篇，1947 年 3 月三版，其中第三版附姚苏凤“序”、陈蝶衣“序”及程小青 1944 年版“著者自序”）

(18)《难兄难弟》(内收《难兄难弟》《窗》两篇，1944 年 11 月初版，1947 年 3 月三版，其中第三版附姚苏凤“序”、陈蝶衣“序”及程小青 1944 年版“著者自序”)

(19)《江南燕》(内收《江南燕》《无头案》《霍桑的童年》三篇，1944 年 11 月初版，1947 年 3 月三版，其中第一版附陈蝶衣“序”及程小青 1944 年版“著者自序”，第三版附姚苏凤“序”、陈蝶衣“序”及程小青 1944 年版“著者自序”)

(20)《活尸》(1944 年 12 月初版，1947 年 3 月三版，其中第三版附姚苏凤“序”、陈蝶衣“序”及程小青 1944 年版“著者自序”)

(21)《案中案》(内收《案中案》《险婚姻》两篇，见“初版本”“再版本”，具体出版时间不详)

(22)《青春之火》(内收《青春之火》《怪电话》《浪漫余韵》三篇，见“再版本”，具体出版时间不详)

(23)《五福党》(内收《五福党》《双殉》《魔力》三篇，见“初版本”“再版本”，具体出版时间不详)

(24)《舞宫魔影》(内收《舞宫魔影》《第二张照》《犬吠声》三篇，见“再版本”，具体出版时间不详)

(25)《狐裘女》(内收《狐裘女》《猫儿眼》《嗣子之死》《项圈的变幻》四篇，见“初版本”“再版本”，具体出版时间不详)

(26)《断指团》(内收《断指团》《一只鞋》《楼头人面》《催眠术》四篇，见“初版本”“再版本”，具体出版时间不详)

(27)《沾泥花》(内收《沾泥花》《第二弹》《鹦鹉声》《蜜中酸》四篇，见“初版本”“再版本”，具体出版时间不详)

(28)《逃犯》(内收《逃犯》《乌骨鸡》《虱》《断指余波》四篇，见“初版本”“再版本”，具体出版时间不详)

(29)《血手印》(内收《血手印》《反抗者》《单恋》《请君入瓮》《别墅之怪》《幻术家的暗示》《地狱门》七篇，见“初版本”“再版本”，具体出版时间不详)

（30）《黑地牢》（内收《黑地牢》《古钢表》《黑脸鬼》《王冕珠》《打赌》《一个绅士》《毋宁死》《试卷》八篇，书末附《论侦探小说》一文，见“初版本”“再版本”，具体出版时间不详）①

全套丛书共收录侦探小说七十三篇，总计约二百八十万字。②

该套《霍桑探案全集袖珍丛刊》又曾以《霍桑探案丛书（合订本）》名义再版，自然书社印行，出版时间不详，标“程小青著”。

报纸杂志上发表的翻译侦探小说

程小青译：《左手》，《中华小说界》第七期，1914年7月1日，标“侦探小说”，署名“小青”。

程小青译：《鬼妒》，《小说海》第一卷第四期，1915年4月1日，署名“英国 Alice Claude 著、小青（译）”。

程小青译：《国与家》，《礼拜六》第四十六期，1915年4月17日，标“国民小说”，署名“小青译”。

程小青译：《牺牲》，《小说大观》第四期，1915年12月30日，标“言情小说”，署名“小青”。

---

① 关于《霍桑探案全集袖珍丛刊》的相关版次及收录序文等情况，本附录所列出的内容仅为笔者所见实物或翻拍资料，未列出的版次和序言只是由于笔者资料所限而“未见”，而不代表其“没有”。据民国侦探小说藏书家华斯比先生的收藏经验透露：“《霍桑探案全集袖珍丛刊》所附序文情况的一般规律可能是，第1—10册皆附柳存仁‘序’和胡山源‘序’，第11—20册皆附陈蝶衣‘序’和程小青1944年版‘著者自序’，第21—30册皆附姚苏凤‘序’和程小青1945年版‘著者自序’。而到了1945年抗战胜利后，柳存仁‘序’在各再版版次中皆被去掉，而第1—20册在1945年后的再版本中皆增加了姚苏凤‘序’。”

② 程小青在新中国成立后陆续出版过四种惊险反特类小说，分别是《大树村血案》，上海文化出版社1956年1月初版，首印65000册；1956年2月第2次印刷，印数65001—215000册；又见上海文艺出版社1958年11月初版，首印6000册。《她为什么被杀》，上海文化出版社1956年10月初版，首印50000册；1957年4月第2次印刷，印数50001—70000册。《不断的警报》，江苏人民出版社1957年4月初版，首印9130册。《生死关头》，江苏人民出版社1957年7月初版，首印18500册，署名“程小青著，孙铁生插图”。

刘半农、程小青译：《X 与 O》，《小说大观》第五期，1916 年 3 月，标“侦探小说”，署名“英国当代小说名家维廉勒荀著，半侬、小青同译”。维廉勒荀即 William Le Queux，现通常译作“威廉·勒·奎”。

程小青译：《嫁祸》，《春声》第三期，1916 年 4 月 3 日（旧历三月一日），署名“小青”。

刘半农、程小青译：《铜塔》，《小说大观》第六期，1916 年 6 月，标“侦探小说”，署名“英国维廉勒荀著，半侬、小青合译”。维廉勒荀即 William Le Queux，现通常译作“威廉·勒·奎”。

程小青译：《花后曲》，《小说大观》第六期，1916 年 6 月，标“侦探小说”，署名“小青”。

程小青译：《领钮》，《小说大观》第七期，1916 年 10 月，标“侦探小说”，署名“英国 Arthur Train 著，小青译”。

程小青译：《司机人》，《小说大观》第八期，1916 年 12 月，标“侦探小说”，署名“小青”。小说语言为文言。

程小青译：《鬼窟》，《小说海》第三卷第一期，1917 年 1 月 5 日，署名“小青”。

程小青译：《诈犬》，《小说海》第三卷第一期，1917 年 1 月 5 日，署名“小青”。

程小青译：《红别墅中之圣节》，《小说时报》第三十期，1917 年 2 月，“短篇名译”栏目，标“奇情小说”，署名“小青”。

程小青译：《幕面舞》，《小说时报》第三十一期，1917 年 4 月，“短篇新译”栏目，标“名家哀情”，署名“法国大仲马原著，小青译”。该小说原名为 *A Masked Ball*。

程小青译：《碧珠记》，《小说月报》第八卷第六期，1917 年 6 月 25 日，署名“英国弼斯东原著，小青（译）”。

程小青、君复译：《波谲云诡录》，《小说月报》第八卷第七期至第八卷第九期，1917 年 7 月 25 日至 1917 年 9 月 25 日，署名“英国弼斯东原著，小青、君复（译）”。

程小青译：《恕》，《小说时报》第三十三期，1917 年 11 月，“短篇名译”栏目，标“侠情小说”，署名“小青”。

程小青译：《古金钱》，《小说时报》第三十三期，1917 年 11 月，署名“小青”。

程小青译：《铁窗晓梦》，《小说新报》第四卷第三期，1918 年 3 月，标“警世小说”，署名“小青”。

程小青译：《鬼仇》，《小说月报》第十卷第八期，1919 年 8 月 25 日，署名“小青”。

程小青译：《石上名》，《小说大观》第十四期，1919 年 9 月 1 日，标“侦探小说”，署名“小青”。小说语言为文言。

程小青译：《火玉案》，《小说新报》第六卷第三期，1920 年（庚申年）三月，标“侦探小说”，署名“小青”。

程小青、赵芝严译：《回头岸》，《小说新报》第六卷第十期，1920 年（庚申年）十月，标“侦探小说”，署名“小青、芝严”。

程小青译：《怪戏票》，《游戏世界》第三期，1921 年，署名“小青”。

程小青译：《失忆人》，《新声》第二期，1921 年 2 月 8 日，署名“小青”。

程小青、梅茵译：《姊妹玉》，《新声》第四期，1921 年 5 月 9 日，署名“小青、梅茵合译”。

程小青译：《钻耳环》，《快活》第二十期，1922 年，标“大陧斯探案之一”，署名“程小青译”。

程小青译：《险买卖》，《快活》第二十九期，1922 年，标“大陧斯探案之二”，标“程小青”。

程小青译：《歼仇记》，《红杂志》第六期至第七期、第十期至第十一期、第十六期至第十七期、第二十期至第二十一期、第二十四期至第二十五期，1922 年 9 月至 1922 年？月（分 10 次连载），署名“程小青译”。又见小说单行本《歼仇记》，上海世界书局，1925 年 4 月再版，1926 年 3 月三版，署名“程小青译”。

程小青译：《璁玉串》，《小说世界》第二卷第一期，1923 年 4 月 6 日，标“大限斯探案之一”，署名“程小青”。

程小青译：《两个卸任的偷儿》，《游戏世界》第二十二期，1923 年 4 月，署名“程小青译”。

程小青译：《四点三十七分》，《月亮》第一期至第三期，1924 年 5 月 18 日至 1924 年 7 月 16 日（未完），“侦探小说”栏目，署名“程小青”。

程小青译：《古塔上》，《侦探世界》第一期，1923 年 6 月，标“协作探案之一”，署名“小青”。该小说为英国弼斯敦著，程小青译。又见《协作探案集》，上海世界书局，1924 年 8 月初版，赵苕狂编。

程小青译：《捉刀人》，《侦探世界》第二期，1923 年，标“协作探案之二”，署名“小青”。该小说为英国弼斯敦著，程小青译。又见《协作探案集》，上海世界书局，1924 年 8 月初版，赵苕狂编。

程小青译：《猫眼祟》，《小说世界》第三卷第二期，1923 年 7 月 13 日，标“大限斯探案之三”，署名“程小青”。

程小青译：《十字架上》，《侦探世界》第三期，1923 年 7 月，标“协作探案之三”，署名“程小青”。该小说为英国弼斯敦著，程小青译。又见《协作探案集》，上海世界书局，1924 年 8 月初版，赵苕狂编。

程小青译：《怪室》，《侦探世界》第四期，1923 年 8 月，署名“英国柯南道尔著，程小青译”。该小说原文为 *The Nightmare Room*，首发于 *The Strand Magazine in December 1921*，为柯南·道尔创作的非“福尔摩斯探案”系列的侦探小说。

程小青译：《黄钻石》，《小说世界》第三卷第八期，1923 年 8 月 24 日，标“大限斯探案之二”，署名“程小青”。

程小青译：《恐怖》，《半月》第三卷第一期至第三卷第四期，1923 年 9 月 25 日至 1923 年 11 月 8 日，标“悲剧”，署名“法国曼特劳地原著、程小青译”。该篇为对话体戏剧，翻译自 Mandre De

Lorde 的 *The Old Women*。

程小青译：《无敌术》，《侦探世界》第五期，1923 年，标“协作探案之四”，署名“小青”。该小说为英国弼斯敦著，程小青译。又见《协作探案集》，上海世界书局，1924 年 8 月初版，赵苕狂编。

程小青译：《漆匣子》，《侦探世界》第七期，1923 年，标“协作探案之五”，署名“茧翁”。该小说为英国弼斯敦著，程小青译。又见《协作探案集》，上海世界书局，1924 年 8 月初版，赵苕狂编。

程小青译：《第二号室》，《侦探世界》第七期至第十五期，1923 年？月至 1923 年十二月朔日（农历）（分 9 次连载），署名“英国爱狄茄·瓦拉斯著，程小青（译）”。

程小青译：《最后之胜利》，《侦探世界》第八期，1923 年，标“协作探案之六”，署名“程小青”。该小说为英国弼斯敦著，程小青译。又见《协作探案集》，上海世界书局，1924 年 8 月初版，赵苕狂编。

程小青译：《险的循环》，《小说世界》第四卷第一期，1923 年 10 月 5 日，署名“程小青”。

程小青译：《十二小时的自由》，《侦探世界》第九期，1923 年 10 月 10 日，署名“小青”。

程小青译：《未来神》，《小说世界》第四卷第九期，1923 年 11 月 30 日，标“大限斯探案之四”，署名“程小青译”。

程小青译：《第十号室的主人》，《侦探世界》第十四期，1923 年十一月望日（农历），署名“程小青”。

程小青译：《漏点》，《小说世界》第五卷第一期，1924 年 1 月 4 日，署名“程小青”。

程小青译：《可怖的魔神》，《小说世界》第五卷第二期，1924 年 1 月 11 日，署名“小青”。

程小青译：《五百镑的代价》，《小说世界》第五卷第四期，1924 年 1 月 25 日，署名“小青”。

程小青译：《倒指印》，《侦探世界》第十八期，1924 年正月望日（农历），署名“小青”。

程小青译：《碧海一浪》，《半月》第三卷第十期，1924年2月5日，署名“程小青”。

程小青译：《因果》，《小说世界》第五卷第八期，1924年2月22日，署名“小青”。

程小青译：《虎口中的急智》，《侦探世界》第十九期，1924年二月朔日（农历），署名“程小青”。

程小青译：《贼》，《侦探世界》第二十期，1924年二月望日（农历），署名“小青”。

程小青译：《谁是奸细》，《小说世界》第五卷第十三期，1924年3月28日，署名“程小青”。

程小青译：《黑吃黑》，《侦探世界》第二十一期，1924年三月朔日（农历），署名“程小青”。

程小青译：《不速客》，《小说世界》第六卷第一期，1924年4月4日，署名“程小青”。

程小青译：《舞场奇遇记》，《侦探世界》第二十二期至第二十四期，1924年三月望日（农历）至1924年四月望日（农历），署名“程小青”。

程小青译：《黑窖中》，《小说世界》第六卷第三期，1924年4月18日，署名“程小青”。

程小青译：《赏钱》，《侦探世界》第二十三期，1924年四月朔日（农历），署名“程小青”。

程小青译：《天然的证据》，《小说世界》第六卷第七期，1924年5月16日，署名“小青”。

程小青译：《绝命书》，《侦探世界》第二十四期，1924年四月望日（农历），署名“程小青”。

程小青译：《神秘的报复》，《小说世界》第六卷第十一期，1924年6月13日，署名“小青”。

程小青译：《天刑》，《小说世界》第七卷第六期，1924年8月8

日，署名“程小青”。

程小青译：《往事》，《小说世界》第七卷第八期，1924 年 8 月 22 日，署名“程小青”。

程小青译：《自作孽》，《小说世界》第七卷第十期，1924 年 9 月 5 日，署名“程小青”。

程小青译：《一杯惠司格酒》，《小说世界》第七卷第十二期，1924 年 9 月 19 日，署名“小青译”。

程小青译：《轩轾戏》，《小说世界》第七卷第十三期，1924 年 9 月 26 日，署名“程小青”。

程小青译：《七粒红丸》，《小说世界》第八卷第一期，1924 年 10 月 3 日，署名“程小青”。

程小青译：《第六号》，《小说世界》第八卷第二期，1924 年 10 月 10 日，署名“程小青”。

程小青译：《情海血潮》，《小说世界》“侦探专号”，1924 年 12 月，署名“小青”。

程小青译：《浪子冒险记》，《小说世界》第九卷第一期，1925 年 1 月 2 日，署名“小青”。

程小青译：《七千镑的钻石》，《小说世界》第九卷第六期，1925 年 2 月 6 日，署名“程小青”。

程小青译：《一个指印》，《小说世界》第九卷第七期，1925 年 2 月 13 日，署名“程小青”。

程小青译：《一个伦理问题》，《小说世界》第九卷第十一期，1925 年 3 月 13 日，署名“程小青”。

程小青译：《支票》，《小说世界》第十卷第一期，1925 年 4 月 3 日，署名“程小青”。

程小青译：《一个痕迹》，《小说世界》第十卷第十期，1925 年 6 月 5 日，署名“程小青”。

程小青译：《半斤八两》，《红玫瑰》第一卷第五十期，1925 年五月廿一日，署名“程小青”。

程小青译：《圈套》，《小说世界》第十一卷第四期，1925 年 7 月 24 日，署名“程小青”。

程小青译：《蓝钻石》，《小说世界》第十一卷第十二期至第十一卷第十三期，1925 年 9 月 18 日至 1925 年 9 月 25 日，标“森迪克探案之一”，署名“英国弗里门著，程小青译”。

程小青译：《无形之弹》，《社会之花》第二卷第十六期，1925 年 9 月 30 日，署名“程小青”。

程小青译：《验心术》，《新月》第一卷第一期至第一卷第二期，1925 年 10 月 2 日至 1925 年 11 月 1 日，标“柯柯探案之一”，署名“英国奥斯汀著、程小青译”。又见《万象》号外，1940 年，标“柯柯探案”，署名“英国奥斯汀著、程小青（译）”。两个翻译版本内容有所不同。

程小青译：《独眼教主》，《新月》第一卷第三期至第一卷第四期，1925 年 11 月 30 日至 1925 年 12 月 30 日，标“柯柯探案之二”，署名“英国奥斯汀著、程小青译”。

程小青译：《失去的遗嘱》，《小说世界》第十二卷第十二期，1925 年 12 月 18 日，标“森迪克探案之二”，署名“英国弗利门著，程小青（译）”。

程小青译：《可怕的光点》，《小说世界》第十二卷第十三期，1925 年 12 月 25 日，署名“程小青”。

程小青译：《巴黎之裙》，《新月》第一卷第五期至第一卷第六期“新年号”，1926 年 1 月 23 日至 1926 年 3 月 14 日，标“柯柯探案之三”，署名“英国奥斯汀著、程小青译”。又见《永安月刊》第三十九期至第四十三期，1942 年至 8 月 1 日至 1942 年 12 月 1 日，标“柯柯探案”，署名“程小青（译）”。

程小青译：《贼客》，《小说世界》第十三卷第七期，1926 年 2 月 12 日，署名“程小青”。

程小青译：《方形的三角》，《春之花》，1926 年丙寅三月，署名“程小青”。

程小青译：《陷穽记》，《新月》第二卷第一期至第二卷第四期，1926 年 4 月 26 日至 1926 年 6 月 10 日（分 4 次连载，未完），署名“程小青”。

程小青译：《释放后》，《小说世界》第十三卷第十九期，1926 年 5 月 7 日，署名“程小青”。

程小青译：《黑夜客》，《太平洋画报》第一卷第一期至第一卷第五期，1926 年 6 月 10 日至 1926 年 12 月 16 日（分 5 次连载，未完），标“侦探小说”，署名“美国史德朗著、程小青译”。

程小青译：《烟斗》，《小说世界》第十四卷第八期，1926 年 8 月 20 日，署名“程小青”。

程小青译：《被雇的偷儿》，《小说世界》第十四卷第二十三期，1926 年 12 月 3 日，署名“程小青”。

程小青译：《清天霹雳》，《小说世界》第十五卷第十五期至第十五卷第十六期，1927 年 4 月 9 日至 1927 年 4 月 15 日，署名“程小青”。

程小青译：《旧礼服》，《小说世界》第十五卷第十七期，1927 年 4 月 22 日，署名“程小青”。

程小青译：《一千镑的指环》，《小说世界》第十五卷第二十一期，1927 年 5 月 20 日，署名“程小青”。

程小青译：《偷儿的伙伴》，《小说世界》第十六卷第三期，1927 年 7 月 15 日，署名“程小青”。

程小青译：《虚幌》，《虞美人》第二期至第三期，1929 年 10 月 10 日至 1929 年 11 月 10 日，标“侦探小说”，署名“程小青”。

程小青译：《绿箭手》，《珊瑚》第三卷第一期至第四卷第十二期（共 23 次连载，其中第四卷第七期未刊登），1933 年 7 月 1 日至 1934 年 6 月 16 日，署名“英国瓦拉斯著，程小青译”。

程小青译：《绅士帽》，《上海报》1936 年 9 月 1 日至 1937 年 8 月 14 日，及 1938 年 9 月 1 日至 1938 年 11 月 27 日（共 58 节，其中 1937 年 8 月 15 日至 1938 年 7 月，《上海报》因战争停刊），标“奎

宁探案”，署名“程小青译”。该小说原名为 *The Roman Hat Mystery*（1929），现通常译作《罗马帽子之谜》。关于该小说连载，1936 年 8 月 6 日，《上海报》上曾刊登时任编辑匡寒僧撰写的《绅士帽前奏——介绍程小青先生的长篇小说》一文①，且在 1936 年 8 月 30 日的《上海报》上再次刊登了《绅士帽》即将连载的广告，广告中称该小说为“离奇、恐怖、刺激、紧张”。

程小青译：《窝赃大王》，《上海生活》第三卷第五期至第四卷第三期，1939 年 5 月 17 日至 1940 年 3 月 17 日（分 11 次连载），标“圣徒奇案”，署名“程小青译”。

程小青译：《独眼龙》，《玫瑰》创刊号到第一卷第四期，1939 年 7 月 15 日至 1939 年 8 月 31 日，标“侦探”，署名“英国奥斯汀著、程小青译”。

程小青译：《百乐门血案》，《小说日报》1939 年 8 月 15 日至 1939 年 10 月 23 日，标“陈查礼侦探案”，署名“欧尔特・毕格斯原著，程小青、庞啸龙合译”。该小说未连载完，在一则关于小说《夜光表》的广告文字（刊于《小说日报》1940 年 3 月 21 日）中指出，“程小青先生所译之‘陈查礼探案’《百乐门血案》，前在本报刊载，尝为阅者所嗜读；寻以原书冗长，为使读者诸君早窥全豹起见，特提早出版单行本（由中央书店发行），报端所刊以是中辍”。

程小青译：《夜光表》，《小说日报》1940 年 3 月 22 日至 1940 年 11 月 20 日，标“陈查礼探案”，署名“程小青译”。根据“婴宁”在《独虞室随笔・夜光表》（刊于《小说日报》1940 年 3 月 22 日）中介绍：“了红兄为吾报写‘侠盗鲁平奇案’，既为读者所赞美，兹复得襟霞阁主人之助，为吾报乞诸程小青先生，以‘陈查礼探案’《夜光表》见眖，于是蜚声火奴鲁鲁之中国大侦探，遂与了红笔下之东方亚森罗平，于吾报同出现。”

---

① 关于小说《绅士帽》的发现，可参见刘臻《程小青的“绅士帽”》，《书屋》2022 年第 1 期。

程小青译：《神秘丈夫》，《上海生活》第四卷第四期至第四卷第十一期，1940年4月17日至1940年11月17日（分8次连载），标“圣徒奇案”，署名“程小青译”。其中第四卷第四期刊载时小说题目为“神秘夫人”。

程小青译：《鹦鹉声》，《小说月报》第一期至第二十三期，1940年10月1日至1942年8月1日（分23次连载），标“陈查礼侦探案”，署名“毕格斯著，程小青译”。

程小青译：《神秘之箱》，《健康家庭》第二卷第八期“革新号”至第五卷第二期，1940年11月30日至1944年2月15日，署名“英国弗里门著，程小青译”。

程小青译：《假警士》，《上海生活》第五卷第一期至第五卷第十期，1941年1月17日至1941年10月17日（分10次连载），标“圣徒奇案”，署名“程小青译”。

程小青、庞啸龙译：《希腊棺材》，《万象》第一卷第一期至第三卷第二期，1941年7月1日至1943年8月1日（分26次连载），标“奎宁探案”，署名“美国爱雷奎宁原著，程小青、庞啸龙合译”。又见小说单行本《希腊棺材》，上海中央书店，1946年12月。该小说原名为 *The Greek Coffin Mystery*（1932），现通常译作《希腊棺材之谜》。

程小青译：《赌窟奇案》，小说第一章、第二章在《上海生活》第五卷第十一期至第五卷第十二期上连载，1941年11月17日至1941年12月22日；第三章至第十五章在《小说月报》第二十六期至第三十九期连载（其中第三十三、三十四合为一期），1942年11月1日至1943年12月15日（分15次连载），标“斐洛凡士探案之一”，署名“程小青译”。该小说原名为 *The Casino Murder Case*（1934），现通常译作《赌场杀人事件》。

程小青译：《花园枪声》，《新闻报》1942年1月21日至1943年5月13日（共487节连载），标“斐洛凡士探案”，署名“美国范达痕著，程小青译”。该小说原名为 *The Garden Murder Case*

（1937），现通常译作《花园杀人事件》。

程小青译：《咖啡馆》，《大众》第一期至第十期，1942 年 11 月 1 日至 1943 年 8 月 1 日（分 10 次连载），标“凡士探案”，署名“美国范达痕著，程小青译”。该小说原名为 *The Grance Allen Murder Case*。

程小青译：《女首领》，《春秋》第一卷第一期至第一卷第九期，1943 年 8 月 15 日至 1944 年 8 月 5 日（分 9 次连载），标“圣徒奇案”，署名“英国杞德烈斯原著、程小青译”。

程小青译：《王冕的变幻》，《大众》第十一期至第十二期，1943 年 9 月 1 日至 1943 年 10 月 1 日，标“圣徒奇案之一”，署名“程小青译”。

程小青译：《摩登奴隶》，《大众》第十三期至第十四期，1943 年 11 月 1 日至 1943 年 12 月 1 日，标“圣徒奇案之一”，署名“程小青（译）”。

程小青译：《难兄难弟》，《大众》第十五期，1944 年 1 月 1 日，标“圣徒奇案之一”，署名“程小青（译）”。

程小青译：《晚宴》，《大众》第十六期，1944 年 2 月 1 日，标“圣徒奇案之一”，署名“程小青（译）”。

程小青译：《一个被欺侮的女人》，《万象》第三卷第八期，1944 年 2 月 1 日，标“圣徒奇案”，署名“杞德烈斯著、程小青译”。

程小青译：《怪旅店》，《小说月报》第四十期至第四十五期，1944 年 4 月 15 日至 1944 年 11 月 25 日（分 6 次连载），标“圣徒奇案之一”，署名“程小青（译）”。

程小青译：《须的引线》，《大众》第二十三期，1944 年 9 月 1 日，标“圣徒奇案”，署名“程小青（译）”。

程小青译：《惊人的决战》，《春秋》第一卷第十期至第二卷第六期，1944 年 10 月 5 日至 1945 年 6 月 10 日（分 7 次连载），标“圣徒奇案”，署名“英国杞德烈斯原著、程小青译”。

程小青译：《人造钻石》，《新侦探》第四期，1946 年 5 月 15 日，标“圣徒奇案”，署名“英国杞德烈斯著、程小青译”。小说原作者杞德烈斯为 Leslie Charteris，现通常译作莱斯利·查特里斯。

程小青译：《女间谍》，《新侦探》第五期至第六期，1946 年 6 月 1 日至 1946 年 6 月 16 日，标“柯柯探案”，署名“程小青译”。

程小青译：《死人的故事》，《笔》第一卷第一期，1946 年 6 月 20 日，标“圣徒奇案”，署名“程小青（译）”。

程小青译：《三个跛子》，《新侦探》第七期至第八期，1946 年 7 月 1 日至 1946 年 7 月 16 日，标“奎宁探案”，署名“程小青译”。该小说原名为 *The Adventure of the Three Lame Men*，现通常译作《三个跛子》。

程小青译：《一个爱好玩具的人》，《新侦探》第九期至第十期，1946 年 8 月 1 日至 1946 年 8 月 16 日，标“圣徒奇案”，署名“程小青译”。

程小青译：《死拼》，《新侦探》第十期，1946 年 8 月 16 日，署名“紫竹”。

程小青译：《艺术摄影师》，《新侦探》第十一期至第十二期，1946 年 9 月 16 日至 1946 年 10 月 1 日，标“圣徒奇案”，署名“程小青译”。

程小青译：《觅宝藏》，《新侦探》第十三期至第十四期，1946 年 10 月 16 日至 1946 年 11 月 1 日，标“奎宁探案”，署名“美国爱雷·奎宁著、程小青译”。该小说原名为 *The Adventure of the Treasure Hunt*，现通常译作《寻宝游戏》。

程小青译：《大施主》，《新侦探》第十五期至第十六期，1947 年 1 月 1 日至 1947 年 2 月 1 日，署名“英国杞德烈斯著、程小青译”。

程小青译：《古剑记》，《新侦探》第十六期至第十七期，1947 年 2 月 1 日至 1947 年 6 月 1 日，标“包罗德探案”，署名“葛丽斯丹著，紫竹译”。该小说原名为 *The Murder of Roger Ackroyd*，现通常译作《罗杰疑案》，为波洛系列作品之一。

程小青译：《波谲云诡录》，《乐观》创刊号，1947 年 4 月，署名“英国名女作家 Agatha Christie 原著、程小青（译）”。该小说原名为 *N or M?*，现通常译作《桑苏西来客》或者《谍海》，是民国时期极为少见的“汤米、塔彭丝夫妇探案系列”作品之一。

程小青译：《幸运人》，《礼拜六》第八十六期至第九十一期（总第七八九期至第七九四期），1947 年 8 月 2 日至 1947 年 9 月 6 日（分 6 次连载），标“圣徒奇案”，署名“英国杞德烈斯著、程小青译”。

程小青译：《独幕剧》，《蓝皮书》第十一期，1948 年 2 月 1 日，署名“程小青（译）”。

程小青译：《口味问题》，《蓝皮书》第十二期，1948 年 3 月 20 日，标“包罗德探案”，署名“程小青（译）”。该小说原名为 *Four and Twenty Blackbirds*，现通常译作《二十四只黑画眉》，为波洛系列作品之一。

程小青译：《幕面舞》，《蓝皮书》第十四期，1948 年 6 月 15 日，署名“程小青（译）”。

程小青译：《移赃》，《蓝皮书》第十六期，1948 年 8 月 20 日，署名“程小青（译）”。

程小青译：《一局棋》，《蓝皮书》第十七期，1948 年 9 月 20 日，署名“程小青（译）”。

程小青译：《良医》，《蓝皮书》第十八期，1948 年 10 月 20 日，署名“程小青（译）”。

程小青译：《怪装舞》，《万象周刊》第一卷第五期，1948 年 11 月 6 日，署名“程小青（译）”。该小说未连载完。

程小青译：《间谍之恋》，《红皮书》第一期，1949 年 1 月 20 日，署名“程小青（译）”。

单行本出版的翻译侦探小说或侦探小说集

程小青译：《偻背眩人》（第六册）、《希腊舌人》（第七册）、

《海军密约》（第七册）、《魔足》（第十一册）、《罪薮》（第十二册），见《福尔摩斯侦探案全集》，上海中华书局，1916 年 5 月初版，1916 年 8 月再版，1921 年 9 月九版，1936 年 3 月二十版，署名“柯南道尔著，刘半侬译”。该套《福尔摩斯探案全集》共十二册，内收 44 篇福尔摩斯探案小说。译者为严独鹤、程小青、陈小蝶、天虚我生、刘半侬、周瘦鹃、陈霆锐、天侔、常觉、渔火十人。全书用比较浅近的文言文翻译，非常畅销，至全面抗战爆发前已再版二十次。其中《偻背眩人》小说原名为 *The Crooked Man*，现通常译作《驼背人》；《希腊舌人》小说原名为 *The Greek Interpreter*，现通常译作《希腊译员》；《海军密约》小说原名为 *The Naval Treaty*，现通常译作《海军协定》；《魔足》小说原名为 *The Adventure of the Devil's Foot*，现通常译作《魔鬼之足》；《罪薮》小说原名为 *The Valley of Fear*，现通常译作《恐怖谷》。

周瘦鹃、程小青等译：《欧美名家侦探小说大观》共六册，上海交通图书馆发行，1919 年版，标“短篇侦探小说集”，周瘦鹃主编，周瘦鹃、程小青等译。其中第一册为英国柯南 · 道尔著，民友社印刷，上海交通图书馆出版，1919 年 5 月 1 日出版，标“福尔摩斯探案新编”，署名“周瘦鹃、程小青、张碧梧、黄梅茵编译”，内收《黄眉虎》《双耳记》《死神》《艇图案》《槽中女》《岩屋破奸》共六篇侦探小说。第二册为美国亚塞李芙著，民友社印刷，上海交通图书馆出版，1919 年 7 月 1 日出版，标“根纳迪新探案”，署名“周瘦鹃、程小青、张碧梧、黄梅茵编译”，内收《墨异》《地震表》《X 光》《火魔》《钢门》《百宝箱》共六篇侦探小说。第三册为美国维廉 · 弗利门著，1919 年 11 月 1 日出版，内收《璧返珠还》《镜诡》《牛角》《飞刀》《情海一波》共五篇侦探小说。第六册为民友社印刷，上海交通图书馆出版，1922 年 3 月 1 日初版，标“培尔罕戈新探案”，署名“周瘦鹃、程小青、张碧梧、黄梅茵编译”，内收《移尸案》《情人失踪》《牛蒡子》《一串珠》《错姻缘》《伪装》共六篇侦探小说。其余册书内容不详。

周瘦鹃、程小青译：《空中飞弹》，上海交通图书馆出版、印刷，1920年9月1日初版（阴历七月十九），署名“程小青、周瘦鹃著作，俞幼甫发行”。疑似版权页信息错误。

程小青译：《福尔摩斯新探案全集》（上、中、下三册），上海世界书局印刷、发行，1924年7月，1925年8月再版，署名“英国柯南道尔著，吴门程小青译”。

程小青译：《第十三次舞》，收入《说部精英甲子花·第一集》，雕龙出版部出版，五洲书社发行，大陆图书公司印刷，1924年7月20日出版，标“说部精英”“豁公、钝根合编”，署名“刘豁公、王钝根编辑”“杭穉英绘图”，文章作者署名“程小青（译）”。

程小青译，赵苕狂编：《协作探案集》，上海世界书局，1924年8月初版，1926年4月三版，署名“吴兴赵苕狂编辑”。书中收录《古塔上》《捉刀人》《十字架上》《无敌术》《漆匣子》《最后之胜利》六篇侦探小说翻译，这六篇小说皆为英国弼斯敦著，程小青译，皆曾发表于《侦探世界》杂志。书前附“《协作探案集》提要”一篇。

程小青译：《古灯》，上海大东书局，1925年4月出版发行，1929年12月三版，1933年8月五版，署名“法国勒白朗原著，程小青编译，周瘦鹃校阅”，属于“亚森罗苹案全集”之一种，“第八册”。小说原名为*La Lampe juive*（1908），现通常译作《犹太人油灯》。

程小青等译：《标点白话福尔摩斯探案大全集》（全十二册，另附《福尔摩斯探案写真图》一册），世界书局印行，1926年10月初版，1933年3月四版。该套“大全集”共收录“福尔摩斯探案”短篇小说50篇，长篇小说4部。内含《冒险史》（上、下册）、《回忆录》（上、下册）、《归来记》（上、下册）、《新探案》（上、下册）、《血字的研究》《四签名》《古邸之怪》《恐怖谷》。正文前有“序”（程小青作于1926年5月）、《美国威尔逊硕士序》《奥塞柯南道尔爵士小传（附著作表）》《引言》《关于福尔摩斯的话》共五篇文章。参与该套“大全集”翻译工作的人员有顾明道、严独鹤、钱释云、郑逸梅、赵苕狂、程小青（主编）、张碧梧、徐碧波、范烟桥、俞天愤、范佩萸、范菊高、俞友清、吴明霞、朱戬、包天笑、尤半狂、尤次范。后该书重排装订为精装本上、下两册出版，世界书局，1934年11月重排初版，1935年7月三版，1935年11月四版。“重排精装版”较之“大全集”增补了六篇“福尔摩斯探案”短篇小说，增补篇目皆由程小青翻译，具体篇目为：《白脸士兵》《三角屋》《狮鬣》《幕面客》《老屋中的秘密》《棋国手的故事》。

程小青译：《世界名家侦探小说集》（全三册），上海大东书局，1930年12月印刷，1931年3月出版，署名“译者程小青，发行人沈骏声”。其中第一册收录《麦格路的凶案》（署名“美国哀迪笳挨仑坡著”）、《尝试的失败》（署名“英国惠廉姆尉尔启叩林斯著”）、《盲医士》（署名“美国安那喀德麟格林著”）、《父与子》（署名“英国奥塞柯南道尔著”）四篇侦探小说翻译，第二册收录《古邸中的三件盗案》（署名“英国奥塞玛利逊著”）、《血证》（署名“英国奥斯丁福礼门著”）、《草人》（署名“美国麦尔维尔达维森波士德著”）、《瞽侦探》（署名“英国厄涅斯德布累马著”）、《犬的默示》（署名“英国乾尔培哲斯脱顿著”）五篇侦探小说翻译，第三册收录《市长书室中的凶案》（署名“英国夫勒拆著”）、《小屋》（署名“英国亨利贝力著”）、《雪中足印》（署名“法国毛利司勒勃朗著”）、《瑞典火柴》（署名“俄国安东乞呵甫著”）、《美的证据》（署名“德国陶哀屈烈克梯屯著”）、《奇怪的迹象》（署名“匈牙利国鲍尔屯葛洛楼著”）共六篇侦探小说翻译，附程小青所作“译者自序”。该套侦探小说翻译丛书于1948年2月被大东书局重新拆分作八册出版，署名“程小青编译，杜镛发行”，每册书前附“新序”和“译者自序”。据“译者自序”指出：“这一本集子，本是美国卫拉特赖哀脱 Willard H Wright——近今最负盛名的侦探小说作家，笔名叫做樊达痕 S S Van Dine——所辑，有十五篇短篇，每篇一个作家，各附小传。作者的国籍，计有美英法德匈俄六国，不过英美的作品比较多。”即该套丛书是根据 W. H. Wright（笔名为S. S. Van Dine，现通常译作“范·达因”）所编的 *The Great Detective Stories*（1927）翻译而成。八册分别是：

（1）《麦格路的凶案》[内收《麦格路的凶案》（署名“美国哀迪笳挨仑坡著”）和《奇怪的迹象》（署名“匈牙利国鲍尔屯葛洛楼著”）两篇侦探小说翻译]

（2）《盲医士》（收录作品情况不详）

（3）《父与子》（收录作品情况不详）

（4）《血证》[内收《血证》（署名“英国奥斯丁福礼门著”）和《尝试的失败》（署名“英国惠廉姆尉尔启叩林斯著”）两篇侦探小说翻译]

（5）《瞽侦探》[内收《瞽侦探》（署名“英国厄涅斯德布累马著”）和《美的证据》（署名“德国陶哀屈烈克梯屯著”）两篇侦探小说翻译]

（6）《瑞典火柴》[内收《雪中足印》（署名“法国毛利司勒勃朗著”）和《瑞典火柴》（署名“俄国安东乞呵甫著”）两篇侦探小说翻译]

（7）《古邸中的三件盗案》[内收《古邸中的三件盗案》（署名“英国奥塞玛利逊著”）和《市长书室中的凶案》（署名“英国夫勒拆著”）两篇侦探小说翻译]

（8）《小屋》（收录作品情况不详）

程小青译：《斐洛凡士探案》系列共十一册，美国范达痕著，程小青译，世界书局出版发行，其中包括：

（1）《贝森血案》（1932年7月出版印行，全二册，书前附有程小青作“序”一篇；1941年11月新一版，1943年11月新二版，1946年5月新三版，后三种版本皆为全一册，书前皆附程小青作“译者序”一篇；标“斐洛凡士探案之一”，新一版、新二版署名“发行人陆高谊”，新三版署名“发行人李煜瀛”。该小说原名为 *The Benson Murder Case*）

（2）《金丝雀》（1932 年 9 月出版印刷，全二册；1943 年 11 月新二版，改名为《金丝鸟》；1946 年 5 月新三版，全一册，书前附程小青作“译者序”一篇；标“斐洛凡士探案之二”，新三版署名“发行人李煜瀛”。该小说原名为 *The Canary Murder Case*）

（3）《姊妹花》（1932 年 11 月初版印刷，全二册；1941 年 11 月新一版，1943 年 11 月新二版，后两种版本皆为全一册；标“斐洛凡士探案之三”，新一版、新二版署名“发行人陆高谊”。该小说原名为 *The Greene Murder Case*）

（4）《黑棋子》（1933 年 6 月出版印刷，全二册；1941 年 11 月新一版，1943 年 11 月新二版，1946 年 5 月新三版，后三种版本皆为全一册，书前皆附程小青作“译者序”一篇；标“斐洛凡士探案之四”，1933 年版署名“发行人沈知方”，新一版、新二版署名“发行人陆高谊”，新三版署名“发行人李煜瀛”。该小说原名为 *The Bishop Murder Case*）

（5）《古甲虫》（1934 年 3 月出版印刷，全二册；1941 年 12 月出版，1943 年 11 月新二版，1946 年 1 月新三版，后三种版本皆为全一册，书前皆附程小青作“译者序”一篇；标“斐洛凡士探案之五”；1934 年版署名“发行人沈知方”，1941 年版、新二版、新三版皆署名“发行人陆高谊”。该小说原名为 *The Scarab Murder Case*）

（6）《神秘之犬》（1934 年 8 月出版；1941 年 12 月出版，1943 年 11 月新二版，1946 年 1 月新三版，后三种版本皆为全一册，书前皆附程小青作“译者序”一篇；标“斐洛凡士探案之六”，1941 年版、新二版、新三版皆署名“发行人陆高谊”。该小说原名为 *The Kennel Murder Case*）

（7）《龙池惨剧》（1941 年 12 月出版，1943 年 11 月新二版，1946 年 1 月新三版，三种版本皆为全一册，书前皆附程小青作“译者序”一篇；标“斐洛凡士探案之七”，1941 年版、新二版、新三版皆署名“发行人陆高谊”。该小说原名为 *The Dragon Murder Case*）

（8）《紫色屋》（1941 年 12 月出版，1943 年 11 月新二版，1946

年1月新三版，书前皆附程小青作“译者序”一篇；标“斐洛凡士探案之八”，1941年版、新二版、新三版皆署名“发行人陆高谊”）

（9）《花园枪声》（1943年10月初版，1946年1月再版；标“斐洛凡士探案之九”，1943年版、1946年版皆署名“发行人陆高谊”。该小说原名为*The Garden Murder Case*）

（10）《赌窟奇案》（1946年1月再版，1947年9月三版；标“斐洛凡士探案之十”，1946年再版署名“发行人陆高谊”，1947年三版署名“发行人李煜瀛”。该小说原名为*The Casino Murder Case*）

（11）《咖啡馆》（1943年11月初版，1946年1月再版，1947年9月三版；标“斐洛凡士探案之十一”，1943年初版、1946年再版署名“发行人陆高谊”，1947年三版署名“发行人李煜瀛”。该小说原名为*The Grance Allen Murder Case*）

程小青译：《陈查礼侦探案》系列共六册，美国欧尔特·毕格斯原著，程小青主译，上海中央书店出版发行。其中具体作品包括：

（1）《幕后秘密》［程小青、王嵩全译，襟霞阁主人发行，1939年7月初版，1942年10月再版、印数2000册，1946年8月付印，1948年12月九版。小说原名为*Behind That Curtain*（1928）］

（2）《百乐门血案》［程小青、庞啸龙译，襟霞阁主人发行，书前附襟霞阁主人所作“序”一篇（作于1939年9月19日），1939年9月初版，1942年10月再版、印数2000册，1946年8月再印。又见《百乐门大血案》，益智书店印行，出版时间不详，署“程小青译”，为伪满出版物。小说原名为*Charlie Chan Carries On*（1930）］

（3）《夜光表》［程小青、庞啸龙译（另有版次标“程小青、李齐合译”），襟霞阁主人发行，1939年9月初版，1942年10月再版、印数2000册，1946年8月再印，1948年12月九版。小说原名为*The House Without a Key*（1925）］

（4）《歌女之死》［程小青、王佐才译，襟霞阁主人发行，1942年10月再版、印数2000册，1948年12月九版（该版扉页和版权页

均标为“第五集”）。小说原名为 *Keeper of the Keys*（1932）］

（5）《黑骆驼》［程小青、庞啸龙译，1941 年 3 月初版，1942 年 10 月再版、印数 2000 册，1948 年 12 月付印。小说原名为 *The Black Camel*（1929）］

（6）《鹦鹉声》［程小青译，1943 年 1 月初版、印数 2000 册，1946 年 8 月再版，1948 年 10 月九版，小说原名为 *The Chinese Parrot*（1926）］

程小青译：《大拇指》（全二册），奉天大东书局发行，奉天东都印刷局印刷，1941 年（康德八年）2 月 10 日印刷，1941 年 3 月 10 日发行，标“鲍尔顿新探案之一”，署名“叶光华编辑、王余祥发行、刘永和印刷”。为伪满时期出版物。又见，《大拇指》（上、下两集）一书，上海中流书局出版、印刷，1941 年 4 月初版，标“鲍尔顿新探案之一”，署名“编译者夏雨，出版者中流书局许杨侯”。书前有《总序》《鲍尔顿探案序》（该序落款署“夏雨”）各一篇。通过对比两种《大拇指》第二册最后一页内容可知两种小说实为同一种，但其中真实译者及盗版情况不详。此外，又见《断锈大盗》一册，上海群学书店出版、发行，1946 年 12 月出版，1949 年 1 月出版，标“鲍尔顿探案录”，署名“译著者李萍”，该书前有《总序》《鲍尔顿探案序》（该序落款署“李萍一九四六年九月”）各一篇。通过对比全书目录可知，该书和《大拇指》应系同一本书，只不过改换了书名，并将上、下两集合为一册，但其中真实译者及盗版情况亦不详。此处仅记下笔者所见相关图书信息，其余存疑。

程小青译：《学生捕盗记》，上海南光书店，1943 年，标“侦探小说”，署名“德国凯斯特涅著，程小青译”。据藏书家华斯比考证，该书为林俊千译述《小学生捕盗记》一书的盗版之作。林俊千译述一书标“侦探小说”，署名“德国凯司特涅（Brich Kaestner）原著，林俊千译述”“青年趣味丛书”，具体出版时间和出版社不详。但“林译”正文前附有《前记》一篇，落款署“林俊千 一九四〇年七月于上海”；而所谓“程译”正文附有一篇一模一样的《前记》，落款则署“译者 一九四三年五月”。另，又见香港版林俊千译述《小学生捕盗记》，香港华侨图书公司出版，1954 年 4 月港版，印数 1500 册，署名“德国凯司特涅（Brich Kaestner）原著，林俊千译述”。

程小青译：《柯柯探案集》，世界书局印行，1943 年 6 月初版，收录《独眼龙》《验心术》《巴黎之裙》三篇侦探小说，署名“原著者英国奥斯汀，译者程小青，发行人陆高谊”；1946 年 10 月三版，收录《独眼龙》《验心术》《巴黎之裙》《女间谍》四篇侦探小说，署名“原著者英国奥斯汀，译者程小青，发行人李煜瀛”。根据程小青译《惊人的决战》（世界书局，1946 年 10 月初版）书后所附广告页内容，“《柯柯探案集》新增第四篇探案：《女间谍》”。

程小青译：《圣徒奇案》系列共十册，英国杞德烈斯著，程小青译，世界书局出版发行。书前附“引言”一篇（署“三十二年春译者识”）。其中具体作品包括：

（1）《赤练蛇》（1943 年 6 月初版，1946 年 1 月三版，两版发行人皆为“陆高谊”。小说原名为 *The Man Who Was Clever*）

（2）《假警士》（1943 年 6 月初版，1944 年 11 月再版，1948 年 11 月四版，初版和再版发行人为“陆高谊”，四版发行人为“张静江”。小说原名为 *The Policeman with Wings*）

（3）《窝赃大王》（1943 年 6 月初版，1944 年 11 月再版，1946 年 1 月三版，三个版本发行人皆为“陆高谊”）

（4）《神秘丈夫》（1943 年 6 月初版，1944 年 11 月再版，1946 年 1 月三版，1948 年 11 月四版，前三版发行人为“陆高谊”，四版发行人为“张静江”。小说原名为 *The Elusive Ellshaw*）

（5）《怪旅店》（1944 年 11 月初版，1946 年 1 月再版，1948 年 11 月三版，初版和再版发行人为“陆高谊”，三版发行人为“张静江”。小说原名为 *The Case of the Frightened Innkeeper*）

（6）《女首领》（1946 年 1 月再版，1948 年 10 月三版，再版发行人为“陆高谊”，三版发行人为“张静江”。小说原名为 *The*

Lawless Lady）

（7）《惊人的决战》（1946 年 10 月初版，发行人为“李煜瀛”。小说原名为 *The Wonderful War*）

（8）《百万镑》［1946 年 10 月初版，发行人为“李煜瀛”。内收《百万镑》（*The Million Pound Day*）、《恫吓信》两篇侦探小说翻译］

（9）《发明家》（1946 年 11 月出版，发行人为“李煜瀛”。内收《发明家》《玩具爱好者》《被欺侮的女人》《王冕的变幻》四篇侦探小说翻译）

（10）《摩登奴隶》（1946 年 11 月出版，发行人为“李煜瀛”。内收《摩登奴隶》《通灵术》《一对宝贝》《艺术摄影师》《须的引线》五篇侦探小说翻译）

程小青译：《短篇侦探小说选》共十册，上海广益书局，书前附程小青所作“序”一篇，署“三十六年秋程小青识于苏州东吴”。其中包括：

（1）《石像之秘》（1947 年 12 月初版，1948 年 6 月二版，1949 年 2 月三版，标“短篇侦探小说选之一”，署名“编译者程小青，发行人刘季康”。内收《石像之秘》《余恋》《诱惑力》《险交易》《殉葬品》《一条项串》共六篇侦探小说翻译）

（2）《幕面人》（1947 年 12 月初版，1948 年 6 月二版，1949 年 2 月三版，标“短篇侦探小说选之二”，署名“编译者程小青，发行人刘季康”。内收《幕面人》《最后胜利》《神秘枪弹》《魔神》《种瓜得瓜》《意外机缘》共六篇侦探小说翻译）

（3）《谁是奸细》（1947 年 12 月初版，1948 年 7 月二版，1949 年 2 月三版，标“短篇侦探小说选之三”，署名“编译者程小青，发行人刘季康”。内收《谁是奸细》《蓝钻石》《一杯酒》《不祥之花》《侥幸的自由》《心刑》共六篇侦探小说翻译）

（4）《黑手党》（1948 年 7 月二版，1949 年 2 月三版，标“短篇侦探小说选之四”，署名“编译者程小青，发行人刘季康”。内收《黑手党》《失去的遗嘱》《双重谋杀》《胁索者》《无稽之谈》《痕

迹》共六篇侦探小说翻译）

（5）《漏点》（1948 年 1 月初版，1948 年 8 月二版，1949 年 2 月三版，标“短篇侦探小说选之五”，署名“编译者程小青，发行人刘季康”。内收《漏点》《自作孽》《葡萄棚下》《轩轾戏》《懊恼事件》《碧海一浪》共六篇侦探小说翻译）

（6）《黑窖中》（1948 年 2 月初版，1948 年 9 月二版，1949 年 2 月三版，标“短篇侦探小说选之六”，署名“编译者程小青，发行人刘季康”。内收《黑窖中》《飞来横祸》《钮子与烟灰》《一个指印》《天然证据》《往事》共六篇侦探小说翻译）

（7）《圈套》（1948 年 3 月初版，1948 年 10 月二版，1949 年 2 月三版，标“短篇侦探小说选之七”，署名“编译者程小青，发行人刘季康”。内收《圈套》《化装人》《弄假成真》《再生人》《视而不见》共五篇侦探小说翻译）

（8）《天刑》（1948 年 3 月初版，1948 年 10 月二版，1949 年 2 月三版，标“短篇侦探小说选之八”，署名“编译者程小青，发行人刘季康”。内收《天刑》《一张古画》《降灵会》《业余罪徒》《倒指印》《爱之转变》共六篇侦探小说翻译）

（9）《红幔下》（1948 年 4 月初版，1948 年 10 月二版，1949 年 2 月三版，标“短篇侦探小说选之九”，署名“编译者程小青，发行人刘季康”。内收《红幔下》《怪梦》《疯人》《谣言》共四篇侦探小说翻译）。该小说集后更名为《怪梦》，香港时代出版社出版、印行，群力书局发行，1952 年 12 月，标“短篇侦探小说”，署名“著作者程小青”。《怪梦》为香港出版物，内收小说篇目与《红幔下》相同。

（10）《三跛子》（1948 年 5 月初版，1948 年 10 月二版，1949 年 2 月三版，标“短篇侦探小说选之十”，署名“编译者程小青，发行人刘季康”。内收《三跛子》《第一课》《暮炮》共三篇侦探小说翻译）

侦探小说评论文章（含序跋）

程小青：《苏脑妙品》，《最小》1922 年 11 月 15 日，署名“程小青”。又见《最小》（汇订本）第一卷第一期，上海良晨好友社印行，1922 年，署名“程小青”。又见《侦探世界》第一期，1923 年 6 月，署名“茧翁”。

程小青：《侦探小说的效用》，《最小》1922 年 12 月 5 日，署名“程小青”。又见《最小》（汇订本）第一卷第三期，上海良晨好友社印行，1922 年，署名“程小青”。又见《侦探世界》第十期，1923 年 10 月 24 日，署名“青”。

程小青：《小说界的前途》，《最小》1923 年 1 月 5 日，署名“程小青”。又见《最小》（汇订本）第一卷第六期，上海良晨好友社印行，1923 年，署名“程小青”。

程小青：《霍桑和包朗的命意》，《最小》1923 年 3 月 5 日，署名“程小青”。又见《最小》（汇订本）第一卷第十一期，上海良晨好友社印行，1923 年，署名“程小青”。

程小青：《侦探小说作法的管见》，《侦探世界》第一期、第三期，1923 年 6 月至 1923 年？月，署名“小青”。其中第一期连载时，部分章节又名《侦探小说作法之管见》。

程小青：《小说中的四大侦探》，《侦探世界》第十期，1923 年 10 月 24 日，署名“小青”。

程小青：《侦探小说杂话》，《半月》第三卷第六期“侦探小说号”，1923 年 12 月 8 日，署名“程小青”。

程小青：《侦探小说和科学》，《侦探世界》第十三期，1923 年十一月朔日（农历），署名“程小青”。

程小青：《关于歇洛克福尔摩斯的话》，《侦探世界》第十五期至第十六期，1923 年十二月朔日（农历）至 1923 年十二月望日（农历），署名“英国柯南道尔原著，程小青译”。

程小青：《随机触发》，《侦探世界》第二十期，1924 年二月望日（农历），署名“程小青”。谈小说《乌骨鸡》的创作缘起。

程小青译：《歇洛克福尔摩斯》，《小说世界》第六卷第六期，1924 年 5 月 9 日，署名“科南道尔述、小青译”。

程小青：《科南道尔轶话》，《最小》1924 年 9 月 5 日，署名“程小青”。又见《最小》（汇订本）第六卷第一百八十一期，上海良晨好友社印行，1924 年，署名“程小青”。

程小青：《科南道尔轶话》，《最小》1924 年 12 月 5 日，署名“程小青”。又见《最小》（汇订本）第六卷第一百八十三期，上海良晨好友社印行，1924 年，署名“程小青”。

程小青：《〈亚森罗苹全集〉序》，上海大东书局，1925 年 4 月初版，1925 年 11 月再版。

程小青：《科道尔轶话》，《最小》1925 年 7 月 5 日，署名“程小青”。又见《最小》（汇订本）第六卷第一百八十五期，上海良晨好友社印行，1925 年，署名“程小青”。文章题目中“科道尔”应为“科南道尔”之误。

程小青：《谈侦探小说》，《新月》第一卷第一期，1925 年 10 月 2 日，署名“小青”。

程小青：《侦探小说作法之一得》，《小说世界》第十二卷第六期，1925 年 11 月 6 日，“小讲台”栏目，署名“程小青”。

程小青：《小说之四步》，《新月》第二卷第一期，1926 年 4 月 26 日，署名“程小青”。

程小青：《〈标点白话福尔摩斯探案大全集〉序》，世界书局印行，1926 年 10 月初版，1933 年 3 月四版。文末署“十五年五月，程小青，于苏州”。

程小青：《十年来中国小说的一瞥》，《青年进步》第一百期，1927 年 2 月，署名“程小青”。

程小青：《福尔摩斯长篇探案〈恐怖谷〉序》，见顾明道译《恐怖谷》，上海世界书局，1927 年。程小青的“序”文作于 1926 年 5 月。

程小青：《侦探小说在文学上之位置》，《紫罗兰》第三卷第二十四期“侦探小说号”，1929 年 3 月 11 日，署名“程小青”。

程小青：《谈侦探小说》，《红玫瑰》第五卷第十一期至第五卷第十二期，1929 年 5 月 11 日至 1929 年 5 月 21 日，署名“程小青”。

程小青：《〈霍桑探案汇刊第一集〉·著者自序》，上海文华美术图书印刷公司，1930 年。

程小青：《侦探小说作法一得》，《联益之友》第一百八十九期，1931 年 6 月 21 日，署名“小青”。

程小青：《关于侦探小说的话》，《金刚钻》1932 年 10 月 8 日至 1932 年 10 月 21 日，署名“程小青”。该文分 13 次连载，其中 1932 年 10 月 18 日插入刊登《九年中之沧桑》一文。

程小青：《从“视而不见”说到侦探小说》，《珊瑚》第二卷第一期，1933 年 1 月 1 日，署名“程小青”。

程小青：《侦探小说的多方面》，见《霍桑探案汇刊第二集》，上海文华美术图书公司，1933 年 1 月。

程小青：《〈窗外人影〉引言》，《珊瑚》第三卷第五期，1933 年 9 月 1 日，署名“程小青”。为柳存任小说《窗外人影》所写的“引言”。

程小青：《侦探小说与“?”》，《新上海》第一卷第四期，1933 年 12 月 15 日，署名“程小青”。

程小青：《对于文艺界之新希望》，《福音光》第十一卷第一期，1935 年 1 月 15 日，署名“程小青”。

程小青：《关于霍桑》，《橄榄》第二期，1938 年 11 月 7 日，署名“程小青”。

程小青：《程小青先生序》，见金亨利著，张润德译《吸血鬼》，世界侦探出版社发行，1941 年 1 月。

程小青：《译者序》，见《贝森血案》（“斐洛凡士探案”系列之一），上海世界书局，1941 年 11 月新一版，文末署“程小青”。

程小青：《〈龙虎斗〉引言》，《紫罗兰》第一期，1943 年 4 月 10 日。

程小青：《引言》，见《赤练蛇》（“圣徒奇案”系列之一），上海世界书局，1943 年 6 月，文末署“三十二年春译者识”。

程小青：《著者自序》，见《紫信笺》（《霍桑探案袖珍丛刊》之十一），上海世界书局，1944 年。

程小青：《著者自序》，见《案中案》（《霍桑探案袖珍丛刊》之二十一），上海世界书局，1945 年。

程小青：《论侦探小说》，《新侦探》第一期，1946 年 1 月 10 日，“特载”栏目，署名“程小青”。

程小青：《侦探小说真会走运吗》，《新侦探》第十六期，1947 年 2 月 1 日，“特写”栏目，署名“程小青”。

程小青：《〈短篇侦探小说选〉序》，见《石像之秘》（“短篇侦探小说选之一”），上海广益书局，1947 年 12 月初版，署“三十六年秋程小青识于苏州东吴”。

程小青：《〈世界名家侦探小说集〉译者自序》，见《瑞典火柴》（世界名家侦探小说集之一），上海大东书局，1948 年 2 月。序文后署作于“十八年十二月程小青序，于吴门茧庐”。

程小青：《从侦探小说说起》，《文汇报》1957 年 5 月 21 日，“笔会”栏目，署名“程小青”。

程小青：《我和世界书局的关系》，《出版史料》1987 年第 2 期，署名“程小青遗作”。该文实际作于 1963 年 5 月。

与侦探小说有关的其他文章

程小青：《怎样装饰憩坐室》，《家庭》第七期“装饰号”，1922 年，署名“程小青”。

程小青：《指纹略说》，《侦探世界》第一期至第七期，1923 年 6 月至 1923 年？月，署名“曾经沧海室主”。

程小青：《奇妙的判罚》，《侦探世界》第二期，1923 年，署名“茧翁”。又见《红玫瑰》第二卷第五十期，1926 年十月初九日，署名“程小青”。两则内容并不一样。

程小青：《偷鸡专家的新发明》，《侦探世界》第二期，1923 年，署名“茧翁”。

程小青：《警察的护身甲》，《侦探世界》第三期，1923 年，署名“茧翁”。

程小青：《囚室的颜色》，《侦探世界》第三期，1923 年，署名“茧翁”。

程小青：《皮肤印》，《侦探世界》第四期，1923 年，署名“茧翁”。

程小青：《也是一件冤狱》，《侦探世界》第四期，1923 年，署名“茧翁”。又见《（绘图）侦探之敌》，该书为“绘图小小说库”第五集（全十册），上海世界书局编辑、印刷、发行，1925 年 12 月再版，小说集中改题为《乔装跳舞》，署名“程茧翁”。

程小青：《贼童》，《侦探世界》第五期，1923 年，署名“茧翁”。

程小青：《女子警探的成绩》，《侦探世界》第五期，1923 年，署名“茧翁”。

程小青：《探访案情的竞争》，《侦探世界》第六期，1923 年，署名“茧翁”。

程小青：《法官的慈悲》，《侦探世界》第七期，1923 年，署名“茧翁”。

程小青：《一种盗贼所不敢取的东西》，《侦探世界》第八期，1923 年，署名“茧翁”。

程小青：《十二小时的自由》，《侦探世界》第九期，1923 年 10 月 10 日，署名“小青”。

程小青：《模范狱中的罪犯生活》，《侦探世界》第九期，1923 年 10 月 10 日，署名“茧翁”。

程小青：《苏格兰场的四大侦探》，《侦探世界》第十三期至第十四期，1923 年十一月朔日（农历）至 1923 年十一月望日（农历），署名“程小青”。

程小青：《英国地方监狱的罪犯状况》，《侦探世界》第十四期，1923 年十一月望日（农历），“侦探谈话会”栏目，署名“曾经沧海室主”。

程小青：《错误的疑点》，《侦探世界》第十四期，1923 年十一月望日（农历），署名“曾经沧海室主”。

程小青：《骇人的经历》，《侦探世界》第十五期，1923 年十二月朔日（农历），署名“茧翁”。

程小青：《世界警探的大会议》，《侦探世界》第十六期，1923 年十二月望日（农历），署名“茧翁”。

程小青：《狱监中的商人》，《侦探世界》第十八期，1924 年正月望日（农历），署名“茧翁”。

程小青：《科学的侦探术》，《侦探世界》第十八期至第二十期，1924 年正月望日（农历）至 1924 年二月望日（农历），署名“小青”。

程小青：《曾经沧海室译屑：英伦骗案的一斑（二）》，《苏民报》1924 年 2 月 12 日，署名“茧翁”。

程小青：《曾经沧海室译屑：英伦骗案的一斑（三）》，《苏民报》1924 年 2 月 13 日，署名“茧翁”。

程小青：《扒手的控诉》，《侦探世界》第十九期，1924 年二月朔日（农历），署名“茧翁”。

程小青：《电椅》，《侦探世界》第十九期，1924 年二月朔日（农历），署名“茧翁”。

程小青：《壁藏》，《侦探世界》第十九期，1924 年二月朔日（农历），署名“茧翁”。

程小青：《藏钱妙法》，《侦探世界》第十九期，1924 年二月朔日（农历），署名“茧翁”。

程小青：《动物侦探》，《侦探世界》第十九期、第二十一期，1924 年二月朔日（农历）至 1924 年三月朔日（农历），“侦探谈话会”栏目，署名“茧翁”。又见《（绘图）侦探之敌》，该书为“绘图小小说库”第五集（全十册），上海世界书局编辑、印刷、发行，1925 年 12 月再版，署名“程小青”。

程小青：《警察犬》，《侦探世界》第二十一期，1924 年三月朔日（农历），“侦探谈话会”栏目，署名“曾经沧海室主”。

程小青：《定判前的祷告》，《侦探世界》第二十二期，1924年三月望日（农历），署名“茧翁”。

程小青：《逆伦罪的奇判》，《侦探世界》第二十二期，1924年三月望日（农历），署名“茧翁”。

程小青：《圣诞节的特赦》，《侦探世界》第二十三期，1924年四月朔日（农历），署名“茧翁”。

程小青：《曾经沧海室译屑》，《月亮》第一期，1924年5月18日，署名“程小青”。

程小青：《火车贼与旅馆贼》，《心声》第三卷第七期，1924年7月2日，标“译英国侦探杂志”，署名“程小青”。

程小青：《观电影的两个小问题》，《红玫瑰》第一卷第五十期，1925年五月廿一日，署名“程小青”。

程小青：《我所贡献于国产影片界的一些意见》，《小说世界》第十二卷第一期“特刊号”，1925年10月2日，署名“程小青”。

程小青：《美国电影界的统计》，《新月》第一卷第三期，1925年11月30日（未完），署名“程小青”。

程小青：《电影的使命》，《友联特刊》第一期，1925年12月，署名“程小青”。

程小青：《趣讼一束》，《紫罗兰》第一卷第四期，1926年1月28日，署名“程小青”。

程小青：《恋狱奇闻》，《太平洋画报》第一卷第二期，1926年7月10日，署名“小青”。

程小青：《记恽铁樵先生》，《红玫瑰》第二卷第四十期，1926年7月28日，署名“程小青”。

程小青：《电影话》，《良友》第八期，1926年9月15日，署名“程小青”。

程小青：《电影剧本与心理》，《友联特刊》第三期，1927年2月16日，署名“程小青”。

程小青：《捉鬼谈》，《联益之友》第四十二期至第四十三期，1927 年 4 月 16 日至 1927 年 5 月 1 日，署名“程小青”。

程小青：《我之恩物（十之二）》，《红玫瑰》第三卷第十四期，1927 年 5 月 7 日，署名“程小青”。

程小青：《我之神怪影片观》，《上海》第四期“《西游记》第一集·盘丝洞号”，1927 年，署名“程小青”。

程小青：《电影编剧谈》，《电影月报》第一期至第五期，1928 年 4 月 1 日至 1928 年 8 月 10 日，署名“程小青”。该文第一次连载后注明：“本文译自 The Feature Photoplay，为美之费力泼氏 Henry A. Phillips 原著，费力泼氏任家庭函授学校教授，著有关于戏剧剧本之编制法多种。程君所译为其佳作，用志数语以为介绍。”

程小青：《两句打倒口号》，《新闻报》1930 年 1 月 1 日，署名“程小青”。

程小青：《虞美人的光荣》，《影戏生活》第一卷第九期“虞美人特刊”，1931 年 3 月 13 日，署名“程小青”。

程小青：《国画的将来》，《金刚钻报》1932 年 6 月 12 日至 7 月 12 日（分 10 次连载），署名“程小青”。又见《金刚钻月刊》第一卷第八期，1934 年 5 月，署名“程小青”。

程小青：《电影评价的对象》，《银光》第一期，1933 年 1 月，署名“程小青”。

程小青：《从首都电影谈话会归来》，《新闻报》1934 年 3 月 31 日至 1934 年 4 月 1 日，署名“程小青”。

程小青：《没遮阑：一封关于肉感电影的信》，《珊瑚》第四卷第九期，1934 年 5 月 1 日，署名“程小青”。

程小青：《理智制服了热情》，《新侦探》第三期，1946 年 3 月 15 日，署名“茧”。

程小青：《少年犯的成因》，《新侦探》第五期，1946 年 6 月 1 日，署名“紫竹”。

程小青：《专制君王的怪诏》，《新侦探》第七期，1946 年 7 月 1

日，署名“紫竹”。

程小青：《六条走廊》，《新侦探》第十五期，1947 年 1 月 1 日，署名“紫竹”。该篇为侦探问答互动栏目“小探案”。

程小青：《如此天堂：苏州》，《寰球》第三十八期，1948 年 12 月，署名“中央社摄，程小青文”。[①]

① 民国时期其他人谈及程小青侦探小说的相关文章有：章梅魂：《侦探小说作家赞：程小青赞》，《游戏世界》第二十期“侦探小说号”，1923 年 1 月；无虚生：《霍桑包朗命名的研究》，《最小》1923 年 3 月 29 日；严芙孙编撰：《全国小说名家专集》之十三“程小青”，上海云轩出版部 1923 年 8 月版；范菊高：《侦探小说杂评》，《半月》第三卷第六期，1923 年 12 月 8 日；赵芝岩：《包朗为谁》，《半月》第三卷第六期，1923 年 12 月 8 日；郑逸梅：《记侦探小说家程小青轶事》，《新月》第二卷第一期，1926 年 4 月 26 日；索隐：《谈谈侦探小说》，《北洋画报》第三十四期，1926 年 11 月 3 日；范烟桥：《程小青侦探藏本踪迹》，《人报》（无锡）1934 年 7 月 4 日；松：《程小青想做侠客》，《东南日报》1935 年 11 月；《程小青编〈梅妃〉》，《上海小报》1940 年 11 月 17 日；程育真：《父亲》，《小说月报》第四十五期，1944 年 11 月 25 日；范烟桥：《程小青卖画》，《海报》1945 年 1 月 26 日；离离：《忆：小青老师》，《大众日报》1945 年 8 月 31 日；易君左：《意园随笔：侦探小说》，《大众夜报》1946 年 12 月 6 日；（新闻）《名侦探小说家涉讼，程小青控二大银行，战前存款请求千倍偿还》，《前线日报》1947 年 3 月 20 日；梅：《程小青断指成谶》，《大公报》（香港）1965 年 2 月 11 日；正儒：《早期的侦探小说家——程小青抢倒马桶》，《南洋商报》（新加坡）1969 年 5 月 9 日；苏穹：《程小青高龄八十三》，《万象》（香港）第三期，1975 年 9 月；程育德：《父亲程小青在抗战期间》，《苏州文艺报》1987 年 8 月；登月：《程育真往事》，《苏州杂志》1990 年第 4 期；程育德：《我的父亲与“霍桑”》，《羊城晚报》1993 年 3 月 27 日；程育德：《南屏村往事》，《苏州杂志》1994 年第 3 期；胡山源：《程小青》，载《文坛管窥——和我有过往来的文人》，上海古籍出版社 2000 年版，第 122—123 页；柳村任：《程小青》，载《外国 de 月亮》，上海古籍出版社 2002 年版，第 187—194 页，署名“柳存仁”；魏绍昌：《十八罗汉・程小青》，载《我看鸳鸯蝴蝶派》，上海书店出版社 2015 年版，第 125—130 页；陆文夫：《心香一瓣——祭程小青》，载《人之于味：陆文夫散文》，浙江文艺出版社 2015 年版，第 112—116 页；程育德：《程小青和〈霍桑探案〉》，载《〈苏州杂志〉文选：故人》，文汇出版社 2016 年版，第 43—47 页；郑逸梅：《程小青和世界书局》，载《芸编指痕》，北方文艺出版社 2016 年版，第 174—181 页；程小青：《茧庐诗词遗稿》（私印本），联合印刷公司承印，书中附程育真所作“跋”文一篇及《程小青小传》一篇等。上述信息部分参考了“民国故纸堆”微信公众号《程小青集》对相关资料的搜集和整理。

赵苕狂[1]

报纸杂志上发表的原创侦探小说[2]

赵苕狂：《放火者谁》，《游戏世界》第十九期，1922 年 12 月，“侦探试作”栏目，署名“苕狂”。属于“韩必达探案”系列。

赵苕狂：《裹中物》，《侦探世界》第一期，1923 年 6 月，署名“苕狂”。滑稽侦探题材，属于“胡闲探案”系列。又见赵苕狂编《滑稽探案集》，上海世界书局，1924 年 8 月初版，小说收录单行本时改名为《什么东西》。

赵苕狂：《榻下人》，《侦探世界》第二期，1923 年，署名“苕狂”。滑稽侦探题材，属于“胡闲探案”系列。又见赵苕狂编《滑稽探案集》，上海世界书局，1924 年 8 月初版，小说收录单行本时改名为《床底下的拆白党》。

赵苕狂：《三个字母》，《侦探世界》第三期，1923 年，署名“苕狂”。属于“韩必达探案”系列，但该小说中探长名字写作“韩

---

① 本附录中赵苕狂侦探小说相关年表，参考了魏绍昌主编的《民国通俗小说书目资料汇编》（上海书店出版社 2014 年版）；俞依璐的《赵苕狂的“侦探世界”》（硕士学位论文，华东师范大学，2014 年 5 月）中的“附录 1”《赵苕狂侦探小说著作系年》；陈罡的《“门角里福尔摩斯”：赵苕狂和他的〈胡闲探案〉》（《湖州师范学院学报》2014 年第 11 期）。

② 赵苕狂曾用笔名有：苕狂、门角里福尔摩斯、老调、华生、黄华生，等等。其侦探小说创作以“韩必达探案”“丁立功探案”与“胡闲探案”系列为主，其中“胡闲探案”为其最重要的侦探小说系列，主要刊载于《半月》《侦探世界》《新上海》等杂志。严芙孙在《全国小说名家专集》（上海云轩出版部 1923 年 8 月版）中称赵苕狂：“他的小说自以侦探为最擅长，可以与程小青抗手，有‘门角里福尔摩斯’的徽号。”此外，赵苕狂别号“忆凤楼主”，其曾写文章《我为什么不配叫忆凤》（刊于《半月》第二卷第八期，1923 年 1 月 1 日）。

长达”。

赵苕狂：《谁是霍桑》，《侦探世界》第四期，1923年，署名“赵苕狂”。滑稽侦探题材，属于“胡闲探案”系列。又见赵苕狂编《滑稽探案集》，上海世界书局，1924年8月初版，小说收录单行本时改名为《错得太巧》。

赵苕狂：《两篇账目》，《半月》第二卷第二十期，1923年6月28日，署名“赵苕狂”。又见《赵苕狂说集》，上海大东书局，1927年5月，署名“赵苕狂撰述”。

赵苕狂：《重来》，《侦探世界》第八期，1923年，署名“苕狂”。属于“韩必达探案”系列。又见赵苕狂编《滑稽探案集》，上海世界书局，1924年8月初版，小说收录单行本时改名为《留心第三次》。

赵苕狂：《匣上指纹》，《侦探世界》第十期，1923年10月24日，署名“苕狂”。属于“韩必达探案”系列。

赵苕狂：《黑夜贼眼》，《侦探世界》第十三期，1923年十一月朔日（农历），署名“苕狂”。属于“丁立功探案”系列。又见《（绘图）侦探之敌》，该书为“绘图小小说库”第五集（全十册），上海世界书局编辑、印刷、发行，1925年12月再版。

赵苕狂：《江南大侠》（第四次和第十五次），《金钢钻》1923年11月6日和1923年12月15日，标“集锦小说”，署名“卓呆”。该小说为陆澹盦、朱大可、施济群、赵苕狂、程瞻庐、严独鹤、严芙孙、陆律西、徐卓呆、胡寄尘等人接力合作完成的集锦小说。后《江南大侠》合订版，刊于《金刚钻月刊》创刊号，1933年9月1日。

赵苕狂：《医贼病》，《侦探世界》第十四期，1923年十一月望日（农历），署名“苕狂”。

徐卓呆、胡寄尘、赵苕狂：《念佛珠》，《侦探世界》第十四期，1923年十一月望日（农历），标“集锦小说”，署名“卓呆、寄尘、苕狂”。该小说为徐卓呆与胡寄尘、赵苕狂合作的“小说接龙”。又见赵苕狂编《滑稽探案集》，上海世界书局，1924 年 8 月初版，小说收录单行本时改名为《特别侦探术》。

赵苕狂：《新年中之胡闲》，《侦探世界》第十七期，1924 年元旦（农历），“侦探与新年”栏目，署名“赵苕狂”。滑稽侦探题材，属于“胡闲探案”系列。又见赵苕狂编《滑稽探案集》，上海世界书局，1924 年 8 月初版，小说收录单行本时改名为《好运气》。

赵苕狂：《鹦鹉口中》，《侦探世界》第二十期，1924 年二月望日（农历），署名“苕狂”。又见《（绘图）侦探之敌》，该书为“绘图小小说库”第五集（全十册），上海世界书局编辑、印刷、发行，1925 年 12 月再版，署名“赵苕狂”。

赵苕狂：《奇怪的呼声》，《侦探世界》第二十三期，1924 年四月朔日（农历），署名“门角里福尔摩斯”。又见《（绘图）侦探之敌》，该书为“绘图小小说库”第五集（全十册），上海世界书局编辑、印刷、发行，1925 年 12 月再版，小说集中改题为《奇怪呼声》，署名“门角里福尔摩斯”。

赵苕狂：《谁是罪人》，《红杂志》第二卷第四十九期至第二卷第五十期，1924 年 7 月 11 日至 1924 年 7 月 18 日，署名“苕狂”。

赵苕狂：《四奇》，《红玫瑰》第四卷第三十三期至第四卷第三十六期“因果号”，1928 年 11 月 1 日至 1928 年 12 月 1 日，署名“苕狂”。该小说首次连载前附“苕自识”一段文字：“‘四奇’者，奇案、奇情、奇侠、奇事也，意盖欲冶侦探、言情、武侠、社会等小说于一炉，于绝简短之篇幅中，罗绝繁复之事迹，为中篇小说别创一局，惜笔力太弱，不足以达之徒呼负负耳。”

赵苕狂：《一个可怜的小女郎》，《红玫瑰》第六卷第二十八期，1930 年 11 月 21 日，署名“苕狂”。

赵苕狂：《胡闲探案》，《玫瑰》第二卷第三期，1940 年 3 月 16

日，署名“老调”。属于“胡闲探案”系列。

赵苕狂：《狭窄的世界》，《镇丹金溧扬联合月刊》第六期至第七期合刊，1947年3月，“说部”栏目，标“胡闲探案”，署名“华生”。又见赵苕狂《鲁平的胜利》，正气书局，1948年3月出版，标“胡闲探案”，署名“赵苕狂著述，周晓光校阅”。

赵苕狂：《鲁平的胜利》，《新上海》第六十三期至第七十六期（其中第七十三期缺失未见，第七十七期杂志及之后部分杂志亦缺失未见），1947年4月9日至1947年7月14日，标“胡闲探案”，署名“黄华生”。又见赵苕狂《鲁平的胜利》，正气书局，1948年3月出版，标“胡闲探案”，署名“赵苕狂著述，周晓光校阅”。

赵苕狂：《少女的恶魔》，《新上海》第八十一期至第九十六期（其中第九十期至第九十五期缺失未见，第八十一期之前及第九十六期之后部分杂志亦缺失未见），1947年8月27日至1947年12月15日，标“胡闲探案”，署名“黄华生”。该小说部分章节又见《新园地》第五期、第八期刊登，1948年2月21日及1948年4月1日（其余刊载内容皆缺失未见）。又见赵苕狂《鲁平的胜利》，正气书局，1948年3月出版，标“胡闲探案”，署名“赵苕狂著述，周晓光校阅”。

单行本出版的原创侦探小说或侦探小说集

赵苕狂编：《滑稽探案集》，上海世界书局，1924年8月初版，1929年12月五版。该书收录《大侦探与毕三党》（即《一星期的上海侦探》，原刊于《侦探世界》第十一期，1923年11月8日，署名“求幸福斋主”）、《太太奶奶式的侦探》（即《家庭间的侦探》，原刊于《侦探世界》第二期，1923年，署名“求幸福斋主”）、《母之情人》（即《母亲之秘密》，原刊于《侦探世界》第一期，1923年6月，署名“卓呆”）、《一群饭桶大侦探》（即《小苏州》，原刊于《侦探世界》第七期，1923年，署名“卓呆”）、《自己上当》（即《幸运》，原刊于《侦探世界》第九期，1923 年 10 月 10 日，署名“卓呆”）、《什么东西》（即《裹中物》，原刊于《侦探世界》第一期，1923 年 6 月，署名“苕狂”）、《床底下的拆白党》（即《榻下人》，原刊于《侦探世界》第二期，1923 年，署名“苕狂”）、《错得太巧》（即《谁是霍桑》，原刊于《侦探世界》第四期，1923 年，署名“赵苕狂”）、《好运气》（即《新年中之胡闹》，原刊于《侦探世界》第十七期，1924 年元旦（农历），署名“赵苕狂”）、《留心第三次》（即《重来》，原刊于《侦探世界》第八期，1923 年，署名“苕狂”）、《当票被窃》（即《外行侦探案》，原刊于《侦探世界》第二十三期，1924 年四月朔日（农历），署名“胡寄尘”）、《特别侦探术》（即《念佛珠》，原刊于《侦探世界》第十四期，1923 年十一月望日（农历），标“集锦小说”，署名“卓呆、寄尘、苕狂”）共十二篇侦探小说。

赵苕狂：《中国最新侦探案》（上、下两册），上海大东书局，1925 年 5 月五版，署名“吴兴赵苕狂著述”。该书上册内收八案：《壁中秘门》《铢两悉称》《灯光人影》《见猎心喜》《垃圾堆中》《卅年疑狱》《一无线索》《殡屋铃声》；下册共收二十案：《臂上花纹》《抄袭大家》《赌东作贼》《鑑人新术》《请君入瓮》《隔窗香草》《袜中钻石》《别有目的》《神龙夭矫》《解铃系铃》《侠骨仙肠》《一误再误》《意外破案》《荒村冤狱》《黑夜白光》《疑是疑非》《白玉观音》《花影人头》《驼背老人》《哀词绐贼》。书前附管际安所作“序”、胡寄尘所作“序”、赵苕狂所作“序”和徐梦鸥所作“题词”各一篇。

赵苕狂：《情场大侦探》，上海大东书局，出版时间不详，署名“赵苕狂戏著”。小说分两卷，每卷八案，分别是上卷：《春日出游之疑案》《暑夜纳凉之疑案》《凉秋散步之疑案》《寒冬围炉之疑案》《剧场约会之疑案》《餐馆叙谈之疑案》《登报求偶之疑案》《通函道慕之疑案》，下卷：《青楼名姬之疑案》《绿窗倩影之疑案》《回眸一笑之疑案》《白眼相加之疑案》《汽车一瞥之疑案》《电匣娇声之疑案》《月下小立之疑案》《野外独行之疑案》，书前附“序”一篇。该小说系列中侦探姓福，号称“情场福尔摩斯”，专探情场疑案，助手姓华，侦探称其为“华生”。《申报》1921 年 5 月 12 日曾刊载《情场大侦探》售书广告一则，称此书“出自赵苕狂、喻血轮两位先生的手笔”，为“新翻花样之侦探小说”与“别开生面之言情杰作”。

赵苕狂：《鲁平的胜利》，正气书局，1948 年 3 月出版，标“胡闲探案”，署名“赵苕狂著述，周晓光校阅”。该书内收《狭窄的世界》《鲁平的胜利》《少女的恶魔》三篇侦探小说。书前附赵苕狂所作“序”一篇，“序”文作于 1948 年 1 月。

报纸杂志上发表的翻译侦探小说

赵苕狂译：《黑痣人》，《小说新报》第五卷第二期、第五卷第三期和第五卷第五期（其余部分杂志缺失未见），1919 年 2 月、1919 年 3 月及 1919 年 5 月，标“美国侦探小说丛书之一”，署名“苕狂译述”。

赵苕狂译：《弹耶毒耶》，《小说新报》第五卷第六期至第五卷第九期，1919 年 6 月至 1919 年 9 月，标“美国侦探小说丛书之二”，署名“斯梯文李原著、苕狂译”。

赵苕狂译：《歼狐计》，《小说新报》第五卷第十期、第五卷第十二期，第六卷第一期、第六卷第二期，1919 年 10 月，1919 年 12 月至 1920 年 2 月，标“美国侦探小说丛书之三”，署名“美国强司东麦荀莱著，苕狂译述”。

赵苕狂译：《心理试验》，《游戏世界》第一期，1921 年 6 月，标“念秧别传第一事”，署名“美国鲍思氏原著，苕狂译述”。

赵苕狂译：《雪愤奇举》，《游戏世界》第二期，1921 年 7 月，标“念秧别传第二事”，署名“美国鲍思氏原著，苕狂译述”。

赵苕狂译：《琴韵鞋声》，《半月》第一卷第七期，1921 年 12 月

13 日，署名“赵苕狂”。又见《赵苕狂说集》，上海大东书局，1927 年 5 月，署名“赵苕狂撰述”。

赵苕狂译：《以盗取盗》，《游戏世界》第三期，1922 年 3 月再版，标“念秧别传第三事”，署名“美国鲍思氏原著，苕狂译述”。

赵苕狂译：《空中盗》，《游戏世界》第四期至第二十四期（其中第九期、第十七期、第二十期、第二十三期未刊登，第十四期杂志缺失未见，小说未连载完），1921 年 9 月至 1923 年 6 月，标“侦探小说”，署名“美国强司东麦荀原著，中华赵苕狂译”。后由大东书局出版单行本，1923 年 7 月初版，1928 年 5 月再版。

赵苕狂译：《钻锅》，《半月》第一卷第十五期，1922 年 4 月 11 日，“侦探之友”栏目，署名“赵苕狂”。又见《赵苕狂说集》，上海大东书局，1927 年 5 月，署名“赵苕狂撰述”。

赵苕狂译：《儿戏》，《半月》第一卷第十六期，1922 年 4 月 27 日，1922 年 9 月 21 日再版，“侦探之友”栏目，署名“赵苕狂”。又见《赵苕狂说集》，上海大东书局，1927 年 5 月，署名“赵苕狂撰述”。

赵苕狂译：《理想与实行》，《半月》第一卷第十七期，1922 年 5 月 11 日，“侦探之友”栏目，署名“赵苕狂”。又见《赵苕狂说集》，上海大东书局，1927 年 5 月，署名“赵苕狂撰述”。

赵苕狂译：《窗》，《半月》第一卷第十九期，1922 年 6 月 10 日，“侦探之友”栏目，署名“赵苕狂”。又见《赵苕狂说集》，上海大东书局，1927 年 5 月，署名“赵苕狂撰述”。

赵苕狂译：《来去自由》，《半月》第一卷第二十一期，1922 年 7 月 9 日，“侦探之友”栏目，署名“赵苕狂”。又见《赵苕狂说集》，上海大东书局，1927 年 5 月，署名“赵苕狂撰述”。

赵苕狂译：《证据误人》，《半月》第一卷第二十三期，1922 年 8 月 7 日，“侦探之友”栏目，署名“赵苕狂”。又见《赵苕狂说集》，上海大东书局，1927 年 5 月，署名“赵苕狂撰述”。

赵苕狂译：《自寻烦恼》，《半月》第二卷第五期，1922 年 11 月 19 日，“侦探之友”栏目，署名“赵苕狂”。又见《赵苕狂说集》，上海大东书局，1927 年 5 月，署名“赵苕狂撰述”。

赵苕狂译：《四个时间》，《游戏世界》第二十期“侦探小说专号”，1923 年 1 月，署名“美国强司东麦苟莱著，赵苕狂译”。

赵苕狂译：《钢笼宝（下篇）》，《游戏世界》第二十二期，1923 年 4 月，署名“赵苕狂”。此外，《钢笼宝（上篇）》，《游戏世界》第二十期“侦探小说专号”，1923 年 1 月，为陶佑曾翻译，署名“陶报癖”。

赵苕狂译：《罪恶制造所》，《小说世界》第六卷第一期，1924 年 4 月 4 日，署名“苕狂”。

赵苕狂译：《复仇奇遇》，《侦探世界》第二十三期，1924 年，署名“苕狂”。

单行本出版的翻译侦探小说或侦探小说集

赵苕狂译：《赵苕狂说集》，上海大东书局，1927 年 5 月，署名“赵苕狂撰述”。该书内收赵苕狂翻译及创作侦探小说十篇，分别是《半月》（创作）、《儿戏》（翻译）、《窗》（翻译）、《两篇账目》（创作）、《证据误人》（翻译）、《钻祸》（翻译）、《来去自由》（翻译）、《琴韵鞋声》（翻译）、《理想与实行》（翻译）、《自寻烦恼》（翻译）。其中绝大部分作品曾发表于《半月》杂志。

侦探小说评论文章（含序跋）

赵苕狂：《侦探小说和滑稽小说》，《兰友》第十三期“侦探小说号”，1923 年 5 月 21 日，署名“苕狂”。

赵苕狂：《介绍上海小说专修学校》，《侦探世界》第十三期，1923 年十一月朔日（农历），署名“苕狂”。学校内含“侦探小说专科等门”。

赵苕狂:《别矣诸君》,《侦探世界》第二十四期，1924 年四月望日（农历），署名“苕狂”。

赵苕狂:《〈霍桑探案汇刊〉序》(“赵序”)，见《霍桑探案汇刊》(第一集)，上海文华美术图书印刷公司，1930 年。“序”文作于 1930 年 10 月 7 日。

赵苕狂:《花前小语》,《玫瑰》第二卷第三期，1940 年 3 月 16 日，署名“苕狂”。

赵苕狂:《谈侦探小说》,《总汇报》1940 年 5 月 14 日，标“狂庐醉笔”，署名“苕狂”。

赵苕狂:《〈鲁平的胜利〉序》，见《鲁平的胜利》，正气书局，1948 年 3 月出版，标“胡闲探案”，署名“赵苕狂著述，周晓光校阅”。该“序”文作于 1948 年 1 月。

与侦探小说有关的其他文章

赵苕狂:《电话之助》,《游戏世界》第二十期“侦探小说专号”，1923 年 1 月，署名“阿苕”。

赵苕狂:《一件卖关子的侦探案》,《游戏世界》第二十期“侦探小说专号”，1923 年 1 月，署名“阿苕”。

赵苕狂:《钢笼内之大财主》,《游戏世界》第二十期“侦探小说专号”，1923 年 1 月，署名“苕”。

赵苕狂:《滑稽小探案》,《游戏世界》第二十期“侦探小说专号”，1923 年 1 月，署名“阿苕”。

赵苕狂:《粗心与细心》,《游戏世界》第二十期“侦探小说专号”，1923 年 1 月，署名“阿苕”。

赵苕狂:《编余琐话》,《侦探世界》第十三期，1923 年十一月朔日（农历），署名“苕狂”。

赵苕狂:《编余琐话》,《侦探世界》第十四期，1923 年十一月望日（农历），署名“苕狂”。

赵苕狂:《编余琐话》,《侦探世界》第十五期，1923 年十二月朔日（农历），署名“苕狂”。

赵苕狂：《编余琐话》，《侦探世界》第十六期，1923 年十二月望日（农历），署名“苕狂”。

赵苕狂：《编余琐话》，《侦探世界》第十七期，1924 年元旦（农历），署名“苕狂”。

赵苕狂：《编余琐话》，《侦探世界》第十八期，1924 年正月望日（农历），署名“苕狂”。

赵苕狂：《本地风光》，《侦探世界》第十九期，1924 年二月朔日（农历），“别有世界”栏目，署名“门角里福尔摩斯”。

赵苕狂：《编余琐话》，《侦探世界》第十九期，1924 年二月朔日（农历），署名“苕狂”。

赵苕狂：《编余琐话》，《侦探世界》第二十期，1924 年二月望日（农历），署名“苕狂”。

赵苕狂：《老大徒伤》，《侦探世界》第二十期，1924 年二月望日（农历），署名“阿苕”。

赵苕狂：《编余琐话》，《侦探世界》第二十一期，1924 年三月朔日（农历），署名“苕狂”。

赵苕狂：《一日一人》，《侦探世界》第二十一期，1924 年三月朔日（农历），署名“阿苕”。

赵苕狂：《巴黎新骗术》，《侦探世界》第二十一期，1924 年三月朔日（农历），署名“门角里福尔摩斯”。

赵苕狂：《编余琐话》，《侦探世界》第二十二期，1924 年三月望日（农历），署名“苕狂”。

赵苕狂：《编余琐话》，《侦探世界》第二十三期，1924 年四月朔日（农历），署名“苕狂”。

赵苕狂：《奇怪的呼声》，《侦探世界》第二十三期，1924 年四月朔日（农历），署名“门角里福尔摩斯”。

赵苕狂：《真盗假盗》，《侦探世界》第二十四期，1924 年四月望日（农历），署名“门角里福尔摩斯”。

朱秋镜[①]

报纸杂志上发表的原创侦探小说[②]

朱秋镜：《破题儿第一遭》，《最小》第五卷第一百三十三期，1923年11月28日（农历癸亥年十月廿一日），标“糊涂侦探案一”，“短篇小说”栏目。

朱秋镜：《XYZ》，《最小》第五卷第一百三十四期，1923年11月30日（农历癸亥年十月廿三日），标“糊涂侦探案二”，“短篇小说”栏目。

朱秋镜：《五个嫌疑党人》，《最小》第五卷第一百三十五期，1923年12月2日（农历癸亥年十月廿五日），标“糊涂侦探案三”，“短篇小说”栏目。

朱秋镜：《公平而不公平之判决》，《最小》第五卷第一百三十六期，1923年12月4日（农历癸亥年十月廿七日），标“糊涂侦探案四”，“短篇小说”栏目。

朱秋镜：《紫玉鼻烟壶……七点半……祖宗》，《最小》第五卷第一百三十七期，1923年12月6日（农历癸亥年十月廿九日），标“糊涂侦探案五”，“短篇小说”栏目。

---

① 本附录中朱秋镜侦探小说相关年表，参考了甘振虎等编《中国现代文学总书目·小说卷》（“中国文学史资料全编”系列丛书之一，知识产权出版社2010年版，第10页）；以及北京图书馆编《民国时期总书目（1911—1949）：文学理论·世界文学·中国文学（下册）》（书目文献出版社1992年版，第999页）。

② 朱秋镜，曾任《沪江月》杂志名誉编辑，其侦探小说创作以“糊涂侦探案”（侦探为白芒）系列为主，主要发表于《最小》报及《半月》杂志等。朱秋镜的“糊涂侦探案”系列小说为滑稽侦探类风格，朱戬在《谈谈侦探小说家的作品》（刊于《紫罗兰》第一卷第七期，1926年3月14日）一文中曾评价道：“朱秋镜的‘糊涂侦探案’生面别开，比较苕狂的‘胡闲探案’还来得奇突曲折。”

朱秋镜：《好奇心与悬赏之关系》，《最小》第五卷第一百三十八期，1923年12月8日（农历癸亥年十一月初一日），标“糊涂侦探案六”，“短篇小说”栏目。

朱秋镜：《孝子的孙子的孙子》，《最小》第五卷第一百三十九期，1923年12月10日（农历癸亥年十一月初三日），标“糊涂侦探案七”，“短篇小说”栏目。

朱秋镜：《三万六千三百五十四》，《最小》第五卷第一百四十一期至第五卷第一百四十三期，1923年12月14日至1923年12月18日（农历癸亥年十一月初七日至癸亥年十一月十一日），标“糊涂侦探案八”，“短篇小说”栏目。

朱秋镜：《李公馆之扫帚问题》，《最小》第五卷第一百四十四期至第五卷第一百四十五期，1923年12月20日至1923年12月22日（农历癸亥年十一月十三日至癸亥年十一月十五日），标“糊涂侦探案九”，“短篇小说”栏目。

朱秋镜：《门角落里》，《最小》第五卷第一百四十六期至第五卷第一百四十七期，1923年12月24日至1923年12月26日（农历癸亥年十一月十七日至癸亥年十一月十九日），标“糊涂侦探案十”，“短篇小说”栏目。

朱秋镜：《出乎题目之外》，《最小》第六卷第一百六十六期，1924年3月25日（农历甲子年二月廿一日），标“新撰糊涂侦探案”。

朱秋镜：《炸弹之声》，《最小》第六卷第一百七十二期，1924年5月25日（农历甲子年四月廿二日）。该篇小说也是属于侦探小说的戏谑之作，但并非“糊涂侦探”白芒系列。

朱秋镜：《不愿意的礼物》，《半月》第三卷第二十二期，1924年8月1日（农历甲子年七月初一日），标“糊涂侦探案”，“侦探之友”栏目。

朱秋镜：《一波三折》，《最小》第六卷第一百八十二期，1924年9月15日（农历甲子年八月十七日），标“糊涂侦探案”。

朱秋镜：《电灯熄了》，《半月》第四卷第七期，1925 年 3 月 24 日（农历乙丑年三月初一日），标“糊涂侦探案”。

朱秋镜：《毕业试验》，《横行报》第一期至第五期，1927 年 8 月 4 日至 1927 年 8 月 15 日（农历丁卯年七月初七日至丁卯年七月十八日）。属于“糊涂侦探白芒”系列。

单行本出版的原创侦探小说或侦探小说集

朱秋镜：《糊涂侦探案》，上海良晨好友社印刷、发行，大东书局分售，1924 年 2 月出版。内收《破题儿第一遭》《XYZ》《五个嫌疑党人》《公平而不公平之判决》《紫玉鼻烟壶……七点半……祖宗》《好奇心与悬赏之关系》《孝子的孙子的孙子》《三万六千三百五十四》《李公馆之扫帚问题》《门角落里》《大糊涂与小糊涂》《来者谁》共十二篇侦探小说，其中除《大糊涂与小糊涂》《来者谁》两篇外，其余十篇皆曾在《最小》上连载。

侦探小说评论文章（含序跋）

朱秋镜：《糊涂侦探案：著者的声明》，《最小》第五卷第一百三十二期，1923 年 11 月 26 日（农历癸亥年十月十九日）。该篇文章为朱秋镜谈“糊涂侦探案”系列小说的创作缘起。

朱秋镜：《答国爱葵君》，《最小》第六卷第一百八十期，1924 年 8 月 25 日（农历甲子年七月二十五日），“文字商量”栏目。该文是朱秋镜对于读者国爱葵《文字商量：问疑于朱秋镜先生》（刊于《最小》第六卷第一百八十期，1924 年 8 月 25 日）一文的回应文章，国爱葵在文中提出对朱秋镜的侦探小说《不愿意的礼物》（刊于《半月》第三卷第二十二期，1924 年 8 月 1 日）中一些细节合理性的质疑，朱秋镜在文中予以了解释和说明。

朱戕[1]

报纸杂志上发表的原创侦探小说

朱戕：《脚印》，《半月》第四卷第三期，1925年1月9日，“侦探之友”栏目，署名“朱戕”。属于“杨芷芳侦探案”系列。

朱戕：《虚荣心》，《半月》第四卷第四期，1925年1月24日，“侦探之友”栏目，署名“朱戕”。属于“杨芷芳侦探案”系列。

朱戕：《鲁平的劲敌》，《华风》1925年3月14日至1925年5月12日（分12次连载），标“杨芷芳探案”，署名“朱戕”。

朱戕：《真凶》，《半月》第四卷第九期，1925年4月23日，“侦探之友”栏目，署名“朱戕”。属于“杨芷芳侦探案”系列。

朱戕：《情痴》，《半月》第四卷第十期，1925年5月7日，“侦探之友”栏目，标“杨芷芳小探案”，署名“朱戕”。

朱戕：《绣虎》，《华风》1925年7月10日（仅见一次），标“杨芷芳小探案”，署名“朱戕”。

朱戕：《还环记》，《世界小报》1925年7月13日至1925年7月17日（分5次连载），标“杨芷芳探案小零碎”，署名“朱戕”。

朱戕：《伊人》，《新月》第一卷第五期，1926年1月23日，标“杨芷芳侦探案”，署名“吴门朱戕撰”。

朱戕：《冰人》，《紫罗兰》第一卷第六期，1926年2月27日，

---

① 朱戕的侦探小说创作以“杨芷芳新探案”系列为主，主要发表于《半月》和《紫罗兰》杂志上。根据范伯群、汤哲声等所著的《中国近现代通俗文学史·侦探推理编》（江苏教育出版社1999年版）第808页中的相关内容：“在《半月》时，朱戕是以侦探小说的批评者出现的。他的批评文章文风比较直率，指名道姓地评说中国侦探小说作家作品的高低。大概按捺不住自己的创作欲望了，到了《紫罗兰》的时候，朱戕就以侦探小说作家的身份出现在其上。他创作的侦探小说统称为《杨芷芳新探案》。”

"侦探之友"栏目，标"杨芷芳探案"，署名"朱戢"。

朱戢：《贺年片》，《新月》第一卷第六期，1926 年 3 月 14 日"新年号"，标"杨芷芳侦探案"，署名"吴门朱戢撰"。

朱戢：《惊变》，《紫罗兰》第一卷第十二期，1926 年 5 月 26 日，署名"朱戢"。属于"杨芷芳侦探案"系列。

朱戢：《旅馆中》，《紫罗兰》第一卷第十六期至第一卷第十七期，1926 年 7 月 24 日至 1926 年 7 月 8 日（?），"侦探之友"栏目，标"杨芷芳探案"，署名"朱戢"。

朱戢：《可怜虫》，《紫罗兰》第二卷第七期，1927 年 3 月 18 日，"侦探之友"栏目，标"杨芷芳探案"，署名"朱戢"。

朱戢：《情海风波》，《紫罗兰》第二卷第十二期，1927 年 6 月 29 日，"侦探之友"栏目，标"杨芷芳探案"，署名"朱戢"。

朱戢：《歌舞场中》，《紫罗兰》第二卷第十八期，1927 年 9 月 26 日，标"杨芷芳探案"，署名"朱戢"。

朱戢：《恐怖的春季》，《紫罗兰》第二卷第十九期，1927 年 10 月 10 日，"侦探之友"栏目，标"杨芷芳探案"，署名"朱戢"。

朱戢：《歼虎记》，《妇女》（天津）第二卷第一期至第二卷第二期，1928 年 4 月 10 日至 1928 年 6 月 10 日（不全，未见小说第一章），标"侦探小说"，署名"朱戢"。属于"杨芷芳侦探案"系列。

朱戢：《自杀之人》，《紫罗兰》第三卷第十二期，1928 年 9 月 14 日，"侦探之友"栏目，标"杨芷芳探案"，署名"朱戢"。

朱戢、程小青：《惊雷》，《红玫瑰》第四卷第二十八期，1928 年九月二十一日，署名"朱戢著、程小青润"。属于"杨芷芳侦探案"系列。该小说中有"江南燕"登场。

朱戢：《杀人犯》，《紫罗兰》第三卷第二十四期"侦探小说号"，1929 年 3 月 11 日，署名"朱戢"。属于"杨芷芳侦探案"系列。

朱戢：《银海明星》，《紫罗兰》第四卷第十三期至第四卷第十八期，1930 年 1 月 1 日至 1930 年 3 月 1 日（分 6 次连载），标"杨芷芳探案”，署名“朱戨”。

朱戨：《猩猩》，《小日报》1933年3月22日至1933年5月4日（其中3月22日之前及4月29日报纸缺失未见），标“中篇小说”、“杨芷芳探案”，署名“青云”。

朱戨：《旅邸怪剧》，《珊瑚》第四卷第十期，1934年5月16日，标“杨芷芳探案”，署名“朱戨”。

侦探小说评论文章（含序跋）

朱戨：（无题），《半月》第一卷第十八期，1922年5月27日，署名“朱戨”。

朱戨：（无题），《半月》第一卷第二十一期，1922年7月9日，署名“朱戨”。

朱戨：《我之侦探小说杂评》，《半月》第二卷第十九期，1923年6月14日，署名“朱戨”。

朱戨：《说说侦探小说家的作品》，《半月》第四卷第二期，1924年12月16日，署名“朱戨”。

朱戨：《小说小谈》，《半月》第四卷第三期，1925年1月9日，署名“朱戨”。

朱戨：《侦探小说小谭》，《半月》第四卷第四期，1925年1月24日，署名“朱戨”。

朱戨：《小说话》，《半月》第四卷第十三期，1925年6月21日，署名“朱戨”。

朱戨：《侦探小说作法管见》，《新月》第一卷第三期，1925年11月30日，署名“朱戨”。

朱戨：《侦探小说话》，《半月》第四卷第二十四期，1925年11月30日，署名“朱戨”。

朱戨：《东方福尔摩斯案赘言》，《新月》第一卷第五期，1926年1月23日，署名“朱戨”。

朱戨：《谈谈侦探小说家的作品》，《紫罗兰》第一卷第七期，

1926年3月14日，署名“朱戕”。

徐卓呆①

报纸杂志上发表的原创侦探小说②

徐卓呆：《猴》，《星期》第十九期，1922年7月5日，署名

① 本附录中徐卓呆侦探小说相关年表，参考了李霈的《徐卓呆1920年代小说研究》（硕士学位论文，复旦大学，2013年3月）中的“附录”部分；凌佳的《民国城市小说家徐卓呆研究（1910—1940）》（硕士学位论文，上海师范大学，2014年5月）中的“附录”《徐卓呆小说目录》。

② 徐卓呆，一方面其笔名众多，如徐卓呆、徐傅霖、筑岩、徐半梅、闸北徐公、卓弗灵、狗厂，等等；另一方面其通俗小说创作虽跨越多种类型（武侠、言情、侦探、科幻），但无一不沾染滑稽风格和趣味。根据王寿富《东方笑匠徐卓呆》（刊于《社会日报》1930年11月13日）一文：“号称‘东方笑匠’的徐卓呆君，非但他的小说滑稽，就是他的一举一动、一言一语，亦处处含着深趣，可称得是小说界中一尊快活神仙。他的化名极多，头脑简单点的人，真要被他缠得记不清呢。他从前住在闸北，他就仿‘城北徐公’例，自称为‘闸北徐公’，现在他乔迁到江湾劳圃去，于是把这个尊号，让渡于银塘旧侣徐碧波先生了。从前《小申报》上，最多‘厂’字派的同文，什么龙厂、虎厂、人厂，他也瞎轧闹热，署了一个‘狗厂’。他又署名过‘天鸡’，俗语有‘嫁狗随狗，嫁鸡随鸡’之说，卓呆既是一个狗，又是一只鸡，此二语，倒不妨赠他那位自称‘梅妻’的夫人——汤剑娥女士，徐先生以意云何？卓呆又尝署名‘半老徐爷’，弟不知他的夫人，已否成风韵犹存之‘半老徐娘’未？有人说《品报》上之‘赤旗’，亦是此君之化名，但我素知卓呆书法甚劣，而每读赤旗君之文，其木戮题目上之字体，极端正而苍劲，殆其夫人为之捉刀乎？因其夫人善书魏字，尝师事天台山农者也。卓呆又有一名为‘卓弗灵’，堪可与西方笑匠却泼林之名相映成趣，但此三字声音，又极似专冒西方笑匠之招牌，人如商店市招，宏茂昌与宏茂锠、福兴立与福新立相同也。”而具体谈及其侦探小说创作，徐卓呆的侦探小说创作多发表于《侦探世界》杂志上。与其他侦探小说家不同，徐卓呆的侦探小说一方面没有以一名名侦探为主要人物的系列小说创作（除“李阿毛外传”12篇之外），在他看来，“仅用一个侦探，连破数十案，如福尔摩斯式，我以为这太呆板拘束了。”（见《侦探小说谈》，刊于《小说日报》第一百一十一期，1923年4月1日）；另一方面徐卓呆的侦探小说多为滑稽小说与侦探小说的“兼类”，他自己就曾说过：“这么形式千篇一律，我以为就是内容不同，也总不好。所以我得想做几篇格局特异的侦探小说。或者格局之外，还可以在性质方面，使他含有滑稽趣味，倒也很调和。”（见《侦探小说谈》，刊于《小说日报》第一百一十一期，1923年4月1日）

“卓呆”。又见《徐卓呆说集》（上册），上海大东书局，1927年5月版。

徐卓呆：《电车中之侦探术》，《快活》第二十三期（“侦探号”），1922年，署名“徐卓呆”。

徐卓呆：《侦探博士之三大奇案》，《快活》第二十三期（“侦探号”），1922年，署名“闸北徐公”。

徐卓呆：《极端》，《红杂志》第二十三期，1922年，署名“徐卓呆”。①

徐卓呆：《卖屋广告》，《红杂志》第四十期，1922年阴历四月，署名“徐卓呆”。

徐卓呆：《不是别人》，《游戏世界》第二十期“侦探小说号”，1923年1月，署名“卓呆”。

徐卓呆：《母亲之秘密》，《侦探世界》第一期，1923年6月，署名“卓呆”。又见赵苕狂编《滑稽探案集》，上海世界书局，1924年8月初版，小说收录单行本时改名为《母之情人》。

徐卓呆：《去而复来的别针》，《侦探世界》第二期，1923年，署名“卓呆”。又见《（绘图）侦探之敌》，该书为“绘图小小说库”第五集（全十册），上海世界书局编辑、印刷、发行，1925年12月再版，小说集中改题为《去而复来》，署名“徐卓呆”。

徐卓呆：《失败》，《侦探世界》第三期，1923年，署名“徐卓呆”。

徐卓呆：《诱惑》，《侦探世界》第四期，1923年，署名“卓呆”。

徐卓呆：《红珠》，《侦探世界》第五期，1923年，署名“卓

---

① 该小说为犯罪题材，并非严格意义上的侦探小说。而在徐卓呆的小说创作中，严格意义上的侦探小说并不太多，其中大都是侦探小说与滑稽小说的类型融合，或者是更为广义的骗局计谋（如《李阿毛外传》《开幕广告》）或犯罪故事（如《出狱后》《犯罪本能》）等。

呆”。

徐卓呆：《门外汉乎》，《侦探世界》第六期，1923年，署名“徐卓呆”。

徐卓呆：《机会》，《红杂志》第二卷第三期，1923年7月13日，署名“徐卓呆”。

徐卓呆：《贮物室里的死尸》，《红杂志》第二卷第五期，1923年9月7日，署名“徐卓呆”。

徐卓呆：《小苏州》，《侦探世界》第七期，1923年，署名“卓呆”。该小说中出现了李飞、霍桑、福尔摩斯、亚森罗苹等国内外名侦探人物。又见赵苕狂编《滑稽探案集》，上海世界书局，1924年8月初版，小说收录单行本时改名为《一群饭桶大侦探》。

徐卓呆：《鼠侦探》，《侦探世界》第八期，1923年，署名“卓呆”。

徐卓呆：《第三犯》，《红杂志》，第二卷第九期，1923年10月5日，署名“徐卓呆”。

徐卓呆：《幸运》，《侦探世界》第九期，1923年10月10日，署名“卓呆”。又见赵苕狂编《滑稽探案集》，上海世界书局，1924年8月初版，小说收录单行本时改名为《自己上当》。

徐卓呆：《有妻者》，《侦探世界》第十期，1923年10月24日，署名“卓呆”。

徐卓呆：《犯罪趣味》，《侦探世界》第十一期，1923年11月8日，署名“卓呆”。

徐卓呆：《出狱后》，《侦探世界》第十二期，1923年，署名“卓呆”。

徐卓呆：《贼医病》，《侦探世界》第十三期，1923年十一月朔日（农历），署名“卓呆”。

徐卓呆、胡寄尘、赵苕狂：《念佛珠》，《侦探世界》第十四期，1923年十一月望日（农历），标“集锦小说”，署名“卓呆、寄尘、苕狂”。该小说为徐卓呆与胡寄尘、赵苕狂合作的“小说接龙”。又见赵苕狂编《滑稽探案集》，上海世界书局，1924年8月初版，小说收录单行本时改名为《特别侦探术》。

徐卓呆：《江南大侠》（第九次和第十六次），《金钢钻》1923年11月21日和1923年12月18日，标“集锦小说”，署名“卓呆”。该小说为陆澹盦、朱大可、施济群、赵苕狂、程瞻庐、严独鹤、严芙孙、陆律西、徐卓呆、胡寄尘等人接力合作完成的集锦小说。后《江南大侠》合订版，刊于《金刚钻月刊》创刊号，1933年9月1日。

徐卓呆：《旧金表之秘密》，《红杂志》第二卷第十七期，1923年11月29日，标“侦探小说”，署名“徐卓呆”。

徐卓呆：《犯罪本能》，《侦探世界》第十五期，1923年十二月朔日（农历），署名“卓呆”。该小说为心理学和犯罪题材结合，疑似为翻译小说，但不能确定，此处存疑。

徐卓呆：《外行侦探与外行窃贼》，《半月》第三卷第六期“侦探小说号”，1923年12月8日，署名“徐卓呆”。又见《侦探之友》（下册），上海大东书局，出版时间不详。

徐卓呆：《抄袭家》，《侦探世界》第十六期，1923年十二月望日（农历），署名“卓呆”。

徐卓呆：《侦探家里的贼》，《社会之花》第一卷第一期，1924年1月5日，署名“卓呆”。

徐卓呆：《贿选案》，《侦探世界》第十八期，1924年正月望日（农历），署名“徐卓呆”。

徐卓呆：《黑蝴蝶》，《社会之花》第一卷第三期，1924年1月25日，署名“卓呆”。

徐卓呆：《尸旁夜话》，《侦探世界》第二十期，1924年二月望日（农历），署名“卓呆”。

徐卓呆：《临时强盗》，《侦探世界》第二十一期，1924年三月朔日（农历），署名“徐卓呆”。

徐卓呆：《窃盗保险公司》，《电光》第一卷第四期至第一卷第五期，1924 年 3 月 19 日至 1924 年 4 月 4 日，标“侦探小说”，署名“卓呆”。

徐卓呆:《贼捉贼》,《侦探世界》第二十四期，1924 年四月望日（农历），署名“徐卓呆”。

徐卓呆:《一记巴掌》,《新闻报·快活林》1924 年 4 月 25 日，“点将会”栏目，标“第九期滑稽侦探案（甲组三）”，署名“卓呆”。

徐卓呆:《开幕广告》,《红玫瑰》第一卷第一期，1924 年 7 月 2 日，署名“卓呆”。

徐卓呆:《外行强盗》,《红玫瑰》第一卷第八期，1924 年 9 月 20 日，署名“卓呆”。

徐卓呆:《盗贼大学演讲录》,《紫罗兰》第一卷第一期，1925 年 12 月 16 日，署名“徐卓呆”。

徐卓呆:《父之踪迹》,《儿童世界》第十四卷第七期，1925 年 5 月 16 日。

徐卓呆:《早了》,《小说世界》第十二卷第二期，1925 年 10 月 9 日，署名“卓呆”。该篇小说疑似为外国侦探小说的译述或改写，但不能确定，此处存疑。

徐卓呆:《大侦探的小失败》,《晏成》第四卷第二期，1929 年 7 月，标“滑稽短篇”，署名“呆”。

徐卓呆:《三角关系》,《红玫瑰》第七卷第十八期，1931 年 9 月 11 日，署名“卓呆”。

徐卓呆:《血案》,《红玫瑰》第七卷第二十五期，1931 年 11 月 21 日，署名“卓呆”。

徐卓呆:《看家贼》,《红玫瑰》第七卷第二十六期，1931 年 12 月 1 日，署名“卓呆”。

徐卓呆:《荒唐博士》,《小日报》1932 年 7 月 13 日至 1932 年 9 月 1 日（仅见前 51 次连载，不全，后面报纸未见），标“滑稽小说”，署名“卓呆”。小说主角为“私家侦探杜博士哲夫”。小说第一次刊载前附“编者识”：“《荒唐博士》为滑稽小说名家徐卓呆先生得意杰构，全书十万余言，曾刊第一回少许于舍翁主办之《新报》，滑稽突梯，妙趣环然，读者均以未窥全豹为憾，纷往函询，爰由舍翁将全稿移交本报，逐日刊载，以餍读者。”（1932 年 7 月 13 日）

徐卓呆：《谋杀亲夫案》，《机联会刊》第八十八期，1934 年 2 月 1 日，署名“卓呆”。

徐卓呆：《如影随形》，《俱乐部》创刊号，1935 年 2 月 1 日，署名“徐卓呆”。

徐卓呆：《李阿毛外传》，《万象》第一卷第一期至第一卷第十二期，1941 年 7 月 1 日至 1942 年 6 月 1 日，署名“徐卓呆”。《李阿毛外传》是由十二篇短篇小说组成的系列故事，分别为：《愚人节》《向后转》《推广部主任》《汉高祖的水盂》《有孔枣子核》《珠项圈》《隔夜算命》《请走后门出去》《搬出证》《封锁》《日语学校》《征求终身伴侣》。

徐卓呆：《君子之子》，《新侦探》第一期，1946 年 1 月 10 日，署名“卓呆”。

徐卓呆：《萝卜头》，《七日谈》第六期，1946 年 1 月 23 日，标“侦探小说”，署名“卓呆”。

徐卓呆：《两个坏蛋》，《新侦探》第三期，1946 年 3 月 15 日，署名“卓呆”。

徐卓呆：《桑间桃子》，《新侦探》第六期，1946 年 6 月 16 日，署名“卓呆”。

徐卓呆：《杀人日记》，《茶话》第二十六期，1948 年 7 月 15 日，署名“卓呆”。

报纸杂志上发表的翻译侦探小说

徐卓呆、包天笑译：《八一三》，《中华小说界》第一卷第一期至第一卷第十一期，1914 年 1 月 1 日至 1914 年 11 月 1 日，标“侦探小说”，署名“卓呆、天笑”。小说单行本由上海中华书局1915年7月分上、下两册初版发行，1928年9月九版，署名“吴县徐卓呆、包天笑”。该小说原作为莫里斯·勒伯朗（Maurice Leblanc）的“813”（1910）。

徐卓呆译：《二而一》，《心声》第二卷第三期至第二卷第六期，1923年7月3日至8月？日，标“侦探小说”，署名“徐卓呆译”。

徐卓呆译：《一而二》，《心声》第二卷第七期至第二卷第九期，1923年9月11日至1923年10月25日，标“侦探小说”，署名“徐卓呆译”。

徐卓呆译：《信用证》，《侦探世界》第十四期，1923年十一月望日（农历），署名“卓呆”。

徐卓呆译：《X无线电报局》，《小说世界》“侦探专号”，1924年12月，署名“G. M. 温沙亚作、卓呆译”。

徐卓呆译：《糙米饭夫人》，《大众》第二十七期，1945年1月1日，署名“横沟正史原著，徐卓呆译”。该小说原文为《玄米食夫人》发表于《新青年》（日本）第二十四卷，昭和18年·新年号（1943）。

徐卓呆译：《窃盗》，《大众》第二十九期（“三月号、四月号合册”），1945年4月1日，署名“原著者：菊池宽”“徐卓呆”。

徐卓呆译：《谁是谋杀犯》，《茶话》第三十三期，1949年2月15日，署名“卓呆”。

单行本出版的翻译侦探小说或侦探小说集

徐卓呆译：《细君塔》，上海中华书局，1918年1月印刷发行，1920年11月三版，1924年2月四版，1930年3月五版，标“小说汇刊八十六”，署名“徐卓呆译著，董皙香润辞”。

徐卓呆译：《第三手》，上海大东书局，1923年12月出版发行，标“侦探小说”，署名“常熟徐卓呆译”。

徐卓呆译：《秘密锦囊》（上、下两册），大东书局，1924年4

月；公记书局，1924年4月再版，标“女侠侦探”，署名“徐卓呆编著、平襟亚出版”。但关于该书的一则广告中称该小说为“徐卓呆先生译”“可作侦探小说读，亦可作言情军事小说读”，且该小说为国外故事题材，对于其究竟是创作还是翻译，此处存疑。

徐卓呆译：《三十柩岛》（上、下两册），上海大东书局，1925年4月出版发行，1933年8月五版，署名“法国勒白朗原著，徐卓呆编译，周瘦鹃校阅”，属于《亚森罗苹案全集》之一种，“第九册”“第十册”。小说原名为*L'Île aux trente cercueils*（1919），现通常译作《三十口棺材岛》。

侦探小说评论文章（含序跋）

徐卓呆：《艺术上的红粉骷髅》，《申报》1922年6月13日至1922年6月17日，“影戏话”栏目，署名“卓呆”。

徐卓呆：《小说观赏上应注意之要点》，《游戏世界》第二十一期“新年号”，1923年3月，署名“卓呆”。

徐卓呆：《侦探小说谈》，《小说日报》第一百一十一期，1923年4月1日，署名“徐卓呆”。

徐卓呆：《侦探小说杂谈》，《新申报》1923年4月8日，署名“卓呆”。

徐卓呆：《影戏剧本应当向那一条路上走?》，《电影杂志》第三期，1924年7月，署名“卓呆”。

与侦探小说有关的其他文章

徐卓呆：《贼业专门学校教科书》，《红杂志》第三十九期，1922年5月9日“国耻增刊”，署名“卓呆”。

徐卓呆：《情占》，《游戏世界》第二十期“侦探小说号”，1923年1月，署名“卓呆”。

徐卓呆：《文明国的滑稽贼》，《红杂志》第二卷第六期，1923年9月14日，署名“徐卓呆”。

徐卓呆：《利用电线的盗贼》，《侦探世界》第十一期，1923 年 11 月 8 日，署名“闸北徐公”。

徐卓呆：《吃金刚钻者》，《侦探世界》第十一期，1923 年 11 月 8 日，署名“狗厂”。

徐卓呆：《暗杀大总统》，《侦探世界》第十一期，1923 年 11 月 8 日，署名“卓弗陵”。

徐卓呆：《犯罪的种种》，《侦探世界》第十一期，1923 年 11 月 8 日，署名“闸北徐公”。

徐卓呆：《沟中银币》，《侦探世界》第十二期，1923 年，署名“闸北徐公”。

徐卓呆：《法庭上之时钟》，《侦探世界》第十二期，1923 年，署名“卓弗陵”。

徐卓呆：《小指的主人》，《侦探世界》第十三期，1923 年十一月朔日（农历），署名“卓呆”。

徐卓呆：《支票通信法》，《侦探世界》第十三期，1923 年十一月朔日（农历），署名“闸北徐公”。

徐卓呆：《车中客》，《侦探世界》第十三期，1923 年十一月朔日（农历），“侦探谈话会”栏目，署名“闸北徐公”。

徐卓呆：《伪牧师》，《侦探世界》第十四期，1923 年十一月望日（农历），署名“徐卓呆”。又见《（绘图）侦探之敌》，该书为“绘图小小说库”第五集（全十册），上海世界书局编辑、印刷、发行，1925 年 12 月再版，小说集中改题为《无桨孤舟》，署名“徐卓呆”。

徐卓呆：《越狱名家》，《侦探世界》第十四期，1923 年十一月望日（农历），署名“狗厂”。

徐卓呆：《月夜的鬼》，《侦探世界》第十四期，1923 年十一月望日（农历），署名“闸北徐公”。

徐卓呆：《钮子与徽章》，《侦探世界》第十四期，1923 年十一月望日（农历），署名“卓弗陵”。

徐卓呆：《掘地道的盗贼》，《侦探世界》第十四期，1923年十一月望日（农历），“侦探谈话会”栏目，署名“闸北徐公”。

徐卓呆：《窃贼处置法》，《侦探世界》第十四期，1923年十一月望日（农历），“别有世界”栏目，署名“卓呆”。

徐卓呆：《囚人待遇改善法》，《侦探世界》第十五期，1923年十二月朔日（农历），署名“卓弗陵”。

徐卓呆：《粗莽的侦探》，《侦探世界》第十五期，1923年十二月朔日（农历），署名“闸北徐公”。

徐卓呆：《杖中珠》，《侦探世界》第十五期，1923年十二月朔日（农历），署名“闸北徐公”。

徐卓呆：《臭贼》，《侦探世界》第十六期，1923年十二月望日（农历），“别有世界”栏目，署名“卓呆”。

徐卓呆：《火车中的剪绺》，《侦探世界》第十六期，1923年十二月望日（农历），署名“闸北徐公”。

徐卓呆：《野狗拒盗》，《侦探世界》第十六期，1923年十二月望日（农历），署名“闸北徐公”。

徐卓呆：《自动手枪》，《侦探世界》第十六期，1923年十二月望日（农历），署名“闸北徐公”。

徐卓呆：《牙医与搜查》，《侦探世界》第十六期，1923年十二月望日（农历），署名“闸北徐公”。

徐卓呆：《古指纹》，《侦探世界》第十六期，1923年十二月望日（农历），署名“闸北徐公”。

徐卓呆：《剪绺的秘密》，《侦探世界》第十七期，1924年元旦（农历），署名“卓呆”。

徐卓呆：《侦探与新年》，《侦探世界》第十七期，1924年元旦（农历），署名“徐卓呆”。

徐卓呆：《可怕的犬》，《侦探世界》第十八期，1924年正月望日（农历），署名“闸北徐公”。

徐卓呆：《同党杀害》，《侦探世界》第十九期，1924年二月朔日（农历），署名“闸北徐公”。

徐卓呆：《一种报告》，《侦探世界》第十九期，1924 年二月朔日（农历），署名“闸北徐公”。

徐卓呆：《断臂盗》，《侦探世界》第十九期，1924 年二月朔日（农历），“侦探谈话会”栏目，署名“闸北徐公”。

徐卓呆：《零碎笑话》，《侦探世界》第十九期，1924 年二月朔日（农历），“别有世界”栏目，署名“卓呆”。

徐卓呆：《九盎斯的别针》，《侦探世界》第二十期，1924 年二月望日（农历），署名“闸北徐公”。

徐卓呆：《囚人的愿望》，《侦探世界》第二十期，1924 年二月望日（农历），署名“闸北徐公”。

徐卓呆：《关于宝石的犯罪及侦探》，《侦探世界》第二十一期至第二十四期（分 3 次连载，其中第二十二期未刊登），1924 年三月朔日（农历）至 1924 年四月望日（农历），“侦探谈话会”栏目，署名“卓呆”“徐卓呆”。

徐卓呆：《犯罪人之趣谈》，《侦探世界》第二十二期，1924 年三月望日（农历），署名“闸北徐公”。

徐卓呆：《交换条件》，《侦探世界》第二十二期，1924 年三月望日（农历），“别有世界”栏目，署名“卓呆”。

王天恨[①]

报纸杂志上发表的原创侦探小说

王天恨：《油渍》，《兰友》第十三期“侦探小说号”，1923 年 5

① 王天恨，亦常用署名“天恨”或“天恨生”，其侦探小说创作以“康卜森新探案”系列为主，多发表于《半月》《侦探世界》等杂志。

月 21 日，署名“王天恨”。

王天恨：《白巾黑字》，《侦探世界》第四期，1923 年，署名“王天恨”。属于“康卜森新探案”系列之一。

王天恨：《不平者》，《侦探世界》第十期，1923 年 10 月 24 日，署名“王天恨”。属于“康卜森新探案”系列之一。

王天恨：《园尸》，《侦探世界》第十二期，1923 年，署名“王天恨”。属于“康卜森新探案”系列之一。

王天恨：《婚夜》，《侦探世界》第十五期，1923 年十二月朔日（农历），署名“王天恨”。属于“康卜森新探案”系列之一。

王天恨：《三种证据》，《半月》第三卷第六期“侦探小说号”，1923 年 12 月 8 日，标“康卜森新探案”，署名“王天恨”。

王天恨：《飞侠》，《最小》第六卷第一百五十二期至第六卷第一百五十三期，1924 年 1 月 7 日至 1924 年 1 月 9 日，“短篇小说”栏目，标“康卜森探案”，署名“王天恨”。

王天恨：《小旅馆中》，《侦探世界》第二十期，1924 年二月望日（农历），署名“王天恨”。属于“康卜森新探案”系列之一。

王天恨：《借约》，《最小》第六卷第一百八十二期，1924 年 9 月 15 日，标“康卜森探案”，署名“王天恨”。

王天恨：《飞来之尸》，《半月》第四卷第五期，1925 年 2 月 23 日，“侦探之友”栏目，标“康卜森新探案”，署名“王天恨”。

王天恨：《一支桃》，《半月》第四卷第八期，1925 年 4 月 7 日，属于“清明风雨录”栏目，标“侦探小说”，署名“王天恨”。属于“康卜森新探案”系列之一。

王天恨：《匿名恫吓信》，《半月》第四卷第十期，1925 年 5 月 7 日，标“王天恨小探案”，署名“王天恨”。该小说中侦探主角为“王天恨”。

王天恨：《滑稽凶手》，《半月》第四卷第十二期，1925 年 6 月 5 日，“侦探之友”栏目，署名“王天恨”。

王天恨：《谁是亲夫》，《半月》第四卷第十二期，1925 年 6 月 5

目，署名“王天恨”。

王天恨：《网中刀》，《半月》第四卷第二十二期至第四卷第二十三期，1925 年 11 月 1 日至 1925 年 11 月 16 日，“侦探之友”栏目，标“康卜森第一案”，署名“王天恨”。

王天恨：《窗中怪影》，《紫罗兰》第一卷第十五期，1926 年 7 月 10 日，署名“王天恨”。

王天恨：《钻别针》，《紫罗兰》第三卷第二十四期，1929 年 3 月 11 日，署名“王天恨”。属于“康卜森新探案”系列之一。

单行本出版的原创侦探小说或侦探小说集

王天恨：《钻耳环》，收录于小说集《梦痕》，上海春申出版部，1926 年 6 月版，标“康卜森新探案”。该小说集未见原本，相关存目见魏绍昌主编《民国通俗小说书目资料汇编·第一册》，上海书店出版社，2014 年，第 46—48 页。

报纸杂志上发表的翻译侦探小说[①]

王天恨译：《产与罪》，《星期》第二十二号至第三十一号（分 8 次连载，其中第二十六号、二十八号未刊载），1922 年 7 月 30 日至 1922 年 10 月 1 日，“小说杂谈”栏目，标“镇塔迦探案”，署名“吴陵天恨生”。

王天恨译：《一只钻戒》，《侦探世界》第二期，1923 年，署名“王天恨”。

① 晚清民国时期报纸杂志登载的侦探小说不详细标明其是创作、翻译或译述的情况很常见，王天恨是其中的典型代表，其所有报纸杂志登载的侦探小说都只署名“王天恨”，而不进一步注明是创作或翻译。同时，在王天恨自己创作的侦探小说作品中，主人公名字也相当西化。本附录判断一部小说是创作还是翻译，大多数难以寻找到原文底本，主要是根据其小说内容细节（故事发生地点、主人公名称等）来进行，故此处可能会有一些难以辨明的地方，进一步确认其作品究竟是创作还是翻译，需要仔细寻找、核对其是否存在相应的国外小说原本，本附录在这方面所做的工作还相当有限。

王天恨译：《秘约》，《侦探世界》第五期，1923 年，署名“王天恨”。属于“施蒂生探案”系列之一。

王天恨译：《真与假》，《侦探世界》第六期，1923 年，属于“王天恨”。属于“施蒂生探案”系列之一。

王天恨译：《黑衣妇人》，《侦探世界》第七期，1923 年，标“施蒂生探案之二”，署名“王天恨”。

王天恨译：《继母之赐》，《侦探世界》第十一期，1923 年 11 月 8 日，标“施蒂生探案之四”，署名“王天恨”。

王天恨译：《卫生俱乐部》，《侦探世界》第十四期，1923 年十一月望日（农历），署名“王天恨”。属于“施蒂生探案”系列之一。

王天恨译：《火车上》，《侦探世界》第十六期，1923 年十二月望日（农历），署名“王天恨”。属于“施蒂生探案”系列之一。

王天恨译：《嫌疑犯》，《侦探世界》第十七期，1924 年元旦（农历），署名“王天恨”。

王天恨译：《宝石之王》，《侦探世界》第十八期，1924 年正月望日（农历），署名“王天恨”。属于“镇塔迦谈案”系列之一。

王天恨译：《红玉记》，《世界小报》1924 年 2 月 6 日至 1924 年 4 月 18 日（分 73 次连载），标“镇塔迦探案集第一种”，署名“王天恨”。在 1924 年 2 月 6 日小说第一次刊载之前，王天恨有一段对整个翻译缘起的文字说明：“《镇塔迦探案集》，共十二种，《红玉记》乃第一种也。惟予未撰《红玉记》之先，曾着集外一种，曰《产与罪》，以为尝试，刊诸《星期》杂志。予自知年稚识谫，纰谬之处，在所不免。故《产与罪》虽已刊布，而全集则不敢贸然问世，夏间偶与予友程小青述及，竟蒙奖誉，小青先生为当世侦探说部之斲轮老手，得其赞许，似可出以问世矣。而予仍兢兢然，自觉弗可也。兹者姚民哀君，嘱为《世界小报》撰长篇侦探小说，一时无以应命，不得已以此书付之，尚希薄海同文，赐以匡正，弗加呵责焉，则幸甚。民国十二年十一月，天恨识于恨庐。”

王天恨译：《自投法网》，《侦探世界》第二十一期，1924 年三月朔日（农历），署名“王天恨”。属于“施蒂生探案”系列之一。

王天恨译：《窃钻与窃照》，《侦探世界》第二十四期，1924 年四月望日（农历），署名“王天恨”。属于“施蒂生探案”系列之一。

王天恨译：《神秘的剧贼》，《半月》第四卷第十七期，1925 年 8 月 19 日，署名“王天恨”。又见《红玫瑰》第二卷第四十五期，1926 年 9 月 3 日，署名“王天恨”。

王天恨、元吉译：《怪遗嘱》，《新上海》第一卷第八期，1934 年 5 月 1 日，标“福尔摩斯探案”，署名“英国柯南道尔原著，天恨、元吉合译”。

单行本出版的翻译侦探小说或侦探小说集

王天恨译：《双重谋杀》，上海晨钟书局印行，1942 年 11 月；上海正气书局，1947 年 3 月，标“斐洛凡士探案之六”“凡士探案”，署名“美国范达痕原著，王天恨译述”。

王天恨译：《水底怪物》，天津励力出版社，1943 年 6 月初版；上海美德书局，1946 年 12 月版，1949 年 1 月再版，标“凡士探案”，署名“美国范达痕原著，王天恨译述”。该小说原名为 *The Dragon Murder Case*，现通常译作《龙杀人事件》

王天恨译：《绿色汽车》，天津励力出版社印行，1946 年 12 月，标“凡士探案”，署名“美国范达痕原著，王天恨译述”。

王天恨译：《神秘的包裹》，上海美德书局印行，1947 年 1 月版，1948 年 11 月再版，标“凡士探案”，署名“美国范达痕原著，王天恨译述”。

王天恨译：《神秘宝石库》，上海大中华书局印行，1947 年 10 月出版，标“凡士探案”“离奇紧张”，署名“美国范达痕原著，王天恨译述”。

侦探小说评论文章（含序跋）

王天恨：《福尔摩斯小探案》，《快活》第二十三期“侦探号”，1922年，署名“天恨生”。

王天恨：《侦探小说杂话》，《侦探世界》第五期，1923年，署名“王天恨”。

王天恨：《近今之侦探小说》，《半月》第二卷第二十一期，1923年7月14日，署名“王天恨”。

王天恨：《科南道尔爵勋》，《侦探世界》第十三期，1923年十一月朔日（农历），署名“王天恨”。

王天恨：《聂格卡脱探案的作者是谁》，《侦探世界》第十五期，1923年十二月朔日（农历），署名“天恨”。

王天恨：《侦探小说之所构成》，《侦探世界》第十八期，1924年正月望日（农历），署名“王天恨”。

王天恨：《小说闲话》，《新闻报·快活林》1924年9月4日至1924年9月6日，及1924年9月11日（其中几次刊印文章名称分别为“闲话”“闲评”“闲谭”），“杂记”栏目，署名“天恨”。

与侦探小说有关的其他文章

王天恨：《一件离奇案》，《侦探世界》第十期，1923年10月24日，署名“王天恨”。

王天恨：《贼之侦探家》，《侦探世界》第十期，1923年10月24日，署名“王天恨”。

王天恨：《剧场笑史》，《侦探世界》第十一期，1923年11月8日，署名“王天恨”。

王天恨：《又一巾帼福尔摩斯》，《侦探世界》第十三期，1923年十一月朔日（农历），署名“王天恨”。

王天恨：《事实侦探谈》，《侦探世界》第十四期，1923年十一月望日（农历），“五分钟小说”栏目，署名“王天恨”。

王天恨：《吓了一跳》，《侦探世界》第十八期，1924年正月望日（农历），署名“天恨”。

王天恨：《无头贺年片》，《侦探世界》第十八期，1924年正月望日（农历），署名“王天恨”。

王天恨：《剧贼妙语》，《侦探世界》第十九期，1924年二月朔日（农历），署名“天恨”。

王天恨：《盗爱名画》，《侦探世界》第十九期，1924年二月朔日（农历），署名“王天恨”。

王天恨：《怪病人》，《侦探世界》第十九期，1924年二月朔日（农历），署名“天恨”。

王天恨：《实在的奇案》，《侦探世界》第十九期，1924年二月朔日（农历），署名“天恨”。

王天恨：《一笑而已》，《侦探世界》第二十期，1924年二月望日（农历），“别有世界”栏目，署名“王天恨”。

王天恨：《妓之病》，《侦探世界》第二十期，1924年二月望日（农历），“五分钟小说”栏目，署名“王天恨”。

王天恨：《乞丐的急智》，《侦探世界》第二十期，1924年二月望日（农历），署名“天恨”。

王天恨：《一笑而已》，《侦探世界》第二十二期，1924年三月望日（农历），“别有世界”栏目，署名“王天恨”。

王天恨：《冤冤相报》，《侦探世界》第二十二期，1924年三月望日（农历），署名“天恨”。

王天恨：《戏猜三位文友》，《侦探世界》第二十二期，1924年三月望日（农历），署名“天恨”。

王天恨：《法官之面》，《侦探世界》第二十三期，1924年四月朔日（农历），署名“王天恨”。

王天恨：《雪冤》，《侦探世界》第二十三期，1924年四月朔日（农历），署名“天恨”。该篇内容为对小说《妓之病》相关问题的澄清。

姚苏凤（姚赓夔）[①]

报纸杂志上发表的原创侦探小说[②]

姚苏凤：《健忘之我》，《游戏世界》第二十期“侦探小说号”，1923年1月，“三分钟的小说”栏目，署名“姚赓夔”。

姚苏凤：《侦探之妻》，《游戏世界》第二十三期“滑稽小说号”，1923年5月，“侦探试作”栏目，署名“姚赓夔”。

姚苏凤：《谁耶》，《半月》第三卷第六期“侦探小说号”，1923年12月8日，标“鲍尔文新探案”，署名“姚赓夔”。

姚苏凤：《怪人》，《半月》第四卷第一期，1924年12月11日，“侦探之友”栏目，标“鲍尔文小探案”，署名“姚赓夔”。

姚苏凤：《不测之死》，《半月》第四卷第二期，1924年12月26日，“侦探之友”栏目，标“鲍尔文小探案”，署名“姚赓夔”。

姚苏凤：《岛》，《民国日报》1946年1月1日至1946年3月24日（分70次连载），标“连载小说”，署名“姚苏凤作”。

---

① 关于姚苏凤（姚赓夔）的笔名使用情况，据笔者所见资料，在创作“鲍尔文探案”系列作品时，署名多为“姚赓夔”；在译介阿加莎·克里斯蒂的小说时，则多署名“姚苏凤”；而在撰写评论文章或序跋时，两个署名都有出现。如果从时段上划分，20世纪20年代文章（包括创作、评论）署名基本为“姚赓夔”，40年代评论和翻译则多用“姚苏凤”。而据郑逸梅在《姚苏凤在电影界》（《郑逸梅选集》第4卷，黑龙江人民出版社2001年版，第268—269页）一文中介绍，姚苏凤“和范烟桥的弟弟菊高同砚，便由烟桥之介参加星社”，“他是名书家姚孟起的后裔，包天笑曾从姚孟起游，所以他和天笑有些世谊，他走上写作的道路，天笑、烟桥是带路人了”。而在姚苏凤的《投入银色的海里：无聊的自传》（《明星》第一卷第二期，1933年）一文中，亦对自己早年生平经历有所介绍。

② 姚赓夔的侦探小说创作以“鲍尔文新探案”系列为主，其侦探小说创作与评论多发表于《星期》《半月》《侦探世界》等杂志。

报纸杂志上发表的翻译侦探小说

姚苏凤译：《豪门血案》，《铁报》1948年1月5日至1948年8月3日，标“世界最佳侦探小说”，署名“英国彭德莱氏原著，姚苏凤译”。该小说又名为“屈伦德的最后一案”，小说原名为 *Trent's Last Case*，现通常译作《特伦特最后一案》。在1948年1月5日小说译文首次连载前，刊载姚苏凤“译者前言”，其中指出“这本书除了以设计布局取胜以外，行文亦迥异流俗。我自己惭愧译笔不能相称，所以尽可能的采用了另外一种译的方法——我力求其‘通体流利’，不为中国读者所不习惯的西方文体所拘束。有许多地方，甚至于是完全重写了的”，“同时为了加强这个故事的进展的速度，我顾到我们中国读者的‘读者兴趣’，而把原书里许多比较沉闷且无涉大体的描写尽可能地‘节约’掉了”。

姚苏凤译：《皇苑传奇》，《大侦探》第二十期至第三十六期（分15次连载，其中第三十一期、第三十五期未刊载），1948年5月1日至1949年5月16日，标“心理大侦探包罗德探案之一”，署名“英国亚加莎·克丽斯丹原作，姚苏凤译”。小说原名为 *The Murder of Roger Aukroyd*，现通常译作《罗杰疑案》。

姚苏凤译：《弱女惊魂》，《宇宙》第一期至第五期，1948年6月15日至1948年12月30日，标“包罗德探案”，署名“亚伽莎·克罗丝丹原著、姚苏凤译”。小说原名为 *Peril At End House*，现通常译作《悬崖山庄奇案》。

姚苏凤译：《十三号狱室遁踪记（上）》，《生活》第六期，1948年3月10日，署名“Jacques Futrelle原作，姚苏凤译”。下期内容未见。

姚苏凤译：《世界上最可鄙的人》，《红皮书》第一期至第三期，1949年1月20日至1949年？月，标“一个广播的侦探故事”，署名“伊勒雷·昆原作，姚苏凤译”。

姚苏凤译：《隐身客》，《上海警察》第三卷第八期至第三卷第九期，1949年2月至1949年4月，标“原载民国三十七年九月十二日上海《铁报》”“转载”，署名“福尔摩斯原著，姚苏凤译”，小说原名为“*The Man Who Was Wanted*”。又见小说单行本《福尔摩斯复活》，标“第一案：隐身客”“附录：九十二支蜡烛”“根据英国版原本翻译”“柯南道尔爵士最后遗著”，署名“亚瑟·科南道尔爵士原作，姚苏凤译，陈蝶衣发行”，华华书报社，1949年。疑似为姚苏凤翻译的英国伪托“福尔摩斯探案”系列小说。

姚苏凤译：《奇人奇死》（未连载完），《红皮书》第四期，1949年，标“长篇侦探小说大侦探梅立维奇案”，署名“Carter Dickerson著，姚苏凤译”。

侦探小说评论文章（含序跋）

姚苏凤：《小说杂谈》，《星期》第十六期，1922年6月18日，署名“赓夔”。

姚苏凤：《小说杂谈》，《星期》第二十九期，1922年9月17日，署名“姚赓夔”。

姚苏凤：《侦探小说杂话》，《侦探世界》第二期，1923年，署名“赓夔”。

姚苏凤：《侦探杂话》，《侦探世界》第十四期，1923年十一月望日（农历），署名“姚赓夔”。

姚苏凤：《侦探小说杂话》，《侦探世界》第十九期，1924年二月朔日（农历），署名“姚赓夔”。

姚苏凤：《霍桑探案序》，《新侦探》创刊号，1946年1月10日，署名“姚苏凤”。该文又作为程小青《恐怖的活剧》一书序言，标“《霍桑探案袖珍丛刊》之六”，上海世界书局，1945年9月。

姚苏凤：《欧美侦探小说的新进步》，《世界晨报》1946年3月28日，“新姿集”栏目，署名“苏凤”。

姚苏凤：《欧美侦探小说的新进展》，《世界晨报》1946年3月31日，“新姿集”栏目，署名“苏凤”。

姚苏凤：《欧美侦探小说新话》，《生活》第一期至第三期，1947 年 6 月 1 日至 1947 年 9 月 20 日，署名“苏凤”。

姚苏凤：《〈豪门血案〉译者前言》，《铁报》1948 年 1 月 5 日。

姚苏凤：《〈皇苑传奇〉译者前记》，《大侦探》第二十期，1948 年 5 月 1 日，署名“苏凤谨识”。

姚苏凤：《欧美侦探小说书话》，《红皮书》第四期，1949 年，署名“姚苏凤”。

吕伯攸（及吴克勤）

报纸杂志上发表的原创侦探小说

吕伯攸、吴克勤：《小鸡怎样死的》，《小朋友》第一百一十七期，1924 年 6 月 26 日，标“侦探故事”，署名“克勤、伯攸”。属于“左林和左陶兄弟”系列。

吕伯攸、吴克勤：《书上的红墨水》，《小朋友》第一百一十八期，1924 年 8 月 14 日[①]，标“侦探故事”，署名“克勤、伯攸”。属于“左林和左陶兄弟”系列。

吕伯攸、吴克勤：《一封匿名信》，《小朋友》第一百一十九期，1924 年 7 月 10 日，标“侦探故事”，署名“克勤、伯攸”。属于“左林和左陶兄弟”系列。

吕伯攸：《小侦探》，《儿童世界》第二十二卷第三期至第二十二卷第六期，1928 年 7 月 21 日至 1928 年 8 月 11 日。标“连续故事”，具体分为《罐头荔枝》《园里的红玫瑰》《雨窗闲话》《来富失踪》四个故事。属于“小侦探聪儿”系列。

---

① 该期杂志出版时间抄录自杂志版权页，但与《小朋友》第一百一十九期版权页上的出版时间（1924 年 7 月 10 日）有先后矛盾，具体原因不详，此处存疑。

吕伯攸：《伯父的照片》，《小朋友》第三百六十五期，1929年6月27日，标“侦探故事”。属于“小侦探聪儿”系列。

吕伯攸：《书房里试验》，《小朋友》第三百六十六期，1929年7月4日，标“侦探故事”。属于“小侦探聪儿”系列。

吕伯攸：《金鱼》，《小朋友》第三百七十七期，1929年9月15日，标“侦探故事”。属于“小侦探聪儿”系列。

吕伯攸：《奇怪的信》，《小朋友》第三百八十期，1929年10月10日，标“侦探故事”。属于“小侦探聪儿”系列。

吕伯攸：《哭声》，《小朋友》第四百〇一期，1930年3月6日，标“侦探故事”。属于“小侦探福儿”系列。

吕伯攸：《脚踏车是谁弄坏的》，《小朋友》第四百五十六期，1931年3月26日，标“侦探故事”。属于“小侦探聪儿”系列。

吕伯攸：《白折扇》，《小朋友》第五百五十八期，1933年7月6日，标“侦探故事”，署名“肖君”①。属于“小侦探福儿”系列。

吕伯攸：《荷花灯》，《小朋友》第五百六十二期至第五百六十三期，1933年8月3日至1933年8月10日，标“侦探故事”，上篇作者署名“肖君”，下篇作者署名“伯攸”。属于“小侦探福儿”系列。

吕伯攸：《电灯熄灭之夜》，《小朋友》第六百〇九期，1934年6月28日，标“侦探故事”，署名“伯攸”。属于“小侦探福儿”系列。

吕伯攸：《吴老伯的试验》，《小朋友》第六百一十四期，1934年8月2日，标“侦探故事”，署名“伯攸”。属于“小侦探福儿”系列。

吕伯攸：《纸吹里的秘密》，《小朋友》第六百二十一期，1934

① “肖君”为吕伯攸与吴克勤的女儿，吕伯攸在女儿出生后经常使用“肖君”作为自己的笔名。关于“肖君”出生的相关信息，可参见吕伯攸《肖君之诞生》（刊于《红玫瑰》第五卷第一期，1929年二月十二日）一文。

年9月20日，标“侦探故事”。属于“小侦探福儿”系列。

吕伯攸：《橡皮狗》，《小朋友》第六百二十七期，1934年11月1日，标“侦探故事”，署名“伯攸”。属于“小侦探福儿”系列。

吕伯攸：《打翻的担子》，《小朋友》第六百四十六期，1935年3月14日，标“侦探故事”，署名“伯攸”。属于“小侦探福儿”系列。

吕伯攸：《课本的一页》，《小朋友》第六百七十六期，1935年10月10日，标“侦探故事”，署名“肖君”。属于“小侦探福儿”系列。

吕伯攸：《偷牛肉的》，《儿童故事》第二期，1947年，标“侦探故事”。属于“小侦探福儿”系列。

单行本出版的原创侦探小说或侦探小说集

吕伯攸：《小侦探》，收录于《小猫咪》，上海中华书局，1924年6月印刷发行，1926年12月四版，标“我的书 短篇故事”，署名“著作者吕伯攸，校阅者黎锦晖”。该小说为小朋友印儿的探案小故事，和“小侦探聪儿”系列中的小说《小侦探》同名，但内容不同。

何朴斋（及俞慕古）

报纸杂志上发表的原创侦探小说①

何朴斋、俞慕古：《盗宝》，《快活》第十一期，1922年，标“东方亚森罗苹奇案”，署名“何朴斋、俞慕古合著”。主角名为

① 何朴斋的侦探小说创作以“卫灵探案”和“东方亚森罗苹奇案”两大系列为主，多发表于《快活》《啸声》《半月》《侦探世界》等杂志。

“鲁宾”。

俞慕古、何朴斋：《青头党》，《快活》第十三期，1922 年，标“东方亚森罗苹奇案”，署名“俞慕古、何朴斋合著”。主角名为“鲁宾”。

何朴斋：《地窟藏妻》，《快活》第二十二期，1922 年，标“东方亚森罗苹奇案”，署名“何朴斋”。主角名为“鲁宾”，且侦探鲍尔文、卫灵都在小说中出现。

俞慕古：《假票案》，《快活》第三十一期，1922 年，标“东方亚森罗苹奇案”，署名“俞慕古”。主角名为“鲁宾”，且侦探鲍尔文也在小说中出现。

何朴斋：《古画》，《快活》第三十六期，1922 年，标“东方亚森罗苹奇案”，署名“何朴斋”。主角名为“鲁宾”，且侦探鲍尔文也在小说中出现。

何朴斋：《雪狮》，《星期》第三十三期，1922 年 10 月 15 日，标“中国最新侦探案”，署名“何朴斋”。属于“卫灵探案”系列。又见侦探小说集《侦探世界》，上海大东书局，1924 年 4 月再行。

何朴斋：《慈善之贼》，《红杂志》第二十四期，1922 年，署名“何朴斋”。主角名为“鲁宾”，且小说中有城北徐公（徐卓呆）和侦探鲍尔文登场。属于“东方亚森罗苹奇案”系列。

何朴斋：《鹦鹉绿》，《半月》第二卷第十六期，1923 年 4 月 30 日，署名“何朴斋”。主角名为“鲁宾”，属于“东方亚森罗苹奇案”系列。又见何朴斋、孙了红《东方亚森罗苹案》，上海大东书局，1926 年 5 月初版，署名“何朴斋、孙了红著”。

何朴斋：《赌窟》，《侦探世界》第一期，1923 年 6 月，标“东方亚森罗苹奇案”，署名“何朴斋”。主角名为“鲁宾”。

何朴斋：《雪里红》，《侦探世界》第四期，1923 年，署名“何朴斋”。属于“卫灵探案”系列。

何朴斋：《红屋》，收录于《红杂志·夺标小说·红屋》，上海世界书局，1923 年（或 1922 年?），第 101—108 页，标“东方亚森罗苹奇案”，署名“黄”。何朴斋曾在一篇文章中说明：“我就借着一桩事，略微穿插，便做成一篇鲁宾奇案《红屋》，后来在《红杂志》夺标小说里登了出来，很有许多朋友来信赞美。”（何朴斋：《谈侦探小说》，《侦探世界》第七期，1923年）

何朴斋：《秘密》，《侦探世界》第七期，1923年，标“卫灵侦探”，署名“何朴斋”。

何朴斋：《鲁宾入狱》，《侦探世界》第九期，1923年10月10日，署名“何朴斋”。主角名为“鲁宾”，且侦探鲍尔文也在小说中出现。属于“东方亚森罗苹奇案”系列。

何朴斋：《钻镯》，《红杂志》第二卷第十三期，1923年11月2日，标“东方亚森罗苹奇案”，署名“何朴斋”。

何朴斋：《毒针》，《侦探世界》第十三期，1923年十一月朔日（农历），署名“何朴斋”。属于“卫灵探案”系列。

何朴斋：《草屋》，《半月》第三卷第六期“侦探小说号”，1923年12月8日，标“东方亚森罗苹奇案”，署名“何朴斋”。主角名为“鲁宾”。又见何朴斋、孙了红《东方亚森罗苹案》，上海大东书局，1926年5月初版，署名“何朴斋、孙了红著”。

何朴斋：《锦匣》，《侦探世界》第十六期，1923年十二月望日（农历），署名“何朴斋”。属于“卫灵探案”系列。

何朴斋：《滑稽盗》，《心声》第二卷第三期、第二卷第五期至第二卷第七期、第三卷第一期至第三卷第八期（分12次刊载），1923年？月至1924年8月30日，标“中国侦探小说”，署名“何朴斋著，钝根校订”。属于“卫灵探案”系列。

何朴斋：《婚变》，《侦探世界》第十七期，1924年元旦（农历），署名“何朴斋”。属于“卫灵探案”系列。

何朴斋：《人头党》，《侦探世界》第十九期，1924年二月朔日（农历），署名“何朴斋”。主角名为“鲁宾”，属于“东方亚森罗苹奇案”系列。

何朴斋：《女尸》，《侦探世界》第二十期，1924年二月望日

（农历），署名“何朴斋”。主角名为“鲁宾”，属于“东方亚森罗苹奇案”系列。

何朴斋：《佳人作贼》，《侦探世界》第二十一期，1924年三月朔日（农历），署名“何朴斋”。主角名为“鲁宾”，属于“东方亚森罗苹奇案”系列。

何朴斋：《五百元》，《啸声》第一期，1924年3月15日，标“鲁宾奇闻”，署名“何朴斋”。

何朴斋：《酒黄宝石》，《红杂志》第二卷第三十三期，1924年3月21日，标“东方亚森罗苹奇案”，署名“何朴斋”。

何朴斋：《新年中之鲁宾》，《啸声》第二期，1924年3月22日，署名“何朴斋”。

何朴斋：《保险箱》，《侦探世界》第二十三期，1924年四月朔日（农历），署名“何朴斋”。主角名为“鲁宾”，属于“东方亚森罗苹奇案”系列。又见《（绘图）侦探之敌》，该书为“绘图小小说库”第五集（全十册），上海世界书局编辑、印刷、发行，1925年12月再版，小说集中改题为《诈中有诈》，署名“何朴斋”。

何朴斋：《火炉管》，《啸声》第四期，1924年4月5日，标“卫灵探案”，署名“朴斋”。

何朴斋：《假山石畔》，《半月》第三卷第十五期，1924年4月18日，“侦探之友”栏目，标“东方亚森罗苹奇案”，署名“何朴斋”。又见何朴斋、孙了红《东方亚森罗苹案》，上海大东书局，1926年5月初版，署名“何朴斋、孙了红著”。

何朴斋：《贼智》，《啸声》第十一期，1924年6月1日，署名“朴斋”。

何朴斋：《玉狮》，《半月》第三卷第二十三期，1924年8月15日，“侦探之友”栏目，标“东方亚森罗苹奇案”，署名“何朴斋”。又见何朴斋、孙了红《东方亚森罗苹案》，上海大东书局，1926年5月初版，署名“何朴斋、孙了红著”。

何朴斋：《火车中》，《巽社丛刊》第一期，1926年4月，标

“东方亚森罗苹奇案”，署名“何朴斋”。

单行本出版的原创侦探小说或侦探小说集

何朴斋、孙了红：《东方亚森罗苹案》，上海大东书局，1926年5月初版，署名“何朴斋、孙了红著”。该书收录何朴斋侦探小说《草屋》《鹦鹉绿》《玉狮》《假山石畔》共四篇，孙了红侦探小说《古木寒鸦》《眼镜会》共两篇。其中何朴斋四篇侦探小说皆曾发表于《半月》杂志上。

何朴斋：《东方亚森罗苹奇案》，上海时还书局，1929年4月出版，1935年1月再版，1934年6月三版（?），署名“何朴斋著”。该书收录何朴斋侦探小说十篇，分别是《盗宝》《古画》《慈善之贼》《脑脂吼》《赌窟》《鲁宾入狱》《二十万》《酒黄宝石》《保险箱》和《地窟藏妻》。除《脑脂吼》和《二十万》两篇未见之外，其余八篇皆曾在杂志上发表，而书中“第四件”在目录中名为《臙脂吼》（初版）/《脑脂吼》（再版），内文名为《臙脂狲》，疑似目录排印错误。书前附杨尘因所作《〈东方亚森罗苹奇案〉叙言》（作于1926年9月10日）和高天楼所作“序”（作于1926年3月）文各一篇。又见寰球图书公司发行，1926年8月初版，署名“何朴斋著作，张厚斋发行”。书前附《〈东方亚森罗苹奇案〉叙言》一篇，具体收录小说篇目不详。

侦探小说评论文章（含序跋）

何朴斋：《侦探小说的价值》，《侦探世界》第二期，1923年，署名“何朴斋”。

何朴斋：《侦探小说的作法》，《侦探世界》第三期，1923年，署名“朴斋”。

何朴斋：《谈侦探小说》，《侦探世界》第六期，1923年，署名“何朴斋”。

何朴斋：《谈侦探小说》，《侦探世界》第七期，1923年，署名

“何朴斋”。

俞慕古：《侦探译稿和创作的两面观》，《侦探世界》第十期，1923年10月24日，署名“俞慕古”。

何朴斋：《亚森罗苹与福尔摩斯》，《侦探世界》第二十二期，1924年三月望日（农历），署名“何朴斋”。

吴克洲

报纸杂志上发表的原创侦探小说[①]

吴克洲：《卍型碧玉》，《半月》第四卷第八期，1925年4月7日（农历乙丑年三月十五日），“侦探之友”栏目，署名“吴克洲”。属于“东方亚森罗苹新探案”系列。

吴克洲：《樊笼》，《半月》第四卷第十九期，1925年9月18日（农历乙丑年八月初一日），“侦探之友”栏目，署名“吴克洲”。属于“东方亚森罗苹新探案”系列。

吴克洲：《东方雁》，《半月》第四卷第二十四期，1925年11月30日（农历乙丑年十月十五日），“侦探之友”栏目，署名“吴克洲”。又见《侦探之友》（下册），上海大东书局，出版时间不详。

吴克洲：《活绣》，《紫罗兰》第一卷第八期，1926年3月28日

① 吴克洲的侦探小说创作以“东方亚森罗苹新探案”系列为主，皆发表于《半月》《紫罗兰》杂志上。一方面，吴克洲的“东方亚森罗苹新探案”是在张碧梧《双雄斗智记》人物与情节基础上的续写，其在小说《卍型碧玉》开头就明确表示“鼎鼎大名的剧盗‘东方亚森罗苹’罗平自从为了枪杀张才森案（事详本志第一卷张碧梧君著之《双雄斗智记》中），被‘东方福尔摩斯’霍桑费尽了千辛万苦，设计活擒，关入狱中后，只隔了一夜工夫，在第二天的早上，就发现他逃狱了”，而吴克洲的整个侦探小说系列讲的正是罗平逃狱后的经历和冒险；另一方面，吴克洲也曾写过名为“东方雁案”的系列小说，但正如他在小说《活绣》中所说：“罗平和东方雁乃是一而二，二而一的。”因此，“东方雁案”和“东方亚森罗苹新探案”实际上可以看作同一个侦探系列故事。

（农历丙寅年二月十五日），“侦探之友”栏目，标“东方雁案”，署名“吴克洲”。

何海鸣（求幸福斋主）[①]

报纸杂志上发表的原创侦探小说

何海鸣：《北京警犬侦探案之一》，《寸心》（北京）第一期，1917年1月10日，“短篇小说三”栏目，标“侦探小说”，署名“一雁”。又见《海鸣说集》，上海民权出版部，1918年5月。

何海鸣：《北京警犬侦探案之二》，《寸心》（北京）第二期，1917年2月10日，“短篇小说三”栏目，标“侦探小说”，署名“一雁”。又见《海鸣说集》，上海民权出版部，1918年5月。

何海鸣：《惧内的侦探家》，《红杂志》第二期，1922年，署名“求幸福斋主”。

何海鸣：《留声机片》，《快活》第二十三期“侦探号”，1923年，署名“求幸福斋主”。该小说主人公为大盗“罗亚森”。

何海鸣：《血海情波》，《游戏世界》第二十期“侦探小说号”，1923年1月，署名“求幸福斋主”。该小说主人公为“侦探庞观清”。

何海鸣：《V光线》，《半月》第二卷第十二期，1923年3月2日，署名“何海鸣”。该小说主人公为“侦探庞观清”。

何海鸣：《家庭间的侦探》，《侦探世界》第二期，1923年，署名“求幸福斋主”。又见赵苕狂编《滑稽探案集》，上海世界书局，

① 何海鸣，本名时俊，字一雁，湖南衡阳人，笔名“求幸福斋主”。其以“倡门小说”创作最为著名，另有部分武侠小说及侦探小说创作，侦探小说中有不少以“侦探庞观清”为主角。

1924 年 8 月初版，小说收录单行本时改名为《太太奶奶式的侦探》。

何海鸣：《一星期的上海侦探》，《侦探世界》第十一期，1923 年 11 月 8 日，署名“求幸福斋主”。又见赵苕狂编《滑稽探案集》，上海世界书局，1924 年 8 月初版，小说收录单行本时改名为《大侦探与毕三党》。

何海鸣：《无妄之灾》，《侦探世界》第十六期至第十八期，1923 年十二月望日（农历）至 1924 年正月望日（农历），署名“何海鸣”。

何海鸣：《地底枪声》（上），《月亮》第三期，1924 年 7 月 16 日，标“侦探小说”，署名“求幸福斋主”。该小说主人公为“侦探庞观清”。下期杂志及连载内容未见。

何海鸣：《赌场母女》，《小说世界》“侦探专号”，1924 年 12 月，署名“求幸福斋主”。该小说日译版本曾刊载于《新青年》（日本）杂志，1933 年夏季增刊号（第十四卷第十号，1933 年 8 月 5 日发行），作者署“幸福斋”，译者署吕久餘七，插图绘者署新井义毅。

何海鸣：《图书馆养成的大盗》，《红玫瑰》第二卷第四期，1925 年 7 月 25 日，署名“求幸福斋主”。

单行本出版的翻译侦探小说或侦探小说集

何海鸣译：《杀人犯》，收入《说部精英甲子花·第一集》，雕龙出版部出版，五洲书社发行，大陆图书公司印刷，1924 年 7 月 20 日出版，标“说部精英”“豁公、钝根合编”，署名“刘豁公、王钝根编辑”“杭稺英绘图”，文章作者署名“何海鸣（译）”。

与侦探小说有关的其他文章

何海鸣：《美国侦探公会广告》，《侦探世界》第二十三期，1924 年四月朔日（农历），署名“何海鸣”。该文翻译自国外的侦探新闻。

何海鸣：《美国模范监狱之成绩》，《侦探世界》第二十三期，

1924年四月朔日（农历），署名“何海鸣”。该文翻译自国外的侦探新闻。

何海鸣：《古巴监狱观》，《侦探世界》第二十四期，1924年四月望日（农历），署名“何海鸣”。该文翻译自国外的侦探新闻。

何海鸣：《德国最有名之侦探犬》，《侦探世界》第二十四期，1924年四月望日（农历），“侦探谈话会”栏目，署名“何海鸣”。该文翻译自国外的侦探新闻。[①]

柳村任（柳雨生）[②]

报纸杂志上发表的原创侦探小说[③]

柳村任：《匿名函》，《红玫瑰》第七卷第十期[④]，1931年6月

① 民国时期其他人谈及何海鸣（求幸福斋主）侦探小说的相关文章有：严芙孙编撰：《全国小说名家专集》之七“何海鸣”（上海云轩出版部1923年8月版）；姜公：《关于求幸福斋主》（《大上海报》1945年3月30日）。

② 本附录中柳村任（柳雨生）侦探小说相关年表，参考了林庆彰《柳存仁（Liu，Ts'un-yan）教授著作目录》（《中国文哲研究通讯》第二十一卷第三期，“柳存仁先生纪念专辑”，台北：“中研院”中国文哲研究所，2011年2月）。

③ 柳村任，本名柳存仁，字雨生。按照林庆彰《柳存仁（Liu，Ts'un-yan）教授著作目录·小传》中的相关介绍：“存仁之名为其舅公左子与秉隆公所取。雨生之字为其友人星相家袁树珊所取。袁树珊认为柳存仁的八字中五行缺水，故以‘雨生’为字。”（刊于《中国文哲研究通讯》第二十一卷第三期）柳村任的侦探小说创作以“梁培云探案”系列为主，而在其“东方亚森罗苹案”系列的侦探小说中也常有梁培云登场，或间接借小说人物之口提到梁培云。其小说作品多发表于《红玫瑰》《珊瑚》《小日报》等报纸杂志。

④ 《红玫瑰》第七卷第十期为“爱情侦探混合专号”。编辑赵苕狂在前一期杂志的《花前小语》中曾预告“现在已决定在下期就发行这个混合专号了”（刊于《红玫瑰》第七卷第九期，1931年6月11日）。而在该期杂志的《花前小语》中也说：“这专号在本期中总算与读者们相见了，这是在爱情侦探两个主目之下，所混合成的一个专号。”（刊于《红玫瑰》第七卷第十期，1931年6月21日）

21 日，署名“刘村任”。属于“梁培云探案”系列。

柳村任：《黑面人》，《红玫瑰》第七卷第二十期，1931 年 10 月 1 日，署名“村任”。属于“梁培云探案”系列。

柳村任：《雨夜枪声》，《红玫瑰》第七卷第二十三期至第七卷第二十四期，1931 年 11 月 1 日至 1931 年 11 月 11 日，署名“柳村任”。属于“梁培云探案”系列。

柳村任：《外交密约》，《红玫瑰》第七卷第二十四期，1931 年 11 月 1 日，署名“村任”。属于“东方亚森罗苹案”系列，小说中同时提到侦探梁培云。

柳村任：《钱祟》，《红玫瑰》第七卷第二十七期至第七卷第二十八期，1931 年 12 月 11 日至 1931 年 12 月 21 日，标“培云探案”，署名“柳村任”。

柳村任：《项圈》，《红玫瑰》第七卷第三十期，1932 年 1 月 11 日，标“东方亚森罗苹案”，侦探梁培云也在小说中登场，署名“柳村任”。

柳村任：《南方雁》，《珊瑚》第一卷第十期至第一卷第十二期及第二卷第二期至第二卷第六期（分 8 次连载），1932 年 11 月 16 日至 1933 年 3 月 16 日，署名“村任”。属于“梁培云探案”系列。另，《南方雁》电影剧本连载于《大光明》1933 年 6 月 21 日至 1933 年 8 月 1 日（分 40 次连载，其中 7 月 6 日、7 月 7 日未刊载），标“电影剧本”“保留电影摄制权”，署名“柳村任”。

柳村任：《空屋》，《小日报》1933 年 5 月 5 日至 1933 年 6 月 5 日（分 31 次连载，其中 6 月 2 日未刊载，且 5 月 11 日错刊一次），标“中篇小说”“培云探案”“保留版权”，署名“柳村任”。

柳村任：《灰手印》，《珊瑚》第二卷第十一期，1933 年 6 月 1 日，标“培云探案”，署名“柳村任”。

柳村任：《窗外人影》，《珊瑚》第三卷第五期、第三卷第七期至第三卷第十一期及第四卷第一期至第四卷第五期（分 11 次连载），

1933 年 9 月 1 日至 1934 年 3 月 1 日，标“培云探案”，署名“柳村任”。[①]

柳村任：《蛇足》，《小日报》1934 年 1 月 9 日至 1934 年 3 月 31 日（应为每日连载一次，其中 3 月 17 日未刊载，故至多共 81 次连载，但实际标为“八十三”次，其中 2 月 14 日至 2 月 18 日五日资料缺失未见），标“培云探案”“保留版权”，署名“柳村任著”。又见《西星集》[②]，宇宙风社，1940 年 8 月初版，第 73—152 页，标“宇宙风社月书第八册”，署“周黎庵主编，柳存仁著作，陶亢德发行”。

柳村任：《新月》，《太平洋周报》第一卷第六十四期至第一卷第七十七期、第一卷第八十九期至第一卷第九十期、第一卷第九十二期至第一卷第九十五期（分 20 次连载，其中第七十八期至第八十八期未刊载，第九十一期亦未刊载），1943 年 4 月 22 日至 1944 年 1 月 31 日，标“本报特载长篇小说”，署名“柳雨生”。属于“侦探轻云”系列。

柳村任：《红痣记》，《大众》第十五期，1944 年 1 月 1 日，署名“柳雨生”。属于“侦探轻云”系列。

侦探小说评论文章（含序跋）

柳村任：《小说和科学性》，《新闻报》1933 年 3 月 18 日，署名“柳村任”。

柳村任：《谈谈侦探小说的作家》，《金刚钻》1933 年 3 月 23 日，署名“柳村任”。

---

① 该小说第一次连载前有程小青所作引言，以及柳村任写给读者的一封信。柳村任在信中说明，在该小说写作过程中，曾受到过程小青的指导和修改意见。

② 在该书后广告中，《西星集》虽然被列为“小说集”，但实际上该书中只收录了《蛇足》一篇小说，其余为三篇教育类论文（《教书术》一、二、三）和三篇文学考据与研究类论文（《介绍研究〈老残游记〉的新文献》《西洋文人对于〈老残游记〉的印象》和《〈封神演义〉的作者》）。

柳村任：《谈侦探小说作家》，《小日报》1933年3月28日，“他山之石”栏目，署名“柳村任”。

柳村任：《谈东方柯南道尔》，《金刚钻》1933年3月29日，署名“柳村任”。

柳村任：《侦探小说杂碎》，《小日报》1933年6月13日，“信手拈来”栏目，署名“村任”。

柳村任：《侦探小说座话》，《小日报》1934年6月2日至6月15日（分13次连载，其中6月8日未刊载），署名“柳村任”。

柳村任：《旧梦》，《玫瑰》第一卷第四期，1939年8月31日，署名“柳村任”。

柳村任：《〈霍桑探案袖珍丛刊〉序》，见《珠项圈》，上海世界书局，1941年2月，该书为《霍桑探案袖珍丛刊》之一，署名“柳存仁”。该文也曾作为程小青《霍桑探案袖珍丛刊》（上海世界书局，1941年版）中《裹棉刀》《恐怖的活剧》《矛盾圈》《白衣怪》等分册的序言。

柳村任：《闲适之绅士》，《力报》1945年4月13日，署名“超然”。

柳村任：《〈霍桑探案集〉序》，《霍桑探案集（一）》，群众出版社1986年6月版，署名“柳存仁”。该文也曾作为程小青《舞后的归宿》（群众出版社1997年7月版，属于“霍桑探案集1”）一书的序言。

柳村任：《程小青》，见《外国de月亮》，上海古籍出版社2002年5月版，第187—194页，署名“柳存仁”。

与侦探小说有关的其他文章

柳村任：《小表演》，《橄榄》第二期，1938年11月7日，署名“村任”。属于游戏解密类内容。

汪剑鸣（红绡）[①]

报纸杂志上发表的原创侦探小说

汪剑鸣：《空门血案》，《袖珍报》1939年10月20日至1939年11月4日，后续部分于《奋报》继续连载，1939年11月5日至1940年2月1日（《袖珍报》刊载第一至十五节，《奋报》刊载第十六至一百〇四节，其中《奋报》1940年1月8日未刊载），标“曲折离奇紧张玄妙”，署名“汪剑鸣著”。在《袖珍报》1939年10月15日起，就已经刊载《空门血案》“准于二十日开始刊登”的“巨著预告”，称其为“以新颖离奇之笔调，撰纪某大丛林之艳尸奇案，内容紧张曲折，得未曾有，且作风一变”。又见小说单行本《空门血案》，上海广益书局，1940年7月出版，1941年11月再版，1946年8月新二版，1947年9月新三版，标“侦探奇情小说”，署名“红绡”。书前附红绡“卷头语”一篇，“卷头语”作于1940年1月4日。

汪剑鸣：《五弟兄》，《力报》1940年5月1日至1941年2月17日（共216节，其中1940年5月2日、10月11日，1941年1月2日、1月3日、1月4日、1月24日、1月25日、1月26日、1月27日、1月28日、1月29日报纸缺失未见；1940年5月15日、7月25日、8月5日、11月12日，1941年1月17日、1月20日、1月30日、2月8日、2月9日报纸未刊载），署名“红绡”。小说主角为“华探霍克强霍探长”。又见小说单行本《五弟兄》（上、下两册），上海广益书局，上册1941年1月出版，1942年11月重订再版，1946年4月重订新一版；下册1941年9月出版，1945年5月新

① 汪剑鸣，常用笔名“红绡”，另有笔名“汪景星”“鲁恨生”“夏风”，等等。

一版，1946年8月新一版，1949年2月新四版。各版均标“惊险离奇侦探小说”，署名“红绡”。上册前附“红绡”作“五弟兄序”一篇，该文作于1940年10月13日。下册前附“前集索引代序”一篇。

汪剑鸣：《毒手魔王》，《东方日报》1941年4月23日至1941年9月23日（共153节，至第六章完，其中1941年5月2日报纸缺失未见），标“惊险紧张长篇侦探”，署名“红绡”。小说主角为“记者李神鹰和宋春燕夫妇”。又见小说单行本《毒手魔王》，上海武林书店，1946年8月，标“神鹰探案之一”“惊险紧张侦探小说”，封面题“神鹰新探案”，署名“红绡”。又见小说单行本《毒手魔王》，上海武林书店，1946年10月新三版，标“神鹰探案之一”“惊险紧张侦探小说”，封面题“毒手魔王”，署名“红绡著作，诸有人校正，黄振毅发行”。又见小说单行本《神鹰新探案》（上、下两册），两册封面皆为《神鹰新探案》，其中上册扉页为《毒手魔王》，上海武林书店，1946年10月新三版，标“惊险离奇侦探小说”，署名“红绡著作，诸有人校正，黄振毅发行”。

汪剑鸣：《虎窟擒王记》，《力报》1941年9月1日至1942年1月22日（共134节，其中1941年9月21日、1941年10月24日、1941年11月18日、1941年12月4日未刊载，1941年10月11日、1942年1月2日、1942年1月3日、1942年1月4日报纸缺失未见），标“惊险恐怖侦探小说”，署名“汪剑鸣著”。在《力报》1941年8月18日起，就已经刊载《虎窟擒王记》即将于同年“九月一日起刊载”的“新作预告”，并“请读者密切注意”。又见小说单行本《虎窟擒王记》，上海武林书店，1946年6月新一版，1946年9月新三版，署名“汪剑鸣著作，诸有人校正，黄振毅发行”。

汪剑鸣：《窗前魅影》，《东方日报》1941年9月24日至1942年3月4日（共150节，其中1941年10月22日和1941年10月23日两日未刊载，1941年10月11日，1942年1月2日、1月3日、1月4日，1942年2月15日至2月20日报纸缺失未见），署名“红绡”。小说主角为“记者李神鹰和宋春燕夫妇”。又见小说单行本《窗前魅影》，上海武林书店，1946 年 8 月，1946 年 10 月新三版，标“神鹰探案之二”，署名“红绡著作，诸有人校正，黄振毅发行”。又见小说单行本《神鹰新探案》（上、下两册），两册封面皆为《神鹰新探案》，其中上册扉页为《窗前魅影》，上海武林书店，1946 年 10 月新三版，标“惊险离奇侦探小说”，署名“红绡著作，诸有人校正，黄振毅发行”。[①]

单行本出版的原创侦探小说或侦探小说集

汪剑鸣：《谁为凶手》，上海广益书局，1942 年 3 月重订再版，1946 年 9 月新二版，1948 年 1 月，标“侦探长篇小说”，署名“红绡”。书前附“编者”所作《〈谁为凶手〉序》一篇，“序”文作于 1943 年 2 月 14 日。属于“神鹰探案”系列小说之一。

汪剑鸣：《神秘的杀人针》，上海广益书局，1940 年 4 月再版，1946 年 11 月新二版，标“福尔摩斯侦探奇案代表作”“第一集”，署名“汪剑鸣”。书前附“卷头语”一篇，“卷头语”中指出该系列侦探小说是“综合满清、民国两代的离奇怪诞的事实，而成文章”。

汪剑鸣：《落魂崖》，上海广益书局，1937 年 7 月付印出版，1940 年 4 月再版，1942 年 11 月再版，1946 年 5 月，1947 年 10 月新二版，标“福尔摩斯侦探奇案代表作”“第二集”，署名“汪剑鸣”。书前附“编者”所作“前奏曲”一篇。

汪剑鸣：《毒蛇惨案》，上海广益书局，1938 年 6 月出版，1946 年 1 月新一版，1946 年 10 月新二版，1949 年 4 月新四版，标“福尔摩斯侦探奇案代表作”“第三集”，署名“汪剑鸣”。书前附“编

① 根据海上客《无毒的毒品》（香港励力出版社 1955 年 12 月版）书后所附广告内容显示，汪剑鸣（红绡）的《虎窟擒王》《窗前魅影》《毒手魔王》三种小说在 20 世纪 50 年代皆在香港出版过单行本。其中笔者仅见《虎窟擒王》一册，封面题“虎窟擒王”，励力出版社印行，出版时间不详；扉页题“虎窟擒王记”，上海武林书店印行，标“惊险紧张侦探小说”，署名“汪剑鸣著”。

者”所作“叙”一篇。

汪剑鸣：《两世冤仇》，上海广益书局，1939 年 4 月再版，1942 年 1 月再版，1947 年 2 月新一版，标“福尔摩斯侦探奇案代表作”“第四集”，署名“汪剑鸣”。书前附“编者”所作“叙”一篇。

汪剑鸣：《半片残照》，上海广益书局，1940 年 4 月再版，1946 年 4 月新一版，1947 年 3 月新二版，1949 年 4 月，标“福尔摩斯侦探奇案代表作”“第五集”，署名“汪剑鸣”。该书收录《魔窟》《箱中尸体》《怪犬》《半片残照》《流星锤》《古屋》《二万元》《情敌》共八篇侦探小说。书前附“编者”所作“序”一篇。

汪剑鸣：《梅花暗杀团》，上海广益书局，1940 年 4 月再版，1946 年 11 月，1947 年 2 月新二版，标“福尔摩斯侦探奇案代表作”“第六集”，署名“汪剑鸣”。该书收录《梅花暗杀团》《俱乐部》《青衣女》《巨奸谋产》《红圈会》《新婚血案》《劫弟》共七篇侦探小说。书前附“编者”所作“叙”一篇。

汪剑鸣：《神眼莺儿》，上海广益书局，1946 年 12 月，1948 年 2 月新二版，标“绣像侦探杰作仿宋本”，署名“黄浦汪景星”。

单行本出版的翻译侦探小说或侦探小说集

汪剑鸣译：《红衣女盗》（上、下两册），上海益新书社出版，1922 年 6 月出版，1930 年 10 月四版，1937 年 3 月，1939 年 4 月，标“福尔摩斯新侦探奇案”，署名“英国柯南道尔著，吴县鲁恨生译文”。

侦探小说评论文章（含序跋）

汪剑鸣：《〈福尔摩斯侦探奇案代表作〉卷头语》，收录于《福尔摩斯侦探奇案代表作》第一集《神秘的杀人针》，上海广益书局，1946 年 11 月。

孙了红[①]

报纸杂志上发表的原创侦探小说[②]

孙了红：《傀儡剧》，《侦探世界》第六期，1923 年，署名“孙了红”。属于“东方亚森罗苹案”系列之一，主角为“鲁平”。又见《（绘图）侦探之敌》，该书为“绘图小小说库”第五集（全十册），上海世界书局编辑、印刷、发行，1925 年 12 月再版，小说集中改题为《窗内木人》，署名“孙了红”。该小说后更名为《匹诺丘的戏剧》，《小说日报》1940 年 10 月 9 日至 1940 年 10 月 22 日（分 12 次连载，其中 1940 年 10 月 11 日、1940 年 10 月 17 日未刊载，小说未连载完），标“侠盗鲁平奇案”，署名“孙了红”。该小说后又更名为《木偶的戏剧》，《春秋》第一卷第一期至第一卷第四期，1943 年 8 月 15 日至 1943 年 11 月 15 日，标“侠盗鲁平奇案”，署名“孙了红撰文，石佩卿制图”。《木偶的戏剧》《匹诺丘的戏剧》较之《傀儡剧》，在小说内容上有较大幅度修改。

孙了红：《半个羽党》，《侦探世界》第十九期，1924 年二月朔日（农历），署名“孙了红”。属于“东方亚森罗苹案”系列之一，主角为“鲁平”。

孙了红：《白熊》，《侦探世界》第二十期，1924 年二月望日

---

① 本附录中孙了红侦探小说相关年表，参考了卢润祥《神秘的侦探世界：程小青、孙了红小说艺术谈》（学林出版社 1996 年版）；卢润祥《孙了红笔下的侠盗鲁平》（刊于《书城》1994 年第 3 期）；陈学勇《孙了红事迹补叙》（刊于《民国春秋》1997 年第 3 期）。

② 孙了红的侦探小说创作早期以“东方亚森罗苹案”系列为主，后期以“侠盗鲁平奇案”系列为主，其中两个系列的过渡作品为《恐怖而有兴味的一夜》（1925 年阴历九月十四日），该作品也标志着孙了红由模仿“侠盗亚森罗苹”系列小说，转向创作更具有本土特点和个人风格的小说作品。

（农历），标“东方亚森罗苹案”，署名“了红”。又见《（绘图）侦探之敌》，该书为“绘图小小说库”第五集（全十册），上海世界书局编辑、印刷、发行，1925 年 12 月再版，小说集中改题为《死熊作怪》，署名“孙了红”。该小说后更名为《夜猎记》，《飙》第二期，1944 年 12 月，标“侠盗鲁平奇案”，署名“孙了红”，该杂志仅见一期，未连载完，后续不详。该小说后又更名为《博物院的秘密》，《万众》创刊号，1945 年 12 月，标“侠盗鲁平奇案”，署名“孙了红”，该杂志仅见一期刊载，未连载完，后续不详。《博物院的秘密》和《夜猎记》情节内容基本相同，较之《白熊》，在小说内容上有较大幅度修改。

孙了红：《古木寒鸦》，《半月》第三卷第十三期，1924 年 3 月 19 日，标“东方亚森罗苹案”，署名“孙了红”。又见何朴斋、孙了红：《东方亚森罗苹案》，上海大东书局，1926 年 5 月初版，署名“何朴斋、孙了红著”。该小说后更名为《乌鸦之画》，《大众》第十期至第十三期，1943 年 8 月 1 日至 1943 年 11 月 1 日，标“侠盗鲁平奇案”，署名“孙了红”。该小说后又更名为《航空邮件》，《大侦探》第十六期至第十七期，1947 年 12 月 20 日至 1948 年 2 月 1 日，标“献给《大侦探》读者们的短篇作之一”，署名“孙了红”。该小说后又收录入小说单行本《紫色游泳衣》，上海大地出版社，1948 年 9 月初版，署名“孙了红著”，收入时改名为《鸦鸣声》。《鸦鸣声》与《航空邮件》情节内容基本相同，较之《乌鸦之画》与《古木寒鸦》，在小说内容上有较大幅度修改。

孙了红：《眼镜会》，《半月》第三卷第十八期，1924 年 6 月 2 日，“侦探之友”栏目，标“东方亚森罗苹案”，署名“孙了红”。又见何朴斋、孙了红《东方亚森罗苹案》，上海大东书局，1926 年 5 月初版，署名“何朴斋、孙了红著”。

孙了红、陶寒翠：《黑骑士》，《红玫瑰》第一卷第十一期，1924 年 9 月 13 日，标“东方亚森罗苹案”，署名“孙了红、陶寒翠合作”。

孙了红：《玫瑰之影》，《红玫瑰》第一卷第十四期至第一卷第十五期，1924年11月1日至1924年11月8日，标“东方亚森罗苹近案”，署名“孙了红”。又见短篇小说单行本《不夜城》，新侦探丛书出版社，龙骧编辑，该书共收录侦探小说四篇，另外三篇分别为吉玫《不夜城》、雷禹《秋林港的鬼船》、夔彬《空屋案》。

孙了红、陶寒翠：《冷热手》，《华风》1925年2月27日至1925年4月7日（分9次连载，未连载完），标“东方亚森罗平最近案”，署名“孙了红、陶寒翠合作”。该小说后更名为《鬼手》，《万象》第一卷第一期，1941年7月1日，标“侠盗鲁平奇案”，署名“孙了红”。《鬼手》较之《冷热手》，在小说内容上有较大幅度修改。

孙了红：《恐怖而有兴味的一夜》，《红玫瑰》第二卷第十一期，1925年阴历九月十四日，标“一名事实上之鲁平”，署名“孙了红”。小说前附赵苕狂的一段“附识”文字：“了红的‘东方亚森罗苹案’素为一般人所称道，现想变一下从前的格局，注重在事实的一方，这是第一篇，可算是他最近对于鲁平案的一种宣言，也可算是鲁平将要把‘东方亚森罗苹’的名号取消以前的一种宣言。”

孙了红：《燕尾须》，《红玫瑰》第二卷第十二期至第二卷第十三期，1925年阴历九月二十一日至1925年阴历九月二十八日，标“鲁平奇案”，署名“孙了红”。该小说后更名为《囤鱼肝油者》，《春秋》第一卷第五期至第一卷第六期，1944年1月15日至1944年3月15日，标“侠盗鲁平奇案”，署名“孙了红撰文，甘超制图”。《囤鱼肝油者》又见《上海文摘》第一卷第四期，1947年9月15日，该杂志仅见一期刊载，未连载完，后续不详。《囤鱼肝油者》较之《燕尾须》，在小说内容上有较大幅度修改。

孙了红：《古砖》，《新月》第二卷第二期至第二卷第三期，

1926年5月12日至1926年5月26日，标“鲁霍斗巧记之一”，署名“孙了红”。

孙了红：《虎诡》，《红玫瑰》第三卷第三十期至第三卷第三十三期，1927年8月27日至1927年9月17日，署名“孙了红”。小说前附赵苕狂的一段“附识”文字，其中称孙了红“他写这篇东西的时候还在那里咯血，想起来却真有些不忍，只有祝他早日痊可罢”。小说主角为“鲁平”。

孙了红：《计》，《紫罗兰》第三卷第十九期，1928年12月26日，署名“孙了红”。小说主角为“鲁平”。

孙了红：《雀语》，《红玫瑰》第四卷第五期至第四卷第十期“夏季特刊号”，1928年2月11日至1928年3月1日，标“鲁平案的新纪录”，署名“孙了红著”。又见《春秋》第二卷第一期至第二卷第七期，1944年11月20日至1945年8月1日，标“侠盗鲁平奇案”，署名“孙了红撰，徐进画”。又见《潮流丛刊》第一期，1944年6月12日，标“侠盗鲁平奇案”，署名“孙了红作，柴本达记，石佩卿画”，但该杂志仅见一期刊载，未连载完，后续不详。该小说又更名为《雀子的秘密》，《文协》第二卷第三期，1944年4月25日，署名“孙了红”。《春秋》与《潮流丛刊》刊载的小说《雀语》与《文协》刊载的《雀子的秘密》情节内容基本相同，较之《红玫瑰》刊载的小说《雀语》，在小说内容上有较大幅度修改。

孙了红：《人造雷》，《新上海》第一卷第七期至第一卷第九期，1934年4月1日至1934年6月25日，标“侠盗鲁平奇案”，署名“孙了红”。

孙了红：《三十三号屋》，《小说日报》1940年2月18日至1940年4月21日（共64节），标“侠盗鲁平奇案”，署名“孙了红”。又见《万象》第二卷第二期至第二卷第四期，1942年8月1日至1942年10月1日，标“侠盗鲁平奇案之四”，署名“孙了红”。两次小说发表内容之间有一定修改。

孙了红：《蛇誓》，《社会日报》1940 年 4 月 1 日至 1940 年 10 月 12 日（共 192 节，其中 1940 年 5 月 2 日一期报纸缺失未见），标“侠盗鲁平奇案”，署名“孙了红”。该小说后更名为《蛇的恐怖》，《风报》1947 年 5 月 5 日至 1947 年 6 月 3 日（共 30 节，未完），标“侠盗鲁平探案”，署名“孙了红文，洛克图”（第一次刊载，作者署名误为“沈了红”）。据已刊载部分来看，《蛇的恐怖》较之《蛇誓》，在小说内容上有较大幅度修改。

孙了红：《窃齿记》，《万象》第一卷第三期，1941 年 9 月 1 日，标“侠盗鲁平奇案”，署名“孙了红”。

孙了红：《血纸人》，《万象》第一卷第十一期至第二卷第一期，1942 年 5 月 1 日至 1942 年 7 月 1 日，标“侠盗鲁平奇案之三”，署名“孙了红”。

孙了红：《一〇二》，《万象》第二卷第五期至第二卷第十二期（分 6 次连载，其中第二卷第八期、第二卷第十期未刊载），1942 年 11 月 1 日至 1943 年 6 月 1 日，标“侠盗鲁平奇案之五”，署名“孙了红”。

孙了红：《劫心记》，《春秋》第一卷第七期至第一卷第八期，1944 年 4 月 15 日至 1944 年 5 月 15 日，标“侠盗鲁平奇案”，署名“孙了红口述、柴本达笔录”。该小说后又收录入小说单行本《紫色游泳衣》，上海大地出版社，1948 年 9 月初版，署名“孙了红著”，收入时改名为《紫色游泳衣》。《紫色游泳衣》与《劫心记》情节内容基本相同。

孙了红：《张丽的丝袜》，《翰林》第一期，1944 年 11 月，标“侠盗鲁平新案”，署名“孙了红”，该杂志仅见一期，未连载完，后续不详。又见《大上海报》1945 年 1 月 1 日至 1945 年 8 月 12 日（共 251 节，其中 1945 年 2 月 13 日、2 月 14 日、2 月 15 日、2 月 16 日、7 月 8 日、7 月 9 日、7 月 11 日、7 月 12 日、7 月 13 日、7 月 14 日、7 月 19 日、7 月 20 日、7 月 21 日、7 月 22 日、7 月 23 日、7 月 24 日、7 月 25 日、7 月 27 日、7 月 28 日、7 月 29 日，以及 3 月份除了3月7日、3月16日、3月30日外的报纸皆缺失未见，而1945年5月7日、7月18日、7月30日、7月31日、8月8日、8月9日、8月10日、8月11日未刊载，8月12日之后小说连载情况不详），标“侠盗鲁平奇案”，署名“孙了红”。又见《海晶·小说周报》第三卷第一期至第三卷第五期，1948年12月1日至1949年1月12日，标“侠盗鲁平奇案”，署名“孙了红”。

孙了红：《吊神》，《蓝皮书》第一期，1946年7月25日，标“恐怖”，署名“孙了红”。属于恐怖小说。

孙了红：《活鬼》，《蓝皮书》第三期，1946年10月1日，标“恐怖”，署名“孙了红”。属于恐怖小说。

孙了红：《黑夜怪声》，《现代学生》第一期至第六期（分6次连载，未完），1946年9月25日至1946年12月15日，标“长篇侦探小说”，署名“孙了红”。

孙了红：《蓝色响尾蛇》，《大侦探》第八期至第十五期，1947年1月1日至1947年10月31日（分8次连载），标“又名：一九四七年的侠盗鲁平”，署名“孙了红”。在杂志第十五期连载完结后，又在同期上重新刊载了《蓝色响尾蛇》第一次刊载的部分内容，并予以相关说明：“本篇小说，于第八期起刊登，承读者不弃，该期于一周内全部销罄；乃于前月间再印四千册，至月底又告售完，而补书函件，仍如雪片飞来。本刊发行人为接受多数读者之请，于本期重复刊登一次，俾未补得第八期之读者，仍可窥得本篇小说全貌。”

孙了红：《真假鲁平》，《生活》第四期至第五期，1947年11月20日至1948年1月1日，标“侠盗鲁平新案”，署名“孙了红文，董天野图”。又见小说单行本《蓝色响尾蛇》，上海大地出版社，1948年5月初版，1948年10月二版，又见1948年4月初版，1948年9月初版10月再版等多个版本，标“侠盗鲁平奇案”，署名“孙了红著作，丁基发行”，该小说收录单行本时改名为《真假之间》，但小说内容未作修改。

孙了红：《赛金花的表》，《蓝皮书》第十九期至第二十期，1948年11月20日至1948年12月15日，标“侠盗鲁平奇案”，署名“孙了红口述，董爱华笔录”。

孙了红：《复兴公园之鹰》，《红皮书》第一期至第四期（其中第二期未刊载），1949年1月20日至1949年？月，标“侠盗鲁平奇案”，署名“孙了红”。小说未连载完，后续不详。

孙了红、龙骧：《祖国之魂》，《红皮书》第二期，1949年，标“侠盗鲁平奇案”，署名“孙了红、龙骧合作”。

孙了红：《哈尔滨女郎》，《新世纪》创刊号，1949年3月6日，署名“孙了红”。该杂志仅见一期，未连载完，后续不详。

孙了红、龙骧：《魔鬼画师》，《神秘书》第一期，1949年4月9日，标“侠盗鲁平奇案”，署名“孙了红、龙骧合作”。[①]

单行本出版的原创侦探小说或侦探小说集

孙了红：《侠盗鲁平奇案》，上海万象书屋出版，中央书店发行，1942年10月10日付印，1943年10月10日初版，1946年10月10日再版，1949年3月三版，“初版印刷2000册”，上述版本署名“孙了红著作，平襟亚出版”；又见1947年9月三版，该版本署名“孙了红著作，沈东海出版”；几种版本皆标“万象丛刊”“侠盗鲁

---

① 此外，孙了红也有一些非侦探小说创作，可以和其侦探小说创作一并来阅读，如《电话中》，《半月》第一卷第十四期，1922年3月28日，署名“孙了红著，石寿注”；《最后一幕》，《半月》第二卷第八期，1923年1月1日（言情小说）；《四封信》，《半月》第三卷第九期，1924年1月20日；《半月沧桑》，《半月》第三卷第十六期“娼妓问题号”，1924年5月4日；《自杀以后》，《半月》第三卷第二十期，1924年7月2日；《良心治疗院》，《新月》第一卷第六期“新年号”，1926年3月14日（社会寓言小说）；《梦尽时》，《紫罗兰》第一卷第十三期，1926年6月10日；《一星期的自杀日记》，《红玫瑰》第三卷第四十八期，1927年12月8日，署名“了红”；《烟嘴》，《紫罗兰》第三卷第十八期，1928年12月12日；《等了十五年》，《红玫瑰》第六卷第二十六期，1930年11月1日；《我怎样上银幕：小朋友柴燕的自述》，《春秋》第三卷第一期，1946年4月1日，署名“孙了红撰文、曹秉及绘图”。

平奇案”“孙了红著侠义侦探小说”。该书收录《鬼手》《窃齿记》《血纸人》《三十三号屋》四篇侦探小说。

孙了红：《一〇二》，益智书店，1943 年 12 月 30 日发行，标“侠盗鲁平侦探奇案”，署名“孙了红著，敬永喜遍选，宋逸民发行，高荣桂印刷”。

孙了红：《侠盗鲁平奇案》，春秋杂志社发行，1945 年 10 月 1 日初版，1945 年 11 月 10 日二版，标“春秋文库第二辑”，署名“孙了红著作，冯恭才发行”。该书收录《木偶的戏剧》《囤鱼肝油者》《劫心记》三篇侦探小说。

孙了红：《蓝色响尾蛇》，上海大地出版社，1948 年 5 月初版，1948 年 10 月二版，又见 1948 年 4 月初版，1948 年 9 月初版、10 月再版等多个版本，标“侠盗鲁平奇案”，署名“孙了红著作，丁基发行”。该书收录《真假之间》《蓝色响尾蛇》两篇侦探小说。①

孙了红：《紫色游泳衣》，上海大地出版社，1948 年 9 月初版，标“侠盗鲁平新案”，署名“孙了红著作，丁基发行”。该书收录《紫色游泳衣》《囤鱼肝油者》《鸦鸣声》三篇侦探小说。②

孙了红：《夜猎记》，上海大地出版社，1948 年 10 月初版，1948 年 11 月再版，标“侠盗鲁平新案”，署名“孙了红著作，丁基发行”。该书收录《夜猎记》《木偶的戏剧》两篇侦探小说。

---

① 孙了红《蓝色响尾蛇》后又曾于香港出版，上海大地出版社出版，香港海风书店发行，出版时间不详，标“侠盗鲁平奇案”，署名“孙了红”。

② 孙了红《紫色游泳衣》后又曾于香港出版，上海大地出版社出版，香港海风书店发行，出版时间不详，标“侠盗鲁平新案”，署名“孙了红”。又见上海大地编辑社出版，香港南洋图书公司发行，1955 年 5 月一版，标“侠盗鲁平新案”，署名“孙了红”。

报纸杂志上发表的翻译侦探小说

孙了红译：《诗人警察》，《万象》第二卷第十期，1943 年 4 月 1 日，标“李德尔探案”，署名“爱特茄·华莱斯 Edgar Wallace 原著，孙了红译”。

孙了红译：《乌羽之屋》，《大众》第十五期，1944 年 1 月 1 日，署名“Edgar Wallace 著，孙了红译”。

孙了红译：《煤油灯》，《大侦探》第一期，1946 年 4 月 1 日，署名“Randall Crane 原著，孙了红译”。

孙了红译：《七只黑猫》，《西点》第一卷第九期，1946 年 9 月 1 日，标“译自《爱雷·奎宁探案集》”，署名“Ellery Queen 著，孙了红译”。小说原名为 *The Adventure of the Seven Black*，现通常译作《七只黑猫》。

孙了红译：《日本暗杀团》，《蓝皮书》第二期，1946 年 10 月 1 日，标“事实内幕”，署名“美国驻日特派员威尔赛上校原著，孙了红译”。该篇又收录于《日本暗杀团》，书封面标“事实内幕”、文章标“恐怖”，环球出版社 1947 年 1 月初版，上官楚编辑。

单行本出版的翻译侦探小说或侦探小说集

孙了红译：《绣幕》，见《亚森罗苹案全集·短篇五种》（第十一册），上海大东书局，1925 年 4 月出版发行，1933 年 8 月五版，标“短篇亚森罗苹案”，署名“法国勒白朗原著，孙了红译”。

与侦探小说有关的其他文章

孙了红：《同是倡门》，《半月》第二卷第十四期，1923 年 3 月 31 日，署名“孙了红”。

孙了红：《生活在同情中》，《万象》第三卷第二期，1943 年 8

月 1 日，标“病后随笔”，署名“孙了红”。

孙了红：《小楼上的黄蜂》，《大众》第十九期，1944 年 5 月 1 日，标“蜂屋笔记之一”，署名“孙了红口述、柴本达笔录”。

孙了红：《关于冷箭》，《大上海报》1945 年 4 月 7 日，署名“戎轻露”。

孙了红：《说隐》，《大上海报》1945 年 4 月 21 日，署名“戎轻露”。

孙了红：《记收稿员》，《大上海报》1945 年 4 月 24 日，署名“戎轻露”。

孙了红译：《新婚血案》，《大侦探》第二期，1946 年 5 月 15 日，署名“Austin Ripley 原作，孙了红译”。该篇为看图侦探互动类谜题。

孙了红：《我与香烟》，《工商通讯》第二期，1946 年 9 月 30 日，署名“孙了红”。

孙了红：《这不过是幻想》，《幸福世界》第一卷第五期，1946 年 12 月 10 日，标“蜂屋随笔之一”，署名“孙了红”。

孙了红：《群狗》，《幸福世界》第一卷第七期，1947 年 3 月 25 日，标“蜂屋随笔之二”，署名“孙了红”。

孙了红：《奇怪的钟》，《幸福世界》第一卷第十二期，1947 年 10 月 30 日，标“侠盗鲁平奇案”，署名“孙了红”。该篇为侦探互动类谜题。

孙了红：《孙了红日记》，《幸福世界》第二卷第二期，1948 年 1 月 1 日，署名“孙了红”。

孙了红：《红皮书读者俱乐部有奖征答测验游戏》（前奏），《红皮书》第一期，1949 年 1 月 20 日，署名“孙了红”。该篇为侦探互动类谜题。

孙了红：《第一次有奖征答测验游戏：风雪之夜》，《红皮书》第一期，1949 年 1 月 20 日，署名“孙了红”。该篇为侦探互动类谜题。

孙了红：《划碎的画像》，《红皮书》第二期，1949 年，标“红领带的小故事之二”，署名“孙了红”。该篇为侦探互动类谜题。

孙了红：《死神阴影》，《红皮书》第四期，1949 年，标“红领带的小故事之三”，署名“孙了红”。该篇为侦探互动类谜题。①

① 民国时期其他人谈及孙了红侦探小说的相关文章有：郑逸梅：《说林珍闻：名刺话》，《半月》第三卷第十八期，1924 年 6 月 2 日；小花脸：《为孙了红解嘲》，《玉石》1925 年 4 月 12 日；赵苕狂：《花前小语》，《红玫瑰》第三卷第四十六期，1927 年 11 月 24 日；转陶：《文坛逸□（二）顽皮孙了红》，《东方日报》1932 年 6 月 15 日；杨真如：《黄蜂窠下——记：“侠盗鲁平奇案”作者孙了红之居》，《万象》第二卷第五期，1942 年 11 月 1 日；杨真如：《凡士探案的探索》，《万象》第二卷第六期，1942 年 12 月 1 日；《小说家孙了红先生山水》，《大众》第十九期，1944 年 5 月 1 日；陈蝶衣：《悯孙了红》，《海报》1944 年 5 月 11 日；陈蝶衣：《为孙了红先生喜!》，《大上海报》1945 年 4 月 1 日；唐大郎：《孙了红笔下的张丽》，《大上海报》1945 年 1 月 14 日，署名“漫郎”；康海：《〈张丽的丝袜〉写出秘密》，《大上海报》1945 年 1 月 16 日；康海：《拆穿戎轻露的秘密》，《大上海报》1945 年 1 月 28 日；王渤：《文人的病》，《大上海报》1945 年 5 月 5 日；毛瑄：《孙了红鬻画》，《大上海报》1945 年 5 月 10 日；阿拉记者：《程小青孙了红大斗法：侦探大王各显神通》，《星光》第六期，1946 年 4 月 20 日；上官神：《侦探小说名家·孙了红精通测字》，《星光》新十期，1946 年 9 月 15 日；洛杨：《孙了红垂危!》，《飞报》1946 年 12 月 24 日；《孙了红病危!》，《东南风》第三十六期，1947 年 1 月 3 日；沈寂：《孙了红这个人》，《幸福世界》第一卷第六期，1947 年 2 月 25 日；明子：《张芝倾慕孙了红》，《大声》第五期，1947 年 5 月 20 日；《孙了红善卜婚姻》，《春海》革新第十六期，1947 年 7 月 27 日；谢啼红：《孙了红设摊卖香烟》，《小日报》1947 年 11 月 6 日；陈蝶衣、乐汉英：《艺人百态图：孙了红》，《幸福世界》第二卷第二期，1948 年 1 月 1 日；小羽：《孙了红二三事》，《东方日报》1948 年 1 月 29 日；天闻：《孙了红的崇拜人》，《飞报》1948 年 2 月 27 日；唐大郎：《孙了红灌唱片》，《东方日报》1948 年 11 月 19 日，署名“漫郎”；离平：《孙了红上电台》，《东方日报》1948 年 11 月 26 日；唐大郎：《孙了红的穷》，《诚报》1949 年 1 月 5 日，署名“漫郎”；紫虹：《记孙了红》，《诚报》1949 年 1 月 14 日；萧郎：《忆孙了红》《真报》（香港）1958 年 2 月；陈蝶衣：《侠盗鲁平的塑造者——孙了红》，《万象》（香港）第三期，1975 年 9 月 5 日；以及上海《万象》杂志在 1942 年至 1943 年至少十六期《编辑室》栏目中为孙了红咯血症筹款的相关报道等。上述信息部分参考了“民国故纸堆”微信公众号《孙了红集》对相关资料的搜集和整理。

长川[①]

报纸杂志上发表的原创侦探小说

长川：《一把菜刀》，《大侦探》第八期，1947 年 1 月 1 日，署名“长川”。属于“叶黄夫妇探案”系列。

长川：《私生子失踪》，《大侦探》第十期，1947 年 5 月 15 日，署名“长川”。属于“叶黄夫妇探案”系列。

长川：《狐火》，《大侦探》第十五期，1947 年 10 月 31 日，署名“长川”。属于“叶黄夫妇探案”系列。

长川：《一碗稀饭丧命》，《大侦探》第二十四期，1948 年 9 月 16 日，署名“长川”。属于“叶黄夫妇探案”系列。

长川：《红皮鞋》，《大侦探》第二十八期，1948 年 12 月 25 日，标“叶黄夫妇探案之 1”，署名“长川”。

长川：《尾随的人》，《大侦探》第二十九期，1949 年 1 月 20 日，标“叶黄夫妇探案之 2”，署名“长川”。

长川：《怪信》，《大侦探》第三十期，1949 年 2 月 15 日，标“叶黄夫妇探案之 3”，署名“长川”。

长川：《翡翠花瓶》，《大侦探》第三十一期，1949 年 3 月 1 日，标“叶黄夫妇探案之 4”，署名“长川”。

长川：《车上失窃》，《大侦探》第三十四期，1949 年，标“叶黄夫妇探案之 5”，署名“长川”。

---

① 笔者目前所见长川侦探小说创作，皆属于“叶黄夫妇探案”系列，且都发表于《大侦探》杂志上，作者真实姓名及生平情况不详。

余茜蒂（艾珑）[①]

报纸杂志上发表的原创侦探小说[②]

余茜蒂：《桃色惨案》，《正报》1939年7月16日至1939年9月2日（连载47次，未完），标“侦探艳情”，署名“艾珑”。该书以单行本出版时改名为《红巾党》，上海广益书局，1946年8月新二版，1947年2月新二版，1948年3月新三版，标“侦探香艳小说”，署名“艾珑”。属于“罗丝探案”系列。单行本小说共分十章，书前附艾珑“序”一篇，“序”文作于1939年，指出“这一部小说，是以侦探为主题，恋爱作插曲，柔甜恐怖同进，香艳紧张并重”，并对小说主要情节进行了介绍。

余茜蒂：《神秘的家庭》，《现代家庭》第四卷第一期至第四卷第三期，1940年7月15日至1940年9月15日，标“罗丝探案”，署名“艾珑”，小说第一次连载前附“罗丝探案 前言”。该小说又见

① 本附录中余茜蒂（艾珑）侦探小说相关年表，参考了孟兆臣主编《中国近代小报小说研究》（朝华出版社2020年版）中的相关内容。

② 余茜蒂，常用笔名“艾珑”“茜蒂”发表侦探小说创作或翻译作品，另有笔名“路德曼”，生卒年不详。根据孟兆臣主编《中国近代小报小说研究》（朝华出版社2020年版）一书第263页的相关考证，其另有笔名“孟德兰”。余茜蒂侦探小说创作主要以“罗丝探案”系列为主，此外还创作了不少根据真实案件改编的“实事侦探案”。根据《海派作家人物志》（浩气出版公司1946年版）一书第47页，有关于“余茜蒂”的生平介绍。“余君在广益写小说时用的笔名是艾珑，三十五元售于书局，当《力报》于辟新闻版时，此君得《力报》主政胡力更提携，便在新闻版上痛下功夫，跑伪地方检察署及伪地方法院，写新闻以特写手法，颇受一般人欢迎，而后来小型报记者也群起效仿，竟成一时风气。胜利以后，此君跟随陈蝶衣，由《正言报》为《大英夜报》，俨然新闻记者了，但还算不忘其本；依旧在周刊上写写稿子……”可知其小说家与新闻记者的双重身份，也可知其“实事侦探案”的创作来源。

艾珑《风流奇女子》，上海广益书局，1941 年 3 月出版，1946 年 8 月新二版，1948 年 5 月新四版，标“罗丝探案”，署名“艾珑”。收录入单行本时小说名称改为《神秘家庭》。

余茜蒂：《新婚大血案》，《现代家庭》第四卷第四期至第四卷第六期，1940 年 10 月 15 日至 1940 年 12 月 20 日，标“罗丝探案”，署名“艾珑”。该小说又见艾珑《新婚大血案》，上海广益书局，1941 年 7 月出版，1945 年 10 月新一版，1946 年 8 月新二版，1947 年 2 月新三版，标“罗丝探案”，署名“艾珑”。

余茜蒂：《血泪相思》，《小说日报》1941 年 4 月 21 日至 1941 年 10 月 27 日（连载 361 次，未完），署名“艾珑”。为间谍题材小说。又见同名小说单行本，上海二酉出版社刊行，1942 年 11 月出版，1947 年 1 月重印，标“言情小说”“言情创作”，内文署名“茜蒂著”，版权页署名“艾珑著作”。

余茜蒂：《升平街大破盗窟记》，《大侦探》第二期，1946 年 5 月 15 日，标“上海实事探案”，署名“余茜蒂”。

余茜蒂：《上海投机市场大血案》，《大侦探》第三期，1946 年 6 月 20 日，标“侦探创作”“福尔摩斯陈查礼霍桑联合探案”，署名“艾珑”。

余茜蒂：《一千万元杀人血案》，《大侦探》第六期，1946 年 10 月 4 日，署名“艾珑”。

余茜蒂：《军火库爆炸案内幕》，《大侦探》第八期，1947 年 1 月 1 日，署名“艾珑”。

余茜蒂：《月黑杀人夜》，《群报》1947 年 4 月 7 日至 1947 年 4 月 17 日（连载 10 次，未完），署名“艾珑文，徐润图”。属于“罗丝探案”系列。

余茜蒂：《血溅香闺》，《大风报》1947 年 4 月 15 日至 1947 年 7 月 9 日（连载 86 次，未完），署名“艾珑文，柳影图”。属于“罗丝探案”系列。

余茜蒂：《奶罩风波》，《活报》1947 年 7 月 20 日至 1947 年 8

月20日（连载32次，完结），标“桃色探案之一”，署名“艾珑文，徐润图”。属于“罗丝探案”系列。

余茜蒂：《冤沉海底》，《红皮书》第一期至第三期，1949年1月20日至1949年？月，标“新闻恐怖小说”，署名“路德曼”。属于“罗丝探案”系列之一。

单行本出版的原创侦探小说或侦探小说集

余茜蒂：《女僵尸》，上海广益书局，1939年11月出版，1940年5月再版，1941年11月再版，1945年10月新一版，1946年9月新二版，1947年2月新三版，标“罗丝探案”，署名“艾珑”。小说共分十章，书前附艾珑“自序”一篇，“自序”作于1939年春，内容为艾珑对《女僵尸》的小说创作谈。

余茜蒂：《破靴党》，上海春明书店印行，1940年4月初版，标“陈查礼侦探案”，署名“茜蒂著，诸有人校阅，黄刚发行”。内收《破靴党》《奇杀案》两篇侦探小说，书前附作者“自序”一篇。

余茜蒂：《珍珠衫》，上海广益书局，1940年4月再版，1941年10月再版，1946年4月新一版，1947年2月新二版，标“曲折离奇，侦探说部”“中国大侦探陈查礼回国第一次探案”，署名“艾珑编著”。书前附艾珑“自序”一篇，“自序”作于1939年3月。另有电影《珍珠衫》，徐欣夫编导，张善琨监制，顾兰君、徐莘园、顾梅君主演，1938年12月29日上映。徐欣夫电影和艾珑同名小说的主体情节大致相同。据艾珑书前“自序”所述：“这是个电影侦探故事”“最后我得向已看过《珍珠衫》影片的观众说几句话，就是本书的叙述，有好多处，完全与影片不同，凡荧幕上所表显不出来的，这里都会给你一个总答覆。我相信，你们在看完本书时，比没看过《珍珠衫》影片的读者，还要有味、有劲。”又见小说单行本《珍珠衫》，大连广大书局发行，昌明印刷所印刷，1942年（昭和十七年）9月2日印刷，1942年9月7日发行，为伪满出版物，该书同样标“曲折离奇”“中国大侦探陈查礼回国第一次探案”，版权页署名“著作人、发行人于敍五，印刷人刘延宾”，内文前署名“艾珑著”，小说内容与上海广益书局版相同。

余茜蒂：《古屋奇案》，上海广益书局，1940年6月出版，1941年10月再版，1946年12月新二版，1948年2月新三版，标“侦探奇情说部”，署名“艾珑”。属于“罗丝探案”系列。小说共分十章，全书约六万字，书前附艾珑“序”一篇，“序”文作于1940年。①

余茜蒂：《箱尸案》，上海广益书局，1940年7月初版，1946年11月新二版，1948年4月新三版，标“侦探奇情小说”，署名“艾珑”。属于“罗丝探案”系列。小说共分十章，书前附艾珑“序”一篇，“序”文作于1940年。

余茜蒂：《风流奇女子》，上海广益书局，1941年3月出版，1946年8月新二版，1948年5月新四版，标“罗丝探案”，署名“艾珑”。该书中收录《妻子的秘密》《破镜重圆》《神秘家庭》《风流奇女子》共四篇侦探小说，书前附艾珑“序”一篇，“序”文表明该书在《女僵尸》《古屋奇案》《红巾党》《箱尸案》等之后。

余茜蒂：《新婚大血案》，上海广益书局，1941年7月出版，1945年10月新一版，1946年8月新二版，1947年2月新三版，标“罗丝探案”，署名“艾珑”。该书中收录《新婚大血案》《斧头党的活动》《四七一一》《神秘医生》《鬼》共五篇侦探小说。书前附艾珑“序”一篇，“序”文作于1941年春。

余茜蒂：《桃色惨案》，上海春明书店，1941年10月再版，标“陈查礼侦探案”，署名“茜蒂著述、诸有人校阅、陈兆椿发行”。内收《不速客》《殡仪馆血案》《桃色惨案》三篇侦探小说，附作者“自序”文章一篇。该书中收录的《桃色惨案》为“陈查礼侦探案”系列之一，与《正报》上连载的“罗丝探案”系列中的同名小说内容并不相同。

---

①　华森、文熔主编：《中国公案武侠小说鉴赏大观》，中国旅游出版社1994年版，第269—270页，有《古屋奇案》一书的情节内容简介。

余西蒂：《怪手印》，上海春明书店，1946年6月出版，标“陈查礼侦探案”，署名“茜蒂著、诸有人校阅、陈兆椿发行”。又见大连实业印书馆版，昭和十七年九月十五日（1942年）印刷，昭和十七年十月一日发行，标“陈查礼侦探案”，署名“茜蒂著、林明海编辑、薛吉纯发行、安立丰印刷”。该书前附茜蒂作“序”一篇，“序”文作于1941年春。

余西蒂：《神枪太保》（上、下两册），广艺书局出版、印行，三星印刷所印刷，1948年3月初版，署名“余茜蒂著”。

单行本出版的翻译侦探小说或侦探小说集

余茜蒂译：《生死谜》，上海广益书局，1941年11月再版，1945年10月新一版，1946年9月，1947年9月，标“卡脱探案集之一”，署名“茜蒂编译”。该书内收《猎犬案》《留声片的秘密》《恶徒就擒记》《生死谜》四篇侦探小说翻译。书前附“卡脱探案集前言”。

余茜蒂译：《移尸案》，上海广益书局，1943年1月，1946年12月新二版，标“卡脱探案集之二”，署名“茜蒂编译”。该书内收《谋产案》《女间谍的秘密》《雪夜拯美记》《移尸案》四篇侦探小说翻译。书前附“卡脱探案集之二《移尸案》前言”。

余茜蒂译：《宝刀遗恨》，上海广益书局，1941年9月出版，标“卡脱探案集之三”，署名“茜蒂编译”。该书内收《奇杀案》《宝刀遗恨前案》《宝刀遗恨后案》三篇侦探小说翻译。

余茜蒂译：《奇杀案》，上海广益书局，1941年9月，1947年1月新三版，1948年7月新四版，标“卡脱探案集之四”，署名“茜蒂编译”。该书内收《奇窟记前案》《奇窟记后案》《奇杀案》三篇侦探小说翻译。

余茜蒂译：《印度百宝箱》，上海广益书局，1941年10月出版，1946年8月新二版，1947年3月新三版，1948年8月新四版，标“卡脱探案集之五”，署名“茜蒂编译”。该书内收《奇怪的房客》《印度百宝箱》两篇侦探小说翻译。版权页上写书名为《印度八宝箱》，疑似误植。

余茜蒂译：《恶妹案》，上海广益书局，1941 年 11 月出版，1946 年 4 月，1947 年 2 月新二版，标“卡脱探案集之六”，署名“茜蒂编译”。该书内收《三开党》《中毒案》《方言网》《兵工厂的秘密》《荒谬的日记》《恶妹案》六篇侦探小说翻译。

余茜蒂译：《飞刀案》，上海广益书局，1943 年 1 月再版，1946 年 9 月新三版，1947 年 3 月新四版，标“卡脱探案集之七”，署名“茜蒂编译”。该书内收《女学生失踪案》《假面女贼前案》《假面女贼后案》《飞刀案》四篇侦探小说翻译。

余茜蒂译：《钟楼怪人》，上海广益书局，1943 年 1 月再版，1946 年 8 月新二版，1947 年 3 月新三版，标“卡脱探案集之八”，署名“茜蒂编译”。该书内收《假王案》《疯子肇祸案》《钟楼怪人》三篇侦探小说翻译。

余茜蒂译：《假钞票》，上海广益书局，1940 年 10 月出版，1941 年 10 月再版，1946 年 8 月新二版，1947 年 9 月新三版，标“聂克卡脱最新探案”，署名“艾珑编译”。书前附艾珑作“序”一篇，“序”文作于 1940 年春。

余茜蒂译：《德国的间谍》，上海奔流书店，1943 年再版，标“轰动世界巨著”“奸欺、诈伪、阴险、毒辣”，署名“艾珑译述”。

余茜蒂译：《国际大秘密》（上、下两册），上海广益书局，1946 年 11 月新二版，1949 年 4 月新四版，标“亚森罗苹侠盗案”，署名“艾珑编译”。据该书《编译者的话》可知，该书翻译自莫里斯·勒伯朗的“侠盗亚森罗苹”系列小说。

余茜蒂译：《间谍网》，上海广益书局，1948 年 5 月新三版，1949 年 3 月新四版，标“短篇故事”，署名“艾珑编译”。书前附艾珑“自序”一篇，序文作于 1939 年。

侦探小说评论文章（含序跋）

余茜蒂：《序》，收录于《红巾党》，上海广益书局，1946 年 8

月新二版，1947年2月新二版，1948年3月新三版，标“侦探香艳小说”，署名“艾珑”。“序”文作于1939年。

余茜蒂：《自序》，收录于《女僵尸》，上海广益书局，1939年11月出版，1940年5月再版，1941年11月再版，1945年10月新一版，1946年9月新二版，1947年2月新三版，标“罗丝探案”，署名“艾珑”。“自序”作于1939年春。

余茜蒂：《自序》，收录于《珍珠衫》，上海广益书局，1940年4月再版，1946年4月新一版，1947年2月新二版，标“曲折离奇，侦探说部”“中国大侦探陈查礼回国第一次探案”，署名“艾珑编著”。“自序”作于1939年3月。

余茜蒂：《卡脱探案集前言》，收录于《生死谜》，上海广益书局，1941年11月再版，1945年10月新一版，1946年9月，1947年9月，标“卡脱探案集之一”，署名“茜蒂编译”。

余茜蒂：《卡脱探案集之二〈移尸案〉前言》，收录于《移尸案》，上海广益书局，1943年1月，1946年12月新二版，标“卡脱探案集之二”，署名“茜蒂编译”。

余茜蒂：《序》，收录于《假钞票》，上海广益书局，1940年10月出版，1946年8月新二版，1947年9月新三版，标“聂克卡脱最新探案”，署名“艾珑编译”。“序”文作于1940年春。

余茜蒂：《〈罗丝探案〉前言》，《现代家庭》第四卷第一期，1940年7月15日。该文刊载于小说《神秘的家庭》首次连载之前。

余茜蒂：《序》，收录于《古屋奇案》，上海广益书局，1940年6月出版，1941年10月再版，1946年12月新二版，1948年2月新三版，标“侦探奇情说部”，署名“艾珑”。“序”文作于1940年。

余茜蒂：《序》，收录于《箱尸案》，上海广益书局，1940年7月初版，1946年11月新二版，1948年4月新三版，标“侦探奇情小说”，署名“艾珑”。“序”文作于1940年。

余茜蒂：《序》，收录于《风流奇女子》，上海广益书局，1941年3月出版，1946年8月新二版，1948年5月新四版，标“罗丝探案”，署名“艾珑”。

余茜蒂：《序》，收录于《新婚大血案》，上海广益书局，1941年7月出版，1945年10月新一版，1946年8月新二版，1947年2月新三版，标“罗丝探案”，署名“艾珑”。“序”文作于1941年春。

余茜蒂：《序》，收录于《怪手印》，上海春明书店，1946年6月出版，标“陈查礼侦探案”，署名“茜蒂著、诸有人校阅、陈兆椿发行”。又见大连实业印书馆版，昭和十七年九月十五日（1942年）印刷，昭和十七年十月一日发行，标“陈查礼侦探案”，署名“茜蒂著、林明海编辑、薛吉纯发行、安立丰印刷”。“序”文作于1941年春。

余茜蒂：《自序》，收录于《桃色惨案》，上海春明书店，1941年10月再版，标“陈查礼侦探案”，署名“茜蒂著述、诸有人校阅、陈兆椿发行”。

余茜蒂：《编译者的话》，收录于《国际大秘密》（上、下两册），上海广益书局，1946年11月新二版，1949年4月新四版，标“亚森罗苹侠盗案”，署名“艾珑编译”。

余茜蒂：《自序》，收录于《间谍网》，上海广益书局，1948年5月新三版，1949年3月新四版，标“短篇故事”，署名“艾珑编译”。

郑狄克

报纸杂志上发表的原创侦探小说①

郑狄克：《毒针》，《蓝皮书》第九期，1947年11月1日，标

① 郑狄克的侦探小说创作以“大头侦探探案”系列为主，主要发表于《蓝皮书》杂志。

“大头侦探探案之一”，署名“郑狄克”。

郑狄克：《五个失恋者》，《蓝皮书》第九期，1947 年 11 月 1 日，标“大头侦探探案之一”，署名“狄克”。

郑狄克：《无形刽子手》，《蓝皮书》第十期，1947 年 12 月 1 日，标“大头侦探探案之三”，署名“郑狄克”。

郑狄克：《十年创痕》，《蓝皮书》第十五期，1948 年 7 月 10 日，标“菩萨侦探探案之三”，署名“郑狄克”。

郑狄克：《虹桥路血案》，《蓝皮书》第十六期，1948 年 8 月 20 日，标“大头侦探探案之四”，署名“郑狄克文、柳影图”。

郑狄克：《梁宅的悲剧》，《蓝皮书》第十七期，1948 年 9 月 20 日，标“大头侦探探案之五”，署名“狄克文、柳影图”。

郑狄克：《一杯残奶》，《大侦探》第二十五期，1948 年 10 月 1 日，署名“郑狄克”。属于“大头侦探探案”系列之一。

郑狄克：《月夜冤魂》，《蓝皮书》第十八期，1948 年 10 月 20 日，标“大头侦探探案之六”，署名“狄克文、柳影图”。

郑狄克：《猢狲与圆圆》，《蓝皮书》第十九期，1948 年 11 月 20 日，标“大头侦探探案之七”，署名“狄克文、龙诚志图”。

郑狄克：《西厢尤物》，《蓝皮书》第二十期，1948 年 12 月 15 日，标“大头侦探探案之八”，署名“狄克著、龚诚志图”。

郑狄克：《三堂会审》，《蓝皮书》第二十一期，1948 年 12 月 30 日，标“大头侦探探案之九”，署名“狄克著、龚诚志图”。

郑狄克：《黑鸡心皇后》，《蓝皮书》第二十二期，1949 年 1 月 15 日，标“大头侦探探案之十”，署名“狄克著、龚诚志图”。

郑狄克：《疯人之秘密》，《蓝皮书》第二十三期至第二十四期，1949 年 2 月 15 日至 1949 年 3 月 5 日，标“大头侦探探案之十一”，署名“狄克著、龚诚志图”。

郑狄克：《弹词皇后的呼声》，《蓝皮书》第二十五期，1949 年 3 月 20 日，标“大头侦探探案之十三”，署名“狄克著”。

郑狄克：《皮箱中的女人》，《蓝皮书》第二十六期，1949 年 5

月 1 日，标“大头侦探探案之十四”，署名“狄克著”。

单行本出版的原创侦探小说或侦探小说集

郑狄克：《无形刽子手》，上海环球出版社，1948 年 12 月初版，标“环球丛书之二”，署名“狄克著，柳影绘图，冯葆善、罗斌发行”。其中收录《毒针》《五个失恋者》《无形刽子手》《虹桥路血案》《梁宅的悲剧》《月夜冤魂》共六篇侦探小说。都属于“大头侦探探案”系列。《蓝皮书》第二十四期（1949 年 3 月 5 日）曾刊载《无形刽子手》图书广告，并标明“业已出版”。

报纸杂志上发表的翻译侦探小说

郑狄克译：《疯情人》，《蓝皮书》第七期，1947 年 9 月 1 日，署名“A. Christie 著，狄克译”。该小说首发时题目为 *Midnight Madness*，后改为 *The Cretan Bull*，现通常译作《克里特岛神牛》，为波洛系列作品之一。

郑狄克译：《侦探迷》，《蓝皮书》第七期，1947 年 9 月 1 日，署名“Philip Wyli 著，郑狄克译”。

郑狄克译：《秋夜葬花记》，《蓝皮书》第七期，1947 年 9 月 1 日，署名“F R Mitchell 著，郑狄克译”。

郑狄克译：《恐怖室》，《蓝皮书》第八期，1947 年 10 月 1 日，署名“郑狄克”译。

郑狄克译：《春宵美人》，《蓝皮书》第八期至第九期，1947 年 10 月 1 日至 1947 年 11 于 1 日，署名“William G. Bogart，郑狄克译”。

郑狄克译：《廿万赃金》，《蓝皮书》第二十一期，1948 年 12 月 30 日，标“趣味小言”，署名“狄克译”。

郑狄克译：《灯塔余生记》，《蓝皮书》第二十三期，1949 年 2 月 15 日，标“恐怖奇遇纪实”，署名“狄克译”。

单行本出版的翻译侦探小说或侦探小说集

郑狄克译：《红印人之歌》，上海日新出版社，1946 年 9 月初版，1946 年 10 月再版，1949 年 3 月三版，标“美国侦探杂志精华”“浓缩侦探小说选”“第一集”，署名“郑狄克译”。内收《红印人之歌》（M. W. Wellman 原著）、《红发人》（J. P. Mitchel 原著）、《白色康乃馨花》（Q. Patrick 原著）共 3 篇侦探小说翻译。及郑狄克所作“序言”一篇，“序言”作于 1946 年 5 月。

郑狄克译：《杂货店血案》，上海日新出版社，1946 年 9 月初版，1946 年 10 月再版，1949 年 3 月三版，标“美国侦探杂志精华”“浓缩侦探小说选”“第二集”，署名“郑狄克译”。内收《杂货店血案》（R. Phillips 原著）、《盗窟余生记》（D. Hammett 原著）、《最悭吝之人》（E. Queen 原著）共 3 篇侦探小说翻译。及郑狄克所作“序言”一篇，“序言”作于 1946 年 5 月。

郑狄克译：《古屋疑云》，上海日新出版社，1946 年 9 月初版，1946 年 10 月再版，1949 年 3 月三版，标“美国侦探杂志精华”“浓缩侦探小说选”“第三集”，署名“郑狄克译”。内收《古屋疑云》（M. Allen de Furd 原著）、《医师之死》（L. Thompson 原著）、《屋顶人影》（M. Manners 原著）共 3 篇侦探小说翻译。及郑狄克所作“序言”一篇，“序言”作于 1946 年 5 月。

郑狄克译：《黑夜枪声》，上海日新出版社，1947 年 4 月初版，标“美国侦探杂志精华”“浓缩侦探小说选”“第四集”，署名“郑狄克译”。内收《黑夜枪声》（D. Hammett 原著）、《三层楼公寓中》（A. christie 原著）、《跑狗场中之扒手》（A. Berkeley 原著）共 3 篇侦探小说翻译。其中《三层楼公寓中》一篇小说原名为 *The Third Floor Flat*，现通常译作《第三层套间中的疑案》。及郑狄克所作“序”文一篇，“序”文作于 1947 年 1 月。

郑狄克译：《恐怖之城》，上海日新出版社，1947 年 4 月初版，标“美国侦探杂志精华”“浓缩侦探小说选”“第五集”，署名“郑狄克译”。内收《恐怖之城》（Edward Ronns 原著）、《恭候警察驾到》（J. J. Farjeon 原著）共 2 篇侦探小说翻译。及郑狄克所作“序”文一篇，“序”文作于 1947 年 1 月。

侦探小说评论文章（含序跋）

郑狄克：《序言》，收录于《红印人之歌》，上海日新出版社，1946 年 9 月初版，1946 年 10 月再版，1949 年 3 月三版，标“美国侦探杂志精华”“浓缩侦探小说选”“第一集”，署名“郑狄克译”。又见《杂货店血案》，上海日新出版社，1946 年 9 月初版，1946 年 10 月再版，1949 年 3 月三版，标“美国侦探杂志精华”“浓缩侦探小说选”“第二集”，署名“郑狄克译”。又见《古屋疑云》，上海日新出版社，1946 年 9 月初版，1946 年 10 月再版，1949 年 3 月三版，标“美国侦探杂志精华”“浓缩侦探小说选”“第三集”，署名“郑狄克译”。“序言”作于 1946 年 5 月。

郑狄克：《序》，收录于《黑夜枪声》，上海日新出版社，1947 年 4 月初版，标“美国侦探杂志精华”“浓缩侦探小说选”“第四集”，署名“郑狄克译”。又见《恐怖之城》，上海日新出版社，1947 年 4 月初版，标“美国侦探杂志精华”“浓缩侦探小说选”“第五集”，署名“郑狄克译”。“序”文作于 1947 年 1 月。

与侦探小说有关的其他文章

郑狄克：《二个学生》，《蓝皮书》第十五期，1948 年 7 月 10 日，标“有奖测验”“郑狄克主持·趣味测验”。

郑狄克：《从上海到南京》，《蓝皮书》第十六期，1948 年 8 月 20 日，标“郑狄克主持·趣味测验”。

郑狄克：《战舰上的绳梯》，《蓝皮书》第十七期，1948 年 9 月 20 日，标“趣味测验”。

郑狄克：《三枚炸弹》，《蓝皮书》第十八期，1948 年 10 月 20

日，标“趣味测验”。

郑狄克：《三块酱肉》，《蓝皮书》第十九期，1948 年 11 月 20 日，标“趣味测验”。①

郑小平②

报纸杂志上发表的原创侦探小说

郑小平：《黄莺出谷》，《蓝皮书》第十七期，1948 年 9 月 20 日，标“女飞贼黄莺之故事”，署名“郑小平文，蝶儿图”。

郑小平：《除奸记》，《蓝皮书》第十八期，1948 年 10 月 20 日，标“女飞贼黄莺之故事”，署名“郑小平文，蝶儿图”。

郑小平：《一〇八突击队》，《蓝皮书》第十九期，1948 年 11 月

---

① 1949 年后，郑狄克随环球图书杂志出版社南迁至香港，在香港又出版了多种“大头侦探探案”系列小说单行本。如：《无形刽子手》（环球图书杂志出版社 1950 年 8 月港初版，1952 年 5 月港再版，作者狄克，出版者罗斌，内收《毒针》《五个失恋者》《无形刽子手》3 篇）、《月夜冤魂》（环球图书杂志出版社 1949 年 12 月港初版，1950 年 12 月港再版，1952 年 7 月港三版，作者狄克，出版者罗斌）、《生死恨》（增订本）、《银海风波》（环球图书杂志出版社 1951 年 4 月港初版，编者狄克，内收《银海风波》《顽妻》《孽缘》和《虎啸》4 篇）、《参汤内的毒药》（环球图书杂志出版社 1952 年 5 月港初版，1952 年 8 月港再版，作者狄克，出版者罗斌，内收《未完成的油画》《参汤内的毒药》《黑暗中的口哨》和《蓝袍黑褂人》4 篇）、《逃亡之夜》（环球图书杂志出版社 1952 年 7 月港初版，内收《逃亡之夜》《清晨三点钟》《艺术家之亡妻》3 篇），等等。

② 学者容世诚在《从侦探杂志到武打电影——“环球出版社”与“女飞贼黄莺”（1946—1962）》（载姜进主编《都市文化中的现代中国》，华东师范大学出版社 2007 年版，第 323—344 页）一文中，根据《蓝皮书》杂志南迁至香港后第一期的“编后记”中有“狄克先生的《窗外黑影》”一句，而《窗外黑影》是这一期的“女飞贼黄莺”故事，进而判断出如果不是编辑笔误的话，那么“女飞贼黄莺”的作者郑小平就是郑狄克。此说法有一定可信度，不过作为孤证，本文对此仍然存疑。

20日，标“女飞贼黄莺之故事”，署名“郑小平文，蝶儿图”。

郑小平：《铁蹄下的春宵》，《蓝皮书》第二十期，1948年12月15日，标“女飞贼黄莺之故事”，署名“郑小平文，蝶儿图”。

郑小平：《二个问题人物》，《蓝皮书》第二十一期，1948年12月30日，标“女飞贼黄莺之故事”，署名“郑小平著，蝶儿图”。

郑小平：《陷阱》，《蓝皮书》第二十二期，1949年1月15日，标“女飞贼黄莺之故事”，署名“郑小平文，李芸图”。

郑小平：《三个女间谍》，《蓝皮书》第二十三期，1949年2月15日，标“女飞贼黄莺之故事”，署名“郑小平文，李芸图”。

郑小平：《川岛芳子的踪迹》，《蓝皮书》第二十五期，1949年3月20日，标“女飞贼黄莺之故事”，署名“郑小平著，李芸图”。

郑小平：《血红色之笔》，《蓝皮书》第二十六期，1949年5月1日，标“女飞贼黄莺之故事”，署名“郑小平著，李芸图”。

单行本出版的原创侦探小说或侦探小说集

郑小平：《女飞贼黄莺》，环球图书杂志公司，1949年6月初版，1949年7月再版，标“环球丛书之四”，署名“郑小平著，柳影图”。内收《黄莺出谷》《除奸记》《一〇八突击队》《二个问题人物》共四篇小说。①

① 1949年后，郑小平随环球图书杂志出版社南迁至香港，在香港又出版了多种“女飞贼黄莺”系列小说单行本。如《除奸记》《两个问题人物》《三个女间谍》《血红色之笔》《三姨太的密室》《刻毒的诡计》《龙争虎斗》《紫色墨水的秘密》《无敌霸王》《黄毛怪人》《白花蛇》《神秘俱乐部》《狐群狗党》《魔爪》《最后的宴会》《烟雾里的玫瑰》《笼中鸟》《死亡边缘》《坟墓中的俘虏》《春宵的纠纷》，等等。其中《白花蛇》《黄毛怪人》等还相继被改编为电影上映，甚至直接影响到香港后来“珍姐邦”电影（The Jane Bond Films，即“女性邦德”题材）的类型产生与发展，发展势头一时无二，足以成为一个值得专门搜集、整理和深入研究的文学与文化现象。

刘中和（位育）

报纸杂志上发表的原创侦探小说①

刘中和：《吻别》，《沪西》第十期，1947年7月11日，标“夏华侦探案新一案”，署名“位育”。

刘中和：《怪函》，《沪西》第十一期至第十二期，1947年8月26日至1947年12月25日，标“夏华侦探案新二案”，署名“位育”。

刘中和：《她言道》，《沪西》第一卷第十二期至第二卷第八期（其中第二卷第一期未刊载），1947年12月25日至1948年10月25日，标“夏华侦探案”，署名“位育”。其中第二卷第二期误标为“夏莘侦探案”。

刘中和：《“狗”》，《沪西》第二卷第一期，1948年2月1日，标“夏华侦探案第七案”，署名“刘中和”。

刘中和：《无疾而终》，《大侦探》第二十期，1948年5月1日，署名“刘中和”。属于“夏华侦探案”系列之一。

刘中和：《中国政府秘密文件被盗记》，《大侦探》第二十三期，1948年7月16日，署名“刘中和”。属于“夏华侦探案”系列之一。

单行本出版的原创侦探小说或侦探小说集

刘中和：《公寓之血》，上海百新书店，1949年1月初版，署名“位育”。该书收录关于侦探夏华的介绍一篇，《公寓之血》《一个残废者的供词》等侦探小说两篇，属于“夏华侦探案”系列。

刘中和：《自杀者》，上海百新书店，1949年1月初版，署名“位育”。该书收录《自杀者》《狗》等两篇侦探小说，属于“夏华

---

① 刘中和，笔名“位育”，其侦探小说创作以“夏华侦探案”系列为主，主要发表于《沪西》《大侦探》等杂志，且出版单行本多种。

侦探案”系列。

刘中和：《毒蛇与毒草》，上海百新书店，1949 年 1 月初版，署名“位育”。该书收录《毒蛇与毒草》《吻别》等两篇侦探小说，属于“夏华侦探案”系列。

刘中和：《触电》，上海百新书店，1949 年 1 月初版，署名“位育”。该书收录《触电》《符与咒》等两篇侦探小说，属于“夏华侦探案”系列。

刘中和：《含沙射影》，上海百新书店，1949 年 1 月初版，署名“位育”。该书收录《含沙射影》《雁翎刀》等两篇侦探小说，属于“夏华侦探案”系列。①

侦探小说评论文章（含序跋）

刘中和：《谈侦探小说》，《红绿灯》第七期，1946 年 11 月 22 日，署名“位育”。

刘中和：《谈侦探小说》，《沪西》第二卷第四期，1948 年 6 月 25 日，署名“刘中和”。

与侦探小说有关的其他文章

刘中和：《地下工作回忆》，《蓝皮书》第十九期至第二十期，1948 年 11 月 20 日至 1948 年 12 月 15 日，标“实事杂记”，署名“刘中和”。

刘中和：《地下工作回忆：五百青年》，《蓝皮书》第二十一期至第二十四期，1948 年 12 月 30 日至 1949 年 3 月 5 日，署名“刘中和”。

---

① 根据海上客《无毒的毒品》（香港励力出版社 1955 年版）书后所附广告内容显示，位育“夏华侦探丛书之一”中的《毒蛇与毒草》《自杀者》《触电》《公寓之血》四种小说在 20 世纪 50 年代皆在香港出版过单行本，具体书籍未见。另，笔者曾见署名“侦探王名著”的《血案大侦探》《夏华大侦探》《大侦探》等侦探小说单行本多种，内容和“夏华侦探案”高度雷同，疑似为 20 世纪 50 年代香港地区所出现的“夏华侦探案”系列的盗版之作。

王度庐（王霄羽）[①]

报纸杂志上发表的原创侦探小说

王度庐：《玻璃岛》，《平报》（北京）1926 年 1 月 14 日至 1926 年 6 月 26 日，共十回，11 万余字，为武侠侦探类小说。笔者仅见《玻璃岛》第一次刊载的部分内容，其刊载于《平报》1926 年 1 月 14 日，标“侦探小说”，署名“霄羽”。根据王度庐女儿王芹的相关搜集、整理结果，该小说具体目录为“第一章 月冷星稀一刀凄楚 帆轻桨速千里奔驰”“第二章 绿酒三巡风清江岸 青衫一领月冷渡头”“第三章 绿梅蝶侈谈玻璃岛 黄山鹤悲语鹭鸾仙”“第四章 凄风冷雨一话黄昏 塞草荒烟千年白骨”“第五章 鳌鱼眼春骊招飞鹤 恶虎头秋干款明珠”“第六章 喷火龙夜宿狐狸庙 爬山虎死战鸫鹂江”“第七章 怅天涯落花悲漂泊 观江月归雁话沧桑”“第八章 山豹子羁旅绵竹城 草蛇儿正法武昌府”“第九章 金抚台死难托竹瑟 楚剑侠谈笑傲眠珠”“第十章 巨灵神赚明珠在握 扶摇子度骊龙归山”。

王度庐：《半瓶香水》，《小小日报》（北京）1926 年 4 月（或之前?），小说文本未见，据《红绫枕》内文推测该篇小说存在，且类型为“侦探小说”。属于“‘赛福尔摩斯’鲁克”系列。

王度庐：《黄色粉笔》，《小小日报》（北京）1926 年 4 月（或之前?），小说文本未见，据《红绫枕》内文推测该篇小说存在，且类型为“侦探小说”。属于“‘赛福尔摩斯’鲁克”系列。

王度庐：《红绫枕》，《小小日报》（北京），始载时间不详，

① 本附录中王度庐侦探小说相关年表，大部分参考了徐斯年《论王度庐的早期小说》（参见《中国现代文学论丛》2014 年第 1 期）一文；以及王度庐女儿王芹的新浪博客“寻找王度庐”（http：//blog. sina. com. cn/u/1497627685）中的相关资料信息。因其中大多数小说未见原稿，故更多标明相关推测及其依据。

1926年6月2日或1926年6月3日载毕（?），标“惨情/实事小说”，署名“霄羽”。具体依据残报复印件所载《竞渡广告》可推知，该小说在报纸上连载的可能截止时间。又据此可推知该小说约始载于1926年4月上旬。此外，小说《红绫枕》很可能曾有单行本出版，其发行广告于1926年6月1日业已见报，且在小说《红手腕》单行本初版本（1927年9月10日）后见其已经出版的信息，标“惨情小说”，为《小小日报》社出版印行，但未见其具体小说文本。笔者又见《红绫枕》第五十二次刊载的部分内容，其刊载于《小小日报》1926年12月10日，标“社会小说”，署名“霄羽”。属于“‘赛福尔摩斯’鲁克”系列。

王度庐：《金刚石》，1927年9月10日之前（?），小说文本未见，据《红手腕》单行本内文推测该篇小说存在，且类型为“侦探小说”。

王度庐：《幕面人》，1927年9月10日之前（?），小说文本未见，据《红手腕》单行本内文推测该篇小说存在，且类型为“侦探小说”。

王度庐：《红手腕》，《小小日报》（北京）1927年6月29日始载，载毕时间不详，署名“王霄羽”。目前文本严重残缺，小说类型为“侦探小说”。笔者仅见《红手腕》第十一次刊载的部分内容，其刊载于《小小日报》1927年7月9日，标“侦探小说”，署名“王霄羽”。根据王度庐女儿王芹的相关搜集、整理结果，该小说内容共十四章，3.1万字，其具体目录为“第一章 车中之怪客”“第二章 柳条箱内的人头”“第三章 追踪而去”“第四章 手腕上的红花标志”“第五章 红手腕党之创始”“第六章 惹及蝎蛇”“第七章 突如其来的大律师”“第八章 揭穿面具”“第九章 破镜重圆”“第十章 四千元的筹划”“第十一章 久蓄异心”“第十二章 这个严儒生好毒的手段啊”“第十三章 誓杀此负心人”“第十四章 闭幕”。此外，《红手腕》曾有单行本出版，《小小日报》社印行，1927年9月10日初版，标“侦探小说”，署名“王霄羽著作，青莲馆主校正，渤海智仙监订”。

王度庐：《怪皮鞋》，《平报》（北京）1927 年 12 月 28 日至 1928 年 2 月 19 日，标“侦探小说”，署名“王霄羽”。笔者仅见《怪皮鞋》第一次和第十三次刊载的部分内容，其分别刊载于《平报》1927 年 12 月 28 日及 1928 年 1 月 9 日。根据王度庐女儿王芹的相关搜集、整理结果，该小说内容共六章，2.7 万字，其具体目录为“第一章 无情弹下香消玉殒”“第二章 六千元之假钞票”“第三章 望风扑影竟叫免脱”“第四章 三天以内我必然再显回手段”“第五章 一封恫吓信”“第六章 请你把胡子揪下来”。

王度庐：《疑真疑假》，《小小日报》（北京）1928 年 3 月始载，载毕时间不详，署名“葆祥”。目前文本严重残缺，小说类型为“侦探小说”。

王度庐：《触目惊心》，《小小日报》（北京）1930 年 3 月始载，载毕时间不详。小说文本未见，据《空房怪事》一篇前言推知此篇小说存在，小说类型为“侦探小说”。属于“‘赛福尔摩斯’鲁克”系列。

王度庐：《自鸣钟》，《小小日报》（北京）1930 年 4 月始载，载毕时间不详，署名“王霄羽”。目前文本严重残缺，小说类型为“侦探小说”。笔者仅见《自鸣钟》第三十一次刊载的部分内容，其刊载于《小小日报》1930 年 4 月 10 日，标“侦探小说”，署名“王霄羽”。属于“‘赛福尔摩斯’鲁克”系列。

王度庐：《惊人秘柬》，《小小日报》（北京）1930 年 4 月至 1930 年 5 月，署名“王霄羽”。目前文本基本完整，小说类型为“侦探小说”。笔者仅见《惊人秘柬》第三次刊载的部分内容，其刊载于《小小日报》1930 年 3 月。又见王度庐侦探小说《自鸣钟》第三十一次刊载内容后附有下期提示“明日续刊，侦探小说，《惊人秘柬》”，《小小日报》1930 年 4 月 10 日，可推知该小说大致始载时间。根据王度庐女儿王芹的相关搜集、整理结果，该小说内容共十章，1.7 万字，其具体目录为“第一章 故乡归来 一个没会着的客”

"第二章 大律师家中 不可思议的秘密信柬""第三章'克'字的暗记 秘柬付炬""第四章 雨晨惊语 秘柬之关系几条人命""第五章 曾健生家之命案'到底是咱们失神了'""第六章 尸身血迹 死者李德绥的生前""第七章 化装外出 奇怪的迁移""第八章 不速而来之暴客 天际飞到的大侦探""第九章 凶徒就获 鲁克访来""第十章 奇案的内容 妙计精心"。属于"'赛福尔摩斯'鲁克"系列。

王度庐:《神獒捉鬼》,《小小日报》(北京)1930年6月,署名"王霄羽"。目前文本基本完整,小说类型为"侦探小说"。该小说以鲁克的同学章煊为主角。

王度庐:《空房怪事》,《小小日报》(北京)1930年7月,署名"王霄羽"。目前文本基本完整,小说类型为"侦探小说"。该小说以鲁克的同学章煊为主角。

李冉

报纸杂志上发表的原创侦探小说

李冉:《荒草里的男尸》,《麒麟》第一卷第八期"新年号",1942年1月,标"短篇侦探小说",署名"李冉著,TU绘"。

李冉:《夜之汽车》,《麒麟》第二卷第五期,1942年5月,标"侦探小说",署名"李冉文,羽翔画"。

李冉:《车厢惨案》,《麒麟》第二卷第六期"创刊周年纪念",1942年6月,标"侦探小说",署名"李冉作,凤子画"。

李冉:《夜半枪声》,《麒麟》第二卷第十期,1942年10月,标"侦探小说",署名"李冉,半白画"。

李冉:《别墅秘密》,《新满洲》第五卷第五期至第五卷第六期,1943年5月至1943年6月,标"侦探小说",署名"李冉著,李绍周画"。但笔者未见到杂志第六期。

单行本出版的原创侦探小说或侦探小说集

李冉：《别墅的秘密》，满洲杂志社，1944 年。另一说出版机构为“开明图书公司”。[①]

魏清德[②]

报纸杂志上发表的原创侦探小说

魏清德：《是谁之过欤?》，《台湾日日新报》1916 年 9 月 4 日至 1916 年 11 月 15 日，署名“润庵”。共包括绪论及四十九回小说内容。该篇小说情节与柯南·道尔的《爬行人》（*The Adventure of the Creeping Man*）有些相似，但柯南·道尔的小说原作首次发表于 1923 年 3 月，两部小说之间具体关系不详。

魏清德：《赝票》，《台湾日日新报》1918 年 6 月 29 日至 1918 年 7 月 2 日，署名“润”。共包括三回小说内容。

魏清德：《还珠记》，《台湾日日新报》1918 年 8 月 30 日至 1918 年 12 月 11 日，署名“润”。共包括绪言及五十二回小说内容。该篇小说情节与柯南·道尔的《绿玉皇冠案》（*The Adventure of the Beryl*

---

① 关于李冉的侦探小说单行本《别墅的秘密》相关信息，参见刘晓丽《异态时空中的精神世界——伪满洲国文学研究》，北方文艺出版社 2017 年版，第 132 页，以及该书“附录二”《伪满洲国时期部分出版机构及其出版的文艺图书》，第 266 页。笔者并未见到该书原本。

② 本附录中魏清德侦探小说相关年表，参考了黄美娥主编的《魏清德全集》（台南：台湾文学馆 2013 年版）；王品涵的《跨国文本脉络下的台湾汉文犯罪小说研究（1895—1945）》（硕士学位论文，台湾大学，2010 年 7 月）中的“附录二”《日治时期台湾犯罪小说目录》；以及林承朴的《是谁之过欤——魏清德犯罪小说研究》（硕士学位论文，台湾大学，2018 年 8 月）中的“表一”《魏清德犯罪小说目录》。

Coronet）有些相似，柯南·道尔的小说原作首次发表于 1892 年 5 月，两部小说之间具体关系不详。

魏清德：《探侦犬》[①]，《台湾日日新报》1922 年 1 月 21 日至 1922 年 1 月 31 日，署名“润”。共包括五回小说内容。

魏清德：《镜中人影》，《台湾日日新报》1922 年 2 月 13 日至 1922 年 3 月 31 日，署名“润”。共包括十八回小说内容。

魏清德：《狮子狱》，《台湾日日新报》1924 年 9 月 27 日至 1924 年 10 月 21 日，署名“润”。共包括十回小说内容。该篇小说情节与柯南·道尔的《戴面纱的房客》（*The Adventure of the Veiled Lodger*）有些相似，但柯南·道尔的小说原作 1927 年 1 月 22 日首次发表于美国《自由》杂志、1927 年 2 月又见于英国《海滨杂志》，两部小说之间具体关系不详。[②]

报纸杂志上发表的翻译侦探小说

魏清德译：《齿痕》，《台湾日日新报》1918 年 6 月 19 日至 1918 年 6 月 26 日，标“法国侦探小说”，署名“润”。共包括六回小说内容。翻译自莫里斯·勒伯朗“侠盗亚森·罗苹”系列小说中的《虎牙》（*Les Dents Du Tigre*）。

---

① “探侦”一词来源于日文，即“侦探”的意思。

② 台湾学者黄美娥曾在《文学现代性的移植与传播：台湾传统文人对世界文学的接受、翻译与摹写》一文中认为魏清德的《狮子狱》是对柯南·道尔《戴面纱的房客》一篇的翻译和改写，但《戴面纱的房客》实于 1927 年 2 月发表，时间上晚于《狮子狱》，改译之说故不成立。后来黄美娥也在《台湾文学的新视野：日治时代汉文通俗小说概述》一文中修订了自己的说法。载张羽主编《社团、思潮、媒体：台湾文学的发展脉络》，九州出版社 2011 年版，第 192—213 页。

附 录 二

民国时期十三种侦探小说杂志及六种杂志的“侦探小说号”文章发表情况统计汇总（1912—1949）

十三种侦探小说杂志：《侦探世界》（1923年6月—1924年5月）、《侦探》（1938年9月—1941年8月）、《世界大侦探》（1939年3月—1939年4月）、《每月侦探》（1940年2月）、《侦探半周刊》（1940年7月）、《新侦探》（1946年1月—1947年6月）、《大侦探》（1946年4月—1949年5月）、《小侦探》（1946年4月）、《侦探》（1946年8月）、《蓝皮书》（1946年7月—1949年5月）、《红皮书》（1949年1月—1949年4月）、《神秘书》（1949年4月9日）、《侦探世界（吼声书局）》（出版时间不详）。

六种杂志的“侦探小说号”：《半月》第一卷第六期“侦探小说号”（1921年11月29日）、《半月》第三卷第六期“侦探小说号”（1923年12月8日）、《快活》第二十三期“侦探号”（1922年）、《游戏世界》第二十期“侦探小说号”（1923年1月）、《小说世界》“侦探专号”（1924年12月）、《紫罗兰》第三卷第二十四期“侦探小说号”（1929 年 3 月 11 日）。①

本附录凡例：

1.“作者”一栏通常列该作者本名或其最常用笔名，若作者在该篇文章使用其他笔名，则另行标出，如：程小青（署名“茧翁”）。若不清楚作者身份及笔名情况，则原文照录刊物上所登载的作者姓名或笔名。

2.“类别”一栏主要分为“XX 小说”（侦探、武侠、冒险、长篇连载、实事侦探案等）、“小说翻译”（短篇、长篇连载等）、“小说评论”、“轶闻及其他”四大类。广告、照片、插图等因考虑到文章性质而未计入统计列表中。

3.“备注”一栏主要用于补充关于该文章的其他相关信息及必要说明，比如其所属“栏目”或“系列”情况等。

4. 文章列表顺序以其在杂志上刊登的先后顺序为主要依据。

《侦探世界》（1923 年 6 月—1924 年 5 月，共二十四期）

1923 年 6 月创刊于上海，上海世界书局出版、发行，半月刊，

① 除了本附录所整理的侦探小说专门性杂志、侦探小说专号，以及一些通俗文学杂志，民国时期的侦探小说还经常刊登于警务类杂志上。据相关资料介绍：“民国时期的警务刊物常有侦探小说刊出。1933 年天津《警务旬刊》刊有《粉红纸套》《假山石畔》《洗衣店怪人失踪》《大手指》等侦探小说。1940 年北平《警声》刊有《风流冤孽》《似是而非》等侦探小说。1947 年上海《警务月刊》也刊有侦探小说。月明楼主是从警局走出的一位通俗小说家，他的著名侦探小说《荒山碧血》1941 年连载于《津市警察三日刊》，也是一家警务刊物。”［参见青谷《警务刊物常刊侦探小说》，载张元卿、顾臻编《品报学丛（第二辑）》，天津古籍出版社 2016 年版，第 218 页］此外，据笔者所搜集到的资料，在同一时期日据台湾地区的多家警务类刊物上，也多刊载侦探小说，不过这些小说多为日文书写，如《台湾警察时报》上曾连载クリステ-作、布引丕译的“探偵小說”《國際列車内の殺人》与林熊生的《船中の殺人》等侦探小说作品；《台湾警察协会杂志》曾刊载甲贺三郎关于侦探小说的相关理论文章《探偵小說の話》，以及東洲生、志能鏑川、飯岡刑事、桃花仙史等人的侦探小说创作或理论文章。

逢农历初一和十五各出一期。沈知方主办，严独鹤、陆澹盦、程小青、施济群编辑，第十三期起赵苕狂参与编辑，陆澹盦退出编辑。1924年5月出至第24期停刊，共出24期，方形开本。《侦探世界》主要刊载侦探小说、武侠小说、冒险小说，及侦探小说的评论和研究类文章等相关内容。沈知方在杂志创办第一期的《宣言》中曾说道："本刊舍侦探小说之外，更丽以武侠、冒险之作，以三者本于一源，合之可以相为发明也。惟三者之中取材以侦探之作为多，故定其名曰《侦探世界》，以实属主，夫亦示其所归而已。"陆澹盦也在同一期的《编辑赘墨》（《侦探世界》创刊号）中说："本杂志的作品，以侦探小说为主，而以武侠小说与冒险小说为辅，因为武侠冒险两种性质，于侦探的生活上很有一点联带的关系，所以兼收并蓄，一律刊载。这也是我们要预先声明的。"在《侦探世界》第二十四期（即最后一期），赵苕狂发文《别矣诸君》，说明当时办侦探类小说刊物的困难之所在："半月一期，编辑别种杂志或者很觉从容，编到侦探杂志，那就十分困难了。因为这半月中全国侦探小说作家所产出来的作品一齐都收了拢来，有时还恐不敷一期之用，何况事实上不见得能办到如此呢。"大概可以说明该杂志后期遭遇到的困境及最终停刊的原因之一。

附表2-1　《侦探世界》（1923年6月—1924年5月）刊载作品情况

刊次	时间	题目	作者	类别	备注
第一期	1923年6月	《宣言》	沈知方	轶闻及其他	
第一期	1923年6月	《十一点钟》	常觉、小蝶、陈蝶仙（署名："天虚我生"）合译	侦探小说翻译	火车题材侦探小说
第一期	1923年6月	《苏脑妙品》	程小青（署名："茧翁"）	侦探小说评论	
第一期	1923年6月	《瓜园逋客》	何海鸣（署名："求幸福斋主"）	武侠小说	
第一期	1923年6月	《隔窗人面》（上）	陆澹盦（署名："澹盦"）	侦探小说	标"李飞侦探案"

续表

刊次	时间	题目	作者	类别	备注
第一期	1923年6月	《镖师吕兴》	王定庵	武侠小说	
第一期	1923年6月	《红指模》	孙家振（署名：“海上漱石生”）	侦探小说	陆澹盦在该期杂志的《辑余赘墨》中称这篇小说为“中国式的侦探小说”，实际上属于武侠小说和侦探小说的文类融合
第一期	1923年6月	《母亲之秘密》	徐卓呆（署名“卓呆”）	侦探小说	滑稽侦探题材
第一期	1923年6月	《侦探杂谈》	范烟桥（署名：“烟桥”）	轶闻及其他	
第一期	1923年6月	《古塔上》	英国弼斯敦著，程小青译	侦探小说翻译	标“协作探案之一”
第一期	1923年6月	《侦探之狂喜》	郑逸梅	轶闻及其他	
第一期	1923年6月	《赌窟》	何朴斋	侦探小说	标“东方亚森罗苹奇案”
第一期	1923年6月	《实事侦探录》	张舍我	轶闻及其他	
第一期	1923年6月	《裹中物》	赵苕狂（署名“苕狂”）	侦探小说	滑稽侦探题材，属于“胡闲探案”系列之一
第一期	1923年6月	《一件顶简单的侦探案》	胡寄尘	侦探小说	
第一期	1923年6月	《侦探小说作法的管见》	程小青（署名：“小青”）	侦探小说评论	该期杂志目录中所登载文章题目为“侦探小说作法之管见”
第一期	1923年6月	《狮儿》	顾明道	武侠小说	
第一期	1923年6月	《指纹略说》	程小青（署名：“曾经沧海室主”）	轶闻及其他	
第一期	1923年6月	《怨海波》（第一章 一个女子）	程小青	长篇侦探小说连载	标“东方福尔摩斯探案”
第一期	1923年6月	《怨海波》（第二章 案状）	程小青	长篇侦探小说连载	标“东方福尔摩斯探案”
第一期	1923年6月	《侦探小说作法之管见》（续）	程小青（署名：“小青”）	侦探小说评论	是该期杂志中《侦探小说作法的管见》一文的继续
第一期	1923年6月	《近代侠义英雄传》（第一回）	平江不肖生著，吴门陆澹盦评	长篇武侠小说连载	该回回目为“劫金珠小豪杰出世，割青草老英雄显能”
第一期	1923年6月	《近代侠义英雄传》（第二回）	平江不肖生著，吴门陆澹盦评	长篇武侠小说连载	该回回目为“八龄童力惊白日鼠，双钩手义护御史公”

续表

刊次	时间	题目	作者	类别	备注
第一期	1923年6月	《辑余赘墨》	陆澹盦	轶闻及其他	
第二期	1923年	《家庭间的侦探》	何海鸣（署名：“求幸福斋主”）	侦探小说	
第二期	1923年	《实事侦探录》	张舍我	轶闻及其他	
第二期	1923年	《捉刀人》	英国弼斯敦著，程小青译	侦探小说翻译	标“协作探案之二”
第二期	1923年	《偷鸡专家的新发明》	程小青（署名：“茧翁”）	轶闻及其他	
第二期	1923年	《绿净园》	王西神（署名：“西神”）	武侠小说	
第二期	1923年	《红指模》（续）	孙家振（署名：“海上漱石生”）	侦探小说	
第二期	1923年	《侦探小说的价值》	何朴斋	侦探小说评论	该期杂志目录中所登载文章题目为“侦探小说之价值”
第二期	1923年	《隔窗人面》（下）	陆澹盦（署名：“澹盦”）	侦探小说	标“李飞侦探案”
第二期	1923年	《指纹略说》（续）	程小青（署名：“曾经沧海室主”）	轶闻及其他	
第二期	1923年	《扁舟》	俞天愤	侦探小说	
第二期	1923年	《实事侦探录》（续）	张舍我	轶闻及其他	是该期杂志中《实事侦探录》一文的继续
第二期	1923年	《去而复来的别针》	徐卓呆（署名：“卓呆”）	侦探小说	滑稽侦探题材
第二期	1923年	《怪可怜的》	云	轶闻及其他	
第二期	1923年	《虐狗的判罚》	云	轶闻及其他	
第二期	1923年	《弄巧成拙》	张碧梧译	侦探小说翻译	
第二期	1923年	《侦探小说琐话》	范烟桥（署名：“烟桥”）	轶闻及其他	
第二期	1923年	《侦探小说杂话》	姚苏凤（署名“赓夔”）	轶闻及其他	该期杂志目录中所登载文章题目为“侦探小说杂谈”
第二期	1923年	《榻下人》	赵苕狂（署名“苕狂”）	侦探小说	滑稽侦探题材，属于“胡闲探案”系列之一
第二期	1923年	《一只钻戒》	王天恨译	侦探小说翻译	

续表

刊次	时间	题目	作者	类别	备注
第二期	1923 年	《实事侦探录》（续）	张舍我	轶闻及其他	是该期杂志中《实事侦探录》一文的继续
第二期	1923 年	《怨海波》（第三章 尸室中）	程小青	长篇侦探小说连载	标“东方福尔摩斯探案”
第二期	1923 年	《怨海波》（第四章 察勘）	程小青	长篇侦探小说连载	标“东方福尔摩斯探案”
第二期	1923 年	《奇妙的判罚》	程小青（署名：“茧翁”）	轶闻及其他	
第二期	1923 年	《近代侠义英雄传》（第三回）	平江不肖生著，吴门陆澹盦评	长篇武侠小说连载	该回回目为“关东侠大名动京师，山西董单枪伏王五”
第二期	1923 年	《近代侠义英雄传》（第四回）	平江不肖生著，吴门陆澹盦评	长篇武侠小说连载	该回回目为“王子斌发奋拜师，谭嗣同从容就义”
第二期	1923 年	《辑余赘墨》	陆澹盦	轶闻及其他	
第三期	1923 年	《中国侦探之趣史》	李涵秋	轶闻及其他	文章刊登时李涵秋已经过世，故署名为“涵秋遗著”，文后附编者的悼念文字及“涵秋先生遗墨”的相关照片
第三期	1923 年	《好奇欤好色欤》（上）	向恺然	侦探小说	
第三期	1923 年	《侦探与洗冤录》	范烟桥（署名：“烟桥”）	轶闻及其他	
第三期	1923 年	《实事侦探录》	张舍我	轶闻及其他	
第三期	1923 年	《十字架上》	英国琊斯敦著，程小青译	侦探小说翻译	标“协作探案之三”
第三期	1923 年	《指纹略说》（续）	程小青（署名：“曾经沧海室主”）	轶闻及其他	
第三期	1923 年	《失败》	徐卓呆	侦探小说	滑稽侦探题材
第三期	1923 年	《警察的护身甲》	程小青（署名：“茧翁”）	轶闻及其他	
第三期	1923 年	《我亲见的三位侠客》	张碧梧	武侠小说	
第三期	1923 年	《侦探小说作法的管见》	程小青（署名：“小青”）	侦探小说评论	该期杂志目录中所登载文章题目为“侦探小说作法之管见”
第三期	1923 年	《三个字母》	赵苕狂（署名：“苕狂”）	侦探小说	属于“韩必达探案”系列，但该小说中探长名字写作“韩长达”

续表

刊次	时间	题目	作者	类别	备注
第三期	1923 年	《侦探式的青鸟家》	陈达哉（署名：“达哉”）	侦探小说	
第三期	1923 年	《侦探小说琐谈》	范烟桥（署名：“烟桥”）	轶闻及其他	
第三期	1923 年	《海盗之王》	顾明道	武侠小说	
第三期	1923 年	《囚室的颜色》	程小青（署名：“茧翁”）	轶闻及其他	
第三期	1923 年	《小刀党》	金寒英	武侠小说	
第三期	1923 年	《指纹略说》（续）	程小青（署名：“曾经沧海室主”）	轶闻及其他	
第三期	1923 年	《连环党》（上）	徐耻痕（署名：“耻痕”）	武侠小说	
第三期	1923 年	《实事侦探录》（续）	张舍我	轶闻及其他	是该期杂志中《实事侦探录》一文的继续
第三期	1923 年	《怨海波》（第五章 分工）	程小青	长篇侦探小说连载	标“东方福尔摩斯探案”
第三期	1923 年	《怨海波》（第六章 毒和刀）	程小青	长篇侦探小说连载	标“东方福尔摩斯探案”
第三期	1923 年	《侦探小说的作法》	何朴斋（署名：“朴斋”）	侦探小说评论	
第三期	1923 年	《近代侠义英雄传》（第五回）	平江不肖生著，吴门陆澹盦评	长篇武侠小说连载	该回回目为“曲店街王五看热闹，河南村霍四显威名”
第三期	1923 年	《近代侠义英雄传》（第六回）	平江不肖生著，吴门陆澹盦评	长篇武侠小说连载	该回回目为“霍元甲神勇动天津，王东林威风惊海宇”
第三期	1923 年	《辑余赘墨》	陆澹盦	轶闻及其他	
第四期	1923 年	《柳五娘》	孙家振（署名：“漱石生”）	武侠小说	
第四期	1923 年	《皮肤印》	程小青（署名：“茧翁”）	轶闻及其他	

续表

刊次	时间	题目	作者	类别	备注
第四期	1923 年	《怪室》	英国柯南道尔著，程小青译	侦探小说翻译	小说原文标题为 *The Nightmare Room*，首发于 *The Strand Magazine*in December 1921. 为柯南·道尔创作的非福尔摩斯探案系列的侦探小说
第四期	1923 年	《指纹略说》（续）	程小青（署名："曾经沧海室主"）	轶闻及其他	
第四期	1923 年	《好奇欤好色欤》（下）	向恺然	侦探小说	
第四期	1923 年	《也是一件冤狱》	程小青（署名："茧翁"）	轶闻及其他	
第四期	1923 年	《谁是霍桑》	赵苕狂	侦探小说	滑稽侦探题材，属于"胡闲探案"系列之一
第四期	1923 年	《不翼而飞》	张碧梧	侦探小说	属于"家庭侦探宋悟奇探案"系列之一
第四期	1923 年	《最好没有题目》	芝	轶闻及其他	
第四期	1923 年	《诱惑》	徐卓呆（署名："卓呆"）	侦探小说	
第四期	1923 年	《侦探小说琐话》	范烟桥	轶闻及其他	
第四期	1923 年	《狗儿》	张庆霖（署名："庆霖"）	武侠小说	
第四期	1923 年	《连环党》（下）	徐耻痕（署名："耻痕"）	武侠小说	
第四期	1923 年	《雪里红》	何朴斋	侦探小说	属于"卫灵探案"系列之一
第四期	1923 年	《白巾黑字》	王天恨	侦探小说	属于"康卜森新探案"系列之一
第四期	1923 年	《指纹略说》（续）	程小青（署名："曾经沧海室主"）	轶闻及其他	
第四期	1923 年	《怨海波》（第七章 阿荣）	程小青	长篇侦探小说连载	标"东方福尔摩斯探案"

续表

刊次	时间	题目	作者	类别	备注
第四期	1923 年	《两个小小窃》	香	轶闻及其他	
第四期	1923 年	《怨海波》（第八章 凶刀）	程小青	长篇侦探小说连载	标“东方福尔摩斯探案”
第四期	1923 年	《巾帼福尔摩斯》	郑逸梅	轶闻及其他	
第四期	1923 年	《侦探小说琐话》	范烟桥	轶闻及其他	
第四期	1923 年	《近代侠义英雄传》（第七回）	平江不肖生著，吴门陆澹盦评	长篇武侠小说连载	该回回目为“少林僧暗遭泥手掌，鼻子李幸得柳木牌”
第四期	1923 年	《近代侠义英雄传》（第八回）	平江不肖生著，吴门陆澹盦评	长篇武侠小说连载	该回回目为“论人物激怒老英雄，赌胜负气死好徒弟”
第四期	1923 年	《辑余赘墨》	陆澹盦	轶闻及其他	
第五期	1923 年	《编辑者言》	施济群	轶闻及其他	
第五期	1923 年	《半副牙牌》	向恺然	侦探小说	
第五期	1923 年	《夜半钟声》（上）	陆澹盦	侦探小说	标“李飞侦探案”
第五期	1923 年	《贼童》	程小青（署名：“茧翁”）	轶闻及其他	
第五期	1923 年	《实事侦探录》	张舍我	轶闻及其他	
第五期	1923 年	《谁非假冒的?》	Hal Hamilton 原著，马二先生译述	侦探小说翻译	
第五期	1923 年	《侦探小说杂话》	王天恨	侦探小说评论	
第五期	1923 年	《红珠》	徐卓呆（署名：“卓呆”）	侦探小说	
第五期	1923 年	《不测之祸》	法国勒勃朗著，张舍我译	侦探小说翻译	
第五期	1923 年	《侦探小说琐话》	范烟桥	轶闻及其他	

续表

刊次	时间	题目	作者	类别	备注
第五期	1923 年	《无敌术》	英国弼斯敦著，程小青译	侦探小说翻译	标“协作探案之四”
第五期	1923 年	《鳖鱼三传》	范烟桥	武侠小说	
第五期	1923 年	《指纹略说》（续）	程小青（署名：“曾经沧海室主”）	轶闻及其他	
第五期	1923 年	《神枪》	Ward Sterling 著，张碧梧译	侦探小说翻译	
第五期	1923 年	《翡翠环》	王警涛	侦探小说	杂志注明“小侦探案”
第五期	1923 年	《秘约》	王天恨译	侦探小说翻译	属于“施蒂生探案”系列之一
第五期	1923 年	《侦探译屑》	郑逸梅	轶闻及其他	
第五期	1923 年	《冰霜桃李》	许廑父	武侠小说	
第五期	1923 年	《女子警探的成绩》	程小青（署名：“茧翁”）	轶闻及其他	
第五期	1923 年	《怨海波》（第九章 意外的发现）	程小青	长篇侦探小说连载	标“东方福尔摩斯探案”
第五期	1923 年	《我之所好》	范烟桥	轶闻及其他	
第五期	1923 年	《怨海波》（第十章 贾子卿的故事）	程小青	长篇侦探小说连载	标“东方福尔摩斯探案”
第五期	1923 年	《旧小说》	范烟桥	轶闻及其他	
第五期	1923 年	《聋哑的丐儿》	香	轶闻及其他	
第五期	1923 年	《近代侠义英雄传》（第九回）	平江不肖生著，吴门陆澹盦评	长篇武侠小说连载	该回回目为“遇奇僧帽儿山学技，惩刁叔虎头庄偷银”
第五期	1923 年	《近代侠义英雄传》（第十回）	平江不肖生著，吴门陆澹盦评	长篇武侠小说连载	该回回目为“显奇能半夜惊阿妹，恶垄断一怒劫镖银”
第六期	1923 年	《五人团》	何海鸣（署名：“求幸福斋主”）	武侠小说	

续表

刊次	时间	题目	作者	类别	备注
第六期	1923 年	《夜半钟声》（下）	陆澹盦	侦探小说	标“李飞侦探案”
第六期	1923 年	《孝女捕仇记》	张冥飞	武侠小说	
第六期	1923 年	《探访案情的竞争》	程小青（署名：“茧翁”）	轶闻及其他	
第六期	1923 年	《谁非假冒的?》（续）	Hal Hamilton 原著，马二先生译述	侦探小说翻译	
第六期	1923 年	《谈侦探小说》	何朴斋	侦探小说评论	
第六期	1923 年	《指纹略说》（续）	程小青（署名：“曾经沧海室主”）	轶闻及其他	
第六期	1923 年	《门外汉乎》	徐卓呆	侦探小说	
第六期	1923 年	《侦探小说琐话》	范烟桥	轶闻及其他	
第六期	1923 年	《山东响马传》	姚民哀	长篇武侠小说连载	
第六期	1923 年	《游侠新传》（一）	沈禹钟	长篇小说连载	
第六期	1923 年	《探访案情的竞争》（续）	程小青（署名：“茧翁”）	轶闻及其他	是该期杂志中《探访案情的竞争》一文的继续
第六期	1923 年	《傀儡剧》	孙了红	侦探小说	孙了红早期“东方亚森罗苹案”系列之一
第六期	1923 年	《真与假》	王天恨译	侦探小说翻译	属于“施蒂生探案”系列之一
第六期	1923 年	《怨海波》（第十一章 还是一个闷葫芦）	程小青	长篇侦探小说连载	标“东方福尔摩斯探案”
第六期	1923 年	《怨海波》（第十二章 同归于尽）	程小青	长篇侦探小说连载	标“东方福尔摩斯探案”
第六期	1923 年	《指纹略说》（续）	程小青（署名：“曾经沧海室主”）	轶闻及其他	

续表

刊次	时间	题目	作者	类别	备注
第六期	1923 年	《近代侠义英雄传》（第十一回）	平江不肖生著，吴门陆澹盦评	长篇武侠小说连载	该回回目为“巨案频频哈埠来飞贼，重围密密土屋捉强人”
第六期	1923 年	《近代侠义英雄传》（第十二回）	平江不肖生著，吴门陆澹盦评	长篇武侠小说连载	该回回目为“霍元甲初会李富东，窑师傅两斗凤阳女”
第六期	1923 年	《辑余赘墨》	陆澹盦	轶闻及其他	
第七期	1923 年	《编辑者言》	陆澹盦	轶闻及其他	
第七期	1923 年	《盗亦有道》	胡寄尘	武侠小说	
第七期	1923 年	《漆匣子》	英国弼斯敦著，程小青译（署名：“茧翁”）	侦探小说翻译	标“协作探案之五”
第七期	1923 年	《小苏州》	徐卓呆	侦探小说	滑稽侦探题材
第七期	1923 年	《实事侦探录》	张舍我	轶闻及其他	
第七期	1923 年	《陷网》（一、二）	法国勒勃朗原著，张舍我译	侦探小说翻译	即 *Le Piège infernal*，现通常译为《险恶的陷阱》
第七期	1923 年	《技击拾遗补》	顾明道（署名：“明道”）	轶闻及其他	
第七期	1923 年	《夺马记》	顾明道	武侠小说	
第七期	1923 年	《实事侦探录》（续）	张舍我	轶闻及其他	是这一期前面《实事侦探录》一文的继续
第七期	1923 年	《复仇》	Johh Baer 著，张碧梧译	侦探小说翻译	
第七期	1923 年	《谈侦探小说》	何朴斋	侦探小说评论	
第七期	1923 年	《游侠新传》（二）	沈禹钟	长篇小说连载	
第七期	1923 年	《指纹略说》（续）	程小青（署名：“曾经沧海室主”）	轶闻及其他	
第七期	1923 年	《黑衣妇人》	王天恨译	侦探小说翻译	标“施蒂生探案之二”
第七期	1923 年	《法官的慈悲》	程小青（署名：“茧翁”）	轶闻及其他	

续表

刊次	时间	题目	作者	类别	备注
第七期	1923 年	《谁是贼》	香岛渔郎	侦探小说	
第七期	1923 年	《留心上当》	芝	轶闻及其他	
第七期	1923 年	《秘密》	何朴斋	侦探小说	标“卫灵侦探”
第七期	1923 年	《来无影》	顾明道（署名：“明道”）	轶闻及其他	
第七期	1923 年	《第二号室》（第一、二章）	英国瓦拉斯著，程小青译	长篇侦探小说翻译连载	
第七期	1923 年	《近代侠义英雄传》（第十三回）	平江不肖生著，吴门陆澹盦评	长篇武侠小说连载	该回回目为“狭路相逢窑师傅吃屎，兄也不谅好徒弟悬梁”
第七期	1923 年	《近代侠义英雄传》（第十四回）	平江不肖生著，吴门陆澹盦评	长篇武侠小说连载	该回回目为“伤同道痛哭小英雄，看广告怒骂大力士”
第八期	1923 年	《编辑者言》	施济群	轶闻及其他	
第八期	1923 年	《怪函》	陆澹盦	侦探小说	标“李飞侦探案”
第八期	1923 年	《山东响马传》	姚民哀	长篇武侠小说连载	
第八期	1923 年	《水上枪声》	徐耻痕（署名：“耻痕”）	轶闻及其他	
第八期	1923 年	《重来》	赵苕狂（署名：“苕狂”）	侦探小说	属于“韩必达探案”系列
第八期	1923 年	《鼠侦探》	徐卓呆（署名：“卓呆”）	侦探小说	
第八期	1923 年	《窃鞋》	徐耻痕（署名：“耻痕”）	轶闻及其他	
第八期	1923 年	《最后之胜利》	英国弼斯敦著，程小青译	侦探小说翻译	标“协作探案之六”
第八期	1923 年	《奇童》	顾明道	武侠小说	
第八期	1923 年	《白鸽》	张碧梧译	侦探小说翻译	
第八期	1923 年	《程学启轶事》	郑逸梅	轶闻及其他	
第八期	1923 年	《荒岛奇侠》	顾明道	武侠小说	

续表

刊次	时间	题目	作者	类别	备注
第八期	1923年	《实事侦探录》	张舍我	轶闻及其他	
第八期	1923年	《一封书》	俞天赘	侦探小说	疑作者署名有误，应为“俞天愤”
第八期	1923年	《一种盗贼所不敢取的东西》	程小青（署名：“茧翁”）	轶闻及其他	
第八期	1923年	《软柄短剑》	李振华	武侠小说	
第八期	1923年	《实事侦探录》（续）	张舍我	轶闻及其他	是这一期前面《实事侦探录》一文的继续
第八期	1923年	《第二号室》（第三、四章）	英国瓦拉斯著，程小青译	长篇侦探小说翻译连载	
第八期	1923年	《实事侦探录》（续）	张舍我	轶闻及其他	是这一期前面《实事侦探录》一文的继续
第八期	1923年	《近代侠义英雄传》（第十五回）	平江不肖生著，吴门陆澹盦评	长篇武侠小说连载	该回回目为“诋神拳片言辟邪教，吃大鳖一夜成伟男”
第八期	1923年	《近代侠义英雄传》（第十六回）	平江不肖生著，吴门陆澹盦评	长篇武侠小说连载	该回回目为“打兔崽火神庙舞驴，捉强盗曹州府赔礼”
第九期	1923年10月10日	《编辑者言》	施济群	轶闻及其他	农历九月初一
第九期	1923年10月10日	《孝女报恩记》	张冥飞	武侠小说	
第九期	1923年10月10日	《侦探琐话》	郑逸梅	轶闻及其他	杂志注明“译巴黎侦探三日报”
第九期	1923年10月10日	《十二小时的自由》	程小青（署名：“小青”）译	侦探小说翻译	
第九期	1923年10月10日	《实事侦探录》	张舍我	轶闻及其他	
第九期	1923年10月10日	《山东响马传》	姚民哀	长篇武侠小说连载	
第九期	1923年10月10日	《模范狱中的罪犯生活》	程小青（署名：“茧翁”）	轶闻及其他	
第九期	1923年10月10日	《幸运》	徐卓呆（署名：“卓呆”）	侦探小说	

续表

刊次	时间	题目	作者	类别	备注
第九期	1923 年 10 月 10 日	《农人李福》	顾明道	武侠小说	
第九期	1923 年 10 月 10 日	《鲁宾入狱》	何朴斋	侦探小说	属于“东方亚森罗苹奇案”系列之一
第九期	1923 年 10 月 10 日	《镖行与绿林》（上）	李茫匄（署名：“茫匄”）	武侠小说	
第九期	1923 年 10 月 10 日	《剧贼》	王定庵	轶闻及其他	
第九期	1923 年 10 月 10 日	《蜡烛油》	张碧梧译	侦探小说翻译	
第九期	1923 年 10 月 10 日	《实事侦探录》	张舍我	轶闻及其他	
第九期	1923 年 10 月 10 日	《病房谋杀案》	程季枚	侦探小说	
第九期	1923 年 10 月 10 日	《红衣女郎》	顾明道	轶闻及其他	
第九期	1923 年 10 月 10 日	《神经作用》	沈启孙	侦探小说	
第九期	1923 年 10 月 10 日	《转寄》	范烟桥（署名：“烟桥”）	侦探小说	
第九期	1923 年 10 月 10 日	《友人毕君佚事》	汪梦九	轶闻及其他	
第九期	1923 年 10 月 10 日	《第二号室》（第五、六章）	英国瓦拉斯著，程小青译	长篇侦探小说翻译连载	
第九期	1923 年 10 月 10 日	《近代侠义英雄传》（第十七回）	平江不肖生著，吴门陆澹盦评	长篇武侠小说连载	该回回目为“解星科怒擒大盗，霍元甲义护教民”
第九期	1923 年 10 月 10 日	《近代侠义英雄传》（第十八回）	平江不肖生著，吴门陆澹盦评	长篇武侠小说连载	该回回目为“曲店街二侠筹防，义和团两番夺垒”
第十期	1923 年 10 月 24 日（农历九月十五日）	《编辑者言》	施济群	轶闻及其他	

续表

刊次	时间	题目	作者	类别	备注
第十期	1923年10月24日（农历九月十五日）	《纪杨少伯师徒遇剑客事》（上）	向恺然	武侠小说	
第十期	1923年10月24日（农历九月十五日）	《贼之侦探家》	王天恨	轶闻及其他	
第十期	1923年10月24日（农历九月十五日）	《匣上指纹》	赵苕狂（署名："苕狂"）	侦探小说	属于"韩必达探案"系列
第十期	1923年10月24日（农历九月十五日）	《侦探译稿和创作的两面观》	俞慕古	侦探小说评论	
第十期	1923年10月24日（农历九月十五日）	《有妻者》	徐卓呆（署名："卓呆"）	侦探小说	
第十期	1923年10月24日（农历九月十五日）	《女侠》	范海容	武侠小说	
第十期	1923年10月24日（农历九月十五日）	《我的婚姻》	程小青	侦探小说	标"霍桑探案"
第十期	1923年10月24日（农历九月十五日）	《侦探小说拾零》	胡亚光	轶闻及其他	
第十期	1923年10月24日（农历九月十五日）	《三封信》	俞天愤	侦探小说	
第十期	1923年10月24日（农历九月十五日）	《花刀刘二》	顾明道	轶闻及其他	
第十期	1923年10月24日（农历九月十五日）	《镖行与绿林》（下）	李茫匄（署名："茫丐"）	武侠小说	"茫丐"应为"茫匄"，疑为印刷错误
第十期	1923年10月24日（农历九月十五日）	《不平者》	王天恨	侦探小说	属于"康卜森新探案"系列之一

续表

刊次	时间	题目	作者	类别	备注
第十期	1923年10月24日（农历九月十五日）	《一件离奇案》	王天恨	轶闻及其他	
第十期	1923年10月24日（农历九月十五日）	《箱尸》	庞忆楼	侦探小说	
第十期	1923年10月24日（农历九月十五日）	《侦探小说的效用》	程小青（署名："青"）	侦探小说评论	
第十期	1923年10月24日（农历九月十五日）	《未来之劲敌》	周振声	侦探小说	
第十期	1923年10月24日（农历九月十五日）	《小说中的四大侦探》	程小青（署名："小青"）	轶闻及其他	
第十期	1923年10月24日（农历九月十五日）	《一万金磅》	丁永森译	侦探小说翻译	
第十期	1923年10月24日（农历九月十五日）	《跛足者》	顾明道	轶闻及其他	
第十期	1923年10月24日（农历九月十五日）	《第二号室》（第七、八章）	英国瓦拉斯著，程小青译	长篇侦探小说翻译连载	
第十期	1923年10月24日（农历九月十五日）	《近代侠义英雄传》（第十九回）	平江不肖生著，吴门陆澹盦评	长篇武侠小说连载	该回回目为"农劲孙易装探匪窟，霍元甲带罪斩渠魁"
第十期	1923年10月24日（农历九月十五日）	《近代侠义英雄传》（第二十回）	平江不肖生著，吴门陆澹盦评	长篇武侠小说连载	该回回目为"金禄堂试骑千里马，罗大鹤来报十年仇"
第十一期	1923年11月8日（农历十月初一日）	《编辑者言》	施济群	轶闻及其他	
第十一期	1923年11月8日（农历十月初一日）	《一星期的上海侦探》	何海鸣（署名："求幸福斋主"）	侦探小说	

续表

刊次	时间	题目	作者	类别	备注
第十一期	1923年11月8日（农历十月初一日）	《利用电线的盗贼》	徐卓呆（署名：“闸北徐公”）	轶闻及其他	
第十一期	1923年11月8日（农历十月初一日）	《陷网》（三）	法国勒勃朗著，张舍我译	侦探小说翻译	即 *Le Piège infernal*，现通常译为《险恶的陷阱》
第十一期	1923年11月8日（农历十月初一日）	《游方僧》	金惕夫	轶闻及其他	
第十一期	1923年11月8日（农历十月初一日）	《犯罪趣味》	徐卓呆（署名：“卓呆”）	侦探小说	
第十一期	1923年11月8日（农历十月初一日）	《吃金刚钻者》	徐卓呆（署名：“狗厂”）	轶闻及其他	
第十一期	1923年11月8日（农历十月初一日）	《纪杨少伯师徒遇剑客事》（下）	向恺然	武侠小说	
第十一期	1923年11月8日（农历十月初一日）	《剧场笑史》	王天恨	轶闻及其他	
第十一期	1923年11月8日（农历十月初一日）	《我的婚姻》（续）	程小青	侦探小说	标“霍桑探案”
第十一期	1923年11月8日（农历十月初一日）	《松耶柏耶》	王西神（署名：“西神”）	武侠小说	
第十一期	1923年11月8日（农历十月初一日）	《浜内之尸》	徐耻痕	侦探小说	标“胡安探案”
第十一期	1923年11月8日（农历十月初一日）	《继母之赐》	王天恨译	侦探小说翻译	标“施蒂生探案之四”
第十一期	1923年11月8日（农历十月初一日）	《刘勇》	黄转陶	轶闻及其他	

续表

刊次	时间	题目	作者	类别	备注
第十一期	1923年11月8日（农历十月初一日）	《密札》	隐者	侦探小说	
第十一期	1923年11月8日（农历十月初一日）	《暗杀大总统》	徐卓呆（署名："卓弗灵"）	轶闻及其他	
第十一期	1923年11月8日（农历十月初一日）	《念年前事》	张碧梧	侦探小说	
第十一期	1923年11月8日（农历十月初一日）	《第二号室》（第九、十章）	英国瓦拉斯著，程小青译	长篇侦探小说翻译连载	
第十一期	1923年11月8日（农历十月初一日）	《犯罪的种种》	徐卓呆（署名："闸北徐公"）	轶闻及其他	
第十一期	1923年11月8日（农历十月初一日）	《近代侠义英雄传》（第二十一回）	平江不肖生著，吴门陆澹盦评	长篇武侠小说连载	该回回目为"言永福象物创八拳，罗大鹤求师卖油饼"
第十一期	1923年11月8日（农历十月初一日）	《近代侠义英雄传》（第二十二回）	平江不肖生著，吴门陆澹盦评	长篇武侠小说连载	该回回目为"奉师命访友长沙城，落穷途卖武广州市"
第十二期	1923年	《编辑者言》	施济群	轶闻及其他	
第十二期	1923年	《李蛮牛》	程瞻庐	武侠小说	标"武侠小说"
第十二期	1923年	《蛀虫》	Charles G. Booth原著，马二先生译	侦探小说翻译	
第十二期	1923年	《白光如电》	王定庵	轶闻及其他	
第十二期	1923年	《怪病人》	胡寄尘	侦探小说	
第十二期	1923年	《出狱后》	徐卓呆（署名："卓呆"）	侦探小说	
第十二期	1923年	《侦探小说的寿命》	赵芝岩（署名："芝岩"）	轶闻及其他	
第十二期	1923年	《园尸》	王天恨	侦探小说	属于"康卜森新探案"系列之一

续表

刊次	时间	题目	作者	类别	备注
第十二期	1923 年	《沟中银币》	徐卓呆（署名：“闸北徐公”）	轶闻及其他	
第十二期	1923 年	《我的婚姻》（续）	程小青	侦探小说	标“霍桑探案”
第十二期	1923 年	《锄奸团》	黄梅隐	武侠小说	
第十二期	1923 年	《天宁寺僧》	金惕夫	武侠小说	
第十二期	1923 年	《路工仇杀案》	鹿厂	侦探小说	
第十二期	1923 年	《法庭上之时钟》	徐卓呆（署名：“卓弗灵”）	轶闻及其他	
第十二期	1923 年	《跛道人》	颍川秋水	武侠小说	
第十二期	1923 年	《很奇怪的一封信》	王蜷庐	侦探小说	
第十二期	1923 年	《颜希回》	金惕夫	轶闻及其他	
第十二期	1923 年	《第二号室》（第十一、十二章）	英国瓦拉斯著，程小青译	长篇侦探小说翻译连载	
第十二期	1923 年	《桂林僧》	金惕夫	轶闻及其他	
第十二期	1923 年	《近代侠义英雄传》（第二十三回）	平江不肖生著，吴门陆澹盦评	长篇武侠小说连载	该回回目为“收徒弟横遭连累，避官刑又吃虚惊”
第十二期	1923 年	《近代侠义英雄传》（第二十四回）	平江不肖生著，吴门陆澹盦评	长篇武侠小说连载	该回回目为“看宝剑英雄识英雄，谈装束强盗教强盗”
第十三期	1923 年十一月朔日（农历）	《编余琐话》	赵苕狂（署名：“苕狂”）	轶闻及其他	从这一期开始，《侦探世界》编辑陆澹盦退出，赵苕狂加入
第十三期	1923 年十一月朔日（农历）	《不可思议》	程小青	侦探小说	属于“霍桑探案”系列之一
第十三期	1923 年十一月朔日（农历）	《纪林齐青师徒轶事》（上）	向恺然	武侠小说	
第十三期	1923 年十一月朔日（农历）	《支票通信法》	徐卓呆（署名：“闸北徐公”）	轶闻及其他	

续表

刊次	时间	题目	作者	类别	备注
第十三期	1923年十一月朔日（农历）	《贼医病》	徐卓呆（署名：“卓呆”）	侦探小说	
第十三期	1923年十一月朔日（农历）	《今游侠传》	胡寄尘	武侠小说	
第十三期	1923年十一月朔日（农历）	《侦探小说和科学》	程小青	侦探小说评论	
第十三期	1923年十一月朔日（农历）	《一张名片》	张碧梧	侦探小说	属于“私家侦探王侠公”系列之一
第十三期	1923年十一月朔日（农历）	《刘小春》	黄转陶	轶闻及其他	
第十三期	1923年十一月朔日（农历）	《空箧》	沈禹钟（署名：“禹钟”）	侦探小说	属于“燃犀生探案”系列之一
第十三期	1923年十一月朔日（农历）	《毒针》	何朴斋	侦探小说	属于“卫灵探案”系列
第十三期	1923年十一月朔日（农历）	《李八》	黄转陶	轶闻及其他	
第十三期	1923年十一月朔日（农历）	《卖解女复仇记》	顾明道	武侠小说	
第十三期	1923年十一月朔日（农历）	《介绍上海小说专修学校》	赵苕狂（署名：“苕狂”）	轶闻及其他	内含“侦探小说专科等门”
第十三期	1923年十一月朔日（农历）	《斧》	张天翼（署名“张无净”）	侦探小说	属于“徐常云探案”系列
第十三期	1923年十一月朔日（农历）	《科南道尔爵勋》	王天恨	轶闻及其他	
第十三期	1923年十一月朔日（农历）	《黑夜贼眼》	赵苕狂（署名：“苕狂”）	侦探小说	属于“丁立功探案”系列
第十三期	1923年十一月朔日（农历）	《瘦月娘》	黄转陶	轶闻及其他	
第十三期	1923年十一月朔日（农历）	《鸽子案》	胡寄尘	侦探小说	“五分钟小说”栏目
第十三期	1923年十一月朔日（农历）	《赔了一顿饭》	赵芝岩（署名：“芝岩”）	侦探小说	“五分钟小说”栏目
第十三期	1923年十一月朔日（农历）	《心理推测》	渺然	侦探小说	“五分钟小说”栏目

续表

刊次	时间	题目	作者	类别	备注
第十三期	1923年十一月朔日（农历）	《车中客》	徐卓呆（署名：“闸北徐公”）	侦探小说	“侦探谈话会”栏目
第十三期	1923年十一月朔日（农历）	《欺诈大王》	荫孙	侦探小说	“侦探谈话会”栏目
第十三期	1923年十一月朔日（农历）	《林中碎尸》	张舍我	侦探小说	“侦探谈话会”栏目
第十三期	1923年十一月朔日（农历）	《苏格兰场的四大侦探》（上）	程小青	轶闻及其他	“侦探谈话会”栏目
第十三期	1923年十一月朔日（农历）	《侦探与扑克》	徐耻痕	轶闻及其他	
第十三期	1923年十一月朔日（农历）	《无聊的接吻》	陶凤子	轶闻及其他	“银幕上的侦探”栏目
第十三期	1923年十一月朔日（农历）	《银幕碎银》	蝶魂女士	轶闻及其他	“银幕上的侦探”栏目
第十三期	1923年十一月朔日（农历）	《小指的主人》	徐卓呆	轶闻及其他	
第十三期	1923年十一月朔日（农历）	《侦探谜》	编者	轶闻及其他	侦探问答互动栏目，共两则谜题
第十三期	1923年十一月朔日（农历）	《第二号室》（第十三、十四、十五章）	英国瓦拉斯著，程小青译	长篇侦探小说翻译连载	
第十三期	1923年十一月朔日（农历）	《又一巾帼福尔摩斯》	王天恨	轶闻及其他	
第十三期	1923年十一月朔日（农历）	《近代侠义英雄传》（第二十五回）	平江不肖生著，吴门陆澹盦评	长篇武侠小说连载	该回回目为“偷宝剑鼓楼斗淫贼，飞石子破庙救门徒”
第十三期	1923年十一月朔日（农历）	《近代侠义英雄传》（第二十六回）	平江不肖生著，吴门陆澹盦评	长篇武侠小说连载	该回回目为“求援系杜知县联姻，避烦难何捕头装病”
第十三期	1923年十一月朔日（农历）	《侦探的供给者》	赵芝岩（署名：“芝岩”）	轶闻及其他	
第十四期	1923年十一月望日（农历）	《编余琐话》	赵苕狂（署名：“苕狂”）	轶闻及其他	
第十四期	1923年十一月望日（农历）	《朝鲜英雄传》	胡寄尘	武侠小说	

续表

刊次	时间	题目	作者	类别	备注
第十四期	1923年十一月望日（农历）	《越狱名家》	徐卓呆（署名：“狗厂”）	轶闻及其他	
第十四期	1923年十一月望日（农历）	《信用证》	徐卓呆（译）（署名：“卓呆”）	侦探小说翻译	
第十四期	1923年十一月望日（农历）	《刀光血影录》	王天恨（署名：“天恨”）	武侠小说	
第十四期	1923年十一月望日（农历）	《纪林齐青师徒轶事》（下）	向恺然	武侠小说	
第十四期	1923年十一月望日（农历）	《月夜的鬼》	徐卓呆（署名：“闸北徐公”）	轶闻及其他	
第十四期	1923年十一月望日（农历）	《捧角家之竞争》（上）	李定夷（署名：“定夷”）	侦探小说	“精神力学”；诈骗故事
第十四期	1923年十一月望日（农历）	《第十号室的主人》	程小青译	侦探小说翻译	
第十四期	1923年十一月望日（农历）	《钮子与徽章》	徐卓呆（署名：“卓弗灵”）	轶闻及其他	
第十四期	1923年十一月望日（农历）	《卫生俱乐部》	王天恨译	侦探小说翻译	属于“施蒂生探案”系列之一
第十四期	1923年十一月望日（农历）	《侦探琐话》	郑逸梅（署名：“逸梅”）	轶闻及其他	
第十四期	1923年十一月望日（农历）	《破屋中的血渍》	张碧梧	侦探小说	属于“私家侦探王侠公”系列之一
第十四期	1923年十一月望日（农历）	《罪恶之父》	陶凤子	侦探小说	
第十四期	1923年十一月望日（农历）	《还珠记》	陈律西（署名：“律西”）	武侠小说	
第十四期	1923年十一月望日（农历）	《事实探案和侦探小说》	赵芝岩（署名：“芝岩”）	侦探小说评论	
第十四期	1923年十一月望日（农历）	《医贼病》	赵苕狂（署名：“苕狂”）	侦探小说	心理学和犯罪题材结合
第十四期	1923年十一月望日（农历）	《伪牧师》	徐卓呆	轶闻及其他	

续表

刊次	时间	题目	作者	类别	备注
第十四期	1923年十一月望日（农历）	《念佛珠》	徐卓呆、胡寄尘、赵苕狂（署名：“卓呆、寄尘、苕狂”）	侦探小说	“集锦小说”栏目
第十四期	1923年十一月望日（农历）	《码头窃案》	沈禹钟（署名：“禹钟”）	侦探小说	“五分钟小说”栏目
第十四期	1923年十一月望日（农历）	《怪房客》	香岛渔郎	侦探小说	“五分钟小说”栏目
第十四期	1923年十一月望日（农历）	《金鸡心》	范菊高	侦探小说	“五分钟小说”栏目
第十四期	1923年十一月望日（农历）	《实事侦探谈》	王天恨	轶闻及其他	“五分钟小说”栏目
第十四期	1923年十一月望日（农历）	《苏格兰场的四大侦探》（下）	程小青	轶闻及其他	“侦探谈话会”栏目
第十四期	1923年十一月望日（农历）	《我之侦探小说谈》	胡寄尘	侦探小说评论	“侦探谈话会”栏目
第十四期	1923年十一月望日（农历）	《掘地道的盗贼》	徐卓呆（署名：“闸北徐公”）	轶闻及其他	“侦探谈话会”栏目
第十四期	1923年十一月望日（农历）	《英国地方监狱的罪犯状况》	程小青（署名：“曾经沧海室主”）	轶闻及其他	“侦探谈话会”栏目
第十四期	1923年十一月望日（农历）	《卖油叟》	王天恨（署名：“天恨”）	轶闻及其他	“侦探谈话会”栏目
第十四期	1923年十一月望日（农历）	《家庭妙喻》	春梦	轶闻及其他	“别有世界”栏目
第十四期	1923年十一月望日（农历）	《茶博士之革命史谈》	胡寄尘（署名：“寄尘”）	轶闻及其他	“别有世界”栏目
第十四期	1923年十一月望日（农历）	《我所想望的》	禄尔摩斯	轶闻及其他	“别有世界”栏目
第十四期	1923年十一月望日（农历）	《窃贼处置法》	徐卓呆（署名：“卓呆”）	轶闻及其他	“别有世界”栏目
第十四期	1923年十一月望日（农历）	《题目：唯一之疑点》	编者	轶闻及其他	侦探小说命题征文“侦探小说大悬赏”

续表

刊次	时间	题目	作者	类别	备注
第十四期	1923年十一月望日（农历）	《第二号室》（第十六、十七章）	英国瓦拉斯著，程小青译	长篇侦探小说翻译连载	
第十四期	1923年十一月望日（农历）	《侦探杂话》	姚苏凤（署名“姚赓夔”）	轶闻及其他	
第十四期	1923年十一月望日（农历）	《近代侠义英雄传》（第二十七回）	平江不肖生著，吴门陆澹盦评	长篇武侠小说连载	该回回目为“三老头计议捉强盗，一铁汉乞食受揶揄”
第十四期	1923年十一月望日（农历）	《错误的疑点》	程小青（署名：“曾经沧海室主”）	轶闻及其他	
第十四期	1923年十一月望日（农历）	《近代侠义英雄传》（第二十八回）	平江不肖生著，吴门陆澹盦评	长篇武侠小说连载	该回回目为“老尼姑化缘收徒弟，小霸王比武拜师傅”
第十五期	1923年十二月朔日（农历）	《编余琐话》	赵苕狂（署名：“苕狂”）	轶闻及其他	
第十五期	1923年十二月朔日（农历）	《燕石》	程瞻庐	武侠小说	
第十五期	1923年十二月朔日（农历）	《卖饼人》	黄转陶	轶闻及其他	
第十五期	1923年十二月朔日（农历）	《乌骨鸡》（上）	程小青	侦探小说	标“霍桑探案”
第十五期	1923年十二月朔日（农历）	《急智》（一）	施济群	轶闻及其他	
第十五期	1923年十二月朔日（农历）	《犯罪本能》	徐卓呆（署名：“卓呆”）	侦探小说	心理学和犯罪题材结合
第十五期	1923年十二月朔日（农历）	《聂格卡脱探案的作者是谁》	王天恨（署名：“天恨”）	轶闻及其他	
第十五期	1923年十二月朔日（农历）	《白髯老人》	沈禹钟（署名：“禹钟”）	长篇小说连载	标“《游侠新传》（三）”
第十五期	1923年十二月朔日（农历）	《捧角家之竞争》（下）	李定夷（署名：“定夷”）	侦探小说	“精神力学”；诈骗故事
第十五期	1923年十二月朔日（农历）	《秦平》	黄转陶	轶闻及其他	

续表

刊次	时间	题目	作者	类别	备注
第十五期	1923年十二月朔日（农历）	《玉雀》	徐耻痕	侦探小说	“胡安探案”系列之一
第十五期	1923年十二月朔日（农历）	《钢表》	黄转陶	侦探小说	
第十五期	1923年十二月朔日（农历）	《侦探小说之三大难点》	张碧梧（署名：“碧梧”）	侦探小说评论	
第十五期	1923年十二月朔日（农历）	《婚夜》	王天恨	侦探小说	属于“康卜森新探案”系列之一
第十五期	1923年十二月朔日（农历）	《囚人待遇改善法》	徐卓呆（署名：“卓弗灵”）	轶闻及其他	
第十五期	1923年十二月朔日（农历）	《粗莽的侦探》	徐卓呆（署名：“闸北徐公”）	轶闻及其他	
第十五期	1923年十二月朔日（农历）	《蟹子偷鞋案》	胡寄尘	侦探小说	“五分钟小说”栏目
第十五期	1923年十二月朔日（农历）	《侠僧》	陈绮禅	武侠小说	“五分钟小说”栏目
第十五期	1923年十二月朔日（农历）	《金笔》	范佩萸	武侠小说	“五分钟小说”栏目
第十五期	1923年十二月朔日（农历）	《骇人的经历》	程小青（署名：“茧翁”）	轶闻及其他	
第十五期	1923年十二月朔日（农历）	《关于歇洛克福尔摩斯的话》（上）	英国柯南道尔原著，程小青译	轶闻及其他	
第十五期	1923年十二月朔日（农历）	《闺中艳贼》	陶凤子译	轶闻及其他	“银幕上的侦探”栏目
第十五期	1923年十二月朔日（农历）	《侦探长片之失败》	张碧梧	轶闻及其他	“银幕上的侦探”栏目
第十五期	1923年十二月朔日（农历）	《侦探日记》（一）	赵芝岩	侦探小说	
第十五期	1923年十二月朔日（农历）	《第二号室》（第十八、十九、二十章）	英国瓦拉斯著，程小青译	长篇侦探小说翻译连载	
第十五期	1923年十二月朔日（农历）	《近代侠义英雄传》（第二十九回）	平江不肖生著，吴门陆澹盦评	长篇武侠小说连载	该回回目为“刘三元存心惩强暴，李昌顺无意得佳音”

续表

刊次	时间	题目	作者	类别	备注
第十五期	1923年十二月朔日（农历）	《近代侠义英雄传》（第三十回）	平江不肖生著，吴门陆澹盦评	长篇武侠小说连载	该回回目为“逛乡镇张燕宾遇艳，劫玉镯陈广泰见机”
第十五期	1923年十二月朔日（农历）	《侦探小说琐话》	张碧梧	轶闻及其他	
第十五期	1923年十二月朔日（农历）	《杖中珠》	徐卓呆（署名：“闸北徐公”）	轶闻及其他	
第十六期	1923年十二月望日（农历）	《编余琐话》	赵苕狂（署名：“苕狂”）	轶闻及其他	
第十六期	1923年十二月望日（农历）	《无妄之灾》（上）	何海鸣	侦探小说	
第十六期	1923年十二月望日（农历）	《侦探小说琐话》	张碧梧（署名：“碧梧”）	轶闻及其他	
第十六期	1923年十二月望日（农历）	《秘密之国》	顾明道	武侠小说	
第十六期	1923年十二月望日（农历）	《世界警探的大会议》	程小青（署名：“茧翁”）	轶闻及其他	
第十六期	1923年十二月望日（农历）	《乌骨鸡》（中）	程小青	侦探小说	标“霍桑探案”
第十六期	1923年十二月望日（农历）	《盲僧》	黄转陶	轶闻及其他	
第十六期	1923年十二月望日（农历）	《中国式的侦探》	范烟桥	侦探小说评论	
第十六期	1923年十二月望日（农历）	《火车中的剪绺》	徐卓呆（署名：“闸北徐公”）	轶闻及其他	
第十六期	1923年十二月望日（农历）	《打包僧》	沈禹钟（署名：“禹钟”）	武侠小说	“游侠新传”栏目
第十六期	1923年十二月望日（农历）	《冯某》	沈禹钟（署名：“禹钟”）	武侠小说	“游侠新传”栏目
第十六期	1923年十二月望日（农历）	《抄袭家》	徐卓呆（署名：“卓呆”）	侦探小说	
第十六期	1923年十二月望日（农历）	《印花》	天放	轶闻及其他	

续表

刊次	时间	题目	作者	类别	备注
第十六期	1923 年十二月望日（农历）	《火车上》	王天恨译	侦探小说翻译	属于“施蒂生探案”系列之一
第十六期	1923 年十二月望日（农历）	《野狗拒盗》	徐卓呆（署名：“闸北徐公”）	轶闻及其他	
第十六期	1923 年十二月望日（农历）	《电车票》	罴士	轶闻及其他	
第十六期	1923 年十二月望日（农历）	《锦匣》	何朴斋	侦探小说	属于“卫灵探案”系列之一
第十六期	1923 年十二月望日（农历）	《自动手枪》	徐卓呆（署名：“闸北徐公”）	轶闻及其他	
第十六期	1923 年十二月望日（农历）	《某侠士》	王天恨（署名：“天恨”）	轶闻及其他	
第十六期	1923 年十二月望日（农历）	《臭贼》	徐卓呆（署名：“卓呆”）	轶闻及其他	“别有世界”栏目
第十六期	1923 年十二月望日（农历）	《流言》	程瞻庐	轶闻及其他	“别有世界”栏目
第十六期	1923 年十二月望日（农历）	《五秒钟笑话》	春梦	轶闻及其他	“别有世界”栏目
第十六期	1923 年十二月望日（农历）	《葡萄架下谈天录》	牵丝攀藤馆主	轶闻及其他	“别有世界”栏目
第十六期	1923 年十二月望日（农历）	《关于歇洛克福尔摩斯的话》（下）	英国柯南道尔原著，程小青译	轶闻及其他	
第十六期	1923 年十二月望日（农历）	《侦探小说之难处》	张碧梧	侦探小说评论	
第十六期	1923 年十二月望日（农历）	《侦探日记》（二）	赵芝岩	侦探小说	
第十六期	1923 年十二月望日（农历）	《牙医与搜查》	徐卓呆（署名：“闸北徐公”）	轶闻及其他	
第十六期	1923 年十二月望日（农历）	《毛狮子》（第一、二章）	程小青	长篇侦探小说连载	标“霍桑探案”
第十六期	1923 年十二月望日（农历）	《古指纹》	徐卓呆（署名：“闸北徐公”）	轶闻及其他	

续表

刊次	时间	题目	作者	类别	备注
第十六期	1923 年十二月望日（农历）	《近代侠义英雄传》（第三十一回）	平江不肖生著，吴门陆澹盦评	长篇武侠小说连载	该回回目为“陈广泰热忱救难友，张燕宾恋色漏风声”
第十六期	1923 年十二月望日（农历）	《侦探小说与神怪小说》（一）	张枕绿	侦探小说评论	
第十六期	1923 年十二月望日（农历）	《近代侠义英雄传》（第三十二回）	平江不肖生著，吴门陆澹盦评	长篇武侠小说连载	该回回目为“齐保正吊赃开会议，周金玉巧语设牢笼”
第十六期	1923 年十二月望日（农历）	《侦探小说与神怪小说》（二）	张枕绿	侦探小说评论	
第十七期	1924 年元旦（农历）	《编余琐话》	赵苕狂（署名：“苕狂”）	轶闻及其他	本期杂志内容为新年特辑
第十七期	1924 年元旦（农历）	《贼与夫人》	严独鹤	侦探小说	“侦探与新年”栏目
第十七期	1924 年元旦（农历）	《谁的贺年片》	施济群	侦探小说	“侦探与新年”栏目
第十七期	1924 年元旦（农历）	《新年的消遣》	程小青	侦探小说	“侦探与新年”栏目
第十七期	1924 年元旦（农历）	《侦探与新年》	徐卓呆	侦探小说	“侦探与新年”栏目
第十七期	1924 年元旦（农历）	《压岁钱》	沈禹钟	侦探小说	“侦探与新年”栏目
第十七期	1924 年元旦（农历）	《鹦鹉螺》	顾明道	侦探小说	“侦探与新年”栏目
第十七期	1924 年元旦（农历）	《误了》	徐耻痕	侦探小说	“侦探与新年”栏目
第十七期	1924 年元旦（农历）	《惭愧》	陶凤子	侦探小说	“侦探与新年”栏目
第十七期	1924 年元旦（农历）	《新年中之胡闲》	赵苕狂	侦探小说	“侦探与新年”栏目；滑稽侦探题材，属于“胡闲探案”系列之一
第十七期	1924 年元旦（农历）	《新年中之侦探界消息》	忆琴室主	侦探小说	“侦探与新年”栏目
第十七期	1924 年元旦（农历）	《天宁寺的和尚》	向恺然	武侠小说	

续表

刊次	时间	题目	作者	类别	备注
第十七期	1924年元旦（农历）	《观察力》	羆士	轶闻及其他	
第十七期	1924年元旦（农历）	《无妄之灾》（中）	何海鸣	侦探小说	
第十七期	1924年元旦（农历）	《沈四先生》	沈禹钟（署名："禹钟"）	武侠小说	标"游侠新传"
第十七期	1924年元旦（农历）	《药工》	沈禹钟（署名："禹钟"）	武侠小说	标"游侠新传"
第十七期	1924年元旦（农历）	《蜜饯人》	天放	轶闻及其他	
第十七期	1924年元旦（农历）	《乌骨鸡》（下）	程小青	侦探小说	标"霍桑探案"
第十七期	1924年元旦（农历）	《侦探小说琐话》	徐耻痕（署名："耻痕"）	轶闻及其他	
第十七期	1924年元旦（农历）	《理发店中之秘密》	徐耻痕	侦探小说	"胡安探案"系列之一
第十七期	1924年元旦（农历）	《角智》	范菊高	侦探小说	"侦探祝兰隐"
第十七期	1924年元旦（农历）	《秘函》	羆士	轶闻及其他	
第十七期	1924年元旦（农历）	《嫌疑犯》	王天恨译	侦探小说翻译	
第十七期	1924年元旦（农历）	《侦探小说琐话》	张碧梧（署名："碧梧"）	轶闻及其他	
第十七期	1924年元旦（农历）	《婚变》	何朴斋	侦探小说	属于"卫灵探案"系列之一
第十七期	1924年元旦（农历）	《卖解女》	黄转陶	轶闻及其他	
第十七期	1924年元旦（农历）	《炒米糕》	范佩萸（署名："佩萸"）	轶闻及其他	
第十七期	1924年元旦（农历）	《毛狮子》（第三、四章）	程小青	长篇侦探小说连载	标"霍桑探案"
第十七期	1924年元旦（农历）	《剪辫的秘密》	徐卓呆（署名："卓呆"）	轶闻及其他	

续表

刊次	时间	题目	作者	类别	备注
第十七期	1924年元旦（农历）	《近代侠义英雄传》（第三十三回）	平江不肖生著，吴门陆澹盦评	长篇武侠小说连载	该回回目为“陈广泰劫狱担虚惊，齐保正贪淫受实祸”
第十七期	1924年元旦（农历）	《草莽义侠》	俞天赘	轶闻及其他	疑作者署名有误，应为“俞天愤”
第十七期	1924年元旦（农历）	《近代侠义英雄传》（第三十四回）	平江不肖生著，吴门陆澹盦评	长篇武侠小说连载	该回回目为“送人头为友报怨，谈往事倾盖论交”
第十八期	1924年正月望日（农历）	《编余琐话》	赵苕狂（署名：“苕狂”）	轶闻及其他	
第十八期	1924年正月望日（农历）	《偷税》（上）	Frank Parks著，马二先生译述	侦探小说翻译	
第十八期	1924年正月望日（农历）	《无妄之灾》（下）	何海鸣	侦探小说	
第十八期	1924年正月望日（农历）	《倒指印》	程小青译（署名：“小青”）	侦探小说翻译	
第十八期	1924年正月望日（农历）	《吓了一跳》	王天恨（署名：“天恨”）	轶闻及其他	
第十八期	1924年正月望日（农历）	《一愤成名》	陶凤子（署名：“凤子”）	轶闻及其他	
第十八期	1924年正月望日（农历）	《贿选案》	徐卓呆	侦探小说	
第十八期	1924年正月望日（农历）	《侦探小说琐话》	徐耻痕（署名：“耻痕”）	轶闻及其他	
第十八期	1924年正月望日（农历）	《山东响马传》	姚民哀	长篇武侠小说连载	
第十八期	1924年正月望日（农历）	《侦探小说之所构成》	王天恨	侦探小说评论	
第十八期	1924年正月望日（农历）	《无头贺年片》	王天恨	轶闻及其他	
第十八期	1924年正月望日（农历）	《不速客》	赵芝岩	侦探小说	
第十八期	1924年正月望日（农历）	《可怕的犬》	徐卓呆（署名：“闸北徐公”）	轶闻及其他	

续表

刊次	时间	题目	作者	类别	备注
第十八期	1924年正月望日（农历）	《狱监中的商人》	程小青（署名："茧翁"）	轶闻及其他	
第十八期	1924年正月望日（农历）	《一小时间内》	沈禹钟（署名："禹钟"）	侦探小说	属于"燃犀生探案"系列之一
第十八期	1924年正月望日（农历）	《宝石之王》	王天恨译	侦探小说翻译	
第十八期	1924年正月望日（农历）	《侠探》	胡寄尘	侦探小说	"五分钟小说"栏目
第十八期	1924年正月望日（农历）	《奇丐》	陈绮禅（署名："绮禅"）	侦探小说	"五分钟小说"栏目
第十八期	1924年正月望日（农历）	《伞上的焦孔》	范佩萸	侦探小说	"五分钟小说"栏目
第十八期	1924年正月望日（农历）	《黄铁镖》	郑逸梅	轶闻及其他	
第十八期	1924年正月望日（农历）	《科学的侦探术》（一）	程小青（署名："小青"）	轶闻及其他	
第十八期	1924年正月望日（农历）	《侦探日记》（三）	赵芝岩	侦探小说	
第十八期	1924年正月望日（农历）	《毛狮子》（第五、六章）	程小青	长篇侦探小说连载	标"霍桑探案"
第十八期	1924年正月望日（农历）	《近代侠义英雄传》（第三十五回）	平江不肖生著，吴门陆澹盦评	长篇武侠小说连载	该回回目为"黄长胜杀猪惊好汉，罗大鹤奏技收门徒"
第十八期	1924年正月望日（农历）	《近代侠义英雄传》（第三十六回）	平江不肖生著，吴门陆澹盦评	长篇武侠小说连载	该回回目为"闻大名莽夫拆厂，传噩耗壮士入川"
第十九期	1924年二月朔日（农历）	《编余琐话》	赵苕狂（署名："苕狂"）	轶闻及其他	
第十九期	1924年二月朔日（农历）	《半个羽党》	孙了红	侦探小说	属于"东方亚森罗苹案"系列之一
第十九期	1924年二月朔日（农历）	《扒手的控诉》	程小青（署名："茧翁"）	轶闻及其他	
第十九期	1924年二月朔日（农历）	《偷税》（下）	Frank Parks著，马二先生译述	侦探小说翻译	

续表

刊次	时间	题目	作者	类别	备注
第十九期	1924年二月朔日（农历）	《山东响马传》	姚民哀	长篇武侠小说连载	
第十九期	1924年二月朔日（农历）	《虎口中的急智》	程小青译	侦探小说翻译	
第十九期	1924年二月朔日（农历）	《电椅》	程小青（署名："茧翁"）	轶闻及其他	
第十九期	1924年二月朔日（农历）	《多此一举》	张碧梧	侦探小说	属于"私家侦探王侠公"系列之一
第十九期	1924年二月朔日（农历）	《同党杀害》	徐卓呆（署名："闸北徐公"）	轶闻及其他	
第十九期	1924年二月朔日（农历）	《虎穴余生记》	顾明道	武侠小说	
第十九期	1924年二月朔日（农历）	《剧贼妙语》	王天恨（署名："天恨"）	轶闻及其他	
第十九期	1924年二月朔日（农历）	《壁藏》	程小青（署名："茧翁"）	轶闻及其他	
第十九期	1924年二月朔日（农历）	《不劳而获》	徐耻痕	侦探小说	"胡安探案"系列之一
第十九期	1924年二月朔日（农历）	《怪病人》	王天恨（署名："天恨"）	轶闻及其他	
第十九期	1924年二月朔日（农历）	《人头党》	何朴斋	侦探小说	属于"东方亚森罗苹奇案"系列之一
第十九期	1924年二月朔日（农历）	《一种报告》	徐卓呆（署名："闸北徐公"）	轶闻及其他	
第十九期	1924年二月朔日（农历）	《长髯女郎》	陶凤子	轶闻及其他	"银幕上的侦探"栏目
第十九期	1924年二月朔日（农历）	《银幕碎影》	蝶魂女士	轶闻及其他	"银幕上的侦探"栏目
第十九期	1924年二月朔日（农历）	《盗爱名画》	王天恨	轶闻及其他	
第十九期	1924年二月朔日（农历）	《科学的侦探术》（二）	程小青（署名："小青"）	轶闻及其他	
第十九期	1924年二月朔日（农历）	《侦探小说杂话》	姚苏凤（署名"姚赓夔"）	轶闻及其他	

续表

刊次	时间	题目	作者	类别	备注
第十九期	1924年二月朔日（农历）	《动物侦探》（上）	程小青（署名：“茧翁”）	轶闻及其他	“侦探谈话会”栏目
第十九期	1924年二月朔日（农历）	《新书案》	郑君平	轶闻及其他	“侦探谈话会”栏目
第十九期	1924年二月朔日（农历）	《断臂盗》	徐卓呆（署名：“闸北徐公”）	轶闻及其他	“侦探谈话会”栏目
第十九期	1924年二月朔日（农历）	《本地风光》	赵苕狂（署名：“门角里福尔摩斯”）	轶闻及其他	“别有世界”栏目
第十九期	1924年二月朔日（农历）	《红玫瑰与福尔摩斯》	胡寄尘	轶闻及其他	“别有世界”栏目
第十九期	1924年二月朔日（农历）	《零碎笑话》	徐卓呆（署名：“卓呆”）	轶闻及其他	“别有世界”栏目
第十九期	1924年二月朔日（农历）	《侦探笑谈》	顾明道（署名：“明道”）	轶闻及其他	“别有世界”栏目
第十九期	1924年二月朔日（农历）	《毛狮子》（第七、八章）	程小青	长篇侦探小说连载	标“霍桑探案”
第十九期	1924年二月朔日（农历）	《贼的急智》	徐耻痕（署名：“耻痕”）	轶闻及其他	
第十九期	1924年二月朔日（农历）	《近代侠义英雄传》（第三十七回）	平江不肖生著，吴门陆澹盦评	长篇武侠小说连载	该回回目为“慕剑侠荡产倾家，遣刺客报仇雪根”
第十九期	1924年二月朔日（农历）	《实在的奇案》	王天恨（署名：“天恨”）	轶闻及其他	
第十九期	1924年二月朔日（农历）	《近代侠义英雄传》（第三十八回）	平江不肖生著，吴门陆澹盦评	长篇武侠小说连载	该回回目为“假英雄穷途受恶气，真剑侠暗器杀强徒
第十九期	1924年二月朔日（农历）	《藏钱妙法》	程小青（署名：“茧翁”）	轶闻及其他	
第二十期	1924年二月望日（农历）	《编余琐话》	赵苕狂（署名：“苕狂”）	轶闻及其他	
第二十期	1924年二月望日（农历）	《白熊》	孙了红	侦探小说	标“东方亚森罗苹案”，后修改为《博物院的秘密》

续表

刊次	时间	题目	作者	类别	备注
第二十期	1924年二月望日（农历）	《尸旁夜话》	徐卓呆（署名："卓呆"）	侦探小说	
第二十期	1924年二月望日（农历）	《青年囚人之梦》	天然	轶闻及其他	
第二十期	1924年二月望日（农历）	《贼》	程小青译（署名："小青"）	侦探小说翻译	
第二十期	1924年二月望日（农历）	《九盎斯的别针》	徐卓呆（署名："闸北徐公"）	轶闻及其他	
第二十期	1924年二月望日（农历）	《侦探谜答案披露》	编者	轶闻及其他	侦探问答互动栏目
第二十期	1924年二月望日（农历）	《无我上人》	顾明道	武侠小说	
第二十期	1924年二月望日（农历）	《试验》	天壤王郎	轶闻及其他	
第二十期	1924年二月望日（农历）	《囚人的愿望》	徐卓呆（署名："闸北徐公"）	轶闻及其他	
第二十期	1924年二月望日（农历）	《鹦鹉口中》	赵苕狂（署名："苕狂"）	侦探小说	
第二十期	1924年二月望日（农历）	《随机触发》	程小青	轶闻及其他	谈小说《乌骨鸡》的创作缘起
第二十期	1924年二月望日（农历）	《谢吉士》	沈禹钟（署名："禹钟"）	武侠小说	标"游侠新传"
第二十期	1924年二月望日（农历）	《小旅馆中》	王天恨	侦探小说	属于"康卜森新探案"系列之一
第二十期	1924年二月望日（农历）	《可疑之阿母》	陶凤子	侦探小说	
第二十期	1924年二月望日（农历）	《乞丐的急智》	王天恨（署名："天恨"）	轶闻及其他	
第二十期	1924年二月望日（农历）	《一百件无头案》	胡寄尘	侦探小说	"五分钟小说"栏目
第二十期	1924年二月望日（农历）	《女尸》	何朴斋	侦探小说	"五分钟小说"栏目
第二十期	1924年二月望日（农历）	《妓之病》	王天恨	侦探小说	"五分钟小说"栏目

续表

刊次	时间	题目	作者	类别	备注
第二十期	1924年二月望日（农历）	《神怪之妓》	鸳侠	武侠小说	
第二十期	1924年二月望日（农历）	《科学的侦探术》（三）	程小青（署名：“小青”）	轶闻及其他	
第二十期	1924年二月望日（农历）	《笔与墨之大战争》	中立书生	轶闻及其他	“别有世界”栏目
第二十期	1924年二月望日（农历）	《流离》	杨小仲	轶闻及其他	“别有世界”栏目
第二十期	1924年二月望日（农历）	《一笑而已》	王天恨	轶闻及其他	“别有世界”栏目
第二十期	1924年二月望日（农历）	《上海打醋诗》	酸秀才	轶闻及其他	“别有世界”栏目
第二十期	1924年二月望日（农历）	《老大徒伤》	赵苕狂（署名：“阿苕”）	轶闻及其他	
第二十期	1924年二月望日（农历）	《毛狮子》（第九、十章）	程小青	长篇侦探小说连载	标“霍桑探案”
第二十期	1924年二月望日（农历）	《三捉鲁宾》	胡道静	轶闻及其他	
第二十期	1924年二月望日（农历）	《近代侠义英雄传》（第三十九回）	平江不肖生著，吴门陆澹盦评	长篇武侠小说连载	该回回目为“三侠大闹成都城，巨盗初探仁昌当”
第二十期	1924年二月望日（农历）	《近代侠义英雄传》（第四十回）	平江不肖生著，吴门陆澹盦评	长篇武侠小说连载	该回回目为“取六合战走老将军，赏中秋救出贞操女”
第二十期	1924年二月望日（农历）	《鸦片侠》	怡绿	轶闻及其他	
第二十一期	1924年三月朔日（农历）	《编余琐话》	赵苕狂（署名：“苕狂”）	轶闻及其他	
第二十一期	1924年三月朔日（农历）	《吴六剃头》	向恺然	武侠小说	标“武侠名著”
第二十一期	1924年三月朔日（农历）	《不幸之侦探》	钟瑶	侦探小说	
第二十一期	1924年三月朔日（农历）	《黑吃黑》	程小青译	侦探小说翻译	

续表

刊次	时间	题目	作者	类别	备注
第二十一期	1924年三月朔日（农历）	《海岛鏖兵记》	顾明道	武侠小说	
第二十一期	1924年三月朔日（农历）	《醉和尚》	郑逸梅	轶闻及其他	
第二十一期	1924年三月朔日（农历）	《临时强盗》	徐卓呆	侦探小说	
第二十一期	1924年三月朔日（农历）	《越南义士传》	胡寄尘	轶闻及其他	
第二十一期	1924年三月朔日（农历）	《佳人作贼》	何朴斋	侦探小说	属于“东方亚森罗苹奇案”系列之一
第二十一期	1924年三月朔日（农历）	《自投法网》	王天恨译	侦探小说翻译	属于“施蒂生探案”系列之一
第二十一期	1924年三月朔日（农历）	《红蝇》	张庆霖	侦探小说	
第二十一期	1924年三月朔日（农历）	《动物侦探》（下）	程小青（署名：“茧翁”）	轶闻及其他	“侦探谈话会”栏目
第二十一期	1924年三月朔日（农历）	《关于宝石的犯罪及侦探》（上）	徐卓呆（署名：“卓呆”）	轶闻及其他	“侦探谈话会”栏目
第二十一期	1924年三月朔日（农历）	《警察犬》	程小青（署名：“曾经沧海室主”）	轶闻及其他	“侦探谈话会”栏目
第二十一期	1924年三月朔日（农历）	《侦探常识一斑》	吴羽白	轶闻及其他	“侦探谈话会”栏目；作者吴羽白有医学背景
第二十一期	1924年三月朔日（农历）	《一日一人》	赵苕狂（署名：“阿苕”）	轶闻及其他	
第二十一期	1924年三月朔日（农历）	《“唯一之疑点”》（其一）	陶啸秋	侦探小说	“悬赏小说‘唯一之疑点’披露”第一名
第二十一期	1924年三月朔日（农历）	《“唯一之疑点”》（其二）	吴说修女士	侦探小说	“悬赏小说‘唯一之疑点’披露”第二名
第二十一期	1924年三月朔日（农历）	《“唯一之疑点”》（其三）	俞天愤	侦探小说	“悬赏小说‘唯一之疑点’披露”第三名
第二十一期	1924年三月朔日（农历）	《巴黎新骗术》	赵苕狂（署名：“门角里福尔摩斯”）	轶闻及其他	

续表

刊次	时间	题目	作者	类别	备注
第二十一期	1924 年三月朔日（农历）	《毛狮子》（第十一、十二章）	程小青	长篇侦探小说连载	标“霍桑探案”
第二十一期	1924 年三月朔日（农历）	《侦探口中之救命声》	绛娟	轶闻及其他	
第二十一期	1924 年三月朔日（农历）	《近代侠义英雄传》（第四十一回）	平江不肖生著，吴门陆澹盦评	长篇武侠小说连载	该回回目为“仗锚脱险齐四倾心，代师报仇王五劝架”
第二十一期	1924 年三月朔日（农历）	《轻罪重罚》	赵苕狂（署名：“忆凤”）	轶闻及其他	
第二十一期	1924 年三月朔日（农历）	《近代侠义英雄传》（第四十二回）	平江不肖生著，吴门陆澹盦评	长篇武侠小说连载	该回回目为“周锡仁轮诚结义，罗曜庚枉驾求贤”
第二十二期	1924 年三月望日（农历）	《编余琐话》	赵苕狂（署名：“苕狂”）	轶闻及其他	
第二十二期	1924 年三月望日（农历）	《假绅士》	程小青	侦探小说	标“霍桑探案”
第二十二期	1924 年三月望日（农历）	《犯罪人之趣谈》	徐卓呆（署名：“闸北徐公”）	轶闻及其他	
第二十二期	1924 年三月望日（农历）	《迟矣》（上）	张舍我	侦探小说	
第二十二期	1924 年三月望日（农历）	《不男不女之侠客》	冰樵	轶闻及其他	
第二十二期	1924 年三月望日（农历）	《残烟》	陈达哉	侦探小说	标“卜云探案”
第二十二期	1924 年三月望日（农历）	《贼的急智》	天放	轶闻及其他	
第二十二期	1924 年三月望日（农历）	《山东响马传》	姚民哀	长篇武侠小说连载	
第二十二期	1924 年三月望日（农历）	《猾鬼》	南海冯六译	侦探小说翻译	
第二十二期	1924 年三月望日（农历）	《亚森罗苹与福尔摩斯》	何朴斋	轶闻及其他	
第二十二期	1924 年三月望日（农历）	《新七侠传》	胡寄尘	武侠小说	

续表

刊次	时间	题目	作者	类别	备注
第二十二期	1924年三月望日（农历）	《二等车中》	徐耻痕（署名：“耻痕”）	侦探小说	火车题材侦探小说
第二十二期	1924年三月望日（农历）	《定判前的祷告》	程小青（署名：“茧翁”）	轶闻及其他	
第二十二期	1924年三月望日（农历）	《金蔷薇》	陶寒翠译	侦探小说翻译	
第二十二期	1924年三月望日（农历）	《银幕现身记》	爱娜女士	轶闻及其他	
第二十二期	1924年三月望日（农历）	《交换条件》	徐卓呆（署名：“卓呆”）	轶闻及其他	“别有世界”栏目
第二十二期	1924年三月望日（农历）	《机诈循环》	刘豁公	轶闻及其他	“别有世界”栏目；目录中标题为《机诈的循环》
第二十二期	1924年三月望日（农历）	《一笑而已》	王天恨	轶闻及其他	“别有世界”栏目
第二十二期	1924年三月望日（农历）	《失窃的笑话》	天然	轶闻及其他	
第二十二期	1924年三月望日（农历）	《舞场奇遇记》（第一、二章）	程小青译	侦探小说翻译连载	
第二十二期	1924年三月望日（农历）	《逆伦罪的奇判》	程小青（署名：“茧翁”）	轶闻及其他	
第二十二期	1924年三月望日（农历）	《近代侠义英雄传》（第四十三回）	平江不肖生著，吴门陆澹盦评	长篇武侠小说连载	该回回目为“论案情急煞罗知府，入盗穴吓倒郭捕头”
第二十二期	1924年三月望日（农历）	《冤冤相报》	王天恨（署名：“天恨”）	轶闻及其他	
第二十二期	1924年三月望日（农历）	《近代侠义英雄传》（第四十四回）	平江不肖生著，吴门陆澹盦评	长篇武侠小说连载	该回回目为“虚声误我王五殉名，大言欺人霍四动怒”
第二十二期	1924年三月望日（农历）	《戏猜三位文友》	王天恨（署名：“天恨”）	轶闻及其他	
第二十三期	1924年四月朔日（农历）	《编余琐话》	赵苕狂（署名：“苕狂”）	轶闻及其他	
第二十三期	1924年四月朔日（农历）	《江阴包师傅轶事》	向恺然	武侠小说	标“武侠名著”

续表

刊次	时间	题目	作者	类别	备注
第二十三期	1924年四月朔日（农历）	《复仇奇遇》	赵苕狂译（署名："苕狂"）	侦探小说翻译	
第二十三期	1924年四月朔日（农历）	《侦探小说的题名》	天攘王郎	轶闻及其他	疑署名笔误，应为"天壤王郎"
第二十三期	1924年四月朔日（农历）	《保险箱》	何朴斋	侦探小说	属于"东方亚森罗苹奇案"系列之一
第二十三期	1924年四月朔日（农历）	《由他猜猜》	小侦探	轶闻及其他	
第二十三期	1924年四月朔日（农历）	《赏钱》	程小青译	侦探小说翻译	
第二十三期	1924年四月朔日（农历）	《惊涛历险记》	天放	轶闻及其他	
第二十三期	1924年四月朔日（农历）	《外行侦探案》	胡寄尘	侦探小说	
第二十三期	1924年四月朔日（农历）	《美国侦探公会广告》	何海鸣	轶闻及其他	
第二十三期	1924年四月朔日（农历）	《囊中珠》	赵芝岩	侦探小说	
第二十三期	1924年四月朔日（农历）	《雪冤》	王天恨（署名："天恨"）	轶闻及其他	对小说《妓之病》相关问题的澄清
第二十三期	1924年四月朔日（农历）	《迟矣》（下）	张舍我	侦探小说	
第二十三期	1924年四月朔日（农历）	《圣诞节的特赦》	程小青（署名："茧翁"）	轶闻及其他	
第二十三期	1924年四月朔日（农历）	《我妻之秘密》	陶凤子	轶闻及其他	"银幕上的侦探"栏目
第二十三期	1924年四月朔日（农历）	《机警的教师》	天放	轶闻及其他	
第二十三期	1924年四月朔日（农历）	《关于宝石的犯罪及侦探》（中）	徐卓呆	轶闻及其他	"侦探谈话会"栏目
第二十三期	1924年四月朔日（农历）	《独创的大盗》	天放	轶闻及其他	"侦探谈话会"栏目

续表

刊次	时间	题目	作者	类别	备注
第二十三期	1924年四月朔日（农历）	《奇怪的呼声》	赵苕狂（署名：“门角里福尔摩斯”）	轶闻及其他	“侦探谈话会”栏目
第二十三期	1924年四月朔日（农历）	《舞场奇遇记》（第三、四章）	程小青译	侦探小说翻译连载	
第二十三期	1924年四月朔日（农历）	《近代侠义英雄传》（第四十五回）	平江不肖生著，吴门陆澹盦评	长篇武侠小说连载	该回回目为“求名师示勇天津道，访力士订约春申江”
第二十三期	1924年四月朔日（农历）	《法官之面》	王天恨	轶闻及其他	
第二十三期	1924年四月朔日（农历）	《近代侠义英雄传》（第四十六回）	平江不肖生著，吴门陆澹盦评	长篇武侠小说连载	该回回目为“候通知霍元甲着急，比武艺高继唐显能”
第二十三期	1924年四月朔日（农历）	《美国模范监狱之成绩》	何海鸣	轶闻及其他	
第二十四期	1924年四月望日（农历）	《别矣诸君》	赵苕狂	轶闻及其他	宣告了《侦探世界》杂志停刊
第二十四期	1924年四月望日（农历）	《绝命书》	程小青译	侦探小说翻译	
第二十四期	1924年四月望日（农历）	《拳术家李存义之死》	向恺然	武侠小说	
第二十四期	1924年四月望日（农历）	《古巴监狱观》	何海鸣	轶闻及其他	
第二十四期	1924年四月望日（农历）	《贼捉贼》	徐卓呆	侦探小说	火车题材侦探小说
第二十四期	1924年四月望日（农历）	《情牍》	沈禹钟（署名：“禹钟”）	侦探小说	“侦探胡杜伦”
第二十四期	1924年四月望日（农历）	《真盗假盗》	赵苕狂（署名：“门角里福尔摩斯”）	轶闻及其他	
第二十四期	1924年四月望日（农历）	《老鸦党》	姚民哀	党会小说	标“清代秘密党会史”
第二十四期	1924年四月望日（农历）	《颗颅粉》	范菊高	侦探小说	

续表

刊次	时间	题目	作者	类别	备注
第二十四期	1924年四月望日（农历）	《窃钻与窃照》	王天恨译	侦探小说翻译	属于“施蒂生探案”系列之一
第二十四期	1924年四月望日（农历）	《窃贼的切口》	天壤王郎	轶闻及其他	
第二十四期	1924年四月望日（农历）	《窃而非窃》	赵苕狂（署名：“忆凤”）	轶闻及其他	“侦探谈话会”栏目
第二十四期	1924年四月望日（农历）	《关于宝石的犯罪及侦探》（下）	徐卓呆	轶闻及其他	“侦探谈话会”栏目
第二十四期	1924年四月望日（农历）	《德国最有名之侦探犬》	何海鸣	轶闻及其他	“侦探谈话会”栏目
第二十四期	1924年四月望日（农历）	《怪水夫》	李瀛洲	轶闻及其他	
第二十四期	1924年四月望日（农历）	《舞场奇遇记》（第五、六章）	程小青译	侦探小说翻译连载	
第二十四期	1924年四月望日（农历）	《近代侠义英雄传》（第四十七回）	平江不肖生著，吴门陆澹盦评	长篇武侠小说连载	该回回目为“降志辱身羞居故里，求师访道遍走天涯”
第二十四期	1924年四月望日（农历）	《近代侠义英雄传》（第四十八回）	平江不肖生著，吴门陆澹盦评	长篇武侠小说连载	该回回目为“揽麻雀老英雄显绝艺，拉虎筋大徒弟试工夫”
第二十四期	1924年四月望日（农历）	《近代侠义英雄传》（第四十九回）	平江不肖生著，吴门陆澹盦评	长篇武侠小说连载	该回回目为“巧报仇全凭旱烟管，看比武又见开路神”
第二十四期	1924年四月望日（农历）	《近代侠义英雄传》（第五十回）	平江不肖生著，吴门陆澹盦评	长篇武侠小说连载	该回回目为“会力士农劲荪办交涉，见强盗彭纪洲下说辞”

《侦探》（1938年9月—1941年8月，共五十七期）

1938年9月15日在上海创刊，停刊于1941年8月，共57期。

侦探月刊社编辑，友利公司出版部发行。第二十八期起（1940 年 3 月 15 日），宣布杂志同人加入“今文编译社”。《侦探》第一期、第二期为月刊，第三期起改为半月刊，但有时发刊频次不稳定，仍经常有每月出刊的现象。该刊主要刊登国内外侦探小说，其中以翻译外国侦探小说为主，短篇小说占了绝大多数。同时该刊连载翻译了美国侦探小说家厄尔·德尔·比格斯（Earl Derr Biggers）的长篇侦探小说“陈查礼探案第一种”《幕后的秘密》（*Behind That Curtain*）。

《侦探》杂志的主要译者有：萧莲、何文思、李维里、高澮生、高明、李惠宁、乃治、陈知、汉夫、王能一等。在第一期《编者的话》中便声明了该杂志以侦探小说翻译作品为主：“侦探小说在我国虽然有过不少译著作品，可是以侦探小说和关于侦探这门类的写作为主的定期刊物以前一直没有过，所以本刊的出版，可以说是这方面的第一次尝试。”此外，该杂志上还有不少看图破案和侦探猜谜游戏等固定的互动性栏目，应该也都是翻译自外国同类刊物，生动有趣，很有特色。

附表 2-2　《侦探》（1938 年 9 月—1941 年 8 月）刊载作品情况

刊次	时间	题目	作者	类别	备注
第一期	1938 年 9 月 15 日	《谁是凶手》		轶闻及其他	看图破案互动游戏
第一期	1938 年 9 月 15 日	《编者的话》		轶闻及其他	
第一期	1938 年 9 月 15 日	《妙手空空》	克里斯妥佛·B. 布斯原著，程康运、胡仲侍合译	侦探小说翻译	
第一期	1938 年 9 月 15 日	《汽车失慎》	侦探学教授福耐著	轶闻及其他	侦探问答互动栏目“五分钟破案”
第一期	1938 年 9 月 15 日	《美国警务总局对犯罪战争之新科学工具》	Edwin Teale 原著，高明君译	轶闻及其他	原刊于美国 *Popular Science* 月刊
第一期	1938 年 9 月 15 日	《一个新闻记者怎样破谋杀案》	美国缅因省新闻记者弗郎克著，高明君译	侦探小说翻译	杂志注明“美国一件实事”

续表

刊次	时间	题目	作者	类别	备注
第一期	1938 年 9 月 15 日	《一张晚报》	克尔曼·福罗斯原著，萧莲译述	侦探小说翻译	
第一期	1938 年 9 月 15 日	《美国私家侦探的活跃》	李玛黎	轶闻及其他	
第一期	1938 年 9 月 15 日	《唐人街暗杀案》	约翰·L. 彭顿原著，李维里译	侦探小说翻译	
第一期	1938 年 9 月 15 日	《纱厂血案》	侦探学教授福耐著	轶闻及其他	侦探问答互动栏目“五分钟破案”
第一期	1938 年 9 月 15 日	《死神日记》	马登·康伯伦原著，何文思、李维里合译	侦探小说翻译	
第二期	1938 年 10 月 15 日	《谁杀了约翰叔叔?》		轶闻及其他	看图破案互动游戏
第二期	1938 年 10 月 15 日	《编者的话》		轶闻及其他	
第二期	1938 年 10 月 15 日	《七人党》	约翰肯脱原著，浪波译述	侦探小说翻译	小说原名为 *The Sign of Seven*
第二期	1938 年 10 月 15 日	《舟中血案》	侦探学教授福耐著	轶闻及其他	侦探问答互动栏目“五分钟破案”
第二期	1938 年 10 月 15 日	《盐花生解决谋杀案》	约翰·考布勒著，萧莲译述	侦探小说翻译	
第二期	1938 年 10 月 15 日	《古塔疑案》	摩立司莱勃郎著，高潸生译述	侦探小说翻译	小说译自莫里斯·勒布朗（Maurice Leblanc）小说 *L'Agence Barnett et Cie* 中的部分内容，现通常译作《巴尔内特私家侦探事务所》，《古塔疑案》译自其中 *Le Hasard fait des miracles*（偶然产生奇迹）一部分内容
第二期	1938 年 10 月 15 日	《假指纹》	梁穆译	侦探小说翻译	原刊于美国 *San Francisco Examiner*
第二期	1938 年 10 月 15 日	《委员会中》	侦探学教授福耐著	轶闻及其他	侦探问答互动栏目“五分钟破案”
第二期	1938 年 10 月 15 日	《巨灵之掌》	史蒂芬菲列斯著，何文思译述	侦探小说翻译	小说原名为 *A Man With Big Hands*
第二期	1938 年 10 月 15 日	《面粉杀人案》	约翰·D. 史温著，卢少辉译述	侦探小说翻译	小说原名为 *Dust To Dust*
第二期	1938 年 10 月 15 日	《藏金的秘密》	佐治·萨台尔著，李维里译	侦探小说翻译	小说原名为 *The Frozen Assets*

续表

刊次	时间	题目	作者	类别	备注
第二期	1938年10月15日	《乒乓球命案》	佐治阿仑英格兰著，何文思、李维里合译	侦探小说翻译	小说原名为 *Ping Pong*
第三期	1938年11月20日	《谁杀死康尼》		轶闻及其他	看图破案互动游戏
第三期	1938年11月20日	《编者的话》		轶闻及其他	
第三期	1938年11月20日	《捉拿亚森罗苹》	摩立司莱勃郎著，何文思译述	侦探小说翻译	小说原名为 *Arresting Arsene Lupin*
第三期	1938年11月20日	《箱中女尸》	高明译	轶闻及其他	侦探问答互动栏目“五分钟破案”
第三期	1938年11月20日	《山中秘密》	西·波培原著，崇哲译述	侦探小说翻译	小说原名为 *The Secret of Mountain*
第三期	1938年11月20日	《美国联邦检察局：怎样根据头发和织维破案》	莱克斯考里亚著，李玛黎译	轶闻及其他	
第三期	1938年11月20日	《荷顿路凶案》	高明译	轶闻及其他	侦探问答互动栏目“五分钟破案”
第三期	1938年11月20日	《播音台血案》	格兰雄尔·罗宾士著，何文思、李维里合译	侦探小说翻译	小说原名为 *The Broadcast Murder*
第三期	1938年11月20日	《恋爱悲剧》	澹生译	侦探小说翻译	杂志注明“侦探实事”
第三期	1938年11月20日	《九死一生》（上）	B. B. 福勒原著，洪涛译述	侦探小说翻译	小说原名为 *Candidates For Coffins*
第四期	1938年12月5日	《谋杀欤？误杀欤？》		轶闻及其他	看图破案互动游戏
第四期	1938年12月5日	《编者的话》		轶闻及其他	
第四期	1938年12月5日	《失珠奇案》	摩立斯莱勃郎著，澹生译述	侦探小说翻译	小说原名为 *Drops That Trickle Away*
第四期	1938年12月5日	《天网恢恢》	詹斯马丁著，萧莲译	侦探小说翻译	小说原名为 *Dame Nature Detective*
第四期	1938年12月5日	《夺宝案》	罗仑斯·基登著，何文思译述	侦探小说翻译	小说原名为 *Hot Ice For Homicide*
第四期	1938年12月5日	《黑夜哭声》	高明译	轶闻及其他	侦探问答互动栏目“五分钟破案”
第四期	1938年12月5日	《车声弹痕》	西立尔原著，冬九译述	侦探小说翻译	小说原名为 *Bullet Promotion*

续表

刊次	时间	题目	作者	类别	备注
第四期	1938年12月5日	《老鹰在哪里?》	高明译	轶闻及其他	侦探问答互动栏目“五分钟破案”
第四期	1938年12月5日	《狡猾的珍妮》	拉尔夫杜郎著，何文思、李维里合译	侦探小说翻译	小说原名为 *Artful Jane*
第四期	1938年12月5日	《绑票案》	澹生译	侦探小说翻译	杂志注明“侦探实事”，来自“美国 *New York Sunday Mirror*”
第四期	1938年12月5日	《谁是真凶?》	雷·康敏斯著，云痕译	侦探小说翻译	小说原名为 *The Dead Girl Screamed*
第四期	1938年12月5日	《九死一生》(下)	B. B. 福勒原著，洪涛译述	侦探小说翻译	小说原名为 *Candidates For Coffins*
第五期	1938年12月20日	《汽车血案》		轶闻及其他	看图破案互动游戏
第五期	1938年12月20日	《编者的话》		轶闻及其他	
第五期	1938年12月20日	《死尸回来了》	史都纳克著，李惠宁译	侦探小说翻译	小说原名为 *The Corpse Came Back*
第五期	1938年12月20日	《毒药案》	高明译	轶闻及其他	侦探问答互动栏目“五分钟破案”
第五期	1938年12月20日	《森林里的惨剧》	许·凯夫著，萧莲译	侦探小说翻译	小说原名为 *The Careless Cadaver*
第五期	1938年12月20日	《鬼屋》	高明译	轶闻及其他	侦探问答互动栏目“五分钟破案”
第五期	1938年12月20日	《生死关头》	亚历山大·浮士德著，李惠宁译	侦探小说翻译	小说原名为 *Blood Is No Alibi*
第五期	1938年12月20日	《白昼盗案》	高明译	轶闻及其他	侦探问答互动栏目“五分钟破案”
第五期	1938年12月20日	《箱尸奇案》	菲立卡琴著，何文思译	侦探小说翻译	小说原名为 *Death Takes No Vacation*
第五期	1938年12月20日	《一个故事》	高明译	轶闻及其他	侦探问答互动栏目“五分钟破案”
第五期	1938年12月20日	《周密的犯罪》	美国范达痕著，崇哲译	侦探小说翻译	“斐洛凡士的奇案分析”系列之一；小说原名为 *Almost Perfect Crime*，1929年发表
第六期	1939年1月15日	《谁是绑票主犯》		轶闻及其他	看图破案互动游戏
第六期	1939年1月15日	《编者的话》		轶闻及其他	

续表

刊次	时间	题目	作者	类别	备注
第六期	1939年1月15日	《三层楼寓所》	亚嘉泰克利斯坦著，李惠宁译	侦探小说翻译	小说原名为 *The Third Floor Flat*，现通常译作“第三层套间中的疑案”，为“大侦探波洛”系列作品之一
第六期	1939年1月15日	《神秘失踪案》	勃拉逊格姆著，李维里译	侦探小说翻译	小说原名为 *Road of Missing Persons*
第六期	1939年1月15日	《意料之外》	罗勃根宾著，方彬译	侦探小说翻译	杂志注明“三分钟侦探故事”；小说原名为 *The Light that Jailed*
第六期	1939年1月15日	《绝命书》	高明译	轶闻及其他	侦探问答互动栏目“五分钟破案”
第六期	1939年1月15日	《在黑暗中》	罗勃汤姆逊著，萧莲译	侦探小说翻译	小说原名为 *Killer In the Dark*
第六期	1939年1月15日	《鬼!》	却尔斯翼克逊著，李维里译	侦探小说翻译	
第六期	1939年1月15日	《不怕死的摩莉》	劳赛尔格雷著，何文思译述	侦探小说翻译	
第六期	1939年1月15日	《三兄弟》	吉姆司霍尔著，崇哲译	侦探小说翻译	杂志注明“三分钟侦探故事”；小说原名为 *Homicide Parley*
第七期	1939年2月1日	《公园里的暗杀案》		轶闻及其他	看图破案互动游戏
第七期	1939年2月1日	《编者的话》		轶闻及其他	
第七期	1939年2月1日	《活蜘蛛》	哈尔范姆斯著，李维里译	侦探小说翻译	小说原名为 *Spider's Web*
第七期	1939年2月1日	《三张邮票》	高明译	轶闻及其他	侦探问答互动栏目“五分钟破案”
第七期	1939年2月1日	《毒巧格力》	安汤尼勃开来著，吴西久译	侦探小说翻译	小说原名为 *The Avenging Chance*，情节应为安东尼·伯克莱（Anthony Berkeley）《毒巧克力命案》（*The Poisoned Chocolates Case*）的故事简写本
第七期	1939年2月1日	《神秘的毒药》	罗勃佩萨尔著，原子译	侦探小说翻译	杂志注明“三分钟侦探故事”；小说原名为 *Sinister Sonata*
第七期	1939年2月1日	《杀人凶犯》	乔治歇夫脱尔著，李崇哲译述	侦探小说翻译	小说原名为 *Third Degree Killer*

续表

刊次	时间	题目	作者	类别	备注
第七期	1939年2月1日	《黑暗中的怪眼睛》	台奥摩著，何文思、李维里合译	侦探小说翻译	小说原名为 *The Drowned Dim Eyes*
第八期	1939年3月1日	《是谁先死?》		轶闻及其他	看图破案互动游戏
第八期	1939年3月1日	《编者的话》		轶闻及其他	
第八期	1939年3月1日	《破绽》	罗勃狄克著，李维里译	侦探小说翻译	小说原名为 *Bad Business*
第八期	1939年3月1日	《西泼林蜜蜂》	安汤尼惠恩著，穆之英译	侦探小说翻译	小说原名为 *The Cyprian Bees*
第八期	1939年3月1日	《歌舞明星》	高明译	轶闻及其他	侦探问答互动栏目“五分钟破案”
第八期	1939年3月1日	《榆树下》	麦奈卡莱著，C. C. 译	侦探小说翻译	杂志注明“三分钟侦探故事”；小说原名为 *The Wrong Tree*
第八期	1939年3月1日	《八块钱》	罗勃雪尼保文著，吴西久译	侦探小说翻译	小说原名为 *Eight Dollar Murder*
第八期	1939年3月1日	《摄影室血案》	雷康敏斯著，崇哲译述	侦探小说翻译	小说原名为 *The Picture Death Took*
第八期	1939年3月1日	《绑匪的机智》		轶闻及其他	侦探问答互动栏目“五分钟破案”
第八期	1939年3月1日	《洋团团的秘密》	狄克森著，葛瑜译	侦探小说翻译	小说原名为 *The Devil's Deadly Doll*
第八期	1939年3月1日	《世界博览会的警备力量》		轶闻及其他	
第八期	1939年3月1日	《蝙蝠之女》（上）	保罗安斯脱著，李维里译述	侦探小说翻译	小说原名为 *Daughters of the Bat*
第九期	1939年3月15日	《私运金刚钻》		轶闻及其他	看图破案互动游戏
第九期	1939年3月15日	《编者的话》		轶闻及其他	
第九期	1939年3月15日	《借刀杀人》	爱德华伦斯著，何文思译述	侦探小说翻译	小说原名为 *Child's Play*
第九期	1939年3月15日	《失算一招》	高明译	轶闻及其他	侦探问答互动栏目“五分钟破案”
第九期	1939年3月15日	《沙滤缸》	罗勃脱著，之英译	侦探小说翻译	小说原名为 *The English Filter*

续表

刊次	时间	题目	作者	类别	备注
第九期	1939年3月15日	《奇特的杀人事件》		轶闻及其他	
第九期	1939年3月15日	《周密的犯罪》	高明译	轶闻及其他	侦探问答互动栏目“五分钟破案”
第九期	1939年3月15日	《寒假中的血案》	姜奉犹	侦探小说	杂志注明“中篇创作”
第九期	1939年3月15日	《奇特的足迹》	包杜恩·格罗拉著，李维里译	侦探小说翻译	小说原名为 *Strange Tracks*
第九期	1939年3月15日	《法律和人情》		轶闻及其他	
第九期	1939年3月15日	《蒙弟的秘密》	高明译	轶闻及其他	侦探问答互动栏目“五分钟破案”
第九期	1939年3月15日	《蝙蝠之女》（下）	保罗安斯脱著，李维里译述	侦探小说翻译	小说原名为 *Daughters of the Bat*
第十期	1939年4月15日	《自杀疑案》		轶闻及其他	看图破案互动游戏
第十期	1939年4月15日	《编者的话》		轶闻及其他	
第十期	1939年4月15日	《两次抢劫》	哈尔·G. 范姆斯著，萧莲译述	侦探小说翻译	小说原名为 *Trouble Knocks Twice*
第十期	1939年4月15日	《再度相逢》	曼尔华脱著，何文恩译	侦探小说翻译	小说原名为 *I'll Catch Up With you*；疑此处署名笔误，应为“何文思”
第十期	1939年4月15日	《鬼魂归来》	勃里丹·奥斯丁著，西久译述	侦探小说翻译	小说原名为 *Trial By Ordeal*
第十期	1939年4月15日	《急智》	威廉勃伦宾著，李维里译述	侦探小说翻译	
第十期	1939年4月15日	《桃色命案》	罗勃汤泼逊著，濬生译	侦探小说翻译	小说原名为 *Crimson Siren*
第十期	1939年4月15日	《会议上的惨剧》	高明译	轶闻及其他	侦探问答互动栏目“五分钟破案”
第十期	1939年4月15日	《沼泽中的凶案》	高明译	轶闻及其他	侦探问答互动栏目“五分钟破案”
第十期	1939年4月15日	《幕后的秘密》（一）	Earl Derr Biggers 著，李惠宁译	长篇侦探小说翻译连载	标“陈查礼探案第一种”；小说原名为 *Behind That Curtain*
第十一期	1939年5月15日	《女伶惨死：究竟是谁杀死了她》		轶闻及其他	看图破案互动游戏

续表

刊次	时间	题目	作者	类别	备注
第十一期	1939年5月15日	《编者的话》		轶闻及其他	
第十一期	1939年5月15日	《烟斗谋杀案》	奥蒂克拉恩著，李维里译	侦探小说翻译	小说原名为 *Murder Is A Pipe*
第十一期	1939年5月15日	《十点十五分》	高明译	轶闻及其他	侦探问答互动栏目“五分钟破案”
第十一期	1939年5月15日	《弄巧成拙》	彼得却尼著，何文思译	侦探小说翻译	小说原名为 *He Walked in Her Sleep*
第十一期	1939年5月15日	《炸保险箱的窃贼》		轶闻及其他	
第十一期	1939年5月15日	《玩具手枪捕小偷》		轶闻及其他	
第十一期	1939年5月15日	《黑影画》	莱肯铭原著，崇哲译述	侦探小说翻译	小说原名为 *The Shadowgraph Test*
第十一期	1939年5月15日	《抢劫银行》	高明译	轶闻及其他	侦探问答互动栏目“五分钟破案”
第十一期	1939年5月15日	《窃画记》	彼得·却尼著，李维里译	侦探小说翻译	小说原名为 *We Girls Must Hang Together*
第十一期	1939年5月15日	《幕后的秘密》（二）	Earl Derr Biggers著，李惠宁译	长篇侦探小说翻译连载	标“陈查礼探案第一种”；小说原名为 *Behind That Curtain*
第十二期	1939年6月1日	《谋杀疑案》		轶闻及其他	看图破案互动游戏
第十二期	1939年6月1日	《编者的话》		轶闻及其他	
第十二期	1939年6月1日	《犯罪圣诞之夜》	诺凡尔配奇著，高明译	侦探小说翻译	小说原名为 *Crime's Christmas Carol*
第十二期	1939年6月1日	《谁是凶手》	罗勃·坎仁著，何文思译	侦探小说翻译	小说原名为 *Murder is Racket*
第十二期	1939年6月1日	《吐烟圈的人》	李却森著，潸生译	侦探小说翻译	小说原名为 *The Man Who Made Rings*
第十二期	1939年6月1日	《两张照片》	T.K. 霍里著，萧莲译述	侦探小说翻译	杂志注明“三分钟侦探故事”；小说原名为 *No Time For Killing*
第十二期	1939年6月1日	《要求赔偿损失》	高明译	轶闻及其他	侦探问答互动栏目“五分钟破案”
第十二期	1939年6月1日	《六只钻镯》	彼得却尼著，李维里译	侦探小说翻译	小说原名为 *One Born Every Minute*

续表

刊次	时间	题目	作者	类别	备注
第十二期	1939年6月1日	《奇怪的琴声》	约翰华雷斯著，徐伟荣译	侦探小说翻译	小说原名为 *The Key To Doom*
第十二期	1939年6月1日	《幕后的秘密》（三）	Earl Derr Biggers著，李惠宁译	长篇侦探小说翻译连载	标"陈查礼探案第一种"；小说原名为 *Behind That Curtain*
第十三期	1939年6月15日	《毒药疑案》		轶闻及其他	看图破案互动游戏
第十三期	1939年6月15日	《编者的话》		轶闻及其他	
第十三期	1939年6月15日	《威胁》	罗杰斯著，戚诚译	侦探小说翻译	小说原名为 *Where Lurks A Blonde*
第十三期	1939年6月15日	《聪明的误用》	彼得却尼著，李维里译	侦探小说翻译	小说原名为 *Truth is Never Acceptable*
第十三期	1939年6月15日	《并非意外》	高明译	轶闻及其他	侦探问答互动栏目"五分钟破案"
第十三期	1939年6月15日	《恐怖的死》	史泰脱巴穆著，高明译述	侦探小说翻译	小说原名为 *The Riddle of the Purple Death*
第十三期	1939年6月15日	《旅馆里的穷贼》		轶闻及其他	
第十三期	1939年6月15日	《棕色肥皂》	约翰欧尔台维斯著，何文思译述	侦探小说翻译	小说原名为 *The Solid Gold Soap*
第十三期	1939年6月15日	《失踪的富翁》	高明译	轶闻及其他	侦探问答互动栏目"五分钟破案"
第十三期	1939年6月15日	《幕后的秘密》（四）	Earl Derr Biggers著，李惠宁译	长篇侦探小说翻译连载	标"陈查礼探案第一种"；小说原名为 *Behind That Curtain*
第十四期	1939年7月1日	《误杀欤？谋杀欤？》		轶闻及其他	看图破案互动游戏
第十四期	1939年7月1日	《编者的话》		轶闻及其他	
第十四期	1939年7月1日	《旧货公司奇案》	德徽脱著，崇哲译	侦探小说翻译	小说原名为 *Penny Wise, Inc.*
第十四期	1939年7月1日	《法网难逃》	汤姆斯霍治著，李维里译	侦探小说翻译	小说原名为 *Hound of Justice*
第十四期	1939年7月1日	《小酒馆刦案》	高明译	轶闻及其他	侦探问答互动栏目"五分钟破案"
第十四期	1939年7月1日	《高射探照光炮》	派辛汉著，吾生译	侦探小说翻译	小说原名为 *The Searchlight Gun*；属于"亨利·毕林探案"系列作品之一

续表

刊次	时间	题目	作者	类别	备注
第十四期	1939年7月1日	《没有生路》	高明译	轶闻及其他	侦探问答互动栏目“五分钟破案”
第十四期	1939年7月1日	《真假宝石》	彼得却尼著，李维里译	侦探小说翻译	小说原名为 *Clash with Doctor Klaat*
第十四期	1939年7月1日	《水上的碎纸》	保罗脱廉著，何文思译述	侦探小说翻译	小说原名为 *Call me Whitey*
第十四期	1939年7月1日	《幕后的秘密》（五）	Earl Derr Biggers著，李惠宁译	长篇侦探小说翻译连载	标“陈查礼探案第一种”；小说原名为 *Behind That Curtain*
第十五期	1939年7月15日	《古瓶被窃：请大家来客串一次侦探》		轶闻及其他	看图破案互动游戏
第十五期	1939年7月15日	《编者的话》		轶闻及其他	
第十五期	1939年7月15日	《窗内的秘密》	K. R. G. 勃郎著，西久译述	侦探小说翻译	小说原名为 *Through The Window*
第十五期	1939年7月15日	《图书室里》	高明译	轶闻及其他	侦探问答互动栏目“五分钟破案”
第十五期	1939年7月15日	《奇怪照相》	米拉尔著，吟汝译	侦探小说翻译	标“贾克基恩探案之一”；小说原名为 *The Mystery Photographs*
第十五期	1939年7月15日	《血迹淋漓》	高明译	轶闻及其他	侦探问答互动栏目“五分钟破案”
第十五期	1939年7月15日	《摩莉潘派锄奸记》	鲁赛格莱著，何文思译	侦探小说翻译	小说原名为 *Mr. Death Courts Molly Pepper*
第十五期	1939年7月15日	《幕后的秘密》（六）	Earl Derr Biggers著，李惠宁译	长篇侦探小说翻译连载	标“陈查礼探案第一种”；小说原名为 *Behind That Curtain*
第十六期	1939年8月1日	《杀人案：请大家客串一次侦探》		轶闻及其他	看图破案互动游戏
第十六期	1939年8月1日	《编者的话》		轶闻及其他	
第十六期	1939年8月1日	《聪明的酬报》	约翰披梭尔著，萧莲译述	侦探小说翻译	小说原名为 *A Lesson In Homicide*
第十六期	1939年8月1日	《翡翠西瓜》	派辛汉著，何文思译	侦探小说翻译	小说原名为 *The Emerald Melons*；属于“亨利·毕林探案”系列作品之一

续表

刊次	时间	题目	作者	类别	备注
第十六期	1939 年 8 月 1 日	《左耳聋了?》	高明译	轶闻及其他	侦探问答互动栏目“五分钟破案”
第十六期	1939 年 8 月 1 日	《劫珠记》	胡庆坻	侦探小说	杂志注明“中篇侦探创作”
第十六期	1939 年 8 月 1 日	《两条人命》	高明译（遗笔）	轶闻及其他	侦探问答互动栏目“五分钟破案”
第十六期	1939 年 8 月 1 日	《剧盗落网》	保罗狄恩著，李维里译	侦探小说翻译	小说原名为 *A Game For Two*
第十六期	1939 年 8 月 1 日	《自投罗网》	米拉尔著，萧莲译	侦探小说翻译	标“贾克基恩探案之二”；小说原名为 *The Riddle of the End House*
第十六期	1939 年 8 月 1 日	《幕后的秘密》（七）	Earl Derr Biggers 著，李惠宁译	长篇侦探小说翻译连载	标“陈查礼探案第一种”；小说原名为 *Behind That Curtain*
第十七期	1939 年 8 月 15 日	《谋杀奇案：你想应该怎样解决》		轶闻及其他	看图破案互动游戏
第十七期	1939 年 8 月 15 日	《编者的话》		轶闻及其他	
第十七期	1939 年 8 月 15 日	《无期徒刑》	西里宁勃林凯著，李维里译	侦探小说翻译	小说原名为 *Life Stretch*
第十七期	1939 年 8 月 15 日	《金烟盒》	范勃里宙著，培生译	侦探小说翻译	小说原名为 *Missing From Home*
第十七期	1939 年 8 月 15 日	《圣餐杯》	J. S. 佛莱却作，何文思译	侦探小说翻译	小说原名为 *Mr. Leggatt Leaves His Card*
第十七期	1939 年 8 月 15 日	《四度空间谋杀案》	派辛汉著，汉夫译	侦探小说翻译	小说原名为 *The Immaculate Brethren*；属于“亨利·毕林探案”系列作品之一
第十七期	1939 年 8 月 15 日	《男人的脚印》	乃治译	轶闻及其他	侦探问答互动栏目“五分钟破案”
第十七期	1939 年 8 月 15 日	《枪下的爱情》	彼得却尼著，萧莲译	侦探小说翻译	小说原名为 *Love with a Gun*
第十七期	1939 年 8 月 15 日	《绝命书》	乃治译	轶闻及其他	侦探问答互动栏目“五分钟破案”
第十七期	1939 年 8 月 15 日	《古屋奇案》	米拉尔著，何文恩（疑应为“何文思”）译	侦探小说翻译	标“贾克基恩探案之三”；小说原名为 *The House of the Mystery*
第十八期	1939 年 9 月 1 日	《艳尸案》		轶闻及其他	看图破案互动游戏

续表

刊次	时间	题目	作者	类别	备注
第十八期	1939年9月1日	《编者的话》		轶闻及其他	
第十八期	1939年9月1日	《宦海沉冤录》	劳合刘惠尔著，李维里译	侦探小说翻译	小说原名为 *Fatal Forgeries*
第十八期	1939年9月1日	《书室里》	乃治译	轶闻及其他	侦探问答互动栏目“五分钟破案”
第十八期	1939年9月1日	《电话的秘密》	霍华郎姆著，萧莲译	侦探小说翻译	小说原名为 *Whirling Digits*
第十八期	1939年9月1日	《两度身死的人》	乃治译	侦探小说翻译	标“史丹里探案之一”；小说原名为 *The Man who Died Twice*
第十八期	1939年9月1日	《黑夜里的眼睛》	乃治译	轶闻及其他	侦探问答互动栏目“五分钟破案”
第十八期	1939年9月1日	《幕后的秘密》（九）	Earl Derr Biggers 著，李惠宁译	长篇侦探小说翻译连载	标“陈查礼探案第一种”；小说原名为 *Behind That Curtain* ；按序号顺延应为第八次连载，但内容上与第十六期的第七次连载可以完整衔接，应为连载序号笔误
第十九期	1939年9月1日	《画家自杀疑案》		轶闻及其他	看图破案互动游戏
第十九期	1939年9月1日	《编者的话》		轶闻及其他	
第十九期	1939年9月1日	《以毒攻毒》	莱肯敏著，陈知译	侦探小说翻译	小说原名为 *The Smoke Lure*
第十九期	1939年9月1日	《谁是凶手》	乃治译	轶闻及其他	侦探问答互动栏目“五分钟破案”
第十九期	1939年9月1日	《交易所的风波》	菲列·奥本汉著，何文思译	侦探小说翻译	小说原名为 *The Great Bear*
第十九期	1939年9月1日	《血箭标》	晋之译	侦探小说翻译	标“史丹里探案之二”
第十九期	1939年9月1日	《地穴幽灵》	派辛汉作，汉夫译	侦探小说翻译	小说原名为“*Lombard Street Mystery*”；属于“亨利·毕林探案”系列作品之一
第十九期	1939年9月1日	《不是自杀》	乃治译	轶闻及其他	侦探问答互动栏目“五分钟破案”
第二十期	1939年10月1日	《双尸惨案》		轶闻及其他	看图破案互动游戏

续表

刊次	时间	题目	作者	类别	备注
第二十期	1939年10月1日	《编者的话》		轶闻及其他	
第二十期	1939年10月1日	《丛林里的枪声》	格劳代基惠尔作，李维里译	侦探小说翻译	
第二十期	1939年10月1日	《毒药案》	乃治译	轶闻及其他	侦探问答互动栏目“五分钟破案”
第二十期	1939年10月1日	《壁上的蜗牛》	尤金勃拉克著，何文恩译	侦探小说翻译	小说原名为 *Clue of the Galloping Snail*；疑此处署名笔误，应为“何文思”
第二十期	1939年10月1日	《幕后的秘密》（十）	Earl Derr Biggers 著，李惠宁译	长篇侦探小说翻译连载	标“陈查礼探案第一种”；小说原名为 *Behind That Curtain*
第二十期	1939年10月1日	《厨房里的尸身》	乃治译	轶闻及其他	侦探问答互动栏目“五分钟破案”
第二十一期	1939年10月15日	《死得离奇》		轶闻及其他	看图破案互动游戏
第二十一期	1939年10月15日	《编者的话》		轶闻及其他	
第二十一期	1939年10月15日	《衣箱的秘密》	乃治译述	侦探小说翻译	标“史丹里探案之三”；小说原名为 *The Great Trunk Mystery*
第二十一期	1939年10月15日	《三十元凶杀案》	乃治译	轶闻及其他	侦探问答互动栏目“五分钟破案”
第二十一期	1939年10月15日	《八千元》	克里斯赛伊士著，萧莲译述	侦探小说翻译	小说原名为 *The High Call*
第二十一期	1939年10月15日	《自寻死路》	奥仑道李哥里作，何文思译	侦探小说翻译	小说原名为 *Poison is For Rats*
第二十一期	1939年10月15日	《正午的窃案》	乃治译	轶闻及其他	侦探问答互动栏目“五分钟破案”
第二十一期	1939年10月15日	《小屋的神秘》	陈知译	侦探小说翻译	标“贾克基恩探案之四”；小说原名为 *The Mysterious Cottage*
第二十一期	1939年10月15日	《到地狱去的捷径》	摩理斯金贝尔作，李维里译	侦探小说翻译	小说原名为 *Short Circuit to Hell*
第二十一期	1939年10月15日	《蒙面强盗》	乃治译	轶闻及其他	侦探问答互动栏目“五分钟破案”
第二十一期	1939年10月15日	《幕后的秘密》（十一）	Earl Derr Biggers 著，李惠宁译	长篇侦探小说翻译连载	标“陈查礼探案第一种”；小说原名为 *Behind That Curtain*

续表

刊次	时间	题目	作者	类别	备注
第二十二期	1939年11月1日	《谁是凶手》		轶闻及其他	看图破案互动游戏
第二十二期	1939年11月1日	《编者的话》		轶闻及其他	
第二十二期	1939年11月1日	《恶贯满盈》	D. J. 强斯顿作，陈知译	侦探小说翻译	小说原名为 *Killers Don't Live Long*
第二十二期	1939年11月1日	《酒吧劫案》	乃治译	轶闻及其他	侦探问答互动栏目“五分钟破案”
第二十二期	1939年11月1日	《毒计》	却尔斯狄更逊著，何文思译	侦探小说翻译	小说原名为 *Fingers Don't Forget*
第二十二期	1939年11月1日	《地毯中的秘密》	陈知译	侦探小说翻译	标“贾克基恩探案之五”；小说原名为 *The Secret in the Carpet*
第二十二期	1939年11月1日	《颜色信封》	乃治译	轶闻及其他	侦探问答互动栏目“五分钟破案”
第二十二期	1939年11月1日	《幕后的秘密》（十二）	Earl Derr Biggers 著，李惠宁译	长篇侦探小说翻译连载	标“陈查礼探案第一种”；小说原名为 *Behind That Curtain*
第二十三期	1939年11月15日	《肉店里的抢案》		轶闻及其他	看图破案互动游戏
第二十三期	1939年11月15日	《吸血鬼奇案》	G. L. 施宾那著，汉夫译	侦探小说翻译	小说原名为 *Vampire Bite*
第二十三期	1939年11月15日	《玻璃瓶吓退强盗》		轶闻及其他	
第二十三期	1939年11月15日	《神秘莫测的窃贼》		轶闻及其他	
第二十三期	1939年11月15日	《铁路上的惨剧》	乃治译	轶闻及其他	侦探问答互动栏目“五分钟破案”
第二十三期	1939年11月15日	《空中取枪》	N. 但尼尔著，伟志译	侦探小说翻译	小说原名为 *Out of Thin Air*
第二十三期	1939年11月15日	《死神的飞机》	泰特史托斯著，何文思译	侦探小说翻译	小说原名为 *Death Crate*
第二十三期	1939年11月15日	《编者的话》		轶闻及其他	
第二十三期	1939年11月15日	《遗产继承人》	乃治译	轶闻及其他	侦探问答互动栏目“五分钟破案”
第二十三期	1939年11月15日	《左手的线索》	C. H. 巴克著，陈知译	侦探小说翻译	小说原名为 *Clues to Spare*

续表

刊次	时间	题目	作者	类别	备注
第二十三期	1939年11月15日	《幕后的秘密》（十三）	Earl Derr Biggers著，李惠宁译	长篇侦探小说翻译连载	标“陈查礼探案第一种”；小说原名为 *Behind That Curtain*
第二十四期	1939年12月1日	《枪声一响》		轶闻及其他	看图破案互动游戏
第二十四期	1939年12月1日	《钻手镯》	彼得却尼著，李维里译	侦探小说翻译	小说原名为 *Callaghan Plus Cupid*
第二十四期	1939年12月1日	《编者的话》		轶闻及其他	
第二十四期	1939年12月1日	《死神的约会》	乃治译	轶闻及其他	侦探问答互动栏目“五分钟破案”
第二十四期	1939年12月1日	《夜窗尸影》	S. 史德林作，余铨安译	侦探小说翻译	小说原名为 *Killer's Choice*
第二十四期	1939年12月1日	《球鞋中的毒针》	乃治译	侦探小说翻译	属于“史丹里探案”系列作品之一
第二十四期	1939年12月1日	《录音片之谜》	陈知译	侦探小说翻译	标“贾克基恩探案之六”；小说原名为 *The Voice on the Phone*
第二十四期	1939年12月1日	《幕后的秘密》（十四）	Earl Derr Biggers著，李惠宁译	长篇侦探小说翻译连载	标“陈查礼探案第一种”；小说原名为 *Behind That Curtain*
第二十五期	1939年12月15日	《凶杀疑案：请试试你们的侦探能力！》		轶闻及其他	看图破案互动游戏
第二十五期	1939年12月15日	《怪草人》	W. J. 派辛汉著，汉夫译	侦探小说翻译	小说原名为 *Saturday's Scarecrow*；属于“亨利·毕林探案”系列作品之一
第二十五期	1939年12月15日	《老水手的忠告》	乃治译	轶闻及其他	侦探问答互动栏目“五分钟破案”
第二十五期	1939年12月15日	《烟囱上的孩子们》	尤金勃莱克著，何文思译	侦探小说翻译	小说原名为 *The Clue of the Babies up the Chimney*
第二十五期	1939年12月15日	《编者的话》		轶闻及其他	
第二十五期	1939年12月15日	《花蕊血渍》	陈知译	侦探小说翻译	标“贾克基恩探案之七”；小说原名为 *The Strange Case of Blue Pasts*
第二十五期	1939年12月15日	《妙手尔华里》	乃治译	侦探小说翻译	小说原名为 *The Story of Wally the wag*；属于“史丹里探案”系列作品之一

续表

刊次	时间	题目	作者	类别	备注
第二十五期	1939年12月15日	《财产继承人》	乃治译	轶闻及其他	侦探问答互动栏目“五分钟破案”
第二十五期	1939年12月15日	《幕后的秘密》（十五）	Earl Derr Biggers著，李惠宁译	长篇侦探小说翻译连载	标“陈查礼探案第一种”；小说原名为 *Behind That Curtain*
第二十六期	1940年1月15日	《他并非自杀：读者们，请想想是谁谋杀了他?》		轶闻及其他	看图破案互动游戏
第二十六期	1940年1月15日	《快车中命案》	W. J. 派辛汉著，何文思译	侦探小说翻译	小说原名为 *The Spice of Murder*；属于“亨利·毕林探案”系列作品之一
第二十六期	1940年1月15日	《珠宝店劫案》	乃治译	轶闻及其他	侦探问答互动栏目“五分钟破案”
第二十六期	1940年1月15日	《失去的面包》	秉奇译	侦探小说翻译	标“贾克基恩探案之八”；小说原名为 *The Strange Case of the Stanwood Baker*
第二十六期	1940年1月15日	《两个金镑》	威尔费夫作，萧莲译	侦探小说翻译	小说原名为 *Wanted - Two Pounds*！
第二十六期	1940年1月15日	《异鸟复仇记》	F. 福斯德作，陈知译		小说原名为 *Vengeance in the Air*
第二十六期	1940年1月15日	《编者的话》		轶闻及其他	
第二十六期	1940年1月15日	《遗书的字迹》	乃治译	轶闻及其他	侦探问答互动栏目“五分钟破案”
第二十六期	1940年1月15日	《幕后的秘密》（十六）	Earl Derr Biggers著，李惠宁译	长篇侦探小说翻译连载	标“陈查礼探案第一种”；小说原名为 *Behind That Curtain*
第二十七期	1940年2月15日	《湖边惨剧：破案的关键是一个小地方，你们看出来吗》		轶闻及其他	看图破案互动游戏
第二十七期	1940年2月15日	《恶魔的辞典》	W. J. 派辛汉作，汉夫译	侦探小说翻译	小说原名为 *The Devil's Dictionary*；属于“亨利·毕林探案”系列作品之一
第二十七期	1940年2月15日	《八千元劫案》	乃治译	轶闻及其他	侦探问答互动栏目“五分钟破案”
第二十七期	1940年2月15日	《公爵夫人》	彼得却尼作，维文译	侦探小说翻译	标“卡勒根探案之一”；小说原名为 *You Can't Trust Duchesses*

续表

刊次	时间	题目	作者	类别	备注
第二十七期	1940年2月15日	《出生入死》	秉奇译	侦探小说翻译	标“贾克基恩探案之九”；小说原名为“*A Mission of Peril*”
第二十七期	1940年2月15日	《两手上的鲜血》	乃治译	轶闻及其他	侦探问答互动栏目“五分钟破案”
第二十七期	1940年2月15日	《苦肉妙计》	李维里译	侦探小说翻译	小说原名为 *The Convict Detectiv*；属于“史丹里探案”系列作品之一
第二十七期	1940年2月15日	《幕后的秘密》（十七）	Earl Derr Biggers著，李惠宁译	长篇侦探小说翻译连载	标“陈查礼探案第一种”；小说原名为 *Behind That Curtain*
第二十八期	1940年3月15日	《船中艳尸》		轶闻及其他	看图破案互动游戏
第二十八期	1940年3月15日	《李代桃僵》	汉夫译	侦探小说翻译	标“贾克基恩探案之十”；小说原名为 *The Mystery of Eight Peddles*
第二十八期	1940年3月15日	《谁窃了宝石》	乃治译	轶闻及其他	侦探问答互动栏目“五分钟破案”
第二十八期	1940年3月15日	《照相之谜》	佛兰克金作，李维里译	侦探小说翻译	小说原名为 *Picture Puzzle*
第二十八期	1940年3月15日	《灯火管制》	彼得却尼著，维文译	侦探小说翻译	标“卡勒根探案选”；小说原名为 *Black-out*
第二十八期	1940年3月15日	《编者的话》		轶闻及其他	宣布杂志同人加入“今文编译社”
第二十八期	1940年3月15日	《奇异的绑案》	乃治译	轶闻及其他	侦探问答互动栏目“五分钟破案”
第二十八期	1940年3月15日	《插翅人》	陈知译	侦探小说翻译	标“史丹里又大使神通”；小说原名为 *The Emperar's Candlesticks*
第二十八期	1940年3月15日	《幕后的秘密》（十八）	Earl Derr Biggers著，李惠宁译	长篇侦探小说翻译连载	标“陈查礼探案第一种”；小说原名为 *Behind That Curtain*
第二十九期	1940年4月1日	《神秘绑案》		轶闻及其他	看图破案互动游戏
第二十九期	1940年4月1日	《重要文件》	彼得却尼作，维文译	侦探小说翻译	标“卡勒根探案选”；小说原名为 *Documentary Evidence*
第二十九期	1940年4月1日	《一副眼镜》	乃治译	轶闻及其他	侦探问答互动栏目“五分钟破案”

续表

刊次	时间	题目	作者	类别	备注
第二十九期	1940年4月1日	《鸱面怪人》	W. J. 派辛汉作，陈知译	侦探小说翻译	小说原名为 *Owl Face*；属于“亨利·毕林探案”系列作品之一
第二十九期	1940年4月1日	《戴面具的人》	何文思译		小说原名为 *The Man in the Mask*；属于“史丹里探案”系列作品之一
第二十九期	1940年4月1日	《修道院里的鬼》	汉夫译	侦探小说翻译	标“贾克基恩探案之十一”；小说原名为 *The Secret of the Manor House*
第二十九期	1940年4月1日	《编者的话》		轶闻及其他	
第二十九期	1940年4月1日	《谁枪杀她》	乃治译	轶闻及其他	侦探问答互动栏目“五分钟破案”
第二十九期	1940年4月1日	《幕后的秘密》（十九）	Earl Derr Biggers 著，李惠宁译	长篇侦探小说翻译连载	标“陈查礼探案第一种”；小说原名为 *Behind That Curtain*
第三十期	1940年4月1日	《血淋淋的短刀：你们能解决这件疑案吗?》		轶闻及其他	看图破案互动游戏
第三十期	1940年4月1日	《老婆婆》	李却康奈尔作，何文思译	侦探小说翻译	小说原名为 *Grandmas Can Get Tough Too*！
第三十期	1940年4月1日	《水中的尸体》	乃治译	轶闻及其他	侦探问答互动栏目“五分钟破案”
第三十期	1940年4月1日	《请君入瓮》	陆永年译	侦探小说翻译	小说原名为 *Midnight Rendez-vous*
第三十期	1940年4月1日	《一张认罪书》	佛兰克金作，李维里译	侦探小说翻译	小说原名为 *Summer Swallow*
第三十期	1940年4月1日	《伪币党》	乃治译	轶闻及其他	侦探问答互动栏目“五分钟破案”
第三十期	1940年4月1日	《不白之冤》	王学敏译	侦探小说翻译	标“贾克基恩探案之十二”；小说原名为 *The Singular Case of Carrie Tallington*
第三十期	1940年4月1日	《幕后的秘密》（二十）	Earl Derr Biggers 著，李惠宁译	长篇侦探小说翻译连载	标“陈查礼探案第一种”；小说原名为 *Behind That Curtain*
第三十一期	1940年5月1日	《割断喉管》		轶闻及其他	看图破案互动游戏
第三十一期	1940年5月1日	《神秘的绑案》	佛兰克金著，李维里译	侦探小说翻译	小说原名为 *Air Male*

续表

刊次	时间	题目	作者	类别	备注
第三十一期	1940 年 5 月 1 日	《杯中毒酒》	安纳斯德特里作，何文思译	侦探小说翻译	小说原名为 *Confidentially Mr. Walker*
第三十一期	1940 年 5 月 1 日	《编者的话》		轶闻及其他	
第三十一期	1940 年 5 月 1 日	《河上箱尸案》	乃治译	轶闻及其他	侦探问答互动栏目“五分钟破案”
第三十一期	1940 年 5 月 1 日	《通灵奇术》	W. J. 派辛汉著，汉夫译	侦探小说翻译	小说原名为 *The Man who Saw Fairies*；属于“亨利·毕林探案”系列作品之一
第三十一期	1940 年 5 月 1 日	《小丑的自杀》	乃治译	轶闻及其他	侦探问答互动栏目“五分钟破案”
第三十一期	1940 年 5 月 1 日	《法网难逃》	永荣译	侦探小说翻译	小说原名为 *The Stolen Witness*；属于“史丹里探案”系列作品之一
第三十一期	1940 年 5 月 1 日	《幕后的秘密》（二十一）	Earl Derr Biggers 著，李惠宁译	长篇侦探小说翻译连载	标“陈查礼探案第一种”；小说原名为 *Behind That Curtain*
第三十二期	1940 年 5 月 15 日	《轮下冤魂》		轶闻及其他	看图破案互动游戏
第三十二期	1940 年 5 月 15 日	《廿一人会》	佛兰克金作，何文思译	侦探小说翻译	小说原名为 *The 21 Club*
第三十二期	1940 年 5 月 15 日	《编者的话》		轶闻及其他	
第三十二期	1940 年 5 月 15 日	《二万五千元》	乃治译	轶闻及其他	侦探问答互动栏目“五分钟破案”
第三十二期	1940 年 5 月 15 日	《麻醉剂之谜》	殷英译	侦探小说翻译	标“贾克基恩探案之十三”；小说原名为 *The Mysterious Case of Chloroform*
第三十二期	1940 年 5 月 15 日	《地狱天堂》	W. J. 派辛汉作，逸心译	侦探小说翻译	小说原名为 *Trouble in Paradice*；属于“亨利·毕林探案”系列作品之一
第三十二期	1940 年 5 月 15 日	《富翁自杀案》	乃治译	轶闻及其他	侦探问答互动栏目“五分钟破案”
第三十二期	1940 年 5 月 15 日	《浴室疑案》	锦江	侦探小说	
第三十三期	1940 年 6 月 1 日	《科学家离奇之死：究竟是谁杀死了华仑?》		轶闻及其他	看图破案互动游戏

续表

刊次	时间	题目	作者	类别	备注
第三十三期	1940年6月1日	《女明星失踪案》	安纳斯德特里作，何文思译	侦探小说翻译	小说原名为 *Mr. Walker Meets a Film Star*
第三十三期	1940年6月1日	《右边头颅》	乃治译	轶闻及其他	侦探问答互动栏目“五分钟破案”
第三十三期	1940年6月1日	《杀人奖章》	乔治·A. 毛发著，薛维翰译	侦探小说翻译	小说原名为 *A Medal For Snake Murillo*
第三十三期	1940年6月1日	《神秘的吗啡毒》	佛兰克金作，李维里译	侦探小说翻译	小说原名为 *Sweet Repose*
第三十三期	1940年6月1日	编者的话		轶闻及其他	
第三十三期	1940年6月1日	《死亡箭》	H. 巴克作，金之扬译	侦探小说翻译	小说原名为 *The Arrow of Death*
第三十三期	1940年6月1日	《眼科医师》	乃治译	轶闻及其他	侦探问答互动栏目“五分钟破案”
第三十三期	1940年6月1日	《幕后的秘密》（二十二）	Earl Derr Biggers著，李惠宁译	长篇侦探小说翻译连载	标“陈查礼探案第一种”；小说原名为 *Behind That Curtain*
第三十四期	1940年6月15日	《五层楼上的血案》		轶闻及其他	看图破案互动游戏
第三十四期	1940年6月15日	《夜总会血案》	安纳斯德特里作，何文思译	侦探小说翻译	小说原名为 *Mr. Walker, Kn-inght-errant*
第三十四期	1940年6月15日	《嫌疑犯》	乃治译	轶闻及其他	侦探问答互动栏目“五分钟破案”
第三十四期	1940年6月15日	《蓝色图样》	赫特里柏克作，乃治译	侦探小说翻译	小说原名为 *Celebration*
第三十四期	1940年6月15日	编者的话		轶闻及其他	
第三十四期	1940年6月15日	《毒蟒蛇》	W. J. 派辛汉作，汉夫译	侦探小说翻译	小说原名为 *The Cobra*；属于“亨利·毕林探案”系列作品之一
第三十四期	1940年6月15日	《六尺躯干》	乃治译	轶闻及其他	侦探问答互动栏目“五分钟破案”
第三十四期	1940年6月15日	《指甲的秘密》	C. 劳勃生作，钱之辉译	侦探小说翻译	小说原名为 *At His Fingertips*
第三十四期	1940年6月15日	《幕后的秘密》（二十三）	Earl Derr Biggers著，李惠宁译	长篇侦探小说翻译连载	标“陈查礼探案第一种”；小说原名为 *Behind That Curtain*
第三十五期	1940年7月1日	《花园中女尸》		轶闻及其他	看图破案互动游戏

续表

刊次	时间	题目	作者	类别	备注
第三十五期	1940年7月1日	《车站里的鬼》	安纳斯德特里作，何文思译	侦探小说翻译	小说原名为 *A Wild Night For Mr. Walker*
第三十五期	1940年7月1日	《编者的话》		轶闻及其他	
第三十五期	1940年7月1日	《假绑票案》	乃治译	轶闻及其他	侦探问答互动栏目“五分钟破案”
第三十五期	1940年7月1日	《舞台血案》		侦探小说翻译	标“贾克基恩探案之十四”；小说原名为 *The Strange Case of Dancing Donkeys*
第三十五期	1940年7月1日	《三百五十镑》	李维里译	侦探小说翻译	小说原名为 *Money for Jam*
第三十五期	1940年7月1日	《海上的黑夜》	乃治译	轶闻及其他	侦探问答互动栏目“五分钟破案”
第三十五期	1940年7月1日	《死亡的音乐》	朋·康隆作，宾文译	侦探小说翻译	小说原名为 *Death Music*
第三十五期	1940年7月1日	《幕后的秘密》（二十四）	Earl Derr Biggers著，李惠宁译	长篇侦探小说翻译连载	标“陈查礼探案第一种”；小说原名为 *Behind That Curtain*
第三十六期	1940年7月15日	《收租人惨死》		轶闻及其他	看图破案互动游戏
第三十六期	1940年7月15日	《时钟之谜》	劳勃·亚瑟著，宾文译	侦探小说翻译	小说原名为 *Time Will Tell*
第三十六期	1940年7月15日	《一只指头》	乃治译	轶闻及其他	侦探问答互动栏目“五分钟破案”
第三十六期	1940年7月15日	《黑暗中的笑声》	H. G. 梅兹作，聂森译	侦探小说翻译	小说原名为 *Only Human*
第三十六期	1940年7月15日	《谋杀的动机》	佛罗仑斯凯尔潘特作，何文思、李维里合译	侦探小说翻译	小说原名为 *Motive For Murder*
第三十六期	1940年7月15日	《编者的话》		轶闻及其他	
第三十六期	1940年7月15日	《自杀疑案》	乃治译	轶闻及其他	侦探问答互动栏目“五分钟破案”
第三十六期	1940年7月15日	《字典的秘密》	丹士劳台特作，高士浩译	侦探小说翻译	小说原名为 *One For the Book*
第三十六期	1940年7月15日	《幕后的秘密》（二十五）	Earl Derr Biggers著，李惠宁译	长篇侦探小说翻译连载	标“陈查礼探案第一种”；小说原名为 *Behind That Curtain*

续表

刊次	时间	题目	作者	类别	备注
第三十七期	1940年8月1日	《谁是窃贼》		轶闻及其他	看图破案互动游戏
第三十七期	1940年8月1日	《杀人的模特儿》	尼尔密勒作，李维里译	侦探小说翻译	小说原名为 *A Model For Murder*
第三十七期	1940年8月1日	《编者的话》		轶闻及其他	
第三十七期	1940年8月1日	《说谎者》	乃治译	轶闻及其他	侦探问答互动栏目“五分钟破案”
第三十七期	1940年8月1日	《红舞女之死》	奈尔·密勒作，应英译	侦探小说翻译	小说原名为 *The Black Narcissus*
第三十七期	1940年8月1日	《自作自受》	台雄曼纳斯作，李维里译	侦探小说翻译	小说原名为 *By His Works*
第三十七期	1940年8月1日	《荒地中命案》	乃治译	轶闻及其他	侦探问答互动栏目“五分钟破案”
第三十七期	1940年8月1日	《赛车场惨案》	密尔顿劳作，聂森译	侦探小说翻译	小说原名为 *Tip-off To Murder*
第三十七期	1940年8月1日	《幕后的秘密》（二十六）	Earl Derr Biggers 著，李惠宁译	长篇侦探小说翻译连载	标“陈查礼探案第一种”；小说原名为 *Behind That Curtain*
第三十八期	1940年8月15日	《蒙面怪凶手：你晓得凶手是谁吗？》		轶闻及其他	看图破案互动游戏
第三十八期	1940年8月15日	《大破间谍网》	聂森译	侦探小说翻译	小说原名为 *On The Trail of Spies*；属于“史丹里探案”系列作品之一
第三十八期	1940年8月15日	《编者的话》		轶闻及其他	
第三十八期	1940年8月15日	《船中惨剧》	乃治译	轶闻及其他	侦探问答互动栏目“五分钟破案”
第三十八期	1940年8月15日	《邮筒中人头案》	O. B. 梅耶斯作，何文思译	侦探小说翻译	小说原名为 *Heads You Win*
第三十八期	1940年8月15日	《何来幽灵？》	锦江作	侦探小说	标为侦探小说创作，但疑似仍为翻译作品
第三十八期	1940年8月15日	《作茧自缚》	魏森译	侦探小说翻译	小说原名为 *Johnny on the Spot*
第三十八期	1940年8月15日	《幕后的秘密》（二十七）	Earl Derr Biggers 著，李惠宁译	长篇侦探小说翻译连载	标“陈查礼探案第一种”；小说原名为 *Behind That Curtain*

续表

刊次	时间	题目	作者	类别	备注
第三十九期	1940年9月1日	《谁杀德雷克》		轶闻及其他	看图破案互动游戏
第三十九期	1940年9月1日	《人寿保险》	詹姆斯惠里作，庄子端译	侦探小说翻译	小说原名为 *The Eyes Have It*
第三十九期	1940年9月1日	《编者的话》		轶闻及其他	
第三十九期	1940年9月1日	《一个逃兵》	乃治译	轶闻及其他	侦探问答互动栏目“五分钟破案”
第三十九期	1940年9月1日	《粉身碎骨》	罗勃阿塞作，陈国器译	侦探小说翻译	小说原名为 *Too Many Brains*
第三十九期	1940年9月1日	《灰色蜘蛛》	W. J. 派辛汉作，汉夫译	侦探小说翻译	小说原名为 *The Spider Orchid*；属于“亨利·毕林探案”系列作品之一
第三十九期	1940年9月1日	《伟大的牺牲》	D. L. 仓比安作，胡嘉堂译	侦探小说翻译	小说原名为 *Death Is What You Make It*！
第三十九期	1940年9月1日	《幕后的秘密》（二十八）	Earl Derr Biggers 著，李惠宁译	长篇侦探小说翻译连载	标“陈查礼探案第一种”；小说原名为 *Behind That Curtain*
第四十期	1940年9月15日	《他说谎了》		轶闻及其他	看图破案互动游戏
第四十期	1940年9月15日	《我杀死一个人》	威廉高尔脱作，何文思译	侦探小说翻译	小说原名为 *Marksman*
第四十期	1940年9月15日	《舞女的足踵》	乃治译	轶闻及其他	侦探问答互动栏目“五分钟破案”
第四十期	1940年9月15日	《复活的大盗》		侦探小说翻译	标“贾克基恩探案之十五”；小说原名为 *The Man From Mannfonteine*
第四十期	1940年9月15日	《生死关键》	尔奈·密勒作，包慕拯译	侦探小说翻译	小说原名为 *Forgotten Alibi*
第四十期	1940年9月15日	《死人的语声》	贾克史托姆作，诸葛谟译	侦探小说翻译	小说原名为 *Dead Man's Message*
第四十期	1940年9月15日	《幕后的秘密》（二十九）	Earl Derr Biggers 著，李惠宁译	长篇侦探小说翻译连载	标“陈查礼探案第一种”；小说原名为 *Behind That Curtain*
第四十一期	1940年10月1日	《舞团血案》		轶闻及其他	看图破案互动游戏
第四十一期	1940年10月1日	《地道里的命案》	威廉鲍格作，何文思译	侦探小说翻译	小说原名为 *Danger—Men At Work*

续表

刊次	时间	题目	作者	类别	备注
第四十一期	1940年10月1日	《缢死者》	乃治译	轶闻及其他	侦探问答互动栏目“五分钟破案”
第四十一期	1940年10月1日	《古屋盗迹》	廖之诚译	侦探小说翻译	标“史丹里探案之一”；小说原名为 *The Secret of the Wall*
第四十一期	1940年10月1日	《编者的话》		轶闻及其他	
第四十一期	1940年10月1日	《两幅油画》	卡尔·克劳生作，汉夫译	侦探小说翻译	小说原名为 *Leaves in Winter*
第四十一期	1940年10月1日	《神秘的时钟》	雪莱	侦探小说	未标明是侦探小说创作或翻译，但疑似为翻译作品
第四十一期	1940年10月1日	《幕后的秘密》（三十）	Earl Derr Biggers著，李惠宁译	长篇侦探小说翻译连载	标“陈查礼探案第一种”；小说原名为 *Behind That Curtain*
第四十二期	1940年10月15日	《黄金杯》		轶闻及其他	看图破案互动游戏
第四十二期	1940年10月15日	《旧衣店命案》	本康仑原作，何文思译	侦探小说翻译	
第四十二期	1940年10月15日	《合浦珠还》	J. 杜诺凡作，汉夫译	侦探小说翻译	小说原名为 *The Light Went Out Twice*
第四十二期	1940年10月15日	《谁杀了小丑》	乃治译	轶闻及其他	侦探问答互动栏目“五分钟破案”
第四十二期	1940年10月15日	《怪密码》	派辛汉作，靳新译	侦探小说翻译	小说原名为 *The Left-handed Cipher*；属于“亨利·毕林探案”系列作品之一
第四十二期	1940年10月15日	《赛拳场血案》	安纳斯特里作，欧阳惟里译	侦探小说翻译	小说原名为 *Mr. Walker in Ringland*
第四十三期	1940年11月1日	《死得离奇》		轶闻及其他	看图破案互动游戏
第四十三期	1940年11月1日	《苦肉计》	Steve Fisher原作，高原译	侦探小说翻译	小说原名为 *Get Out of Town*
第四十三期	1940年11月1日	《马蹄下的尸体》	乃治译	轶闻及其他	侦探问答互动栏目“五分钟破案”
第四十三期	1940年11月1日	《死亡的号声》	本康仑作，敏之译	侦探小说翻译	小说原名为 *Trumpets of Murder*
第四十三期	1940年11月1日	《邮船上的恐怖》	雪莱作	侦探小说	标为侦探小说创作，但疑似仍为翻译作品
第四十三期	1940年11月1日	《黑宿店》	之光译	侦探小说翻译	标“史丹里探案之一”；小说原名为 *The Swinging Sign*

续表

刊次	时间	题目	作者	类别	备注
第四十三期	1940年11月1日	《幕后的秘密》（三十一）	Earl Derr Biggers著，李惠宁译	长篇侦探小说翻译连载	标“陈查礼探案第一种”；小说原名为 *Behind That Curtain*
第四十四期	1940年11月15日	《灵机一动》		轶闻及其他	看图破案互动游戏
第四十四期	1940年11月15日	《卧车血案》	克劳夫斯著，J. T. 译	侦探小说翻译	小说原名为 *The mystery of Sleeping-Car Express*
第四十四期	1940年11月15日	《金刚钻项链》	彼得却尼作，何文思译	侦探小说翻译	小说原名为 *Account Rendered*
第四十四期	1940年11月15日	《水上的牺牲者》	乃治译	轶闻及其他	侦探问答互动栏目“五分钟破案”
第四十四期	1940年11月15日	《覆车奇案》	班登·勃莱邓作，哲纯译	侦探小说翻译	小说原名为 *Confident Killer*
第四十四期	1940年11月15日	《圣诞节惨案》	乃治译	轶闻及其他	侦探问答互动栏目“五分钟破案”
第四十四期	1940年11月15日	《冤魂复仇记》	诺门·但尼尔作，汉夫译	侦探小说翻译	小说原名为 *Specter's Revenge*
第四十五期	1940年12月1日	《粉身碎骨》		轶闻及其他	看图破案互动游戏
第四十五期	1940年12月1日	《社会公敌》	法兰克金作，李维里译	侦探小说翻译	小说原名为 *Public Enemies*
第四十五期	1940年12月1日	《铁道上女尸》	乃治译	轶闻及其他	侦探问答互动栏目“五分钟破案”
第四十五期	1940年12月1日	《要人的失踪》	J. W. 派辛汉著，维田译	侦探小说翻译	小说原名为 *Oner Five Furlongs*；属于“亨利·毕林探案”系列作品之一
第四十五期	1940年12月1日	《病态的凶手》	却尔斯古柏作，乃治编译	侦探小说翻译	杂志注明“苏格兰警场著名疑案之一”；原名为 *The Black-heath Murder*
第四十五期	1940年12月1日	《离奇枪击案》	乃治译	轶闻及其他	侦探问答互动栏目“五分钟破案”
第四十五期	1940年12月1日	《一张白纸》	格兰·仑作，汉夫译	侦探小说翻译	小说原名为 *Siren at Midnight*
第四十六期	1941年2月1日	《两条线索：试试你们的侦探能力》		轶闻及其他	看图破案互动游戏
第四十六期	1941年2月1日	《灰色的巨怪》	W. J. 派辛汉作，汉夫译	侦探小说翻译	小说原名为 *The Grey Colossus*；属于“亨利·毕林探案”系列作品之一

续表

刊次	时间	题目	作者	类别	备注
第四十六期	1941 年 2 月 1 日	《露出马脚》	乃治译	轶闻及其他	侦探问答互动栏目“五分钟破案”
第四十六期	1941 年 2 月 1 日	《喜剧家的悲剧》	敏之译	侦探小说翻译	小说原名为 *Death Writes A'Blackont*
第四十六期	1941 年 2 月 1 日	《纪念邮票》	费尔李却斯作，何文思译	侦探小说翻译	小说原名为 *Fatal Issue*
第四十六期	1941 年 2 月 1 日	《披山堂奇案》	奥斯丁·佛里门作，乃治译	侦探小说翻译	杂志注明“苏格兰警场疑案选之二”；原名为 *The Peasenhall Mystery*
第四十六期	1941 年 2 月 1 日	《室中尸身》	乃治译	轶闻及其他	侦探问答互动栏目“五分钟破案”
第四十六期	1941 年 2 月 1 日	《神出鬼没》	白雷译	侦探小说翻译	应为“史丹里探案之一”，只是这篇翻译中将“史丹里”翻译作“施旦雷”
第四十六期	1941 年 2 月 1 日	《空屋枪声》	安桑尼作，史维译	侦探小说翻译	小说原名为 *The Battersea Flat Mystery*
第四十七期	1941 年 3 月 1 日	《她并非自杀》		轶闻及其他	看图破案互动游戏
第四十七期	1941 年 3 月 1 日	《一道红痕》	乔治亚仑作，何文思译	侦探小说翻译	小说原名为 *Bullet Joe's Last Game*
第四十七期	1941 年 3 月 1 日	《枪下冤魂》	乃治译	轶闻及其他	侦探问答互动栏目“五分钟破案”
第四十七期	1941 年 3 月 1 日	《克包洛凶案》	海仑拿·诺门顿作，乃治编译	侦探小说翻译	杂志注明“苏格兰警场疑案选之三”；原名为 *The Crowborough Murder*
第四十七期	1941 年 3 月 1 日	《裸体女郎》	乃治译	轶闻及其他	侦探问答互动栏目“五分钟破案”
第四十七期	1941 年 3 月 1 日	《苍白的手》	罗勃阿塞作，李维里译	侦探小说翻译	小说原名为 *Pale White Hands*
第四十七期	1941 年 3 月 1 日	《替伙伴复仇》	卡密却尔作，李维里译	侦探小说翻译	小说原名为 *Kelly and the Killer*
第四十八期	1941 年 3 月 15 日	《死因不明：他是给谁杀死的？》		轶闻及其他	看图破案互动游戏
第四十八期	1941 年 3 月 15 日	《死的节目单》	伊列霍华作，周琛译述	侦探小说翻译	小说原名为 *The Program of Death*
第四十八期	1941 年 3 月 15 日	《保镖和凶手》	乃治译	轶闻及其他	侦探问答互动栏目“五分钟破案”

续表

刊次	时间	题目	作者	类别	备注
第四十八期	1941 年 3 月 15 日	《兽性的满足》	兰仙伯作，莲莲译	侦探小说翻译	小说原名为 *The Crazy Torpedo*；此处译者署名疑为笔误，似应为“萧莲”
第四十八期	1941 年 3 月 15 日	《裘丽亚惨死案》	陶乐珊赛耶斯作，乃治编译	侦探小说翻译	杂志注明“苏格兰警场疑案选之四”；原名为 *The Murder of Julia Wallace*；原文作者应为 Dorothy Leigh Sayers，现通常翻译作多萝西・L. 塞耶斯，或桃乐丝・赛儿丝，是英国著名女性侦探小说作家
第四十八期	1941 年 3 月 15 日	《女侦探》	约翰尔作，王能一译	侦探小说翻译	小说原名为 *Trouble of Two Legs*
第四十八期	1941 年 3 月 15 日	《两条性命》	文恩	侦探小说翻译	杂志注明“美国凶杀案记实”；此处译者署名疑为笔误，似应为“文思”
第四十九期	1941 年 4 月 1 日	《狂欢会中的惨剧》		轶闻及其他	看图破案互动游戏
第四十九期	1941 年 4 月 1 日	《好莱坞凶杀案》	Richard B. Sale 原著，翁译	侦探小说翻译	
第四十九期	1941 年 4 月 1 日	《两个嫌疑犯》	乃治译	轶闻及其他	侦探问答互动栏目“五分钟破案”
第四十九期	1941 年 4 月 1 日	《蛋糕盆子》	文恩	轶闻及其他	杂志注明“美国凶杀案记实”；此处译者署名疑为笔误，似应为“文思”
第四十九期	1941 年 4 月 1 日	《威吓》	德特里・霍斯作，陈文栋译	侦探小说翻译	小说原名为 *Out of Court*
第四十九期	1941 年 4 月 1 日	《死人失踪奇案》	威廉・鲍格作，王能一译	侦探小说翻译	小说原名为 *The Missing Dead Man*
第四十九期	1941 年 4 月 1 日	《情杀案》	E. M. 台拉费作，乃治编译	侦探小说翻译	杂志注明“苏格兰警场疑案选之五”；原名为 *The Thompson By Waters Case*
第五十期	1941 年 4 月 15 日	《死在防空壕里：他到底是怎样死了的?》		轶闻及其他	看图破案互动游戏
第五十期	1941 年 4 月 15 日	《箱里的秘密》	赫勃・考尔作，李维里译	侦探小说翻译	小说原名为 *The Trunk in the Attic*
第五十期	1941 年 4 月 15 日	《雪上的足迹》	乃治译	轶闻及其他	侦探问答互动栏目“五分钟破案”

续表

刊次	时间	题目	作者	类别	备注
第五十期	1941 年 4 月 15 日	《鲜血淋漓》	文恩	轶闻及其他	杂志注明“美国凶杀案记实”；此处译者署名疑为笔误，似应为“文思”
第五十期	1941 年 4 月 15 日	《沉冤得雪》	H. G. 梅斯作，王能一译	侦探小说翻译	小说原名为 *Dress for Death*
第五十期	1941 年 4 月 15 日	《神秘失踪案》	朱明译	侦探小说翻译	小说原名为 *The Silent Witness*；属于“史丹里探案”系列作品之一
第五十期	1941 年 4 月 15 日	《残缺的女尸》	亨利·韦特作，乃治编译	侦探小说翻译	杂志注明“苏格兰警场著名疑案选之六”；原名为 *The Merstham Tunnel Mystery*
第五十一期	1941 年 5 月 1 日	《颈骨折断：他是怎会身死的?》		轶闻及其他	看图破案互动游戏
第五十一期	1941 年 5 月 1 日	《当场身死》	乃治编译	轶闻及其他	侦探问答互动栏目“五分钟破案”
第五十一期	1941 年 5 月 1 日	《英先生的名片》	鲁易斯·保罗作，李维里译	侦探小说翻译	小说原名为 *The Calling Cards of Mr. Engle*
第五十一期	1941 年 5 月 1 日	《比尔警目的裤子》	乔治·亚仑·摩凡作，胡森源译述	侦探小说翻译	小说原名为 *Sergeant Bill's Trousers*
第五十一期	1941 年 5 月 1 日	《三个弹洞》	文恩	轶闻及其他	杂志注明“美国凶杀案记实”；此处译者署名疑为笔误，似应为“文思”
第五十一期	1941 年 5 月 1 日	《六封恐吓信》	陈文举译述	侦探小说翻译	小说原名为 *The Avenger*
第五十二期	1941 年 5 月 15 日	《难逃法网》		轶闻及其他	看图破案互动游戏
第五十二期	1941 年 5 月 15 日	《绿色宝石》	史都·派尔麦作，陈文炳译	侦探小说翻译	小说原名为 *Miss Withers and the Green Ice*
第五十二期	1941 年 5 月 15 日	《伪造签字》	乃治编译	轶闻及其他	侦探问答互动栏目“五分钟破案”
第五十二期	1941 年 5 月 15 日	《盗钻贼》	陈占寅译	侦探小说翻译	属于“史丹里探案”系列作品之一
第五十二期	1941 年 5 月 15 日	《拖鞋的秘密》	兰·林克拉特作，周如斯译述	侦探小说翻译	小说原名为 *The Widow's Slippers*
第五十三期	1941 年 6 月 1 日	《煤气毒》		轶闻及其他	看图破案互动游戏

续表

刊次	时间	题目	作者	类别	备注
第五十三期	1941年6月1日	《女伶惨死》	乃治编译	轶闻及其他	侦探问答互动栏目“五分钟破案”
第五十三期	1941年6月1日	《死神的威胁》	贾克逊·格里哥作，何文思译	侦探小说翻译	小说原名为 *Frigate of Death*
第五十三期	1941年6月1日	《保险箱里的人》	钟克罗译	侦探小说翻译	小说原名为 *Doc Mason Returns*；属于“史丹里探案”系列作品之一
第五十三期	1941年6月1日	《裸体女尸》	文恩	轶闻及其他	杂志注明“美国凶杀案记实”；此处译者署名疑为笔误，似应为“文思”
第五十四期	1941年6月15日	《露出马脚》		轶闻及其他	看图破案互动游戏
第五十四期	1941年6月15日	《死人复仇记》	却尔斯·史本·费拉尔作，王能一译	侦探小说翻译	小说原名为 *The Man Who Came to Murder*
第五十四期	1941年6月15日	《反间计》	H. G. 梅兹作，李惠里译	侦探小说翻译	
第五十四期	1941年6月15日	《保险箱》	罗杰·托里作，何文思译	侦探小说翻译	小说原名为 *See You in Jail*
第五十四期	1941年6月15日	《秘方失窃案》	萧莲译述	侦探小说翻译	小说原名为 *The Stolen Secret*；属于“史丹里探案”系列作品之一
第五十五期	1941年7月1日	《法官遇害：凶手是谁呢》		轶闻及其他	看图破案互动游戏
第五十五期	1941年7月1日	《鲜血淋漓》	乃治编译	轶闻及其他	侦探问答互动栏目“五分钟破案”
第五十五期	1941年7月1日	《凶手的疤痕》	贾克·史托姆作，王能一译	侦探小说翻译	小说原名为 *A killer Leaves A Scar*
第五十五期	1941年7月1日	《刺客的毒计》	李维里译	侦探小说翻译	属于“史丹里探案”系列作品之一
第五十五期	1941年7月1日	《逃犯》	罗勃·邓肯作，何文思译	侦探小说翻译	小说原名为 *Aliens Must Register*
第五十五期	1941年7月1日	《不祥珠链》	文思	侦探小说翻译	杂志注明“美国巨案记实”
第五十五期	1941年7月1日	《枪声艳影》（未完待续）	仑·林克特作，林克东译	侦探小说翻译连载	小说原名为 *Keep the Cadavers Coming*
第五十六期	1941年7月15日	《监守自盗：你们会解决这个疑团吗？》		轶闻及其他	看图破案互动游戏

续表

刊次	时间	题目	作者	类别	备注
第五十六期	1941年7月15日	《一声枪响》	乃治编译	轶闻及其他	侦探问答互动栏目“五分钟破案”
第五十六期	1941年7月15日	《怪猫惨案》	休格·凯夫作，李维能译	侦探小说翻译	小说原名为 *The cat and the Killer*
第五十六期	1941年7月15日	《神出鬼没》		侦探小说翻译	小说原名为 *Plan For A Robbery*；属于“史丹里探案”系列作品之一
第五十六期	1941年7月15日	《死里逃生》	阿塞·W. 费列作，陈志均译	侦探小说翻译	小说原名为 *Case of the Kindly Killer*
第五十六期	1941年7月15日	《枪声艳影》（续上期）	仑·林克特作，林克东译	侦探小说翻译连载	小说原名为 *Keep the Cadavers Coming*
第五十七期	1941年8月1日	《唯一漏洞：你们看出漏洞到底是什么吗?》		轶闻及其他	看图破案互动游戏
第五十七期	1941年8月1日	《心惊胆战》	王熊译	侦探小说翻译	小说原名为 *The Man Who Was Frightened*；属于“史丹里探案”系列作品之一
第五十七期	1941年8月1日	《一把利刃》	文思	侦探小说翻译	杂志注明“美国凶杀案案记实”
第五十七期	1941年8月1日	《伪证案》	圣威廉作	侦探小说	
第五十七期	1941年8月1日	《钥匙孔里》	乃治编译	轶闻及其他	侦探问答互动栏目“五分钟破案”
第五十七期	1941年8月1日	《死亡的途径》	奥麦·格温作，何文思译	侦探小说翻译	小说原名为 *Detour to Death*

《世界大侦探》（1939年3月—1939年4月，仅见第二期）

1939年3月在上海创刊，同年4月停刊，具体停刊原因不详，半月刊。罗小廷编辑，谭沛霖发行，由新时代出版公司负责发行事宜，陆开记书报社负责总经售。载有侦探学科普文章与各种凶杀、情杀、谋杀以及抢掠故事，属侦探小说翻译性质的刊物。笔者目前仅见该杂志第二期，且该期杂志上有关于下期内容的要目和广告等内容。

附表 2-3　　《世界大侦探》（1939 年 3 月—1939 年 4 月）刊载作品情况

刊次	时间	题目	作者	类别	备注
第二期	1939 年 4 月 10 日	《犯罪分析学》	黄崇信译	轶闻及其他	标“侦探学 ABC”栏目
第二期	1939 年 4 月 10 日	《艳舞疑云》	Leslie Martin 著，晃电译	侦探小说翻译	
第二期	1939 年 4 月 10 日	《要人性命的尤物》	越裔译	侦探小说翻译	
第二期	1939 年 4 月 10 日	《催命符》	奥文理斯著，赫勳译	侦探小说翻译	
第二期	1939 年 4 月 10 日	《无耳人》	Robert Wallace 著，黄崇信译	长篇侦探小说翻译连载	杂志注明“长篇奇情”；标“樊腾探案”；小说原名为 *The Phantom Comes Through*

《每月侦探》（1940 年 2 月，仅见第一期）

1940 年 2 月 1 日创刊于上海，月刊，主编不详。由今文编译所编辑，精华出版社出版发行，五洲书报社代销。每册售价五角，在当时属于价格较高一种。根据版权页相关信息，该杂志不仅在中国内地出版，也面向香港、澳门及国外发行，属于侦探小说翻译性质的刊物。笔者目前仅见其创刊号。

附表 2-4　　《每月侦探》（1940 年 2 月）刊载作品情况

刊次	时间	题目	作者	类别	备注
第一期	1940 年 2 月 1 日	《抢劫汽车案》		轶闻及其他	看图破案互动游戏，注明“本刊两大悬赏之一”“本刊读者均可参加”
第一期	1940 年 2 月 1 日	《每月谈话》		轶闻及其他	编者的话

续表

刊次	时间	题目	作者	类别	备注
第一期	1940年2月1日	《书中的秘密》	Cornell Woolrich 著，史久雄译	侦探小说翻译	小说原名为 *The Book That Squealed*
第一期	1940年2月1日	《金发的秘密》	Peter Cheyney 原作，维文译	侦探小说翻译	标“卡勒根探案之一”；小说原名为 *Murder With a Twist*
第一期	1940年2月1日	《保险箱失窃案》		轶闻及其他	侦探问答互动栏目，注明“本刊每月悬赏之二”
第一期	1940年2月1日	《死的香气》	Harold A. Davis 著，南郎译	侦探小说翻译	小说原名为 *Perfume of Death*
第一期	1940年2月1日	《半夜枪声疑案》	Rufus King 著，陈尔东译	侦探小说翻译	小说原名为 *The Case of the Sudden Shot*；翻译自美国著名月刊 Red Book，1939年12月份特稿
第一期	1940年2月1日	《哥斯堂神秘惨杀案》	Freeman Wills Crofts 著，南郎译	侦探小说翻译	标“著名疑案选之一”；小说原名为 *The Gorse Hall Mystery*
第一期	1940年2月1日	《没有音乐之舞》	Peter Cheyney 著，维文译	侦探小说翻译	标“卡勒根探案之二”；小说原名为 *Dance Without Music*
第一期	1940年2月1日	《咫尺凶魔》	Paul Ernst 著，徐华原作（此处怀疑为笔误，应为“徐华原译”）	侦探小说翻译	小说原名为 *Killer By My Side*
第一期	1940年2月1日	《借刀杀人》	Harmod Bellemy 著，殷理华译	侦探小说翻译	小说原名为 *Murder By Proxy*
第一期	1940年2月1日	《管屋人凶杀案》		轶闻及其他	看图破案互动游戏

《侦探半周刊》（1940年7月，共六期）

1940年7月创刊于上海，今文编译社编辑，文友出版社出版，友利公司代理发行（和前文所述1938年创刊的《侦探》杂志同属于一家出版社，在《侦探》杂志第三十五、三十六期上“编者的话”栏目中，还特别为《侦探半周刊》打了广告，并表明了两种杂志之间的关系；类似的，在《侦探半周刊》第一期《创刊的话》中，也表明了该杂志脱胎于《侦探》杂志）。

《侦探半周刊》为半周刊，每逢星期一、四出版，每册售价一角。该杂志以刊登侦探小说翻译作品为主，属于侦探小说翻译性质的刊物。《侦探半周刊》将自己刊载小说的风格定位为“紧张、刺激、曲折、离奇”，每期杂志仅有六七页内容。笔者目前仅见前六期，停刊时间及原因不详。

附表 2-5　《侦探半周刊》（1940 年 7 月）刊载作品情况

刊次	时间	题目	作者	类别	备注
第一期	1940 年 7 月 11 日	《创刊的话》		轶闻及其他	
第一期	1940 年 7 月 11 日	《歌星惨死案》（一）	Earl Derr Biggers 著	长篇侦探小说翻译连载	标“长篇连载”“陈查礼探案”
第一期	1940 年 7 月 11 日	《一个间谍的陌路》	安特里麦维尼作	侦探小说翻译	小说原名为 *The Shrinking Spy*
第一期	1940 年 7 月 11 日	《死了的时钟》	文译	侦探小说翻译	
第一期	1940 年 7 月 11 日	《一个做侦探的必要条件》		轶闻及其他	侦探问答互动栏目“侦探学测验”
第一期	1940 年 7 月 11 日	《一件结果出人意表的谋杀案》（上）	威廉 .G. 波格脱作	侦探小说翻译	小说原名为 *Little Fella*
第一期	1940 年 7 月 11 日	《纸牌密号》	雷埃吉尔作	侦探小说翻译	小说原名为 *It's In The Cards*
第一期	1940 年 7 月 11 日	《费拉潘其疑案》	前任苏格兰场督察长康尼斯	侦探小说翻译	杂志注明“苏格兰场数十年来无法解决疑案之一”；小说原名为 *The Vera Page Case*
第二期	1940 年 7 月 15 日	《编者的话》		轶闻及其他	
第二期	1940 年 7 月 15 日	《歌星惨死案》（二）	Earl Derr Biggers 著	长篇侦探小说翻译连载	标“长篇连载”“陈查礼探案”
第二期	1940 年 7 月 15 日	《巧破火车抢劫案》	贾克达赛作	侦探小说翻译	小说原名为 *Dynamite's Doom*
第二期	1940 年 7 月 15 日	《杀人的斗篷》	罗尔台维作	侦探小说翻译	小说原名为 *The Murder Cloak*

续表

刊次	时间	题目	作者	类别	备注
第二期	1940年7月15日	《你的脑筋敏捷得怎样》		轶闻及其他	侦探问答互动栏目“侦探学测验”
第二期	1940年7月15日	《一件结果出人意表的谋杀案》（下）	威廉·G. 波格脱作	侦探小说翻译	小说原名为 *Little Fella*
第二期	1940年7月15日	《灯火管制的一件抢案》		侦探小说翻译	
第二期	1940年7月15日	《空屋枪声》	安桑尼亚姆斯脱郎作	侦探小说翻译	杂志注明“苏格兰场数十年来无法解决疑案之一”；小说原名为 *The Battersea Flat Mystery*；该篇译文和《侦探》杂志第四十六期翻译的是同一篇小说，译文也完全一样，可判断译者应为“史维”
第三期	1940年7月18日	《编者的话》		轶闻及其他	
第三期	1940年7月18日	《歌星惨死案》（三）	Earl Derr Biggers著	长篇侦探小说翻译连载	标“长篇连载”“陈查礼探案”
第三期	1940年7月18日	《她是一个女诸葛》	黛儿克拉克作	侦探小说翻译	小说原名为 *Roundabout Road*
第三期	1940年7月18日	《脱身妙计》		侦探小说翻译	
第三期	1940年7月18日	《乾水奇案》（上）	费列雪尼作，阮上沅译	侦探小说翻译	小说原名为 *Death In Cold Storage*
第三期	1940年7月18日	《黛尔芬是遭人谋杀了》		轶闻及其他	侦探问答互动栏目“侦探学测验”
第三期	1940年7月18日	《谁是混世魔王》	哈洛迪亚敦医生	侦探小说翻译	杂志注明“苏格兰场数十年来无法解决疑案之一”；小说原名为 *Who Was Jack-The-Ripper*
第四期	1940年7月22日	《歌星惨死案》（四）	Earl Derr Biggers著	长篇侦探小说翻译连载	标“长篇连载”“陈查礼探案”
第四期	1940年7月22日	《神秘的音乐声》	温逊考尼亚作	侦探小说翻译	小说原名为 *Keys For A Traitor*
第四期	1940年7月22日	《乾水奇案》（下）	费列雪尼作，阮上沅译	侦探小说翻译	小说原名为 *Death In Cold Storage*
第四期	1940年7月22日	《他怎样帮助一个老警官》		轶闻及其他	标“奇怪人阿曼”

续表

刊次	时间	题目	作者	类别	备注
第四期	1940年7月22日	《这样的一个穷贼》		轶闻及其他	
第四期	1940年7月22日	《十二岁孩子破假钞案》		轶闻及其他	外国特殊新奇案件介绍
第四期	1940年7月22日	《这次只许你想一分钟》		轶闻及其他	侦探问答互动栏目“侦探学测验”
第四期	1940年7月22日	《车中的尸体》	苏格兰警场前任探长Berrett作	侦探小说翻译	杂志注明“苏格兰场数十年来无法解决疑案之一”；小说原名为*The Amazing Warsop Mystery*
第五期	1940年7月25日	《第一瓶喝第二瓶》	爱德华唐诺文作	侦探小说翻译	小说原名为*The Second Bottle*
第五期	1940年7月25日	《纽约著名锁匠的新发明：警报和纪录匪徒面目的门锁》		轶闻及其他	外国特殊新奇案件介绍
第五期	1940年7月25日	《歌星惨死案》（五）	Earl Derr Biggers著	长篇侦探小说翻译连载	标“长篇连载”“陈查礼探案”
第五期	1940年7月25日	《马戏场的一件奇案》	杜克卡莱作	侦探小说翻译	小说原名为*Three Ring Death*；标“奇怪人阿曼故事之二”
第五期	1940年7月25日	《美国的新奇剥猪猡案：盗匪要被劫人剥衣欣赏裸体美》		轶闻及其他	外国特殊新奇案件介绍
第五期	1940年7月25日	《伦敦发现飞檐走壁的窃贼》（上）		侦探小说翻译	标“苏格兰场史丹里探长探案之一”
第五期	1940年7月25日	《X夫人之死》	Anthony Berkeley原作	侦探小说翻译	杂志注明“苏格兰场数十年来无法解决疑案之一”；小说原名为*How Killed MadaNem*
第六期	1940年7月29日	《红马侠决不会这样》	克仑台尔作	侦探小说翻译	小说原名为*You Can't Fool Faith*
第六期	1940年7月29日	《歌星惨死案》（六）	Earl Derr Biggers著	长篇侦探小说翻译连载	标“长篇连载”“陈查礼探案”
第六期	1940年7月29日	《动物园中惨案》	杜克卡雷作	侦探小说翻译	小说原名为*Ape Alibi*；标“奇怪人阿曼奇案之三”
第六期	1940年7月29日	《伦敦发现飞檐走壁的穷贼》（下）		侦探小说翻译	标“苏格兰场史丹里探长探案之一”

续表

刊次	时间	题目	作者	类别	备注
第六期	1940 年 7 月 29 日	《一句话都不好随便说的》		轶闻及其他	侦探问答互动栏目“侦探学测验”
第六期	1940 年 7 月 29 日	《纽约的两个窃贼：每次行窃以一块钱做本钱》		轶闻及其他	外国特殊新奇案件介绍
第六期	1940 年 7 月 29 日	《绿色的脚踏车》	H. Russell Wakfield 作	侦探小说翻译	杂志注明“苏格兰场数十年来无法解决疑案之一”；小说原名为 *The Green Bicycle Mystery*

《新侦探》（1946 年 1 月—1947 年 6 月，共十七期）

1946 年 1 月创刊于上海，上海艺文书局发行，初为月刊，第六期起改为半月刊，第十五期起改回为月刊，同期扩版，增加杂志内容。程小青任主编，林鹤钦任发行人。1947 年 6 月出至第十七期后停刊，共出 17 期，40 开本。《新侦探》主要刊载侦探小说翻译及创作，不同于同一时期国内侦探小说杂志多以翻译为主，《新侦探》基本上可以说是翻译和创作并重，且较为注重侦探知识的科普教育。

其在创刊号《引言》中声明：“‘侦探小说是睿智头脑的一种苏散品’。是的，它是一种娱乐，一种消遣。现在我们的国家已经踏上了艰难繁重的建国途径，每一个国民都得抖擞精神、直接间接地来参加，不但用手，也得用脑。在一天的紧张工作之余，饭罢灯下，拿一本读物，使疲乏的脑子得到一种正当的苏散，事实上的确有其需要。这一本小小的刊物很想在这方面有一些贡献。”“本刊的发行是一种冒险的尝试。因着同人们的能力有限，不得不希求文艺和科学界的先进，和社会上理解和爱好侦探小说的同志们，给予扶掖的同情。要是大家肯分一部分余力，给这一朵小花一些壅培灌浇，那末它的发荣滋长是可以预期的。这个希望如果实现，笔者相信它在任重道远的科学化的建国事工上多少可以有一些裨益。”

附表 2-6　《新侦探》（1946 年 1 月—1947 年 6 月）刊载作品情况

刊次	时间	题目	作者	类别	备注
第一期①	1946 年 1 月 10 日	《引言》	编者	轶闻及其他	
第一期	1946 年 1 月 10 日	《论侦探小说》	程小青	侦探小说评论	杂志注明“特载”
第一期	1946 年 1 月 10 日	《战争与罪犯》（一）	云	轶闻及其他	
第一期	1946 年 1 月 10 日	《霍桑探案序》	姚苏凤	侦探小说评论	杂志注明“特载”
第一期	1946 年 1 月 10 日	《君子之子》	徐卓呆	侦探小说	
第一期	1946 年 1 月 10 日	《钩距丛谈（一）：雷殛》	止叔	轶闻及其他	
第一期	1946 年 1 月 10 日	《第五供状》	C. Carousso 著，周瘦鹃译	侦探小说翻译	
第一期	1946 年 1 月 10 日	《战争与罪犯》（二）	云	轶闻及其他	
第一期	1946 年 1 月 10 日	《我是纳粹间谍》	Mareell Flood 著，程育真译	侦探小说翻译	
第一期	1946 年 1 月 10 日	《重要关键》	威廉麦克赫著，何澄译	侦探小说翻译	
第一期	1946 年 1 月 10 日	《钩距丛谈（二）：粉屑》	止叔	轶闻及其他	
第一期	1946 年 1 月 10 日	《菲洲旅客》	爱雷奎宁著，吕白庐译	侦探小说翻译	标“奎宁探案”
第一期	1946 年 1 月 10 日	《科学侦探术（一）：秘密通信》	罗薇	轶闻及其他	杂志注明“研究”
第一期	1946 年 1 月 10 日	《犯罪学讲话（一）：犯罪学的范围》	柏曼里博士著，陈传薪译	轶闻及其他	杂志注明“研究”
第一期	1946 年 1 月 10 日	《自卫还是谋杀?》	叶叶	轶闻及其他	侦探问答互动栏目“小探案”

① 《新侦探》第一、二、三期于 1946 年 5 月 10 日同时再版。

续表

刊次	时间	题目	作者	类别	备注
第一期	1946年1月10日	《车中尸》	寿芝	轶闻及其他	侦探问答互动栏目“小探案”
第一期	1946年1月10日	《画中线索》（一、二章）	R. F. Schabelitz, Willetta Ann Barber同著，剑虹译	长篇侦探小说翻译连载	
第一期	1946年1月10日	《百宝箱》（一）	程小青	长篇侦探小说连载	标“霍桑探案”
第二期	1946年2月	《毋宁死》	程小青	侦探小说	标“霍桑探案”
第二期	1946年2月	《命运的转折》	Gilert K. Grisffiths 著，徐慧棠译	侦探小说翻译	
第二期	1946年2月	《钩距丛谈（三）：仵作之弊》	止叔	轶闻及其他	
第二期	1946年2月	《化身爵士》	Elliot O'Donnell著，萧隆译	侦探小说翻译	
第二期	1946年2月	《罪犯与兵役》	云	轶闻及其他	
第二期	1946年2月	《白色康乃馨》	柏立克著，程育德译	侦探小说翻译	
第二期	1946年2月	《三个纸烟尾》	Edwin Balrd 著，永修译	侦探小说翻译	
第二期	1946年2月	《女子地下工作者：裘克琳》	米基尔·沙约斯原著，海伦译	侦探小说翻译	
第二期	1946年2月	《科学侦探术（二）：隐色墨水》	罗薇	轶闻及其他	杂志注明“研究”
第二期	1946年2月	《钩距丛谈（四）：制谍》	止叔	轶闻及其他	
第二期	1946年2月	《犯罪学讲话（二）：生物界的犯罪行动》	柏曼里博士著，陈传薪译	轶闻及其他	杂志注明“研究”
第二期	1946年2月	《摩登监狱》	云	轶闻及其他	
第二期	1946年2月	《秘窟洗冤记》（上）	美国M. W. Mosser著，周瘦鹃译	侦探小说翻译	
第二期	1946年2月	《两种物证》	叶叶	轶闻及其他	侦探问答互动栏目“小探案”

续表

刊次	时间	题目	作者	类别	备注
第二期	1946年2月	《化验室窃案》	寿芝	轶闻及其他	侦探问答互动栏目“小探案”
第二期	1946年2月	《画中线索》（三、四章）	R. F. Schabelitz, Willetta Ann Barber 同著，剑虹译	长篇侦探小说翻译连载	
第二期	1946年2月	《百宝箱》（二）	程小青	长篇侦探小说连载	标“霍桑探案”
第三期	1946年3月15日	《疑案分析》	Anthony Abbot 著，萧隆译	侦探小说翻译	杂志注明“特载”
第三期	1946年3月15日	《失窃了一条人行道》	黛	轶闻及其他	
第三期	1946年3月15日	《两个坏蛋》	徐卓呆（署名：“卓呆”）	侦探小说	
第三期	1946年3月15日	《救人和捉人》	胡岩	轶闻及其他	
第三期	1946年3月15日	《一粒钮子》	劳勃茨著，克企译	侦探小说翻译	
第三期	1946年3月15日	《显灵》	海伦译	侦探小说翻译	译自 *Coronet*, October 1945
第三期	1946年3月15日	《科学侦探术（三）：尘屑》	罗薇	轶闻及其他	杂志注明“研究”
第三期	1946年3月15日	《犯罪学讲话（三）：人类对动物的处刑》	柏曼里博士著，陈传薪译	轶闻及其他	杂志注明“研究”
第三期	1946年3月15日	《秘窟洗冤记》（下）	美国 M. W. Mosser 著，周瘦鹃译	侦探小说翻译	
第三期	1946年3月15日	《丑角的死》	叶叶	轶闻及其他	侦探问答互动栏目“小探案”
第三期	1946年3月15日	《画中线索》（五、六章）	R. F. Schabelitz, Willetta Ann Barber 同著，剑虹译	长篇侦探小说翻译连载	
第三期	1946年3月15日	《百宝箱》（三）	程小青	长篇侦探小说连载	标“霍桑探案”
第三期	1946年3月15日	《理智制服了热情》	程小青（署名：“茧”）	轶闻及其他	

续表

刊次	时间	题目	作者	类别	备注
第四期	1946年5月15日	《试试你的判断力》	沈涟	轶闻及其他	侦探问答互动栏目；杂志注明“特载”
第四期	1946年5月15日	《钞》	徐碧波	侦探小说	
第四期	1946年5月15日	《风雪中》	长啸译	侦探小说翻译	
第四期	1946年5月15日	《线与针》	文心	侦探小说	
第四期	1946年5月15日	《为什么人的指纹不改变?》	黛	轶闻及其他	
第四期	1946年5月15日	《收藏家》	富兰克林·亚当著，高风译	侦探小说翻译	
第四期	1946年5月15日	《科学侦探术(四)：头发》	罗薇	轶闻及其他	杂志注明“研究”
第四期	1946年5月15日	《犯罪学讲话(四)：人类犯罪的开始》	柏曼里博士著，葭水译	轶闻及其他	杂志注明“研究”
第四期	1946年5月15日	《人造钻石》	英国杞德烈斯著，程小青译	侦探小说翻译	标“圣徒奇案”；小说原作者杞德烈斯为 Leslie Charteris，现通常译作莱斯利·查特里斯
第四期	1946年5月15日	《自首》	金弧	轶闻及其他	侦探问答互动栏目
第四期	1946年5月15日	《一张票根》	蔡中曾	轶闻及其他	侦探问答互动栏目
第四期	1946年5月15日	《画中线索》(七、八章)	R. F. Schabelitz, Willetta Ann Barber 同著，剑虹译	长篇侦探小说翻译连载	杂志中此处数字指的是小说刊载章节，此前指的是刊登期数
第四期	1946年5月15日	《百宝箱》(四)	程小青	长篇侦探小说连载	标“霍桑探案”
第五期	1946年6月1日	《三层楼公寓》	亚茄莎·葛丽斯丹著，邵殿生译	侦探小说翻译	小说原名为 *The Third Floor Flat*，现通常译作“第三层套间中的疑案”，为“大侦探波洛”系列作品之一；李惠宁曾将其译为《三层楼寓所》，刊于《侦探》第六期，1939年1月15日

续表

刊次	时间	题目	作者	类别	备注
第五期	1946年6月1日	《泄露秘密的心》	Edgar Allan Poe著，周家道译	侦探小说翻译	小说原名为 *The Tell - Tale Heart*，最初刊载于 The Pioneer 杂志，现通常译作《泄密的心》
第五期	1946年6月1日	《科学侦探术（五）：血迹》	磊立译	轶闻及其他	杂志注明“研究”
第五期	1946年6月1日	《犯罪学讲话（五）：犯罪起源于干犯风俗》	柏曼里博士著，葭水译	轶闻及其他	杂志注明“研究”
第五期	1946年6月1日	《女间谍》	程小青译	侦探小说翻译	标“柯柯探案”
第五期	1946年6月1日	《天才的罪犯》	白苹	轶闻及其他	
第五期	1946年6月1日	《梯脚下》	谢仁	轶闻及其他	侦探问答互动栏目“小探案”
第五期	1946年6月1日	《画中线索》（九、十章）	R. F. Schabelitz, Willetta Ann Barber同著，剑虹译	长篇侦探小说翻译连载	
第五期	1946年6月1日	《百宝箱》（五）	程小青	长篇侦探小说连载	标“霍桑探案”
第五期	1946年6月1日	《少年犯的成因》	程小青（署名：“紫竹”）	轶闻及其他	
第五期	1946年6月1日	《罪犯的善意》	云	轶闻及其他	
第六期	1946年6月16日	《德俘越狱的秘密》	萧隆	轶闻及其他	杂志注明“特载”
第六期	1946年6月16日	《几个神秘故事》	高风	侦探小说	杂志注明“特载”
第六期	1946年6月16日	《冒功者》	Ted Stratton著，海伦译	侦探小说翻译	
第六期	1946年6月16日	《桑间桃子》	徐卓呆（署名：“卓呆”）	侦探小说	
第六期	1946年6月16日	《蛛网》	何澄译	侦探小说翻译	
第六期	1946年6月16日	《催眠术与伪造》	白苹	轶闻及其他	
第六期	1946年6月16日	《科学侦探术（六）：验尸》	磊立	轶闻及其他	杂志注明“研究”

续表

刊次	时间	题目	作者	类别	备注
第六期	1946年6月16日	《犯罪学讲话（六）：魔术与宗教在犯罪演进上的影响》	柏曼里博士著，葭水译	轶闻及其他	杂志注明“研究”
第六期	1946年6月16日	《女间谍》（续）	程小青译	侦探小说翻译	标“柯柯探案”
第六期	1946年6月16日	《谁最后死》	谢仁	轶闻及其他	侦探问答互动栏目“小探案”
第六期	1946年6月16日	《病人》	陈鹧	轶闻及其他	侦探问答互动栏目“小探案”
第六期	1946年6月16日	《余墨》	编者	轶闻及其他	
第六期	1946年6月16日	《画中线索》（十一、十二章）	R. F. Schabelitz, Willetta Ann Barber同著，剑虹译	长篇侦探小说翻译连载	
第六期	1946年6月16日	《百宝箱》（六）	程小青	长篇侦探小说连载	标“霍桑探案”
第七期	1946年7月1日	《纳粹的地下工作》	高风译	轶闻及其他	杂志注明“特载”
第七期	1946年7月1日	《电灯机钮上的血》	蔡中曾	侦探小说	
第七期	1946年7月1日	《专制君王的怪诏》	程小青（署名：“紫竹”）	轶闻及其他	
第七期	1946年7月1日	《罪犯的特殊心理》	云	轶闻及其他	
第七期	1946年7月1日	《镜中幻影》	英国葛丽师丹著，殷鑑译	侦探小说	该小说原名为 *In A Glass Darkly*，现通常译作《神秘的镜子》
第七期	1946年7月1日	《一片奶油》	何澄译	侦探小说翻译	
第七期	1946年7月1日	《毒物谈》（一）	程育德译	轶闻及其他	杂志注明“研究”
第七期	1946年7月1日	《科学侦探术（六）：验尸（续）》	磊立	轶闻及其他	杂志注明“研究”
第七期	1946年7月1日	《犯罪数量的激增》	虹	轶闻及其他	

续表

刊次	时间	题目	作者	类别	备注
第七期	1946年7月1日	《犯罪学讲话（七）：道德观念对于犯罪进化的影响》	柏曼里博士著，传薪译	轶闻及其他	杂志注明“研究”
第七期	1946年7月1日	《三个跛子》（上）	程小青译	侦探小说翻译	标“奎宁探案”
第七期	1946年7月1日	《大都会和小城市的罪行比例》	云	轶闻及其他	
第七期	1946年7月1日	《直角形》	叶叶	轶闻及其他	侦探问答互动栏目“小探案”
第七期	1946年7月1日	《画中线索》（十三、十四章）	R. F. Schabelitz, Willetta Ann Barber同著，剑虹译	长篇侦探小说翻译连载	
第七期	1946年7月1日	《百宝箱》（七）	程小青	长篇侦探小说连载	标“霍桑探案”
第八期	1946年7月16日	《珍珠项链》		轶闻及其他	看图破案的侦探互动栏目“图照探案”
第八期	1946年7月16日	《缩影点：纳粹情报的杰作》	平道译	轶闻及其他	杂志注明“特载”
第八期	1946年7月16日	《讲故事》	施密司著，沈涟译	侦探小说翻译	
第八期	1946年7月16日	《好色之徒》	汪经武译	侦探小说翻译	
第八期	1946年7月16日	《科学侦探术（七）：被焚尸体的检验》	罗薇	轶闻及其他	杂志注明“研究”
第八期	1946年7月16日	《犯罪学讲话（八）：人类最早的罪恶》（上）	柏曼里博士著，传薪译	轶闻及其他	杂志注明“研究”
第八期	1946年7月16日	《毒物谈》（二）	程育德译	轶闻及其他	杂志注明“研究”
第八期	1946年7月16日	《三个跛子》（下）	程小青译	侦探小说翻译	标“奎宁探案”
第八期	1946年7月16日	《三种足印》	文志强	轶闻及其他	侦探问答互动栏目“小探案”
第八期	1946年7月16日	《画中线索》（十五、十六章）	R. F. Schabelitz, Willetta Ann Barber同著，剑虹译	长篇侦探小说翻译连载	

续表

刊次	时间	题目	作者	类别	备注
第八期	1946年7月16日	《百宝箱》（八）	程小青	长篇侦探小说连载	标“霍桑探案”
第八期	1946年7月16日	《空心的石膏像》		轶闻及其他	看图破案的侦探互动栏目“图照探案”
第九期	1946年8月1日	《棋盘的秘密》		轶闻及其他	看图破案的侦探互动栏目“图照探案”
第九期	1946年8月1日	《眼睛一霎》	Agatha Christie 著，雍彦译	侦探小说翻译	该小说原名为 *The Regatta Mystery*，现通常译作《钻石之谜》，为帕克·派恩系列作品之一
第九期	1946年8月1日	《箭祸》	谢雷达	侦探小说	标“鲁森探案”
第九期	1946年8月1日	《科学侦探术（七）：被焚尸体的检验》（续）	罗薇	轶闻及其他	杂志注明“研究”
第九期	1946年8月1日	《毒物谈》（三）	程育德译	轶闻及其他	杂志注明“研究”
第九期	1946年8月1日	《一个爱好玩具的人》（上）	程小青译	侦探小说翻译	标“圣徒奇案”
第九期	1946年8月1日	《无名作家》	绿杨	轶闻及其他	侦探问答互动栏目“小探案”
第九期	1946年8月1日	《画中线索》（十七、十八章）	R. F. Schabelitz, Willetta Ann Barber 同著，剑虹译	长篇侦探小说翻译连载	
第九期	1946年8月1日	《百宝箱》（九）	程小青	长篇侦探小说连载	标“霍桑探案”
第九期	1946年8月1日	《梯脚下》		轶闻及其他	看图破案的侦探互动栏目“图照探案”
第十期	1946年8月16日	《无指手套》	黎泼莱著，沈福璋译	轶闻及其他	看图破案的侦探互动栏目“图照探案”
第十期	1946年8月16日	《海葬》	汪经武译	侦探小说翻译	
第十期	1946年8月16日	《造谣者》	何澄译	侦探小说翻译	标“包罗德探案”；该小说作者为阿加莎·克里斯蒂（Agatha Christie），小说首发时题目为 *The Invisible Enemy*，后改为 *The Lernean Hydra*，现通常译作《勒尔那九头蛇》，为波洛系列作品之一

续表

刊次	时间	题目	作者	类别	备注
第十期	1946年8月16日	《一一二一号》	高风译	侦探小说翻译	
第十期	1946年8月16日	《死拼》	程小青译（署名：“紫竹”）	侦探小说翻译	
第十期	1946年8月16日	《画蛇添足》	顾伟议	轶闻及其他	侦探问答互动栏目“小探案”
第十期	1946年8月16日	《科学侦探术（八）：枪杀案的检查》（上）	罗薇	轶闻及其他	杂志注明“研究”
第十期	1946年8月16日	《犯罪学讲话（八）：人类最早的罪恶》（中）	柏曼里博士著，传薪译	轶闻及其他	杂志注明“研究”
第十期	1946年8月16日	《毒物谈》（四）	程育德译	轶闻及其他	杂志注明“研究”
第十期	1946年8月16日	《一个爱好玩具的人》（下）	程小青译	侦探小说翻译	标“圣徒奇案”
第十期	1946年8月16日	《画中线索》（十九、廿十章）	R. F. Schabelitz, Willetta Ann Barber合著，剑虹译	长篇侦探小说翻译连载	
第十期	1946年8月16日	《百宝箱》（十）	程小青	长篇侦探小说连载	标“霍桑探案”
第十一期	1946年9月16日	《车的前灯》	黎泼莱著，沈福璋译	轶闻及其他	看图破案的侦探互动栏目“图照探案”
第十一期	1946年9月16日	《神父》	邵殿生译	侦探小说翻译	
第十一期	1946年9月16日	《车尸案》	曾孝先	侦探小说	
第十一期	1946年9月16日	《科学侦探术（八）：枪杀案的检查》（下）	罗薇	轶闻及其他	杂志注明“研究”
第十一期	1946年9月16日	《空室》	高风	轶闻及其他	侦探问答互动栏目“小探案”
第十一期	1946年9月16日	《犯罪学讲话（八）：人类最早的罪恶》（下）	柏曼里博士著，传薪译	轶闻及其他	杂志注明“研究”
第十一期	1946年9月16日	《毒物谈》（五）	程育德译	轶闻及其他	杂志注明“研究”

续表

刊次	时间	题目	作者	类别	备注
第十一期	1946年9月16日	《艺术摄影师》（上）	程小青译	侦探小说翻译	标“圣徒奇案”
第十一期	1946年9月16日	《画中线索》（廿一、廿二章）	R. F. Schabelitz, Willetta Ann Barber同著，剑虹译	长篇侦探小说翻译连载	
第十一期	1946年9月16日	《百宝箱》（十一）	程小青	长篇侦探小说连载	标“霍桑探案”
第十二期	1946年10月1日	《心怀叵测》	黎泼莱著，沈福璋译	轶闻及其他	看图破案的侦探互动栏目“图照探案”
第十二期	1946年10月1日	《四种可能性》	Agatha Christie著，殷鑑译	侦探小说翻译	该小说原名为 *Miss Marple Tells a Story*，现通常译作《马普尔小姐的故事》，为马普尔小姐系列作品之一
第十二期	1946年10月1日	《外交手腕》	约翰狄克逊著，邵殿生译	侦探小说翻译	
第十二期	1946年10月1日	《额角上的微伤》	乔	轶闻及其他	侦探问答互动栏目“小探案”
第十二期	1946年10月1日	《哑侦探》	张为佐	侦探小说	
第十二期	1946年10月1日	《玩纸牌》	Charles G. Norris著，汪君武译	侦探小说翻译	疑为译者署名笔误，应为“汪经武”
第十二期	1946年10月1日	《科学侦探术（九）：枪和枪伤》（一）	罗薇	轶闻及其他	杂志注明“研究”
第十二期	1946年10月1日	《犯罪学讲话（九）：犯罪与社会的制裁》	柏曼里博士著，传薪译	轶闻及其他	杂志注明“研究”
第十二期	1946年10月1日	《毒物谈》（六）	程育德译	轶闻及其他	杂志注明“研究”
第十二期	1946年10月1日	《艺术摄影师》（下）	程小青译	侦探小说翻译	标“圣徒奇案”
第十二期	1946年10月1日	《画中线索》（廿三）	R. F. Schabelitz, Willetta Ann Barber同著，剑虹译	长篇侦探小说翻译连载	
第十二期	1946年10月1日	《百宝箱》（十二）	程小青	长篇侦探小说连载	标“霍桑探案”
第十三期	1946年10月16日	《泄露秘密》	黎泼莱著，沈福璋译	轶闻及其他	看图破案的侦探互动栏目“图照探案”

续表

刊次	时间	题目	作者	类别	备注
第十三期	1946年10月16日	《被抛弃的野宴》	国平译	侦探小说翻译	杂志注明“特载”；侦探问答互动栏目“观察和推断的测验”
第十三期	1946年10月16日	《黄金祟》	曾孝先	侦探小说	标“章彬探案”
第十三期	1946年10月16日	《懊恼的回忆》	唐乾姆司著，高风译	侦探小说翻译	
第十三期	1946年10月16日	《科学侦探术（九）：枪和枪伤》（二）	罗薇	轶闻及其他	杂志注明“研究”
第十三期	1946年10月16日	《犯罪学讲话（十）：社会制裁的方式》	柏曼里博士著，传薪译	轶闻及其他	杂志注明“研究”
第十三期	1946年10月16日	《觅宝藏》（上）	爱雷·奎宁著，程小青译	侦探小说翻译	标“奎宁探案”
第十三期	1946年10月16日	《电话机上的线索》	汪逸	轶闻及其他	侦探问答互动栏目“小探案”
第十三期	1946年10月16日	《画中线索》（廿四章）	R. F. Schabelitz, Willetta Ann Barber 同著，剑虹译	长篇侦探小说翻译连载	
第十三期	1946年10月16日	《百宝箱》（十三）	程小青	长篇侦探小说连载	标“霍桑探案”
第十四期	1946年11月1日	《厌旧喜新》	黎泼莱著，沈福璋译	轶闻及其他	看图破案的侦探互动栏目“图照探案”
第十四期	1946年11月1日	《黄色的泽兰花》	Agatha Christie 著，殷鑑译	侦探小说翻译	该小说原名为 *Yellow Iris*，现通常译作《黄色蝴蝶花》，为波洛系列作品之一
第十四期	1946年11月1日	《雷殛》	海风	轶闻及其他	侦探问答互动栏目“小探案”
第十四期	1946年11月1日	《一颗纽扣》	曾孝先	侦探小说	标“章彬探案”
第十四期	1946年11月1日	《喷他回去》	鲍威尔著，毓苹译	侦探小说翻译	
第十四期	1946年11月1日	《无名氏》	F. I. Anderson 作，雍彦译	侦探小说翻译	

续表

刊次	时间	题目	作者	类别	备注
第十四期	1946年11月1日	《科学侦探术（九）：枪和枪伤》（三）	罗薇	轶闻及其他	杂志注明“研究”
第十四期	1946年11月1日	《犯罪学讲话（十）：社会制裁的方式》	柏曼里博士著，传薪译	轶闻及其他	杂志注明“研究”
第十四期	1946年11月1日	《觅宝藏》（下）	爱雷·奎宁著，程小青译	侦探小说翻译	标“奎宁探案”
第十四期	1946年11月1日	《画中线索》（廿五）	R. F. Schabelitz, Willetta Ann Barber同著，剑虹译	长篇侦探小说翻译连载	
第十四期	1946年11月1日	《百宝箱》（十四）	程小青	长篇侦探小说连载	标“霍桑探案”
第十五期	1947年1月1日	《一张晚报》	黎泼莱著，毛震耀译	轶闻及其他	看图破案的侦探互动栏目“图照探案”
第十五期	1947年1月1日	《自动摄影的手枪》	Ben Schneiber著，无心译	轶闻及其他	杂志注明“特载”
第十五期	1947年1月1日	《独臂将军》	汪经武（署名：“经武”）	侦探小说	杂志注明“特载”；侦探问答互动栏目
第十五期	1947年1月1日	《真假医士》	高风译	侦探小说翻译	
第十五期	1947年1月1日	《恶魔日》	Larry Sternig原作，宋锡译	侦探小说翻译	
第十五期	1947年1月1日	《蓝指印》	汪毓苹译	侦探小说翻译	
第十五期	1947年1月1日	《科学侦探术（九）：枪和枪伤》（四）	罗薇	轶闻及其他	杂志注明“研究”
第十五期	1947年1月1日	《犯罪学讲话（十一）：社会制裁的限制》	柏曼里博士著，传薪译	轶闻及其他	杂志注明“研究”
第十五期	1947年1月1日	《大施主》（上）	英国杞德烈斯著，程小青译	侦探小说翻译	
第十五期	1947年1月1日	《画中线索》（廿六）	R. F. Schabelitz, Willetta Ann Barber同著，剑虹译	长篇侦探小说翻译连载	
第十五期	1947年1月1日	《六条走廊》	程小青（署名“紫竹”）	轶闻及其他	侦探问答互动栏目“小探案”

续表

刊次	时间	题目	作者	类别	备注
第十五期	1947年1月1日	《百宝箱》（十五）	程小青	长篇侦探小说连载	标“霍桑探案”
第十六期	1947年2月1日	《胸间弹伤》	黎泼莱著，毛震耀译	轶闻及其他	看图破案的侦探互动栏目“图照探案”
第十六期	1947年2月1日	《侦探小说真会走运吗》	程小青	侦探小说评论	杂志注明“特写”
第十六期	1947年2月1日	《遗传病》	Agatha Christie著，汪经武译	侦探小说翻译	标“包罗德探案”；该小说后经郑狄克重译，以《疯情人》为题目，发表于《蓝皮书》第七期（1947年9月1日），署名“A.Christie原著，狄克译”。该小说首发时题目为 *Midnight Madness*，后改为 *The Cretan Bull*，现通常译作《克里特岛神牛》，为波洛系列作品之一
第十六期	1947年2月1日	《疯女》	曾孝先	侦探小说	标“章彬探案”
第十六期	1947年2月1日	《蓝色绝命书》	汪逸	侦探小说	
第十六期	1947年2月1日	《犯罪学讲话（十二）：罪行的特征和定义》	柏曼里博士著，传薪译	轶闻及其他	杂志注明“研究”
第十六期	1947年2月1日	《大施主》（下）	英国杞德烈斯著，程小青译	侦探小说翻译	
第十六期	1947年2月1日	《一个误点》	绿杨	轶闻及其他	侦探问答互动栏目“小探案”
第十六期	1947年2月1日	《百宝箱》（十六）	程小青	长篇侦探小说连载	标“霍桑探案”
第十六期	1947年2月1日	《古剑记》	葛丽斯丹著，程小青（署名：“紫竹”）译	侦探小说翻译	标“包罗德探案”；该小说原名为 *The Murder of Roger Ackroyd*，现通常译作《罗杰疑案》，为波洛系列作品之一
第十六期	1947年2月1日	《余墨》	编者	轶闻及其他	杂志注明“特载”
第十七期	1947年6月1日	《车中行尸》	黎泼莱著，毛震耀译	轶闻及其他	看图破案的侦探互动栏目“图照探案”
第十七期	1947年6月1日	《半夜枪击》	曹国平译	侦探小说翻译	

续表

刊次	时间	题目	作者	类别	备注
第十七期	1947年6月1日	《梦》	Agatha Christie 著，殷鑑译	侦探小说翻译	标“包罗德探案”；该小说后改名《奇异的梦》，刊于《上海警察》第二卷第一期，1947年8月20日，仍为“殷鑑译”。该小说原名为 *The Dream*，现通常译作《梦境》，为波洛系列作品之一
第十七期	1947年6月1日	《小知识》	高风译	侦探小说翻译	
第十七期	1947年6月1日	《科学侦探术（九）：枪和枪伤》（五）	罗薇	轶闻及其他	杂志注明“研究”
第十七期	1947年6月1日	《暗中恋人》（上）	爱雷奎宁著，汪经武（署名：“经武”）译	侦探小说翻译	标“奎宁探案”
第十七期	1947年6月1日	《祖传宝石》	曾孝先	轶闻及其他	侦探问答互动栏目“小探案”
第十七期	1947年6月1日	《古剑记》	葛丽斯丹著，程小青（署名：“紫竹”）译	侦探小说翻译	标“包罗德探案”；该小说原名为 *The Murder of Roger Ackroyd*，现通常译作《罗杰疑案》，为波洛系列作品之一
第十七期	1947年6月1日	《百宝箱》（十七）	程小青	长篇侦探小说连载	“霍桑探案”系列之一

《大侦探》（1946年4月—1949年5月，共三十六期）[①]

《大侦探》杂志1946年4月1日创刊于上海，由上海第一编辑公司出版。开始为月刊，后改为半月刊。第一至十七期，主编孙了

① 本书《大侦探》杂志相关年表整理参考了谢宁的《〈大侦探〉期刊研究》（硕士学位论文，广西师范大学，2016年4月）。

红，发行人吴承达[①]（其中第九期与第十三期，因孙了红生病，吴承达兼任主编及发行人）；自 1948 年 3 月 1 日第十八期至 1948 年 10 月 16 日第二十六期，由吴承达任主编兼发行人；自 1948 年 12 月 1 日第二十七期至 1949 年 3 月 16 日第三十二期，由吴怀冰任主编，吴承达任发行人；1949 年三十三期由徐慧棠、吴怀冰任主编，吴承达任发行人；1949 年三十四期吴怀冰任主编，紫虹设计，吴承达任发行人；1949 年第三十五期紫虹任主编，吴佐良设计，吴承达任发行人；1949 年第三十六期，紫虹任主编，吴承达任发行人。1949 年 5 月 16 日出至第三十六期后停刊，共出 36 期，小 32 开本。其中，1947 年 8 月 15 日第二十期为"一周纪念特大号"。

《大侦探》主要刊载侦探小说翻译、创作、长篇连载、实事案件等。其中每期中间附有彩色插页，颇具特色。其在创刊号的《编辑后记》中也曾指出："彩色插页——卡通侦探，也是我们贡献之一。"此外，自《大侦探》杂志开始，国内侦探类杂志上开始出现侦探小说中的"登场人物"列表，而《大侦探》杂志的译者和编辑们显然是有意引进了这一侦探小说的"新形式"，其在第六期《编后记》中明确表示："内容如果复杂，我们于篇首排列了一张登场人物表。读侦探小说，不比读别的小说，有时确实是有像戏院说明书里刊登人物表的必要。"

附表 2-7　《大侦探》（1946 年 4 月—1949 年 5 月）刊载作品情况

刊次	时间	题目	作者	类别	备注
第一期	1946 年 4 月 1 日	《马铃薯袋里的尸体》	Barton Black 著，吴镜法译	侦探小说翻译	
第一期	1946 年 4 月 1 日	《疯人的把戏》	Jacques Futyelle 原著，刘柳影译	侦探小说翻译	

① 按照陈蝶衣后来的回忆："抗战胜利后，我与吴承达兄组织'第一编辑公司'，出版《大侦探》月刊，名义上由孙了红主编，实际上辑务是由吴承达兄与我负责。"（参见陈蝶衣《侠盗鲁平的塑造者——孙了红》，香港《万象》第三期，1975 年 9 月）

续表

刊次	时间	题目	作者	类别	备注
第一期	1946年4月1日	《渔网女尸》	Edward Ronns 原著，饶磊译	侦探小说翻译	
第一期	1946年4月1日	《英侦探小说家渥本海姆逝世》		轶闻及其他	
第一期	1946年4月1日	《第五只钥匙》(上)	George Harmon Coxe 原著，凯蒂译	侦探小说翻译	文前附有“登场人物”列表
第一期	1946年4月1日	《毒鼠药》	Beatxice Shaw Chapel 原著，王贸译	侦探小说翻译	
第一期	1946年4月1日	《雪夜血案》	James L. Sampson 原著，胡萼译	侦探小说翻译	
第一期	1946年4月1日	《煤油灯》	Randall Crane 原著，孙了红译	侦探小说翻译	
第一期	1946年4月1日	《健身院惨剧》(第一、二章)	爱雷·奎宁(Ellery Queen)原著，翠谷译	长篇侦探小说翻译连载	标“奎宁探案”
第一期	1946年4月1日	《编辑后记》		轶闻及其他	
第一期	1946年4月1日	《师夫人之死》	王承天译	轶闻及其他	“侦探卡通”栏目
第二期	1946年5月15日	《升平街大破盗窟记》	余茜蒂	实事侦探案	杂志注明“上海实事探案”
第二期	1946年5月15日	《猘犬悍盗》	James Bryce 著，红叶译	侦探小说翻译	
第二期	1946年5月15日	《蒙面人》	Zacder Roth 原著，顾志鸿译	侦探小说翻译	
第二期	1946年5月15日	《瞎了眼的凶手》	Anthony Durand 原著，吴镜法译	侦探小说翻译	
第二期	1946年5月15日	《新婚血案》	Austin Ripley 原作，孙了红译	侦探小说翻译	看图破案一类的侦探互动性栏目，标“侦探电影”
第二期	1946年5月15日	《炉边谈话》	China Shanghai 著，宁远译	侦探小说翻译	
第二期	1946年5月15日	《浴缸女尸》	John S. Thorp 原著，吴镜法译	侦探小说翻译	文前附有“登场人物”列表
第二期	1946年5月15日	《第五只钥匙》(下)	George Harmon Coxe 原著，凯蒂译	侦探小说翻译	文前附有“登场人物”列表

续表

刊次	时间	题目	作者	类别	备注
第二期	1946年5月15日	《神经错乱》	Ben Hecht 原著，钱昌年译	侦探小说翻译	
第二期	1946年5月15日	《在圣经之前的忏悔》	Alan Hynd 著，刘柳影译	侦探小说翻译	杂志注明“译自 *Cororet*”三月号
第二期	1946年5月15日	《逃税者之死》（上）	Julius Long 著，张亚府译	侦探小说翻译	
第二期	1946年5月15日	《健身院惨剧》（第三、四章）	爱雷·奎宁（Ellery Queen）原著，翠谷译	长篇侦探小说翻译连载	标“奎宁探案”
第三期	1946年6月20日	《上海投机市场大血案》	艾珑著，穆一龙画	实事侦探案	标“侦探创作”“福尔摩斯陈查礼霍桑联合探案”；目录标作者为“艾龙”，疑似笔误
第三期	1946年6月20日	《恐怖的账单》	Ruth Chessman 原著，心丙译	侦探小说翻译	
第三期	1946年6月20日	《名优之死》	Barton Black 原著，顾志鸿译（署名：“志鸿”）	侦探小说翻译	文中附有“登场人物”列表
第三期	1946年6月20日	《浴室命案》	Leonard Thompson 原著，夏辰译	侦探小说翻译	文中附有“登场人物”列表
第三期	1946年6月20日	《唾液可以查验》		轶闻及其他	
第三期	1946年6月20日	《溪中艳尸》	Frank Ward 原著，谭吉译	侦探小说翻译	文中附有“登场人物”列表
第三期	1946年6月20日	《勇妇历险复仇》	Arthur Dix 原著，仲子译	侦探小说翻译	文中附有“登场人物”列表
第三期	1946年6月20日	《一〇八指纹》	金原	侦探小说	文中附有“登场人物”列表
第三期	1946年6月20日	《逃税者之死》（下）	Julius Long 著，张亚府译	侦探小说翻译	
第三期	1946年6月20日	《蓝雾总会移尸记》	Fric Hatch 原著，凯蒂译	侦探小说翻译	文前附有“登场人物”列表
第三期	1946年6月20日	《健身院惨剧》（第五、六章）	爱雷·奎宁（Ellery Queen）原著，翠谷译	长篇侦探小说翻译连载	标“奎宁探案”
第四期	1946年8月1日	《一颗枪弹》	Jack Harrell 著，方铁群译	侦探小说翻译	文前附有“人名索引”
第四期	1946年8月1日	《胭脂虎》	Thompson Hall 著，黄嘉历译	侦探小说翻译	

续表

刊次	时间	题目	作者	类别	备注
第四期	1946年8月1日	《黑影的追逐》	E. C. Mackey著，杨春译	侦探小说翻译	文中附有“登场人物”列表
第四期	1946年8月1日	《趣味小测验》	佐良	轶闻及其他	侦探问答互动栏目
第四期	1946年8月1日	《珠宝店窃案》	Nick Carrer著，宋锡译	侦探小说翻译	标“卡脱探案”；文中附有“登场人物”列表
第四期	1946年8月1日	《荣德生绑案内幕》	沈毅	实事侦探案	
第四期	1946年8月1日	《谋杀》	R. G. Kirk原著，沈鸿渐译	侦探小说翻译	标“侠盗卡弥兴自述之一”；文中附有“登场人物”列表
第四期	1946年8月1日	《矿山绿林》（上）	Vance H, Trimble原著，吴镜法译	侦探小说翻译	文中附有“登场人物”列表
第四期	1946年8月1日	《天网恢恢》	Barnaby Frank原著，志鸿译	侦探小说翻译	文中附有“登场人物”列表
第四期	1946年8月1日	《狠心妇》	Roy Viehers原著，许靖孚译	侦探小说翻译	文中附有“主要人物”列表；硬汉派侦探小说
第四期	1946年8月1日	《子夜枪声》	Alan Hynd原著，红叶译	侦探小说翻译	文前附有“登场人物”列表
第四期	1946年8月1日	《健身院惨剧》（第七章）	爱雷·奎宁（Ellery Queen）原著，翠谷译	长篇侦探小说翻译连载	标“奎宁探案”
第五期	1946年9月1日	《地下工作》	茜蒂	侦探小说	标“锄奸血案”“又名：二十八弹”；文中附有“登场人物”列表
第五期	1946年9月1日	《凶案的预兆》	勃仁	轶闻及其他	
第五期	1946年9月1日	《宝兰小姐的日记》	Jack Harrell原著，金发译	侦探小说翻译	文中附有“登场人物”列表
第五期	1946年9月1日	《天堂血案：亚当夏娃失踪，上帝召见福尔摩斯》	陈翠	侦探小说	漫画侦探故事
第五期	1946年9月1日	《犯罪的知识》		轶闻及其他	
第五期	1946年9月1日	《矿山绿林》（下）	Vance H, Trimble原著，吴镜法译	侦探小说翻译	文中附有“登场人物”列表

续表

刊次	时间	题目	作者	类别	备注
第五期	1946年9月1日	《一分钟探案》		轶闻及其他	侦探问答互动栏目
第五期	1946年9月1日	《薄命侍女》	Ted Neal 原著，方轶群译	侦探小说翻译	文中附有“登场人物”列表
第五期	1946年9月1日	《怎样确定自杀还是被杀》		轶闻及其他	标“侦探宝钥”
第五期	1946年9月1日	《大侦探陈查礼杀人》	黄嘉历译	侦探小说翻译	标“梦中行凶实事探案”；漫画侦探故事
第五期	1946年9月1日	《从门缝中射击》（上）	Leonard Thompson 著，凯蒂译	侦探小说翻译	文中附有“登场人物”列表
第五期	1946年9月1日	《夜莺别墅传奇》	A. Geste 原著，丙之译	侦探小说翻译	文前附有“登场人物”列表
第五期	1946年9月1日	《广州女间谍》	顾志鸿	侦探小说	
第五期	1946年9月1日	《机密文件》	John Dickson Corr 原著，许靖孚译	侦探小说翻译	文前附有“登场人物”列表
第五期	1946年9月1日	《犯罪与刑罚》		轶闻及其他	杂志注明“海外新闻”
第五期	1946年9月1日	《珠宝贼》	R. G. Kirk 原著，沈鸿渐译	侦探小说翻译	标“侠盗卡弥兴自述之二”；文中附有“登场人物”列表
第五期	1946年9月1日	《健身院惨剧》（第八章）	爱雷・奎宁（Ellery Queen）原著，翠谷译	长篇侦探小说翻译连载	标“奎宁探案”
第六期	1946年10月4日	《美人关》	John S. Thorp 原著，吴俊译	侦探小说翻译	文中附有“登场人物”列表
第六期	1946年10月4日	《邓国庆受骗记》	佐良	实事侦探案	
第六期	1946年10月4日	《15380：你知道吗》		轶闻及其他	
第六期	1946年10月4日	《纸袋强盗》	Marin Strong 原著，冯雪山译	侦探小说翻译	文中附有“登场人物”列表
第六期	1946年10月4日	《一千万元杀人血案》	艾珑	侦探小说	
第六期	1946年10月4日	《无头女尸》	Marin Strong 原著，田毅译	侦探小说翻译	文中附有“登场人物”列表

续表

刊次	时间	题目	作者	类别	备注
第六期	1946年10月4日	《狗侦探》		轶闻及其他	杂志注明“广州带来的新闻”
第六期	1946年10月4日	《侦探小姐》	志鸿译	侦探小说翻译	文前附有“登场人物”列表
第六期	1946年10月4日	《编后记》		轶闻及其他	
第六期	1946年10月4日	《从门缝中射击》（下）	Leonard Thompson 原著，凯蒂译	侦探小说翻译	
第六期	1946年10月4日	《崔寿眉嘴里的狐妖：苏州静心庵实访》	方铁群、吴镜法	轶闻及其他	
第六期	1946年10月4日	《健身院惨剧》（第九、十章）	爱雷·奎宁（Ellery Queen）原著，翠谷译	长篇侦探小说翻译连载	标“奎宁探案”
第七期	1946年11月15日	《一个蒙骗了希特勒的反间谍》	沈鸿渐译	实事侦探案	杂志注明“美国联合情报局局长 J. Edgar Hooves 亲述”
第七期	1946年11月15日	《无线索奇案》	William Macharg 原著，漆静孙译	侦探小说翻译	
第七期	1946年11月15日	《富翁暴死记》	Alan Hynd 原著，黄嘉历译	侦探小说翻译	文中附有“登场人物”列表
第七期	1946年11月15日	《两雄舌战记》		轶闻及其他	
第七期	1946年11月15日	《美国女警局长》	志鸿译	轶闻及其他	照片及文字形式的人物介绍
第七期	1946年11月15日	《三个巫乐师》	M. W. Wellman 著，宋雪译	侦探小说翻译	文前附有“登场人物”列表
第七期	1946年11月15日	《好莱坞大盗》	陈珊瑛译	实事侦探案	杂志注明“美国联邦侦探局局长 Hoover 原著”；文中附有“登场人物”列表
第七期	1946年11月15日	《从脚骨推测高度》		轶闻及其他	
第七期	1946年11月15日	《良心的谴责》	Zachariah Childs 原著，方铁群译	侦探小说翻译	文前附有“登场人物”列表
第七期	1946年11月15日	《从试验管中探捕凶犯》	Edward Kingslay 原著，贾立煌译	轶闻及其他	文中附有“登场人物”列表

续表

刊次	时间	题目	作者	类别	备注
第七期	1946年11月15日	《侦探之窗》		轶闻及其他	
第七期	1946年11月15日	《大破“黑手套”》	H. T. Carter 原著，周平译	侦探小说翻译	文前附有“登场人物”列表
第七期	1946年11月15日	《神秘的爆炸》	L. Titmas 原著，蒋容新译	侦探小说翻译	文中附有“登场人物”列表
第七期	1946年11月15日	《后门口的鞋子印》	L. D. Miller 原著，方远译	侦探小说翻译	文中附有“登场人物”列表
第七期	1946年11月15日	《一枝散弹枪》	Arthur C Greene 原著，吴镜法译	侦探小说翻译	文中附有“登场人物”列表
第七期	1946年11月15日	《六瓶粉红药水》	Arthur Dix 原著，金绂译	侦探小说翻译	文中附有“登场人物”列表
第七期	1946年11月15日	《大侦探的女儿》		轶闻及其他	
第七期	1946年11月15日	《上海故事》	佐良	轶闻及其他	
第七期	1946年11月15日	《三个墓穴》	Hugh Peters 原著，方衡译	侦探小说翻译	文中附有“登场人物”列表
第七期	1946年11月15日	《健身院惨剧》（第十一、十二章）	爱雷·奎宁（Ellery Queen）原著，翠谷译	长篇侦探小说翻译连载	标“奎宁探案”
第八期	1947年1月1日	《蓝色响尾蛇》	孙了红	长篇侦探小说连载	“侠盗鲁平奇案”系列之一；标“又名：一九四七年的侠盗鲁平”
第八期	1947年1月1日	《美国特务人员中的神枪手》	孟频	轶闻及其他	
第八期	1947年1月1日	《艳尸奇案：一个怪女人和一顶怪帽子》	佐良译	侦探小说翻译	文中附有“登场人物”列表
第八期	1947年1月1日	《神秘少女》	文田译	侦探小说翻译	文中附有“登场人物”列表
第八期	1947年1月1日	《亚西亚太子号：从上海到香港之途》	钟易	侦探小说	文中附有“登场人物”列表
第八期	1947年1月1日	《地下室》	Harrison Carter 原著，沙风译	侦探小说翻译	文中附有“登场人物”列表
第八期	1947年1月1日	《神秘的墓穴》	诸波	侦探小说	文中附有“登场人物”列表

续表

刊次	时间	题目	作者	类别	备注
第八期	1947年1月1日	《一把菜刀》	长川	侦探小说	“叶黄夫妇侦探案”系列之一；文前附有“登场人物”列表
第八期	1947年1月1日	《被遗弃了的野餐》	志鸿	轶闻及其他	侦探问答互动栏目
第八期	1947年1月1日	《冷霜的行踪》	钟南	侦探小说	文中附有“登场人物”列表
第八期	1947年1月1日	《发行人之言》	承达	轶闻及其他	
第八期	1947年1月1日	《军火库爆炸案内幕》	艾珑	实事侦探案	文中附有“登场人物”列表
第八期	1947年1月1日	《健身院惨剧》（十三、十四、十五章）	爱雷·奎宁（Ellery Queen）原著，翠谷译	长篇侦探小说翻译连载	标“奎宁探案”
第九期	1947年3月10日	《七年大恨》	Acison Blake 原著，叶乃白译	侦探小说翻译	文中附有“登场人物”列表
第九期	1947年3月10日	《独行侠斗法》	赵坚	侦探小说	文中附有“登场人物”列表
第九期	1947年3月10日	《蓝色响尾蛇》	孙了红	长篇侦探小说连载	“侠盗鲁平奇案”系列之一；标“又名：一九四七年的侠盗鲁平”
第九期	1947年3月10日	《兆丰公寓奇尸》	舒子谟	侦探小说	文中附有“登场人物”列表
第九期	1947年3月10日	《黑眼睛》	龙俞	侦探小说	文中附有“登场人物”列表
第九期	1947年3月10日	《自动锁》	Berna Moris 原著，宋锡译	侦探小说翻译	文中附有“登场人物”列表
第九期	1947年3月10日	《妻子的失踪》		轶闻及其他	“侦探百宝箱”栏目
第九期	1947年3月10日	《离婚与职业》		轶闻及其他	“侦探百宝箱”栏目
第九期	1947年3月10日	《吗啡藏在哪里?》		轶闻及其他	“侦探百宝箱”栏目
第九期	1947年3月10日	《侦探故事：呼号秘密》	桑牧	侦探小说	漫画侦探故事
第九期	1947年3月10日	《半夜飞火记》	龚义	侦探小说	文中附有“登场人物”列表

续表

刊次	时间	题目	作者	类别	备注
第九期	1947年3月10日	《有裂痕的S》	John Franchy 原著，顾世璋译	侦探小说翻译	文中附有“登场人物”列表
第九期	1947年3月10日	《鸡心小饰盒》	Ere Ambery 原著，龚江译	侦探小说翻译	文中附有“登场人物”列表
第九期	1947年3月10日	《美国监狱别记》		轶闻及其他	
第九期	1947年3月10日	《朱先生不在家》	舒风	侦探小说	文中附有“登场人物”列表
第九期	1947年3月10日	《大侦探查奶油》		轶闻及其他	
第九期	1947年3月10日	《健身院惨剧》（第十六、十七章）	爱雷·奎宁（Ellery Queen）原著，翠谷译	长篇侦探小说翻译连载	标“奎宁探案”
第十期	1947年5月15日	《死犯在临刑之前》	Quentin Reynolds 原著，张渊译	侦探小说翻译	文中附有“登场人物”列表
第十期	1947年5月15日	《大破越狱党》	Aebert Spiers 原著，叶乃自译	侦探小说翻译	文中附有“登场人物”列表；目录中标为“赵坚”
第十期	1947年5月15日	《蓝色响尾蛇》	孙了红	长篇侦探小说连载	“侠盗鲁平奇案”系列之一；标“又名：一九四七年的侠盗鲁平”
第十期	1947年5月15日	《逃税者》	Arthur Miller 原著，路密译	侦探小说翻译	文中附有“登场人物”列表
第十期	1947年5月15日	《断桥残尸》	陆宜	侦探小说	文中附有“登场人物”列表
第十期	1947年5月15日	《私生子失踪》	长川	侦探小说	“叶黄夫妇侦探案”系列之一；文中附有“登场人物”列表
第十期	1947年5月15日	《油灯黑印》	甘实	侦探小说	文中附有“登场人物”列表
第十期	1947年5月15日	《铁棺材》	Mark Stevens 原著，陆参译	侦探小说翻译	文中附有“登场人物”列表
第十期	1947年5月15日	《幸福符》	W. A. Silverman 原著，庚堂译	侦探小说翻译	文中附有“登场人物”列表
第十期	1947年5月15日	《致人死命的一曲》	John S. Thorp 原著，倪怀一译	侦探小说翻译	文中附有“登场人物”列表
第十期	1947年5月15日	《健身院惨剧》（完结）	爱雷·奎宁（Ellery Queen）原著，翠谷译	长篇侦探小说翻译连载	标“奎宁探案”

续表

刊次	时间	题目	作者	类别	备注
第十一期	1947年7月1日	《罗兰秘记》	蕙风译	侦探小说翻译	文中附有“登场人物”列表
第十一期	1947年7月1日	《电椅岂能杀人!》	子荷	轶闻及其他	
第十一期	1947年7月1日	《天方夜谭式的一夜》	义译	侦探小说翻译	文中附有“登场人物”列表
第十一期	1947年7月1日	《雪佛兰轿车艳尸记》	Bennett Wright原著，张杰光译	侦探小说翻译	文中附有“登场人物”列表
第十一期	1947年7月1日	《王丁宝恕》	胡索	侦探小说	
第十一期	1947年7月1日	《从都城公寓到京华公寓》	博文治	侦探小说	
第十一期	1947年7月1日	《百万金香水秘方》	Jack Harvell 原著，陆倩译	侦探小说翻译	文中附有“登场人物”列表
第十一期	1947年7月1日	《最后一关》	Mark Stevens 原著，熊方中译	侦探小说翻译	文中附有“登场人物”列表
第十一期	1947年7月1日	《水淹七君子》	顾志鸿译	侦探小说翻译	文中附有“登场人物”列表
第十一期	1947年7月1日	《蓝色响尾蛇》	孙了红	长篇侦探小说连载	“侠盗鲁平奇案”系列之一；标“又名：一九四七年的侠盗鲁平”
第十二期	1947年8月15日	《香岛艳尸》	陈娟娟	实事侦探案	标“香港最新实事探案”；文中附有“登场人物”列表和“案发地点附近地图”
第十二期	1947年8月15日	《为了上帝》	Harrison T. Carter 原著，金传经译	侦探小说翻译	文中附有“登场人物”列表
第十二期	1947年8月15日	《蜘蛛精》	杨恨吾	侦探小说	标“《大侦探》一周纪念征文比赛首席”；文中附有“登场人物”列表
第十二期	1947年8月15日	《胼胝之于职业》		轶闻及其他	
第十二期	1947年8月15日	《尸体的僵硬时期》		轶闻及其他	
第十二期	1947年8月15日	《穿怪绒线衫的家伙》	Charles R. Smith 原著，金容译	侦探小说翻译	文前附有“人物表”
第十二期	1947年8月15日	《囚犯电灯·片刻不离》		轶闻及其他	“大侦探小新闻”栏目

续表

刊次	时间	题目	作者	类别	备注
第十二期	1947年8月15日	《一根蓝白绳子》	黄嘉历译	侦探小说翻译	文中附有“登场人物”列表
第十二期	1947年8月15日	《从白纸到黑字》	西冷	轶闻及其他	“侦探宝库”栏目
第十二期	1947年8月15日	《受煤气刑的第一名》	西冷	轶闻及其他	“侦探宝库”栏目
第十二期	1947年8月15日	《日本女警察》	西冷	轶闻及其他	“侦探宝库”栏目
第十二期	1947年8月15日	《水底箱尸案》	George Simenon原著，周迈译	侦探小说翻译	文中附有“登场人物”列表
第十二期	1947年8月15日	《结婚十三年》	罗且思	侦探小说	
第十二期	1947年8月15日	《手指上的汗毛孔》		轶闻及其他	
第十二期	1947年8月15日	《死里逃生》	James B. Welch著，乔治松译	侦探小说翻译	文中附有“登场人物”列表
第十二期	1947年8月15日	《一刻之差》	封其伦	侦探小说	杂志注明“《大侦探》一周纪念征文比赛第三名”；文中附有“登场人物”列表
第十二期	1947年8月15日	《本多生酸 Pantothenic acid 之发明小史》		轶闻及其他	
第十二期	1947年8月15日	《原子间谍》	薛松译	侦探小说翻译	文中附有“登场人物”列表
第十二期	1947年8月15日	《四角恋爱》	郭城	侦探小说	文中附有“登场人物”列表
第十二期	1947年8月15日	《贩毒者》	Dwight V. Swain著，唐华译	侦探小说翻译	文中附有“登场人物”列表
第十二期	1947年8月15日	《蓝色响尾蛇》	孙了红	长篇侦探小说连载	“侠盗鲁平奇案”系列之一；标“又名：一九四七年的侠盗鲁平”
第十三期	1947年9月15日	《英国肥皂大王白来恩跳海之谜》	林微因译	实事侦探案	文中附有“登场人物”列表
第十三期	1947年9月15日	《宣铁吾将军浮雕》	张正方	轶闻及其他	
第十三期	1947年9月15日	《杭州无头大血案》（上）	沈毅	实事侦探案	文中附有“登场人物”列表和“案发地点附近地图”

续表

刊次	时间	题目	作者	类别	备注
第十三期	1947年9月15日	《五个血指印》	裘忆枫	侦探小说	文中附有“登场人物”列表
第十三期	1947年9月15日	《南京警察总署刑事实验室内幕》		轶闻及其他	“神秘的九组，灵活的表演”
第十三期	1947年9月15日	《寒山白骨》	Everetl Bair原著，李耳译	侦探小说翻译	文中附有“登场人物”列表
第十三期	1947年9月15日	《蓝色响尾蛇》	孙了红	长篇侦探小说连载	“侠盗鲁平奇案”系列之一；标“又名：一九四七年的侠盗鲁平”
第十四期	1947年10月15日	《青沪公路金条命案内幕》	庄元猷	实事侦探案	标“《大侦探》及作者敬谢上海市警察局供给我们很多宝贵的资料”；文中附有“登场人物”列表和“案发地点附近地图”
第十四期	1947年10月15日	《铁钩大盗》（上）	George Vedder Iones原著，易金译	侦探小说翻译	文中附有“登场人物”列表
第十四期	1947年10月15日	《情海疑云》	丁芝	侦探小说	文前附有“登场人物”列表
第十四期	1947年10月15日	《白色的康乃馨》	吴佐良译	侦探小说翻译	文中附有“登场人物”列表
第十四期	1947年10月15日	《你不要走》	杨恨吾	侦探小说	侦探问答互动栏目；文中附有“登场人物”列表
第十四期	1947年10月15日	《杭州无头大血案》（下）	沈毅	实事侦探案	文中附有“登场人物”列表和“案发地点附近地图”
第十四期	1947年10月15日	《新婚之夜：一张怪遗嘱》	林豪	侦探小说	文中附有“登场人物”列表和“凶屋平面图”
第十四期	1947年10月15日	《蓝色响尾蛇》	孙了红	长篇侦探小说连载	“侠盗鲁平奇案”系列之一；标“又名：一九四七年的侠盗鲁平”
第十五期	1947年10月31日	《谁杀死了筱丹桂》	茜蒂	实事侦探案	文中附有“登场人物”列表
第十五期	1947年10月31日	《警局两年来破获十大刑事案件》		轶闻及其他	
第十五期	1947年10月31日	《鬼故事》	玫漪	侦探小说	

续表

刊次	时间	题目	作者	类别	备注
第十五期	1947年10月31日	《铁钩大盗》（下）	George Vedder Iones 原著，易金译	侦探小说翻译	文中附有“登场人物”列表
第十五期	1947年10月31日	《杀快马》	李知章	轶闻及其他	
第十五期	1947年10月31日	《狐火》	长川	侦探小说	“叶黄夫妇侦探案”系列之一；文中附有“登场人物”列表
第十五期	1947年10月31日	《指纹的认识和用途》	俞叔平	轶闻及其他	
第十五期	1947年10月31日	《伦敦水上警察泰晤士队》	何善慧	轶闻及其他	
第十五期	1947年10月31日	《蓝色响尾蛇》（完结）	孙了红	长篇侦探小说连载	“侠盗鲁平奇案”系列之一；标“又名：一九四七年的侠盗鲁平”
第十五期	1947年10月31	《蓝色响尾蛇》	孙了红	长篇侦探小说连载	“侠盗鲁平奇案”系列之一；此回为小说第一回的重新刊登
第十六期	1947年12月20日	《杀人者》	佐良译	侦探小说翻译	文中附有“登场人物”列表
第十六期	1947年12月20日	《蛇蝎美人》	Vance H. Trimble 原著，杨歧译述	侦探小说翻译	文中附有“出场人物”列表
第十六期	1947年12月20日	《小王的失踪》	顾志鸿	侦探小说	标“五分钟探案”
第十六期	1947年12月20日	《会讲话的死人》	南燕生译	实事侦探案	杂志注明“美国实事探案，原载于 *Startling Detective* 杂志”；文中附有“登场人物”列表
第十六期	1947年12月20日	《蛮荒擒酋记》	孟兆译	侦探小说翻译	文中附有“登场人物”列表
第十六期	1947年12月20日	《铁盒里的秘密》	味闲译	侦探小说翻译	文中附有“登场人物”列表
第十六期	1947年12月20日	《强化冬防，提高警惕》	宣铁吾	轶闻及其他	
第十六期	1947年12月20日	《飞行堡垒，电话一二二二〇》		轶闻及其他	
第十六期	1947年12月20日	《航空邮件》（上）	孙了红	侦探小说	“侠盗鲁平奇案”系列之一；注明“献给：大侦探读者们的短篇作之一”

续表

刊次	时间	题目	作者	类别	备注
第十七期	1948年2月1日	《阿利巴巴大破秘密党》	多洛赛瑞逸原著，齐丙译	侦探小说翻译	文中附有“登场人物”列表
第十七期	1948年2月1日	《雪地血尸》	Philip Bonett 原著，金华译	侦探小说翻译	文中附有“登场人物”列表
第十七期	1948年2月1日	《绿蜂侠》	建中译	侦探小说翻译	标“又名：大破炸车党”；文中附有“登场人物”列表
第十七期	1948年2月1日	《画轴里的秘密》	杨恨吾	侦探小说	文中附有“登场人物”列表
第十七期	1948年2月1日	《非渡宫艳尸奇案》	Jed Neal 原著，姚风索译	侦探小说翻译	文中附有“登场人物”列表
第十七期	1948年2月1日	《美国监狱侦探术》	章谷译	实事侦探案	文中附有“登场人物”列表
第十七期	1948年2月1日	《医药杂志的碎片》	Harrison T. Carter 原著，唐庸译	侦探小说翻译	文中附有“登场人物”列表
第十七期	1948年2月1日	《祸从口出》	傅宾江译	侦探小说翻译	文中附有“登场人物”列表
第十七期	1948年2月1日	《15380》		轶闻及其他	
第十七期	1948年2月1日	《劫车贼》	Beunett Wright 原著，姚风译	侦探小说翻译	文中附有“登场人物”列表
第十七期	1948年2月1日	《上海杂志界联合宣言》		轶闻及其他	
第十七期	1948年2月1日	《谋杀游戏》（上）	爱雷·奎宁（Ellery Queen）原著，孟颊译	侦探小说翻译	标“奎宁探案”；文中附有“登场人物”列表
第十七期	1948年2月1日	《航空邮件》（下）	孙了红	侦探小说	“侠盗鲁平奇案”系列之一；注明“献给：大侦探读者们的短篇作之一”
第十八期	1948年3月1日	《翡翠奇案》	黄骏	侦探小说	
第十八期	1948年3月1日	《十三号房间的女客》	怀白	轶闻及其他	
第十八期	1948年3月1日	《恐怖的白康乃馨》	O. Patrick 原著，叶旦译	侦探小说翻译	
第十八期	1948年3月1日	《第一流的大侦探——照相机》	奇红	轶闻及其他	

续表

刊次	时间	题目	作者	类别	备注
第十八期	1948年3月1日	《马氏三雄》	叶廉白译	侦探小说翻译	文中附有“登场人物”列表
第十八期	1948年3月1日	《邓国庆爱女失踪之秘》	佐严	实事侦探案	文中附有“登场人物”列表
第十八期	1948年3月1日	《疤面人》	吴佐良译	侦探小说翻译	文中附有“登场人物”列表
第十八期	1948年3月1日	《公路血案》	艾德文译	侦探小说翻译	文中附有“登场人物”列表
第十八期	1948年3月1日	《大侦探落圈套》	索陛译	侦探小说翻译	
第十八期	1948年3月1日	《侦查须知》	新成警局行政股长王珍	轶闻及其他	
第十八期	1948年3月1日	《神秘少妇》	Thomas Gerson 原著，全惠译	侦探小说翻译	文中附有“登场人物”列表
第十八期	1948年3月1日	《一吻送命》	J. Victor Bate 原著，贝悌译	侦探小说翻译	
第十八期	1948年3月1日	《偷运酒的家伙》	尚耕译	侦探小说翻译	文中附有“登场人物”列表
第十八期	1948年3月1日	《糖份与犯罪》	昌	轶闻及其他	
第十八期	1948年3月1日	《稻草人》	虞远译	侦探小说翻译	文中附有“登场人物”列表
第十八期	1948年3月1日	《绝处逢生》	洪山	轶闻及其他	
第十八期	1948年3月1日	《玫瑰酒店莎乐美》	Allen Fox 原著，方义伦译	侦探小说翻译	文中附有“登场人物”列表
第十八期	1948年3月1日	《谋杀游戏》（下）	爱雷·奎宁（Ellery Queen）原著，孟频译	侦探小说翻译	标“奎宁探案”
第十九期	1948年4月1日	《怡和啤酒厂命案破获两秘密线索》		实事侦探案	“本期特色”栏目；标“大侦探画报”“怡和啤酒厂德厂长命案名贵新闻照片”
第十九期	1948年4月1日	《幽魂》	杨工良译	电影剧本	标“陈查礼侦探电影剧本”；文中附有“演员表”
第十九期	1948年4月1日	《护身币》	陆文译	侦探小说翻译	标“安红悬崖失足谜”；文中附有“登场人物”列表

续表

刊次	时间	题目	作者	类别	备注
第十九期	1948年4月1日	《侦探宝库》	洪山	轶闻及其他	
第十九期	1948年4月1日	《礼拜堂的黑影子》	Joseph Fulling Fishman 原著，费曼译	侦探小说翻译	文中附有“登场人物”列表
第十九期	1948年4月1日	《笨强盗》	利	轶闻及其他	
第十九期	1948年4月1日	《狠心妇》	Robert Bates 原著，赵松培译	侦探小说翻译	文中附有“登场人物”列表
第十九期	1948年4月1日	《视死如归》	林继昌	侦探小说	
第十九期	1948年4月1日	《天网恢恢》	亨利	轶闻及其他	
第十九期	1948年4月1日	《古墓盗尸》	美国汉古克镇警察局长 Awstin McGranaghan 原著，吴俊译	侦探小说翻译	文中附有“登场人物”列表
第十九期	1948年4月1日	《神秘的红头发》	Hugh - Peters 原著，尤琪译	侦探小说翻译	文中附有“登场人物”列表
第十九期	1948年4月1日	《弄巧成拙》	陈	轶闻及其他	
第十九期	1948年4月1日	《青溪血案》	David Allen 原著，翁达维译	侦探小说翻译	文中附有“登场人物”列表
第十九期	1948年4月1日	《吃人肉》	廉白译	侦探小说翻译	
第十九期	1948年4月1日	《怎样防止贼伯伯》	庆声	轶闻及其他	
第十九期	1948年4月1日	《雪夜飞屋记》（一）	Ellery Queen 著，林微因译	长篇侦探小说翻译连载	标“长篇新制”
第二十期	1948年5月1日	《开刀开死人》	叶廉白译	实事侦探案	文中附有“登场人物”列表
第二十期	1948年5月1日	《皇苑传奇》（第一、二章）	英国亚加莎·克丽斯丹著，姚苏凤译	长篇侦探小说翻译连载	标“心理大侦探包罗德探案之一”；小说原名为 *The Murder of Roger Aukroyd*，现通常译作《罗杰疑案》
第二十期	1948年5月1日	《捉放》	澍公	侦探小说	
第二十期	1948年5月1日	《雌老虎》	雷狄屋译	侦探小说翻译	文中附有“登场人物”列表

续表

刊次	时间	题目	作者	类别	备注
第二十期	1948年5月1日	《999》	何善慧	轶闻及其他	
第二十期	1948年5月1日	《学院路裸体艳尸》		实事侦探案	标“上海邑庙警局实事探案”
第二十期	1948年5月1日	《独臂大盗》	屈维思译	侦探小说翻译	
第二十期	1948年5月1日	《一个警员怎样通电话?》	王珍	轶闻及其他	
第二十期	1948年5月1日	《无疾而终》	刘中和	侦探小说	文中附有“登场人物”列表；属于“夏华侦探案”系列之一
第二十期	1948年5月1日	《美国监狱中的侦探术》	费希曼	轶闻及其他	
第二十期	1948年5月1日	《后门口的脚印》	谭世毅	侦探小说	文中附有“登场人物”列表
第二十期	1948年5月1日	《天赐横财》	宗嘉良	侦探小说	文中附有“登场人物”列表
第二十期	1948年5月1日	《雪夜飞屋记》(二)	Ellery Queen著，林微因译	长篇侦探小说翻译连载	
第二十一期	1948年6月1日	《恐怖手》	微	轶闻及其他	
第二十一期	1948年6月1日	《酒吧间老板的惨死》	Captain Havelook - Bailie原著，王仲业译	侦探小说翻译	文中附有“登场人物”列表
第二十一期	1948年6月1日	《皇苑传奇》(第三、四章)	英国亚加莎·克丽斯丹著，姚苏凤译	长篇侦探小说翻译连载	标“心理大侦探包罗德探案之一”；小说原名为 *The Murder of Roger Aukroyd*，现通常译作《罗杰疑案》
第二十一期	1948年6月1日	《监狱天堂》	蕙凤	轶闻及其他	
第二十一期	1948年6月1日	《木屋腐尸》	Bennett Wright原著，徐怀真译	侦探小说翻译	文中附有“登场人物”列表
第二十一期	1948年6月1日	《中央银行神秘劫案》	林季昌译	侦探小说翻译	标“狄克探案”
第二十一期	1948年6月1日	《绿林五虎》	顾志鸿译	侦探小说翻译	属于“狄克探案”系列小说之一；文中附有“登场人物”列表
第二十一期	1948年6月1日	《新开银行秘密职员表揭晓》	顾鸣岳	轶闻及其他	

续表

刊次	时间	题目	作者	类别	备注
第二十一期	1948年6月1日	《纸袋大盗》	William Munrce 原著，胡永仁译	侦探小说翻译	文中附有“登场人物”列表
第二十一期	1948年6月1日	《雪夜飞屋记》（三）	Ellery Queen 著，林微因译	长篇侦探小说翻译连载	
第二十二期	1948年7月1日	《大咸湖曝尸》	Marvin Leslie 原著，雍华译	侦探小说翻译	文中附有“登场人物”列表
第二十二期	1948年7月1日	《谨防扒手》	东君	轶闻及其他	
第二十二期	1948年7月1日	《皇苑传奇》（第五章）	英国亚加莎·克丽斯丹著，姚苏凤译	长篇侦探小说翻译连载	标“心理大侦探包罗德探案之一”；小说原名为 *The Murder of Roger Aukroyd*，现通常译作《罗杰疑案》
第二十二期	1948年7月1日	《吗啡大王的徒弟》	凌裘丽	侦探小说	
第二十二期	1948年7月1日	《逃妻》	Virgil Patterson 原著，张冠青译	侦探小说翻译	文中附有“登场人物”列表
第二十二期	1948年7月1日	《海边凶宅》	纪德尧译	侦探小说翻译	文中附有“登场人物”列表
第二十二期	1948年7月1日	《雪夜飞屋记》（四）	Ellery Queen 著，林微因译	长篇侦探小说翻译连载	
第二十三期	1948年7月16日	《中国政府秘密文件被盗记》	刘中和	侦探小说	属于“夏华侦探案”系列之一
第二十三期	1948年7月16日	《假钞票大王》	龚慈	轶闻及其他	
第二十三期	1948年7月16日	《销魂王子》	James Syddall 原著，郭枫译	侦探小说翻译	文中附有“登场人物”列表
第二十三期	1948年7月16日	《当心骗局》	陈金山	轶闻及其他	
第二十三期	1948年7月16日	《飞机上的尸体》	本庸译	侦探小说翻译	文中附有“登场人物”列表
第二十三期	1948年7月16日	《梦魇弄死的人》	W. F. Howard 原著，林季昌译	侦探小说翻译	文中附有“登场人物”列表
第二十三期	1948年7月16日	《有这样的事》	亨利	轶闻及其他	“侦探烟斗”栏目
第二十三期	1948年7月16日	《黑吃黑》	亨利	轶闻及其他	“侦探烟斗”栏目
第二十三期	1948年7月16日	《皇苑传奇》（第六章）	英国亚加莎·克丽斯丹著，姚苏凤译	长篇侦探小说翻译连载	标“心理大侦探包罗德探案之一”；小说原名为 *The Murder of Roger Aukroyd*，现通常译作《罗杰疑案》

续表

刊次	时间	题目	作者	类别	备注
第二十三期	1948年7月16日	《农场血案》	Smith Endwod著，葛纠纹译	侦探小说翻译	文中附有“登场人物”列表
第二十三期	1948年7月16日	《五岁小盗横行无忌，百龄老贼铁窗常客》	陈金山	轶闻及其他	
第二十三期	1948年7月16日	《浦东其昌栈花衣失踪之谜》		轶闻及其他	“大侦探画报”栏目
第二十三期	1948年7月16日	《雪夜飞屋记》（五）	Ellery Queen著，林微因译	长篇侦探小说翻译连载	
第二十四期	1948年9月16日	《陈元盛、姜吉祥、王海良怎样逃出上海监狱》	吴伯録	实事侦探案	杂志注明“本文承市警局侦缉科供给名贵资料，当在篇首，敬志深度谢意！”
第二十四期	1948年9月16日	《一碗稀饭丧命》	长川	侦探小说	属于“叶黄夫妇侦探案”系列之一
第二十四期	1948年9月16日	《当心“杀快马”》		轶闻及其他	“上海故事”栏目
第二十四期	1948年9月16日	《活玳瑁游公园》		轶闻及其他	“上海故事”栏目
第二十四期	1948年9月16日	《皮货栈突遭巨劫》	陈亮译	侦探小说翻译	属于“狄克探案”系列小说之一；文中附有“登场人物”列表
第二十四期	1948年9月16日	《皇苑传奇》（第七章）	英国亚加莎·克丽斯丹著，姚苏凤译	长篇侦探小说翻译连载	标“心理大侦探包罗德探案之一”；小说原名为 *The Murder of Roger Aukroyd*，现通常译作《罗杰疑案》
第二十四期	1948年9月16日	《一张烧剩的夜报》	Don James原著，家敏译	侦探小说翻译	文中附有“登场人物”列表
第二十四期	1948年9月16日	《第七号地窟：一个刽子手的故事》（上）	柯南道尔著，天行译	侦探小说翻译	
第二十四期	1948年9月16日	《老板做贼就擒记》	方世固	侦探小说	
第二十四期	1948年9月16日	《雪夜飞屋记》（六）	Ellery Queen著，林微因译	长篇侦探小说翻译连载	
第二十五期	1948年10月1日	《少将杀妻》	吴伯録	实事侦探案	杂志注明“上海市警察局刑事案件实录”
第二十五期	1948年10月1日	《杀人犯和假钞票》	洪山	轶闻及其他	
第二十五期	1948年10月1日	《一杯残奶》	郑狄克	侦探小说	属于“大头侦探案”系列之一

续表

刊次	时间	题目	作者	类别	备注
第二十五期	1948年10月1日	《八十一号警备车》	Barton Black 原著，志鸿译	侦探小说翻译	
第二十五期	1948年10月1日	《皇苑传奇》（第八章）	英国亚加莎·克丽斯丹著，姚苏凤译	长篇侦探小说翻译连载	标“心理大侦探包罗德探案之一”；小说原名为 *The Murder of Roger Aukroyd*，现通常译作《罗杰疑案》
第二十五期	1948年10月1日	《白宫一命》	Pat Lowis 著，朱梅隽译	侦探小说翻译	
第二十五期	1948年10月1日	《第七号地窟：一个刽子手的故事》（下）	柯南道尔著，天行译	侦探小说翻译	
第二十五期	1948年10月1日	《扑克牌杀人》	Mell Eieklon 原著，司马圣译	侦探小说翻译	文中附有“登场人物”列表
第二十五期	1948年10月1日	《雪夜飞屋记》（七）	Ellery Queen 著，林微因译	长篇侦探小说翻译连载	
第二十六期	1948年10月16日	《一大豪门被暗杀》	杨传濂	轶闻及其他	侦探问答互动栏目
第二十六期	1948年10月16日	《苏北十七代怨仇，虹口麦田间活杀》	吴伯録	实事侦探案	杂志注明“特承上海市警察总局侦缉科供给一切材料，敬于篇首志谢！”
第二十六期	1948年10月16日	《沪杭道上，陈查理、鲁平本年度首次演出》	杨恨吾	轶闻及其他	
第二十六期	1948年10月16日	《伦敦空袭之夜》	恰和译	侦探小说翻译	杂志标明“福尔摩斯最新探案”；因为小说开头中提到“这件案子出在一九四三年的春季”，当时柯南·道尔已经去世，故判断其为伪翻译
第二十六期	1948年10月16日	《湖上飞弹》（上）	Sfth Bailey 原著，梅隽译	侦探小说翻译	
第二十六期	1948年10月16日	《皇苑传奇》（第八章）	英国亚加莎·克丽斯丹著，姚苏凤译	长篇侦探小说翻译连载	标“心理大侦探包罗德探案之一”；小说原名为 *The Murder of Roger Aukroyd*，现通常译作《罗杰疑案》
第二十六期	1948年10月16日	《假钞票大本营破获记》	美国秘密警察部长口述，惠特曼记	轶闻及其他	
第二十六期	1948年10月16日	《卡尔登公寓艳尸》	愚园	侦探小说	文中附有“登场人物”列表
第二十六期	1948年10月16日	《狼狈为奸》	邵子善译	侦探小说翻译	文中附有“登场人物”列表

续表

刊次	时间	题目	作者	类别	备注
第二十六期	1948年10月16日	《雪夜飞屋记》（八）	Ellery Queen 著，林微因译	长篇侦探小说翻译连载	
第二十七期	1948年12月1日	《怎样做个第一流大侦探》	武福泉	轶闻及其他	侦探问答互动栏目
第二十七期	1948年12月1日	《台湾、徐州、朝鲜三帮集体大贩毒案》	吴伯録	轶闻及其他	杂志注明“承上海市警局侦缉科供给全部材料”
第二十七期	1948年12月1日	《一场罗宋》	程可经译	侦探小说翻译	文中附有“登场人物”列表
第二十七期	1948年12月1日	《钞票：一张变两张》	施引璋	轶闻及其他	
第二十七期	1948年12月1日	《金发模特儿》	愚园译	侦探小说翻译	文中附有“登场人物”列表
第二十七期	1948年12月1日	《硬卡一角》	洪山	侦探小说	文中附有“登场人物”列表
第二十七期	1948年12月1日	《皇苑传奇》（第九章上）	英国亚加莎·克丽斯丹著，姚苏凤译	长篇侦探小说翻译连载	标“心理大侦探包罗德探案之一”；小说原名为 *The Murder of Roger Aukroyd*，现通常译作《罗杰疑案》
第二十七期	1948年12月1日	《湖上飞弹》（下）	Sfth Bailey 原著，梅雋译	侦探小说翻译	
第二十七期	1948年12月1日	《红玫瑰姑娘》	诸农译	侦探小说翻译	文中附有“登场人物”列表
第二十七期	1948年12月1日	《黑石党》（一）	John Buckan 原著，繁镜译	长篇侦探小说翻译连载	小说原名为 *The Thirty-Nine Steps*，现通常译作《第三十九级台阶》，发表于 Black Wood 杂志
第二十八期	1948年12月25日	《侦探术测验》	杨伯铭	轶闻及其他	侦探问答互动栏目
第二十八期	1948年12月25日	《五盗临门》	吴伯録	实事侦探案	标“湖南路实事盗案：本文资料及照片承市警局侦缉科供给，谨志谢意”
第二十八期	1948年12月25日	《红皮鞋》	长川	侦探小说	标“叶黄夫妇侦探案之1”
第二十八期	1948年12月25日	《贼智》	沈忠毅	轶闻及其他	
第二十八期	1948年12月25日	《吸血魔王》	顾士勳	侦探小说	文中附有“登场人物”列表
第二十八期	1948年12月25日	《午夜枪声》	徐林森译	侦探小说翻译	

续表

刊次	时间	题目	作者	类别	备注
第二十八期	1948年12月25日	《雾里的尸体》	Lee Troris原著，维士译	侦探小说翻译	文中附有“登场人物”列表
第二十八期	1948年12月25日	《皇苑传奇》（第九章下）	英国亚加莎·克丽斯丹著，姚苏凤译	长篇侦探小说翻译连载	标“心理大侦探包罗德探案之一”；小说原名为 *The Murder of Roger Aukroyd*，现通常译作《罗杰疑案》
第二十八期	1948年12月25日	《风流女伶》	Deroise Shampoon原著，汤佩声译	侦探小说翻译	文中附有“登场人物”列表
第二十八期	1948年12月25日	《黑石党》（二）	John Buckan原著，繁镜译	长篇侦探小说翻译连载	小说原名为 *The Thirty-Nine Steps*，现通常译作《第三十九级台阶》，发表于Black Wood杂志
第二十九期	1949年1月20日	《你知道吗，谁吻了她?》	杨根吾	轶闻及其他	侦探问答互动栏目
第二十九期	1949年1月20日	《血溅宋公园》	吴伯录	实事侦探案	杂志注明“本文资料承市警察局供给，谨此志谢”；文中附有“登场人物”列表
第二十九期	1949年1月20日	《预防第一》	吴家洁	轶闻及其他	
第二十九期	1949年1月20日	《好莱坞鸦片大王》	陈吉思译	轶闻及其他	杂志注明“承美国缉私局供给报告译录”；文中附有“登场人物”列表
第二十九期	1949年1月20日	《皇苑传奇》（第十章上）	英国亚加莎·克丽斯丹著，姚苏凤译	长篇侦探小说翻译连载	标“心理大侦探包罗德探案之一”；小说原名为 *The Murder of Roger Aukroyd*，现通常译作《罗杰疑案》
第二十九期	1949年1月20日	《风流窃贼》	静安译	侦探小说翻译	文中附有“登场人物”列表
第二十九期	1949年1月20日	《警犬上头阵》	米洛译	侦探小说翻译	文中附有“登场人物”列表
第二十九期	1949年1月20日	《尾随的人》	长川	侦探小说	标“叶黄夫妇侦探案之2”
第二十九期	1949年1月20日	《我太运气了!》	王承天	轶闻及其他	

续表

刊次	时间	题目	作者	类别	备注
第二十九期	1949年1月20日	《黑丝绒窗帘》	杨根吾（署名："根吾"）	侦探小说	
第二十九期	1949年1月20日	《黑石党》（三）	John Buckan 原著，繁镜译	长篇侦探小说翻译连载	小说原名为 *The Thirty-Nine Steps*，现通常译作《第三十九级台阶》，发表于 Black Wood 杂志；文前附有"登场人物"列表
第三十期	1949年2月15日	《你是个侦探吗?》	林斌	轶闻及其他	侦探问答互动栏目
第三十期	1949年2月15日	《支加哥"1A"》	刘冠先译	实事侦探案	
第三十期	1949年2月15日	《尸泄春光》	郝礼生译	侦探小说翻译	文中附有"登场人物"列表
第三十期	1949年2月15日	《谁拿走了他的钱?》	范幼华	轶闻及其他	侦探问答互动栏目
第三十期	1949年2月15日	《法官玩扑克》	艾德华译	侦探小说翻译	文中附有"登场人物"列表
第三十期	1949年2月15日	《香烟头的效用》	吴自强	轶闻及其他	
第三十期	1949年2月15日	《杨庆和银楼案》	杨根吾（署名："根吾"）	侦探小说	文中附有"登场人物"列表
第三十期	1949年2月15日	《老新郎送命》	夏莱士译	实事侦探案	杂志注明"联邦侦探局实事探案"；文中附有"登场人物"列表
第三十期	1949年2月15日	《四根断弦》	范幼华（署名："幼华"）	轶闻及其他	侦探问答互动栏目
第三十期	1949年2月15日	《黑石党》（四）	John Buckan 原著，繁镜译	长篇侦探小说翻译连载	小说原名为 *The Thirty-Nine Steps*，现通常译作《第三十九级台阶》，发表于 Black Wood 杂志；文前附有"登场人物"列表
第三十期	1949年2月15日	《怪信》	长川	侦探小说	标"叶黄夫妇侦探案之3"
第三十期	1949年2月15日	《尸体，绿叶素》	杨杏娥	轶闻及其他	

续表

刊次	时间	题目	作者	类别	备注
第三十期	1949年2月15日	《皇苑传奇》（第十章下）	英国亚加莎·克丽斯丹著，姚苏凤译	长篇侦探小说翻译连载	标“心理大侦探包罗德探案之一”；小说原名为 *The Murder of Roger Aukroyd*，现通常译作《罗杰疑案》
第三十一期	1949年3月1日	《捉奸夫，杀淫妇》		轶闻及其他	杂志注明“画报探案”
第三十一期	1949年3月1日	《乡下人进城》		轶闻及其他	侦探问答互动栏目；杂志注明“有奖测验”
第三十一期	1949年3月1日	《纽约城的暗影：模特儿和大医师之间一奇案》	顾士勷译	侦探小说翻译	文中附有“登场人物”列表
第三十一期	1949年3月1日	《苏格兰场大秘密》	孔士译	侦探小说翻译	
第三十一期	1949年3月1日	《不上刑便死了》	翁飞鹏	轶闻及其他	
第三十一期	1949年3月1日	《真如一命案，伪保长吃三枪》	吴伯録	实事侦探案	杂志注明“承上海市警察总局侦缉科供给本文资料”
第三十一期	1949年3月1日	《警察博物馆》	谭玉龙	轶闻及其他	
第三十一期	1949年3月1日	《翡翠花瓶》	长川	侦探小说	标“叶黄夫妇侦探案之4”
第三十一期	1949年3月1日	《影中人》	愚园译	侦探小说翻译	文中附有“登场人物”列表
第三十一期	1949年3月1日	《黑石党》（五）	John Buckan 原著，繁镜译	长篇侦探小说翻译连载	小说原名为 *The Thirty-Nine Steps*，现通常译作《第三十九级台阶》，发表于 Black Wood 杂志；文前附有“登场人物”列表
第三十二期	1949年3月16日	《北站箱尸奇案秘密》	吴伯録	实事侦探案	
第三十二期	1949年3月16日	《鲁平为什么退了出来?》	范幼华（署名：“幼华”）	轶闻及其他	侦探问答互动栏目
第三十二期	1949年3月16日	《情幻劫》	林斌	侦探小说	

续表

刊次	时间	题目	作者	类别	备注
第三十二期	1949年3月16日	《大侦探上当》	范幼华（署名："幼华"）	轶闻及其他	侦探问答互动栏目"趣味箱"
第三十二期	1949年3月16日	《无线电不灵》	范幼华（署名："幼华"）	轶闻及其他	侦探问答互动栏目"趣味箱"
第三十二期	1949年3月16日	《同花一条龙》	冯月静	侦探小说	标"海上名交际花艳窟秘记"
第三十二期	1949年3月16日	《秘密武器：桃色的悲剧》	范幼华（署名："幼华"）	轶闻及其他	侦探问答互动栏目
第三十二期	1949年3月16日	《宴会的死神》	Stanley Swanson 原著，雍华译	侦探小说翻译	文中附有"登场人物"列表
第三十二期	1949年3月16日	《司机的死》		轶闻及其他	
第三十二期	1949年3月16日	《皇苑传奇》（第十一章）	英国亚加莎·克丽斯丹著，姚苏凤译	长篇侦探小说翻译连载	标"心理大侦探包罗德探案之一"；小说原名为 *The Murder of Roger Aukroyd*，现通常译作《罗杰疑案》
第三十二期	1949年3月16日	《人财两失》	海佛礼译	侦探小说翻译	文中附有"登场人物"列表
第三十二期	1949年3月16日	《黑石党》（六）	John Buckan 原著，繁镜译	长篇侦探小说翻译连载	小说原名为 *The Thirty-Nine Steps*，现通常译作《第三十九级台阶》，发表于 Black Wood 杂志；文前附有"登场人物"列表
第三十二期	1949年3月16日	《雾夜迷途》	顾钰如	轶闻及其他	侦探问答互动栏目
第三十三期	1949年	《大破毒蛇党》	强逊译述	实事侦探案	标"揭穿美国拜蛇教的黑幕！"
第三十三期	1949年	《神枪手之死》	余爱渌	轶闻及其他	侦探问答互动栏目"图照侦探测验"；文中附有"登场人物"列表
第三十三期	1949年	《大侦探洋场历险记》	端木洪	侦探小说	文前附有"登场人物"列表
第三十三期	1949年	《大侦探话盒》	承达	轶闻及其他	
第三十三期	1949年	《皇苑传奇》（第十二章）	英国亚加莎·克丽斯丹著，姚苏凤译	长篇侦探小说翻译连载	标"心理大侦探包罗德探案之一"；小说原名为 *The Murder of Roger Aukroyd*，现通常译作《罗杰疑案》
第三十三期	1949年	《谁最后死的?》	陈湘	轶闻及其他	侦探问答互动栏目
第三十三期	1949年	《新婚奇劫案》	王克洵	侦探小说	

续表

刊次	时间	题目	作者	类别	备注
第三十三期	1949 年	《在美国受训的：中国大侦探》	湘谭译	轶闻及其他	杂志注明“译自 Master Detective”
第三十三期	1949 年	《夺宝记》	文思译	侦探小说翻译	
第三十三期	1949 年	《黑石党》（七）	John Buckan 原著，繁镜译	长篇侦探小说翻译连载	小说原名为 *The Thirty-Nine Steps*，现通常译作《第三十九级台阶》，发表于 Black Wood 杂志；文前附有“登场人物”列表
第三十三期	1949 年	《贼大王》	曹达均译	实事侦探案	杂志注明“一个真实的故事：告诉你一个‘犯罪天才’的兴亡史”
第三十四期	1949 年	《借刀杀人》	James Forlisher 原著，傅律己译	侦探小说翻译	文中附有“登场人物”列表
第三十四期	1949 年	《车上失窃》	长川	侦探小说	标“叶黄夫妇侦探案之 5”
第三十四期	1949 年	《运钞飞机撞巫山》	明媚	轶闻及其他	侦探问答互动栏目
第三十四期	1949 年	《黑牡丹》	George Clark 著，葛雷译	侦探小说翻译	文中附有“登场人物”列表
第三十四期	1949 年	《画里秘密》	范幼华（署名：“幼华”）	轶闻及其他	侦探问答互动栏目
第三十四期	1949 年	《宪兵杀人》	吴伯録	实事侦探案	标“美国刑事警察心血探案”
第三十四期	1949 年	《夜劫汽油站》	倪诚译	侦探小说翻译	文前附有“登场人物”列表
第三十四期	1949 年	《谁杀了他?》	张恭健	轶闻及其他	侦探问答互动栏目；杂志注明“试试你的智力”
第三十四期	1949 年	《技穷匕首现》	余渊译	侦探小说翻译	文前附有“登场人物”列表
第三十四期	1949 年	《你要写侦探小说吗?》	怀冰	轶闻及其他	
第三十四期	1949 年	《一个谋杀自己的人》	顾志鸿译	侦探小说翻译	
第三十四期	1949 年	《皇苑传奇》（第十三章）	英国亚加莎·克丽斯丹著，姚苏凤译	长篇侦探小说翻译连载	标“心理大侦探包罗德探案之一”；小说原名为 *The Murder of Roger Aukroyd*，现通常译作《罗杰疑案》
第三十五期	1949 年	《香岛人妖》	林斌	侦探小说	
第三十五期	1949 年	《柯南道尔恨透福尔摩斯!》	紫虹	轶闻及其他	

续表

刊次	时间	题目	作者	类别	备注
第三十五期	1949 年	《鲁平的杰作》	范幼华（署名：“华”）	轶闻及其他	侦探问答互动栏目
第三十五期	1949 年	《梁上君子》	静心	侦探小说	标“小平探案”
第三十五期	1949 年	《杭州别墅大血案》	虎啸	侦探小说	文中附有“登场人物”列表
第三十五期	1949 年	《侦探灯谜》	朱诚	轶闻及其他	侦探问答互动栏目
第三十五期	1949 年	《陈查礼与蒙面盗格斗》		轶闻及其他	侦探问答互动栏目“孩子讲的故事”
第三十五期	1949 年	《名画失窃》	Dean Lennings 原著	侦探小说翻译	
第三十五期	1949 年	《阎王的请帖》	范幼华	侦探小说	
第三十五期	1949 年	《杀人夜》	林微因译	侦探小说翻译	文中附有“登场人物”列表
第三十五期	1949 年	《春天》（一）	曾声译	长篇侦探小说翻译连载	文中附有“登场人物”列表
第三十六期	1949 年	《毒吻》	顾士勳译	侦探小说翻译	文中附有“登场人物”列表
第三十六期	1949 年	《鸿门宴》	范幼华	侦探小说	标“父子探案”
第三十六期	1949 年	《绝缘》	文川	轶闻及其他	侦探问答互动栏目
第三十六期	1949 年	《荒村夜雨荆棘尖》	林微因译	侦探小说翻译	
第三十六期	1949 年	《立刻破案的小案件》	范幼华（署名：“幼华”）	轶闻及其他	侦探问答互动栏目
第三十六期	1949 年	《音乐家之死》	范幼华（署名：“幼华”）	轶闻及其他	侦探问答互动栏目
第三十六期	1949 年	《婚魔》	Tom Boilecy 原著，司马圣译	侦探小说翻译	文中附有“登场人物”列表
第三十六期	1949 年	《你犯罪了!》	张洪祥	轶闻及其他	
第三十六期	1949 年	《聋医之死》	Thomas Gorman 原著，雍华译	侦探小说翻译	文中附有“登场人物”列表
第三十六期	1949 年	《红线》	Mark Stevens 原著，雍华译	侦探小说翻译	文中附有“登场人物”列表
第三十六期	1949 年	《春天》（二）	曾声译	长篇侦探小说翻译连载	
第三十六期	1949 年	《皇苑传奇》（第十三章）	英国亚加莎·克丽斯丹著，姚苏凤译	长篇侦探小说翻译连载	标“心理大侦探包罗德探案之一”；小说原名为 *The Murder of Roger Aukroyd*，现通常译作《罗杰疑案》

《小侦探》（1946年4月，仅见第一期）

《小侦探》主要刊载国外侦探小说与实事侦探案等翻译作品，属于侦探小说翻译性质的刊物，并非儿童侦探类刊物。1946年4月15日创刊。上海第一编辑公司编辑、发行，主编不详。笔者目前仅见其第一期。《小侦探》杂志得名和《大侦探》杂志关系密切，其不仅在创刊号上发布《大侦探》的广告信息，还曾说：“《小侦探》有个爹爹，他就是《大侦探》，你知道吗？看了《小侦探》，也得看看他的爸爸——《大侦探》!”

附表2-8　　《小侦探》（1946年4月）刊载作品情况

刊次	时间	题目	作者	类别	备注
第一期	1946年4月15日	《谋杀亲夫》	Phyllis Bottome 原著，钱昌年译	侦探小说翻译	
第一期	1946年4月15日	《雪夜血案》	James L. Sampson 原著，胡萼译	侦探小说翻译	同一篇小说翻译曾刊登于《大侦探》杂志第一期，1946年4月1日
第一期	1946年4月15日	《渔网女尸》	Edward Ronns 原著，饶磊译	侦探小说翻译	同一篇小说翻译曾刊登于《大侦探》杂志第一期，1946年4月1日
第一期	1946年4月15日	《毒鼠药》	Beatxice Shaw Chapel 原著，王贸译	侦探小说翻译	同一篇小说翻译曾刊登于《大侦探》杂志第一期，1946年4月1日

《侦探》（1946年8月，仅见第一期）

1946年8月创刊于上海，影迷服务社出版，编辑人雷风、发行人杜鳌，月刊。主要刊登外国侦探小说翻译作品，属于侦探小说翻译性质的刊物。停刊时间及原因不详。笔者目前仅见其第一期。

附表 2-9　　《侦探》（1946 年 8 月）刊载作品情况

刊次	时间	题目	作者	类别	备注
第一期	1946 年 8 月	《女侦探》		轶闻及其他	看图破案互动游戏
第一期	1946 年 8 月	《蒙面党》	Dorothy Sayers 原著，雷风译	侦探小说翻译	标“又名：阿里巴巴之窟探险记”
第一期	1946 年 8 月	《间谍》	彼得却尼作，高平译	侦探小说翻译	小说原名为 *Documentary Evidence*；属于“卡勒根探案”系列作品之一
第一期	1946 年 8 月	《古屋疑云》	楚天译	侦探小说翻译	标“基恩探案”；小说原名为 *The Secret of the Manor House*
第一期	1946 年 8 月	《一条珠练》	彼得却尼著，维文译	侦探小说翻译	小说原名为 *You Can't Trust Duchesses*；属于“卡勒根探案”系列作品之一；该篇小说的另一汉译本曾以《公爵夫人》为名刊载于《侦探》第二十七期（1940 年 2 月 15 日），译者同为维文，两个译本之间部分字词表达有所不同
第一期	1946 年 8 月	《蒙药之谜》	殷英译	侦探小说翻译	标“基恩探案”；小说原名为 *The Mysterious Case of Chloroform*
第一期	1946 年 8 月	《椠本搜集家之死》	丁派辛亨作，汉夫译	侦探小说翻译	属于“亨利・毕林探案”系列作品之一
第一期	1946 年 8 月	《顺手拈来》		轶闻及其他	连环漫画侦探故事
第一期	1946 年 8 月	《金瓶梅与谋杀案》	缺名笔记、寒花盦随笔	轶闻及其他	“侦探小品”栏目
第一期	1946 年 8 月	《鞠躬尽瘁》	秉奇译	侦探小说翻译	标“基恩探案”；小说原名为“*A Mission of Peril*”

《蓝皮书》（1946 年 7 月—1949 年 5 月，共二十六期）

1946 年 7 月 25 日创刊于上海，上海环球出版社出版，上海环球出版社、蓝皮书社先后负责发行事宜，月刊。上官楚、孙了红、罗锦培先后任编辑。冯葆善、罗斌先后任发行人，代理人为罗斌。

1949 年 5 月 1 日出至第二十六期停刊，共出 26 期，32 开本。杂志内容以“恐怖、刺激、神秘和惊奇”为特色，主要刊载侠客、神鬼、侦探等类型的小说及翻译作品，同时也刊载一些国外事实案件类的内容。

1949 年后，环球出版社迁至香港，《蓝皮书》杂志也随之南迁。其后来在香港又出版多期（笔者起码见到第 246 期），成为香港通俗文化的重要阵地之一。

附表 2-10　《蓝皮书》（1946 年 7 月—1949 年 5 月）刊载作品情况

刊次	时间	题目	作者	类别	备注
第一期	1946 年 7 月 25 日	《活动腊人像》	Carl Clausen 原著，吴本仁译	侦探小说翻译	标“侦探”
第一期	1946 年 7 月 25 日	《双枪将》	凯莱著，伯逊译	冒险小说翻译	标“刺激”
第一期	1946 年 7 月 25 日	《由深秋等到严冬》	Epwarp Santa 原著，李森译	侦探小说翻译	标“侦探”
第一期	1946 年 7 月 25 日	《象牙匣》	Curtiss Garow 著，上官牧译	侦探小说翻译	标“侦探”
第一期	1946 年 7 月 25 日	《吊神》	孙了红	恐怖小说	标“恐怖”
第一期	1946 年 7 月 25 日	《红发人》	John Paul Mitchell 原著，鲁詹士、关丽生合译	侦探小说翻译	标“侦探”
第一期	1946 年 7 月 25 日	《被杀者的烟斗》	A. Austin Freeman 原著，赣公译	侦探小说翻译	标“侦探”
第一期	1946 年 7 月 25 日	《鹦鹉喙》	Roy Vickers 著，胡乃嵘译	侦探小说翻译	标“侦探”
第一期	1946 年 7 月 25 日	《贼中贼》	薪特著，但尼译	侦探小说翻译	标“侦探”
第一期	1946 年 7 月 25 日	《鬼屋》	Jerry 著，王伟译	恐怖小说翻译	标“恐怖”
第二期	1946 年 10 月 1 日	《日本暗杀团》	美国驻日特派员威尔赛上校原著，孙了红译	实事侦探案	标“恐怖”“事实内幕”
第二期	1946 年 10 月 1 日	《最后关头》	Bauno Fisher 原著，吴本仁译	侦探小说翻译	标“侦探”

续表

刊次	时间	题目	作者	类别	备注
第二期	1946 年 10 月 1 日	《梦中的匕首》	司密斯原著，天方译	侦探小说翻译	标“侦探”
第二期	1946 年 10 月 1 日	《灰色马》	Martin Fishe 著，袁雄译	侦探小说翻译	标“侦探”
第二期	1946 年 10 月 1 日	《蓝色的鲟鱼》	Basic Mitchell 著，绍甫译	侦探小说翻译	标“侦探”
第二期	1946 年 10 月 1 日	《荒冢疑云》	麦克原著，王炜译	侦探小说翻译	标“侦探”
第二期	1946 年 10 月 1 日	《鬼恋》	周至译	恐怖小说翻译	标“恐怖”
第二期	1946 年 10 月 1 日	《少女日记的秘密》	赫列尔著，方英译	侦探小说翻译	标“侦探”
第二期	1946 年 10 月 1 日	《红稀稀的药》	Arthur Dix 著，龙梅译	侦探小说翻译	标“侦探”
第二期	1946 年 10 月 1 日	《八粒纽扣》	易敦译	侦探小说翻译	标“侦探”；该小说原文为埃勒里·奎因的 *The Adventure of the African Traveller*，现通常译作《非洲旅客》
第三期	1946 年 11 月 20 日	《活鬼》	孙了红	恐怖小说	标“恐怖”
第三期	1946 年 11 月 20 日	《看水晶球的江湖汉》	司姆原著，阳君译	侦探小说翻译	标“侦探”
第三期	1946 年 11 月 20 日	《怪鸟爪》	耶勃原著，白山译	恐怖小说翻译	标“恐怖”
第三期	1946 年 11 月 20 日	《梁上君子》	安尔里著，成为一译	侦探小说翻译	标“侦探”
第三期	1946 年 11 月 20 日	《酒店大血案》	Harold Salmon 著，黄念卿译	侦探小说翻译	标“侦探”；译自“*Timely Detectiol Cases*”第二卷第六期
第三期	1946 年 11 月 20 日	《贾半仙》	彭永	悬疑恐怖小说	标“恐怖”
第三期	1946 年 11 月 20 日	《恐怖世界》	杨珊	轶闻及其他	标“珍闻”；杂志注明“世界形形式式之娱乐”
第三期	1946 年 11 月 20 日	《美丽的照相》	尼尔著，何语译	侦探小说翻译	标“侦探”
第三期	1946 年 11 月 20 日	《失踪的墓碑》	许潘德柯斯特著，谷羽译	侦探小说翻译	标“侦探”

续表

刊次	时间	题目	作者	类别	备注
第三期	1946年11月20日	《九死一生》	赫尼显著，彭永译	惊险小说翻译	标“刺激”
第三期	1946年11月20日	《纽约第一件凶案》	李奥马尔著，谷羽译	惊险小说翻译	标“刺激”
第三期	1946年11月20日	《不要叫我强盗》	Icreph chadmioh著，王莫译	惊险小说翻译	标“刺激”
第三期	1946年11月20日	《哥伦布的手铐》（一）	弗兰斯著，上官牧译	长篇小说翻译连载	标“冒险小说”
第四期	1947年4月30日	《眼见是实》	May Sinclair著，辛石译	侦探小说翻译	
第四期	1947年4月30日	《一长百短罪》		轶闻及其他	
第四期	1947年4月30日	《狱室里的初见》	宋和	侦探小说	
第四期	1947年4月30日	《犯罪与家庭》		轶闻及其他	
第四期	1947年4月30日	《网球锦标女的神秘》	Jom Bailey著，方远译	侦探小说翻译	
第四期	1947年4月30日	《好买卖》		轶闻及其他	
第四期	1947年4月30日	《西车站撞车案》	辛南	侦探小说	
第四期	1947年4月30日	《尝过天下酒》		轶闻及其他	
第四期	1947年4月30日	《两眼失明刑》		轶闻及其他	
第四期	1947年4月30日	《原子炸弹的线索》	Mark Stevens著，傅宾译	侦探小说翻译	
第四期	1947年4月30日	《中了枪的回枪》	Mark Stevens著，焦因译	侦探小说翻译	
第四期	1947年4月30日	《午夜空屋异国音》	Charles L. Burgess著，朱学康译	侦探小说翻译	
第四期	1947年4月30日	《金刚钻谋杀案》	Hugh V. Haddosk著，邓石译	侦探小说翻译	
第四期	1947年4月30日	《再婚丈夫的暴死》	潘宾旦	侦探小说	

续表

刊次	时间	题目	作者	类别	备注
第四期	1947年4月30日	《二十九套副本》		轶闻及其他	
第四期	1947年4月30日	《三十秒钟的长啸》	成至	侦探小说	
第四期	1947年4月30日	《善意谋杀犯》	杜凌霄	侦探小说	
第四期	1947年4月30日	《谁看犯人信?》		轶闻及其他	
第四期	1947年4月30日	《最后的一个顾客》	钟留译	侦探小说翻译	
第四期	1947年4月30日	《哥伦布的手铐》（二）	弗兰斯著，上官牧译	长篇小说翻译连载	标“冒险小说”
第五期	1947年6月30日	《凯茵家庭谋杀案》	Ellerg Queen著，习文译	侦探剧本翻译	杂志注明为“无线电广播侦探剧”
第五期	1947年6月30日	《仇连环的连环仇》	徐郭	侦探小说	
第五期	1947年6月30日	《口红印的线索》		轶闻及其他	
第五期	1947年6月30日	《双枪独行侠》	冯路译	侦探小说翻译	
第五期	1947年6月30日	《面目模糊袋中尸》	BartonBeack著，邹继译	侦探小说翻译	
第五期	1947年6月30日	《一百万镑与二匕首》	Selwyn Jepson著，金玉译	侦探小说翻译	
第五期	1947年6月30日	《红绿上衣命归阴》	亨利诺曼著，渔道译	侦探小说翻译	
第五期	1947年6月30日	《不平凡的遭遇》	（方）龙骧	侦探小说	
第五期	1947年6月30日	《天网恢恢》	Joseph Fulling Fishman著，孟兆页译	侦探小说翻译	
第五期	1947年6月30日	《手执绿苹果的画像》	Stanley Hokisins. jr著，焦凡译	侦探小说翻译	
第五期	1947年6月30日	《金头手杖凶杀案》	G. U. Gones著，成贤译	侦探小说翻译	
第五期	1947年6月30日	《枪声人无影》	Arthur C. Geene著，祝洪译	侦探小说翻译	

续表

刊次	时间	题目	作者	类别	备注
第五期	1947年6月30日	《警探与柔术》	方远	轶闻及其他	
第六期	1947年8月1日	《地下月台枪杀案》	Barton Black 著，方元译	侦探小说翻译	文中附有“人物表”
第六期	1947年8月1日	《三讲无线电》		轶闻及其他	
第六期	1947年8月1日	《扒手的姿态》		轶闻及其他	
第六期	1947年8月1日	《樱花树下悬白绫》	徐郭	侦探小说	
第六期	1947年8月1日	《黑博物馆之谜》	Stuart Polme. I 著，唐丹译	侦探小说翻译	
第六期	1947年8月1日	《入狱第一事》		轶闻及其他	
第六期	1947年8月1日	《扫平群魔》	Lee E. Wells 作，胡仲坪译	侦探小说翻译	
第六期	1947年8月1日	《瘢痕的重现》		轶闻及其他	
第六期	1947年8月1日	《子弹正中裘丽心》	Jack Harrell 著，乐世译	侦探小说翻译	
第六期	1947年8月1日	《回头是岸》	Roland Philliks 著，吴顺德译	侦探小说翻译	
第六期	1947年8月1日	《人口与警察之比》		轶闻及其他	
第六期	1947年8月1日	《路过的陌生人》	James A. Kirch 著，金俞译	侦探小说翻译	文中附有“人物表”
第六期	1947年8月1日	《哥伦布的手铐》（三）	弗兰斯著，上官牧译	长篇小说翻译连载	标“冒险小说”
第六期	1947年8月1日	《你相信子弹查验人》	Covnell Woolrich 著，陈言五译	侦探小说翻译	
第六期	1947年8月1日	《警探与柔术》	方远	轶闻及其他	
第六期	1947年8月1日	《太太们与盗贼》		轶闻及其他	
第七期	1947年9月1日	《鬼岛魅影》	Diane Davis 著，端木公译	侦探小说翻译	
第七期	1947年9月1日	《马尼剌偷车党》		轶闻及其他	

续表

刊次	时间	题目	作者	类别	备注
第七期	1947 年 9 月 1 日	《疯情人》	A. Christie 著，郑狄克译（署名："狄克"）	侦探小说翻译	该小说首发时题目为 *Midnight Madness*，后改为 *The Cretan Bull*，现通常译作《克里特岛神牛》，为波洛系列作品之一
第七期	1947 年 9 月 1 日	《世家之鬼客》	E. R. Yarham 著，侯未凡译	侦探小说翻译	
第七期	1947 年 9 月 1 日	《吃角子老虎大王的胜诉》		轶闻及其他	
第七期	1947 年 9 月 1 日	《游船上的窃贼》	Oetavus Roy Cohen 著，施吉孙译	侦探小说翻译	文中附有"人物表"
第七期	1947 年 9 月 1 日	《逃犯与无线电传影》		轶闻及其他	
第七期	1947 年 9 月 1 日	《森林里的白骨》	美国却而斯沙尔作，何乾昌译	侦探小说翻译	
第七期	1947 年 9 月 1 日	《侦探迷》	Philip Wyli 原著，郑狄克译	侦探小说翻译	
第七期	1947 年 9 月 1 日	《名角的杰作》	薛松译	侦探小说翻译	
第七期	1947 年 9 月 1 日	《黑骑侠》	孟兆页译	冒险小说翻译	小说原名为 *The Black Rider*
第七期	1947 年 9 月 1 日	《老举的盗劫法》		轶闻及其他	
第七期	1947 年 9 月 1 日	《秋夜葬花记》	F R Mitchell 著，郑狄克译	侦探小说翻译	
第七期	1947 年 9 月 1 日	《野寺宿》	穆未英	恐怖小说	标"故谈新录"
第七期	1947 年 9 月 1 日	《决斗》	D. B. Hobart 著，胡仲坪译	惊险小说翻译	
第七期	1947 年 9 月 1 日	《车中暴族者：即试妻记》	（方）龙骧	侦探小说	
第八期	1947 年 10 月 1 日	《酒店的女郎》	Novman A. Fox 作，唐圣译	侦探小说翻译	
第八期	1947 年 10 月 1 日	《血仇》	Ray Hayton 著，胡仲坪译	惊险小说翻译	
第八期	1947 年 10 月 1 日	《纽约艳尸奇案》	卡默尔著，正文译	侦探小说翻译	

续表

刊次	时间	题目	作者	类别	备注
第八期	1947年10月1日	《恐怖室》	郑狄克译	侦探小说翻译	
第八期	1947年10月1日	《将军的死体》	Paul P. Jones著，魏风译	侦探小说翻译	
第八期	1947年10月1日	《神秘的死》	Dom Bailey原著，彬山译	侦探小说翻译	文中附有“人物表”
第八期	1947年10月1日	《侠盗警钟》	Edgar Wallace著，端木露佟译	侦探小说翻译	
第八期	1947年10月1日	《幽灵的显现》	美国Vincent O. sullivan著，费佩瑾译	恐怖小说翻译	本文原载美国“波士顿晓报”
第八期	1947年10月1日	《妖妇》	汉孟登·马雪儿著，何乾昌译	侦探小说翻译	
第八期	1947年10月1日	《一件寒心的事件》		轶闻及其他	
第八期	1947年10月1日	《奇异的梦境》	Sapper原著，王萍译	侦探小说翻译	
第八期	1947年10月1日	《义警枪伤案》		轶闻及其他	
第八期	1947年10月1日	《秘密俱乐部的秘密》（一）	（方）龙骧	侦探小说	标“鲍沙奇案之一”
第八期	1947年10月1日	《春暖心荡漾》		轶闻及其他	
第八期	1947年10月1日	《春宵美人》（上）	William G. Bogart，郑狄克译	侦探小说翻译	
第九期	1947年11月1日	《直捣黄龙》（一）	T. W福特著，胡仲坪译	长篇侦探小说翻译连载	
第九期	1947年11月1日	《荒宅谍影》	严绛帆	侦探小说	
第九期	1947年11月1日	《十二月八号的秘闻》（一）	威克艇长著，罗塔译	侦探小说翻译	作者为“关丁·雷诺”
第九期	1947年11月1日	《五个失恋者》	郑狄克	侦探小说	标“大头侦探探案之一”；文中附有案发现场位置图
第九期	1947年11月1日	《白衣安琪儿》	程越译	侦探小说翻译	
第九期	1947年11月1日	《毒针》	郑狄克	侦探小说	标“大头侦探探案之一”

续表

刊次	时间	题目	作者	类别	备注
第九期	1947年11月1日	《空中魅影》	鹤鸣译	侦探小说翻译	
第九期	1947年11月1日	《春宵美人》（下）	William G. Bogart，郑狄克译	侦探小说翻译	
第十期	1947年12月1日	《馘首的故事：台蕃风土记之一》	凤茜	冒险小说	
第十期	1947年12月1日	《墨尼黑的间谍》	吴燮彬译	实事侦探案	文中注明这“就是由一个美国间谍口述的故事”
第十期	1947年12月1日	《无形刽子手》	郑狄克	侦探小说	标“大头侦探探案之三”
第十期	1947年12月1日	《活猪》	路中铎	实事侦探案	杂志注明“实事小说”
第十期	1947年12月1日	《柯南道尔之异遇》		轶闻及其他	
第十期	1947年12月1日	《在集中营里》	威克艇长著，罗塔译	侦探小说翻译	杂志注明“本文系《十二月八号的秘闻》续篇”；作者为“关丁·雷诺”
第十期	1947年12月1日	《金蝉脱壳计》	丁香	实事侦探案	杂志注明“实事小说”
第十期	1947年12月1日	《回来吧！船长》	君巍译	侦探小说翻译	
第十期	1947年12月1日	《秘密俱乐部的秘密》（二）	（方）龙骧	侦探小说	标“鲍沙奇案之一”
第十期	1947年12月1日	《中世纪罗曼史》（一）	马克吐温著，郑狄克译	冒险小说翻译	
第十期	1947年12月1日	《艳尸案》	Philip Bonett著，彬山译	侦探小说翻译	
第十期	1947年12月1日	《杀人者》	梁启萍译	侦探小说翻译	
第十期	1947年12月1日	《老爷侦探》	杜云之	侦探剧本	杂志注明为“独幕喜剧”
第十一期	1948年2月1日	《宝石美人》	越墨译	侦探小说翻译	标“离奇的抢劫案”
第十一期	1948年2月1日	《巴黎谋杀案》	爱伦堡作，唐圣译	侦探小说翻译	该小说为埃德加·爱伦·坡（Edgar Allan Poe）的 *The Murders in the Rue Morgue*，现通常译作《莫格路凶杀案》

续表

刊次	时间	题目	作者	类别	备注
第十一期	1948 年 2 月 1 日	《十二月八号的秘闻》（三）	威克艇长著，罗塔译	侦探小说翻译	作者为“关丁·雷诺”
第十一期	1948 年 2 月 1 日	《鬼屋故事》	彭梅	轶闻及其他	
第十一期	1948 年 2 月 1 日	《百老汇命案》	许靖孚译	侦探小说翻译	
第十一期	1948 年 2 月 1 日	《幸运的警棍》	Edwin Baird 作，戟门译	侦探小说翻译	
第十一期	1948 年 2 月 1 日	《独幕剧》	程小青译	侦探小说翻译	
第十一期	1948 年 2 月 1 日	《死人写来的信》	Rox Whitechurch 作，僧麟译	侦探小说翻译	
第十一期	1948 年 2 月 1 日	《刚愎的女子》	Mignon G. Eberhart 作，魏风译	侦探小说翻译	
第十一期	1948 年 2 月 1 日	《满门遭杀》	刘正训译	实事侦探案	
第十一期	1948 年 2 月 1 日	《红发女郎》	陶安春译	实事侦探案	
第十二期	1948 年 3 月 20 日	《世界闻名的堡莱凶宅》	艾斯作，彭斯译	实事侦探案	
第十二期	1948 年 3 月 20 日	《口味问题》	程小青译	侦探小说翻译	标“包罗德探案”；该小说原文为阿加莎·克里斯蒂（Agatha Christie）的小说 *Four and Twenty Blackbirds*，现通常译作《二十四只黑画眉》，为波洛系列作品之一
第十二期	1948 年 3 月 20 日	《古屋魅影》	王尔德著，唐圣译	恐怖小说翻译	
第十二期	1948 年 3 月 20 日	《碧海风波》（上）	刘正训译	冒险小说翻译	标“一个海绵采集者的自白书”；文中附有“人物表”
第十二期	1948 年 3 月 20 日	《神手枪》	懋本译	冒险小说翻译	
第十二期	1948 年 3 月 20 日	《一个医生的奇遇》	柯南道尔著，天行译	侦探小说翻译	
第十二期	1948 年 3 月 20 日	《中世纪罗曼史》（二）	马克吐温著，琼尾傅译	冒险小说翻译	
第十二期	1948 年 3 月 20 日	《美国人上绞台》	天贤译	恐怖小说翻译	

续表

刊次	时间	题目	作者	类别	备注
第十二期	1948 年 3 月 20 日	《诡椅子》	星逸译	恐怖小说翻译	标“恐怖故事”
第十二期	1948 年 3 月 20 日	《我要杀人》	周文译	实事侦探案	文后注释“本文除司塔儿不是真名外，其他都是真实的——作者原注”
第十二期	1948 年 3 月 20 日	《复仇》	宇文华译	惊险小说翻译	
第十二期	1948 年 3 月 20 日	《十二月八号的秘闻》（四）	威克艇长著，罗塔译	侦探小说翻译	作者为“关丁・雷诺”
第十三期（第二卷第一期）	1948 年 4 月 25 日	《赌胆》	程小青	侦探小说	
第十三期（第二卷第一期）	1948 年 4 月 25 日	《珍珠项圈》	方刚译	侦探小说翻译	
第十三期（第二卷第一期）	1948 年 4 月 25 日	《网中艳尸》	赫斯特著，范懋本译	侦探小说翻译	
第十三期（第二卷第一期）	1948 年 4 月 25 日	《神秘女郎》	披可克作，唐圣译	实事侦探案	标“事实小说”；目录中注明作者为“胡惠峯”
第十三期（第二卷第一期）	1948 年 4 月 25 日	《传教师媳妇的惨死》	应似道译	实事侦探案	标“实事侦探小说”；目录中注明题目为“传教师媳妇的惨事”；文前附有“人物表”
第十三期（第二卷第一期）	1948 年 4 月 25 日	《警备车全体出动!》	僧麟译	侦探小说翻译	
第十三期（第二卷第一期）	1948 年 4 月 25 日	《黑海盗》	端木公译	冒险小说翻译	
第十三期（第二卷第一期）	1948 年 4 月 25 日	《十二月八日的秘闻》（五）	威克艇长著	侦探小说翻译	作者为“关丁・雷诺”
第十三期（第二卷第一期）	1948 年 4 月 25 日	《五个手印》	夔彬译	侦探小说翻译	

续表

刊次	时间	题目	作者	类别	备注
第十三期（第二卷第一期）	1948年4月25日	《碧海风波》（下）	刘正训译	冒险小说翻译	标“一个海绵采集者的自白书”
第十四期（第二卷第二期）	1948年6月15日	《关中九侠》（一）	还珠楼主	长篇武侠小说连载	
第十四期（第二卷第二期）	1948年6月15日	《幕面舞》	程小青译	侦探小说翻译	
第十四期（第二卷第二期）	1948年6月15日	《蓝色惨案》	程越译	侦探小说翻译	标“奎宁探案”
第十四期（第二卷第二期）	1948年6月15日	《保镖》	Karl Detzer 作，僧麟译	侦探小说翻译	
第十四期（第二卷第二期）	1948年6月15日	《侠盗奇案之一：谋杀》	唐圣译	侦探小说翻译	
第十四期（第二卷第二期）	1948年6月15日	《谁是凶手!?》	正文	实事侦探案	
第十四期（第二卷第二期）	1948年6月15日	《乐园岛》（上）	刘正训译	冒险小说翻译	标“一个紧张旖旎奇情惊险的故事”
第十四期（第二卷第二期）	1948年6月15日	《红鱼》	何振华	侦探小说	
第十四期（第二卷第二期）	1948年6月15日	《恶汉之死》		侦探剧本翻译	标“奎宁探案”；附有“人物”表
第十四期（第二卷第二期）	1948年6月15日	《棒球场奇案》（上）	孟频译	侦探小说翻译	标“奎宁探案”
第十四期（第二卷第二期）	1948年6月15日	《十二月八日的秘闻》（六）	威克艇长 C. D 斯密述，罗塔译	侦探小说翻译	作者为“关丁·雷诺”
第十五期（第二卷第三期）	1948年7月10日	《十七号空屋》（一）	法琼作，常玄译	长篇侦探小说翻译连载	
第十五期（第二卷第三期）	1948年7月10日	《十年创痕》	郑狄克	侦探小说	“菩萨侦探探案之三”

续表

刊次	时间	题目	作者	类别	备注
第十五期（第二卷第三期）	1948年7月10日	《关中九侠》（二）	还珠楼主	长篇武侠小说连载	
第十五期（第二卷第三期）	1948年7月10日	《棒球场奇案》（下）	奎宁原著，孟频译	侦探小说翻译	标“奎宁探案”
第十五期（第二卷第三期）	1948年7月10日	《引狼入窟》	Tom Marvin作，唐圣译	侦探小说翻译	
第十五期（第二卷第三期）	1948年7月10日	《毒药针》	僧麟译	侦探小说翻译	
第十五期（第二卷第三期）	1948年7月10日	《二个学生》	郑狄克	轶闻及其他	侦探问答互动栏目“有奖测验”“郑狄克主持·趣味测验”
第十五期（第二卷第三期）	1948年7月10日	《乐园岛》（下）	刘正训译	冒险小说翻译	标“一个紧张旖旎奇情惊险的故事”
第十五期（第二卷第三期）	1948年7月10日	《丁香花之谜!》	范懋本译	侦探小说翻译	
第十五期（第二卷第三期）	1948年7月10日	《血雨疑云》	溪严译	侦探小说翻译	
第十五期（第二卷第三期）	1948年7月10日	《追魂电话》	奋励译	侦探小说翻译	
第十六期（第二卷第四期）	1948年8月20日	《被蹂躏的女儿：陈邦倩》	宇文晖作，鲁平画	实事侦探案	标“新闻小说”
第十六期（第二卷第四期）	1948年8月20日	《未出名的大盗：花马忠》	周礼甫	实事侦探案	标“实事探案”；杂志目录注明作者姓名为“周文甫”；文中附有案发现场位置图
第十六期（第二卷第四期）	1948年8月20日	《虹桥路血案》	郑狄克文，柳影画	侦探小说	标“大头侦探探案之四”；文中附有“登场人物”列表和案发现场位置图

续表

刊次	时间	题目	作者	类别	备注
第十六期（第二卷第四期）	1948年8月20日	《移赃》	程小青译	侦探小说翻译	
第十六期（第二卷第四期）	1948年8月20日	《翁仲的债务人》	雷亮文，蝶儿图	恐怖小说	
第十六期（第二卷第四期）	1948年8月20日	《雨中艳影》	东方明	恐怖小说	“夏夜谈鬼”栏目
第十六期（第二卷第四期）	1948年8月20日	《从上海到南京》	郑狄克	轶闻及其他	侦探问答互动栏目“郑狄克主持·趣味测验”
第十六期（第二卷第四期）	1948年8月20日	《十三号鬼室》	唐圣	恐怖小说	
第十六期（第二卷第四期）	1948年8月20日	《两街劫案》	溪严译	侦探小说翻译	
第十六期（第二卷第四期）	1948年8月20日	《紫领带》	景行译	侦探小说翻译	
第十六期（第二卷第四期）	1948年8月20日	《十七号空屋》（二）	法琼作，常玄译	长篇侦探小说翻译连载	标“长篇连载”
第十六期（第二卷第四期）	1948年8月20日	《关中九侠》（三）	还珠楼主	长篇武侠小说连载	
第十六期（第二卷第四期）	1948年8月20日	《编后记》		轶闻及其他	
第十七期	1948年9月20日	《金砖大盗越狱记》	宇文晖作，鲁平画	实事侦探案	杂志注明“轰动全沪，新闻小说”
第十七期	1948年9月20日	《编辑室》		轶闻及其他	本期杂志内容简介
第十七期	1948年9月20日	《黄莺出谷》	郑小平文，蝶儿图	侦探小说	标“女飞贼黄莺之故事”

续表

刊次	时间	题目	作者	类别	备注
第十七期	1948年9月20日	《一局棋》	程小青译	侦探小说翻译	
第十七期	1948年9月20日	《十三》	雷亮	恐怖小说	
第十七期	1948年9月20日	《梁宅的悲剧》	郑狄克文，柳影图	侦探小说	标“大头侦探探案之五”；文中附“登场人物”列表
第十七期	1948年9月20日	《一个头颅》	高山	恐怖小说	
第十七期	1948年9月20日	《古堡魅影》	木尚译	恐怖小说翻译	
第十七期	1948年9月20日	《雪夜殪狼记》	僧麟译	惊险小说翻译	
第十七期	1948年9月20日	《铁甲车路劫案》	辛亚译	实事侦探案	
第十七期	1948年9月20日	《关中九侠》（四）	还珠楼主	长篇武侠小说连载	
第十七期	1948年9月20日	《战舰上的绳梯》	郑狄克主持	轶闻及其他	杂志注明为“趣味测验”；侦探问答互动栏目
第十七期	1948年9月20日	《十七号空屋》（三）	法琼作，常玄译	长篇侦探小说翻译连载	标“长篇连载”
第十八期	1948年10月20日	《虎标永安堂“窃钞”破案记》	宇文晖撰，鲁平画	实事侦探案	杂志注明“新闻小说”
第十八期	1948年10月20日	《测谎器：构造原理及运用方法》	赵佩珩	轶闻及其他	
第十八期	1948年10月20日	《三个枪毙鬼：戚再玉、张亚民、王春哲》	江上风著	实事侦探案	
第十八期	1948年10月20日	《良医》	程小青译	侦探小说翻译	
第十八期	1948年10月20日	《月夜冤魂》	郑狄克文，柳影图	侦探小说	标“大头侦探探案之六”；文中附有“登场人物表”

续表

刊次	时间	题目	作者	类别	备注
第十八期	1948年10月20日	《无头鬼》	马克亚伦著，谢兰节译，林华德画	恐怖小说翻译	
第十八期	1948年10月20日	《除奸记》	郑小平文，蝶儿图	侦探小说	标“女飞贼黄莺之故事”
第十八期	1948年10月20日	《杀妻者》	崩梅译	恐怖小说翻译	
第十八期	1948年10月20日	《关中九侠》（五）	还珠楼主	长篇武侠小说连载	
第十八期	1948年10月20日	《三枚炸弹》	郑狄克主持	轶闻及其他	杂志注明为“趣味测验”；侦探问答互动栏目
第十八期	1948年10月20日	《十七号空屋》（四）	法琼作，常玄译	长篇侦探小说翻译连载	标“长篇连载”
第十九期	1948年11月20日	《三块酱肉》	郑狄克主持	轶闻及其他	杂志注明为“趣味测验”；侦探问答互动栏目
第十九期	1948年11月20日	《赛金花的表》（上）	孙了红口述，董爱华笔录	侦探小说	标“侠盗鲁平奇案”
第十九期	1948年11月20日	《地下工作回忆》（一）	刘中和	实事侦探案	标“实事杂记”
第十九期	1948年11月20日	《中国海员大西洋漂流记》（上）	驻曼彻斯特领事罗孝建著，罗塔译	实事侦探案	
第十九期	1948年11月20日	《猢狲与圆圆》	郑狄克文，龙诚志图	侦探小说	标“大头侦探探案之七”；文中附有“登场人物表”
第十九期	1948年11月20日	《盗窟历险记》	（方）龙骧著，鲁平画	侦探小说	
第十九期	1948年11月20日	《一〇八突击队》	郑小平文，蝶儿图	侦探小说	标“女飞贼黄莺之故事”
第十九期	1948年11月20日	《跳舞学校的黑幕》	E. Philips Oppen Hein著，湘水译	侦探小说翻译	
第十九期	1948年11月20日	《关中九侠》（六）	还珠楼主	长篇武侠小说连载	
第十九期	1948年11月20日	《黄牛紧要启事》		轶闻及其他	

续表

刊次	时间	题目	作者	类别	备注
第十九期	1948 年 11 月 20 日	《海底城市》	Count B. D. Prorok 著，僧麟译	惊险小说翻译	
第二十期	1948 年 12 月 15 日	《深谷疑案》	吉玫	轶闻及其他	侦探问答互动栏目“五分钟破案”
第二十期	1948 年 12 月 15 日	《活埋亲生女》	宇文晖著，鲁平图	实事侦探案	杂志注明“四川惨案，实事小说”
第二十期	1948 年 12 月 15 日	《灵璧石》（一）	程小青著，吴西都图（署名：“西都”）	长篇侦探小说连载	标“霍桑探案”
第二十期	1948 年 12 月 15 日	《台湾海峡的风云》	金瓶文，白云图	惊险小说	标“紧张历险故事”
第二十期	1948 年 12 月 15 日	《西厢尤物》	郑狄克著（署名：“狄克”），龚成志图	侦探小说	标“大头侦探探案之八”；文中附有“登场人物表”
第二十期	1948 年 12 月 15 日	《地下工作回忆》（二）	刘中和	实事侦探案	标“实事杂记”
第二十期	1948 年 12 月 15 日	《赛金花的表》（下）	孙了红口述，董爱华笔录	侦探小说	标“侠盗鲁平奇案”
第二十期	1948 年 12 月 15 日	《中国海员大西洋漂流记》（中）	驻曼彻斯特领事罗孝建著，罗塔译	实事侦探案	标“第二次世界大战中的实事录”
第二十期	1948 年 12 月 15 日	《妙计》	雷亮译	侦探小说翻译	杂志注明“译自八月份奎宁侦探杂志”；“趣味小言”
第二十期	1948 年 12 月 15 日	《铁骑下的春宵》	郑小平文，蝶儿图	侦探小说	标“女飞贼黄莺之故事”
第二十期	1948 年 12 月 15 日	《油瓶》	辑之	轶闻及其他	侦探问答互动栏目“趣味测验”
第二十一期	1948 年 12 月 30 日	《误绑》	吉玫	轶闻及其他	侦探问答互动栏目“五分钟破案”
第二十一期	1948 年 12 月 30 日	《三堂会审》	郑狄克著（署名：“狄克”），龚成志图	侦探小说	标“大头侦探探案之九”；文中附有“登场人物表”
第二十一期	1948 年 12 月 30 日	《灵璧石》（二）	程小青著，吴西都图	长篇侦探小说连载	标“霍桑探案”

续表

刊次	时间	题目	作者	类别	备注
第二十一期	1948年12月30日	《魅影》	殷志扬著，李芸图	恐怖小说	标“恐怖小说”
第二十一期	1948年12月30日	《拖人落水》		轶闻及其他	
第二十一期	1948年12月30日	《不付钱》		轶闻及其他	
第二十一期	1948年12月30日	《二个问题人物》	郑小平著，蝶儿图	侦探小说	标“女飞贼黄莺之故事”
第二十一期	1948年12月30日	《地下工作回忆：五百青年》（一）	刘中和	实事侦探案	
第二十一期	1948年12月30日	《中国海员大西洋漂流记：护航队遇敌记》（下）	罗孝建著，罗塔译	实事侦探案	
第二十一期	1948年12月30日	《廿万赃金》	郑狄克译（署名：“狄克”）	侦探小说翻译	标“趣味小言”
第二十一期	1948年12月30日	《错误的复活》	东方明	侦探小说	标“讽刺紧张小说”
第二十一期	1948年12月30日	《珠光雾影》	A. Gilbert 著，刘正训译	侦探小说翻译	标“英国侦探小说名著”
第二十一期	1948年12月30日	《一个黑吃黑的故事》	Edwin Rutt 著，孙虹译	侦探小说翻译	杂志注明“译自一九四八年九月号 *Collier's*”“社会黑幕”
第二十一期	1948年12月30日	《内幕新闻》	唐圣	社会小说	标“社会小说”
第二十一期	1948年12月30日	《江亚轮上的牺牲者》	陈昌掖	轶闻及其他	侦探问答互动栏目“趣味测验”
第二十二期	1949年1月15日	《故布疑阵》	吉玫	轶闻及其他	侦探问答互动栏目“五分钟破案”
第二十二期	1949年1月15日	《阴魂不散》	（方）龙骧文，白云图	侦探小说	标“别裁侦探小说”；文中附有案发现场位置图
第二十二期	1949年1月15日	《灵璧石》（三）	程小青著，吴西都图（署名：“西都”）	长篇侦探小说连载	标“霍桑探案”

续表

刊次	时间	题目	作者	类别	备注
第二十二期	1949 年 1 月 15 日	《黑鸡心皇后》	郑狄克文（署名："狄克"），龚成志图	侦探小说	标"大头侦探探案之十"；文中附"登场人物表"
第二十二期	1949 年 1 月 15 日	《地下工作回忆：五百青年》（二）	刘中和	实事侦探案	
第二十二期	1949 年 1 月 15 日	《陷阱》	郑小平文，李芸图	侦探小说	标"女飞贼黄莺之故事"
第二十二期	1949 年 1 月 15 日	《狭路相逢》	J. Stoker Clouston 著，僧麟译，朝同图	侦探小说翻译	标"英国侦探名著"
第二十二期	1949 年 1 月 15 日	《妙计难倒秘密警察》	树人	轶闻及其他	标"小品"
第二十二期	1949 年 1 月 15 日	《六和塔》	心影	恐怖小说	标"恐怖故事"
第二十二期	1949 年 1 月 15 日	《汽车中的乘客》	保良	轶闻及其他	侦探问答互动栏目"趣味测验"；目录中题目注为"汽车上的乘客"
第二十三期	1949 年 2 月 15 日	《声东击西》	吉玫	轶闻及其他	侦探问答互动栏目"五分钟破案"
第二十三期	1949 年 2 月 15 日	《我逃出了匪窟》	方鹏文，朝同图	实事侦探案	标"历险实录"
第二十三期	1949 年 2 月 15 日	《金雀花》（上）	（方）龙骧文，白云图	侦探小说	标"离奇刺激中篇"
第二十三期	1949 年 2 月 15 日	《三个女间谍》	郑小平著，李芸图	侦探小说	标"女飞贼黄莺之故事"
第二十三期	1949 年 2 月 15 日	《灵璧石》（四）	程小青著，吴西都图（署名："西都"）	长篇侦探小说连载	标"霍桑探案"
第二十三期	1949 年 2 月 15 日	《疯人之秘密》	郑狄克文（署名："狄克"），龚诚志图	侦探小说	标"大头侦探探案之十一"；文中附有"西区新村有关故事之住户表"
第二十三期	1949 年 2 月 15 日	《灯塔余生记》	郑狄克译（署名："狄克"）	实事侦探案	标"恐怖奇遇纪实"
第二十三期	1949 年 2 月 15 日	《斗僵记》	非非	恐怖小说	标"民间流行鬼故事"
第二十三期	1949 年 2 月 15 日	《地下工作回忆：五百青年》（三）	刘中和	实事侦探案	

续表

刊次	时间	题目	作者	类别	备注
第二十三期	1949年2月15日	《古堡血案》	Roy Vichers 作，刘正训译	侦探小说翻译	标“英国侦探小说名著”
第二十三期	1949年2月15日	《香烟屁股》	万夔栟	轶闻及其他	侦探问答互动栏目“趣味测验”
第二十四期	1949年3月5日	《拦路抢劫》	叶蜚译	轶闻及其他	看图破案互动游戏“看图破案”
第二十四期	1949年3月5日	《编后记》		轶闻及其他	
第二十四期	1949年3月5日	《巴黎国宝被窃记》	王朝典译	实事侦探案	标“实事小说”
第二十四期	1949年3月5日	《假证人》	Hany Klingsbsag 著，林微音译	侦探小说翻译	标“离奇侦探名著”；附有“登场人物”列表
第二十四期	1949年3月5日	《死人寄来的信》	John Dickson Catt 著，卫慧译	侦探剧本翻译	标“无线电播音剧”；附有“出场人物”列表
第二十四期	1949年3月5日	《灵璧石》（五）	程小青著，西都图	长篇侦探小说连载	标“霍桑探案”；目录中又注明为“李芸图”
第二十四期	1949年3月5日	《十字街头》	吉玫	轶闻及其他	侦探问答互动栏目“五分钟破案”
第二十四期	1949年3月5日	《我的边地历险》	无锡城中岸桥弄八号蔡铭之	冒险小说	标“读者园地”
第二十四期	1949年3月5日	《一根镂空金条》	金朴安	轶闻及其他	侦探问答互动栏目“趣味测验”
第二十四期	1949年3月5日	《步步生莲（将先胜）》	西都主办	轶闻及其他	互动栏目“残局征答”
第二十四期	1949年3月5日	《女友的锐叫声》	编辑部	轶闻及其他	侦探问答互动栏目；“警探协会”栏目
第二十四期	1949年3月5日	《地下工作回忆：五百青年》（四）	刘中和	实事侦探案	
第二十四期	1949年3月5日	《替“蓝皮书不平”》		轶闻及其他	标“读者呼声”
第二十四期	1949年3月5日	《金雀花》（中）	（方）龙骧文，白云图	侦探小说	标“离奇刺激中篇”

续表

刊次	时间	题目	作者	类别	备注
第二十四期	1949年3月5日	《暴风雨之夜》	Roy Vickers 作，刘正训译	侦探小说翻译	标“英国侦探小说名著”
第二十四期	1949年3月5日	《疯人之秘密》	郑狄克著（署名：“狄克”），龚诚志图	侦探小说	标“大头侦探探案之十一”
第二十五期	1949年3月20日	《谁发第一枪》	洪仁	轶闻及其他	看图破案互动游戏“看图破案”
第二十五期	1949年3月20日	《桥上之少年》	编辑部	轶闻及其他	侦探问答互动栏目；“警察协会”栏目
第二十五期	1949年3月20日	《弹词皇后的呼声》	郑狄克著（署名：“狄克”）	侦探小说	标“大头侦探探案之十三”；文中附有“登场人物”列表和案发现场位置图
第二十五期	1949年3月20日	《白昼行劫》	吉玫	轶闻及其他	侦探问答互动栏目“五分钟破案”
第二十五期	1949年3月20日	《形迹可疑》	本社资料室	轶闻及其他	“学术研究”栏目
第二十五期	1949年3月20日	《川岛芳子的踪迹》	郑小平著，李芸图	侦探小说	标“女飞贼黄莺之故事”
第二十五期	1949年3月20日	《鬼新郎》	Nashinytom Itviny 著，徐弘耿译	恐怖小说翻译	标“鬼故事”
第二十五期	1949年3月20日	《祸水》	方鹏	实事侦探案	标“实事小说”
第二十五期	1949年3月20日	《高墙里的秘密》	穆未央	恐怖小说	杂志注明“故事今编”“恐怖小说”
第二十五期	1949年3月20日	《灵璧石》（六）	程小青著	长篇侦探小说连载	标“霍桑探案”
第二十五期	1949年3月20日	《贩毒血案》	陈以白著	侦探小说	标“罗克探案”
第二十五期	1949年3月20日	《断桥艳尸》	Joseph Shearing 著，刘正训译	侦探小说翻译	标“犯罪心理小说”
第二十五期	1949年3月20日	《大树将军》	王一平	轶闻及其他	侦探问答互动栏目“趣味测验”

续表

刊次	时间	题目	作者	类别	备注
第二十五期	1949年3月20日	《五虎征西（帅先胜）》	西都主办	轶闻及其他	互动栏目“残局征答”
第二十六期	1949年5月1日	《我破获了碎尸案!》	方鹏	侦探小说	标“假想小说”
第二十六期	1949年5月1日	《死巷》	花金红	恐怖小说	标“恐怖小说”
第二十六期	1949年5月1日	《箱尸案》	威威译	轶闻及其他	侦探问答互动栏目“五分钟破案”
第二十六期	1949年5月1日	《女神的腰带》	Agatha Christie著，卫慧译	侦探小说翻译	标“包罗德探案”；该小说原名为 *The Girdle of Hyppolita*，现通常译作《希波吕特的腰带》，为波洛系列作品之一；在这篇译作前，译者卫慧也对阿加莎·克里斯蒂的主要长篇侦探小说作品及其在西方侦探小说界的地位进行了较为详细的介绍，提及了阿加莎笔下“包罗德探案”“马波尔小姐探案”和“派克潘先生探案”三大侦探小说系列，并称阿加莎为“英国侦探小说界的女王”
第二十六期	1949年5月1日	《汽车中的尸体》	编辑部	轶闻及其他	侦探问答互动栏目；“警察协会”栏目
第二十六期	1949年5月1日	《青塚红裙》	Lafcadio Hearn著，刘正训译	恐怖小说翻译	杂志注明“外国作家谈中国女鬼”
第二十六期	1949年5月1日	《四个黑衫人》	本道	实事侦探案	标“亲历实事”
第二十六期	1949年5月1日	《我的抗战回忆》	无锡北瀰恒盛甡号徐纬中	轶闻及其他	“读者原地”栏目
第二十六期	1949年5月1日	《不愉快的早晨》	洪仁	轶闻及其他	看图破案互动游戏“看图破案”
第二十六期	1949年5月1日	《偷渡淮河》	仲人	轶闻及其他	侦探问答互动栏目“趣味测验”
第二十六期	1949年5月1日	《花落水流（帅方先）》	西都主办	轶闻及其他	互动栏目“残局征答”

续表

刊次	时间	题目	作者	类别	备注
第二十六期	1949年5月1日	《皮箱中的女人》	郑狄克著（署名："狄克"）	侦探小说	标"大头侦探探案之十四"；文中附有"登场人物"列表和案发现场位置图
第二十六期	1949年5月1日	《金雀花》（下）	（方）龙骧文，白云图	侦探小说	标"离奇刺激中篇"
第二十六期	1949年5月1日	《血红色之笔》	郑小平著，李芸图	侦探小说	标"女飞贼黄莺之故事"

《红皮书》（1949年1月—1949年4月，共四期）

1949年1月20日创刊于上海，上海合众出版社发行，月刊。孙了红创办，郑酦、程小青、孙了红、（方）龙骧任编辑［其中第一期注明编辑顾问程小青先生、孙了红先生，编辑人郑酦，美术设计紫虹；第二期注明编辑顾问程小青先生、孙了红先生，编辑人郑酦；第三期注明编辑顾问程小青先生，编辑人孙了红、郑酦、（方）龙骧；第四期注明编辑顾问程小青先生，编辑人孙了红、郑兆丰、（方）龙骧］。1949年4月出至第四期停刊，共出4期，主要刊载侦探、冒险、恐怖等题材与风格的小说。相比于其他同时期侦探类杂志，《红皮书》中、长篇连载小说较多。

附表2-11　《红皮书》（1949年1月—1949年4月）刊载作品情况

刊次	时间	题目	作者	类别	备注
第一期	1949年1月20日	《复兴公园之鹰》（一）	孙了红	长篇侦探小说连载	标"侠盗鲁平奇案"
第一期	1949年1月20日	《间谍之恋》	程小青译	侦探小说翻译	

续表

刊次	时间	题目	作者	类别	备注
第一期	1949年1月20日	《世界上最可鄙的人》（一）	伊勒雷·昆著、姚苏凤译	侦探广播剧本翻译连载	标“一个广播的侦探故事”；文前附有“登场人物”列表；和《蓝皮书》第十四期所刊《恶汉之死》（1948年6月15日）为同一个广播剧剧本的不同译本。《蓝皮书》第二十四期（1949年3月5日）“读者呼声”栏目中还有读者指责过《红皮书》从杂志名称到刊载内容上模仿《蓝皮书》的“可鄙”行为。
第一期	1949年1月20日	《冤沉海底》（一）	路德曼	侦探小说连载	标“新闻恐怖小说”；属于“罗文罗丝兄妹探案”系列作品之一；所以怀疑署名“路德曼”或许是艾珑的另一个笔名
第一期	1949年1月20日	《当罂粟花盛开的时节》（一）	郁醇译	侦探小说翻译连载	标“心理变态小说之一”
第一期	1949年1月20日	《战地疑云》（上）	程列水译	冒险小说翻译	标“冒险小说之一”
第一期	1949年1月20日	《绯色的创痕》（一）	（方）龙骧	侦探小说连载	杂志注明“特约中篇创作”
第一期	1949年1月20日	《三枝烛光的屋子》	卫理	侦探小说	
第一期	1949年1月20日	《红皮书读者俱乐部有奖征答测验游戏》（前奏）	孙了红	轶闻及其他	侦探问答互动栏目
第一期	1949年1月20日	《第一次有奖征答测验游戏：风雪之夜》	孙了红	轶闻及其他	侦探问答互动栏目；标“红领带的小故事（一）”
第一期	1949年1月20日	《黑衬衫》（一）	英Bruce Gracme作，林微音译	长篇侦探小说翻译连载	
第二期	1949年	《“风雪之夜”答案》		轶闻及其他	侦探问答互动栏目；不同于其他同时期侦探杂志上的互动类谜题多是“答案在本期内”，《红皮书》的侦探谜题和答案一般跨期出现
第二期	1949年	《划碎的画像》	孙了红	轶闻及其他	标“红领带的小故事之二”“有奖征答测验游戏”
第二期	1949年	《黑色的蜜月》	尧子译	侦探小说翻译	

续表

刊次	时间	题目	作者	类别	备注
第二期	1949 年	《祖国之魂》	孙了红、（方）龙骧合作	侦探小说	标“侠盗鲁平奇案”
第二期	1949 年	《竖琴》	史天行译	恐怖小说翻译	标“雪地夜谈之一”
第二期	1949 年	《世界上最可鄙的人》（二）	伊勒雷·昆著、姚苏风译	侦探广播剧本翻译连载	标“一个广播的侦探故事”；文前附有“登场人物”列表
第二期	1949 年	《冤沉海底》（二）	路德曼	侦探小说连载	标“恐怖小说”；属于“罗文罗丝兄妹探案”系列作品之一；所以怀疑署名“路德曼”或许是艾珑的另一个笔名
第二期	1949 年	《绯色的创痕》（二）	（方）龙骧	侦探小说连载	
第二期	1949 年	《战地疑云》（下）	程列水	冒险小说翻译	标“冒险小说”
第二期	1949 年	《当罂粟花盛开的时节》（二）	郁醇	侦探小说翻译连载	标“心理变态小说之一”
第二期	1949 年	《红皮书读者俱乐部》		轶闻及其他	读者互动类栏目
第二期	1949 年	《黑衬衫》（二）	英 Bruce Gracme 作，林微音译	长篇侦探小说翻译连载	
第三期	1949 年	《“划碎的画像”答案》		轶闻及其他	侦探问答互动栏目；不同于其他同时期侦探杂志上的互动类谜题多是“答案在本期内”，《红皮书》的侦探谜题和答案一般跨期出现
第三期	1949 年	《博物馆谋杀疑案》	马博良译	侦探小说翻译	标“女探韦漱新案”
第三期	1949 年	《贝当路上冒险家的乐园，捕房破获秘窟两处》		轶闻及其他	杂志注明“特讯”
第三期	1949 年	《冒险家的乐园》	黎京门译	侦探小说翻译	
第三期	1949 年	《试试你们的侦探能力：蛛丝马迹》	吉玫	侦探小说	侦探问答互动栏目“五分钟破案之一”
第三期	1949 年	《不祥的油画》	吉玫	侦探小说	“侦探吉玫”
第三期	1949 年	《复兴公园之鹰》（二）	孙了红	长篇侦探小说连载	标“侠盗鲁平奇案”

续表

刊次	时间	题目	作者	类别	备注
第三期	1949年	《试试你们的侦探能力：捉襟见肘》	吉玫	侦探小说	侦探问答互动栏目“五分钟破案之二”
第三期	1949年	《世界上最可鄙的人》（三）	伊勒雷·昆著、姚苏凤译	侦探广播剧本翻译连载	标“一个广播的侦探故事”；文前附有“登场人物”列表
第三期	1949年	《冤沉海底》（三）	路德曼	侦探小说连载	标“恐怖小说”；属于“罗文罗丝兄妹探案”系列作品之一；所以怀疑署名“路德曼”或许是艾珑的另一个笔名
第三期	1949年	《绯色的创痕》（三）	（方）龙骧	侦探小说连载	
第三期	1949年	《黑衬衫》（三）	英 Bruce Gracme 作，林微音译	长篇侦探小说翻译连载	
第三期	1949年	《红皮书读者俱乐部》		轶闻及其他	读者互动类栏目
第四期	1949年	《杀人者的弥撒》	黎京门译	侦探小说翻译	
第四期	1949年	《试试你们的侦探能力：杀妻报》	吉玫	侦探小说	侦探问答互动栏目“五分钟破案之一”
第四期	1949年	《死神阴影》	孙了红	侦探小说	标“红领带的小故事之三”
第四期	1949年	《蓝色的M》	李骆	侦探小说	标“鲍森探案”
第四期	1949年	《欧美侦探小说书话》（一）	姚苏凤	侦探小说评论	
第四期	1949年	《复兴公园之鹰》（三）	孙了红	长篇侦探小说连载	标“侠盗鲁平奇案”
第四期	1949年	《试试你们的侦探能力：破绽毕露》	吉玫	侦探小说	侦探问答互动栏目“五分钟破案之二”
第四期	1949年	《三十“大头”一条命》	F. Tennyson Jesse 原著，卫里译	侦探小说翻译	杂志中注明“百年来最著名的短篇侦探小说之一”；根据 Ellery Queen 编选的外国侦探小说集翻译
第四期	1949年	《黑色的跫音》	雷禹	侦探小说	
第四期	1949年	《雪崩》	罗兰译	冒险小说翻译	标“实事冒险故事”
第四期	1949年	《奇人奇死》（一）	Carter Dickerson 著，姚苏凤译	长篇侦探小说翻译连载	标“长篇侦探小说”“大侦探梅立维奇案”

续表

刊次	时间	题目	作者	类别	备注
第四期	1949 年	《红皮书读者俱乐部》		轶闻及其他	读者互动类栏目
第四期	1949 年	《黑衬衫》（四）	英 Bruce Gracme 作，林微音译	长篇侦探小说翻译连载	

《神秘书》（1949 年 4 月 9 日，仅见一期）

1949 年 4 月 9 日创刊于上海，（方）龙骧、端木洪编辑，《神秘书》出版社出版发行，仅见第一期。该杂志内容上设有“五分钟破案”“新闻小说”“有将测验”等栏目，基本上延续了同时期《蓝皮书》等杂志的风格和形式，且对当时上海的城市犯罪情况有所介绍。

附表 2-12　　《神秘书》（1949 年 4 月 9 日）刊载作品情况

刊次	时间	题目	作者	类别	备注
第一期	1949 年 4 月 9 日	《棋差两着》	吉玫	轶闻及其他	侦探问答互动栏目“五分钟破案”
第一期	1949 年 4 月 9 日	《北站箱尸案、南市碎尸案》	华东通讯社真实夜报采访记者蔡馨发	实事侦探案	标“新闻小说”
第一期	1949 年 4 月 9 日	《刘易斯酒店夜谈》	黎京门	侦探小说	标“离奇短篇”
第一期	1949 年 4 月 9 日	《有奖测验》	编者	轶闻及其他	侦探问答互动栏目
第一期	1949 年 4 月 9 日	《鹦鹉侦探》	谢兰（译）	侦探小说翻译	标“伦扬小说”
第一期	1949 年 4 月 9 日	《妈妈不见了！》	怡和	侦探小说	标“姊妹探案之一”
第一期	1949 年 4 月 9 日	《故都疑云：俄国驻华公使夫人失踪记》	麦柯考著，史凯译	侦探小说翻译	标“美国侦探杂志得奖小说”
第一期	1949 年 4 月 9 日	《越窗而入的幽灵》	魏亨	侦探小说翻译	标“心理名著”

续表

刊次	时间	题目	作者	类别	备注
第一期	1949年4月9日	《平凡的间谍工作者》	罗兰	冒险小说	标“冒险小说”
第一期	1949年4月9日	《谋杀十二个女人的嫌疑犯》	王水（译）	侦探小说翻译	标“刺激短篇”
第一期	1949年4月9日	《黑蔷薇》	雷禹	冒险小说	标“蛮荒奇遇”
第一期	1949年4月9日	《双姝毒》	克都	轶闻及其他	侦探问答互动栏目；标“照片探案”
第一期	1949年4月9日	《魔鬼画师》	孙了红、（方）龙骧合作	侦探小说	标“侠盗鲁平奇案”
第一期	1949年4月9日	《浴室血案》	陈湘	轶闻及其他	侦探问答互动栏目“五分钟破案”

《侦探世界（吼声书局）》（出版时间不详，共两期）

在上海创刊，创办时间不详。由沈茵编辑，第二期漪雯助编，吼声书局出版，五洲书报社发行。刊发期数不详。笔者目前仅见前两期，内容皆为小说（疑似都是翻译作品），小说风格偏悬疑、血腥、恐怖。具体作者情况皆不详，但其中不少为“史丹里探案”系列和“贾克基恩探案”系列侦探小说翻译作品，甚至很多译作和《侦探》杂志上所刊载的内容完全相同，且《侦探世界（吼声书局）》并未像《侦探》一样清楚标注原作者、译者、小说原名等基本信息，由此初步推断其出版时间可能略晚于《侦探》杂志（1938—1941），且存在大量译作稿件“挪用”现象。

附表 2-13　　《侦探世界（吼声书局）》刊载作品情况

刊次	时间	题目	作者	类别	备注
第一期	19?? 年	《一、失掉了的一串珠链》		侦探小说翻译	

续表

刊次	时间	题目	作者	类别	备注
第一期	19?? 年	《二、这人确实已死了两次》		侦探小说翻译	属于“史丹里探案”系列作品之一
第一期	19?? 年	《三、奇怪的广告案》		侦探小说翻译	属于“贾克基恩探案”系列作品之一
第一期	19?? 年	《四、女明星失踪了》		侦探小说翻译	
第一期	19?? 年	《五、地毯中的秘密》		侦探小说翻译	属于“贾克基恩探案”系列作品之一；该篇译作和《侦探》第二十二期（1939年11月1日）上刊载的同名译作为同一篇，《侦探》文中标为“陈知译”，“小说原名为 *The Secret in the Carpet*”
第一期	19?? 年	《六、播音台血案》		侦探小说翻译	该篇译作和《侦探》第三期（1938年11月20日）上刊载的同名译作为同一篇，《侦探》文中标为“格兰雄尔·罗宾士著，何文思、李维里合译”，“小说原名为 *The Broadcast Murder*”
第一期	19?? 年	《七、衣箱内的尸骨》		侦探小说翻译	属于“史丹里探案”系列作品之一
第一期	19?? 年	《八、神秘的面包》		侦探小说翻译	属于“贾克基恩探案”系列作品之一
第一期	19?? 年	《九、恐怖的吸血鬼》		侦探小说翻译	
第一期	19?? 年	《一〇、恋爱悲剧》		侦探小说翻译	该篇译作和《侦探》第三期（1938年11月20日）上刊载的同名译作为同一篇，《侦探》文中标为“澹生译”
第一期	19?? 年	《一一、一所奇怪的小屋》		侦探小说翻译	属于“贾克基恩探案”系列作品之一
第一期	19?? 年	《一二、疑人莫测的枪杀案》		侦探小说翻译	

续表

刊次	时间	题目	作者	类别	备注
第二期	19?? 年	《浪漫女子的死》		侦探小说翻译	
第二期	19?? 年	《恐怖的死》		侦探小说翻译	该译作和《侦探》第十三期（1939 年 6 月 15 日）上刊载的同名译作为同一篇，《侦探》文中标为“史泰脱巴穆著，高明译述”，“小说原名为 *The Riddle of the Purple Death*”
第二期	19?? 年	《四度空间谋杀案》		侦探小说翻译	该译作和《侦探》第十七期（1939 年 8 月 15 日）上刊载的同名译作为同一篇，《侦探》文中标为“派辛汉著，汉夫译”，“小说原名为 *The Immaculate Brethren*”
第二期	19?? 年	《古屋奇案》		侦探小说翻译	该译作和《侦探》第十七期（1939 年 8 月 15 日）上刊载的同名译作为同一篇，《侦探》文中标为“米拉尔著，何文恩（疑应为‘何文思’）译”，“小说原名为 *The House of the Mystery*”
第二期	19?? 年	《神秘的绑案》		侦探小说翻译	该译作和《侦探》第三十一期（1940 年 5 月 1 日）上刊载的同名译作为同一篇，《侦探》文中标为“佛兰克金著，李维里译”，“小说原名为 *Air Male*”
第二期	19?? 年	《真假宝石》		侦探小说翻译	该译作和《侦探》第十四期（1939 年 7 月 1 日）上刊载的同名译作为同一篇，《侦探》文中标为“彼得却尼著，李维里译”，“小说原名为 *Clash with Doctor Klaat*”
第二期	19?? 年	《水上碎纸》		侦探小说翻译	内文标“水上的碎纸”，该译作和《侦探》第十四期（1939 年 7 月 1 日）上刊载的同名译作《水上的碎纸》为同一篇，《侦探》文中标为“保罗脱廉著，何文思译述”，“小说原名为 *Call Me Whitey*”

续表

刊次	时间	题目	作者	类别	备注
第二期	19?? 年	《花蕊血渍》		侦探小说翻译	该译作和《侦探》第二十五期（1939 年 12 月 15 日）上刊载的同名译作为同一篇，《侦探》文中标为“陈知译”，“小说原名为 *The Strange Case of Blue Pasts*”
第二期	19?? 年	《浴室疑案》		侦探小说翻译	该译作和《侦探》第三十二期（1940 年 5 月 15 日）上刊载的同名译作为同一篇，《侦探》文中标为“锦江”
第二期	19?? 年	《麻醉剂之谜》		侦探小说翻译	该译作和《侦探》第三十二期（1940 年 5 月 15 日）上刊载的同名译作为同一篇，《侦探》文中标为“殷英译”，“小说原名为 *The Mysterious Case of Chloroform*”
第二期	19?? 年	《桃色命案》		侦探小说翻译	该译作和《侦探》第十期（1939 年 4 月 15 日）上刊载的同名译作为同一篇，《侦探》文中标为“罗勃汤泼逊著，澹生译”，“小说原名为 *Crimson Siren*”

《半月》“侦探小说号”（1921 年 11 月 29 日，第一卷第六期；1923 年 12 月 8 日，第三卷第六期）

这两期《半月》杂志的“侦探小说号”皆由大东书局负责印刷和总发行事宜。周瘦鹃编辑，袁寒云负责发行或主撰，谢之光绘图。

附表 2-14　　《半月》“侦探小说号”刊载作品情况

刊次	时间	题目	作者	类别	备注
第一卷第六期	1921 年 11 月 29 日	《编辑室灯下》	记者	轶闻及其他	对本期杂志内容介绍及下期杂志内容预告

续表

刊次	时间	题目	作者	类别	备注
第一卷第六期	1921年11月29日	《皇冕宝石》	英国柯南道尔 A. Conan Doyle 原著，张舍我译	侦探小说翻译	杂志目录上标注为“特载”；标“福尔摩斯新探案”；小说原名为 *The Adventure of the Mazarin Stone*，现通常译作《王冠宝石案》
第一卷第六期	1921年11月29日	《万丈魔》	袁寒云（署名“寒云”）	侦探小说	
第一卷第六期	1921年11月29日	《侦探小说杂谈》	张舍我	侦探小说评论	介绍西方侦探小说鼻祖爱伦·坡
第一卷第六期	1921年11月29日	《?》（上篇）	程小青	侦探小说	标“东方福尔摩斯新探案”
第一卷第六期	1921年11月29日	《火车怪客》	法国玛黎瑟勒伯朗原著，沧海客译	侦探小说翻译	标“亚森罗苹冒险史”
第一卷第六期	1921年11月29日	《侦探小说杂谈》	张舍我	侦探小说评论	介绍福尔摩斯为虚构人物，但很多读者以为真有其人
第一卷第六期	1921年11月29日	《毒针》	陈野鹤	侦探小说	
第一卷第六期	1921年11月29日	《侦探小说杂谈》	张舍我	侦探小说评论	介绍侦探小说有启迪读者智慧的好处，非简单的诲盗之作
第一卷第六期	1921年11月29日	《匣剑帷灯》	英国 Newton Bungey 著，周瘦鹃译	侦探小说翻译	
第一卷第六期	1921年11月29日	《剩粉残脂录》（第六回）	朱瘦菊（署名：“海上说梦人”）	长篇言情小说连载	该回回目为“缓药力阴谋暗纵，托神通异想天开”
第一卷第六期	1921年11月29日	《侦探小说杂谈》	张舍我	侦探小说评论	介绍美国科学侦探小说家阿瑞里甫
第一卷第六期	1921年11月29日	《双雄斗智记》（第六章 全军覆没）	张碧梧	长篇侦探小说连载	写“东方福尔摩斯”霍桑与“东方亚森罗苹”罗平之间的斗智故事，或可以视为“霍桑探案”的“同人小说”
第一卷第六期	1921年11月29日	《泉简》	袁寒云（署名：“寒云”）	轶闻及其他	古代钱币介绍
第三卷第六期	1923年12月8日	《柩中人》	英国柯南道尔著，周瘦鹃译	侦探小说翻译	标“福尔摩斯新探案”
第三卷第六期	1923年12月8日	《异途同归》	程小青	侦探小说	标“东方福尔摩斯霍桑新探案”

续表

刊次	时间	题目	作者	类别	备注
第三卷第六期	1923 年 12 月 8 日	《烟波》	陆澹盦	侦探小说	标“李飞新探案”；该期未连载完
第三卷第六期	1923 年 12 月 8 日	《鸿飞冥冥》	张碧梧	侦探小说	标“家庭侦探宋悟奇新探案”
第三卷第六期	1923 年 12 月 8 日	《侦探小说杂话》	程小青	侦探小说评论	介绍福尔摩斯名字的汉译
第三卷第六期	1923 年 12 月 8 日	《外行侦探与外行窃贼》	徐卓呆	侦探小说	
第三卷第六期	1923 年 12 月 8 日	（无题）	赵芝岩（署名：“芝岩”）	侦探小说评论	介绍程小青、赵苕狂的侦探小说创作及周瘦鹃的侦探小说翻译
第三卷第六期	1923 年 12 月 8 日	《X》	张天翼（署名“张无诤”）	侦探小说	标“徐常云新探案”
第三卷第六期	1923 年 12 月 8 日	《三种证据》	王天恨	侦探小说	标“康卜森新探案”
第三卷第六期	1923 年 12 月 8 日	《侦探小说杂评》	范菊高	侦探小说评论	评价程小青侦探小说创作
第三卷第六期	1923 年 12 月 8 日	《弹力》	李云子	侦探小说	标“刘云新探案”
第三卷第六期	1923 年 12 月 8 日	《包朗为谁》	赵芝岩（署名：“芝岩”）	侦探小说评论	介绍有读者误以为程小青就是霍桑，芝岩就是包朗
第三卷第六期	1923 年 12 月 8 日	《订婚指环》	王雪影	侦探小说	标“王守礼新探案”
第三卷第六期	1923 年 12 月 8 日	《谁耶》	姚苏凤（署名“姚赓夔”）	侦探小说	标“鲍尔文新探案”
第三卷第六期	1923 年 12 月 8 日	《草屋》	何朴斋	侦探小说	标“东方亚森罗苹案”
第三卷第六期	1923 年 12 月 8 日	《绑票》	冯六	侦探小说	标“黑手党案”
第三卷第六期	1923 年 12 月 8 日	《古屋宝藏》	黄转陶	侦探小说	标“苍蝇党案”
第三卷第六期	1923 年 12 月 8 日	《跳舞会中》	陈惜桂	侦探小说	标“红星客案”
第三卷第六期	1923 年 12 月 8 日	《侦探小说杂话》	程小青	侦探小说评论	谈中国侦探小说之女性读者及作者、出版社和读者三者之关系
第三卷第六期	1923 年 12 月 8 日	《无法纪之邦》	英国静痕 Mask Silence 原著，马鹃魂译	侦探小说翻译	小说原名为“*The Lawless Country*”

续表

刊次	时间	题目	作者	类别	备注
第三卷第六期	1923年12月8日	《陶然会：第八次聚餐报告（在福新园）》	赵苕狂	轶闻及其他	“大东俱乐部”栏目

《快活》“侦探号”（1922年，第二十三期）

《快活》杂志“侦探号”由世界书局负责印刷与发行事宜，李涵秋任主编。

附表 2-15　　《快活》“侦探号”刊载作品情况

刊次	时间	题目	作者	类别	备注
第二十三期	1922年	《编辑余瀋》	记者	轶闻及其他	对本期杂志内容介绍及下期杂志内容预告
第二十三期	1922年	《留声机片》	何海鸣（署名：“求幸福斋主”）	侦探小说	主人公为大盗“罗亚森”
第二十三期	1922年	（无题）	怡巖	轶闻及其他	
第二十三期	1922年	《侦探博士之三大奇案》	徐卓呆（署名：“闸北徐公”）	侦探小说	
第二十三期	1922年	（无题）	姚民哀	轶闻及其他	
第二十三期	1922年	《相片之仇》（上）	张冥飞	侦探小说	
第二十三期	1922年	（无题）	瀧华	轶闻及其他	
第二十三期	1922年	《福尔摩斯小探案》	天恨生	轶闻及其他	内容为“福尔摩斯探案”的同人故事；“天恨生”疑似为王天恨笔名
第二十三期	1922年	《冰人》	程小青	侦探小说	标“东方福尔摩斯探案”
第二十三期	1922年	（无题）	姚民哀（署名：“民哀”）	轶闻及其他	
第二十三期	1922年	《咏巫山神女（集句）》	鸷骯	轶闻及其他	
第二十三期	1922年	（无题）	瀧华	轶闻及其他	

续表

刊次	时间	题目	作者	类别	备注
第二十三期	1922 年	《香帕》	马二先生	侦探小说	
第二十三期	1922 年	（无题）	俞印民（署名“印民”）	轶闻及其他	
第二十三期	1922 年	《骈枝手印》	姚民哀	武侠小说	
第二十三期	1922 年	（无题）	淡如	轶闻及其他	
第二十三期	1922 年	《四十八》	张芹圃	轶闻及其他	
第二十三期	1922 年	《车垫之针》	洪筱培译	侦探小说翻译	
第二十三期	1922 年	（无题）	怡巖	轶闻及其他	
第二十三期	1922 年	《黑手党》	沈井蛙译	侦探小说翻译	
第二十三期	1922 年	（无题）	罗清华	轶闻及其他	
第二十三期	1922 年	（无题）	姚民哀	轶闻及其他	
第二十三期	1922 年	《你是同党》	唐忍菴译	侦探小说翻译	
第二十三期	1922 年	《莫愁湖采莲歌》	张芹圃	轶闻及其他	
第二十三期	1922 年	《巧对》	筱怀	轶闻及其他	
第二十三期	1922 年	《盗犬记》	周毅夫	侦探小说	
第二十三期	1922 年	《晚登庐山》	赤羽	轶闻及其他	
第二十三期	1922 年	《箱中女尸》（上）	张碧梧	侦探小说	属于“家庭侦探宋悟奇新探案”系列之一
第二十三期	1922 年	（无题）	文仲	轶闻及其他	
第二十三期	1922 年	（无题）	姚民哀（署名：“民哀”）	轶闻及其他	
第二十三期	1922 年	《电车中之侦探术》	徐卓呆	侦探小说	
第二十三期	1922 年	《赠阳羡朱君天石》	徐碧波（署名“碧波”）	轶闻及其他	
第二十三期	1922 年	《小智》	张弓	轶闻及其他	
第二十三期	1922 年	《徐文长轶事》	程侠民	轶闻及其他	
第二十三期	1922 年	《放火》	董笑侯	侦探小说	
第二十三期	1922 年	（无题）	学伍	轶闻及其他	
第二十三期	1922 年	《和尚侦探》	范菊高	侦探小说	
第二十三期	1922 年	（无题）	淡如	轶闻及其他	
第二十三期	1922 年	《滑稽联话》	刘恨我	轶闻及其他	

《游戏世界》“侦探小说号”（1923 年 1 月，第二十期）

《游戏世界》杂志“侦探小说号”由上海大东书局发行。

附表 2-16　《游戏世界》“侦探小说号”刊载作品情况

刊次	时间	题目	作者	类别	备注
第二十期	1923 年 1 月	《福尔摩斯再到上海》	包天笑（署名：“天笑”）	侦探小说	借福尔摩斯来上海题材的滑稽与讽刺小说
第二十期	1923 年 1 月	《福尔摩斯与霍桑》	无涯	滑稽侦探小说	福尔摩斯与霍桑的同人滑稽故事
第二十期	1923 年 1 月	《血海情波》	何海鸣（署名：“求幸福斋主”）	侦探小说	“侦探庞观清”，隐喻“旁观者清”
第二十期	1923 年 1 月	《电话之助》	赵苕狂（署名：“阿苕”）	轶闻及其他	
第二十期	1923 年 1 月	《孽镜》	程小青	侦探小说	标“东方福尔摩斯探案”
第二十期	1923 年 1 月	《不是别人》	徐卓呆（署名：“卓呆”）	侦探小说	
第二十期	1923 年 1 月	《庸人自扰》	张碧梧	侦探小说	属于“家庭侦探宋悟奇新探案”系列之一
第二十期	1923 年 1 月	《一件卖关子的侦探案》	赵苕狂（署名：“阿苕”）	轶闻及其他	
第二十期	1923 年 1 月	《外行侦探》	胡寄尘	侦探小说	
第二十期	1923 年 1 月	《一个疑团》	陶佑曾（署名：“报癖”）	轶闻及其他	
第二十期	1923 年 1 月	《豆腐面孔》	抱器	侦探小说	
第二十期	1923 年 1 月	《发》	范烟桥（署名：“烟桥”）	侦探小说	作者文中自称这篇是“别裁的哀情的侦探的问题小说”
第二十期	1923 年 1 月	《女学生之失踪》	顾明道	侦探小说	
第二十期	1923 年 1 月	《三妻之命》（上）	姚民哀	侦探小说	

续表

刊次	时间	题目	作者	类别	备注
第二十期	1923年1月	《钢笼内之大财主》	赵苕狂（署名：“苕”）	轶闻及其他	
第二十期	1923年1月	《喜过录》	沈剑声、赵苕狂	轶闻及其他	沈剑声读者来信，赵苕狂回应
第二十期	1923年1月	《钢笼宝》（上篇）	陶佑曾（署名：“陶报癖”）译	侦探小说	文末刊出“下篇请苕狂续”
第二十期	1923年1月	《滑稽小探案》	赵苕狂（署名：“阿苕”）	轶闻及其他	
第二十期	1923年1月	《风流侠盗》	周瘦鹃译（署名：“瘦鹃”）	侦探小说翻译	
第二十期	1923年1月	《四个时间》	美国强司东麦苟莱著，赵苕狂译	侦探小说翻译	
第二十期	1923年1月	《情书》	骆无涯	侦探小说	“另外一栏”栏目
第二十期	1923年1月	《粗心与细心》	赵苕狂（署名：“阿苕”）	轶闻及其他	
第二十期	1923年1月	《健忘之我》	姚苏凤（署名“姚赓夔”）	侦探小说	“三分钟的小说”栏目；是关于侦探小说读者的滑稽侦探小说
第二十期	1923年1月	《霍桑的失败》	范菊高	侦探小说	“三分钟的小说”栏目；是“霍桑探案”的同人小说创作
第二十期	1923年1月	《柯南道尔赞》	章梅魂	轶闻及其他	“侦探小说作家赞”栏目
第二十期	1923年1月	《程小青赞》	章梅魂	轶闻及其他	“侦探小说作家赞”栏目
第二十期	1923年1月	《著作家的化名表》	王锦南	轶闻及其他	“游戏世界之游戏世界”栏目
第二十期	1923年1月	《情占》	徐卓呆（署名：“卓呆”）	轶闻及其他	
第二十期	1923年1月	《坤伶内阁》	退庵	轶闻及其他	目录中作者名字作“退菴”
第二十期	1923年1月	《神话》	姚民哀	轶闻及其他	
第二十期	1923年1月	《伶讯妓屑》	隐侠、汉皋游子、灵、匏	轶闻及其他	
第二十期	1923年1月	《小幻术》	朱有年	轶闻及其他	
第二十期	1923年1月	《象棋游戏》	南浔少年书报社	轶闻及其他	“棋之游戏”栏目
第二十期	1923年1月	《围棋游戏》	南浔少年书报社	轶闻及其他	“棋之游戏”栏目
第二十期	1923年1月	《读小说者的心理一斑》	骆无涯（署名：“无涯”）	轶闻及其他	“世界谈话会”栏目

续表

刊次	时间	题目	作者	类别	备注
第二十期	1923年1月	《也是编余琐话》	赵苕狂（署名："苕狂"）	轶闻及其他	"世界谈话会"栏目
第二十期	1923年1月	《伶选大会》	赵苕狂（署名："阿苕"）	轶闻及其他	"世界谈话会"栏目
第二十期	1923年1月	《本杂志的新消息》	编者	轶闻及其他	"世界谈话会"栏目
第二十期	1923年1月	《我酒徒耳》	赵苕狂（署名："苕狂"）	轶闻及其他	
第二十期	1923年1月	《新儒林外史》（第十回）	顾佛影	长篇小说连载	标"社会小说"；该回标题为"西装破碎校长无颜，东道调停学监多智"
第二十期	1923年1月	《爆裂弹》（第十五 入虎穴而探虎子）	法国玛利瑟勒勃朗著，周瘦鹃译	长篇侦探小说翻译连载	标"欧战第一秘史"；小说原名为 *L'éclat d'obus*，现通常译作《炮弹片》，创作于1916年
第二十期	1923年1月	《关于长篇小说的话》	赵苕狂（署名："阿苕"）	轶闻及其他	

《小说世界》"侦探专号"（1924年12月）①

附表2-17　　《小说世界》"侦探专号"刊载作品情况

刊次	时间	题目	作者	类别	备注
"侦探专号"	1924年12月	《奸商卖国记》	啸庐	侦探小说	
"侦探专号"	1924年12月	《侠士箴》	陈蝶仙译（署名："天虚我生"）	侦探小说翻译	
"侦探专号"	1924年12月	《赌场母女》	何海鸣（署名："求幸福斋主"）	侦探小说	该小说日译版本曾刊载于日本《新青年》杂志，1933年夏季增刊号（第14卷第10号，1933年8月5日发行），作者署"幸福斋"，译者署吕久餘七，插图绘者署新井义毅

① 《小说世界》"侦探专号"仅文本内容就有540页之多，在同类"侦探小说号"杂志专刊中非常罕见。

续表

刊次	时间	题目	作者	类别	备注
“侦探专号”	1924 年 12 月	《毒笔》	Jack. J. Gottieb 著，清苑译	侦探小说翻译	
“侦探专号”	1924 年 12 月	《珠还记》	张碧梧译	侦探小说翻译	
“侦探专号”	1924 年 12 月	《情海血潮》	程小青译（署名：“小青”）	侦探小说翻译	
“侦探专号”	1924 年 12 月	《兄弟善恶》	智轩	轶闻及其他	“紫砚残瀋”栏目
“侦探专号”	1924 年 12 月	《猜疑公案》	Lioyd Lonergan 著，龙吟译	侦探小说翻译	
“侦探专号”	1924 年 12 月	《痴愚丈夫》	糜文浩	轶闻及其他	
“侦探专号”	1924 年 12 月	《拾种竹翁事》	指严（遗稿）	武侠小说	
“侦探专号”	1924 年 12 月	《X 无线电报局》	G. M. 温沙亚著，徐卓呆译（署名：“卓呆”）	侦探小说翻译	
“侦探专号”	1924 年 12 月	《自言自语》	起八	轶闻及其他	
“侦探专号”	1924 年 12 月	《孤岛三年记》	范烟桥	社会小说	
“侦探专号”	1924 年 12 月	《五百磅》	范唯莕译	侦探小说翻译	小说原名为 *I Key Hole's Luck*
“侦探专号”	1924 年 12 月	《衣服不要了吗》	忆秋生	轶闻及其他	“捧腹谈”栏目
“侦探专号”	1924 年 12 月	《报恩》	忆秋生	轶闻及其他	“捧腹谈”栏目
“侦探专号”	1924 年 12 月	《雨夜呼声》	Christopher. B. Booth 著，张松涛译	侦探小说翻译	
“侦探专号”	1924 年 12 月	《面如花瘦腰如柳》		轶闻及其他	“春闺花月词”栏目
“侦探专号”	1924 年 12 月	《无名飞盗》	张庆霖	侦探小说	火车侦探题材；该小说日译版本曾刊载于日本《新青年》杂志，1931 年新春增刊号（第 12 卷第 3 号，1931 年 2 月 20 日发行），未标注译者
“侦探专号”	1924 年 12 月	《古屋藏奸记》	Francis James 著，张碧梧译（署名：“碧梧桐馆”）	侦探小说翻译	

续表

刊次	时间	题目	作者	类别	备注
“侦探专号”	1924年12月	《木鸟》		轶闻及其他	
“侦探专号”	1924年12月	《银蟾医弩》	坚芳	冒险小说	
“侦探专号”	1924年12月	《海程的回忆》	SS译	冒险小说翻译	
“侦探专号”	1924年12月	《子钦》	严芙孙	侦探小说	
“侦探专号”	1924年12月	《显魂节》	陈国衡译	侦探小说翻译	
“侦探专号”	1924年12月	《复仇记》	John Baer 著，张林译	侦探小说翻译	
“侦探专号”	1924年12月	《间谍骇闻》	麦斯威尔著，贡少芹（署名“少芹”）、剑舒译	长篇侦探小说翻译	翻译成中文有142页之多

《紫罗兰》“侦探小说号”（1929年3月11日，第三卷第二十四期）

《紫罗兰》杂志“侦探小说号”由上海大东书局印行，周瘦鹃主干。

附表2-18　《紫罗兰》“侦探小说号”刊载作品情况

刊次	时间	题目	作者	类别	备注
第三卷第二十四期	1929年3月11日（农历二月初一）	《侦探小说在文学上之位置》	程小青	侦探小说评论	
第三卷第二十四期	1929年3月11日（农历二月初一）	《歧路》	陆介夫	轶闻及其他	
第三卷第二十四期	1929年3月11日（农历二月初一）	《玉儿》	王梅璩	实事侦探案	标“中国实事探案”

续表

刊次	时间	题目	作者	类别	备注
第三卷第二十四期	1929年3月11日（农历二月初一）	《失踪的姊姊》	美国名家欧亨利氏原著，周瘦鹃译	小说翻译	
第三卷第二十四期	1929年3月11日（农历二月初一）	《珍珠头面》	张碧梧	侦探小说	属于“家庭侦探宋悟奇新探案”系列之一
第三卷第二十四期	1929年3月11日（农历二月初一）	《杀人犯》	朱戕	侦探小说	属于“杨芷芳探案”系列小说之一
第三卷第二十四期	1929年3月11日（农历二月初一）	《赠吴观岱诗》	郑逸梅（署名：“逸梅”）	轶闻及其他	
第三卷第二十四期	1929年3月11日（农历二月初一）	《钻别针》	王天恨	侦探小说	属于“康卜森新探案”系列小说之一
第三卷第二十四期	1929年3月11日（农历二月初一）	《夕阳西下》	邓明月	轶闻及其他	
第三卷第二十四期	1929年3月11日（农历二月初一）	《补缀的钞票》	林俪琴	侦探小说	“私家侦探薛克禄”
第三卷第二十四期	1929年3月11日（农历二月初一）	《情探》	郭兰馨	侦探小说	
第三卷第二十四期	1929年3月11日（农历二月初一）	《骗》	胡天农	侦探小说	
第三卷第二十四期	1929年3月11日（农历二月初一）	《灵海微波》	陆介夫	轶闻及其他	
第三卷第二十四期	1929年3月11日（农历二月初一）	《帽》	冯尧圻	侦探小说	鲁平与徐震的故事，第三人称叙事
第二卷第二十四期	1929年3月11日（农历二月初一）	《抱香簃随笔》	虞山庞檗子遗著	轶闻及其他	
第三卷第二十四期	1929年3月11日（农历二月初一）	《吴宫花草》（第九回）	范烟桥	长篇小说连载	该回标题为“意难忘几片状元糕，长相思一根叫化棒”

续表

刊次	时间	题目	作者	类别	备注
第三卷第二十四期	1929年3月11日（农历二月初一）	《吴宫花草》（第十回）	范烟桥	长篇小说连载	该回标题为“有美一人细嚼苏州菜，与君排日同看海上星”
第三卷第二十四期	1929年3月11日（农历二月初一）	《风水石》	国芳	轶闻及其他	
第三卷第二十四期	1929年3月11日（农历二月初一）	《吴宫花草》（第十一回）	范烟桥	长篇小说连载	该回标题为“银幕花飞飞来俪影，玉楼梦断断送华年”
第三卷第二十四期	1929年3月11日（农历二月初一）	《明星峰》	国芳	轶闻及其他	
第三卷第二十四期	1929年3月11日（农历二月初一）	《吴宫花草》（第十二回）	范烟桥	长篇小说连载	该回标题为“绿意红情翩翩女记室，青天白日赳赳新军人”
第三卷第二十四期	1929年3月11日（农历二月初一）	《荆棘江湖》（第三十二回）	姚民哀	长篇武侠小说连载	该回标题为“乘人不备一口水饶幸庆当初，代夫报仇两对头生死拼今日”
第三卷第二十四期	1929年3月11日（农历二月初一）	《方多麦士传》（第九回）	法国苏佛斯德、马山亚兰合著，周瘦鹃、张碧梧合译	长篇侦探小说翻译连载	标“法兰西第一剧盗奇案”；该回标题为“法令森严片言兴巨狱，衷怀坦白数语雪奇冤”
第三卷第二十四期	1929年3月11日（农历二月初一）	《方多麦士传》（第十回）	法国苏佛斯德、马山亚兰合著，周瘦鹃、张碧梧合译	长篇侦探小说翻译连载	标“法兰西第一剧盗奇案”；该回标题为“动魄惊心搴帷来暴客，移花接木启户放偷儿”

参考文献

（根据作者姓氏音序排列）

著作类

阿英：《晚清戏曲小说目》，上海文艺联合出版社1954年版。

阿英：《晚清小说史》，东方出版社1996年版。

班柏：《福尔摩斯探案小说汉译研究》，四川大学出版社2019年版。

鲍晶编：《刘半农研究资料》，天津人民出版社1985年版。

北京图书馆编：《民国时期总书目（1911—1949）：文学理论·世界文学·中国文学》，书目文献出版社1992年版。

曹亦冰：《侠义公案小说简史》，山西人民出版社2005年版。

曹正文、张国瀛：《旧上海报刊史话》，华东师范大学出版社1991年版。

曹正文：《世界侦探小说史略》，上海译文出版社1998年版。

柴红梅：《日本侦探小说与大连关系研究》，世界图书出版广东有限公司2011年版。

常大利：《世界侦探小说漫谈》，知识产权出版社2013年版。

陈国伟：《越境与译径：当代台湾推理小说的身体翻译与跨国生成》，台北：联合文学2013年版。

陈建华：《文以载车：民国火车小传》，商务印书馆2017年版。

陈俊启：《依违于传统现代、中西：晚清小说新诠》，台北：文史哲出版社2019年版。

陈平原、夏晓虹编：《二十世纪中国小说理论资料（1897—

1916）》（第一卷），北京大学出版社 1997 年版。

陈平原：《中国小说叙事模式的转变》，北京大学出版社 2003 年版。

陈平原：《小说史：理论与实践》，北京大学出版社 2005 年版。

陈平原：《中国现代小说的起点：清末民初小说研究》，北京大学出版社 2010 年版。

陈平原：《千古文人侠客梦》，北京大学出版社 2010 年版。

陈思和编：《中国现代文论选》，上海教育出版社 2010 年版。

陈晓兰：《城市意象：英国文学中的城市》，广西师范大学出版社 2006 年版。

程盘铭：《推理小说研究》，香港：香港科华图书出版公司 2000 年版。

褚盟：《谋杀的魅影：世界推理小说简史》，古吴轩出版社 2011 年版。

崔龙：《希望之城与魔性之都：民国时期中日侦探小说中的“两个”上海》，四川大学出版社 1998 年版。

杜渐：《侦探书话》，香港：三联书店（香港）有限公司 2019 年版。

范伯群主编：《中国近现代通俗文学史》（上下册），江苏教育出版社 2000 年版。

范伯群、孔庆东：《通俗文学十五讲》，北京大学出版社 2004 年版。

范伯群：《中国现代通俗文学史》（插图本），北京大学出版社 2007 年版。

付建舟、朱秀梅：《清末民初小说版本经眼录》，上海远东出版社 2010 年版。

付建舟：《清末民初小说版本经眼录二集》，浙江工商大学出版社 2013 年版。

付建舟：《清末民初小说版本经眼录三集》，中国社会科学出版社2013年版。

付建舟、黄念然、刘再华：《近现代中国文论的转型》，上海古籍出版社2015年版。

付建舟：《清末民初小说版本经眼录》（民初小说卷），中国致公出版社2016年版。

付建舟：《清末民初小说版本经眼录》（清末小说卷），中国致公出版社2016年版。

甘振虎等编：《中国现代文学总书目》（小说卷），知识产权出版社2010年版。

葛红兵：《小说类型学的基本理论问题》，上海大学出版社2012年版。

郭延礼：《中国近代翻译文学概论》，湖北教育出版社1998年版。

郭长海：《刘半农前期研究》，团结出版社2014年版。

洪叙铭：《从“在地”到“台湾”：本格复兴前台湾推理小说的地方想像与建构》，台北：秀威经典2015年版。

侯运华、刘焱：《中国近代小说流派研究》，中国社会科学出版社2017年版。

黄侯兴：《张天翼的文学道路》，上海文艺出版社1993年版。

黄巍：《推理之外——阿加莎·克里斯蒂的小说艺术》，上海交通大学出版社2014年版。

黄新生：《侦探与间谍叙事：从小说到电影》，台北：五南出版社2008年版。

黄岩柏：《公案小说史话》，辽宁教育出版社1992年版。

黄永林：《中西通俗小说叙事：比较与阐释》，华中师范大学出版社2009年版。

黄泽新、宋安娜：《侦探小说学》，百花文艺出版社1996年版。

黄哲真：《推理小说概论》，厦门大学出版社2014年版。

贾植芳、俞元桂主编：《中国现代文学总书目》，福建教育出版社 1993 年版。

姜维枫：《近现代侦探小说作家程小青研究》，中国社会科学出版社 2007 年版。

金理：《从兰社到〈现代〉：以施蛰存、戴望舒、杜衡及刘呐鸥为核心的社团研究》，东方出版中心 2006 年版。

柯荣三：《雅俗兼行：日治时期台湾汉文通俗小说概述》，台北："国立"台湾文学馆 2013 年版。

孔庆东：《超越雅俗》，重庆出版社 2008 年版。

李保均：《明清小说比较研究》，四川大学出版社 1996 年版。

李力夫：《民国杂书识小录》，上海远东出版社 2011 年版。

李楠：《晚清、民国时期上海小报研究：一种综合的文化、文学考察》，人民文学出版社 2005 年版。

李欧梵：《上海摩登：一种新都市文化在中国（1930—1945）》，毛尖译，上海三联书店 2008 年版。

李相银：《上海沦陷时期文学期刊研究》，上海三联书店 2009 年版。

李亚娟：《晚清小说与政治之关系研究（1902—1911）》，中国法制出版社 2013 年版。

连燕堂：《二十世纪中国翻译文学史》（近代卷），百花文艺出版社 2009 年版。

梁瀚文：《世界侦探小说发展史话》（西方卷），青海人民出版社 2017 年版。

刘世德：《中国古代小说研究》，人民文学出版社 2005 年版。

刘伟民：《侦探小说评析》，东南大学出版社 2011 年版。

刘祥安：《中国侦探小说宗匠——程小青（附俞天愤、陆澹安、张碧梧评传及其代表作）》，南京出版社 1994 年版。

刘小蕙：《父亲刘半农》，上海人民出版社 2000 年版。

刘永文编著：《晚清小说目录》，上海古籍出版社 2008 年版。

刘永文编著：《民国小说目录（1912—1920）》，上海古籍出版社 2011 年版。

刘臻：《真实的幻境：解码福尔摩斯》，百花文艺出版社 2011 年版。

卢润祥：《神秘的侦探世界——程小青、孙了红小说艺术谈》，学林出版社 1996 年版。

鲁迅：《中国小说史略》，中华书局 2010 年版。

孟兆臣主编：《中国近代小报小说研究》，朝华出版社 2020 年版。

潘建国：《物质技术视阈中的文学景观：近代出版与小说研究》，北京大学出版社 2016 年版。

彭宏：《当代中国侦探小说的文类流变》，武汉大学出版社 2017 年版。

任翔：《文学的另一道风景：侦探小说史论》，中国青年出版社 2001 年版。

任翔：《文化危机时代的文学抉择：爱伦·坡与侦探小说研究》，北京师范大学出版社 2006 年版。

任翔、高媛主编：《中国侦探小说理论资料（1902—2011）》，北京师范大学出版社 2013 年版。

芮和师、范伯群、郑学弢、徐斯年、袁沧洲编：《鸳鸯蝴蝶派文学资料》（上下册），福建人民出版社 1984 年版。

邵栋：《纸上银幕：民初的影戏小说》，台北：秀威经典 2017 年版。

申东顺：《在“说”与“不说”之间：上海沦陷区杂志〈万象〉研究》，中国传媒大学出版社 2012 年版。

沈承宽、吴福辉、张大明、黄侯兴编：《张天翼论》，湖南文艺出版社 1987 年版。

沈承宽、黄侯兴、吴福辉编：《中国文学史资料全编（现代卷）：张天翼研究资料》，知识产权出版社 2010 年版。

司新丽：《中国现代消遣小说研究》，中国人民大学出版社 2016

年版。

汤哲声：《中国现代通俗小说流变史》，重庆出版社 1999 年版。

汤哲声：《中国现代通俗小说思辨录》，北京大学出版社 2008 年版。

唐诺：《八百万零一种死法》，上海人民出版社 2014 年版。

唐诺：《那时没有王，各人任意而行》，上海人民出版社 2015 年版。

唐伟胜：《文本、语境、读者：当代美国叙事理论研究》，上海世界图书出版公司 2013 年版。

唐沅等编：《中国现代文学期刊目录汇编》（上下册），天津人民出版社 1988 年版。

王安忆：《华丽家族：阿加莎·克里斯蒂的世界》，安徽文艺出版社 2006 年版。

王炳根：《侦探文学艺术寻访》，群众出版社 1992 年版。

王纯菲、周德波：《西学东渐与文学变革》，社会科学文献出版社 2019 年版。

王琮琪、刘宇庆：《智慧与惊魂：侦探小说觅踪》，香港：语丝出版社 2002 年版。

王德威：《如何现代，怎样文学？——十九、二十世纪中文小说新编》台北：城邦（麦田）1998 年版。

王德威：《被压抑的现代性：晚清小说新论》，宋伟杰译，台北：城邦（麦田）2003 年版。

王宏志：《重释“信、达、雅”：20 世纪中国翻译研究》，东方出版中心 1999 年版。

王军：《上海沦陷时期〈万象〉杂志研究》，吉林人民出版社 2008 年版。

王燕：《晚清小说期刊史论》，吉林人民出版社 2002 年版。

魏绍昌、吴承惠编：《鸳鸯蝴蝶派研究资料》，上海文艺出版社 1984 年版。

魏绍昌主编：《民国通俗小说书目资料汇编》（三册），上海书店出版社 2014 版。

魏绍昌：《我看鸳鸯蝴蝶派》，上海书店出版社 2015 年版。

魏艳：《福尔摩斯来中国：侦探小说在中国的跨文化传播》，北京大学出版社 2019 年版。

吴福辉：《中国现代文学发展史》，北京大学出版社 2010 年版。

吴永贵：《民国出版史》，福建人民出版社 2011 年版。

武润婷：《中国近代小说演变史》，山东人民出版社 2000 年版。

习斌：《晚清稀见小说经眼录》，上海远东出版社 2012 年版。

习斌：《晚清稀见小说鉴藏录》，上海远东出版社 2013 年版。

萧金林编：《中国现代通俗小说选评》（侦探卷），上海文艺出版社 1992 年版。

谢彩：《中国侦探小说类型论》，上海大学出版社 2012 年版。

徐红：《西文东渐与中国早期电影的跨文化改编（1913—1931）》，中国电影出版社 2011 年版。

徐迺翔、黄万华：《中国抗战时期沦陷区文学史》，福建教育出版社 1995 年版。

徐瑞岳编著：《刘半农年谱》，中国矿业大学出版社 1989 年版。

徐瑞岳编著：《刘半农研究》，江苏古籍出版社 1987 年版。

徐斯年：《王度庐评传》，苏州大学出版社 2005 年版。

许子东：《许子东讲稿：重读“文革”》，人民文学出版社 2011 年版。

颜剑飞：《推理小说技巧散论》，海峡文艺出版社 1991 年版。

杨联芬：《晚清至五四：中国文学现代性的发生》，北京大学出版社 2003 年版。

杨绪容：《明清小说的生成与衍化》，复旦大学出版社 2017 年版。

杨照：《推理之门由此进：推理的四门必修课》，中国文联出版社 2015 年版。

姚一鸣：《中国旧书局》，金城出版社 2014 年版。

于洪笙：《重新审视侦探小说》，群众出版社 2008 年版。

袁洪庚、魏晓旭、冯立丽编：《侦探小说：作品与评论》，外语教学与研究出版社 2011 年版。

袁洪庚：《中外文学中的“罪”研究》，北京大学出版社 2020 年版。

詹宏志：《詹宏志私房谋杀》，复旦大学出版社 2012 年版。

詹宏志：《侦探研究》，复旦大学出版社 2012 年版。

詹丽：《伪满洲国通俗小说研究》，北方文艺出版社 2017 年版。

张彩霞等编著：《自由派翻译传统研究》，外语教学与研究出版社 2007 年版。

张登林：《上海市民文化与现代通俗小说》，上海文化出版社 2012 年版。

张华：《姚苏凤和 1930 年代中国影坛》，北京大学出版社 2014 版。

张华：《中国现代通俗小说流变》，山东文艺出版社 2000 年版。

张璘：《文学传统与文学翻译的互动》，江苏大学出版社 2013 年版。

张巍：《鸳鸯蝴蝶派文学与早期中国电影的创作》，中国电影出版社 2014 年版。

张永禄：《类型学视野下的中国现代小说研究》，上海大学出版社 2012 年版。

张泽贤：《中国现代文学小说版本闻见录（1909—1933）》，上海远东出版社 2009 年版。

张泽贤：《中国现代文学小说版本闻见录（1934—1949）》，上海远东出版社 2010 年版。

张泽贤：《中国现代文学小说版本闻见录续集（1906—1949）》，上海远东出版社 2012 年版。

张治编：《中西因缘：近现代文学视野中的西方“经典”》，上海社会科学院出版社 2012 年版。

赵稀方：《翻译现代性：晚清到五四的翻译研究》，南开大学出版社 2012 年版。

赵毅衡：《苦恼的叙述者》，四川文艺出版社 2013 年版。

郑逸梅：《民国旧派文艺期刊丛话》，香港：汇文阁书店 1961 年版。

［阿根廷］豪·路·博尔赫斯：《博尔赫斯口述》，王永年、屠孟超、黄志良译，浙江文艺出版社 2008 年。

［法］A. J. 格雷马斯：《结构语义学》，蒋梓骅译，百花文艺出版社 2001 年版。

［美］E. J. 瓦格纳：《夏洛克·福尔摩斯的科学》，冯优、林燕译，南京大学出版社 2020 年版。

［德］G. 齐美尔：《桥与门——齐美尔随笔集》，涯鸿、宇声译，上海三联书店 1991 年版。

［英］H. P. 里克曼：《理性的探险——哲学在社会学中的应用》，姚休译，岳长龄校译，商务印书馆 2006 年版。

［英］P. D. 詹姆丝：《推理小说这样读》，谢佩妏译，台北：联经出版事业股份有限公司 2011 年版。

［苏联］阿·阿达莫夫：《侦探文学和我——一个作家的笔记》，杨东华译，群众出版社 1988 年版。

［英］布莱克本：《犯罪行为心理学：理论、研究与实践》，吴宗宪、刘邦惠译，中国轻工业出版社 2000 年版。

［美］布伦特·E. 特维：《犯罪心理画像：行为证据分析入门》，李玫瑾译，中国人民公安大学出版社 2005 年版。

［法］茨维坦·托多洛夫：《俄苏形式主义文论选》，中国社会科学出版社 1989 年版。

［法］茨维坦·托多罗夫：《散文诗学：叙事研究论文选》，侯应花译，百花文艺出版社 2011 年版。

［荷兰］冯克：《近代中国的犯罪、惩罚与监狱》，徐有威等译，潘兴明校，江苏人民出版社 2008 年版。

［苏联］弗拉基米尔·雅可夫列维奇·普罗普：《故事形态学》，贾放译，中华书局 2006 年版。

［苏联］弗拉基米尔·雅可夫列维奇·普罗普：《神奇故事的历史根源》，贾放译，中华书局 2006 年版。

［美］弗雷德里克·詹姆逊：《晚期资本主义的文化逻辑》，张旭东编译，生活·读书·新知三联书店 1997 年版。

［美］弗雷德里克·詹姆逊：《政治无意识》，王逢振、陈永国译，中国人民大学出版社 2018 年版。

［意］加罗法洛：《犯罪学》，耿伟、王新译，中国大百科全书出版社 1995 年版。

［日］佳多山大地：《通往谋杀与愉悦之路》，王华懋译，台北：独步文化 2019 年版。

［英］凯瑟琳·哈卡帕：《阿加莎的毒药》，姜向明译，漓江出版社 2017 年版。

［美］拉尔夫·科恩主编：《文学理论的未来》，程锡麟、王晓路、林必果、伍厚恺译，中国社会科学出版社 1993 年版。

［法］罗兰·巴特：《流行体系：符号学与服饰符码》，敖军译，上海人民出版社 2000 年版。

［法］罗兰·巴特：《明室：摄影札记》，赵克非译，中国人民大学出版社 2011 年版。

［英］马丁·爱德华兹：《“谋杀”的黄金时代：英国侦探俱乐部之谜》，田琳译，北京大学出版社 2020 年版。

［美］马克弟：《绝对欲望，绝对奇异：日本帝国主义的生生死死，1895—1945》，朱新伟译，中央编译出版社 2017 年版。

［加］马歇尔·麦克卢汉：《理解媒介：论人的延伸》，何道宽译，译林出版社 2011 年版。

［英］迈克·克朗：《文化地理学》，杨淑华、宋慧敏译，南京

大学出版社 2003 年版。

［捷克］米列娜：《从传统到现代：19 至 20 世纪转折时期的中国小说》，伍晓明译，北京大学出版社 1991 年版。

［法］米歇尔·福柯：《规训与惩罚：监狱的诞生》，刘北成、杨远婴译，生活·读书·新知三联书店 1999 年版。

［英］欧内斯特·盖尔纳：《理性与文化》，周邦宪译，陈维纲校译，贵州人民出版社 2009 年版。

［意］切萨雷·龙勃罗梭：《犯罪人论》，黄风译，中国法制出版社 2000 年版。

［法］热拉尔·热奈特：《叙事话语·新叙事话语》，王文融译，中国社会科学出版社 1990 年版。

［法］热拉尔·热奈特：《热奈特论文集》，史忠义译，百花文艺出版社 2000 年版。

［美］史书美：《现代的诱惑：书写半殖民地中国的现代主义（1917—1937）》，何恬译，江苏人民出版社 2007 年版。

［美］苏珊·桑塔格：《疾病的隐喻》，程巍译，上海译文出版社 2003 年版。

［美］苏珊·桑塔格：《论摄影》，黄灿然译，上海译文出版社 2014 年版。

［德］瓦尔特·本雅明：《机械复制时代的艺术作品》，王才勇译，中国城市出版社 2002 年版。

［德］瓦尔特·本雅明：《单行道》，李士勋译，人民文学出版社 2006 年版。

［德］瓦尔特·本雅明：《波德莱尔：发达资本主义时代的抒情诗人》，王涌译，译林出版社 2014 年版。

［德］维尔纳·格雷夫：《詹姆斯·邦德：时代精神的特工》，景丽屏译，南京大学出版社 2018 年版。

［美］魏斐德：《上海歹土：战时恐怖活动与城市犯罪（1937—1941）》，芮传明译，上海古籍出版社 2003 年版。

［美］魏斐德：《上海警察（1927—1937）》，章红、陈雁、金燕、张晓阳译，上海古籍出版社2004年版。

［美］魏斐德：《红星照耀上海城：共产党对市政警察的改造（1942—1952）》，梁禾译，人民出版社2004版。

［美］魏斐德：《间谍王：戴笠与中国特工》，梁禾译，江苏人民出版社2007年版。

［德］沃尔夫冈·希弗尔布施：《铁道之旅：19世纪空间与时间的工业化》，金毅译，上海人民出版社2018年版。

［德］西格弗里德·克拉考尔：《侦探小说：哲学论文》，黎静译，北京大学出版社2017年版。

［英］约翰·伯格：《理解一张照片：约翰·伯格论摄影》，任悦译，中国美术学院出版社2018年版。

［美］雪莉·艾利斯、劳丽·拉姆森：《开始写吧！——推理小说创作》，孙玉婷、郭秀娟译，中国人民大学出版社2016年版。

［英］朱利安·西蒙斯：《血腥的谋杀——西方侦探小说史》，崔萍、刘怡菲、刘臻译，新星出版社2011年版。

［日］樽本照雄编：《新编增补清末民初小说目录》，贺伟译，齐鲁书社2002年版。

Annabella Weisl, *Cheng Xiaoqing（1893—1976）and His Detective Stories in Modern Shanghai*, Orléans: GRIN Verlag, 2013.

Jeffrey Kinkley（金介甫）, *Chinese Justice, the Fiction: Law and Literature in Modern China*, Stanford: Stanford University Press, 2000.

Luc Boltanski, *Mysteries and Conspiracies: Detective Stories, Spy Novels and the Making of Modern Societies*, Cambridge: Polity, 2014.

池田智恵：《近代中国における探偵小説の誕生と変遷》，早稲田大学出版部2014年版。

作品类[①]

《施公案》（1—3 卷），华夏出版社 2013 年版。

《狄公案》，中国戏剧出版社 2015 年版。

长川著，华斯比整理：《叶黄夫妇探案集》，北京联合出版公司 2022 年版。

陈铨：《陈铨代表作》，华夏出版社 1999 年版。

程小青：《程小青文集：霍桑探案选》（1—4 册），中国文联出版公司 1986 年版。[②]

程小青：《霍桑探案集》（1—13 册），群众出版社 1986—1988 年版。[③]

---

① 此处只记录 1949 年以后出版的侦探小说单行本或合集。1949 年之前在报纸杂志登载，或以单行本形式出版的侦探小说作品或翻译、评论性文字等相关情况，详见本书附录一、附录二。

② 此处所列举的程小青与孙了红 1949 年后出版的侦探小说作品（选）集，其各版本之间内容多有重复，同时又互为补充（即每种小说集都多少收录了一两篇其他小说集所未收录的作品，具体情况在本书导论中已有所说明）。此处为了呈现这两位民国时期最“著名”的侦探小说家的作品在新中国成立后的出版情况，故不避赘余，将本书写作过程中搜寻到的版本全部列出。正文写作参引原文时也不局限于某一种小说集选本。部分重要的多卷本文集丛书，会列出具体分册及收录作品情况，特此说明。

③ 群众出版社十三卷本《霍桑探案集》，包括：《霍桑探案集 1》（收录《珠项圈》《黄浦江中》《八十四》《轮下血》《裹棉刀》《恐怖的活剧》六篇）；《霍桑探案集 2》（收录《江南燕》《魔窟双花》《怪电话》《浪漫余韵》《双殉》《舞宫魔影》六篇）；《霍桑探案集 3》（收录《舞后的归宿》《青春之火》两篇）；《霍桑探案集 4》（收录《催命符》《白衣怪》两篇）；《霍桑探案集 5》（收录《断指团》《一只鞋》《楼头人面》《催眠术》《霜刃碧血》《海船客》六篇）；《霍桑探案集 6》（收录《灰衣人》《血匕首》《紫信笺》《怪房客》四篇）；《霍桑探案集 7》（收录《夜半呼声》《白纱巾》《新婚劫》《难兄难弟》《窗》五篇）；《霍桑探案集 8》（收录《案中案》《险婚姻》《活尸》三篇）；《霍桑探案集 9》（收录《狐裘女》《猫儿眼》《嗣子之死》《项圈的变幻》《魔力》《五福党》六篇）；《霍桑探案集 10》（收录《粘泥花》《第二弹》《鹦鹉声》《蜜中酸》《血手印》《反抗者》《单恋》《请君入瓮》《别墅之怪》《幻术家的暗示》《地狱之门》十一篇）；《霍桑探案集 11》（收录《逃犯》《矛盾圈》《乌骨鸡》三篇）；《霍桑探案集 12》（收录《黑地牢》《古铜表》《黑脸鬼》《王冕珠》《打赌》《一个绅士》《断指余波》《虱》《毋宁死》《试卷》《无头案》十一篇）；《霍桑探案集 13》（收录《两粒珠》《轮痕与血迹》《无罪之凶手》《官迷》《酒后》《误会》《第二张照》《犬吠声》《霍桑的童年》九篇）。

程小青：《晚清民国小说研究丛书：霍桑探案集》（1—10 册），吉林文史出版社 1987—1991 年版。①

程小青：《霍桑探案选》（1—10 册），漓江出版社 1987 年版。

程小青著，范伯群编：《民初都市通俗小说 3：侦探泰斗——程小青》，台北：业强出版社 1993 年版。

程小青：《霍桑惊险探案》（1—4 册），中国国际广播出版社 2002 年版。

梁冬丽、刘晓宁整理：《近代岭南报刊短篇小说初集》（上下），凤凰出版社 2019 年版。

刘半农：《刘半农精品集》，广东世界图书出版公司 2010 年版。

刘半农著，华斯比整理：《刘半农侦探小说集》，北京联合出版公司 2021 年版。

刘鹗：《刘鹗及老残游记资料》，四川人民出版社 1985 年版。

刘以鬯：《迷楼》，四川人民出版社 2017 年版。

陆澹安著，华斯比整理：《李飞探案集》，北京联合出版公司 2021 年版。

---

① 吉林文史出版社十卷本《霍桑探案集》，包括：《霍桑探案集 1》［收录《珠项圈》《黄浦江中》《八十四》《轮下血》《裹棉刀》《恐怖的活剧》《舞后的归宿（又名：雨夜枪声）》七篇］；《霍桑探案集 2》（收录《白衣怪》《催命符》《矛盾圈》三篇）；《霍桑探案集 3》（收录《紫信笺》《怪房客》《魔窟双花》《两粒珠》《轮痕与血迹》五篇）；《霍桑探案集 4》（收录《灰衣人》《血匕首》《夜半呼声》《白纱巾》《霜刃碧血》《海船客》六篇）；《霍桑探案集 5》（收录《新婚劫》《无罪之凶手》《官迷》《酒后》《误会》《难兄难弟》《窗》《江南燕》《无头案》《霍桑的童年》十篇）；《霍桑探案集 6》（收录《活尸》《案中案》《险婚姻》三篇）；《霍桑探案集 7》（收录《青春之火》《怪电话》《浪漫余韵》《五福党》《双殉》《魔力》《舞宫魔影》《第二张照》《犬吠声》九篇）；《霍桑探案集 8》（收录《狐裘女》《猫儿眼》《嗣子之死》《项圈的变幻》《断指团》《一只鞋》《楼头人面》《催眠术》八篇）；《霍桑探案集 9》（收录《沾泥花》《第二弹》《鹦鹉声》《蜜中酸》《逃犯》《乌骨鸡》《虱》《断指余波》八篇）；《霍桑探案集 10》（收录《血手印》《反抗者》《单恋》《请君入瓮》《别墅之怪》《幻术家的暗示》《地狱之门》《黑地牢》《古钢表》《黑脸鬼》《王冕珠》《打赌》《一个绅士》《毋宁死》《试卷》十五篇）。

茅盾：《腐蚀》，人民文学出版社 1989 年版。

乃凡著，华斯比整理：《中国侦探在旧金山》，北京联合出版公司 2022 年版。

南风亭长著，华斯比整理：《中国侦探：罗师福》，北京联合出版公司 2021 年版。

任翔主编：《百年中国侦探小说精选（1908—2011）·第一卷·江南燕》，北京师范大学出版社 2012 年版。

任翔主编：《百年中国侦探小说精选（1908—2011）·第二卷·雀语》，北京师范大学出版社 2012 年版。

任翔主编：《百年中国侦探小说精选（1908—2011）·第三卷·雪狮》，北京师范大学出版社 2012 年版。

施蛰存：《十年创作集》，华东师范大学出版社 1996 年版。

孙了红：《血纸人》，上海文化出版社 2008 年版。

孙了红：《鬼手》，中国国际广播出版社 2013 年版。

孙了红：《蓝色响尾蛇》，中国国际广播出版社 2013 年版。

孙了红：《血纸人》，中国国际广播出版社 2013 年版。

孙了红：《鬼手》，岳麓书社 2016 年版。

孙了红：《博物院的秘密》，中国文史出版社 2021 年版。

孙了红：《蓝色响尾蛇》，中国文史出版社 2021 年版。

孙了红：《玫瑰之影》，中国文史出版社 2021 年版。

孙了红：《木偶的戏剧》，中国文史出版社 2021 年版。

孙了红：《紫色游泳衣》，中国文史出版社 2021 年版。

孙了红著，范伯群编：《民初都市通俗小说 7：侠盗文怪——孙了红》，台北：业强出版社 1993 年版。

王艳军编：《中国公案小说》（1—4 册），线装书局 2014 年版。

吴趼人：《九命奇冤》，花城出版社 1986 年版。

徐俊西、栾梅健编：《海上文学百家文库：范烟桥、程小青卷》，上海文艺出版社 2010 年版。

徐俊西、栾梅健编：《海上文学百家文库：陆士谔、徐卓呆卷》，上海文艺出版社 2010 年版。

徐訏：《风萧萧》，人民文学出版社 2008 年版。

徐卓呆著，范伯群编：《民初都市通俗小说 6：滑稽大师——徐卓呆》，台北：业强出版社 1993 年版。

于润琦主编：《清末民初小说书系》（侦探卷），中国文联出版社 1997 年版。

詹丽编：《伪满洲国通俗作品集》，北方文艺出版社 2017 年版。

张碧梧著，华斯比整理：《双雄斗智记》，北京联合出版公司 2022 年版。

张天翼：《张天翼文集》，上海文艺出版社 1985 年版。

赵苕狂著，华斯比整理：《胡闲探案》，北京联合出版公司 2021 年版。

朱秋镜著，华斯比整理：《糊涂侦探案》，北京联合出版公司 2022 年版。

［英］阿瑟·柯南·道尔：《福尔摩斯探案全集》，王逢振、许德金译，中央编译出版社 2013 年版。

［美］埃德加·爱伦·坡：《爱伦·坡短篇小说集》，曹明伦译，文汇出版社 2018 年版。

［法］莫里斯·勒伯朗：《亚森·罗苹探案全集》（1—20 卷），安徽教育出版社 2012 年版。

单篇论文

ellry：《程小青之〈灯光人影〉考》，《岁月·推理（下半月）》2015 年第 7 期。

班柏：《民国期间的侦探小说期刊群》，《中国出版》2013 第 14 期。

班柏：《民国期间的侦探小说出版》，《编辑之友》2014 年第 6 期。

包中华、杨洪承：《新见早期侦探小说评论资料的理论价值——

以〈中国侦探小说理论资料（1902—2011）〉十二条未收资料为中心》，《中国文学研究》2020年第2期。

鲍霁：《论张天翼短篇小说的讽刺艺术》，《云南师范大学学报》（哲学社会科学版）1981年第1期。

蔡祝青：《接受与转化：试论侦探小说在清末民初（1896—1916）中国的译介与创作》，载彭小妍编《跨文化流动的吊诡：晚清到民国》，台北："中研院"中国文哲研究所2016年版，第111—146页。

曹波、万兵：《刘半农小说著译学术年谱（1913—1920）》，《广西社会科学》2020年第1期。

陈大康：《论晚清小说的书价》，《华东师范大学学报》（哲学社会科学版）2005年第4期。

陈罡：《"门角里福尔摩斯"：赵苕狂和他的〈胡闲探案〉》，《湖州师范学院学报》2014年第11期。

陈国伟：《被翻译的身体：台湾新世代推理小说中的身体错位与文体秩序》，《中外文学》2010年第1期。

陈国伟：《岛田的孩子？东亚的万次郎？——台湾当代推理小说中的岛田庄司系谱》，《台湾文学研究集刊》2011年第10期。

陈国伟：《在西方与东亚间摆荡——世纪之交台湾推理文学场域的重构》，《台湾文学研究集刊》2013年第13期。

陈建华：《"影"与"戏"的协商——管海峰〈红粉骷髅〉与中国早期电影观念》，《首都师范大学学报》（社会科学版）2018年第4期。

陈丽君：《晚清（A. D. 1895—1911）传奇、小说的现代性追求——以公案、侦探为中心》，《东海大学图书馆馆训》2012年第132期。

陈辽：《现代侦破小说的开端——谈〈老残游记〉中白子寿、老残的破案》，《东岳论丛》1993年第1期。

陈硕文：《译者现身的跨国行旅：从〈疤面玛歌〉（Margot la

Balafrée）到〈毒蛇圈〉》，《政大中文学报》2017 年第 27 期。

陈硕文：《“这奇异的旅程”：周瘦鹃的亚森罗苹小说翻译与民初上海》，《政大中文学报》2019 年第 32 期。

陈学勇：《孙了红事迹补叙》，《民国春秋》1997 年第 3 期。

程育德：《程小青和〈霍桑探案〉》，载《〈苏州杂志〉文选：故人》，文汇出版社 2016 年版，第 43—47 页。

崔蕴华：《从传统到现代：晚清民初文学中的正义叙述》，《华南师范大学学报》（社会科学版）2017 年第 2 期。

董亚惠：《人物类型、叙事逻辑与功能在中国近代小说的推演——从〈九命奇冤〉到〈霍桑探案〉》，《中国现代文学研究丛刊》2020 年第 1 期。

付景川、苏加宁：《城市、媒体与“异托邦”——爱伦·坡侦探小说的空间叙事研究》，《北方论丛》2016 年第 4 期。

郝岚：《通俗如何经典？——中国近代读者视域中的外国作家》，《天津师范大学学报》（社会科学版）2014 年第 3 期。

胡山源：《程小青》，载《文坛管窥——和我有过往来的文人》，上海古籍出版社 2000 年版，第 122—123 页。

胡文谦：《中国早期侦探片与好莱坞之影响》，《江苏社会科学》2014 年第 2 期。

黄海丹：《孙了红早年经历“谜案”试侦》，《苏州教育学院学报》2022 年第 1 期。

黄美娥：《日治时代台湾汉文通俗小说选本序》，http://www.zo.uniheidelberg.de/md/zo/sino/research/09_5b_chinesenovel.pdf，2019-12-04。

黄美娥：《台湾文学的新视野：日治时代汉文通俗小说概述》，载张羽主编《社团、思潮、媒体：台湾文学的发展脉络》，九州出版社 2011 年版，第 192—213 页。

姜维枫：《孙了红侦探小说面面观——兼与程小青小说比较》，《济南大学学报》（社会科学版）2011 年第 5 期。

康鑫、郭智超：《新闻文体与严独鹤的通俗短篇小说》，《现代中国文化与文学》2021年第1期。

孔慧怡：《以通俗小说为教化工具：福尔摩斯在中国（1896—1916）》，载孔慧怡《翻译·文学·文化》，北京大学出版社1999年版，第19—30页。

孔慧怡：《晚清翻译小说中的妇女形象》，载孔慧怡《翻译·文学·文化》，北京大学出版社1999年版，第31—67页。

孔慧怡：《还以背景，还以公道：论清末民初英语侦探小说中译》，载王宏志编《翻译与创作：中国近代翻译小说论》，北京大学出版社2000年版，第88—117页。

李欧梵：《福尔摩斯在中国》，《当代作家评论》2004年第2期。

李政亮：《福尔摩斯VS亚森·罗宾》，《读书》2009年第5期。

李志铭：《久违了，怪盗与名侦探：闲话早期亚森罗苹与福尔摩斯在台湾的版本阅读史》，《全国新书资讯月刊》2010年第140期。

林峥：《通俗小说、社会新闻与游艺园——民国北京城南的市民消费文化》，《文艺争鸣》2021年第3期。

刘嘉：《福尔摩斯侦探小说在晚清至五四规范流变中的求生之道》，《外国语文》2014年第3期。

刘小刚：《正义的乌托邦——清末民初福尔摩斯形象研究》，《中国比较文学》2013年第2期。

柳存仁：《程小青》，《外国de月亮》，上海古籍出版社2002年版，第187—194页。

卢润祥：《孙了红笔下的侠盗鲁平》，《书城》1994年第3期。

陆文夫：《心香一瓣——祭程小青》，载《人之于味：陆文夫散文》，浙江文艺出版社2015年版，第112—116页。

栾伟平：《〈觚庵漫笔〉作者考》，《中国现代文学研究丛刊》2013年第1期。

栾伟平：《清末小说林社成员考》，《济南大学学报》（社会科学版）2016年第2期。

吕淳钰：《福尔摩斯在台湾》，载王中忱编《东亚人文》第1辑，生活·读书·新知三联书店2008年版，第262—282页。

毛策：《包天笑著译年表》，《文教资料》1989年第4期。

苗怀明：《从公案到侦探：论晚清公案小说的终结与近代侦探小说的生成》，《明清小说研究》2001年第2期。

潘少瑜：《时尚无罪：〈紫罗兰〉半月刊的编辑美学、政治意识与文化想象》，《中正汉学研究》2013年第2期。

齐金鑫、李德超：《假作真时真亦假——清末民初第一部伪译侦探小说揭示的文化和文学现象》，《中国翻译》2019年第6期。

齐金鑫：《晚清侦探小说翻译规范对比研究——以张坤德和程小青译本为例》，《翻译史论丛》2021年第3辑。

秦翼：《类型趋势与黑暗呈现——对"孤岛"时装片的一种解读》，《电影艺术》2022年第1期。

任翔：《侦探小说研究与文化现代性》，《中国人民大学学报》2010年第4期。

任翔：《中国侦探小说的发生及其意义》，《中国社会科学》2011年第4期。

容世诚：《从侦探杂志到武打电影——"环球出版社"与"女飞贼黄莺"（1946—1962）》，载姜进主编《都市文化中的现代中国》，华东师范大学出版社2007年版，第323—344页。

邵海伦：《文化危急时刻的侦探形象再造——以晚清小说中的"福尔摩斯"为中心》，《现代中国文化与文学》2021年第1期。

沈承宽：《关于张天翼的"初作"问题》，《新文学史料》1981年第4期。

石娟：《从"剧贼"、"侠盗"到"义侠"——亚森罗苹在中国的接受》，《苏州教育学院学报》2014年第4期。

石娟：《中国现代通俗文学出版的"助产士"——以沈知方、沈骏声的文学出版活动为中心》，《当代文坛》2019年第2期。

苏穹：《程小青高龄八十三》，《万象（香港）》1975年第3期。

苏叔阳：《侦探小说拉杂谈》，徐明《文坛自白》，太白文艺出版社 2004 年版，第 451—454 页。

汤哲声：《张碧梧及其文学创作》，《苏州大学学报》（哲学社会科学版）1994 年第 3 期。

陶春军：《〈侦探世界〉中侦探小说的叙事艺术》，江苏社科界第八届学术大会文史专场应征论文。

王贺：《暂时的摆渡者：1940 年代后期西北的“通俗小说热”》，《当代文坛》2018 年第 6 期。

魏艳：《论狄公案故事的东西互动》，《中国比较文学》2009 年第 1 期。

魏艳：《晚清时期侦探小说的翻译》，《人文中国学报》第 20 期，上海古籍出版社 2014 年版，第 421—449 页。

邬国义：《青年吕思勉与〈中国女侦探〉的创作》，《华东师范大学学报》（哲学社会科学版）2009 年第 5 期。

吴培华：《通俗文坛上的严肃作家俞天愤》，《苏州大学学报》（哲学社会科学版）1991 年第 4 期。

吴少红：《〈四签名〉中失语的他者》，《河西学院学报》2011 年第 3 期。

武润婷：《试论侠义公案小说的形成和演变》，《山东大学学报》（哲学社会科学版）2000 年第 1 期。

徐红：《论中国早期侦探片的类型探索与意识批评（1920—1949）》，《北京电影学院学报》2019 年第 3 期。

徐斯年：《论王度庐的早期小说》，《中国现代文学论丛》2014 年第 1 期。

徐晓红：《从兰社到水沫社——对施蛰存文学社团活动的考察》，《现代中文学刊》2015 年第 2 期。

许德：《20 世纪初中国原创侦探小说的美学特征》，《江汉论坛》2008 年第 5 期。

颜雄：《张天翼的“初作”》，《新文学史料》1981 年第 1 期。

杨绪容：《从公案到侦探：对近代小说过渡形态的考察》，《华中师范大学学报》（人文社会科学版）2008 年第 2 期。

杨绪容：《“公案”辨体》，《上海大学学报》（社会科学版）2008 年第 4 期。

杨绪容：《吴趼人与清末侦探小说的民族化》，《华中师范大学学报》（人文社会科学版）2010 年第 2 期。

杨绪容：《中国侦探小说之父陈景韩》，黄霖主编《云间文学研究》，上海古籍出版社 2009 年版，第 294—305 页。

于敏：《论孙了红反侦探小说创作》，《河南广播电视大学学报》2010 年第 1 期。

余岱宗：《侦探小说：因果链、理性英雄与“方法优先”》，《福建文艺评论》2019 年第 1 辑，海峡文艺出版社 2019 年版，第 26—37 页。

禹玲：《程小青翻译对其创作活动的影响》，《武汉工程大学学报》2010 年第 4 期。

袁洪庚：《欧美侦探小说之叙事研究述评》，《外语教学与研究》2001 年第 3 期。

袁洪庚：《转折与流变：中国当代玄学侦探小说发生论》，《文艺研究》2002 年第 2 期。

袁一丹：《“耻辱的门”：“五四”前后刘半农的自我改造》，《汉语言文学研究》2021 年第 1 期。

翟猛：《〈青年进步〉刊程小青汉译小说考论》，《新文学史料》2020 年第 2 期。

詹丽：《殖民语境下的另类表述——兼论伪满洲国通俗小说的五种类型》，《现代中文学刊》2015 年第 6 期。

詹丽：《东北沦陷区侦探小说的空间构置与文学想象》，《苏州教育学院学报》2019 年第 6 期。

张璐：《论托多罗夫的〈侦探小说类型学〉》，《法国研究》2011 年第 1 期。

张燕：《由好莱坞生产到中国制造：早期陈查理电影的类型创作与文化影响》，《当代电影》2014 年第 2 期。

郑怡庭：《“归化”还是“异化”？——The Hound of the Baskervilles 三部清末民初中译本研究》，《师大学报：语言与文学类》2016 年第 1 期。

郑逸梅：《程小青和世界书局》，载《芸编指痕》，北方文艺出版社 2016 年版，第 174—181 页。

周洁：《清末民国侦探小说出版观察》，《现代出版》2017 年第 6 期。

周洁：《中国近现代司法变革的文学反映：略论中国侦探小说兴起的社会背景及多重意义》，《文学评论》2022 年第 4 期。

周仲谋：《王次龙与早期类型片的多样化美学探索》，《浙江艺术职业学院学报》2016 年第 1 期。

竺洪波：《公案小说与法制意识——对公案小说的文化思考》，《明清小说研究》1996 年第 3 期。

邹振环：《跳出鸳蝴派的刘半农：五四前后的翻译生涯》，《档案春秋》1994 年第 3 期。

左玉玮：《因时而变的侦探小说——一个俄国探案故事的漂流》，《苏州教育学院学报》2022 年第 1 期。

［日］池田智惠：《〈灯光人影〉：〈新闻报〉文艺副刊〈快活林〉与早期创作侦探小说》，载《第十一届文学与美学国际学术研讨会论文集》，台湾淡江大学文学院中文系 2010 年版，第 347—365 页。

［美］拉里·N. 蓝德勒姆：《侦探和神秘小说》，高振亚译，载［美］托·英奇编《美国通俗文化简史》，漓江出版社 1988 年版，第 77—87 页。

［美］汤姆·冈宁：《描摹身体：摄影、侦探小说与早期电影》，张泠译，唐葆真校，载唐宏峰主编《现代性的视觉政体：视觉现代性读本》，河南大学出版社 2018 年版，第 544—579 页。

［日］藤井得宏：《中国早期侦探小说中的医学与侦探》，载《华语语系文学与影像论文集 2》，台湾第十二届国际青年学者汉学会议 2013 年版，第 319—331 页。

［日］中村忠行：《清末侦探小说史稿——以翻译为中心》，载《晚清小说大系·黑蛇奇谈》，台北：广雅出版有限公司 1984 年版，第 1—187 页。

硕博学位论文

陈华：《论叶圣陶、刘半农、张天翼的早期通俗文学创作》，硕士学位论文，苏州大学，2011 年。

程海燕：《论程小青侦探小说的本土化》，硕士学位论文，安徽大学，2015 年。

戴金玲：《侦探之王程小青电影观念研究》，硕士学位论文，南京艺术学院，2015 年。

方芳：《欧美侦探小说兴盛的外部原因研究》，硕士学位论文，西南交通大学，2007 年。

房莹：《陆澹盦及其小说研究》，博士学位论文，华东师范大学，2010 年。

黄晓娜：《〈福尔摩斯探案全集〉与〈霍桑探案集〉的比较研究》，硕士学位论文，河南大学，2009 年。

姜颖：《清末民初域外侦探小说译作研究——以福尔摩斯汉译本为中心》，硕士学位论文，上海师范大学，2011 年。

蒋林倩：《中国早期侦探片研究（1920—1949）》，硕士学位论文，中国艺术研究院，2021 年。

蒋杨：《程小青〈霍桑探案〉的现代性追求》，硕士学位论文，山东大学，2016 年。

荆华：《新文学侦探小说（1914—1949）叙事模式研究》，硕士学位论文，辽宁大学，2014 年。

李惠兰：《〈霍桑探案集〉人物形象研究》，硕士学位论文，吉林大学，2015 年。

李霈：《徐卓呆 1920 年代小说研究》，硕士学位论文，复旦大学，2013 年。

李世新：《中国侦探小说及其比较研究》，博士学位论文，四川大学，2006 年。

李艳葳：《晚清域外侦探小说对中国现代文学时间叙事模式的影响》，硕士学位论文，东北师范大学，2006 年。

李奕青：《包青天遇见福尔摩斯：〈中国侦探案〉故事之创新与承继》，硕士学位论文，台湾师范大学，2016 年。

林承樸：《是谁之过欤——魏清德犯罪小说研究》，硕士学位论文，台湾大学，2018 年。

凌佳：《民国城市小说家徐卓呆研究（1910—1940）》，硕士学位论文，上海师范大学，2014。

刘迦陵：《岛屿谋杀史：台湾〈推理〉杂志研究（1984—2008）》，硕士学位论文，台湾清华大学，2018 年。

刘梦盼：《陆澹安及其侦探小说研究》，硕士学位论文，中国海洋大学，2020 年。

楼宇：《里卡多·皮格利亚侦探小说研究》，博士学位论文，北京外国语大学，2015 年。

罗雪艳：《程小青侦探小说创作心理初探》，硕士学位论文，陕西师范大学，2010 年。

吕淳钰：《日治时期台湾侦探叙事的发生与形成：一个通俗文学新文类的考察》，硕士学位论文，台湾政治大学，2004 年。

马玉芬：《论〈福尔摩斯探案全集〉对中国近代侦探小说创作的影响——以程小青的〈霍桑探案全集〉为例》，硕士学位论文，四川大学，2007 年。

牛倩：《〈侦探世界〉杂志研究》，硕士学位论文，吉林大学，2012 年。

苏加宁：《社会转型与空间叙事——美国早期哥特式小说研究》，

博士学位论文，吉林大学，2017 年。

王品涵：《跨国文本脉络下的台湾汉文犯罪小说研究（1895—1945）》，硕士学位论文，台湾大学，2010 年。

王玉良：《跨境 · 体认 · 交互——战后好莱坞电影在上海（1945—1950）》，博士学位论文，上海大学，2017 年。

吴丽丽：《包天笑的都市生活与都市写作》，硕士学位论文，上海师范大学，2008 年。

吴梦雅：《程小青与〈霍桑探案集〉》，硕士学位论文，苏州大学，2012 年。

谢宁：《〈大侦探〉期刊研究》，硕士学位论文，广西师范大学，2016 年。

谢小萍：《中国侦探小说研究：以 1896—1949 年上海为例》，硕士学位论文，台湾东华大学，2006 年。

杨春华：《清末民初现代化过程中的侦探小说研究》，硕士学位论文，上海大学，2008 年。

姚涵：《从“半侬”到“半农”——刘半农对中国现代文学的贡献》，博士学位论文，复旦大学，2009 年。

于敏：《论孙了红及其反侦探小说创作》，硕士学位论文，兰州大学，2010 年。

余玟欣：《遇见福尔摩斯：以中国晚清时期与日本明治时期福尔摩斯探案翻译为例》，硕士学位论文，台湾师范大学，2013 年。

俞依璐：《赵苕狂的〈侦探世界〉》，硕士学位论文，华东师范大学，2014 年。

詹丽：《东北沦陷时期通俗小说研究》，博士学位论文，吉林大学，2012 年。

张承志：《刘半农小说研究》，硕士学位论文，长春师范大学，2017 年。

张燕：《晚清侦探小说研究——以“四大小说杂志”为中心》，硕士学位论文，华东师范大学，2009 年。

折宝莉:《中国原创侦探小说的发生（清末至民初）》，硕士学位论文，宁夏大学，2019 年。

周洁:《清末民国侦探小说研究》，博士学位论文，北京师范大学，2014 年。

周楠:《近代侦探小说中的都市元素研究》，硕士学位论文，上海师范大学，2015 年。

朱全定:《中国侦探小说的叙事视角与媒介传播》，博士学位论文，苏州大学，2015 年。

左明:《论中国现代侦探小说的民族特征》，硕士学位论文，河南大学，2009 年。

Yan Wei（魏艳），*The Rise and Development of Chinese Detective Fiction：1900-1949*，Boston：Harvard University，2009.

索　　引

后　记

整本书写到这里，我忍不住会问自己一个问题，关于民国侦探小说，这本书已经写了八十多万字，难道还有话要说？不好意思，想了想，还真有几句没说完的话，容我再唠叨下。当然，主要是关于这本书的形成过程与不足之处、应该感谢的诸位师友，以及我自己对于未来研究的一点展望。

首先，这本书是在我的博士论文基础上增补、修订而成的。当时博士论文有 55 万字，毕业后又经过一年多的资料搜集、整理、阅读与写作，终于完成到现如今的规模，虽然它和我心目中真正的民国侦探小说史之间还有很大距离，但已然是我最近比较努力工作后的成果，也大概能代表目前为止我对民国侦探小说资料的掌握与认识的程度。至于整本书的最大不足，主要有二：一是所谓“民国侦探小说史”，其实还是更偏重于江浙沪地区，这是在毕业论文和国社科“优秀博士论文”评委老师们都曾提出过的问题。而在此次书稿修订时，我特意增补了王度庐（北京）、李冉（伪满）、魏清德（台湾）、郑小平（后赴香港）等作家的作品年表和相关研究内容，以求更完整地呈现出民国侦探小说史的发展样貌。在这一过程中，我发现真正的挑战还不仅是对于不同地域资料的大量搜集，而是如何具备一种高度的历史认识能力和叙述能力，将这些不同地域的侦探小说作家作品在一个结构框架内进行统一整合。当然，关于这个问题，我目前也还没有很好地解决。二是所谓“史论”，整本书还是更偏重于“史”，而“论”相对显得比较薄弱，这和我自身的研究特点与整本书的写作方法都有关系，而在修订书稿时，我也有意增加了理论分析的成分，但力有不逮之处还是很多，需要未来进一步提高。除此之外的问题相信还会有很多，只能以后慢慢学习，有机会再做增补和修订了。

其次，在我的博士论文写作与整部书稿的形成过程中，有太多需要感谢的师友和家人。比如我的博士导师李楠老师、博士后导师王宏图老师，以及复旦大学倪伟老师、陈建华老师、杨新宇老师、李振声老师，苏州大学汤哲声老师，华东师范大学陈子善老师，上海大学孙晓忠老师，台湾师范大学许俊雅老师、石晓枫老师等，各位老师的言传身教与耐心指导，都让我受益良多。此外，还要特别感谢民国侦探小说藏书家华斯比先生，他在我书稿修订过程中为我提供大量一手资料并帮我校订相关史料，对整本书的贡献实在是功不可没。当然，还要感谢我的太太，家庭的支持是我完成整个研究书稿的最重要保障。

最后，对本书原本想要涉及，但未能完成的一些内容略作总结，而这些也是我未来阶段可以继续探求和研究的方向。比如侦探小说与新闻文体之间的关联，特别是20世纪40年代后期"实事侦探案"一类作品的出现；又如关于民国侦探电影的研究，管海峰、徐欣夫、王次龙等侦探片导演也都值得进一步深入挖掘；再如对于侦探小说文本研究的进一步细化，比如不同翻译版本之间的详细比对、程小青与孙了红前后小说改写的具体内容等；以及我正在着手进行的、作为《民国侦探小说史论（1912—1949）》"续篇"的《中国反特小说史论（1949—1976）》的相关研究和写作……只希望下一本书能够写得更好一点。

战玉冰

2022年1月13日初稿

2022年9月2日修订